IMĀGINOR, ERGŌ SUM.

想象即存在

幻想家

〔英〕苏珊娜·克拉克 著
〔英〕波西娅·罗森堡 绘　韩慕照 译

SUSANNA CLARKE

英伦魔法师

JONATHAN STRANGE & MR NORRELL

CNS PUBLISHING & MEDIA 中南出版传媒
湖南文艺出版社

谨以此书纪念我的弟弟

保罗·弗雷德里克·冈恩·克拉克（1961—2000）

序

问题是……

这篇为《乔纳森·斯特兰奇与诺瑞尔先生》* 所作的序写得很差（顺便提一句，按照苏珊娜·克拉克自己的读法，Norrell 这个姓的发音可与 Quarrel 或者 Sorrel 押韵），对苏珊娜·克拉克本人的介绍也欠佳，配不上她和她这部作品。不过，我讲我的故事，讲法由我说了算；我就来讲讲我是如何与苏珊娜·克拉克和她这本书结缘的。

故事开始的时候，我还是支笔杆子，平时编编故事什么的。

一九九二年，我离开英格兰，搬到了美国。我思念我的朋友们。有天邮局送来一只大信封，是他们当中的一位柯林·格林兰先生寄来的，我收到后喜不自胜。格林兰先生是我十年前误打误撞进了科幻、奇幻类小说这片天地时最先遇到的人物之一：这位先生个子不高、古灵精怪，略具海盗气质，写的书都棒极了。信封内躺着格林兰先生的信，信上说他新近执教一个写作讲习班，班上有位极有天赋的女作家很了不起，他想让我读读她的作品。他随信附上她短篇小说的一段节选。

我读后回信，请求再多读几段。

这件事令苏珊娜·克拉克颇感意外，她根本不知道柯林从《惠别镇的女士们》里面选取了一段寄给我看。不过，她还是大着胆子把全

* 是为本书原名，英文为 *Jonathan Strange & Mr Norrell*。——标 * 者为译者注，全书同。

文都发给了我。小说里的一切我都喜欢：情节、魔法、苏珊娜遣词造句的生花妙笔。她附信上的内容我看了尤其高兴：苏珊娜说她正在创作一部以此为背景的长篇小说，书名叫作《乔纳森·斯特兰奇与诺瑞尔先生》——我一高兴，就把她的短篇小说寄给了一位我认识的编辑。他联系了苏珊娜，提出要买她这篇小说，收入手头正在编纂的一部短篇集。

对苏珊娜来·克拉克来说——当她证实了一切并不是有人故意捉弄她——这又是一场意外（毕竟，如今能把短篇小说卖出去已经难于上青天，自己的短篇处女作在未寄给任何编辑的情况下就卖了出去近乎天方夜谭，甚至比天方夜谭还要离奇）。

即将与苏珊娜·克拉克会面，我很是兴奋。终于见到她的时候，她是和柯林·格林兰一起来的。原来，他二人初遇不久，柯林便求人家答应考虑自己爱的表白（我一写这几个词，才觉得表达方式奇怪。我的意思是说他俩谈了恋爱、成了伴侣，并不是说他把衣服裤子脱了留给她，她为衣服裤子表演小木偶戏什么的）。* 克拉克女士的短篇小说一写好就发给我，大约每年一篇，并附张条子告诉我那部长篇她还在写——从我读过的这些作品里，我推测我即将见到一位神经兮兮，兴许与这个时代略有些脱节的人；后来我惊喜地发现，眼前的女士时髦、潇洒，笑容常有，妙语连珠，喜欢谈论书籍和作家。她对高雅文化与流行文化见解颇深，在其间游刃有余，尤其令我欣慰。她并不把两者看作需要调和的对立面，而是把它们看作表达同一种理念的不同方式（在我看来当属灼见）。

后来的十年间，人们问我最喜爱的作家有谁，在我列出的各种榜单上，总有苏珊娜·克拉克的大名。我会说她写过的短篇小说为数不多，篇篇是真金白银；我会说她正在创作一部长篇，总有一天人人会对她耳

* 英文里“考虑”（entertain）一词亦有“娱乐”之意，“爱的表白”（suit）亦有“套装”之意。

熟能详。我所谓人人，指的只是一小部分人，人虽少，却弥足珍贵。我推测，苏珊娜·克拉克作品高妙的格调，对于一般大众来说会显得太另类、太离奇。

二〇〇四年二月，一封邮件令我迷惑却又喜悦——《乔纳森·斯特兰奇与诺瑞尔先生》寄来了，虽是出版前的清样，毕竟已是成稿。我带我女儿赴开曼群岛度假，她们在浪花里玩闹戏水，我却已经穿越到几百年前、几千英里外，回到了摄政时期的约克、伦敦、欧洲大陆，体味到的只有最最纯粹的快感，在文字以及文字所带来的一切想象之间徜徉，最终发现，故事里的大道小径，携了注脚与美文，汇作一条巨路，载我前行。整整七百八十二页，每一页都令我乐在其中；全书读毕，我乐得再读他七百八十二页。她提到的东西，我喜欢；她没提到的东西，我也喜欢。我喜爱脾气古怪的诺瑞尔，喜爱斯特兰奇——他并不真那么无能，也喜爱乌衣王约翰·乌斯克格拉斯——他并未出现在书名里（除非藏在那个“&”符号背后），却在书名里的二人上空盘旋。我喜爱故事里的配角，喜爱那些注脚，喜爱那个写故事的人——那个人，我确信不是克拉克女士，而是一个独立的人物，她写书的年代离斯特兰奇和诺瑞尔并不像我们这样遥远。

我把读后感写在了自己的博客里，还给苏珊娜的编辑去了封信，对她说我认为这本书是过去七十年间英国人笔下所有的奇幻作品里写得最好的一本。（当时我觉得只有霍普·米尔利斯的小说《雾中卢德镇》能与之媲美。偶有人问我托尔金如何，我说我始终认为《魔戒》算不上英伦奇幻，而是一部史诗奇幻。）这部小说中和了平凡与超凡，故事里的仙境与人间也许并不像我们看到的那样大相径庭，它们也许只是回答同一个问题的不同方式而已。

一本书好不好看、畅不畅销，我总能说准。我犯了一个错误，只犯了这一个错误，就是以为《乔纳森·斯特兰奇与诺瑞尔先生》是本小众读物——只能打动很小一部分人，打动得很深；当他们相遇，就会像谈起老相识一般谈起阿拉贝拉、史蒂芬·布莱克，或是齐尔德迈斯、白毛先生，友谊的桥梁就这样在陌生人之间搭建起来。我敢说他们确实这样做了，友谊也确实形成了，可他们人数并不少，少说也像威灵顿手下带的兵一样多，甚至还要多。这本书成了一种罕见的宝物——它精美、神奇，引来读者遍天下，赢得花环、颂歌、嘉奖、赞叹。

想到这里，这篇序也就写完了。

作为附言，我很高兴地告诉大家，克拉克女士纵有这般成就，依旧我行我素。她还是十多年前我遇见的那位时髦、潇洒的女士，依旧才思敏捷。她的头发已经全白了，白却白得高雅，白得有腔调，于是在书的封底给人留下器宇轩昂的印象。而柯林·格林兰这些年古灵精怪的劲儿已经少多了，失去的精灵劲儿，他在他巫师的派头里找补了回来。如今人们见了他，会隐约觉得他只是在等一队霍比特人经过，好派人家去历险。然而，他眼中残存的那一丝海盗才有的微光总会令我犹豫再三，不知是否该去冒这个险——假如我是那队霍比特人中的一员，而不是如今这支笔杆子。

尼尔·盖曼

二〇〇九年七月

目　录

第一卷

诺瑞尔先生

第二卷
乔纳森·斯特兰奇

第三卷

约翰·乌斯克格拉斯

第一卷

诺瑞尔先生

他几乎绝口不提魔法，可若是打开话匣子，就好像在讲历史课，没人听得下去。

第一章

何妨寺的藏书室

一八〇六年秋至一八〇七年初

几年前，约克市曾有个魔法师组成的协会。每月第三个礼拜三，魔法师们会聚在一起，相互朗读关于英国魔法史的一些冗长无趣的文章。

他们是魔法师，可也都来自绅士阶层，也就是说他们从未用魔法害过谁——却也没为谁带来半点好处。说句实话，他们中间没人让最简单的咒语显过灵，没人凭法力使一片树叶摇晃、改变一粒灰尘飘浮的方向，或是让他人头顶一根毫毛变个模样。纵有这般小小不足，他们仍被看作是约克郡最具智慧、最有魔力的绅士，声名远扬。

曾有一位伟大的魔法师在评价魔法这项事业时讲到，从事它的人"要想获得哪怕一丁点儿的知识，也一定要绞尽脑汁、反复思量。从业者之间的论战是自然而然的"[1]——约克魔法师们这些年来的行为证明了这一点。

一八〇六年秋天，该协会招收了一名新成员，此人名唤约翰·斯刚德斯。在参加的第一次例会上，斯刚德斯先生起立发言。他先是对约协的优良传统大加赞扬，提到很多知名魔法师和历史学家某某某都曾是约协的成员，言外之意：若能亲赴约克出席这样的会议，真是三生有幸。

1　乔纳森·斯特兰奇：《英格兰魔法的历史与实践》，伦敦：约翰·莫雷出版社，1816，第一卷，第二章。

“北方的魔法师，”他赞道，“比南方的更加德高望重。”斯刚德斯先生还提到他本人学习魔法多年并了解所有伟大前辈的光荣历史。他阅读最新的出版物，作品也曾见诸报端。然而近来，他开始思考这样一个问题：魔法的丰功伟绩为何只停留在历史文献上？为何在如今的街头巷尾、新闻时讯中无处可寻？斯刚德斯先生很想知道当代魔法师为何只将魔法诉诸笔端却不思实践，或简而言之，为何魔法在英格兰销声匿迹。

这是所有人共同的疑问。早晚有一天，每一个孩子都会问他们的师长或父母这样的问题。然而，这些博学的约克魔法师听到以后却大为不悦，原因在于，他们其实和普通人一样对此一无所知。

约协主席（人称福克斯卡斯尔博士）向斯刚德斯先生表示，提这个问题是不明智的：“依你先生的意思，是魔法师就有施法术的义务？一派胡言！难道天文学家必须移星换日？难道植物学家一定培育新花？魔法师研究魔法史，天经地义！先生认为还能多要求他们做些什么呢？”

一位年长的学者（唤作“哈特”或是“亨特”——斯刚德斯先生一直没听清楚），淡蓝眼珠，淡色衣服，淡淡地发了话。他说有没有人提更多的要求根本无关紧要。正人君子不能施法术！施法术是走街串巷的巫师骗钱的营生。“法术”（从实践角度来讲）已经沦落，只与下层社会接壤，只与吉卜赛人、小偷之流相提并论，只令人想起蓬头垢面的下等人和挂着黄色脏门帘的破屋里的住客。哦，不能，正人君子决不能施法术！正人君子应当研究魔法（再没有什么学问比这更高贵了！）而不能“碰”它。这位学者仿若长辈般淡然地望着斯刚德斯先生，说但愿斯刚德斯先生并不曾试图念过咒语。

斯刚德斯先生脸红了。

然而，上文提到的那句名言实为真理：魔法师之间永远存在分歧。此时，约协中有相当一批魔法师完全站在斯刚德斯先生的立场上，他们认为，对于魔法学术界而言，没什么问题比这更具意义。斯刚德斯先生的支持者中最激动的当属亨尼福特先生，他五十五岁，红脸庞，灰白发，相貌风度十分可人。当学者们你一言我一语，争论走向白热化，当福克斯卡斯尔博士已开始对斯刚德斯先生进行人身攻击时，亨尼福特先生几次三番走向斯刚德斯先生，好言相劝：“别理他们，先生，我完全同意您的观点！”或是“您完全正确，先生，别被他们误导！就是因为缺少您这样的灼见，我们才这么落后。现在有了您，我们总算能有一番成就了。”

这番暖人心肠的话语，斯刚德斯先生没法不感激。这一场唇枪舌剑，已让斯刚德斯先生备受打击。“我想我是说错话了，”他悄声对亨尼福特先生说，“我可没想到会是这种情况。我本以为先生们会很支持我的想法。”

起初斯刚德斯先生只是略感沮丧，哪知福克斯卡斯尔博士又冒出一句特别刻薄的话来，令他心生愤慨。“这位先生，”福克斯卡斯尔博士冷冷地盯着他，“似乎是认定我们会落得像曼城协会一般下场！”

斯刚德斯先生把头偏向亨尼福特先生。“我真是没想到约协里会有这么顽固的家伙。魔法若不能在约克生根发芽，哪儿还能有更肥沃的土壤呢？”

例会散了，而亨尼福特先生对斯刚德斯先生的好意并未终止。他邀请斯刚德斯先生到他位于彼得门正街的家中与夫人女儿共进晚餐。斯刚德斯先生是个穷单身汉，蒙此盛情，欣然前往。饭后，亨尼福特先生的几个女儿弹琴献唱。第二天，亨尼福特太太夸斯刚德斯先生是个标准的绅士，然而她恐怕这样温和的脾气换不来什么好报，现在这年月，谦虚善良的人似乎不吃香了。

这两位先生之间的友谊与日俱增。后来斯刚德斯先生每周总会在亨尼福特先生家待上两三个晚上。一次，有很多年轻人在场，于是免不了有一场舞会，人人兴高采烈。而斯刚德斯、亨尼福特二位总是借机溜到外边去，讨论他们两个真正感兴趣的话题：为什么在英格兰，魔法销声匿迹。二人虽乐此不疲（每每谈至凌晨），但讨论毫无成果。也许，这样一个问题确实没什么好谈的，因为两百多年来，各路魔法师、博古家和学者一直都没能得出什么结论。

亨尼福特先生大高个子，总是乐颠颠的，满脸笑意，精力充沛，随时准备干番事业，乐于出谋划策。然而他往往不大考虑做事的意义与结果。眼下这件事很是令他想起那些伟大的中世纪魔法师[2]——只要遇到难于解决的问题，便带着一两个仙子仆从做向导，踏上征途，消失一年零一日。而当他们回来，一切难题都有了答案。亨尼福特先生对斯刚德斯先生说，他认为目前最好就是向这些伟人学习。这些人有一部分去了英格兰、苏格兰和爱尔兰最偏远的地区（魔法气氛最浓的地区），其他一些人则似乎永远离开了这个世界，下落已无人知晓。亨尼福特先生的意思并不是一定要走那么远（他确实一点也不乐意：正值隆冬，路出奇难走），他只是强烈建议，一定要“走出去”，一定要“取经”。他对斯刚德斯先生说他感觉他们两个的思想已经腐旧，寻觅新声势在必行。然而，目的地是哪里？向谁取经？答案无法自现。亨尼福特先生在绝望中突然想到了另一位魔法师。

几年前，约克魔法师学术协会风闻，在约克郡还有一位魔法师，并非他们的会员。据说，他生活在约克郡偏远的地区，拥有一间自己的藏书室，日夜研读魔法珍本。福克斯卡斯尔博士查到这位魔法师的姓名住址，写信邀请他加入约协，言辞不乏敬意。这位魔法师回了信，表示无限荣幸以及深深的歉意：由于何妨寺地处偏远，路况艰险；由于事务繁忙，无法脱身，等等等等原因，他只好拒绝约协的邀请。

此信在约协众魔法师之间传阅，大家都表示怀疑：字写得这么小，

2　一般称为“黄金时代魔法师”。

这样的人能是魔法师吗？虽然大家都为无法观看传说中宏伟的藏书室而感到惋惜，但过了一阵子，也就把这个人这回事彻底忘掉了。亨尼福特先生对斯刚德斯先生说，为什么英格兰再见不到魔法了，这个问题关键在于，约协的人忽略了成功的可能性。那位魔法师的意见值得一听。于是他马上给那位魔法师去了信，表示他与斯刚德斯先生将在圣诞节后第三个礼拜二下午两点半上门拜访。回信非常快。一向诚恳待友的亨尼福特先生接到回信立马叫来了斯刚德斯先生。那位魔法师一笔蝇头小字，表示他非常荣幸能借此机会结识两位先生。“这就算答应了！”亨尼福特先生高兴极了，马上跑去找他的车夫华特斯，吩咐他到时候把车马准备好。

房间里于是只剩斯刚德斯先生一个人，他接着读这封信：“……承蒙错爱，不胜荣幸。然约克同道，不乏英才，鄙人一寒士，名不见经传，何用之有？……”

信里明显是带着讽刺意味的，字字句句似乎都在嘲弄亨尼福特先生。斯刚德斯先生想到也许亨尼福特先生并不曾注意到这一点，否则他也不会如此兴高采烈地去找华特斯。而这信上的口气太不友好，斯刚德斯先生一点儿也不想去拜访这位魔法师了。算了，无所谓，他想，无论如何还是要去的，因为亨尼福特先生是一定要去的。再说，事情还能坏到哪里去呢？顶多就是白跑一趟，如此而已。

启程之前是连日的暴风雨。雨水在泥地上积成池塘，浸在水里的屋顶，仿佛一面面冰冷的石镜。亨尼福特先生的四轮马车上路了，冷灰色的天空似乎格外低，几乎占满了视野。

早在第一次被请去吃晚饭的时候，斯刚德斯先生就想请教亨尼福特先生，福克斯卡斯尔博士提到的曼城协会是怎么一回事，此时正是谈这个的好时机。

“这个协会是最近几年才成立的，”亨尼福特先生说，“会员里包括一些穷教士、过去有些名望的生意人、药剂师、律师，还有退休在家懂几句拉丁文的磨坊主。都是这样的一批人，也许算不上什么绅士。我想福克斯卡斯尔博士十分庆幸这个协会终于解散了——他一向认为这类人不配做魔法师。可实际上，他们里面很有几个聪明人，像你一样，有抱负要复兴魔法的实践。他们是实干家，希望能像过去经营制造业一样，把理性思考与自然科学应用到魔法领域里去——他们把这个叫作'理性的幻术'。可是，结果似乎并不如意。他们于是灰心了。灰心并不值得怪罪，关键是，他们已破灭，开始否定一切。他们后来认定世上没有魔法，从来也没有过。他们声称黄金时代魔法师都是些骗子，要不就是都受了骗。乌衣王是北部人民为躲避南部的暴政编造出来的假象（他俩也是北方人，所以言辞中不乏同情）。对了，他们很有辩论的天才，我都忘了他们是怎么解释仙子的存在的了。这个协会已经解散了，我刚才说过了。他们中的一位，据我所知好像叫奥博雷的，打算把一切都写下来出版发行，可每每一提笔，他就感到一种莫名的悲伤，然后就再没有心思写任何东西了。"

"可怜的先生！"斯刚德斯先生说，"也许都是因为这个年月。我们魔法师和学者生不逢时，您说是不是？商人得势，还有什么船员、政客，就是苦了魔法师。我们的时代一去不复返了。"他想了想，接着说道，"三年前，我在伦敦遇到一个走街串巷的巫师，正是所谓'挂黄门帘'的那种浪人，长得怪模怪样。他拉着我非要让我出大价钱买他一个重大的秘密。我给了钱，他对我说，英国的魔法有一天会在两名魔法师手上复兴。我不大相信'预言'这种东西，可一想到那人的话我似乎就有心劲儿弄清魔法失落的真相——是不是听上去像说疯话？"

"还真有点儿——所谓预言都是些胡说八道！"亨尼福特先生大笑起来，随后仿佛突然想起点什么，"我们俩不正是'两名魔法师'吗？亨尼福特与斯刚德斯！"他叨咕着，仿佛二人大名已出现在头版头条或是历史文献上了，“亨尼福特与斯刚德斯——嘿，听上去不赖嘛！”

斯刚德斯先生摇了摇头。“那家伙知道我是干什么的，他要是为了骗钱，肯定就说我是其中之一了。可他后来直说了，说这两个人里没有我。一开始他似乎不是太肯定，好像的确和我有那么点关系……他让我把名字写下来，然后盯着看了老半天。”

“看出什么来了？我估计他是看出来你再掏不出更多钱了！”亨尼福特先生道。

何妨寺位于约克市西北大约十四里的地方。这地名颇具古风，过去确曾有座寺院，而如今这片房产为安妮女王统治时期所建。建筑风格四平八稳，格局讲究，气派不凡。院落间古树茂密，枝干虬结，阴森可怖。也许是雾蒙蒙的天气所致，枝叶看上去湿答答沉甸甸的。一条小河（名唤何妨河）流经其间，一座造貌古典的石桥横跨其上。

那位“名不见经传”的魔法师（此人名唤诺瑞尔）出门厅相迎。这位魔法师个子矮小（让人想起他那笔小字），迎接斯刚德斯、亨尼福特二位先生的时候，声音也不高，仿佛他不习惯大声说出自己的想法。亨尼福特先生的耳朵有点背，根本听不清他在说些什么。“哦，先生，您看，我年纪大了——没办法啊，劳您大点儿声——”

诺瑞尔先生把两位客人领进一间相当华美的客厅，壁炉火光熊熊。厅里没点蜡烛，两扇大窗应当十分透亮——可窗外是一片阴沉。此时斯刚德斯先生总感觉这屋子里一定还有另外的光源，于是挪了挪椅子，四下里张望，可是什么也没找到，只可能是镜子或是一座古钟的反射。

诺瑞尔先生说他曾拜读斯刚德斯先生所著关于马丁·佩尔仙子仆从的生涯概述。[3]“写得很好！但是，先生似乎漏掉了法罗索特大师。当

3 约翰·斯刚德斯：《佩尔博士的仙子仆从全编——姓名、历史、性格简介及其为佩尔博士提供的服务》，北安普顿：托马斯·博翰出版社，1799。

然，这个人无足轻重，他为佩尔博士所效之劳已不可考。[4]但您的大作若是少了他，可就称不上‘全编’了。”

一时间无人发话。

“法罗索特大师？您的意思是——”斯刚德斯先生道，“我……恕我孤陋寡闻，从未听说此人大名，无论是在人间还是仙境。”

诺瑞尔先生头一次露出点笑意，而这笑隐隐地藏在眼睛里。“哦，当然啦，”他说，“我糊涂了，关于他的记载都在赫尔加斯和皮克尔的史书里，他们二位写过一些与法罗索特大师的交往。这些您大概不曾读过。但我要说，幸亏您没有读。他们二位的文章格调太低，名为魔法历史，实为罪行记录——对他们，还是了解得越少越好啊！”

“啊，对了先生，”亨尼福特先生觉得诺瑞尔先生提到的一定是他自己的藏书，于是提议道，“我们可是久仰您藏书室的大名。约克郡所有的魔法师对您的典藏，都是又妒又羡哪！”

“真的吗？”诺瑞尔先生冷冷地应了一句，“我真是没有想到，我自己的事情有这么多人知道……估计都是那个萨若古德！”他若有所思地说。这位萨若古德是个在约克市的考菲巷里卖书和古玩的商人。“齐尔德迈斯提醒我好多次了，这个萨若古德管不住自己的舌头！”

亨尼福特先生实在想不通，若自己能有那么多魔法书，一定常把它们挂在嘴边，期待别人的欣赏与赞美。他无法相信眼前这位诺瑞尔先生的反应竟是如此不同。亨尼福特先生努力使自己态度平和，不至于招惹诺瑞尔先生不快（他认定诺瑞尔先生是那种比较内向的人），他说：“先生，请允许我提个小小的要求。我们若是能瞻仰一下您的藏书室，三生有幸，死而无憾。”

4　马丁·佩尔博士（1485—1567），沃里克一名鞣皮匠的儿子。他是历史上最后一位黄金时代魔法师。后世很多魔法师（例如格里高利·阿布沙龙）都是他的追随者，然而这些人的名声则是众说纷纭。佩尔之后，英格兰魔法界再无人涉足仙境。

斯刚德斯先生料定诺瑞尔会一口拒绝。然而不承想，这位诺瑞尔先生盯着他们好一会儿（他生得一对小蓝眼珠子，目光极为深邃），竟欣然答应。亨尼福特先生感激不已，他觉得，经他这一番恳求，诺瑞尔先生准也十分高兴。

诺瑞尔先生领两位客人穿过一道走廊——一道非常普通的走廊，铺着打磨讲究的橡木地板，沁出蜂蜡的味道。接着，是座楼梯，大约只有三四级台阶，随后又是一道走廊，只是比刚才那道阴冷一些，铺着上好的约克石材。总的说来，建造得很平实。（然而，走廊之间为何有台阶相隔？或者也许——刚才到底有没有经过台阶？）斯刚德斯先生是那种有幸天生方向感就很强的人，无论走到哪里都能准确辨认出东南西北——他并不认为这特别值得自豪，对他而言，感觉方向就和感觉脑袋还在肩膀上一样自然。然而，在诺瑞尔先生这里，他完全丧失了这个天赋。后来的一路上，他再也无法弄清长廊的走向，再也无法记清究竟穿过了哪些房间，就连走了多久才到他也算不清楚了。他说不出这间藏书室到底朝南还是朝北。他觉得诺瑞尔先生似乎把它建在罗盘四个方向之外的某个地方了。亨尼福特先生则什么都没注意到。

藏书室看上去比接待他们的客厅稍小一些。壁炉里一样是火光熊熊。然而，和刚刚在客厅里的情况一样，单凭三扇十二面玻璃的高窗，似乎无法使这里如此明亮。斯刚德斯先生于是又开始感到一丝不安，他总觉得这屋子里一定还有蜡烛、窗户或是别的光源才对。窗外此时只是一片暮色，垂着雨帘。斯刚德斯先生看不到任何景致，也猜不出身在何方。

房里并不止他们三个。有一位先生坐在桌旁，见他们进来，起身相迎。诺瑞尔先生简单介绍说，这位便是齐尔德迈斯，算是他手下的司务。

身为魔法师，不消嘱咐，亨尼福特先生和斯刚德斯先生心里也清楚得很，这何妨寺藏书室对诺瑞尔先生来说可是无价之宝，也难怪诺瑞尔先生会不惜血本造个与之相称的“珠宝匣”：沿着四面墙排开的书架是货真价实的英国原木打造，仿哥特拱顶的样式，雕满繁复的花样——有树叶（干枯、扭卷，仿佛描绘的正是深秋时节），有盘根错节的枝干，有饱满的浆果，还有虬曲的常春藤——堪称鬼斧神工。然而，书架的神韵如何比得上书籍的光辉？

学习魔法的人首先学到的是：“关于魔法的书”和“魔法书”是两个截然不同的概念。接下来便要知道：对于前一种书而言，即便是名家力作，花上两三几尼在大书商处便可以买到；而后一种，拿红宝石去换也不一定能成交。[5]约克魔法师学术协会的收藏中，一些卷册已算难得，几乎可以称得上是珍品。有一些于一五五〇年至一七〇〇年间写成，于是在某种程度上算得上是“魔法书”（虽然这些书如今每册只剩几页破纸片了）。魔法书极为难觅，斯刚德斯、亨尼福特二位在私人藏书室内见过的魔法书不超过三册。何妨寺藏书室四面墙都被书架填满，而每排书架又被各色书册填满，古籍，或者说真正的魔法书，若非全部，也占了其中的绝大部分。仔细观看，很多确实包有干净的新封皮，

---

5 根据乔纳森·斯特兰奇的那句名言，我们了解到，魔法师之间永存分歧。很多年来，无数学者著书立说，讨论这样一个困扰他们的问题：究竟什么样的书称得上是“魔法书”？然而，很多不懂行的人认为它们其实很容易辨认——魔法在英格兰消失之前流传的书便是所谓“魔法书”，而后来出版的则只可能是“关于魔法的书”了。这些门外汉还凭经验得出这样一条判断原则：实践派魔法师所著之书可谓“魔法书”，设若作者是魔法理论家或是史学家，则另当别论。听上去不无道理，然而问题并没得到彻底的解决。魔法界的伟大先辈，即我们所言“黄金时代魔法师”（如托马斯·高布列斯、拉尔夫·斯托克塞、温切斯特的凯瑟琳和乌衣王），他们著作甚少，或者说多已失传。托马斯·高布列斯本人很可能不会书写；斯托克塞只在他家乡德文郡的一所小文法学校里学了些拉丁文，我们对他的了解都来自其他作家的记述。

当魔法业已式微之际，魔法师们方才提笔著书。当黑暗慢慢吞噬英格兰魔法的光辉时，一些被称作“白银时代魔法师”的后起之秀（如托马斯·兰切斯特，1518—1590；雅克·贝拉西斯，1526—1604；尼古拉斯·古博，1535—1578；格里高利·阿布沙龙，1507—1599）宛如暮霭中点点灯火。然而他们更像是一些学者而非真正意义上的魔法师。他们声称“施”过法术，有些甚至拥有一两名仙子仆从，但他们在魔法实践上硕果寥寥。如今一些学者对他们究竟是否有能力施法表示怀疑。

而这些明显是经由诺瑞尔先生重新装订的结果（原色小牛皮做封面，标题使用压银的大写字母，一目了然——诺瑞尔先生似乎对此样式情有独钟），其他一些则真是相当相当古老的，从书脊和边角看上去随时有可能散架。

斯刚德斯先生浏览着近旁架子上的书目，首先映入眼帘的一本题为《探暗索真知》。

“这书写得非常肤浅。”诺瑞尔先生说。斯刚德斯先生吓了一跳，他并未发觉诺瑞尔先生就在身旁。诺瑞尔先生接着道：“我劝您不要在这上面花太多时间，不值得。”

于是斯刚德斯先生把目光转向下一册：贝拉西斯的《原术》。

“我想，您应当知道贝拉西斯吧？”诺瑞尔先生问。

“只闻其名啊，”斯刚德斯先生答道，“相传此人很‘博’，也很‘通’。我听说——事实上很多学者都以为——他的《原术》早已失传，可这不正是吗？天哪，先生，这真令人难以置信！”

“你们对贝拉西斯期待过高了。”诺瑞尔先生叹道，“过去，我同你们的想法并无二致。那时，我每日要花八个小时研读他的作品，一读便是数月。我得承认，我从未在任何别人的作品上下过这么大的功夫。然而最终他仍令我失望。他往往把一些本应简单明了的道理讲得晦涩难懂，同时，一些理当模糊化的概念却又被他表达得过分直接。很多东西其实没有必要昭之天下。我个人实在无法给他太高的评价。”

“这儿有本书，我甚至从未听说过，”斯刚德斯先生说，“《基督犹太法术精要》。您能大致介绍一下吗？”

“噢！”诺瑞尔先生叹道，“这书是十七世纪写成的。我觉得并不怎么样。写书的人是个骗子、醉汉、奸夫、恶棍！幸亏人们已经彻底忘掉了他。”

看上去，诺瑞尔先生不仅仅是“薄今”，他也并不“厚古”。著书

立说的即便是先人，也逃不掉诺瑞尔先生的一番评头论足，无一博得他的首肯。

与此同时，亨尼福特先生两手高举，姿势活像卫理公会的教徒在赞美上帝。他快步从这个架子走到那个架子，这本来不及细看，又被那本吸走眼球。“哦，诺瑞尔先生！”他赞叹道，“这么多书！在这里，我们所有的疑问一定都能得到解答！”

“很难说。”诺瑞尔先生冷冰冰地答道。

诺瑞尔先生的司务轻笑了一声，明显是被亨尼福特先生的举动逗笑了。诺瑞尔先生并未因此而责怪他。斯刚德斯先生很想知道诺瑞尔先生究竟委托此人“司”何“务”。此人一头长发，乱如雨水肆行，风雷般蓄积着怒意。这么个角色，应当徘徊在凄风阵阵的荒野，或是藏匿于幽暗的深巷，看上去满有资格进拉德克利夫夫人*的小说。

斯刚德斯先生把雅克・贝拉西斯的《原术》从架上取下。虽然诺瑞尔先生对它评价不高，但斯刚德斯先生随手一翻，读到两段文字，便颇有醍醐灌顶之感。[6]虽然他感觉到时候已经不早了，而且那位司务盯

---

* 安・拉德克利夫（1764—1823），英国女作家，哥特小说的先驱。

6 斯刚德斯先生读到的第一个段落是关于英格兰、仙境（有时也被魔法师们称为“彼界”）以及传说中位于地狱尽头的一个鲜为人知的地方。斯刚德斯先生之前对这三者之间的联系和象征意义有所耳闻。而像《原术》这般清晰的讲解，他却是初见。

第二段文字是关于英格兰最伟大的魔法师之一马丁・佩尔一段经历的叙述。在格里高利・阿布沙龙所著《求知谱》一书中，曾有名段，叙述末代黄金时代魔法师马丁・佩尔在穿越仙境之时，与一位仙人王子的会面。此王子与他的族人一般，都拥有无数字号、尊称、头衔及化名。但他通常被唤作“冷面亨利”。冷面亨利对佩尔先生做了一番长长的充满敬意的致辞，引经据典，暗喻连连，高深莫测。大意是说：仙子天生邪灵，即便做下错事也浑然不觉。王子言罢，马丁・佩尔的回答则十分简略，然而令人不解。他说：英格兰人脚掌尺寸有大有小。

马丁・佩尔这句答词究竟有何玄机，几百年来，众说纷纭，无人参透。有几种推断较为流行，斯刚德斯先生对此比较熟悉。最得人心的一种解释出自十八世纪早期威廉・庞特勒之口。他认为当时马丁・佩尔与冷面亨利是在讨论神学。众所周知，仙子不受教廷约束，基督不曾眷顾也不会眷顾这一族生灵。当审判日来临，仙子们下场如何无人知晓。根据庞特勒的猜想，冷面亨利意在请教马丁・佩尔，仙子一族是否有望如人类一般获得永恒的超度。马丁・佩尔的回答——英格兰人脚掌尺寸有大有小——言外之意便是，并非所有英格兰人都能获得救赎。基于（转下页）

着他的眼神十分古怪，很不友善，他还是接着翻开《基督犹太法术精要》读了下去。这本《精要》并非印刷成册（至少斯刚德斯先生认为不是），而是由一张张字迹潦草的手稿组成，纸张来源多种多样，多数都是老酒馆的账条。斯刚德斯先生读到很多奇遇。这位十七世纪的魔法师凭借其微弱的法力对抗强敌，他所做的斗争，人类法师无法企及。当敌人步步逼近，这位魔法师把零碎的经验匆匆写下。他深知，这样一来，时间也所剩无几，死亡已算是最好的下场。

天色渐暗，书页上古人的笔迹已看不真切了。两名仆人进得房来，在那位不像司务的大司务的监视下，点蜡烛，拉窗帘，往壁炉里添了些新煤。斯刚德斯先生觉得该提醒亨尼福特先生一下，都这会儿了，他们还没告诉诺瑞尔先生到底为何而来呢。

当他们三人起身离开藏书室的时候，斯刚德斯先生看到令人生疑的一幕：炉火近旁有一套桌椅，桌上平摊着一本古书的封面衬板和皮质的装订套，另有一把剪子、一刃尖刀，仿佛园丁修枝剪叶的利器。然而，这本古书的书页部分却不知去向。斯刚德斯先生想，也许是送去重新装订了，可这桌上的旧封面看上去足够结实。况且，这活计，一名熟练的装订匠足以胜任，诺瑞尔先生又何必费力气、冒风险自己大动干戈呢？

他们重回客厅落座。亨尼福特先生首先发话："今日所见所闻令我深信不疑：求助于您，大有裨益。斯刚德斯先生与我私下认为：当今魔

6　（接上页）此种猜想，庞特勒进一步推断，马丁·佩尔持有奇想，认为天堂只能容下一定数量的幸运儿，英格兰人里一旦有一位下了地狱，天堂就能空出一个名额，仙子便可补缺。庞特勒就此著书，树立起他本人魔法理论大家的名望。

而斯刚德斯先生在《原术》中读到的解释与庞特勒大相径庭。贝拉西斯认为，三百年前，一位名气不输马丁·佩尔的大魔法师——拉尔夫·斯托克塞——在佩尔之前就曾拜访过冷面亨利。他离开的时候扔下一双靴子。贝拉西斯说，这双靴子已是十分破旧，斯托克塞很可能因此一丢了之。仙子们对英格兰法师是又敬又畏，这双靴子在冷面亨利的城堡里引起了大恐慌。尤其是冷面亨利本人，处境十分尴尬，靴子丢在他这里，他恐怕基督教道德标准中会有哪一条怪罪下来，加祸于他。他急于摆脱干系，于是竭力劝说后来来访的马丁·佩尔收下这双靴子，但马丁·佩尔不想要。

法师误入歧途，精力全部耗费在细枝末节之上。不知先生意见如何？”

“所言极是。”诺瑞尔先生答道。

“我们想问，”亨尼福特先生接着说，“曾经，魔法在我国盛极一时，如今何以沦落至此？先生，我们想请教您的是，如今为何再也见不到魔法的踪迹？”

诺瑞尔先生一双蓝色的小眼，目光坚定了许多，也明亮了许多；他嘴唇抿得紧紧的，仿佛在压制内心的极大欢喜。斯刚德斯先生感觉，诺瑞尔先生等这个问题一定等了很久了，答案也一定在心中酝酿多年。诺瑞尔先生答道：“先生的问题，我恐怕无法回答。我无法理解，因为这个问题本身就有问题——魔法在我国并没有消失。我本人即是一名合格的实践派魔法师。”

第二章

古星酒栈

一八〇六年一至二月

四轮马车一驶出诺瑞尔宅大门，亨尼福特先生便赞叹道：“一位实践派魔法师！英格兰人！约克人！咱们真是好运气！唉，斯刚德斯先生，多亏了您——众人皆醉您独醒！要不是您一再催促，谁也发现不了诺瑞尔先生，我敢说他也不可能主动来找咱们，他是有些保守的。他没告诉咱们他在实践方面的具体成就，咱们除了知道他确有成就之外，一无所获。我想，也许是这位先生太过谦虚的缘故。斯刚德斯先生，您也看见了，咱们眼下的任务很明确，咱们要劝诺瑞尔先生放下羞涩、直面赞美，咱们要劝他‘出山’！”

“也许吧。”斯刚德斯先生的语气不无顾虑。

“我当然不是说这很容易。”亨尼福特先生说，“诺瑞尔先生这个人不言不语的，似乎独来独往惯了。可他应当知道，他有这样的学问，就该拿出来传授于人，才能为国争光。他是个绅士，我敢肯定，他知道他有义务这样做！唉，斯刚德斯先生，英格兰每一位魔法师都应该好好感谢您才是。”

应该归应该，可不巧英格兰魔法师都是些没什么良心的人。斯刚德斯、亨尼福特二位先生的发现很可能是三百年来英格兰魔法学术界最重大的突破——这又有什么呢？当约克的学者们听闻二人的消息，几乎都这样想：要是我去，准比他们问得明白多了！接下来的周二，约克魔法师学术协会召开重要会议，大家都准备在会上将此想法一吐为快。

周二晚间七时，石门街古星酒栈楼上的房间里人满为患，约克市里面只要对魔法略知一二的先生全被斯刚德斯、亨尼福特二位的消息吸引来了。约克诚然是英格兰魔法师云集的城市，也只有王城纽卡斯尔的法师阵容才能与之抗衡。

房间里一时间挤进了太多的人，店伙不断往里添凳子，还是有很多人没有地方坐。福克斯卡斯尔博士占着一把好椅子，它高大乌黑，雕饰不凡——这把椅子（更像是王座）背后恰是红天鹅绒的窗帘，福克斯卡斯尔博士往里一坐，双手扣着将军肚，领导派头十足。

古星酒栈的伙计们早生好一炉旺火，抵挡一月里傍晚的寒气。围坐在炉火近旁的魔法师都是上了岁数的，大约都是乔治二世年间生人。他们都紧裹着花格呢大围巾，一张张黄脸上密布着仿佛蛛网的皱纹，身边候着的贴身仆人也不比他们年轻多少，兜里都揣着应急药瓶。亨尼福特先生向这些老先生致意道："阿普特里先生，您好啊！您近来还好吗，格雷希普先生？您身子骨还硬朗啊，腾斯塔尔先生？先生们，在这里见到诸位我真是万分荣幸，我希望你们能与我们同乐——混沌蒙昧的年月终于到了尽头！阿普特里先生，还有您，格雷希普先生，你们见多识广，再清楚不过了，那都是些什么样的岁月啊。现在，魔法回来了！魔法又能为不列颠撑起保护伞了！那些法国佬，腾斯塔尔先生，您说要是他们听到这个消息，得吓成什么样！哈！他们要不马上投降才怪呢！"

亨尼福特先生还有一肚子这样的话，他准备好长篇讲演，想要把斯刚德斯先生和他的发现为国家带来的益处一样样摆在大家面前。然而还没讲上几句，便无法继续。因为此刻房里每一位先生都急于抒发己见，都希望在座来宾听清自己的想法。第一个打断亨尼福特先生的是福克斯卡斯尔博士。他坐在那高大乌黑的王座上，对亨尼福特先生说道："我知道您对魔法充满敬意，然而您那些天方夜谭实在是在给魔法抹黑。我听了感到失望。还有您，斯刚德斯先生，”说着，他转向被他视作祸首的那位先生，“为树立自己的威望而干扰他人——我不知道您过去的行规，在约克郡，我们可是不大欣赏这样的做法。”

福克斯卡斯尔博士话音刚落，斯刚德斯、亨尼福特二位的支持者的厉声抗议便汹涌而来。一位先生的声音再次压倒众人，他表示斯刚德斯、亨尼福特二位很可能是过于轻信。很明显，那个诺瑞尔疯了，跟光天化日之下站在街上大喊自己就是乌衣王的那些目光呆滞的疯子没什么不同。

一位生着土黄色头发的先生情绪激动。他认为斯刚德斯、亨尼福特二位应当说服诺瑞尔先生马上离家，坐上敞篷马车（虽然时值严冬）亲赴约克。这样一来，他便可以在所经之路铺撒常春藤的枝叶。[1]坐在火炉边的一位“元老”辩论热情高涨，然而岁数大了嗓音微弱，没人有闲心去琢磨他到底在叨咕些什么。

在座有位身材高挑且明事理的先生，名唤索普。他对魔法涉猎不广，却拥有魔法师中不可多得的判断力。和旁人一样，索普先生最初并不指望英格兰魔法去向何方的答案立刻显现，但他认为斯刚德斯先生勇于探寻，所做的尝试是值得鼓励的。如今这事有了结果，索普先生认为决不能轻易否决。“先生们，诺瑞尔先生声称他有能力施法，这很好，而且我们都听说过他收藏的那些罕见的古书，单凭这一点我们就不能不把他当回事。更加强有力的证据是：我们有两位同志，都是明白人，他们亲自拜访了这位诺瑞尔先生，回来之后都是一派心悦诚服的模样。”他转向亨尼福特先生，“您相信这位诺瑞尔先生——我们都看得出来。您一定有您相信他的理由。何不把您的所见所闻说来听听呢？”

亨尼福特先生对这个请求的反应似乎有些古怪。一开始他微笑了，

1　罗马帝国的统治者们佩戴月桂花冠以示荣耀；还有，我们都知道，恋人与幸运儿的脚下往往铺着玫瑰花瓣。而英格兰的魔法师总是与平凡的常春藤相伴。

充满感激，因为索普先生的提议正中下怀：终于有机会摆出证据证明诺瑞尔先生的实力了！可话到嘴边，他却停住了。他环视四周，心中的凿凿铁证一到嘴边便灰飞烟灭，无影无踪。口齿无恙，却说不出一句顺溜话。他只是嗫嚅着，夸了几句诺瑞尔先生面相诚恳。

约协的人都觉得亨尼福特先生的回答有欠妥当（若是亲眼看见诺瑞尔先生的面相，他们肯定更觉得此话不妥）。于是索普先生转向斯刚德斯先生，说道："斯刚德斯先生，当时您也在场，您觉得呢？"

大家突然发现斯刚德斯先生面色煞白。有些人想起来进场的时候他们向斯刚德斯先生打招呼，斯刚德斯先生都没有理睬，仿佛心不在焉。"先生是不是不舒服？"索普先生很和气地问。"不不不，"斯刚德斯先生低声道，"我没事，谢谢您。"然而他看上去简直好像丢了魂一般，有人忙把自己的座位让给他，还有人跑去给他拿了杯加那利葡萄酒。那位生着土黄头发、情绪高昂得想往诺瑞尔先生脚下撒常春藤的先生暗暗猜测，斯刚德斯先生一定是被谁念了咒，这回大家有得瞧了。

斯刚德斯先生叹了口气，说道："谢谢大家，我没事。只是这近一个礼拜，我的心情沉重，脑子也不好使。我的房东普莱森斯太太给我些竹芋，配了甘草根煎成汤药，喝了也不管用——我就知道不管用，因为病根儿是在我脑子里呢，我的身子骨倒比以前强。先生们，你们要是问我，为什么我坚信魔法重返家园了，我应当回答说这是我亲眼所见。若法术在眼前起效，在这儿留下的印象是鲜明而永不磨灭的……"斯刚德斯先生碰碰眉头，摸摸胸口，"可是，我得承认，我确实什么都没有看见。我们拜访诺瑞尔先生的时候他什么也没有做。如此说来，我说的大概都是些梦话吧。"

屋里又炸开了锅，那位神色淡然的先生淡淡一笑，问大家这到底是什么意思。索普先生大叫："老天，这真荒唐！我们一堆人坐在这里争辩诺瑞尔能干这个不能干那个，我们又不傻，我们直接让这位诺瑞尔先生露一手，证明一下实力不就行了，这还不简单？”

这实在是高见，一时间屋子里安静了许多。当然，并不是所有人都同意这个想法。一些魔法师（福克斯卡斯尔博士就在其中）表示反对：假如让诺瑞尔施法，必然会有潜在的危险。他们不想在街上看施法，他们只想在书上读它。其他一些人认为，此事虽小，但约协要是真这么干，准闹笑话。不过最终，大多数人还是站在了索普先生一边。“作为学者，我们至少要给诺瑞尔先生一个证明自己的机会。”于是，大家决定派人再给诺瑞尔先生去一封信。

斯刚德斯、亨尼福特二位的“不会办事儿”已是众所周知了。仅仅参观藏书室这一点，他们就不够机灵——参观了半天，回来一句整话都说不出。看见什么了？——“噢，书，很多书。”数量很大？——“是的，看上去量确实不小。”都是些很罕见的书吗？——“啊，多半如此。”让你们翻开看了吗？——“哦，不可能，诺瑞尔先生可没好心到这个程度。”那么，至少看见书名了吧？——他们答不上来，他们说他们想不起来了。斯刚德斯先生说有一本书的书名第一个字母是“B”，剩下就不知道了。事情蹊跷得很。

索普先生一直想亲笔给诺瑞尔先生去信，然而此时屋里大多数魔法师一心想让那位不知天高地厚的诺瑞尔先生受点教训，他们认为，能令此人蒙羞的最好办法莫过于请福克斯卡斯尔博士执笔。事情就这么决定了。不出所料，他们很快便收到了一封怒气冲冲的回信。

敬启者：

近年间，约克魔法师学术协会一再来信，诚恳至此，吾不胜荣幸。今，信又至，字里行间，意甚不满。约协好意，来之突兀，去之匆匆，实令人不知所措。信中责怪鄙人夸大己力，造谣生事。万般无奈，现回复如是：有才疏学浅者，一事无成，偏怨生不逢时。

然法术并非择时而生。近廿年，鄙人屡试不爽。精诚所至，金石为开；然不才积年孜孜不倦，却落此“欺诈”骂名。学力遭轻薄，言辞引疑惑。蒙此不公，约协诸位若有相求，本人实难从命，当众施法一事，尤不可行。诸位周三再聚之日，亦是本人答复之时。

吉尔伯特·诺瑞尔　叩上

一八〇七年二月一日

于约克郡何妨寺

信里处处玄机，口气令人难安。约协的魔法理论家们猜不透诺瑞尔先生最终会做何答复，多少有些紧张。结果，诺瑞尔先生只是派来一名律师，此人姓罗宾逊，相当常见的律师模样，满脸笑意，屈膝鞠躬，十分多礼；一袭黑衣，一副手套，干净利落。此人手上的一份文件，却是魔法师们不曾见识过的。这是一份协议的草案，依照在英格兰久已失传的魔法法律条文的规定撰写而成。

周三晚八点，罗宾逊先生准时出现在古星酒栈楼上的房间里，他认为这是众望所归。他在康尼大街有间事务所，并雇有两名员工。在座很多先生都认得他。

“先生们，我得承认，”罗宾逊先生笑着说，“这份协议是我的委托人诺瑞尔先生起草的。对魔法法制我可是一窍不通，如今哪个当律师的还懂这个呢？当然，若是出了错，我想诸位是会纠正我的。”

一部分约协魔法师胸有成竹般地点了点头。

罗宾逊先生其人相貌光鲜，干净利落，体态健康，处事乐观，十分讨好，总是令人眼前一亮——这些都是仙子和天使的特质，落在个律师身上就让人很不舒服。他对魔法一无所知，于是对约协的先生们几乎是言听计从。他认为魔法是门高深的学问，定是需要格外的专心。出于职业习惯以及对约协的尊重，罗宾逊先生态度谦逊。除此以外，他也获得一丝满足，因为这些学术大家有时候不得不停止关于神秘事物的讨论而听言于他。他把金丝眼镜架在鼻梁上，亮丽的外表又添新光。

罗宾逊先生说诺瑞尔先生已经答应会在某时某地施展法术。“具体时间地点由我的委托人来定，不知诸位是否答应？”

约协的先生们没有表示反对。

“那么，此事定在约克大教堂[2]，下下礼拜五。”

罗宾逊先生说，若诺瑞尔先生当天施法失败，他本人将当众收回过去表示自己是实践派魔法师的言论，甚至放弃魔法师这个头衔，并将立誓往后决不再提这般言论。

“这倒用不着，”索普先生说，“我们又不是为了惩罚他，我们只是想验证一下罢了。”

罗宾逊先生灿烂的笑容黯淡了一些，仿佛接下来要说的不是什么中听的话，于是他不知该如何开口。

“等一下，”斯刚德斯先生道，“咱们还没听听人家的条件呢。诺瑞尔先生若是成功了，他要我们做些什么呢？”

罗宾逊先生点点头。他说诺瑞尔先生的意思是要求约协每一名魔法师都立同样的誓。也就是说，若他成功了，约协将无条件解散，剥夺会员法师头衔终身。罗宾逊先生说，这其实是很公允的办法，这样一来，诺瑞尔先生便可对外宣布他是约克郡唯一一名真正的魔法师。

“得有第三方，我们需要独立的第三方证明魔法确实生效才行吧？”索普先生问。

他这话令罗宾逊先生很迷惑。他请求诸位原谅，他的问题也许是大

2　约克大教堂既是一所“大教堂”（意为主教或大主教执权之地），又是一所“礼拜堂”（专指古时由传教士修建的教堂）。历史不同时期叫法各不相同。早年间通常称为“礼拜堂”，而近几年约克人乐于使用“大教堂”这个叫法。这种叫法可以抬高教堂的地位，使之有别于邻城里彭与比佛利的同类建筑。里彭和比佛利两地都只有“礼拜堂”而没有“大教堂”。

不敬，但他还是要问，在座的先生们可都是魔法师。

哦，当然，所有人都点点头，他们确实都是魔法师。

那不就行了，罗宾逊先生说，既然都是魔法师，魔法生不生效一眼不就看出来了？魔法师看不出魔法，谁还能看得出来呢？

在座的一位先生问及诺瑞尔先生将要施什么法术，对此，罗宾逊先生满怀歉意，不厌其烦地大加解释。可他终归无法回答这个问题，因为他自己也不知道。

假若我如实描写约协的先生们在签协议之前绕了多大弯子、费了多少口舌，读者们一定要不耐烦了。有一部分人签了字，是虚荣作怪。他们宣称不信诺瑞尔那一套，因为在这之前，他们对诺瑞尔表示了怀疑，若是现改立场，准会丢人现眼（至少他们是这么以为的）。

亨尼福特先生签了名字，纯是因为他相信诺瑞尔先生。亨尼福特先生希望诺瑞尔先生可以借此机会赢得社会关注，进而利用魔法为国争光。

还有些先生签字是因为诺瑞尔的初衷以及罗宾逊先生的转述都有言外之意：不签协议就算不得真正的魔法师。于是纷纷签了字。

大家一个接一个地在罗宾逊先生带来的协议上签了自己的名字。斯刚德斯先生排在队伍的末尾。

“我不签。”他说，“魔法是我的生命。诺瑞尔先生说我才疏学浅，我认了。可如果不让我做魔法师，我能做什么呢？”

一片寂然。

“哦，”罗宾逊先生道，“这样一来嘛……先生，您确定不签吗？您看，在座的先生可都签了，您这样可有些孤立。”

“我确定。”斯刚德斯先生答道，“谢谢您。”

“那也好，”罗宾逊先生说，“但这样一来我就不知该如何处理了。我的委托人没有交代假如只有部分法师签字的话该如何继续。明早我需要再请示一下他本人。”

后来就有人听说，福克斯卡斯尔博士私下对那位哈特或是亨特先生抱怨那个新来的斯刚德斯就会给他们找麻烦。

两天后，罗宾逊先生通知福克斯卡斯尔博士，诺瑞尔先生表示，在这种特殊情况下，他不介意斯刚德斯先生拒签。他这份协议就算是同除斯刚德斯先生以外的所有约协成员签订的。

诺瑞尔先生施法的前夜，约克下了大雪。一早起来，街上的污泥无影无踪，满眼是无瑕的白雪。马蹄声、脚步声都隐去了，人们说话的声调也似乎有所改变，仿佛一切声响都被一片白色的静寂吞噬了。诺瑞尔先生定的时间是一大清早。约克郡的魔法师们在各自的家中独自吃了早饭，他们静静地看着仆人倒好咖啡、切开温热的圆面包、端来黄油碟。平日里，他们的妻子、姐妹、女儿、儿媳或是侄女都会为他们效劳，而此时，她们还在睡梦中呢。平日里，她们闲聊着家长里短，约协的魔法师们听见了都假装不厌其烦——其实，这悦耳的絮语才是他们平庸生活里甜蜜、温存的调剂；而此时，只是一片寂然。早餐室里，情景是那样不同寻常。大雪将冬日的幽暗一扫而光，取而代之的是令人不安的强光——地上的积雪把冬日的阳光反射千百次。这强烈的光芒打在白色的亚麻桌布上，令人目眩；女儿咖啡杯上印着的玫瑰花蕾仿佛就要翩然起舞；侄女的银质咖啡壶闪出耀眼的光辉；儿媳那些陶瓷的牧羊女微笑着，似乎全变成闪闪发光的天使。这一桌平凡的餐具一瞬间幻化成仙人们的银器和水晶。

派吉特夫人巷里一座小楼的三层，斯刚德斯先生把头探出窗口。他以为这雪便是诺瑞尔先生的魔法。此时头顶有一种不祥的隆隆声响，他赶忙把头缩回去，免得被屋顶掉下来的雪砸到。斯刚德斯先生没有仆人，更没有妻子、姐妹、女儿、儿媳或是侄女，他身边只有一位普莱森斯太太，他的女房东——习惯早起的女房东。两个礼拜以来，普莱森斯太太总见斯刚德斯先生边看书边叹气。她想着，也许一顿好早饭能让他高兴高兴。她把两条新烤的鲱鱼、茶、鲜奶、白面包和黄油在青花瓷盘子里码放好，端了出来。她坐到斯刚德斯先生旁边，像往常一样，和他聊聊天，希望能令他快活一些。看他如此颓然，她愤愤然道："唉，我真受不了那个老头子了！"

斯刚德斯先生从没对她说起过诺瑞尔先生的年龄，而普莱森斯太太猜想他一定是个老头子。依照斯刚德斯先生的描述判断，她觉得这个诺瑞尔先生是个吝啬鬼，不藏金子只藏书。随着情节的发展，读者们对诺瑞尔先生的形象可以做出自己的判断。我和普莱森斯太太一样，总觉得吝啬鬼一定都是些老家伙，但我解释不清原因。其实我们都知道，吝啬鬼里面年轻人也不少。至于诺瑞尔先生究竟是不是上了岁数，我要说，他是那种十几岁看着就比别人岁数大的"出窝老"。

普莱森斯太太接着说："普莱森斯先生还活着的时候，老是夸他自己烤的面包全约克没人比得了。吃过的人也都夸着他，说自己一辈子也没吃过这么好的面包。乐意把一件事做好总是值得鼓励的。假如现在有个阿拉伯故事里的神仙从这把茶壶嘴儿里冒出来说要满足我三个愿望，我可不会像有些坏蛋似的去阻止别人烤面包，要是别人的手艺赶上我，我一点都不难过，因为这对他们来说是进步，是好事。斯刚德斯先生，来，吃一点吧。"她说着，把一盘名震约克的烤面包移到她的房客面前，"你瘦了，我可不高兴。别人该说了：海蒂·普莱森斯这个管家是怎么当的？别这么消沉，咱不是没签那鬼文件吗？别人要是真当不成魔法师了，咱不还能当吗？真盼你能有些重大发现，那个老以为自己挺聪明的诺瑞尔早晚会找你同他合作，他到时候就该后悔这会儿不该这么傲！"

斯刚德斯先生笑了，谢过普莱森斯太太。他说："这估计是不大可能了。我现在最大的困难是缺乏学习资料。我自己手上的书少得可怜。若是约协解散，真不知那些书会流散到哪里去，不过显然是没有我的份儿的。”

斯刚德斯先生吃了面包（果然名不虚传）和鲱鱼，喝了些茶。早餐抚慰心灵的力量比他想象中要大，他觉得自己状态好些了。精神重振，他穿上大衣，戴好帽子、围脖和手套，踏着积雪，走向诺瑞尔先生将要创造奇迹的地方——约克大教堂。

但愿我的读者们熟悉这种建有大教堂的英格兰老城的风貌。若是不大了解，就体会不出诺瑞尔先生特选址于此的用意。要知道，在这样的老城里，大教堂不能单纯定义为“建筑之一”，因为它是独一无二的——它是那样恢宏，那样美而庄严。即使是在当代，当这样的老城也充斥了格式优雅的民居、礼堂和会议室（这些在约克更是遍地开花），大教堂仍在其中巍然屹立，鹤立鸡群。它是我们祖先虔诚信仰的见证。一座城有这样的建筑，就仿佛一个人怀抱着比自己还要大的物件。迷失在古城狭窄的小街里，我们想着也许再看不见大教堂了，然而，当我们走到一处街口，豁然开朗，它突然出现在我们面前，比周围的建筑高了那么多，大了那么多。我们知道了，这便是城市的中心，一条条大街小巷仿佛是把我们领到这里来的——这里散发着魔力，比任何一个诺瑞尔先生知道的魔法都要高深得多。当斯刚德斯先生走入夹道，站在大教堂西侧一片灰蓝的阴影里的时候，他便是这样一种心情。福克斯卡斯尔博士走过来了，仍是领导气派，仿佛一艘大黑船在街角缓缓航行。当他发觉斯刚德斯先生站在那里，便走了过去，向他道早安。

“先生，”福克斯卡斯尔博士道，“您能否给引见引见，我倒是很想认识认识这位诺瑞尔先生。”

“乐意效劳。”斯刚德斯先生望着他答道。这样的天气，多数人都足不出户，街上白雪茫茫，灰色的大教堂前，只有几个黑影在速速移动。细看之下，都是约协的魔法师或是教士，还有什么司事、差役、唱诗班指挥、教士长或是打扫门廊的小工，被上级派出来冒雪办事。

“能为您效劳是我最大的光荣，”斯刚德斯先生道，“可我找不到诺瑞尔先生。”

来的是另一个人。

这人独自在雪地里站着，正面向礼拜堂。他一身漆黑，样子看上去不很上等。他一直饶有兴趣地望着斯刚德斯、福克斯卡斯尔二人。他一头乱发及肩，宛如一瀑黑水。他面孔瘦，线条硬，五官里似乎有哪一样老是拧着劲儿，像团树根。虽然肤色苍白，感觉却黑乎乎的，也许是因为他生着一对乌黑眼珠，也许是因为他两鬓堆起长而油腻的黑发。几分钟后，这人走到斯刚德斯、福克斯卡斯尔二位面前，应付差事似的鞠了个躬，说希望二位不要介意他的突兀，他被告知二位与他为一事而来，所以才上前招呼。他自报名姓——约翰·齐尔德迈斯，诺瑞尔先生有些事情由他出面代理（至于都是些什么样的事，他没有说）。

“我觉得，”斯刚德斯先生若有所思地说，“我好像在哪儿见过你。我们见过面吗？”

齐尔德迈斯的表情有一丝变化，不过立马恢复平静，刚刚是笑了一下还是眉头一皱再不得而知。“我常在约克市里替诺瑞尔先生跑腿办事，先生也许在哪个书店见过我吧？”

“不是不是，”斯刚德斯先生说，“我见过你……我想得出……哪儿来着？……哦！我肯定能想起来！”

齐尔德迈斯挑了挑眉毛，仿佛是说：这可不一定。

“诺瑞尔先生肯定得跑来一趟，是吧？”福克斯卡斯尔博士问。

齐尔德迈斯表示了歉意，他说诺瑞尔先生不来。他认为诺瑞尔先生确实没必要来。

“啊！”福克斯卡斯尔博士大叫，“那他一定是认输了，是不是？哎呀呀，可怜的先生。我敢说他一定觉得很没面子。这太好了，无论如何，这种尝试是好的。我们一点都不怪他。”只要不施法术，福克斯卡斯尔博士便大松一口气，竟然变得如此宽宏大量。

齐尔德迈斯再次道歉。他说也许福克斯卡斯尔博士误会了他的意思。诺瑞尔先生的法是一定要施的。他会在何妨寺施法，而法术会在约克生效。齐尔德迈斯对福克斯卡斯尔博士说："除非迫不得已，我们谁也不愿离开温暖的火炉。我敢说，您要是有能力在自己的客厅里眼观六路，您决不会又冷又潮的还跑到这里来。"

福克斯卡斯尔博士倒抽一口冷气，瞪了齐尔德迈斯一眼，怪他无礼。

被福克斯卡斯尔博士冷眼相待，齐尔德迈斯毫不生气，反倒因此快活起来。他说："先生们，差不多是时候了，您们得进堂里面去了。这可是事关重大，若真错过点什么，您们一定会觉得遗憾的。"

约定的时间已经过去了二十分钟。约协的魔法师们从南门廊下鱼贯而入，一些人在进堂之前左顾右盼，仿佛在同眼前这个世界道别——片刻之后，很可能沧海桑田——天翻地覆，不复相认。

第三章

约克的石头

一八〇七年二月

即使是在太平盛世，冬日的大教堂也是个令人黯然神伤的地方。积年严冬的寒气似乎都留在石墙石柱里面，一点一点往外渗。约克魔法师学术协会的会员们不得不在这阴冷昏暗的大教堂里面站着，等待奇迹出现，没人知道是吉是凶。

亨尼福特先生努力想对同行们露出点笑容，然而此时，这样一位惯会微笑待人的绅士，脸上挤不出一丝笑意。

突然，钟声响了。这声音应当是圣米迦勒-贝尔福雷教堂的大钟报时，然而此时堂内的动静十分奇特，钟声悠远，仿佛自异乡传来。这钟声令人很不愉快。约协的魔法师们都很清楚，有人施魔法，便会有钟声响起；若是那些神秘的仙灵施法，钟声更是不绝于耳。大家都知道，老年间，每当在品德或容貌方面有特异之处的英国男女即将被仙灵掳走，往往会有清脆的铃声相伴；他们被囚禁在虚幻的国土，永无归期。乌衣王是地地道道的英国人，并非仙灵，可他仍有这种诱拐的行径，把人类骗到“彼界”，一起生活在自己的城堡里。[1]然而，就算你我都拥有把自

1 著名的叙事诗《乌衣王》恰是描述了这样一起诱拐事件：

> 阿爷常低叹，
> 吾将不复还。
> 乌衣王慧眼，（转下页）

己喜爱的人掳走共度永生的魔力，就算可以从芸芸众生中随意挑选，我们大概谁也不会看中约协的学者们，他们实在不够有魅力。堂内的学者们对此毫无自知之明，以至于人人自危——他们开始担心福克斯卡斯尔博士那封信到底把诺瑞尔先生气到什么程度。

钟声渐渐逝去，头顶一片阴影里突然传出一阵说话声。约协的人竖起耳朵听，很多人精神极度紧张，认为这声音就像神仙故事里描写的一样，是仙灵的真传，也许马上便会有戒律强加到他们身上。魔法师们所熟悉的神仙故事中的真传或是戒律一般都十分古怪，然而并不难于实行，至少听上去并不困难。大体格式例如："柜橱角落的蓝色罐子里最后一颗糖球切莫食用！"再如："切莫使用苦艾制成的棍棒打老婆！"

---

1 （接上页）知谁最翩翩。

神甫常祈祷，
手把钟儿摇，
然其一凡夫，
但见吾王烛光闪，
垂手唯称好。

阿妹与吾亲，
阿妹情深深，
然其手无力，
吾王伸臂索吾身，
阿妹唯低吟。

山河至浅薄，
宛如天上水墨迹；
吾王行迹至，
山河撼若风吹雨。

莫相忘，
莫相忘。
濯濯荒野间，
点点繁星闪，
吾王麾下万物相为伴，
吾将不复还。

但在所有的神仙故事里，得到真传的人总是时运不济，他们往往恰好做了戒律禁止他们做的事情，于是大难临头。

听到这声音，约协的魔法师们都感觉劫数已近。然而，这语言却没人听得懂。斯刚德斯先生感觉他听见了“恶”这个词，还听见有个词很像拉丁语里的动词“杀”。这声音本身就令人捉摸不透——完全不像人类的嗓音，于是约协的人更加心惊胆寒，生怕仙灵现身。这声音粗哑低沉，锉磨般刺耳，仿佛两块粗石相互磨擦。可即便真是石头，也是石“语”——明显是某种语言。约协的人恐惧地盯着头顶上方的阴影，隐约只能看见一尊小小的石像，立在大柱的椽子上，头部陷进一片黑暗之中。当大家逐渐习惯这古怪的声音，话里能听懂的词便越来越多了。古英语和古拉丁语相杂，仿佛这说话的人不知道这是两种不同的语言。幸而对于魔法师而言，听懂它并不算困难。他们当中很多人都有破译古时法师手迹的经验。若把此时听到的话语翻译成通俗易懂的语言，大意如下：很久很久以前（这声音说道）——五百年，也许更久——一个冬日的黄昏，一个男孩带着一个女孩进了大教堂。女孩头发上别着常春藤的枝叶。当时教堂里没有别人，当时教堂里只有石头。男孩勒死了这个女孩，没人发现，只有石头看见。他松手，她倒地而死，没人发现，只有石头看见。他没有受到惩罚，他的罪行没人见证，只有石头心知肚明。岁月流转，每当他随众人步入教堂，石头都会大喊：就是他！就是他！就是他杀了头戴常春藤的女孩！然而谁也听不到我们的呼喊。现在还不晚！我们知道凶手埋在哪里！他就埋在南门廊的角落里！快，快，拿上锄，拿上铲，把他的棺盖掀翻，把他的骨头挖出来打烂，把他的骷髅在石柱上击碎，让我们石头也有雪恨的一天！还不晚！还不晚！

魔法师们还没来得及细细思量，也没工夫多想这声音究竟来自何方，又有一段石语在耳畔响起。这回，声音像是从圣坛那边传过来的，是英文，但都是古语废词。这声音在抱怨一群士兵闯进大堂砸坏了窗子；一百年后，他们又回来，砸烂了十字架的幕墙，抹花了圣像的脸庞，刮走了镀金，在圣水盆边把箭头磨光；三百年后，又是他们，在修道院里开了枪。说这话的人一定不懂得，大教堂历千年自巍然不动，而岁岁年年，来人不同。这声音呼喊："以毁灭为乐，自当先灭亡！"同第一个声音一样，这个讲话者似乎也在堂里居留了千百年。它们一定是听多了训诫祷告，而基督教"仁、爱、顺"的美德，反倒闻所未闻。这时候，第一个声音又开始哀叹，悼念那头戴常春藤的女孩。这两个沙哑的声音交织在一起，听得人心中难安。

勇敢的索普先生往圣坛方向望去，发现了声音的来源。"是雕像在说话！"他说。

约协的法师们于是再次往头顶那方暗影里窥探，那是第一个声音传来的方向。这回，大家几乎认定是那个小小的石像在说话，因为他们发现，这个石像边说边挥舞着它短粗的胳膊，状似悲愤。

一时间，堂内所有雕像与石碑都开始张口说话。石语尽数千百年所见所闻。斯刚德斯先生后来把盛况讲给普莱森斯太太听，说那石声鼎沸，难以言表。约克大教堂里有太多的石人石兽，光是拍拍翅膀，也足以震耳欲聋。

很多雕像都在抱怨各自的邻居，这确是在情理之中，它们已经被迫相依相偎了上百年。在一扇石屏的基座上立着十五个国王的石像，头发极为鬈曲，仿佛上了烫发夹板以后再也不曾梳顺过。要是亨尼福特太太见了，准说她恨不得拿把梳子替这几位整理一下御顶。一开口，这些石头国王便开始争吵，相互指责。因为脚下的基座不分高低，而天子王儿，即便是石头一族，最恨莫过于与他人平起平坐。他们身旁一尊石柱底座有一排样貌古怪的小雕像，相互挽着手臂，石眼俯视下方。咒语一起效，这些小雕像便纷纷试图把同伴推到一旁，看来，一百年太久，即便是石头胳膊，也会发疼，即便是石头心肠，也想挣脱束缚。

有一尊石像听上去似乎在讲意大利语，大家不明就里。斯刚德斯先生后来发现，这雕像其实是米开朗基罗一部作品的仿制品。这石像此时描述的是另一所教堂的景致：坐落在明亮的阳光里，身后投下鲜明的黑影。这明显是在转述其罗马真身的所见所闻。

斯刚德斯先生很高兴，因为他发现约协的人虽很惊慌，但无人离去。有不少人被眼前景象惊呆了，忘掉了恐惧，四处游走，仔细观察，掏出随身携带的小本子记笔记，似乎把协议上的禁令忘了个一干二净。好久好久，约协的魔法师们（唉，马上就不再是魔法师了！）在侧廊上徘徊，为眼前景象叹为观止。与此同时，石语轰鸣，不绝于耳。

修道院内有装饰着石雕的天棚，这些雕像顶着古怪的头戴，嘴上喋喋不休。这里还有上百种英国树木的精美石像：山楂树、橡树、刺薇、苦艾、樱桃树，还有欧薯根。斯刚德斯先生还发现两条与自己小臂长短相仿的石龙，绕着一棵山楂树的枝叶根须游走追逐。它们的动作仿佛活物一般灵活自如。然而，当石龙活筋舒骨，脚爪碰触石枝石叶，那动静令人无法忍受。斯刚德斯先生发现四周已是沙尘升腾，仿佛置身石料厂。他想着若是这咒语还不停止，石像早晚磨光，只剩薄薄石灰一片。

石枝石叶轻轻摇曳，如沐微风，抽枝芽、添新花，奋力争先。当咒语逐渐失效，一些石藤条石花茎已经盘上了桌椅讲坛，甚至包住了经书，呈现一派新景。

当天目睹奇观的人绝不止约协成员。无论是否出自诺瑞尔先生本意，他这个咒语已飞出了大教堂，往城镇上蔓延。大教堂外西侧三尊石像当时正在泰勒先生的作坊里进行整修。几百年雨水冲刷，这些石像已经面目全非，究竟刻画的是哪些圣贤已无人知晓。上午十点半钟，泰勒作坊的一名石匠举起凿子，想把其中一尊石像的面庞刻出女圣贤的优美轮廓，一下手，这尊石像大声哭叫起来，抡起胳膊打掉凿子，这位倒霉的石匠摔在地上昏了过去。石像摆在那里，谁也近不得身。最终，人们只好把它们放回原处，而它们的脸已被打磨得像饼干一样平，像黄油一样淡了。

霎时间，四周的巨响齐齐起了变化，石声石语一点点消失了。随后，约协的人又听见圣米迦勒-贝尔福雷教堂的大钟敲响，半个钟头已过。最先说话的那个小石像在同伴沉默后仍兀自嘟囔着那场未曾昭雪的凶案（还不晚！还不晚！），然而不久之后，也住了嘴。

堂内片刻，外界已是斗转星移——魔法已重归国土，约协法师们也无力回天。一些不太引人注目的变化也发生了：天空积聚起厚重的云，仿佛酝酿着一场大雪。可这云层并不灰暗，那色彩是瓦蓝混了水绿。这奇异的色调，宛如寓言中照亮水下王国的晨光。

这一场下来，斯刚德斯先生感到十分疲倦。约协其他会员只是担惊受怕。斯刚德斯先生目睹魔法生效，叹为观止。然而当一切告终，他过于高涨的精神缓不回原样，此时，他只想安安静静一个人走回家去，避免与任何人交谈。然而，在这样一种虚弱的状态下，却被诺瑞尔先生的大司务给叫住了。

“先生，”齐尔德迈斯说，“我想，约协现在该解散了。我对此深表遗憾。”

也许是精神欠佳，斯刚德斯先生感觉，虽然齐尔德迈斯态度诚恳，但话音里总有点儿嘲笑约协人的意思。齐尔德迈斯其人处于这样一种尴尬的阶层：出身低贱，一辈子唯有卑躬屈膝，侍人左右，然而天资聪慧伶俐，于是，理应受到的承认与回报可望不可及。偶尔的偶尔，在种种有利条件下，这样的人有可能出人头地。然而绝大多数情况下，心比天高令他们变得乖戾尖酸，不再兢兢业业，做起事来还不如那些本分的仆人。他们傲慢无礼，往往保不住饭碗，下场悲惨。

“请先生原谅，”齐尔德迈斯说，“也许有些唐突，但我想请问您是否读过伦敦的报纸？”

斯刚德斯先生说他读过。

“真的？那就好。我很喜爱读报，但我不爱读书，除非是为诺瑞尔先生效力时的分内之事。近期伦敦报纸一般都登些什么样的消息呢？希望先生不介意这样的问题。我们诺瑞尔先生从不读报，他昨天问我这样的问题，我怕我回答不好。”

“是这样啊，”斯刚德斯先生有些摸不着头脑，“报纸上什么事都登。你想知道哪些呢？皇家海军抗击法军的最新战况，政府报告，还是关于离婚、丑闻什么的消息？你是想了解这些吗？”

“哦，是的！”齐尔德迈斯说，“先生解释得很好。”他若有所思，接着道，“我想知道伦敦报纸会不会安排‘地方新闻’这个版块，比如，像今天这一场，有没有资格在报纸上占上个段落？”

“这说不好，”斯刚德斯先生说，“我觉得是有可能的。但你要知道，约克郡离伦敦太远，伦敦报社的编辑们耳朵恐怕伸不到咱们这个地方来啊。”

“哦。”齐尔德迈斯随后再不吭声了。

下雪了，开始只是星星点点，随后越下越大，灰绿色的天空下已是漫天鹅毛。约克街景蒙在雪中，灰暗朦胧。行人仿佛都缩小了，市声变得淡而遥远。一切似乎无关紧要，人间只剩绿天、飞雪、影影绰绰的大教堂——以及诺瑞尔先生的大司务。

齐尔德迈斯半天没言语，斯刚德斯先生不知他还想知道些什么，自己该说的都已经说了。而齐尔德迈斯站着不走，一双乌黑大眼盯着斯刚德斯先生看，仿佛等着斯刚德斯先生张口再多说一句，就差这一句——他觉得斯刚德斯先生一定会说出来，他敢肯定。

“如果可能的话，”斯刚德斯先生掸掸斗篷上的雪，“说句痛快话，我看我给《泰晤士报》的编辑写封信得了，写一下诺瑞尔先生的惊人之举。”

“啊，您真是慷慨！”齐尔德迈斯说，“真的，我清楚得很，没多少人能有您这样的胸怀！正如我所料。我对诺瑞尔先生说过，再没有谁能比斯刚德斯先生更热心肠了！”

“哦，你过奖了，”斯刚德斯先生说，“其实没有什么。”

约克魔法师学术协会就此解散了。前会员都被迫摘下魔法师的帽子（当然，斯刚德斯先生除外）。确实，他们当中是有不少榆木脑袋，他们当中很多人也不那么友善，可我还是认为，这样的结果对他们来说太过苛刻。一纸协议，剥夺了一个魔法师研究魔法的权利；不研究魔法，他们还能干什么呢？他们每天在屋子里踱来踱去，搅得侄女（或是妻子，或是女儿）做针线活都做不踏实；为了能有个人说说话，以前漠不关心的琐事，现在却拿来缠着仆人问东问西，缠得仆人们直向女主人告状。他们拿起一本书，心不在焉地读起来，一直读到第22页才发现这是一本小说——他们最为嗤之以鼻的东西——于是马上厌恶地丢到一旁。他们一天要问家里人十遍：“现在几点钟了？”他们不敢相信时间过得竟是这么的慢，于是跟自己的怀表也起了争执。

所幸的是，亨尼福特先生的情况比其他人好得多。他天性善良，被那尊小石像讲述的谋杀案深深打动了。小石像把那桩往事深埋心底那么多年，世易时移，它还对那头戴常春藤的女孩的死念念不忘。亨尼福特先生觉得如此的忠诚理应有所回报。于是，他给教区的教长写信，给教士会成员写信，给大主教写信，一封一封不厌其烦，这些大人物都被他缠得忍无可忍，终于允许亨尼福特先生将大教堂南门廊角落的路石掘开。亨尼福特先生和手下工人挖出一具铅灰色的棺材，里面盛着几块骨头，同那尊小石像的描述完全吻合。然而教长表示，单凭小小一尊石像的说辞，他无法批准他们将尸骨从教堂移走——没有这种先例。啊，亨尼福特先生大叹，先例是有的！这场争论持续了好些年，亨尼福特先生根本没有闲工夫为当年签了诺瑞尔先生的协议而长吁短叹。[2]

前约协图书馆的藏书都卖给了考菲巷的萨若古德先生。似乎没有人想到要把这回事告诉斯刚德斯先生，斯刚德斯先生只是辗转听说了这件事。萨若古德先生的小店伙告诉了一个朋友（普利斯特里布店的店员），这个朋友有一次对乔治酒栈的考克劳馥太太提到了这件事，这位考克劳馥太太又把这话传到斯刚德斯先生的房东普莱森斯太太耳朵里。斯刚德斯先生一听到这个消息，帽子没顾上戴，大衣靴子也没顾上穿，冰天雪地便冲出门去，直奔萨若古德书店。可是，书已经卖光了。斯刚德斯先生问萨若古德先生是谁把书买走了。萨若古德先生抱歉地说，依买主的意思，他不能透露。斯刚德斯先生缺衣少帽，呼哧带喘，鞋里浸透雪水，袜子污泥斑斑，店里的顾客全都盯着他看。斯刚德斯先生对萨若古德先生说不透露也无所谓，自己已经知道这个人是谁了，说完总算获得一丝满足。斯刚德斯先生对诺瑞尔先生充满了好奇。他常常想到这个人，也常常与亨尼福特先生谈起他。[3]亨尼福特先生认为诺瑞尔先生

2　亨尼福特先生的证据是：一二七九年，在沼泽边上的阿尔斯顿城里发生了一起谋杀案。当时，人们在教堂院落里发现一具少年的尸体，挂在教堂门口一株灌木上。堂前恰有一尊圣母婴雕像。于是阿尔斯顿的百姓到纽卡斯尔乌衣王的城堡求助，乌衣王派出两名魔法师，他们施法，令圣母婴像开口说话，它们说它们目睹了凶杀，但凶手并非当地百姓，它们不认识那个人，也不知行凶的原因。此后，阿尔斯顿每有异乡人来访，百姓便会拉他到教堂门口，问圣母婴："是这个人吗？"然而圣母婴一直都否认。在圣母脚下，有一只石狮和一条石龙，盘踞成不可思议的姿势，咬住彼此的脖颈。雕刻它们的工匠从未见过真正的狮子和龙，狗和羊倒是见过不少，于是雕出来的生物颇有家畜之风。每当异乡人被拉来验身，这狮子和龙总会停止厮咬，静静观望，仿佛是圣母的两条看家狗。狮子会汪汪叫上一阵，龙则愤怒地咩咩个不停。

时间一年一年过去了，记得这场凶案的人大都死光了，凶手本人很可能也早死了，而这圣母婴像改不掉这个习惯。若有哪个倒霉鬼走过堂前，走到它们视野所及范围内，它们便转动头颅，开口说话："不是他！"阿尔斯顿这个地方因此落下个恐怖的恶名，远近乡民但凡能绕开路走，绝不从此地经过。

3　为使自己更加了解诺瑞尔先生的为人及法力，斯刚德斯先生决定把上次何妨寺之行的见闻写下来。不幸的是，他发现自己关于这段经历的回忆十分模糊。每每重读自己写的东西，他总觉得有改动的必要。一开始只是小删小改，而结果往往需要另起炉灶。四五个月之后，斯刚德斯先生不得不承认，自己已经完全不记得亨尼福特先生到底对诺瑞尔先生说了些什么，或是（转下页）

的所作所为纯是出于复兴英格兰魔法的拳拳之心。斯刚德斯先生对此表示怀疑。他开始找熟人拉关系，看看能不能跟诺瑞尔先生的熟人搭上线，打通获得信息的渠道。

像诺瑞尔先生这样有房又有地的绅士，往往会成为邻居们的谈资。邻居们若不是笨到一定程度，总能或多或少了解到一些关于他的情况。斯刚德斯先生发现，住在石门街的一家人有亲戚住在离何妨寺约五里地的一片农庄上。他到石门街登门拜访，跟人家逐渐熟识了。接着，他便催这家人把住在何妨寺附近的亲戚请来一起吃个饭（斯刚德斯先生为自己能有如此的社交应酬技巧感到惊诧）。这家亲戚如约而至，席间提到他们那位给大教堂施了法、有钱而古怪的邻居。可是，他们带来的信息只有一条：诺瑞尔先生马上就要离开约克郡去往伦敦了。

斯刚德斯先生吃了一惊。而这个消息带给自己的震动如此之大，更是令他十分意外。他感到不安，而这不安来得没缘由。他正告自己：诺瑞尔先生从未注意过自己，对自己也没什么恩情。可此时，诺瑞尔先生是自己唯一的同行了。他一旦离开，自己便成了约克郡唯一的魔法师——约克郡最后一位魔法师。

3　（接上页）诺瑞尔先生究竟答了些什么，或是自己在房间里看见了什么。斯刚德斯先生得出结论：写这样的回忆录纯属白费力气。于是一把火把稿子都给烧了。

第四章

英格兰魔法之友

一八〇七年初春

如果您愿意，请在脑中描绘这样一幅图景：一个人日复一日地坐在自己的藏书室里，不挪动地方。这个人身材矮小，毫无魅力。他的面前摊开着一本书。足够的笔、削笔刀、墨水、纸张、笔记本，都摆在手边上。房间里总是生着火——他可离不开火，一丝寒意都令他坐立难安。屋里的陈设迎时改换，而屋里的他却一成不变。透过三扇大窗，能看到一派英格兰乡间风光：春令人平静，夏令人愉悦，秋飘来伤感，冬送来阴霾——真是典型的英伦景致！虽然景致四时不同，却激不起这位先生半点兴趣——他的双眼离不开书本！他当然也会像别人那样锻炼身体：在晴朗干燥的日子里，穿过花园，绕着小树林子散散步；到了雨季，就在灌木丛附近走几步。然而，他对于花园、树木、灌木丛知之甚少。藏书室的桌子上总有本书等着他呢，即使散着步，他眼前仍是书上的行行字迹、论理推想，他老想着去翻开下一页，手指头直痒痒。他也和邻居见见面，每个季度大约有个两三次：这到底是在英格兰，无论你人有多无趣多刻薄，你的邻居们绝不会容你隐居遁世。他的邻居们总是主动上门拜访，邀请他吃顿便饭或是参加舞会，并把名片留给他的仆人。他们是一番好意，他们感觉一个人若是独来独往，有百害而无一利；他们也是满心好奇，想看看这位先生自上一次露面之后可有改变。然而事实总令他们失望。即便见了面，这位先生同他们也无话可讲。于是，大家一致认为，他是全约克郡最最乏味的人。

诺瑞尔先生人虽然乏味，心眼也小，志向却不小，他一心要使魔法重返英格兰。亨尼福特先生若是得知，也会赞其为鸿鹄。这鸿鹄之志已在心里盘桓太久，为了使它成为现实，诺瑞尔先生如今决定南下伦敦。

齐尔德迈斯向他保证，此刻正是有利时机。齐尔德迈斯可是个万事通，他连街头巷尾孩子们玩的游戏都一清二楚，即便那些游戏早被其他成年人遗忘；他能把炉火边老年人心里琢磨的事都猜个透，即便多少年来别人都不曾过问；他了解那隆隆的战鼓、嗡嗡的号角是如何把年轻人怂恿到了战场上——他当然也能预感到，他们未来的光荣填不满一酒盅，即将遭受的痛苦却能塞满一炮筒。路上走过一个打扮光鲜的律师，齐尔德迈斯瞄上一眼，便能猜出他的家底。被齐尔德迈斯摸透的事情，总令他微笑，有些事甚至把他惹得大笑出声，然而，没有一件事能唤起他半个钢镚儿重的怜悯。

于是，当齐尔德迈斯对主人说："去伦敦吧，现在就动身。"诺瑞尔先生采纳了他的建议。

"我唯一不太乐意的，"诺瑞尔先生说，"就是你让斯刚德斯代表咱们给伦敦报社写信。他动笔就得出错——你想过没有？我敢说他肯定会试着给我的法术做解说。这些三流学者从来憋不住，总想插几句他们自己的看法。他肯定会对我在约克使用的魔法妄加猜测——错误的猜测。人们对于魔法的认识已经够混乱了，用不着他们再添乱。咱们非得用斯刚德斯吗？"

齐尔德迈斯冷冷地盯着他的主人，微笑则更令人生寒。他答说他认为确有必要。"主人，我想问问，"他说，"您最近可否听说一个海军方面的官员，名唤贝恩斯的？"

"我想我知道你说的这个人。"诺瑞尔先生答道。

"啊，"齐尔德迈斯说，"那您是如何知道他的呢？"

片刻的沉默。

“好吧，”诺瑞尔先生勉强答道，“我想我大概是在某家报纸上读到过‘贝恩斯舰长’这个名号。”

“海克托尔·贝恩斯上尉，在快舰‘北方之王’号上服役。”齐尔德迈斯说，“二十一岁的时候，他在西印度群岛的一次军事行动中丢了一条腿和三根手指。在那次行动中，‘北方之王’号的舰长和很多海员都丧生了。报纸上说，这位贝恩斯上尉一边让随军医生给他锯腿，一边坚持指挥船员作战。虽然我敢肯定，这报道有不少夸张的成分，但这上尉确实把一艘破损不堪的战舰从西印度群岛救了出来，痛击一艘西班牙商船，战利品颇丰。他自己大赚一笔，凯旋回国，成了英雄。他抛弃了原先已和他订婚的对象，娶了别家千金。主人，这些便是《早邮报》对该上尉事迹所做的报道。下面，我还要告诉您后来发生的事。贝恩斯和您一样，都是北方人，出身平平，历来缺少贵人相助。他结婚不久便携妻前往伦敦，暂住在位于西柯尔街的朋友家。居留期间，上至高官，下至百姓，纷纷前来拜访。子爵夫人邀他们共宴，议会成员为他们举杯。无论是名是利，贝恩斯想要的，全都得到了。他的成功，主人，我想应当归功于报纸的报道，是报纸为他赢得了公众的认可和赞誉。不过，当然，也许您在伦敦还认识更有力的人士，用不着麻烦报社的编辑。”

“你明明知道我不认识！”诺瑞尔先生不耐烦地说。

与此同时，斯刚德斯先生为写那封信，花了好大一番功夫。他很沮丧，因为他觉得自己若对诺瑞尔先生再多赞美一个字都很困难。斯刚德斯先生认为，伦敦报纸的读者们肯定希望读到一些关于诺瑞尔先生个人品德方面的报道，而他们肯定会奇怪，笔者为什么对此保持沉默。

不久，斯刚德斯先生的信在《泰晤士报》上发表，题为《约克市奇迹惊现：呼唤英格兰魔法之友》。在描述了约克市出现的魔法之后，斯刚德斯先生总结道，若为英格兰魔法之友，必当赞美诺瑞尔先生秉承的低调作风——正是这种作风，促进了学术研究，催发了学术成就，约克大教堂的精彩一幕便是明证。但是，斯刚德斯先生写道，此文意在呼唤英格兰魔法之友与他并肩，合力说服诺瑞尔先生不要就此隐退、闭门独学，而应涉足更广阔的天地，为国家大业效力，书写英国魔法历史之新篇。

《呼唤英格兰魔法之友》一文引起了轰动，在伦敦风头更劲。《泰晤士报》的读者们为诺瑞尔先生的成就所震惊。几乎人人都想见诺瑞尔先生一面；年轻的小姐太太们可怜那些受了惊吓的约克学者，自己也很想被吓那么一回。很显然，这种机会难来二次。诺瑞尔先生已下决心，尽其所能，以最快速度在伦敦树立威望。“你得给我找套房子，齐尔德迈斯。”他说，“让人一看咱们的房子，就知道魔法是一项崇高的事业，不比法律差，比行医要高得多。”

齐尔德迈斯淡淡地问诺瑞尔先生，将来建筑样式是不是必得说明魔法地位和教廷一般崇高才可以。

诺瑞尔先生（他在书上读到过玩笑为何物，当然知道世界上有开玩笑这回事，可是从来没有人介绍他跟玩笑认识一下或者握个手什么的）思考了一会儿，最后说了不。他认为不该将两者相提并论。

于是齐尔德迈斯（心想这世上没什么比钱更崇高）向他的主人推荐了一所位于汉诺威广场的宅子，四周富户林立。不知道读者您怎么想，反正我不怎么喜欢汉诺威广场南面的房子——那些房子都太高太单薄，最矮的也有四层，上面安着丧气的大长窗户，千篇一律。每一栋房子都和它的邻居一模一样，整体看上去，就像一排专挡光线的高墙。然而，诺瑞尔先生（他不像我似的有那么多五颜六色的想法）对新居十分满意。他的感受，是任何一个在乡间大宅住了三十多年的人都会有的：过去与一大片林场做伴，再远便是广阔的农田和树林，无论什么时候开窗眺望，绝对没有别人的房产碍眼。

“这一定算是小户型，齐尔德迈斯。”他说，“不过我无所谓。你也知道，我不图安逸。”

齐尔德迈斯答说这房子在当地已经算是最大的了。

“真的吗？”诺瑞尔先生吃了一惊。他尤其没想到书房竟然那么小，他挑出来那些不可不带的书，三分之一都装不下。他问齐尔德迈斯，伦敦的居民把书往哪里摆放，还是他们根本就不读书。

诺瑞尔先生在伦敦还没住满三个礼拜，便收到一位自称姓高德斯丹的夫人的来信。这位夫人他从未听说过。

“……我知道，还不认识您就给您写信，实在冒味。不用问，您肯定会想，是谁这么不董事？认识的朋友里哪儿有这种人！您还会闲我胆大包天，等等等等。但是，德罗莱特是我一个特好的朋友，他向我保正说您是天底下最最好皮气的人，您肯定不会怪我。我等不急想快点儿认识您。礼拜四晚上的晚会如果您肯尝脸参加，我就太荣兴了。您可别以为晚会就义味着人多，然后就不来了——我也最讨厌人多，所以我只请了几个我最亲密的朋友来见见您……”*

这种信是无法给诺瑞尔先生留下任何好印象的。他飞速把信读完，便扔到一边，嗤之以鼻，随后又抱起书本。不一会儿，齐尔德迈斯前来报到，处理晨间事务。他读了高德斯丹夫人的来信，问诺瑞尔先生准备怎样答复。

“拒绝。”诺瑞尔先生说。

“真要拒绝？我敢说您是有约在先了吧？”齐尔德迈斯问。

“当然，随便你怎么说。”诺瑞尔先生说。

“您到底是不是有约在先？”齐尔德迈斯问。

“不是。”诺瑞尔先生说。

---

* 原信有很多拼写错误，译文以别字传其意。

“啊！”齐尔德迈斯说，“那么也许您是因为别的日子约会太多，才拒绝了这一个？您怕累着？”

“我没有别的约会。你明明知道我没有。”诺瑞尔先生读了一两分钟书，又问道（当然，眼睛仍然盯着书），“你怎么还在这儿？”

“我是还在这儿。”齐尔德迈斯说。

“说吧，”诺瑞尔先生说，“怎么了？有什么事？”

“我本以为您来伦敦是为了让大家都看看当代魔法师的样子。要是您一天到晚老想待在家里，那咱们就耗着吧。”

诺瑞尔先生没说话。他拿起那封信看了看。“德罗莱特，”他终于吐了口，“她提这个人干什么？我认识的人里没人姓这个姓。”

“她干什么我不知道，”齐尔德迈斯说，“但我知道的是，眼下，太端架子可不行。”

高德斯丹夫人的聚会当晚八点整，诺瑞尔先生穿着他最好的灰外套，坐在马车里，琢磨着高德斯丹夫人的好朋友德罗莱特会是个什么角色。突然，他意识到马车不再动了。往窗外看去，路灯下是拥挤喧闹的人群和车马。他以为所有人都跟他一样认不清伦敦的街道，于是很自然地假设他的车夫和随从迷了路。他用手杖敲打车厢顶篷，大叫起来：“戴维！卢卡斯！你们俩没听见我说的是曼彻斯特大街吗？怎么不先打听好路再出发？”

卢卡斯坐在包厢顶上，往底下喊，说他们已经到曼彻斯特大街了，正排班停车呢——有一长队马车等着往前面的房子那儿停。

“什么房子？”诺瑞尔先生喊。

卢卡斯说就是他们要去的那栋房子。

“不，不会！你认错了，”诺瑞尔先生说，“人家说是很小的聚会。”

等真站在高德斯丹夫人家的门口，诺瑞尔先生才发觉自己身陷人海，身边拥着高德斯丹夫人一百多位“最亲密的”朋友。大厅和接待室里已是人满为患，然而随时还有客人往里“添”。诺瑞尔先生着实吃了一惊——其实这有什么可大惊小怪的呢？这种聚会在伦敦正时兴，在市中心，隔不了几家就有一场，一周七天，绝无空当。

该如何描述一场伦敦的聚会呢？盛着蜡烛的雕花玻璃罐摆满厅堂，那光芒渐欲迷人眼；高雅大方的镜子反射出成倍的光，夜晚变得比白天还亮堂；五光十色的温室水果堆成小山，摆在雪白的桌布上，显得富丽堂皇；美若天仙的千金小姐珠光宝气，挎着胳膊挽着手，成对成双，无论走到哪里，都能赢得赞美的目光。然而，室内热气过足，挤压过重，噪音过高，想坐下简直是天方夜谭，连站着的地方都难找。眼看自己的好朋友站在屋子那一头，有一肚子话正想跟他说——可是，该怎么靠近他呢？要是运气好，也许再等等便可以在人潮中发现他，若是两人被冲到一起，还可以趁摩肩接踵之际握握手。站在一群压着怒火散着热气的陌生人中间，无异于站在非洲的大沙漠里，与他人正常对话的可能性均为零。此刻心里只有一个念头，就是要保护自己的华服美衣免遭人潮蹂躏。每个人都抱怨说太热太闷，简直是在活受罪。然而，若说咱们这些客人受了不少罪，那些没接到邀请的人受的罪又该怎么算呢？相比之下，咱们受的罪又算什么呢！等到了明天，咱们还可以好好聊聊这场聚会有多棒。

诺瑞尔先生是与一位年纪很大的夫人同时到场的。这位老夫人身材矮小，面相不善，然而一看便知来头不小（浑身钻石）。仆人们一拥而上，围住了她。诺瑞尔先生自己走进房门，没人搭理。他进了一间屋子，里面满是人，有张小桌上摆着一杯潘趣酒。喝着酒，他意识到，他还没把自己的名字告诉别人，于是这里的人谁也不知道他已经来了。他有点不知所措。四周的宾客正忙于寒暄，要他这会儿跑去找个仆人，报上名姓，诺瑞尔先生可做不到——那帮仆人鼻孔朝天，傲得没谱，和他们说话都会紧张。真可惜，前约协的某些魔法师没在现场，若是他们看见诺瑞尔先生这副可怜相，准会兴高采烈。不过，这也是人之常情：在熟悉的环境里，咱们无论干什么都乐颠颠的，感觉舒适随意；然而一旦把咱们放到陌生人中间——老天！怎么感觉这么难受呢！

诺瑞尔先生从这屋串到那屋，哪屋都待不踏实。中途，他突然听见有人提到他的名字，还有一大段令人莫名其妙的话："……跟我说，他只要一出现，肯定会穿着神秘莫测的深蓝袍子，袍子上点缀着诡异的符号！可是，德罗莱特——这人跟诺瑞尔先生特熟——他说……"

房间里这么吵，要是诺瑞尔先生能把每个字都听清楚，那就神了。说这些话的是个年轻女人，诺瑞尔先生拼命在人群里找她，结果只是徒劳。他真想知道她还说了他些什么。

他发现身边站着一男一女。那位女士真是再普通不过了——四五十岁，看上去通达事理。那位男士的气派打扮，却是约克郡难得一见的。他身材小巧，穿戴一丝不苟：黑外套质地优良，衬衣也白得不同寻常。黑天鹅绒带子拴住一副银丝眼镜，挂在他的脖子上。他五官端正，几乎可以算是漂亮；短发乌黑，皮肤光洁白净，唯面颊微红，也许是淡淡地打了点儿胭脂。最出众的要数他的双眼，不仅大，形状也好看，瞳孔颜色很深，总汪着一潭水似的那么亮，睫毛又黑又长。他周身散发着的阴柔，全靠精心打扮，唯有他的眼睛和睫毛，却是天生丽质。

诺瑞尔仔细聆听这两位的对话，看看是不是在谈论他。

"……我就给邓康姆夫人提建议，解决她亲闺女那桩事。"小个子的男士说，"邓康姆夫人为她找了个对象，也不是特别出色，年收入九百吧！可那个傻姑娘一心就想跟一个身无分文的骑兵上尉好。可怜邓康姆夫人都快急疯了。'噢，夫人啊！'我一听这事儿，立马就说，'您省省心吧！都交给我来办。我可没说自己是什么了不起的天才，您也知道，可我这点心眼儿，还就专能派这种用场！'哦，夫人，您要是听说我是怎么办这事儿的，您非得笑出来。我敢说别人谁也想不出这么个怪招！我把苏珊小姐带到邦德大街上的格雷首饰行，陪她挑耳环、试项链，一上午过得非常愉快。她从小在德比郡长大，不知道这世上真有那么华美的珠宝，估计都没认真动过这方面的脑子。邓康姆夫人和我偶尔提醒她几句，说要是她嫁了赫斯特上尉，以后就没能力买这么好的东西了，反之要是嫁了瓦茨先生，就能在最贵的里面挑。之后，我委屈自己，专门跑去找赫斯特上尉，劝他陪我一起去布多那里——夫人，不瞒您说——就是去赌博！”小个子男士咯咯笑了起来，“我先借了点儿钱给他，让他试试手气，您要知道，这钱不是我出的，是邓康姆夫人特意给的。我们打了三四圈，眨眼工夫，上尉欠下的债啊——唉，夫人，反正我是不晓得他怎么才还得清！邓康姆夫人和我正告他，姑娘嫁的人家收入微薄也就算了，可要是债台高筑，那就另当别论。他一开始当然不肯听我们的，嘴里甚至——怎么说呢——冒出些当兵的行话。不过最后他也不得不承认，道理在我们这边。”

诺瑞尔先生发现，那位四五十岁、通达事理的女士看了小个子男士一眼，眼神充满嫌恶。随后，她微微鞠了一躬，冷冰冰的，一句话没说便走开，汇入了人群。小个子男士转了个身，立刻招呼起别的朋友。

接着，诺瑞尔先生的目光落到一位极漂亮的、穿着银白相间的礼袍的年轻太太身上。一位高大英俊的男士正对她说话，好像无论说什么，都能逗得这位太太开怀大笑。

“……如果他能在这房子的地基下面发现这么两条火龙，一红一白，永相争斗，不正预示着高德斯丹先生未来的毁灭吗？我猜，”这位男士压低了声音，“就算他真毁灭了，您也不在乎。”

她又笑了起来，比之前笑得还欢。不一会儿，有人过来，称呼她为“高德斯丹夫人”，诺瑞尔先生听了大为惊讶。

诺瑞尔先生想了想，觉得自己应当早和这位太太打招呼，然而一转眼工夫，她便无影无踪了。他已经受够了喧闹的人群，决定悄悄离场。然而这会儿，挡在大门口的人墙牢不可破。他被人潮冲到屋子的另一头，就像一片落叶被涡流带着打转。转来转去，他在窗户旁边发现了一处僻静的角落。那里有一扇高大的黑檀木屏风，上面镶嵌着贝壳。挡在屏风后面的——啊，真是太好了！——是一座书柜！诺瑞尔先生溜到屏风后面，拿了一本约翰·纳皮尔的《圣约翰启示录之昭启》*，读了起来。

没读多久，偶然一抬头，他便看见刚刚和高德斯丹夫人说话的那位高大英俊的男士，还有那位千方百计使赫斯特上尉婚姻无望的矮个子黑发男士。他俩正聊得起劲儿，可周围的人群实在太过拥挤，于是高个子连个招呼也没打，便一把揪住矮个子的袖管，将他拽到屏风后面，进了诺瑞尔先生的小角落。

“他没来。”高个子说。为了表示强调，他每说一个字，就用手指头在矮个子的肩膀上戳一下。“你跟我们形容的那双目光炽烈的眼睛在哪儿呢？不是说会出现难以捉摸的神游吗？有谁被诅咒了吗？——我看还是算了吧！你像从地底招魂一般招他，结果呢，他没来。”

“我今天上午刚见着他，”矮个子回嘴道，“听他讲他最近施展的奇异法术，他当时就说他今晚会来的。”

“都过了十二点了。这会儿他不会来了。”高个子高傲地笑了笑，“承认吧，你根本就不认识人家！”

矮个子也笑了，意欲压倒高个子脸上的笑（这两位男士正在打一场笑仗），随后说：“在伦敦，我比谁都认识他！不过我得承认我有点儿——只有一丁点儿——失望。”

“哈！”高个子爆出一声，“现在看来，大家都被恶意欺骗了！我

---

* 约翰·纳皮尔（1550—1617），苏格兰数学家、神学家。在出版于一五九三年的该书中，纳皮尔指出天主教会和教皇是一切邪恶的根源。

们赶到这里来，是为了一睹奇观，结果我们还得自己找乐子。”目光扫到诺瑞尔先生身上，他接着说，“这位先生在看书！”

矮个子往身后瞟了一眼，回头的时候胳膊肘撞上了《圣约翰启示录之昭启》。他瞪了诺瑞尔先生一眼，似乎是埋怨他，本来地方就小，还非拿这么大一本书占地儿。

“我说过了，我有些失望，”矮个子接着说，“可他这么做，我一点儿都不奇怪。你不像我那么了解他。咳，我跟你说，他算盘打得可精了，知道自己几斤几两。谁都没他精。能在汉诺威广场买房子的人，还能不懂办事的分寸？哦，是的！人家确实在汉诺威广场买了栋房子！难道你还没听说吗？简直跟犹太人一样有钱。他有个姓海桑斯威特的舅舅，死后留给他一大笔钱。刨去零七八碎的，他还有一栋大宅子和一大片地产，就在约克郡何妨寺那边。”

“哈！”高个子冷冷道，“他这真不是一般的运气。又老又有钱，而且还死了，这样的舅舅太难得了。”

“嗯，谁说不是呢！”矮个子叫了起来，“我的朋友格里芬一家就有一个超级有钱的老舅舅。这些年来，他们在他身上打了不少主意。刚开始打主意的时候，那老头子少说也得有一百岁了，可他到现在还没死呢，就好像坚持要活着，专和这家人作对。格里芬一家几口慢慢也都老了，到时候就会一个接一个地死在失望的痛苦中。不过，我敢肯定，您，我亲爱的拉塞尔斯先生，用不着为那些麻烦的老家伙费神。您的钱来得可容易，是吧？”

高个子没有理会这句无礼的问话，只是冷冰冰地说：“我看这位先生有话要跟你说。”

“这位先生”指的是诺瑞尔先生。听到自己的财产被这么公开讨论，他大吃一惊，前几分钟就一直想插话进来。“对不起，打断一下。”他说。

"什么事？"矮个子厉声问。

"我就是诺瑞尔。"

高个子和矮个子都睁大了双眼盯着他。

半天没人说话。矮个子最初仿佛受了侮辱，随后面无表情，这会儿一脸困惑。他让诺瑞尔先生再重复一遍他的名字。

诺瑞尔先生照办。于是矮个子说："真不好意思，但……我是说……恕我冒昧地问一句，您汉诺威广场的住处，是不是有个穿一身黑衣服的人，脸很瘦，好像拧着弯的篱笆根儿？"

诺瑞尔先生想了想，答道："齐尔德迈斯。我想您说的是齐尔德迈斯。"

"哦，齐尔德迈斯！"矮个子大叫起来，仿佛一切真相大白，"是啊，当然啦，看我多傻！那不是齐尔德迈斯嘛！啊，诺瑞尔先生，认识了您，我心中的喜悦难以言表！先生，我姓德罗莱特。"

"您认识齐尔德迈斯？"诺瑞尔先生有点迷糊。

"我……"德罗莱特顿了顿，"我刚给您描述的那个人，我看见他从您家里走出来，然后我就……哦，诺瑞尔先生，我有时候真是个榆木脑袋！我把他当成了您！您可千万别生气，先生！我现在看明白了，他是有点儿狂野、浪漫的感觉，让人联想到魔法师，而您则似乎善于默想，颇有学者风范。拉塞尔斯，你看，诺瑞尔先生有种稳重冷静的学者派头，是不是？"

高个子表示同意，然而声音里缺乏热情。

"诺瑞尔先生，这是我的朋友，拉塞尔斯先生。"德罗莱特说。

拉塞尔斯先生微微欠了欠身。

"哦，诺瑞尔先生！"德罗莱特先生叫了起来，"您可不知道今晚我受了多大的罪，光想着您到底会不会来！七点钟的时候，我急得没办法，专门跑到格拉斯豪斯大街的沸水酒馆去找戴维和卢卡斯，问问他们知不知道。戴维说您肯定不会来。一听这话，您知道吗，我当时彻底绝望了！”

“戴维和卢卡斯！”听诺瑞尔先生的声调，就知道他从来没这么吃惊过。（这两位，假如您还记得，是诺瑞尔先生的车夫和随从。）

“哦，是的！”德罗莱特先生说，“戴维和卢卡斯偶尔会在格拉斯豪斯大街的沸水酒馆里吃羊肉，我想您知道吧。”德罗莱特先生临时关上话匣子，留出点儿时间，以便诺瑞尔先生低声嘟哝说他不知道有这回事。

“我不遗余力地宣传您的神功，我广大的朋友圈子里已无人不晓。”德罗莱特先生接着说，“我就像是您的施洗约翰，先生，我已经为您铺好了路！我可以毫不犹豫地说，您和我已经成了密友，因为我早有预感，亲爱的诺瑞尔先生，我预感到咱们一定能成为密友。您看，我说得多准，咱们现在聊得多融洽啊！”

第五章

德罗莱特

一八〇七年春至同年秋

第二天一大早，诺瑞尔先生的大司务齐尔德迈斯被主人传唤到早餐室。他发现诺瑞尔先生面色苍白，焦躁不安。

“出什么事了？”齐尔德迈斯问。

“哦！”诺瑞尔先生抬起头来，大叫一声，“你还敢问我！你，你玩忽职守，随便流氓无赖监视我的房子，盘问我的仆人，肆无忌惮！人家想打听什么都打听到了！你不去替我挡这些事儿，那我问你，我花钱雇你干什么的？”

齐尔德迈斯耸了耸肩膀，说：“我想，您是说德罗莱特的事吧。”

诺瑞尔先生很惊讶，一时没说出话来。

“你知道？”诺瑞尔先生大喊，“行啊，小伙子！你想什么哪？难道不是你一而再再而三地跟我说，为了保护我的隐私，不让咱们的下人和外边人说三道四的吗？”

“哦，当然是这样。”齐尔德迈斯说，“可是，恐怕主人您现在得改掉一些保护隐私的习惯了。隐居、遁世这样的事儿在约克郡行得通，可如今咱们已经搬出来了。”

“是啊，是啊！”诺瑞尔先生气急败坏地说，“我知道咱们搬出来了。可这不是问题的关键。我关心的是，这个德罗莱特，他到底想要干吗。”

“他想成为全伦敦第一个认识魔法师的人，想出这个名。就这么简单。”

可是诺瑞尔先生此时的恐惧压过了理智。他紧张地搓着双手，手都发了白。他忧心忡忡地往屋子角落的黑影里看，仿佛疑心那里也藏着几个正盯他梢的德罗莱特。“他那身打扮可不像个搞学问的，”他说，“可打扮也说明不了什么。他手上也没有戒指，既不是王，也不是臣，可是不管怎么样……”

“我听不大懂，”齐尔德迈斯说，“您把话说明白点儿。”

“他该不会也能练那么几招吧，你说呢？”诺瑞尔先生说，“要不就是他的朋友里面有人嫉妒我的成就！他都认识些什么人？他是学什么的？”

齐尔德迈斯笑了好久，嘴往一边撇。“哦，您说着说着就以为他是别的魔法师派来的特务。行了，主人，他不是。我向您保证他不是。我绝没有玩忽职守，高德斯丹夫人的信一到，我就开始调查这位德罗莱特先生——我敢说，我对他的调查力度，绝不亚于他对您下的功夫。我想，要是真有魔法师雇他这么一位当特务，那位魔法师本人也有问题。何况，若真有这么一位魔法师，您肯定老早就发现了，您说呢？您肯定已经设法让他读不到书，再也搞不成研究了。您看，您以前也干过这样的事儿。”

“那么你敢肯定这个德罗莱特没什么危害？”

齐尔德迈斯挑起一根眉毛，撇着嘴笑了笑。“恰恰相反。”他说。

“啊！”诺瑞尔先生大叫起来，“我就知道！行了，我知道了，我一定要躲他远远的。”

“干吗要躲？”齐尔德迈斯问，“我又没这么说。我刚才难道没提吗，他对您没什么威胁。他是好是坏，跟您有什么关系？请听我一句，主人，好好利用这个送上门来的工具。”

随后，齐尔德迈斯把对德罗莱特的调查结果讲给诺瑞尔先生听：这个德罗莱特属于一个特殊群体，只有伦敦才见得到。他们的主要任务，就是把昂贵时髦的衣服一件一件往身上穿，平常无所事事，招摇过市，狂饮豪赌，滞留于布莱顿之类的声色场所。近几年来，这个群体的所作所为集于克里斯托弗·德罗莱特一身，在他身上发扬光大，已臻极致。就算最好的朋友，也会说他一无是处。[1]

每当听到德罗莱特的事迹，诺瑞尔先生便咂嘴吸气，但是无论如何，齐尔德迈斯的这番话令他感觉十分受用。十分钟后，卢卡斯进屋送热巧克力，这会儿的诺瑞尔先生正泰然自若地大嚼果酱吐司，早些时候那副焦躁不安的模样，已经无影无踪。

一阵敲门声响起，卢卡斯跑去开门。随后，楼梯间传来一阵很轻的脚步声。卢卡斯回来报告："德罗莱特先生求见！"

"啊，诺瑞尔先生，您好吗？"德罗莱特先生进了屋。他身穿一件深蓝色的外套，手执一根银柄檀木杖。他今天看上去精神健旺，又鞠躬，又微笑。他在屋里走来走去，不肯歇脚，于是五分钟之后，地毯上没有一寸地方他没踩过，桌子凳子没有一把他没轻轻摸过；只要有镜子的地方，他都翩然经过；只要是油画，他都要含笑观赏片刻。

诺瑞尔先生虽然已经相信，这位客人既不是魔法师，也不是魔法师的仆人，可他这会儿仍然不太想照齐尔德迈斯所说的办。他招呼德罗莱特先生坐到餐桌边尝尝巧克力，口气冷得要命。然而，尴尬的沉默或是厌恶的眼神对德罗莱特先生起不到任何作用，他自己滔滔不绝，填补了空白；至于厌恶的眼神，他早已习以为常，不以为怪。

1　有一次，他和贝丝布勒夫人的一只长毛白猫同处一室。那天他刚巧穿的是纯黑无瑕的外套和裤子。于是，当发现这只猫在他身边走来走去，似乎想要跳到他膝盖上坐一坐的时候，他格外警觉起来。他等候着时机，看准周围没人注意，把猫拎起来，打开窗子，扔了出去。虽然是从三楼扔下去的，可这只猫并没死，只不过后来有一条腿总是不大对劲，而且只要见着穿黑衣服的男士，它总会表现出极大的厌恶。

“昨晚那场聚会，真是精彩到顶了，您也觉得吧？当然，恕我冒昧，我得说，您那会儿退场做得很对。您一走，我就跟大家说：‘你们刚刚看见那个出了门的人，就是诺瑞尔先生！’哦，请相信我，先生，并不是没人留意您离场。敬爱的马山姆先生很肯定地说他看见了您的贵肩，巴克莱夫人认为她看见了您讲究的假发上整齐的灰发鬈，菲斯克顿小姐兴高采烈地说她的目光曾在您学者般的鼻尖上停留片刻。他们只看见了您的一点点，先生，招得他们还想看更多。他们特想把您看全！”

“啊！”诺瑞尔先生获得一丝满足。

德罗莱特先生一再表示，高德斯丹夫人聚会上的男女宾客确实被诺瑞尔先生迷得神魂颠倒。这一番话好歹起了些作用，诺瑞尔先生对他的偏见没那么深了。用德罗莱特先生的话说，诺瑞尔先生一光临，那就好像往菜里点味精：只需放一小撮，整盘菜便风味大增！德罗莱特先生竭力讨人喜欢，惹得诺瑞尔先生渐渐话也多起来了。

“先生，是什么样的风把您送到我们中间来，”德罗莱特问，“给我们带来了快乐？您来伦敦有何贵干？”

“我来伦敦，是要把当代魔法应用到更广阔的天地。我想要使魔法重回不列颠。”诺瑞尔先生庄严地回答，“我有很多事情要对当今国家领导人讲，通过各种各样的途径，我也许可以为他们效劳。”

德罗莱特礼貌地低声说他对此确信不疑。

“我可以告诉您，先生，”诺瑞尔先生说，“我从心底盼望，这项大业会落到别的魔法师肩上。”诺瑞尔先生叹了口气，瘦小干瘪的脸尽可能摆出一副高贵的神情。像诺瑞尔先生这种人，曾经害得那么多同行事业毁于一旦，如今还能信誓旦旦地说他情愿所有的荣誉落到别人头上，真不可思议。可诺瑞尔先生说这番话的时候，确实是这么想的。

德罗莱特先生低声嘟囔了几句，表示同情。德罗莱特先生肯定诺瑞尔先生是太过谦虚了。若要让魔法重回不列颠，他这会儿简直想不出来能有谁比诺瑞尔先生更合适。

“可是现在，有一点对我工作不利，先生。”诺瑞尔先生说。

德罗莱特先生听见这句话很惊讶。

“我谁也不认识，先生。我确实谁也不认识。我是个学者，我喜欢安静地独处。花几个小时跟一屋子陌生人坐着闲谈，对我来说，是最残酷的折磨。可是，我猜，要想认识人，就必须老得这么着。齐尔德迈斯跟我说必须。”诺瑞尔先生热切地望着德罗莱特，似乎一心盼他反驳。

“啊！”德罗莱特先生想了想，“这正是我为什么庆幸您和我成了朋友！我不冒充学问家，先生，无论魔法师还是魔法史，我几乎一无所知。而且我敢说，时间一长，您肯定也就厌烦我了。可是，您一定要记住，我可以把您介绍给大众，这对您可是大有好处，比起这巨大的收益，那点小小的厌烦又算什么呢。哦，诺瑞尔先生，您绝对想不到我对您多么有用！”

诺瑞尔先生对这一点不予置评。德罗莱特先生提出要去一些所谓非常有意思的地方，去拜访一些所谓一结交便能为诺瑞尔先生的生活添姿彩的人，这些，诺瑞尔先生也都拒绝了。不过，他倒是同意今晚随德罗莱特先生共同出席晚宴——贝德福德广场的罗登斯托夫人家请客。

诺瑞尔先生吃了这顿饭，觉得远没他想象中那么劳神，于是他答应德罗莱特先生，第二天到普兰特里先生家再见。由德罗莱特先生当向导，诺瑞尔先生踏入社交圈，步子迈得比过去自信多了。他约会逐渐频繁，上午十一点到第二天凌晨连轴转：上午出门拜访朋友；中午在外用膳，现身市中心各大餐馆；晚间出席聚会、舞会、意大利音乐会；见遍了从男爵、子爵、女子爵以及各路高尚人士；在邦德大街上，德罗莱特先生挽着他的手臂，一同漫步前行；在海德公园里，德罗莱特先生和朋友拉塞尔斯先生陪着他，坐着马车，一同呼吸新鲜空气。

诺瑞尔先生只要不在外边吃饭，便请德罗莱特先生来汉诺威广场的家里吃羊肉——诺瑞尔先生觉得德罗莱特先生肯定巴不得呢，因为听齐尔德迈斯说，他几乎身无分文。齐尔德迈斯还说，这位德罗莱特先生全靠要点小聪明糊口，要不就伸手借钱。他从来不请他那些富贵朋友去自己家里坐坐，因为他寄宿在小赖德街一家修鞋铺楼上的出租屋里。

汉诺威广场这套房子，和大多数新房一样，刚开始住的时候觉着什么都好，住些日子，就觉得什么都该更好。于是，诺瑞尔先生等不及要来一番大装修，希望尽早完工。他找到德罗莱特先生，向他抱怨伦敦的工人不是一般的慢，而德罗莱特先生则趁机把诺瑞尔先生的装修计划问了个清楚，接着便批评诺瑞尔先生挑选的室内色调、壁纸、地毯、家具以及装饰材料等等所有东西都有毛病。两人就此事争论了一刻钟，随后德罗莱特先生吩咐把诺瑞尔先生的马车备好，指使戴维驾车把他和诺瑞尔先生直接送到河岸街爱克尔曼先生*的画店去。到了之后，德罗莱特先生让诺瑞尔先生看一本书，书里有一幅莱普顿先生**所作的插画，画中是一间空荡荡的老式客厅，客厅墙上挂着一幅油画，画里是伊丽莎白时代一个表情呆滞的老人，正瞪着眼往外看；客厅里的椅子，愣头愣脑地摆在那儿，仿佛聚会上话不投机的客人硬被按在一起。然而，翻开下一页——嘿！木工、裱糊、室内装潢，这些高雅的艺术能改变多少事啊！还是这间客厅，只是重新装修了一番，却几乎认不出原貌了！这亮丽的新屋引来了十来位穿戴时髦的淑女和绅士，为了舒爽心情，他们就那么优雅地斜靠在座椅上；奇异的是，透过一扇通向花园的落地窗，还能看到另一些人正在覆满藤蔓的温室中徜徉。让他看这插画的意义在于，德罗莱特先生讲解道，诺瑞尔先生若想多交朋友，推广当代魔法，家里就得多安这种落地窗。

---

* 鲁道夫·爱克尔曼（1764—1834），德裔英国书商、发明家、印刷匠人、商人，曾于一七九五年在伦敦河岸街开办印刷作坊及绘画学校，使用印刷机印制画片并出售。

** 汉弗莱·莱普顿（1752—1818），继兰斯洛特·布朗之后英国最伟大的园林设计师。

在德罗莱特先生的指导下，诺瑞尔先生渐渐喜欢上了画廊经常使用的红色调，放弃了自己年轻时候时兴过的绿色——当时觉得庄重大方，但效果太过黯哑。为了体现当代魔法精神，诺瑞尔先生家原本毫不含糊的装饰材料都重新包装，上了漆，抛了光，材料本来是干什么的，全都看不出原样，就好像演员粉墨登场。石膏被漆成木头的样子，木头则被漆成不同的品类。到该为饭厅拿主意的时候，诺瑞尔先生已经对德罗莱特先生的品味完全放心，让他全权负责挑选餐具，不必参考他人的意见。

"您不会遗憾的，我亲爱的先生！"德罗莱特说，"三个礼拜之前我刚为B公爵夫人挑了一套，她看了就说她这辈子没见过这么美的东西！"

五月里一个阳光明媚的上午，诺瑞尔先生坐在温波尔大街利特沃斯太太家的客厅里。在场的客人包括德罗莱特先生和拉塞尔斯先生。拉塞尔斯先生格外喜欢陪着诺瑞尔先生，这种热情，德罗莱特先生数一，他数二。然而，他追着诺瑞尔先生的目的与德罗莱特先生大不相同。拉塞尔斯先生很聪明，什么都不以为然。他觉得，这么一个老学究信誓旦旦地说自己能施魔法，简直荒唐透顶。于是，只要有机会，他便会问诺瑞尔先生关于魔法的问题，似乎有很大兴趣，其实是觉得诺瑞尔先生的回答没准儿能博自己一乐。

"那么，先生，您喜欢伦敦吗？"他问。

"不喜欢。"诺瑞尔先生说。

"真遗憾。"拉塞尔斯先生说，"您可曾遇到同行，相互探讨吗？"

诺瑞尔先生皱起眉头，说他认为在伦敦除了自己以外没有别的魔法师，或者说，经过调研，他尚未发现。

"啊，先生，"德罗莱特先生大叫道，"这您可说错了！您是被恶意蒙骗了！我们伦敦有魔法师啊——唔，至少有四十个。拉塞尔斯，你说咱们全伦敦是不是得有几百个？说真的，每条街上都能看见一个。我和拉塞尔斯先生将十分荣幸把他们介绍给您。他们中间有一个所谓头目，他们都管他叫闻秋乐，瘦高个子，破衣烂衫。他在圣克里斯托弗-斯托克斯教堂外边支了个篷子，墙上溅得全是泥，挂着脏兮兮的黄门帘。你给他两便士，他就给你算命。"

"闻秋乐算出来的全是灾。"拉塞尔斯先生笑着评论道，"到目前为止，他已经算出来我将被水淹死，变成神经病，全部财产毁于火灾，以及老了以后被自己的亲生闺女恶意谋害。"

"要是带您去见他，我会很高兴的，先生，"德罗莱特先生对诺瑞尔先生说，"我自己对这个闻秋乐也特别感兴趣。"

"您如果真去，那可要多加小心，先生，"利特沃斯太太劝道，"这些人能把别人吓死。克鲁克山一家有次招了个魔法师，那人脏兮兮的，他们把他招到家里给朋友表演些戏法，等到了家才发现这个人什么都不会，于是就不给他钱。这个魔法师气极了，赌咒说他非把他们家的孩子变成煤筐不可。这家人不知道该怎么办，因为孩子当时确实找不到了，可家里的煤筐还是过去那些旧的，没添新的。他们把家搜了个底朝天，克鲁克山太太急得半死，已经派人去叫大夫了——正在这时，家里看孩子的女仆抱着孩子敲了门，原来，是她想让她妈妈看看孩子，就带着孩子回了詹姆士大街的娘家。"

说得这么热闹，诺瑞尔先生还是拒绝了德罗莱特先生的一番好意，不去看闻秋乐黄色的小篷子。

"诺瑞尔先生，您对乌衣王有什么想法？"利特沃斯太太很热切地问。

"我没有想法。他这个人我想都不想。"

"真的？"拉塞尔斯先生叹道，"恕我多嘴，诺瑞尔先生，您这话可太出人意料了。我遇见过的魔法师中，没有谁不承认‘黑国王’是众中之杰，本领超群！只要他愿意，他就能把梅林从树里拽出来，抓着他老先生的胳膊在头顶上转几圈，再把他给塞回去。”[2]

诺瑞尔先生什么都没说。

“当然，”拉塞尔斯先生接着说，“黄金时代魔法师里，哪儿还有他的对手？他建立的王国遍布天涯海角。[3]无论人类骑士还是仙子骑士，全都执行他的命令。他还能施法让森林四处行走。且不说他有多长寿——三百年的统治啊——咱们都知道，到最后他仍然是个年轻人，至少模样依旧如此。”

诺瑞尔先生什么都没说。

“或许您觉得历史也不可靠？我听到一些言论，说乌衣王根本不存在——说他不是一名魔法师，而是一群魔法师，模样长得都差不多。也许您也是这么想的？”

诺瑞尔先生似乎仍想保持沉默，可拉塞尔斯先生这个问题问得很直接，他不得不给予答复。“不，”他终于吐了口，“我很肯定地说，他确实存在过。他对英格兰魔法的影响，只能令我悲哀。他的魔法极具毁灭性。他应该被我们彻底遗忘，他是罪有应得，他落到这个下场，我也就心满意足了。”

“先生，您的仙子仆从是什么样的呢？”拉塞尔斯先生问，“是不是只有您自己能看得见？别人能看见吗？”

诺瑞尔先生哼了一声，说他没有什么仙子仆从。

“没有？”一位穿粉色裙衣的夫人感叹道，着实吃了一惊。

“您很明智，诺瑞尔先生。”拉塞尔斯先生说，“塔布斯与斯达豪

2　相传，梅林是被女巫妮妙监禁在一棵山楂树里面。

3　这一点上，拉塞尔斯先生有些夸张了。乌衣王所建的王国只有三个。

斯案[4]给所有魔法师都敲响了警钟。”

4 几年前在诺丁汉季审法庭审理过的著名案件。

塔布斯是诺丁汉郡人，他热切盼望有一天能亲眼看见仙子。他对传说中的仙子朝思暮想，把描写仙子的古怪书籍都读了个遍，而且一口咬定自己的车夫就是个仙子。

这位车夫（名唤杰克·斯达豪斯）皮肤黝黑，个头高大。在仆人里面，他从不顶撞别人，也不端架子。他那会儿刚刚才到塔布斯家中不久，据他自己说，这之前他曾在北方一个叫作寇德密科山的地方，给一个叫作布朗的老人当车夫。他有个本事，能让百兽都听他的话。他一操缰绳，马儿便顺从，绝不乱跑。他让猫咪做什么，猫咪都听，当地人从没见识过这种本领。他对猫咪低语，猫咪只要听了他的话便静静待着不动，脸上带着一丝惊讶的神情，仿佛被点化了空前绝后的大智慧。他还能让猫咪跳舞。塔布斯家的猫与一般猫咪并无二致，总阴沉着脸，一副孤芳自赏的模样。然而杰克能让它们迈出奔放的舞步，后腿用劲，来回蹦跳。他发出奇怪的叹气声、嘶嘶声、口哨声，靠这些指挥着它们。

塔布斯家另外一个仆人说，假设猫咪这东西对人有一点儿好处——其实没什么好处——杰克这手也算有点儿意义。斯达豪斯神奇的本领没什么实际用途。别的仆人看着也不觉得好玩，只觉得浑身不自在。

杰克有这么个特殊本领，人又长得帅，而且两只眼睛离得稍微远了一点——不知因为这其中的哪一条，塔布斯先生认准了他就是个仙子，而且开始偷偷地“调查”起他来。

有一天，塔布斯先生把斯达豪斯叫到书房里，说他听说布朗老先生病得不轻——自打斯达豪斯为他服务起，他病就没好过，已经好多年没出过门了。塔布斯先生于是很好奇，想知道这个老头既然不出门为什么还要雇车夫。

杰克·斯达豪斯没有立刻回答，沉默了一会儿，便承认他其实并没受雇于布朗先生，而是为附近的一家人服务。他说他一直努力做工，那家人对他也很好，他自己过得很愉快，可那边的仆人们都不喜欢他，具体原因他不知道。这样的事以前也发生过，过去曾有个女仆造了他的谣，结果主人把他辞了。他只在几年前见过布朗老先生一面。他向塔布斯先生道歉，说自己不该隐瞒真相，然而实在别无他法。

塔布斯先生让杰克不必费力编故事了。他说他知道杰克是个仙子，让杰克不必害怕，他不会把他供出去的，只是想就仙子的族人和住地与他聊聊。

杰克起初没明白塔布斯先生是什么意思，等后来终于搞清楚了，他就强调自己是个“人”，而且是个“英格兰人”——然而徒劳，塔布斯先生根本不相信他。

此后，斯达豪斯无论做什么，到哪里去，总能发现塔布斯先生带着一百多个关于仙子和仙境的问题等着他。受到这种待遇（虽然塔布斯先生人很和善，而且彬彬有礼），斯达豪斯非常恼火，最后不得不提出辞工。新工作尚未找到的时候，他在索斯威尔一间酒馆里遇见个人，那人劝他与之前的雇主对簿公堂，维护自己的名誉。这场官司声名远播，杰克·斯达豪斯成了历史上第一个借助法律手段证明自己是“人类”的人。

这件奇事发生之后，塔布斯和斯达豪斯谁也没落得好下场。塔布斯先生对仙子的热情本无伤大雅，这下却成了各地人士的笑柄——伦敦、诺丁汉、德比和谢菲尔德各家报纸纷纷刊登有意丑化他的漫画；多年的睦邻如今与他形同陌路。斯达豪斯则很快发现，谁都不愿意雇一个敢跟雇主打官司的人当车夫；被逼无奈，他操起最卑贱的行当，很快便一贫如洗。（转下页）

“可塔布斯不是魔法师。”诺瑞尔先生说，“我从来也没听说他自称是魔法师。不过，就算他是基督教世界最大的魔法师，他这种与仙子为伴的想法也是大错特错。这些东西可谓心肠狠毒、祸国殃民之极。太多的魔法师或懒惰或愚昧，不走学术正路，偏倾尽精力求助仙子仆从——他们一来，这些魔法师便完全依赖他们的力量办事——咱们国家历史上这样的人层出不穷。让我欣慰的是，其中一些人已经受到了应有的惩罚，看看布拉德沃斯的下场！”[5]

---

4 （接上页） 塔布斯与斯达豪斯一案之所以引人入胜，关键在于它反映了一种广为信奉的观念，即仙子在英格兰并未绝迹。英格兰的男女老少很多都认为我们生活的每一天都是在仙子的陪伴下度过的。有些仙子不为肉眼所见，有些则化作受洗之人的模样——兴许还是我们认识的人。几百年来，学者就这个问题争来争去，却未得出任何结论。

5 当时，一名仙子无缘无故便跑来为西蒙·布拉德沃斯服务，成了他的仆从。这个仙子让布拉德沃斯管他叫“小盾”。如今就连小孩子都知道，布拉德沃斯应该多问几句，盘查盘查这位“小盾”的身份，而且还要问清楚他为什么从仙境跑出来——难道真是专门跑来为一个三流魔法师服务的吗？

无论施什么法术，小盾都游刃有余、身手敏捷。于是，在出产羊毛的小镇埃文河畔布拉福德，布拉德沃斯的生意一天比一天红火。小盾只惹过一次祸——有一次在盛怒之下，他毁掉了劳威尔勋爵牧师的一本小册子。

在布拉德沃斯身边待久了，小盾变得越发强壮。只要感到力量变强，小盾就会立刻改变自己的外貌——最初灰扑扑的破布衣服变成了好料子裁制的套服；最初从镇上铁匠那里偷来的一把锈迹斑斑的剪子变成了一把宝剑；他那生着杂毛的瘦长狐狸脸，也逐渐化作苍白、俊俏的人的模样；他的个子也仿佛突然蹿高了两三尺。样子一变帅，小盾便赶紧告诉布拉德沃斯的太太和几个女儿，这才是他真正的模样，原来的丑样子只不过是他曾经遭受的诅咒。

一三一〇年五月的一个上午，天气晴好，布拉德沃斯先生出了门，他的太太在厨房的墙角发现了一个挺高的柜橱，可是这地方从来没放过柜橱。于是，她找来小盾问这是怎么一回事。小盾马上回答说这是他带过来的一尊魔法柜橱。他说，在英格兰，魔法使用得还不够广泛，这真是一件憾事。他还说，每天看着布拉德沃斯太太和女儿们洗衣做饭、擦桌扫地，从早忙到晚，他就心疼，觉得她们本应穿着镶满宝石的裙衣，靠在大垫子上吃糖果。布拉德沃斯太太觉得小盾说得很有道理。小盾还说他经常责备布拉德沃斯先生，因为他没让太太过上舒服自在的日子，可是布拉德沃斯先生总是把这些话当作耳旁风。布拉德沃斯太太说她先生这种反应是意料中事。

小盾对她说，只要进了柜橱，就能走到一个有魔力的地方。在那里，她可以学一些咒语，这些咒语可以瞬间解决所有的家务活；可以让所有人觉得她美若天仙；只要她愿意，金山银山随时出现在眼前；丈夫对她唯命是从、毫无怨言；等等等等，用处无穷。

“一共有多少句咒语？”布拉德沃斯太太问。

“差不多三句。”小盾想了想，答道。（转下页）

诺瑞尔先生新交不少，却没能唤起一个“心交”。总的说来，他让伦敦人大失所望——他不施法，不诅咒，连一句预言都没有。有一次，在高德斯丹夫人家，大家听见他说了一句“可能要下雨”——就算这句话是预言，预测得也不准，因为天并没有下雨，一直到礼拜六地皮都没湿。他几乎绝口不提魔法，可若是打开话匣子，就好像在讲历史课，没人听得下去。对以往的魔法师，他极少给予好评，只有一次，他赞扬了上个世纪一位名叫弗朗西斯·萨顿-格罗夫[6]的魔法师。

“可是，先生，”拉塞尔斯先生说，“我还以为萨顿-格罗夫的书

---

5 （接上页） “难学吗？”

“哦，不难，简单极了！”

“去一趟是不是要很长时间？”

“不，一点儿也不长，绝对误不了做弥撒。”

当天上午，一共有十七个人进了小盾的柜橱，这些人再也没回来。这十七个人包括：布拉德沃斯太太本人、她的两个女儿、家里两个女仆和两个男仆，还有布拉德沃斯太太的叔叔以及村里六个邻居。只有玛格丽特·布拉德沃斯——布拉德沃斯夫妇的大女儿——拒绝了小盾的邀请。

乌衣王从纽卡斯尔派来两位魔法师调查此事，以上的叙述便来自他们的书面记录。主要的目击证人是玛格丽特，她说当她父亲从外边回来——“我那可怜的爸爸也爬进了柜橱，想试试看能不能把进去的人救出来，我拼命劝他不要进去，他不听。结果，他再也没出来。”

两百年后，马丁·佩尔博士走入了仙境。在约翰·常青履（古时候一名强大的仙人王子）的城堡里，他发现了一个人类儿童，七八岁左右，面色苍白，一副挨了饿的样子。这个小女孩说她叫安妮·布拉德沃斯，她觉得自己大约是两个礼拜前来到这里的，一来就要负责洗一大堆脏兮兮的罐子。她说从她来到这里她就一直在洗罐子，只要洗完了，就能回家看爸爸妈妈和姐姐。她觉得再过一两天就能洗完。

6 弗朗西斯·萨顿-格罗夫（1682—1765），理论魔法师，著有《盎格鲁魔法技艺综述》（1741）及《规范与描述》（1749）。即便是其最热情的（也是唯一的）崇拜者诺瑞尔先生也认为这本《规范与描述》（萨顿-格罗夫想通过本书为魔法实践定下一系列规则）差得不堪入目。诺瑞尔先生的学生乔纳森·斯特兰奇对这本书更是恨之入骨，他把这本书撕成碎片，喂给了路边修补匠的驴（参见约翰·斯刚德斯：《乔纳森·斯特兰奇传》，伦敦：约翰·莫雷出版社，1820）。

据说，在正统的英格兰魔法著作（包括一大堆枯燥无聊的作品）中，《盎格鲁魔法技艺综述》是最枯燥无聊的一本。这本书是英格兰人界定现代魔法研究领域的首次尝试。萨顿-格罗夫认为，魔法研究总共应当分为三万八千九百四十五种领域，他在书中分别为每一种都定了名目。另一方面，萨顿-格罗夫的书给伟大的诺瑞尔先生以启发：书上对鸟类和野生动物的魔法只字未提，除此以外，萨顿-格罗夫还有意删减了那些需要求助于仙子的法术，例如使死人复生。

没什么价值。我老听人说他那本《技艺综述》简直没法读。”

“唉！”诺瑞尔先生叹道，“先生小姐们对这本书的看法我不得而知，但我认为，正统的魔法学者给萨顿-格罗夫多高的评价都不为过。萨顿-格罗夫的书为界定当代魔法研究方向做出了首次尝试，作者将这些方向全部总结成清单或列为图表。确切地讲，萨顿-格罗夫的分类法常常有误——这也许就是您所谓‘没法读’的原因吧？——尽管如此，他列的十几部清单仍是我最爱读的东西。研究魔法的学生读读它们，就会知道自己‘已经掌握了这个’或者‘还没有学会那个’——他们就会知道，要学的东西还很多，足能占满未来四五年的时间。”

约克大教堂的“石头记”把人们的耳朵都磨出了茧子，大家渐渐开始怀疑诺瑞尔先生还会不会干点儿别的。德罗莱特先生势必要构思新篇章了。

“德罗莱特，这魔法师到底能干点什么？”一天晚上，诺瑞尔先生不在场，高德斯丹夫人发了问。

“哦，夫人哪，”德罗莱特叫起来，“他有什么干不了的？也就是入冬之前，在约克——您也许知道，约克就是诺瑞尔先生的故乡——从北方刮来一阵暴风，把住户晾的衣物统统吹进雪地，沾满泥水。市长替城中的妇女省事，免得她们重复洗涤，就去求诺瑞尔先生——诺瑞尔先生召唤来一批仙子，把衣物洗刷一新，把衬衫、睡帽和衬裙上的破洞都补好，把开线的地方都织齐。城里人都说衣物干净得晃眼，景象着实罕见呢！”

故事流传开来，抬高了诺瑞尔先生在人们心中的地位，这种状态大约维持了几个礼拜。结果是，只要诺瑞尔先生开口谈论当代魔法（偶尔的偶尔），他的听众就认为他是在说洗衣服这回事。

若说与诺瑞尔先生在伦敦的客厅餐室会面的先生太太们都嫌他扫兴，诺瑞尔先生也逐渐对他们心生不满——失望程度彼此一致。他向德罗莱特先生抱怨个不停，说那些人提的问题太可笑，说与他们待在一起那么长时间，英格兰魔法也没前进半步。

九月底的一个星期三上午，天气阴沉，诺瑞尔先生和德罗莱特先生一起坐在汉诺威广场宅子的书房里。德罗莱特先生正长篇累牍地转述某 F 先生为了骂某 S 勋爵而讲的话以及某 D 夫人对整件事的看法。突然，诺瑞尔先生发了话："德罗莱特先生，现有要事一件，您若获悉相告，本人感激不尽——请问，我来伦敦这件事，有没有人通知过波特兰公爵[7]？"

"啊，先生，"德罗莱特叹道，"也只有您这样谦虚的人才想到要问这样的问题。我向您保证，如今，您先生的伟绩大臣们无人不晓。"

"若是当真如此，"诺瑞尔先生说，"为何公爵仍迟迟不肯送来口信？我认为不然，我渐渐感觉他们全然不知我的存在——果真如此的话，德罗莱特先生，若您在政府里有用得着的熟人，肯告诉我的话，我将感激不尽！"

"先生，您是说'政府'吗？"德罗莱特先生道。

"我到这里，是为国效力来的。"诺瑞尔先生哀伤地说，"我希望自己能在抗法斗争中扮演举足轻重的角色。"

"先生，如果您觉得自己被大家忽视了，我深表遗憾！"德罗莱特大声说道，"可是我向您保证，您这样的担忧绝无必要！只要您愿意在晚饭后表演几出戏法，无论什么都行，全城的先生太太们都特别想见识见识。您不必担心吓着大家——我们的胆子都可大了。"

诺瑞尔先生什么都没说。

"好了，先生，"德罗莱特先生微微一笑，露出一口白牙，水汪汪的黑眼睛里透出一种息事宁人的眼神，"咱们别为这事儿吵。我巴不得

7　波特兰公爵于一八〇七至一八〇九年间担任英国首相兼第一财政大臣。

能帮上您呢，可您看，我是心有余而力不足。吃皇粮的有他们自己的圈子，我和他们搭不上交情啊。”

其实，德罗莱特先生在政府是认识些人的，那些人也肯定愿意会一会他的朋友，因为他曾经对他们保证不把他们那些见不得人的事情说出去——听听德罗莱特先生的朋友说话，就能知道秘密到底漏出去没有。可德罗莱特先生觉得，若是把诺瑞尔先生介绍给这些政府朋友，自己是落不到半点儿好处的。德罗莱特先生就想把诺瑞尔先生扣在伦敦的客厅和餐室里，到时候让他给自己的熟人表演小戏法什么的，大家就爱看这些。

诺瑞尔先生开始给政府写急件，让齐尔德迈斯送去之前先让德罗莱特先生过目，结果对方一封都没有回。德罗莱特先生告诫过诺瑞尔先生，说他们是不会回信的，政府里的人整日忙得不可开交。

过了大约一个礼拜，德罗莱特先生被请到苏活广场去听一位有名的意大利女高音演出，据说是刚刚从罗马过来的。诺瑞尔先生自然也接到了请柬。可是，当德罗莱特到了目的地，却没见到诺瑞尔先生的身影。拉塞尔斯正靠着壁炉跟几个人聊天，德罗莱特跑过去问他知不知道诺瑞尔先生去哪儿了。

“哦，”拉塞尔斯先生说，“他去拜访沃特·坡爵士了。诺瑞尔先生有要紧事要立刻向波特兰公爵传达。他觉得沃特·坡爵士是传话的最佳人选。”

“波特兰？”旁边的一位先生叫了出来，“怎么回事？大臣们已经被逼到这份儿上了吗？已经开始找魔法师帮忙了吗？”

“您这么想就错了。”拉塞尔斯先生笑了笑，“是诺瑞尔自己找上门去的。他想为政府效劳，似乎是计划用魔法打败法国人。不过，依我看，咱们那些大臣才不会听他的。这个时候，外要防着法国人，内要防着别的议员——我看，没人比他们更心烦了，哪儿有工夫理会一个约克人作怪！”

就像神仙故事里的主人公一样，诺瑞尔先生终于发现，实现自己的愿望，其实靠的还都是自己的力量。即便是魔法师也得靠熟人拉关系。诺瑞尔先生有个远亲（母亲那一边的）曾经给他写过一封信，令诺瑞尔先生厌恶透顶。为了避免再有这样的事，诺瑞尔先生送了那位亲戚八百镑（投其所“要”），然而遗憾的是，八百镑都没堵住他的嘴，那位亲戚继续作怪，又寄来第二封信，上面千恩万谢，对资助他的诺瑞尔先生赞不绝口，并声称：“那么以后我和我的朋友将服从您的利益，我们时刻准备着，在大选的时候跟随您的意图投票。假如您觉得有用得着我的地方，您只要提出来，就是赐予我荣誉，就是对我的提携。您谦诚而忠实的，温德尔·马克沃希。”

诺瑞尔先生没什么用得着他的地方，因此一直也没有给马克沃希先生任何荣誉与提携，然而从目前的状况来看，（齐尔德迈斯发现）这位马克沃希先生当初用那八百镑在东印度公司为他和他兄弟买了个职位，随后便去了印度，十年后回来，成了大富翁。从第一个资助人诺瑞尔先生那里，马克沃希先生没得到任何关于该怎样投票的指示，于是他听了自己在东印度公司的上司波奈尔先生的话，并让他的朋友们都顺着波奈尔先生的意思投票。他尽力为波奈尔先生效劳，因为这位波奈尔先生是政客沃特·坡爵士的好朋友。商场、官场一片繁忙，你欠我一个情，我又欠别人一个情，你答应了我，我又得满足他，一条互相帮助的链子就这样形成了。眼下，这条链子从诺瑞尔先生一直延伸到沃特·坡爵士，而沃特·坡爵士如今已经晋身大臣之列。

第六章

“魔法可不是件体面的事，先生。”

一八〇七年十月

这年头，做一名大臣着实不易。

战事每况愈下，几乎所有人都怨恨政府。一有什么不好的消息传开，就有这样或那样的人受到指责，然而从整体上看，社会各界人士团结一心，把矛头对准了政府官员——这些可怜的大臣啊，他们没法再指责别人了，于是只好互相指责，架吵得越来越频繁。

这并不是说大臣们一个个都头脑迟钝，其实他们中间也有人才；也不是说他们一个个都是坏蛋，其实有些人生活作风高尚得无懈可击，热爱儿童、音乐、小狗以及风景写生。然而政府是如此的不受欢迎，幸亏有外交大臣一番言辞谨慎的演说，不然下议院一件事都不会交给他们做。

外交大臣的演说功夫是一流的。无论政府在公众心目中的形象有多差，只要外交大臣站出来一说话——啊，那真是翻天覆地的变化！只消几句话，大家就明白，原来眼下的种种问题都是前一任领导班子的过失（一帮又蠢又没安好心的人）。而如今的官员——外交大臣声称——自罗马帝国之后，再没见过比他们更高尚，更被公众误解，更遭敌方诽谤的人了。他们的智慧比得上所罗门，品德不亚于恺撒，英勇程度直追马克·安东尼；在坦诚这一点上，谁也不如我们的财政大臣更像苏格拉底。大臣们品格高、能力强，可到目前为止，他们提出的抗法方案却没有一条行之有效，就连他们那点儿聪明劲也招人骂。乡绅们在当地的报纸上读到某位大臣的讲话，都心说这大臣真是聪明人。然而这些乡绅心里并不舒服，他们总感觉这种“聪明”似乎有悖于大英国格，这种浮躁无常的机灵气只有在英国的大敌——拿破仑·波拿巴皇帝身上才看得见。这种机灵，乡绅们可看不惯。

我非常遗憾地告诉大家，沃特·坡爵士今年四十有二，他和其他内阁成员一样聪明。这几年涌现出来的大政客，多数人都跟他吵过嘴。有一次，大家酒过三巡，理查德·布林斯利·谢里丹拿一瓶马德拉葡萄酒砸了他的头。事后，谢里丹对约克公爵赞叹道：“坡非常大度，他很绅士地接受了我的道歉。幸亏他本来就没什么模样，多一个疤少一个疤影响也不大。”

依我看，坡并不是没个模样。当然，他五官长得确实丑：一张脸顶别人一张半那么长，上面安着个大鼻子（鼻头颇尖），眼珠乌黑，好似两粒发亮的煤球，双眉短粗，落在一张阔脸上，仿佛两尾小鱼英勇地游弋在大海里。然而，把难看的零部件合到一起，拼出来的模样却相当过得去。当这张脸的主人心平气和的时候（一脸自负的神情，阴沉极了），您看见一定以为这人平时老是这副模样，再没见过有谁的脸能这么呆板，以至于透不出一丝感情——要是这么想，您可就大错特错了。

沃特·坡爵士表示惊讶的时候最富特点。只见他的双眼张大，眉毛挑起半寸高，身子突然往后仰，像极了罗兰森或是吉尔雷*刻出来的版画人物。社交活动中，惊讶令沃特爵士感觉十分受用。“说真的，”他大叫着，“您不会真以为——！”假设这个说了傻话又被爵士听见了的“您”不是咱们的熟人，或者假设咱们都有种恶作剧的心理，就爱看机灵鬼要榆木疙瘩，那么咱们准会被沃特爵士逗乐。沃特爵士高兴的时

* 托马斯·罗兰森（1756—1827）、詹姆士·吉尔雷（1756—1815），英国讽刺漫画家。

候搞出的那些恶作剧，那份闹腾，就够他一个人在祝来巷戏院唱一台戏了。上下两院里那些性格沉闷的议员被他搞得摸不着头脑，于是尽量躲着他走。（某某老勋爵在下议院和骑兵司令部之间的石头路上快步走着，还冲沃特爵士挥动手杖，回头大喊："我决不同你讲话，先生！你改变我的原话，歪曲我的本意！"）

有一回，沃特爵士对城里一批聚集起来的群众发表演说，他在演说中，把英格兰及其政界人士的现状比喻成无家可归的少妇落到一群荒淫贪婪的老家伙手里。这些老家伙，不替年轻姑娘遮风挡雨，只知道抢她的钱，占她的房。沃特爵士使用的一些词语听众会觉得比较陌生（沃特爵士受过相当好的古典教育），不过演讲的效果并未受到影响。听众眼前都出现了这样一幅景象：年轻的姑娘穿着内衣站在床上，眼看着如今那些独立政党的头头们翻箱倒柜，把她所有的零碎东西都卖给了收破烂的。这么一想象，听众里年轻男士们的震惊，也颇有了些兴奋的意味。

沃特爵士心胸宽广，一向待人和善。他曾经跟人说他希望自己能让敌人畏惧，让朋友爱戴，这些我认为他基本上已经做到了。他有悦人的举止，他善良、机智，他在社会上拥有优越的地位，而他现在身处困境，却还能维持住这一切，就显得格外不易——换了意志不坚定的人，定会被如今的种种困难击倒。沃特爵士愁的是钱。我这并不是说他手上缺现钱。穷是一回事，欠债是另外一回事。沃特爵士的债务状况很不乐观！——债其实都不是他欠下的，这么一想就更委屈了：他自己从小到大就没奢侈过，也没干过荒唐事，可他有个不懂事的爹，上头还有个不懂事的爷爷。沃特爵士一生出来就背着债。他这辈子若是换种活法，一切可能会顺利得多。如果他有意参军，他没准能得到大笔嘉奖；如果他乐于务农，他也许能改善祖上的土地，靠农作物创收；如果他是在五十年前当上的大臣，他就能把国库里的钱放出去，添上百分之二十的利，坐享其成。然而，身为一名现代政治家，他怎么做才好呢？——他一向是花钱的地方多，挣钱的地方少。

几年前，他在政府工作的朋友帮他谋到个职位，安排他在“祈愿办”做常任干事。一上岗，他便领到一顶特制的帽子、一块牙牌，以及一年七百镑的薪水。这份差事其实无事可差，因为谁也不记得“祈愿办”是做什么的，谁也不知道那块小牙牌有什么用。后来，沃特爵士的朋友下了台，新任领导班子一上台便宣布要清除冗余部门。于是，很多机构被从政府的身躯上摘除了，“祈愿办”便是其中之一。

到了一八〇七年春天，沃特爵士的政治生涯似已接近尾声（之前的一次大选花了他将近两千镑）。他的朋友们都快急疯了，其中一位温赛尔夫人去了趟巴斯，在一场意大利音乐会上，认识了一位姓温特唐的寡妇和她的女儿。一个礼拜之后，温赛尔夫人便写信给沃特爵士：“我就想给你找这样的：这姑娘的妈一门心思要给她个好发送，并不多事——当然，就算她多事，我相信凭你的魅力绝对能摆平她。至于钱这方面，告诉你吧，当时她们一说出数目来，我眼睛都湿了！一年一千镑，咱还想怎么样？这姑娘条件如何我就不说了——你要是亲眼见着她，夸得准比我好听。”

德罗莱特先生去听意大利女声独唱的那天下午三点左右，诺瑞尔先生的随从卢卡斯敲响了布伦瑞克广场一所宅子的大门。诺瑞尔先生受邀而来，与沃特爵士在此地会面。诺瑞尔先生进了门，便被请进二层一间装修华美的屋子。

这间屋的墙上挂了一排幅面巨大的油画，每幅画都安装了花样极其繁复的镀金画框，每幅画表现的都是威尼斯的市景。威尼斯这地方一半是大理石，一半是大海，一切又都罩在阳光下面，然而由于屋外天气阴沉，冷雨打进窗子，伦敦的阴暗遮住了威尼斯的晴朗，那清水蓝、淡云白，那点点碎金，全都罩上了一层灰绿，仿佛溺水的死物。偶尔，风把大滴的雨刮到窗棂上（声响凄凉），在灰色的天光下，条纹软木的五斗橱和胡桃木的写字台光滑的表面都化作漆黑的镜面，在暗影中彼此相映。这样富丽堂皇的装饰，却并没给人带来丝毫舒适。屋子里既没有蜡烛驱赶黑暗，也没有炉火驱赶寒意。如此说来，这宅子的大管家应该是个视力极好且从不怕冷的人。

沃特·坡爵士起身迎接诺瑞尔先生，向他介绍温特唐夫人和她的女儿温特唐小姐。沃特爵士确实是介绍了两位女士，而诺瑞尔先生这会儿只看见了一位——这位夫人已过中年，气度不凡，颇有种高高在上的派头。诺瑞尔先生有点儿糊涂，他觉得沃特爵士一定是搞错了。然而会谈才刚刚开始，若是这会儿就顶撞爵士，会显得十分无礼。就这样困惑着，诺瑞尔先生冲那位很有派头的夫人鞠了一躬。

“很高兴见到您，先生。”沃特爵士说道，“我常听人说起您的事。这一阵伦敦人简直不说别的，只把奇人诺瑞尔先生挂在嘴上。”说完他又转向那位派头夫人，“诺瑞尔先生是位魔法师，太太，在他的故乡约克郡，他可是大名鼎鼎。”

派头夫人把诺瑞尔先生打量了一番。

“诺瑞尔先生，您和我想象中的大不一样。”沃特爵士叹道，“别人跟我说您是位实践派魔法师——这称呼没冒犯您吧——我只是重复他们的原话。今天见着您我算松了口气，看来您绝对不是他们说的那种人。在伦敦，变戏法的多得成灾，他们用空欢喜骗走百姓的钱。您见过闻秋乐吗？这人在圣克里斯托弗-斯托克斯教堂门口摆着摊子，他算得上是败类中的败类。我想，您应该是理论派的？”沃特爵士微笑着，似乎在催着诺瑞尔先生点头，“我听人家说，您找我有事？”

诺瑞尔先生请沃特爵士原谅，说他自己确实是一名实践派的魔法师。沃特爵士一脸惊讶。诺瑞尔先生说他衷心希望并未因承认自己的身份而失掉爵士的好感。

“没有，没有，绝对不会。”沃特爵士礼貌地低声嘟囔。

“您的理解有一些错误，”诺瑞尔先生道，“当然，我是说，人们感觉所有的实践派魔法师都是骗子，这实在因为这两百年来咱们英格兰的魔法师过分懒惰——自造的孽。鄙人曾施过一点小法术——感激约克人将其称为奇观——跟您说实话吧，沃特爵士，这法术，任何一位魔法师，技艺再怎么平庸，也都能胜任。魔法低靡，国家少了最有力的支援，民众无力抵抗外侮。鄙人恰是希望弥补这方面的空白。别的魔法师也许能把责任抛到脑后，鄙人却做不到。沃特爵士，鄙人此次前来，正是为您献计献策，应对我国目前艰难的局势。”

“我国目前艰难的局势？”沃特爵士说，“您是说战事？”他把两颗小黑眼睛张得格外大。“敬爱的诺瑞尔先生，战争和魔法——或者说，魔法和战争——有关系吗？您在约克的事迹我都相信，我想那边的家庭主妇对您一定十分感激，可我真不知道这样的法术怎么能用来打仗！确实，士兵总是脏兮兮的，但是您也知道，”爵士笑了起来，“他们还有更重要的事要忙呢。”

可怜的诺瑞尔先生！他从来不知道德罗莱特编出来的那套仙子洗衣服的鬼话，如今听了沃特爵士的讲述，自然是十分震惊。他向沃特爵士保证，自己这一辈子从来就没洗过床单，不管是用魔法洗还是用手洗。他还向爵士讲述了自己真正的事迹。然而奇怪的是，尽管诺瑞尔先生有能力创造惊人的奇迹，当通过自己的口把奇迹讲述出来的时候，他的语气依然如平日一般死板无趣。沃特爵士听了他的描述之后，感觉约克大教堂里上百尊石像一齐开口说话是件非常无聊的事，并且庆幸自己当时没有在场。“哦？”他说道，“那是挺有意思的。可我还是不明白，到底……”

突然，有人一阵咳嗽。沃特爵士立马住了口，似乎专为听那响动。

诺瑞尔先生往四下里看了看。在屋子另一头阴暗的角落里，一位穿白袍的年轻姑娘正躺在沙发上，身上紧裹着一条白披肩。她躺着一动不动，一只手拿着手帕捂着嘴。她的姿态，她的安静，充分暗示着痛苦与病恙。

诺瑞尔先生一直以为屋子那头根本没有人，突然多出个姑娘，把他吓了一跳，以为是谁施法把她给变出来的。这会儿工夫，姑娘正一阵猛咳，沃特爵士显得十分不自在。他并不往姑娘那边看（但他把屋子里所有其他地方都看遍了）。他从身边的小桌上拿起一个镀金的小摆件，把它倒过来，看了看底儿，又把它放回去。随后他也咳嗽了一下——只是清了清嗓子，仿佛意在说明谁都会咳嗽；世界上再没有比咳嗽更平常的事了；无论什么情况，咳嗽都不会引起任何人的警觉。沙发上年轻姑娘的咳嗽终于消停了，她安静地躺着，只是呼吸还不是很顺畅。

诺瑞尔先生的目光从姑娘身上移至姑娘身后阴郁的大油画上，努力回想刚刚说到什么地方了。

"这表现的是桩婚事。"那位派头夫人发了话。

"您说什么，太太？"诺瑞尔先生问。

夫人没有答话，只是冲那幅油画的方向点了点头，给了诺瑞尔先生一个庄严的微笑。

年轻姑娘身后墙上挂的油画，表现的主题和屋里其他的画作一样，都是威尼斯的景色。英格兰的城市大多建在山上，街道高低起伏。诺瑞尔先生看了这幅画以后，感觉这依海而建的威尼斯一定是世界上最平坦同时也是最古怪的城市。由于所描绘的城市地面非常平坦，这幅油画看上去仿佛是透视画法的习作。雕像、石柱、穹顶、宫殿和教堂延伸开去，直至与广袤的苍穹相接，海水轻柔地拍击着宫墙，水面上点缀着雕花镀金的驳船，还有那些怪模怪样的黑色威尼斯小艇，像极了戴孝女人穿的拖鞋。

"这幅画里的景色象征了威尼斯与亚得里亚海的结合。"夫人说（这会儿我们可以肯定她就是温特唐夫人），"一场奇特的意大利婚

礼。您看见屋子里这么多油画，都是温特唐先生生前在欧陆旅行时买下的。我们结婚的时候，他把这些画当作聘礼。画家是意大利人，当时英格兰还没人知道他。他后来收到温特唐先生的资助，有了底气，便来到伦敦发展。”

她说话的口气跟她的做派一般庄严。每说完一句话，她都要顿一顿，为诺瑞尔先生留出时间掂掂话里的分量。

“等我女儿艾玛成婚的时候，”她接着说，“我就把这些油画作礼送给她和沃特爵士。”

诺瑞尔先生问是否婚期在即。

“再过十天。”温特唐夫人兴致勃勃地说。

诺瑞尔先生向他们道贺。

“先生您是位魔法师？”温特唐夫人问道，“很遗憾，我对这门行当相当反感。”她说话的时候，目光紧逼诺瑞尔先生，仿佛只要她反感，就足够让诺瑞尔先生立刻金盆洗手，转择他业。

但是诺瑞尔先生并未立刻放弃职业，于是她便转向她未来的女婿。“沃特爵士，当年我自己的继母就对一名魔法师言听计从。我父亲过世后，这个魔法师便一直待在我家。我们以为自己走进的是间空屋，随后却总能发现他躲在角落里，半藏在窗帘后面，要不就睡在沙发上，脏兮兮的靴子都不脱。他是鞣皮匠的儿子，他的所作所为忠实地反映出其低劣的身世。他的头发又长又脏，生得一张狗脸，却装模作样地和我们坐一桌吃饭。我的继母对他百依百顺，整整七年，我们一家都得听他的话。”

“太太，当时就没人听从您的意见吗？”沃特爵士说，“对此我感到十分惊讶。”

温特唐夫人笑了。“沃特爵士，有这回事的时候，我才八九岁啊。那个魔法师名叫德利姆迪奇，他一见我们的面，就说他特别愿意做我们的朋友，尽管我和我哥哥一见他的面，就说我们不拿他当朋友。他只知道冲我们笑，仿佛一条刚学会笑的狗，不知道该怎么停下来。沃特爵士，请别误会我的意思。我的继母在很多方面是相当优秀的。我的父亲对她相当信任，每年给她六百镑，还把我们三个孩子都交给她抚养。愚蠢地怀疑自己的能力，是她唯一的弱点。我父亲认为，在理解能力、判断好坏的能力，以及其他很多方面，女性并不亚于男性。我完全同意他的观点。我继母不应当逃避我父亲遗交给她的一切。温特唐先生过世以后，我从未逃避。”

“当然，太太，您绝对不曾。”沃特爵士低声说。

“可是，”温特唐夫人接着说，“我继母却对那个叫德利姆迪奇的魔法师言听计从。他一丝魔力都不曾有，于是他就开始编造。他给我的哥哥、姐姐和我定了好些规矩，并向我继母保证，说这些规矩可以保我们平安。我们得在胸口紧紧地缠上紫色的丝带。在我们自己的房间里，桌上要腾出六个人的地方，除了我们兄妹三个，还有三个位子，德利姆迪奇说是为保护我们的神仙准备的。他还告诉我们这三个神仙的名字。沃特爵士，你猜他们都叫什么。”

“这我可想不出来，太太。”

温特唐夫人笑了。“细叶草，夏虫罗宾，还有一个金凤花。我的哥哥像我一样具有独立精神，常当着我继母的面说：‘去他的细叶草！去他的夏虫罗宾！去他的金凤花！’那可怜的傻女人就苦苦地求他住口。这几个神仙没对我们做什么好事。我姐姐生了病。我去她房间，却看见德利姆迪奇在那里，用他那又黄又脏的长指甲抚摸我姐姐苍白的面庞与无力的双手。他几乎都要哭出来了，这个傻瓜。要是能救得了我姐姐，他早就救了。他念出咒语来，可她最后还是死了。我姐姐是个美丽的女孩儿，爵士。我恨我继母的魔法师，恨了很多年，那么多年，我一直觉得他是个坏蛋。然而现在想起来，我只感觉他是个可怜的傻瓜。”

沃特爵士在椅子上欠了欠身。“温特唐小姐，”他问，“您刚刚说话来着——可我没听清。”

“艾玛，你说什么？”温特唐夫人大声问。

沙发那边传来一声轻叹。接着，一个镇定、清澈的声音说道：“我说你想错了，妈妈。”

“是吗，亲爱的？”温特唐夫人平时咄咄逼人，总是像摩西颁布诫律一般把自己的意见压到别人头上，此刻被女儿顶撞，却一点儿也不生气，反而十分高兴。

“当然了，”温特唐小姐说道，“我们需要魔法师。除了他们，还有谁能把英格兰的历史解释给我们听，尤其是我们北方的历史，我们北方那黑衣的国王？一般的历史学家解释不出来。”片刻的沉默。“我对历史很感兴趣。”她接着说。

“我不知道你还喜欢历史。”沃特爵士说。

“啊，沃特爵士，”温特唐夫人大声说，“我们艾玛从来不像其他年轻小姐一般把精力浪费在读小说上。她博览群书；比起我认识的年轻小姐，她对人物传记和诗歌有更深的了解。”

“可是，”沃特爵士侧身趴到椅背上，冲着未来的妻子热切地说，“我还是希望你也爱读小说，这样，你看，我们就可以互相读给对方听。你觉得拉德克利夫夫人的作品怎么样？达伯莱夫人*的呢？”

温特唐小姐对这两位著名女作家到底是什么看法，沃特爵士没有听见，因为她这时又一阵咳嗽。她咳嗽得厉害，不得不费力压制着，身子都坐起来了。沃特爵士等着她咳完回答他的问题，然而等咳嗽消停下去，温特唐小姐又躺回原来的位置，带着一脸痛苦与疲惫，合上了双眼。

诺瑞尔先生奇怪为什么没有人去伺候这位小姐。这间屋里的人似乎

---

* 达伯莱夫人（1752—1840），即范妮·伯尼，英国小说家和书简作者。

暗中商量好了，谁也不肯承认这可怜的姑娘是在生病，没有人问她需要点什么，也没有人劝她躺回到床上去。诺瑞尔先生自己常常生病，所以知道她目前最需要的就是卧床休息。

“诺瑞尔先生，”沃特爵士发了话，“您为我们提供的帮助，我不敢说我十分明白……”

“哦，真要深究的话，”诺瑞尔先生说，“打仗我是不太懂的，就好像将军们也不太了解魔法一样，但是……”

“……但是无论如何，”沃特爵士说，“我很遗憾，您的办法行不通。魔法可不是件体面的事，先生。魔法不够——”他想找个合适的词，“魔法不够正派。政府不可能跟这样的东西扯上关系。今天咱们之间的谈话虽无伤大雅，若是传出去，也很有可能闹笑话。跟您说实话，诺瑞尔先生，要是我早把您的来意搞得更清楚，我可能都不会见您了。”

沃特爵士说话的态度绝非不友善，可是——哦，可怜的诺瑞尔先生啊！听到别人说魔法是不正派的，他受到的打击多么沉重！当他发现自己在别人眼中已经沦为德利姆迪奇、闻秋乐之流，受到的打击更是足以碎骨。他抗议，说他已为重振魔法威望思谋良久；他提出，要把关于规划英格兰魔法的一长串建议拿给沃特爵士看；然而，一切徒劳。沃特爵士不想看。他摇了摇头，冲诺瑞尔先生微笑。最后，他只说了一句：“诺瑞尔先生，恐怕我帮不上您的忙了。”

当天晚上，德罗莱特先生来到汉诺威广场，正赶上诺瑞尔先生哀叹自己说服沃特爵士的计划失败，于是他只好听着。

“看看，先生，我说什么来着？”德罗莱特叫起来，“哦，可怜的诺瑞尔先生，他们对您太无礼了！我对此深表遗憾，可我一点儿也不奇怪。我老听别人说那温特唐一家简直傲得没边儿！”

然而，我得说，德罗莱特先生的性子里总有那么一点欺诈的成分。

我必须让大家知道，他其实并不像他嘴上说的那样替诺瑞尔先生感到遗憾。诺瑞尔先生这回擅自采取行动，惹怒了他，他于是决定惩罚一下诺瑞尔先生。之后的一个礼拜，诺瑞尔先生和德罗莱特先生参加的宴席都特别安静，也许是安排不周，诺瑞尔先生发现请他吃饭的人是德罗莱特先生的鞋匠，要不就是给西敏寺纪念碑扫灰尘的老太太。德罗莱特先生对请客的人精挑细选，这些人的本领、影响力和朋友圈子都越小越好。德罗莱特先生这样做，是希望诺瑞尔先生能够明白，不仅仅是坡和温特唐这两家看不起他，所有人其实都看不起他。如此这般，也许诺瑞尔先生就能意识到究竟谁才是他真正的朋友，以后再让他表演小戏法的时候，他也许就能随和一点儿——变戏法的事，德罗莱特先生已经答应朋友们好几个月了。

正是这些希望与计谋，活动在诺瑞尔先生挚友的心底。然而德罗莱特先生是不幸的，诺瑞尔先生遭到沃特爵士的拒绝后，一蹶不振，根本没有注意到娱乐方式上的变化。德罗莱特先生的计划，没惩罚到任何人，只害了他自己。

沃特爵士这根高枝，诺瑞尔先生似乎攀不上了。然而枝越难攀，诺瑞尔先生越是认定，沃特爵士是提携他的最佳人选。沃特·坡爵士是这样一位性情活泼、精力充沛，又有着良好举止的男士，诺瑞尔先生哪一点都做不到。据此，诺瑞尔先生的推论是：只要是自己做不到的事，沃特爵士一定都能办到。现如今，在社会上有点影响的人，一定都肯听沃特爵士说话。

“要是他肯听我说话就好了，”一天晚上，和德罗莱特先生单独吃饭的时候，诺瑞尔先生叹道，“可我不知道该怎么劝他才好。如今我确实觉得，当时要是叫上您和拉塞尔斯先生陪我一起去就好了。通达世事的人，肯定愿意跟同样通达世事的人交流。我现在算明白了。我是不是应该给他表演一段法术——把茶杯变成兔子？把茶勺变成金鱼？这样至少他就会相信我了。可若真这么表演，我恐怕那位老夫人不会高兴。我不知道该怎么办。您说呢？”

此时的德罗莱特想，假如人类真能因无聊而死，自己再过一刻钟大约就会辞世了。他一句话都不想说，只挤出一个带有些许嘲弄的微笑。

第七章

难来二次的机会

一八〇七年十月

“先生啊，这回您可解了恨啦！”德罗莱特先生大叫着，突然在汉诺威广场大宅的书房里现了身。

“解恨？”诺瑞尔先生问，“此话怎讲？”

“咳！”德罗莱特先生道，“沃特爵士的新娘——温特唐小姐——死了！今天下午刚刚死的。本来再过两天俩人就要结婚了，可怜的人儿啊，就这么死了。一年一千镑啊——想想沃特爵士该有多么绝望！她要是能撑到这周末也好啊，结了婚再死就大不一样了！他缺钱正缺得紧，这下整个人都垮了。若是咱们明天听说他自刎而死，我也毫不奇怪。”

德罗莱特先生在炉火旁一张高级而舒适的椅子背上靠了片刻，低头一看，发现了他的朋友。“啊，拉塞尔斯！我看见你了，原来你在报纸后面。你好吗？”

诺瑞尔先生盯着德罗莱特。“您说那年轻姑娘死了？”他大吃一惊，“就是我在那间屋子里看见的那个年轻姑娘？我简直不敢相信！真是出人意料。”

“哦，恰恰相反。”德罗莱特先生说，“这事儿再自然不过了。”

“可是还有婚礼呢！”诺瑞尔先生说，“所有东西都安排好了！他们肯定没想到她病得这么重！”

“我向您保证，”德罗莱特先生说，“她病成什么样，他们都清楚，大家都清楚。真的！我认识个叫德拉蒙德的，圣诞节的时候在利明顿温泉镇举行的小型聚会上见过这位小姐，随后他就跟卡莱尔勋爵打了五十镑的赌，赌她活不过一个月。”

拉塞尔斯先生反感地咂了咂嘴，放下手里的报纸。“没有的事，没有的事！”他说，“那不是温特唐小姐。你说的是一位胡康-尼克斯小姐，当时她哥哥威胁她说，假如她做下不名誉的事，给家里抹黑，就一枪毙了她——大家都觉得这是早晚的事。说这话的地方是在沃辛，而且打赌的人也不是卡莱尔勋爵，而是埃克斯摩尔公爵。”

德罗莱特思索片刻。“我想你说得没错。”他开了口，“不过这又有什么关系呢。谁都知道温特唐小姐生着病，当然，除了她那位老妈妈。她觉得她女儿是完美的化身；完美的人儿跟生病有什么关系？完美的人儿只要别人的赞美；完美的人儿只要完美的婚姻。老夫人绝不相信完美的人儿还会生病，生病这件事，她连听都听不得。尽管温特唐小姐经常咳嗽，偶尔还会晕倒在地，而且永远躺在沙发上，我从来没听说他们家请过大夫。”

“要是沃特爵士，就一定会把她照顾得很好。”拉塞尔斯说着，抖开手里的报纸，准备接着读，“他干的政治，别人爱怎么评论就怎么评论；他这个人，还是明事理的。这姑娘没撑到礼拜四，实属不幸。”

“哎呀，诺瑞尔先生，”德罗莱特转向他俩的朋友，“您怎么面色苍白，一脸病容！眼看着年轻纯真的生命就这样断送了，我敢说，您这是受惊吓了。先生，您丰富的情感又一次赢得我们的敬意。我的心情和您现在一模一样。可怜的年轻姑娘一命归西，就仿佛可爱的花朵横遭践踏，一想到这些，先生，我的心如有刀割一般——简直不能往这上面想。可是，您知道，她病得不轻，死是早晚的事。而且，您也对我提过，说她生前对您的态度也不算太好。我知道如今不时兴说这一套了，但我这个人坚决主张年轻人应当尊敬您这样有学问的老者，没有谁比我更坚决了。冒冒失失、没大没小的举止，我一概深恶痛绝。”

朋友善意的劝慰，诺瑞尔先生似乎根本没有听见。当他终于开了口，也似乎只是在跟自己说话。他深深地叹了口气，低声说道：“真没想到，魔法在这边竟然如此不受重视。”他顿了顿，随后很快地低声念叨起来，“让人起死回生，这么做太危险了。三百年都没人试过了。我决不能这么干！”

这句话非同小可，德罗莱特先生和拉塞尔斯先生惊讶地望着他们这位朋友。

“确实，先生，”德罗莱特说，“没人让您这么干。”

“我当然知道该怎么操作。”诺瑞尔先生继续说下去，只当德罗莱特没插嘴，“这种法术恰恰是我一直以来都反对的，它太依靠……太依靠……也就是说后果完全无法预料——单靠魔法师的力量决定不了。不行！我不能这么干。连想都不该想。”

随后是片刻的沉默。虽然这位魔法师已经决定不去想这危险的法术，他在椅子上仍是坐不稳。他啃着手指甲，呼吸急促，浑身各种小动作都透出内心的忐忑不安。

“亲爱的诺瑞尔先生，”德罗莱特慢悠悠地说，“我觉得我明白您的意思了。我得说，这主意太妙了！您这招可是魔法上的壮举，它将是您过人神力的证明！还等什么，先生！事情一成，全英格兰所有像温特唐和坡这样的人家都得跑上门来，套您这位伟人的交情！”

“可要是事情不成，”拉塞尔斯先生干巴巴地说，“除了这样的人家，别人可都要关门，挡您这位伟人的恶名了。”

“我亲爱的拉塞尔斯，”德罗莱特大叫起来，“你说的这是什么话！信不信由你，这世上再没有什么比失败更好开脱的了——毕竟，谁都会失败，随时都会失败。”

拉塞尔斯先生说德罗莱特完全没明白他的意思，于是两个人开始打嘴仗，刚要交锋，只听得他们的好朋友诺瑞尔先生爆出一声哀鸣。

“哦，老天！我该怎么做才好？我该怎么做才好？几个月了，我煞费苦心，想让别人接受我的一技之长，可到现在他们还是不拿我当回事！拉塞尔斯先生，您见多识广，您告诉我……”

“唉呀，先生，”拉塞尔斯先生赶忙打断了诺瑞尔先生的话，“我有条基本原则，就是决不给任何人出谋划策。”说罢，他又埋头读报。

“我亲爱的诺瑞尔先生，”德罗莱特说（别人不问他，他也主动给人家出谋划策），“像这样的机会，难来二次……”（这理由非常充分，引得诺瑞尔先生深深叹息。）“……我得说，要是眼看着您与它失之交臂，我一辈子也无法原谅自己。听到可爱姑娘的死讯，谁能不掉眼泪？而您仅此一举，就能让她重返人间。您这样做，也等于是替爵士寻回他理应得到的一笔财富。与此同时，您将重振魔法大业，功绩泽被后世！一旦见识到您法术的好处——我是指它们的实际功效——有谁还能剥夺魔法师理所应得的赞誉与崇敬？魔法师将与海军上将平起平坐，远比一般的将领高，地位直追大法官和大主教！要是国王陛下不马上设立相应的级别与封号——比如常任法师、御批法师、非领薪法师等等等等——那就奇了怪了！而您，诺瑞尔先生，您将高高在上，被尊为大法师！若要实现这一切的一切，在此一举啊，先生！在此一举！”

德罗莱特对自己此番演讲十分满意；拉塞尔斯烦得把手中的报纸抖得哗哗作响，一看便知有一肚子的话要回敬德罗莱特。然而，他之前早已宣布自己从不为别人出谋划策，现在想说也没法说了。

“没有什么法术比这更危险了！”诺瑞尔先生低声说着，声音满含恐惧，“它对施法者和受法者都有危险。”

“先生，”德罗莱特讲起了道理，“它对您有多危险，我敢说只有您自己心里最清楚。而至于您所谓的受法者，她是个死人，法施在她身上，再坏能坏到哪儿去呢？”

德罗莱特沉默片刻，等待诺瑞尔先生回答他的好问题。然而诺瑞尔先生什么也没说。

“我现在就叫车，”德罗莱特言罢立刻行动起来，“我这就去一趟布伦瑞克广场。别担心，诺瑞尔先生，我敢说咱们的计划一提出来，谁都乐得接受。我一个钟头内准回来。”

德罗莱特匆匆而去。诺瑞尔先生呆坐了足有一刻钟，两眼直视前方。拉塞尔斯虽然不信诺瑞尔先生所说的法术（于是也不信它有多危险），但如果诺瑞尔先生此时真看见了什么东西，他十分庆幸自己看不见。

诺瑞尔先生回过神来，便起身从架子上取下五六本书，翻开来读，动作飞快——大约正在寻找一些段落，里面的建议专供法师为年轻姑娘起死回生。诺瑞尔先生读着书，时间又过去三刻钟。只听得书房外一阵喧闹，德罗莱特人还未到，声音先进了门。

“……真是帮了天大的忙！不胜感激……”德罗莱特翩然跃进屋子，脸上笑作一团，“一切顺利，先生！沃特爵士一开始稍有些犹豫，可是最后一切顺利！他让我替他向您道谢，感谢您的关注，可他觉得这样做没有用。我问他是不是担心将来这事传出去成了人家话柄，我劝他不必怕，我们谁也不愿意看他出丑——我说诺瑞尔先生只是想帮他忙而已，而拉塞尔斯和我本人嘴又都把得很严。可是，他说他担心的并不是这些，因为大臣本来就是大家的笑柄。他只是希望大家放过温特唐小姐，让她静静安息——这样做才算得上是对她的尊重。‘亲爱的沃特爵士啊，’我就喊，‘您怎能这么说呢？您的意思是，年纪轻轻的富家小姐就甘心在做新娘的前一天撒手人寰？您自己的幸福也就差这一天？哦，沃特爵士，’我就说，‘您可以不相信诺瑞尔先生的魔法，而试一试又何妨？’老夫人在旁边，立刻就明白了道理，站到我这一头。她还跟我讲，说她小时候就认识一位魔法师，才华横溢，对她们一家尽职尽忠。那位魔法师让她姐姐多活了好些年，远远超出大家的预计。我告诉您，诺瑞尔先生，您的好意，温特唐夫人感激得难以言表。她求我告诉您，让您这就过去——沃特爵士也说没有再耽搁的必要。于是我刚才已经跟戴维说了，让他在门口候着，无论出什么事都不能擅自离开。哦，诺瑞尔先生，今夜，一切分歧都会化解！先前一切误会，一切由几句错话招惹的是非，将被一扫而空！到时候的情形，绝对是一出莎士比亚的戏！”

仆人拿来大衣，诺瑞尔先生穿上进了马车。随后，门一开，德罗莱特先生和拉塞尔斯先生一人一边，也跳进了车厢。看见诺瑞尔先生一脸惊讶的表情，我不得不怀疑，他原本大概是不想让这两位男士陪他一起去布伦瑞克广场的。

拉塞尔斯跳上车，哼着鼻子笑，说他这辈子从没听说过此等荒唐事。他还说，他们仨挤在诺瑞尔先生的马车里满伦敦跑，简直就像法国和意大利古代寓言里那些划着牛奶筒做的船，到池塘里捞月影的傻子。要是诺瑞尔先生这会儿有心思理他，准被他气得够呛。

他们一到布伦瑞克广场，就发现宅子门口的台阶上站了一小群人。两名男子跑过来牵住了马。台阶上的油灯把这群人照亮，原来是温特唐夫人家十几个仆人。他们都跑出来，迎候这位能把他们小姐救活的魔法师。人性难测，我敢说这里面总有几个人是单纯为了看看魔法师的样子才出来的。然而，多数仆人都面色苍白，看神情就知道是出了丧事。这些人肯冒着夜里的寒气盯在门口，我想，他们的动机是更加高尚的。

宅内又冷又黑，其中一个仆人拿来蜡烛，走在前面，为诺瑞尔一行领路。刚上楼梯，就听得温特唐夫人的声音从高处传来：“罗伯特！罗伯特！是诺瑞尔先生来了吗？哦，谢天谢地！”她突然出现在楼道里，站在他们面前。“我以为您再也不会来了！”她随后的举动令诺瑞尔先生大惊失色：她握住诺瑞尔先生的双手，紧紧地攥着，恳求他使用最强力的魔咒，将温特唐小姐复生。钱不是问题，诺瑞尔先生说多少就是多少，只要诺瑞尔先生答应把她挚爱的女儿救回来。诺瑞尔先生一定要答应！

诺瑞尔先生清了清嗓子，似乎又要开始对当代魔法法理进行冗长而无趣的论述。德罗莱特见势往前一凑，接过温特唐夫人的双手，免去他二人的尴尬。

“拜托，亲爱的夫人，”德罗莱特说，“请您一定要保持镇静！您也看见了，既然诺瑞尔先生已经来了，我们一定会尽力而为。诺瑞尔先生希望您不要再提钱。诺瑞尔先生今晚做的一切，都是看在朋友的分上……”话说到这儿，德罗莱特先生踮起脚尖，扬起下巴，越过温特唐夫人的肩膀，往屋里沃特爵士站的地方看去。这时，沃特爵士刚刚从椅子上站起来，远远地立着，打量几位来客。烛光下，他面色苍白，眼窝深陷，如此憔悴的模样，之前从未沾过他的身。来了客，上前打声招呼是最起码的礼貌，可他一动不动。

诺瑞尔先生的反应怪得很：他在楼道里犹豫不前，就是不愿进屋。似乎必须要先跟沃特爵士说上几句话，他才肯往宅子里面走。“我有话要对沃特爵士一个人说！就几句话，爵士！——我将尽全力帮助您，爵士！”他在门口大喊，“这位姑娘刚——咳咳！刚离开咱们没多久，这情形，可以说是很有希望的。是的，我想我敢说这情形是很有希望的。沃特爵士，我这就去了。希望到时候能给您带回好消息！”

温特唐夫人就想听诺瑞尔先生做出这样的承诺，诺瑞尔先生当时一句不给，现在则把它们一股脑儿倒在了沃特爵士的耳畔，而沃特爵士明显不愿意听。他躲在客厅里，远远地点了点头，随后发现诺瑞尔先生还不走，只好哑着嗓子说了一句：“谢谢您，先生。谢谢。”他的嘴巴扭出个怪样，本意许是微笑。

诺瑞尔先生大声说道：“沃特爵士，我真心希望能邀您同去，请您观摩，然而，这法术性质奇异，非独处不能完成。希望以后有其他机会，我再向您展示魔法法艺。”

沃特爵士微微鞠了一躬，转身不再看他。

这会儿工夫，温特唐夫人正和她的仆人罗伯特说话。德罗莱特趁这个空当儿，把诺瑞尔先生拉到一边，低声耳语，态度却十分慌张：“不行，不行啊，先生！您别把人都赶走啊！我是想着，能劝来多少人，就让他们都聚在床前看着。我向您保证，只有这样做，咱们今晚的壮举，明天早上才能被大范围地传播出去。还有，您别不好意思，多弄出点儿响动出来，吓吓仆人——要是您愿意的话，来一句最震人的咒语！哦，我这个榆木脑袋！要是我想着带来点儿火药粉就好了，可以往炉子里面扔！您身上没带吧？”

诺瑞尔先生没答话，只让人赶快带他去温特唐小姐的屋子，耽搁不得。

虽然诺瑞尔法师明确要求独自前往，他那两位挚友——德罗莱特先生和拉塞尔斯先生——可不忍心丢下他一个人独自面对事业上的重大挑战。于是，他们三位一起，由罗伯特领着，来到三层一间小屋的门前。

第八章

白毛先生

一八〇七年十月

屋里空无一人。

屋里其实也有个人——温特唐小姐正躺在床上。而此时的她到底算不算是个人，在哲学上算是道难题。

她身着一袭白袍，颈上戴着银链；秀发被人梳顺，别上了发饰；耳上还挂着珍珠与石榴石嵌成的耳环。然而，此时的温特唐小姐已经不可能再关心这些了。仆人们点了蜡烛，把炉里的火捅旺。他们把玫瑰花放遍每个角落，房间里于是弥漫着甜蜜的香气。然而，就算温特唐小姐此时躺在全市最臭的阁楼里，她宁静的姿态也不会有任何改变。

“你说她模样还算中看？”拉塞尔斯问道。

“你之前没见过她吗？”德罗莱特说，“啊，她美若天仙！超凡脱俗！像个天使！”

“真的吗？怎么现在都残花败柳啦！我得跟我认识的美女说，还是不要死的好。”拉塞尔斯说着，凑近她看了看。“他们把她眼睛给合上了。”他说。

“她那双眼睛完美无瑕。”德罗莱特说，“眼珠灰黑清澈，睫毛纤长，眉睫乌浓。你之前没见过她，真是遗憾——她正是你喜欢的类型。”德罗莱特说罢，转向诺瑞尔先生，“先生，您准备好了吗？”

诺瑞尔先生坐在壁炉旁边的一把椅子上，刚进门时那种志坚意决、有条不紊的派头已经无影无踪。此时的他，双眼盯着地，耷拉着脑袋，唉声叹气。拉塞尔斯和德罗莱特二位先生都看着他，却各有各的心思，颇符合各自的性格特点——德罗莱特躁动不安，目光炯炯，心中充满期待；而拉塞尔斯则深沉冷静，面带笑容，始终持怀疑态度。德罗莱特先生恭敬地往后让了几步，以便诺瑞尔先生走到床前。拉塞尔斯先生则倚着墙，抱臂而立（这是他看戏时的常态）。

诺瑞尔先生又叹了口气。“德罗莱特先生，我已经说过了，这种法术要求与外界完全隔离。我只能请您二位在楼下等候。”

“可是，先生，”德罗莱特抗议道，“像拉塞尔斯和我这样的密友，肯定不会让您觉得不方便吧？全天下就数我俩最安静！只消两分钟，您一准儿忘了我俩还在房间里面。而且，我得说，我俩必须留在这里！您今夜的事迹，除了我俩，明早还能靠谁对外宣扬？法力起效、姑娘复活的瞬间，那一派奇景，得描述给外人听；而假如您不得不承认失败，那一刻难耐的感伤，也需要对外边讲。先生，您要是自己讲，效果就差多了。这您是知道的。”

“可能吧。”诺瑞尔先生说，“可是您的建议绝不可行。你们不走，我就不动手——我*动不了手*。”

可怜的德罗莱特！他无法强迫一位魔法师违着心意施法。为看一场魔法表演，他熬了许久，到头来却被排除在外！这种待遇，他可承受不了。就连拉塞尔斯都感到有些失望——这下，没有荒唐事博自己一乐了。

他们走后，诺瑞尔先生疲惫地站起身，打开随身带着的一本书。一张折着的信纸标出了其中一页。诺瑞尔先生翻到此页，把书立到一张小桌上，以便参考。随后，他开始念咒。

效果立竿见影：屋里凭空出现一片绿意，一股树林和田野中才有的清甜气味弥漫开来。诺瑞尔先生于是住了嘴。

屋子正中央站着个人：他个子颇高，容貌英俊，皮肤白皙，头发浓密——发色极淡，极富光泽，仿佛大蓟的绒毛。他一对蓝眼珠亮闪闪，目光冰冷；他一双眉毛长而黑，眉梢上扬。他周身打扮与一般男士相差无几，只是外衣的颜色特别——那是一种亮得不能再亮的绿，仿佛初夏的树叶。

“O Lar!”诺瑞尔先生开口，声音颤抖，“O Lar! Magnum opus est mihi tuo auxilio. Haec virgo mortua est et familia eius eam ad vitam redire vult.”[1]说到这儿，诺瑞尔先生指了指床上躺着的人。

一瞧见温特唐小姐，满头白毛的先生立刻兴奋起来。他双手大张，看姿势又惊又喜，随后飞快地说起了拉丁文。诺瑞尔先生比较熟悉写在纸上或是印在书里的拉丁文，这么快的语速，他实在跟不上。不过，他也零散听出了几个词，比如“formosa”，还有“venusta”，都是些形容女性美的词语。

等这位先生的狂喜渐渐消停，诺瑞尔先生将他的注意力引到壁炉上方挂着的一面镜子上。镜中出现的画面，是温特唐小姐在一条狭窄崎岖的石道上行走，四周是灰暗的群山。“Ecce mortua terram et caelum!”诺瑞尔先生说道，“Scito igitur, O Lar, me ad hanc magnam operam te elegisse quia...”[2]

“好了，好了！”这位先生突然喊出英语来，“你选择了我，是因为我对法艺的灵性远远胜过我的族人；我曾是托马斯·高布列斯、拉尔夫·斯托克塞、马丁·佩尔以及乌衣王的仆从与密友；我英勇无惧，我怜香惜玉，我宽宏大量，我英俊潇洒——日久天长，永远这样！你为什么找我，我都明白！找别人的话，那是精神不正常！我是谁，咱俩都知道。关键问题是：你是谁？”

---

1 “呼仙子以求助！此少女已故，家人盼其复生。”

2 “人界、天界，女行于其间！呼仙子以相告，此番任重，而偏择汝，恰因……”

“我？”诺瑞尔先生吓了一跳，“我是当代最伟大的魔法师。”

这位先生挑起一根漂亮眉毛，意思仿佛是说诺瑞尔先生的答案出乎他的意料。他绕着诺瑞尔先生慢慢溜达，从各个角度打量他。最令人尴尬的是，他把诺瑞尔先生的假发提起来，看了看底下——仿佛诺瑞尔先生是火上的一口锅，他打算看看晚上吃点什么。

“我……我是命中注定将魔法还给英格兰的人！”诺瑞尔先生磕磕巴巴地说着，一把抢回假发，重新扣在脑袋上——扣得有点儿歪。

“是啊，你当然是这角色啦！”这位先生说，“否则我也不可能到这儿来！你不会以为我肯在下三滥的街头巫师身上浪费时间吧？可你到底什么来头？我想知道的是这个。你施过什么法术？你师从何人？你去过哪些魔界？谁是你手下的败将？谁又是你的同党？”

一下子这么多问题，把诺瑞尔先生问了个大惊失色、措手不及。他盘桓、游移，最后终于对自己最有把握的一个问题做了解答：“我没有老师。我自学成才。”

“怎么学的？”

“读书。”

“书！”（嗤之以鼻的口气。）

“是的，没错。如今书中净是魔法。当然，其中多是糟粕。究竟多少糟粕成了铅字，没人比我更清楚了。可是，精华也不少。这门学问，一旦入了门，随后的发现往往出人意料，比方说……”

诺瑞尔先生说着说着，兴致高涨，然而这位白毛先生可没耐心听别人讲话，于是他打断了诺瑞尔先生。

“我的族人里面，你到目前为止只见过我一个，是吗？”

“啊，是的！”

诺瑞尔先生的回答颇令白毛先生满意，他微微一笑，说：“原来如此！那么要是我肯让这位姑娘起死回生，我能得到什么好处？”

诺瑞尔先生清了清嗓子。“您想要什么样的好……”他的声音有些哑。

“哦，这好办！”白毛先生大声说道，“我想要的，总是那些最不起眼的东西。幸亏我毫无半点贪欲，毫无非分之想。说实在的，到时候你就看出来，我要的东西其实对你更有利——这恰恰说明我决不自私自利！我只要求，无论你想做什么事，都让我助你一臂之力；无论遇到什么事，都让我参与建议；搞研究的时候，也要由我引导你。哦，还有还有，将来有了成绩，你必须让大家都知道：我的功劳数第一！”

诺瑞尔先生面有难色。他咳嗽了几声，嘟囔了几句，感谢这位先生的慷慨大方：“假如我像有些魔法师一样，急于将己任移交他人，您提供的帮助再好不过。然而不巧的是……我恐怕……一句话，我不打算雇用您——或者您的任何族人——我永远不会这样做。”

长时间的沉默。

“嘿，真是不识抬举！”白毛先生冷冷地说，“为了你，我特地跑来一趟；你说了一堆没味儿的话，我捺着性子听着；你对魔法的正确形态和仪礼一窍不通，我也都忍着。现在我给你帮助，你反倒不屑一顾。我告诉你，别的魔法师为了争取我的协助，都要经历千辛万苦。要是我去找那另一位魔法师，没准结果会好一点。在礼节方面，他是不是比你更懂得如何对待有身份的人？”先生往四下里看了看，“我没见着他。他上哪儿去啦？”

“谁上哪儿去啦？”

“另外一个。”

“另外一个什么？”

“魔法师啊！”

“魔法……”这个词儿断在诺瑞尔先生的嘴上，“不，不对！没有什么别的魔法师！我是唯一的魔法师。我向您保证，只有我一个人是。

您怎么会认为……”

“肯定另有一位魔法师！”这位先生的神色仿佛是说，谁要否定这样显而易见的道理，简直就是荒唐，“他是你最亲密的朋友。”

“我没有朋友。”诺瑞尔先生说。

诺瑞尔先生完全糊涂了。这仙子指的会是谁？齐尔德迈斯？拉塞尔斯？难道还能是德罗莱特不成？

“他一头红发，长鼻子。他相当自以为是——英格兰人个个都这样！”白毛先生发了话。

这样的描述于事无补。齐尔德迈斯、拉塞尔斯和德罗莱特，三人全都自以为是，只是反映在不同的方面罢了；齐尔德迈斯和拉塞尔斯的鼻子都很长；可他们仨都不是红头发。诺瑞尔先生想不明白，于是深深叹了口气，把话题拉了回来。“您不帮我这个忙？”他问，“您不肯让这姑娘复活？”

“我可没这么说！”听白毛先生的口气，仿佛他很奇怪诺瑞尔先生怎么会想到那里去。“我得承认，”他接着说，“这几百年来，我对我的家人和仆人已经有些厌烦了。我的亲姐妹、表姐妹品德高贵，值得歌颂，然而她们并不是完美无缺。她们——很遗憾——都有点耀武扬威的劲儿，自以为是，目中无人。而这位姑娘，”他指了指温特唐小姐，“女性一般的成就与品格，我猜，她应该都有吧？高雅？聪慧？活泼？善变？舞步是否像阳光一般，骑马是否像风儿一般，唱歌是否像天使一般，绣花是否像珀涅罗珀一般？会不会讲法语、德语、意大利语，会不会说布列塔尼语、威尔士语，是否还会其他语言？”

诺瑞尔先生说他觉得这些条件温特唐小姐应当都具备。他心想，如今年轻小姐们做的大抵就是这些事情。

“那么，她就能做我的好伙伴！”白毛先生双手一拍，大声宣布。

诺瑞尔先生舔了舔嘴唇，神情紧张地问：“您具体是怎么打算的？”

"把这位小姐阳寿的一半交给我，咱们就成交！"

"阳寿的一半？"诺瑞尔先生重复了一遍。

"一半。"白毛先生说。

"可要是她的朋友听说我把她一半的寿命都搭了进去，他们会怎么想？"诺瑞尔先生问。

"哦，他们不会知道的。这你大可放心。"白毛先生说，"再说，她现在根本没有命，有半条总归好一些。"

半条命确实比没有命要好得多。留着半条命，温特唐小姐就能嫁给沃特爵士，让他不至于破产；爵士于是就能保住职位，而诺瑞尔先生复兴魔法的种种方案也就有了支持。然而，诺瑞尔先生看过许多书，读到过其他英格兰魔法师与白毛先生这一族所打的交道，他深知这一族人是多么的不老实。他觉得他已经看穿了眼前这位先生的把戏。

"那么她阳寿统共有多长？"他问。

白毛先生双手一摊，表示绝对的诚恳。"你想要多长？"

诺瑞尔先生想了想。"假设她能活到九十四——九十四算长寿了——她现在是十九岁，那么总共还有七十五年时间。如果您能赐予她七十五年寿命，再拿走一半，我觉得没什么问题。"

"那就七十五年。"白毛先生一口答应，"其中一半都属于我，不多不少。"

诺瑞尔先生紧张地望着他。"您看咱们还需要做点儿什么？"他问，"咱们是不是签个协议？"

"不必。不过我得从这位小姐身上拿点儿东西走，以象征我对她的所有权。"

"从她这些戒指里面挑一个，"诺瑞尔先生建议，"或者把她戴的项链拿走。少个戒指或者项链，我还是可以解释清楚的。"

"不行，"白毛先生说，"这东西必须得是……啊，我知道了！"

德罗莱特和拉塞尔斯坐在先前诺瑞尔先生和沃特爵士会面的客厅里。他们坐的角落格外昏暗。炉火不旺了，蜡烛也快烧尽了，窗帘没有合上，也没人来把窗外的挡板支起来。雨点噼噼啪啪打在窗上，声音分外凄凉。

“这会儿真是唤死人复生的好时候。”拉塞尔斯先生说，“雨点和树叶抽打着玻璃，风在烟囱里哀号——舞台效果全齐了。我常有写剧本的冲动，不知今晚这一场能不能唤起我的灵感——这将是一出悲喜剧，讲述一名一贫如洗的大臣为了敛财不择手段，以买卖婚姻开头，以巫术结尾。我想这出戏一定叫座，题目我打算就叫《怜她已就木》。”

拉塞尔斯说完俏皮话，顿了顿，等着德罗莱特笑。然而德罗莱特因为诺瑞尔法师不让他看施法，早就没心情笑了。这会儿，他只问了拉塞尔斯一句：“你说他们都上哪儿去了？”

“我不知道。”

“唉，为他们做了那么多事，咱俩不该受这种待遇！刚还对咱俩满怀感激，这才不到半个钟头！这么快就把咱俩给忘了，真是可恶。从进门到现在，连块点心都没有。虽说现在叫人上晚饭有点儿迟了——但再不上我就真的要饿死了！”说罢，他安静了一会儿，又批评道，“火也快灭了。”

“那你就再往里添点儿煤。”拉塞尔斯说。

“什么！你想让我把衣服都弄脏，是吗？”

蜡烛一根接一根地熄了，炉里的火光也渐渐暗下去了，威尼斯油画再也看不出景致，变成了一方方浓墨块，比屋墙的黑更复杂一些。他俩坐了许久，没有一句话。

“这是钟在敲，已经一点半了！”德罗莱特突然说，“听着多么凄凉啊！呃啊啊！咱们在小说里读到的那些可怕的事情，都是在教堂或者家里的钟敲响之后，发生在一间黑屋子里面的！”

“我不记得有什么可怕的事是在一点半发生的了。”拉塞尔斯说。

恰在此时，他们听见了脚步声——先是在楼梯上，很快便进了楼道。客厅的门被推开了，进来个人，手里拿着蜡烛。

德罗莱特伸手要抓捅火棍。

然而，来人却是诺瑞尔先生。

“别慌，德罗莱特先生。没什么可怕的。”

诺瑞尔先生举起烛台，照出的却是另一番神情：他面色苍白，双目圆睁，眼神里的恐惧还没有清干净。“沃特爵士去哪里了？”他问，“其他人呢？温特唐小姐叫她妈妈过去。”

诺瑞尔先生把最后一句话重复了两遍，德罗莱特、拉塞尔斯二位先生才明白过来。

拉塞尔斯眼睛眨了两三下，张开嘴巴，像是吃了一惊。经过调整，他把嘴闭上，摆出一副不屑一顾的神情——后来他就一直保持这副模样，仿佛他经常走访有年轻小姐起死回生的住户，眼前这一场，在他看来十分无聊。与此同时，德罗莱特却仿佛有一千句话要讲——我敢说，他确实把这一千句话都讲出来了，只可惜，当时谁也没有闲心听他的。

德罗莱特和拉塞尔斯找来了沃特爵士，沃特爵士又请来了温特唐夫人。温特唐夫人满眼是泪、浑身颤抖，由诺瑞尔先生领着，去了她女儿所在的房间。与此同时，温特唐小姐复活的消息传遍宅子上上下下。仆人们听说以后，欣喜若狂，对诺瑞尔先生、德罗莱特先生和拉塞尔斯先生充满感激之情。一名管家带着两名男仆走到德罗莱特和拉塞尔斯身旁，在求得两位的允许后开口道，但凡二位先生有何需要，只需动动嘴，他们若是力所能及，必会尽力而为。

拉塞尔斯先生低声对德罗莱特先生说，他之前可没想到，做点儿善事，这么多下人就用如此熟稔的口气跟自己说话——着实难堪——以后可得记着点儿，再也不能做善事了。幸亏下人们此时兴高采烈，并未发觉自己冒犯了拉塞尔斯先生。

不一会儿，大家便都知道，温特唐小姐已经下了床，在诺瑞尔先生的搀扶下回了自己的起居室，坐在炉火边，要了一杯茶。

德罗莱特和拉塞尔斯被唤到楼上一间精巧的起居室里，在那儿，他们见到了温特唐小姐和她的妈妈、沃特爵士、诺瑞尔先生，以及几个仆人。

要是光看表情，您准会以为，在生死之间跋涉了一夜的是温特唐夫人和沃特爵士——他二人面如死灰，神色焦虑。温特唐夫人仍在抽泣，沃特爵士则像见了鬼一般，时不时用手捋着发白的额头。

可温特唐小姐却镇定自若，仿佛只是静静地在家过了一个平淡的夜晚。她坐在椅子上，穿着典雅的袍子——还是拉塞尔斯先生和德罗莱特先生先前见她穿的那一身。她站起身来，冲德罗莱特微微一笑。“先生，你我素不相识，然而他们告诉我，您对我有大恩。您的恩情，我恐怕无论如何都还不清了。如今我还能站在这里，很大程度上都是因为您的努力、您的坚持。谢谢您，先生。万分感谢。”

说罢，她伸过双手，德罗莱特先生一把接住。

“哦，小姐，”他大叫，又鞠躬，又微笑，“这，您要相信，这是我最大的荣……”

说到这儿，他住了嘴，沉默片刻。“小姐？”他尴尬地笑了笑（这笑容非常少见——能让德罗莱特尴尬的事儿可不多）。他没有松开温特唐小姐的手，却开始左顾右盼，仿佛在向屋里人求救。随后，他把温特唐小姐的一只手举起来，让她自己看。她看到之后，虽然没有惊慌，也着实吓了一跳。她抬起手，好让她妈妈也看得到。

她左手的小拇指没有了。

第九章

坡夫人

一八〇七年十月

一位（比本书作者不知要聪明多少倍的）女士曾经感叹，年轻人新婚在即或是英年早逝的时候，周围人不知会把他们想得多么好。想象一下如今温特唐小姐引起的关注！从未有哪个年轻姑娘像她这般幸运：礼拜二去世，礼拜三凌晨复活，礼拜四就要结婚。有人觉得，她这一个礼拜，刺激可太多了一点。

差不多谁都想见她一面。大多数人只知道她在去而复还的过程中丢了根手指头。这更挑起了大家的好奇心——她还有什么地方和原来不一样了吗？谁也不知道。

礼拜三早上（她喜获重生的第一个早晨），几位主要当事人似乎都商量好了，丝毫不漏口风。上午，来布伦瑞克宅子的访客只听说温特唐夫人和温特唐小姐还在歇息；而在汉诺威广场，情况如出一辙——诺瑞尔先生累坏了，无法见客；至于沃特·坡爵士，谁也不知道上哪儿才能找着他（当然，大家都猜他最有可能待在布伦瑞克广场温特唐夫人的宅子里）。多亏了德罗莱特和拉塞尔斯二位先生（多么善良的人啊！），否则全城人的胃口都要被吊伤了：他二人兢兢业业，跑遍伦敦，在无数的客厅、晨室、餐室、牌馆里现身，次数之多令人不可思议。礼拜三一天之内，德罗莱特受邀赴宴的次数数都数不过来——幸亏每场宴席他都没怎么吃东西，否则他的消化系统将受到永久性损伤。一天下来，他把前一夜的情景描述了不下五十遍：温特唐小姐复活后，温特唐夫人如何与她哭作一团；沃特爵士如何与他击掌相庆，如何对他千恩万谢，而他又如何请爵士不必多礼；以及温特唐夫人如何坚持要派自家的马车把他和拉塞尔斯先生送回去。

早晨七点钟光景，沃特·坡爵士离开温特唐夫人的宅子，回自己的住处睡了几个小时。中午时分，恰如全城人所料（瞧咱的邻居对咱们多了解！），他又回了布伦瑞克广场。这会儿，温特唐夫人发觉自己的女儿已经小有名气了——算得上是一夜成名。写给温特唐小姐的大批邮件及贺信源源不断，还有人在门口留下卡片。来信的人中，有不少温特唐夫人连听都没听说过。其中一位写道："女士，请听我一言。您见过那片幽谷，我衷心希望您能摆脱它带来的伤害。"

别人死而复生，这等私事，陌生人竟然妄加评论，还胆敢给写信来问——这种行为，引起温特唐夫人极大的反感。她准备了满腹牢骚，意欲指责这班毫无教养的俗人。沃特爵士一到布伦瑞克广场，正好听了个全。

"夫人，我的意思是，"他说，"请您不要再想这回事。我们搞政治的都懂，维护尊严、保持沉默——该原则是我们对抗这般无理举动的利器。"

"啊，沃特爵士，"他未来的丈母娘大声说道，"我真高兴，咱们一向所见略同！尊严与沉默。说得不错。可怜的艾玛遭的这些罪，咱们可不能走了风声，多小心也不为过。从明天开始，我自己决不再提这回事。"

"也好。"沃特爵士说，"不过，我倒没想做这么彻底。因为，您知道的，咱们不能忘了诺瑞尔先生。一看见诺瑞尔先生，咱们就能想起来这回事。恐怕咱们以后少不了要看见他——他帮了咱们这么大的忙，咱们还多少情都还是欠着他的。"他顿了顿，丑脸上拧出一副哭笑不得的神情，“还好，至于我该怎么还他的情，他都已经告诉我了。”爵士指的是当天清晨四点，诺瑞尔先生在楼梯上堵住他，向他长篇大论地描述用魔法抗击法军的计划。

温特唐夫人说，诺瑞尔先生自然要另当别论。她说她对诺瑞尔先生怀有特别的敬意，自会格外地照顾。诺瑞尔先生在她心目中的地位有多高，她会让大家都看到。他不仅法术高超，看着也是个相当体面正派的老先生——他再来的时候，法术高超这一点不必再提。

“所言极是。”沃特爵士说，“但目前最迫切的问题还是温特唐小姐。咱们目前只能让温特唐小姐做她力所能及的事。我过来便是专门与您商量这个的。不知您意下如何，依我看，咱们可以把婚礼往后推一两周。”

这个方案，温特唐夫人可不同意。该安排的都安排好了，婚宴上的菜也都准备不少了。汤和粉冻子做下了，肉煮好了，鱼也腌成了——万事俱备。难道现在把东西都糟蹋了，专为一个礼拜之后重新来过？有什么必要？一拿“节约家用”做理由，沃特爵士便无言以对，于是他建议，还是让温特唐小姐自己说说身体合不合适。

说罢，他们起身离开了冰冷的客厅（刚才他们一直在这里谈话），上到三楼温特唐小姐的起居室，把问题说给她听。

“哦，”她答道，“我从没感觉这么好过！我感觉自己身强体壮。谢谢您。今天早上我已经出去一趟了。我很少散步，我总觉得自己的身体吃不消锻炼的强度，可是今天一早，我就感觉像被关在监牢里，特别想跑出去。”

沃特爵士一脸关切。“这么干行吗？”他转向温特唐夫人，“散步散得如何？”

温特唐夫人张嘴要表示反对，女儿反倒笑起来。“哦，我向您保证，妈妈她根本不知道。我出去那会儿，她还在房里睡着呢。芭娜陪我一道去的。我绕着布伦瑞克广场走了二十圈。二十圈！——您从来没听过这么荒唐的事吧？可我当时就像着了魔似的，光想走路！说实话，要是有条件，我觉得我都能跑起来，可是您也知道，伦敦的大街……”她又笑起来，“我还想走远一点，可是芭娜不让。她又高兴又慌张，直担心我晕倒在路上。她不让我走到看不见咱们房子的地方。”

他们盯着她看。先不说别的，她能讲这么长一段话，沃特爵士就是头一回听见。她坐在那里，腰板笔直，双眼烁烁放光，面如桃花绽放——整个人代表着美丽与健康。她语速极快，表情丰富。她兴高采烈，举止活泼。看她这样子，仿佛诺瑞尔先生不止给了她一条生命，她如今的生命力，足有原来的两三倍。

这实在很奇怪。

“当然啦，”沃特爵士说，“要是你觉得锻炼起来没什么问题，那我敢保证，谁也不会拦着你。只有经常锻炼，才能强壮，才能保持健康。但是我想，这段时间要出门的话，也许还不能不跟家里说一声。芭娜一个人陪着你可不够。从明天开始，我本人也要来争这份儿光。”

“可您会很忙的，沃特爵士，”她提醒了他一句，“政府里公事缠身。”

“确实。不过……”

“嗯，公事总能把您的时间都占满，这我都明白。我已经做好思想准备了。”

她如此愉快地接受了沃特爵士不能陪伴她的现实，令爵士忍不住还要争取——然而，她的话有理有据，爵士再也说不出半个字。自从在巴斯的温赛尔夫人家第一次见面，她美丽的容貌与高雅的仪态便深深打动了他。很快，他就感觉到，要是能把她娶过来，是自己的福气；要是能多了解她一些，也是自己的福气——因为他已经发觉，就算抛开钱这方面不谈，她做自己的太太也非常合适。他觉得，只要聊上一个多小时，世间夫妻追求的那种毫无保留的亲密关系，就向他俩靠近了不少。他相信，要不了多久，这般私语就能证明二人情趣相投。她过去提起的一些事情，更是坚定了他的信念。身为一名男性，头脑机灵，而且已经活了四十二年，他自然是有一肚子见闻，随便提起什么事，他总能发表大篇意见。这些见闻和意见，他自然十分乐意说给一位十九岁的可爱姑娘听，他觉得姑娘一准儿听得入迷。然而，他公务缠身，而她病魔缠身，还不曾好好聊过一回。如今，她对他说，她已经做好了思想准备，婚后的生活还是这样过。她看上去没有丝毫怨恨；因为精神面貌焕然一新，当得知爵士居然以为婚后生活会有任何改变的时候，她反倒觉得很好笑似的。

不巧的是，他还要见外交大臣，这会儿已经迟了。于是，他握起温特唐小姐的手（那只完整的右手），殷勤献上一吻。他告诉她，自己是多么盼望明天，到时候就能变成天下最幸福的人了。随后，他把帽子拿在手上，聆听温特唐夫人关于婚礼的一番简短训话。听完，他便出了门，决定还要再考虑考虑婚礼的问题——只要能腾出工夫来，一定考虑。

第二天上午，婚礼当真在汉诺威广场的圣乔治教堂举行了。国王陛下手下的大臣几乎全部出席，此外还有两三位王室公爵、五六位海军上将、一位主教，以及数名将军。遗憾的是，即便这些大人物对国家的和平与富强起着至关重要的作用，在沃特·坡爵士与温特唐小姐的婚礼上，谁也没把他们当回事儿。多数人的目光都集中在另一个人身上；大家都悄悄地通知自己的同伴，把这个人指给他们看。这个人，就是魔法师诺瑞尔先生。

第十章

替魔法师谋职之难

一八〇七年十月

沃特爵士打算把魔法参政一事逐渐“渗透”给其他大臣——他觉着还是先让他们慢慢熟悉这个概念，随后再把建议提出来，让他们在打仗的时候试试诺瑞尔先生的深浅。他怕他们反对。他敢肯定，建议一提出来，坎宁先生定会大加嘲讽，卡斯尔雷子爵一定拒不合作，而查塔姆伯爵则听都听不明白。

事实上，他这份担心完全没有必要。不久他便发现，大臣们对新形势的关注程度，并不亚于任何伦敦市民。内阁成员后来在柏林顿府[1]会面的时候，纷纷表示十分期望英格兰唯一的魔法师为自己效力。至于能让他效什么力，谁也说不清楚。大英政府最近一次聘用魔法师，也是两百年前的事了，他们如今都有点儿不习惯这么干了。

“我最大的难题，”卡斯尔雷子爵说道，“是征兵入伍——如今简直招不进人来。我说的是实话，英国人真是不适合当兵。不过最近我看

1　柏林顿府位于皮卡迪利大街，是波特兰公爵在伦敦的寓所。波特兰公爵是第一财政大臣（如今咱们都顺着法语习惯，称这个职位为“首相”）。修建这所宅子的年月，英国贵族们显权露富、耀武扬威，是不怕把王室比下去的。柏林顿府的华美，伦敦无处能及。波特兰公爵本人也是一位德高望重的老先生，可惜的是，他和大家想象中“首相”的样子相差太远。他年事已高，浑身是病。如今，在院落深处的某间屋里，他正躺在帘子后面，鸦片酊蒙昏了脑子，活气一天少过一天。无论对国家还是对别的领导人，他已是毫无用处。大臣们认为，他做领导的唯一好处，就是能把这座堂皇大宅让出来给他们当会议室，训练有素的仆人们也归他们使唤——大臣们无论好哪一口，只要酒窖里有，就让仆人给端。（大臣们发现：治理大英国，人总觉得渴。）

上了林肯郡。我听说那里养的猪特别好，当地人吃了猪肉，都长得特别壮实。目前我最想要一个咒语，施向整个林肯郡，让三四千个小伙子在同一时间迫切希望当兵入伍、抗击法敌。”他望着沃特爵士，目光充满期待，“沃特爵士，您看，您的朋友会这一招吗？”

沃特爵士不知道。不过他答应问问诺瑞尔先生。

当天晚些时候，沃特爵士拜访了诺瑞尔先生，把问题提了出来。诺瑞尔先生大为高兴。他说据他所知，历史上从未有人设计过这样一种咒语，卡斯尔雷子爵有着极富创造力的头脑，还请沃特爵士转达自己对子爵的赞赏。至于这个咒语是否可行——“困难在于，如何把咒语的施加范围控制在林肯郡内，并且控制在青年男性身上。事情一旦做成——我自卖自夸，咱们肯定做得成——危险也就存在：林肯郡连带几个周边乡镇，有可能全被清空。”

沃特爵士找到卡斯尔雷子爵，说没戏。

大臣们又提出一样请求，诺瑞尔先生听了，高兴劲儿比上次差得远。如今，伦敦人满脑子都是坡夫人复活这回事，面对公众焦点，大臣们也不能免俗。卡斯尔雷子爵先是问过其他大臣：在这个世界上，拿破仑·波拿巴最怕谁？谁总能摸清这个可恶的法国皇帝下步棋的走法？谁曾给法国人沉痛一击，且余威犹在，让他们再不敢出窝挑事？谁身上集中了成就英格兰人的一切美德？——还能有谁，卡斯尔雷子爵说，只有纳尔逊子爵*！很显然，头一件事就是要让纳尔逊子爵活过来。卡斯尔雷子爵请沃特爵士原谅，说自己可能想不周全——可这都是明摆着的事，大家何必还要花时间来讨论？

卡斯尔雷子爵刚说完，一向精力充沛、好打嘴仗的坎宁先生马上回敬道，大家当然都很怀念纳尔逊子爵，他是国家英雄，也成就过卡斯

* 霍雷肖·纳尔逊（1758—1805），英国海军将领，在一八〇五年的特拉法加战役中率军击溃法国及西班牙组成的联合舰队，但自己在战斗中弹阵亡。

尔雷子爵所言的一切壮举。可无论如何——坎宁先生这里绝没有看不起海军的意思，海军可是全国最光荣的机构——纳尔逊也只是当过海员而已；而已故的皮特先生[2]什么都当过。要是非让哪个死人活过来的话，没别的人选——只能是皮特。

查塔姆伯爵（此人是已故皮特先生的哥哥）自然同意坎宁先生的提议，不过，他不明白为什么大家非要“选”——为什么不把皮特和纳尔逊都复活了呢？无非是多发魔法师一遍工钱的问题，应该没人反对吧？

大臣们于是又提了一些候选死人，看规模，若是真都活过来，全国的坟地得空出一半。不一会儿，他们就列出了一份长长的名单，随后，和平时一样，大家又打起了嘴仗。

“这可不行，”沃特爵士说，“咱们总得先挑一个出来。我想，咱们每个人能做到如今的位置，靠的还不都是皮特先生的关系。要是让别人先活过来，咱们可就大错特错了。”

他们派人到汉诺威广场，把诺瑞尔先生召到了柏林顿府。诺瑞尔先生被领进一间富丽堂皇、漆了墙彩的大厅，大臣们都在座。沃特爵士告诉诺瑞尔先生，他们正在考虑，是不是要再搞一次复活。

诺瑞尔先生听了，脸色煞白，嘴里嘟囔着，说自己当时施法，纯属看在沃特爵士的面上，不得已而为之；若非如此，自己绝不效劳——更不要提效第二遍，先生们可不知道再搞一次复活意味着什么。

等一听明白候选死人是谁，诺瑞尔先生看上去轻松了不少。大家听见他念叨了几句关于遗体状况什么的。

于是大臣们想到，皮特先生死了已经快两年了。他活着的时候，大家对他百般爱戴；然而，考虑到他目前的状况，没人特别愿意看他一眼。查塔姆伯爵（皮特先生的哥哥）哀叹他可怜的威廉——估计他身上

2　小威廉·皮特（1759—1806），像他这般人物，我们很难再见到了。他二十四岁当上首相，此后一直在位领导国家，直至辞世，其间只有短短三年在野。

连块整肉都不剩了。

这个计划后来再没人提起。

大约一个礼拜后，卡斯尔雷子爵提出把诺瑞尔先生派往荷兰，或者也有可能去葡萄牙——大臣们都觉得，在这两个地方打击拿破仑，有那么一点希望占得上风。诺瑞尔先生过去，可以根据当地驻军将领的指示，施法助战。于是，内阁派出红脸庞的老海军上将佩考克以及第20轻龙骑兵团的哈库尔特-布鲁斯上尉，算是海陆两军联合出动，共赴汉诺威广场，会一会诺瑞尔先生。

哈库尔特-布鲁斯上尉不仅英俊潇洒、胆识过人，而且浪漫多情。得知魔法重归英格兰，他激动不已。他平时读史读得不少——都是那些比正史更扣人心弦的演义。他脑中充满想象：在古代的战场上，英军寡不敌众，被法军逼上绝路，一时间，只听得仙乐阵阵，乌衣王在山顶现身，头戴黑色高冠，黑羽大氅随风扑动。他骑着高大的黑战马飞奔下山，紧随其后的是一百名人类骑士、一百名仙子骑士。他施展魔法，击败了法国人。

这才是哈库尔特-布鲁斯上尉心目中魔法师的模样，他一心期盼这般景象能在欧洲大陆每一处战场上重现。上尉来到汉诺威广场的诺瑞尔宅，与诺瑞尔先生在客厅会了面。落座之后，他看见诺瑞尔先生有事没事就发脾气、骂伙计，先埋怨茶里奶太多，后又嫌奶少茶太淡——唉，若说哈库尔特-布鲁斯上尉有点儿失望，实在不算夸张。经过这一番观摩，他真是心灰意冷。佩考克老将军虽说脾气爽直，见了上尉这副样子，也只敢笑他一场，不疼不痒地逗他几句而已。

佩考克上将和哈库尔特-布鲁斯上尉返回内阁汇报情况，说绝不能把诺瑞尔先生派到任何地方；要是政府真把他派上战场，军队方面绝不领情。看入秋这几个礼拜的情况，大臣们似乎很难再为他们唯一的魔法师谋到什么差事了。

第十一章

布雷斯特

一八〇七年十一月

十一月第一周，一支小型法国舰队准备离开位于布列塔尼西海岸的布雷斯特港。法国人这么干，是想沿着比斯开湾寻找英国船舰，能攻下则攻下，攻不下，则防——无论英国人想干什么，都不让他们干成。

风向正好能将船带离港口，风速稳定。法国船员迅速做好一切准备。舰队马上就要起航的时候，天空突然乌云密布，下起雨来。

布雷斯特港乃战略要地，这样的地方自然少不了研究气象的人。船正要扬帆的时候，几位气象家匆匆赶来，一路跑下码头，神情激动地提醒海员，说这场雨下得十分蹊跷；他们说乌云是从北边涌上来的，而天上刮的却是东风。按说这种现象是不可能发生的，而它却实实在在地摆在眼前。舰长们刚来得及露出惊诧、怀疑、惊慌种种神情（法国人天性使然），又有一条消息传到他们耳畔。

布雷斯特港由内外两湾组成，一道狭长的半岛从海上把内湾分隔出来。这会儿雨越下越大，船上的法国军官们听说，一支庞大的英国船队驶进了外湾。

来了几艘船？情报员说不清楚，多得没法数——得有上百艘。这支舰队仿佛是瞬间出现在广阔的海面上，来得和这场雨一般突然。都是些什么样的船？啊，那更是不可思议！艘艘都是战列舰，有双甲板的，也有三甲板的，全部荷枪实弹。

这消息实在令人难以置信。英国舰队突然出现，已是奇事；军舰数量之多、规模之大，则更令人摸不着头脑。英国海军包围布雷斯特港是常事，然而他们一次最多也只有二十五艘船出动，其中只有十到十二艘是战列舰，其余也就是一些轻快的小护航舰，再加上一些单桅或双桅的帆船。

这回可好，一下子来了一百艘英国军舰，消息有点儿耸人听闻，法国船长们最初不信。他们有的骑马，有的划船，赶到洛克里斯特、卡马雷-圣于连等地，在这些地方，他们站上崖顶，就能看见那些军舰。亲眼所见，方才信了。

日子一天天过去，天色阴沉，雨水不断。英国舰队仿佛扎了根，寸步不移。布雷斯特港的居民又惊又怕，担心哪艘船开过来，轰炸城镇。然而，这些英国军舰没有任何动静。

从法兰西帝国其他一些港口传来的消息更是奇怪。罗什福尔、土伦、马赛、热那亚、威尼斯、弗利辛恩、洛里昂、安特卫普，以及其他一百多处战略地位相对不算太重要的城镇纷纷报告：他们每一地都被一百多艘英国军舰包围了。这实在让人摸不着头脑。把围在各个港口的船数加到一块儿，全英国也凑不出这么多军舰——就算全天下也没有这么多军舰。

当时，在布雷斯特港军衔最高的长官是戴穆兰上将。他有个仆人，个子矮小，比不过一个八岁孩子高。是个欧洲人就比他白，他那副样子，就仿佛在烤炉里待了太长时间，烤过了火。他那一身皮，色泽好似咖啡豆，质地仿佛干成块儿的甜米布丁。他乌黑的头发鬈曲、多油，就好像咱们常见烤鸡里不太嫩的地方剩下的骨头和硬毛。他名唤“匹洛奇”（法文意为鹦鹉）。戴穆兰上将以他为傲，因为他个子小、脑子灵、动作快。然而最令上将得意的，是匹洛奇的肤色。戴穆兰上将经常夸耀说，他发现，只要往匹洛奇旁边一站，黑人都显得白。

这位匹洛奇在雨中坐了四天，透过瞭望镜观察这些英国军舰。他头戴一顶儿童型号的双角帽*，雨水从帽两侧哗哗地流，仿佛插着两根排水管；他身上儿童型号的外套浸透了雨水，沉甸甸地坠着，羊毛衣料浸成了毡子；道道雨水在他黑黝黝、油乎乎的皮肤上流淌。对这一切，他仿佛根本没有注意到。

观察了四天，匹洛奇叹了口气，跳起来，伸展腿脚。他摘下帽子，使劲拧了拧脖子，伸了个懒腰。随后，他发了话："我的将军啊，我从来没见过这么奇怪的船，我没看明白。"

"匹洛奇，此话怎讲？"戴穆兰上将问。

此时，和匹洛奇一起站在卡马雷-圣于连附近悬崖顶上的，有戴穆兰上将和于穆上校。雨水从他俩的双角帽两侧哗哗地流，把他俩的大衣料也浸成了毡子，积在靴筒里的水足有半寸深。

"呃，"匹洛奇说，"这些船端坐在水面上，就好像根本起不了帆。可是它们也不是起不了帆。从西边刮来的风挺猛，按说应该能把它们吹到礁石边上。吹过去了吗？没有。船顶风往前走了吗？没有。船下帆了吗？也没有。我坐在这儿几天，风向变化的次数数都数不清，可是那些船上的人都干了些什么？他们什么动静也没有！"

于穆上校本来就讨厌匹洛奇。戴穆兰上将老听匹洛奇的，于穆上校看着眼红。他笑着说："他说的是疯话，我的将军。要是英国人真跟他说的似的那样又懒又蠢，他们的船早就成了一堆劈柴了。"

"这些船就好像画出来的，"匹洛奇思索着，并不理睬于穆上校，"不像是真家伙。还有更奇怪的呢，我的将军，有一艘三甲板的，就在舰队的最北边。礼拜一那天，它还跟其他船一个模样，可这会儿，它的

---

* 常见于十八世纪末、十九世纪初的一种老式帽子。欧洲、美洲的陆军及海军军官都戴这种帽子。拿破仑·波拿巴戴着这种帽子的形象深入人心。

帆破烂不堪，后桅杆也不知去向，舰身侧面还漏了个洞。”

“嗬哈！”于穆上校呼喊起来，“咱们刚站这儿说会儿话，英勇的法国海员就已经毁坏了敌人的战舰！”

匹洛奇咧嘴笑了笑。“上校，您以为英国人能看着一艘法国船驶进他们一百艘军舰当中，任咱们把其中的一艘轰个稀巴烂，然后再大摇大摆地出来？哈，您不妨划着您那条小船试一试，我倒是想见识见识。我看够呛，我的将军，我认为这条英国军舰正在溶化。”

“溶化！”上将惊叹道。

“您看它船身涨得就像老太太盛毛线活儿的口袋。”匹洛奇说，“船头的斜桅杆和帆桁都泡进水里了。”

“一派胡言！”于穆上校大声说道，“船怎么会溶化？”

“我不知道。”匹洛奇思索着，“那得看船是什么做的。”

“于穆，匹洛奇，”戴穆兰上将说道，“我想咱们最好还是开船过去侦察侦察。英国人若有袭击咱们的意思，咱们就退回来。过去看看，也许就能获得些情报。”

于是，匹洛奇、戴穆兰上将和于穆上校冒雨起航，只带少数几位勇士陪同。身为弄潮儿，他们能够冷静面对一切艰险，然而，水手大都信神信鬼，见识到英国舰队奇异之处的人并不只有匹洛奇一个。

向前行驶了一段时间，我们的冒险家们便发现，这些怪船统统都是灰色的；天如此昏暗，雨如此滂沱，船儿竟自闪闪发光。有一刻，云层破开一处，一缕阳光洒向海面，舰队立刻无影无踪。待云层合拢，舰队又在原处现身。

“老天爷！”上将叹道，“这是怎么回事？”

“也许，”匹洛奇话音里透着一丝不安，“英国船早就沉了，咱们看见的是它们的魂儿。”

这些怪船依然闪闪发光。于是大家就开始讨论造船的原料。戴穆兰

上将说他觉得可能是铁或者钢。（听听，还金属造船！我常说，法国人个个都异想天开。）

于穆上校说，会不会是锡箔纸造的。

“锡箔纸！”上将大叫起来。

“哦，没错。”于穆上校说，“您看，小姐们经常把这种锡箔纸卷成长管子，编成小提篮，点缀些花朵，再往里头塞糖球。”

戴穆兰上将和匹洛奇听了这话，都十分惊讶。不过，人家于穆上校因为长得帅，关于小姐们的生活，懂得自然比他们两个多啦。

然而话说回来，假如一位小姐一个晚上能编出一个小提篮，那得有多少位小姐花多少天才能做出一支舰队？戴穆兰上将说这个问题他想想脑袋就疼。

太阳又出来了。这会儿由于离舰队更近了一些，他们看了个真切：阳光是如何穿透了船身，船身是如何渐渐褪去了颜色，化作水面上一点微弱的光芒。

“是玻璃。”戴穆兰上将说。他已经很接近正确答案了，可最后还是匹洛奇一语中的：

“不，我的将军，是雨。它们都是雨水做的。”

雨从天空坠落，水滴聚成横梁、立柱，汇成大片雨帘。不知是谁，把它们揉捏成形，化作一百艘军舰。

匹诺奇、戴穆兰上将和于穆上校满心好奇，不知眼前景象是何等人物所为。大家都说，此人必是一位杰出的“雨匠”。

“绝不仅仅是杰出的雨匠而已！”戴穆兰上将感叹道，“他一定也是位木偶戏大师。瞧，他的船顺水漂浮不定，他的帆随风时起时落！”

“我再没见过比它们更漂亮的东西了，我的将军。”匹洛奇附和着，“不过我还得再重复一遍我刚才说过的话：无论何方神圣，航海技能他一样也不懂。”

戴穆兰上将的木船在舰队之间来回穿行了两个小时。因是雨水所化，舰队没有一丝响动——听不见龙骨吱嘎，听不见风帆扑打，听不见船员之间呼喊、应答。有那么几次，面孔平滑的“雨人”走到甲板的围栏边往外看，盯住木船里的活人。这些“雨人”准备干什么，谁也摸不透。反正戴穆兰上将、于穆上校和匹洛奇全无安全担忧，拿匹洛奇的话来说：“就算这些雨做的船员向咱们开炮，他们的炮弹也都是雨水做的，咱们至不济也就是一身水而已。”

匹洛奇、戴穆兰上将和于穆上校只顾欣赏这些雨船，没想到自己已经受了骗，没想到自己已经耽误了一周的作战时间。这七天里，英国人溜进了波罗的海及葡萄牙等沿海地区的港口，总之只要是拿破仑·波拿巴不愿意让他们去的港口，他们一个不落。把雨船泊在原位的咒语效力逐渐减弱（这也许就是舰队最北边那条船“溶化”的原因）。两小时之后，雨停了，咒语随之解除。通知匹洛奇、戴穆兰上将和于穆上校的，是一种奇异的感官错位：他们的嘴巴仿佛尝到了一首弦乐四重奏的味道，或者说，他们被满眼的蓝颜色震聋了耳朵。刹那间，雨船化作雾船，随后，微风轻柔地把一切吹散。

只有他们几个法国人，漂在空荡荡的大西洋海面。

第十二章

英格兰魔法精神感召下，诺瑞尔先生助战不列颠尼亚

一八〇七年十二月

十二月的一天，在奇普赛德大街，两辆大马车相撞。其中一辆载着成桶的雪利酒，被撞得翻了个个儿。两位车夫正吵着到底谁该负这个责，几个过路人发现，有个桶子开始往外漏酒。不一会儿，事故现场便聚起一伙酒客，他们拿着杯子、罐子，把漏出来的酒接住；他们还拿来了钩子、棍子，打算把漏不出酒的桶子凿出窟窿。两辆马车加上大批群众，没花多少工夫，便把奇普赛德大街堵了个水泄不通，马车排成的长龙，塞满了附近的禽市街、针线街、巴多罗买巷；而相反走向的旧门街、新门街、念珠路，也无一例外。行人、车马挤作一团，理不顺，拆不开。

肇事车夫其中一位英俊帅气，另一位大腹便便。吵过嘴，二人言归于好，模样活像酒神巴克斯和他师父塞利纳斯一起在宴会上快活地大叫。为了满足自己，同时娱乐群众，他俩打算把街上所有马车的门都掀开，瞧瞧里面的有钱人在做什么。有钱人的车夫和仆从试图阻止如此无礼的举动，然而，群众数量太大，拦都拦不下；群众酒喝得不少，脾气暴一点的车夫用鞭子抽，他们也不怕。胖车夫在其中一辆马车里发现了诺瑞尔先生，大叫起来："嗬，是老诺瑞尔！"帅车夫也凑过来，两人一起爬进车里，握着诺瑞尔先生的手，一张嘴喷了诺瑞尔先生一身酒香——他们向诺瑞尔先生保证，立刻清除一切路障，好让"封锁

法军”的英雄路途通畅。他们说到做到——缰绳松了，有钱人的马车被赶到鞣皮匠作坊这一类脏乱的地方，或是退进了污浊的小砖巷，墙卡住了车，把车上刷的清漆都蹭掉了。这两位车夫带领群众成功地为诺瑞尔先生扫清了路障，随后，他们一路护驾，把诺瑞尔先生送回了汉诺威广场。他们情绪高涨，帽子在空中飞翔，他们把诺瑞尔先生的事迹谱了曲，一路放声歌唱。

看这架势，诺瑞尔先生立了功，人人欢欣鼓舞。法国海军大部分都受了骗，在港口滞留了十一天。这期间，英军在比斯开湾、英吉利海峡和北海自由行动，多项任务圆满完成。新派出的间谍在法国多处地区安营扎寨，回国的情报员则一并带回了关于波拿巴本人的新情况。英国商船把咖啡、棉花、香料运到了荷兰和波罗的海港，途中没有受到任何干扰。

据说，拿破仑·波拿巴把法国翻了个底朝天，想找一个魔法师为自己服务——结果一无所获。伦敦的大臣们惊讶地发现，他们终于让全国人民满意了一回。

诺瑞尔先生被请到了海军部。他坐在首长会议室里，喝着马德拉葡萄酒，紧挨着火炉，十分悠然地和海军部第一大臣马尔格雷夫男爵以及海军部秘书长霍勒克斯先生侃侃而谈。壁炉上方雕刻了一些航海器材和花环的图案，诺瑞尔先生见了赞叹不已。他向在座各位描述了何妨寺藏书室里的雕刻有多么美好。“然而，”诺瑞尔先生说，“我还是羡慕您，男爵大人，当真羡慕。这都是您擅长使用的工具，制造得如此精致！我多希望自己使用的工具也能如此。当一个人看见工具整齐地摆在手边，或者像您这里似的——将工具的图案刻在英格兰的好橡木上，还有什么比这更令他激动，还有什么比这更能激起他工作的热情？然而，魔法师必需的工具极少。大人，告诉您个小窍门：慢慢您就发现，一个魔法师，他身上带的家伙越多——什么彩色药粉啊，猫咪标本啊，魔术帽子之类的——他的法术就越假。”

那么，霍勒克斯先生礼貌地问，魔法师必需的“极少”几样工具都是些什么呢？

“哪里！根本算不上什么东西，”诺瑞尔先生说，“只需要一口银盆，用来看幻影。”

“哦！”霍勒克斯先生大叫起来，“无论如何我都要开开眼，看看这一招！敬爱的先生，您不会不答应吧？哦，诺瑞尔先生，能不能求您在银盆里变出个幻影让我们见识见识？”

一般情况下，诺瑞尔先生是不会满足他们这种看热闹的心理的，但是今天海军部的招待令他十分满意（两位大人对着诺瑞尔先生，恭维话说了一箩筐），于是他二话没说便答应了他们的请求。仆人被派去找一口银盆。“要直径大约一尺长的，”诺瑞尔先生说，“里面得盛干净水！”

海军部新近下令，命三艘军舰在直布罗陀南部会师。马尔格雷夫男爵很想知道任务是否完成——诺瑞尔先生可否看得到？诺瑞尔先生不敢肯定，但答应一试。银盆端了进来，诺瑞尔先生俯身观察。马尔格雷夫男爵和霍勒克斯先生都感觉：此情此景将英格兰魔法的古韵体现到了极致；自己仿佛回到了斯托克塞、高布列斯和乌衣王的时代。

银盆里的水面上浮现出一幅图景：三艘军舰在蔚蓝的海面上航行。盆子封不住地中海炽烈的天光，光线打进了冬日里昏暗的房间，照亮了正往盆子里看的三位先生的脸。

“这画儿会动！”马尔格雷夫男爵惊讶地大叫起来。

画面确实在动。一朵朵美极了的白云飘在蓝天里，军舰破浪而行——还能看见甲板上的小人走来走去。马尔格雷夫男爵和霍勒克斯先生一下子就认出船上的标记：英王御舰“温切斯特的凯瑟琳”号、“桂冠”号和“人马”号。

“哦，诺瑞尔先生，”霍勒克斯先生叫了起来，“‘人马’号的巴里舰长是我的表弟。您能让我看看他吗？”

诺瑞尔先生局促不安地扭了扭身子，“嗞”的一声猛抽了口气，随后狠狠盯着银盆。水面上渐渐显出个人来，在船尾甲板上走来走去。此人粉红面庞，金黄头发，仿佛胖娃娃天使长得太大。霍勒克斯先生说这位正是他的表弟巴里舰长。

“看着挺精神的，是吧？”霍勒克斯先生说，“看他状态这么好，我真高兴。”

“他们在什么方位？您看得出吗？”马尔格雷夫男爵问诺瑞尔先生。

“唉唉唉，”诺瑞尔先生说，“幻化影像这门技术可谓极不准确。[1]今有幸为阁下展现我军军舰，本人已感欣慰。几艘军舰恰是您想找的，本人更是荣幸之至。实话实说，今天的成果已超出预想。更多的信息，本人恐怕无可奉告。”

诺瑞尔先生当日所为，令海军部喜出望外，马尔格雷夫男爵和霍勒克斯先生思前想后，看看手头还有什么事能交给这位法师来办。皇家海军新近俘获一艘法军战列舰，船头雕的是一尊美人鱼像，双眸亮蓝，双唇艳粉，一头金色鬈发熠熠夺目，发上披覆着木制的海星和螃蟹，可谓匠心独具；一条鱼尾镀了银，看上去仿佛涂了糖霜的姜饼干。据说，这条船在被俘之前，曾经到过土伦、瑟堡、安特卫普、鹿特丹和热那亚。也就是说，这条美人鱼曾亲见法军多处防御工事，也曾目睹波拿巴皇帝时下造船计划的进展。霍勒克斯先生请诺瑞尔先生在这条美人鱼身上下个咒，让她把见过的事情都说出来。诺瑞尔先生下了咒，美人鱼也开了口，然而一开始，她拒绝回答任何问题。她对英国人的敌意毫不动

1　四年后的半岛战争上，诺瑞尔先生的弟子乔纳森·斯特兰奇也对这种法术做出了类似的批评。

摇，如今能够张口说话，令她兴奋不已——终于能把对敌人的仇恨一吐为快。自从被雕在船头，她便整日与水手为伍，骂人话学了不少。如今谁要是近了她的身，她张口便“敬”他几句，嗓音活似狂风中的桅杆和椽子吱嘎作响。见了英国人，她不光嘴上骂。有一次，三位海员上船干活，走进她木胳膊够得着的范围之内，她大手一伸，便把他们捏起来扔到海里去了。

霍勒克斯先生亲自到朴次茅斯审过她，后来也受够了，威胁说要把她砍了烧火。虽说是法国制造，这条美人鱼却是十分勇敢，她说她倒要看看谁来点火。她示威般地拍打尾巴，挥动手臂，头发上所有的海星和螃蟹都立了起来。

当初俘获这条法国船的，是一位年轻英俊的舰长。他被派去同美人鱼讲道理，问题才算解决了。他用清楚明白的法文向她解释如今的形势下英国为什么对，法国为什么错。不知是因为他的话有说服力，还是因为他的脸有魅力，美人鱼把霍勒克斯先生想知道的事都说了出来。

诺瑞尔先生的公众影响逐日扩大。在圣保罗大教堂附近，一位名叫霍兰的制版匠开着一家印刷店。此人很有经营头脑，他应时而动，专门打造了一幅诺瑞尔先生的版画像，在自家店铺中出售。画面上，诺瑞尔先生身旁还有一位年轻女子，身着一件宽松袍子，遮体的部分太少。大堆看上去坚硬厚重的黑色物质环绕在女子身旁，却碰不到她身上。为使容貌锦上添花，她头戴一弯新月，别住额前垂落的碎发。这位女子搀住诺瑞尔先生的胳膊（画面上的诺瑞尔先生明显被这般待遇惊呆了），正努力把他往一座台阶上拉，另一只手相当明确地指向坐在台阶顶端的一名中年女子。这位中年女子同样是穿着宽袍套着长褂，脑袋上却多出了一顶模样英武的罗马头盔。她坐在那里痛哭流涕，似乎毫无顾忌。一头上了岁数的狮子是她此刻唯一的伴侣，卧在她脚边，一脸愁苦。这幅版画名为《英格兰魔法精神感召下，诺瑞尔先生助战不列颠尼亚》，该作品极受欢迎，霍兰先生一个月内就卖出了近七百幅。

诺瑞尔先生不像过去那样频繁地外出了。如今，他待在家里，等着各界有力人士上门拜访。有时候，一个上午就会有五六架装饰着贵族纹章的马车停在他汉诺威广场的宅子门前，这种情况并不少见。而诺瑞尔先生本人还是那个小老头，一如既往地沉默寡言、精神紧张，若没有德罗莱特和拉塞尔斯二位先生，这些乘马车前来的贵客准会无聊至极。只要有人来访，一切“谈话”任务，都由德罗莱特和拉塞尔斯二位先生承担。诺瑞尔先生对这二位先生的依赖真是与日俱增。齐尔德迈斯曾说，要是哪个魔法师肯找德罗莱特这样的人干活，准是不正常。而如今，诺瑞尔先生简直离不了他。德罗莱特无时无刻不坐着诺瑞尔先生的马车，替诺瑞尔先生跑腿。他每天早早就来到汉诺威广场，把时下城中舆论讲给诺瑞尔先生听——谁高升，谁下台，谁欠下了债，谁和谁谈了恋爱——于是，虽说诺瑞尔先生独自坐在书房里，城里那些事儿，他不比上了岁数的家庭妇女们知道得少。

更令人诧异的，要算是拉塞尔斯先生对英格兰魔法那份投入。原因倒是不难理解。拉塞尔斯先生属于社会上处境比较尴尬的一类人——长期稳定的职业，他们一概不屑。拉塞尔斯先生深知自己的领悟能力高人一等，却从未花力气学习任何知识或本领。活了三十有九，什么工作都做不来。周围人的事迹，他看在眼里——人家年轻的时候埋头苦干，如今出人头地——他怎能不羡慕！如今，他成了当代最伟大的魔法师麾下的总参谋，受御前大臣恳求答疑解惑，他怎能不情愿！当然，他表面还要装出以前那副不以为然的模样，内心却生怕丢了新到手的大权。有一天夜里，他和德罗莱特在贝德福德把酒深谈，席间二人达成共识：诺瑞尔先生交际甚少，有他们这两个助手足够。随后二人结盟，誓要相互卫护，一致对外，防止任何第三方对诺瑞尔法师产生任何影响。

拉塞尔斯先生是头一个劝说诺瑞尔先生发表著作的人。公众对魔法的误解每天都在折磨诺瑞尔先生，于是他每天都要哀叹公众的无知。“他们让我把仙灵给招来，”他抱怨道，“他们还要看独角兽、蝎尾狮这样的东西。我法术的价值他们全然不知。他们只对那些低级无聊的戏法感兴趣。”

拉塞尔斯先生说：“先生，几个法术能让您声名远扬，可它们传达不了您的思想。为这，您必得发表著作！”

“是的，确实，”诺瑞尔先生激动地大声说，“我一直有出书的意愿——正如您的建议——只是，恐怕还得再过些年，我才能腾出工夫动手。”

“噢，这我明白——要想写出本书来，可得忙一场呢。”拉塞尔斯先生懒洋洋地答道，“可我不是非要您写书。我的意思是两三篇文章。如今在伦敦和爱丁堡，只要您写点儿什么发过去，我敢说，是个编辑就乐得给您发表，各种期刊任您选。不过，假如您肯听我的，先生，您就投《爱丁堡评论》。如今全国上下，只要是想表示自己有点儿水平的人，就不会不订这份刊物。您若是希望更多人了解您的想法，没有比这更快的方式了。”

拉塞尔斯先生这番话相当具有说服力，他描绘出的图景也相当美妙：图书馆的每一张阅览桌上，都放着诺瑞尔先生的文章；每一栋宅子的客厅里，人们都在讨论诺瑞尔先生的思想。听完拉塞尔斯先生一席话，若不是恨《爱丁堡评论》恨得太厉害，诺瑞尔先生肯定已经坐下动笔写文章了。可惜，《爱丁堡评论》这份刊物是以发表激进思想、批判政府及反战言论闻名的，诺瑞尔先生哪一样都不赞成。

“何况，”诺瑞尔先生说，“我没有兴趣评论他人的作品。关于魔法的当代专著最是祸患，满纸胡言。”

“那您就这么写出来啊。您骂得越不留情，编辑越高兴。”

“可我想让更多人知道的，是我自己的想法，不是别人的。”

“啊，可是先生，”拉塞尔斯说，“我们就要靠评判别人的作品、指出别人的错误，才能让读者更深刻地了解我们自己的意见。用一篇评论别人的文章传达自己的意见，还有什么比这更容易！别人的东西，我们只需要提一两句，文章余下的部分我们可以随心所欲展开自己的主题。我向您保证，大家如今都这么写。”

“嗯，”诺瑞尔先生若有所思地说，“您说得也许没错。可是，不行。要是我真这么写了，就仿佛我在声援那些最初根本就不配发表的东西。”

说到这份上，诺瑞尔先生算是劝不动了。

拉塞尔斯很失望。《爱丁堡评论》上的文章无论是文笔还是思想，都远远超过同类刊物。全国上下，从最贫寒的牧师到国家元首，人人都在如饥似渴地阅读。与《爱丁堡评论》相比，其他刊物都黯然失色。

他决定还是放弃提议。当他快要把这件事完全忘记的时候，突然收到一封信，来自一位名叫莫雷的年轻书商。莫雷先生毕恭毕敬地提出请求，希望有幸能与拉塞尔斯、德罗莱特二位先生见上一面，具体时间由着二位先生的方便。信上说，他有一份提案，希望二位先生考虑——一份有关诺瑞尔先生的提案。

几天后，拉塞尔斯在自己布鲁顿大街的宅子里，与德罗莱特一起会见了这位书商。莫雷先生看上去精力旺盛，动作利落，有条不紊。他当即就把提案放到他们面前。

“先生，本人同任何一位国民一样，目睹近来英格兰魔法的伟大复兴，不胜惊讶，不胜欢喜。国人以为这门技艺久已失落，今又重现，大众迎接它的热情令我震动。于是我相信，一部魔法类的专刊一定大有销路。文学、政治、宗教以及旅游类的刊物销路都不错——做刊物，这些题材一向都吃得开，可是魔法——诺瑞尔先生手里那货真价实的、实践派的魔法——能占‘一招鲜’。先生，你们说诺瑞尔先生能不能赞成我的提案？我听说诺瑞尔先生对这门学科很有得可讲。我还听说诺瑞尔先生的见解十分惊人。当然啦，上学的时候，咱们每个人都学过一点儿魔法的历史和理论，可是英伦三岛已经太久没有人去实践了，我敢说，咱们学到的那点儿理论一定错误百出。”

“啊，”德罗莱特叹道，“真是精辟，莫雷先生！要是听见您这一席话，诺瑞尔先生得多高兴啊！‘错误百出’——正是！亲爱的先生，若您有幸与诺瑞尔先生一谈——本人曾与先生他谈过多次——您就知道，这正是目前魔法研究的现状！”

“诺瑞尔先生长久以来最大的心愿，”拉塞尔斯说，“就是让更多的人对当代魔法有更加正确的认识。然而，先生，个人私心总得为公家职责让路，海军部和陆军部的事，已经要忙坏诺瑞尔先生了。”

莫雷先生礼貌地回答说，当然啦，一切要为国防大事让路，诺瑞尔先生可是“国家英雄”。“不过我还是希望，咱们能想想法子，做做安排，不让重担落到诺瑞尔先生肩上。我们可以单雇一名编辑，负责策划、约稿、审校——当然，一切都按诺瑞尔先生的意思来办。”

“啊，是的！”拉塞尔斯说，“没错。一切都按诺瑞尔先生的意思。我们会坚持这一点的。”

会谈在友好的气氛中结束了，双方都十分满意。拉塞尔斯和德罗莱特答应立刻将此事传达给诺瑞尔先生。

德罗莱特目送莫雷先生走出房间。“苏格兰人。”门刚一合上，他便发了话。

“嗯，没错！”拉塞尔斯答应着，“我倒不在乎这。苏格兰人都有能力，特别会办事。这回事情一定顺利。”

“他这人看着倒很体面——算得上绅士。只是有时候他右眼盯着一处不动，左眼却满处转。这怪样子让人不舒服。”

“他右眼是瞎的。”

“真的？”

“是的。坎宁告诉我的。他小时候，学校有个老师拿小折刀扎进他眼里去了。”

“我的老天！话说回来，亲爱的拉塞尔斯，想象一下吧，整整一部刊物听凭一个人的意思！我简直不敢相信！咱们告诉诺瑞尔法师，他准会吓一跳的。”

拉塞尔斯先生笑了。“他会以为这再正常不过了。什么都盖不过他的虚荣心。”

正如拉塞尔斯所料，诺瑞尔先生没觉得这项提案有什么特别好的地方，反而立马开始挑毛病。“计划本身是很好的，”他说，“可惜无法实践。我自己没时间做期刊的编辑工作，然而任务如此艰巨，我也不能将它交给别人。”

“我之前也是这样想的，先生。”拉塞尔斯说，“不过后来，我想起了波蒂斯海德。”

“波蒂斯海德？波蒂斯海德是什么人？”诺瑞尔先生问。

“他嘛，”拉塞尔斯说，“他过去是个理论魔法师，后来……”

“理论魔法师？”诺瑞尔先生警觉起来，打断了他的话，“您知道我是怎么看待理论魔法师的！”

“是啊，可您还没听见我后面要说的呢。”拉塞尔斯说，“他对先生您充满敬意，一听说您不赞成理论派，他当即便终止了研究。”

“他当真？”听到这儿，诺瑞尔先生略感安慰。

“他写过一两本书。具体书名我记不清了——什么十六世纪魔法史的儿童读物之类的。[2]先生，我感觉，您若是把刊物交给波蒂斯海德勋

2　说这段话的时候，拉塞尔斯先生把波蒂斯海德勋爵所著几本书的书名混在一起了。到一八〇八年初决定放弃魔法研究为止，波蒂斯海德勋爵总共出过三本书：由伦敦朗文出版社于一八〇一年出版的《雅克·贝拉西斯传》、一八〇五年出版的《尼古拉斯·古博传》，以及（转下页）

爵来办，是十分保险的。您不赞成的东西，他一个字都不会印；他是全国闻名的大好人。让您满意，是他最大的心愿，这点我敢肯定。”[3]

稍带些勉强，诺瑞尔先生答应见波蒂斯海德勋爵一面，于是德罗莱特写信邀他来汉诺威广场。

波蒂斯海德勋爵三十八岁上下，身材又瘦又高，手脚又瘦又长。他常穿一件颜色发白的外衣，配浅色裤子。他性情温和，有点儿事就让他不自在：自己个子太高，不自在；自己过去是搞魔法理论的，不自在（他是个聪明人，他能看出诺瑞尔先生不满意他）；当着德罗莱特、拉塞尔斯二位见过世面、十分多礼的先生，不自在；再看诺瑞尔先生——他心目中的大英雄——更是让他格外的不自在。有一刻，由于太过紧张，他站在那里，竟自前仰后合起来——个子高，再加上衣服颜色发白，他整个人看上去活像狂风中一棵白桦树。

紧张归紧张，他还是把能受邀与诺瑞尔先生面谈的荣誉感表达了出来。看波蒂斯海德勋爵对自己如此敬重，诺瑞尔先生大为感动，当即大方地允许波蒂斯海德勋爵重拾魔法研究。

波蒂斯海德勋爵很高兴。后来，他听说自己要做的事就是长时间坐在诺瑞尔先生客厅的一角，汲取诺瑞尔先生对当代魔法的看法，再根据诺瑞尔先生的指导，编辑莫雷先生的新刊物——他简直想象不出有什么比这更快乐的了。

2　（接上页）一八〇七年出版的《写给孩子看的乌衣王的历史》，配有托马斯·比尤伊克的版画插图。前两本书分别对两位十六世纪的魔法师进行了研究，诺瑞尔先生对它们评价不高；《历史》更是令他生厌。相反，乔纳森·斯特兰奇却认为这本小书写得相当好。

3　“奇怪的是，他如此富有（波蒂斯海德勋爵拥有英格兰大片土地），却如此谦逊。不仅如此，他还是个好丈夫，是十个孩子的父亲。斯特兰奇先生曾经对我说，看波蒂斯海德勋爵陪孩子们玩耍，是世上最令人开心的事。说实话，勋爵自己有时就像个孩子。他学识渊博，却看不出他人的罪恶——对他来说，这就仿佛中国话一般不可能拿起来就看懂。我大英国芸芸贵族，数他最温文尔雅。”

——节自约翰·斯刚德斯：《乔纳森·斯特兰奇传》，伦敦：约翰·莫雷出版社，1820。

新刊物定名《英格兰魔法之友》，题目取自前一年春天斯刚德斯先生给《泰晤士报》写的那封信。奇异的是，这《英格兰魔法之友》上的文章，无一出自诺瑞尔先生之手。人们发现，诺瑞尔先生简直一篇文章都写不成；他对自己写的东西永远不满意；他永远担心自己把握不好分寸。[4]

早期《魔法之友》刊登的文章，能激起严肃魔法学习者兴趣的并不多。唯一娱乐读者的，是波蒂斯海德勋爵代表诺瑞尔先生的立场搞批判——文章抨击了少爷魔法师、小姐魔法师、街头魔法师、游民魔法师、神童魔法师，讨伐了约克魔法师学术协会、曼城魔法师学术协会、一切类似的魔法师学术协会——总的来说，只要是同行，个个都不放过。

4　一八〇八年二月，《英格兰魔法之友》第一期发行即大受欢迎。一八一二年，诺瑞尔和拉塞尔斯声称该刊物的发行量已超过一万三千册，然而该数字是否可靠，有待查考。

一八〇八至一八一〇年，波蒂斯海德勋爵名义上是该刊物的主编，然而毫无疑问，来自诺瑞尔、拉塞尔斯二位先生的干预绝不算少。关于营办这份刊物的主要目的，诺瑞尔先生和拉塞尔斯先生产生了一定的分歧。诺瑞尔先生认为，《魔法之友》首先是要让英国大众认识到英格兰当代魔法的重要性，其次是要纠正以往人们对魔法历史的误解，再次是要讨伐自己所憎恶的某一些或者说某一类魔法师。诺瑞尔先生不愿意在刊物上发表有关任何具体法技的讲解——也就是说，他根本不想让这本刊物的读者学到任何知识。波蒂斯海德勋爵对诺瑞尔先生高山仰止，他认为自己作为编辑，首要职责是遵从诺瑞尔先生一切指示。于是，早期的《英格兰魔法之友》枯燥无味，令人困惑——文中不乏故意删节，理论常常自相矛盾，阐释也多含糊其辞。拉塞尔斯在一旁深知该如何利用一部期刊来支援英格兰魔法的复兴，他竭力争取让文章的笔调轻松一些。波蒂斯海德谨小慎微的作风令他忍无可忍。他想了想法子，耍了耍手腕，终于在一八一〇年成为该刊物的另一位主编，与波蒂斯海德勋爵联合任职。

约翰·莫雷一直是《英格兰魔法之友》的发行商，一八一五年初他与诺瑞尔大吵一架后，合作关系解除。诺瑞尔撤资，莫雷只得将该刊物转让给一位叫作托马斯·诺顿·朗文的出版商。一八一六年，莫雷与斯特兰奇计划创办一部能够与《英格兰魔法之友》相抗衡的刊物，名为《仙仆》，可惜只发行了一期便停刊了。

第十三章

针线街的魔法师

一八〇七年十二月

毋庸置疑，伦敦最出名的街头魔法师要数闻秋乐。他的魔法篷子支在圣克里斯托弗-斯托克斯教堂的门口，地处针线街，正对中央银行。我们很难搞清楚，在这块地方，究竟是中央银行的名气更大，还是魔法篷子的名声更响。

闻秋乐声名远扬（或者说臭名昭著）的原因是个谜。他不比那些披着长发，门口挂着脏兮兮的黄帘子的骗子更有魔力。他的咒语不起作用，他的预言从未实现，而他那一阵阵的神魂附体，毫无疑问只是表演。

多年来，他仿佛上了瘾似的，就爱跟泰晤士河神进行深沉、冗长的会谈。只见他突然陷入一阵谵妄，向河神发问，而河神的回答则从他嘴巴里冒出来，音调低沉，还带着点风声、水声。一八〇五年冬的一天，一名妇女给了闻秋乐一先令，托他问问河神上哪儿才能找到抛弃她的丈夫。河神道出大量惊人的消息，闻秋乐的篷子周围聚起一群人，都跟着听。有些看热闹的对闻秋乐的法力深信不疑，听到这一段神谕，他们惊叹不已。而其他人则开始笑话闻秋乐和那位妇女。其中一位（特别有创意的）趁着闻秋乐滔滔不绝，把他的鞋子给点着了。闻秋乐立马恢复了清醒：他跳来跳去，大呼小叫，一时间又想把鞋子脱掉，又想跺脚把火踩灭。这一场，围观群众看得津津有味。突然，有个东西从闻秋乐嘴里掉了出来。两个看热闹的过去捡起这东西，细细察看：不到两寸长的金属小物件，形状像个口琴。其中一人把它放进嘴巴里，便也能用泰晤士河神的声音说话了。

就算当众现眼，闻秋乐也还是保住了一定威信，保住了在当地的名望——也就是说，作为伦敦所有街头魔法师中的一员，闻秋乐还是有一定群众基础的。诺瑞尔先生的朋友和崇拜者们经常劝诺瑞尔先生去会会闻秋乐，然而他们惊讶地发现，诺瑞尔先生竟一点儿要去的意思都没有。

十二月底的一天，伦敦上空的积云堆成了山，风儿作怪，天气时阴时晴，雨点打在玻璃窗上，噼啪作响。这会儿，诺瑞尔先生正守着一炉旺火，舒舒服服地坐在书房里，手里捧着一卷托马斯·兰切斯特的《鸟之语》，面前的茶几上摆着不少好吃的东西。他翻着书页，寻找自己最喜欢的段落，这时突然话音响起，差点把他吓丢了魂儿。此人嗓门颇大，口气轻蔑："你这个巫师！你以为你干的那点儿事就吓住所有人了吗？"

诺瑞尔先生抬起头来，惊讶地发现房间里站了个陌生人。这个人瘦骨嶙峋，破衣烂衫，活似一只秃鹰。他的脸色像放了三天的牛奶，发色像飘着煤灰的天空，再看那身衣裳，颜色就好比泰晤士河流到了沃坪*——头、脸、衣服，没有一处干净。然而除了这些地方，他看上去更符合多数人心目中魔法师的模样（诺瑞尔先生几乎正相反）。他站在那里，身子挺得笔直，灰眼珠里燃着怒火，一副飞扬跋扈的神情。

"噢，是啊！"这个人怒目注视着诺瑞尔先生，嘴巴没停，"你自我感觉挺好啊！你给我听着，你出山这回事，很早以前就有人预料到了。我等了你二十年你才来！这么长时间你躲到哪里去了？"

诺瑞尔先生十分震惊，坐在那里盯住他，瞠目结舌，一言不发。

---

* 伦敦最早的地下工程是地下排污工程，将处理过的污水排放入泰晤士河。北岸沃坪一带的河水，尤为脏臭。

诺瑞尔先生感觉仿佛被这个人掏了心，心底的秘密一下子昭然若揭。来伦敦之前，诺瑞尔先生就已经意识到，其实自己早就可以动手了；几年前自己就已经能用魔法为英格兰助战；若早动手，法国人肯定早已被打退，英格兰魔法在国人心目中的地位肯定早已像自己期望的那样高。他担心由于自己拖沓而辜负了英格兰魔法，这种想法长期折磨着他。今天这一场，仿佛自己的良心化作肉身，站出来做自我批评。因心情波动，诺瑞尔先生对眼前这位神秘人物无计可施，只是结结巴巴地问他是谁。

“我是闻秋乐，针线街的魔法师！”

“噢！”诺瑞尔先生发现他原来并不是什么神仙鬼魂，这才放了心，“我猜你是上我这儿来求我的吧？那你干脆直接走吧！我不把你当同行，我什么都不会给你！我不会给你钱，我不会帮你的忙，我也不会把你引荐给任何人。我告诉你，其实我打算……”

“你又犯糊涂了，巫师！我不是为了自己。我上这里来，是要把你的命运传达给你——这是我命里注定要完成的任务。”

“命运？哦，你这是要给我算命了，是不是？”诺瑞尔先生轻蔑地说。他站起身，狠命地拽铃铛绳，然而仆人都不见了踪影。“好吧，有些人声称自己能占卜，我对他们真没什么话好说。——卢卡斯！占卜术无疑是一种最恶毒的把戏，只有像你这种无赖才拿它来欺骗好人。魔法没有预言的功效，要是哪个魔法师说有，他就是个骗子。——卢卡斯！”

闻秋乐往四下里看了看。“我听说，只要是有关魔法的书，你都有。”他发了话，“大家都知道，亚历山大图书馆着火那会儿丢的书，你也都找回来了。我猜，这些书你都已经背下来了吧！”

“书籍、文献是学术研究的坚实基础，是知识的来源。”诺瑞尔先生严肃地回答，“不仅仅是魔法，一切学问都建立在此基础之上。”

突然，闻秋乐往前一站，弯腰凑到诺瑞尔先生跟前，脸上的神情极

为专注。诺瑞尔先生下意识地住了嘴，也把身子向他凑了凑，仿佛要听听他有什么机密向自己吐露。

“我伸伸手，”闻秋乐低声说，“波涛汹涌，河水倒流……”

“你说什么？”

“我伸伸手，”闻秋乐的声音稍稍大了一点，“我敌脉断，血不再流……”他站直了身子，张开双臂，合上双眼，仿佛忽然得道，陷入一阵狂喜。他接着说了下去，口齿清晰，声音充满激情，字字铿锵有力：

“我伸伸手，我敌心神，散若鸟兽；
我伸伸手，我敌仆地，宛如布偶。
拨开迷雾，透过雨帘，我身影初现；
静夜深深，睡梦沉沉，我潜入黑甜；
遥望北天，曙光初现。渡鸦齐振翅，我步履将至。
冬日密林，貌似安宁。忽闻咆哮声，我破林中静……”

“行了，行了！”诺瑞尔先生打断了他，“你以为我从没听过这些胡言乱语吗？每条大街上的疯子都在嚷嚷这些老掉牙的疯话，每个挂黄帘子的盲流都这样故弄玄虚。翻开两百年以来任何一本写魔法的三流刊物，都能找到这些东西！‘渡鸦齐振翅，我步履将至！’我倒要问问，这是什么意思？到底是谁的步履，将至哪里？——卢卡斯！”

闻秋乐没有理睬诺瑞尔先生，他的大嗓门盖过了诺瑞尔先生颤巍巍的小嗓子：

“雨水串我门帘，我自其间过；
顽石砌我宝座，我自其上卧；
三座王国，归我；

英格兰，归我；

没有期限，无人能夺。

无名奴隶，头戴银冠，来自异乡；

无名奴隶，曾为王……”

“三座王国！”诺瑞尔先生大叫起来，“哈，我可知道这套胡话是在编谁了！原来是乌衣王的预言！很抱歉，要是你准备用这个人的故事来打动我，那就算空忙一场。哦，没错，你绝对是白费力气！我恨哪个魔法师，也没有像恨他那样厉害！”[1]

“我敌利器，指我胸膛。入得地狱，供为圣物。

我敌战术，图我战负。入得地狱，收作经书。

远古战场，洒我血浆。地狱司事，寻血迹，去土壤，银牙杯中藏。

魔法无价，赠与我民。我民无知，遂轻视之。

雨帘遮天，滴滴皆法术。我民无知，遂不能读。

山石嶙峋，片片皆真传。我民无知，视而不见。

冬日枯木，根枝皆墨迹。我民无知，不解其意……”

“接受教育高、能力强的魔法师的辅佐，是我国人民与生俱来的权利。”诺瑞尔先生插嘴道，“而你又能为人民做些什么？故弄玄虚地扯些什么石头、雨水和树？这就好像高布列斯声称人们能从树林中的野兽身上学到魔法——我就奇怪了，怎么不到圈里去跟猪学，怎么不上街去跟狗学？这样的魔法，我国当代文明人不需要！”他怒气冲冲地瞪了闻秋乐一眼，而这一眼，却把他的目光粘在闻秋乐身上。

1　传统意义上讲，人们认为乌衣王拥有三座王国：一座在英格兰，一座在仙境，还有一座颇为奇异，位于地狱的尽头。

闻秋乐穿戴漫不经心，脏兮兮的领巾在脖子上随便一兜，衬衫和领巾之间还露着点脏肉。这露出来的一小块皮肤上，有一道奇怪的弯印儿，鲜蓝色，仿佛钢笔笔锋向上一划。它也许是道伤疤——街头斗殴留下来的纪念——然而，它更像是南海群岛土著人身上的体绘，透着些许野蛮。闻秋乐这种人，能大大方方地闯进别人宅子指着人家骂，面不改色，这会儿竟显得十分尴尬。他发现诺瑞尔先生正盯着他那道蓝印看，便伸手塞了塞领巾，把脖子那块给挡住了。

“两位魔法师，现身英格兰……”

诺瑞尔先生爆出一声惊叹，开始还算是“惊爆”，收声的时候只剩黯然一“叹”了。

“前者畏惧我出现，后者久把我期盼；
前者与罪犯为伍，后者自毁人生路；
前者之心，埋积雪下，匿密林深处，仍痛如针扎；
后者之宝，此生珍爱，落敌人魔爪……”

“噢，我算明白了，你上这儿来不为别的，专门是来侮辱我的！你这个冒牌巫师，你是在嫉妒我呢！你破不了我的法术，就来诋毁我的名誉，干扰我的生活……”

“前者孤独一生，自做囚牢；
后者独自上路，头顶风暴，寻觅高山上的黑塔……”

就在这时，房门开了，跑进来两个人。

“卢卡斯！戴维！”诺瑞尔先生歇斯底里地尖叫起来，“你们早干吗去了？”

卢卡斯解释说是系铃铛的绳子怎样怎样。

“什么？抓住这个人！快！”

戴维是诺瑞尔先生的车夫，典型干这一行出身，身材膘壮。他每天和四匹血统高贵、正值壮年的马儿斗智斗勇，这差事颇能强身健体。他一手抱住闻秋乐的腰，一手卡住他喉咙。闻秋乐奋力抵抗，同时还不忘继续怒斥诺瑞尔先生。

“我独占黑色王座，暗影绰绰，
他们看不见我。
雨水串我门帘，我自其间过；
顽石砌我宝座，我自其上卧……”

戴维和闻秋乐扭打至一张小桌旁，撞倒了桌上的一摞书。

“啊啊啊！小心！”诺瑞尔先生大叫着，“看在老天的分上，给我小心点儿！他把墨水瓶踢翻了怎么办？他把我的书毁了怎么办？”

卢卡斯跑过去协助戴维，设法把闻秋乐抡圆了的胳膊绑到身后。趁这会儿工夫，诺瑞尔先生绕着书房一溜小跑，把摆在外面的书全都收拾起来，放到相对安全的位置——其动作之迅速，已多年未见。

“无名奴隶，头戴银冠……”闻秋乐喘着粗气——戴维德胳膊紧紧卡住了他的喉咙，于是他的演说远没有之前那样动人心魄。闻秋乐最后奋力一搏，把上半身从戴维的拳头中挣脱出来，大喊：“远在异乡，无名奴隶将称王……”随后，戴维和卢卡斯半拽半抬，把他拖出了房间。

诺瑞尔先生走到火炉边的椅子旁坐下，拿起书想接着读。然而，他心神不宁，读不下去。他烦躁不安，啃着手指甲，满屋溜达，无数次回去细查那些在搏斗中散落的书，看看可有损坏（完全没有）。他做得最频繁的一件事，就是跑到窗边，焦急地向外张望，看看可有什么人在监视这栋宅子。三点钟左右，房间暗了下来。卢卡斯回屋把蜡烛点上，把火捅旺。齐尔德迈斯跟在他身后进了屋。

“啊，”诺瑞尔先生叫起来，“你可算来了！你都听说了吗？所有人都跟我对着干！魔法师们盯上我，打算害我。仆人们懒惰、玩忽职守——就算我让人切了喉咙，他们都无动于衷！还有你，你这家伙，你比谁都坏！我告诉你，这个人突然就站在我屋里了——简直像戏法变出来的！我又摇铃铛又喊人，愣是没人应！你赶紧把手里的活都放下，你现在唯一的任务就是去查查这个人到底用了什么法术闯进咱们的宅子！他是从哪儿学来这些的？他都懂些什么？”

齐尔德迈斯冷冷地瞪了他主人一眼。“好啊，若这是我唯一的任务的话，我已经把它完成了。他没使什么法术。咱们一个厨房丫头忘了把储藏室的窗户关上，这个巫师就爬进来了。他撞上你之前，一直在房子里摸索。事情就是这样。当时你叫人没人过来，是因为这巫师把系铃铛的绳子切断了，卢卡斯他们没听见你喊。后来，这巫师开始叫嚷，他们一听见动静就赶过来了。卢卡斯，我说得对不对？”

卢卡斯跪在壁炉边上，手里拿着拨火棍，点头说是。“这些当时我就想跟您说的，主人，可您就是不听。”

然而，诺瑞尔先生认准了闻秋乐拥有强大的法力，结果心里太过焦躁，仆人们的解释都安慰不了他。“噢，”诺瑞尔先生说，“可我敢肯定他是要害我的。说实话，他已经害我不浅了。”

“是啊，”齐尔德迈斯表示同意，“真不浅啊！这个人吃了咱食橱里三块肉馅饼。”

“还有两块软奶酪。”卢卡斯补充道。

诺瑞尔先生不得不承认，如此行为，实在不像强大的魔法师能做出来的事。然而，若不找个出气筒，诺瑞尔先生是没法彻底踏实下来的。齐尔德迈斯和卢卡斯恰好就在身边，于是诺瑞尔先生逮住他们俩，开始发表长篇大论。他言语间不乏对闻秋乐的抨击，骂他是有史以来败类中的败类。结尾处，他还不忘恶狠狠地甩出几个例子，暗示那些懒惰、放肆的仆人也都没什么好下场。

齐尔德迈斯和卢卡斯自从来到诺瑞尔先生门下，基本每个礼拜都要听这么一场，于是此刻二人并不以为然，只等主人把怒气都撒干净。诺瑞尔先生一住嘴，齐尔德迈斯便说："先不提馅饼和奶酪，单说他闯进来找你，无异于自找麻烦，还要冒着被绞死的风险。他到底想干吗？"

"噢，他是要把乌衣王的预言说给我听。没什么新鲜的，跟别的预言一样不知所云。里面提到了战场、王座，还有什么银冠。不过，他说这一番话，最想强调的是另一位魔法师的存在。我估计他是说他自己呢。"

诺瑞尔先生一放下心来，知道闻秋乐并不是自己的大敌，便后悔自己当初何必非跟他争个高下。他心想，当时要是保持住高高在上的派头，一言不发，情形也许会好得多。不过，回想起来，当闻秋乐被戴维和卢卡斯往外拖的时候，模样并不像之前那般令人生畏了——想到这里，诺瑞尔先生感到一丝安慰。接着，他又意识到，自己的学识与能力比闻秋乐不知要高上多少倍。于是，诺瑞尔先生逐渐踏实下来。可惜，这份安宁太短暂了。诺瑞尔先生重新拿起《鸟之语》，刚一翻开，就看到下面这段话：

> 飞鸟投身虚无，心存狂想。我法法技，无非如此。飞鸟之法力，世间生灵，无一能及。纵是其间弱者，足以越俗世，至彼界。清风拂面，书卷微翻，乌衣王现身处，即是风源。原野小兽，法术粗莽，乌衣王现身处，尽显我法高妙。风潇潇，雨飘飘，树声滔

滔，乌衣王现身处，万物言语，吾等皆通晓。[2]

两天之后，波蒂斯海德勋爵再次到访。诺瑞尔先生当即走到勋爵面前，对他讲了下面这些话："勋爵大人，我想，您得在期刊上好好批评一下托马斯·兰切斯特。多年来，我对《鸟之语》一书评价很高，我把他写这本书看作是一次壮举：他尝试着把黄金时代魔法师的法技描述得清晰易懂。然而，经过细查，我发现，他写的东西依然受到那个时代魔法师恶习的影响——他的东西太玄，勋爵大人！他的东西太玄！"

2　托马斯·兰切斯特：《论鸟之语》，第六章。

第十四章

伤心农庄

一八〇八年一月

时光倒退三十年。那时候，计划重振英格兰魔法大业以惊世人的诺瑞尔先生还没到伦敦去，一位名叫劳伦斯·斯特兰奇的先生刚刚继承了一笔遗产。这笔遗产包括一幢破烂不堪的房子、几处贫瘠的土地，再加上堆积如山的债务和贷款。形势不容乐观，不过，在劳伦斯看来，只要给他一大笔钱，什么都好办。有个来钱的法子，劳伦斯之前之后的男士们多有尝试，他本人也不例外：将竭力讨好有继承权的富家千金视为己任，遇上一个哄一个。他本人又生得一表人才，举止高雅，言语风趣，于是没过多长时间便赢得一位小姐的芳心。此小姐家姓艾齐司通，苏格兰人，年纪轻轻。娶她过门，劳伦斯一年就有九百镑的收入。

拿着艾齐司通小姐带过来的钱，劳伦斯修了房子，整了田地，把债也还清了。很快，他用不着借钱，反倒开始挣钱了。他把土地拓宽，他把现钱放贷，他收百分之十五的利息，他致力于这样或那样的营生，只要他醒着，所有时间都被业务占满。他不再花工夫理会他年轻的太太。他已经把话说得很明白：只要有她在身边，只要她一说话，他就觉得厌烦。而她，可怜的人儿，真是吃了不少苦头。劳伦斯·斯特兰奇的地产都在什罗普郡，此郡靠近威尔士界，是一片相当僻静的所在。斯特兰奇太太在那边谁也不认识。她在城市住惯了，早已去惯了爱丁堡的舞会，逛惯了爱丁堡的店铺，听惯了爱丁堡朋友们的快言快语。如今，四周都是高大、阴沉的群山，困在威尔士连绵的雨帘里，这般景象，令她十分消沉。她忍受了五年孤独后便撒手人寰，就是因为独自到那些大山里散步，赶上一场暴风雨，死于风寒。

斯特兰奇夫妇有个独子。斯特兰奇太太死的时候，孩子大约四岁。斯特兰奇太太下葬没几天，这孩子就成了劳伦斯和他太太娘家激烈斗争的焦点。艾齐司通一家坚持认为：根据婚前协议，斯特兰奇太太财产中一大部分都要留给她的儿子，她的儿子将在成年之后接受这笔遗产。而劳伦斯——说出来谁也不会太奇怪——声称他太太的钱，每一分该怎么用，都归他说了算。两方都找了律师，两场官司随即打响：一场设在伦敦的民事律师公会，另一场则位于苏格兰法庭。这两场官司——斯特兰奇状告艾齐司通、艾齐司通状告斯特兰奇——打了一年又一年，在这段时间里，只要一看见儿子，劳伦斯就心生厌烦。对劳伦斯来说，这孩子就是一摊湿地、一丛病树——光往里投钱，毫无产出。要是英格兰法律准许劳伦斯把儿子卖了，再买一个新的，他真能这么干。[1]

与此同时，艾齐司通一家看出劳伦斯准能把他儿子整得像他老婆一样惨，于是斯特兰奇太太的娘家哥哥给劳伦斯写了封快信，说希望孩子每年能过来一趟，在自己爱丁堡的家里待上一段时间。劳伦斯这回一点儿没作难便答应了，这让他大舅子颇为惊奇。[2]

于是，乔纳森·斯特兰奇小的时候，每年有半年时间都是在爱丁堡夏洛特广场的舅舅家度过的。不难想象，他在那边住着，耳濡目染，对自己的爸爸不会有什么好印象。他在爱丁堡接受了启蒙教育，由三位姓艾齐司通的表姐妹陪着——大名分别是玛格丽特、玛丽亚和乔治

1　最终，两场官司都做出了对劳伦斯·斯特兰奇的儿子有利的判决。

2　其实，劳伦斯·斯特兰奇正庆幸自己连着几个月都不必对孩子的衣食负责。一旦爱上钱，挺聪明的人都能变得如此心胸狭窄、不可理喻。

娜。[3]爱丁堡绝对是世界上最发达的城市之一，爱丁堡人和伦敦人一样头脑灵敏、热衷娱乐。乔纳森只要一到爱丁堡，他的舅舅、舅妈便竭尽所能哄他高兴，希望能弥补一下他在他爸爸家里受的冷落。如此看来，就算乔纳森长大后有点儿娇气任性、自以为是，也不足为奇。

劳伦斯·斯特兰奇人老了，钱多了，心眼还是没变好。

诺瑞尔先生和闻秋乐会面的前几天，劳伦斯·斯特兰奇家里来了一位新男仆。仆人们都特别乐意帮他熟悉工作、了解情况。他们告诉他，斯特兰奇老爷为人傲慢，一肚子坏水，人人都恨他。他们告诉他，斯特兰奇老爷爱财如命，跟自己的亲儿子好几年都不说话。他们还说，斯特兰奇老爷脾气坏得像妖魔，让这位新男仆千万不能招惹他，否则下场更可怕。

这位新男仆谢过大家，并保证会记住大家的话。可惜大家不知道，其实这位新男仆的脾气足够和斯特兰奇老爷一拼高下。这位新男仆偶尔对别人冷嘲热讽，时常对别人大呼小叫。他觉得自己能力强、本领高，于是别人的成就在他眼里都微不足道。他没跟大家提他自己的毛病，单纯因为他还没了解到别人的毛病。虽说经常和朋友、邻居们吵架，他总是分析不清原因，他向来认为错都在人家。看到这儿，要是读者您觉得这一章写的都是坏蛋，我还得赶紧澄清一下：劳伦斯·斯特兰奇当然是从头坏到尾，而这位新男仆还算正常——他身上有阴暗面，也有闪光点。他这人办事还算明智，若赶上救死扶伤，他固然奋不顾身，然而他很有无中生有的本事，一感觉别人在骂自己，他报起仇来绝不手软。

劳伦斯·斯特兰奇先生岁数大了，觉特别少，有时甚至感觉自己夜里比白天还精神，于是坚持坐在写字台前写信办公。他醒着，自然也得

3　斯特兰奇的传记作者约翰·斯刚德斯曾多次提到，比起同男士们待在一起，斯特兰奇似乎更乐意与聪慧的女性为伴。参见《乔纳森·斯特兰奇传》，伦敦：约翰·莫雷出版社，1820。

有个仆人伺候着。那位新男仆刚来没几天，就轮到他当班了。

开头一切正常，夜里两点钟刚过，斯特兰奇老爷叫新男仆给他端一小杯雪利酒。这差事听着不难，新男仆却是大费周折。他先是在平时藏酒的地方找了一圈，没找到。于是，他不得不先把女仆叫起来，问她大管家住哪间屋，随后他又去把大管家叫起来，问他雪利酒放在哪里。找到大管家，却又耽搁片刻，因为大管家唠叨了半天，说从来没听说过斯特兰奇老爷要过雪利酒喝，家中少爷乔纳森·斯特兰奇先生倒是好这口，经常往衣帽间里藏上一两瓶。

依照大管家的说法，新男仆从地窖里端来了雪利酒——这一趟又得点蜡烛，又得在阴冷黑暗的楼梯上爬上爬下，还得从衣服上往下扫脏兮兮的蜘蛛网。发了霉的旧房梁上吊着生了锈的旧铁架，只管往脑袋上撞。新男仆完事儿后直从脸上往下擦血抹泥。当他把酒端到斯特兰奇先生面前，老爷一口喝光，说再来一杯。

新男仆已经受够了地窖，天亮之前再也不愿去第二次。他想起大管家说的话，于是直接上楼，跑到斯特兰奇少爷的衣帽间里。小心翼翼地进了门，他发现屋里一个人都没有，蜡烛却全都点着。新男仆对这种行为不以为然，他知道，有钱的单身汉种种恶习中最突出的一样，就是浪费蜡烛。他开抽屉，掀柜门，抽出几只尿盆挨个查看；桌椅底下不放过，花瓶里也不忘溜几眼。（如果您奇怪他为什么专搜这些地方，我得告诉您：跟有钱单身汉打交道，他比您有经验，他知道这些人过日子法儿总和正常人有点不一样。）果然不出他所料，一瓶雪利酒正在屋主的一只靴子里等着当脱靴拔子呢。

正倒酒的工夫，新男仆眼睛偶然扫过墙上挂着的一面镜子，发现屋里原来并不是空无一人。斯特兰奇少爷正坐在一把高背、高扶手的椅子上，新男仆的所作所为，他一览无余，看得瞠目结舌。新男仆一句话都没说——就算他肯解释，先生少爷们也得肯听才行啊；若解释给旁的仆人听，人家立马就能明白。新男仆于是径自离开了房间。

自上任之日起，这位新男仆便有“往上爬”的心思，他想着有朝一日让所有仆人都听他的话。他感觉，就凭自己聪慧过人、见多识广，斯特兰奇家这一老一少若有什么难事，自己绝对是总参谋。在他脑海里，两位先生已然对他说：“你也知道，杰里米，这回事情急、任务重，我们信不过别人，只有交给你去办。”而此时，如果说新男仆的一切希望都破灭了，有些夸张。然而，他并不能否认：刚才乔纳森·斯特兰奇看见他闯进屋来私自倒酒，好像确实不太高兴。

才树雄心便受挫折，新男仆此时脾气点火就着。他走回书房，斯特兰奇老爷拿过第二杯酒，一口下了肚，说他还想再喝一杯。新男仆听了，闷声哀号，随后揪着头发大喊：“你这个老疯子，要是还想喝干吗不早说？我早知道第一次就把整瓶都拿来了！”

老爷一脸惊奇地望着他，随后淡淡地说，当然啦，要是觉得特别麻烦，那就算了。

新男仆回了厨房（一路上寻思着自己刚才是不是有那么点冒失），没过几分钟，铃铛又响了起来。斯特兰奇老爷坐在写字台旁，手拿一封信，望着窗外漆黑的雨夜。“有个人住在对面那座山上，”他对新男仆说，“杰里米，你一定要赶在天亮之前把这封信送到他手上。”

啊，新男仆心想，来得真够快的！什么事情这么紧急，而且还要在夜幕下处理！这说明什么？——这说明他已经非我不用了！新男仆大受感动，十分迫切地答应，说自己马上动身。他接过信，发现信封上只写着“魏文”二字，颇有神秘色彩。他问老爷这宅子可有名字，万一走错了也好问路。

老爷先是说没有，后又住嘴，笑了起来。“问路的话，你一定要说你找的是伤心农庄的魏文。”他还让新男仆一定要通过布莱克斯托克酒馆对面一扇破门离开乡间主路，穿过门去，就能看见一条小道，直接通往伤心农庄。

新男仆牵出马来，提了盏大灯笼，踏上乡间主路。夜里寒气逼人，凄风苦雨掺作一团，从衣服敞口处往里钻，没走多久，他就感觉要冻僵了。

布莱克斯托克酒馆对面的环山小道已经荒芜，模样令人望而却步，简直称不上是条“道”，到处都是新长出来的树苗。新男仆挣扎前行，狂风里，树枝如同条条大棒抽在他身上。他刚走了半里地，就感觉仿佛已经和好几条壮汉一一过招（他本是莽撞之人，经常在公共场合跟人发生口角，这种感觉对他来讲并不陌生）。他骂这个魏文又粗心又懒惰，连篱笆都搭不齐整。约摸一个小时后，他走到一处所在，这地方过去也许是一片田地，如今已经荒芜，长满了带刺灌木，他后悔没随身带上一把斧头。他把马拴在树旁，只身前行。灌木丛上的荆刺又大又硬，铺天盖地；有好几次，他整个人都被“钉”在树丛里面，“钉子”数量多，钉人的方式也奇特（他一只胳膊冲上举着，一条腿往后扭着）。他几乎绝望，怕自己永远也走不出去了。说来也怪，这么高大的荆棘围栏里面，怎么可能有人住呢。新男仆想来想去，觉着这魏文先生很可能已经在里头躺了好几百年了。这倒不必担心，他心想，反正也用不着跟他有什么亲密接触。

破晓时分，山边现出惨淡的微光，新男仆走到一处破败的村舍前。这村舍看不出有多“伤心”，倒更像是伤了脖子。烟囱外墙塌陷，仿佛垂着头，顶上的烟囱耷拉着，摇摇欲坠。房上的瓦片脱落，房梁从缺口处露出来，仿佛根根肋骨。树木荆棘长满了一屋，它们伸枝发芽，生命力强，冲碎了窗户，把大门拱出了门框。

新男仆站在雨里，望着眼前的惨象出神。愣了一会儿，他抬头发现有人正从山上大步流星地向他走来。这人仿佛是神仙故事里的角色，头上戴着一顶怪模怪样的大帽子，手里还攥着根手杖。走近了再看，发现不过是个自耕农。此人看模样知情达理，他那副打扮远看富有传奇色彩，近看才知是他把一大块帆布顶在脑袋上遮雨。

这农夫跟新男仆打了声招呼："小伙子啊！出什么事了？你浑身是血，衣服都撕烂了！"

新男仆低头看了看身上，发现人家说得没错。他于是解释说来时走的小道都荒了，长满了荆棘。

农夫一脸惊讶。"有好走的路啊！"他大叫起来，"西边不出二十米，走过来连一半时间都用不了！是谁让你走这条老路的？"

新男仆没有答话，只问农夫知不知道上哪儿才能找到伤心农庄的魏文先生。

"这就是魏文的宅子，他人都死了五年了。伤心农庄？谁跟你说这里叫伤心农庄？人家肯定是蒙你呢。让你从这条老路过来，还让你找伤心农庄，真行！不过，要我说，这名字倒也不错，魏文在这里真是伤透了心。可怜人，他手上有片地，刚巧被山底下一位先生看中了。魏文不愿意卖，那位先生就派来一群恶棍，大夜里，把魏文先生种的豆子、萝卜、白菜全都刨了出来。看魏文先生还是不让步，这位先生就跟他打官司——可怜的魏文先生，他哪里懂什么打官司，他根本听不明白。"

新男仆思索片刻，说道："我想，我知道那位先生是谁。"

"唉，"农夫说，"谁都知道！"他凑近新男仆看了看。"小伙子，"他说，"你的脸跟牛奶冻一个颜色，你抖个不停，简直像要散架了！"

"我冷。"新男仆说。

农夫（他说他名叫波布里奇）听了，坚持要带新男仆回自己的家，在火炉边暖和暖和，吃点喝点，愿意的话再躺上片刻。新男仆谢过他，但只说自己冷而已。

于是，波布里奇把新男仆领回到拴马的地方（绕开了荆棘），把该走的路指给他看。随后，新男仆便回了斯特兰奇大宅。

惨白的天上挂着一轮惨白的日头，这般天光，算是“绝望”这个词最恰当的解释。新男仆骑在马上，总觉得魏文就好像此时的太阳，天空则是地狱，是老斯特兰奇把魏文扔进了火坑，让他永世不得翻身。

他一进门，仆人们就都聚了过来。“啊呀，我的孩子，”大管家着急了，“看看你成了什么样子，杰里米！是不是因为那雪利酒？是不是因为酒他生你的气了？”

新男仆身子一歪，跌下了马。他揪住大管家的外衣，求大管家给他拿一根钓鱼竿，说他要用竿把那可怜的魏文从地狱里面钓出来。

听了这番话，再加上其他一些胡言乱语，仆人们当即断定他是着凉发烧了。他们扶新男仆上床躺下，派人去请大夫。斯特兰奇老爷闻讯，立马派人跟过去，通知大夫不必来，随后，他又跟大管家说想喝点稀粥，一定要让新男仆给他端过来。看这形势，大管家只好跑去找乔纳森·斯特兰奇求情。可少爷似乎一大早就去了什鲁斯伯里，而且要第二天才回得来。仆人们只得把新男仆从床上架起来，替他穿好衣服，把放了粥的托盘塞到他毫无反应的手里，推着他出了门。之后的一整天，斯特兰奇老爷一刻不停地“找事”，还特别强调，一切事情都要由新男仆来做。

傍晚时分，新男仆已经烧得像火上的铁壶一样烫了，满嘴都是大桶装蛤蜊之类的胡话。然而，老爷宣布今天还是要熬夜办事，让新男仆留在书房伺候他。

大管家壮起胆子，求老爷今晚让他来替班。

“啊，你是不知道我有多喜欢这小伙子！”老爷目光里全是厌恶的神情，“我就想留他在我身边。你觉得他身体不大好是吗？我看哪，他是缺少新鲜空气。”说罢他便打开了写字台前的窗子，屋里顿时冰冷刺骨，飞进片片雪花。

大管家叹了口气，撑起新男仆（他又开始往下出溜了），把他靠在墙边支稳了，随后悄悄地把手套塞进他的口袋里。

入夜后，一个女仆进屋给斯特兰奇老爷端粥，一回到厨房，她就汇报说手套被老爷发现了，已经没收摆在桌子上了。仆人们上了床，都黯然神伤，心想新男仆准活不过明天早上。

天亮了，老爷书房的门紧关着。七点了，没人摇铃叫仆人，也没人出屋。八点，九点，十点，仆人们希望越来越渺茫，都把手攥紧了。

然而，他们都忽略了一点——斯特兰奇老爷也忘了——新男仆毕竟是身体强健的年轻人，而老爷已经老了。这一夜，新男仆受的罪，老爷也得跟着分享。十点过了七分钟，大管家和车夫进书房一探究竟，发现新男仆躺在地板上，睡得正香，烧全退了。再看屋子另一头，斯特兰奇老爷还坐在写字台旁，已经冻死了。

接连两夜发生的事在附近传开了，大家听说后都特别想亲眼见见这位新男仆，愿望之强烈，仿佛他屠过火龙、斗过巨怪。受到这般关注，新男仆自然十分得意，于是把事情讲了一遍又一遍。讲到后来，他发现，当斯特兰奇老爷要第三杯雪利酒的时候，自己其实是这样回敬他的：“啊，你这个可恶的罪人！你虐待善良的百姓，把他们逼上绝路，自己却坐享其成！然而总有一天——时间不会太长——农夫受你压迫叹的每一口气，农妇受你欺侮流的每一滴泪，你统统都要补偿！”故事讲成这个模样，附近的村民都知道，当晚斯特兰奇老爷打开窗户企图冻死新男仆的时候，新男仆曾经大呼：“别看现在冷，斯特兰奇，有你热的时候！寒冷在先，煎熬在后！”——考虑到斯特兰奇老爷目前的状态，新男仆算得上是未卜先知。

第十五章

“坡夫人还好吗？”

一八〇八年一月

“坡夫人还好吗？”

城中上上下下，居民无分贵贱，都在问这同一个问题。破晓时分，卖菜的农夫向卖花的少女打听：“坡夫人还好吗？”在河岸街，爱克尔曼先生向他店里的顾客们（皆是高官显贵）询问坡夫人的近况。下议院里，演说枯燥无味，议员们抓空也把这个问题吹进邻座的耳朵里（大家边说边斜眼瞅着沃特爵士）。再看梅费尔区*住家的梳妆室，黎明前，女仆也在小姐跟前赔着小心递着话：“……昨晚的聚会坡夫人来了吗？夫人她还好吗？”

问题就这样被问了一遍又一遍——“坡夫人还好吗？”

“哦！”（听的人答了话，）“夫人她非常好，好极了。”

可见，我们的语言真是贫瘠得可怜——坡夫人怎一个“好”字了得。往坡夫人身边一站，任何人都显得苍白、疲惫、毫无生机。死而复生那一刻焕发出的活力，她再没丢下。她一出去散步，行走速度特别快，路人纷纷驻足观看。派来跟着她的男仆着实可怜——落在她后面十几码，追得满脸通红、气喘吁吁。战争大臣有天早上刚从查令十字街上的德拉蒙德银行走出来，一下子跟沿着街道健步如飞的坡夫人撞了个满

---

* 梅费尔（Mayfair）是伦敦市中心的一个区域，得名于一年一度的“五月集”（May Fair），最初开发于十七世纪。该地区居住的主要是上流社会人士，地价很高。

怀，几乎翻倒在地。坡夫人把他扶起来，说但愿没伤着他；大臣还没答句整话，她早不见了踪影。

就像所有芳龄十九的少女一样，坡夫人迷恋跳舞。在舞会上，她支支曲子不落，到头来依旧气定神闲，还怪别人为什么散得这样早。“这么随便糊弄一场也能称作‘舞会’？”她向沃特爵士抱怨，“我们跳了三个小时都不到！”她惊奇地发现，参加舞会的人竟是如此孱弱，“可怜人啊，我真同情他们！”

在军队，在教会，人们都为坡夫人的健康举杯。大家都说沃特·坡爵士是全国最幸运的男人，沃特爵士自己也这么以为。过去那位温特唐小姐——体弱多病、苍白无力的温特唐小姐——惹得他心生怜悯；而眼前的坡夫人——神采奕奕、周身焕发着健康光芒的坡夫人——则令他宠爱有加。听说她不小心把战争大臣撞倒在地，沃特爵士觉得全天下也没这么好笑的事，于是逢人便讲。私下里，他对好朋友温赛尔夫人坦言，说自己真是找对了老婆——坡夫人有智慧、有活力——他理想中好太太的美德，坡夫人样样都符合。坡夫人独立思考的精神，更令他叹服。

“上个礼拜，她说咱们政府不该往瑞典国王那里输送钱和军队——这我们刚刚才定下来——应当支持葡萄牙和西班牙政府，让他们为咱们打击波拿巴做后盾。才十九岁，看问题就这么深入，这么有想法！才十九岁，就敢挑战政府的意见！我于是说她真应当进议会！”

坡夫人将美貌、政见、财富以及魔法的魅力集于一身。上流社交圈子里的人都看好她，坚信她命中注定会成为时尚潮流的最佳领导。她结婚快满三个月了，既然社交圈子和她自己的命运已经为她指明了道路，她也该动身了。于是，坡夫人计划在一月第二个礼拜二举行一场大型宴会，请柬都已经发了出去。

新嫁作人妇，头一次操办宴席，算是件大事，能惹出一堆麻烦。坡夫人走出学校到如今三年之内学到的东西，为她赢得不少赞誉，却不够应付眼前的宴席。光知道怎么挑衣服、怎么看场合戴首饰，光会讲法语、弹琴唱歌已经不够了。如今，她还得研究法式烹调和法国美酒——在这些大事上，虽有他人协助，她最终还得靠自己的品味和意愿做决定。她母亲过去招待客人那一套，她自是十分厌恶，于是力求创新。伦敦的时髦人士每礼拜要出门赴宴四五次——再吃什么也不觉得新鲜了。一个十九岁的新嫁娘——连厨房都没进过——又怎能变出一桌对他们来说既奇也巧的菜肴呢？

仆人也是个麻烦。新嫁娘、新房子，仆人对手下的活计自是不熟。要是急着点蜡烛、换餐叉、拿块厚布垫热汤，这些东西他们也得找得着才行啊。在哈里大街9号坡夫人的宅子里，麻烦更是被扩大了三倍。宅子里的仆人有一半是跟着坡夫人从北安普敦郡大希瑟顿的旧宅过来的，另一半则是到了伦敦以后新雇的。大家都知道，乡下来的仆人跟伦敦的仆人有着天壤之别，而这种差别并不在他们要做的活计上：不管在北安普敦还是在伦敦，是仆人都要做饭、打扫卫生、替主人取东西提东西。差别主要在于干活的方式。比方说，北安普敦的一位乡绅到邻居家做客，要走的时候，邻家的门房伙计会把大衣拿来，帮乡绅穿上。这会儿工夫，门房伙计自然要礼貌地询问乡绅的夫人可好。乡绅听了决不生气，答话的时候还要问这位伙计家里的情况：也许之前他听说这位伙计的老祖母在院子里摘白菜的时候摔坏了身子，于是就要问问可否痊愈。乡绅和伙计生活的地方统共没有多大，两人很可能从小就认识。然而在伦敦，这么干可不行。伦敦的门房伙计决不能主动跟来访的客人说话，他们在人前必须摆出一副不知白菜与祖母是何物的样子。

在哈里大街9号的宅子里，坡夫人带来的仆人总是过不痛快：生怕把事情做错，而怎么做才是对的，他们也拿不准。就连张口说话，别人都笑话他们，净挑他们的错。伦敦的仆人们有时候听不懂北安普敦的口音（说实话，他们本来也没用心去听）；至于用词，“醋栗”“芦笋”“母猫”和“蠼螋”到了乡下仆人嘴里，就变成了“鹅莓子”“雀儿草”“贝蒂猫”和“地蜈蚣”。

伦敦仆人特别喜欢作弄乡下来的仆人。他们给年轻的男仆阿尔弗雷德一大盆脏水，骗他说这是法式洋葱汤，让他端到仆人们的饭桌上。他们经常托乡下仆人给肉铺的伙计、面包铺的师傅、点油灯的工人带口信，用的全是伦敦土语，乡下仆人根本听不明白。然而，肉铺的伙计、面包铺的师傅、点油灯的工人一听就知道是粗野的骂人话。肉铺的伙计朝着阿尔弗雷德的眼睛就是一拳，而那些伦敦仆人则藏在储藏室里，边听边笑。

受到这般待遇，乡下仆人自然要向坡夫人大吐苦水（他们是看着坡夫人长大的）。坡夫人发现自己的老朋友们在新家里受了苦，十分震惊。她自己没有管家的经验，不知如何处理这些矛盾。她相信乡下仆人说的是实话，可就怕自己一干预，矛盾更加激化。

“沃特爵士，我该怎么做才好？”她问。

“怎么做？”沃特爵士一脸惊讶，“什么都不用做。全都交给史蒂芬·布莱克。史蒂芬一出手，他们就变得像小羊一样听话，像乌鸫一般有秩序了。”

成家之前，沃特爵士唯一的仆人就是史蒂芬·布莱克。爵士对他心怀无限信任。在哈里大街9号的宅子里，史蒂芬·布莱克的身份是“管家”，然而他肩上的任务可要远远超出一般管家负责的范围：他代表沃特爵士跟银行和法律事务所交涉；坡夫人名下财产的账务他要过目，并随时向沃特爵士汇报；他不必参考别人的意见，有权直接雇用仆人和杂工；他还负责还账交费、给仆人指派任务并给他们开工钱。

当然，很多家庭里都有这样一位仆人——由于特别聪明、能干，主人交给他们的权力比给同一级别的一般仆人更多、更重要。而史蒂芬受到这种待遇，就显着更不得了——因为他是个黑人。说“更不得了”并没有错，一般情况下，就算干活再勤快、脑筋再灵活，黑仆不还是家里最不受重视的人吗？然而，史蒂芬却打破了这条普遍定理。他天生的优势不少：脸庞英俊，身材高大健美。此外，他的主人又是个政客，当然乐意对外宣称自己做人开明，能把家庭和工作上的事交给一名黑仆来管理。

别的仆人发现自己竟然受了黑人的治，都十分惊奇——他们之中有些人甚至从来都没见过黑人。最初自然有人要耍脾气，说假如那个黑人敢发号施令，他们就回敬一句难听的。然而真见了史蒂芬，最初的计划都落了空。看到他庄严的神情、领导的风范，听到他合理的安排，大家便都顺从地照他说的做了。

肉铺的伙计、面包铺的师傅、点油灯的工人以及其他一些才和这座宅子打交道的人，从一开始就对史蒂芬产生了浓厚的兴趣。他们向沃特爵士府上的仆人打听史蒂芬平时是怎么过日子的——平时都吃些什么，喝些什么？有没有什么朋友？有闲工夫了上哪儿打发？爵士府上的仆人告诉他们：史蒂芬每天早饭吃三个煮鸡蛋；战争大臣手下的威尔士男仆是他的好朋友；前天晚上，史蒂芬刚刚在沃坪参加了一场为仆人们举行的舞会。打听到这些消息，肉铺的伙计、面包铺的师傅、点油灯的工人都十分感激。当爵士府上的仆人问他们为什么打听，他们却大吃一惊——你们府上的仆人当真不知道？府上的仆人确实不知道。肉铺的伙计、面包铺的师傅、点油灯的工人说，这些年在伦敦一直有传闻说史蒂芬·布莱克根本不是什么管家。他其实是非洲的一位王子，继承了一座巨大的王国——大家都知道，他一旦当烦了管家，就会回非洲，娶个跟他自己一般黑的公主。

获得这般启示，爵士府上的仆人们便开始从眼角偷偷观察史蒂芬，私下里都说传闻太准了。先不说别的，他们自己对史蒂芬言听计从，这不就是最好的证据吗？若不是心中早有感应，生就一副傲骨、富有独立精神的英格兰人，怎可能心怀觐见天子般的崇敬，对一个黑人俯首称臣！

史蒂芬本人对这些推测毫无觉察，他一如既往、兢兢业业地完成自己分内的工作：打磨银器，按照法国规矩训练门房伙计，监督厨子，订购鲜花、台布、刀叉——为了迎接这场重要的晚宴，房间要布置，仆人要训练——有无数的活儿等着他干。待到晚宴终于来临，他的心血得到了充分的体现：饭厅和起居室里摆满了成瓶的温室玫瑰，楼梯从上到下也都拿它们沿边儿；餐桌上铺着厚厚的斜纹亚麻白桌布，银质餐具、玻璃器皿和烛台各有各的光芒，把整张餐桌照得晶晶亮；依照史蒂芬的指示，两扇巨大的威尼斯镜子面对面挂在墙上，于是银器、玻璃、烛台的光芒被反射了一重又一重——客人们坐下用餐，身影渐渐被耀眼的金光包围，个个看上去都像头戴光环的神仙。

晚宴上，诺瑞尔先生是贵客中的贵客。此刻的情景，跟他刚到伦敦的时候有着天壤之别！那时候，没人搭理他——他是个无名之辈。如今，他跟国内最高层的人士平起平坐，人家还都恭维着他！在座的宾客不停地同他讲话、向他提问，他那不知好歹的简短回答，大家也都听得津津有味——“我不知您说的是谁”，“我不认识那位先生”，要不就是“您说的那地方我从来都没去过”。

有些问题，诺瑞尔先生不必动口，自有德罗莱特和拉塞尔斯二位先生为其代言——他们的话更中听。他二人一左一右坐在诺瑞尔先生身边，忙着向在座的客人传达诺瑞尔先生对当代魔法的见解。当晚，魔法是大家热衷的话题。有幸跟当代唯一的魔法师以及他最负盛名的成果共处一室，客人们简直没别的东西可想，没别的话题可说。聊了不一会儿，大家便开始讨论自坡夫人复活之后，国内其他地区种种魔咒生效的传闻。

“各省市的报纸似乎都有两三条报道，”卡斯尔雷子爵说道，“有一天我看《巴斯纪事报》，上边说有个叫吉本斯的人住在米尔松大街，夜里惊醒，听见似乎有贼破门而入。据说这个吉本斯有一屋子的魔法书，他念了一句从前学过的咒语，把几个贼都变成了老鼠。”

“真的？”坎宁先生问，“后来那些老鼠呢？”

“都跑掉了，钻到墙板的洞里去了。”

“哈！”拉塞尔斯先生说，“子爵先生，您听我一句，那根本不是什么魔法。那个吉本斯听见有动静，怕是盗贼，就念了句咒语。一开门，发现不是盗贼，却是老鼠。实际上，从一开始门外就是老鼠。这些传闻其实都是假的。在林肯郡，有个姓墨尔帕斯的单身牧师跟他妹妹两人专门调查所谓的魔法事件，结果发现没有一出是真的。”

“这位牧师和他的妹妹是诺瑞尔先生的崇拜者，”德罗莱特先生激动地补充道，“得知诺瑞尔先生复兴了英格兰魔法这门伟大的艺术，兄妹俩高兴极了！若有人编出谎话，声称自己也能完成诺瑞尔先生所做的一切，他们是无法容忍的！他们痛恨这种狐假虎威的行径！他们认为这是对诺瑞尔先生本人的侮辱！诺瑞尔先生很体谅他们，为他们提供了一些屡试不爽的戳穿谎言的办法。墨尔帕斯兄妹于是驾着马车，走遍全国，严打冒牌货！”

“拉塞尔斯先生，我觉得您对吉本斯太宽容了。”诺瑞尔先生摆出一副说教的神情，“我们谁也不能确定他这一派胡言背后究竟有没有恶意。至少他那一屋子书就是假的。我派齐尔德迈斯去看过了，他说里面没一本是一七六〇年之前的。一文不值，实在是一文不值啊！”

“可我们还是希望，”坡夫人对诺瑞尔先生说，“牧师兄妹俩不久就能发现一位有真本事的魔法师——这样您就有帮手了，诺瑞尔先生。”

“噢，这样的人可没有！”德罗莱特感叹道，“一个都没有！您看，诺瑞尔先生为了成就大业，终年闭门苦读。唉呀呀，这种为国奉献的精神上哪儿找去！我向您保证，诺瑞尔先生是独一份！”

“可牧师兄妹俩不能轻易放弃，”坡夫人不罢休，“此次亲身经历，让我看到了独修法技的辛苦。想想吧，要是有人能给诺瑞尔先生帮把手，该有多好！”

“好是好，只是不太可能。”拉塞尔斯先生说，“墨尔帕斯兄妹到现在还没找着一个够格的人呢。”

“可拉塞尔斯先生，听您刚才的意思，他们兄妹二人并没有去找！”坡夫人说，“他们的目标是要戳穿假魔法，并不是寻找新法师。既然驾着马车四处游走，打听谁会法术、谁有藏书，对他们来说应该不算难事。我敢肯定，再多下点功夫，他们也不会介意。为了帮助您，先生，他们乐得竭尽全力。”（随后，她转向诺瑞尔先生，）“大家都盼新法师赶快找到，我猜，您一个人研究肯定很孤独。”

看着席上五十多道菜都吃得差不多了，仆人们便上前把剩菜端走。女宾离席，男宾则留下来喝酒。然而这样一来，在座的先生们都感觉不如先前有意思了。关于魔法，他们把能说的都说完了；关于熟人，他们也没兴趣再说三道四了；就连时事政治，都显得无聊沉闷。说到底，他们就是想再看看坡夫人的芳容。于是，他们问都没问，就一口咬定沃特爵士是想太太了。沃特爵士说自己没想，可这话谁都不信。谁都知道，新婚燕尔，太太不在身边，先生就快活不起来；太太离开一小会儿，先生马上情绪低落，肠胃消化都受影响。大家都说沃特爵士一脸苦相，爵士一口否认——啊，他这是逞英雄呢！很好嘛，不过看这情形，夫妻俩是不见不行了，大家干脆一起到女宾那边坐一坐，让爵士得到解脱吧。

史蒂芬·布莱克站在屋角的餐具柜旁，目送男宾们离席。这时，只有阿尔弗雷德、杰弗里和罗伯特三位伙计留在餐厅里。

“布莱克先生，我们要过去伺候茶水吗？”阿尔弗雷德问，脸上还一副什么事儿都没有的样子呢。

史蒂芬·布莱克伸出瘦瘦的食指，示意他们三个待在原地不要动；又皱了皱眉头，让他们别说话。当确定最后一名客人也走出话音所及范围了，史蒂芬发了话：“今天晚上你们这些人都是怎么回事？阿尔弗雷德，我知道你没怎么经历过今晚这种场面，可你也不能因为这就把以前学的全忘了啊！我都想不到你能干出那么蠢的事情！”

阿尔弗雷德咕哝着道了歉。

“卡斯尔雷子爵管你要鹧鸪烩松露，我听得一清二楚！你却给人家端了一盘草莓果冻！你想什么哪？”

阿尔弗雷德的回答含含糊糊，只有“吓着”这个词听得清楚。

“你吓着了？什么把你给吓着了？”

“我记得我看见坡夫人座位后边站着个怪模怪样的人。”

“阿尔弗雷德，你这是什么意思？”

“那人高个子，满脑袋银头发闪闪发亮，穿件绿衣服。我看见他的时候，他正弯腰看坡夫人。可再一转眼，他人就不见了。”

“阿尔弗雷德，你往屋子那头看看！”

“是，先生。”

“你看见什么啦？”

“窗帘，先生。”

“还有什么？”

“大吊灯。”

“绿色的天鹅绒窗帘，还有点满了蜡烛的大吊灯。这就是你说的绿衣服、银头发，阿尔弗雷德。好啦，你现在赶紧去帮茜茜收拾茶具，以后别再干这种傻事啦！”史蒂芬·布莱克转向另一位伙计，“杰弗里，你今天的表现跟阿尔弗雷德一样差！我敢说你一直都心不在焉。你有什么要解释的吗？”

可怜的杰弗里一时没说出话来。他眨眼睛、咬嘴唇，浑身动作都表明他正努力把眼泪往回吞。“对不起，布莱克先生，可那音乐让我分了神。”

“什么音乐？”史蒂芬问，“刚才没有音乐。听，快听！现在是客厅里的弦乐重奏——他们这才刚刚开始！”

“不，不是现在，布莱克先生！我说的是老爷太太们吃饭的时候，咱们旁边的屋里一直有人吹笛子、拉提琴。噢，布莱克先生，我这辈子从没听过这么悲伤的调子，我听得心都要碎了！”

史蒂芬盯着他，十分困惑。“真不知道你是什么意思，”他说，“哪儿有什么笛子和提琴！”他转向最后一个伙计——这伙计四十岁上下，一头黑发，身体壮实，“还有你，罗伯特，我都不知该说你什么好！昨天没嘱咐过你吗？”

“嘱咐了，布莱克先生。”

“我难道没跟你说，就指着你给大伙做个好榜样吗？”

“您说了，布莱克先生。”

“可你这一晚上往窗户边上溜达了五六次！你想什么哪？温赛尔夫人到处找人给她换只干净杯子。你的任务在餐桌上，照应坡夫人的客人——不在窗户上！”

“对不起，布莱克先生。可我听见有东西敲咱们的窗户。”

“敲窗户？什么东西敲窗户？”

“是树枝敲打玻璃，先生。”

史蒂芬·布莱克不耐烦地一挥手。“罗伯特，咱们宅子周围根本没有树！这你很清楚！”

“可我感觉咱们的宅子周围长起来一片树林。”罗伯特说。

“你说什么？”史蒂芬大叫起来。

第十六章

丧　冀

一八〇八年一月

哈里大街沃特爵士府上的仆人们坚信，诡异的景象、悲哀的声响已经把他们缠住了。厨子约翰·朗里奇和伙房丫头们常听见钟声叮当，调子十分忧伤，搅得他们心慌。约翰·朗里奇对史蒂芬·布莱克说，只要这钟声一响，过去哪些熟人去世了、哪些好事落空了、哪些不幸降临了，立马想个一清二楚。听着听着，大家都变得失魂落魄，感觉生活没了意义。

年纪最小的两个伙计杰弗里和阿尔弗雷德则饱受笛子和小提琴声的折磨，这声响，杰弗里最早在坡夫人的晚宴上就听过。乐曲似乎总来自隔壁。史蒂芬带着他俩把整座宅子搜了个遍，证明没人演奏这样的乐器——然而徒劳，两个小伙计仍然感到害怕，郁郁不乐。

岁数最大的伙计罗伯特的表现，令史蒂芬最为困惑。自打相识之日起，史蒂芬就觉得罗伯特是个明白人：办事认真、可靠——简而言之，他是世上最不可能胡思乱想、吓唬自己的人了。而如今，罗伯特坚持说他能听见房子周围长起一片无形的树林。只要手里的活儿一停，他就能听见树枝像幽灵般刮擦墙壁、敲打玻璃，树根在地基下悄悄伸展、挪松墙砖。罗伯特说这片树林年岁古老，充满邪气。闯进去的话，树丛里藏着的人要防，树木本身也要防。

可是，史蒂芬反驳道，稍微有点规模的林子，离他们这儿最近的也在四里以外的汉普斯特德西斯园区。那边的树都长得规规矩矩的，不会包围人家的房子，想着把它们压垮。史蒂芬爱怎么说就怎么说，罗伯特只管摇头、发抖。

唯一让史蒂芬感到安慰的是，这些古怪的念头把仆人之间的分歧都抹平了。伦敦仆人不再关心乡下仆人说话有多慢、举止有多老套，乡下仆人不再向史蒂芬抱怨伦敦仆人如何戏弄他们、如何骗他们空忙一场。所有仆人团结一心，一致认为这栋房子闹鬼。一歇工，他们就坐在厨房里，互相讲听来的故事：哪些房子闹过鬼，哪些房子出过事，以及住在那里的人后来都遭了哪些灾。

坡夫人的晚宴后大约过了两个礼拜，一天晚上，仆人们又聚在灶火旁，继续大家都热衷的消遣。史蒂芬不一会儿就听腻了，回自己的小屋去看报纸。还没看上几分钟，就听见铃铛响。于是他放下报纸，穿上黑外套，跑去看哪里需要他。

在厨房通向管家卧室的小过道里，有一排铃铛，每只铃铛下面都拿棕色的漆整整齐齐地写着相应房间的名字：威尼斯客厅、黄客厅、餐厅、坡夫人起居室、坡夫人卧室、坡夫人衣帽间、沃特爵士书房、沃特爵士卧室、沃特爵士衣帽间、丧冀。

“丧冀？”史蒂芬心想，“丧冀是什么东西？”

当天上午，他才给挂好这副铃铛的木匠开过工钱，账都登在本上了：付给埃莫斯·贾德，在厨房过道挂九只铃铛，铃铛下面漆房间名字，共四先令。可眼前却有十只铃铛，对应“丧冀”的那只铃声大作。

史蒂芬心想：“可能是贾德跟我开玩笑呢。好吧，明天我就让他回来，把铃铛重新修好。”

他不知该怎么办，只得爬上一楼，逐个房间察看；全都空无一人。于是，他又上了二楼。

楼梯尽头有一扇门，史蒂芬从来没见这儿有过门。

“谁？”门后传来一个声音，史蒂芬不认识。这声音虽然轻，穿透力却出奇的强，仿佛没通过耳朵，而是从别的什么地方钻进了史蒂芬的脑子。

“有人在楼梯上！”这个轻悄悄的声音接着说，“是用人吗？快进来，我要人伺候！”

史蒂芬敲了敲门，走了进去。

房间里面跟房门一样诡异，要是别人让史蒂芬描述一下它的样子，史蒂芬会说它的装饰风格属于“哥特式”——这是他所能想到的唯一能够概括眼前奇景的词了。然而，根据爱克尔曼先生所著《艺术的宝库》中的插图，那种一般意义上的哥特式装潢，在这间屋里是找不到的。这里见不到中世纪的尖屋顶，见不到花样繁复的木刻，也见不到富有宗教色彩的连环图案。屋里的墙壁和地板都是由粗糙的青石板铺成，已经磨得破旧不堪，表面高低不平。屋顶也是石头砌成的拱顶。透过墙上一扇小窗，看到的是星光闪烁的夜空。窗户上一块玻璃都没安，冬夜的寒风吹透了整间屋子。

一位皮肤苍白的先生正对着一面破旧的镜子打量自己的倒影。此人生得一头极其浓密的银发，仿佛大蓟的绒毛，此时一脸不满的神色。“啊，你可来啦！”他愤愤地瞪着史蒂芬，“在你们府上，就算喊破喉咙，都没人应！”

“十分抱歉，先生！”史蒂芬说，“我是真没听说您在这儿。”他心想，这位先生肯定是沃特爵士或坡夫人请来的客人——可就算这位先生的来历解释清楚了，这间屋子又是打哪儿来的呢？先生们常被请到家中小住，可从没见谁请来个屋子的。

“先生，您看我怎么伺候您？”史蒂芬问道。

“你怎么这么傻！”白毛先生大嚷起来，“你不知道坡夫人今晚要到我府上参加舞会吗？我手下的用人跑了，不知躲到哪里去了。我现在这副样子，怎敢站在美丽的坡夫人身边？”

这位先生抱怨得有理：他的脸没刮，一头怪发乱作一团，衣服也没穿好，身上只裹着一件老式的睡袍。

“我马上就来，先生。”史蒂芬向他保证，“可我先得把刮脸的工具找到。我估计您不知道用人把剃刀拿哪儿去了吧？”

这位先生耸了耸肩膀。

这间屋里没有梳妆台——其实，屋里统共也没几件像样的东西：一面镜子、一把破旧的三脚凳，还有一把古怪的刻花椅子，看样子是用骨头做的。史蒂芬不相信那是人骨头，可看上去特别像。

三脚凳上托着个漂亮的小匣子，史蒂芬在匣子旁边发现了一把精巧的银剃刀。地上摆着一只破旧的白镴盆，里面盛满了水。

奇怪的是，这间屋里竟然没有壁炉，只有一架锈迹斑斑的铁火钵盛着滚烫的煤，煤灰喷到地上尽是脏印子。史蒂芬把那盆水放到火钵上加热，随后替这位先生刮脸。待收拾完，这位先生对镜审查，大呼满意。他脱下睡袍，只穿一条睡裤，耐心地站着，由史蒂芬拿鬃刷为他按摩。史蒂芬注意到，一般男士经过这番款待，身上会发红，就像焖熟的龙虾，而这位先生却苍白依旧，只是皮肤透出一层白光，好似月亮或是珍珠蚌散发的光芒。

史蒂芬从来没见过比这位先生身上更精美的服装：他的衬衫洗熨得极其细致，皮靴如同黑镜一般闪闪发光。最漂亮的要数他那一打细纱白领巾，每一块薄得好似蛛网，硬挺得赛过印制乐谱的纸张。

替这位先生梳洗打扮，总共花去两个钟头——史蒂芬知道，这么长时间是因为这位先生对自己的外表特别在意。在此过程中，这位先生却是越来越喜欢史蒂芬了。“瞧你多会打理头发，我手下那蠢货连你一半都不如，”他叹道，“系细纱领巾这种精细活儿——哼，他连听都听不懂！”

“其实，先生，我就爱干这种活儿。”史蒂芬说，“真希望沃特爵士听我的劝，多注意注意衣着打扮，可他们搞政治的，没兴趣往这方面走脑子。”

史蒂芬帮这位先生穿上草绿色的外套（材质极佳，样式入时）。接着，这位先生走到三脚凳旁，把凳子上的那只小匣子拿在手里。这只匣子是瓷制的，表面还嵌了银饰，大小看着比一般的鼻烟盒稍长些。史蒂芬夸它颜色好看：算不得淡青，也算不得浅灰，说是薰衣草的蓝、丁香花的紫，也都不那么确切。

“是呀，它漂亮极了！”这位先生激动地说，“可制作起来实属不易。染料里面得调进名门望族里老姑娘的眼泪——这些人一辈子守住无瑕的贞节，从未品尝过真正的幸福！”

“可怜人啊！”史蒂芬说，“幸亏这种匣子不多。”

“哦，我不是说匣子因为这眼泪才稀罕——她们的眼泪我那儿有满满好几瓶子呢——真正金贵的，是调配颜色的技术。”

这位先生此时已变得非常可亲，非常健谈。于是史蒂芬想都没想就问：“先生，您拿这么漂亮的小匣子装什么呢？鼻烟吗？”

“不是！这里面装着我一件特别珍贵的宝贝，今晚的舞会上，我要让坡夫人戴上它！”他说罢打开匣子，史蒂芬看见里面放着一只白白的小手指头。

第一眼，史蒂芬感觉有些不对劲，然而这种感觉立刻淡了下去。假如有人问起，史蒂芬会说，先生们经常拿小匣子装着手指头带在身上，这种事儿他见多了。

“先生，这匣子在您家有年头了吧？”史蒂芬礼貌地问。

“没有，时间不长。”

这位先生把盖子合上，将匣子放进了口袋里。

随后，他和史蒂芬肩并肩欣赏镜子里自己的倒影。史蒂芬不得不承

认，他俩的容貌是那样相衬：皮肤一个是微微亮的乌黑，一个是半透明的乳白——各自代表着一种阳刚之美。白毛先生此时似乎也发现了这一点。

“瞧咱们多么英俊啊！”他惊叹道，“我才发现我犯了个大错！我把您当成这里的仆人使唤了！您绝不可能是仆人！您如此英俊，如此有威严，充分说明您出身高贵，也许继承了王室血脉！我猜您跟我一样，也是来这里做客的吧？刚才我命令您做事，实在冒犯。多亏您的帮助，我才能体面地去迎接美丽的坡夫人，谢谢您啦。”

史蒂芬笑了。“别这么说，先生。我就是个仆人，沃特爵士手下的仆人。”

白毛先生惊讶地挑起了眉毛。“像您这般英俊聪慧的人怎能做奴仆！”他仿佛受了震动，“您这样的人应当去做大片土地的统治者！我倒要问问，若不是为了显示我们超凡脱俗的高贵，俊丽的外表还有什么用？现在，我总算明白了！肯定是您的敌人合伙谋害您，夺走了您的一切财产，把您推入下等人的圈子。”

“不是这样的，先生。您误会了。我一直都做仆人的。”

“那我就不明白了，”白毛先生迷惑地摇了摇头，“你们这里肯定有秘密，等我有空一定要好好调查调查。不过，咱们先说现在，为了感谢你把我的头发打理得这么好、服务这么周到，我邀请你参加我今晚的舞会！”

这个提议非同小可，史蒂芬听了，一时不知说什么才好。“他要不就是个疯子，”史蒂芬心想，“要不就是什么思想激进的政客，打算消灭阶级之间的区分。”

于是他发了话：“先生，您的好意我心知肚明，但还是要请您三思而行。您的贵客希望在舞会上看到与自己地位相当的同伴，若是发现有个用人混在里面，我敢说他们会备感羞辱。您的好意，我万分感谢，可我实在无意冒犯您的客人、坏您的好事。”

这番话似乎令白毛先生更加震动。“瞧这思想，多么高尚！”他叹道，“为了照顾他人的心情，情愿牺牲自己的快乐！唉，我得承认，我自己就从来没想到过这一点。看来，我更得交你这个朋友，尽我所能帮你的忙。你那么小心，不愿冒犯我请的客人，可你是不知道，他们都是我手下的人。只要是我或我朋友做的事，他们谁也不敢挑理。要是有谁敢说个‘不’字，哈，直接杀了完事！不过，唉……”这位先生似乎突然变得十分不耐烦，“既然你都来了，咱们还争什么呢！”

这位先生往边上一让，史蒂芬才发现，他们站在一座宏伟的大厅里，身边有一群人正合着忧伤的乐曲跳舞。

他感觉不大对劲，然而就像之前一样，他转眼之间便熟悉了环境，开始四处张望。虽然白毛先生跟他费了不少口舌，初来乍到，他还是害怕被别人认出来。不过，往四下里看了几眼，史蒂芬就放心了：这里并没有沃特爵士的朋友——这些人他连见都没见过。史蒂芬身上正穿着整洁的黑衣、白衬衫，他知道自己这模样扮个绅士是毫无问题的。幸亏沃特爵士从来没逼他穿过用人的制服、戴扑了粉的假发，要是那副打扮，一眼就能看出身份来。

在场的宾客穿着都格外入时。女士们礼服的颜色相当别致（说实话，大多数颜色史蒂芬以前都没见识过）。先生们穿及膝裤、白色长袜，上衣的颜色有棕有绿有蓝有黑，衬衣雪白发亮，手套洁净无瑕。

然而，就算是华服美衣、歌舞升平，这幢宅子仍透出败落的痕迹，曾经的辉煌已不复存在。大厅里的蜡烛明显不够数，光线昏暗；一把提琴、一支横笛，是演奏舞曲仅有的乐器。

“这肯定是杰弗里和阿尔弗雷德说的那种音乐，”史蒂芬心想，“怪了，之前我怎么从来都没听见过呢！他们说得没错，这调子确实悲凉。”

他走到一扇没安玻璃的小窄窗户前，往外一看，星光下是一片黑暗深邃、枝叶虬结的树林。“这肯定是罗伯特常说的那片林子了，看上去真是十分凶险！要按他们说的，还差口钟呢？”

“有钟啊！”站在他近旁的一位太太发了话。她裙衣的色彩有如风雨暗影，项链串起的是毁掉的誓言和留下的遗憾。史蒂芬听这位太太答了他的话，颇是吃了一惊，因为他敢肯定自己刚刚并未把心里的想法说出来。

“这里确实有口钟，”她对史蒂芬说，“挂在一座高塔的顶上。”

她冲史蒂芬微笑着，敬慕的神情明明白白写在脸上。史蒂芬出于礼貌，总得找些话说。

“今天到场的宾客着实高雅，夫人。众多俊美、优雅的人士济济一堂，这种场面我何曾见识过啊。他们个个青春洋溢，我感到很惊讶，这里竟然没有一位年龄稍大些的客人。难道这些先生小姐就不带着他们的父母、姑舅吗？”

“您这话真怪！”她笑着说，“丧冀府的主人怎么会请那些又老又丑的家伙参加舞会呢？有谁爱看他们呢？再说，我们可不像你想象的那么年轻了。我们最后一次见爹娘时，英格兰的土地上除了密林、荒野，别无他物。等等，快看，坡夫人到啦！”

史蒂芬在舞池中的宾客中发现了坡夫人的身影。她身穿蓝色的天鹅绒裙衣，正由白毛先生牵着，走向领舞的位置。

这时，那位一身风雨暗影的太太问史蒂芬愿不愿意跟她跳一曲。

“荣幸之至。”史蒂芬说。

别的小姐太太们发现他跳得好，于是他请谁当舞伴，人家都愿意。和一身风雨暗影的太太跳完，他又和一位年轻小姐跳。这位小姐没长头发，闪闪发亮的甲虫拼起一副假发，在她头顶蠕蠕爬动。接下来第三位舞伴，每当史蒂芬的手抚过她的裙衣，她就会愤愤抱怨，说手一碰，她的裙衣就唱不出声了。史蒂芬低头一看，发现她的裙衣上生着一层小小的嘴巴，它们一张一合，唱着曲调高而古怪的歌。

在场的宾客基本都按规矩，每两首曲子就更换舞伴。而史蒂芬发现，白毛先生却拉着坡夫人跳了整整一晚，几乎没跟别的客人讲话。不过，他并没有忽略史蒂芬。二人偶尔四目相对，白毛先生便冲他把头一点、微微一笑，一系列的表情意在说明：即便舞会乐趣万种，唯有史蒂芬光临，他才心满意足。

第十七章

二十五枚来历不明的几尼

一八〇八年一月

全城最好的食品杂货铺要数圣詹姆士大街的“布兰迪记”。这么说的人可不止我一个。沃特爵士的爷爷威廉·坡过去购买咖啡、巧克力和茶，绝不去别家。他声称，尝过“布兰迪精磨深度烘焙土耳其咖啡”，就觉着别家咖啡都一股粗麦粉味儿。然而，威廉·坡爵士这般照顾生意，也不见得是什么好事。虽然他不吝惜口头表扬，对店里伙计总是彬彬有礼、不端架子，别人却从来没见他付过账。死的时候，他欠下布兰迪家一大笔债。布兰迪先生是个形容枯槁、脾气火爆的小老头，听到威廉爵士的死讯，气得发了狂。没过多久，布兰迪先生也死了。很多人都认为，他死是为了追债去的。

布兰迪先生一死，生意便由老板娘接手。布兰迪先生岁数挺大了才结的婚，我不说您也猜得出，布兰迪太太的婚后生活并不算太幸福。结婚以后没多久，她就发现，布兰迪先生爱看金币、银币，胜过爱看她的脸。要我说，不爱看她的男人肯定有毛病——布兰迪太太的容貌是那样可喜、可爱。她生得一头柔软的棕色鬈发，一双淡蓝眼睛，表情甜美可人。在我看来，像布兰迪先生这种除了有钱一无是处的老头子娶了年轻漂亮的太太，肯定当宝贝宠着，千方百计讨她欢心。可人家布兰迪先生就不这样。他连房子都没给太太单买。一栋房子的钱对他来说是九牛一毛，而他这种一毛不拔的人坚持把家安在铺子楼上的小屋里。结婚十二年来，这间小屋身兼数职，是布兰迪太太的客厅、卧室、餐厅兼厨房。布兰迪先生死了不到三个礼拜，布兰迪太太就在伊斯灵顿买了栋房子，离天使酒栈不远，并雇了三个女佣：一个苏琦，一个达芙妮，还有一个德尔斐娜。

此外，布兰迪太太还雇了两名伙计在铺子里照应顾客。约翰·阿普彻奇老实沉稳、勤劳能干，而一头红发的托比·史密斯胆子小，行为常令布兰迪太太莫名其妙。他有时闷闷不乐，有时却热情活泼，突然就来了精神。布兰迪太太看账目有几处对不上的地方（做生意常有的事），再一问托比，托比就一脸苦相，坐立不安。布兰迪太太开始疑心是他私吞了差额。然而一月里有天傍晚，一件怪事令她的态度发生了改变。当时，她正在铺子楼上的小屋里坐着，有人敲门。托比·史密斯挨挨蹭蹭地走进来，似乎不敢抬头看她的眼睛。

"托比，怎么了？"

"太太，劳您驾，"托比眼睛不知往哪儿看才好，"钱数对不上。我跟约翰数了又数，太太，我俩把总数加了十几遍，就是看不出问题出在哪儿。"

布兰迪太太咂了咂嘴，叹了口气，问他多少钱对不上。

"二十五个几尼，太太。"

"二十五个几尼！"布兰迪太太惊叫起来，"二十五个几尼！咱们怎么差了这么多？哦，我想你们俩是算错了，托比。二十五几尼啊，咱们整个铺子都凑不出这么些钱！哦，托比！"说着说着，她突然反应过来，"咱们肯定是给抢了！"

"没有，太太，"托比说，"抱歉，您误会了。我刚才说二十五几尼对不上，不是说咱们差了这么多，是超了。"

布兰迪太太瞪着他。

"您这会儿下楼到铺子里，太太，"托比说，"您可以亲眼看看。”他替布兰迪太太开了门，一脸焦急、恳求的神情。于是，布兰迪太太下楼进了铺子，托比跟在她身后。

当时大约晚上九点，云遮住了月亮。铺里这会儿已经上了板子，约翰和托比把灯也都灭了。按说屋里应当像闷进茶叶罐一样黑，然而此时却充满了柔和的金光。光似乎是由柜台上一堆金色的东西发出来的。

那是一摞闪闪发光的金几尼。布兰迪太太拿起其中一枚，细细检查。金币在她手上，仿佛一只淡黄色的光球。这光很是奇怪。笼罩在光芒里的布兰迪太太、约翰和托比，容貌都走了样：布兰迪太太看上去骄矜傲慢，约翰看上去阴险狡诈，而托比则是一脸凶相。一看便知，这些都不是他们各自本来的性格。更怪的是，店里码成一面墙的那十几只桃木小抽屉，在光下都发生了变化。平时，抽屉上的金字标的是里面盛的东西，比如：豆蔻（剑叶）、芥菜（不去壳）、草果、茴香末、月桂叶、牙买加椒、生姜精、孜然、胡椒子、食醋，以及一切只要是做有钱人生意且生意红火的食品杂货铺都会预备的货。然而此时，这些字看上去却好像是：宽恕（应予）、济养（不应受）、梦魇、福寿来、欠佳运、刀灭九族、子女情、茫然、明眼人、食言。幸好他们三个谁都没发现这般奇怪的变化，不然，布兰迪太太准会忧心忡忡——她可不知该如何给这些东西定价。

“可是，”布兰迪太太说，“这钱总得有个来路。今天有人来还账吗？”

约翰摇头，托比也摇头。“再说，”托比又补了一句，“没人欠咱们这么多。当然啦，除了沃克索普公爵夫人。说实话，太太，她……”

“行了，托比，就这样吧。”布兰迪太太打断了他的话，想了想说，“有可能是某位先生想拿手帕抹脸上的雨水，一掏兜，连钱也给带到地上去了。”

“可我们不是在地板上发现的，”约翰说，“这些钱就在匣子里，跟所有钱在一起。”

“那么，”布兰迪太太说，“我就无话可说了。今天有人拿几尼结过账吗？”

约翰和托比都说没有——没人拿几尼结账，更不用说一下子掏出二十五枚几尼或者二十五个这样的人了。

“太太，您看，这么黄澄澄的几尼，”约翰叹道，“简直像一个模子扣出来的，一块磨乌了的地方都没有！”

“太太，您看我要不要去把布莱克先生找来？”托比问。

“哦，对啊！”布兰迪太太激动地说，“不过……仔细想想，不，也许咱们不该去麻烦人家布莱克先生，除非大事不好。眼前这事儿也没什么不好的，是吧，托比？或者也许这事儿确实不好。我不知道。”

一大笔钱从天而降，在我们这个年代实在少见——这到底是坏事还是好事，老板娘说不出来，托比和约翰谁也帮不上忙。

“不过，”布兰迪太太接着说，“布莱克先生那么聪明，我敢说他眨眼工夫就能明白怎么回事。托比，往哈里大街跑一趟。替我问布莱克先生好，问他有没有空，我想跟他聊一会儿。不，等会儿！别这么说，听着就好像咱们指使人家似的。你一定先跟人家道歉，说打扰人家了。然后你就说，等您什么时候有空再来，要是能来聊会儿天，我们老板娘特别感激——不，特别荣幸——不，就说特别感激。”

自从她接管了布兰迪先生的生意，沃特爵士也继承了他爷爷的债务，于是布兰迪太太也就认识了史蒂芬·布莱克。基本上每个礼拜，史蒂芬都会带着一两个几尼到店里来还账。然而奇怪的是，布兰迪太太总不乐意把钱收下。“哦，布莱克先生，”她会说，“我求您，还是快把钱拿回去！沃特爵士准比我急着用钱。上礼拜我们的生意好极了！铺子里这会儿刚好有些卡拉加巧克力，买过的人都说全伦敦也找不着这么好的东西——风味、口感远远超过别的巧克力！城里到处都有人从我们这儿订。布莱克先生，您不来一杯？”

随后，布兰迪太太就拿一把漂亮的青花瓷壶泡好巧克力，给史蒂芬倒上一杯，并非常关切地问他感觉如何；看样子，就算城里到处都有人从他们这儿订，布兰迪太太也得等史蒂芬表了态，才相信这巧克力是真好。布兰迪太太对史蒂芬的好绝不止一杯巧克力，她还十分关心他的身体。外边冷，她就得问问他觉得屋里够不够暖；天下雨，她就担心他会不会着凉；若是天气炎热、干燥，她就非让他坐到窗户边上，看看窗外碧绿的小花园，舒爽舒爽。

每到史蒂芬准备告辞的时候，布兰迪太太就把钱的事重新提起：“不过下个礼拜，布莱克先生，我可就说不准了。没准儿下个礼拜真得要一个几尼才能救急——客人不是回回都清账的。那我可就做主啦，您下礼拜三再来，礼拜三下午三点钟。那会儿我最清闲，既然您好心说爱喝，我肯定泡好一壶巧克力准备着。”

男性朋友们读到这里，一定会笑笑说女人根本不懂做生意。而女性朋友们则和我想的一样：布兰迪太太可会做生意了，她这辈子唯一的生意就是拿自己的情换来史蒂芬·布莱克对她同等的爱。

托比跑了一趟，捎回来的不是口信，而是史蒂芬·布莱克本人。布兰迪太太关于金币的忧虑一扫而空，心头取而代之一阵焦灼，感觉却十分受用。“哦，布莱克先生，您这么快就来啦！我真没想到您这会儿有空！”

史蒂芬站在金币光芒之外的黑影里。“这会儿我在哪儿都无所谓，”他话音含糊，一反常态，“府上乱作一团。我们坡夫人身体不舒服。”

布兰迪太太、约翰和托比听了这话，大吃一惊。跟全伦敦人一样，只要事情与坡夫人有关，他们就特别感兴趣。只要能跟王公贵族沾上点边儿，他们便十分骄傲，而坡夫人的惠顾则给他们带来最大的荣耀。坡夫人早餐面包抹的是他家的果酱，杯里盛的是他家豆子磨的咖啡，一说起这些，他们就无比自豪。

突然，布兰迪太太觉得不妙。“夫人她别是吃了什么不合适的吧？”她问。

“没有。”史蒂芬叹了口气，“根本不是吃的问题。她说她胳膊疼、腿疼，夜里做怪梦，浑身发冷。但大部分时间里，她少言寡语，没精打采，身上摸着都冰手。”

史蒂芬走进奇异的光芒里。

之前托比、约翰和布兰迪太太身上发生的奇异变化，和光芒里的史蒂芬一比，简直平淡无奇：他本来的英俊增添了五倍、七倍、十倍；脸上的神情多了些超凡脱俗的贵气；最神奇的是，那光芒不知怎的，集中在他眉宇，聚成一只环，仿佛为他戴了一顶王冠。然而如同先前一般，谁也没发觉眼前的景象有任何不寻常。

史蒂芬黑瘦的手指拨弄着金币。“在哪儿发现的，约翰？”

“就在这钱匣子里，和其余的钱混在一起。布莱克先生，这些钱能是哪儿来的呢？”

“我跟你一样，也捉摸不出。所以我无可奉告。”史蒂芬又对布兰迪太太说，“布兰迪太太，我想当务之急是要避避嫌疑，免得有人怀疑您这笔钱来路不正。我想您应当找个律师，把钱交给他，让他在《泰晤士报》和《晨报》上都登个启事，看看有没有人曾在布兰迪记的铺子里丢过二十五几尼。”

“请个律师，布莱克先生，”布兰迪太太恐慌起来，“哦，这可得花不少钱呢！”

“律师要价就是高啊，布兰迪太太。”

正说话的当儿，圣詹姆士大街上一位先生刚好路过布兰迪太太的铺子，发现窗板缝里透出金光，知道铺里还有人。这位先生正好要买茶叶和糖，于是敲响了铺门。

“有客人，托比！”布兰迪太太叫起来。

托比赶去开门，约翰把钱都收了回去。盖上钱匣子那一瞬间，屋子顿时一片漆黑，大家这才意识到，刚才能看得见，全靠这些古怪金币散发出的光。约翰于是赶紧跑去重新点灯，好让铺子里的气氛明快些。托比则把客人要的东西都称了出来。

史蒂芬·布莱克往椅子上一坐，把手捂住了额头。他面色死灰，看上去精疲力竭。

布兰迪太太坐到他身旁，轻轻碰了碰他的手。“我亲爱的布莱克先生，您是不舒服吧？”

“我就是浑身疼，感觉仿佛跳了一夜舞。”他又叹了口气，用手托住脑袋。

布兰迪太太抽回了手。“我没听说昨天晚上还有舞会。”她说，话里夹着一丝妒意，“您玩得还愉快？您都跟谁跳了？”

“没有，没有，昨天没有舞会。我身上的疼都是跳舞以后的疼，跳舞的快乐却一点儿都没尝到。”他突然抬起头来，问道，“您听见了吗？”

“听见什么，布莱克先生？”

“钟，丧钟。”

布兰迪太太听了一会儿。“没有，我什么都没听见。亲爱的布莱克先生，我想您能留下来吃晚饭吧？那我们太荣幸了。不过恐怕没什么好菜，一点点，上不得台面。只有些汽锅牡蛎、鸽肉馅饼，还有回锅炖煎羊肉。您是老朋友了，肯定不嫌弃。再让托比去买些……”

“您肯定没听见？”

“没有。”

“我不能久留。”看他的神情，仿佛还想再说几句，嘴巴都张开了，然而钟声断了思绪，他于是无话。“祝您晚安！”他站起来，飞快地欠欠身，走出了铺子。

上了圣詹姆士大街，钟声仍未断绝。史蒂芬走在路上，却仿佛置身五里雾中。刚到皮卡迪利，一个戴围裙的杂工端着满满一筐鱼突然从小巷子里拐出来，为了躲他，史蒂芬撞上了一位身材胖大的先生。这位先生身穿蓝外套，头戴贝德福德帽，正站在阿伯马尔大街的拐角。

这位胖先生回身看见了史蒂芬。他立刻警觉起来：一张黑脸离自己的脸这么近，一双黑手离自己的口袋和财物不远。史蒂芬高档的衣着、高贵的气质，他却视若不见，一口断定自己是要遭到袭击、被人抢劫了。于是，他举起手里的伞，准备出击，保护自己。

此时，史蒂芬有生以来最担心的事情发生了——人家肯定会叫巡警，而自己肯定会被揪上治安法庭，到时候，就算沃特爵士出钱、托人，自己也很难被救出去。一个黑人，不偷摸、不扯谎——英格兰的陪审员们能想象得出吗？他们能相信一个黑人竟会是个体面人吗？没多大希望。然而，走到这一步，史蒂芬发现自己的态度反倒十分淡然，仿佛在欣赏玻璃幕后的一场戏，隔水观看池塘底的一幕剧。

胖先生又气又怕，双目圆睁。他张大嘴巴，正欲开骂，谁知刹那间，他整个人开始变化。他的躯干变成了树干，周身向四处长出胳膊来，胳膊化作根根枝杈；他的脸成了树的主干，个头向上猛蹿二十尺。之前帽子、雨伞的位置，已是两团青藤。

“皮卡迪利还有橡树，”史蒂芬想了想，并不十分在意，“这倒少见。”

皮卡迪利这个地方也在变。一辆马车驶过，一看便知主人地位不凡：不仅有车夫驾车，还有两名男仆骑马殿后；车厢门上绘有家族纹章，拉车的是四匹个头相当的白马。史蒂芬看着看着，只见那四匹马越来越高、越来越瘦，长到几乎看不见了的时候，突然变成几棵弱不禁风的白桦树。车厢变成一丛冬青，车夫和男仆则分别化作一只猫头鹰和两只夜莺，霎时便飞走了。一位小姐和一位先生正在一起散步，周身突然冒出枝芽，二人合成一丛接骨木，跟着他们的狗也变成乌糟糟的一团蕨草。街边高高挂着的煤气灯似被收上了天，化作繁星点点，照耀着错综复杂的冬夜森林。皮卡迪利大街已缩成一条小道，穿入暗林之间，模糊难辨。

然而，如同梦里的奇遇，怪事总是有根有据，碰上就觉得合情合理。史蒂芬并不为眼前的景象所动。他仿佛早就知道，是有一座魔幻森林紧挨着皮卡迪利。

他走上了林间的小道。

树林黑暗、静寂。他从未见过头顶上这般明亮的星星，树木只不过是其间的团团暗影。

整日里裹住他心头的那灰扑扑、黏答答的苦痛与混沌，此刻已无影无踪。他专心琢磨起昨夜的怪梦。梦中，他遇见一位身穿绿衣、满头白毛的怪客，这位怪客把他带进一栋房子，他便跟一群极其古怪的人跳了整整一夜的舞。

在树林里，悲凉的钟声听上去比在伦敦的时候更加清晰。史蒂芬走在小道上，一路跟着钟鸣。不一会儿，他便来到一幢极宏伟的石头房子前面，这幢房子上嵌着一千扇窗户，有些窗口透出微弱的光芒。房子外围立着一座高墙。史蒂芬穿墙而入（他自己也说不清是如何进来的，他根本没看见大门在哪里），眼前是一座宽阔、荒寂的庭院，四处散落着骷髅、断骨、锈迹斑斑的兵器，看样子得有几百年没动过地方。这栋房子高大、宏伟，却只靠一扇寒酸的小门作为入口。史蒂芬弯腰低头，方才钻了过去。一进门，便看见一大群人，个个华服美衣。

两位先生正站在门口。他们上穿高档的深色外套，下着洁白无瑕的长袜，手套、舞鞋一样不少。此时二人正在交谈，而史蒂芬一进门，其中一位便回身，冲他微笑起来。

“啊，史蒂芬·布莱克，”他说道，“大家一直在等你哪！”

话音一落，提琴和笛子的声音重又响起来了。

第十八章

沃特爵士向各路人士征求意见

一八〇八年二月

坡夫人坐在窗边，面色苍白，郁郁不乐。她的话特别少，真说起什么的时候，也是前言不搭后语，听不出大概意思。丈夫和朋友关切地问她究竟出了什么事。她说她恨透了舞会，再也不想跳舞了；音乐则是全天下最令人厌烦的东西——她奇怪自己从前怎么就没觉得。

坡夫人一反常态，突然变得沉默寡言，对任何事情都提不起兴致，沃特爵士十分担忧。这跟婚前折磨她、害她早夭的症状太相似了。原先她不就很苍白吗？目前她气色又不好了。原先她不就浑身发冷吗？如今这毛病又复发了。

坡夫人过去生病的时候，从未求医问药，对此，各路大夫都怀恨在心，认为这是对他们职业的侮辱。“哦，”只要一听别人提起坡夫人，他们便感叹，“令她复生的魔法自然十分高妙，可要是及时、合理地用药，根本就用不着费那个事。”

拉塞尔斯先生认为一切都怨温特唐夫人，这么说不无道理。温特唐夫人讨厌医生，决不许他们近她女儿的身。沃特爵士可没有这般偏见，于是立刻将贝利先生请到家中。

贝利先生是苏格兰人，多年来，他的医术在伦敦堪称首屈一指。他著作颇丰，书名令人肃然起敬；他还荣任御用特聘医师。看贝利先生的相貌，就知道他是个明白人。他平时总拿一根金顶手杖，表明自己地位不凡。沃特爵士一传唤，他立刻就到，急于证明医药的力量比魔法要高。检查完毕，他出了屋。夫人非常健康，他说，连感冒的症状都不曾有。

沃特爵士又解释了一遍，说他夫人几天前还不是这个样子。

贝利先生若有所思地望着沃特爵士，说自己也许了解症结所在。沃特爵士和夫人结婚没多久吧？请爵士多多包涵，医生嘛，有时候不得不说些别人不敢说的话。沃特爵士还不习惯婚后生活。再过一段时间，爵士就会发现，夫妻俩吵嘴是常有的事。没什么不好意思的，再相亲相爱，也免不了分歧。一旦有了分歧，其中一位佯装身体不适，也是常有的事——装病的还不一定就是太太。坡夫人是不是看中什么东西了？若是小物件，像新衣服、新帽子之类的，既然她这么喜欢，干吗不买给她？若要花大钱，比如买栋房子或是去趟苏格兰，那最好还是跟她谈一谈。贝利先生知道坡夫人不是不讲道理的人。

一阵沉默。沃特爵士的目光溜过长鼻子，盯住贝利先生。“我们没吵架。”他终于吐了口。

啊，贝利先生换上和善的口气，在沃特爵士眼里，很可能一切太平。先生们通常是察觉不到征兆的。贝利先生建议沃特爵士仔细想一想，可曾说过什么话惹恼了夫人。贝利先生决不是怪罪他——结了婚的人，打算厮守一辈子，总得做些小小的牺牲。

“坡夫人可不像被惯坏了的孩子似的，她不是那种人！”

当然，当然，贝利先生说。可坡夫人年纪还轻，年轻人做傻事，总还是可以理解的。若是深谙世事，也算不得年轻人了。沃特爵士可别指望太多。贝利先生越说越起劲，手上不乏现成的例子——（历史和文学作品中）这样或那样的人物，别看后来沉稳、聪慧，年轻时都干过傻事。然而，他一眼瞥见沃特爵士的脸色，决定还是不说为妙。

沃特爵士此时的心态和贝利先生差不多。他也有话要说，有些话真是不吐不快，然而他感觉自己底气不足。一个大男人，活到四十二岁才头一次结婚，他心里清楚：谈及如何管家，几乎任何熟人都比自己更有发言权。于是沃特爵士只是冲贝利先生皱了皱眉，不再说什么。一看表快十一点钟了，他吩咐人备下马车，叫来秘书，动身前往柏林顿府——各部大臣约在那里会面。

到了柏林顿府，他穿过筑有石柱的庭院、包金的门厅，沿着宏伟的大理石楼梯拾级而上。楼梯上方的天花板绘有壁画，数不清的各路神仙、美女英豪竟也挤下了，有的才从蔚蓝的空中显形，有的斜倚着羽绒般的白云。沿路遇上府内整班仆人，扑了脂粉，制服笔挺，纷纷向他鞠躬。终于走到目的地，只见各部的大臣正在屋里看文件、打嘴仗。

“沃特爵士，您怎么不去找诺瑞尔先生呢？”坎宁先生一听说事情经过，便发了问，“我真奇怪您怎么还没请他。我敢说，坡夫人不舒服，没别的原因，肯定是当初让她活过来的魔法出了点儿异常。诺瑞尔先生只消把咒语稍做调整，坡夫人就好了。”

“说得没错。”卡斯尔雷子爵赞同道，“在我看来，坡夫人的病，凭大夫是治不了的。沃特爵士，你我在人间走一遭，全凭上帝恩典。而夫人她靠的却是诺瑞尔先生的救济。夫人的命自是与咱们不一般，当然这是从宗教信仰角度讲的，不过我敢说，即便从医学角度来看，也是这个道理。”

“内人一不舒服，”珀西瓦尔先生插话进来（他是一位个子矮小、态度严谨的律师，相貌平平，风度一般，却手握财政大臣之大权），“我第一个便去问她的贴身女佣。毕竟，太太们的身体状况，谁能比她们更清楚？坡夫人的身边人怎么说？”

沃特爵士摇头道：“潘比斯福和我没有两样，也是费解。她也说坡夫人两天前还好着呢，这会儿却浑身发冷、面色苍白，整个人无精打采、郁郁寡欢。从潘比斯福那里，我就打听到这么多。当然，她还扯了一堆胡话，说我们房子闹鬼。真不知这帮用人这一阵儿都出了什么毛病。他们一个个都颠三倒四、神经兮兮的。有个伙计今天早上找我，说什么夜里在楼梯上遇见个人，穿件绿衣服，生着浓密的银白头发。”

“什么？是鬼吗？魂灵现身了？”霍克斯伯里男爵问。

“是的，我想他就是这个意思。”

“这可不得了！那东西说话了吗？”坎宁先生问。

“没有。据我们杰弗里说，那人一脸鄙夷，冷冷地扫了他一眼，就走开了。”

“噢，您这位用人是在做梦呢，沃特爵士。他肯定是在做梦。”珀西瓦尔先生说。

“要不就是喝多了。”坎宁先生猜测。

“是的，我也这么以为。所以我自然要去问史蒂芬·布莱克。”沃特爵士说，“结果史蒂芬跟其他人一样木。我简直问不出个所以然来。”

“那么，”坎宁先生说，“我猜，您现在也不能否认这里面是有魔法在起作用了？解释旁人参不透的东西，不正是诺瑞尔先生的本领吗？快去请诺瑞尔先生来吧，沃特爵士！”

这实在是个好办法，沃特爵士奇怪自己之前怎么就没想到。他一向十分自信，这么简单的推理，自己不是想不出来。他发现，真正的原因在于自己对魔法没什么好感。他从来没觉得这东西好过——最初以为它是骗人的，他不喜欢；如今看来是真实的，他还是不喜欢。可他没法跟别的大臣解释——之前明明是自己劝人家雇用魔法师的，两百年来都不曾有过先例！

下午三点半钟，他返回哈里大街的家中。此刻正值冬日里最诡异的光景。在暮色的笼罩下，房屋、行人影影绰绰，仿佛一团团黑暗的虚无。头顶上的天空依然是一片炫目的银蓝，盛满清冷的光辉。冬日的斜阳为街道的尽头抹上一缕颜色，像玫瑰，也像血迹——这般景致，看来悦目，想来心寒。沃特爵士透过车窗向外凝视，庆幸自己一向不算想象力特别丰富的人。向魔法师征求意见本来就令人不愉快，偏又赶上这般古怪的天光，只见伦敦的街道在暗影与血色中渐渐消失——换了谁都要心神不宁了。

到了哈里大街9号，杰弗里打开大门，沃特爵士飞快地上了楼。到了二楼，他经过威尼斯客厅，坡夫人上午是坐在这里的。他这会儿仿佛有预感似的，往屋里望了望。猛一看，不像有人在。炉里的火很小，为室内也营造出一派黄昏的景致。灯和蜡烛都还没点上。他再一看，发现了她。

她坐在窗边的椅子上，腰挺得笔直，背冲着他。她周身的一切——无论是椅子、坐姿，即连袍子和披肩上的褶皱——都跟上午他离开时看到的一模一样。

他一回书房，便坐下给诺瑞尔先生写了一封急件。

诺瑞尔先生并不是随叫随到。等了一两个钟头，他方才进门，脸上早安排好一副镇定的神色，表情十分僵硬。沃特爵士在厅里迎接了他，向他叙述了事情经过。随后，爵士请诺瑞尔先生一同上楼，到威尼斯客厅去看看。

“哦，”诺瑞尔先生赶紧说，“沃特爵士，有您刚才的话，我想咱们就没必要再去打扰坡夫人了，因为，您看，她这情况，恐怕我也是无能为力。下此结论，我自是十分痛心，然而，敬爱的沃特爵士——您知道的，只要力所能及，我一向是会辅佐您的——我确信，无论是什么害得坡夫人这般忧郁，单靠魔法的力量是治不好的。”

沃特爵士叹了口气，手伸进头发里抓了抓，一脸的不高兴。“贝利先生查不出什么毛病，所以我想……”

“哦，我为何如此确信自己帮不上忙，这才是真正的原因！魔法和医学并不像您想象中那般大相径庭。二者的研究领域常有重合之处。针对某一种疾病，也许既有医学的治疗方法，也有魔法的解决方案。假如说坡夫人真是染了什么病，或者——恕我直言，假如她又将不久于人世，那么自然有相应的法术将她医好，令她重生。然而，沃特爵士，很抱歉，您刚刚描述的症状似乎是精神层面的异常，而非体质上的疾病。这类异常不受魔法之控，也非医学所辖。我本人对此毫无发言权，但也许请个神职人员会有所帮助？”

“可是，卡斯尔雷子爵认为——我不知道他这么说对不对——卡斯尔雷子爵认为，既然坡夫人是魔法救活的——我承认，我当时听得不甚明白，不过我想他的意思是说，既然坡夫人的生命基本上是依靠法术的，那么也只有法术最有可能医好她。”

“是吗？卡斯尔雷子爵这么说的？哦，那他可就大错特错了。不过，我实在很好奇，子爵他怎么竟会想到那里去。这种想法最初被称作‘麦洛德邪说’[1]。十二世纪的时候，睿佛寺的一位住持为驳倒这一言论，倾注了毕生精力，死后被封为圣人。虽说我一向不爱研究魔法理论体系，我却敢说，威廉·庞特勒所著《三种可臻完美的存在形式》[2]第六十九章里提到的……”

看来，诺瑞尔先生又要就英格兰魔法史展开冗长的宣讲了。他言必

1　这套理论最初是由康沃尔郡一位名叫麦洛德的魔法师在十二世纪提出的，后来也曾出现过多种不同的版本。其中最为极端的论调是说，只要靠魔法治过病、被魔法救过命或借助魔法复生的人，便不再受上帝及其教廷的管制，而要对曾经帮助过他们的魔法师或仙子尽各种各样的义务。

麦洛德这个人后来被抓了起来，押送到南英格兰王史蒂芬位于温切斯特的朝廷上，在座的还有几位主教。朝廷对麦洛德施以黥刑、棒打，剥掉他的衣服，直至半裸，随后便将他流放。主教下令，不准任何人施济于他。麦洛德本打算从温切斯特走到纽卡斯尔，走到乌衣王城堡所在的地方，结果死在了半路上。

英格兰北部有一种信仰，说是某些杀人犯不属于上帝，也不属于恶魔，他们属于乌衣王。这又是“麦洛德邪说”的另一种版本了。

2　威廉·庞特勒：《三种可臻完美的存在形式》，伦敦：亨利·林托出版社，1735。这三种可臻完美的存在分别是天使、人类和仙子。

据书史，提及的书名，旁人闻所未闻。沃特爵士打断了他："是是是！那您知不知道有个穿绿衣服、长着银头发的人是谁？"

"噢！"诺瑞尔先生说，"您觉得有这么个人，是吗？在我看来，这绝不可能。会不会是哪个用人粗心大意，忘记把挂钩上的睡袍取下来？谁也想不到那儿会有件衣服？您看我头上这顶假发，我不止一次被它吓得够呛。我家的卢卡斯每天晚上都应该把它收起来的——他也知道他应该——可是有好几次，他都忘记把它从壁炉架上的假发撑子上摘走。炉台上方的镜子映出这顶假发的倒影，看着特别像两个人将脑袋凑在一起，窃窃私语，道我的短长。"

诺瑞尔先生一双小眼睛，冲沃特爵士飞快地眨巴了几下。既然已经表示过自己无能为力，他向沃特爵士道了晚安，起身告辞。

诺瑞尔先生直接回了家。一进汉诺威广场的宅子，他直奔三楼的小书房。这间屋十分安静，背街，窗外便是花园。诺瑞尔先生在这里工作的时候，用人们是不会进来的，就算是齐尔德迈斯，也得是为了一些特别紧急的事才来打扰。诺瑞尔先生打算进书房的时候，很少提前打招呼。于是，他府上有条规矩，用人要随时为他把这间书房预备好。这会儿，炉里的火烧得正旺，屋里的灯也都点着，只是有人忘记拉上窗帘，窗玻璃仿佛一扇黑镜，映出了整间屋里的情形。

诺瑞尔先生坐到窗前的书桌旁，从桌上多部大书中翻开一本，低声念起了咒语。

壁炉里掉下一块煤，一团影子在屋中游移，惹得诺瑞尔先生抬头望去，只见自己警惕的模样映在黑色的窗户上，身后站着个人——他面孔苍白，散发着银光，茂密的头发闪闪发亮。

诺瑞尔先生并不转身，而是向窗户里的人影发了话，口吻尖刻，饱含怒气："你当时说要拿走这位年轻小姐一半的生命，我以为你会容她在亲友之间度过七十五年一半的时间。我以为一到年限，在旁人眼中，她就好像是自然死亡了！”

“我可没这么说。”

“你骗了我！你根本没帮上忙！你玩的鬼把戏，几乎拆了我的台！”诺瑞尔先生大叫起来。

窗户里的人影哼了一声，表示不满。“我还以为这次见面，你能比上一次讲点儿道理呢。谁知你却如此傲慢，无缘无故就冲我发脾气！反正我是守住了合约的，你求我做的，我都做了；不该我拿的，我一样也没拿！要是你真在乎坡夫人是否幸福，你应当高兴才是——她现在和一些真正爱戴她、尊敬她的朋友在一起！”

“哦，至于她幸福不幸福，”诺瑞尔先生一脸鄙夷的神色，“我才不关心呢。比起复兴英格兰魔法之大业，一个年轻姑娘的命算得了什么呢？你错了，我关心的是她丈夫，我所做的一切都是为了他！都是你搞的鬼，他现在十分消沉。万一他一蹶不振，万一他辞掉政府里的差事，我就再也找不到这么肯帮忙的朋友了！[3]我肯定再也找不到欠我这么大人情的大臣了！”

“不就是她丈夫吗？好吧，我来把他扶上高官要职！我让他变得伟大——他单凭自己永远也做不到的伟大。让他当首相，或者还是当大英国皇帝比较好？这回你满意了吗？”

“不行，不行！”诺瑞尔先生大叫起来，“你还是没理解！我就想哄他高兴，让他在其他大臣面前替我美言几句，劝他们相信我的法术能为国家带来极大的好处。”

“我真是不明白，”窗户里的人影傲慢地说，“你找人帮忙，为何选他而不选我！他懂什么魔法？他什么都不懂！而我，我能教你托起山峰，将敌人压成肉酱！我能让云彩为你的到来而歌唱。我能让春天迎你

3　听这口气，诺瑞尔先生肯定还不知道那些大臣对他的印象是多么的好，请他助战是多么的急。

来，让冬天送你去。我能……”

“哦，是啊！然后作为回报，你无非是想掌控英格兰魔法，恣意妄为！你好把英格兰人一个个从家中骗走，把英格兰变成你们这族败类的乐土！请你帮忙，代价太高，我可付不起！”

听了这番指责，窗户上的人影并未直接回应。只见小桌上立着的一根烛扦突然一跃而起，从屋子这头飞到那头，砸掉了对面墙上的一面镜子，撞碎了一尊托马斯·兰切斯特的陶瓷胸像。

随后是一片静寂。

诺瑞尔先生吓坏了，坐着浑身发抖。他低头看着桌上翻开的书，若真是在阅读，这种读法也只有魔法师才会——他的目光落在书页上，却并不移动。几分钟后，他抬起头来再看，窗户上的人影已经不见了。

大家为坡夫人提的建议，最终全无用处。这桩婚姻，在最初那短短的几个礼拜里，曾为夫妻二人带来多么大的希望。而今，因为她，生活陷入了冷漠与沉寂；因为他，生活充满了痛苦与焦虑。她哪里都不愿意去，更无法做上流社交圈子的领导。没有人来探望她，这个圈子很快便忘掉了她。

哈里大街沃特爵士府上的仆人越来越不愿意进她所在的屋子，但谁也说不清缘由。其实，他们不愿意进屋，是因为在她周围，总有极其悠远的钟声回荡；在她身后，似有阵阵寒风从远方吹来，谁要是靠近她，都会冷得发抖。于是，她一坐就是好几个钟头，身上裹着披肩，不挪动也不说话。噩梦与暗影在她周身渐渐积聚起来了。

第十九章

“黎明男儿”*

一八〇八年二月

奇怪的是，竟然没人注意到史蒂芬·布莱克的症状和坡夫人一模一样。他也说自己劳累不堪、浑身发冷。两人都很少开口，然而只要讲话，便都是一副低沉、疲惫的神情。

其实也没什么好奇怪的，一位是官太太，一个是男管家，截然不同的生活方式挡住了别人的眼睛，哪儿还能看出相似的症状？男管家有活儿要干，必须干完，史蒂芬不能像坡夫人那样，往窗户边上一坐就是几个钟头，一句话也不讲。同样的症状，放在坡夫人身上，那是“贵体欠安”；换了史蒂芬，至多也就是“精神低落”而已。

爵士府上的厨子约翰·朗里奇三十多年来一直有精神忧郁的毛病，他立刻把史蒂芬收作“郁”气相投的同志。可怜这约翰，他倒也乐得找到个难兄难弟。晚上，每当史蒂芬双手抱着脑袋，坐在厨案边，约翰·朗里奇便也过来，坐到他对面，递个安慰话。

“我理解您，先生，特别理解。布莱克先生，精神低落是人生最大的折磨。有时候，在我看来，整个伦敦就像放凉了的豆粥，一样的灰

---

* “黎明男儿”活跃于十八世纪后期的爱尔兰，是假宗教革命之名搞动乱的一个团体，得名于其成员袭击天主教家庭的时间（破晓时分）。该团体也被称作“新教男儿”或“破坏者”（他们专门砸坏天主教徒的织布机），更衍生出一个叫作“奥兰治男儿”的支派。他们的打击对象不仅限于天主教徒，还包括不顺从新教教义的长老派和教友派。这里仅作为同乐会团体的别名。

扑扑、稠糊糊。人们一个个长着凉豆粥脸、凉豆粥手，走在凉豆粥一般的大街上。唉，我当时那个难受劲儿啊！天上的日头都是凉的、灰的、稠糊糊的，给不了我一丝暖气儿。先生，您也时常觉着周身冷冰冰的吗？”约翰伸手摸了摸史蒂芬的手。“啊，布莱克先生，”他说，“您这手凉得跟坟上的碑一样啊。”

史蒂芬觉得自己仿佛梦游一般，不像活着，到哪儿都像做梦。哈里大街的宅子是梦里的所在，宅子里的仆人们也是梦里的角色。他梦见自己手上的活计，梦见自己的朋友，梦见布兰迪太太；有些时候，他会梦见一些怪事——虽然在心底某个偏僻的小角落，他隐隐约约知道自己并不该觉得奇怪。有时候，在哈里大街宅间的走廊或是楼梯上，他一转身，就会发现新的、从来没在宅子里见过的走廊与楼梯，通向远方。这情景，就仿佛整栋宅子突然搬进了一所更大、更古老的建筑里面。走廊上方出现了石头砌成的穹顶，积满了灰尘，处处是暗影。脚下的台阶和地板变得残破不堪、坑洼不平，不再像人造的建筑，更像是野外的顽石。最为奇异的是，史蒂芬竟然对这些亦真亦幻的厅堂相当熟悉。他自己也说不清来由，有时候突然就想起来：“是的，拐过那个弯就是东方兵器室。”要不就是：“那边的楼梯上去就是开膛手之塔。”

每当他看到这些走廊，或者说，有时候他没真正看到却也感觉到它们的存在，他的精神就会稍好一点，有一点回到过去的意味。身上仿佛被冰封住的那块地方（是心还是魂？）融了几毫厘，思维、兴趣和情感重又在血脉里跳动。然而除此以外，再没有什么能提起他的兴致，再没有什么能抚慰他的空虚。四处皆是暗影、虚无，两耳嗡鸣，眼前一片灰扑扑。

有时，他心绪不宁，只好独自一人冒着寒、摸着黑，绕着梅费尔和皮卡迪利走上好久。二月底的一天晚上，他发觉自己溜达到了牛津大街的沃顿记咖啡馆门口。这地方他熟得很，顶层是“黎明男儿”的专座。

"黎明男儿"是伦敦大户人家里高级男仆组织起来的同乐会，会员里比较显焕的人物有卡斯尔雷子爵的男仆、波特兰公爵的车夫，史蒂芬也算是其中之一。每月第三个礼拜二，"黎明男儿"都要聚上一次，找找乐子，跟伦敦任何社交圈子一样——吃点儿，喝点儿，赌上几把，谈谈国事，道道府上太太小姐们的短长。即便没赶上正日子，哪位"黎明男儿"若刚好没事，也爱溜达到沃顿记咖啡馆的二楼，跟在座同僚一道休闲休闲。史蒂芬走进咖啡馆，沿梯上了楼。

顶层的陈设跟城里类似场所大同小异。屋里烟雾弥漫，不过只要是男士们的休闲场所，便都是这般光景。地板、墙围都由深色的木板铺成，同样的木板又将整层楼划分成一座座小隔间，客人们于是能够独享一方木头小天地。脚底下不铺地毯，地板却是十分光洁，扫地的锯末每天都换。桌上铺着白布，油灯干净透亮，灯芯也修得齐整。史蒂芬找了个单间坐下，点了一杯葡萄牙甜酒。酒端来，他就愁眉苦脸地盯着杯子看。

平时，只要是同乐会的会员经过史蒂芬的单间，都站住脚跟他聊几句，史蒂芬也抬抬手，冲他们心不在焉地打个招呼。这会儿，他连话都懒得答。这些人从门口过了得有两三次，史蒂芬忽听得有人低语，内容却格外分明："你不理他们就对了！说到底，无非就是些下人粗人。有我扶助你，将你送上尊贵与荣誉的顶峰，等你有了应得的地位，想起当年断了跟这班人的交情，你就踏实了。"声音不高，却盖过了四周同乐会其他客人的欢声笑语，史蒂芬听了个真真切切。他有种奇怪的感觉，仿佛这低语声足以穿透顽石、钢铁；仿佛就算从地底深处传来，余音仍在耳畔；仿佛话音一响，是金刚钻也会碎裂，是人便发了狂。

这动静太不寻常，令史蒂芬暂时甩掉了百无聊赖的情绪。在强烈的好奇心驱使下，他四处张望，想看看是谁在说话，然而屋里坐的无非是些熟人。他于是把头探过隔板，往旁边的单间望去，只见有个人坐在里面，相貌甚是不凡。此人一副悠然自得的模样，双臂枕住单间的隔板，脚蹬长靴，往桌上一搭。他的长相不乏奇特之处，最惹眼的要算一头茂密的银发，轻柔闪亮，犹如大蓟的绒毛。他冲史蒂芬眨眨眼，随后起身坐到史蒂芬的单间里来。

“我得让你知道，”他一副器宇轩昂的神情，“这座城市如今的光景，还不及过去的百分之一！回来以后，我真是大失所望。想当年，伦敦一地高塔林立，座座尖顶彩旗飘扬，光华炫目！外墙四面皆有雕饰，细巧如手指骨，精妙如涓涓流。一些人家的房上装饰着石龙、石狮、石狮鹫，分别代表其家族的智慧、刚烈与勇猛；这些人家的后院也许真就饲养着活生生的火龙、雄师和狮鹫，锁在坚固的笼子里。猛兽的怒吼，街上也能听个分明，令胆小的过客心惊。每座教堂都供着一位先贤，应百姓之求呼风唤雨，时时不停。先贤之躯被安置在象牙匣内，秘藏于珠宝棺中，棺木随后放入一座金银打制的神龛内；在上千支蜡烛的照耀下，神龛通体放光，日夜不灭，景象十分壮观。盛大的游行日日不断，为各路神仙举行庆典，伦敦一地，名扬四方！想当年，伦敦的百姓动不动就来求我帮他们出主意兴建教堂、设计花园、装修宅院。若他们的态度还算恭敬，我一般都会答应，为他们指点指点。唉，真是！当初亏得有了我，伦敦才那么美丽、高贵、举世无双。可现如今……”

说着，他打了个颇有表现力的手势，看样子像是把伦敦放在手心里，当个纸团似的揉揉就给扔了。“你这么盯着我看，真是蠢相！今天就为了过来看看你，我可是历尽千辛万苦，你这儿却闷声不响、郁郁不乐，嘴巴张得倒挺大。我猜你看见我是吓了一跳，可你也不能因为这就把平时的礼貌风度全忘了啊。当然啦，”他此时一副屈尊让步的神情，“英格兰的百姓看见我，一向是惊异得目瞪口呆——他们有这反应自然而然——可就凭咱俩的交情，我看我不至于落得如此待遇吧？”

“先生，咱们之前见过面吗？”史蒂芬惊奇地问，“我敢说我梦见过您，我和您一起在一幢大宅子里，灰扑扑的楼道看不见尽头。”

“还‘先生，咱们之前见过面吗？’，”白毛先生学起了史蒂芬的口气，“你这是什么话！好几个礼拜了，咱们都在一起，每天晚上又是宴席又是舞会，你这么一说就好像没这回事儿了似的！”

“可我肯定是梦见……”

“我真没想到你这么迟钝！”白毛先生大叫起来，“丧冀可不是什么梦里的光景！我拥有的大宅无数，丧冀算是其中最古老、最华美的一幢——它可是真实存在，就像卡尔顿宫[1]一般确有其地。不过，论起存在的时日，它可要比卡尔顿宫长得多！未来风云变幻，我都知道个大概，告诉你，再有二十年，如今的卡尔顿宫即被趟成平地；整个伦敦城还能撑——哦，超不过两千个年头。而丧冀，哪怕整个天下翻个新，它自屹立不倒！”说来也怪，这位先生似乎对这番预言十分满意——实际上，他无论何时都是一副极度自我庆幸的劲头，“你错了，丧冀可不是梦里的光景。你只不过是中了魔咒，每天晚上给送到那里，与我们仙灵一同畅饮作乐！”

史蒂芬盯着这位先生，一脸迷惑不解的神情。随后，他反应过来，自己必须开口说点儿什么，不然人家又得怪他没个好脸、不懂礼节。他于是绞尽脑汁，结结巴巴地问了一句：“那……这魔咒是先生您下的吗？”

“当然啦！”

白毛先生一副洋洋自得的神气，显然是觉得给史蒂芬下咒无异于赐予他极大的恩惠。史蒂芬于是客客气气地道谢。“……只是，”他又补了一句，“您对我这么好，我不知自己曾有何作为，博您如此厚爱？说真的，我知道自己什么都没做。”

“啊！”白毛先生大喝一声，高兴起来了，“史蒂芬·布莱克，论

1 威尔士亲王在伦敦的居所，紧邻蓓尔美尔大道。

礼节风度，你是出挑的！你得教教那些傲慢的英格兰人：见着有身份的人，怎么才叫恭敬。就凭你这礼节风度，今后一定落着好！”

“布兰迪太太钱匣子里那些金几尼，”史蒂芬问，“也是您的吧？”

“嗬，你才猜到的吗？你看这事儿我办得多巧！我还记得你曾说周围日日夜夜都有蓄意谋害你的敌人，于是我就把钱都给了你的朋友。等你跟她一结婚，钱就都是你的了。”

“您是怎么……”史蒂芬刚开口便住了嘴。看来，他生活的方方面面，这位先生无一不知，无一不干扰，仿佛理所应当。“先生，您说什么我的敌人，这话可不对，”他说，“我一个敌人都没有。”

“我亲爱的史蒂芬哪，”这位先生大叫起来，仿佛史蒂芬的话非常好笑，“你当然有敌人啦！为首的恶人便是你那主子、坡夫人的男人！他逼你为奴，日夜替他卖命。他让你干的活，绝不该由你这般俊美、高贵的人去劳动！他为何要这样做？”

“我想大概是因为……”史蒂芬开口道。

“没错！”白毛先生兴冲冲地说道，“正因为他的邪恶登峰造极，他抓住你不放，用锁链将你捆绑；他打败了你，看你被缚受苦，他才好手舞足蹈、放声狂笑！”

史蒂芬张口要替沃特爵士辩护，他想说爵士从不曾有这等行径，爵士平时待他总是十分和蔼可亲；他还想说，爵士年轻的时候，拼命凑钱也要供他上学，后来，生活愈加窘迫，爵士就跟他同在一张桌吃饭，同守一炉火取暖。若说打败敌人，每当沃特爵士自认为将了政敌一军，史蒂芬便见他嘴角露出一丝自鸣得意的微笑，手舞足蹈、放声狂笑这般行径可是从来没见过。史蒂芬刚要把这些话讲出来，只听得白毛先生提到了“锁链”，这个词仿佛一道无声的闪电将他击穿。他脑中突然出现一片黑暗的所在——气氛骇人，处处是恐怖的景象——闷热、闭塞、臭气熏天。黑暗中人影绰绰，沉重的铁锁链在地面上梭梭滑过，当啷作响。这般景象从何而来、象征了什么，史蒂芬全然不知。他觉得不会是回忆，自己几时到过这种地方？

“……倘若他发现你和坡夫人每天晚上都从他身边逃走，跑到我家享乐，哈，他一定妒火中烧，估计想把你们俩都杀掉。不过别怕，我最最亲爱的史蒂芬！我有办法，决不让他发现你们的行踪。哦，我真讨厌那种自私自利的人！被傲慢的英格兰人看不起，被他们强迫着做不合自己身份的事，这种滋味我可尝过，不忍心再看你落得同样的下场！”白毛先生说罢，用冰凉的手指头抚了抚史蒂芬的脸颊和眉毛，史蒂芬感到皮肤上一阵奇异的刺麻，“你想不到我有多喜欢你，多想为你做点儿事，好让你受用一辈子！——我都打算好了，让你到仙灵国去，给你个国王当当！”

“您……您说什么，先生？我刚才开小差了。您是说当国王吗？不行，先生，我可当不了国王。都是您对我的一片好心，才觉得我能行。还有，我估计自己不太适合住在仙灵国。自从到您处拜访，我就觉得脑袋昏沉沉的，反应也慢。从早到晚，我都疲惫不堪，感觉活着都是个负担。这当然都是我自己的不是，可也说不定仙子们的幸福，我们常人是消受不起的？”

“哦，那是因为你体会到在我府上的日子有多逍遥——歌舞欢宴，人人华服美衣——跟在英格兰无聊的日子一比，你觉得悲哀了。”

“您说得对，先生，可要是您有解咒放我回去的打算，我将万分感激。”

“哦，这可不行！”白毛先生叹道，“你知不知道，我那些花容月貌的姐妹——哪一个不是惹得帝王们争个你死我活、不思朝政，帝国沦为一片荒芜——如今都争着做你下一个舞伴！我要是跟她们说你再也不来丧冀了，她们该怎么办？我身上有不少优点，作为兄长，我是非常细心的；我总是宠着家里的女眷，尽我所能讨她们欢喜。至于当不当国王，我向你保证，再没有什么比接受众人朝拜，听自己名字前面一长串尊贵封号更惬意的事儿了。”

这位先生继续大肆夸奖史蒂芬俊美的容貌、尊贵的神态、优雅的舞姿——在他看来，这些才是做仙境大国的统治者所必需的资质。随后，他开始琢磨哪座王国最适合史蒂芬：“‘未赐之福’是块好地方，那里有幽暗、深邃的森林，还有孤寂的山脉、无边的大海。去那儿当国王的好处是那儿正好缺个国王，然而就因为这个空缺，如今已经有二十六个预备称王的在那儿盯着了，你一去就是一场血战——这恐怕你不会喜欢吧？再有呢，就是去‘悯我’公国当公爵——现任公爵可谓众叛亲离。哦，可我是真不忍心看自己的好朋友到‘悯我’那么个委屈的小地方当主子去！”

第二十章

可疑的帽商

一八〇八年二月

既然有了魔法师，战争不久就会结束——有这般企盼的民众很快便大失所望。“魔法！”外交大臣坎宁先生叹道，“别跟我提魔法！这东西和其他方案没有两样，还不净是瞎耽误工夫，结果全不理想。”

坎宁先生这么说不无道理，诺瑞尔先生也总是乐于长篇大论地搬出晦涩的理论，解释为何某些设想是无法实现的。有一次说出来的话，令他自己事后后悔不迭。那是在柏林顿府，诺瑞尔先生正为当时的内政大臣霍克斯伯里男爵[1]解释为何这样或那样的目标是无法实现的，因为——哦，那至少需要十几位魔法师日夜不停地并肩协作！诺瑞尔先生就此发表了一番冗长无味的演讲，感叹魔法在英格兰发展的悲惨景况，并总结道：“我希望这种情况有所改变，可男爵您也知道，咱们国家的年轻人，有些天资的，谋起差事来不是去军队就是找教会，可怜我这营生，惨遭忽略。”说罢，他长叹一口气。

诺瑞尔先生这般长吁短叹，其实没什么特别目的，最多就是提醒别人他自己才华超群。不巧的是，霍克斯伯里男爵误会了他的意思。

“哦，”霍克斯伯里男爵大叫道，“您是说咱们还需要更多魔法

1　霍克斯伯里男爵（1770—1828），即罗伯特・班克斯・詹金森。一八〇八年十二月底其父逝世后，他继承了利物浦伯爵的封号。其后的九年里，他成为诺瑞尔先生最强有力的支持者之一。

师？啊，就是！我完全理解您的意思，完全理解！开一所学校，如何？不然就请陛下出资兴办皇家学会？好啦，诺瑞尔先生，我想具体细节还是交给您安排。您要是肯写一份计划书，我一定拜读，然后就把您的提案交给大臣们讨论。您制订计划的本事我们都有数，您写的计划书一向又清楚又具体，您的字也漂亮。先生，我敢说我们准能从哪儿给您凑出点儿资金。等您有时间的，先生，这事儿不急。我知道您忙着哪。”

可怜的诺瑞尔先生！再没有什么比培养新法师更倒他胃口了。他安慰自己：霍克斯伯里男爵可是模范大臣，工作投入，每日里有一千多件事要思考，要不了多久他准就把这回事给忘了。

然而，等诺瑞尔先生又一次来到柏林顿府，霍克斯伯里男爵便急匆匆迎上去，大呼：“啊，诺瑞尔先生，我把您培养新法师的计划禀奏了国王陛下，陛下听了十分高兴，说想法相当好，让我转告您，他随时愿意资助项目。”

幸亏瑞典大使此时突然驾到，不等诺瑞尔先生作答，霍克斯伯里男爵又急匆匆地走了。

过了大约一个礼拜，诺瑞尔先生却又撞上了霍克斯伯里男爵，这回是威尔士亲王为向诺瑞尔先生表示敬意在卡尔顿宫特设的宴席上。“啊，诺瑞尔先生，正找您呢！我估计您兴办魔法师学校的计划没带在身上吧？带了多好，我刚和德文郡公爵说这回事呢，他特别感兴趣，想起来他在利明顿温泉镇还有所房子，做校舍正合适，问我都有些什么课程、用不用组织祷告、准法师们在哪里就寝等等各种问题，我一样都答不出。我想着——能不能还是劳您直接同他讲？他就在壁炉边上呢——他看见咱们了——他过来了！阁下，这位就是诺瑞尔先生，正准备跟您详谈！”

诺瑞尔先生很是费了一番口舌才说服二位大人，办学校实在太占时间，况且他还未发现任何有天资的年轻人值得他们下这么大功夫。男爵、公爵只好勉强点头，诺瑞尔先生这才得以把精力转移到更合他意的事业上——将现存的魔法师逐一打倒。

在伦敦城街头卖艺的巫师久已是诺瑞尔先生的眼中钉、肉中刺。当诺瑞尔先生还是无名之辈，尚无人理睬之时，便已开始向政府高官、各界有力人士请愿，央求他们将街头巫师清除干净。如今有了社会声望，他的打击力度自然要比过去高上两三倍。首先，他认为政府应当出台一套针对魔法的管理条例，魔法师从业必得注册、领证（当然，他觉得除了自己，没人有这个资格）。他还请求政府组建正式的“魔法厅”——然而这一条有些太过分了。

正像霍克斯伯里男爵对沃特爵士说的：“他为国家做了这么大的贡献，咱们也不好冒犯他，可眼下这仗打了这么久，形势艰难，还要成立厅级部门，要请枢密顾问，又要找秘书，天知道他还想要什么！而且，折腾半天都为了什么？就为听他诺瑞尔先生一个人的话，就为让大家都夸他一个人的好！我的好爵士，求您了，劝他干点儿别的吧。”

于是，在又一次跟诺瑞尔先生见面的时候（在汉诺威广场诺瑞尔先生的家中），沃特爵士对诺瑞尔先生说了以下这番话：

“您的目的是高尚的，先生，我们没有异议。可是成立魔法厅决不是达到这个目的的正确途径。在咱们伦敦城里——也就是眼下这个问题最集中的地区，一个部门说话是没有分量的。我来告诉您咱们该怎么办：明天我就跟您去市长府上找市长大人以及几位市参议员，我想咱们很快就能联络到帮得上忙的朋友。”

“可是，亲爱的沃特爵士，”诺瑞尔先生大叫起来，“这可不行！眼下的问题绝非伦敦一地。我自打离开约克郡便开始调查……”（说着，他在肘边小桌上放着的一摞纸里摸索着，翻出一张清单。）“诺里奇一市有十二个街头巫师，雅茅斯有两个，格洛斯特两个，温切斯特六个，彭赞斯有四十二个！这还了得！就在前几天，有个浑身脏兮兮的妇女找上门来，非见我不可，见着我以后就让我给她开张书面证明——证明她有法力，不能含糊！——作为我相信她能够施法术的凭证。我一辈子没见过这等事！于是我就冲她说：‘你这个女人……’”

“至于您提到的这些地方，”沃特爵士赶紧插话进来，“到时候您就会发现，一旦伦敦的问题解决了，其他地区立马跟风。那些人可不愿意落在后面。”

不久，诺瑞尔先生发觉，一切正如沃特爵士所言。伦敦市长和市府参事们正巴不得跟英格兰魔法的伟大复兴沾上点关系，他们说服政务议事厅组建了一支“魔法行为委员会”，该委员会决议规定，在伦敦市政区域之内，只允许诺瑞尔先生一人实施魔法行为，一切他人如“以施法为名，搭建卖艺帐篷、货摊或以任何形式干扰市民”，一概逐出本市勿论。

街头巫师们于是收拾起自己小小的货摊，将几样破陋的财产装进手推车，步履艰难地出了城。有人走的时候还不忘骂上几句伦敦，而大家基本上都以一种可敬的心态接受了命运的安排。大多数人已经做好了打算，事已至此，干脆洗手不干，改上街要饭、小偷小摸——这已然是他们多年来的副业，于是这一场离别对他们来说，并没有读者您想象中那般肝肠寸断。

然而，有个人没有走。针线街的魔法师闻秋乐仍然待在自己的篷子里，继续帮人掐算命有多苦，卖几个并无大碍的方子给那些被冷落的恋人、受气的学徒去报仇。诺瑞尔先生自是怨声载道，一再向魔法行为委员会痛斥这般行径，正因为他恨哪个巫师也没有像恨闻秋乐一样厉害。委员会派出地保和巡警带着枷锁过去吓唬他，他却依然故我。另外，委员会考虑到他在伦敦民间声望太高，若强行把他赶走，怕会引发一场动乱。

二月里的一日，天气寒冷，天光幽暗，闻秋乐正在圣克里斯托弗-斯托克斯教堂旁边自己的篷子里待着。恐怕有些读者想不起咱们小时候见过的巫师篷子是什么样子了，我得告诉您，它外形就如同那种流动的小木偶戏院或是游艺会上的货摊，是由木板和帆布搭起来的。一幅黄颜色的门帘，上面厚厚一层干泥齐腰高——它既是篷子的大门，也算是一张无字招牌，替里面的营生做了广告。

这一天，闻秋乐生意还没开张，再等下去也是无望。街上几乎空无一人，灰蒙蒙的冷雾罩住了伦敦，闻着一股煤烟味。城里的店家一劲儿往炉火里添煤，把店里的灯全点上，好赶一赶寒气、添些光亮，结果也是空忙。凸肚窗里的亮映不到街上，都是那雾气挡住了灯光。于是，商店诱不来顾客，身穿长白围裙、头戴扑粉假发的店伙都随随便便地站着聊天，要不就围着炉火取暖。遇上这种天气，有事儿能在屋里办的就待在屋里办，若非得出门，就都麻利着点儿，好赶紧再回到屋里面。

闻秋乐哭丧着脸坐在门帘背后，人冻了个半死。他把两三个酒馆老板的名字在心中掂量，看看哪位尚有可能允许他赊账喝一两杯烫过的加香酒。刚打好主意先去哪里碰碰运气，只听得有人在外边又跺脚又往手上哈气，大约是有顾客上门了。闻秋乐撩起帘子，走了出去。

“你就是这里的魔法师？”

闻秋乐说他正是，心中不无疑虑（眼前这位颇有当官儿的神气）。

“太好了。我要找你办件事。”

“头一次咨询，两先令。”

这位顾客伸手从兜里掏出钱包，拣出两先令，放到闻秋乐手上。

接着，他开始述说需要闻秋乐用魔法解决的问题。这人讲话条理相当清楚，目的也明确。然而，他越说，闻秋乐越不信他的话。他说他是从温莎来的，这没什么可疑的，有点儿北方口音也不奇怪，北方人南下来打拼也是常有的事。他还说他手上做着很大的女帽生意——这话就牵强多了，要想找个比他更不像卖帽子的人实在困难。闻秋乐对女帽生意知之甚少，却也懂得，一般干这行的穿着打扮总是最时髦的。可眼前这位身披一件古旧的黑外套，上面的补丁和拆改的痕迹总得有十几处。他戴的领巾虽说干干净净，质地优良，可那样式就算在二十年前也显得老气。女帽商鼓捣出成百上千种玲珑的小物件，都叫什么，闻秋乐一概不懂，可他知道帽商自己应该懂。眼前这个人却不懂，他管那些东西叫“花哨玩意儿”。

天寒地冻，脚底下又是冰又是冻硬了的泥，脏兮兮地混作一处。闻秋乐正把事情细节往一个油乎乎的小本子上记，脚下一个没站稳，就摔在了那位可疑的帽商身上。他想直起腰来，可脚下冻硬了的地是那样滑，他只好把顾客当梯子扒着才总算站起身来。闻秋乐把一腔酒气和煮白菜味直喷了人家一脸，瘦骨嶙峋的手指头把人家浑身掐了个遍，这位可疑的帽商一脸惊愕，嘴上却什么也没说。

“您多包涵。”闻秋乐好歹站直了身子，低声道歉。

“没关系。”可疑的帽商很客气地答话，用手把落在外套上的陈面包屑、结了块儿的油渣子、脏土等一系列能够说明闻秋乐到此一游的小物件往下掸。

闻秋乐也整整自己的衣服，刚才一折腾，都乱了套。

可疑的帽商接着讲他自己的事儿：

“于是呢，我的生意就做大了，我做的软帽风靡全温莎，隔不上一礼拜，温莎堡里的某位公主总要过来订一顶新帽子或者别的什么花哨玩意儿。我在店门上方用石膏砌了一块金色的王室徽章，对外宣传我这里也做朝廷的生意。即便如此，我还是感觉做女帽生意事情太多。缝帽子、数钱，坐下一忙就到深夜。我感觉若是哪位公主能喜欢上我、嫁给我，我这辈子就不用那么辛苦了。法师，你有能办成这种事儿的咒语吗？”

“爱咒？当然有，只是比较贵。追到一名挤奶工，我收四先令；

裁缝十先令；自己手上有买卖的寡妇六个几尼。至于公主嘛……”闻秋乐用脏兮兮的指甲挠着没刮干净的下巴，信口报了个数目，“四十几尼。”

“成交。”

“追哪一个？”闻秋乐问。

“什么哪一个？”可疑的帽商道。

“要追哪个公主？”

“她们一个个不是都长得差不多吗？难道价格上还有差别？”

“不，没什么差别。我把咒语写在纸上给您，您要把纸片一撕为二，一半缝在您自己外衣的大襟里面，想要哪个公主，就把另一半藏到她穿戴上的某个隐蔽的小角落里。”

可疑的帽商一脸惊愕。“这我怎能做到？”

闻秋乐看着他。“我记得您刚还说给公主们缝过帽子呢。”

可疑的帽商大笑起来。“哦，对了！就是嘛。”

闻秋乐疑心重重地瞪着他。“你要真是个卖帽子的，我就不是……不是……”

“就不是个法师？”可疑的帽商把话接过来，“你是要承认自己不会单干这一行的——我的兜刚被你掏过。”

“我就想看看你究竟是什么货色。”闻秋乐回嘴道，说罢将胳膊晃上一晃，把从帽商兜里掏来的东西全从袖子里抖了出来。只见有一把银币、两枚金几尼，以及三四张叠好的纸。闻秋乐把那几张纸捡了起来。

纸张小而厚，质地精良，每页满是手写成的一行行工整的小字。头张纸第一行写着：两道咒语催钉子户离开伦敦、远走他乡，一道咒语刺探敌情。

“汉诺威广场的魔法师！”闻秋乐看出来了。

齐尔德迈斯（正是这位，不是别人）点点头。

闻秋乐往后细看这几道咒语。第一条会让中咒的人感觉伦敦每座教堂的墓园都聚居着埋在那里的死人的鬼，每座桥头都盘踞着从那里跳河的人的魂。若中了咒，眼中的鬼魂正是人死时的模样，或是凶神恶煞，或是病入膏肓，或是老朽枯槁，种种相貌一览无余。中咒的人于是愈加害怕，渐渐地连桥都不敢过，不肯挨着教堂走——这在伦敦可是大麻烦：伦敦的桥不出百码就是一座，教堂与教堂之间离得更近。第二条咒语是让人感觉自己在乡下找到了真爱与幸福，第三条是为了打探敌人目前的动作，需要使用一面镜子，这大约是诺瑞尔让齐尔德迈斯用以监视闻秋乐的。

闻秋乐冷笑一声。“你去告诉那个梅费尔的巫师，他的咒语对我没用！”

“是吗？”齐尔德迈斯声音里饱含嘲讽，“那估计是因为我还没下咒哪。”

闻秋乐把纸甩在地上。“现在就下吧！”他抱起臂，拿出一股横劲儿，双目炯炯，跟平时把河神招来的时候一个模样。

“多谢你的好意，不过这咒不能下。”

“为什么？”

“因为我像你一样，不乐意听别人的指挥。我主人命令我过来把你轰出伦敦，可我有我办事的方法。来，闻秋乐，我想咱俩最好谈一谈。”

闻秋乐想了想。“咱俩能不能上个暖和点儿的地方谈？找个酒馆怎样？”

“随你意。”

写着诺瑞尔咒语的几页纸在他们脚边被风吹来吹去。闻秋乐蹲下，将它们收拾成一摞，也不管上面沾着的稻草枝子跟泥，直接塞进了衣襟里。

第二十一章

马赛塔罗

一八〇八年二月

这间酒馆的名字叫作“凤梨”，曾是一位臭名昭著的盗贼兼杀人犯的藏身之处。这贼过去有个仇人，一肚子坏水也不比他少。两人曾经合谋一桩大案，结果这贼不仅独吞了赃物，还把他“合伙人”的去向报了官。这人后来从新门监牢越狱出逃，带了三十个人，趁夜深人静之时，直奔凤梨酒馆。他吩咐手下掀房顶、撬墙砖，一路寻进屋中，将贼揪了出来。之后究竟发生了什么，谁也没看见，然而黑夜里街上传出来一阵阵的惨叫，倒有不少人都听了个清楚。酒馆的主人发现，“凤梨”不甚光彩的历史对生意还颇有帮助，于是他除了往房上砸豁的地方填些木料、糊些沥青，也并不再做任何修缮。结果整座酒馆一副扎了绷带似的模样，仿佛刚和近旁的建筑干了一架。

从大街门迈下三级腻脚的台阶，便来到昏暗的门厅。酒馆里充斥着酒气、烟味以及酒客们的天然体香，再混上多年用作下水道的弗利特河传出的恶臭，可谓“别有风味”。弗利特河从酒馆的地基下流过，大家都觉得房子总有一天是要沉到里面去的。门厅四壁挂着廉价的版画，描绘的有历史上已被绞死的恶名昭彰的罪犯，还有现如今尚未绞死的风流成性的王子。

齐尔德迈斯和闻秋乐在屋角拣了张桌子坐下，一个从头到脚灰扑扑的姑娘端来一根糙蜡烛、两只白镴酒杯，盛的是热过的加香酒。齐尔德迈斯付了酒钱。

两人喝着酒，一时没有讲话。闻秋乐抬头看了看齐尔德迈斯，问道："你那什么帽匠、公主的鬼话，编它作甚？"

齐尔德迈斯笑道："哦，我原先是有这么个打算的。自打你私闯我家主人书房那天开始，他便四处求人帮忙，想把你逼上绝路。他央求霍克斯伯里男爵和沃特·坡爵士代他到国王面前诉苦，我猜他是以为陛下没准儿能出兵跟你打上一仗。不过人家霍克斯伯里男爵跟沃特爵士都说了，陛下不太可能跟你一个挂黄门帘、二把刀的街头巫师费什么大劲。然而我想，陛下若是发现你这人对他亲闺女的名节有威胁，他大概就得改主意了。"[1]齐尔德迈斯说罢，又喝了口酒，"你告诉我，闻秋乐，成天编假咒语、假预言，你难道还不觉得烦吗？当初买你账的人后来得有一半都笑话你，你的把戏你自己清楚，人家也不比你糊涂。你没戏唱了。英格兰已经有一位真正的魔法师了。"

闻秋乐厌恶地哼了一声。"汉诺威广场的巫师！如今全伦敦有头有脸的人坐在一块儿，就都说没见过比他还实在的人。可我知道巫师都是些什么人，我知道魔法都是怎么回事——我把话放这儿了：是巫师，都扯谎；这一位，比谁都扯！"

齐尔德迈斯耸了耸肩膀，看样子不打算反驳。

闻秋乐隔着桌子把身子凑过去，说道："山石嶙峋，片片皆真传。我民无知，视而不见。冬日枯木，根枝皆墨迹。我民无知，不解其意。"

"你还说什么树木、山石？闻秋乐，你上一次看见树和山是什么时候了？你怎么不说脏兮兮的砖瓦皆真传、空气里的烟尘皆墨迹？"

1　当今的国王陛下对他六位千金可谓全心全意、宠爱有加。然而，他对女儿的宠爱法就如同是把她们囚禁了起来。他无法接受将来自己女儿会嫁人、离家这一事实。公主们被迫住在温莎堡，陪着坏脾气的王后，过着常人难以忍受的单调生活。六位公主，只有一位在四十岁之前设法把自己嫁了出去。

“这预言又不是我说的！”

“啊，对了。你声称这是乌衣王所言，可这也没什么大不了的，所有我见过的骗子都说自己是乌衣王的信使。”

“我独占黑色王座，暗影绰绰，”闻秋乐恶狠狠地低声说道，“他们看不见我。雨水串我门帘，我自其间过。”

“行啦。好吧，既然这预言非你所撰，你又是从哪儿打听到的呢？”

闻秋乐一开始似乎并不乐意作答，可还是吐了口：“有本书上写着呢。”

“书？什么书？我主人藏书甚丰，他可不知道还有这么个预言。”

闻秋乐不作声。

“这书是你的吗？”齐尔德迈斯问他。

“反正在我这儿收着呢。”

“那你是从哪儿找到书的呢？你是从哪儿把它偷来的？”

“我没偷。这书是我正当继承的。咱们这年头，它可算得上是一个人最大的光荣，同时也是最沉重的负担。”

“若它真有这么金贵，你就把它卖给诺瑞尔。他买书一向肯花大价钱。”

“汉诺威广场那个巫师别想买到它——看都别想看见。”

“这么大一个宝贝，你把它藏哪儿去了？”

闻秋乐冷笑了一声，意思是说，这他大概不会告诉自己敌人的手下。

齐尔德迈斯招呼那姑娘再端些酒来。酒来了，二人又喝了一会儿，没再说什么。齐尔德迈斯从大衣胸兜里掏出一叠纸牌，拿给闻秋乐看。“马赛塔罗。你以前见过这样的牌吗？”

“经常见，”闻秋乐说道，“不过你这副跟别人的不大一样。”

“我曾在惠特比遇见一个水手，这是我照着他的牌画的。他在热那亚买了副牌，打算用它算一算海盗把金子都藏在哪儿，可真摸出牌来，他发现自己根本看不出个所以然。他想把牌转让给我，可我那会儿没什么钱，付不起他要的价，于是我俩就各让一步：我帮他解牌算命，他把牌借给我，容我照着把一副牌画完。不巧的是，我还没画完，他们的船就起航了，于是这副牌里有一半都是我凭着记忆画的。”

“那你算出他什么命来了？”

“我算准了——他活不过年底就得淹死。”

闻秋乐笑了起来，脸上一副赞许的表情。

从面前这副牌看来，当年齐尔德迈斯跟这位丧命的水手做交易的时候，穷得连纸都买不起——他把牌面都画在什么酒馆账条、送洗衣物清单、信笺、账本，还有戏园子招贴画的背面了。后来，他又把这些纸片糊到带色的硬纸板上。有好些牌的前脸都透出背面的印花，看着不像那么回事了。

齐尔德迈斯抽出九张牌，码成一行，随后翻开第一张。

牌面上的图画底下写着这张牌的编号和名称：“VIIII. 隐士”。画上是一位老者，身着僧人常穿的袍子，头顶僧人常戴的兜帽，手提灯笼，执杖而行。看姿态，仿佛他由于长年伏案苦读，四肢已近乎无用。他紧绷着脸，仿佛满腹疑虑。画面透出一种枯槁干涩的味道，谁看到它都会被感染，仿佛这张牌上满是灰，让人鼻子里刺痒得慌。

“唔，”齐尔德迈斯叹道，“你目前的举动正被一位隐士所左右。这个嘛，咱们都知道了。”

下一张翻开，是“愚者”——唯一一张有图画却没有编号的牌，看着就仿佛画中人由于某种原因被撇在了故事之外。齐尔德迈斯这张牌画着一个人走在大路上，脑袋顶上是夏日的树冠。他手里拄根棍子，用来倚靠歇脚；肩上扛根棍子，另一端挑着个布包。有只小狗跟在他身后跑跳。这人物看来是有意要被塑造成古时候痴汉或弄臣的模样：他帽尖缀着铃铛，膝头系着缎带，齐尔德迈斯分别给涂成了红绿两色。此时，齐尔德迈斯似乎不知该如何解读这张牌。他想了想，把后面两张牌都翻开了：一张是“VIII. 正义”——一个女人头顶王冠，一手持剑，一手提着一架天平；另一张是“权杖二”。两把权杖交叉在一起，人们多会认为它代表“十字路口”或者别的什么东西。

齐尔德迈斯爆出一声笑。“行啊！”他抱起双臂，带着一丝笑意打量着闻秋乐，“这张牌，”他用手指头点了点“正义”，“它告诉我你已经掂量了各种方案，做出了决定。还有这张，”他指指“权杖二”，“它告诉了我你决定的是什么：你打算四处浪游。看来我是在浪费时间啊，你原来已经打算好要离开伦敦了。别人赶了你这么久，闻秋乐，原来你早有去意！”

闻秋乐耸了耸肩膀，仿佛要反问齐尔德迈斯：你还以为怎样？

第五张牌翻过来，是一张“圣杯侍从”。我们往往将“侍从”和年轻人的形象联系起来，可牌面上的人已经上了岁数，低垂着脑袋。他须发茂密，左手举着一只沉甸甸的杯子。一只杯子大概不会让他现出如此古怪的神情，仿佛已是精疲力竭——除非它是世界上最沉的一只杯子。不会，他肯定另有什么别的负担，画面上看不明显。由于齐尔德迈斯当初没法对制牌的原材料更挑剔，这幅画显得颇为奇异。这张牌被他画在一页信纸的背面，信正面的字都透了过来。画中人的衣服乱糟糟地挤满了笔道，连脸和手上都带着部分字迹。

闻秋乐看了看这张牌，笑了起来，就仿佛他看懂了一般。他用手指头在牌上敲了三下，以示友好。也许就是因为这个举动，齐尔德迈斯对牌的解释不像先前那么肯定了。“你要给某个人传个口信。”他不太有准儿。

闻秋乐点点头。“下张牌是不是就该告诉我这个人是谁了？”

他问。

“是的。”

“啊！”闻秋乐叹道，自己直接把第六张牌翻开了。

第六张牌是“权杖骑士”，画的是一个戴宽檐帽的男人骑在一匹毛色很淡的马上。马蹄下画着几块岩石、几簇青草，可以看出他走的是一条乡间路。这位骑士的衣裳质地精良，看样子所费不赀。不知什么原因，他手里还举着一根粗重的大棒。叫它“大棒”都算是抬举它了，这玩意儿也就是从大树或是篱笆上撅下来的一根粗树枝，树叶、枝桠什么的还都在上面翘着呢。

闻秋乐拣起这张牌，仔细研究起来。

第七张牌是“宝剑二”。齐尔德迈斯没说什么，直接翻开第八张——“倒吊人”。第九张是“世界”，牌面描绘了一个正在舞蹈的裸体女人，画面四角分别是一位天使、一只飞鹰、一头带翼的公牛和一头带翼的狮子——正是四福音书作者的象征。

“你可能会遇见一些人共同商议什么事情，”齐尔德迈斯说，“随后会遭劫难，甚至会有生命危险。牌上看不出你是死是活，不过无论发生什么事，你看这个，”他点了点最后一张牌，“它说你最终还是达到了目的。”

“你现在看出我是个什么人物了吗？”闻秋乐问。

“那还不一定。不过我比以前更了解你了。”

“你看出来我跟别人不一样了吧。”闻秋乐说。

“牌上可没说你比骗子好到哪儿去。”齐尔德迈斯说着，动手收拾起牌来。

“等等，”闻秋乐说，“我算算你的命。”

闻秋乐又抽出牌，铺开九张。接着，他一张一张地将牌翻开，依次是：“XVIII. 月亮”，倒立的“XVI . 高塔”，“宝剑九”，“权杖侍从”，倒立的“权杖十”，“II. 女教皇”，“X. 命运之轮”，“金币二”，“圣杯国王”。闻秋乐盯着这九张牌，拣起“高塔”那一张细看，嘴上却什么都没说。

齐尔德迈斯笑了起来。“你说得没错，闻秋乐。你确实跟别人不一样。这就是我的命，全都在桌上了。可你看不懂。你是个奇人——跟过去的魔法师正相反。他们博学，全无天资。你有灵气，全无知识。东西就在你眼前，可你得不到半点启示。”

闻秋乐用脏兮兮的手指甲抓挠着自己黄恹恹的长脸颊。

齐尔德迈斯重新动手收拾牌，却又被闻秋乐打断了。闻秋乐还想再摆一局。

“你想干吗？”齐尔德迈斯惊讶地问，“我给你算了命。你没给我算出来。还有什么可算的？”

“我要给他算算命。”

“给谁？诺瑞尔？你又看不懂！”

“洗牌！”闻秋乐坚持。

齐尔德迈斯于是洗好牌，闻秋乐抽出九张，铺开。接着，他翻开第一张：“IIII. 皇帝”。牌面画着一个帝王模样的人坐在野外一处宝座之上，头戴帝王惯会戴的王冠，手拿帝王惯会拿的宝杖。齐尔德迈斯往前凑了凑，仔细端详。

“怎么了？”闻秋乐问。

“这张牌我似乎没画好，之前我还没发觉。墨上得太不讲究，线条太粗，弄得一团糊涂，这皇帝的头发跟袍子都成黑色的了。不知谁还在画着鹰的这块地方抹了个脏手印。皇帝原本要比这个岁数大，我把他画成个小伙子了。您要不要给解说解说？”

“不。”闻秋乐答道，随即下巴一伸，一副不屑的神情，支使齐尔德迈斯翻下一张牌。

“IIII. 皇帝”。

一时间二人都没说话。

“这不可能。”齐尔德迈斯说，“这副牌里可没有两张‘皇帝’，肯定没有。”

然而，眼前这张牌上的王者看着比前面那张要年轻得多，似乎性子也刚烈得多。他一头乌发，一身黑袍，头顶的王冠也化作一道细细的、浅色的金属箍。牌上再看不出什么手印，原本绘在角落的大鸟已经彻底变黑，摆脱了飞鹰的模样，身形变得更具英伦情调——它化作了一只渡鸦。

齐尔德迈斯翻开第三张牌，“IIII. 皇帝”；第四张，还是“IIII. 皇帝”。翻到第五张的时候，牌面上的编号和名称一齐消失，图画却还在：一位黑发的青年王者，脚边傲立一只黑色大鸟。齐尔德迈斯把牌一一翻开，连抽剩下的牌也一一细看。情急之下，他手拿捏不稳，纸牌竟一下子飞得四处皆是。“黑国王”将齐尔德迈斯团团围住，在冰冷、晦暗的空气中飞旋。每张牌上都是同样的身影，定定地投来同样淡然、不为所动的目光。

“看吧！”闻秋乐静静地说，“你去把这告诉汉诺威广场的巫师！这就是他的过去、现在跟将来！”

等齐尔德迈斯回到汉诺威广场，把一切都讲给诺瑞尔先生听的时候——不说咱们也知道——诺瑞尔先生自是相当气愤。闻秋乐他毫不悔改、公然抗旨不遵，已够撮火；他声称自己有本书，而诺瑞尔先生连看都看不成，这便是火上浇油；他还假借替诺瑞尔先生算命，搬出“黑国王”的图画威胁诺瑞尔先生——是可忍，孰不可忍！

“他要你呢！”诺瑞尔先生愤愤然道，“他把你的牌藏起来，换上一副他自己的。我真想不到你还这么信他！”

“说得没错。”拉塞尔斯先生说道，两眼冷冷盯住齐尔德迈斯。

“哦，没错，那闻秋乐也就是变变戏法。”德罗莱特附和着，“可就算变戏法，我要是能亲眼见见就好了。我对闻秋乐的兴趣，比谁也不低。齐尔德迈斯先生，您要是早告诉我您要去见他该多好，我就跟您一道去了。”

齐尔德迈斯没搭理拉塞尔斯和德罗莱特二位，直接冲诺瑞尔先生发了话：“就算他有变这个戏法的本事——我根本不可能容他——他当时怎会知道我身上还有这么一副马赛塔罗？这事儿您都不知道，他又怎会知道？”

“嘿，我不知道你才高兴呢！拿纸牌算命——我就恨这一套！哦，这事儿打一开始就没办好！”

“那巫师说他有本书，这书有用没有？”拉塞尔斯问道。

“哦，是啊，”诺瑞尔先生说，“那奇怪的预言。我敢说他是一派胡言，不过里面倒是有那么几个字眼，能看出确实年代久远。书嘛，我想最好还是我亲自看一下。”

“听见了吗，齐尔德迈斯？”拉塞尔斯问他。

“我不知道闻秋乐把书藏哪儿了。”

“那我们就劝你赶紧打听去。”

齐尔德迈斯于是派人跟踪闻秋乐，最先发现的——同时也是最出乎意料的消息是：闻秋乐竟然讨过老婆——不仅讨过老婆，他比一般人讨的老婆还多，总计五位，散居伦敦各教区及周边村镇。闻秋乐这五个老婆年龄最大的四十五，最小的十五，各自都不知他人的存在。齐尔德迈斯费尽心机，挨个儿见了她们一回。对其中两个，他还是扮成帽商；再见第三个的时候，他又变作税务官员；为了蒙住第四个，他得装成醉醺醺的赌棍；最后，他告诉第五个，虽然他表面上是汉诺威广场诺瑞尔先生的仆人，私底下也是个魔法师。这五个老婆里有两个打算劫他的钱，一个声称只要他肯替她出酒钱，想知道什么她就说什么，另一个想让他陪她一起参加循道宗祈祷会；而最后一个的反应颇是出人意料——她竟然喜欢上了他。然而，这一番表演却是白忙活：五个老婆问出来没有一个晓得闻秋乐手上竟然还有书，至于把书藏在哪儿，就更不可能知道了。

诺瑞尔先生拒不相信齐尔德迈斯的汇报，他走进三楼自己专用的小书房，念了几句咒语，透过银盆里盛的水，把闻秋乐五个老婆各自的住所查了个遍，结果连一样像书本儿的东西都没找到。

与此同时，就在诺瑞尔先生的头顶，齐尔德迈斯在自己单住的小屋里摆开了牌阵。他的牌这会儿都已恢复原貌，只是“皇帝”那一张尚未完全摆脱乌衣王的模样。在他摸出来的牌中，有几张反复出现，比如“圣杯王牌”——牌上画着一只模样颇有宗教色彩的酒杯，由于样式极为繁冗复杂，高脚杯看着就像一座筑有围墙的城支在一根杆子上；还有一张是“II. 女教皇”。在齐尔德迈斯看来，这两张牌都代表隐匿的事物。“权杖”这花色出现的频率也异常的高，而且是清一色的大牌：七、八、九、十。齐尔德迈斯盯着它们的时间越长，就越感觉这一根根权杖像是一道道笔迹——同时又是一道道栅栏，化作求知路上的障碍。齐尔德迈斯由此推断，闻秋乐那本书，无论什么内容，会是用一种无人通晓的语言写成的。

第二十二章

权杖骑士

一八〇八年二月

乔纳森·斯特兰奇跟他爹一点儿都不像。他不贪心，不傲慢，脾气不坏，也不招人讨厌。可他虽说没什么特别的缺点，优点却也不明显。在韦茅斯的游艺会上，在巴斯富贵人家的客厅里，常能听到认识他的时髦人士赞他是“天下最有魅力的男士”。然而，他们说这话，也只是表示他谈吐还算合宜，舞跳得还过得去，打猎、赌钱也刚好达到一位绅士应有的频率。

论模样，乔纳森个头相当高，身材大家都说好。有人觉得他长得帅，可这绝不代表所有人的意见。他的相貌有两个缺陷：一是鼻子太长，二是脸上总带着一副嘲讽的神情。还有，他头发带着点儿红色——谁都知道，红头发的人无论如何也称不上帅。

他爹死的时候，他一门心思都在计划如何追求一位年轻姑娘。出事的当天，他刚从什鲁斯伯里回来，仆人一报丧，他立马想到丧事对他求婚可会有什么影响。如今是更容易让她答应了呢，还是更难了？

其实，他二人结婚，本应是天下最容易办成的事了。两边的朋友都十分看好这门婚事；女方的哥哥——也是她唯一的亲人——恨不得比乔纳森本人还急。劳伦斯·斯特兰奇当初确曾以女方家境贫寒为由，对婚事百般阻挠，不过他既然已经把自己给冻死了，也就等于放弃了阻挠的权利。

乔纳森追求这位小姐，也是众所周知的事了，过了个把月，周围人都热切期盼二人订婚之日，却迟迟不能如愿。倒不是因为她不喜欢他——乔纳森坚信，她是喜欢他的，只是有时候，他感觉她似乎单纯是为了同他吵架才喜欢上他的。他实在不明白其中缘由。他觉得自己已经完全按她的要求洗心革面：玩牌、赌博渐渐地都停了，酒如今也不怎么喝了—— 一天基本不超过一瓶。他跟她说过，只要她高兴，他并不介意多去几趟教堂，一礼拜一次——两次也没问题，只要她愿意。可她却让他凭自己的良心做判断，说这种事情不是别人能够决定得了的。他知道巴斯、布莱顿、韦茅斯、乔丁汉这等地方自己去得那么频繁，她不高兴，于是劝她不必担心这些地方的女人——她们自有魅力，可他并不把她们放在眼里。而她却说她担心的不是这回事——她从来也没担心过这些，她只希望他能找点儿正经事做。她这不是说教——她自己比谁都喜欢度假，可若是假期没有尽头——这难道就是他的追求吗？这难道真让他快乐吗？

他听她的劝。于是，在过去的一年里，他接连不断地设计出一套又一套的方案，想做这种职业，或是想搞那种研究。这些方案本身是非常好的。他曾想过出钱扶助落魄的诗人；他曾想过要攻读法律，到莱姆里吉斯的海滩上搜寻化石；他想买个铁器作坊，学习锻铁；他还打算找过去的一位熟人打听农业新技术、研究神学，并要把一本工程方面的专著读完——这本书写得相当吸引人，他确定曾在两三年前把它放在他爹书房紧里面一张小桌上了。这些计划一经实施，种种困难才显现。落魄的诗歌天才比他想象中难觅；[1]法律专著十分枯燥；懂农业技术的那

1　斯特兰奇似乎并没有轻易放弃诗歌创作这个念头。由约翰·斯刚德斯所著、约翰·莫雷出版社于一八二〇年出版的《乔纳森·斯特兰奇传》记录了斯特兰奇如何在打消寻找诗人的念头后决定自己搞创作的过程：“第一天，一切都非常顺利；早饭到晚饭间，他一直坐在衣帽间里的小写字台边，身上的睡袍都没换，在几十张四开稿纸上奋笔疾书。他对成稿字字满意，男仆看了也喜欢。他这位男仆，肚里也颇有些墨水，若在隐喻、修辞方面碰上解不开的疙瘩，也（转下页）

位朋友叫什么，他已经想不起来了；打算前往莱姆里吉斯，天却下起了大雨。

事情就这么一样一样搁下了，他对那位年轻姑娘说他真希望几年前自己参军就好了。没有什么比当一名海军更适合他的！可当时他爹说什么都不答应，结果他一晃都二十八了，如今再想当海军，已经太迟了。

这位出奇爱找事儿的年轻姑娘名叫阿拉贝拉·伍德霍普，她父亲生前是克兰伯里[2]一地圣瑞信教堂的助理牧师。劳伦斯·斯特兰奇死的时候，阿拉贝拉正在格洛斯特郡一个村子里走访朋友，并多待了些时日。她哥哥就在这个村做助理牧师。葬礼当天一早，乔纳森便接到了她的吊唁。信上说了一切该说的话——对其丧父深表同情，然而考虑到老斯特兰奇父亲当得并不称职，目前也不必太悲痛。然而除了这些，她字里行间体现出更深的意味。她是关心他的。她只恨自己身在他乡，关键时刻剩他孤身一人，没个朋友安慰。

乔纳森于是立马做好了打算——对他而言，比目前更有利的形势怕是再难找了。她此刻一定满心焦虑、对他满怀同情，这情绪以后不会再有；而他如今恐怕也是这辈子最富的时候。（她说她不在乎他有多少钱，而他总不相信她真有那么不在乎。）他觉得在葬礼之后应适当隔一段时日再求婚——三天大概总可以了。于是，第四天一早，他便吩咐仆人替他收拾好行装、备好马匹，直奔格洛斯特而去了。

他带上了家里那位新男仆做随从。他之前跟这位男仆长谈一场，发

1　（接上页）能贡献些意见。同时他也负责在斯特兰奇写得稿纸满屋飞的时候跑来跑去，将稿子集到一起按顺序放好，随后立刻奔下楼，挑其中最逗乐的部分，读给他的好朋友园丁帮工听。斯特兰奇创作速度着实惊人，他男仆都说，把手靠近他头顶，都能感到一股热气，正是他脑中巨大的创作能量升腾。第二天，斯特兰奇坐到桌前，准备再写个五十页，谁知很快便陷入困境——他不知该如何押‘有爱便足够’这句的韵：‘抵不住引诱’，太不乐观；‘如两只臭鼬’，毫无意义；‘问价格贵否’，简直低俗。他琢磨了一个钟头，没有任何结果，于是放下诗歌出去遛马换换脑子，回来后就再没看它第二眼。”

2　距斯特兰奇家约五六里路的一个村庄。

现这人挺有干劲，也颇有些见识和能力。能被挑中，这位男仆自是十分高兴（虽然虚荣心告诉他，人选是自然而然的）。既然我们的新男仆如今已经越过了事业的巅峰，走出传奇，踏入凡间，方便起见，我们不如像对待普通人一样，给他个名号——唤他杰里米·约翰斯。

第一天赶路，他们经历的无非是旅人惯会遇到的小磨难：有个人莫名其妙地放狗出来冲他们狂吠，于是吵了一架；乔纳森的马突然表现出发病的征兆，一度引起恐慌，经详查，发现只是装样。第二天上午，他俩走到一片风光秀丽的所在——四周是冬日的树林、起伏缓和的群山，还有一片片看上去富饶多产、划分齐整的农田。此时的杰里米·约翰斯正酝酿着气场——少爷新近继承了大片土地，自己作为贴身仆人，还不得练练端多大的架子才合称。而乔纳森心里装的，则是伍德霍普小姐。

如今终于要见到她了，他却开始担心她是否会接受他。她若在她哥哥身边，乔纳森还能感到欣慰——亲爱的亨利一力赞成这门亲事，没少劝他妹妹。而至于她住的朋友家，乔纳森就不那么放心了。那家两口子，先生是一位神职人员。他不认识这位先生，可他自己年纪轻轻、手头阔绰，又任性惯了，像他这样的人对神职人员自然不会信任——谁知道这家人成天向她灌输什么高风亮节、什么无谓的自我牺牲精神呢？

日头低低挂在天上，地上影子拖得好长。树枝上、洼地里，尚未消融的冰霜闪着光。见有人在田里耕作，他想起自家的佃农，这些人总是伍德霍普小姐关心的对象。想象中一段对话在他脑中浮现：“家里的佃户，你打算怎么办？”她会问。——“打算怎么办？”他反问。——“是啊，”她会说，“你打算如何减轻他们的负担？你爸爸剥削得人家一分钱不剩，害人家生活在水深火热之中。”——“这我知道，”他答道，“我从来也没替我爸开脱。”——“你降租子了吗？”她会问，“跟教区委员会谈过了吗？你有没有想过给老年人建些收容所，给孩子们开间学校？”

"她这会儿要是净谈租子、收容所、办学校什么的，也太没道理了！"乔纳森郁闷地想，"毕竟我爸上礼拜二刚死。"

"哎，这真是怪了！"杰里米·约翰斯叫道。

"唔？"乔纳森问了一声。他发觉他俩已在一座白色的大门前站住了脚。路边有间白色粉刷、模样齐整的小屋，看上去刚盖起来没多久，六面墙壁，安着哥特式样的窗子。

"收路费的人哪儿去了？"杰里米问道。

"唔？"

"这是间过路收费站，先生。您看，那儿有块板子上写着要交的钱数呢。可这周围也不见个人影。您看我是不是该往那儿放六个便士？"

"是，是，你看着办。"

杰里米于是把过路费放到小屋门口的台阶上，然后打开了大门，两人方才进去。走了大约一百码，便是一个村子。一座石头砌成的老教堂顶着冬日太阳的金光，虬曲的老角树拱卫着一条望不见尽头的林荫道。二十余间齐整的石头房子，烟囱都冒着青烟。路边一条溪水潺潺，水流两边尽是发黄的干草，草叶坠着冰珠点点。

"村里人都上哪儿去了？"杰里米道。

"人？"乔纳森问，随即环顾四周，发现有间房里两个小姑娘正隔着一扇窗子往外看。"那儿不是嘛！"他说。

"先生，那是小孩儿。我的意思是说大人，我一个都没见。"

这话没错。周围确实没有大人的影子。几只鸡在闲逛，一架古旧的推车里盛着草垛，一只猫卧在上面，此外地里还有几匹马，可就是不见有人。不过，乔纳森和杰里米一出村子，"空城计"的原因就看得很明显了。只见离村庄最外围的房子大约一百码的地方，有群人聚集在枯篱笆墙边。他们手持各式家伙——钩镰、弯刀、大棒、火枪——景象十分诡异、凶险，却又有些荒唐，谁见了都会以为村里人打算跟山楂树、接骨木丛大战一场。低低一轮冬阳，直照在人们身上，将衣裳、刀枪，连同人脸上奇特、专注的神情，都镶上了金光；靛青的影子在身后拖开好长。人群一片寂静，谁若要动一动，都加倍赔着小心，生怕弄出声响。

乔纳森和杰里米从边上骑过，俩人踩着脚镫子从马背上站起来，伸长了脖子，想瞄一眼村民们到底在看什么。

“这真是怪了！”他二人从人群边上骑过，杰里米叫道，“那儿什么东西都没有。”

“错，”乔纳森说，“那儿有个人。也难怪你没看见他，我一开始以为是一段篱笆根呢，不过确实是个人——形容枯槁、饱经风霜——看着特别像块篱笆根，然而毕竟还是个人。”

眼前的路通向一片幽暗的冬日树林。杰里米这会儿好奇心上来了，只想知道这人什么来历，而村里人又打算拿他怎么办。乔纳森应付了他几句，随即又琢磨起了伍德霍普小姐。

“我爸死后的变故最好还是不要向她提起，”他心想，“不然太冒险。一开始还是先聊些无关紧要的轻松话题——比如一路上的见闻。可我这一路上有什么能逗她开心的呢？”他抬起头，四周尽是黑乎乎的树，滴着露水。“总得有点什么的。”他想起在赫里福德附近看见一座风车，一件小孩穿的红袄被一片扇叶挂住带了起来。扇叶轮转，红袄一会儿拖进泥水，一会儿飞上半空，如同一面鲜红的旗帜。“就仿佛带着点什么寓意似的。然后我再跟她讲讲那片空无一人的村庄，还有那拨开窗帘向外张望的孩子们，一个搂着娃娃，一个抱着木马。再往后，就说到那群操着家伙却一言不发的村民，还有那躺在篱笆根底下的人。”

“哦，”她一定会说，“可怜的人啊！到底出了什么事？”——乔纳森只好说：“我不知道。”——“可你一准儿帮他来着。”她会说。——“我没有。”乔纳森答。——“哦！”她会说……

“停下！”乔纳森大喝一声，勒住了马，“这么着可不行！咱们得回去。篱笆底下那个人——我心里总不踏实。”

“哦，”杰里米松了口气，“就等您这句话呢，先生。我心里也不踏实。”

“你走的时候没带着枪吧，带了吗？”乔纳森问。

“没有，先生。”

“该×！”一骂出来，乔纳森便打了个激灵——伍德霍普小姐可不喜欢听人诅咒，“刀呢？或者这一类的？”

“没，什么都没有，先生。不过您别急。”杰里米跳下马，跑到一簇树丛里摸索，“我就劈些树枝子当大棒，杀伤力不输火枪。”

地上正好有些别人砍剩下的粗树枝，杰里米捡起一根，递给乔纳森。这哪里像是什么大棒，也就是根冒着些枝桠的树杈。

“好吧，”乔纳森满心疑虑，“我只能说，这总比什么都不拿强。”

杰里米自己也抄起根树枝，它同乔纳森手里的相差无几。如此武装一番，二人掉头回村，走向那片静默的人群。

“你，说你呢！”乔纳森冲人群中一位发了话。这人身披羊倌穿的袍，外裹几条线巾，头戴一顶宽檐帽。乔纳森甩开胳膊，挥了挥手里的大棒，自己感觉颇能吓住对方。“你们……”

话音一出，人群里有几位立马转过身来，用手指头堵在嘴上。

有个人走到乔纳森跟前。这人一身棕线绒袄，穿戴比之前那位体面些。他用手碰碰帽子，轻声说道：“先生，劳您驾，请把马牵远些好吧？马儿蹄子跺地、口喘粗气，动静太大。”

“可是……”乔纳森刚要答话。

“轻点儿声，先生！”那人悄声道，“您这嗓门，太大。该把他吵醒了！”

“把他吵醒？把谁吵醒？”

“就是躺在篱笆底下那个人，先生。他是个魔法师。您没听说过吗，要是魔法师不该醒的时候被人吵醒了，他梦里梦见什么就都从脑袋里跑出来了。”

“谁知道他净梦些什么吓人的东西！”边上一位悄声附和道。

“可你们怎么……”乔纳森一发话，人群里又有几位转过身来，怒目相向，打着手势，示意他压低声音。

“可你们怎么知道他是魔法师？”他压低了声音问。

“哦，这人已经在蒙克格雷顿待了两天了，逢人便说自己是个魔法师。头一天，他哄我们这儿的孩子从家里柜橱偷出馅饼、啤酒，骗他们说是为了供奉仙后。昨儿又有人看见他在法尔沃特府前转悠，那可是我们村的头号大宅，先生。摩洛夫人——也就是宅子的主人了——她请这人给算算命，结果这人说她儿子摩洛将军，已经被法国人打死了。可怜的摩洛夫人听了这话便卧床不起，说自己只有躺着等死了。您看，先生，这人害我们够够透透了。我们是要赶他走的，若他不肯走，我们就押他去劳济所。”

“确实，是该这么办，”乔纳森道，“可有一点我不理解……”

正说着，篱笆根下那个人睁开了双眼。四周的村民集体倒抽口气，有好些人往后退了一两步。

那人从篱笆根下抽身站起。这套动作并不轻松，因为篱笆上不少东西——山楂枝、接骨木杈、常青藤、槲寄生、染了虫害长成团的树枝子——在一夜之间都钻进了他的衣服、缠上了他的胳膊腿儿、绕住了他的头发，有些混着冰冻在了他身上。他坐起身来，见人群围观，却毫不以为怪——谁看他那架势，都觉着他简直巴不得如此。他把周围的人打量个遍，鼻子嘴里哼哧几声，表示满不在乎。

他把手伸进头发里抓了一抓，除掉搅在里面的枯叶子、树杈子，赶走五六条地蜈蚣。“我伸伸手，”他自己低声咕哝，并非冲着谁说道，

“波涛汹涌，河水倒流。”他松开领巾，掏出几只在衬衫里安营扎寨的蜘蛛。这么一来，谁都能看见他脖子上描着一些怪异的蓝色纹样，有线，有点，也有十字和圆圈。他重新打好领巾，全套梳洗打扮完毕，他也踏实了，随即站起身来。

“我名叫闻秋乐。”他宣告众人。在篱笆底下待了一宿，声音还能如此清澈嘹亮，着实不易。“我西行十日，只为寻找一位注定成为伟大魔法师的人。十日前，我曾见此人画像；如今，跟随神秘现象的指引，我看我要找的人就是你！”

所有人都回头看他说的是谁。

穿羊倌袍、披线巾的那位走到斯特兰奇跟前，拽了拽他的衣角。“他说您哪，先生。”他说。

“我？”斯特兰奇道。

闻秋乐朝他这边走了过来，说道：

“两位魔法师，现身英格兰，
前者畏惧我出现，后者久把我期盼；
前者与罪犯为伍，后者自毁人生路；
前者之心，埋积雪下，匿暗林深处，仍痛如针扎；
后者之宝，此生珍爱，落敌人魔爪……”

“好吧，”斯特兰奇插了话，“哪个是我？前者还是后者？别，不用告诉我。哪个都一样，听着都瘆得慌。亏您这么热心荐我去当魔法师，可我得说，您描述的前景真不怎么样。我眼下正准备成家，以后要是一辈子都生活在漆黑的林子里，整天跟强盗、杀人犯混在一起，起码生活上就不是很方便。我劝您还是另选他人吧。”

“我可没有选你，法师！你老早以前就被选中了。”

“好吧，不管是谁，只有叫他失望了。”

闻秋乐置若罔闻，一把拽过斯特兰奇的马缰绳，紧抓不放，怕他走掉。随后，他继续把曾为诺瑞尔先生在汉诺威广场的那间书房里表演过一回的神谕全部唱完。

斯特兰奇从头到尾听了一遍，和头遍听一样不感兴趣。待闻秋乐唱完，他低下身去，一字一顿明说道：“我一点儿魔法都不懂！”

闻秋乐没了话，似乎也要承认这确乎是成为魔法师道路上合理的阻碍。还好，解决方案说来就来。他把手伸进大衣前襟，掏出几张沾着稻草的纸。“瞧，”他脸上一副天机高妙不可泄露的神情比先前更胜一筹，“我这儿带着一些魔咒……不，不，不！这可不是白送你的！”（斯特兰奇已经伸手要接了。）“这些魔咒相当宝贵，我为得到它们，经受了多年的折磨，承受了极大的苦难。”

“开个价？”斯特兰奇问。

“七先令六便士。”闻秋乐答道。

“成交。”

“先生，您不是真打算给他钱吧？”杰里米叫道。

“假如能封上他的嘴，那么，是的，我真给。”

与此同时，周围人对他俩的态度已经不十分友好了。怎么这么巧，这两位一来，闻秋乐就醒了，村里人猜想他俩莫不就是闻秋乐梦里跑出来的鬼，于是开始互相指责是谁先吵醒了闻秋乐。嘴仗还未打响，有个人走过来，看模样像个当官的，头顶上的帽子也十分官样，他说闻秋乐算是贫困户，让他去劳济所报到。闻秋乐一口回绝，说自己兜里既然揣着七先令六便士，就算不得贫困户。说罢，还掏出钱，迎着人家的脸晃了一晃，模样十分嚣张。随后，闻秋乐扭头走了，乔纳森和杰里米朝另一个方向继续赶路——因先前诸多事端眼看就要爆发的一场恶战就这样平息了，村庄又恢复了往日的平静。

午后近五点光景，乔纳森、杰里米二人走到格洛斯特附近S村一处客栈。此时的乔纳森已对未来与伍德霍普小姐的会面完全不抱希望，认为必是空忙一场，到头来只会伤了彼此的感情，干脆延宕到明早再说。当晚他与店家订下一桌好菜，拿张报纸，拣把舒服椅子，在壁炉边坐定。然而不一会儿他便发觉，独享舒适、宁静，比起伍德霍普小姐的陪伴，还是要差得远。于是他退掉订好的饭，出门直奔雷蒙一家——要伤感情，不如趁早。一到，发现家里只有小姐太太们在，也就是雷蒙太太和伍德霍普小姐。

恋爱中人，理性的不多。您读到这里，若发现斯特兰奇之前对伍德霍普小姐的种种想象与现实中她本人的形象大相径庭，也一定不会太吃惊。他关于二人对话的浮想，也许能代表伍德霍普小姐平时的一些意见，但绝对无法真实反映她的脾气秉性与接人待物的态度。对家里刚出丧事的人，伍德霍普小姐从没有去招惹的习惯，不可能催着人家建学校、办收容所。她也并不是听见人家说什么都挑理。她可没那么矫情。

他想象中的她是个爱训人的小姐，会对他怒目相向，可走来迎接他的人是那样的不同。她并没有让他速去替父赎罪，反而对他特别友善，仿佛为他的到来而由衷地欢喜。

伍德霍普小姐芳龄二十有二，平日不言不语的时候，也看不出有多么俏丽。眉眼、身姿，并无特别之处。然而就是这样一张脸，只要说起话来，或是一沾笑影，便立刻添姿生色。她是活泼性子，脑子快，好个喜庆。她并不吝惜自己的笑容。微笑是女人最好的装饰，有人说她曾把名扬远近三郡的美人都比下去过。

雷蒙太太是伍德霍普小姐的朋友，正在四十五岁上头，善良、娴静。她不阔，世面见得不多，脑子也不算特别灵。若在平时，她简直不知该对乔纳森这样见多识广的男士说些什么，多亏他老子新死，总算有个话题。

“我猜近来您一定忙得很，斯特兰奇先生。”她说，“还记得家父去世时，事情铺天盖地。他遗赠太多。厨房壁炉上过去摆了些瓷罐子，家父走之前说把这些罐子分给家里老仆人一人一只，可他遗嘱上写得太含糊，谁也说不清究竟哪个仆人该得哪只罐子。后来仆人们就开始吵，都去争一只黄地粉花的。哦，当时我真觉得永远处理不完那些东西了。斯特兰奇先生，令尊也留下一堆东西要送人吧？”

“没有，夫人。什么都没送。他看谁都不顺眼。”

“啊，那倒正合适了，是吧？那您现在有什么打算？”

“打算？”斯特兰奇重复了一声。

“伍德霍普小姐跟我说，令尊生前有些买卖业务，您不打算接着干？”

“不，夫人。要是我说了算——我想总有一天我能说了算——我要尽早把他那些生意处理掉。”

“噢，那我猜您准是要专心打理农场了？伍德霍普小姐说您家的地产面积可不小。”

“确实，夫人。不过我试过，农务并不适合我。”

“啊！”雷蒙太太明智地应和道。

之后便是沉默。家里的座钟嗒嗒作响，炉膛内的煤块活动有声。夫人腿上正搭着的一团丝线，已经搅成个恼人的结，她于是动手去拆。她养的一只黑猫以为这是什么把戏，便沿着沙发背儿溜过去，要抓那丝线。阿拉贝拉笑起来，捉过猫咪，逗它玩。此情此景，完全符合斯特兰奇心头对安宁居家生活的理想（虽然他打算把雷蒙太太从画面中抹掉，且未决定留不留那只猫）。小时候在家，除了冷淡和不愉快他没见过别的，如今眼前这一幕，他分外渴求。问题是：如何说服阿拉贝拉，让她也有同样的追求。突然，他脑中灵光一现，于是又捡起之前和雷蒙太太的对话：“简而言之，夫人，我想我没那个工夫，因为我要开始研究魔法了。”

“魔法！”阿拉贝拉叫起来，一脸惊奇地望着他。

她似乎打算问下去，可就在这关键时刻，门厅传来雷蒙先生的说话声。雷蒙先生带着他的助理牧师亨利·伍德霍普一起回了家。这位伍德霍普牧师就是我们之前提到过的阿拉贝拉的哥哥、乔纳森童年的伙伴亨利。相见免不了一番介绍、问话（亨利之前并不知道乔纳森要来），斯特兰奇之前那句出人意料的表白暂时被忽略了。

二位先生这是刚从教区开会回来。大家一回客厅坐定，他二人便把教区里各种新闻传达给雷蒙太太与阿拉贝拉，之后便询问斯特兰奇来时的路况，还问到什罗普、赫里福德、格洛斯特三郡农民的境况（这是斯特兰奇途经的三地）。七点钟，茶食端进来。一时没人说话，大家忙着吃喝，趁这个当儿，雷蒙太太告诉她丈夫：“斯特兰奇先生要当魔法师了，亲爱的。”她说这话的态度，仿佛当魔法师是再寻常不过的一件事——她自己确实是这样以为的。

“魔法师？”亨利大吃一惊，“你怎么想去干这个？”

斯特兰奇一时没接话。他不打算说实话（他原想表达一番走严肃学术道路的雄心壮志，专为震一震阿拉贝拉），于是只好抓住此外唯一的理由：“我在蒙克格雷顿一排篱笆底下碰上个人，他说我是个魔法师。”

雷蒙先生乐了，以为这是讲笑话。“真幽默！”他赞许道。

“您说真的？”雷蒙太太问。

“我没明白。”亨利说。

“不相信我，是不是？”斯特兰奇问阿拉贝拉。

“噢，恰恰相反，斯特兰奇先生，”阿拉贝拉被逗笑了，“这多符合您一贯的作风啊。我看您这回的创业计划跟过去一样可靠。”

亨利说：“你现在名下有房有地，我不明白为何非去找个事做，要找你也能找个更好的，偏选魔法！一点儿实际用途都没有。”

“噢，你这么说可不对！”雷蒙先生说，“现在伦敦就有这么一位先生，让法国人眼前起了幻影，迷惑了他们！我想不起他名字，他管他那套理论叫什么来着，‘当代魔法’？”

“和过去的老法儿有什么不一样？”雷蒙太太问，“斯特兰奇先生，您做的是哪一种？”

“是啊，快告诉我们，斯特兰奇先生，”阿拉贝拉也问，脸上故作惊奇，“您做哪一种？”

“每种都做一点，伍德霍普小姐。每种都做一点！”斯特兰奇答道，随后又转向雷蒙太太，“我从篱笆底下那人手里买走三条咒语。夫人，您想不想见识一下？”

“噢，想，太想了！”

“伍德霍普小姐您呢？”

“它们是干什么用的？”

“我不知道。我还没来得及看呢。”乔纳森从胸兜里把闻秋乐卖给他的三条咒语掏出来，递给伍德霍普小姐看。

“可真脏。”阿拉贝拉说。

“噢，我们魔法师是不在乎一点点污渍的。再说，我猜这东西有些年头了。像这样古老、神秘的咒语一般都是……”

“顶上写着日期呢，一八〇八年二月二日。刚过了俩礼拜。”

“真的吗？我之前倒没发现。”

“‘两道咒语催钉子户离开伦敦、远走他乡。’”阿拉贝拉读道，“这魔法师为什么想让别人离开伦敦呢？”

“我不知道。当然，伦敦确实人太多了一点，可每次只赶走一个，也太费事了。”

“这条太可怕了！净是鬼魂和恐怖的景象！让人以为即将遇见一生

真爱，结果根本不是这样！”

“让我看看！”斯特兰奇一把抢过那几条恶毒的魔咒，飞速细读，喃喃道，“我向你们保证，买的时候我并不知内容，完全不晓得！实际情况是，卖咒语给我的人是个流浪汉，已经身无分文。有了我付的钱，他就不必去劳济所。”

“噢，这倒不错。可他的咒语毕竟太骇人，希望您不要真用到。”

“看这最后一条怎么样？‘一道咒语刺探敌情’，我猜这条您不会反对吧？我来试试。”

“能生效吗？您不会真有什么敌人吧，有吗？”

“至少我认识的人里没有。那么，试一下不会有大碍的，对吗？”

咒语需要一面镜子及一些干花。[3]斯特兰奇和亨利一起把一面镜子从墙上摘下来，平放到桌上。花比较难办，二月里，唯一能找到的只是雷蒙太太存的一些干薰衣草、干玫瑰和百里香。

“用这些行吗？”她问斯特兰奇。

斯特兰奇耸了耸肩膀。“谁说得准？那么……”他又研究了一遍咒语法术，“花朵要围过来放，就像这样，下面我要用手指头在镜面上画个圈儿，像这样，然后把圈儿平分四份。敲镜子三下，然后念……”

“斯特兰奇，”亨利发了话，“你从哪儿搞来这些胡言乱语？”

“篱笆底下的那个人。亨利，你从不好好听别人讲话。”

“那人看着挺老实，是吗？”

“老实？不，不特别老实。他当时看上去……我会用‘冷’来形容他，对，‘冷’这个字最恰当，再加一个字：‘饿’。”

“你买这些咒语花了多少钱？”

“亨利，”他妹妹发了话，“刚才你没听见斯特兰奇先生说吗，他

3　诺瑞尔先生似乎是将一条流传于兰开夏郡的咒语“拿来”并稍做改动，他参照的是彼得·沃特希普于一四四八年所著《死亡书苑》对该咒语的描述。

那是做善事。”

斯特兰奇漫不经心地用手指头在镜面上画圈儿并把圈儿平分成四份。坐在他身旁的阿拉贝拉突然一声惊叫。斯特兰奇低头看去。

“老天！”他也叫道。

镜中浮现出一个房间内的景致，却并不是雷蒙夫妇这间客厅。这房间不大，装潢不算豪华，却也相当讲究。屋内顶棚很高，让人感觉这房间是一幢大房子——甚至是一所豪宅——里面的一小间。屋里一个个书箱盛满了书，盛不下的都零散摊在桌面上。炉里正生得一团旺火，书桌上立了些蜡烛。有个人正伏案工作。此人约摸五十多岁，上身一件灰外套，很是朴素。他头戴一顶老式假发，不言不语，看上去并无任何特别之处。桌上摊开几本书，他在这本上看一会儿，在那本上写几笔。

“雷蒙太太，亨利，”阿拉贝拉叫道，“快来！看看斯特兰奇先生变出什么来了！”

“可这人是谁呢？”斯特兰奇莫名其妙。他掀起镜子，看看底下，全当桌面上会有个穿灰外套的小人儿等着他盘问。待把镜子放回原处，镜中屋、镜中人并未消失。他们听不到任何声响，但却看得真切：炉火跳跃，镜中人的头从一本书探到另一本，鼻上眼镜烁烁闪光。

“他怎么就成了您的敌人？”阿拉贝拉问。

“我完全不知道。”

“您欠了人家钱，没准儿？”雷蒙先生问。

“我不觉得我欠过。”

“他许是在银行做大事的。屋子也有点儿像账房。”阿拉贝拉猜道。

斯特兰奇笑了起来。“好啦，亨利，你别老冲我皱眉头。我若真是块魔法师的料，也属于庸才。得道高人能唤出仙灵精怪、古代君王，而我，却招来了个开钱庄的。”

第二卷

乔纳森·斯特兰奇

“一个魔法师凭法术杀得了人吗？”威灵顿勋爵问斯特兰奇。斯特兰奇皱了皱眉，似乎不喜他这样问。“我想杀是杀得掉的，”他说，“可作为一名绅士，他绝下不了手。”

第二十三章

影　宅

一八〇九年七月

一八〇九年的一个夏日，有二人在威尔特郡一条乡间土路上骑行。天空蓝得浓而耀眼。炽烈的天光，虚晃晃映上一石一木，给它们勾了深影，宛如墨笔挥就。路边一棵粗壮的七叶树微微前倾，洒下一片浓黑的树影，那二人走近，仿佛被浓荫一口吞了去，只听得话音作响。

“……那您什么时候才考虑发表发表？”其中一人道，“告诉您，发文章是必须的。我自己一直都在准备。我想，只要是当代魔法师，必须将发表己见作为首要任务。诺瑞尔从没这方面的动作，我觉得很怪。”

“他嘛，我猜，到时候总会发的。”另一人答，“而我呢——有谁乐意读我写的东西？如今诺瑞尔隔几周便呼风唤雨一回，我一个纯理论魔法师写出来的东西，怕是没多少人感兴趣吧。”

“哦，您就是太谦虚。”之前问话的人接着说，“您不能干等着诺瑞尔把什么都拿下。他也不是万能。”

“他确实万能。咱们都看见的。”对方叹了口气。

遇见老朋友，谁不喜欢——咱们眼前，正是亨尼福特与斯刚德斯二位先生。可他俩怎么都在马背上？他二人本不擅骑驾，平日亦鲜有锻炼——亨尼福特先生岁数太大，斯刚德斯先生养不起马。还赶上这么个天气！暑气太大，亨尼福特先生遍体生津、浑身瘙痒，继而冒出一身红疙瘩；阳光太晃，斯刚德斯先生头疼的毛病一准儿要发。再说，他俩跑到威尔特郡来干吗？

事情是这样的：亨尼福特先生在为那头戴花冠的姑娘和小石像寻根申冤的道路上有所发现。他认定杀人凶手是曾住在埃夫伯里的一名男性，于是特意跑到威尔特郡，到埃夫伯里教区教堂查阅史料。他跟斯刚德斯先生是这么说的："要是我能确定那男人的身份，那么顺藤摸瓜，我就有可能搞清那女孩子是谁、到底是什么深仇大恨能逼那男人害了她。"斯刚德斯先生于是陪他一道来，和他一起翻遍卷宗，碰上难懂的古拉丁文也好帮他一把。虽说斯刚德斯先生喜爱古籍（谁也比不得他热衷），一心只盼事情办成，却也暗暗担心五百年前的七个拉丁词儿没法把人的一辈子说清。然而亨尼福特先生满心只有希望。后来，斯刚德斯先生突然想到，既然已经来到威尔特郡，不如去乡间那座"影宅"走访走访——他二人之前都不曾有这样的机会。

影宅，咱们上学的时候大多有所耳闻。一提它的名字，心中便生出对魔法各种模糊的理解，眼前浮现出残垣断壁的形象，然而少有人能记清它的存在究竟为何如此重要。实际上，魔法史学者们仍无法就其存在意义达成共识，其中一些人甚至马上会告诉你：它的存在毫无意义——名留魔法史的大事，没一件发生在这里；不仅如此，曾在那里居住的两名魔法师，一个是冒牌货，另一个还是女人家。宅子具备了这两大特征，便不再可能受近年来正统魔法师或正统魔法史学者的青睐。然而，两百年来，它仍是传说中全英格兰最富魔力的地方。

影宅是十六世纪的时候由格里高利·阿布沙龙建造的。阿布沙龙曾任御前法师，效力于亨利八世国王及玛丽、伊丽莎白两位女王。假如我们拿施展法术的多少来衡量一位魔法师的成就，阿布沙龙根本算不得魔法师——他的法术几乎从未奏效。而假如我们拿收入做标杆，阿布沙龙绝不愧为史上最强的英格兰魔法师——他出身贫寒，死的时候却十分富有。

他生前可谓最大胆的举动，是劝服丹麦国王花几大把钻石买走他一条咒语，声称能把瑞典国王的肉身化作一摊水。咒语自是不灵，可阿布沙龙拿报酬把这栋影宅造起来了——只花掉珠宝的一半。房内铺的是土耳其地毯，墙上挂着威尼斯镜子、嵌着威尼斯玻璃，种种漂亮物件成百上千。一切装修完毕，却发生了怪事——也许确有其事，也许空穴来风；学界有人坚信不疑，有人则嗤之以鼻——据说阿布沙龙之前用来欺骗客户的假招子全都成了真，在这栋宅子里显了灵。

一六一〇年间的一个月夜，两个女仆从二楼窗子往外看去，只见得二三十位俊男美女在窗外草地上围成一圈跳舞。一六六六年二月，爱尔兰人瓦伦丁·格雷特雷克斯站在衣橱旁的小过道里，操一口希伯来文，跟摩西、亚伦二位先知交流了一番。一六六七年，来宅间造访的一名女客佩内洛普·切尔莫顿照镜子的时候，发现镜中与她对视的是个三四岁的小女孩。她眼见得小女孩越长越大，渐渐认出了自己的模样。女孩年龄不断增长，容貌不断变化，直到镜中只剩一具干枯的尸骨。就因为无数这样的传说，影宅的名声传开了。

阿布沙龙生前曾育有一女，名唤玛丽亚。玛丽亚生在影宅长在影宅，一辈子少有离家的时候，至多一日两日。在她的少女时代，这栋宅子接待过王公使节、学者诗人、兵士将领。即便在她父亲死后，人们也前来一赏英格兰魔法之绝唱——严冬降临前最后一朵奇葩。来人日渐稀少，宅子愈加残破，花园也荒芜了。可玛丽亚并不修葺她父亲留下的这栋宅子，打碎的碟子都原样留在地板上。[1]

1　一些学者（包括乔纳森·斯特兰奇）认为，玛丽亚·阿布沙龙任影宅荒芜是有意而为之。他们认为阿布沙龙小姐这样做是遵从一条普遍信仰，即一切荒废的建筑都属于乌衣王。这也许可以解释为何荒芜之后，影宅的魔力变得更强了。

“一切人为筑造，城池也好，帝国也罢，丰碑无数，终有坍塌之日，化作尘土一抔。我敬爱的读者，您的家园，终将化作荒芜的宅院——哪怕只是一日一时，一旦月影填满砖缝，（转下页）

她五十岁那年，墙外的爬藤长势太猛、覆盖面太大，钻柜橱、铺地板，搞得地面滑溜溜的，走上去都危险。鸟儿不仅在窗外齐鸣，屋内也有响应。又过五十年，这百岁老妪仿佛跟她的宅子烂作一摊——当然二者都并未死绝。她又活了四十九个年头，死在一个夏日的清早。高大的七叶树，树影割破了阳光，斑驳的光影洒落她一身一床。

在冒暑赶往影宅的路上，斯刚德斯、亨尼福特二位先生略感不安，担心诺瑞尔先生得知他二人的行踪（如今一国将领、要臣纷纷致函恭维、争相造访，诺瑞尔先生的威信与时俱增），怕他会怪亨尼福特先生毁了当初的约定。造访影宅的安排，越少人知道越好，于是他俩没通知任何人，一大早便动身，先溜达到农场租下两匹马，绕条远路，奔赴影宅。

灰白的乡间土路行至尽头，迎面便是铁门两扇。斯刚德斯先生下马去推门。这铁门本是由上好的西班牙铸铁打造，而今已锈成浓丽的暗红，形容枯槁，筋骨萎缩。斯刚德斯先生抽回手，皮肉已染上粉末条痕，仿佛这门只是千万朵玫瑰晒成干、磨成粉、揉捏成形的幻影。蜿蜒扭曲的铁杆上另堆叠着小浮雕，一张张奇邪的面孔咧嘴笑，锈作焦红色，崩裂剥落，仿佛地狱里囚禁这批异类的执事太不负责，将熔炉烧得太热。

向门里望去，只见淡粉的玫瑰千万朵，成排的榆木、白蜡、栗子树沐光矗立，枝叶摇曳，余下便是那蓝蓝的天际。院里是四面伟岸的山墙，顶上一排高大的灰烟囱，墙面上都是石花格窗。影宅荒芜了百余年，最初那银色的石灰石垒砌四壁，如今接骨木和野玫瑰仿佛成了主

1　（接上页）星光破墙开窗，尘风装点厅堂——据说就在那一日、那一时，我们的家园便为乌衣王所有。即便我们为英格兰魔法的末路惋惜，即便我们说它早已离去，即便我们彼此探问：这般珍宝我辈何以遗失？我们不要忘记，它等候在英格兰陷落的一刻。今日无人能将乌衣王召回，彼时他卷土重来，亦无人能够逃脱。”——乔纳森·斯特兰奇：《英格兰魔法的历史与实践》，伦敦：约翰·莫雷出版社，1816。

料；宅间耗尽多少木材生铁，如今携带夏日气息的微风遍及其边角。

“就好像彼界[2]一样！”斯刚德斯先生叹道，兴奋得把脸都贴在了铁门上，两腮便依门框的走向添了几抹胭脂。他推开门，牵进马，亨尼福特先生跟随其后。二人在一座石盆边将马拴牢靠，便走进花园探访。

影宅前的这片院子也许称不上什么“园”，毕竟一百多年也没人来打理；它算不得“林”，也算不得“野”，竟找不出一个词儿来形容这么一座被魔法师遗弃身后两百年的花园。它要比斯刚德斯、亨尼福特二位先生见过的任何一座花园更加芜杂，更加浓郁斑斓。

亨尼福特先生看见什么都特别兴奋。成排的榆树下长满艳粉的毛地黄，树木如同立在齐腰深的花海里，他见了要赞美；一尊石雕狐狸，口里衔着幼崽，他见了也称奇。他兴高采烈地夸赞这里卓绝的魔法气场，还声称就算诺瑞尔先生来访，也不会觉得失望。

然而亨尼福特先生实际上并不太容易受气场影响，反倒是斯刚德斯先生开始感到意乱心慌。斯刚德斯先生感觉阿布沙龙这座花园好像正在向自己施加一种怪力。和亨尼福特先生一路走着，有好几次他都觉着自己正要跟曾经认识的人讲话，或是就要认出一片过去熟悉的景致。可一有这种感觉——在他马上就要想起说什么的时候，却发现眼前的“旧友”只是玫瑰丛上一片暗影，一簇淡粉色的玫瑰是头，另一簇是手；而那片他自以为熟悉得如同儿时场景的“故地”，无非是黄叶飘、树枝摇、阳光下一处硬邦邦的屋角——纯属景物偶然的交叠。且所谓“旧友”是何许人、“故地”又在何方，他再也想不出。这感觉逐渐让他心神不宁，于是过了半个钟点，他便向亨尼福特先生提议稍坐片刻。

2　提起“彼界”，人们往往想到“仙境”一类含糊的概念。作为日常谈资，这般界定尚可一用，而魔法研究者用词当求精确。众所周知，乌衣王统治三座王国：一座是由坎伯兰、诺森伯兰、达勒姆、约克郡、兰开夏郡、德比郡及部分诺丁汉郡几地组成的“北英格兰王国”；另两座统称为“王之彼界”，一座将仙境的部分土地划入疆域，另一座相传位于地狱尽头，也称“苦界”——乌衣王的敌人声称这片土地是从路西法处租借而来的。

“我的老弟，”亨尼福特先生道，“怎么回事？觉得不舒服吗？您现在脸色很不好看——手也在抖。怎么不早说？”

斯刚德斯先生伸手摸了摸头，含混地嘟囔了几句，说什么他感觉似乎有魔法在生发，之前曾有一刻他非常确定。

“魔法？”亨尼福特先生叫道，“这里能有什么魔法？”他神情紧张地环顾四周，防备着诺瑞尔先生突然从哪棵树后面跳出来，“我猜您不舒服都是因为天气太热，没有别的。我也热得厉害。可咱俩就这么忍着，真傻——享受就在眼前啊！往大树荫下一坐——看这儿；就着甘甜、脆快的溪流——看那儿，谁都知道这招最有疗效。快来，斯刚德斯先生，咱们快坐下。”

二人坐到一处棕色溪流边的草岸上，柔和的暖风、玫瑰花的香气，安抚了斯刚德斯先生的心神。他合上双眼，又睁开，复又合上。开合逐渐缓慢，眼皮也越来越沉……

他一下子便入了梦乡。

他来到一处黑暗的所在，面前是座大门，由银灰色的石头雕砌而成，时而闪闪发亮，如沐月光。一对门柱刻成两个人的模样（也许是同一个人，因为面貌相仿），仿佛正从墙面上大步往外迈，约翰·斯刚德斯一看这人物，便知是位魔法师。雕像的相貌不甚清楚，只能依稀看出面庞年轻、俊朗，头戴一只尖顶帽，帽子两侧伸出渡鸦的翅膀。

约翰·斯刚德斯穿过这座大门，一时间，眼前只有漆黑的夜、天上的星和刮来的风。再一看，门里确乎是间屋子，只不过已经荒芜。破败至此，四壁仍饰有画幅、挂毯和镜子。挂毯上的人物四处溜达、交头接耳，镜中映像并不都符合屋内实际，有几面照见的全是异乡。

屋子紧里面，月色混了烛光，隐约照见个人坐在桌旁。她身着一袭裙衣，样式极为古老，面料之丰厚，远超斯刚德斯先生所以为必要。裙衣的颜色是一种少见的蓝，古老而浓郁。裙子上还能看见丹麦国王当年支付的钻石，如天上的星斗，熠熠发亮。她抬头看他走近，只见一双眼梢吊得离奇，眼距太大，超出了大众以为美的标准。长长一张嘴抿出弯弯一线微笑，这微笑意味着什么，他猜不出。烛光扑闪，照见一袭蓝衣，也点亮一头红发。

突然，又有个人走入斯刚德斯的梦里，是位时兴打扮的绅士。此人见了那位衣着讲究（虽略与时代脱节）的夫人，并未表示出丝毫惊讶，反倒被斯刚德斯的出现吓住了，他伸手捉住斯刚德斯先生的肩膀，摇晃起来……

斯刚德斯先生发现亨尼福特先生正轻轻地摇自己的肩膀。

“不好意思，”亨尼福特先生道，“您刚才睡着睡着大叫起来，我想您兴许打算要我叫醒您。”

斯刚德斯先生迷惑不解地望着他。“我做了个梦，”他说，“顶顶奇怪的梦。”

斯刚德斯先生将梦里所见说给亨尼福特先生听。

“这地方是多么魔幻哪！”亨尼福特先生赞许道，“您刚做的这个梦——净是奇异的符号与预示——又是个证明。”

“可这梦意味着什么呢？”斯刚德斯先生问。

“噢！”亨尼福特先生思考片刻，“您说，那位夫人穿一身蓝？蓝颜色代表——我想想——永生、贞洁和忠诚；蓝颜色是木星的代表色，同时也对应金属锡。哼，咱们知道这些又有什么用?！”

“我看没什么用。”斯刚德斯先生叹了口气，“咱们往前走吧。”

亨尼福特先生正等不及要多见识见识，于是马上同意，并提议到影宅里边探一探。

在强烈的日光里，这幢宅子只是天空之下虚晃晃一团青蓝色的影子。他二人穿过门庭走入大厅。“啊！”斯刚德斯先生大叫起来。

“什么？又怎么了？”亨尼福特先生吓了一跳。

斯刚德斯站在大厅里四处观望，梦中所见的镜子、挂画早已不复存在：紫丁香、接骨木填满了残垣断壁间；椤树、七叶树的绿叶银芽替房间架起穹顶，在蓝天之下婆娑飘摇；细瘦金黄的杂草和仙翁花为空洞的石窗织起窗格。

厅堂一端刺眼的阳光里立着两个不甚清晰的人影，地板上散着些零七碎八的东西——一片魔法的芜杂：写了咒语的纸片，一只盛满水的银盆，立在古老烛台上的一根烧掉半截的蜡烛。

亨尼福特先生冲那人影问好，其中一位作答，声音低沉却也正色文明。而另一位却在这个当口大叫了起来：“亨利，就是他！就是这家伙！我刚跟你说的就是这个人！你看不出吗？小矮个儿，头发、眼睛的颜色黑得好似意大利人——当然，白头发已经有了。可那文静怯弱的劲儿，毫无疑问是咱们英格兰人！破外套上全是灰，打着补丁，袖口都磨毛了，还把毛边齐齐剪掉，好让人看不出。哦，亨利，绝对是他！说你呢，先生！”他突然冲斯刚德斯先生叫道，“你是什么人？”

可怜的斯刚德斯先生听到自己和自己的外套被一名陌生人如此细致地形容了一遍——且形容得这般不堪，实在有欠厚道——心中大惊。他正站着整理思路，问话的人早已走到化作大厅北墙的一棵椤木的树影里。就这样，斯刚德斯和乔纳森·斯特兰奇在醒世间头一次碰了面。

斯刚德斯略带迟疑地说（话说出口，他自己听着都别扭）：“我见过您，先生，好像在我的梦里。”

这样一句话反倒更激怒了斯特兰奇。“梦，先生，也是我的梦！我特意躺下就为了做出这个梦来。我可以出示证明——我有证人证明这个梦是我的。这位伍德霍普先生，”他指了指同伴，“我做了什么，他都看见了。伍德霍普先生是神职人员，格洛斯特郡教区牧师。他说什么，我不信谁能怀疑得了！我以为，在我大英格兰，梦当属公民私事，许是受法律保护的。若没有相关条款——哪行！国会马上就该立一条！私闯他人梦境，是不合适的。”斯特兰奇说罢，停下来喘气。

“先生，”亨尼福特先生张口开了火，“和我这位同伴讲话，我请您口下留情。您没有我这般荣幸能够了解他，否则您就知道，冒犯别人的行为，他绝做不出的。”

斯特兰奇气得嘤然作声。

“能跑到别人做的梦里去，也是奇事。”亨利·伍德霍普道，“估计不会真就是你做的那个梦吧？”

“哦，恐怕就是它。”斯刚德斯先生叹了口气，“我一进这院子，就感觉四处都是看不见的门，我一扇一扇地穿行，之后就睡着了，梦见你们这位先生。我当时神志极不清醒，门怎么启了一条缝，又如何打开了，我知道不是自己所为，却也顾不了那许多，一心只想搞清另一端有什么。”

亨利·伍德霍普盯着斯刚德斯，好像没懂他的意思。“可我还是觉得不会是同一个梦。你想想，”他对斯刚德斯先生说，仿佛对着一个傻小子，“你都梦见些什么？”

“一位穿蓝裙衣的夫人，”斯刚德斯先生答道，“我猜是阿布沙龙家的小姐。”

“当然是她了！”斯特兰奇气得大叫，简直好像听不得谁把这样显而易见的事实再拿出来讲，“可惜这位夫人本预备和一位男士相见，她过来一看来了两位，自然很慌张，于是瞬间消失了。”斯特兰奇摇了摇头，“搞魔法的全国加起来超不过五个，就有一个一定要跑来毁掉我和阿布沙龙家小姐的约会。简直难以置信，全国就数我最倒霉。天晓得我苦熬了多久才做出那么个梦来，整整三个礼拜，日以继夜啊，就为了编出几个召唤咒，还有那……”

“这也太厉害了！”亨尼福特先生打断了他，“简直神了！天！诺瑞尔先生怕也没有这样的本事！”

“哦，”斯特兰奇转向亨尼福特先生，“其实也不像您想象的那样复杂。首先得向那位夫人发份邀请——任何召唤咒都管用。我用的是奥姆斯柯克[3]那一版。当然，对咒语的改良环节比较麻烦，我得保证阿布沙龙小姐和我同时到梦里来。奥姆斯柯克那条咒语本身太宽泛，受召唤的人在何时去向何方都不定，只要走过一趟这些人便觉得任务完成。对这一点的修正，我得说，不算易事。可您看今天的成果，还不算令人失望。接下来，我得给自己施个法，靠法力睡着。这类法术我自然有所耳闻，却未曾目睹，于是只好自己编。编出来只好凑合用，还能有什么办法？”

“老天爷！”亨尼福特先生叫道，“您的意思是，这一切都由您自创？”

“啊，”斯特兰奇道，“这个嘛……我参考过奥姆斯柯克——这些都是基于奥姆斯柯克的。”

“哦，海瑟-格雷也许比奥姆斯柯克更中用呢？”斯刚德斯先生问，[4]“抱歉，我不算什么实践派魔法师，但我个人一直以为海瑟-格雷要比奥姆斯柯克可靠些。”

“真的？”斯特兰奇道，“我当然知道海瑟-格雷，最近才和林肯郡一位先生联络上，他说他手里有本海瑟-格雷的《牛首怪之详解》。看来海瑟-格雷值得一读，是吗？”

3　帕里斯·奥姆斯柯克（1496—1587），伦敦附近克拉肯威尔村的一名教师，曾有多篇魔法研究方面的专著。此人思想原创性不佳，但贵在勤勉。他综合一切能够搜寻到的召唤咒，细加筛选，以图发现最可靠的版本。这项工作他做了十二年，其间，他家位于该村郊野的那幢小房子逐渐被成千上万张写了咒语的小纸片塞满。奥姆斯柯克夫人因此不太满意。这可怜的女人由此成为滑稽戏和二流话本中魔法师太太这一角色的原型——固执暴躁、骂骂咧咧，总之很不快乐。

奥姆斯柯克最终编成的咒语在他所处的时代逐渐走红，并在他死后的两百年里得到广泛使用。然而，在乔纳森·斯特兰奇使用其改良版本将玛丽亚·阿布沙龙召至梦中之前，我未曾听说有谁靠这条咒语取得成功，原因也许正是乔纳森·斯特兰奇所描述的。

4　此时斯刚德斯先生有悖一贯的明智。查尔斯·海瑟-格雷（1712—1789）是另一位历史魔法学研究者，曾发表过一条著名的召唤咒。他这条咒语跟奥姆斯柯克的发明一样糟糕，无所谓选谁。

亨尼福特先生却说不是那么回事，他以为海瑟-格雷写的东西简直糊涂透顶；斯刚德斯先生则不以为然；斯特兰奇越听兴致越高，渐渐忘了自己应当还在生斯刚德斯先生的气。

有谁能一直生斯刚德斯先生的气？我敢说世上有那种嫉善如仇的人，你对他好，他反而不自在。幸亏乔纳森·斯特兰奇并非此类。斯刚德斯先生为干扰他施法向他道了歉，斯特兰奇听罢笑着鞠了一躬，让斯刚德斯先生不要再提。

“先生，我都无须再问您是不是魔法师，”斯特兰奇对斯刚德斯先生道，“轻轻松松便能深入他人梦境，足以说明您的法力。”说罢又转向亨尼福特先生，“那先生您呢？您也是魔法师吗？”

可怜的亨尼福特先生！这问题生硬直接，击中的却是最敏感的痛处。内心深处，亨尼福特先生仍自诩魔法师一名，这被剥夺的身份，他不想听别人再提起。他于是答说自己多年前曾经是位魔法师，后来被迫放弃了头衔，这绝非自己所愿。研究魔法——英格兰的好法艺——在他看来，是天底下最崇高的事业。

斯特兰奇颇为惊奇地望着他。“您的意思我不太明白。若非自己乐意，谁能逼迫您放弃研究呢？”

于是斯刚德斯和亨尼福特二位先生告诉斯特兰奇他二人曾是约克魔法师学术协会的成员，又向他讲述了约协如何毁在诺瑞尔先生的手上。

亨尼福特先生问斯特兰奇怎么看诺瑞尔先生。

“哦，”斯特兰奇微微一笑道，“诺瑞尔先生可是国内书商的财神爷。”

“先生的意思是？”亨尼福特先生问。

“嗬，”斯特兰奇说，“不管在纽卡斯尔还是彭赞斯，只要有图书生意的地方，诺瑞尔先生的大名无人不晓。一提诺瑞尔先生，卖书的一笑，二鞠躬，三便对你说：‘啊，先生，您来太迟啦！我们历史、魔法方面的书一度收存甚广，可都已被一位约克郡的高人清了仓。’诺瑞尔总是先到一步。乐意的话，咱可以从诺瑞尔拣剩下的书里挑。我发现，他撇下不要的东西大多都是生火的好材料。”

斯刚德斯、亨尼福特二位先生自然乐得与乔纳森·斯特兰奇深交，而斯特兰奇也同样迫切地想与他二人多聊聊。于是，双方互问了一圈照例要问到的（“您几位下榻何处？”“哦，埃夫伯里的乔治酒家。”“啊，太好了，我们也住那里。”），立马决定四人一同骑赴埃夫伯里，当晚一起用饭。

四人离开影宅之前，斯特兰奇在砌有乌衣王雕像的门廊边停下，问斯刚德斯、亨尼福特二位先生可曾到乌衣王北方的旧都纽卡斯尔一访。二人均未去过。“这门廊是照纽卡斯尔的样式做的，在那里，这样的门饰随处可见，”斯特兰奇说，“刚有这种门廊的时候，乌衣王还未离开英格兰。在纽城，无论走到哪里，好像总能撞见乌衣王正从阴暗、尘封的小道里走出，向你走来。”说罢他笑了笑，“可他永远藏住半张脸，不发一言。”

五点钟，大家在乔治酒家的前厅一起坐下吃晚饭。斯刚德斯、亨尼福特二位先生都觉得斯特兰奇是个好伴儿，活泼又健谈。亨利·伍德霍普则在一旁兢兢业业地吃饭，吃完了便把两眼望窗外看。斯刚德斯先生担心亨利觉得大家冷落他，便对他夸赞起斯特兰奇在影宅施的法。

亨利·伍德霍普诧异道：“我可没听说这事儿值得赞扬。斯特兰奇没说这玩意儿有多了不起。”

“我尊敬的先生，”斯刚德斯叹道，“谁能记清在英格兰多少年没有见过这般法技了？”

“哦，我可不懂魔法！我敢说这玩意儿现在时髦得很。我从伦敦报纸上读过报道。可作为神职人员，读书的闲工夫是没有的。另外，我跟斯特兰奇从小一起长大的，知道他这人变得快。他对魔法的兴趣能坚持这么久，我已然很惊奇了。我敢说不久他就该烦了，他所有的兴趣都是这个下场。”他言罢起身，说打算到村子里散会儿步，向斯刚德斯、亨尼福特二位道了晚安便离开了。

“可怜的亨利，”等他走了，斯特兰奇叹道，“我猜咱们一定把他烦死了。”

“您这位朋友自己对魔法没有兴趣，还肯陪您一起过来，也是好心肠。”亨尼福特先生说。

“哦，那确实！”斯特兰奇道，“不过，您知道，他陪我过来也是不得已，因为他觉得家里太安静。亨利来我家串门，住几个礼拜，可我家那片地方是个僻静所在，我又太过专心研究自己的东西。”

斯刚德斯先生问斯特兰奇什么时候开始研究魔法的。

“去年春天。”

“您都做出这么大成绩来了，”亨尼福特先生大叫，“还不到两年时间！我尊敬的先生，您太了不起了！”

“哦，您这么以为吗？我自己感觉几乎什么都没做成。当然，这也怪我求助无门。您几位是我头一回遇上的同道弟兄，我把丑话说前面，我可要拿问题向诸位请教，不到后半夜不让睡觉。”

“只要能帮得到，无论什么方式，我们都乐意效劳，”斯刚德斯先生道，“只不过我怀疑我们能效劳多少。我们只研究过理论。”

“您太谦虚了，”斯特兰奇道，“就拿阅读量来说，诸位不知要比我丰富多少！”

于是斯刚德斯先生便开始向斯特兰奇推荐一些他兴许未曾拜读的作家，斯特兰奇动手草记名号及作品，办法也奇特，一会儿往本小记事簿上抄，一会儿又用餐厅的账条，有一回还上了手背。记下这些作家作品，他便向斯刚德斯先生发问。

可怜的亨尼福特先生！这般有趣的谈话，他多想参加——其实，谈话还真没少了他！他那些小计策，除了自欺，任谁也骗不过。“告诉他，一定要读托马斯·兰切斯特的《鸟之语》。”他冲着斯刚德斯发话，并不对着斯特兰奇说，“哦，”他接着道，“我知道您觉得它不怎么样，可我认为，跟着兰切斯特能学到很多。”

说到这里，斯特兰奇讲起，据他所知，《鸟之语》不到五年前在国内还有四本，一本在格洛斯特一家书店有售，一本在肯德尔一位绅士魔法师私人图书室里收藏，一本在彭赞斯附近一个铁匠的手里，作为帮人修铁门的一部分报酬，最后一本在达勒姆大教堂院内一所男校堵着窗户洞。

“现在都哪儿去了？”亨尼福特先生问，“您为何一本都没买？”

“我每赶到一处，诺瑞尔都先我一步将它买走了。”斯特兰奇说，“我从来没见过这个人，可他一次又一次坏我的事。于是我才想到要召唤已故魔法师的魂灵求教。[5]我猜女士们可能会更同情我的困境，所以才选了阿布沙龙小姐。”

斯刚德斯先生摇了摇头。“若为求知，我感觉这办法声势浩大，实费周折。您还有更简捷的办法吗？毕竟，在英格兰魔法的黄金时代，书比现如今少见，可那时候照样出魔法师。”

“我研读了黄金时代魔法师们的传记和历史，打算看看他们怎么上手。”斯特兰奇说，“似乎那会儿的人一旦发现自己有些魔法潜质，便立刻跑去一些岁数更大、经验更多的法师的住处，求人家收自己做徒弟。”[6]

5　在中世纪，召唤亡灵是一项普遍掌握的法技，业内似乎也有共识：魔法师的亡灵是最易召唤的一种，也最值得召来一谈。

6　自古以来，没几位魔法师的法技不是跟着同行学的。乌衣王在大不列颠并非头一位魔法师。在他之前尚有先辈——其中著名的是七世纪那位半人半魔的梅林。而在乌衣王来到英格兰之时，除他以外，法界再无同道。人们对乌衣王幼年经历知之甚少，但我们有理由猜测他是在仙国朝廷内学到了魔法技艺及治国之术。中世纪英格兰老一批的魔法师在乌衣王的朝廷上学到了法艺，他们又把法艺传给了他人。（转下页）

“那您也应当去找诺瑞尔先生帮忙！”亨尼福特先生道，“您真应当去。哦，是的，我知道的，”亨尼福特先生发现斯刚德斯先生意欲反对，接着说，“诺瑞尔有点矜持，可那又有什么关系？我敢肯定斯特兰奇先生一定治得了他那路怯缩。不管脾气多坏，诺瑞尔不傻，他肯定清楚身边有这样一位帮手带来的好处有多少！”

斯刚德斯先生对这个提议意见很大，尤其因为诺瑞尔先生对旁的魔法师心怀极强的反感。而亨尼福特先生，热情是其天性使然，积极性高，一有这主意，便立刻当作最好的盼望，忧患是不存在的。“哦，我当然知道，”亨尼福特先生道，“诺瑞尔一向看不上咱们搞理论的。可我敢说，若见了同道，他必要另眼相待了。”

这提议，斯特兰奇本人貌似并不反对，他自是好奇，想要会会诺瑞尔先生。就连斯刚德斯先生也不得不承认心里其实也是持同样立场，于是渐渐容许他二人的论断淡化掉自己的疑虑和反抗。

“今天对大不列颠来说是伟大的一天，先生！”亨尼福特先生高声道，“看看一位魔法师所能达到的成就，再想想两位能实现多少！斯特兰奇和诺瑞尔！哦，听上去很妙！”接着，他又重复了好几遍“斯特兰奇和诺瑞尔”，那欢欣鼓舞的神态逗得斯特兰奇大笑。

然而就像一切脾性温和的人，斯刚德斯先生的心思很容易发生变化。眼前的斯特兰奇先生，高个子，脸上带笑，态度自信，这样看着他的时候，斯刚德斯先生就满怀信心，知道无论是否由诺瑞尔先生辅佐、受不受诺瑞尔先生阻碍，这份天才总会得到应有的认可。然而第二天清早，斯特兰奇和亨利·伍德霍普骑着马一离开，他的心思又回到曾被诺

6　（接上页）这其中一个例外当属诺丁汉郡的魔法师托马斯·高布列斯（1105？—1182）。他一生经历多为我们所不知。他必是与乌衣王共处了些时日，可那时他已近暮年，魔法师也颇做了些年头了。兴许他这例子能够说明魔法师是可以自学成才的——而吉尔伯特·诺瑞尔和乔纳森·斯特兰奇毫无疑问是另外两例。

瑞尔先生想尽办法毁掉的那些魔法学者身上，于是担心自己和亨尼福特先生这一举会不会把斯特兰奇带入歧途。

“我还是觉得，”他说道，“要是咱们提醒斯特兰奇先生躲着点儿诺瑞尔先生会更好。本应劝他躲起来，咱们竟催他去找诺瑞尔先生！”

可亨尼福特先生并不买账。“哪有正人君子肯听劝躲藏。”他道，“就算诺瑞尔先生打算伤害斯特兰奇先生——从我这儿就绝不允许他这么干——我敢说斯特兰奇先生一定最先知道。”

第二十四章

另一位魔法师

一八〇九年九月

德罗莱特在椅子上略欠欠身，微微一笑道："先生，看来您如今有了个对手。"

未等诺瑞尔先生想好如何答话，拉塞尔斯便问这人是谁。

"斯特兰奇。"德罗莱特说。

"这人我不认得。"拉塞尔斯说。

"咳，"德罗莱特叫起来，"你肯定认得！什罗普郡的乔纳森·斯特兰奇嘛，一年两千镑的身家。"

"完全不知道你在说谁。哦，等等！有这么个人，在剑桥读学士的时候吓唬过圣体学院院长的猫，是不是他？"

德罗莱特表示正是此人。拉塞尔斯立马反应过来。二人便都笑了。

与此同时，诺瑞尔先生默坐一旁，像尊石像。德罗莱特那句开场白对他打击不小，好像真人走过来打了他一拳——好像油画里的人物、桌椅板凳也起身攻击他。这句话带来的震动几乎令他呼吸困难，他感觉身体一准儿都吃不消。德罗莱特接下去会说些什么，他想都不敢想——也许说这人有比他还强的法力？跟这人创造的奇迹相比，自己的成就只不过是雕虫小技？为了确保自己没有竞争对手，他这一向费了多大周折！如今他感觉就像夜间一个人在家挨着屋子锁门关窗，忙完了却听见二楼房间里有脚步声响。

然而，随着二人谈话进行下去，诺瑞尔先生的不安之感渐渐淡了，人于是踏实了不少。听德罗莱特、拉塞尔斯二人谈到斯特兰奇在布莱顿、巴斯游玩的事迹以及在什罗普郡的家产，诺瑞尔先生感觉自己大体了解这斯特兰奇是哪路人了：时髦人士，没什么深度，就跟拉塞尔斯差不很多。既然如此，（诺瑞尔先生心说）那句“您有个对手”会不会更像是冲拉塞尔斯说的而不是自己呢？这个什么斯特兰奇（诺瑞尔先生心想）一准儿是跟拉塞尔斯在情场争风吃醋的货色。诺瑞尔先生低头看看自己膝上交握的双手，笑自己杞人之忧。

“这么说，”拉塞尔斯道，“斯特兰奇现在成了魔法师喽？”

“噢！”德罗莱特转向诺瑞尔先生，“我敢说，就算他最铁的朋友也不敢将他的本领跟咱们敬爱的诺瑞尔先生相提并论。不过据说他在布里斯托和巴斯很受推崇。他现在人就在伦敦。他的一些朋友托我问问您肯不肯赏光接见他一谈——还有我本人能否恳求一同出席，目睹您二位法界高人的会晤？”

诺瑞尔先生慢慢抬起眼皮。“我愿意会会斯特兰奇先生。”他说。

两位魔法师这一重要会晤并未让德罗莱特等太久（正合他意——他讨厌等）。帖子一下，拉塞尔斯跟德罗莱特二人一力确保自己也务必到场，陪斯特兰奇先生等候诺瑞尔先生出面。

斯特兰奇先生并不像诺瑞尔先生所担忧的那般年轻英俊。他年近而立，相貌上来讲——假如男士们在这方面有发言权——也完全算不上英俊。最出人意料的是，他还带来位年轻漂亮的女客：斯特兰奇太太。

诺瑞尔先生上来便问斯特兰奇可带来什么作品，说他很想拜读斯特兰奇先生写的东西。

“我写的东西？”斯特兰奇顿了顿，“先生，恐怕是我没理解您的意思。我没写过东西。”

“哦，”诺瑞尔先生道，“德罗莱特先生告诉我说《绅士杂志》向您约过稿，不过也许……”

“哦，那个！”斯特兰奇道，“我还没想那回事呢。尼科尔斯说他下礼拜五才要稿子呢。”

“不到两周了您还没动笔！”诺瑞尔先生非常惊讶。

“哦！”斯特兰奇道，“我觉得把脑子里的东西落笔付印这个过程越短越好。我敢说，”他冲诺瑞尔先生友善地笑笑，“您也是这样以为的。”

诺瑞尔先生没答话。他活到现在从来没把脑子里的东西成功落实笔头并印成铅字，每次尝试总在修改阶段停留。

“至于打算写点儿什么，”斯特兰奇接着说，“我还没有想好，不过最有可能是批驳波蒂斯海德在《当代魔法师》[1]上发表的一篇文章。先生，那篇文章您看了吗？我看完后整整气恼了一个礼拜。他旨在说明当代魔法师没有必要跟仙灵打交道。你可以承认如今我们没本事再把仙子们召唤出来，但你不能一口咬定再没人这样打算！这种谨小慎微的论调，我是看不下去的。更怪的是，到现在我连一篇批评文章都没见到。如今既然魔法研究读者群已初具规模，再让这种僵化不通的言论漏网而不加批驳，实属大错特错。”

斯特兰奇言罢，明显觉着自己已经说得够多，于是等着其他几位开口。

静默片刻，拉塞尔斯先生说起波蒂斯海德勋爵这篇文章是在诺瑞尔先生支持及批准之下的授意之作。

“真的？”斯特兰奇看上去大吃一惊。

又是片刻的沉默。随后拉塞尔斯悠悠地问道如今人们通过何种方式学习魔法。

---

1 《当代魔法师》是继一八〇八年《英格兰魔法之友》问世后创办的魔法类刊物之一。这些刊物的编辑虽非诺瑞尔先生委任，诺瑞尔先生立下的正统的魔法观他们却是做梦也不敢背离的。

“从书本上学。”斯特兰奇道。

“啊，先生，”诺瑞尔先生叫道，“您肯这样讲，我十分欣慰！千万别在其他方式上浪费时间，只要专心读书！为读书付出多少时间、牺牲多少娱乐，都不吃亏！”

斯特兰奇带着一丝近于嘲讽的神情望着诺瑞尔先生，说道：“可惜，无书可读一直是个障碍。我敢说先生您是体会不到，全国上下还能买得到的魔法书籍真是少之又少。所有书商都说，要在几年前那可多得很，可如今……”

“真的吗？”诺瑞尔先生慌忙插嘴，“这可真是太奇怪了。”

言罢的沉默格外令人尴尬。当代英格兰仅有的两名魔法师对坐于此，一位叹自己无书可读，另一位——众所周知——坐拥满满两大藏书室。就算出于交际礼貌，诺瑞尔先生此时也应提出帮忙，哪怕只是小小表示一下。然而诺瑞尔先生一言未发。

“当初一定是遇上什么特别的事，”拉塞尔斯先生片刻后发话，“您才投身魔法研究。”

“确实。”斯特兰奇道，“非常特别。”

“您不打算给我们讲讲这回事？”

斯特兰奇不怀好意地笑了笑。“我敢说诺瑞尔先生听了一定十分欣慰，因为可以说其实是他成全了我。”

“我？”诺瑞尔先生叫起来，吓得不轻。

“情况是这样，先生，”阿拉贝拉·斯特兰奇赶忙说，“别的营生他都试过了——管理农场、写诗、锻铁。一年里摸遍各种各样的行当，哪样也没干长。看来他早晚是要来研究魔法的了。”

又是片刻无声。随后斯特兰奇道：“我之前并不知波蒂斯海德勋爵是依先生您的意思下的笔。那么您许能为我解惑——波蒂斯海德勋爵在《英格兰魔法之友》及《当代魔法师》两刊发表的所有文章，我篇篇不落，却未见一处提及乌衣王。避讳至此，我只好怀疑是有意为之了。”

诺瑞尔先生点点头。“我生平一志，是要民众彻底将他遗忘，这也是他罪有应得。”

“可是，先生，若无乌衣王——皮之不存，魔法、魔法师等毛将焉附？”

“这确是普遍看法。然而就算这说法成立——当然我本人绝不答应——他也早就辜负了我们，再无权享受我们对他的尊敬。他一踏上英格兰的土地就干了些什么？对当时名正言顺的英王宣战，抢走他半个王国！斯特兰奇先生，若旁人得知你我以此角色为榜样、捧他为我法界权威，我们的事业会因此得到尊重吗？当朝大臣们会因此信任我们吗？我看够呛！斯特兰奇先生，假如你我无力使这个名字被人忘却，我们至少有责任将我们对他的憎恨公之于众！让普天下皆知，对于他的邪性、罪行，我们是深恶痛绝的！”

两位魔法师的观点、脾性皆大相径庭，已是明摆着的了。阿拉贝拉感觉已无法让他俩共处一室相互折磨下去了。她和斯特兰奇没待多久便告辞了。

德罗莱特先生自然是头一个发表自己对这位新法师的看法的。“好啊！”斯特兰奇告辞后屋门还没关严，他便发了话，“不知你们怎么想，我这辈子可算是开了眼！之前好多人还跟我说他长得精神，你们说他们究竟什么意思？鼻子长成他那个样子，还有那头发。头发若是红棕色，最是难搞——怎么留都不合适——而且我看准里面已经有不少白的了，可他才不过——多大？有三十吗？也许三十二了？相反，他太太倒是个可人儿！那活泼劲儿！那一头棕色鬈发，式样甜美得很！只可惜她没下功夫多研究研究伦敦时下流行，一身儿植物图案印花棉布俏式归俏式，我倒希望看她穿得再时髦点儿——比如暗绿绸子滚黑缎带儿再钉些珠子。我只是这么一想，你们懂的，等下次见着她，我兴许就改主意了。”

“你们觉得别人会对他产生兴趣吗？”诺瑞尔先生问。

“哦，当然。”拉塞尔斯先生道。

“啊！”诺瑞尔先生说，“那我可就非常担心了——拉塞尔斯先生，劳您提些建议——我十分担心马尔格雷夫男爵会请斯特兰奇先生帮忙。男爵大人对魔法救国那份热衷——当然热衷本身没错，只是男爵大人因此读了各种关于魔法史的书籍，形成了自己的见解。他打算召唤女巫来协助我打退法国人，我估计他还以为女巫是那种半人半仙的妇女，过去恶人们打算陷害邻居时求助的对象，简而言之就跟莎士比亚《麦克白》里描述的一样。他让我召来这么三四位，我不干，他就不太高兴了。当代魔法用途广，可若把女巫召来，任谁都得遭殃。我担心男爵大人这会儿就该去找斯特兰奇相商，拉塞尔斯先生，您觉得会不会？斯特兰奇不知深浅，也许就真动了手。咱们好不好这就写信给沃特爵士，看能不能请他在男爵大人面前说句话，劝男爵大人小心这个斯特兰奇？”

“哦，”拉塞尔斯道，“我看没必要。要是您觉得斯特兰奇的法术不保险，别人很快也就都知道了。”

当天晚些时，大缇飞路上一家人设宴招待诺瑞尔先生，德罗莱特和拉塞尔斯二位也一同出席。来不多时，人们便问诺瑞尔先生对什罗普郡来的魔法师有什么看法。

“我看斯特兰奇先生人挺不错，”诺瑞尔先生道，“在魔法方面也颇有天赋，将来还是有可能成为我法界为人称道的一分子的——目前这样的人才在业内缺得厉害。”

“斯特兰奇先生对魔法的一些见解比较离经叛道。”拉塞尔斯说，“这门学科的当代新理论他不闻不问——我当然指的是诺瑞尔先生的理论：言简意赅，令世人叹服。”

德罗莱特则重申斯特兰奇先生的红头发怎么留都不合适以及斯特兰奇太太的裙衣虽不很入时——料子花样却是十分俏皮的。

与此同时，在查特豪斯广场一幢宅子简朴得多的餐室里，另一群人（其中包括斯特兰奇夫妇）也刚刚落座。斯特兰奇夫妇的朋友们自然急于听听他们对那位伟大的诺瑞尔先生的看法。

“他说他希望人们尽快忘掉乌衣王。”斯特兰奇惊讶道，“你们听听，一个魔法师想让人忘掉乌衣王！我看，这跟坎特伯雷大主教被人发现力图扼杀三位一体学说差不多。”

“就好像一个搞音乐的打算把亨德尔的创作都藏起去。”一位裹了头巾的女士边吃杏仁拌洋蓟边赞同道。

“或者说，就像一个打渔的劝别人相信大海是不存在的。”一位先生说着，将一大块配上好红酒酱烧的青鱼送进嘴里。

接着，在座宾客纷纷拿类似的蠢事打比方，大家都笑了，唯有斯特兰奇一人对着饭菜皱眉头。

“我原以为你打算求诺瑞尔先生帮忙的。”阿拉贝拉说。

“从一见面就几乎要吵起来了，我还怎么张口？”斯特兰奇叫道，“他不喜欢我。我也不喜欢他。”

“不喜欢你！好吧，他也许并不怎样喜欢你。可自打咱们一去，从头到尾他就再没瞧过别人一眼，简直打算用眼睛吃了你。我猜他挺孤单，自己做了那么多年学问，就没个人可以谈谈——自然不会跟他身边那两个惹人厌去谈，我记不得他们名姓了。现在他碰见了你，知道你是可以聊得来的——好了！若他不再下帖子请你，就怪了。”

在大缇飞路的宅子里，诺瑞尔先生放下餐叉，用餐巾点点嘴唇。“当然，”他说，“他一定要专心下功夫。我劝他一定要专心下功夫。”

在查特豪斯广场的宅子里，斯特兰奇说：“他叫我专心下功夫。我问他下功夫干什么。读书，他说。我这辈子没那么惊奇过。我当时险些问他，书都在他那儿霸着，还让我读什么。”

第二天，斯特兰奇对阿拉贝拉说她想什么时候回什罗普郡都行，他们已然没什么必要在伦敦久留了。他还说，关于诺瑞尔先生，他决定不再去想他了。这个决定，他完成得不够好。随后的几天里，阿拉贝拉耳朵里还能听到长长一串诺瑞尔先生的短处，不仅在专业方面，还有针对其个人的。

与此同时，在汉诺威广场，诺瑞尔先生则不时地向德罗莱特打听斯特兰奇的动向，他做些什么、拜访过谁、人们对他感想如何。

拉塞尔斯和德罗莱特见事情发展至此，略感惊慌。一年多以来，他们对这位魔法师的影响并不算小。他俩是魔法师的朋友，无论将领政客，谁打算问诺瑞尔先生意见或是求诺瑞尔先生出山，也要对他二人拜上一拜。如今又来了一位魔法师，和诺瑞尔先生的关系将会是他二人无法企及的，这样一个人独揽大权、做了诺瑞尔先生的参谋——想到这些就令人心生反感。德罗莱特对拉塞尔斯说，不能让诺瑞尔先生总想着什罗普郡那位魔法师。拉塞尔斯先生天生的怪脾气，从不当即赞成任何人的意见，此时却也毫无疑问与德罗莱特先生所见略同了。

斯特兰奇拜访后过了三四天，诺瑞尔先生便说："我这一向仔细考虑，觉得该为斯特兰奇先生做点什么。他说他缺文献可读，当然啦，我明白这确实……总而言之，我打算送他一本书。"

"先生，"德罗莱特叫起来，"那可是您珍贵的书！您不能送给别人，尤其不能送给别的魔法师，他们可不像您一样懂得怎样利用才好！"

"哦！"诺瑞尔先生道，"我并不是说把自己的书给他，我的书我恐怕一本都离不开。我才从爱德华兹-斯奇特灵记书店买了一本专为送给斯特兰奇先生。我得说，挑书并不容易。很多书，说实话，我并不愿这就推荐给斯特兰奇先生阅读，对他来说为时尚早。他读了反添各种各样的错误观念。而这本书，"诺瑞尔先生略显不安地看了看它，"缺陷不少——恐怕太多。斯特兰奇先生读完它，也学不到什么真法术。然而，关于勤奋治学以及急于落笔定论带来的恶果，这本书论述颇丰。我希望斯特兰奇先生将这些牢记于心。”

为此，诺瑞尔先生再次将斯特兰奇请到汉诺威广场。同先前一样，德罗莱特和拉塞尔斯也在场。而斯特兰奇这回是自己来的。

这第二次会面是在诺瑞尔宅的书房。斯特兰奇看看周围大量书籍，一言不发。也许他已经耗光了脾气。这一回，双方似乎都下定决心，言谈举止要客气亲热些。

“我太荣幸了，先生！”接了诺瑞尔先生的馈赠，斯特兰奇道，“《英格兰魔法》，杰里米·托特著。”他翻了翻书页，“我之前没听说过这个人。”

“这本书是他为他哥哥——上个世纪一位理论派魔法史学者霍雷斯·托特[2]所作的传记。”诺瑞尔先生说。后又把斯特兰奇将从中学到勤于钻研、莫只顾作论的道理讲解了一番。斯特兰奇礼貌地笑笑，鞠个躬，说这本书一定很有意思。

德罗莱特也将这份送给斯特兰奇的礼物欣赏一番。

诺瑞尔先生盯住斯特兰奇，脸上神情有异，仿佛期待与之对谈片刻，却不知从何谈起。

拉塞尔斯先生提醒诺瑞尔先生，海军部的马尔格雷夫男爵再有不到一个小时就该到了。

“先生，您还有公事要办，”斯特兰奇道，“我不能占您的时间。况且我自己也得为太太跑趟邦德大街，事情不能耽误。”

“兴许有天，”德罗莱特道，“我们有幸瞻仰斯特兰奇先生施个法术。我特别喜欢看人施法。”

“兴许吧。”斯特兰奇道。

拉塞尔斯先生摇铃铛传唤仆人。诺瑞尔先生突然发话：“我希望现

2　霍雷斯·托特在柴郡度过了平淡的一生，生平志愿是写厚厚一本关于英格兰魔法的大作，却迟迟开不了头。直到七十四岁临去世前，还打算着兴许下周可以动笔了，要不就下下周再说。

在就看看斯特兰奇先生的法术，假如他肯赏光，为我们演示演示。”

“呃，”斯特兰奇道，“可我还没……”

“我将荣幸之至。”诺瑞尔先生不肯罢休。

“好吧，”斯特兰奇应道，“我很乐意表演给您看看。比起您见惯的法术，这玩意儿兴许显得蹩脚，我看实不能与诺瑞尔先生您巧捷的手法相提并论。”

诺瑞尔先生欠欠身。

斯特兰奇四下里张望两三回，寻找可作的法术。他目光落在屋子紧里面挂着的一面镜子上，那角落一向不见光。他将杰里米·托特的《英格兰魔法》放到书房桌上，书映在镜子里一清二楚的。他盯着书，端详片刻，没甚动静。接着他做了个奇怪的手势：双手插进头发里一拢，扣住后脖颈，舒展舒展肩膀，就好像一个人胃疼的时候要活动活动。随后，他微微一笑，看上去甚为得意。

怪的是，那本书仍原封不动。

拉塞尔斯和德罗莱特看惯了——或者说听惯了——诺瑞尔先生法术的奇丽，对此情此景毫不以为然；说实话，游园会上随便找个变戏法儿的都比这好看得多。拉塞尔斯张口要发话（无疑是尖刻批评），却被诺瑞尔先生突如其来的一声赞叹堵住了嘴：“太精彩了！这真是……亲爱的斯特兰奇先生！这样的法术，我听都没有听说过！萨顿-格罗夫的书里都没有提到过，我向先生您保证，萨顿-格罗夫都没有提过！”

拉塞尔斯和德罗莱特一头雾水，看看这位魔法师，又看看另一位。

拉塞尔斯走到桌旁，使劲盯住那本书。“似乎比刚才长了点儿？”他说。

“我不觉得。”德罗莱特说。

“现在是棕黄皮封面，”拉塞尔斯说，“刚才难道是蓝的？”

“不对，”德罗莱特道，“一直都是棕黄的。”

诺瑞尔先生笑出声来。他通常连微笑都不肯，此时却冲他二人大笑。“不对，不对，先生们，你们没猜着！你们这回真没猜着！哦，斯特兰奇先生，我说不出有多……您做了什么他们都没看出来！把书拿起来！”他叫道，“拉塞尔斯先生，去把书拿起来！”

拉塞尔斯愈发莫名其妙，伸手去抓那本书，抓住的却只有空气。书，只有影像留在原处。

“他把书和书的镜像调了个儿。”诺瑞尔先生说，“书的实体在那儿，在镜子里。”说罢，他把那面镜子仔细端详，满脸专业人士才有的好奇，“可您是怎么做到的？”

“是啊，怎么做到的？”斯特兰奇喃喃自语，在屋里走来走去，从各个角度观察桌上那本书的影像，睁一眼闭一眼轮换着看，活像在打台球。

“您还能把书变回来吗？”德罗莱特问。

“可惜，我不能。”斯特兰奇道，“说实话，”他这才吐了口，“刚刚做了些什么，我自己概念也很模糊。我敢说，先生您也经历过，有那么种感觉，就好像脑海里奏乐——你自然就知道下个音是什么。”

“实在是了不起。”诺瑞尔先生道。

更加了不起的，也许是诺瑞尔先生自己。他一辈子就怕遇上对手，如今目睹他人法术，居然没有崩溃，反倒得意洋洋起来。

下午道别的时候，诺瑞尔先生和斯特兰奇先生之间的关系已十分友好了；第二天一早二人再次会面，这回根本没让拉塞尔斯和德罗莱特二位先生知道。临别时，诺瑞尔先生提出打算收斯特兰奇先生为徒。斯特兰奇先生答应了。

“要是他还没结婚就好了，”诺瑞尔先生烦躁地说，“结婚可不是魔法师该干的事。”

第二十五章

魔法师的教育

一八〇九年九至十二月

斯特兰奇受训头天一早，便被请到汉诺威广场诺瑞尔宅吃早饭。师徒二人桌边落座，诺瑞尔先生道："未来三四年的研修计划，恕我自作主张，已代你拟好了。"

一听说要三四年，斯特兰奇面露惊慌，却也没发话。

"三四年时间，着实太短。"诺瑞尔先生叹口气道，"在这段时间内，无论怎样安排，我看咱们也很难做出什么成绩。"

他递给斯特兰奇十几张纸，纸上满是他那笔精准的蝇头小字，每张纸分三栏，每栏将各式法术列了长长一串。[1]

斯特兰奇大略翻了一翻，说要学的可比他想象中多得多。

"啊！我羡慕你先生，"诺瑞尔先生道，"着实羡慕。魔法实践路途曲折，不乏磨难，而研修阶段却喜悦连连！有我法界伟大先辈们一路做伴、指点方向。只要肯干，真知酬勤勉。而且，最棒的是，只要你不想，就不必关心旁人的动向，连月里一眼都不必瞧。"

说罢，诺瑞尔先生似乎陷入了对这般旖旎境界的遐思，片刻后方才回过神来，说切莫再耽搁你我教学之乐，不如现在便去书房开课。

诺瑞尔先生的书房设在二楼，房间优雅，与其主人品味贴合；当主

1　不用问也知道，诺瑞尔先生开出来的课表是以弗朗西斯·萨顿–格罗夫在《盎格鲁魔法技艺综述》中所做的分类为依据的。

人需要慰藉与娱乐，这里是不二选择。当初德罗莱特劝诺瑞尔先生依时式将一面面小镜子在出人意料的角落摆出各种各样的角度，于是，屋里人时常被银光一晃，或是突然在最意想不到的地方瞥见大街上路人的模样。书房墙面铺了淡绿色的壁纸，纹样是橡树的绿叶虬枝。屋顶略略穹起，描了彩，仿春日林地里茂密的树冠。屋中藏书均由浅色小牛皮一式装订，书名大写烫银，齐整整印上书脊。书房环境这般清雅、调和，却见得书与书之间缺口连连、不少书架上空无一卷，不免令人有些诧异。

斯特兰奇和诺瑞尔先生在壁炉两侧分别落座。

“先生，假如您同意，”斯特兰奇道，“我打算先提几个问题。不得不承认，前几天听到关于仙灵的一番言论，我大吃一惊。不知能否烦您就这个话题讲一讲？倘若一位魔法师雇用了仙灵，会遇到什么危险？在您看来，仙灵的用处究竟大不大？”

“仙灵的作用一向是被过分夸大的，而危险性却被大大低估了。”诺瑞尔先生答道。

“哦！那么您也同意这种说法——仙灵即恶魔？”斯特兰奇问。

“恰恰相反，我坚信人们对仙灵的普遍看法是正确的。查斯顿[2]的相关文章你读过没有？若说他的理论最接近真相，我毫不以为怪。不，不，我个人否定仙灵是另外一回事了。斯特兰奇先生，你倒给我讲讲，为什么英格兰那么多种法术依靠了——或者说貌似依靠了仙灵的辅助？”

斯特兰奇思索片刻。“我想这是因为一切英格兰魔法始自乌衣王，而乌衣王又是在仙灵朝廷里受的教育，学会了法术。”

“一切与乌衣王有关，这点我同意。”诺瑞尔先生道，“不过，究

2　理查德·查斯顿（1620—1695）认为，人类与仙灵皆具“理智”与“魔力”两种官能。人类理智强而魔力弱，仙灵则相反：魔力是与生俱来的，而若以人类标准衡量他们的理智——他们几乎没有理智。

竟如何关联，我看并不是你认为的那般。斯特兰奇先生，你且想一想，乌衣王统治英格兰北部那些年，同时还要兼管一座仙国。你且想一想，除他以外，再没有哪个君王能统治如此不同的两个种族。你且想一想，他是一名伟大的魔法师，同时也不失为一名伟大的统治者——史学家们往往忽视了这一点。我认为，两族的统一无疑是他心头大患——他完成了这统一大业，斯特兰奇先生，靠的是有意在法技上夸大仙灵的作用。这样一来，他就把仙灵在人类子民心目中的地位提高了，同时也为他们安排了有用的营生，令两族乐于相伴为伍。”

“是的，”斯特兰奇若有所思地说道，“这我明白。”

“在我看来，”诺瑞尔先生接着说，“即便是黄金时代魔法师中的精英，也误估了仙灵对于人类法术的必要性。看看佩尔！他认为仙仆对其钻研技艺至关重要，竟至于称宅间三四名仙灵为至珍瑰宝！然而，就我个人经验而言，几乎所有上得了台面的法术，不借任何辅助也照样灵验！我施过的法术有哪一样是靠了仙灵呢？”

“您说的我懂，”斯特兰奇应道，心想诺瑞尔先生最后一问必是反问，“可我得承认，先生，您这理论我还是头回听说。之前从未读到过。”

“我也没读过，”诺瑞尔先生道，“当然，不靠仙灵就无法实施的法术也存在。将来总有一天——当然这样的情况我希望越少越好——你我非同这族孽灵交涉不可。我们自然要多加小心。无论召来何方仙灵，他必曾与英格兰的魔法师打过交道，他必会主动把所有辅佐过的大法师的名姓以及自己提供的帮助一一讲给我们听，他对于法术形式及实践经验的了解要比我们丰富得多。我们这就——我们一定会——失了势。斯特兰奇先生，我向你保证，英格兰魔法走了下坡路，谁也没有彼界人看得更明白了。”

“不过，仙灵对于普通人而言仍是极具吸引力的，”斯特兰奇思索片刻方道，“若在施法时偶尔用他一用，许对弘扬我法法技有些帮助。如今人们对将法术运用于战事这一做法仍怀有很大偏见。”

“咳，此言差矣！”诺瑞尔先生叫起来，略显烦气，“人们以为魔法从始至终都靠仙灵，从不考虑魔法师自身的技术与学识！不行，斯特兰奇先生，这理由可说不动我去雇用仙灵！恰恰相反！一百年前，魔法史学者瓦伦丁·蒙岱否认彼界存在，他认为声称去过那里的人都在扯谎。这方面他确实犯了错，但此人立场一直深得我心，希望你我有朝一日将其推广。当然，”诺瑞尔先生若有所思地说，“蒙岱在那之后又否认美洲存在，继而法国等等也不认了。算到他去世前，苏格兰大概早已被他抹掉，卡莱尔也令他生疑……他的书我这儿有。”[3]诺瑞尔先生起身从书架上取下一本，却并不直接递给斯特兰奇。

沉默片刻，斯特兰奇道：“您打算让我读读它？”

“是的，没错。我想你应当读读。”诺瑞尔先生道。

斯特兰奇等了等，可诺瑞尔先生仍盯着手里的书，仿佛不知所措。“那您得把书给我啊，先生。”斯特兰奇轻催道。

“是的，没错。”诺瑞尔先生应道。他小心翼翼地走到斯特兰奇身边，把书擎住片刻，突然一抛，书先起后落，入了斯特兰奇的手。这动作颇奇异，仿佛不是递书，而是哄一只恋恋不舍的鸟儿从掌心飞走。由于过分专注操作，诺瑞尔先生有幸没看到斯特兰奇在一旁强忍着笑。

诺瑞尔先生一时没有动，望着自己的书捧在另一名魔法师的手里，怅然若失。

然而，头一本脱了手，最艰难的一步似乎就跨过去了。半个小时后，他又荐给斯特兰奇另一本，自己走过去拿了，全无先前那些花样。到正午时分，他已肯将架上的书指给斯特兰奇，任他自己去取。当天课

---

3 瓦伦丁·蒙岱：《蓝皮书：意在揭露英格兰魔法师于我朝民众及魔法从业者中广为散布的谎言及常见骗局》，1698。

程快结束的时候，诺瑞尔先生派给斯特兰奇的书数量可观，还吩咐他最好这周就读完。

师徒二人研究、讨论一整天，这般享受并不多得。他们往往要腾出一部分时间来接待诺瑞尔先生的访客，这当中包括诺瑞尔先生感觉仍有必要结交的社交名流，也有来自政府各部门的官员。

教学期满两周，诺瑞尔先生对他这新来的门生已怀有无限的热情。“给他讲点什么只消讲一遍，”诺瑞尔先生告诉沃特爵士，“他一点就通！我清晰记得我自己钻研佩尔的‘未来征兆之臆测’，苦熬多少礼拜方才搞懂。人家斯特兰奇先生只花了不超四个钟头，就掌握了这门极其艰深的理论！”

沃特爵士微笑道：“这倒是。可我看您也自视过低了。斯特兰奇先生胜在有名师解惑，而您只靠自学成才——是您给他铺好了路，令他脚下一马平川。”

“啊！”诺瑞尔先生叹道，“可是，直到跟斯特兰奇先生坐下多谈了谈那‘臆测’咒，我才意识到它比我预想中的应用还要广得多。都是因为斯特兰奇先生提出的问题，您瞧，把我对佩尔博士理论的理解拔到了新高度！”

沃特爵士应道：“这样的话，先生，我为您找到一位这般志同道合的朋友而高兴——人生慰藉，莫过于此啊。”

“沃特爵士，您这可是说着了！”诺瑞尔先生高声道，“真说着了！”

斯特兰奇对诺瑞尔先生的仰慕则略有保留。诺瑞尔先生言之无味、行之无常，仍时时令他不舒服。在诺瑞尔先生向沃特爵士夸赞斯特兰奇的同时，斯特兰奇正对阿拉贝拉抱怨诺瑞尔先生。

“到现在我都摸不清他的路数。他在当代建树绝顶，同时却也无聊透顶。今早功课停下来两回，就因为他觉得屋里能听见老鼠的动静——

他特别受不了老鼠这东西。我跟两个男仆、两个女佣一起把屋里家具挪来挪去找耗子。他在壁炉旁边站着，吓得浑身发僵。”

“他养不养猫？”阿拉贝拉提议道，“他应当抱只猫去。”

“哦，不可能的事！猫比耗子更招他的恨。他告诉我说，若不巧与猫咪同处一室，不出一个钟头，他一准儿浑身起满红疹子。”

诺瑞尔先生诚心诚意打算把他这个徒弟教透彻，可他一向深藏不露惯了，半辈子养成的习惯可不是说改就能改了的。十二月里的一天，青灰色的云里飘下绵软的大雪花，两位魔法师坐在诺瑞尔先生的书房里。窗外雪花飘得缓，炉膛里的火烤得暖，再加上诺瑞尔先生招待的一大杯雪利酒——当初真不该接——合力压得斯特兰奇脑袋沉沉、昏昏欲睡。他把手托了脑袋，上下眼皮直打架。

诺瑞尔先生还在讲话。“不少魔法师，”他说着，十指对起来搭个拱，“试图将法力寄存在一些有形的物体上。这操作起来并不困难，东西也可以随心所欲地选。树木、珠宝、书本、弹丸、帽子，这些在历史上都曾被利用过。”诺瑞尔先生盯着指尖、紧皱眉头，“魔法师将法术寄存在无论何种物件上，是希望自己的法力免遭衰老及疾病这些不可抗因素的削弱。我个人常是跃跃欲试；重伤风、喉咙痛都会严重影响我法术的发挥。可仔细考虑再三，我认为这样划分法力是极端不明智的。咱们就拿戒指为例。由于体积小巧，戒指自古以来就被视为寄存法力的上佳之选。人戴戒指可以一戴很多年不摘，谁见了也无话可说——要是手上总拿本书或揣块石头，旁人的反应就会不一样。然而，历史上几乎没有哪位魔法师把一部分法技存进戒指之后不把戒指弄丢了的，他们为找戒指都费尽周折。比如十二世纪时的诺丁汉大师，他那蓄有强大法力的戒指，他女儿还以为是什么不值钱的小玩意儿，戴在自己手上就去了圣马太大集。这粗心大意的女孩子……”

“什么？”斯特兰奇突然大声问。

“什么？”诺瑞尔先生吓了一跳，也问。

斯特兰奇看了他一眼，目光锐利且似有疑问。诺瑞尔先生回望着他，面露些许惶恐之色。

“请原谅，先生，”斯特兰奇道，“不知我可领会了您的意思？咱们是不是在讲通过某种方式寄存在戒指、石头、护符里的法术这类东西？”

诺瑞尔先生小心翼翼地点了点头。

“可我记得您说过，”斯特兰奇道，“我的意思是，”他努力把口气放平缓，“我记得您好像在几个礼拜前告诉我，魔法戒指、石头这类东西都属于无稽之谈。”

诺瑞尔先生呆呆地望着自己的徒弟，紧张起来。

“不过兴许是我记错了？”斯特兰奇道。

诺瑞尔先生没搭茬。

“是我记错了，”斯特兰奇重复道，“打断您了，还请您包涵。请您继续。”

诺瑞尔先生看斯特兰奇并不追究，一脸如释重负，可再也无力讲下去，转而提议吃茶。斯特兰奇正是求之不得。[4]

---

4 关于诺丁汉大师的女儿，诺瑞尔先生再没讲下去。这故事值得一讲，不妨写在这里。

这女孩子去赶的大集是马太庆日当天在诺丁汉举办的。她逛摊子转小铺，扯花布、选花边、买香料，度过了愉快的一天。午后时分，她正转身看几个意大利杂耍翻筋斗的当儿，身上披的斗篷扬起来，边角扫着路上一只鹅。这坏脾气的畜生呼扇着翅膀，尖叫着奔她而来。她一慌，手上父亲的戒指滑进了鹅大张的喉咙口，鹅也一惊，竟自把戒指咽下肚去。不待她做任何反应，放鹅的已将鹅赶了走，双双消失在人群中了。

后来这只鹅被一位名唤约翰·福特的人买走，带回他位于菲斯克屯的家中。第二天，他老婆玛格丽特·福特动手杀鹅、煺毛，开膛清内脏，结果在鹅胃里发现一枚沉甸甸的银戒指，上面镶了一块凹凸不平的黄琥珀。她把戒指放到桌上三颗早上才收的鸡蛋旁。

紧接着，那三颗鸡蛋开始晃动，蛋壳裂开，里面钻出神奇的东西来。第一颗蛋里是个类似于维奥尔琴的弦乐器，只是生了手脚，执小小一把乐弓，兀自奏起甜美的曲子。第二颗蛋里划出一艘小船，至纯的象牙雕船身，细织的白亚麻布做船帆，还附带一对银船桨。最后一颗蛋孵出一只小鸟，生了罕见的金红双色羽。这三样奇景，唯有这鸟儿活过了当天。一两个钟头过（转下页）

当晚，斯特兰奇把诺瑞尔先生所说和自己所答统统讲给阿拉贝拉听。

“全天下没见过这么怪的事！怕被人揭穿，竟至哑口无言。为了回

4　（接上页）后，那把维奥尔琴便像蛋壳一般四分五裂，化为碎片；待到日落时分，那艘象牙小船便扬起帆、摇起桨，从空中划走了。而那鸟儿成长起来，燃起一把火，烧掉大半个格兰瑟姆。大火之中，有人见它以烈焰为浴，于是断定是只凤凰。

当玛格丽特·福特意识到一枚魔法戒指落到自己手上，就一心打算用它施些法术。糟糕的是，她是个坏到根儿上的恶妇，欺压她温顺的丈夫，每天花好久琢磨如何打击报复自己的死对头。约翰·福特是菲斯克屯的庄园主，事后几个月间，地位远在其上的达官贵人纷纷送大礼、赠田地，唯恐他老婆施法作怪。

玛格丽特·福特施的法术，声名远播诺丁汉。此时的诺丁汉大师已卧榻等死——毕生法力多已存入戒指，戒指一丢，大师先是郁郁不乐，接着陷入绝望，最后落得个疾病缠身。终于听到戒指下落，大师也因病重而手足无措了。

与此同时，大师的女儿为给家里惹下大祸而痛心疾首，将追回戒指视为己任。她并未声张，自己沿着河堤一路向菲斯克屯寻去了。

行至刚梭尔埔，她目睹一番惨象：一小片树林正熊熊燃烧，火势稳健，火苗遍及各处，苦涩的黑烟刺她眼睛、灼她喉咙。然这片林子并未烧绝殆尽，树木间传来阵阵低吟，就仿佛受了不该受的罪而大放悲声。大师的女儿往四下张望，打算找人问问缘由。一位年轻的伐木工正好经过，告诉她说：“两礼拜前，玛格丽特·福特从瑟加屯回来的路上经过这边树林。她借这片林子树荫歇息，捧林间溪水解渴，摘林间坚果、莓子充饥。可她刚要走的时候，却被树根绊了一跤。从地上爬起来的当儿，一枝不识相的荆棘划破了她的胳膊。她于是给整片树林施法，咒这把火永无停息之日。”

大师的女儿谢过伐木工，接着又赶了会儿路。走渴了，便蹲下身从河里捧些水喝。突然，水里钻出个女人——至少模样像个女人——从水面露出半个身子。她浑身生着鱼鳞，皮肤活像鳟鱼一般青灰且布满斑点，一头乱发支棱八叉，也似鱼儿的灰鳍。她瞪着大师的女儿，似有愠色，可那一双冷冰冰的圆鱼眼、一副硬邦邦的面皮，不太容易表达人类神情，所以是怒是喜也不得而知。

“哦！打扰您了！”大师的女儿吓了一跳。

水里的女人张了张嘴，露出鱼儿的喉咙和一嘴丑牙，却发不出声来。罢了她翻身一跃，钻回水底。

河畔一位正洗衣服的妇女告诉大师的女儿：“这东西原是个名唤约瑟琳·特伦特的姑娘，不幸她丈夫被玛格丽特·福特看上。玛格丽特·福特就因为嫉妒，给人家下了咒。可怜这姑娘只好没日没夜泡在浅水里，皮肉才不至于干透；她又不会游泳，于是时时充满恐惧，担心会淹死。”

大师的女儿感谢洗衣妇告诉她这一切。

后来，大师的女儿行至郝文翰村，只见一对夫妻挤挤挨挨骑着一匹小马，劝她别进村里去，而是沿着窄路小道领着她绕过了村子。爬到一座绿油油的小山坡上，大师的女儿俯身往下望，只见这村庄里人人都蒙着厚厚的眼罩。对这般自我蒙蔽，村民尚未习以为常，于是没完没了地把脑袋往墙上撞、把腿脚绊在板凳和推车上，皮肉被刀片工具割破，身子被火烧伤。人人（转下页）

答我自己的问题，我得一次次不重样地替他编瞎话。我这是被迫跟他联合起来害我自己。”

“可我不明白，”阿拉贝拉道，“他自相矛盾成这副怪样子，到底

---

4 （接上页）浑身布满深深的口子和瘀伤，可谁也不肯把眼罩摘掉。

“唉！”马上那位妻子道，“郝文翰村的牧师斗胆在布道时控诉了玛格丽特·福特的恶行。从大主教、修道院院长到教士，没人敢出声，只有这孱弱的老人向她叫了阵，她因此诅咒了整个村子。村民于是遭了噩运，生平最大的恐惧化作绘声绘色的影像，无时无刻不浮现在他们眼前。这些可怜人眼见自己的孩子挨饿，见自己的父母发疯，见自己所爱的人对自己不屑一顾、逐渐变了心。夫妻则会见到彼此惨遭杀害。就这样，虽说一切仅仅是幻象而已，村民还必得把双眼蒙起，否则就会被眼前所见逼疯的。”

听到玛格丽特·福特这般骇人的恶行，大师的女儿摇了摇头，继续往约翰·福特的庄园赶。到了庄园里，她看见玛格丽特和家里的女佣各执一根木棍，正在赶牛去挤晚间那一次的奶。

大师的女儿大着胆子走向玛格丽特·福特。玛格丽特·福特当即转过身来，拿手里的棍子打她。“坏丫头！”她叫道，“我知道你是谁！我的戒指都告诉我了。我知道你打算骗我——骗我这跟你无冤无仇的人，你还打算求我收你做仆人。我知道你是打定主意要把我的戒指偷走。好啊，听好了！我给我的戒指下了猛咒。假如哪个贼傻到敢碰它，很快，蜜蜂、马蜂等等虫子就会从地上飞起来蛰他；飞鹰、猛隼等等鸟儿就会从空中飞下来啄他；随后，黑熊、野猪等等野兽就会现身，将他撕成碎片、踩个稀烂！”

说罢，玛格丽特·福特把大师的女儿狠狠揍了一顿，然后吩咐女仆送她下厨房干活。

玛格丽特·福特家中的仆人平日惨遭虐待，自是一肚子苦水；他们把最脏最累的活都交给大师的女儿来干。只要挨了玛格丽特·福特的打骂——这是家常便饭——他们就把大师的女儿也照样打骂一顿，以泄心头之愤。然而，大师的女儿不允许自己低落。她在厨房里一干就是好几个月，其间十分努力地思考究竟如何哄骗玛格丽特·福特，好让戒指掉落或者失踪。

玛格丽特·福特是个残暴的妇人，很容易动怒；怒火一旦被点起来，就无法扑灭。然而这样一个人，竟特别喜爱小孩子；只要有机会抱着婴儿爱抚一下，她绝不放过。只要怀里抱着小孩，她简直就是温柔的化身。她自己没孩子，认识她的人谁也不否认这给她带来了极大的苦痛。很多人猜她为了怀上孩子肯定不少给自己下咒，然而最后仍旧腹中空空。

有一天，玛格丽特·福特正陪邻居家的小女孩一起玩，她说假如有天自己真生了孩子，宁愿是个闺女；还说希望她闺女是奶白皮肤、绿眼珠、一头铜红鬈发（这都是玛格丽特·福特自己天生的配色）。

“哦！”大师的女儿无心插了句嘴，“艾坡斯通的地方官家中媳妇生了个孩子，恰好长这模样。就没见过那么俏皮的小东西。”

玛格丽特·福特于是让大师的女儿带她去了艾坡斯通，把地方官媳妇刚生的孩子抱来给她看看。当她发现这孩子果真是天下最最甜美、俏皮的小东西（完全符合大师女儿的描述），便对那已经吓没了魂儿的孩子妈说她准备把孩子带走。

地方官家的孩子一到手，玛格丽特·福特几乎变了个人。她每日只忙于照顾小孩、陪小孩玩、唱歌给小孩听。玛格丽特·福特对生活感到心满意足，魔法戒指用得比过去少多（转下页）

是为了什么。”

“咳！他是存心要隐瞒些事情——这是明摆着的。而且我感觉，他并不时时记得清究竟哪些事情需要隐瞒、哪些不需要。你还记得我跟你提起他书房的书架上有空地儿吗？据说，就在收我做徒弟的当天，他安

---

4 （接上页）了，也几乎不再发脾气了。

日子一天天过下去，诺丁汉大师的女儿在玛格丽特·福特家中快住满一整年了。夏天里有一日，玛格丽特·福特和大师的女儿带着孩子及其余女仆一起到河畔用午饭。吃喝过了，玛格丽特·福特躲到一片蔷薇丛下的阴凉里休息。天气很热，大家都很困倦。

确定玛格丽特·福特已经睡熟，大师的女儿立马掏出个糖球给那孩子看。见了糖球该干什么，孩子心里自是清楚得很，于是张大了嘴巴，大师的女儿把糖球喂了进去。随后，在确定没有任何一个女仆看见她的情况下，她以最快速度将魔法戒指从玛格丽特·福特手指头上脱了下来。

接着，她“啊！啊！”地尖叫起来。“快醒醒，夫人！小宝贝摘了您的戒指放进嘴里去了！哦，看在宝贝孩子的分上，快把咒语解除了吧。快解除吧！”

玛格丽特·福特睁开眼，发现孩子两腮鼓囊囊的，可当时她睡意太浓、太过惊慌，根本没搞清发生了什么。

一只蜜蜂从面前飞过，大师的女儿指指它，尖叫起来。其余的女仆也跟着叫起来。“快呀，夫人，求求您啦！”大师的女儿喊道，“哦！”她抬头望天，“这不，鹰和隼正往这边飞哪！哦！”她极目远望，“这不，熊和野猪跑过来了，是要把咱们可怜的小宝贝撕个粉碎啊！”

玛格丽特·福特冲戒指大喝一声，破了魔咒。魔咒应声解除，而几乎与此同时，小宝贝也把糖球咽进了嗓子眼。玛格丽特·福特跟女仆们忙着对孩子又是求又是哄，把孩子抱起来摇晃，想让她把戒指咳出来。诺丁汉大师的女儿趁此机会迈开大步，沿着河畔往诺丁汉城飞奔而去了。

故事余下的部分都是常见的桥段了。玛格丽特·福特一发现自己被骗，就牵来马、带上狗，追将过去。大师的女儿一路上有好几回都差点儿被捉——骑马追她的人几乎赶上了她，而狗就紧跟在她身后。不过，故事里面的她得了救，帮手都是玛格丽特·福特魔咒的受害者：郝文翰村的居民扯下蒙眼布，拼着眼前的恐怖景象，纷纷赶去修建路障，好挡住玛格丽特·福特的去路；可怜的约瑟琳·特伦特钻出水面，拼命把玛格丽特·福特往浑浊的泥水里拖；那片燃烧的小树林则往玛格丽特·福特脑袋顶上投下带火的枝桠。

戒指归还到诺丁汉大师手中，他把玛格丽特·福特作的孽统统解除，自己的财富和名誉也得以恢复。

这个故事还有另外一个版本，其中不涉及魔法戒指，不涉及永远燃烧的树林，不涉及凤凰——总之不涉及任何现实中没有的幻象。在这个版本中，玛格丽特·福特和诺丁汉大师的女儿（名唤多娜塔·托瑞尔）并不是死对头，而是十二世纪在诺丁汉郡盛极一时的女性魔法师团体的两位带头人。诺丁汉大师休·托瑞尔反对这个团体，费尽心机想要将它搞垮（尽管自己的女儿也是其中一员）。在他快要得胜之际，这个团体的妇女纷纷离家，离开家中的父亲、丈夫，走到树林里，生活在托马斯·高布列斯的庇护之下。这一位魔法师比休·托瑞尔来头可大多了。故事的这个版本不那么花哨，远不如先前版本流传得广。可乔纳森·斯特兰奇认为这一段才是正史，并将其写进了《英格兰魔法的历史与实践》。

排人清空了五座书架，书全部送回约克郡，就怕我读了危险。”

“老天！这你是怎么知道的？”阿拉贝拉非常惊奇。

“德罗莱特跟拉塞尔斯告诉我的，为这，他俩可得意了。”

“坏心肠的家伙！”

听说斯特兰奇因为要和阿拉贝拉找房落户而停上一两天的功课，诺瑞尔先生十分不快。“都是他那个太太，”诺瑞尔先生叹了口气，冲德罗莱特抱怨道，“要是他还单身，我猜就是搬到我这里住，他也不会反对。”

一听诺瑞尔先生心怀此意，德罗莱特十分紧张。为防止这念头再生发，他打算先把话说到：“哦，可是先生，您想想您在海军部和战争部的事务，那可是至关重要且绝密的！家里住进个人来，岂不误了您的事。”

“哦，斯特兰奇先生能帮上我的！”诺瑞尔先生道，“人家一身本领，若不为国效力，岂不是我的罪过。上礼拜四我带斯特兰奇先生去海军部找马尔格雷夫男爵，男爵见我带了他来，并不怎样高兴……”

“那是因为男爵大人他已经见惯您高超的技艺！我猜他是觉得一个业余的——不管多有本领吧——没资格来海军部搀和。”

“……可大人他一听斯特兰奇先生提出以魔法抗击法寇的建议，马上对我换上一副笑脸，说：‘诺瑞尔先生，你我都是老脑筋了，咱得输点儿新鲜血液振作振作，是不是？’”

“这是马尔格雷夫男爵说的？冲您说的？”德罗莱特问，“他真是忒没礼貌，但愿您当时没给他什么好脸色看。”

“什么？”诺瑞尔先生脑子还在自己讲的事里没出来，顾不上理会德罗莱特怎么说，“‘哦！’我就对他说——我说，‘我也这样想，大人。您快再接着听听斯特兰奇先生的想法。您这听了连一半都不到呢！’”

不仅是海军部——即连战争部及政府其余各部都为乔纳森·斯特兰奇的到来欢欣鼓舞。过去许多难题瞬间迎刃而解。御前大臣们长久以来一直计划着让敌军做噩梦。外交大臣在一八〇八年一月首次提出此议案，之后的一年间，诺瑞尔先生兢兢业业，坚持每天夜里发给拿破仑·波拿巴皇帝一个噩梦，结果毫不见效。波拿巴帝国并未倒台，波拿巴本人骑马参战也一如既往的清醒镇定。最终政府只得吩咐诺瑞尔先生停手。沃特爵士跟坎宁先生私下里都觉得事情没成是因为诺瑞尔先生变出来的噩梦都不够“噩”。坎宁先生抱怨说诺瑞尔先生发给波拿巴皇帝的噩梦（基本上都是关于衣橱里藏了个龙骑兵上尉）连自己孩子的保姆都不害怕，更别说吓住征服了大半个欧洲的皇帝。他曾试图劝说其他大臣干脆请贝克福德先生、刘易斯先生跟拉德克利夫夫人*来创造鲜明生动的梦魇，再让诺瑞尔先生往波拿巴脑袋里面装。而大臣们觉得，雇个魔法师倒也罢了，雇写小说的则另当别论——他们可丢不起那个人。

斯特兰奇一来，这计划又重被提起。斯特兰奇和坎宁先生都认为，噩梦这种并非实际存在的恶，大概吓不倒那邪僻的法国皇帝，于是决定这回先从他的盟友俄国皇帝亚历山大下手。有利条件是，他们在亚历山大的朝廷上有不少好朋友，这些俄国贵族往英国卖木材赚海了钱，如今更是跃跃欲试。还有一位有勇有谋的苏格兰女士，嫁的恰是亚历山大的贴身男仆。

听说亚历山大莫名其妙地易受煽动，且笃信神秘宗教，斯特兰奇打算发个充满诡异预言及象征的梦给他。一连七夜，亚历山大都梦见自己跟波拿巴二人舒舒坦坦坐下来吃晚饭，端上桌的是美味的鹿肉汤。可还没等尝一口，波拿巴皇帝便跳起来大叫道：“J’ai une faim qui ne saurait

---

* 威廉·托马斯·贝克福德、马修·刘易斯及安·拉德克利夫三位皆是英国十八世纪哥特风格小说家。

se satisfaire de potage."[5]说罢便化作一头母狼，吃了亚历山大的猫，吞了亚历山大的狗，连他的马匹和漂亮的土耳其小老婆也没放过。母狼将亚历山大的亲戚朋友一个个吞下肚的当儿，子宫敞开，吞下去的猫、狗、马、土耳其小老婆以及亲戚朋友等等，又被吐了出来，却已纷纷化作可怖的畸形。母狼一边吃，一边长身量，待壮大如克里姆林宫，她转过身来，肥硕的奶子摇晃，满口鲜血，打算吞掉整个莫斯科。

“发给他这样一个梦并无不妥，告诉他相信波拿巴是个错误，总有一天波拿巴会背叛他，”斯特兰奇向阿拉贝拉解释道，“这其实就等于我给他写封信直说了。他明明就是错了，而且波拿巴将来背叛他，也是毋庸置疑的。”

很快，苏格兰女士那边传来消息，说俄国皇帝深受噩梦困扰，就像《圣经》中尼布甲尼撒国王一样，他也请来占星士、预言家为他解梦，这些人很快便做出了解说。

斯特兰奇之后又发给俄国皇帝更多的梦。“而且，”他对坎宁先生说，“我听从您的意见，将梦编造得更加隐晦、更加难以解说，皇帝的术士们这下有的忙了。”

那位詹妮特·阿奇波尔多夫娜·巴尔苏科娃孜孜不怠，很快便发来令人满意的消息：亚历山大已无心国事战况，一天到晚坐在那里冥思苦想，跟法师、术士们讨论自己的梦。波拿巴皇帝来函一到，旁人就见他脸色发白，冷战连连。

---

5 “我的饥饿，汤水无法满足。”

第二十六章

宝珠、王冠与权杖

一八〇九年九月

坡夫人和史蒂芬·布莱克每晚总会被忧伤的钟声召唤到丧冀那幽暗的大厅里跳舞，夜夜无休。论时髦与精美，以史蒂芬的眼界，这些舞会当属最高；然而，来宾的华服美貌与舞厅本身种种窘迫潦倒的迹象形成奇异的对照。配乐从不更换，只靠一把提琴吱嘎，一支笛子嘀嗒，几首小调反复演奏。油腻的牛脂蜡烛——偌大的厅堂，蜡烛太少，史蒂芬那双男管家的眼睛不可能发现不了——光芒打在舞者身上，舞者变换身段，怪影在围墙上挥洒蔓延。

不跳舞的时候，坡夫人跟史蒂芬要参加漫长的仪仗队，举着旗帜条幅在尘土弥漫、光照不足的大厅里穿行（白毛先生对这样的仪式格外感兴趣）。一些条幅是年代久远、早已开始腐坏的细密绣品，另一些则是白毛先生赢战敌人的见证，干脆就是用那些敌人的皮做成的，双唇、双眼、毛发和服饰由白毛先生家的女眷绣在黄色的皮面上。白毛先生乐此不疲，毫不怀疑史蒂芬和坡夫人也和自己一样乐在其中。

别的事情上善变，唯有两件事白毛先生始终坚持：一是对坡夫人的敬，二是对史蒂芬的爱。为了示好，他坚持送史蒂芬极为贵重的礼物，并将些没来由的好运气一样样降到他头上。如同以前，有些礼物是以史蒂芬的名义直接送到布兰迪太太手上的。也有些是直接给了史蒂芬，为的是——白毛先生如是说："你那邪恶的敌人绝发现不了！"（他指的是沃特爵士。）“我非常巧妙地用法术蒙了他的眼，他见着什么也不会发疑。哈！就算你明天当上坎特伯雷大主教，他也不觉得怎样！没人会觉得怎样。”说着说着，他仿佛突然想起了什么，“史蒂芬，你乐意明天就当坎特伯雷大主教吗？”

“不了，谢谢您，先生。”

“你确定？这一点儿都不麻烦，假如教廷方面能引起你任何兴趣……”

“先生，我向您保证，他们不能。”

“你的好品味又一次给你增了光，主教礼冠戴在脑袋上难受极了，而且一点儿也不好看。”

可怜的史蒂芬被种种奇迹异象缠了身。每隔几日，便有点什么事情发生，带给史蒂芬这样或那样的好处。有时候，好处的实际价值微不足道——也许不过几先令——可好处来临的方式却永远非同寻常。比如有一次，有个农庄上的工头找到他，非说几年前在约克郡北区里士满附近一场斗鸡赛会上见过史蒂芬，史蒂芬跟他打赌说威尔士亲王早晚令全国人为之蒙羞。如今事已发生（工头拿出亲王抛弃妻子一事作为丑事例证），他特意坐着马车到伦敦来给史蒂芬送来二十七先令六便士。据他说，这些钱就是当年的赌注。史蒂芬说自己根本没参加过斗鸡赛会，也没去过里士满，可无论怎么坚持都没用。他不收钱，那工头就不罢休。

工头走后不过几天，有人在哈里大街宅子对面一条路上发现一条大灰狗。这可怜的畜生被雨淋了个透，浑身泥点子，种种迹象一望便知是大老远赶来的。更稀奇的是，这畜生嘴里还叼着一张写了字的纸。男仆罗伯特、杰弗里跟着厨子约翰·朗里奇冲它大声嚷嚷，又扔瓶子又扔石头，使出浑身解数打算赶走它，可这灰狗处之泰然，直等到史蒂芬·布莱克冒雨出来，亲自将那张纸从它嘴上接下来，灰狗这才走了，悄声不响，带着一丝满意的神气，仿佛庆贺自己将一项重任圆满完成。那张纸上画的是德比郡一个村子的地图，所绘景物奇中之奇，当属开在一座山坡半山腰的密门。

还有一次，史蒂芬收到来自巴斯市长及长老会的一封信，信上说，两个月前，威尔斯利侯爵到访巴斯，停留期间无心他事，每言必及史蒂芬·布莱克，赞其诚信过人、聪慧不凡，对主人忠心耿耿。巴斯市长及长老会听了侯爵大人的汇报，很受震动，立刻下令打造一枚歌颂史蒂芬生平美德的奖牌。待五百件奖牌制作完成，市长及长老会下令将其下发至巴斯各大户要宅，举城同庆。他们随信为史蒂芬呈上一枚奖牌，并请他无论何时行至巴斯，毋忘相告，他们才好盛宴款待。

这些奇遇无法安慰可怜的史蒂芬，反而更令他感觉自己如今过得匪夷所思。他心里明白，那工头、灰狗及市长、长老会全在昧着本意做事：工头爱财，这些人不可能在不必要的情况下随意散富；狗这东西不可能连续几个礼拜捺着性子完成古怪的任务；而市长和长老会也不可能突然间对从未谋面的黑人奴仆发生强烈的兴趣。面对他生活的新走向，身边的朋友却无人大惊小怪。他见到金子银子就反胃，财宝堆满了哈里大街宅子顶层他居住的小屋，而他一样都不想要。

他受白毛先生魔法囚禁已近两年，其间也常常恳求白毛先生放了他——不放他，放了坡夫人也行，可白毛先生就是不听。于是史蒂芬只好强打精神，试图将自己和坡夫人的遭遇告诉别人，急于了解这种事可否有先例。他仍有一丝希望，盼有谁能将他二人解救出来。头一位倾诉的对象便是家中男仆罗伯特。他事先提醒罗伯特，说下面将要聊些私话，讲述一番难言之隐。罗伯特很配合地摆出一副庄严的神情，十分专注。然而一张口，史蒂芬自己都吓了一跳，因为讲出来的完全是另外一回事。他发现自己竟然郑重其事地讲起了豌豆及各类菜豆的培育及用途，内容颇有见地，而他本来在这方面明明一无所知。更糟的是，其中一些信息可谓天方夜谭，听了得把种地、栽花的吓着。他讲到，下种或收获时月亮是阴是晴、当夜是五月节还是仲夏夜，会导致豆子性质各不相同。而下种和收成时用小银铲还是用刀，也会给豆子的性质带来影响。

第二位诉苦的对象是约翰·朗里奇。这回，史蒂芬口述了恺撒大帝走访不列颠时的种种事迹，内容清晰具体，程度远非专攻此科二十余年的学者所能及。如之前一样，他涉及的一些内容在书籍中无处可寻。[1]

之后他又做过两次努力，打算将这般可怕的处境告知他人。对布兰迪太太，他对加略人犹大进行了一番奇异的辩护，他声称犹大死前所作所为皆是受了名唤“铜头约翰”和“铜脚约翰”二人的指使，犹大认为这两位都是天使。另一次，史蒂芬交给布兰迪太太铺子里的伙计托比·史密斯一个单子，单子上列的是过去两百年间仙子从爱尔兰、苏格兰、威尔士及英格兰掳走的人，哪一位史蒂芬都没听说过。

史蒂芬这下不得不认命：无论怎么努力，他都说不出这缠身的魔咒了。

见他这般毫无来由的沉默、低郁，最遭罪的人无疑是布兰迪太太。他在别人眼里变没变她不知道，她只看出来他对她是变了。九月初的一

---

1 史蒂芬讲述了恺撒大帝刚登陆不久，离开部下走入一片小树林之后发生的事情。恺撒大帝没走多远，便遇见两位年轻人，这两位长吁短叹，神情沮丧地用脚跺地。他们的容貌俊美异常，身上衣料是最精细的亚麻布，料子染的颜色也稀罕。见两位青年仪容高贵，恺撒大帝激动得拿各种问题向其请教；两位青年大大方方如实回答，毫不怯畏。他们说自己刚在附近公堂上进行过诉讼。这座公堂每到季度付账日那一天都要开庭解决本族人之间的纠纷并惩治罪犯。不幸的是，他们这一族人生性尤为邪恶、乖戾，时下无论什么官司都无法审理，就因为找不到公正无私的人当法官。族内地位显赫些的，不是背负某种罪名，就是被揭发与某桩官司有密切牵连。一听这话，恺撒觉得他们可怜，当即主动要求担任法官——两位青年对此积极响应。

他们带着恺撒穿过树林，走了不远，来到几座缓缓青坡之间一处郁郁葱葱的山谷。恺撒见山谷里有男女上千，个个俊俏得前所未见。他在半山腰坐下，把他们的牢骚、罪状听了个遍。听罢，他便一一做了裁断；他断案是那样英明，最后皆大欢喜，谁也没觉得受了委屈。

恺撒大帝的裁决令这些人十分满意，作为报答，无论恺撒想要什么，他们都给。恺撒大帝思忖片刻，说他欲一统天下。他们应许了他。

天，史蒂芬去看布兰迪太太。这之前，两人已有几个礼拜没见面，布兰迪太太难过极了，干脆写信给罗伯特·奥斯汀，罗伯特找到史蒂芬，狠狠说了他一通，说他怎能这样忘了人家。然而，当史蒂芬真来到圣詹姆士大街铺子楼上的小客厅里，若布兰迪太太见了他立马让他回去，谁也怪不得布兰迪太太。只见他坐在那里，双手抱头，深深叹息，对她无话可讲。她给他端来康斯坦夏葡萄酒、橘皮酱和老法做的果料三角面包——各色风味，他却一一挡回去。他什么都不想吃。她于是只好守着壁炉在他对面坐下，继续做针线活儿——这活儿做得没精打采，是绣给史蒂芬的一顶睡帽。

“我猜您是住烦了伦敦，”她说，“也看厌了我，打算回非洲去呢？”

“不是。”

“我敢说，非洲一定是个非常美好的地方。”布兰迪太太说道，似乎打算马上把史蒂芬赶了走，好折磨一下自己，“我老听别人说呢：在那里，放眼望去漫山遍野的橙子、菠萝，还有甘蔗、可可树。”做了十四年副食品生意，她对世界的想象完全是由铺子里卖什么来决定的。她苦笑道：“看来，若是我到了非洲，一准儿干不好。伸手就能从旁边树上摘果子吃，那儿的人还要商店做什么呢？唉，真是，一到非洲，我就得破产。”她说罢将一根棉线咬断，“可要是明儿就走，我也不会不乐意。”她将棉线恶狠狠地戳进无辜的针眼里，“倘若真有人请我去。”

“您乐意为了我去非洲？”史蒂芬惊讶地问。

她抬起头来。“为了你，去哪里我都乐意。”她答道，“我以为你心里清楚。”

二人你看我、我看你，都不太高兴。

史蒂芬说哈里大街宅子还有事等他做，必须告辞了。

出了街门，天色渐暗，雨落了下来。行人纷纷撑起了伞。史蒂芬沿着圣詹姆士大街往前走，走着走着，见到一番奇景：一艘黑船正穿过灰色的雨帘、贴着行人脑袋顶冲他驶来。船是艘护卫舰，约有两尺多高，船帆肮脏破旧，船体油漆剥落。船儿起起伏伏，如同在海面漂浮一般。史蒂芬见了这般景象，身上微微打个哆嗦。人群里走出个要饭的黑人，肤色如同史蒂芬一般又黑又亮。空中的船儿就拴在这人的帽子上。这要饭的时而弯腰，时而探头，好让船能扬帆前行。他那探头探脑、摇摇晃晃的动作格外缓慢、谨慎，只怕碰翻自己这只巨帽，看上去仿佛在极其缓慢地舞蹈。这要饭的名唤约翰生，又穷又跛，过去是个水手，退伍了却没领到抚恤金。生活没有来源，他便沿街卖唱，聊以糊口。卖唱生涯倒是相当成功，他这顶怪模怪样的帽子在伦敦城内远近闻名。约翰生冲史蒂芬伸出手，可史蒂芬不再看他。史蒂芬一向格外小心，避免同层次低的黑人交谈或者进行任何形式上的接触。他担心一旦开口，别人就会以为他们之间有什么瓜葛。

听见有人大声喊他的名字，他吓了一跳，好像被什么烫着了。一看，来人却是布兰迪太太的伙计托比·史密斯。

“哦，布莱克先生，”托比匆匆赶过来，“您在这儿哪！先生您平时走得特别快，我以为这会儿您早都到哈里大街了。布兰迪太太问您好，先生，她说您走时把这东西落在椅子边上了。”

托比手上是一只银头环——纤细的金属圈，大小史蒂芬戴上正好。头环除了表面刻有一些古怪的符号和奇异的字母，再无更多装饰。

“可这玩意儿不是我的！”史蒂芬道。

“哦！”托比看上去有点儿发蒙，随后他似乎认定史蒂芬是在开玩笑，“哦，布莱克先生，瞧您说的，就好像我没见您戴过好几百回似的！”说罢，他笑起来，鞠个躬，便跑回铺子去了，将头环留在史蒂芬的手上。

史蒂芬穿过皮卡迪利大路走上邦德大街，没走多久，就听得有人喊叫。只见一个小小的身影正冲他跑来。来人最多不过四五岁孩子的身材，却生得一张白得死相的刮骨脸，看着年纪要大上许多。这小人身后跟着两三个大人，边跑边喊："贼！抓住他！"

史蒂芬一跃，堵住贼的去路。虽说这小贼没法躲开史蒂芬（史蒂芬动作敏捷），史蒂芬却也不大容易将这小贼拿住（这小贼溜滑机灵）。贼手上抓着长长一只红布包袱，好歹往史蒂芬手上一掼，掉头便跑，冲进海明斯金匠铺子门口的一群人里。这些人才从铺子里出来，对门外这场追捕浑然不知，贼混进他们中间，他们并未闪避。于是谁也没看见贼究竟往哪里跑了。

史蒂芬抱着包袱站住脚。旧而软的红天鹅绒包袱皮滑落，现出里面长长一根银杖。

一路追赶小贼的人陆续到了。头一个是位乌发棕眼的男士，模样俊朗，穿得从头到脚一身黑，颜色虽暗，派头风雅。"您刚才抓着他了。"他对史蒂芬说。

"抱歉先生，"史蒂芬道，"只可惜我没能按住他，好把他交给您。不过，您瞧，您丢的东西我给截下来了。"史蒂芬将银杖和红天鹅绒递过去，可那位先生并不收。

"都是我母亲的错！"那位先生愤愤然道，"唉！她怎能这么粗心大意？我跟她讲过千八百遍，客厅窗户开着不管，早晚有天得进来贼。我是不是说了得有一百遍了，爱德华？我是不是说过这话，约翰？"后面这几句是对跟着他一路跑来的仆人们讲的。仆人们上气不接下气，答不出话来，只好使劲点头，着重表示他们的主人确实这么说过。

"全天下人都知道我宅间收藏甚广，"这位先生接着说，"对她，我晓之以理动之以情，她就是不听，老开着窗不关！现在好了，家传几百年的宝贝丢了，她只能坐着抹眼泪——我母亲一向以家族及族下财产为傲的。就拿这把权杖来说，它可是我家沿袭韦塞克斯古国王室血统的证明，它曾经属于和平者埃德加，或阿尔弗雷德大帝，再或者这帮人里的哪一位。”

“那您赶紧把它拿回去吧，先生，”史蒂芬催促道，“见宝贝完好无损，我敢说令堂一定如释重负。”

对方伸手去接那权杖，中途却又突然将手抽了回去。“不行！”他叫道，“我不能拿回去！我发誓我绝不！假如我将它交还给我母亲看管，她永远记不住粗心大意的惨痛后果！她永远不懂得把窗户关严！谁知道下次又会丢些什么呢？谁知道，说不定明天我一回家，家里都给搬空了！不行，先生，您一定把这权杖收下，就算我谢谢您帮着抓贼了。”

仆人们都点头，似乎觉着主人这么办有理。这时一辆四轮马车停过来，连主带仆纷纷上去，乘车离开了。

史蒂芬站在雨里，一手拿着头环，一手拿着权杖，眼前是邦德大街上一间间铺子——全国最高档的店铺全在这里了。橱窗里陈列着绫罗绸缎，摆着缀珍珠、绣孔雀翎的头饰，堆着金刚钻、红宝石、珠宝首饰以及各式各样金的银的小玩意儿。

“好吧，”史蒂芬心想，“毫无疑问，他这就该从人家铺子里搜罗奇珍异宝来送给我了。我得放聪明点儿，马上绕道回家。”

他于是拐进两座楼房之间的一条窄巷，绕过一坪小院，穿过一扇门，又进了一条小巷，最后走上一条小街，两旁净是些模样寒酸的小房。四下不见人迹，静得出奇，唯一的声响是雨水敲打铺路的卵石。街边房子全被雨洇了门面，看上去只是乌黑一团。住家想来也都是精打细算的主，天这么阴，也不见一位上灯点蜡。低云并未合拢，留得天际粼粼一线白光，在昏天与黑地之间，犹见得雨水如织，好似道道银梭。

突然，从一条幽暗的小巷子里骨碌出个闪闪发光的东西，沿着湿滑的卵石路面连颠带滚，刚好在史蒂芬正前方停住了。

他一看，发现这玩意儿是枚银质的小球，毫不意外，于是长叹口气。这枚银球斑斑驳驳，看上去有些年头了。这种银球顶部本该饰有象征万物归主所有的十字架，这枚球上却是一只向上张开的小小手掌，有根手指头已经折断了。张开的手掌象征了什么，史蒂芬清楚得很。它是白毛先生用过的符号之一。昨晚史蒂芬才参加过一场仪仗队行进，举着条幅穿过风萧萧、黑洞洞的庭院，手里举的条幅上恰有这枚徽章。队伍沿路是巨大的橡树，不见其枝桠，只闻风声簌簌。

这时只听得有人推起窗户，有个女人从一栋房子顶楼的窗子里探出头来，头发上还满扎着卷发纸。“哎，把它捡起来啊！”她怒目圆睁，冲史蒂芬大叫。

“可这不是我的东西！”史蒂芬抬头答话。

“他说东西不是他的！”史蒂芬的答话惹怒了她，“合着刚才我没看见这东西打你口袋里掉出来滚到地上！合着我不姓汤普金斯，不叫玛丽亚！合着我不用没日没夜地清扫胡椒街——可你就非得专门跑这儿来扔你的垃圾！”

史蒂芬深深叹了口气，捡起了地上的宝珠。他发现宝珠沉得很，不管这位玛丽亚·汤普金斯女士怎么说、怎么想，若把这东西装进衣服口袋里，口袋布是真有可能被扯破。他于是只好一手拿着权杖，一手捧着宝珠，走在雨里。头环只好戴上了，因为最方便携带它的地方只剩脑瓜顶。如此扮相，他走回了家。

一进哈里大街的宅子，他先下到仆人通道，打开厨房门。开了门不是厨房，却是一间从未见过的屋子。他连打了三个喷嚏。

他瞬间放下心来：一眼便知这里并不是丧冀。屋子看上去很普通，伦敦城里的有钱人家家都有这么一间，只是眼前这间屋里东西摆得极其杂乱，屋主有可能才搬进来，似乎还在拆放行李的过程中。本该挪到客厅和书房的物件还都放在这里：牌桌、写字台、书桌、捅火钎子、用途及舒适度不等的各类椅子、镜子、茶杯、封蜡、蜡烛、画片、书籍（数量可观）、干墨砂、笔墨台、纸笔、座钟、一捆捆的线绳、垫脚凳、壁炉风挡，再加几架小写字桌。这么些东西全都堆在一起，一个摞一个，搭叠成新颖奇妙的组合。行李箱、储物盒和大包裹散落各处，有些已经腾空，有些腾了一半，有些才刚刚开封。垫行李的稻草都被扯出来，地上、家具上，散得到处都是，搞得屋里一切看上去都罩着层灰，搞得史蒂芬又打了两个喷嚏。有些稻草甚至飞进了壁炉里，这间屋子随时都有被一把火烧掉的危险。

屋里有两个人，其中一位史蒂芬从未见过，另一位则是那白毛先生。陌生的那位坐在窗前一架小桌旁边，想来本该继续拆行李、整理屋子，可他却半途而废，这会儿正埋头读着本书。他每隔一会儿便停下，翻开桌上摆着的另外两三本书查阅一番，或是兴奋地自言自语，或是往一个满是墨水渍的小册子上走笔如飞地抄录一两行。

与此同时，白毛先生坐在壁炉另一侧一把扶手椅上，盯着那位陌生人，脸上透出极度的厌恶与不怀好意，史蒂芬见状，直替那位陌生人的命运担忧。可一见史蒂芬，白毛先生瞬间喜上眉梢，善意满盈。"啊，是你！"他叫起来，"一身帝王装束，你看上去多么高贵啊！"

正对屋门的地方恰好有面大镜子。史蒂芬这才头回看见自己头戴王冠、手拿权杖和宝珠的模样——从头到脚尽显帝王之相。他回头看看桌边那位陌生人——冷不丁冒出个戴王冠的黑人，人家不知会怎么想。

"哦，你不用管他！"白毛先生道，"咱们在这儿，他看不见也听不到。他不比另外一位道行更高。瞧！"说着，他把一张纸揉成一团，用劲儿冲陌生人脑袋上一扔。陌生人没缩没躲，也没抬头看，好像完全没发觉。

"另外一位，您说？"史蒂芬问道，"您的意思是？"

“这就是年轻点儿的那位魔法师，新近才来的伦敦。”

“真就是他？当然了，我是听说过他的。沃特爵士对他评价相当高。不过我得承认，我记不得他叫什么了。”

“嗬，谁在乎他叫什么！要命的是，他跟那老的一样蠢，长得也好看不了多少。”

“什么？”窗边的魔法师突然发问。他放下书，转身环顾四周，仿佛起了疑心。“杰里米！”他大声叫道。

一个用人在门边探头，却并不费力气让身子也进来。“先生有事？”他问。

见这人如此懒散，史蒂芬睁大了双眼——在哈里大街宅内，他决不允许下人有这等行为。为表明自己的态度，他特意冷冷地瞪着那用人，随后才反应过来，人家是看不见自己的。

“伦敦这些房子造得真是吓人，”魔法师说道，“我都能听见隔壁人家的动静。”

这句话听来颇有个意思，总算把那位叫作杰里米的用人一路引进屋里。他站住脚聆听。

“难道所有的墙都这么薄？”魔法师继续问道，“你觉得会不会是出了什么问题？”

杰里米在一面将他家和邻居家隔开的墙上敲了几下，声音闷而沉，和全国上下一切结实的好墙一样。他什么问题也没看出来，于是说：“先生，我什么也没听见。您听他们都说什么了？”

“我觉得我听见有个人骂另外一个又蠢又不好看。”

“先生，您肯定？这个方向楼上住的是两位老太太。”

“哈，老又怎样。如今，岁数大可什么都说明不了。”

言罢，魔法师似乎突然对这个话题感到厌烦，于是回身继续读书。

杰里米又等了片刻，见主人似乎已完全忘记他的存在，这才走了。

“我还没谢谢您哪，先生，”史蒂芬对白毛先生道，“您送我那么多好礼物。”

“啊，史蒂芬！东西讨你喜欢，我非常高兴。我得承认，头环是我拿你一顶帽子变的。我倒是想给你一顶真正的王冠呢，可时间紧迫，我实在搞不到。我猜你一定失望了吧。不过，说到王冠，英国国王有好几顶，哪一顶他几乎都不怎么戴。”

他说罢抬起手来，伸出两根极长的白手指，冲上一指。

“哦！”史蒂芬突然意识到白毛先生打算干什么，大喝道，“假如您打算念个咒，把英国国王连带他脑袋上的王冠一齐变到这里来——您一心为了我好，我猜您一定这样打算的——我求您不必费事了！您也知道，我现在不缺这一顶王冠，而且国王陛下他岁数也大了——咱们是不是让他在家待着比较好呢？”

“哦，那好吧！”白毛先生答应了，把手放下。

既然无他事可做，白毛先生只好继续欺负那位魔法师。魔法师浑身上下没有一处他看着顺眼。他笑话人家手上的书，说人家脚上靴子做得有问题，对人家的身高也全然无法赞同（其实白毛先生自己跟人家的个头一模一样——俩人碰巧同时站起来的时候就看出来了）。

史蒂芬急着回哈里大街宅内做事，可他担心自己一走，剩这两位独处的话，白毛先生可能就会拿比纸团更有分量的东西冲人家身上扔了。“先生，能否请您同我一起回哈里大街呢？”他问道，“路上您好给我讲讲您的丰功伟绩如何造就了伦敦城，令这座城市如此辉煌。您讲得一向特别有意思。我怎么听都听不厌。”

“荣幸之至，史蒂芬！我荣幸之至！”

“走到那儿远吗，先生？”

“走到哪儿远，史蒂芬？”

“到哈里大街呀，先生。我不知咱们现在在哪儿。”

“咱们这是在苏活广场，不远，一点儿也不远。”

当他们走到哈里大街爵士府，白毛先生情深意切地同史蒂芬告了别，让他不必因此一别而悲伤，并提醒他今晚便又能在丧冀会面：“……将会有一场美妙无比的仪式在至东塔的钟楼里举行，纪念那回——哦，得有五百多年前了——我巧妙地诱捕了我敌人的小孩，把他们从这座钟楼上推下去摔死了。今天晚上咱们就将这伟大的胜利原样重现！咱们把那些小崽子血淋淋的衣服给稻草人穿上，再把稻草人扔下去，摔在铺路石上，然后咱们就唱歌、跳舞，欢庆他们的毁灭！”

“您每年都举办这个纪念活动吗，先生？要是您原来办过仪式，我敢说我一定还记得。这场面实在是太……刺激了。”

“你这么想，我很高兴。这仪式，我什么时候想起来，就办他一场。当然啦，过去我们用真孩子扔的时候，那场面要刺激得多呢！”

第二十七章

魔法师的太太

一八〇九年十二月至一八一〇年一月

现如今，伦敦城里有了两位魔法师供人仰慕、推崇，若听说两位之中还是斯特兰奇先生在伦敦更受欢迎，我猜谁也不会太奇怪。斯特兰奇是人人心目中魔法师应有的样子。他个子高，讨人喜欢，笑容特别有意味。而且，他跟诺瑞尔先生不同——他谈魔法谈得很多，并不拒绝回答别人关于魔法的问题。斯特兰奇夫妇二人出席过无数晚宴、餐会，聚会过程中，斯特兰奇一般都会答应给大家表演个轻松点儿的小戏法。大家最爱看的，当属水面浮幻影。[1]和诺瑞尔先生不同的是，他并不使用变幻影的传统工具银盆。斯特兰奇说盆子里能看见的东西太有限，那点东西根本不值得一变。他更习惯等仆人们将饭菜撤下并将桌布揭走，往桌面上泼一杯水或酒，再从那一泊液面上变出幻影。幸亏请客的人家一见到魔法都乐得开怀，无暇顾及那被酒渍水印搞得一团糟的餐

1　斯特兰奇在一八一〇年五月十四日写给约翰·斯刚德斯的信中说：

“这边人都十分热衷幻影，只要我能办到，我是乐于满足他们要求的。不管诺瑞尔先生怎么说，这法术其实毫不费力，且最能取悦外行人。唯一令我不满的，是看客们到最后总打算探望他们的亲戚。礼拜二那天我在塔维斯托克广场一家姓福尔彻的宅间做客。席间，我往桌上泼了点酒，施法让他们见识了一下当时在巴哈马群岛的一场激烈的海战。我们看到月下一座坍塌了的那不勒斯僧院，随后拿破仑·波拿巴终于出现了，他正喝着一杯热巧克力，在热气腾腾的水盆里泡脚。

“福尔彻一家人算很有教养了，对我施的法术表示出应有的兴趣。可当晚临别之前，他们又问我能否让他们见见家里一位住在卡莱尔的姑姑。随后的半个钟头，我跟阿拉贝拉只好自娱自乐，等着那家人着迷一般地盯着一位戴着白睡帽的老夫人坐在壁炉边做针线。”

——约翰·斯刚德斯编：《乔纳森·斯特兰奇书信杂文集》，伦敦：约翰·莫雷出版社，1824。

桌和地毯了。

对于斯特兰奇夫妇二人来说，落户伦敦，一切都颇合心意。他们在苏活广场买了栋房子，阿拉贝拉于是沉浸在料理新居所带来的一切欢乐中：从造柜匠那里定做雅致的新家具，托朋友帮着找可靠的用人，而且每天都要去逛商店。

十二月中旬的一天清早，她收到黑格-齐彭代尔家居布艺店一位店伙（十足的热心人）的便条，说是店里新到一种青铜色丝料子，缎面和水波纹面两种条纹相间，他认为许是斯特兰奇太太家客厅窗帘的不二之选。听了这话，阿拉贝拉一天的安排便得稍做改动。

“萨姆纳先生说是相当雅气的，”早饭时分，她告诉斯特兰奇，“我猜我一定特别喜欢。可要是挑了青铜色的料子做窗帘，我就必不能再用酒红色的天鹅绒去罩贵妃榻。我想青铜跟酒红看着不会太搭。所以我干脆去弗林特-克拉克的店里再看一眼那匹酒红天鹅绒，看我能不能忍痛割爱。然后我再去黑格-齐彭代尔那里。可这样一来，我就没时间去看你舅妈了——我必须得去，人家今天上午就该回爱丁堡了。我得去谢谢她帮咱们找来了玛丽。”

“嗯？”斯特兰奇咕哝道。他正边吃果酱夹热面包边读赫尔加斯与皮克尔编写的《仙子解构奇状录》[2]。

“玛丽。新来的女仆嘛。昨晚你见着她的。”

“哦。”斯特兰奇答应着，又翻了一页。

“看上去是个挺不错的姑娘，安安静静的，讨人喜欢。我敢肯定咱们用她一定满意。那么，接着我刚才的说，乔纳森，要是你上午肯去看看你舅妈，就帮了我大忙了。吃完早饭，你就溜达到亨利耶塔大街，为玛丽的事谢谢她。然后你就去黑格-齐彭代尔店里等我。哦，还有，

2　诺瑞尔先生的藏书之一。该书诺瑞尔先生曾在一八〇七年一月初斯刚德斯先生与亨尼福特先生来访时对他二人闪烁其词地提过一次。

你能不能再去韦奇伍德-拜尔利店里看一眼，问问咱们定的那套瓷餐具什么时候能取。不让你费力绕远，几乎就在沿路。”她看着他，一脸怀疑，“乔纳森，你在听我说话吗？”

“嗯？”斯特兰奇抬起头来，“哦，全神贯注！”

罢了，阿拉贝拉带着一位男仆做随从，一路走到惠格摩尔大街弗林特-克拉克家的铺子里。二回端详这匹酒红天鹅绒，她下了定论：虽然模样端庄，但效果太过黯哑。于是，她满心期待地走向圣马丁大道，去相相那块青铜丝料子。等到了黑格-齐彭代尔，那位伙计正在店里候着，却不见自己的丈夫。店伙满脸歉意，说一上午都不曾见过斯特兰奇先生。

她又出了店门，回到大街上。

“乔治，你看见主人了吗？”她问跟着她的男仆。

“没见着，太太。”

灰黑的雨点开始嘀嗒，受某种预感指引，她往旁边一家书店的橱窗看去，发现斯特兰奇正在店里跟沃特·坡爵士聊得起劲。她于是走进书店，向沃特爵士道了早安，随后温柔地问她丈夫可曾看过舅妈并去韦奇伍德-拜尔利看了瓷器。

斯特兰奇听到问话，一脸莫名其妙。他低头发现自己手里捧着一大本书。他冲书皱了皱眉头，仿佛根本想不到它是怎么跑到手里来的。“我本打算去的，亲爱的，当然了，”他说，“可沃特爵士到现在一直在同我讲话，我提都没法提。”

“都是我的错，”沃特爵士赶紧向阿拉贝拉做证，“咱们前线封锁出了点问题，是些兵家常事，我跟斯特兰奇先生说说，希望他跟诺瑞尔先生能帮帮忙。”

“那么你能帮上忙吗？”阿拉贝拉问。

“哦，我想可以的。”斯特兰奇道。

沃特爵士解释道，英国政府收到情报说一批法国人的船——也许有十艘之多——溜出了英国舰队的封锁。谁也不知道这批船去了哪里，打算干什么。政府方面也找不到负责防止这类事件发生的阿明克劳福上将了。阿明克劳福上将及其麾下由十艘护卫舰及两艘战列舰组成的舰队就这样消失了——也许是追法国船去了。现驻马德拉有位年轻有为的上校，海军部要是能查明发生了什么情况以及情况发生在哪儿，他们早就高高兴兴地派这位莱特伍德上校率四五艘战舰前去增援了。马尔格雷夫男爵请教过格林瓦克斯上将，问他该如何是好。格林瓦克斯上将跑去问大臣们，大臣们都说上将应当马上去找斯特兰奇和诺瑞尔先生。

“我是不想让您觉着海军部离了斯特兰奇就没别的办法了，”沃特爵士笑道，“部里已尽其所能。他们命一位姓派特罗法克斯的办事员去格林尼治找阿明克劳福上将儿时的伙伴，这伙伴应当比谁都更熟悉上将的性格，问问他觉得在这种情况下上将会怎么做。可等派特罗法克斯先生到了格林尼治，上将儿时玩伴正酩酊大醉倒在床上，派特罗法克斯先生都不知他听没听懂问题是什么。”

“我敢说诺瑞尔先生和我能贡献些想法，”斯特兰奇若有所思地说，“不过我想我需要把这问题放在地图上研究。”

“一切您用得着的地图、文件，我家都有。过一会儿我就派家里用人把图纸都送到汉诺威广场去。那么就劳您驾，跟诺瑞尔先生讲一讲……”

“哦！可咱们现在就能动手啊！”斯特兰奇道，“阿拉贝拉不会介意多等一会儿的！你不介意的，对吧？”他问太太，“我和诺瑞尔先生约好下午两点见。要是我能把目前的情况直接跟他讲清楚，我想晚饭前咱们就能给海军部回个话了。”

阿拉贝拉不失为甜美、柔顺的女子兼好太太，暂且将做窗帘这回事全抛到脑后，让两位先生放心，为了时事要务，自己多等一等不要紧。

于是三人当即决定，斯特兰奇夫妇俩跟沃特爵士一起回他位于哈里大街的家。

斯特兰奇掏出怀表看了看。“二十分钟走到哈里大街。三刻钟研究问题。再走十五分钟回到苏活广场。好呀，时间充裕得很。”

阿拉贝拉笑起来。“我向您保证，他平时可不这么小心谨慎，”她对沃特爵士说，“结果礼拜二他跟利物浦伯爵约见的时候迟到了，诺瑞尔先生可不太高兴。”

“那不能怪我，”斯特兰奇说道，“要出门的时候还早得很，可我怎么也找不到手套了。”阿拉贝拉对他迟到的嗔怪逗弄令他心烦了一路，他又看了看怀表，好像要找找时间在运行上有什么先前没注意到的特点，以证明自己并没有错。等走到哈里大街，他觉得他看出问题来了。“哈！”他突然叫起来，“我知道怎么回事了。我的表坏了！”

“我可不这么认为，”沃特爵士掏出自己的表给斯特兰奇看，“刚好正午，我的表也这个点儿。”

“那我怎么听不见敲钟？”斯特兰奇问。“你听见钟声了吗？”他又问阿拉贝拉。

“没有，我什么都没听见。”

沃特爵士脸红了，低声嘟囔说什么这里连带周边几片教区都不再敲钟了。

“真的？”斯特兰奇问道，“凭什么不敲啊？”

沃特爵士脸上的表情仿佛是说，斯特兰奇的好奇心如果能藏着点儿，他准念斯特兰奇的好。而他嘴上却只是说：“内人因为病，神经易受刺激，状态很差。鸣钟尤其令她不安，我于是去了负责圣马里波恩和圣彼得教堂的教区委员会，问他们能不能为坡夫人的精神状态考虑，把教堂的钟先停一停。他们特别体谅，都答应了。”

这事体太不一般，不过大家都知道坡夫人生的也不是一般的病，症状甚是与众不同。斯特兰奇夫妇二人从没见过坡夫人。两年来，谁也没再见过她。

三人到了哈里大街 9 号宅内，斯特兰奇着急，打算马上去看沃特爵士的文件，可沃特爵士一定先要保证阿拉贝拉在独自等候的过程中不缺娱乐，斯特兰奇只好捺着性子等。沃特爵士是有教养的人，无法忍受来宾在家中遭冷落；若落单的还是位女客，情况更加严重。而斯特兰奇只怕耽误了和诺瑞尔先生的约见，于是，只要沃特爵士提出个消遣花样，他都有话准备着，证明阿拉贝拉哪样都不需要。

沃特爵士打开书柜，请阿拉贝拉看小说，并特意将埃奇沃思夫人的《贝琳达》* 推荐给她，想着许能博她一乐。"哦，"斯特兰奇插嘴道，"我两三年前就读过《贝琳达》给阿拉贝拉听了。再说，您想，咱俩讨论问题能有多久，不会够她读完一套三卷本的小说吧。"

"要不就喝点茶，吃块香籽糕？……"沃特爵士问阿拉贝拉。

"阿拉贝拉才不爱吃香籽糕，"斯特兰奇又堵住话，同时心不在焉地抄起《贝琳达》，兀自从头读了起来，"那玩意儿她点了名儿地不喜欢。"

"那就来杯马德拉酒吧，"沃特爵士道，"马德拉酒我肯定您是会喝点儿的。史蒂芬！……史蒂芬，快给斯特兰奇太太倒杯马德拉酒来。"

一位高个黑人男仆在沃特爵士旁现了身——神出鬼没般来去无声，是伦敦人家高标准调教出来的仆人才有的本事。突然出来个人，斯特兰奇吓了一跳，紧盯着他看了片刻，才冲自己太太说："你不想喝马德拉酒的，是吧？你什么都不想喝。"

---

* 玛丽亚·埃奇沃思（1768—1849），英国女作家、诗人，生于英格兰，在爱尔兰长大。其文学作品内容多涉及爱尔兰在英国殖民统治之下的乡土生活。《贝琳达》是其一八一〇年出版的小说，由于其中对不同种族之间通婚的描写，在发行初期引起很大争议。

“是的，乔纳森。我什么都不想喝。”他太太没反对，笑说这有什么好争的，“谢谢您，沃特爵士，我安安静静坐这儿看会儿书就非常好了。”

黑人男仆鞠个躬，像来时一般无声无息地离开了。随后斯特兰奇跟沃特爵士也去研究那几艘法国船和失踪的英国舰队了。

只剩一人独处，阿拉贝拉发现自己其实无心阅读。她环顾房间四周，看看可还有其他什么消遣，目光落在一大幅油画上。这是幅风景画，描绘了树林及高踞峭壁顶端的一座废弃了的城堡。树林黑密，落日的余晖给废墟和峭壁点染了几抹金黄；对照之下，天空却是一片光明，荧荧泛着珠光贝彩。一摊银色的水泊占据了画面前景，有个年轻女人好像要淹死在里面，旁边还有个人影正从岸上俯身看她——人影辨不明是男是女，是萨堤还是法翁*。阿拉贝拉仔细观察这二人的姿势，却摸不清岸边人是打算救那少女还是企图杀人灭口。看够了这幅，阿拉贝拉溜达出屋，准备再观赏观赏走廊里的挂画，却发现大多是描绘布莱顿和切尔姆斯福德两地风光的水彩，她感觉十分枯燥。

她能听见沃特爵士和斯特兰奇在另外一间屋里交谈。

“……真神了！不过，以他这人的活法，倒也不失为一条好汉。”沃特爵士的声音。

“哦，我知道你说的是谁！他有个哥哥是在巴斯大教堂弹管风琴的，”斯特兰奇的声音，“那人养了只黑白花猫，他在巴斯大街上走，他的猫就走在前面为他开道。我有一回在米尔松大街……”

走廊里一扇门开着，阿拉贝拉往里一看，是间相当雅致的小会客室，墙上挂着不少油画，色彩比之前见过的那些都更华美、浓丽。她走了进去。

---

* 萨堤（satyr）和法翁（faun）都是半人半羊的精灵，分别出自希腊神话和罗马神话。

这间屋里似乎光线极足，可窗外并未变天，同先前一样灰暗压抑。“哪里来这么些光？”阿拉贝拉心里好奇，“简直好像从油画里照出来的，但这不大可能呀。”油画画的都是威尼斯风光[3]，一幅幅大面积的天与海，这屋子本身似乎都不存在了。

把一面墙上的画仔细看了个遍，阿拉贝拉打算去看对面墙上的作品，一转身的工夫，吓得不轻——她发现屋里还有别人。一个年轻女人正坐在壁炉旁边的蓝沙发上，脸上带着些许好奇打量着她。这沙发靠背挺高，所以阿拉贝拉刚才一直都没看见她。

“哦！请您原谅！”

年轻女人什么都没说。

这女人模样极为端庄，皮肤苍白细腻，发色深棕，式样梳得十分优雅大方。她身着一袭细白纱裙衣，裹一幅象牙白镶银滚黑的印度披肩。若是家里雇的女教师，这打扮也太好了一点；若是陪女主人的女伴，这态度也太随便了一点。可要是什么女客，沃特爵士刚刚为什么不介绍一下呢？

阿拉贝拉冲这年轻女人屈膝行礼，脸上略微一红，说道：“我还以为这里没人呢！请原谅我打扰您了。”说罢转身要走。

“哦！”年轻女人发了话，“我希望您不要走！我极少见到什么人——简直谁都见不着！而且，您不是还想看看油画吗？可别推辞，您进来的时候我从镜子里都瞧见了，清清楚楚，您就是打算看画来的。”壁炉上方挂着一面巨大的威尼斯镜子，镜框样式极为繁复，材料也是镜面玻璃，上面装饰的玻璃花朵和涡卷纹要多难看有多难看。“我希望，”她说，“您别让我扫了您的兴。”

“可我担心打扰了您。”阿拉贝拉道。

3　这些威尼斯油画是两年前诺瑞尔先生在温特唐夫人家里见过的。温特唐夫人当时就对诺瑞尔先生说过，她打算送这些油画给沃特爵士和温特唐小姐做结婚礼物。

“啊，您才没有！”年轻女人用手指指油画，“求您了，请接着看吧。”

阿拉贝拉觉得这会儿要是再拒绝反而显得更没教养，于是谢了她，走过去接着欣赏其余的油画。这回她看得可没有刚才仔细了，因为她能感觉到这位年轻女人从始至终一直在从镜子里看她。

看完画，年轻女人请阿拉贝拉坐下。“您觉得这些画怎么样？”她问道。

“啊，”阿拉贝拉说，“画都相当美丽，我尤其喜欢那幅描绘仪仗队和宴会的——咱们英格兰可没见过这般景象。那么多旗帜飘扬！那么多描金的小船和华美的服装！不过，在我看来，这位画家一定更喜欢画建筑和蓝天而非人物。他把人都画得那样小，那样没有存在感！那么多大理石宫殿和桥梁，他们在中间就好像丧失了方向。您是不是也这么觉得？”

年轻女人似乎觉得这番话挺有意思，脸上露出个复杂的笑。“丧失？”她说，“哦，我想他们确实丧失了方向，可怜的人儿！无论怎么说，威尼斯整个就是座迷宫——它庞大而美丽，可毕竟是一座迷宫，除了那里最老的住户，别人都摸不清路——也许吧，至少我是这样认为的。”

“真的？”阿拉贝拉道，“那可太不方便了。不过，走失在迷宫里的感觉一定好玩极了！哦，要是能让我去一趟，付出多大代价我都乐意。”

年轻女人看着她，脸上浮出一丝凄凉的笑。“要是您跟我似的，连续好几个月都排着队在黑暗中无尽的甬道上疲惫不堪地行走，您绝不会这么想了。在迷宫里丧失方向那种愉悦感很快就会消失的。至于莫名其妙的典礼、仪仗行进还有盛宴，哼……”她耸了耸肩膀，“我恨透了那些玩意儿！”

年轻女人的话，阿拉贝拉没太听懂，若打算听明白，她想最好还是先搞清楚对方是什么人，于是便问那女人名姓。

“我是坡夫人。”

“哦！可不是嘛！”阿拉贝拉心想自己之前怎么没想到。她告诉坡夫人自己姓甚名谁，说她丈夫来和沃特爵士谈公事，所以自己才在这里等。

书房那边突然爆出一阵嘹亮的笑声。

“他们本应在谈战事的，”阿拉贝拉讲给坡夫人听，“可看样子，若不是战事最近变得好笑了许多——我猜——就是他们俩早把该谈的正事放下，扯起认识人的闲话了。半个钟头以前，斯特兰奇先生满脑子都是赴下家的约，这会儿估计沃特爵士已经把他带跑了——聊起了别的事情，我敢说他已经完全忘记赴约这回事了。”她暗自微微一笑，太太们假意批评丈夫而实际上以他们为傲的时候都是这副表情，“我真心以为全天下就数他最爱分神。诺瑞尔先生的耐性一定遭受过严峻的考验。”

“诺瑞尔先生？”坡夫人问。

“斯特兰奇先生有幸被诺瑞尔先生收作门生。”阿拉贝拉道。

阿拉贝拉准以为坡夫人会接茬赞扬诺瑞尔先生法力超群，或是对他的善举表示感激。然而坡夫人一言不发。阿拉贝拉于是继续说了下去，话音里带着鼓动的意味：“关于诺瑞尔先生为您施的妙法，我们当然已经有过不少耳闻。”

“我跟诺瑞尔先生没有交情。”坡夫人的声音不带任何感情，一副就事论事的口吻，“比起现在这样子，我还不如死了的好。”

这话着实令人骇然，阿拉贝拉一时不知如何开口。对诺瑞尔先生，她没理由爱戴。诺瑞尔先生从来没对她表示过任何善意——有好几次甚至不辞辛苦特意表现出自己有多不拿她当回事，可即便如此，他毕竟是自己丈夫所从事的职业仅有的另一位捍卫者。于是，就像海军将领的太太总是支持海军方面，而主教的夫人一向直言教廷的好话，阿拉贝拉不能不替另一位魔法师辩护："受什么也比受罪强，夫人您一定是受得够够透透了，若打算做个了断，谁也怨不得您……"（阿拉贝拉一边说着，一边心想："真是怪了，她根本不像在生病，一点都看不出来。"）"……可假如我听到的是真的，您在忍受痛苦的时候，也并非没有慰藉。实话跟您讲，我就没听谁提到夫人您的时候不也夸几句您忠心耿耿的丈夫的。您一定不乐意撇下他吧？夫人，您多多少少还是感谢诺瑞尔先生的——哪怕只是为了沃特爵士。"

对此坡夫人没有回答，转而问起阿拉贝拉关于她丈夫的事情。他从事魔法这一行有多久了？在诺瑞尔先生门下学习多长时间了？他的法术一向还灵验吗？他是自己独立施法还是严格遵照诺瑞尔先生的指挥？

阿拉贝拉努力一一回答，并说："假如夫人您有事打算让我问问斯特兰奇，假如有什么他能效劳的，夫人您只管直说。"

"谢谢您。不过我马上要对您讲的事情，既是我的事，也是您先生的事。我想斯特兰奇先生应当听听我是如何被诺瑞尔陷害至此。斯特兰奇先生应当搞清楚他是在跟什么样的人交往。您能替我传这个话吗？"

"当然可以。我……"

"我要您向我保证。"

"无论夫人您说了什么，我一定把话带到。"

"我得提醒您，我尝试过多次把自己受的罪讲给别人听，可到现在还没讲成。"

坡夫人正说着，周遭起了些变化，具体是什么阿拉贝拉搞不清楚。就好像墙上挂的画里有什么东西动了动，就好像镜子背后有人影闪过——曾经的感觉又泛上心头：房间已不再是房间，四壁也没了存在感，眼前好像只一处岔路口，奇怪的风自远方来，吹打在坡夫人身上。

"一六〇七年，"坡夫人开了讲，"住在西约克郡哈利法克斯的一位雷德肖先生从他姑姑那里继承来十镑。他用这笔钱买了一块土耳其地毯，带回家铺在客厅里的石板地上。之后他喝了点啤酒，坐在壁炉旁的椅子上睡着了。凌晨两点钟光景，他醒了，发现地毯上站了三四百人，个头也就两三寸高。雷德肖先生注意到，这些人当中地位显赫的无分男女都身着金银铠甲，模样相当漂亮，且一人骑一只白兔——兔子的体量相对于他们，就如同大象之于我们。他问这些人有何贵干，其中一位胆子大的爬到他肩上，冲他耳朵大喊，说他们打算根据奥诺雷·博奈*的规则大战一场，而雷德肖先生这块地毯正合他们的意，因为传令官可以根据地毯上有规律的纹样来判断作战双方位置是否正确，保证没有任何一方受到不公平待遇。雷德肖先生可不想让人在自己的新地毯上开仗，于是拿了把扫帚就……不对，等等！”坡夫人停住，双手一下子捂住了脸，“这些不是我想说的话！”

她重新起头，这回讲的是有个人到林子里打猎，跟朋友们走散了。他骑的马被兔子洞绊了蹄子，他便摔了下来。从马背往下落的过程中，他心生异象，感觉自己好像掉进了兔子洞。等站起身来，他发现自己身处异乡，照亮天空的是另一轮太阳，浇灌大地的是另一种雨水。在一处同他刚离开不久的林子类似的所在，他发现一栋大宅，宅间一班男士——有几位模样甚为古怪——正在一起玩牌。

坡夫人刚讲到那些男士请迷路的猎人一起玩，一阵轻微的响动——不比抽口气的动静大多少——引得阿拉贝拉回头看去。只见沃特爵士进了屋，一脸愁苦地低头盯着他夫人。

“你累了。”他对她说。

坡夫人抬头看她丈夫。这一刻，她的表情是微妙的：有点忧伤，又

* 奥诺雷·博奈（约1340—约1410），法国本笃会修士，在哲学、法律、军事、政治方面有所著述。其为博得法王查理五世宠幸所作《战争之树》（*L'Arbre des batailles*）一书并未引起法王太大兴趣，却成为军官将领人手一册的作战法则。该书于一四五六年译成英文。

有点怜悯——怪的是，嘴角竟然还挂着一丝笑意。这神情，就好像她在自言自语：“瞧咱俩！好一对怨夫怨妇！”她嘴上却说：“我这累法跟平时一样，准是夜里走了好几里路，又跳了好几个钟头的舞！”

“那你就得休息，”他坚持道，“我来带你上楼找潘比斯福，她会照顾你。”

坡夫人看样子先是打算反抗，她一把抓住阿拉贝拉的手不放，像要让他看出她不愿意离开。然而，如同这动作一般突然，她又松了手，听凭他把自己领走了。

走到门口的时候，她转身说道：“再会，斯特兰奇太太。我希望他们还会请您再来。也请您赏我这个光。我一个人都见不着。或者不如说，我能见着一屋子一屋子的人，可就没有一个是受过洗的基督徒。”

阿拉贝拉走上前去，打算同坡夫人握一握手，表示自己很乐意再来，让她放心。可沃特爵士已然带着坡夫人离开了这间屋子。当天在哈里大街的宅子里，阿拉贝拉又一次落了单。

钟声响起来了。

阿拉贝拉听见钟声自是有些奇怪，因为沃特爵士之前说过，马里波恩一带出于对坡夫人身体的考虑已经将所有的钟都停了。而此时钟声悲伤、悠远，唤起各种凄情惨景，齐齐涌上她的心头……

……风吹过苍凉的沼泽与荒原；旷野间断壁残垣，房门脱离了门槛摇晃；一座通体漆黑、荒废的教堂；一处被挖开的坟冢；人迹罕至的岔路口旁埋着自尽的死人；暮光映照下雪地里熊熊燃烧着的枯骨；一具死尸吊在绞刑架上；又一具死尸钉死在木轮上；一把年代久远的长矛插在泥地里，顶端挂着一只怪模怪样的护符，活像一根皮制的小手指头；一架稻草人，身上的黑布在风里抖动得太狂野，似要纵身一跃，飞入灰天里，扇着巨大的黑色翅膀扑向你……

“要是在这儿见着什么让您心烦了，还请您多包涵。”沃特爵士突然进了屋。

阿拉贝拉扶住椅子，站稳了脚。

“斯特兰奇太太？您这是不舒服。”他搀了她胳膊，扶她坐下，“要我叫谁来吗？您先生？还是坡夫人的女仆？”

“不用，不用，”阿拉贝拉有点上气不接下气，“我谁也不用，没事。我以为……我没看见您进来。仅此而已。”

沃特爵士十分关切地看着她。她努力冲他笑了笑，却不敢说笑出来的效果一定会好。

他把手揣进兜里，又掏出来，五指在头发里抓了一抓，深深叹口气。“我猜坡夫人跟您讲了不少奇闻怪事。”他郁郁不乐地说。

阿拉贝拉点点头。

“她讲的那些东西，您听了一定糟心。我很抱歉。”

“没有，没有，完全没有。夫人她确实讲了些……其中有些确实古怪，不过我完全不介意，一点儿都不！我刚才有点儿发晕，不过请您别把这两件事联系到一起，求您了！我这样子跟坡夫人一点关系都没有！我刚才傻到以为自己跟前有面镜子，浮现出千奇百怪的景色，而自己正往镜子里掉呢。我猜我那会儿已经快要晕倒了，您一进来，正好救了我。真是怪了，我从来没经历过这种事。”

“我去把斯特兰奇先生叫来。”

阿拉贝拉笑起来。“您要是想叫他就叫吧，不过我可告诉您，他对我的担心比起您来可差远了。斯特兰奇对别人头疼脑热向来不在意，若病的是他自己，则另当别论！再说，谁也不用叫。瞧，我又和原来一样了。我已经完全好了。”

二人一时无话。

“坡夫人她……”阿拉贝拉起个头，却又住了口，不知如何把话讲下去。

“夫人她一般来说是比较平静的，”沃特爵士说道，“倒不是说绝对的心如止水，您知道的，却也能静得下来。只是偶尔的偶尔，家里一来新客，就会激得她胡言乱语。我肯定您是好心，不至于把她说的那些再对外人提起。”

“哦，当然！我绝不会再提。”

“谢谢您的理解。”

“那我还能……还能再来吗？夫人她似乎特别想让我再来，结下这交情，我也非常高兴。”

对此提议，沃特爵士思忖许久，方才点头。点着点着，也不知怎的就鞠了一躬。“您再来，是我夫妇二人极大的荣幸。”他说道，“谢谢您。”

斯特兰奇和阿拉贝拉离开哈里大街的时候，斯特兰奇心情特别好。“我知道该怎么办了，”他告诉阿拉贝拉，“再容易不过。只可惜我还得等诺瑞尔先生发表意见之后才能动手，不然我觉得再有半个钟头我就能把问题整个解决掉。在我看来，有两点非常关键，首先……你到底怎么啦？”

阿拉贝拉轻轻“哦”了一声，便不再开口。

她这才突然意识到，自己许下的两个诺言是相冲突的：对坡夫人，她保证会把约克郡买地毯那位先生的事告诉斯特兰奇；而后对沃特爵士，她又发誓绝不把坡夫人说过的话讲出去。“没什么。”她答道。

“沃特爵士给你准备下那么多消遣，你最后选了哪一样？”

“哪样都没选。我……我碰见坡夫人了，跟她聊了会儿天。仅此而已。”

“真的吗？可惜我没跟你在一起。我倒真想见见这位被诺瑞尔的魔法救了一命的女人。我还没告诉你我碰见什么了呢！你还记得突然出现在屋里的那个黑人男仆吧？嘿，一瞬间我明明感觉有位高个子、黑皮肤的国王站在那里，头戴银冠，手持亮银杖和宝珠，可等我再一看，除了沃特爵士那个黑仆，并无他人。你说怪不怪？”斯特兰奇笑了起来。

斯特兰奇跟沃特爵士闲话聊了太久，等见了诺瑞尔先生，比约定时间迟了近一个钟头，诺瑞尔先生气坏了。当天晚些时候，斯特兰奇传信至海军部，说他跟诺瑞尔先生一起研究了法舰失踪的情况，认为目前这批船位于大西洋，正向西印度群岛挺进，打算去那边祸害。此外，他二人以为阿明克劳福上将准确判断了法国人的动向，已经一路追过去了。海军部听从斯特兰奇、诺瑞尔二位先生的建议，传令至莱特伍德上校，命他跟随阿明克劳福上将一路向西。最终，法国军舰被俘获了一部分，剩下的也都逃回法国港口，不再挪窝。

许下的诺言令阿拉贝拉良心上饱受折磨，她把困境讲给几位老阿姨听，这几位都是她的朋友，明事理、懂是非，一向得她信任。她自是打算在叙述时略掉人物名姓及具体情况，可惜这样一来，她的困境无人能懂，她那几位通达事理的老阿姨也是无能为力。由于不能告诉斯特兰奇，她心里压抑，可就算只言片语地提及，也等于是对沃特爵士失了信。琢磨许久，她得出结论：对有理智的人许下的诺言，应是比对没理智的人许下的诺言更有约束力。毕竟，就算把那可怜的疯女人冗长无稽的疯话转述给别人听，又有什么用呢？于是，她始终没把坡夫人的话告诉斯特兰奇。

几天后，斯特兰奇夫妇到贝德福德广场一户人家去听一场意大利音乐会。阿拉贝拉听得愉快，只是会场不够暖，于是她趁歌手换人上场短暂的间歇不声不响地溜了出去，到另间屋取自己放在那里的披肩。正围披肩的当儿，只听得身后一阵微弱响动，抬头一看，是德罗莱特如梦一般飞上前来，高声叫道：“斯特兰奇太太，见到您我真高兴！敬爱的坡夫人近来怎样？我听说您才见过她？”

阿拉贝拉勉强作答，说是见过。

德罗莱特一把挽起她的胳膊，以防她逃，随即说道："为求他们家给下道请帖，我费的周折，说出来您都不信！我各种努力，没有任何结果！沃特爵士一次又一次拿琐事当借口堵我，每次说的都一样——坡夫人病了，要不就是刚有好转，她就从来没好到能见人过。"

"是吗，我倒觉得……"阿拉贝拉正欲解释。

"哦，是啊！"德罗莱特打断她道，"倘若她真是病了，不相干的底下人当然是要赶走的。可把我也拦在门外就没道理了。我见着她的时候，她还是具尸首呢！哦，真的！我猜您还不知道吧？起死回生的当晚，诺瑞尔先生找到我，求我陪他一起去他们家。他是这么说的：'陪我一起去吧，亲爱的德罗莱特先生，让我眼睁睁看一位年轻漂亮、纯真无瑕的小姐在豆蔻年华香消玉殒，我精神上是吃不消的！'她就这么待在家里，谁也不见。有人说她一复活，就心高气傲，不屑与凡人俗物为伍。我看其实正相反。我以为，经历这一死一生一去一回，她的喜好自是与众不同。您难道不觉得有这个可能吗？在我看来，她很可能故意吃点什么药，专为欣赏恐怖的景象！您没见着她有类似举动？她就没拿杯子小口喝点什么颜色古怪的液体？您进屋的时候，她没突然把折起来的纸片之类的揣进兜里——就好像里头盛着一两勺粉末那样的纸片？没有？鸦片酊一般都盛在大约两三寸长的小蓝玻璃管里。若是谁有药瘾，家里人总以为能瞒过去，实际全是徒劳。到最后一定会被人发现。"他假笑一声，"一定会被我发现。"

阿拉贝拉把胳膊轻轻地从他的搀挽下解脱出来，请他包涵，自己实在无法提供所需的情报。什么小瓶子、粉末的，她一无所知。

她回到音乐会上，心情可比离场的时候差多了。

"卑鄙，卑鄙小人！"

第二十八章

罗克斯伯勒公爵的藏书室

一八一〇年十一月至一八一一年一月

一八一〇年底，政府的处境能有多差就有多差。大臣们听到的全是坏消息。法国人节节取胜，而曾与不列颠联合抗击拿破仑·波拿巴皇帝的欧洲大国势力（随后便被波拿巴一一击败）如今都意识到判断有误，摇身一变成了波拿巴的盟军。国内，由于战争影响，贸易遭到毁灭性的冲击，全国上下处处亏损、人人破产，农作物收成连续两年满足不了内需。最小的公主因病去世，国王伤心过度，得了失心疯。

战争粉碎了一切现有的幸福，也黯淡了未来的希望。士兵、商人、政客、农夫，人人都怨自己生不逢时，而魔法师（这类人只要存在，就总跟别人对着干）见事态发展至此，却是喜上心头。得有好几百年都没人对他们这门营生高看到如今的程度。为了把仗打赢，办法使了不少，可都以惨败告终。魔法此时已成为不列颠最大的希望。战争部及海军方面大大小小的委员会、办事处争相聘请诺瑞尔和斯特兰奇二位先生。诺瑞尔先生在汉诺威广场的宅子业务繁忙紧迫，来客有时不得不等到凌晨三四点钟，斯特兰奇和诺瑞尔先生才有空接待。若是和好多人一起在客厅里等，这还算不了什么；最痛苦的莫过于排在最后那位：一等等到大半夜，面前大门紧闭，且明知门背后有两位魔法师在作法[1]——总之滋

1　一八一〇年间，斯特兰奇和诺瑞尔施的法术包括以下形式：分开比斯开湾一处海域的海水，在原地变出一林子巨树（捣毁二十艘法国船）；改变海浪和风的常态，迷惑法国人，（转下页）

味绝不会好受。

时下传言（走到哪里都能听见），说是拿破仑·波拿巴皇帝也欲寻魔法师而不得。利物浦伯爵[2]手下的密探汇报说波拿巴皇帝见英格兰魔法师步步为“赢”，十分眼红，于是派官员跑遍全国各处搜寻有法力的人士。找到这会儿只找到个名唤维特鲁夫的荷兰人，这人有座魔法柜橱。柜橱于是被载上时髦的四轮马车运送到巴黎，而维特鲁夫一进凡尔赛宫便向皇帝保证，无论什么问题，他都能在柜橱里面找到答案。

据密探透露，波拿巴对着柜子问了以下三个问题：“皇后怀的是不是男孩？”“俄国沙皇会不会再次变卦？”以及“什么时候才能把英国人彻底打败？”

维特鲁夫进了柜橱，再出来的时候便有了答案，分别为：“是”“不会”以及“不出四个礼拜”。只要他一进去，柜子里面总会发出极其难听的噪音，好似地狱群魔齐声嚎叫，柜门边角缝隙还喷出一片片银星云雾，兽爪握球的柜腿撑着的柜身微微摇晃。三个问题回答完毕，波拿巴静观柜橱片刻，随后大步上前，一把打开柜门。他发现柜膛里有一只鹅（负责发噪音）、一撮硝石（负责喷银星），外加一个侏儒（负责点硝石并且戳鹅）。不知维特鲁夫跟那侏儒什么下场，反正鹅是做了皇帝第二天的晚饭。

十一月中旬，海军部请诺瑞尔先生和斯特兰奇先生共赴朴次茅斯检阅海峡舰队，能获此殊荣的一般只有军队将领、英雄人物或是各国君主。两位法师携阿拉贝拉一起乘坐诺瑞尔先生的马车南下朴次茅斯，进

1　（接上页）害死法国人的庄稼和牲畜；将雨水化作舰队、围城、巨人、群飞的天使等形象，用以恐吓、迷惑或引诱法国士兵和水手；在法国人以为到了白天的时候变出黑夜，反之亦然。

上述法术均曾在弗朗西斯·萨顿-格罗夫所著《盎格鲁魔法技艺综述》中有所记载。

2　前一任战争大臣卡斯尔雷子爵曾在一八〇九年底同坎宁先生大吵一架，并进行了一场决斗，事后二人只好皆向政府提出辞呈。现任战争大臣利物浦伯爵其实也就是本书前面提到过的霍克斯伯里男爵。一八〇八年十二月他父亲一死，他过去的封号便换了新的。

城之时，港口停泊的所有船舰以及港口附近大小炮台武库礼炮齐鸣。他们乘划艇前往斯匹特黑德海峡，在那里的舰船之间穿行，由将校军官全副阵容乘驳船陪同。级别低一些的船只也跟去了，坐得满满的全是朴次茅斯的热心群众，只为一睹法师尊容并挥手欢呼。返程途中，诺瑞尔先生同斯特兰奇夫妇还参观了造船厂。当晚，向他们三人致敬的盛大舞会在朴次茅斯的大会堂举行，整个市中心灯火通明。

舞会上几乎人人乐在其中，只是刚开始时有件小事颇为闹心：几位宾客也是糊涂，竟自冲诺瑞尔先生夸赞舞会如何快活、舞厅如何美丽。诺瑞尔先生的答话毫不客气，于是他们立刻判断他脾气坏、惹人厌，若官位低于上将，他根本不会搭理。幸好，斯特兰奇夫妇二人活泼开朗、无拘无束的作风充分弥补了他们这份不快。介绍给朴次茅斯的要员显贵认识，他俩特别高兴；谈起朴次茅斯、当日所见的船舰以及一切与海军、航行有关的事情，他俩饱含敬意。斯特兰奇先生跳起舞来曲曲不落，斯特兰奇太太也只坐下歇过去两轮，二人直到凌晨两点钟才回了他们在王冠客栈的房间。

夜里快三点钟才上的床，一早七点就被敲门声叫醒，斯特兰奇实在不太高兴。他爬起来，发现客栈里一名伙计正站在门厅里。

“打扰您了，先生，”店伙说，“口岸指挥官让我告诉您，‘冒牌主教’号冲上马滩了。他派吉尔毕上校去找一位魔法师，可找到的那位说他头疼，不肯去。”

这番话要想听懂可不像店伙以为的那么容易，斯特兰奇心想，就算自己清醒了，估计还是听不明白。不过，显然是出什么事了，然后有人要他上什么地方去。“你去跟那个什么上校说，让他等等，”他叹口气道，“我这就来。”

他穿戴好，下楼到咖啡间，看见一位身着上校军服的英俊小伙正在那儿踱来踱去。这便是吉尔毕上校了。斯特兰奇记得在舞厅里见过他——人看着机灵，举止也讨喜。一见到斯特兰奇，他如释重负，说是有条船——“冒牌主教”号——在斯匹特黑德一处沙洲搁浅了，处境很难办，有可能轻伤脱险，也可能不然。口岸指挥官那边问诺瑞尔先生、斯特兰奇先生好，求两位或者其中一位跟吉尔毕上校跑一趟，看看有没有办法可想。

王冠客栈门口停着一辆马车，店里一名伙计站在马匹跟前。斯特兰奇和吉尔毕上校上了车，由上校扬鞭，飞快穿过了市中心。市里逐渐开始有些躁动，带着一丝紧迫、慌张的气氛。窗户一扇扇推开，探出一个个戴着睡帽的脑袋，冲楼下喊着打听，街上的人也嚷着作答。一大群人似乎正和上校的马车往一个方向赶。

走到城墙边上，吉尔毕上校勒住了马。空气寒冷潮湿，从海上吹来阵阵清风。前方不远处，侧卧着一艘大船。水手远看就像极小的黑点，抱住护栏，正艰难地从船侧爬下去。十几艘划艇和小帆船停靠在大船周边，只见小船上的人正跟大船上的水手说得热闹。

斯特兰奇全无航海经验，在他看来，这艘船无非只是躺下睡着了。他觉着假如自己是吉尔毕上校，只消厉声训它一番，让它重新站起来即可。

“毕竟，”他说道，“来回进出朴次茅斯的船随时都有几十艘之多，怎会出这种事情？”

吉尔毕上校耸了耸肩膀。“恐怕这事儿没您想的那么特别。当时的航海官可能不熟悉斯匹特黑德这边的航道，要不就是喝多了。”

一大群人聚集起来了。朴次茅斯的居民，每位多少都跟大海、航船有些联系，且都有个人利益方面的考虑。当地人每日谈资无非是关于进港出港或是下锚停靠在斯匹特黑德港口的航船。像今天这样的事，几乎无人不挂念，不仅招来了常在附近晃悠的闲汉（为数已然不少），连相对比较沉着冷静的市民和商人也赶到了，自然也少不了有空跑来围观的海军方面人士。关于航海官究竟犯了什么错、口岸指挥官该怎么把问题解决，大家已经争得不可开交。待弄明白斯特兰奇是谁、跑来干什么，大家乐得将各自意见转赠到他身上。可惜他们用了不少航海方面的行话，斯特兰奇听了这番汇报，至多只能模模糊糊懂个大概。他听完一个人的解释之后，冒失地问了一句“抢行”跟“顶停”是什么意思，结果人家又给他讲解航行原理，他听了个莫名其妙，听完还不如没听的时候明白呢。

“总之，”他说，“重点在于船现在是侧卧着的。要不我干脆就把它立起来？这简单得很。”

“老天！不成！”吉尔毕上校叫起来，“这么干绝对不成！除非小心到极点，不然龙骨肯定一折两半，船上人都得淹死。”

“哦！”斯特兰奇道。

他随后的提议更糟糕。听见有人说什么等涨潮的时候再靠风将船顺水送离沙洲，他想到也许让风刮大一点会有帮助，于是举起手，打算施法召唤。

“您这是要干吗？”吉尔毕上校问。

斯特兰奇把计划告诉他。

“不成！不成！不成！”上校一脸震惊，连声大叫。

好几个人动手摁住了斯特兰奇。其中一个上来猛劲儿抓着他摇晃，以为这么干就能在法术生效之前将法术甩掉。

“风是打西南边过来的，”吉尔毕上校解释道，“若刮得再大，会吹得船往沙子上撞，船肯定会散架，上面的人就都淹死了！”

只听有人发了话，说这位无知得吓人，简直搞不懂海军部凭什么这么器重他。

有人带着嘲讽的口气回答，说这位也许算不上什么魔法师，可至少人家舞跳得不错。

有人笑了起来。

“这沙滩叫什么来着？”斯特兰奇问。

吉尔毕上校摇摇头，一副怒而无可奈何的神情，表明自己压根儿不懂斯特兰奇在说什么。

“这……这地方……就是船搁浅的这块地方，”斯特兰奇催问，“好像跟马有关？”

“这片沙洲叫作马滩。”吉尔毕上校冷冰冰地答道，罢了便转身跟别人讲话去了。

此后的几分钟里，谁也没再注意这位魔法师。大家围观“冒牌主教”号四周的单杆帆船、双杆帆船以及驳船的搜救进展，随后又抬头望天，谈论天气会怎样变化、涨潮时风向如何。

突然，好几个人叫大家往水面上看。水上冒出个怪家伙，体型巨大，闪着银光，脑袋的形状长而古怪，脑后飘着水草状的浅色毛发，似乎正朝“冒牌主教”号游来。人们还未来得及啧啧称奇，只见这神物又冒出几只，转眼间，几只变作一群，不计其数，都朝着船的方向轻快地全速前进。

“究竟是什么东西？”人群里有人问。

这东西比人大得多，长得既不似鱼，也非海豚。

“是马。”斯特兰奇答道。

“它们打哪儿来的？”又有人问。

“我变的，”斯特兰奇道，“拿沙子变的——确切地说，是拿马滩的沙子变的。”

“它们难道不会散在水里吗？”有人问。

“变它们有什么用？”吉尔毕上校问。

斯特兰奇说：“它们是由沙子和海水靠魔法幻化成的，给它们多少活儿，它们干完才会消失。吉尔毕上校，派条小船过去跟‘冒牌主教’

号的船长说一声，让他派手下船员把马往船上拴，能拴住多少拴多少。马能把船拖出沙洲。”

“哦！”吉尔毕上校道，“好极了。行，一定。”

“冒牌主教”号得令后不出半个钟头便被拖出了沙洲，随后水手们便忙起了将船帆归位等一系列水手该做的事情（跟魔法师动起手来一样神秘莫测）。值得一提的是，拖船的进展并不完全遂斯特兰奇所愿。他之前没想到把马拴住会有那么大困难。他以为船上有的是缆绳，够做不少笼头、缰绳，施法的时候也对咒语做了调整，让变出来的马尽可能驯顺。可水手并不懂马。水手懂的是海，而且只懂海。有些水手好歹能捉住并套上马，而更多人则束手无策，再不就是被这群发着银光、鬼魅般的东西吓得不敢上前。斯特兰奇变了总共得有一百匹马，最后只套住大约二十匹拴到船上。将“冒牌主教”号拖离沙洲，二十匹马自然劳苦功高，可若不是因为斯特兰奇不断拿沙子变马，滩面豁开一道深槽，船照样挪不了窝。

斯特兰奇使“冒牌主教”号脱了险，究竟是光荣之举，还是纯借事故为自己前途铺路，朴次茅斯人各有各的说法。当地很多军官、船长都说他这招玩得太过招摇，明显是为了炫技震一震海军部，拖船倒是次要的。大家对那些沙子变的马也不甚满意，它们并没像斯特兰奇说的那样干完活就消失，而是在斯匹特黑德海域游了一天半，大限一到，便纷纷躺倒，重又化为座座沙洲，位置难料。朴次茅斯的航海官、引航员在口岸指挥官面前抱怨说斯特兰奇永久性地改变了斯匹特黑德海域的航道和沙洲，海军现在又得斥资费力重测水深并测绘锚地。

然而，伦敦的大臣们跟斯特兰奇一样，既不懂舰船也不懂航海。对他们来说，只有一件事显而易见，那就是斯特兰奇救下了一艘船，替海军部省了一大笔钱。

“这次‘冒牌主教’号获救，”沃特爵士对利物浦伯爵道，“说明派驻一名魔法师在当地好处是大大的，什么危难都能应付。我记得咱们曾打算把诺瑞尔派到什么地方去，最后不得不放弃。现在派斯特兰奇怎么样？”

利物浦伯爵想了想。“我看，”他说，“咱们只有对某位将领在不久的将来赢战法国人有一定把握，才能把斯特兰奇先生派去辅佐，否则就是对斯特兰奇先生才能不可饶恕的浪费，天晓得，光咱们伦敦这边还轮不过来呢。说实话，咱们可选择的余地不大，这样的条件除了威灵顿勋爵再也没别人符合。”

“哦，确实！”

威灵顿勋爵眼下正带兵远在葡萄牙，于是谁也说不好他对此有何意见。可巧，他夫人住在哈里大街11号，跟沃特爵士家正对门。沃特爵士当晚回家之前，先敲门拜访了威灵顿勋爵夫人，问夫人觉得威灵顿勋爵对派给他一位魔法师会怎么看。威灵顿夫人个头矮小、郁郁不乐，她的意见她丈夫向来都不大当回事。她说她不知道。

与此同时，斯特兰奇听到提议却是十分欣喜。阿拉贝拉的欣喜相比之下略有保留，不过还是积极表示赞同。而最大的障碍——说出来谁也不会太奇怪——还是来自诺瑞尔。过去的一年里，诺瑞尔先生在很多方面已对自己这位门生产生了依赖。过去要找德罗莱特和拉塞尔斯谈的事情，如今都是跟斯特兰奇商量。若斯特兰奇不在跟前，诺瑞尔先生每言必及斯特兰奇；若有斯特兰奇在身边，则只与斯特兰奇交谈。由于之前从未体验，他这份依赖与牵挂来得愈发深切。以往，只要是跟人打交道，他就从来没痛快过。假设会客室或是舞厅高朋满座，而斯特兰奇好不容易躲出去一刻钟，诺瑞尔先生就会派德罗莱特跟过去，看看他去了哪里、在跟谁讲话。所以，一听说有人提议将他门下唯一的弟子、身边唯一的朋友送去前线，他受了刺激。“沃特爵士，”他说道，“我万想不到您居然能开这个口！”

“可大战当前，人人都要时刻准备为国家做出牺牲。”沃特爵士的声音透着些许恼怒，“您要知道，这样做的人已有成千上万。”

“可他们是*当兵的*！”诺瑞尔先生大叫，“哦！我相信军人有他存在的意义，可若是斯特兰奇先生遭遇什么不测，国家的损失可比丢兵折将大多了！我听说在海威科姆有间学校，每年能培养三百名军官。若有幸能教上三百个魔法师，我对天发誓我乐意；若真有那么多人可教，英格兰魔法的处境也许比现在还光明些！”

沃特爵士试过一番，没成功。利物浦伯爵和约克公爵也都积极去找诺瑞尔先生谈，结果谁也没劝动他。诺瑞尔先生听了斯特兰奇上前线的计划没别的反应，仍只有惶恐。

“先生，您难道没想过，”斯特兰奇问，“我这一去，能为英格兰魔法赢得多少人心？”

“哦，我敢说有可能，”诺瑞尔先生没好气地说，“可有什么比眼见魔法师上战场更能激发人们对乌衣王以及一切野蛮邪术的想象呢?！他们会以为咱们召唤仙灵，对话夜枭、狗熊。而我只希望大家把英格兰魔法看作一门不露声色、尊严体面的营生，实际上这门营生就好像……”

“可是，先生，”斯特兰奇赶忙插嘴，好截住这番听了上百遍的训话，“我是不会带一班仙子骑士做随从的。另外，有些事情咱们若不考虑，就大错特错了。过去咱们经常感叹，抱怨总是被迫一遍遍重复同一种法术。如今受战事所挟，我有机会实践之前从未尝试过的方法——而且，先生，你我不也时常向对方坦言：魔法一旦动手实践，理论就好懂多了。”

然而，就眼下这件事，两位魔法师由于性情差异太大，始终无法达成一致。斯特兰奇把勇敢赴险、为英格兰魔法争光挂在嘴上，言语、修辞全都跟冒险、打仗沾边，是不可能讨诺瑞尔先生欢心的。诺瑞尔先生一口咬定斯特兰奇先生是会讨厌打仗的。“在战场上，人总是又冷又湿。等真到了那儿，你才不会像你预想这般热情呢。”

一八一一年头两月间有几个礼拜，诺瑞尔先生的阻挠似乎确实挡住了斯特兰奇的去路。沃特爵士、利物浦伯爵、约克公爵以及斯特兰奇都犯了同一个错误：他们以为若想事成，要靠唤起诺瑞尔先生的高尚情操、爱国志向与责任感。毫无疑问，这些优秀品格诺瑞尔先生当然都具备，可他心中还有些别的原则更为坚定；更高层次的官能，也总会被这些原则所制约。

幸亏还有两位先生能派上用场，而这两位更懂得怎样把事情办好。拉塞尔斯跟德罗莱特和其他人一样急着想让斯特兰奇去葡萄牙，而他们认为最好的办法莫过于从诺瑞尔先生的忧患下手，即罗克斯伯勒公爵藏书室未来的归属。

该藏书室长久以来一直是诺瑞尔先生的心头大患。作为国内最负盛名的私人藏书室之一，它的地位仅次于诺瑞尔先生自己那间，这背后还有一段奇异的血泪史。大约五十年前，罗克斯伯勒公爵——一位高智商、有涵养，可亲可敬的绅士——爱上的人碰巧是当朝王后的家姐。他央求国王答应这门亲事，而国王拿朝廷规矩、礼节、有无先例等等各种理由拒绝了他。*此举伤了公爵和王后家姐的心，他二人郑重起誓，彼此相爱至地老天荒，任何条件下不得嫁娶他人。至于女方是否守约，我不清楚。而公爵后来归隐于自己苏格兰边界处的城堡，为了打发孤身一人的日子，开始收集古籍孤本，其中包括绘有精美页边插图的中世纪手稿，也包括书籍印刷刚刚出现时制作的版本，来自像伦敦的威廉·卡克

* 第三任罗克斯伯勒公爵约翰·科尔（1740—1804）与德国梅克伦堡·斯特雷利茨公爵的大女儿克里斯蒂娜·索菲亚·阿尔伯蒂娜公主于一七六一年相爱。二人本是门当户对，谁知没过多久，公主的五妹索菲亚·夏洛特与英国国王乔治三世订婚。当时朝廷以为，长女出嫁后的地位反不如幼女高，实在不成体统，于是阻止了这门婚事，二人终身未曾嫁娶。乔治三世后来为了感谢罗克斯伯勒公爵的牺牲精神，赐其朝廷高官要职。

斯顿、威尼斯的瓦尔达斐这类奇才的工坊。到了十九世纪初，公爵的藏书室已成世间一处奇观。公爵本人偏好诗歌、骑士道、历史与神学，对魔法并没什么特别兴趣。然而他这人只要是古书就都喜欢，若说藏书室内魔法方面的作品没收进来过一两本，也不大可能。

诺瑞尔先生曾给公爵去过好几次信，央求人家准他查看查看藏书中可有魔法方面的书籍，有可能的话是否能将书买走。诺瑞尔先生紧着打听，人家公爵可不愿意搭理。公爵家财万贯，根本不图诺瑞尔给的钱。多年来，他坚守与王后家姐的约定，无子无嗣。他死后，家中一大批男性亲属认准了下一任罗克斯伯勒公爵就是自己。他们纷纷到上议院特权委员会申诉，委员会进行研究之后判定新一任公爵将在科尔少将与詹姆士·因尼斯爵士二人之间产生，而究竟是哪一位，委员会不置可否，说他们仍需研究。事情拖到一八一一年初还没有个结果。

一个礼拜二上午，天气冷飕飕，下着雨，诺瑞尔先生正和拉塞尔斯与德罗莱特二位坐在汉诺威广场宅子的书房里，齐尔德迈斯也在屋，正代诺瑞尔先生给政府各个部门写信。而斯特兰奇这会儿正陪太太在特威克纳姆一地看朋友。

拉塞尔斯跟德罗莱特聊着科尔与因尼斯二人的官司，言语间似是不经意地提了一两回那座著名的藏书室，引起了诺瑞尔先生的注意。

“这两位都是什么人，咱们了解多少？”他问拉塞尔斯，“他们对魔法实践可有兴趣？”

拉塞尔斯笑了笑。“这您就放心吧，先生。我向您保证，这俩人一门心思只为抢上爵位。想来我就从没见他俩哪怕是翻开过一本书。”

“真的？他们都不爱书吗？好吧，这倒让人心里踏实不少。”诺瑞尔先生思忖片刻，“不过，假设他俩其中一位真继承了公爵的藏书室，又恰巧在书架上真翻着一本魔法方面的稀世珍本，突然起了好奇心——人们对魔法总有好奇心，您知道，这也是我个人成就所带来的不那么理想的后果——他也许会读上一段，受了启发，便挑一两个咒语试试身手。毕竟，我当年就是这样入的门。那时候我才十二岁，从我舅舅的书房里拿出本书看，发现里面夹着一张从一本更早的古书上撕下来的书页。我一读，当场认定，以后非做魔法师不可！”

“是吗？真是太有意思了。”拉塞尔斯的话语里透着极度的厌倦，“不过因尼斯跟科尔二位是不大可能碰上这种事儿了。因尼斯如今得有七十多了，科尔也大约这岁数，谁也没有新的事业追求了。”

“哦，他们家里就没有晚辈吗？没准儿人家正是《英格兰魔法之友》和《当代魔法师》的热心读者呢，没准儿人家只要一看见魔法方面的书籍就会想方设法据为己有呢！抱歉，拉塞尔斯先生，在我看来，这两位大人年事再高，也不够保险！”

“您这么看也行。不过，先生，我怀疑这些被您出神入化地描述了一番的年轻幻象迷[3]是否还有机会见到这座藏书室。科尔和因尼斯二人为了争夺爵位，打的官司所费不赀。不管将来谁当上公爵，第一要务便是付律师费；一入主弗洛尔斯城堡[4]，马上就会搜罗东西卖掉。委员会宣布结果一个礼拜之内，他们不把整座藏书室都公开拍卖了才怪呢。”

“卖书！”诺瑞尔先生慌张地叫起来。

“这您还怕什么？”齐尔德迈斯从书信中抬起头来，“一般人家卖书，最后还不都跟算计好了似的，专为讨您高兴。”

“哦，可那是从前了，”诺瑞尔先生说，“从前全国上下除了我没人再对魔法书有丁点儿兴趣，如今恐怕得有不少人都打算买上几本。我猜《泰晤士报》准会登启事。”

“哦！”德罗莱特叫起来，“要是书被别人买走了，您可以向大臣

3　幻象迷（thaumatomane）：对魔法和奇幻事物怀有强烈兴趣的人。该词收于塞缪尔·约翰生所编《英文大字典》。

4　罗克斯伯勒公爵的官邸。

们提出抗议！您可以向威尔士亲王请示！书若落到您以外什么人手上，对整个国家是大不利啊，诺瑞尔先生。”

“除非是斯特兰奇。”拉塞尔斯道，“若把书买下来的是斯特兰奇，我想威尔士亲王以及大臣们不会有什么意见。”

“这倒是。”德罗莱特附和道，“我把他给忘了。”

诺瑞尔先生看上去比任何时候都要慌乱。“可斯特兰奇先生会理解的，他知道书都归我才合适。”他说道，“书还是收归一座藏书室内为好，不应流散各处。”他观望四座，打算看看有谁支持他。“当然了，”他接着说，“斯特兰奇先生读我的书，我是不会反对的。谁都知道我的书——我自己那些珍贵的书——有多少都借给斯特兰奇先生读了，得有……我的意思是，得看是什么题材的。”

德罗莱特、拉塞尔斯和齐尔德迈斯谁都没发话。他们确实知道诺瑞尔先生借给斯特兰奇先生的书有多少。他们还知道他扣着不给的有多多。

“斯特兰奇是个正派人，”拉塞尔斯道，“正派人做正派事，他对您一定也是这么个期许。若书私下里只对您一人出售，那么您可以都买了。然而若是公开拍卖，他会觉得自己有权和您竞争。”

诺瑞尔先生顿了顿，看着拉塞尔斯，紧张地舔舔嘴唇。“那你觉得书会怎么卖？公开拍卖还是私下交易？”

“公开拍卖。”拉塞尔斯、德罗莱特和齐尔德迈斯齐声回答。

诺瑞尔先生双手捂住了脸。

“不过，”拉塞尔斯慢悠悠地说，就好像这会儿才想到，“要是斯特兰奇不在国内，他就没办法参加竞拍。”他呷了口咖啡，“是不是？”

诺瑞尔先生抬起头，脸上绽出新的希望。

事态于是突然一变：斯特兰奇先生若能去葡萄牙待个一年半载的，

则再好不过。[5]

5　特权委员会最终决定，把封号判给了詹姆士·因尼斯爵士。拉塞尔斯先生估计得也没错，他一当上公爵，立马开始拍卖藏书室。一八一二年夏天的这场拍卖（斯特兰奇此时身在伊比利亚半岛）也许称得上是古亚历山大图书馆那一把火之后最受瞩目的书坛盛事。拍卖持续了整整四十一天，引发了至少两场决斗。

公爵藏书室内一共发现了七本魔法方面的书，皆为旷世珍品。

《玫瑰与清泉》是十四世纪一位佚名魔法师关于法术的神秘主义冥思录。

《托马斯·德·邓代尔》是克雷蒂安·德·特鲁瓦一首从未被世人发现的诗歌，添枝加叶地描绘了乌衣王手下头一位人类仆从托马斯·邓代尔的一生。

《洛夫戴·英格姆之书》是十五世纪剑桥一位魔法师的每日行事见闻录。

《大法修习》是十七世纪对英格兰法技进行全编的一次尝试。

《七之史》这部作品写得十分混乱，内容杂合了英文、拉丁文以及一种不知名的仙灵语言。作品年代无从判定，作者无人知晓，写作目的则完全参不透。总体来看，该书是在为仙国一座名为“七”的城市撰史，然而其文体错综复杂，作者在叙述过程中经常突然停下，转而责怪起某些不知名姓的人以某种不可名状的方式伤害了他，一写到这些，行文则更像是一封充满怒气的控诉函而非他物了。

《妇人相咨》是十六世纪的一部作品，以寓言的形式描述了为女性所独有的智慧与法术。

七部作品中最令人称奇的，当属《拉尔夫·斯托克塞心镜万机》。这本书连同一册初版薄伽丘的《十日谈》在拍卖的最后一天拿了出来，连诺瑞尔先生此前都没听说过有这样一本书存在。该书貌似是由两位作者完成的，其中一位是十五世纪的魔法师威廉·索普，另外一位则是拉尔夫·斯托克塞的仙仆科尔·汤姆·布鲁。为拍下这么个宝物，诺瑞尔先生花掉两千一百几尼，这数目人们真是闻所未闻。

对诺瑞尔先生，谁都怀几分敬仰，于是在座的先生们没人跟他抢。然而，有位女士每本书都要跟他争一争。拍卖前，阿拉贝拉·斯特兰奇忙了好几个礼拜：给斯特兰奇家里人写信，去伦敦的朋友家拜访，试图借到足够的钱，就为了给自己丈夫买回几本书来。结果每次竞价，诺瑞尔先生都把她压了下去。

作家沃特·司各特爵士当时也在场，他描述了拍卖会后的情状：“没能抢下《拉尔夫·斯托克塞心镜万机》，斯特兰奇太太失望极了，坐在那里就哭起来。与此同时，诺瑞尔先生拿着书径自从她身边走过，对他弟子的爱人一眼不瞧、一句话没有。我不记得何时见过这么令我反感的行为了。在座有几位也目睹了这一场景，于是我听见人家说起他来，骂得都相当难听。就连波蒂斯海德勋爵——这位对法师算是无限崇敬了——都说他觉得诺瑞尔对斯特兰奇太太的态度极其恶劣。”

诺瑞尔先生对斯特兰奇太太的态度并不是引起人们对他恶评的唯一原因。拍卖结（转下页）

5　（接上页）束后的几个礼拜，搞学问的、研究历史的都盼着听听这七本奇书究竟能为大家带来什么新知。他们尤其希望《心镜万机》一书所含的信息能解开英格兰魔法中最令人费解的谜团。大家都以为诺瑞尔先生会将读后新知在《英格兰魔法之友》上发表，也有人说诺瑞尔先生会将原本再版重印。结果两样事情他哪样也没做。有一两个人给他去信提问求教，他也没回复人家。人们对他这行为有意见，控诉信登了报，他看见后还格外气愤。毕竟，他也没做什么跟从前习惯相悖的事情：他一样是去搜集珍贵书籍，然后就把它们都藏起来，任谁也别想再见到。唯一的区别在于，当他还是无名小辈时，干这种事情，别人谁也不会在意；而今，天下人的目光都集中在他身上，他不回应，别人就起疑，紧接着就把他在其他场合傲慢无礼的表现全想起来了。

第二十九章

在若泽・埃斯托里尔宅

一八一一年一至三月

“我一直寻思，先生，一旦我去了半岛，您再同战争部打交道的时候，情况会发生很大变化。”斯特兰奇道，“恐怕我这一走，若再有人没时没会儿、没日没夜地上门求做这样或那样的法术，您该觉着不方便了。到时候除了您，再没别人照应他们。您还有时间睡觉？我看咱们得让他们试试别的法子。组织安排方面的工作若能帮上忙，我乐意效劳。要不咱们这礼拜请利物浦伯爵来吃个晚饭？”

“哦，所言极是！”诺瑞尔先生见斯特兰奇如此体谅，心情大好，“你也同来，你讲话甚是清楚明白！什么事经你一说，伯爵立刻就懂。”

“那我这就给伯爵他写信？”

“行，去写！快去！”

这是年初头一个礼拜，斯特兰奇的行期尚未确定，但也要不了太久。他坐下写了封邀请函，利物浦伯爵当即应下，隔天便现身汉诺威广场。

诺瑞尔先生和乔纳森・斯特兰奇习惯在晚饭前先在书房待上一个小时，于是他们在那里接待了伯爵大人。齐尔德迈斯也在场，根据情况需要随时扮演抄写、顾问、信使及侍从种种角色。

利物浦伯爵从未见过诺瑞尔先生的藏书，于是在落座之前，先绕着房间走了一圈。“先生，”他说道，“有人告诉我您的藏书是当代一大奇观，可我预想的还没您这里一半丰富。”

诺瑞尔先生听了十分得意。他就喜欢利物浦伯爵这样的客人——对书籍敬佩得疏远，根本不打算把书从架子上拿来读。

随后，斯特兰奇对诺瑞尔先生说：“先生，咱们到现在还没谈谈我去半岛该带些什么书。我列了个单子，有四十本，您要是觉得还有改动的必要，我乐于听从您的意见。”他从桌上的纸堆里抽出一张折合起来的，递给了诺瑞尔先生。

这样一张单子，诺瑞尔先生看了没法高兴。单子上满是画掉的第一稿、画掉的第二稿，第三稿的内容画了箭头加进去，曲里拐弯地在别的字旁边绕。纸面有墨水点子，书名有拼错的，作者有改名换姓的，最令人不解的是，竟然还有三行谜语诗，是斯特兰奇打算写完再送给阿拉贝拉作为分别纪念的。不过，诺瑞尔先生面色苍白倒不是因为这些。他之前压根儿没想到斯特兰奇在葡萄牙那边还需要书。将四十本宝贝书带到战火连天的地方，书有可能被烧掉、炸毁、淹水、蒙灰，太过恐怖，不堪设想。诺瑞尔先生不大懂得打仗，可他不信士兵会是爱书同好。他们可能会用脏手指头翻弄书本！他们可能会把书撕掉！他们还可能读上一段试试身手——这最是恐怖！士兵都识字吗？诺瑞尔先生说不好。眼下整片欧洲大陆前途凶多吉少，自己屋里还坐着一位利物浦伯爵，他知道若是回绝该有多难——几乎不可能。

他看看齐尔德迈斯，一脸急切地求助。

齐尔德迈斯耸了耸肩膀。

利物浦伯爵则仍是静静地四下观望，大约在想，这儿的书成千上万，临时拿走个四十本，哪儿看得出来。

“我带书不能超过四十本。”斯特兰奇接着说，一副就事论事的腔调。

“您英明，”利物浦伯爵道，“相当英明。除了方便随身携带的，什么都不要拿。”

“随身携带！”诺瑞尔先生大叫起来，从没吓成这样过，“你不会是打算带着它们到处跑吧？你一到目的地必须马上找个书房把它们放好，城堡里的书房最理想，一座墙壁厚实、防御彻底的城堡……”

“要是它们都在书房里存着，对我也没什么用处了，”斯特兰奇声音镇定得拱人火，“我得上战场、下营房，书必得跟着我。”

“那就一定把它们放箱子里！”诺瑞尔先生说，“找个非常牢固的木箱或者打个铁柜！没错，铁打的最好！咱们可以找人定做的，然后……”

“啊，请原谅，诺瑞尔先生，”利物浦伯爵插话进来，“我倒是强烈建议斯特兰奇先生不要带铁柜。任何自备物资放在推车里，他绝不能想当然以为可靠。士兵需要推车运送器材、图纸、口粮、弹药等等，为了少给陆军方面添麻烦，斯特兰奇先生最好还是学其他军官的样，把个人物品都驮在骡子或者毛驴身上。”他转向斯特兰奇，“您挑一匹壮实骡子，驮您的随从跟行李。从修利-拉特的铺子里买几只马鞍褡裢，把书放里面。军用褡裢最能装东西。书要是放推车上，一准儿被偷。当兵的——很遗憾地讲——什么都偷。”他说罢思索片刻，又补上一句，“至少咱们国家的都这副德行。”

一番对话之后，晚餐进行得如何，诺瑞尔先生全然不知。他隐约记得斯特兰奇和伯爵二人滔滔不绝，笑声连连。好几次听斯特兰奇说：“好吧，就这么定了！”又听伯爵答：“哦，那当然了！”可他们说的究竟是些什么，诺瑞尔先生不知道也不关心。他多希望自己还没来伦敦，多希望自己压根儿没打算复兴英格兰魔法，多希望自己还住在何妨寺，读读书、作作法，自娱自乐。比起四十本书的损失，他觉得这一切都算不得什么。

待利物浦伯爵和斯特兰奇走后，他回书房端详那四十本书，一本一本抱在怀里，趁还来得及，好好地宝贝一下。

齐尔德迈斯也还在书房里，晚饭也没离开桌子，这会儿还在处理宅间账务。诺瑞尔先生一进来，他便抬头，咧嘴一笑。“先生，我敢说等上了战场，斯特兰奇先生一定干得不错。人家今天已经将您一军了。”

二月初一个月色皎洁的夜晚，一艘名叫“圣瑟罗的祝福”[1]的英国船沿塔古斯河[*]北上，停靠在里斯本城中心的黑马广场旁边。头一拨下船的乘客里，便有斯特兰奇和他的随从杰里米·约翰斯。斯特兰奇之前从未到过外国，这会儿置身域外的感觉特别明显，再加上四周陆海军的重要工事嘈杂忙乱，一切在眼前兴兴轰轰地展开，令他激动不已。他跃跃欲试，打算马上动手施法术。

“不知威灵顿勋爵现在何处，”他对杰里米·约翰斯道，“你觉得那帮人里有谁会晓得吗？”他带着些许好奇，向广场尽头一处未完工的大拱门望去。这拱门格外有军事机关的派头，若说威灵顿现在就在门后面某个地方，他也不会太奇怪。

“可现在是夜里两点钟，先生，”杰里米说道，“勋爵大人一定在休息。”

“哦，你这么以为？整个欧洲的命运都捏在他手心里，他还休息？不过我想也许你说得没错。”

斯特兰奇只好勉强承认，眼下最好还是先找家旅馆住下，明天上午再去找威灵顿勋爵。

---

1 “圣瑟罗的祝福”是从法国人那里缴获的一艘船，过去的法国名字叫作“残庙”。而“圣瑟罗的祝福”，众所周知，是环绕在乌衣王的都城纽卡斯尔周边做防御用的四座魔法森林之一。

* 塔古斯河（Tagus）是伊比利亚半岛最长的河流，跨越西班牙和葡萄牙两国，西班牙称之为塔霍河（Tajo），葡萄牙称之为特茹河（Tejo）。塔古斯河是其拉丁文名称。

之前有人向他们推荐一间位于鞋匠街的旅馆，开这间旅馆的普利多先生是康沃尔郡人。普利多先生的住客几乎都是英国军官，不是刚从英格兰回到葡萄牙，就是准备离岗休假在这里等船。普利多先生尽己所能让军官们感觉宾至如归，结果却不如人意。他发现，无论自己怎样努力，葡萄牙本地特色总还是千方百计闯进来，引起客人们的注意。就算旅馆内的壁纸和家具最初都是从伦敦原封运来的，经葡萄牙的烈日一晒五年，也都变得格外葡式。就算普利多先生亲自指点后厨准备英式餐饮，可人家厨子是本地人，做出的菜若是按客人的标准还是撒多了胡椒、放多了油。就连客人们的靴子，一经本地擦鞋小孩儿涂抹，也隐约染上些本地气质。

第二天上午，斯特兰奇起得挺晚。他叫了一客丰盛的早饭，吃罢便在附近溜达了一个多钟头。里斯本这座城市看来有不少广场市集、典雅建筑，而雕塑、戏院、商铺也多的是。见这情形，他猜想打仗大概也没那么可怕。

回到旅馆，他看见四五位英国军官正聚在门廊里，争相说着什么。这正是他求之不得的大好机会。他走上前去，为自己插话道了歉，随后自我介绍一番，并问在里斯本哪里能找到威灵顿勋爵。

这几位军官回头看着他，一脸莫名其妙，就好像都觉得这问题问得不对，可斯特兰奇不懂哪里不对。“威灵顿勋爵这会儿不在里斯本。”其中一位蓝制服、白靴裤的骠骑兵答道。

“哦，那他什么时候回来？”斯特兰奇问。

“回来？”那位军官道，“几个礼拜够呛——我看得几个月，也可能根本不会再回这儿来了。”

“那我该上哪儿找他呢？”

“老天！”军官叹道，“他在哪儿都有可能。”

“您都不知道他在哪儿吗？”斯特兰奇问。

那位军官看着他，毫不同情。“威灵顿大人不在任何地方停留，”他说，“哪儿需要他，他就去哪儿。何况，”他为了让斯特兰奇更明白点儿，又补了一句，“哪儿都需要威灵顿大人。”

另一位身着鲜红制服、上衣缀了不少银穗子的军官发了话，声音友善得多：“威灵顿大人在线上。”

“在线上？”斯特兰奇问。

“是的。”

可惜，这答案到了斯特兰奇耳朵里，并不像军官们以为的那样明确、有效。斯特兰奇心想，自己的无知算是显摆够了，继续打听消息的愿望烟消云散。

“威灵顿大人在线上。”这话真是匪夷所思，要是斯特兰奇非得做个判断，他宁愿相信“在线上”是句俗话，表示人喝多了。

他进了旅馆，让门房去找杰里米·约翰斯。若一定要在英军面前出丑，他想还是让杰里米去的好。

“啊，你在这儿呢！”杰里米一来，他便说，“去找个士兵或者军官问问，上哪儿才能找到威灵顿勋爵。”

“好的，先生。不过您难道不想亲自问问他们？”

“不太可能，我还有法术要做呢。”

于是杰里米出了门，不多会儿便回来了。

“问出来了吗？”斯特兰奇问。

“哦，问出来了，先生！”杰里米兴高采烈道，“也没多大秘密。威灵顿大人在线上呢。”

“我知道，可这话什么意思？”

“哦，抱歉，先生！人家回答我的时候特别随意，就好像这是全天下再寻常不过的事情。我以为您肯定知道呢。”

“好吧，我不知道。我想我最好问问普利多。”

普利多先生见要他帮忙，自是十分欢喜。他说这事儿再好办不过了，斯特兰奇先生一定得去陆军司令部看看，肯定能在那边找到勋爵大人。从市里出去大约走个半天，也许再久一点。“就跟从泰伯恩走到戈德尔明*差不多远，先生，假如您能想象一下。”

“不过，要是能麻烦您在地图上给我指点指点……”

“老天保佑您，先生！”普利多先生给逗乐了，“您自己去的话无论如何也找不到的，我得找个人带您去。”

普利多先生找来的向导是一位助理特派员，正要到托里什韦德拉什去办事，这地方比陆军司令部还要多走四五里地。特派员表示很乐意与斯特兰奇同行，为他指路。

“好了，”斯特兰奇心想，“我总算是在进步了。”

旅途的前半段，路两旁田野、葡萄园星罗棋布，其间坐落着漂亮的村舍，刷得四白落地，还有石头砌成的风车磨坊，挂着棕色帆布做的桨，景色颇令人愉快。一路上，他们见到大批身着棕色制服的葡萄牙士兵来来往往，偶尔也会碰上几位英国军官，军装鲜红、蔚蓝，更加鲜丽明亮——斯特兰奇带着一腔爱国情绪看那颜色，感觉更富男子汉气概，更配上战场。骑了三个钟头，方见得一道山脉如同围墙自平地立起。

二人骑进两座高峰之间一道窄谷，特派员说道：“咱这就算是入线了，您看见高处关口旁边那座炮台了吗？”他往右边指指。他所谓的“炮台”最初大概就是一座风车，如今已经安了营、垒了垛、掏了炮眼，全副武装。“关口另一侧还有座炮台，您看见了吗？”他又指指左边，“岩石突起那里又是一座小炮台，小炮台后面——今儿这天儿雾沉沉的，您估计看不到——还有一座。远处还有，一座接一座的炮台，从塔古斯河到入海口连成一线！这还不算完呢！咱们北边还有两条，总共

* 泰伯恩位于伦敦，戈德尔明位于伦敦西南部的萨里，两地距离约四十英里。

三条线！”

“真是叹为观止。都是葡萄牙人给修的吗？”

“不是，先生，是威灵顿大人修的。法国人甭想进来。哈，先生，就算是个虫子，手上没有威灵顿大人亲笔写的条子，也甭想溜进来！先生，这就是为什么法国人如今还老实待在圣塔伦，寸步难行，而咱们在里斯本就能睡得安安稳稳！”

很快，他们便离开主路，踏上一条陡而蜿蜒的小道，沿着山坡爬到一处名唤黑狗镇的小村落。斯特兰奇一看这实际的战时场景与自己想象中的大相径庭，吃了一惊。他原想着威灵顿勋爵一定会坐在里斯本的大楼里派发命令，结果人家却在这么个小地方，把它放在英格兰连个村子都算不上。

陆军司令部居然设在一座毫不起眼的房子里，门外是片普普通通、石子墁地的院场。斯特兰奇被告知威灵顿勋爵到线上视察去了，不知什么时候才回得来——大概要等到晚饭时分了。斯特兰奇可以在这儿等，只要别挡事儿，谁都没意见。

然而，从一进门，斯特兰奇就感觉自己被一条特别恼人的自然定律所约束：若一片地界没人认识你，不管你往哪儿站，都挡人家的事儿。他没法坐下等——他待的这间屋里根本没椅子，估计是怕法国人万一溜进来藏在后面——于是他只好转移阵地，站到窗前。可马上走来两位军官，其中一位要给另一位展示葡萄牙某种重要的战略地形，于是必得往窗外看。他们瞪了一眼斯特兰奇，斯特兰奇只好转移到一座挂了半扇门帘的拱门前去站着。

这时候，过道里有人不住地喊一个叫“酒印子”的去搬火药桶，催他赶紧去。一位身材极其矮小还有点驼背的士兵走进屋来，脸上有一块非常明显的紫色胎记，身上穿的似乎是陆军各团制服拼凑起来的百家衣。这人大概就是“酒印子”了。这“酒印子”愁眉苦脸的。他找不到火药在哪里。他翻过储藏室，找过楼梯间，也搜过凉台，还要不时回头嚷嚷“一会儿就来！”——直到他想起去斯特兰奇身后撩开门帘，在拱门底下翻找，这“一会儿”才算没白费。随后他马上大喊，说火药桶找到了，还说要不是有人（说到这儿，他怒瞪了斯特兰奇一眼）挡在桶前面，他早就发现了。

时间过得慢吞吞的，斯特兰奇又回到自己原先在窗边的阵地。快要睡着了的时候，只听得一阵嘈杂并感到秩序突然有变，他意识到是什么“大人物”回来了。转眼间，屋里一阵风似的进来三位男士，斯特兰奇这下总算见着了威灵顿勋爵。

如何描述一下威灵顿勋爵呢？还用得着描述——或者说谁能描述得了呢？目光所及之处——从驿站酒馆墙上贴的廉价招贴画，到大会堂走廊里添军旗、配战鼓的精工细描——都是他的肖像。如今的小姑娘，只要浪漫情怀中等偏上，谁有可能活到十七岁还没买过一张勋爵的画像？姑娘心中的他，鼻梁一定高而长，绝不会是短粗一团。而其使君有妇的现实，是姑娘一生最大的遗憾；为了弥补，姑娘只盼望自己将来一生儿子就取他的名字——亚瑟。这般死心塌地，并不止姑娘一人。家中弟弟、妹妹，谁还不是一样痴狂？英格兰小孩子的房间里，模样最精神的玩具兵一定被唤作威灵顿，外出历险的机会比箱子里其他玩具加一块儿都多。上学的男孩子每人每礼拜至少模仿一回威灵顿，自己的小妹妹也不例外。英格兰人种种优秀品格汇集威灵顿一身，英格兰精神在他身上得到了完美体现。法国人将拿破仑装进肚里（他们显然真这么干的），我们把威灵顿长存心间。[2]

这会儿，威灵顿勋爵正为什么事情很不高兴。

“我想我的命令清楚得很！”他对旁边两位军官说道，“让葡萄牙

2　可能有人会指出威灵顿其实是爱尔兰人。而我一片爱国心，下笔就不照顾这种吹毛求疵的行为了。

人把带不走的粮食都销毁，不要落到法国人手上。可我这半天光见法国兵往卡尔塔舒的山洞里钻，还在往外扛麻袋。”

“让葡萄牙人销毁粮食，他们很不情愿，都怕饿肚子。”一位军官解释说。

另一位军官心存侥幸地提示道，兴许麻袋里装的不是粮食，可能是金子、银子一类没什么用途的东西。

威灵顿勋爵冷冷地看着他。“那些法国兵扛着麻袋就上了磨坊，风车转起来谁都看得见！你大概以为他们在磨金子吧？达尔齐，拜托，去向葡方抗议！”他一双怒目往四周看了看，目光停在斯特兰奇身上。“这人是谁？”他问道。

那位叫达尔齐的军官凑到他耳边低声说了几句什么。

“哦！”威灵顿勋爵转而冲斯特兰奇说道，“你就是那个魔法师。”口气淡含一丝疑问。

“是的。”斯特兰奇答道。

“诺瑞尔先生？”

“啊，不是。诺瑞尔先生还在国内。我是斯特兰奇。”

威灵顿勋爵一脸莫名其妙。

“我是另外那一位。”斯特兰奇解释。

“这样啊。”威灵顿勋爵道。

那位叫达尔齐的军官盯着斯特兰奇，一脸惊讶，仿佛在想：威灵顿大人都已经告诉你你是谁了，你再硬说自己不是，实在太没教养。

“斯特兰奇先生，您看，”威灵顿勋爵道，“恐怕您这一趟算白跑了。实话跟您讲，要是早能把您拦住，我早就拦了。现在您既然来了，我就趁这机会向您反映一下您跟另外那位魔法师到目前为止给陆军添了多少麻烦。”

“麻烦？”斯特兰奇问。

“是麻烦。”威灵顿勋爵又重复了一遍，“大臣看了您两位给变的幻影，就以为自己懂得葡萄牙这边的形势了。他们派给我的命令比以前多得多，对我的干涉也比以前厉害。葡萄牙这边该怎么办，只有我清楚，斯特兰奇先生，因为只有我熟悉这里各种情况。我不能说您二位所作所为就一无是处——海军那边好像特别满意——究竟怎么回事我也不清楚——我能说的是：我在葡萄牙这边用不着魔法师。”

“可是，大人，来这儿以后，法术绝不会遭滥用，我一切都听您指挥，为您服务。”

威灵顿勋爵看了斯特兰奇一眼，目光锐利。“我缺的主要就是人手，您能让我们人再多点儿吗？”

“人？这，这取决于大人您指的是什么。这问题很有意思……”斯特兰奇发现自己说这话的时候简直跟诺瑞尔先生一模一样，于是心里很不舒服。

“您能让人再多一点儿吗？”勋爵直截了当。

“不能。”

“您能让子弹打法国人的时候飞得再快点儿吗？当然它们飞得已经不慢了。您能不能掀泥土、挪石头，把我的多面堡、眼镜堡还有其他防御工事建起来？”

“不能，大人。可是，大人……”

“司令部的随军牧师姓布里斯科，总医官姓麦格里戈。您要是打算在葡萄牙待下去，我建议您去找找这两位。他们那边也许有用得上您的地方，我这边没有。”威灵顿勋爵说罢，转身喊一个叫桑顿的人赶紧开饭。这就算告知斯特兰奇谈话已经到此结束了。

斯特兰奇早已习惯政府大臣对自己恭而敬之，早已习惯和国内高官权贵享受同一级别的待遇。如今一下子被归为随军牧师、卫生员之流，成了编外人员，心里实在不好受。

当天，他在黑狗镇唯一的客栈凑合了一夜，待天蒙蒙亮便回了里斯本。回到鞋匠街的旅馆，他坐下就给阿拉贝拉写了一封长信，详细描述了自己受到的待遇有多过分。过了一会儿，心里好受点儿了，他又觉得吐苦水的作风太没男人样，于是把信撕掉了。

随后，他把自己跟诺瑞尔为海军部施过的所有法术列了一张清单，打算拣出最合勋爵大人心意的一种。深思熟虑后，他认定，若打算让法军吃苦头，最好的办法莫过于召唤雷电暴风、瓢泼大雨降到他们头上。他立马打定主意，这就给威灵顿勋爵写封信去，申请施法。明确的计划是令人振奋的，斯特兰奇的心情顿时好起来了——直到不经意间瞥见窗外：只见天空墨黑，雨水湍急，狂风猛吹，这阵势就算不施法，很快也会打雷的。他起身去找普利多先生。普利多先生说这雨已经连着下了好几个礼拜了——本地人都说还会再下很长时间——没错，法国人对此确实特别恼火。

斯特兰奇思忖片刻，打算给威灵顿勋爵写个条子，申请施法让雨停，因为英军士兵在雨里一定也十分难受。然而，他最终还是觉得，在进一步了解兵法、了解威灵顿本人之前就搞天气幻术太冒险。眼下，他感觉最好还是变出无数青蛙，往法军脑袋上砸。这法术颇有出典，《圣经》里都写了，斯特兰奇心想，还有什么比这更具高格呢？

第二天上午，他闷闷不乐地坐在旅馆房间里，手上端本诺瑞尔先生的书，实际却在观雨。突然有人敲门，来者是一位军官，苏格兰人，一身骠骑兵装束。他面带一丝犹疑看着斯特兰奇，问道："诺瑞尔先生？"

"我不是……哦，无所谓！您有何贵干？"

"司令部那边给您的信儿，诺瑞尔先生。"这位年轻军官递给斯特兰奇一张条子。

这是他之前写给威灵顿的申请。有人在上面拿粗粗的蓝铅笔草书两个大字——“不批”。

“这是谁写的？”斯特兰奇问。

“这是威灵顿大人写的，诺瑞尔先生。”

“哦。”

第二天，斯特兰奇又给威灵顿写了一封信，申请施法使塔古斯河涨水，掀起浪来淹没法军。这份申请总算换来比上次长一点的回复，威灵顿解释说目前英军全体跟葡军大部正夹在塔古斯河与法军阵营之间，这么一来，斯特兰奇先生的建议着实不便实施。

斯特兰奇不肯罢休。他继续给威灵顿写信，一天一份申请。所有申请都被否决了。

二月底极其阴沉的一天，他正穿过普利多先生旅馆的门厅，走去吃个孤单的晚餐，路上差点儿跟一个英国打扮的白净年轻人撞个满怀。这年轻人道了歉，并问他知不知道上哪儿去找斯特兰奇先生。

“我就是斯特兰奇。您是？”

“我姓布里斯科。我是驻陆军司令部的牧师。”

“布里斯科先生。是的，可不是嘛。”

“威灵顿大人叫我来找您。”布里斯科先生解释道，“他说您能施法帮我的忙？”他说着微微一笑，“不过我想他实际上是觉得也许我能劝您别再每天给他写信了。”

“哦！”斯特兰奇道，“他要是不给我点儿事干，我是不会罢休的。”

布里斯科先生大笑起来。“好啊，那我就这么告诉他。”

“谢谢您。那您有什么需要我做的吗？我过去倒是从没替教廷施过法术。跟您说实话，布里斯科先生，教会方面的法术我知之甚少，可我希望自己能帮上忙。”

“嗯，那我也跟您说实话，斯特兰奇先生。我在这边的任务相当简单。我去探望病人、伤员，为士兵布道，谁牺牲了，我就为这些可怜人安排一场像模像样的葬礼。我想不出哪里需要您帮忙。”

“别人也都想不出。”斯特兰奇叹了口气，“不过，来，咱们一起吃晚饭怎样？至少我不用一人独坐了。”

这请求立刻得到回应，二人在旅馆的餐厅里落了座。斯特兰奇发现布里斯科先生脾气爽快讨喜，乐意把自己所知的关于威灵顿勋爵和陆军部队的一切都告诉他，实为用餐良伴。

“当兵的大部分都没什么信仰，”他说道，“我倒也不指望他们信什么。我来之前的牧师们刚一到这儿就都请假离开。现在想想，这情况其实对我颇有帮助——这里人很感激我。只要你肯与他们同甘共苦，他们就觉得你是好人。”

斯特兰奇说他绝对相信。

“那么，您呢，斯特兰奇先生？您干得怎么样？”

“我？我压根儿什么都没干。谁也不用我。有人叫我——能有人张口叫我就很难得了——根本不管我是斯特兰奇还是诺瑞尔，大家似乎都没发现这其实是两个不同的人。”

布里斯科大笑起来。

“而且我每上报一份申请，威灵顿勋爵就把它拒掉。”

“为什么？您都申请什么了？”

斯特兰奇给布里斯科先生讲起他第一份打算天降青蛙往法国人脑袋砸的提议。

“哦，他把这么个提议否决了，我真一点儿都不奇怪！”布里斯科口气略带轻蔑，“法国人是懂得做青蛙、吃青蛙的，对不对？威灵顿大人作战方案中关键一条就是让法军挨饿。您这么一来，就等于申请往人家头上砸烤鸡和肉饼！”

“这可不是我的错，”斯特兰奇略微有点儿生气，“我特别想把威灵顿勋爵的作战方案考虑进去，可我根本不知道方案是什么。过去在伦敦，海军部有什么打算都会告诉我们，我们再根据要求设计法术。”

“原来是这样，”布里斯科道，“抱歉，斯特兰奇先生，也许是我没太听明白，不过我真觉得眼下这情况对您有利。您在伦敦的时候，做什么都必须依靠海军部提供的意见，哪怕他们的意见都是对发生在几百里地以外形势的推测——而且，我敢说他们也没少出错。您到了这儿，就可以亲自查看。您这几天的经历，跟我当初没什么不同。我刚来的时候，一样是没人搭理。我从一个团晃到下一个团，谁也不需要我。”

“可您现在都算威灵顿随员之一了，您是怎么做到的？”

“这需要时间。最终我向威灵顿大人证明了我还是有用的，我相信您也行。”

斯特兰奇叹了口气。“我试过了，可证明的无非是自己的多余，每次都这样。”

“瞎说！在我看来，您只做错了一件事，就是还待在里斯本。要是您肯听我的，您就尽快启程，上山里跟士兵军官住一起去。要想了解他们，非这样不可。跟他们聊聊，每天到炮台阵线后方的荒村野岭跟他们待待，很快他们就会喜欢上你。他们是天底下最棒的兄弟！”

“真的吗？伦敦那边传，说威灵顿管这帮人叫作一无是处的败类。”

布里斯科笑起来，就仿佛变成一无是处的败类只是部队极小的失误，却又是部队魅力极大的体现。斯特兰奇心想，这可不大像个神职人员应有的态度。

“他们究竟是好是坏？”他问。

“他们又好又坏，斯特兰奇先生，他们又好又坏。好啦，您怎么打算？去是不去呢？”

斯特兰奇皱了皱眉。“我不知道。并不是说我怕苦嫌累，您懂的，我想一般人能受得了的那些罪，我也能承受。只是我到那边谁也不认识。我从一来，就仿佛只会挡别人的道，而且没有熟人可找……”

“哦，这容易！咱们这儿既非伦敦，也非巴斯，谁还要介绍信？带一桶白兰地，要是您仆人还扛得动，就再加一两箱香槟。有多余的香槟白兰地赠送，您很快就能结交一大批军官。”

“真的吗？真就这么简单？”

“噢，绝对的！不过别费力往那儿扛红葡萄酒，他们那边已经不少了。”

过了几天，斯特兰奇带着杰里米·约翰斯离开里斯本，前往阵线后方的村子。英军官兵发现身边来了个魔法师，都有点儿惊讶，将他写进家书，言语不乏各种贬损，说简直不知他来这儿干吗。而斯特兰奇真照布里斯科先生说的做了。每遇上一位军官，他就请人家当天晚饭后去他那里一起喝香槟。很快，大家就不再对他奇特的身份大惊小怪了。只要进了斯特兰奇的营帐，总能碰上些乐呵的人，总有正经东西喝——这才是最重要的。

斯特兰奇抽起了烟。他过去对抽烟打发时间没什么兴趣，这回他发现，若打算跟部队里的人开聊，手边常备烟草可谓制胜法宝。

日子过得不同寻常，四周景致也十分怪异。阵线后方几个村子里的住户全依威灵顿勋爵的指示撤离了，庄稼也都烧干净了。作战双方的士兵进了荒村，见什么有用就拿什么。英军这方面，在山路、林地间发现沙发椅、大衣柜、床和桌凳并不算什么新鲜事。偶尔还能见到整间的卧室或者客厅，里面修容用品、书籍、灯具齐备，只是少了墙壁和屋顶的约束。

若说英军在风雨里遭了罪，法军受的难只有更惨——身上破衣烂衫，什么东西都吃不到。自去年十月以来，他们就眼睁睁看着威灵顿勋爵兴建起来的炮台阵线，攻也攻不成——有整整三道坚不可摧的炮台阵线掩护，人家想撤退就撤退进去。威灵顿勋爵也不特意去攻打他们——有什么必要呢？他们饿的饿死，病的病死，比自己下手灭得还快。三月五日这天，法军拔营向北行进。几小时后，威灵顿勋爵便率英军一路追击。斯特兰奇也跟着去了。

月中一个雨绵绵的早晨，斯特兰奇正沿着路边跟随第95来复枪团的行军路线骑行，刚巧发现前面不远走着几个格外要好的朋友。他喝促马儿一路小跑，不一会儿便追上他们了。

“早上好啊，乃德。”他冲一个在他看来算得上心细、明理的人打招呼。

“早上好，先生。”乃德高兴地答应。

“乃德……”

“什么，先生？”

“你现在最想要什么？我知道这问题怪得很，乃德，你多包涵。我特别想知道。”

乃德并没有马上回答，而是咂咂嘴、皱皱眉，表现出冥思苦想的种种症状。与此同时，他的同伴们纷纷帮嘴，告诉斯特兰奇他们最想要什么，例如盛满金子且永远倒不空的魔法罐子，或是由整颗钻石雕出来的小房子。有个威尔士人，戚戚哀哀像唱歌似的说：“吐司浇奶酪！吐司浇奶酪！”重复了好几遍，惹得大家笑个不停——威尔士人的幽默真是天生的。

正笑着，乃德一番冥思苦想总算有了结果。“新靴子。”他说。

“真的？”斯特兰奇惊讶地问。

“真的，先生。”乃德答道，“就要新靴子。都怪葡萄牙这边该×的路。”他指指跟前那条积满砾石、坑坑洼洼、葡萄牙人也好意思称之为“路”的东西，“靴子都叫它磨成布片片，一天走下来，骨头生疼。

要能来双新鞋，噢，行一天的军咱不也精神得很？到时候法国人咱还不说打就打？到时候咱还不追得法国佬汗如雨下？”

“乃德，你的斗争精神值得赞扬！”斯特兰奇道，“谢谢你。你回答得真棒。”说罢便骑走了，身后一堆人大声追问：“乃德什么时候才有新靴子？”或是：“乃德的靴子呢？”

当晚，威灵顿勋爵将司令部设在洛桑村一栋已不见旧日辉煌的大宅里。这栋宅子原先属于一位家财万贯的爱国贵族若泽·埃斯托里尔，后来，他跟他几个儿子全被法国人先刑后杀，夫人死于热病；至于几个女儿落得什么下场，有多种说法在此地流传。几个月以来，这里都是一片惨象，威灵顿的部下们一到，便把喧闹的说笑声、拌嘴声带到各个角落；军官们进进出出，身上制服红的红、蓝的蓝，阴暗的房间都变得明快起来。

晚饭前一个钟头是日间最忙碌的时分，屋里挤满了军官，有来送报告的，有来领命令的，有的干脆就是来听闲话儿的。屋子一头有座样式华丽庄严却已近坍塌的台阶，通向一扇年代久远的门。据说，就在这扇门的后面，威灵顿勋爵正埋头苦干，为抗击法军设计新方案。也怪了，无论谁，只要进了屋都会往台阶顶端那里充满敬意地望一眼。威灵顿两名高级部下——军需长乔治·莫雷上校和副官长查尔斯·斯图尔特上将坐在一张大桌左右两端，二人都忙着为部队第二天的行动做安排。说到这里，我要停下来讲几句：若您一看“上校”“上将”这样的字眼就以为坐在桌前的两位都是老头子，那您就大错特错了。十八年前刚开始跟法国打仗的时候，英国陆军靠的都是些德高望重的老先生做指挥，这些人里有不少干了一辈子事业都没亲眼见过战场什么样。年代不同了，老将军们退的退、死的死，上面觉得最好还是找些岁数小点儿、更有活力点儿的年轻人来接他们的班。威灵顿本人才四十出头，他手下的高级军官就更年轻了。在若泽·埃斯托里尔的这间宅子里的都是些年轻人，一个个都喜欢打仗，都喜欢跳舞，对威灵顿勋爵都是一片忠心。

三月的这天晚上，虽然有雨，尚属和暖——好似英格兰五月的天气。若泽·埃斯托里尔死后，花园里的植物都长疯了，尤其是新冒出几株紫丁香，挨挨挤挤地沿着墙根长。现在花全开了，于是宅子的窗户、窗板都敞着，好让染了丁香味儿的空气透进来。莫雷上校跟斯图尔特上将突然发现自己身上以及面前的重要文件上被水点子淋了个铺天盖地。他们生气地抬头看去，只见斯特兰奇站在窗外走廊上，正心不在焉地甩伞上的雨水呢。

斯特兰奇进了屋，冲相识的军官问安，随后走到桌前，问有没有可能与威灵顿勋爵一谈。斯图尔特上将是个英俊且傲慢的人，听了什么都没说，只是一个劲儿摇头。莫雷上校脾气好些，更客气一些，说恐怕不太可能。

斯特兰奇抬头凝视那座通向雕花大门的庄严楼梯，大门后面就坐着威灵顿勋爵。（说来也怪，人一进屋直觉上就能判断出他在哪里。伟人散发的魅力就是这么大！）见斯特兰奇丝毫没有要走的意思，莫雷上校猜他大概是一个人孤单得慌。

一位高个子男人朝办公桌走来，脸上一对黑眉生得鲜明夺目，蓄一部黑髭与之相配。他身着深蓝色制服，胸前缀轻龙骑兵团的金辫子。“你们把法国战俘关哪里去了？”他问莫雷上校。

“钟楼上。”莫雷上校答道。

“那还行。”对方道，“我多问一句，是因为昨天夜里珀西上校把仨法国人关农棚里了，以为不要紧。结果棚子里好像有他们 52 团的人之前放进去的鸡，一夜之间全被那仨法国人吃了。珀西上校说今天早上他们团里的兵盯着法国人看的眼神都很异样，仿佛在琢磨鸡肉香味被法国人吸收了多少，用不用煮个法国人尝尝看。”

“哦！”莫雷上校道，“今晚不用担心再有这种事了。钟楼里除了法国人，活物只有老鼠。非得谁吃了谁的话，我看一定是老鼠把法国人吃了。”

莫雷上校、斯图尔特上将连带刚来的黑胡子都笑起来。笑着笑着，他们被魔法师打断了：“埃斯皮尼亚尔通往洛桑的路难走得很。”（当天陆军大部就从这条路经过。）

莫雷上校也说这条路实在难走。

斯特兰奇接着道：“我的马不知在坑里绊了多少回脚、在泥里打了多少次滑。我看它早晚得摔残废。不过，这条路也不比我来这儿以后走过的别的路差多少，而且我听说明天咱们有人要去的地方压根儿连路都没有。”

“是啊。”莫雷上校应道，心里着实盼这个变戏法儿的赶紧走。

“我猜，他们得趟过决堤的大河、磈磊的平原，还要穿过森林、树丛，”斯特兰奇说，“这路况对咱们大家都不利，战事进展也会大受影响。我敢说，咱们会寸步难行。”

“在葡萄牙这么个偏远落后的地界打仗，就会有这种问题。”莫雷上校道。

斯图尔特上将一言不发，可他冲魔法师一脸愠怒，明摆着是想说：假如斯特兰奇先生带上他的马这就回伦敦，他准能取得更大的进展。

“带四万五千个兵，再加上车马装备，走过这片穷山恶水！国内谁能想象！”斯特兰奇笑道，“可惜威灵顿大人他没空跟我谈谈，不过兴许诸位能帮着传个话，就说斯特兰奇先生问威灵顿勋爵好，问勋爵大人想不想明天让部队走上平平整整的好路，要是想，斯特兰奇先生就能给他变出一条来。噢！要是他愿意，桥也可以有，算是把法国人炸毁的那几座给补上。各位，晚安。”说罢，斯特兰奇分别对这几位欠欠身，拿起伞便走了。

斯特兰奇和杰里米·约翰斯没能在洛桑找到落脚之处。那些为头头们安营扎帐、为余下士兵分配了潮湿的野地睡下的官员，谁也没为魔法师和他的仆人做个安排。斯特兰奇最后只得在去往科尔武河畔米兰达方向几里路的地方找了家小酒铺子，谈妥价钱条件，租人家二楼的小房间住下了。

斯特兰奇和杰里米的晚餐是酒铺老板给准备的炖菜，他俩当晚的消遣主要是琢磨菜里究竟炖的是什么。

“这是什么鬼东西？”斯特兰奇举起叉子问。叉子上戳着的吃食白乎乎、亮晶晶，曲里拐弯打着卷儿。

“没准儿是鱼？”杰里米猜。

“看着更像蜗牛。”斯特兰奇道。

“也像人耳朵上某个地方。”杰里米补了一句。

斯特兰奇盯着这玩意儿多看了一会儿，问道：“你想不想尝尝？”

“不了，谢谢您，先生。”杰里米郁闷地看看自己裂了缝的盘子，“我这儿也有几条呢。”

吃罢晚饭，待最后一根蜡烛燃尽，无事可做，只能上床睡觉——他二人也只好如此。杰里米蜷着身子睡在屋子一侧，斯特兰奇在另一侧躺下。床都是自己随便看什么材料顺眼就拿来搭的。杰里米用换洗衣服铺作床垫，斯特兰奇用从诺瑞尔先生那里带来的书堆了个枕头。

突然，小酒铺外边的大路上传来马蹄声声。马蹄声响罢，便听见大皮靴踏在吱吱嘎嘎的楼梯上，房间的破门随之被拳头叩响。门一开，一位身着骠骑兵制服的帅小伙跌跌撞撞进了屋。这帅小伙有点儿上气不接下气，呼哧带喘地总算表达清楚，说威灵顿大人问斯特兰奇先生好，看斯特兰奇先生这会儿方不方便，威灵顿大人急待一谈。

在若泽·埃斯托里尔宅，威灵顿勋爵正跟手下几位随员及其他一些官员吃晚饭。斯特兰奇发誓这些人刚刚一定聊得正热闹，见他进来，就全住了声——明摆着是在议论他呢。

“啊，斯特兰奇，”威灵顿勋爵举起酒杯打招呼，“你来了！我一个晚上派了仨副官去找你，本打算请你来吃晚饭，结果孩子们没找着你。甭管别的，先坐下，喝点儿香槟，吃些点心。”

斯特兰奇眼巴巴地看着仆人们正往下撤的剩菜——全是好东西，能认出来的包括一些吃剩的烤鹅、黄油焗虾的壳、吃了一半的芹菜糊，还有几块葡式香辣肠的肠根儿。他冲勋爵道谢并落了座。仆人给他端来一杯香槟，他动手拿了些杏仁挞、樱桃干吃。

“斯特兰奇先生，您对打仗有何感想？”坐在桌子另头的一位发色像狐狸、脸架子也像狐狸的先生问他。

“哦，一开始有点儿让人摸不着头脑，所有事情都是这样，”斯特兰奇道，“不过我这一向也碰上些打仗才有的奇遇，已经习惯了。我遭过抢，一次。有人冲我开过枪，一次。有一回，我在厨房里发现了个法国佬，只好把他轰了出去。还有一回，我夜里睡的那间房被人点了火。”

“被法国人点了？”斯图尔特上将问。

“不，不是。是英国人。咱们第43团有个连肯定是夜里冻得够呛，就把房子给点了取暖。”

“咳，老有这种事儿！”斯图尔特上将道。

说罢大家顿了顿，而后一位身着骑兵制服的先生发了话：“我们刚才在谈——或者不如说是在争论——魔法及其具体操作。斯特拉斯克莱德说您跟另一位魔法师是把《圣经》里面每个词都标了号数，挑词编成咒语，再把和词对应的数加起来，然后您二位再干点儿什么别的，接着……”

“我可不是这么说的！”在座另一位——估计就是那位斯特拉斯克莱德——不高兴了，“是你根本没听懂！”

“您形容的办法，我恐怕从来没有尝试过——稍微沾边儿的都没有。”斯特兰奇道，“听着还真复杂，而且我觉得也不会有什么用。至于我是如何作法的，方式太多太多了，我敢说跟兵法一样多。”

“我也想作作法。”坐在桌子另头那位狐狸头发狐狸脸的先生说道，“每天晚上开个舞会，奏仙乐，放花火，聚齐史上绝世佳人：特洛伊的海伦、埃及艳后克里奥帕特拉、波吉亚家族的卢克雷齐娅、罗宾汉的玛丽安，再来一个蓬帕杜尔夫人。我把她们全带来跟你们跳舞。等法国人一现身，我就，”他说着胡乱晃了下胳膊，“就来一招，你们懂的，他们就全都倒下死掉了。”

“一个魔法师凭法术杀得了人吗？”威灵顿勋爵问斯特兰奇。

斯特兰奇皱了皱眉，似乎不喜他这样问。“我想杀是杀得掉的，”他说，“可作为一名绅士，他绝下不了手。”

威灵顿勋爵点点头，仿佛这答案恰是自己预料到的。随后他说：“至于路——斯特兰奇先生你好心提出要给我们变的——是条什么样的路呢？”

“哦，大人，具体细节上的安排再简单不过了。您想要什么样的路？”

威灵顿勋爵周围在座的军官、官员们面面相觑，之前谁也没拿它当回事仔细想想。

“白灰路怎么样？”斯特兰奇帮了句嘴，“白灰路比较美观。”

“不下雨扬尘土，一下雨变泥塘。”威灵顿勋爵道，“不行，白灰路绝对不行。白灰路比压根儿没有路也好不到哪儿去。”

“卵石路怎么样？”莫雷上校提议。

“老走卵石路，咱们人的靴子就都磨坏了。”威灵顿道。

“而且炮兵方面肯定不乐意，”那位狐狸头发狐狸脸的先生说，“在卵石路上拖大炮，他们可有罪受了。”

又有人提出要砂石路，可威灵顿觉得砂石路跟白灰路都坏在一个地方：一下雨就变泥塘——而且本地人都已经表示明天还会有雨的。

“砂石路不行。”勋爵说道，“我看，斯特兰奇先生，最符合咱们要求的还是罗马式样的大道*——两侧各来一道沟，排掉积水，路面由平整的石板拼个严丝合缝。”

“没问题。”斯特兰奇道。

“我们天一亮就出发。”威灵顿道。

“大人，要是有谁肯给我指点指点这条路往哪里走，我马上就能开工。”

第二天早上，道路已经就位。威灵顿勋爵骑着爱马“哥本哈根”走在这条路上，斯特兰奇则骑着“埃及人”——他自己的爱马——走在勋爵旁边。威灵顿态度一向果断决绝，此时正将自己对这条路或好或坏的意见一一提出来：“……可我真没什么意见可提。这条路棒极了！就是明天再把它加宽一点，麻烦你了。”

威灵顿勋爵和斯特兰奇商定了造路的宗旨：路要在领头团赶到之前一两小时就位，在最后一个兵离开一小时后消失。这样做是为了防止法国兵占便宜。造路方案能否成功，在乎威灵顿手下随员为斯特兰奇准确汇报部队行军的始末时间。然而推算起来必不总能精准。头回造路之后一个礼拜左右，第11团的麦肯锡上校找到威灵顿勋爵，大发脾气，说他们团还没走到，那变戏法儿的就把路给变没了。

“大人，我们刚到塞洛里库，路就在我们脚底下这么没了！一个钟头过去，整条路都无影无踪。这法师就不能召出幻影来看看各个团的进度吗？我听说这办法对他来说也不算难事！这样一来，他就能保证所有人都走了以后路才消失掉。”

---

* 罗马式样大道是古罗马的重要基础建设，由地方小路连接上宽阔、长距离的公路，连接各主要市镇及军事基地。道路主要由石头铺成，部分混入金属材料，呈弧形，道路两旁除有高于路面的行人道外，还有马道和排水沟渠。

威灵顿勋爵对他厉声说道："人家法师忙得很，贝勒斯福那边需要路，[3]我这边也需要路。我真没法儿再让斯特兰奇先生没完没了地拿镜子、水盆勘察每个走散了的团都在干吗。你带着你们团里人速度一定要跟上，麦肯锡上校，我就说这么多。"

此后不久，英军司令部收到一份情报，说是在从瓜达向萨布加尔行进的途中，法军大部遭受不测。之前法军曾派出一支巡逻队赴两镇之间的主干道侦察，一些葡萄牙人也跟了过去，告诉他们这条路是那英国魔法师变出来的，不消一两个钟头便会消失，带上面走着的人一起去见阎王——也可能是去见英王。法军士兵听到传闻，谁也不肯走这条路了。其实这条路是一条真路，在此地建了快有一千年了。法国人舍近求远，翻山越岭，绕蜿蜒的小路、穿磈磊的深谷，磨穿了鞋底、剐破了军服，耽误了好几天工夫。

威灵顿勋爵大喜过望。

3 在西班牙的边境线上有三座要塞：阿尔梅达、巴达霍斯，以及罗德里格斯城。一八一一年的头几个月，三座要塞全在法国人手里。威灵顿在进攻阿尔梅达的同时，派贝勒斯福将军率葡军南下围攻巴达霍斯。

第三十章

罗伯特·范岱穆之书

一八一二年一至二月

魔法师的房子应当有些与众不同的地方，而诺瑞尔先生宅内最与众不同之处，无疑是齐尔德迈斯的存在。找遍伦敦城里所有住家，也找不出第二位像他一样的侍从。今天还见他跟个普通男仆似的从餐桌往下撤用过的杯子、往下掸面包渣子；明天他就能当着一屋子的高官权贵，打断人家谈话，直抒己见，挑人家的错处。有一回，就因为跟齐尔德迈斯同时张口说话，德文郡公爵在大庭广众之下挨了诺瑞尔先生的批。

一八一二年一月底雾气蒙蒙的一天，齐尔德迈斯走进汉诺威广场宅内书房，诺瑞尔先生正在屋里忙着。他对诺瑞尔先生简单禀报一番，说自己有事要办，得出远门，归期不定。随后，他将外出期间需其他用人干的活儿交代好，便骑着马离开了。

之后的三个礼拜内，诺瑞尔先生统共收到齐尔德迈斯四封信，分别寄自诺丁汉郡的纽瓦克、约克郡东区的约克、北区的里士满，以及西区的谢菲尔德。信上谈的都是公务，至于他神神秘秘出去干什么了，却是只字未提。

二月中下旬的一天夜里，他回来了。当晚，拉塞尔斯和德罗莱特在汉诺威广场用的饭，齐尔德迈斯进屋的时候，他们正跟诺瑞尔先生一起在客厅里。齐尔德迈斯是从马厩直接过来的，靴子、裤子上溅得都是泥，外套淋过雨，还是潮的。

“你到底跑哪儿去了？”诺瑞尔先生问。

“约克郡，”齐尔德迈斯道，“去那儿打听打听闻秋乐。”

“你见着闻秋乐了？”德罗莱特忙不迭地追问。

“没有，我没见着。”

“你知道他现在在哪儿吗？”诺瑞尔先生问。

“不，我不知道。”

“啧，”拉塞尔斯瞄着齐尔德迈斯，一脸鄙夷，“诺瑞尔先生，您要肯听我一句，就别让齐尔德迈斯先生再把时间浪费在闻秋乐身上了。都好几年了，他的事儿没人再瞧见过，也没人再听说过。他很可能已经死了。”

齐尔德迈斯往沙发上一坐，那气派就仿佛有充分的资格。“牌上说他没死，牌上说他还活着，那本书还在他手里。”

“牌！又是牌！”诺瑞尔先生叫起来，“我跟你讲了千百遍：听见这玩意儿我就反感！求你把它们从我这里都清出去，再也别提！”

齐尔德迈斯冷冷地看了他主人一眼。“您还想不想知道我都打听到了什么？”他问。

诺瑞尔先生忍气吞声地点点头。

“那好，”齐尔德迈斯说道，“诺瑞尔先生，为了您的需要，我特地跑去找闻秋乐的几个老婆，去跟她们再混熟一点。她们难道就没一个知道点儿什么对咱们有用的信息——我总觉得不太可能。我想我只要多带她们去酒馆、多给她们买酒喝，让她们放开了说，最后总能有个人把事情捅破。现在看来，我是正确的。三个礼拜前，南珀薇给我讲了件事情，让我对闻秋乐那本书的去向有了把握。”

“南珀薇是他哪个老婆？”拉塞尔斯问。

“是他元配。她给我讲的事情发生在二三十年前他俩刚成亲不久。

当时他俩在酒馆喝酒，花光了钱，店家再也不肯赊账，于是只好回家。二人晃晃悠悠沿街走，在阴沟里发现个比自己醉得还厉害的家伙：一个老头躺在沟里，烂醉如泥；脏水绕他周身流淌，冲到他脸上，没把他淹死纯是运气。这可怜人身上某些地方引起闻秋乐的注意，闻秋乐好像认出了他是谁，走过去细看，而后大笑起来，恶狠狠地踹了那老头一脚。南珀薇问闻秋乐那老头是谁。闻秋乐说老头名叫克莱格。她又问他俩怎么认识的。闻秋乐愤愤答曰不认识，说他从来也不认识这个克莱格。不仅如此，他还对南珀薇说他这辈子也不打算再认识。简而言之，他恨谁也没有像恨克莱格这样厉害！南珀薇怪他解释得不具体，闻秋乐很不情愿地吐了口，说这老头是他爸爸。罢了一个字不再多说。”

“这都哪儿跟哪儿啊？”诺瑞尔先生插嘴道，“你怎么不问问闻秋乐那些老婆知不知道书的事情？”

这问题似乎惹恼了齐尔德迈斯。“我问了，先生。四年前就问过了。我告诉过您，您许还记得，书的事情她们谁都不知道。”

诺瑞尔先生气得把手一挥，示意齐尔德迈斯继续讲下去。

“又过了几个月，南珀薇在酒馆里听别人读报上关于约克一场绞刑的报道。她就爱听人描述精彩的绞刑，约克这场尤其令她印象深刻，因为处决的犯人正是克莱格。这事儿她念念不忘，晚上回家便告诉了闻秋乐。没想到闻秋乐早就知道了，这克莱格还真就是他爸爸。闻秋乐听说克莱格被绞死后非常高兴，说他罪有应得，绞刑还算便宜他了；还说克莱格犯的是滔天大罪——英格兰近百年来数他罪过大。”

“什么罪过？”拉塞尔斯问。

“一开始南珀薇怎么也想不起来，”齐尔德迈斯道，“我就继续问、不松口，且答应再给她买酒喝，她终于想起来了。克莱格偷了本书。”

“书！”诺瑞尔先生叫起来。

“噢，诺瑞尔先生，”德罗莱特也叫起来，“一定就是那本！一定就是闻秋乐那本！”

“是吗？”诺瑞尔先生问。

“我想大概是。”齐尔德迈斯道。

“这女人知不知道书是什么书？”

“她不知道。南珀薇能提供的线索只有这么多。我于是又往北走，去了约克。克莱格是在那里受审后被处决的。我查了当地季审法院的记录，头一大发现便是克莱格生在约克郡的里士满。哦，是的！”齐尔德迈斯说到这儿，看了看诺瑞尔先生，眼神别具意味，“至少从籍贯上来说，闻秋乐也算是约克郡人。[1]克莱格年轻时先是在北部的大集上表演走钢丝，可走钢丝这门艺术嗜酒的人是没法儿练的——克莱格可是远近闻名的酒鬼——他于是只好放弃了这门营生。回到里士满，他在一家富裕的农庄找了份用人的差事做。后来干得不错，他那份机灵劲儿给农场主留下了好印象，交给他办的事情越来越多。偶尔他会去跟一帮乌合之众喝酒，每次绝不止一两瓶。他会一直喝到龙头流干、酒窖腾空。一喝醉，就撒好几天酒疯，几天里将坏事做尽——偷、赌、打架、毁东西——只不过他每次都确保自己撒疯闯祸离农庄远远的，每次都能拿出充分的理由，为自己离岗做开脱。于是他主人，也就是那位农庄主，一直没发觉有什么不对头——农庄上其他用人却都心知肚明。农庄主名唤罗伯特·范岱穆，平日里不言不语，为人可亲可敬——这种人也最容易受克莱格之流的恶棍蒙骗。农庄在范岱穆家传了好几代人，早年间曾是伊思比寺的大庄园之一……”

诺瑞尔先生猛抽口气，在椅子上如坐针毡。

拉塞尔斯看看他，像是有所疑问。

1　约克郡是乌衣王统治下北英格兰王国的一部分。齐尔德迈斯和诺瑞尔发现闻秋乐跟自己一样都是北方人，兴许对他高看几分。

“伊思比寺是乌衣王的根据地之一。”

“就跟何妨寺似的。”齐尔德迈斯补了一句。

“竟然是这样！”拉塞尔斯惊道，[2]“您对这角色一向什么意见我也知道，结果您住的地方跟他关系这么密切，我实在没想到。”

“你不懂，”诺瑞尔先生恼了，“我们这是在说整个约克郡——约翰·乌斯克格拉斯[*]生活并统治了三百年的整个北英格兰王国。没有哪座村庄、哪片田野跟他关系不密切的。”

齐尔德迈斯继续讲道：“范岱穆祖上还有一样曾经属于寺院的东西，是寺里最后一任方丈托交他们保存的宝贝。这宝贝也跟他们家的地一起代代传下来了。”

“一本魔法书？”诺瑞尔先生满怀期望地问。

“假如约克郡当地人所言属实，这可不是一般的魔法书，而是魔法书中的魔法书——乌衣王本人一笔一画写出来的。”

屋里一片沉寂。

“有这个可能吗？”拉塞尔斯问诺瑞尔先生。

诺瑞尔先生没答话。他坐在那儿，陷入了沉思，被这突如其来且并不太令人愉快的说法占据了心思。

待他终于开口，却也不像回答问题，而是心里想到什么就直接说出来了：“声称有本书为乌衣王所有甚至亲笔所写，这纯属英格兰魔法界的一派胡言。有好些人自以为找到了这本书，或自以为知道书藏何处。

---

2 不仅是拉塞尔斯，很多人都评论过这件怪事：对乌衣王哪怕是提一提都深恶痛绝的诺瑞尔先生居然住在一所连砖石都是根据乌衣王的旨意开采的房子里，房子所在的地界也曾属于乌衣王且为他所熟悉。

* 这是诺瑞尔先生头一回对人提起乌衣王的名姓。关于“乌斯克格拉斯”（Uskglass）这姓氏的来源说法不一，从字面上看是拉丁文演变而来的法文，却也不排除古凯尔特语的影响。“乌斯克”（usk）可能来自于古凯尔特语中表示“水”的单词“isca”——今威尔士境内仍有河名曰“乌斯克河”；“格拉斯”（glas）在威尔士语、康沃尔语等凯尔特语族语言中均是“蓝色”的意思。

他们中间有不少本是良才，本也能搞出举足轻重的研究，结果却把毕生精力全浪费在追寻乌衣王这本书上。当然，我也并不是说这本书就一定不存在……"

"要是真存在呢，"拉塞尔斯催他快说，"要是有人真把它给找到了，会怎么样呢？"

诺瑞尔先生摇摇头，不肯答话。

齐尔德迈斯替他作答："那么英格兰魔法就要根据这本书上的内容被重新解读。"

拉塞尔斯挑起一根眉毛。"真的吗？"他问。

诺瑞尔先生犹豫着不肯说，看样子特别像是打算一口否定。

"你相信这书真就是乌衣王那本？"拉塞尔斯问齐尔德迈斯。

齐尔德迈斯耸了耸肩膀。"至少范岱穆是相信的。我在里士满找到两位老者，他们年轻时曾在范岱穆宅内做过用人。他们说乌衣王那本书是范岱穆的命根子，他活着首先是要做一名'护书人'，别的任务——做丈夫、家长、庄稼人——都在其次。"齐尔德迈斯说到这里顿了顿，"咱们这个时代人所能承担的最高荣誉，同时也是最重的负担。"他若有所思地说，"范岱穆平日里似乎也搞搞理论魔法研究，业余随便搞搞。他买过魔法题材的书，还花钱请北阿勒屯一位魔法师做指导。不过有一件事我觉得十分奇怪——两位老用人都说范岱穆一辈子没读过乌衣王那本书，对书的内容只隐约知道个大概。"

"啊！"诺瑞尔先生轻声叹道。

拉塞尔斯和齐尔德迈斯都看他。

"看来，书他是读不了的，"诺瑞尔先生道，"那真是……"他没说下去，开始啃指甲。

"也许因为书是拉丁文写的。"拉塞尔斯提示道。

"你怎么知道范岱穆就不懂拉丁文？"齐尔德迈斯带着一丝怒意反

问，“就因为人家是农民……”

“噢！向你保证，我可没有看不起广大农民的意思，”拉塞尔斯笑起来，“这门营生自有它的价值，不过务农的，毕竟没多少是靠古典研究出名的。你说的这个人，见了拉丁文能判断出语种吗？”

齐尔德迈斯回敬道范岱穆当然能判断出来，他又不是傻子。

拉塞尔斯冷冷地反驳说自己可没叫过人家傻子。

他俩越吵越凶，直到诺瑞尔先生那边突然慢悠悠、若有所思地发了话，二人才住了口。“乌衣王初到英格兰之时，是不识字的。那时候没几个人识字，就连国王也不例外。乌衣王又是在仙灵朝廷长大的，那里根本没有任何文字，他也从来没见过文字。后来他有了人类仆从，见识了文字的模样，了解到文字的用途。那时候他还是个年轻人——年轻得很，不过十四五岁，却已在人界仙界各打下一座江山，任何魔法师所渴求的本领，他全都具备。当时的他心高气傲，根本不把他人所思所想放在眼里——别人的想法，哪里比得上他自己的心思呢？他于是不肯照仆人的意思学拉丁文，干脆自己发明了一种文字，记录想法，为日后打算。这文字大约比拉丁文更能如实反映他的内心活动。刚到英格兰时的情况便是如此，后来待得久了，他也变了，变得不再那么沉默寡言，不再坚持独来独往——不那么像仙灵，而更像人类了。最后他终于肯像一般人一样学习读书写字，而当初自己发明的文字却也没有忘记——所谓‘王字’——还把它教给手下一些受宠的法师，好让他们更深入地领会自己的法术。马丁·佩尔和贝拉西斯都曾在书中提到过王字，可他二人从未见其一笔一画。倘若真有一部分字迹存留下来，且真出自乌衣王之手，那确实……”诺瑞尔先生说着说着又停了。

“诺瑞尔先生，您瞧，”拉塞尔斯道，“您今晚真是出人意表！您一向声称对此人恨之入骨、充满鄙视，现在却大加赞赏。”

“我对他的恨并没因赞赏而减轻一丝一毫！”诺瑞尔先生厉声说

道，“我说他是伟大的魔法师，并没说他是个好人，也没说我盼他在英格兰魔法界起什么作用。况且，刚刚你听见的是我个人意见，不足为外人道也。人家齐尔德迈斯就懂，就能理解。”

说罢，诺瑞尔先生紧张地瞥了一眼德罗莱特，而德罗莱特的心思其实早不在这里了——他一听说齐尔德迈斯汇报的消息跟时髦社交圈子没丁点关系，净是约克郡的农民、酗酒的下人，便不再听了。这会儿他正忙着用手绢擦鼻烟壶。

“这么说书是克莱格偷的？”拉塞尔斯问齐尔德迈斯，“你是不是就想告诉我们这个？”

“从某种意义上说是的。一七五四年秋天，范岱穆把书交给克莱格，让他送到德比郡匹克峰布莱屯一个人的手上。为何将书送人，我不清楚。克莱格赶了两三天的路，走到谢菲尔德找了间小客栈住下。在那儿他跟个铁匠聊到了一块儿去，这铁匠也是出了名的能喝，跟他一样不同凡响。俩人赛着喝，直赛了两天两夜。最初只是比比谁更能喝，从第二天开始便赌对方能不能完成只有喝高了才想得出的疯狂任务。屋角腌着一桶青鱼，克莱格就赌那铁匠敢不敢在铺满鱼的地面上走一遭。此时周围已聚来些看客和闲汉，他们帮着把鱼从桶里倒出来，铺了满地。铁匠便开始从屋子一头往另一头走——鱼被踩成肉酱，人摔了不少跟头——这一路走了个满地腥臭、头破血流。罢了，铁匠便赌克莱格敢不敢沿着客栈房檐也走一回。克莱格到目前为止已经一整天没清醒过了。围观看客总以为他马上就要掉下来摔断（那断了也就断了的）脖子，可他一直也没掉下来。走完，他又让那铁匠把鞋子烤了吃掉，铁匠吃了鞋便让克莱格把范岱穆那本书也吃掉。克莱格于是把书撕成纸条子，一片一片都给吃了。”

诺瑞尔先生吓得大叫，连拉塞尔斯也惊得直眨眼睛。

“过了几天，”齐尔德迈斯接着讲道，“克莱格酒醒了，发觉自己闯了祸。他南下伦敦，四年后在沃坪一间客栈搞上个女招待，这女招待后来就成了闻秋乐的妈。”

“道理再清楚不过了！”诺瑞尔先生大叫，“书根本没丢！这套赌酒的鬼话都是克莱格编出来骗范岱穆的！他把书私藏起来，传给了儿子！咱们现在只要去找……”

“可他为了什么呢？”齐尔德迈斯问，“费尽周折，就为了把书留给自己从没见过也毫不在乎的儿子？再说，他去德比郡的时候闻秋乐还没出生呢。”

拉塞尔斯清了清嗓子。“诺瑞尔先生，这回呢，我是同意齐尔德迈斯先生的。要是书还在克莱格手里，或者说克莱格知道书的下落，他一定会在审讯过程中提出来，争取换条命回来。”

“还有，若闻秋乐因他爸犯罪而落得这么大的好处，”齐尔德迈斯补充道，“他为何还要恨他爸爸？他爸爸给吊死了，他为何兴高采烈？罗伯特·范岱穆本人确信书被毁了——这点是明摆着的。南珀薇告诉我克莱格是因为偷书被吊死的，而范岱穆告他的时候，说的可不是偷。范岱穆告他蓄意谋杀。就这样，克莱格成了英格兰最后一名因谋杀书籍而被施以绞刑的人。”[3]

“若书真被他爸给吃了，闻秋乐怎么还说书在自己手里？”拉塞尔斯声音充满疑问，“这是不可能的事儿啊。”

“范岱穆的传家宝最后传到了闻秋乐的手上，究竟怎么回事，我也不强装明白。”齐尔德迈斯道。

“德比郡那个人呢？”诺瑞尔先生突然问，“你刚才说范岱穆要把书送到德比郡一个人手里。”

齐尔德迈斯叹了口气。“我回伦敦的时候途经德比郡，于是去布莱

3　谋杀书籍是英格兰魔法法律后期增补的一条。将一本魔法书蓄意毁掉，与谋杀一名基督徒所受的惩罚无异。

屯绕了一圈：一座荒山，顶上统共三栋房子、一家旅店。无论克莱格当年去找的是谁，人肯定早死了。我什么都没打听到。”

史蒂芬·布莱克和白毛先生坐在“黎明男儿”的聚会场所——牛津大街沃顿记咖啡馆顶楼的雅间里。

白毛先生正如平常一样，大谈自己对史蒂芬感情多么深。“这倒提醒我了，”他说，“都好几个月了，我一直打算向你赔个不是，还你个说法。”

“向我赔不是，先生？”

“是的，史蒂芬。你我二人这辈子最大的心愿就是看坡夫人幸福，可就因为我跟那可恶的巫师有个协议，必须每天早上送她回她丈夫家中，害她熬过一整天才能迎来夜晚。你这么聪明，一定早就发现自己是不受这个限制的。我猜你一定会想，为什么我不把你带去丧冀乐个地久天长呢？”

“我确实这么想过，先生。”史蒂芬附和道，他顿了顿——自己的全部未来都取决于下一个问题了，“您有什么顾虑吗？”

“是的，史蒂芬。从某种意义上讲，是有的。”

“原来如此，”史蒂芬道，“那实在太遗憾了。”

“你就不想听听我的顾虑是什么吗？”白毛先生问道。

“哦，我要听的，先生！真的，先生！”

“那就听着，”白毛先生换上一脸庄严肃穆，与平日神情大相径庭，“我们仙灵知道些未来的事情。命运女神常选我们做她神谕的信使。过去，我们帮基督徒实现他们高贵不凡的命运，包括恺撒大帝、亚历山大大帝、查理大帝、威廉·莎士比亚、约翰·卫斯理等等。[4]然而，我

4　白毛先生提到的这些名流并不都是基督徒。就像我们把很多不同的部落族群都称为“仙灵”，他们也统一管我们叫“基督徒”，并不考虑信仰、种族或时代上的区别。

们对未来的认识十分模糊且……”说到这儿，白毛先生拼命挥手，就好像要拨开面前厚厚的蜘蛛网，“……且不尽然。出于对你的敬爱，史蒂芬，我到浴火的城池与战场观烟雾之象，掏出垂死之人尚在滴血的肚肠，只为参一参你命运的走向。你果真是做君王的命！我丝毫不奇怪！当初我一眼就看出你是当国王的料，而我是不可能看走眼的。不仅如此，我认为我已经发现你将来统治的是哪里了。烟雾、肠肚以及其他一些征象都表达得很清楚：你将来统治的国度，正是你如今的所在，已然与你有着千丝万缕的联系。”

史蒂芬等他说下去。

“你还猜不到吗？”白毛先生大叫，不耐烦起来，“肯定是英格兰啊！一做出这重大发现，我心里那高兴劲儿，简直无法和你形容！”

“英格兰！”史蒂芬惊叹道。

“是啊，没错！对这个国家来说，还有比你做他们的王更好的事吗？如今的英王又老又瞎，后辈子嗣清一色的醉生梦死、脑满肠肥！现在你明白我为何不带你去丧冀了。若把你带离理应由你统治的王国，我就大错特错。”

史蒂芬坐了一会儿，努力思索。“这王国难道不在非洲吗？”他开口问道，“可能我命中注定是要回到那边去的，那里人也许凭借某些征兆还能认出我是他们王族的后代？”

“也许。”白毛先生将信将疑地说，“不，不会！这不可能！你看，你要统治的王国一定是你生活所在的地方。你又没去过非洲。哦，史蒂芬啊，我多期盼你辉煌的未来得以实现！等到了那天，我就让我统治的数个王国与大不列颠结盟，你我二人和平共处，有如结义弟兄。试想咱们的敌人会怎样气急败坏！那俩巫师会怎样怒火焚心！到时候他们该如何咒骂自己当初没把咱俩放在眼里！”

“可我觉得您一定是误会了，先生。我是统治不了英格兰的，有这就不行……”他摊开一双手在身前，心想：这身黑皮。嘴上却接着说道：“只有您，先生，您偏爱我，才觉得这事儿可行。做奴隶的当不了国王啊，先生。”

“奴隶？史蒂芬，你这是什么意思？”

“我一生下来就是奴隶，先生。我们这一族人很多都如此。我妈妈曾在沃特爵士的爷爷位于牙买加的地产上做奴隶。这位威廉爵士债台高筑，只好跑去牙买加将产业卖掉，罢了带回些财物，其中一样就是我妈妈。或者不如说，他是打算把我妈带回家里做用人的，可她在路上生下我后就死了。”

“哈！”白毛先生兴高采烈地感叹道，“这不跟我说的一样嘛！可恶的英国佬奴役了你和你伟大的母亲，是他们的阴谋诡计使你们沦为阶下奴仆！”

“是啊，先生，从某种意义上来说也没错。可如今我不再是奴隶了——大不列颠国土之上，谁也不为奴。自由之风遍及英格兰各地，人人以此为傲。”不过，他心想，他们把奴隶都圈在别的国家了。嘴上却接着说：“从威廉爵士的男仆把还在襁褓中的我抱下船那一刻起，我就是自由身了。”

“无论如何咱们都要报复的！”白毛先生叫道，“杀掉坡夫人的男人很容易，完后我就去冥府走一遭，把他爷爷给揪出来，然后……”

“可蓄奴的并不是人家爷俩，”史蒂芬争辩道，“沃特爵士一向是反对奴隶贸易的，而威廉爵士对我也很好，他给我取了名字，还供我读书。”

“给你取了名字？什么？连你的名字都受了敌人的制？他们这是为了给你打上奴隶的烙印吗？我劝你赶紧换掉它，等登上英王宝座的时候再取一个！你妈妈当初叫你什么？”

“我不知道，先生。她叫没叫过我我都不清楚。”

白毛先生眯起眼来，看样子在绞尽脑汁地思考。“当妈当成这样很是奇怪，”他思忖着，“都不给自己的孩子起名字的。好吧，你会有属于自己的名字的，真正属于你自己的。这点我确信无疑。妈妈将你抱在怀里那千金一刻，在心底用它呼唤过你的。你就不想知道吗？”

“我当然想，先生。可我妈妈早就死了。她管我叫什么，都不一定告诉过别人。她连自己的名姓都没留下。我小时候问过威廉爵士，他也记不得了。”

“他绝对记得，就因为心眼儿太坏才不告诉你的。要想查出你姓甚名谁，必要靠能人相助。史蒂芬，这个人必要聪慧灵通、才智不凡，高风亮节无人可及。事实上，这个人就是我。是的，就这么定了。为了证明我对你的爱，我一定要查出你的真名姓！”

第三十一章

十七具那不勒斯人的尸首

一八一二年四月至一八一四年六月

英国陆军曾经安排过一部分“情报官员”，他们专门与当地人攀谈，窃取法军函件，时刻掌握法军部队的动向。任您对战争的想象有多大胆，威灵顿手下的情报官总会超出您的期望。他们顶着烈日翻山越岭，披着月光蹚水渡河。他们潜伏在敌后的时间比在英方更长，只要是助战大不列颠的力量，他们无一不知，无一不晓。

这些情报官中最厉害的，无疑是第11步兵团的科洪·格兰特少校。法国人无论在干什么，只要抬头看看，往往能发现格兰特上校正骑在马上，从远处的山头观察他们的动向。他举着望远镜细看，看完就往小本儿上记——搞得法国人心里很不舒服。

一八一二年四月的一天早上，格兰特少校不巧被堵在两支法国骑兵巡逻队中间，他发现自己一定逃不脱了，只好弃了马，躲进一片小树林里。格兰特少校一向以为自己是名军人，而非特务；既然身为军人，把军装时时刻刻穿在身上是一种荣耀。可惜第11步兵团的制服（跟大部分步兵团一样）是鲜艳的大红，藏身之处却是春日新叶，法国人不费吹灰之力便发现了他。

格兰特少校被俘，对于英国方面来说，损失不亚于牺牲整整一个旅。威灵顿勋爵当即发急件，向法国方面统领提议释放他们的战俘把少校换回来，同时也向一些游击队长[1]悬赏大量银元和武器，只要他们能把格兰特少校给救出来。提议发出，如石沉大海，勋爵只好改辙。他派当地游击队头目里名气最大、最不好惹的赫罗尼莫·绍尼尔护送乔纳森·斯特兰奇去找格兰特少校。

“你会发现绍尼尔很难对付，”威灵顿在斯特兰奇出发前提醒他道，“不过这方面我倒不担心，因为说实话，斯特兰奇先生，你也不好对付。”

绍尼尔和他手下的人绝对符合您心目中杀气腾腾的恶棍形象。他们肮脏、恶臭、胡子拉碴；腰上别着匕首、短刀，肩上挎着来复枪。他们的衣服跟马鞍上铺的毯子都画满了残酷而富有死亡意味的图样：骷髅十字骨、心脏穿剑上、绞刑架、车轮钉死尸、渡鸦啄人心脏双眼等种种“赏心悦目”的设计。这些图案初看像是由小珍珠扣子拼成的，细看才知是死在他们手上的所有法国人的牙齿。这帮人里面数绍尼尔周身挂的牙齿最多，浑身一动就咯咯作响，仿佛死掉的法国人还在那里吓得上下牙打架。

浑身符号、穿戴全跟死亡有关，绍尼尔和手下人相信，无论谁见着他们都会害怕。谁知英国魔法师一来，立马压了他们一头，杀了他们个措手不及——人家随身带着口棺材。脾性暴戾之人，多也迷信得很。绍尼尔手下有人问斯特兰奇棺材里盛的是什么，斯特兰奇漫不经心地答说盛了个人。

辛苦骑行几日，游击队将斯特兰奇送上一座小山坡，从山顶上能够俯瞰由西班牙通往法国的干道。游击队的人向斯特兰奇保证，说法国人押着格兰特少校一定会从这条路上经过的。

1　西班牙语称游击队为“guerrilla”，意为“小规模战斗”。这类游击队少则几十人，多则几千人，对法国军队进行骚扰、抗击。一些游击队的首领过去当过兵，于是队伍风纪保持得相当好。另外一些则跟土匪差不多，花在欺压自己可怜同胞上的精力，不亚于用来打法国人的。

绍尼尔的人在附近安营扎寨，等候时机。等到第三天，只见一大批法国人沿着山下大路而来，穿着一身大红军装骑行在他们中间的，正是格兰特少校。斯特兰奇立刻吩咐人将棺材打开。三位游击队员拿根梁子撬起了棺材盖，发现里面躺着个陶俑，是拿本地人做彩色盘子和水罐常用的红陶土捏成的小人偶，只是手艺十分粗糙。陶俑脸上捅俩窟窿算是眼睛，鼻子则根本看不出，可身上却一丝不苟地给穿上了第11步兵团的制服。

“听着，”斯特兰奇对绍尼尔说，“等法国卫兵一走到石头那里，带上你的人就冲他们开火。”

绍尼尔思考了片刻，并不仅仅因为斯特兰奇西班牙语文法和口音某些地方别具一格。待把话听明白，他便问道：“是要我们把‘好样的格兰特’救下来吗？”（“好样的格兰特”是西班牙人对格兰特少校的称呼。）

“当然不是！”斯特兰奇答道，“‘好样的格兰特’由我负责。”

绍尼尔带手下人藏到半山坡一处稀疏的树丛背后，树丛像一扇屏风，挡住主路上行人的视线。他们从树后开了火。法国人毫无防备，被打死了一批，受伤的更多。路边没有石头，灌木丛也寥寥——几乎找不到藏身之处——只有路还在前方，他们唯有一路向前，兴许还能逃脱敌人的追击。惊恐与混乱持续了几分钟，法国人逐渐恢复了意识，拖着伤员速速离开了。

游击队员们重爬回山顶，疑心这一场纯属空忙——毕竟，法国人跑掉的时候，那身穿大红军服的身影还在他们中间呢。他们回到之前跟魔法师分别的地点，却惊奇地发现魔法师身边多了个伴儿。格兰特少校正和他一起，两人颇亲热地坐在一块石头上喝酒吃鸡。

“……布莱顿这地方当然好，”格兰特少校说着，“可我还是更喜欢韦茅斯。”

“真想不到您这么说，”斯特兰奇回道，“我恨死韦茅斯了。在那儿待的一个礼拜，简直是我人生中最痛苦的经历之一。当时我不可救药地爱上了一位名叫玛丽安的姑娘，人家没理我，却跟了个在牙买加有房有地还安着个玻璃假眼的人。”

“这又不能怪韦茅斯。”格兰特少校道，“啊，绍尼尔队长！”他冲游击队头头挥舞着鸡腿，算是打招呼，“Buenos Días!”*

与此同时，护送战俘的那队法军官兵继续往法国前进，行至巴约讷一地，他们便将战俘交到巴约讷秘密警察局局长手下看护。局长对战俘身份深信不疑，上前迎接格兰特少校。他去跟少校握手，这一握手可慌了神儿——只见自己的手将少校整只胳膊都拉了下来。他吓了一跳，手没拿住，胳膊掉在地上摔了个粉碎。他抬头冲格兰特少校道歉，这一抬头更是受了惊——只见粗黑裂纹逐渐爬了少校一脸，脑壳随即掉下来一片，由此看出整个人完全是个空腔子——不一会儿便粉身碎骨，就跟《鹅妈妈童谣》里的矮胖子*一个下场了。

七月二十二日，威灵顿在历史悠久的大学城萨拉曼卡迎战法军，取得了英军方面近年来最具决定性的胜利。

当夜，法军败退，穿过萨拉曼卡南边的一片树林。撤退过程中，士兵们抬头惊奇地发现一群群飞翔的天使正穿过黑漆漆的树冠从天而降。天使周身散发的光芒晃得人睁不开眼，双翼是天鹅羽的洁白，衣裙色彩变幻多端，时而泛着贝彩，时而似鱼儿鳞片，时而又如那孕育着风雷的天边。天使们手执点燃的长枪，双目炯炯，一腔怒火非凡人可解。他们

---

* 西班牙语，意为“你好”。

* 英国儿童歌谣中的人物，常见于十九世纪英国儿童诗选，后在《爱丽丝镜中奇遇记》中以蛋形人的形象出现。《鹅妈妈童谣》中关于矮胖子的部分有如下几句：“矮胖子，坐墙头，栽了一个大跟斗。国王呀，齐兵马，破镜难圆没办法。”

以惊人的速度在树木之间穿行，冲法国人挥舞手中的长枪。

不少士兵被眼前恐怖的景象吓坏了，掉头便往城里跑——等于是迎向身后追击的英军。大多数人则被蒙住，只知道站在原地呆呆地看。有个人格外大胆果断，试着分析眼前状况。他觉得老天爷突然间与法国人为敌实在不大可能，毕竟自《旧约》之后，这种事情就不曾有过了。他发现，天使们虽拿长枪威胁士兵，却并未伤人。待一只天使从上方呼啸而至，他手执军刀刺了过去。刀没遇上任何阻力，刺到的只是空气。被刺的天使也没有表现出任何伤痛或惊讶。这法国兵随即呼唤战友，让大家不必再害怕，眼前所见无非是威灵顿的魔法师变出来的幻影，伤不了人的。

法国兵继续沿路前行，身后跟着一群徒有虚影的天使。走出树林，他们发现眼前已是托尔梅斯河岸，河上有座古桥，过了桥便是托尔梅斯河畔阿尔瓦镇了。由于威灵顿盟军某部的疏忽，这座桥毫无防卫。法国人于是过了河，从镇上逃跑了。

几小时后，天刚亮不久，威灵顿勋爵骑着马，疲惫地走上通往托尔梅斯河畔阿尔瓦镇的桥。勋爵身边跟着三位官员：陆军中校德兰西，时任英军副军需官；一位名唤菲茨罗伊·萨莫塞特的英俊小伙，时任威灵顿军务秘书长；以及乔纳森·斯特兰奇。一行四人从战场带来满身的风尘血汗，且已有几日没正经上床睡过觉了。由于威灵顿决心继续追赶在逃的法国人，未来几日能上床睡觉的希望也不很大。

在淡白天光的映衬下，镇上教堂、修道院、中世纪老房子的轮廓清晰可见。虽然时候还早（刚过五点半钟），镇上已经有了动静。庆祝法军溃败的钟声响起来了，疲惫的英军、葡军将士分团列队走上街头，镇上百姓纷纷出门，拿了面包、水果和鲜花做礼物，强要他们收下。载着伤员的手推车贴墙根一字排开，当差的官员正派人去找医院等收容场所。与此同时，五六位姿色平平、模样能干的修女从某修道院赶来，走到伤员中间，拿锡杯子一口一口喂他们喝新鲜的牛奶。小男孩不肯老实待在床上，谁劝也没用，有士兵走过就兴高采烈地欢呼，只要人家不反对，他们就跟在人家身后即兴列队，来个胜利大游行。

威灵顿勋爵往四下里看了看。“沃金斯！”他冲一位身穿炮兵制服的士兵喊道。

“大人，您说？”士兵问道。

“我这儿正寻摸我的早饭呢，沃金斯。你见着我的厨子了吗？”

“杰福德中士说您的人上城堡里去了，大人。”

“谢谢你，沃金斯。”勋爵说罢，便跟上同行几位骑走了。

托尔梅斯河畔阿尔瓦城堡已经算不得个城堡了。几年前刚开始打仗的时候，法国人对其进行了围攻，如今除了一座塔楼，城堡各处皆已废弃。阿尔瓦公爵曾经居住过的地方——那常人无法想象的奢华，如今已沦为鸟兽巢穴。华美的意大利壁画一度令这座城堡名声远扬，可自从没了屋顶，饱经雨雪冰雹的蹂躏，壁画再无往日辉煌。餐厅缺少应有的便利条件，头顶敞篷对天，厅中央生着棵小桦树。然而这些对威灵顿勋爵的用人来说根本算不得什么，过去伺候勋爵用饭的地方远比这荒僻，人家也都已经习惯了。他们在桦树下支了张桌子，铺上白桌布。威灵顿一行往城堡上骑的时候，他们已将一盘盘圆面包、一片片西班牙火腿、一碗碗杏子和一碟碟新鲜黄油端上了桌。威灵顿的厨子随后又下去炸鱼、香煎羊腰，一并将咖啡煮好。

四位先生落了座。德兰西中校感叹自己已经记不得上顿饭是什么时候吃的了。有人跟着附和了几句，随后谁也不再说话，埋头认真吃喝起来。

大家刚觉着恢复了常态，且谈兴稍高了些的时候，格兰特少校来了。

"啊，格兰特，"勋爵道，"早上好！坐下，吃点儿早饭。"

"一会儿再说，大人。先给您报个信儿，这事儿挺不一般。法国人那边似乎丢了六门加农炮。"

"加农炮？"勋爵声音里没多大兴趣，伸手拿了块面包，又吃了些羊腰。"炮他们肯定是丢了。萨莫塞特，"他问他的军务秘书长，"昨天我缴获了多少门法国加农炮？"

"十一门，大人。"

"不是，不是这样的，大人，"格兰特少校道，"对不住，可您确实误会了。我说的并不是咱们行动中缴获的加农炮。我说的那些炮没在战场上用过。北部的卡法莱利将军派人将这批炮运送至法国部队，可开仗了还没有送到，仗打完了仍不见踪影。卡法莱利将军当时知道大人您就在附近，且对法军步步紧逼，于是急着想把炮尽快送到，就随手凑了三十个兵组成护送队。他这一举，大人，可谓草率一时、后悔一世：三十个兵里得有十个都是那不勒斯人。"

"那不勒斯人！当真？"勋爵问道。

德兰西和萨莫塞特二人对视，面有得色，连乔纳森·斯特兰奇脸上都泛起笑意。

事情是这样的：虽说那不勒斯也属于法兰西帝国，那不勒斯人却对法国人恨之入骨。当地年轻人被迫参军打仗，得机会便逃，多半是投了敌。

"护送队其余的兵呢？"萨莫塞特问，"咱们难道不应当先假设他们一定会阻止那不勒斯人搞破坏吗？"

"他们干什么都来不及了，"格兰特少校道，"他们都死了。二十双法军军靴、二十套法军军服这会儿正挂在萨拉曼卡一家估衣铺里呢，制服外套无一例外都是血迹斑斑，背后都有长长一道口子，正像那种意大利短剑能划出来的。"

“这么说，加农炮正在一帮意大利逃兵手上呢，对吗？”斯特兰奇道，“他们拿炮做什么呢？自己挑头儿打场仗？”

“不，不是！”格兰特道，“他们看谁出价高，就把炮卖给谁。不卖给大人您，就卖给卡斯塔尼奥斯将军。”（这后一位是西班牙陆军的统帅。）

“萨莫塞特，”勋爵道，“六门法国加农炮，我出多少钱合适？四百西班牙银元？”

“噢，花四百银元让法国人尝尝自己办了傻事的后果，大人，咱们肯定不亏了！可我搞不懂的是，为什么咱还没收到那不勒斯人的信儿。他们还在等什么？”

“我想我知道原因，”格兰特少校道，“三天前的夜里，离卡斯特雷洪不远的小山上，有两个人约在一片墓园里密会。他们身穿破旧的法军制服，说的是一种意大利方言。二人谈了一会儿便分头走了，一个奔向南边法军部队所在的坎塔拉彼德拉，另一个则往北面杜罗河方向去了。大人，我认为这些那不勒斯逃兵是在给他们的同胞传口信，好把人聚起来。我敢说他们一定觉得您或者卡斯塔尼奥斯将军买炮的钱足够他们打一艘金船坐着回家了。这些人谁没个弟兄在别的兵团，他们可不想丢下自己的亲人，独个儿回去见家中的母亲和祖母。”

“我常听人说意大利妇女性子烈得很。”德兰西中校赞同道。

“大人，”格兰特少校接着说，“现在咱们只消找几个那不勒斯人来盘问盘问。贼在哪里，炮在哪里，我敢说他们一定知道。”

“昨天抓的俘虏里面有那不勒斯人吗？”威灵顿问。

德兰西中校派人去查了。

“当然啦，”威灵顿若有所思地接着说道，“对我来说，一个子儿不花更好。梅林，”（这是他给乔纳森·斯特兰奇取的名字）“劳你召个幻影探探那些那不勒斯人，咱们兴许能得到些线索，一发现具体地点，咱们直接过去，来他个人赃俱获！”

“兴许吧。”斯特兰奇道。

“我估计他们身后一定有座峰峦奇伟的大山，”勋爵兴奋地猜测，“要不就在某个村子里，教堂钟塔显而易见。咱们的西班牙向导一眼就能把地方认出来。”

“我估计是吧。”斯特兰奇道。

“你听上去不太有信心啊。”

“请原谅，大人，不过——我之前也说过的——这种事情恰恰不能用幻影这种法术来办。”[2]

“那，你还有什么更好的办法吗？”勋爵问。

“没有，大人，目前还没有。”

“那就这么定了！”威灵顿勋爵道，“斯特兰奇先生、德兰西中校和格兰特少校，你们集中精力查找加农炮的下落；萨莫塞特跟我去折腾折腾法国人。”勋爵口气坚决果断，说明他希望行动立刻开展。斯特兰奇和几位官员吞下没吃完的早饭，便去忙各自的任务了。

2　乔纳森·斯特兰奇致约翰·斯刚德斯（一八一二年八月二十日于马德里）：

“无论何时，只要是某个人或东西找不到了，威灵顿勋爵就一定会让我召幻影。这办法从来没奏效过。乌衣王以及其他黄金时代魔法师曾经掌握一种寻人寻物的法术。据我了解，他们先接一银盆水，再用闪亮的光线把水面平分四份。（顺便提一句，约翰，我实在无法相信变这些光线出来真有你说的那么难。这法术，我已经没法儿讲得再清楚了。天下就没有比这更简单的东西了！）这四部分代表了“天堂”“地狱”“人间”和“仙境”。似乎需要用一种推选咒断定你想要找的人或物究竟在哪一部分里——这之后再怎么办，我可是一点儿也不知道了，诺瑞尔也不知道。要是我会使这法术该有多好！威灵顿和他的部下无论交给我什么任务，我不是不会就是因缺乏这个技术而只好半途而废。我几乎天天都能意识到这方面的缺憾。可我根本没工夫进行试验。所以说，约翰，假如你能花一点点时间试试这条咒语，但凡有一点点进展就赶紧告诉我，我对你感激不尽。”

约翰·斯刚德斯现存的书信文稿中，没有记载他在试图寻回这门法术的过程中取得过任何进展。然而，一八一四年秋天，斯特兰奇发现帕里斯·奥姆斯柯克《三十六彼界启示录》里的一个段落——很久以来人们一直以为记录的是羊倌数羊时念的顺口溜——实际上写的正是这条咒语，改头换面而已。一八一四年底，斯特兰奇和诺瑞尔先生二人均已熟练掌握了这门法术。

约摸正午时分，威灵顿勋爵跟菲茨罗伊·萨莫塞特骑马走上加西亚-埃尔南德斯村附近的一道矮山脊。山下多石的平原上，英方龙骑兵几个旅正准备向几支为法军做后卫的骑兵中队发动攻击。

正在这时，德兰西中校骑着马走上前来。

“啊，中校，”威灵顿勋爵道，“你帮我找着那不勒斯人了吗？”

“战俘里面没有那不勒斯人，大人，”德兰西说，“不过斯特兰奇先生建议我们查查昨天战场上的死人。他靠法术认出十七具尸体是那不勒斯人。”

“尸体！”威灵顿勋爵吃了一惊，放下望远镜，“他要尸体干什么？”

“我们问过他了，大人，可他躲躲闪闪，就是不肯说。不过，他倒是让人把尸体安放好，以防失窃或遭损坏。”

“好吧，我看，既然请来个魔法师帮忙，就不能再怪人家行为不正常了。”威灵顿道。

话音刚落，身旁一位军官大叫起来，说龙骑兵已经加速至疾驰，要不了多久就追上法国人了。魔法师如何不正常瞬间被抛到脑后，威灵顿勋爵把望远镜举到眼前，所有人都将注意力集中到战场上。

与此同时，斯特兰奇已从战地回到托尔梅斯河畔阿尔瓦城堡。他在兵器塔（城堡上仅存的建筑）上找了间没人住的屋子，留作已用。诺瑞尔先生的四十本书散落房间各处，虽尚未完全散架，有几本显然已是破旧不堪。斯特兰奇的笔记本以及乱画了零碎咒语、魔法算式的纸片铺了一地。屋子当中一张桌上摆着一只宽沿浅银盆，里面盛满了水。窗板关得严严实实，屋里唯一的光源便是这只银盆。总而言之，这间屋成了不折不扣的法师巢穴，把定时来送咖啡和杏仁饼的西班牙俏女仆吓得够呛，进屋撂下餐盘就跑。

第18骠骑兵团一位姓怀特的军官来此地协助斯特兰奇。怀特上尉曾在驻那不勒斯特使家里住过一段时间，很有语言天赋，那不勒斯地区方言一听就懂。

斯特兰奇毫不费力便召出了幻影，然而不出他所料，从幻影里几乎看不出目标所在地。他发现加农炮虚虚掩掩地藏在一堆淡白色的岩石后面——这种石头半岛上哪儿都不缺；而逃兵则是在一片长满橄榄树和松树的林地间扎了营——这样的林地，说实话，放眼望去到处都是。

怀特上尉站在斯特兰奇身旁，把那不勒斯人说的每一句话都翻译成简明通透的英语。就这样一整天盯着盆子，也没听出个所以然。人若一年半没吃饱过、两年没见着妻子恋人、近四个月都枕着石头睡在泥里，聊天官能多少都会被削弱。这些那不勒斯人彼此实在没什么可聊的，话说出口来，无非是想吃什么吃不到、妻子恋人那么美却摸不着、要是有柔软的羽绒垫子睡那该多好。

从后半夜直到第二天过了大半，斯特兰奇跟怀特上尉一直待在兵器塔里，忙于观察那不勒斯人这桩枯燥的差事。时近傍晚，威灵顿的副官来给他们报信，说勋爵已将司令部设在一个叫作弗洛雷斯-德阿维拉的地方，请斯特兰奇和怀特上尉去那里找他。他二人于是将书和银盆收拾打包，搜罗其余的东西带上，冒暑沿条土路出发了。

他们发现弗洛雷斯-德阿维拉鲜有人知，怀特上尉边走边拦人问路，可谁也没听说过这个地方。不过，欧洲最大的两支军队刚从此路经过，沿途不可避免总会留下一些印记；斯特兰奇和怀特上尉发现最好的办法是看哪里有连成串的垃圾、废弃的推车、死尸和啄死尸的黑鸦，就往哪里走。衬着碎石遍野的荒原，这番景致像极了中世纪人笔下对地狱的描画，斯特兰奇受其感染，哀叹战争的恐怖与无谓。若在以往，具备军人职业素养的怀特上尉听见是一定要回嘴的，可这会儿他也被四周阴沉的景致所触动，嘴上只应道：“您说的是，先生。您说的是。”

可作为一名战士，不能在这种事情上低徊太久。军旅生涯千辛万苦，若有机会享乐，绝不能错过。亲眼目睹悲情惨状，是需要时间消化反思的，可只要一回到战友中间，想不打起精神都难。斯特兰奇和怀特上尉走到弗洛雷斯-德阿维拉的时候大约九点，不出五分钟，他们便兴高采烈地呼朋引伴，打听关于威灵顿勋爵最新的传言，并细细询问了前一天的战况——得知法国人又吃了败仗。谁见了也想不到这二位在过去的十二个月里碰上过任何烦心事。

司令部设在村旁山坡上一座废弃的教堂里。威灵顿勋爵、菲茨罗伊·萨莫塞特、德兰西中校和格兰特少校在那里等着见他二人。

即便两天内连打两场胜仗，威灵顿勋爵仍不十分高兴。法国人行军速度快是名扬全欧洲的，这样一支队伍从他手上逃了，且离巴利亚多利德——也就是离脱险不远了。“他们怎么能跑那么快，对我来说真是个谜。”他嗔怪道，“只要能追上他们、灭了他们，我什么都豁得出去。可我手上只有这一支部队，把他们累垮了，就不会再有第二支了。”

“我们已经接到持有大炮的那不勒斯人的信儿了，”格兰特少校告诉斯特兰奇和怀特上尉，“他们每门炮要价一百银元，总共六百。”

“六百太多了。”勋爵一句话了事，“斯特兰奇先生、怀特上尉，你们俩有什么进展要汇报吗？”

“没什么进展，大人，”斯特兰奇道，“那不勒斯人在一片林子里，可林子具体在哪儿，我是毫无概念。我不知道下一步该怎么办。我能想出来的法子都已经试过了。”

“那你最好赶紧再学点儿新的！”

一听这话，斯特兰奇看样子像是马上要回敬勋爵一句难听的，可他转念一想，只叹了口气，问那十七具那不勒斯人的尸体是否安放妥当了。

“都放在钟楼里呢，”德兰西中校道，“由纳什中士负责。不管你打算用它们干吗，我建议你尽快。这么热的天儿，我估计它们放不了多久了。”

“只要再放一夜。”斯特兰奇道，“夜里凉。”说罢便转身离开了教堂。

威灵顿手下的官员们心怀一丝好奇目送他离去。“你们知道吗，”菲茨罗伊·萨莫塞特道，“我实在忍不住，总要琢磨他到底打算拿那十七具尸体干什么。”

“甭管干什么，”威灵顿边说边拿笔蘸墨，动手给伦敦的大臣们写信，“这事儿他想想就不好受。他是尽一切办法能拖就拖。”

当晚，斯特兰奇使用了一种自己从未尝试过的法术：他打算参透那不勒斯人的梦。此举获得圆满成功。

其中一个人梦见自己被一只凶巴巴的烤羊腿追上了树，人蹲在树上饿得掉泪，羊腿则在树下绕圈子，像要威胁他似的将骨棒冲他戳去。不一会儿又跟来五六个恶狠狠的煮鸡蛋，悄声说着关于他的极难听的谣言。

另一个人梦见自己正在一片小树林子里走着，碰上他已故的母亲。他母亲说她刚往一个兔子洞底下看过，发现拿破仑·波拿巴、英国国王、大教皇和俄国沙皇其实是一个人——一个哼哼唧唧的巨汉，大如教堂，生着一嘴锈迹斑斑的铁牙齿，双眼如同一对燃烧的车轮。“哈！”这大妖怪讥笑道，“你不会一直都以为我们是不同的人吧？”说罢，妖怪伸手从身旁咕嘟冒泡的大锅里一把揪出做梦人的幼子，吃了下去。简而言之，这些那不勒斯人的梦虽然有趣，却没给斯特兰奇带来任何启示。

第二天上午十点钟光景，威灵顿勋爵正在废弃教堂的圣坛上临时支了个小桌忙着，一抬头，看见斯特兰奇进了教堂。“怎样？”他问道。

斯特兰奇叹了口气，说：“纳什中士在哪里？我得让他把尸体都搬出来。大人，您若批准，我就拿我过去只听说过一次的法术试试看。”[3]

消息迅速在司令部传开，说魔法师要对那不勒斯人的尸体动手了。弗洛雷斯-德阿维拉是个小地方，住家超不过一百户。对于刚打了场胜仗、打算庆祝一番的部队小伙子来说，前一晚过得太平淡。大家都觉得斯特兰奇的法术会是当天最大的乐子。很快，周围便聚集起一小部分官兵，等着观看。

这座教堂门外有片石头铺的前庭，俯瞰着一道狭窄的山谷，远望可见座座苍山兀立，葡萄园、橄榄园连成片，将山坡覆满。纳什中士带人将十七具尸体从钟楼里搬出来，放到前庭末端的一堵矮墙边，靠墙根摆成坐姿。

斯特兰奇跟在一旁，逐个查看。“我记得我告诉过你，”他对纳什中士道，“我最不希望别人碰它们。”

3　斯特兰奇听说的这个法术是乌衣王曾经用过的。乌衣王的法术大多神秘、悦目且微妙，于是当我们得知他居然使用过如此野蛮的法术，多少会有些惊讶。

十三世纪中叶，乌衣王的一些敌人打算联合起来反抗他。这其中不乏他旧日相识：法国国王是一位，苏格兰国王是一位，再加一批心怀不满的仙子。这些仙子为自己加官进爵，声称自己统治过大片土地也是真真假假。此外还有些更为神秘也更加有力的人士。乌衣王在位期间和大部分天使、恶魔的关系一向不错，可此时有传闻说他跟其中两位闹翻了：一位是掌管慈悲的萨德基耶尔，一位是辖控海难的阿尔琳娜赫。

敌军联盟的活动，乌衣王好像并没特别担忧。然而，当某些魔法征兆显示他自己身边的一位贵族似乎已经投敌并正策划谋反，他一下子来了兴致。他怀疑这人是沃夫代尔伯爵罗伯特·巴尔巴特斯。这位伯爵为人奸猾、善耍手腕的名声在外，以至于得了个“狐狸”的绰号。在乌衣王看来，世上再没有比背叛更大的罪过。

这狐狸伯爵的儿子亨利·巴尔巴特斯得热病死了，乌衣王命人把尸体从坟里挖出来，将其复生，以讲述生前见闻。托马斯·邓代尔和威廉·兰切斯特对这类法术尤其深恶痛绝，齐齐恳请乌衣王改用别的办法。可乌衣王怒火中烧，谁也劝不动他。能够达到同样目的的法术成百上千，然而哪种也比不上这种快速、直接，何况乌衣王与多数伟大的魔法师并无二致，是非常讲求实效的。

据说，盛怒之下，乌衣王揍了亨利·巴尔巴特斯一顿。亨利生前是位翩翩少年，因相貌英俊、举止优雅而备受仰慕，因骑士般的英勇侠义而甚为他人敬畏。这样一位高贵的骑士竟被乌衣王的法术所欺，沦为怯缩、啜泣的傀儡，威廉·兰切斯特为之大怒，因此与乌衣王反目，恶斗延续了几年之久。

纳什中士一脸愤怒。“我向你保证，先生，”他说，“咱的兵可没人去动它们。不过，大人，”他转向威灵顿勋爵，“战场上的死尸，那帮西班牙非正规军的士兵可是一具不落，几乎全动过……”他接下来细细描述了西班牙人种种民族劣根性，最后总结道，若谁胆敢在西班牙人能发现的地方睡过去，等醒了准后悔。

威灵顿勋爵不耐烦地冲他摆摆手，让他闭嘴。“我倒没看出什么太大伤残，”勋爵对斯特兰奇道，“真残了有关系吗？”

斯特兰奇低声恨道，若不是因为需要盯着它们看，残不残都无所谓。

确实，虽说那不勒斯人尸体上的伤残大多是当初要了他们命的，可所有尸体都被扒光了，有几具尸体的手指头都给切掉了——方便往下摘戒指。有具尸体生前也许是个模样英俊的年轻人，可这会儿牙全被人拔走了（拿去做假牙），一头黑发也被剃个所剩无几（拿去做假发），曾经的俊俏也就给毁得差不多了。

斯特兰奇叫人去拿把快刀，再拿条干净的绷带。刀一拿来，他便脱了外套，卷起衬衫袖子，随后兀自低声嘟哝起拉丁文。罢了拿刀在自己胳膊上划了一道又长又深的口子，待血流如注，便将其洒在尸体脑袋上，还特意在每人眼睛、舌头和鼻孔处多抹了一抹。不一会儿，有具尸体开始活动了——干透了的肺里突然进了空气，传出一阵刮擦般的恐怖声响；四肢摇晃，看着十分吓人。余下的尸体也逐个苏醒，开口说话。它们说的是一种带很重喉音的语言，其中喊叫的成分比围观者听过的任何一种语言都要多得多。

此时就连威灵顿的脸都掉了点儿血色。只有斯特兰奇还面无表情地继续操作。

“老天爷！”菲茨罗伊·萨莫塞特叫起来，“它们说的这是什么话？”

“我觉得可能是地狱里的一种方言。”斯特兰奇答道。

“真的吗？”萨莫塞特道，“这，这真神了。”

“它们学得倒真快，”威灵顿勋爵道，“刚死了三天。”他一向欣赏做事迅速高效的人。“你懂它们说的话吗？”他问斯特兰奇。

“不懂，大人。”

“那咱们怎么跟它们交流？”

斯特兰奇用行动做了回答：他抓住头一个活尸体的脑袋，掰开它因喋喋不休而活动的下巴，往嘴里吐了口唾沫。顿时，尸体开始说它生前就会说的人话——带有浓重那不勒斯乡音的意大利语——对在场大多数人来说，跟之前的话一样难懂，声音几乎一样恐怖。唯一的好处是，这回怀特上尉把意思听了个一清二楚。

在怀特上尉的帮助下，格兰特少校和德兰西中校对死人进行了审讯，对所获的信息相当满意。这些死人比活人更急于讨好审问它们的人。据它们说，在死于萨拉曼卡大战之前不久，每人都收到过一封密信，是藏于林间的同胞通知他们截获加农炮的事情，让他们上萨拉曼卡城外几里地找个村子，再一路跟着树木、卵石上画着的秘密符号，很容易就能找到那片林子。

格兰特少校带着一支骑兵小分队过去，没几天便带回了炮，同时把逃兵也抓了回来。威灵顿很高兴。

可惜的是，斯特兰奇完全不知道该怎样通过法术让那些活死人重回苦海长眠。[4]他试过几种咒语，大多不灵，唯有一种起效：那十七具尸体的个头突然蹿到二十尺高，浑身奇异地虚化，就如同薄薄细纱帜上的巨幅水墨画。斯特兰奇把它们变回正常体格后，还是没有解决该如何处置它们这个问题。

4　结束活死人的“生命”，只需割掉它们的双眼、舌头和心脏。

活死人一开始跟其他的法国战俘关在一起，此举遭到战俘大声抗议，他们不肯与一群拖胳膊拽腿、踉跄打晃的妖怪待在一起。（“说实话，”威灵顿打量着这些活死人，一脸嫌恶的神情，“也怨不得他们不肯。”）

法国战俘后来被送回了英国，而死尸只好一直跟着英军部队，整个夏天被驮在牛车上到处走，威灵顿勋爵还下令将它们都铐起来。铐住它们的本意是防止它们乱动并将它们聚在一处，可死人是不怕疼的——或者说根本感觉不到疼——于是对它们来说，挣脱束缚容易得很，有时会把自己身体的某一部分落在镣铐里面。只要跑出来，它们便到处找斯特兰奇，一找到他就开始求他把它们的生命彻底复原，态度实在是我们所能想到的最凄惨的了——它们到地狱走过一遭，并不急着回去。

当时身在马德里的西班牙画家弗朗西斯科·戈雅作了一幅红垩笔素描，描绘的是一群那不勒斯活死人围着乔纳森·斯特兰奇。画面上的斯特兰奇坐在地上，双目低垂，双臂在身体两侧耷拉着，他的绝望与无助从神态上一望便知。活死人围着他，有些正如饥似渴地望着他，有些则面露乞求的神色；其中一人正伸出一根手指试探，打算摸摸他脑后的头发。毫无疑问，这幅画与斯特兰奇任何一张肖像都大不相同。

八月二十五日，威灵顿勋爵下令将这些活死人处决。[5]

斯特兰奇有些焦虑，生怕自己在弗洛雷斯-德阿维拉荒废的教堂里所施的法术被诺瑞尔先生知道。他自己在书信中只字未提，也央求威灵顿勋爵在向上级汇报表彰他的时候莫记入此事。

5　菲茨罗伊·萨莫塞特勋爵致其兄（一八一二年九月二日）：

“关于那些死去的意大利士兵，我只能说我们对他们这些已饱受痛苦的人再遭此劫表示深切的遗憾。然而我们这样做也是迫不得已。它们不听劝阻，不肯让魔法师有一刻消停。就算尚未置他于死地，也一定会把他逼疯。我们只好在他睡觉的时候派两个人看守，免得死人过去碰他，把他吵醒。自打丧命到现在，这些活死人已被毁得够呛，可怜的人哪，它们那副模样任谁也不愿睡醒觉一睁眼就看见。最后我们生起一堆篝火，把它们全扔进去了。”

"哦，那好吧！"勋爵道，他本来也不特别喜欢写关于法术的事情。只要不是自己一门儿通的东西，非让他去处理，他就不乐意。"不过，光我不提也没用，"他指出，"过去五天里谁要是往家里写了信，都会给亲友讲得一清二楚。"

"这我知道，"斯特兰奇说，心里怪不舒服，"可咱们的人在形容我作法的时候一般都会夸张。等话传回国内，人家听了心里打出富余，把添的油、加的醋一抹，这事兴许就没什么可大惊小怪的了。人家兴许只是以为我把一些受伤的那不勒斯人给治好了。"

将十七具那不勒斯人的尸首复活，是斯特兰奇在战争后期所遇困境的典型。威灵顿勋爵和之前的大臣们一样，越来越习惯通过魔法实现自己的意图，要求手下魔法师研发的咒语也越来越复杂。与大臣们不同的是，威灵顿可没工夫——也没兴趣听你长篇大论地讲某个方案为何不可行。他既然经常将不可能完成的任务派给他手下的技师、将领和军官，对手下的魔法师也就没必要网开一面。当斯特兰奇试图向他说明某种法术自一三〇二年起就没人再用了，或者告诉他某个咒语已经失传了——也许压根儿就没出现过，他都只回一句："再想别的办法！"跟刚入行、还未遇见诺瑞尔先生的时候一样，斯特兰奇只好拿一些普遍原理及旧书上只记录了其大概的故事作为基础，大部分的法术都是靠自己发明的。

一八一三年初夏，斯特兰奇又实践了一种自乌衣王时代之后便无人再用过的法术：他把一条河挪了位置。事情是这样的：入夏后，我方战绩一直不错，威灵顿勋爵领导的行动无不取得圆满成功。然而六月里有一天，法国人发现他们所在的位置居然是一段时间以来对他们最有利的。勋爵和其他一些将领立即召开碰头会，讨论如何扭转这极不理想的形势。斯特兰奇也被叫到勋爵的营帐内，只见人围着桌子站了一圈，桌上铺着一张地图。

这段时间勋爵的心情一直都相当好，他几乎是以亲热的口吻冲斯特兰奇打招呼："啊，梅林，你来了！我们碰到麻烦了！目前咱们的人在河这边，法国人在对岸，要是能跟他们调换个位置，我就好办很多。"

旁边一位将军分析道，假如他们带着部队往西走到这里，在河的这个位置搭座桥，然后再从这儿开火……

"这样太慢了！"威灵顿勋爵表了态，"绝对不行！梅林，你看怎么搞一搞能让咱们的人都长出翅膀来，从法国人脑袋顶上飞过去？你看你做得到吗？"勋爵这话兴许是半开着玩笑说的，可至多是"半开"。"无非就是每人发一对儿小翅膀嘛。就拿麦克弗森上尉来说，"他瞄瞄在场的一位壮硕的苏格兰大汉，"我特别想看他长出翅膀扑棱扑棱到处飞的样子。"

斯特兰奇若有所思地望着麦克弗森上尉。"够呛，"他吐了口，"不过，大人，您若肯把麦克弗森上尉——还有这张地图——借我用一两个钟头，我谢谢您。"

斯特兰奇跟麦上尉盯着地图看了些时候，随后便找到威灵顿勋爵，说假如等部队每个兵都长出翅膀来，时间太长了；可要是把河的位置挪一下，只消眨眼工夫——这办法行不？"目前，"斯特兰奇道，"从这个位置上看河水是朝南流的，流到这个位置又会北转。整个倒过来看的话，流向就先往北而不是往南，后再往南转，这样一来，您瞧，就等于咱们在北岸，而法国人在南岸了。"

"哦！"勋爵道，"非常好。"

河一挪了地方，法国人被搞晕了头脑，有几个连受命北上，由于深信不疑地以为逆河水的流向即是北，全都走反了方向。这几个连后来便不见了踪影，很多人都说他们死在了西班牙游击队员的手上。

威灵顿勋爵事后兴高采烈地对皮克顿将军说，长时间的行军最消耗战士和战马，他觉得以后不如让人和马都站定，叫斯特兰奇先生把整个西班牙像块地毯似的在他们脚底下挪动就可以了。

与此同时，位于加的斯的西班牙摄政委员会见状发了慌。他们担心，就算将来把国土从法国人手里夺回来，还认不认得出自己国家的模样都是个问题。他们向外交大臣提了意见（不少人都觉得他们真没良心）。外交大臣催斯特兰奇给摄政委员会回个信，向他们保证战后一定把那条河以及“威灵顿勋爵在战争期间下令改换位置的一切事物”都复位。斯特兰奇挪动过的事物包括：纳瓦拉一片生着橄榄树和松树的林子[6]、潘普洛纳城[7]，以及法国圣让-德吕兹镇上两座教堂[8]。

一八一四年四月六日，拿破仑·波拿巴皇帝退位。据说威灵顿勋爵听到这个消息的时候跳了一小段舞，斯特兰奇则大笑出声，随后突然收起笑脸，低声道：“老天！那我们还有什么用？”当时大家都以为他这句含义不明的话指的是陆军部队，后来有几个人猜测兴许他是在说他自

6　威克力上校事先侦察过这片林子，发现里面藏满了伺机向英军开火的法国兵。他的部下正商议如何应对，威灵顿勋爵骑上前来。“我看咱们倒是可以绕道，”他说，“不过绕道就得花时间，我现在一刻耽误不得。魔法师哪儿去了？”

有人去把斯特兰奇找了来。

“斯特兰奇先生，”威灵顿勋爵道，“我才不信把这些树挪个地方对你来说有那么困难！我看总比把四千个人轰到七里地以外轻松多了。劳驾，把这片林子挪走！”

斯特兰奇于是照他吩咐，将树林挪到了山谷正对面。原地只剩法国兵在一片荒坡上哆嗦，很快便被英军降服了。

7　由于威灵顿使用的西班牙地图有误，潘普洛纳城实际并不在英军预想的位置。当天陆军走了二十里竟没走到潘普洛纳，后来发现还得往北再走十里地，威灵顿极为不满。速速商议后，大家发现，要是能让斯特兰奇先生把潘城挪一挪，可比把所有地图都改一遍要方便多了。

8　圣让-德吕兹镇上教堂这件事说来颇令人难为情。挪动这两座教堂根本没有任何意义。实际情况是这样的：某个礼拜天一早，斯特兰奇正在圣让-德吕兹镇上一间旅馆里跟第16轻龙骑兵团的三位上尉、两位中尉一起喝白兰地当早饭。他边喝边给在座几位先生讲解使用魔法传送各式物件的原理。讲解纯属白费功夫：这几位就算在头脑清醒的时候也不会太懂，何况两天以来他们和斯特兰奇谁也没彻底清醒过。为了举例说明，斯特兰奇把镇上两座教堂调换了位置，随堂附带里面正做礼拜的会众。他满心打算在教徒出门之前把教堂调回原位，可没过多久他就被叫走打台球了，于是再没想起这回事来。事实上，尽管斯特兰奇一再做保证，他始终既没工夫也没意愿去把河流、树林、城镇或者说任何东西恢复原位。

己和另一位魔法师。

欧洲版图被重新划分：波拿巴新建的王国被推翻了，旧时王国重归原位，一些皇帝被拉下马，而另一些则复辟回朝。欧洲人民为终于打败了“大入侵者”欢欣鼓舞；而对于大不列颠的子民而言，这场战争的目的似乎已全然改变：它使大不列颠成为世界头号强国。在伦敦，诺瑞尔先生十分欣慰地听到人人都夸魔法——他的魔法和斯特兰奇先生的魔法——是取得这场胜利的关键。

五月末的一晚，阿拉贝拉从卡尔顿宫参加完庆功宴回到家中。席间她听别人说起自己丈夫，都是最热烈的赞扬；大家起身祝酒，也是为了他的荣光；摄政王围着她，好话说了一箩筐。午夜十二点刚过，她坐在小客厅里回味这一切，发觉自己的幸福只有等爱人归来才能圆满。刚想到这儿，一个女仆冲进来叫道：“噢，太太，主人回来了！”

屋里进来个人。

他比记忆中瘦了，也黑了。白头发比过去多了，左眉毛上方多了道发白的伤疤。这伤虽不是什么新伤，她却从未见过。他的面庞、五官还是从前的样子，可神情、态度上总好像有哪里不大一样了。眼前的他，好像不是那刚刚还在她脑海里的人。然而，她还没来得及感到失望、尴尬，或是任何一种她担心自己会在他终于归家时产生的情感，他就往屋里四处看了看——那犀利的、半带着点儿嘲讽的眼神，她立马认了出来。随后，他望着她，脸上的微笑是她在这个世上最熟悉的。他对她说：“我到家了。”

一夜过去，想和对方说的话还未及百分之一。

“你坐到那儿去。”斯特兰奇对阿拉贝拉说。

“坐这把椅子上？”

“对。”

“干吗？”

“这样我好看看你。我三年都没看过你了，心里真亏得慌。我现在得把这亏空补上。”

她坐了不一会儿，就扑哧笑出来。“乔纳森，你这么盯着我看，我脸上可绷不住。按你这速度，半个小时就能把亏空补全了。不是我扫你的兴，你过去也不怎么经常看我，你总是一头扎在灰扑扑的旧书里面。”

“这么说可不对。我都忘了你是这么爱争的。快把纸递给我，我得记你一笔。”

“就不给。”阿拉贝拉笑了起来。

“你知道我今天早上刚睁眼的时候心里第一个念头是什么吗？我以为我得赶紧起床、刮脸、吃早饭，免得别人的跟班儿把热水、面包全拿完。随后我反应过来，家里所有的仆人都是我的，所有的热水都是我的，所有面包也都是我的。我觉得我从来就没这么幸福过。”

“你在西班牙就没过一天舒服日子？”

“打仗的时候，人不是舒服得像王子，就是落魄得像乞丐。我亲眼见过威灵顿勋爵——我得称他为阁下了[9]——枕块石头睡在树下。我也见过乞丐盗贼睡在宫殿卧房的羽绒床垫上。打起仗来，什么都乱了。”

“那，你可别觉得在伦敦生活闷得慌。满头白毛的先生说过，尝过战争的滋味，就会觉得家庭生活寡淡无味。”

“哈！才不会！什么都干干净净的，就像现在这样，我还能挑理？自己的书、自己的东西，伸手就能拿到；自己的老婆，抬头就能看到，

9　大不列颠政府授予了威灵顿公爵爵位。与此同时，盛传斯特兰奇有可能也会被授勋。“给他的话，最次也得是从男爵了，”利物浦伯爵对沃特爵士说，“咱们还有充分的理由再提高点儿——给个子爵你看如何？”然而这一切全未实现，原因在于——沃特爵士指出——若给斯特兰奇爵位，就不可能不给诺瑞尔个封号，可政府里谁跟他的交情似乎也没好到乐意这么干。一想到招呼他的时候必须叫“吉尔伯特爵士”或是“大人”，不知怎的总令人浑身不痛快。

我还不满意？他到底……谁说这话来着？生着什么头发的先生？”

“像大蓟白毛一样。我以为你肯定知道我说的这个人。他跟沃特爵士和坡夫人住一块儿——他是不是总住那儿我不太清楚，至少我去的时候，他都在。”

斯特兰奇皱了皱眉。“我不认识这么个人。他叫什么？”

阿拉贝拉不知道。“我一直以为他是沃特爵士或是坡夫人哪家的亲戚。真是怪了，我怎么就一直没问人家叫什么呢。我跟他聊过，哦，得有个把钟头了！”

“真的？这事儿我可不见得赞成。这人长得精神吗？”

“哦，精神，非常精神！真是怪了，我怎么还不知道人家名字！他特别会逗人开心，跟平日里遇见的大部分人都不一样。”

“你们俩都聊什么了？”

“哦，什么都聊！不过每次分别的时候，他都要送我礼物。上礼拜一他说要从孟加拉给我带只老虎；礼拜三打算把那不勒斯王后请来——因为据他说我们俩特别像，一定会成为最好的朋友；礼拜五又想派人给我送来一棵音乐树……”

“音乐树？”

阿拉贝拉笑起来。“就是音乐树！他说有座山，山名听上去只有故事书里才会有。山上长着一棵树，不结果子，只结乐谱，谱出来的曲子倒是比别的都强。这人说这么些故事，我都不知道他自己信不信。说实话，有好几回我都担心他是不是疯了。我为了不收他的礼，总要编各种各样的借口。”

“幸亏如此。我可不想一回家满眼都是老虎、王后跟音乐树。诺瑞尔先生近来联系过你吗？”

“近来没有，没联系过。”

“你笑什么？”斯特兰奇问她。

“我在笑吗？我怎么不觉得。好吧，就告诉你吧。他只给我写过一张条子，就那么一次。”

“一次？三年里就一次？”

“是的。大约一年前，有传闻说你在维多利亚遇难，诺瑞尔先生就派齐尔德迈斯来问我是否属实。我当时并不比他们知道得多。幸亏当晚莫尔思罗普上尉来找我了。人家刚从朴次茅斯上岸不到两天，就直奔咱家，告诉我那传闻纯属一派胡言。他的一片好心，我永远忘不了！可怜的小伙子，那会儿他胳膊刚被截肢一个多月，还疼得厉害。桌上倒是有诺瑞尔先生写给你的一封信，齐尔德迈斯昨天刚给送来。”

斯特兰奇起身走到桌旁，拿起信来，又扣在了手上。“好吧，我看我得出门了。”他话音里带着犹豫。

事实上，他并不特别盼着见自己过去的导师。他已经习惯了独立思考、单人行动。在西班牙的时候，任务都由威灵顿公爵委派，而具体用什么法术去完成这些任务，全凭他一人说了算。而今又要听诺瑞尔先生的指挥才能作法，前景并不喜人；和威灵顿手下那些敢作敢为、活力四射的青年军官待了个把月，以后好几个钟头只能对着诺瑞尔先生一个人说话，想想就一阵黯然神伤。

事先虽有这般顾虑，真与诺瑞尔先生会了面，气氛却是亲切友好的。诺瑞尔先生见了他特别高兴，对他在西班牙究竟用了什么类型的咒语有问不完的问题，对他取得的成果赞不绝口，搞得斯特兰奇都开始怀疑自己是不是错怪了人家。

斯特兰奇不打算继续做诺瑞尔先生的弟子了，这提议诺瑞尔先生自然听不进去。“不，不，不！你还得再来！咱们还有很多工作要做。现在战争结束了，正经活儿都在前面等着呢。咱们要为新时代开创新魔法！之前我就从好几位大臣那里得到可喜的安慰——他们都抢着告诉我，不靠魔法相助，他们根本无法继续治理国家！另外，虽然你我二人之前下了不少功夫，人们对魔法的误解依然存在！巧了！前几天我无意中听见卡斯尔雷子爵跟别人说，由于威灵顿公爵坚持，你在西班牙的时候动用了黑魔法！我当即让卡斯尔雷子爵放心，说你非最文明的方法不用的。”

斯特兰奇一时没有答话，略一颔首，诺瑞尔先生见他这模样还以为他默认了。“可咱们刚才讨论的是我应不应该继续做您徒弟的问题。您四年前给我那张单子上列的所有技艺，我都已经熟练掌握了。在我去半岛之前，先生，您亲口告诉我的，说对我的进展十分满意——我估计您也还记得吧。”

“哦！可那些不过是些入门小技。我又列了一张单子，那会儿你还在西班牙呢。我现在就叫卢卡斯把它从书房拿过来。除此以外，还有些别的书——你懂我意思的——我希望你都读读。”诺瑞尔先生不安地冲斯特兰奇眨眨他那双小蓝眼睛。

斯特兰奇犹豫了。诺瑞尔先生这话指的是何妨寺里的藏书，他到现在见都没见过呢。

“哦，斯特兰奇先生，”诺瑞尔先生叹道，“你回来了，我真是太高兴了。见着你我就特别高兴！我盼着咱们能一起聊上个把钟头。拉塞尔斯和德罗莱特先生倒是常来……”

斯特兰奇说那是一定的。

“……可跟他们是谈不了魔法的。你明天一定再过来。早点儿来，来这儿吃早饭！”

第三十二章

国　王

一八一四年十一月

一八一四年十一月初，诺瑞尔先生有幸接待了几位不折不扣的贵族老爷——一位伯爵、一位公爵和两位从男爵。据他们说，此次来访的目的是为了跟诺瑞尔先生谈件事，这件事需格外谨慎对待。这几位自己也是小心翼翼，结果说了半个钟头，诺瑞尔先生仍然一头雾水，全然不知他们究竟求他干什么。

话渐渐说明白，原来这几位虽来头不小，却是受了一位来头更大的人物——约克公爵的委托，来找诺瑞尔先生谈谈当朝国王的疯病。几位王子最近去探望过一次他们的父亲，见其境况凄惨，十分震惊。他们虽说一个个都自私自利，有几位甚至是荒淫无度，且谁也不特别热衷于舍己为人做任何贡献，这会儿却都向彼此表明立场，说只要能让父王稍稍好过一点儿，他们任多少钱都给，砍掉几条胳膊腿都答应。

然而，就如同之前曾为找什么医生的问题吵过一样，几位王子这会儿又开始为能否让魔法师参与治疗争了起来。带头提反对意见的是摄政王。多年前，伟大的老威廉·皮特还在世的时候，国王的疯病就急性发作过一次，太子便出任摄政王。可后来国王康复了，摄政王刚到手的势力、特权又都没了。摄政王心想，世上这么多烦心事，最令人头疼的莫过于一早起来连自己是谁都不明确，说不好大不列颠究竟还归不归自己管。这么说来，摄政王若是希望国王继续疯癫下去——或者干脆早死早解脱，倒也情有可原。

诺瑞尔先生无意冒犯摄政王，于是谢绝提供援助，并对国王的病靠魔法治疗是否有效深表怀疑。二王子约克公爵是军人，见此路不通，便去找威灵顿公爵，问他觉得斯特兰奇先生有没有可能答应去诊诊国王。

“哦，我看全无问题！”威灵顿公爵答道，“只要有机会作法，斯特兰奇先生都乐于一试。对他来说，没有再好的娱乐了。我在西班牙派给他的那些任务困难重重，他表面上叫苦连天，心里其实美得很。斯特兰奇先生的能力，我是极赞赏的。殿下您也知道，西班牙算是世界上最不开化的地区之一了，全国上下都找不到比羊肠小道更好的路。多亏了人家斯特兰奇先生，咱们的部队走上了英式的好路，想往哪儿走，路就带着我们往哪儿走；若是碰上高山、树林或是城镇挡道，怕什么，斯特兰奇先生直接把它们挪走了事。”

约克公爵提到西班牙国王费迪南德曾写信向摄政王提意见，说他国土江山已经快被英国那位魔法师搞得面目全非了，还要求斯特兰奇先生回去把一切复原。

“哦，”威灵顿公爵可没什么兴趣搭理，“他们还在计较这些呢，是吗？”

就因为这番对话，阿拉贝拉·斯特兰奇在一个礼拜四的早晨走下楼来，发现客厅里站的皆是当朝王子。来者一共五位，分别是约克、克拉伦斯、萨塞克斯、肯特及剑桥公爵。他们年龄都在四五十岁左右，年轻时都曾风流倜傥，后因热衷吃喝，逐渐肥头大耳起来。

斯特兰奇胳膊肘枕着壁炉台站在一旁，另一只手拿着诺瑞尔先生的一本书，脸上则礼节性地表现出应有的兴趣，看这几位王亲国戚抢着张自己的嘴、忙着堵别人的嘴，争先恐后地向他描述国王病中的惨状。

“要是你见着陛下他吃牛奶面包时滴滴答答那个样子，”克拉伦斯公爵噙着泪水对阿拉贝拉说，“要是你知道他心里有多少凭空编出来的恐惧，要是你听见他跟在他这个年纪就已经去世了的老皮特一聊就是好久……唉，亲爱的，你一定会受到感染，情绪变得低落。”克拉伦斯公爵抓住阿拉贝拉的手抚摸起来，明显是把她当成了客厅女用人。

“国王陛下生了病，百姓都十分痛心。”阿拉贝拉道，“陛下他受的罪，任谁想起来也不会无动于衷的。”

“哦，亲爱的，”克拉伦斯公爵高兴地大叫，“你这么一说，我都感动了！”说罢，他给了她手背一个肥大款式的王家湿吻，双眼脉脉含情地望着她。

“既然诺瑞尔先生觉得这病无法靠魔法救治，说实话我也不抱太大希望。”斯特兰奇道，“不过，我乐意恭候国王陛下召见。”

“这样的话，”约克公爵道，“就只剩威利斯兄弟难对付了。”

“威利斯兄弟？”斯特兰奇问道。

“哦，没错！”剑桥公爵道，“威利斯兄弟有多荒唐，任谁都难以想象。”

“咱们得小心点，别太冒犯了他们，”克拉伦斯公爵提醒道，“不然他们一定会拿国王陛下出气的。”

“要是知道斯特兰奇先生去看国王陛下，威利斯兄弟俩准一百个不同意。”肯特公爵叹道。

这威利斯兄弟俩在林肯郡开有一家疯人院。多年来，国王只要一犯病，便由他二人看护。而国王只要精神还正常，就一遍遍跟别人说自己如何恨透了威利斯兄弟俩，如何恨透了他们对自己残忍的治疗手段。他取得了王后、王子、公主的许诺：如若再犯病，一定不会再送他去威利斯兄弟那里。可他们言而无信，只要发现一丝癫狂的苗头，便派人去请威利斯兄弟。这兄弟俩召之即来，来了便把国王往屋里一锁，七手八脚给套上约束衣，往嘴里灌清肠通便的强效药剂。

我想读者您一定感到奇怪（因为当时谁听了都觉得奇怪）——堂

堂一国之君竟无法把握自己的命运，不过，试想一般家庭传出有谁得了疯病，家人得有多惊慌；若把得病的人换成大不列颠的国王，这惊慌的程度得翻多少倍！咱们要是得了疯病，是咱们自己和亲友的不幸；可疯的若是一国之君，就是国难当头。过去就因为乔治国王这身病，国家曾几次彻底陷入无主的状态。历代前朝并无先例。谁也不知如何处理。并不是说大家对威利斯兄弟俩有多爱戴——根本不爱。他俩的疗法也并不一定就能令国王减轻几分痛楚——根本不能。威利斯兄弟成功的秘诀在于：当众人皆慌张，唯他二人沉着冷静；别人见了只想躲的任务，他二人主动承担。任务一接手，他俩便全权控制国王的人身自由。若无他俩其中之一在场，谁也别想跟国王说话，王后、首相，甚至国王膝下十三个儿女，谁来了都不行。

“原来如此，”斯特兰奇听完这番解释，说道，“我得说，在我跟国王陛下谈话的时候，可不能受谁的限制——尤其不能影响我此行目的。不过话说回来，整个法国陆军都被我蒙过，两个大夫我敢说我还是应付得了的。把这兄弟俩交给我好了。”

斯特兰奇拒绝在见国王之前就谈出诊费用。只见陛下一面，他不肯收钱。几位公爵——谁不是一屁股赌债要还、一窝私孩子要养——觉得他真是宽宏大量。

第二天一早，斯特兰奇骑着马奔温莎堡去探望国王。天气清冷刺骨，哪里都罩着厚厚一层白雾。他边走边念了三个小咒。第一个咒语让威利斯兄弟比平时晚起好久；第二个咒语让威利斯兄弟的内人和家中仆佣忘记叫醒他们；等终于醒来，第三个咒语会保证他俩的衣服鞋子全不在前一天脱放的原处。若是两年前，在两个陌生人身上玩这么个小把戏，斯特兰奇都要考虑再三，而现在他全无顾虑。就如同在西班牙跟威灵顿公爵相处过的很多人一样，他开始不自觉地效仿公爵某些方面的做派——比如能多直接就多直接。[1]

快十点钟的时候，他经达切特村里的小木桥穿过泰晤士河，沿着河与城堡围墙之间的一条小径，进了温莎镇。临进城堡，他将自己的身份和此行目的告知门口哨兵。一位身着蓝色制服的随从来到门口，领他去国王的寝宫。这位随从态度很客气，人看着也机灵。就如同一切大户人家的用人，他对温莎堡以及一切与之相关的事物都分外自豪。他一生最大的乐趣就是带着客人绕城堡各处游赏，想象人家惊叹、折服、目瞪口呆的样子。“先生，您这不会是头一次来温莎吧？”他上来就问斯特兰奇。

“还真就是。我活这么大头一回。”

随从一脸震惊。“先生，那您可是错过了英格兰国土之上最具高格的景观之一啊！”

“是吗？唉，我这不已经来了嘛。”

“可您是来办公事的啊，先生，”随从带着一丝训斥的口吻，“我猜您也没工夫把每样东西都好好赏一赏。您以后一定再来，先生。等夏天再来。先生您若已经成家了，我斗胆提一句：这座城堡尤其讨小姐太太们的喜欢。”

他领斯特兰奇穿过一座大得惊人的院场。过去在战争时期，这地方一定是大批人口、牲畜的避难所。院里如今仍矗立着几座年代久远的建筑，样式简洁，证明这座城堡最初是有军用特征的。然而，时代之风变换，宣扬王者气派成了潮流所向，对光鲜外表的追求逐渐超过实用方面的考虑，一座宏伟的教堂应运而生，将院场空间占去大半。这座教堂（名唤“小礼拜堂”，实则堪比“大教堂”）将哥特建筑风格所能及的繁杂、机巧体现个淋漓尽致。教堂由看上去十分硌手的石扶壁推围着，

1　在《乔纳森·斯特兰奇传》一书中，约翰·斯刚德斯讨论了他认为能够说明斯特兰奇战后的行为是受了威灵顿公爵影响的其他一些现象。

顶上立了一圈石尖塔，四周因搭建了礼拜堂、祈祷室和祭器室而显得臃肿鼓胀。

随从带斯特兰奇走过一片陡坡，坡面平坦，坡顶伫立着圆塔。从远处观看温莎堡的话，这座塔的辨识度最高。穿过一道中世纪时期的门廊，他二人又来到另一座院场，它和之前那一座宏伟的规模相当。不同之处在于，前一座院子里随处可见仆人、士兵及王室官员，而这一座则寂静无声、空无一人。

“先生您没提前几年来，着实可惜，”随从说道，“那会儿还有可能参观国王王后的寝宫，只要向大管家打个报告就行。由于国王陛下贵体欠安，现在是参观不了了。”

他将斯特兰奇领到一排石头房子正当中一座器宇轩昂的哥特式入口处。往石阶上爬的过程中，他仍不停替斯特兰奇叫屈，怨障碍太多，害斯特兰奇先生没法好好观赏城堡。他一心以为斯特兰奇必然失望透顶。“我知道了！”他突然大声宣布，“我带您去圣乔治堂看看！哦，当然了，那一处还不及理应请您观赏的百分之一；不过，先生，光那一处，就能令您体会到温莎堡所能达到的无上高格。”

爬到石阶顶端，他往右拐，快步穿过一座墙上挂有宝剑、火枪的大厅。斯特兰奇跟随其后。二人随后进了一座长而高大的厅堂，进深约有两三百尺。

“看吧！”随从那心满意足劲儿，就仿佛当初自己也参与了建筑和装潢工作。

拱形的高窗在南墙上一字排开，透进清冷、氤氲的光芒。墙壁下半部分装着梨木墙围，每一道木板的边缘都刻了花、描了金。墙壁上半部分及顶棚则画满了各路男女神仙、国王王后。顶棚上描绘的是查理二世即将乘青云白雾向极乐世界飞升，身旁簇拥着粉面桃腮的胖天使，脚边堆满了高官将领、外域使节送来的银杯锦标。而恺撒大帝、战神马尔斯、大力神赫拉克勒斯及众多有力人士则略显尴尬地站在两旁，怕是突然自惭形秽，意识到在大英国王面前自己是多么渺小。

画面处处华美，而真正抓住斯特兰奇目光的，却是占满整座北墙的一幅巨型壁画。画面中央两位国王坐在各自的宝座上，宝座两侧或立或跪的有骑士、仕女、朝臣、侍童以及各路男女神仙。左侧画面沐在阳光里，坐在这一侧的国王身材伟岸、英俊潇洒，周身洋溢着青春活力。他身披浅色宽袍，一头金色鬈发，一顶月桂冠扣至眉峰，手握一根权杖。周围侍奉他的无论人神，皆是头盔、胸甲全副武装，手上剑矛齐备，画家仿佛意在说明这位国王只愿与一心尚武者为友。光线在画面右侧逐渐暗淡昏黄，画家仿佛有意描绘一帘夏日暮色。人物头顶、身旁皆有星光闪烁。坐在这一侧的国王皮肤苍白，发色乌浓，身披黑袍，脸上神情难以洞穿。他头戴一只暗绿常青藤叶编成的王冠，左手握一根细长的象牙杖。他左右随从几乎全是神兽：有凤凰、独角兽、蝎尾狮、法翁和萨提。其间也有一些神秘人物：有一位男士，身着类似僧人穿的袍子，将兜帽拉得很低，罩住了脸；另有一位女士，穿的是深色披风，披风上闪着点点星光，双臂上举，挡住了双眼。画面上两个王座之间，还站着个年轻女人，身穿白色宽袍，头戴金盔。那尚武的国王护卫似的将左手搭在这女人的肩上；而那一身黑的国王则冲这女人伸出右手，女人也将手伸向他，二人指尖微微相触。

“这是安东尼奥·韦里奥的作品，意大利人士。”随从说罢，指指画面左侧的国王，“这是南英格兰国王爱德华三世。”后又指指右边，“这是北英格兰的魔法师国王约翰·乌斯克格拉斯。”

“真是他啊？”斯特兰奇一下起了兴致，“我过去自然见过他的雕像，还有书上印的版画。可我真不记得见过油画里有他。两位国王中间这位女士又是何人？”

“这位是格温夫人，查理二世的一个相好。她在画上扮作不列颠女神。”

“明白了。当今王宫里还给乌斯克格拉斯留有一席之地，供人膜拜，我看真不简单。不过这画给他套了罗马人的袍子，还让他跟个女戏子拉手。他要是知道了不定怎么想呢。”

随从领着斯特兰奇又从墙上挂满武器的大厅走到一座黑色的大门前。这座门高大威严，顶上还突起一块巨型的大理石门楣。

“我只能陪您到这里了，先生。之后的事情我就不负责了，您就听两位威利斯大夫的吧。国王陛下他就在门背后这间屋里。”说罢，他鞠了一躬，走楼梯下去了。

斯特兰奇敲了敲门。屋里某个地方传来大键琴的叮咚声，还有人在唱歌。

门开了，一个又高又壮、模样四十岁上下的男人探出头来。这人面似银盆，坑坑洼洼一脸麻子，星星点点一脑门汗，颇像一轮柴郡白干酪——从头到脚活似传说中月亮上那个干酪变的人。他早上刮脸刮得并不仔细，一张白脸上随处可见几根粗黑胡子支棱着——活像干酪还没凝固前掉进一家子苍蝇，淹死了腿儿还翘在外边。他身披一件土褐色的粗织羊毛外套，衬衫、领巾都是最糙的亚麻料，衣裳从里到外就没一件特别干净的。

“什么事？”他问道，手还护着门，像是打算一有风吹草动就把门关死。真看不出他是王宫里的侍从，模样更像疯人院里的护工——他还真就是疯人院的护工。

见他这般无礼，斯特兰奇眉毛一挑，冷冷报上名姓，说是来拜访国王陛下的。

那护工叹了口气。“其实，先生，我们不是不知道您要来。可您瞧，我是不能放您进去的。约翰、罗伯特……”（这就是威利斯兄弟俩的名字了）“……两位大夫还没过来。我们都等了一个半小时了，谁也想不通他们究竟跑哪儿去了。”

“真遗憾，”斯特兰奇道，“不过，这和我没关系。我又不打算见你说的那两位。我来是为了见国王陛下。我手上有坎特伯雷和约克两位大主教开的介绍信，特批我今日拜见陛下。”说罢，他掏出信来，迎着护工的脸抖了一抖。

“可您得等等，先生，等约翰、罗伯特两位大夫来了才行。他们自有一套医治国王陛下的方案，不准任何人插手。对于国王陛下来说，尤以安静、隔离为妙。对谈最是不宜。先生，您都想象不到，随便说说话，就能给陛下他带来多大的害处。比如您跟他说外边下雨——您大概觉得这话再平常不过——可陛下听见马上就开始琢磨了，您瞧，疯病一犯，他思维就跳跃，由此及彼，直激得他怒不可遏。他可能会联想起多年前某个雨天，仆人送来噩耗：我军吃了败仗，或是闺女丧命、儿子闯祸——吓！这一句话没准儿当场就要了陛下的命！您是打算要他的命吗，先生？”

“不是。”斯特兰奇道。

“那好了，”护工一副好言相劝的姿态，“您还不明白嘛，先生，我的意思是咱们最好还是等约翰、罗伯特两位大夫来了再说。”

“谢谢你，不过我还是打算先试试。劳驾，请带我去见陛下。”

“约翰、罗伯特两位大夫会发怒的。”护工提醒他。

“爱怒不怒，我可不管。”斯特兰奇冷冷地回敬。

护工一听这话，完全吓住了。

“快点，”斯特兰奇一脸决绝，把手里的信又抖了一抖，“你是让我见国王陛下，还是对两位大主教抗旨不遵？这罪过可大了，能罚你……好吧，我也不清楚罚你什么，不过想来是相当严重的。”

护工叹了口气，又叫来个（跟他一样粗鲁、邋遢的）人，让他这就上约翰、罗伯特大夫家跑一趟，把两位请来。罢了才一百个不情愿地站到一旁，让斯特兰奇进了门。

房间高大宽敞，四壁安了橡木墙围，上雕不少精美纹饰；天花板上则绘有更多的先王始祖、神话人物，他们悠闲地站在云头。然而这里却是个凄寂所在。脚下没铺地毯，室温极低。一把椅子和一架破旧不堪的大键琴算是仅有的家具。琴边坐着一位老者，背冲着门。老者身穿一件古旧的紫色织锦缎睡袍，头戴一顶皱巴巴的鲜红天鹅绒睡帽，脚上趿着一双又脏又破的拖鞋。他手上正弹得起劲儿，嘴上大声唱着德文歌。一听有人走近，他立马停了下来。

“谁来了？”他迫切地问道，“是谁啊？”

“是魔法师，陛下。”疯人院的护工高声答道。

老者仿佛思考了片刻，接着便大声说道：“干这一行的我最讨厌！”说完双手砸上琴键，重又开始放声歌唱了。

这样的欢迎真令人灰心。护工放肆地窃笑了一声便走掉了，把斯特兰奇和国王二人剩在一处。斯特兰奇往屋里迈了几步，换个位置好能细细端详国王的面容。

国王脸上交会着疯人与盲人的痛苦。蓝色的眼珠蒙了白雾，眼白灰败，如坏掉的牛奶。几缕白发，掺杂些许残灰，垂搭在两颊；破裂的静脉血管在脸上泛起片片瘀斑。唱歌的时候，松弛的红嘴唇一开一合，唾沫飞溅。须发皆白，且几乎一样长。他看上去完全不像斯特兰奇过去见过的画像，那时候的他心智还正常。如今一头长发、一部长须、一身紫色长袍，一眼看上去好像莎士比亚笔下某位落难的老者——或者说，像两位落难的老者——又疯又瞎的，他就像李尔王和格洛斯特伯爵合了体。

之前几位公爵提醒过斯特兰奇，假如不等国王发问就主动开口，是违反朝廷礼节的。可既然国王这么讨厌魔法师，想让他先发问实在不太可能。于是，斯特兰奇趁国王不再弹唱的时候说道：“陛下，鄙人乔纳

森·斯特兰奇，来自什罗普郡的艾许费尔，战时曾在西班牙任我国陆军的随军法师，其间有幸为您效力。依陛下您儿女所愿，在下也许能靠法术缓解陛下您的病痛。”

“你去告诉那个魔法师，我看不见他！”国王漫不经心地说道。

这话毫无意义，于是斯特兰奇也没费心作答——看是一定看不见的，国王早都瞎了。

“他的伙伴，我倒是看得一清二楚！”国王继续道，带着一丝赞许的口气。他偏偏头，向斯特兰奇左侧大约两三尺的地方看去。“生得这一头银发，我想我一定能瞧见他！这家伙看上去狂野得很呢。”

这番话说得真切，斯特兰奇当真扭头去瞧了。结果自然是空无一人。

来之前的几日里，他一直在翻诺瑞尔先生的书，查查可有什么对症良方。治疗疯病的咒语出奇的少，他其实只找到一条——就连这一条他都不确定是否能用。这条咒语是奥姆斯柯克在其所著《三十六彼界启示录》中开出的方子，声称可以驱除幻觉、端正思想。斯特兰奇翻出书来，把咒语内容又通读了一遍。这法术极其晦涩难懂，只有以下几行字：

> 置月于双眸，月华皎皎，褪小人所布假象。
>
> 赶蜂群近耳，蜂爱衷言，破小人话语欺瞒。
>
> 喂盐巴入口，防小人以蜜之甜相悦，以土之涩相厌。
>
> 凿铁钉入掌，掌不能动，不应小人所召。
>
> 藏心于不为人知处，己所欲，唯己所有；小人无从下手。
>
> 谨记：赤色许有裨益。

斯特兰奇读来读去，只得承认自己完全不解其意。[2]一个魔法师如何把月亮摘下来给病人呢？而第二句若是真的，几位公爵还找什么魔法师，不如去雇个养蜂的。斯特兰奇心想，若是拿铁钉子去扎国王的手心，几位公爵怕也不会太乐意。关于红颜色那句补充也怪得很。他记得过去听人说过或是在哪里读到过关于红色的内容，可一时想不起具体是什么了。

与此同时，国王和一位他幻想中的银发人聊起来了。"我把您当成了平民百姓，还请您多包涵，"他说道，"也许如您所言，您是位国王。我只是冒昧指出：您说的那几个国家，我一个都没听说过。丧冀是什么地方？群青堡在哪里？铁天使之城又在何方？而我呢，统治的是大不列颠，这地方无人不知、无人不晓，只要是地图都清清楚楚地标着！"国王说到这儿顿了顿，大约是在听银发人怎么回答，因而突然大叫起来，"哦，别生气！求您了，别生气！您是主子，我也是主子！咱们一起当主子！咱俩谁也没必要动气！我给您吹个曲儿，给您唱歌听！"他从睡袍兜里抽出根笛子，一曲吹了个戚戚哀哀。

斯特兰奇试探着伸过手去，一把掀掉了御顶所戴的鲜红睡帽。他仔细观察，看国王若不戴帽子可会疯得更厉害些。观察了几分钟，他只好承认与先前无异，把帽子重给国王扣上了。

其后的一个半钟头里，他把自己所能想到的法术统统试了一遍：回忆咒、搜寻咒、复苏咒、聚精会神咒、驱魔解魇咒、拨乱求章法咒、迷途知返咒、破玄奥咒、辨是非咒、慧心咒、疗病咒，外加断肢修复咒。这些咒语，有的长而复杂，有的只需一字；有的必须大声诵念，有的只需脑中一过；有的无字可言，靠手势一挥；有的他和诺瑞尔在过去的五

2 奥姆斯柯克自己很可能也不清楚。他当初只是把别人口头告诉他或是自己在某本书上看到的一条咒语抄了进来。这是白银时代魔法师著述上的顽疾：遇到哪怕是一点一滴魔法知识，他们都冲上去记录，于是记下来的内容往往连自己都搞不懂。

年间每天都会以这样或那样的形式使用，有的大概几百年都无人尝试；有的要靠一面镜子，有两条必须魔法师手指头放一小滴血，还有一条必备一支蜡烛加一根绸带。而所有咒语都有一个共性：对国王毫无疗效。

把所有办法都试完一遍之后——“哦，我认输了！”斯特兰奇心里说。

国王可是对施在他身上的法术浑然不觉，一直乐呵呵地跟那位只有他自己才看得见的银发人窃窃私语。“您是来此永居，还是暂住？哦，您要是留下来的话，可别让他们给逮住！这儿可不是当国王的好地方！他们会给咱套上约束衣！上回他们准我出去放风还是一八一一年的一个礼拜一，据他们说这是三年前的事了。这帮人都扯谎！我自己算了算，到下下礼拜六，已经整整过了二百四十六年！”

“可怜的、痛苦的老先生！”斯特兰奇心想，“被关在这么一个冰冷、凄凉的地方，没有朋友，没有娱乐！他怎能不度日如年，他又怎能不疯癫?！”

他开口道：“陛下，我想带您出去走走，只要您乐意。”

国王正聊着，一听这话住了嘴，把头偏了偏。“谁说的？”他问。

“陛下，是我。乔纳森·斯特兰奇，您的魔法师。”斯特兰奇毕恭毕敬地向国王鞠了一躬，站直了才想起来，国王根本看不见他。

“大不列颠！我挚爱的国土！”国王叫起来，“我多盼望与她再见——尤其已到夏天，绿树、草地换上最明亮的装扮，空气闻着都像樱桃馅饼一样甜！”

斯特兰奇望望窗外，只见白茫茫的冷雾中立着几棵骨瘦如柴的枯树。“您说的是。陛下您若肯同我一起出去走走，将是我莫大的荣幸。”

国王看上去似乎在考虑中。他脱下一只拖鞋，放在脑袋顶上平衡着。发现放不住，他又把鞋穿上，后将睡袍腰带一端吊着的穗子衔在嘴里，若有所思地吮了半天才问道：“可我怎么知道你就不是来诱惑我的恶魔呢？”听这口气，就仿佛他掌握了充足的证据。

斯特兰奇一时不知该如何作答。正琢磨着，国王又发了话：“当然啦，假如你真是恶魔，你一定知道我是永生不死之身。你若与我为敌，我就一跺脚，直接把你送回地狱！”

“真的？陛下您可得教教我，这么有用的东西我也想学两招。不过，恕我直言——您拥有如此强大的法力，同我到外边走一走，还有什么可怕的呢？咱们尽量小心，尽快离开，威利斯兄弟俩眼看就到了。陛下您一定得小声着点儿！”

国王什么都没说，只拿手指头敲敲鼻梁，神情十分狡黠。

斯特兰奇眼下的任务是找条路出去，且不能惊动疯人院的护工。国王反正不中用。问他几扇门各是通往哪里，他说他认为一扇通往美洲，一扇通向“无尽天谴”，还有一扇大概可以直达下个礼拜五。斯特兰奇于是挑了一扇门打开——通往美洲的那扇——带着国王飞快穿过几间屋子。这几间屋子天花板上都有彩绘，画的是英格兰历代君王乘着烈焰喷涌的战车驰骋天际，灭杀象征着嫉妒、罪孽和煽乱的人物，兴建道德寺、永正宫这类实用的机构。天花板上打得兴轰热烈，天花板下却清幽空寂、破损不堪，到处是灰尘蛛网。家具都罩上了单子，仿佛这些桌子椅子早都死了，眼前只是一片碑林。

他二人走到楼后方一处类似楼梯间的地方。国王之前听斯特兰奇说要小点儿声，就把话牢记心间，下楼梯的时候坚持用脚尖点地，动作夸张得像个小孩子。这么一折腾，颇费了些时候。

“好啊，陛下，”当二人终于下到底层，斯特兰奇给国王鼓劲儿，“我看咱们干得不错。我没听见有人追过来。派咱俩谁去当情报官，威灵顿公爵准乐意。我看就连萨默斯-考克斯上尉——或者就算是科洪·格兰特少校本人——深入敌营的时候也没这么……”

话没说完，国王笛声大作，仿佛胜利号角。

“该×！”斯特兰奇恨道，赶紧听听可有护工——更担心可会是威利斯兄弟——闻声赶来。

其实什么事也没有。只是离他俩不远处先是传来一阵毫无节奏的砰砰撞击声，随后什么东西哗啦哗啦塌了，其间有人带着哭音尖叫——听上去就好像柜橱里所有的扫帚集体把谁揍了一顿。这番动静过去，四下里一丝声音都没了。

推开一扇门，门外是一片宽阔的前庭，石砖墁地。出了前庭，走下一路陡坡，即是一片公园。公园右端，两排冬日林木隐隐可见。

斯特兰奇搀着国王沿前庭走到城堡一角，发现那里有条小路可以下坡通到公园里面。他们沿路走入公园没多远，便来到一座观赏池前，石头砌的池子沿儿矮矮一圈。[3]池子中间有一座石头亭子，上雕各式生灵：有些模样像狗，可身长腿短、脊椎突起，如蜥蜴一般；另一些大概是为了塑造弯曲扭动的海豚，结果都粘在墙上不肯下来。亭子顶上坐着十几位古代希腊罗马的男女，举瓶抱罐，坐姿也是那个时代的经典。建亭子的人明显打算让水从兽口、瓶罐中喷出，再落入池中，飞溅个缤纷绚烂。而此时，池子冻了个结实，四周一片静寂。

斯特兰奇正打算评价评价这座冻池所呈现出的凄凉景致，却听得阵阵喊叫。他回头一看，只见几个人正沿着城堡外的坡道飞快地往下冲。离近了，才发现总共有四个人：两位陌生男士和两位疯人院护工——一位是生着柴郡白干酪脸的，另一位是被派去催威利斯兄弟的。这四位看上去都怒气冲冲的。

两位陌生男士赶了过来，眉头紧锁，一副不可一世、遭了冒犯的神情，身上种种迹象皆表明衣服穿得太匆忙：其中一位正忙着系大衣扣

3　这座水池以及园中那排树木都是国王威廉三世曾经计划兴建却始终没能完工的一座大型观赏园林的遗迹。建设过程中，由于造价过巨，只好半途而废。这片土地得以还原成公园和绿地。

子，总也系不成；刚系好最后一颗，转眼又都松脱了。这位岁数和诺瑞尔先生差不多，头戴老式假发套（和诺瑞尔先生那顶也差不多），这假发套还时不时跳起来，在他脑袋顶上转圈子。和诺瑞尔先生不同的是，这位先生个头挺高，模样英武，有种说一不二、果断决绝的派头。另外一位（看上去年轻几岁）遭了自己靴子的殃。他的靴子仿佛有了主见，主人打算往前走，它们却把他往另一个方向带。斯特兰奇见状便知自己预先施的法术超出了预期的效果，搞得服装鞋帽都不听管教了。

个头最高的男士（头顶淘气假发的那位）狠狠盯住斯特兰奇，问道："谁这么大权力批准国王陛下外出的？"

斯特兰奇耸了耸肩膀。"大概就是我了。"

"你！你是谁？"

斯特兰奇可受不了被人这么称呼，于是反唇相讥："你又是谁？"

"我是约翰·威利斯大夫。这位是我弟弟，罗伯特·达尔令·威利斯大夫。我们是国王陛下的御医，受枢密院委派，全权负责国王陛下的人身安全。不经我们允许，谁也不得觐见陛下。我再问一遍：你是何人？"

"我是乔纳森·斯特兰奇，受约克、克拉伦斯、萨塞克斯、肯特及剑桥五位公爵大人之托，来验验魔法是否有望治好国王陛下的病。"

"哈！"约翰大夫叫道，一脸不屑，"魔法！主要是用来杀法国人的，对吧？"

罗伯特大夫笑起来，一脸嘲讽。谁料脚下的靴子突然把他带跑了，劲儿太大，他一鼻子撞在了树干上——他那副冷酷的、科学家才表现得出的蔑视，效果大打折扣。

"行了，魔法师！"约翰大夫道，"别以为你整了我和我们的手下还能逍遥法外，你这是有眼不识泰山！我敢说你是用法术封了城堡里所有的门，我们的人才没拦住你的，你承不承认？"

“绝对没有！”斯特兰奇发誓，“这种事我可没干过！假如有必要，”他让了一步，“我是可以这么干的。可你们的人不仅粗莽，还散漫！我跟国王陛下往城堡外走的时候，根本没见他们的踪影！”

头一位护工（生着柴郡白干酪脸的那位）一听这话就炸了。“胡说！”他叫道，“约翰大夫、罗伯特大夫，我求您二位千万别听他这一派胡言！咱们的马丁，”他指指另外一位护工，“不知谁让他嗓子完全失声了，他想叫人都叫不了！”那名唤马丁的护工嘴巴一张一合，手上猛比画，表示赞同。“至于我，先生，我当时站在楼梯最底层的过道里，发现楼梯顶上那扇门开了。我正琢磨对那魔法师说什么好——我打算给他两句难听的，先生，替您骂他几句——突然就被法术拽进了扫帚橱，我一进去门就锁牢了……”

“胡说八道！”斯特兰奇叫道。

“我胡说？”护工也叫起来，“让橱里的扫帚打了我一顿，难道也不是你干的?！我现在浑身都是伤。”

至少这句确是实情。他脸上、手上布满了血印子。

“瞧见没有，魔法师！”约翰大夫兴高采烈道，“你还打算怎么辩解？你那些伎俩全都暴露了。”

“哦，行啦！”斯特兰奇道，“他自己打了自己一顿，好让故事更动听！”

国王用笛子吹了个极其粗俗的调子。

“放心吧，”约翰大夫道，“你胡闹，枢密院马上就知道！”说罢不再理斯特兰奇，掉过头大喊，“国王陛下！您到这边来！”

国王灵巧地一跳脚，就躲到斯特兰奇身后去了。

“劳您大驾，把国王还给我，让我照顾。”约翰大夫道。

“我不干。”斯特兰奇正告他。

“看来您懂怎么治疗有疯病的人？”罗伯特大夫嘲讽道，“您做过这方面的研究？”

“反正我知道不让他人陪伴、不让锻炼身体、不让出来透气，什么病都治不好，”斯特兰奇说，“你们简直野蛮！我养条狗都不忍心这么干。”

“您这么说，”罗伯特大夫补了一句，“只暴露了您的无知。您这么激烈地反对独处和静养，而我们针对国王陛下的整个治疗体系正是基于这两条宗旨。”

“哦！”斯特兰奇道，“你们管这叫体系，是吗？都包括些什么呢，这体系？”

“我们讲究三条原则，”罗伯特大夫宣讲道，“即威慑——”

国王吹了几个哀伤的音符。

“——隔离——”

几个哀伤的音符汇成一曲孤寂的小调。

“——节制。”

一曲终结，尾音化作一缕叹息。

“只有这样，”罗伯特大夫接着讲道，“才能抑制一切有可能导致兴奋的因素，病人就没有胡思乱想的素材。”

“不过，”约翰大夫补充道，“最终还是要靠医生将其意志强加于病人之上，这病才能治。医生的性格是否强势，直接决定治疗成败。过去我们的父亲只消用双眼一盯，病人就噤住了，好多人都能做证。”

“真的？”斯特兰奇虽然不想承认，但还是起了兴趣，“这点我从没想到过，不过在魔法上倒是说得通。很多情况下，一种法术成功与否，取决于法师本人性格是否强势。”

“是吗？”约翰大夫问道，同时往身子左侧瞅了一眼。

“是的。以马丁·佩尔为例。他已经……”说着说着，斯特兰奇的双眼不自觉地跟着约翰大夫看去。只见一位护工——嗓子失声那位——

正偷偷绕过观赏池冲国王摸去，手里还拿着一团白乎乎的东西。斯特兰奇一时没反应过来那东西会是什么，随后才认出是一件约束衣。

一瞬间发生了好几件事情：斯特兰奇大吼一声——他自己也不知道吼的是什么；另一位护工扑向了国王；威利斯兄弟俩打算按住斯特兰奇；国王拿笛子吹出一阵尖厉的警报；随后传来一声异响，就好像几百号人同时清了清嗓子。

大家都停了动作，往四下里看。响动似乎来自冻池中央那座小石亭子。亭子上石兽的嘴巴突然开始往外冒白烟，就仿佛大家一起吐了口气。呼出来的白烟映着薄雾微光闪闪发亮，落在冰上，隐约传来叮当声响。

随后是一片静寂，紧接着一声巨响令人毛骨悚然，就好像有人将大块岩石劈裂。只见石人石兽纷纷挣脱亭子围墙的束缚，连走带爬、一摇一摆地穿过冰面，奔威利斯兄弟而去。它们毫无表情的石眼在眼眶里打转，石头嘴巴张开，喉咙里冒出一股水来。石头尾巴如蛇行一般左右摇曳，石头腿僵直着迈上迈下，往口中送水的铅管奇迹般地随着它们的前进而延伸。

威利斯兄弟和疯人院护工看呆了，实在无法解释眼前的景象。奇形怪状的石像一边爬，一边拖拽身后的输水管，往威利斯兄弟身上浇水。威利斯兄弟二人尖叫不迭，左蹿右跳——没受什么实际伤害，主要是受了惊吓。

疯人院的护工都跑了，至于威利斯兄弟俩，也绝不可能再守着国王待下去了。他俩被浇了个透，天又冷，衣服全都结了冰。

“魔法师！”约翰大夫一边往城堡跑，一边喊叫，“什么魔法师！明明就是骗子！你等着，我要告到利物浦伯爵那里！到时候他就知道你是怎么对待御医的了！噢！噢！”他本还有话讲，可亭子顶上有尊石像站起身来，开始冲他扔石头了。

斯特兰奇一脸不屑地冲他二人微微一笑，其实这只是表面故作镇定，他心底明显已经开始不安了。无论刚刚这一场究竟是什么魔法，施法的人并不是他。

第三十三章

置月于我双眸

一八一四年十一月

简直怪极了。难道说城堡里也有魔法师吗？也许仆人里有一位？还是哪位公主？不太可能。再不就是诺瑞尔先生所为？斯特兰奇想象他的师父坐在汉诺威广场宅间二楼的小屋里，盯着银盆，将一切尽收眼底，最终施法赶跑了威利斯兄弟。他觉得还是有可能的。毕竟，石像变活人可是诺瑞尔先生的拿手好戏之一，首次为他赢得公众瞩目的就是这招。可是……可是……诺瑞尔先生为何突然决定向着自己了？出于一片好心？够呛。何况这法术带着一丝黑色幽默的意味，完全不像诺瑞尔先生的手笔。施法的人不仅要吓唬吓唬威利斯兄弟，还打算让他们出丑。不，不是诺瑞尔先生。可那又会是谁呢？

国王看上去一点儿也没累着，甚至是又蹦又跳地欢庆威利斯兄弟的逃亡。斯特兰奇感觉再多锻炼锻炼于陛下也没什么害处，就带他继续走下去了。

白雾弥漫，遮去了大地的细貌与色彩，一切变得影影绰绰。天地一笼统，尽染一片灰色的虚无。

国王特别亲热地搀着斯特兰奇的胳膊，似乎把讨厌魔法师这回事抛到了脑后。他打开话匣子，跟斯特兰奇说起患疯病后心中的忧虑。他坚信，自己一病，大不列颠便遭受了种种灾祸；自己理智崩溃，整个国家也跟着倾塌。种种痴念中最令他心焦的是，他以为伦敦已经被一场大水给淹了。“……当来人禀报说圣保罗大教堂已经被灰黑冰冷的水没了顶，整个伦敦已经成了鱼儿、海妖的天下，我的心情真是难以言表！我记得我一连哭了仨礼拜！如今楼面上趴满了藤壶，市面上只卖牡蛎和海胆！福克斯先生告诉我说两个礼拜前的礼拜天他在福斯特道的圣维达斯特教堂听了一场精彩的布道，主讲是条多宝鱼。[1]不过，我倒是有办法复兴我的国家！我已经派大使前往鱼儿国提亲，我将娶它们一条美人鱼，以化解两大国之间的纷争！……”

国王另一块心病，是那位只有自己能看见的银发人。“他说他是个国王，”他悄声急切地告诉斯特兰奇，“可我觉得他是位天使！那一头银发——我看很有可能。瞧那两个恶魔——你刚和他们说过话的——被他折腾得多惨。我看他来就是为了惩罚他们，送他们下火坑！完后，他一定会将你我带往汉诺威的荣光！”

“天堂，”斯特兰奇道，“陛下您的意思是天堂的荣光。”[*]

他们继续往前走。开始下雪了，白絮缓缓飘落，渐渐覆盖了一世界的淡灰。四周静极了。

突然，一阵笛声响起。曲调孤寂、悲怆得难以形容，同时却又庄严万分。

斯特兰奇以为笛子一定是国王吹的，于是回过头看。可国王垂手站着，笛子揣在兜里。斯特兰奇往四下里望望，雾气并不重，若有人站在他们旁边的话，也不至于挡住。身旁并没有人。整个公园都空无一人。

“啊！听啊！”国王叫起来，“这是他在讲述大不列颠国王的悲情。听这一段！这说的是他昔日王权不再！再听这一节！这说的是政客

1　查尔斯·詹姆士·福克斯是八年前已经过世了的一位激进政客。国王这么说足可以证明自己头脑有多不正常：福克斯先生生前是出了名的无神论者，无论谁怎么劝都不可能迈进教堂一步的。

*　“天堂”一词英语为 Heaven，读音与地名 Hanover（汉诺威）相近。斯特兰奇认为国王口误。

不忠、王子不肖，毁了他的心智！这一小段伤心的旋律，是写给那年轻漂亮的女孩——他小时候的挚爱，只因朋友胁迫，不得不放手。啊，苍天啊！他当时哭得多凶啊！”

泪珠滑下国王的脸庞。他跳起舞来，舞姿迟缓而凝重，身体、双臂左右摇摆，慢慢地原地打转。乐曲声往公园深处飘远，国王一边舞蹈着，一边跟过去了。

斯特兰奇感到十分迷惑。音乐似乎要把国王往一片小树丛里带，至少刚刚他还觉得是一小丛。他确信之前只看见十几棵树甚至还不到，一转眼工夫小树丛就变成了大树丛——不，已经是树林了——一片深密、幽暗的树林，其间古树丛生，枝繁叶茂不可遏止。古树巨大的枝杈就如同扭曲的肢体，树根蜿蜒，犹如群蛇盘踞，树干爬满青藤与槲寄生。树木之间可见一条小径，路面满是深坑，坑口还挂着冰碴，围了一圈霜冻的野草。密林深处射出几道针尖细的光芒，似乎那边有所房子，建在不可能建房子的地方。

“陛下！”斯特兰奇一边喊一边追过去，双手将国王拉住，“陛下请您原谅，不过看这丛树的模样，我感觉不大好。我想咱们不如打道回府吧。”

可国王被音乐迷住了，不愿离开。他气哼哼发着牢骚，把自己胳膊从斯特兰奇手里抽了出去。斯特兰奇又捉住他，连哄带拽地把他往公园大门赶。

然而，那位隐身不见的吹笛人可不轻易罢休。笛声突然高起来了，将他二人团团围住。另有一支旋律混入了先前的乐曲，起承转合几乎难以察觉，与原曲拼了个严丝合缝。

“啊，听！哦，快听！”国王大叫，原地转起圈子来，“他这是吹给你听呢！这段苦涩的旋律，是在控诉你那可恶的师父没有将你理应获得的知识教给你；这些不和谐音是在描述你受到阻碍、无法获得新知时的怒火；这段缓慢、忧伤的进行曲讲的是他出于一己私利而一直不让你见识的那座大藏书室。”

“这究竟怎么……”斯特兰奇脱口而出，却又立马住了口。他也听见了——自己的一辈子全在那音乐里呢。他头回意识到自己的人生竟是如此不幸，身边男男女女都没安好心、恨他怨他、私下嫉妒他的才能。他这才发现，自己过去的一切气恼都是有道理的，而一切善念都是自作多情；与自己为敌的人卑鄙，与自己为友的人阴险，而诺瑞尔（自然而然）是恶中之恶，就连阿拉贝拉也经不起考验，亏了自己对她那份心。

“唉，”国王叹了口气，“看来你也被负心人欺了。”

“是啊。”斯特兰奇悲伤地答道。

他们又转身面朝那片林子了。林间的光芒虽细碎，却令斯特兰奇强烈地感受到那栋房子的存在及其所能带来的舒适美满。他几乎可以看到柔和的烛光洒向舒适的座椅，古老的壁炉内火苗跃动、火光炯炯，而只要穿过这片暗林，就会有一杯杯温过的加香酒端来给他俩取暖。那光芒还有别的意味。“我觉得那边会有一间藏书室。”他说道。

“哦，一定有！”国王兴奋得拍起手来，“你可以读书，眼睛累了的话，我就读给你听！不过咱俩要快些了！听这曲子，他让咱俩跟上他，已经等得不耐烦了！”

国王伸手去拉斯特兰奇的左胳膊。斯特兰奇刚要接应，却发现得把拿着东西的左手腾空。他手里正拿着一本奥姆斯柯克的《三十六彼界启示录》。

“哦，它呀！”斯特兰奇心想，“我再也用不着它了。林间房子里的藏书室一定有比这好得多的书！”他一松手，将《启示录》丢在了雪地上。

雪越积越厚了。吹笛人还在继续。他二人往树林方向赶去。跑着跑着，国王的红睡帽扣上了眼睛，斯特兰奇伸手将帽子扶正。这一扶，他突然记起来原来看过红颜色有什么讲头：红颜色对魔法幻术有很强的抵御作用。

“快点！快点！”国王叫道。

吹笛人吹出一串音，节奏飞快，模仿风声忽高忽低。一阵真风不知从哪里冒了出来，他二人双脚离了地，被风半推半托着送向树林。等脚踩实了地，他们已经比之前离树林近了不少。

“太好了！”国王大叫。

斯特兰奇双眼又盯上了他那头顶的睡帽。

……对魔法幻术的抵御作用……

吹笛人又变出一股风来，这回把国王的睡帽吹跑了。

“不碍事！不碍事！”国王兴高采烈道，“他向我保证，等到了他家里，睡帽要多少有多少。”

斯特兰奇松开国王的胳膊，踏着雪，顶着风，跌跌撞撞跑回去捡帽子。睡帽躺在雪地里，雾蒙蒙的灰白里一点明亮的鲜红。

……对魔法幻术的抵御作用……

他想起自己对威利斯兄弟俩某一位说过，若想让法术显灵，魔法师必要靠自身意志刚硬。他这会儿怎么想起这话来了？

他默想道：置月于我双眸，月华皎皎，褪小人所布假象。

月亮如一轮伤痕累累的白玉盘，突然露了脸——不在天上，却在别的某个地方。假如非要说清楚在哪里，他会说是在自己的脑海里。这感觉并不美好。他所能想到的一切，他所能看到的一切，只剩下月亮的脸，如同薄薄一片陈尸遗骨。他忘了国王，忘了自己是个魔法师，忘了诺瑞尔先生，忘了自己姓甚名谁。

他忘了一切，只记得这一轮月亮……

月亮消失了。斯特兰奇抬起头来，发现自己站在雪地里，不远处有片黑乎乎的树林，自己与树林之间还立着一位穿睡袍的瞎国王。他止步不前的时候，国王肯定继续往前走了。可没有他指引，国王迷失了方向，害怕起来，大叫着："魔法师！魔法师！你在哪里？"

那片树林在斯特兰奇眼里已经不再像个值得向往的所在，这会儿已恢复到斯特兰奇最初发现它时的模样——邪恶，难测，非本土凡物。至于那几缕光芒，这会儿几乎看不到了；无非是暗影中几个白点子，除了说明房子里住的人买不起蜡烛，也再没什么别的意味了。

"魔法师！"国王叫道。

"我在这儿哪，陛下。"

他默想道：赶蜂群近我耳，蜂爱衷言，破小人话语欺瞒。

一阵低声嗡嗡响占据了他的双耳，盖住了吹笛人的乐曲。这声音特别像一种语言，斯特兰奇觉得再多听一会儿就能听懂了。声音逐渐大了，占满他的脑海，填满他的胸腔，手指头尖儿、脚指头都不留空当；就连头发都仿佛通了电，皮肤也阵阵发麻，随着嗡嗡声打战。有那么一瞬间，他感到恐惧，以为嘴里也挤满了蜜蜂，皮肉底下、耳朵里面、肚肠深处，也满是蜜蜂嗡嗡飞舞。

嗡嗡声止住了。斯特兰奇又能听见笛声了，可那笛声不像先前一样甜美，听上去也不像是在讲述他的人生了。

他默想道：喂盐巴入我口，防小人以蜜之甜相悦，以土之涩相厌。

咒语的这一段似乎没有任何效果。[2]

凿铁钉入我掌，掌不能动，不应小人所召。

"啊啊啊啊，老天哪！"斯特兰奇尖叫起来。他左手掌心一阵钻心的痛。当疼痛过去（和来的时候一样突然），他再也不觉着自己必须朝树林那边走了。

2　斯特兰奇事后对这天上午的经过进行反思，只好认为是那吹笛人并未企图靠味觉迷惑他。

藏我心于不为人知处，己所欲，唯己所有；小人无从下手。

阿拉贝拉出现在他脑海里，一如往昔他见过无数次的模样，打扮得漂漂亮亮地坐在客厅里，周围宾客有说有笑。他把自己的心交给了她，她接过来，悄声不响地放进了裙衣的口袋里。这一举，谁也没有发现。

随后，斯特兰奇将整套咒语施在国王身上，最后一步是将国王的心也交给阿拉贝拉装进口袋收藏。以旁观者的身份观察魔法起效是很有意思的。可怜国王他脑海里奇闻怪事见得多了，突然出来个月亮根本不以为怪。蜜蜂他倒是不怎么喜欢，事后还不停用手轰赶。

咒语施罢，吹笛人的乐曲也戛然而止。

“那么现在，国王陛下，”斯特兰奇道，“我想咱们该回城堡去了。陛下您、我，一位是不列颠国王，一位是不列颠魔法师。就算大不列颠弃了咱们，咱们也没理由丢下她不管。她兴许还用得着咱们呢。”

“说得对！说得对！加冕的时候我立誓一辈子效忠于她！哦，我可怜的祖国！”国王转过身，冲他以为的那神秘的吹笛人所在的方位挥挥手，“再见！再见，敬爱的先生！您对乔治三世的好意，上帝会因此保佑您！”

《三十六彼界启示录》躺在地上，被积雪盖住了一半。斯特兰奇把书捡起来，掸掉了上面的雪。他往身后看了看，那片黑压压的树林已经消失不见，取而代之的是五棵光秃秃的山毛榉扎堆立在一处，好像什么也没发生过一样。

回伦敦的路上，斯特兰奇陷入了沉思。他清楚自己应当为在温莎经历的一切感到慌乱，甚至会感到恐惧；然而他的兴奋与好奇远远超过了心底的不安。此外，无论是什么东西或者什么人施的法，最终还是自己得胜，自己的意愿压倒了对方。对方强大，而自己更强。这一番经历证明了他长久以来的猜测：英格兰存在的魔法要比诺瑞尔先生肯承认的多。

无论从什么角度思考这一番经历，他的思绪总是回到只有国王才能看见的那位银发人身上。他努力回忆国王是如何具体描述这个人的，可除了一头银发这最基本的事实，他什么也想不起来了。

下午大约四点半钟，他回到了伦敦。城里天光已暗，街市商铺都已是灯火通明，点街灯的工人也都上了街。他走到牛津大街和新邦德大街交会之处，拐个弯直奔汉诺威广场。他在书房见了诺瑞尔先生，诺瑞尔先生正在屋里喝茶。

诺瑞尔先生见另一位魔法师光临，一如既往地快慰。他很想听听斯特兰奇拜访国王陛下的见闻。

斯特兰奇告诉他国王是如何被独个囚禁在自己的王宫内的，并列举了自己所施的法术。而至于威利斯兄弟被水浇了个透、魔法树林以及那个始终没有现身的吹笛人，他只字未提。

“你说你治不好咱们国王陛下，我一点儿也不奇怪。”诺瑞尔先生道，“我认为就连黄金时代魔法师都医不好疯病的。不过，我不确定他们是否做过这类尝试。他们看待疯病的态度似乎和我们不大一样。他们对疯子近乎于崇敬，以为疯子懂得一些正常人不懂的东西——对魔法师来说或许有用的东西。相传，拉尔夫·斯托克塞和温切斯特的凯瑟琳都曾向疯子请教。”

“可这样做的不单单是魔法师，对吧？”斯特兰奇道，“仙灵对疯子也有极大兴趣。我敢肯定我在哪里读到过。”

“所言极是！我们当中一些说话最有分量的学者都曾对疯子跟仙子之间极高的相似度进行论述。众所周知，二者话语皆毫无逻辑、全无关联——我敢说你跟国王陛下相处的时候一定也留意到这一点。除此以外，还有其他一些相同之处。我记得查斯顿在这方面有些著述。他以布里斯托的一个疯子为例，这疯子每天早上都跟家里人说他打算和一把餐桌椅一起去散步。对这把椅子，疯子可谓全情投入，以为它是自己最亲爱的伙伴，幻想着同它聊天，聊的是去哪里散步以及有没有可能碰见其他桌椅板凳。别人只要打算往那把椅子上坐，就能看出他一脸痛苦。很显然，这个人疯了，而查斯顿认为，在仙灵眼中，这个人绝不像我们感觉的那样荒唐。仙灵对于有生命和无生命的物体区分得并不明晰。他们认为石头、门洞、树木、火焰、云雾等等都有心魂与期许，且具有非阳即阴的属性。这也许能够解释仙灵为何对疯病表现出极大的同情。举个例子来说，过去谁都知道，仙灵若从别人视线中匿迹，疯子往往还能看见他们。我能想到最广为人知的一件事是十四世纪在德比郡的切斯特菲尔德有个疯男孩子名唤达菲，他受当地一位仙子的宠爱，而这仙子一肚子坏水，已经折磨镇上百姓好些年了。仙子特别喜欢那男孩子，送他极其贵重的礼物——大多数礼物那男孩子不仅清醒的时候用不着，疯癫的时候就更用不上了——比如一艘镶满钻石的帆船、一双白银打的靴子、一头会唱歌的猪……"

"可那仙子为何在达菲身上下这么大功夫？"

"哦，他告诉达菲说他俩是一对难兄难弟、莫逆之交。我不知什么缘故。查斯顿也提到过，说有一大批仙灵都隐约觉着自己受了英格兰人的迫害。而他们这念头缘起何处，查斯顿不得其解，我也不得而知。在过去一些伟大的英格兰魔法师宅内，仙灵是仆佣里面地位最高的，坐席仅次于户主夫妇。查斯顿在这方面颇有不少著述值得玩味，写得最好的一本叫作《新籍》。"诺瑞尔先生冲他弟子皱皱眉，"我清楚记得劝过你五六遍了，让你读读它，"他说道，"你倒是读了没有呀？"

不巧的是，哪些书是他想让斯特兰奇读的，而哪些书就是因为不想让斯特兰奇读才特意运回约克郡的，诺瑞尔先生记得可没那么清楚。查斯顿的《新籍》这会儿正安放在何妨寺藏书室的书架上呢。斯特兰奇叹了口气，说只要诺瑞尔先生什么时候把书给他，他乐得一读。"可现在，先生，不如请您先把切斯特菲尔德那仙子的故事讲完了吧。"

“哦，是啊！我刚才讲到哪儿了？哦，几年过去，达菲本人活得风调雨顺，而镇上百姓诸事不顺。镇子的中心市场冒出一片树林，百姓没地方做生意。家里养的猪羊牲口全都长出翅膀飞跑了。该教区的教堂尚未完工，那仙子把砖石全变成了糖霜蛋糕。太阳一晒，蛋糕上涂的糖变得滚烫黏腻，教堂融掉了一大块，整座镇子闻上去就仿佛一座巨大的糕点铺。更可怕的是，猫儿狗儿全都跑来舔教堂的围墙，鸟儿老鼠也来啄食。最后，镇上的教堂成了一座被啃食得奇形怪状的残墟，全然不像百姓所期待的模样。镇上百姓只好去找达菲，求他到仙子面前替他们请愿。可达菲翻脸不肯帮忙，因为他想起过去他们是怎样嘲弄他的。百姓见状，只好对这位又穷又疯的可怜人满口称赞，夸他聪明伶俐、英俊潇洒。达菲这才向那仙子求告。一求告，呵，翻天覆地的变化！那仙子不再折磨镇上百姓，将糖霜教堂恢复成石头建筑。百姓伐掉市场上的树木，重新买了牲畜，却再也无法将教堂复建如初。直至今日，切斯特菲尔德镇上的教堂看上去还是有点怪，和其他地方的教堂总有些两样。”

斯特兰奇沉默了片刻，随后说道：“诺瑞尔先生，您是否认为仙灵在英格兰已经一个不剩了？”

“我说不好。过去的三四百年间，英格兰人在荒山野岭撞见仙灵的事层出不穷，可当事人里没有一位是学者或者法师，他们提供的信息证明不了什么。你我若是召唤仙灵——我的意思是说，”他赶紧找补了一句，“假如你我昏庸到那个地步——若咒语选用得当，仙灵是会立刻现身的。而他们打哪儿来、往哪儿去，却仍是未知数。在约翰·乌斯克格拉斯的年代，看上去普普通通的路——比如两侧有绿树篱笆或石墙围的那种宽阔的青草路——就有可能是从英格兰通往仙境的。这些路如今还在，只是我猜无论仙灵还是受过洗的凡人，谁也不大往上走了。这些路如今杂草丛生，已经废弃了，看上去一片荒凉。我听说人们都绕开它们走。”

“人们觉得走仙人路会触霉头。”斯特兰奇道。

“他们那是犯傻。”诺瑞尔先生道，“路本身又害不了他们。走仙人路哪儿都走不到。”[3]

“那些人和仙子生下的孩子又怎么样了呢？他们继承了父辈的见识和能力了吗？”斯特兰奇问。

“哦，那完全是另一码事了！如今很多人的姓氏都能看出他们祖上的仙灵血统。‘阿泽兰德’‘费尔柴尔德’就是两例；再加一个‘艾尔菲克’；‘费尔瑞’很明显也是。[*]我还记得我小时候有个叫汤姆·阿泽兰德的在我家田里干活。不过，那些仙灵后代哪怕有一丁点儿魔法天赋的都极少见，他们的恶毒、狂傲、懒惰倒是名声在外——都是他们那些仙灵祖宗臭名昭著的缺陷。”

第二天，斯特兰奇和几位王室公爵会了面，说他无法减缓国王的疯病，对此他感到非常惭愧。几位公爵表示遗憾，却并不以为怪。他们已经料到会有这样的结果，还让斯特兰奇放心，他们一点儿也不怨他。

---

3 诺瑞尔先生所谓仙人路无害的论调其实是有争议的。仙人路皆是些诡异的所在，关于人们踏上仙人路而遭遇了离奇经历的事也有几十起。下面记载的事件是其中最广为流传的，踏上仙人路的人物后来究竟什么下场很难讲——只能说那滋味你我肯定不愿意尝。

十六世纪末在约克郡有个农庄主，一个夏天的清早，他带着两三个手下一起去割晒牧草。路面落着一层白雾，空气清凉。田地一侧有条古老的仙人路，路边围着高高的山楂树篱。路面上野草、树苗已经长得好高，即便是大晴天，路上也是影影绰绰，十分幽暗。这农庄主从来没见有谁从路上走过，可这天早晨他跟手下人一抬头，发现一队人正沿路向他们走来。这些人面相不凡，奇装异服。其中一位男子大步走在最前头，随后拐弯进了田地。这男子穿一身黑，年轻英俊；虽从未谋面，他们却一眼就认出来——这是他们的魔法师国王约翰·乌斯克格拉斯。他们纷纷跪在他面前，他却将他们搀扶起来。他说他正在赶路，他们于是为他牵来一匹马，还端来些食物饮料。随后他们跑回家叫来了妻子儿女，约翰·乌斯克格拉斯保佑了他们，并为他们祈福。

农庄主一脸疑虑地望着还站在仙人路上的那些怪人，约翰·乌斯克格拉斯让他别怕，他保证那些人不会伤害他。说罢，他便骑着马离开了。

古路上那些怪人停留了片刻，当夏日骄阳的第一缕光芒照到他们身上，他们便和雾气一起消失了。

* 阿泽兰德（Otherlander，意为“彼界来客”）、费尔柴尔德（Fairchild，意为“仙灵之子”）、艾尔菲克（Elfick，意为“精灵似的”）和费尔瑞（Fairey，意为“仙子”）均是英文姓氏。

事实上，他们对斯特兰奇所做的一切感到满意，尤其欣赏他不收费这一点。作为报答，他们授予了斯特兰奇“王家认证”，这意味着只要他愿意，他就可以把五位公爵的盾徽做成描金石膏牌悬挂在自己苏活广场宅子的门楣上；他想告诉谁就可以告诉谁：他是受五位王室公爵委任的魔法师。

斯特兰奇并未向五位公爵透露，其实他们低估了欠他的恩情。他确信自己帮助国王躲过了一劫，他只是说不清那劫难究竟是什么。

第三十四章

在沙漠边缘

一八一四年十一月

史蒂芬和白毛先生穿行于一座陌生城镇的大街小巷。

“先生，您就不觉得累吗？”史蒂芬问道，“我觉出累来了。咱们已经在这里走了几个钟头了。”

白毛先生爆出一声尖笑。“我亲爱的史蒂芬，你这才刚刚到！前一秒你还在坡夫人家里，被她那可恶的男人逼着做下人的杂活！”

“哦！”史蒂芬道。他能想起来最后做的事情是在厨房边上自己的小屋里擦银器，可感觉上已经是——哦！好几年前的事了。

他往四周看了看，身边一样东西他都不认得。就连这地方的气味——一种混合了香料、咖啡、烂菜蔬和烤肉的味道，对他来说都很新奇。

他叹了口气。“都是因为这魔法，先生，真真令人晕头转向。”

白毛先生充满温情地夹了夹他的胳膊。

这片镇子似乎是建在一座陡峭的山坡上，看不见什么正经道路，只有窄窄的小径，基本由房屋之间上下环绕的台阶组成。房屋本身简单得不能再简单了，甚至可以形容为简陋。墙是泥土混了黏土筑的，四白落地，门廊里是朴实的木门，窗上安着朴实的木窗板。小径上的台阶也都粉刷成白色。整座城镇就没有一丁点儿色彩舒爽舒爽双眼：窗台上的花盆里没有花，门廊里也没有孩子丢下的彩漆玩具。走在窄窄的小道上，史蒂芬感觉像在一块亚麻大餐巾的褶皱里迷失了方向。

这里静得怕人。他们踩着逼仄的台阶爬上爬下，能听见房子里传来阴郁的低声对话，没有笑声，没有歌唱，没有小孩子开心时的高声大叫。偶尔能撞见镇上居民：一个个神情严肃，黑面皮，身穿白袍、长裤，脑袋上裹着白包头。人人都拄着拐棍——年轻人也不例外——说实话这些人看着都不年轻了；这座镇上的人都是出窝老。

他们只见到一位妇女（至少白毛先生说那是位妇女）。她站在丈夫身边，一件长袍从脑袋顶一直遮到脚趾尖，色如暗影。史蒂芬刚见着她的时候，她背对着他；就如同要与周遭梦一般的氛围相配合，当她缓缓转过身来面对他，他才发现那并不是一张脸，而是一块满镶满滚的绣片，颜色与她身上的长袍一样晦暗。

“这些人都很怪。”史蒂芬悄声道，“不过他们看见咱们也并没觉得奇怪。”

“哦，”白毛先生道，“这是我法术的一部分，让他们以为咱俩是自己人，以为跟咱俩打小就认识。不仅如此，你会发现他们说的话你全都听得懂，你说的话他们也懂——即便他们的语言是那样稀罕晦涩，二十五里外就算是一国同胞也难听明白！”

白毛先生说话调门这么高，声音回响在每个粉刷成白色的角落里，可镇上居民都跟没听见一样。史蒂芬心想，这大概也是法术的一部分吧。

他们走的下坡路转过个弯，就突然消失在一面矮墙前。建这座围墙是为了防止行人不小心滚下山去。从这里能看到城镇外围的郊野景致。眼前是一座荒寂的白石山谷，热风吹过，顶上是无云的天。这地方像是给剥净了肉，只剩下根根白骨。

若不是白毛先生兴奋中相告，史蒂芬还以为这地方不是梦里的就是他变出来的。白毛先生告诉他，这里是“非洲！你祖先的国土，我亲爱的史蒂芬！”

“可是，”史蒂芬心想，“我的祖先并不在这里生活，我敢肯定。

这些人肤色比英国人深，但比我可白多了。他们大概是阿拉伯人。”他开口说道：“先生，咱们这是要上哪儿去呢？”

“咱们去市场看看，史蒂芬！”

史蒂芬听了高兴。此地的静默、空寂令人憋闷得慌。也许市场上能有些响动，多些扰攘。

可惜，镇上的市场情状十分奇特。该市场离高城墙不远，只隔一道巨大的木门。市场上没有摊位，也没有来来往往、急着浏览货物的人群。想买东西的人都闷声不响往地上袖手一坐，等一位市场官员——叫价师一类的人物——端着东西走来走去，给打算购买的顾客看。这叫价师唱出某人最高出价，其他顾客不是摇头就是加价。货物统共没有几样——几捆细布、一些绣件，此外大多都是地毯。史蒂芬向白毛先生评论起眼前这一切，白毛先生答说：“他们的宗教是极其严苛的，史蒂芬。除了地毯，他们几乎什么都不许有。”

史蒂芬看着他们在市场上戚戚哀哀地走来走去。这些人嘴巴永远紧闭，生怕说出什么不让说的词语；眼神总在游移，生怕看见什么不让看的景致；双手老是瑟缩，生怕做下什么不让做的事情。史蒂芬感觉这些人并不是完整的存在，说他们是梦里人形或是魂灵也不为过。静悄悄的城镇、静悄悄的郊野，似乎只有那炎热的风还真实些。若是有天风儿将这镇子和镇上居民一股脑儿卷了走，史蒂芬也不会太奇怪。

史蒂芬和白毛先生在市场角落里找了一方棕黄的破凉棚坐在底下。

“先生，咱们为什么到这儿来？”

“来这儿是为了安安静静地聊一聊，史蒂芬。近来发生了一件极为严重的大事。我很遗憾地告诉你，咱俩完美的计划被人强行破坏了——又是那对魔法师！我从没见过这般无赖的组合！我看，他俩只以灭咱俩威风为乐！总有一天，我……”

白毛先生只顾大骂两位魔法师，意思都没表达清楚。史蒂芬听了半天，才明白究竟发生了什么。听来似乎乔纳森·斯特兰奇去拜访了英格兰国王——为什么去，白毛先生并没解释——然后白毛先生自己也去了，一是看看那魔法师干什么，二是探探英格兰国王。

“……不知为什么，反正我之前从未拜访过英格兰国王。我发现这老家伙特别有意思！对我还毕恭毕敬的！我们聊了很多话题！他受他子民残酷虐待，遭了不少罪。看来英格兰人特别喜欢让伟人和贵族蒙羞。历史上多少名人志士都惨遭毒害——查理一世、恺撒大帝，最惨的要数我和你！”

“不好意思，先生，您刚才说到计划——您指的是什么计划？”

“什么计划？当然是扶你做英格兰国王的计划啊！你不会已经忘了吧？”

“没忘，真没忘！不过……”

“好吧！我不知道你有什么想法，亲爱的史蒂芬，”白毛先生正告他，听上去也不打算知道，“可我得告诉你，我已经没力气等你那美好的未来慢慢地自然发生了。我打算抢在那懒惰拖沓的命运之神前面，先靠我一己之力把你扶上王位。谁知道？也许我注定是你的贵人，提携你登上本该属于你的王座！这太有可能了！好了，我跟国王聊着聊着，突然想到，若要扶你登上王位，得先把他处理掉才是！听好了，我可没打算伤害这老头子。正相反！我用柔情蜜意饧住他的心房，他多少年都没这么快乐过了。可这招对那魔法师就不管用！我还没来得及将幻术编好，他就已经开始和我作对了。他用的是古时候威力极大的仙灵法术，我这辈子还没受过这般惊吓！谁能想到他竟然会使这招？”

白毛先生从他长篇大论的激烈讨伐中停下，只等史蒂芬发话。史蒂芬道：“先生，您对我的关心，我十分感激，可我必得提醒您，当朝国王有十三位子女，太子如今已然代为统治国家。即便国王陛下驾崩，王位也是会传给他子女中某一位的。”

“是啊，是啊！不过国王这些子女都是脑满肠肥。谁乐意自己的国家由他们这种怪胎统治？英格兰百姓若是得知国家将由你史蒂芬来治理——你魅力无边、优雅大方，你高贵的容貌若是刻上硬币得多么漂亮——若他们不立刻欢欣鼓舞、速来拥护你的治国大业，那他们也真太愚钝了！”

史蒂芬心说，这位先生对英格兰人性格的了解真比他想象中要少得多。

正说着，一阵极为野蛮的声响打断了二人的对话——是有人吹响了巨型号角。几个人冲上前去，把巨大的城门猛力关上了。史蒂芬以为遇到什么险情，惶恐中四下观看。“先生，出什么事了？”

“哦，这里人有每晚关城门的规矩，以免邪恶的异教徒流窜进来，”白毛先生恹恹地讲道，“他们的意思是：只要不是自己人，所有外人都属于异教徒。先说说你怎么想的吧，史蒂芬。咱们该怎么办？”

“办？先生，办什么？”

“办那俩魔法师啊，史蒂芬！那俩魔法师！我算看出来了，你美好的未来一旦应验，他二人必会来找麻烦的。其实谁当英格兰国王，跟他们又有什么关系，这点我想不通。也许因为自己又丑又笨，就希望国王跟自己半斤八两。不行，他俩是咱俩的对头，咱俩理应想个办法将他俩彻底毁灭。下毒？动刀？还是用火枪？……”

市场上那位叫价师走上前来，又展开一幅地毯。“二十银分要不要？”他讲话缓慢、谨慎，就仿佛在宣告这世界走向灭亡的必然。

白毛先生若有所思地盯着那幅毯子看。“这倒是可行，”他说道，“我可以把人关进地毯的花纹里囚禁个千来年，这下场特别惨，所以我总等有谁真惹恼了我——比如这对魔法师——我才这么干。毯子上的色彩纹样重复个没完没了——更别提灰尘有多让人心烦，污渍有多让人懊恼——次次都能将囚犯彻底逼疯！等他从地毯里出来，天下人都成了他复仇的对象。那个年代的魔法师会与英雄人物合力将他杀掉，或者通常是把他送进更可怕的囚牢关押更久。千年流转，他会愈加疯魔。是的，地毯！兴许……”

“谢谢您，”史蒂芬冲叫价师匆匆说了一句，“我们并不打算买地毯。先生，请您问下家吧。”

“你说得对，史蒂芬，”白毛先生道，“这俩魔法师纵有千般不是，现在看来他们抵御魔法幻术的本领是好的。咱们必得换个法子，灭了他俩的心气儿，这样一来他俩就再无心坚持与咱们作对！咱们必得让他俩后悔当初做了魔法师这门营生！”

第三十五章

诺丁汉郡来的乡绅

一八一四年十一月

斯特兰奇一走三年，德罗莱特和拉塞尔斯对诺瑞尔先生的影响有了小小回升，两位颇是得意了些时日。若是有人想约诺瑞尔先生一谈或是请诺瑞尔先生帮忙，必得先向他二位申请。他们教诺瑞尔先生如何对付政府大臣，也教政府大臣如何对付诺瑞尔先生。他二位是英格兰首席魔法师的朋友兼顾问，全国多少富豪中的富豪、社交圈里的红人都赶着跟他们结交。

斯特兰奇回来后，他二位仍如过去一样兢兢业业地守着诺瑞尔先生。可如今诺瑞尔先生最想听的是斯特兰奇的看法，最先征求的是斯特兰奇的意见。事态发展至此，他们必然高兴不了——尤其是德罗莱特，他想尽办法，力图扩大两位魔法师之间偶尔产生的小小不快或怨念。

“我就不信我不知道有什么能加害于他，”他对拉塞尔斯说，“关于他在西班牙做下的那些事，颇有些离奇的传闻。有几个人告诉我，他召唤起整整一部队的死人士兵去打法国人。那些活尸体拖着断胳膊断腿，眼球挂着根肉丝垂在外边——要多恐怖有多恐怖！你觉得诺瑞尔先生若是听见了会怎么说？”

拉塞尔斯叹了口气。“你在他二人之间这么制造矛盾是没用的，我真希望你能把我这话听进去。要不了多久，他俩自己就得闹矛盾。”

斯特兰奇访过国王之后几天，诺瑞尔先生的一众朋友和仰慕者齐聚汉诺威广场宅间，共赏劳伦斯先生新近为两位魔法师所作的一幅肖像。[1]拉塞尔斯和德罗莱特两位先生也来了，同时在场的还有几位大臣。

画面上，诺瑞尔先生身穿他那件素灰外套，头戴他那顶老式假发。外套跟假发在他身上看着都有点儿太大。他整个人似乎都往穿戴里缩着，那对小蓝眼珠子带着一种又高傲又畏闪的奇异神情望着周遭世界，沃特爵士见了一下子就想起他贴身男仆养的那只猫。大多数人似乎非得

1　这幅如今已不知所踪的油画在诺瑞尔先生的书房从一八一四年十一月一直挂到次年夏天，被摘下来后无人再得见。

以下这段摘自某回忆录的内容记述了劳伦斯先生（即后来的托马斯·劳伦斯爵士）在作画过程中遇到的困难。这段内容另一有趣之处在于它揭示了一八一四年底诺瑞尔和斯特兰奇二人之间的关系。尽管时常被招惹，那时的斯特兰奇似乎仍然努力敷衍着他的老前辈，并劝他人也这么办。

“两位魔法师在诺瑞尔先生的书房坐定，等着被画。劳伦斯先生感觉斯特兰奇这人特别随和，他那一部分肖像进展十分顺利。而诺瑞尔先生从一开始就坐立不安。他在椅子上来回挪腾，伸长了脖子，仿佛要看到劳伦斯先生的双手——完全是徒劳，俩人中间还隔着个画架子呢。劳伦斯先生以为他急等着看画，便告诉他一切都好，假如诺瑞尔先生想看完全可以过来看。话都说了，还是治不了诺瑞尔先生的焦躁。

“突然，诺瑞尔先生冲屋里忙着给一位大臣写信的斯特兰奇发了话：‘斯特兰奇先生，我觉着有股凉风！我想一定是劳伦斯先生背后那扇窗户没关上！斯特兰奇先生，求你过去看看那窗户是不是开着呢！’斯特兰奇连头都不抬就说：‘没有，窗户没开。您这是错觉。’过了几分钟，诺瑞尔先生又说他好像听见楼下来了个卖馅饼的，拜托斯特兰奇到窗户边上看看，而斯特兰奇又拒绝了。随后他又说听见哪位公爵夫人的马车到了。总之他绞尽脑汁想让斯特兰奇到窗户边上去，可斯特兰奇就是不肯。这实在怪得很，劳伦斯先生于是疑心诺瑞尔先生坐立不安其实跟空穴来风、馅饼贩子和公爵夫人都没什么关系，无非是因为他这幅画。

“于是，趁诺瑞尔先生出去的时候，劳伦斯先生问斯特兰奇究竟怎么回事。一开始斯特兰奇只说什么事儿也没有，无奈劳伦斯先生不肯让步，强要斯特兰奇告诉他真相。斯特兰奇叹了口气道：‘哦，那好吧！他自己胡思乱想，认准了您是躲在画架后面从他的书里往外抄咒语呢。’

“劳伦斯先生听了大为震惊。国内多大的人物他没画过，从来也没谁怀疑过他偷盗。这待遇，他来之前可没想到。

“‘得了，’斯特兰奇婉言相劝，‘您也别生气了。假使全国上下只有一个人值得咱们耐心对待，这人就是诺瑞尔先生。他肩上担负着英格兰魔法的前途走向，我可以告诉您，他对这份重任体会得刻骨铭心，于是人变得有点儿古怪。劳伦斯先生，我在想，假如您哪天早上一睁眼发现整个欧洲只剩您一个画家了，您会是什么感觉？您会不会觉得有点儿孤单？会不会觉得米开朗基罗、拉斐尔、伦勃朗这些人全都牢牢盯住您，就好像既看不起您却又要求您达到他们的高度？会不会偶尔也觉得没精打采、气不打一处来？’”

——摘自《亲密无间三十载：克劳馥小姐怀托马斯·劳伦斯爵士》

搜肠刮肚才能找到几句好听的去夸诺瑞尔先生那半边画面；而斯特兰奇那一半，所有人都喜欢。画面上，斯特兰奇坐在诺瑞尔先生身后，靠着一张小桌，泰然自若。他嘴角仿佛捉弄人似的半笑不笑，双眼却是笑意满盈，幽幽然不知藏了多少秘密——恰是魔法师才有的眼睛。

“哦，这是幅好画！”一位女士热情地赞赏道，“看人物背后镜子的暗影把斯特兰奇先生的头部衬托得多妙。”

“人们总是以为魔法师离不开镜子，”诺瑞尔先生怨道，“我书房那个地方根本没挂镜子。”

“画家都很有手段的，先生，他们永远是在根据自己的设计重新安排这个世界。”斯特兰奇道，“其实，从这点来看，他们跟魔法师并没什么不同。可也别说，他这镜子画得倒是颇为奇特。与其说是镜子，我看更像一扇门——颜色太深了。我简直能觉出一阵小风从那里吹过来。我可不想看自己坐得离它那么近——我该着凉了。”

在场一位大臣以前从未来过诺瑞尔先生的书房，这会儿夸了几句房间尺寸合理、装修风格合宜，引得他人也跟着赞房间有多美。

“这确实是间好房子，”德罗莱特附和道，“可若是比起何妨寺的藏书室，这里根本算不了什么！那里才是真漂亮。我一辈子没见过那样令人快慰，那样完满无缺的地方。藏书室里有一座座小尖拱，有哥特式立柱支起的穹顶，表面雕着树叶——树叶干枯、打卷儿，像是被冬日里可怕的狂风吹蔫儿了。一切都是由上好的英格兰橡木、白蜡和榆木打造的，是我这辈子见过的最完美的物件。‘诺瑞尔先生，’我观赏一番后对他说，‘您这是深藏不露，我们谁都没看出来。您还真是个浪漫主义者呢，先生。’”

看诺瑞尔先生脸上的神情，似乎不是特别想听何妨寺的藏书室被大肆谈论，可德罗莱特不管不顾，继续讲了下去：“在屋里就好似置身树林，那种秀丽的——还得是入了秋以后的小树林，因为书脊的颜色都是棕黑黄褐，且年岁一久都发脆，才会给人这种印象。那里的藏书放眼望去还真就跟林子里的树叶一样多。”德罗莱特顿了顿，“斯特兰奇先生，您以前去过何妨寺吗？”

斯特兰奇答说自己还没那个福分。

“哦，您得去一趟，”德罗莱特笑得不怀好意，“您可得去一趟。那地方真是妙极了。”

诺瑞尔先生焦虑地看了眼斯特兰奇，可斯特兰奇并没接话茬。他已然转过身去，背对着所有人，全神贯注地盯着自己的肖像看。

众人渐渐散去，开始聊别的事情。沃特爵士过来低声说道：“他这人没安好心，你可别往心里去。”

“嗯？”斯特兰奇道，“哦，跟那没关系。是这面镜子。你觉不觉得看上去像抬腿就能往里走一样？我看没什么难的。可以试试启示类的咒语。不对，得用抽绎类的。也许两样都得用。道路清清楚楚摆在眼前，步子往前一迈就离开了。”他往四下里看看，说道，“将来我会离开些时日的。”

“你上哪儿去？”沃特爵士吃了一惊。对他来说，哪儿都不如伦敦对他的胃口——这里有煤气灯和大商铺，这里有咖啡馆和俱乐部，这里的窈窕淑女成千上万，这里各种绯闻闲话听不完——他想象中谁对伦敦都会这么看。

“哦，就去我们这种人很久以前去过的地方。徜徉在别人未曾发现的道路上，在天幕背后，在雨水一方。”

斯特兰奇又叹了口气，右脚不耐烦似的在诺瑞尔先生的地毯上打拍子，看这意思，要是他还决定不了要不要去那被人遗忘的古道，他的脚就自动先把他带过去了。

到了两点钟，宾客都告辞了。诺瑞尔先生这会儿正急着避开斯特兰奇，怕同他讲话，于是直接上了楼，躲到三层背街那面自己的小屋里去了。他往桌边一坐，开始忙工作，很快便忘了斯特兰奇，忘了何妨寺的藏书室，忘了德罗莱特那番话引起的一切不快。没过几分钟，有人敲门，吓了他一跳。斯特兰奇进了屋。

“抱歉打扰您了，先生，”他说道，“有件事想请教您。”

“哦！”诺瑞尔先生神情紧张地说，“当然啦，我一向乐于回答你的问题。不过眼下有件公务恐怕耽误不得。我向利物浦伯爵提了建议，说咱们打算用魔法保卫我国海岸线不受风暴袭击，他听了非常高兴。伯爵说每年光海水导致的损失就有几十万镑。伯爵还说，在和平时期，保护财物资产将是魔法第一要务。同过去一样，伯爵希望事情尽快办成，这任务可不轻松。光康沃尔一郡就得花上我一个礼拜。咱们要聊恐怕得过阵子再说了。”

斯特兰奇微笑道：“要是这么急，先生，干脆我来帮您一起干，咱们可以边干边说。您打算从哪里开始？”

“雅茅斯。”

“您用谁的法术？贝拉西斯？”

“不，不用贝拉西斯的。兰切斯特在《鸟之语》里对斯托克塞的一种用来平抚惊涛骇浪的法术进行了重构。我并没傻到以为兰切斯特能跟斯托克塞相提并论，不过有他聊胜于无。我对兰切斯特这法术做了些修改，现在打算将裴文希[2]的捍卫看守咒添进去。”说罢，诺瑞尔先生将

2　弗朗西斯·裴文希，十六世纪时一名魔法师，曾著有《阿尔比恩府十八奇》。我们都知道裴文希是马丁·佩尔的徒弟，《十八奇》一书处处体现了佩尔魔法的特点，比如对复杂图表以及精密魔法仪器的偏好。

多年来，弗朗西斯·裴文希作为马丁·佩尔的追随者，在英格兰魔法历史上地位不高却也值得称道。后来，他突然成为十八世纪魔法理论界一场恶战的焦点，把所有人都吓了一跳。

一切源于一七五四年在林肯郡斯坦福德一位先生的书房里发现的几封信。这几封信字迹古雅，落款是马丁·佩尔。那时的魔法学者一个个喜不自胜。

然而，一经细读，他们才发现这几封信其实都是情书，从头到尾没一个字跟魔法有关。信上内容春情无限：佩尔将他的爱人比作甘霖沾巾，比作热火暖身，比作胜过一切安乐的折磨。全文以多种方式描绘了乳白酥胸、芬芳玉腿，还有那软而长的棕色鬈发，牵绊了落入其间（转下页）

几页纸推到斯特兰奇面前。斯特兰奇研究一番，也动手操作起来。

过了一会儿，斯特兰奇说道：“最近我发现奥姆斯柯克在他的《三十六彼界启示录》一书中提到一座镜子背后的王国，显然这地方全是通往各处最便捷的道路。”

一般情况下，这种话题诺瑞尔先生听了是不会高兴的，可他一看斯特兰奇并没打算为何妨寺藏书室的事情同他吵，如释重负，于是渐渐打开了话匣子：“哦，是的，没错！确实有条路连接了世上所有的镜子，伟大的中世纪魔法师对这条路熟悉得很，无疑是常走其上的。我恐怕提供不了更具体的信息了，过去人在书中对它的描述都不尽相同。奥姆斯柯克说那条路横穿一片广阔而幽暗的荒原，而希克曼[3]则认为它是一幢大房子，其间处处是黑暗的通道、高大的楼梯。希克曼说这房子里有跨越深谷的石桥，一条条黑水河在石墙间汩汩流淌——河道为何而挖、河水流向何方，皆无人知晓。”诺瑞尔先生一时心情大好，对他来说，安

2　（接上页）的繁星。而对那些盼着学到咒语的魔法学者来说，这些东西一点儿用都没有。

佩尔写自己爱人的名字“弗朗西斯”上了瘾。而在有封信里，他用她的姓氏“裴文希”编了一首类似双关谜语诗的东西。十八世纪的魔法学者最初倾向的说法是：佩尔的情人一定是魔法师弗朗西斯·裴文希的姐妹或妻子。十六世纪的时候，弗朗西斯这名字男用女用都不少见。后来，查尔斯·海瑟-格雷选了信上七大段内容出版，其中提到了《阿尔比恩府十八奇》；从这几段内容来看，很显然这本书的作者与佩尔的情妇是同一个人。

威廉·庞特勒则认为信件均系伪造。这几封信是在一位姓维特尔西的先生家中书房找到的。维特尔西先生的太太写过好几部剧，其中有两部曾在祝来巷戏院上演。很显然，庞特勒写道，一个女人若豁得出去写剧本，还有什么豁不出去？他以为信一定是这位维特尔西太太伪造的：“……上天给女性安排好了位置，她这是非要越位……”维特尔西先生问威廉·庞特勒敢不敢出来决斗，庞特勒是彻头彻尾的读书人，哪儿懂什么刀剑火枪，只好道歉，并公开发表声明，收回对维特尔西太太的指控。

诺瑞尔先生借用裴文希法术的时候倒没什么顾虑，因为对裴文希是个男的他早已坚信不疑。至于那些信件的内容——既然没一个字儿与魔法有关，他也就不再劳神去看。乔纳森·斯特兰奇对这件事有独到的见解。在他看来，只消回答一个问题，事情就能解决：马丁·佩尔肯不肯收女弟子？斯特兰奇以为答案是肯定的。毕竟，马丁·佩尔声称自己就是一个女人教出来的——温切斯特的凯瑟琳。

3　撒迪厄斯·希克曼（1700—1738），曾为马丁·佩尔立传。

安静静地与斯特兰奇坐在一起施法术是莫大的享受。“对了，下一期《绅士杂志》要登的文章你写得怎么样了？”他问道。

斯特兰奇想了想。“还没完全写好。”他答道。

“写的什么内容？别，还是别告诉我！我盼着自己读！你明天来的时候能把文章也带来吗？”

“哦，明天没问题。”

当晚，阿拉贝拉走进家中客厅时吓了一跳：只见地毯上铺满了一张张小纸片，纸片上写了咒语、笔记以及与诺瑞尔先生谈话时记下的只言片语。斯特兰奇站在客厅正中央，一边低头盯着纸片发愣，一边揪着自己的头发。

“我给下期《绅士杂志》的文章究竟写点什么才好呢？”他问道。

“我可不知道，亲爱的。诺瑞尔先生没提什么建议吗？”

斯特兰奇皱皱眉头。“不知怎的，他觉着我已经写完了。”

“那，写写树木和魔法怎么样？”阿拉贝拉建议，“你前些日子才说过这题目多有意思，而且没什么人写过。”

斯特兰奇抽出一张新纸，在上面走笔如飞地划拉。“橡树值得做朋友，假如它认为你是正义的，它会帮你对付敌人。桦树众所周知是通往仙境的入口。只有等到乌衣王归来，白蜡树才肯节哀。[4]不行，不行，

4　常春藤答应将英格兰的敌人捆绑
野蔷薇会用枝叶和棘刺鞭打他们的脊梁
山楂乐意回答任何问题
白桦排成一扇门，通往异乡
紫杉为我们提供武器
渡鸦惩治我们的仇敌
橡树将那远山守望
雨水冲走一切忧伤

这些英格兰古谚描述的大概是乌衣王约翰·乌斯克格拉斯当初代表英格兰与各大森林签下的合约。

这可不行。我可不能这么写，诺瑞尔先生非气晕了不可。”他把纸团成个球，扔进炉膛里去了。

“哦，那你不如听听我的，”阿拉贝拉道，“今天我去了维斯特比夫人家一趟，在那儿碰见一位怪怪的年轻小姐，这位小姐似乎觉得你一直在教她学习魔法。”

斯特兰奇抬头看了她一眼。“我可没教过任何人魔法。”他说。

“不是这意思，亲爱的，”阿拉贝拉耐心解释道，“我知道你没教过——所以说这事特别蹊跷。”

“这糊涂的年轻人叫什么？”

“姓格雷。”

“不认识。”

“打扮漂亮、入时，就是不怎么大方；一看就特别有钱，而且对魔法极度狂热。所有人都这么说。她的扇子上还有你们的肖像——你的跟诺瑞尔的，波蒂斯海德勋爵和你发表的文章，她一字不落全读过了。”

斯特兰奇若有所思地盯着她看了几秒，阿拉贝拉误以为他是在琢磨她刚说的事。他开了口，话音里带着淡淡一丝责备的口气：“亲爱的，你踩在我稿纸上面了。”他挽起她胳膊，轻轻拉她往旁边挪了挪。

“她说她为了让你收她为徒，付了你四百几尼才获此殊荣。她还说自打收费以后，你一直通过信件传授她法术，并推荐阅读书目。”

“四百几尼！这可怪了。我有可能记不住年轻小姐，四百几尼我可忘不了。”地上一张纸引起斯特兰奇的主意，他捡起它读了起来。

“一开始我以为她不过是在编造，好惹我嫉妒，跟我吵上一架。可她那狂热劲儿又不像是在争风吃醋。她爱的不是你这个人，而是你们这营生。我怎么也想不通。那些信是怎么回事儿？会是谁写的呢？”

斯特兰奇抄起本小记事簿（是阿拉贝拉的账簿，内容跟他全无关系），往上划拉起来。

“乔纳森！”

“嗯？”

“我再见着这位格雷小姐的话，跟人家说什么？”

“就问问她那四百几尼交哪里去了，告诉她我还没收到呢。”

“乔纳森！跟你说要紧的呢！”

“哦，我知道要紧，比四百几尼还要紧的事可不多。”

阿拉贝拉接着又说这事太稀奇，说她替格雷小姐担心，想让斯特兰奇去找她谈谈，没准儿这谜就解了。其实说这么多完全是为了自己踏实，她心里清楚得很：他早已没在听了。

几天后，斯特兰奇跟沃特·坡爵士在位于科芬园的贝德福德咖啡馆打台球。这一局打“僵”了，因为沃特爵士又开始怪斯特兰奇是用魔法在推球。

斯特兰奇声明他可没这么干。

“我看见你摸鼻子来着。”沃特爵士怨道。

“天哪！”斯特兰奇叫道，“人总会打喷嚏的，这都不许？我着凉了。”

斯特兰奇和沃特爵士的两个朋友——科洪·格兰特中校和曼宁厄姆上校——在一旁观战，说他俩要是只打算吵嘴，何必非得占着球台吵。他们暗示还有别人——真为了打球的人——在这儿等着呢。嘴仗升级，渐渐偏离了主题，不想竟引得两位乡绅从门口探进头来，问这台子何时能空出来让他们打一局。谁都知道贝德福德这间台球室每周四晚都是沃特·坡爵士、乔纳森·斯特兰奇及其特邀好友的专场。这两位不知道。

“哟，”科洪·格兰特道，“我可说不好。不过大概也要不了多久了。”

其中一位乡绅虎背熊腰、身材剽壮，身穿粗厚棕布外套，脚上那双靴子穿去村镇大集似乎更合适，而不是出现在贝德福德这么个高档场所。另一位则又瘦又小，脸上永远是一副惊讶的神情。

“可是，先生，”头一位乡绅冲斯特兰奇说道，听口气仿佛道理全在他那边，“您几位这是在聊天，又没在玩。谭托尼先生和我从诺丁汉郡来。我们叫了晚饭，可他们说还要再等一个钟头才行。您几位聊着，让我俩先玩一个钟头，玩完肯定再让回给你们。”

他说这话的时候，态度相当客气，可斯特兰奇他们听了就觉得讨厌。这人无论打扮、举止都明摆着是务农或经商的，不请自来就对他们颐指气使，他们自然不痛快。

“您往台子上仔细看看，”斯特兰奇道，“就能看出我们这才刚刚开局。一局没打完就催人停手——先生，这种事在贝德福德还没有过。”

“啊！没有过的？”诺丁汉郡这位乡绅和颜悦色道，“那您多包涵。不过也许您不介意告诉我您觉得打这一局的时间会长还是会短？”

“我们告诉过你了，”格兰特道，“我们说不好。”他给斯特兰奇递了个眼色，明显是说：“这家伙笨得很。”

就在这个时候，诺丁汉郡来的乡绅觉出斯特兰奇这伙人不仅是不合作，简直是有意恶言相向。他皱了皱眉头，指了指身旁那位表情永远惊讶的瘦小个子。“谭托尼先生这是头一回来伦敦，以后他再也不想来了。我还特意带他来贝德福德咖啡馆看看，真没想到这儿的人都这么不友好。”

“好吧，要是您二位不喜欢这儿，”斯特兰奇气哼哼地说，“我只能劝您赶紧回家，家在哪儿回哪儿……螺钉汉郡是吗，我记得你们刚才说的？”

科洪·格兰特冷冷瞪了那乡绅一眼，随后也没特意冲着谁便评论道：“怪不得农业景况这么糟糕。现在农民都不安分了，全国上下是个声色犬马之地就能见着他们。别的不管不问，只图自己高兴。诺丁汉郡的麦子都不用种了吗，难道？猪都不用喂了吗？”

“谭托尼先生和我可不是农民，先生！”诺丁汉郡这位乡绅怒喝道，“我们是酿酒商。‘盖特康姆与谭托尼牌烈性黑啤酒’是我们的主打产品，名声远扬三郡！”

“我们伦敦这里既不缺啤酒也不缺酿酒的，谢谢！”曼宁厄姆上校道，“两位请吧，别因为我们耽误了您。”

“我们又不是来推销啤酒的！我们来这儿的目的比做买卖可高尚得多！谭托尼先生和我都是魔法爱好者！我们认为只要是爱国志士都有义务培养自己对这门学问的兴趣。伦敦已不只是一国之都，更是魔法学界的中心。谭托尼先生多年来最大的愿望就是学习魔法，可这门学问发展状况曾经是那样惨淡，谭托尼先生已经丧失了信心。朋友们都劝他乐观起来，我们告诉他，世间之事往往绝处逢生。我们没有错，说这话之后没多久，有史以来最伟大的两位魔法师便现身英格兰。我指的自然是诺瑞尔先生和斯特兰奇先生！他们二位创造的奇迹使得国人又一次为自己的祖国唱起赞歌，也点燃了谭托尼先生的希望——即有天成为他们的同道。”

“如此？好吧，我看他最后肯定得失望。”斯特兰奇评论道。

“先生，您要是这么说可就大错特错了！”这位乡绅得意洋洋地说道，“如今指导谭托尼先生研究魔法的正是斯特兰奇先生本人！”

斯特兰奇这时不巧正俯身往台子上趴，单脚着地，向球瞄准。一听这话，他吓了一跳，这杆完全打空，戳在台子边上，人也一头栽倒。

“我看一定是有什么误会。”科洪·格兰特道。

“没有，先生。没什么误会。”乡绅那气定神闲的态度让人起急。

斯特兰奇一边从地上往起爬，一边问：“这位斯特兰奇先生，他长什么模样？”

“唉，”乡绅叹道，“这我可说不确切。谭托尼先生从来也没见过斯特兰奇先生。谭托尼先生研修都是靠书信往来。不过我们特别希望能在街上碰见斯特兰奇先生。明天我们就去苏活广场，只为瞻仰瞻仰他的住所。”

“书信！”斯特兰奇惊叫道。

“要我说，靠函授肯定学不出什么好。”沃特爵士道。

“哪儿的话！”乡绅叫道，“斯特兰奇先生信上字字句句充满对英格兰魔法现状的真知灼见。还说呢，前几天谭托尼先生刚给他写信求一条可以让雨停的咒语——诺丁汉郡我们那一带雨水量大。人家斯特兰奇先生第二天就回了信，说虽然这类能够像棋盘挪棋子似的移动阳光雨水的咒语确实存在，他自己不到紧要关头是不会使用的，建议谭托尼先生也如此对待。英格兰魔法，斯特兰奇先生写道，是英格兰土生土长的，从某种意义上来说，也是英格兰的雨水浇灌出来的。斯特兰奇先生说，干扰这里的天气，我们也就干扰了这个国家本身，同时就很有可能破坏掉这个国家魔法的根基。我们都觉得这话特别能体现斯特兰奇先生的天才，谭托尼先生，是不是？”乡绅拉住他的同伴晃了晃，晃得他同伴直眨眼。

“你说过这话？”沃特爵士低声问。

“还真是！我记得，”斯特兰奇答，“我记得我说过大概这意思……什么时候来着？上礼拜五，好像。”

“你跟谁说来着？”

“自然是对诺瑞尔说的。”

“当时还有谁在场？”

斯特兰奇想了想。“德罗莱特。”他慢悠悠地说道。

“啊哈！”

“先生，”斯特兰奇对那乡绅道，“之前如有失礼之处，还请您多担待。不过您得承认，您自己跟我讲话的时候有些地方也不那么……

总而言之吧，我这人容易火大，您还就往上浇了油。我就是乔纳森·斯特兰奇，很遗憾，我之前从来没听说过您二位。我怀疑我跟谭托尼先生都被某个毫无良知的人骗了。我猜谭托尼先生是不是还往我这里交过学费？我能不能问问他把钱汇到哪里了？假如是小赖德街某个地址，那我需要的证据就有了。”

可惜，乡绅和他的朋友谭托尼先生心目中的斯特兰奇个子高、块头大，留着长白胡须，说话声如洪钟，衣着颇具古风。此时站在他们面前的斯特兰奇身材瘦长，脸上胡子刮得干干净净，快言快语，跟伦敦大街上有钱有派的男士一个打扮。于是一开始他俩无论如何也不肯相信是他。

“这倒好办。”科洪·格兰特道。

“没错，”沃特爵士道，“我这就叫个堂倌过来。堂堂绅士说话不管用，换个下人也许就能办成。约翰，过来！我们找你有事！”

“别，别，别！”格兰特叫道，“我不是这个意思。约翰，你走你的吧，我们没什么事。证明自己法技超群，斯特兰奇先生可做的事情很多，远比单靠别人做证有效。毕竟他是当代最伟大的魔法师。”

“难道，”乡绅皱起眉头，“这不是诺瑞尔先生才有的称号？”

科洪·格兰特微微一笑。“先生，曼宁厄姆上校和我有幸曾在西班牙与威灵顿公爵大人并肩战斗过。我可以告诉您，在那边谁也没听说过诺瑞尔先生。而斯特兰奇先生——您眼前这位——才是我们信任的对象。他现在要是动手施法震您一下，我看您就不会再怀疑什么了。既然对英格兰魔法和英格兰魔法师这般崇敬，我肯定您二位一秒钟都不会耽搁，一定会把关于伪造信件所有已知的情况都告诉斯特兰奇先生。”格兰特带着疑问的神情望着那位乡绅。

“唉，”乡绅道，“我得说，您几位也离奇，给我编这么个故事，我不懂您究竟什么意思。我正告诸位，信上字字句句透着都是地道的英格兰魔法，若是伪造的才怪！”

“可是，”格兰特道，“假设我们是对的，假设骗子伪造信件时用的是斯特兰奇先生原话，这样是不是就说得通了呢？来，为了证明他的身份，斯特兰奇先生现在就让您见识见识世人从未见过的奇景！”

“有必要吗？”乡绅问，“他打算干点儿什么？”

格兰特咧嘴一乐，回头看斯特兰奇，就好像自己也突然来了兴致。“是啊，斯特兰奇，快跟我们说说，你打算干点儿什么？”

然而，回答他的却是沃特爵士。爵士歪头示意他向一面巨大的威尼斯镜子看去，镜子将一面墙占去大半，这会儿黑洞洞的映不出什么。爵士道：“他打算走到镜子里去，不会再从这儿出来了。”

第三十六章

世间所有的镜子

一八一四年十一月

汉普斯特德村位于伦敦北部五里处。在咱们祖父母生活的那个年代，村里只有几片农舍、村屋，是毫不起眼的一块地方。如此地道的乡野风情，却又离伦敦这么近，人们趋之若鹜，纷纷跑去那里享受空气的清甜、田野的苍翠。跑马场、草地保龄球场建起来了，供人们娱乐；糕点铺、花园茶座开张了，解人们饥渴；有钱人纷纷买下此地村屋度夏，汉普斯特德很快成为伦敦上流社交圈子里人人挚爱的度假场所之一。没过多久，这地方就从郊区村庄扩大到相当可观的规模——几乎算是座小镇了。

沃特爵士、格兰特中校、曼宁厄姆上校跟斯特兰奇一伙人同诺丁汉郡来的乡绅吵嘴之后大约两个钟头，一辆马车沿从伦敦来的路驶入汉普斯特德，拐进一条两侧悬垂着接骨木、紫丁香和山楂枝桠的暗巷，在巷子尽头一幢房子门口停住。德罗莱特先生下了车。

这幢房子过去是所农舍，近几年已经改头换面。农舍过去狭小的窗户——主要为了挡风，而不是为了透亮——已经改得又大又规整；过去寒酸的村舍大门已经修成了带立柱的门廊；过去的农家院也被清扫一空，重新修上花圃，种了灌木。

德罗莱特敲了敲门，一位女仆闻声赶来，立即将他带往会客室。会客室是当年农舍的正房，过去的模样如今已了无痕迹，蒙了昂贵的法国壁纸，铺了波斯地毯，摆放了最新式样、最新工艺的英国家具。

德罗莱特候了几分钟不到，一位女士便进了屋。这位女士个头高挑、身材姣好、面容秀丽，颈上戴一串样式复杂的墨玉珠链，更衬得她玉颈洁白、身上天鹅绒裙衣鲜红。

从楼道一扇开着的门里能瞥见餐厅一隅，富丽堂皇的程度可与会客室媲美。餐桌上还摆着未吃完的菜肴，一看便知这位女士是独自用膳。穿红裙衣、戴黑珠链，看来只是自娱自乐而已。

“啊，夫人，”德罗莱特一跃而起，叫道，“您这一向都好？”

她微微一挥手，表示不提也罢。“假如无人陪伴、无事可做也能过得好的话，我想我过得还挺好的。”

“什么！”德罗莱特换上一副受了惊吓的嗓音，“这儿就您一个人住？”

“倒是有个人陪我，一位老姑妈，每天催着我信教。”

“哦，夫人，”德罗莱特叫道，“千万别把精力都浪费在祷告、布道上，那些无法给您带来安慰。还是集中思考如何复仇吧。”

“我会的。我思考了。”她只答了这几句，随后往正对窗户的沙发上一坐，“斯特兰奇先生和诺瑞尔先生近来如何？”

“哦，忙着哪，夫人！忙、忙、忙！我是希望他们手上事情少一点的，不光为了您考虑，也是为他们自己。就在昨天，斯特兰奇先生还特别问候了您。他向我打听您精神可还好。‘哦，还过得去，’我这么跟他说的，‘将将过得去。’斯特兰奇先生受了震惊，夫人，他为您家人如此薄情而十分震惊。”

“真的吗？他要是真替我生气，就来点儿实在的，”她冷冷地说道，“我花了不止一百几尼了，他什么都没干。老这么通过中间人来协调，德罗莱特先生，我已经受够了。替我问斯特兰奇先生好，告诉他，甭管白天黑夜具体几点，他愿意什么时候见我我都答应。几点钟对我来说都一样，我也没别的安排。”

“啊，夫人哪，我多想按您说的做，人家斯特兰奇先生又何尝不想！可这事儿恐怕办不到。”

“你就会这么说，可到现在我也没听见理由是什么——反正没有一条足够令我信服。我猜斯特兰奇先生大概是怕别人看见他跟我在一起会议论。我们见面完全可以避开外人嘛，不用非得让谁知道。”

“哦，夫人，您大大误会了斯特兰奇先生的为人！若有机会向公众控诉迫害您的凶手，他再高兴不过了。他这么谨小慎微，完全是为了您考虑。他担心……”

斯特兰奇究竟担心什么，夫人再没机会听见。话未说完，德罗莱特突然住了口，带着一脸深深的困惑往四下里看。“这是怎么回事儿？”他问道。

就好像什么地方有扇门开了，也有可能是好几扇门。感觉上似乎有一阵轻风吹进房内，随风而来的是记忆中残存的童年芬芳。光线变了一变，屋里的阴影仿佛都因此改换了位置。没什么比这更确切了，然而，如同大部分魔法生效时一样，德罗莱特和那位女士都强烈地感到他们眼中所见的世界已经不再可靠。就好像伸手去摸房间里任何一样物件，却发现它已经不在那里了。

夫人所坐的沙发上方挂着一面长镜子。镜子里有另一扇黑漆漆的高窗、另一轮巨大的白月亮，以及另一间昏暗的厅堂。可镜子里的厅堂却不见了夫人和德罗莱特，只有模模糊糊一团，这一团渐渐变成影子状，黑影随后有了人形，正冲他们走来。从人影身后的路可以很明显地看出，镜中厅堂和镜外完全两样；之前看着一样，只是因为光线和透视取了巧——我们常见戏院用这招。镜中厅堂其实更像是一条长长的走廊。那神秘人影的头发和外套被风吹动，可镜外的屋里感觉不到一丝风。那人冲隔开两座厅堂的镜面玻璃走来，看上去步履飞快，结果颇走了一会儿才到。临到镜子跟前，有那么一瞬间，巨大的人形黑压压逼上了玻璃面，暗影却仍然蒙着他的脸。

随后，斯特兰奇从镜子里轻快利落地往下一跳，脸上带着他最有魅力的微笑，冲德罗莱特和那位夫人道了句“晚上好”。

他等了等，仿佛在为打算说点儿什么的人留出时间，结果发现没人开口，便道：“夫人，希望您宽宏大量，别怪我来得迟。说实话，这条路比我预想中要绕得多。我之前拐错了一个地方，差点儿就走到……唉，我也不知道会走到哪里去。”

他又顿了顿，仿佛在等谁请他落座。见没人开口，他兀自坐下了。

德罗莱特和那位穿红裙衣的夫人愣愣地看着他。他也微笑着看着他们。

“我刚认识了一位谭托尼先生，”他对德罗莱特道，“人相当好，就是不大爱讲话。他的朋友盖特康姆先生倒是把该说的都说了。”

“您就是斯特兰奇先生？”穿红裙衣的夫人问道。

“是我，夫人。”

“真是太巧了，德罗莱特先生这儿正跟我解释为何你我总不得见。”

“确实，夫人，直至今晚之前，这样或那样的情况总不利于你我相见。德罗莱特先生，还不快给我们介绍介绍。”

德罗莱特低声咕哝道，这位穿红裙衣的夫人是布尔沃思太太。

斯特兰奇起身冲布尔沃思太太鞠了一躬，又坐下了。

“我想德罗莱特先生大概已经把我的遭遇告诉您了？”布尔沃思太太道。

斯特兰奇脑袋微微晃了一下，有可能表示是，有可能表示不是，也有可能什么都没表示。他说：“不相干的人怎么叙述都不如与之息息相关的当事人。德罗莱特先生很可能出于某种考虑将一些重要细节略掉

了。就当迁就我一回，夫人，让我直接听您讲讲。”

“从头到尾？”

“从头到尾。”

“那好吧。我呢，您知道的，是北安普敦郡一位绅士的女儿。我父亲他资产雄厚，房产、收入都十分可观。我们是最早落户在该郡的家族之一。可我家里人总劝我相信，凭我的美貌与才干，完全可以在社会上取得更高的地位。两年前我嫁了人，算是嫁得相当好了。布尔沃思先生有钱，我们迈入了上流社会的圈子。可我仍然觉得不幸福。去年夏天，我不幸遇到这样一位男士，布尔沃思先生没有的他都有：他英俊、聪明，能逗我开心。短短几个礼拜，我就变得死心塌地，眼里谁也没有，只有他。”她肩膀微微一耸，“那年离圣诞节还有两天，我离开我丈夫的家，跟他跑了。我希望——或者说我以为我可以——先跟布尔沃思先生离掉，再跟他结婚。可他不这么想。到了一月底，我跟他大吵一架，我的朋友也不管我了。他回了自己的家，继续该干吗干吗；可对我来说，生活再也无法回到过去。我的丈夫不要我了，我的朋友也不肯收留我。我走投无路，只好回去投奔我的父亲。他说他可以养我一辈子，前提是我必须老老实实在家待着。再也没有舞会，没有聚会，没有朋友——什么都没了。”她向远处某个地方定定望了一会儿，就好像在默想自己失去的一切；这份哀怨来得突然，摆脱得倒也脆快，她大声宣布：“现在说正事！”说罢走到一个小写字桌前，开抽屉抽出一张纸递给斯特兰奇。“我依您的指示，把所有负了我的人列了个名单。”

“啊，我叫您列名单来着，是吗？”斯特兰奇接过单子来，“看我办事多讲究方式方法！您这名单可够长的。”

“哦！”布尔沃思太太道，“您就把每个名字都当成是一份独立的委托，我单付给您一份佣金。我贸然将我认为合理的惩罚方式也写在名字旁边了。当然，您道行高深，兴许能为我的敌人安排更合适的下场。

我乐于听您指教。”

“‘詹姆士·索斯威尔爵士：痛风’。”斯特兰奇读道。

“这是我父亲，”布尔沃思太太解释道，“他成天教训我，说我性格不好，我都烦死了。他还把我赶出家门。从某种意义上讲，他才是造成我一切苦难的罪魁祸首。我也希望自己能够硬下心肠，让他患上更严重的疾病，可我做不到。我猜这就是所谓女人的软弱吧。”

“痛风痛起来可是很要命的。”斯特兰奇评论道，“至少我听说如此。”

布尔沃思太太打了个手势，表示没闲心管这些。

“‘伊丽莎白·切尔奇小姐’，”斯特兰奇读下去，“‘解除婚约’。伊丽莎白·切尔奇小姐是哪位？”

“我的一个表妹——乏味无聊、整天就知道绣花的那种女孩子。我没嫁人的时候，谁看过她一眼？现在听说嫁了一位神职人员。我父亲开了张支票给她，让她做嫁衣、添置家具，还保证会利用自己生意上的往来帮他们争取到各种好处。他们夫妻俩的未来会是一马平川。婚后他们就住到约克去，出席各种晚宴、聚会、舞会，享受一切本该属于我的快乐。斯特兰奇先生，”她越说越兴奋，高声叫道，“肯定有什么咒语能让那牧师一看见丽莎就心烦吧？能让他一听见丽莎的声音身上就打战？”

“我不知道，”斯特兰奇道，“我从来没考虑过这种情况。我想大概总会有的。”他低头又看了看名单，“‘布尔沃思先生’……”

“我丈夫。”她说。

“……‘被狗咬’。”

“他养了七条大黑狗，对它们比对人都上心。”

“‘布尔沃思老夫人’——我猜是您丈夫的母亲吧——‘在洗衣缸里淹死，被她自己做的杏酱呛死，不小心被面包炉烤死’。一个女人三种死法。不好意思，布尔沃思太太，就算是天下最伟大的魔法师也没办法同时以三种不同的方式杀同一个人。”

“您尽力而为吧，”布尔沃思太太不为所动，“这老女人以为只有她自己会管家，令人忍无可忍。她那一套我听得烦透了。”

“明白。好吧，这些听着都太像莎士比亚的戏了。那么咱们看看最后一位是谁。‘亨利·拉塞尔斯’。这人我认识。”斯特兰奇探问似的望了望德罗莱特。

布尔沃思太太道：“就是这个人——是他帮着我从我丈夫家逃走的。”

“啊，那给他安排什么样的下场呢？”

“穷困潦倒，”她低声忿忿道，“得失心疯，被火烧死，变成残废，让马踩踏！让坏蛋伺机用刀划他的脸！让恐怖的幻影缠上他，搅得他彻夜无眠！”她腾地站起来，在屋里踱来踱去，“让他干过的每一桩亏心事都在报上发表！让伦敦人谁也甭理他！让他去勾引个村姑，等村姑对他着了魔，他走到哪里就追到哪里，追个好多年。让大家为这看他的笑话。村姑也不让他消停。找个好心人犯错，最后误判他有罪，也让他尝尝受审讯监禁的屈辱。往他身上烙罪名！往他身上抽鞭子！把他处死！”

“布尔沃思太太，”斯特兰奇道，“请您冷静一下！”

布尔沃思太太停下脚步，也不再诅咒拉塞尔斯先生将遭遇哪些可怕的下场，可仍然算不上冷静。她呼吸急促，浑身发抖，五官仍在盛怒之下拼命活动着。

斯特兰奇望着她，只等她逐渐能够自控，能够理解他说的话了，才开口道：“布尔沃思太太，我很抱歉，您成了一场恶意诈骗的受害者。这个人，”他斜了德罗莱特一眼，“骗了您。诺瑞尔先生和我从未接受过私人辅导的委托。我们也从来没委托过代理人替我们揽生意。我直到今晚才听说您是谁。”

布尔沃思太太盯了他一会儿，转身问德罗莱特：“他说的是真的吗？”

德罗莱特将满眼的愁苦往地毯上倒，嘴上喃喃低语，只有“夫人”“特殊情况”这几个词能听清楚。

布尔沃思太太伸手拉绳摇铃。

最初把德罗莱特带进客厅的那位女仆又出现了。

“黑弗丽尔，”布尔沃思太太道，“把德罗莱特先生轰出去。”

这位黑弗丽尔可不像上流社会家庭里常见的女佣似的受雇全凭一张漂亮脸蛋，她已近中年，模样能干，双臂粗壮，一脸不留情面。眼下倒不用她花多大力气，因为德罗莱特巴不得有个机会赶紧离开。他抓起手杖，见黑弗丽尔给他开了门，便一路小跑溜了出去。

布尔沃思太太转向斯特兰奇。“您能帮帮我吗？您能照我说的做吗？要是钱不够……”

“哦，钱！”斯特兰奇把手一挥，表示钱不重要，“很抱歉，我跟您讲过的，我不接受私人委托。”

她定定地望着他，带着一丝怀疑对他说：“难道这是因为我的遭遇还没让您动心吗？”

“恰恰相反，布尔沃思太太，这样一种只谴责女性、任男性逍遥法外的道德体制在我看来是可憎的。然而，我最多只说到这一步。我不会去伤害无辜的人。”

“无辜！”她叫起来，“无辜！谁是无辜的？没人是无辜的！”

“布尔沃思太太，我没什么可说的了。我无能为力，抱歉。”

她没好气儿地看着他。“哼，好吧，至少您还留着情面，没像那些傻瓜似的强我忏悔，逼我干活、做针线，以为这些能让生活充实，能让伤透的心复原。不过，为了你我都好，咱们就先谈到这儿吧。晚安，斯特兰奇先生。”

斯特兰奇欠欠身。临走，他又悻悻然看了看沙发上方的镜子，仿佛还打算从那里离开。可黑弗丽尔已经为他开了门，他拘于礼节，只好从大门出去。

来的时候既没骑马也没坐车，他只好从汉普斯特德步行五里回到苏活广场。到了自己家门口，他发现虽然已经快凌晨两点钟了，家里每扇窗户都还有光。兜里的门钥匙还没掏出来，大门就被科洪·格兰特猛然推开了。

“老天爷！你怎么在这儿呢？”斯特兰奇叫起来。

格兰特根本没顾上理他，直接回头冲屋里喊道：“他回来了，夫人！他一切平安。”

阿拉贝拉从客厅跑了过来，身上似乎还在打战，随后跟来了沃特爵士。杰里米·约翰斯和几个仆人也都跑到通往厨房的走廊上。

“出什么事了？有什么不对吗？”斯特兰奇惊奇地望着所有人。

“榆木疙瘩！”格兰特笑起来，亲热地敲了敲他的脑壳，“我们都为你担心呢！你到底上哪儿去了？”

“汉普斯特德。”

“汉普斯特德！”沃特爵士叹道，“好吧，见你回来了我们都很高兴！”他瞧了瞧阿拉贝拉，又慌忙补了一句，“恐怕我们让斯特兰奇太太白操心了。”

“哦，”斯特兰奇问他太太，“你没有怕吧，有吗？我这不好好的嘛。我一向不都好好的。”

“瞧，夫人，”格兰特中校兴高采烈道，“我和您说什么来着，在西班牙的时候，斯特兰奇先生经常遇险，我们从来就没担心过。他脑子太好使，什么危险都伤不着他。”

“咱们一定要在门厅里站着吗？”斯特兰奇问道。从汉普斯特德回来的路上他一直在思考魔法，打算到家以后继续。回了家却是满满一屋子人，还都在说话。这令他情绪不佳。

他带大家回了客厅，并叫杰里米给他端杯酒再拿点吃的来。等大家都坐定，他说："咱们没猜错。德罗莱特确实一直在安排诺瑞尔和我去作你们所能想见的各种黑魔法。我看见他的时候，他正和一位特别容易激动的少妇在一起，那女人想让我折磨她的亲戚。"

"真恐怖！"格兰特中校道。

"德罗莱特怎么说？"沃特爵士问，"他怎么为自己开脱的？"

"哈！"斯特兰奇爆出短短一声苦笑，"他什么都没说，直接跑了——可惜得很，我一心想问他敢不敢出来决斗呢。"

"哦，"阿拉贝拉突然发了话，"都要决斗了，是吧？"

沃特爵士和格兰特都紧张地看着她，而斯特兰奇只自顾自说下去，根本没注意到她一脸怒气："我估计他也不敢接受，我只是打算吓唬吓唬他。老天有眼，这是他罪有应得。"

"你还没讲讲镜子里那个王国、道路还是什么的，"格兰特中校道，"和你想象中的一样吗？"

斯特兰奇摇了摇头。"我不知该用什么词形容。跟它相比，诺瑞尔和我所做的一切简直不值得一提！我俩竟也敢自称是魔法师！我真希望我能让你们体会到那里有多么宏伟庄严，多么庞大、复杂！我真想让你们看到那四通八达的巨石厅堂！我一开始还打算估算它们的长度和数量，很快便放弃了，因为根本看不到尽头。那里还有石堤围起的一条条河道，里面是静静的死水，光线昏暗，看上去只是幽黑一潭。我还见到通天的楼梯，竖起多高，顶端在哪里我根本看不到；另一些则是向下通往彻底的黑暗。后来我从一座拱门下穿过，突然发现自己已经站在一座石桥上，桥下是一片幽暗、空寂的土地。这座桥大极了，一眼望不到尽头。你们想象一下，就像有座桥能从伊斯灵顿直通特威克纳姆，或是能从约克直通纽卡斯尔！无论厅堂还是桥梁上，处处可见他的印记。”

“谁的印记？”沃特爵士问道。

“诺瑞尔和我笔下几乎所有文章都在诋毁这个人。诺瑞尔几乎无法忍受别人提他的名字。而这些厅堂、河道、大桥，一切的一切，都是他建造的。约翰·乌斯克格拉斯，我们的乌衣王！当然，几个世纪过去了，这些建筑都已年久失修。无论约翰·乌斯克格拉斯当初修建这些道路的目的是什么，现在都已经不再用它们了。雕像、砖石都已坍塌，道道光束从天知道什么地方透进来。有些厅堂的入口被堵上了，有些被大水淹了。我还要告诉你们一件稀奇事：我无论走到哪里，都能看见一大堆鞋子，大概是过路人扔在那里的。鞋子的样式很古老，而且已经烂得不行了。于是我知道近年来这些通道鲜有人经过。我走了那么久，只看见一个人。”

“你还看见有别人？”沃特爵士问。

“哦，是啊！至少我觉得那是个人。我看见一团影子在一条白路上移动，穿过黑乎乎的荒原。要知道，我当时还站在那座大桥上，那桥比我见过所有的桥都要高。地面在我脚下大约几千尺的地方。我一低头，看见了那人影。若不是已打定主意去找德罗莱特，我肯定要找条路下去，跟上那个人。在我看来，身为一名魔法师，时间最好都用来和这样的人谈谈。”

“可跟这样的人谈能放心吗？”阿拉贝拉问。

“放心？”斯特兰奇一派蔑视群雄的姿态，“哦，不，我觉得不能放心。不过，算是自夸吧，我自己也不特别让人放心。我希望我没错失这机会。等明天再回去的时候，我希望能找到些线索，看看那个神秘的人影究竟去向何方。”

“回去！”沃特爵士惊道，“你确定……”

“啊，”阿拉贝拉叫起来，打断了他们的对话，“我看出来了！以后只要诺瑞尔先生那边一时用不着你，你就会跑到那些通道上去，剩我一个人在这里提心吊胆地煎熬着，担心还能不能再见着你！”

斯特兰奇诧异地看着她。“阿拉贝拉，你到底怎么了？”

“怎么了！你现在一门心思把自己往最凶险的地方推，还指望我不闻不问！”

斯特兰奇打了个手势，好像在求助，又好像在表示无助；他仿佛是要请沃特爵士跟格兰特做证，看这一切多没道理。他说：“我告诉你我要去西班牙的时候，那边正打着一场恶战，你反倒相当镇定。而现在这事儿，其实挺……”

“相当镇定？我告诉你，根本不是那么回事！我快为你担心死了——只要家里男人去了西班牙，他们的妻子、母亲、姐妹都和我一样。不过当初咱俩是说好了的：你去那边是尽义务去的。此外，在西班牙的时候有整个陆军陪着你，而如今你在那儿是孤零零一个人。我说‘那儿’，其实谁也不知道‘那儿’究竟是‘哪儿’！”

“抱歉，那儿究竟是哪儿，我知道得很清楚！那儿是‘王道’。说真的，阿拉贝拉，你要是现在才发现不喜欢我这一行，我觉得有点儿晚了。”

“哦，你这么说可不公平！我对你的职业从来没说过一个‘不’字。我觉得它是世界上最崇高的职业之一。你和诺瑞尔先生取得了成绩，我不知道有多自豪。无论什么新法术，只要你觉得合适你就去学，我也从来没有反对过——可从前，你只要从书里学到新东西就满足了。”

“以后不会了。把魔法研究限制在书房里的书本上，那，还不如告诉探险家你赞成他去探寻那些，那些——甭管非洲那些河流都叫什么吧——的源头，但条件是不许走出唐桥井*！”

---

* 唐桥井（Tunbridge Wells），又译“坦布里奇韦尔斯”，是英格兰东南部肯特郡一个著名的温泉城。

阿拉贝拉气得扔给他一句："我以为你是要做魔法师的，不是什么探险家！"

"都是一回事。探险家不能窝在家里看别人画的地图。魔法师若要丰富自己的技术，不能靠读别人写的书。早晚有一天诺瑞尔和我要超越书籍所限，这在我看来是明摆着的！"

"是吗？你觉着是明摆着的？好吧，乔纳森，我严重怀疑对诺瑞尔先生来说这也是明摆着的。"

二人你一言我一语，旁边沃特爵士和格兰特中校看上去很不自在，就像任何人不小心撞见别人家夫妻矛盾小爆发之后的反应。由于觉出阿拉贝拉和斯特兰奇对他俩的态度都不怎么好了，他二人更觉得尴尬。之前，当他们向阿拉贝拉承认自己有教唆斯特兰奇尝试危险法术的责任，他们就已经挨了阿拉贝拉几句训斥了。此时，斯特兰奇也对他俩怒目相向，就好像在问他俩大半夜的凭什么跑到他家来，把他一向好脾气的太太惹得发了脾气。一等他夫妇二人稍有停顿，格兰特中校便语无伦次地低声叨咕，说什么这会儿已经太晚了、感谢他们盛情款待、祝大家晚安。结果谁也没理他，他只好还在原地坐着。

相比之下，沃特爵士更决绝果断一点。他说让斯特兰奇到镜子里面寻路都是他的错，他保证尽己所能弥补过失。他是干政治的，自己的观点说出来对方不想听，这点小事绝不影响他继续说下去。"每一本关于魔法的书你都已经读过了？"他问斯特兰奇。

"什么？没有，当然没都读过！这点你清楚得很！"斯特兰奇道。（他想到何妨寺藏书室里的那些书。）

"今天夜里你看见的那些厅堂，你知道它们都通向哪里吗？"沃特爵士问。

"不知道。"斯特兰奇答。

"你知道桥下那片幽暗的荒原是什么地方吗？"

"不知道。不过……"

"既然如此，你最好还是照斯特兰奇太太说的做，先把关于那些道路的文献能读的都读了，再回那里去。"沃特爵士道。

"可书上的内容既含糊又自相矛盾！诺瑞尔也这么说，而他已经把能读到的都读了。这点你不用怀疑吧！"

阿拉贝拉、斯特兰奇和沃特爵士三人又吵了大约半个钟头，直吵得大家心烦意乱、疲惫不堪，都想赶紧上床睡觉去。一说起那些诡异空寂的厅堂、无尽的通道和那广袤幽暗的荒原，似乎只有斯特兰奇还跟没事人儿似的。阿拉贝拉听了着实吓得不轻，就连沃特爵士和格兰特中校心里都明显感觉不踏实。魔法——几个钟头前还是那样熟悉，出现在这个国家还是那样天经地义——现在突然和人类、大自然都脱离了关系，变得如此怪诞离奇。

而斯特兰奇则认定他们仨是天下最难理解、最令人头疼的家伙。他们似乎还没看出来，他这是干了件极为不凡的大事——说是他事业上迄今为止最卓著的成绩（他觉得）都不为过。自马丁·佩尔之后，还没有哪一位英格兰魔法师走上过王道。结果他们仨非但没祝贺他，没表扬他——换了谁也会这么做吧——反倒跟诺瑞尔似的一个劲儿埋怨他。

第二天早上他一觉醒来，满心打算再去趟王道。他和颜悦色地冲阿拉贝拉打招呼，闲扯些琐事，假装昨天夜里吵那一架完全是因为她太过疲劳、紧张过度。结果还没等利用上这方便的借口（然后就找一面离自己最近的大镜子溜进王道去），阿拉贝拉就坦白告诉他，说她昨天夜里什么感受现在还是什么感受。

说到底，人家夫妻俩吵架咱们一句一句全听下来又有什么用处呢？这种纷争一定比任何对话都要更迂回绵长，必会节外生枝、旧账重提——除了当事者本人，外人根本听不明白。到最后谁也没有对错，就算争出个你对我错，又有什么意义呢？

与伴侣相亲相爱地和谐相处是人人热切追求的理想，斯特兰奇和阿拉贝拉在这一点上并无两样。争论了两天后，他二人相互承诺：他保证，只有获得她的首肯，他才能再去王道；而她也向他承诺，只要他能说服她这么干是安全稳妥的，她一定批准。

第三十七章

五龙法庭

一八一四年十一月

七年前，拉塞尔斯先生位于布鲁顿大街的住所是全伦敦公认的豪宅。能将宅子装潢得如此完美的，只可能是位有钱的大闲人，大部分时间用来收集画作、雕塑，大部分精力用来挑选家具、壁纸。拉塞尔斯先生的品味不是一般的好，在配色方面别有天赋，颜色配出来新颖夺目。他尤其偏好蓝、灰色系以及一种黯哑的金属古铜。然而，他对自己这些家当并无眷恋。油画买得容易，卖得也痛快，于是他宅内从未沦落到像某些收藏者家里似的，挂得跟画展一般乱。拉塞尔斯先生家中每个房间只挂几幅画，只摆几件小饰品，可就这些东西，论漂亮、稀奇，放在整个伦敦也算出挑的。

可是，在过去的七年间，拉塞尔斯先生的住所渐渐不再完美。室内配色仍然考究，可也整整七年没有换过。家具装潢仍然贵重，可式样还是七年前流行的。这七年里，拉塞尔斯的油画收藏没添过新品；一件件精美绝伦的古董雕塑从埃及、希腊、意大利运至伦敦口岸，却都进了别人的宅院。

不仅如此，更有种种迹象表明这宅子的主人一直忙于某种有用的营生，简而言之，他是有了工作了。每张桌椅板凳上都铺满了报告、手稿、信件和公文；每间屋里都能看见《英格兰魔法之友》期刊以及关于魔法的书。

真实情况是，拉塞尔斯虽然仍摆出一副好逸恶劳的派头，自打诺瑞尔先生来了伦敦，这七年里他比以往都要忙碌。虽然当初是他建议任命波蒂斯海德勋爵为《英格兰魔法之友》的主编，可勋爵开展编辑工作的方式渐渐令他难以忍受。波蒂斯海德勋爵无论什么事都把诺瑞尔先生的意思当圣旨，诺瑞尔先生提出的修改意见，即使不必要，他也立马执行。结果就是《英格兰魔法之友》一期比一期枯燥，话说得一期比一期拐弯抹角。一八一〇年秋天，拉塞尔斯费尽心机将自己提拔为联合主编。《英格兰魔法之友》的订阅量在国内期刊界是首屈一指的，工作量并不小。除此以外，拉塞尔斯还在为其他杂志报纸撰写关于当代魔法的文章，并为政府提供魔法政策方面的咨询，而且几乎每天都要去拜访诺瑞尔先生；剩下的空闲，他就用来研究魔法史和魔法理论。

斯特兰奇寻访布尔沃思太太之后的第三天，拉塞尔斯正在书房里忙着准备下一期《魔法之友》。时过正午，他还未腾出时间刮脸、更衣，只穿着睡袍，一堆书籍稿件、早餐盘和咖啡杯将他围在中间。有封信不见了，他起身去找。走进客厅，见厅里有个人，他吓了一跳。

“哦，”他说道，“是你啊！”

那人一副惨相，瘫在壁炉边的椅子上，闻声抬头对他说：“你的用人跑去通知你我来了。”

“啊！”拉塞尔斯顿了顿，明显不知道接下来该说点什么。他坐到对面，一手托腮，若有所思地打量着德罗莱特。

德罗莱特脸色苍白，双眼凹陷。外套上全是土，靴子也没仔细擦，就连兜里的手绢都好像打了蔫儿。

“我觉得你真不地道，”拉塞尔斯终于发了话，“收钱替别人活动，只为毁我的前程、断我的腿、把我逼疯。收的还偏偏是玛丽亚·布尔沃思的钱！她生那么大气干什么，我真是想不通。说是我的责任，不如说是她自作自受。当初又不是我逼她嫁的布尔沃思，我只不过在她一眼都不想瞧见他的时候给了她一个出逃的机会。她还想让斯特兰奇咒我得麻风病来着，是吗？”

“哦，有可能吧，”德罗莱特叹了口气，“我真说不好。这世界对你来说，根本没有任何危险。你就坐在这儿，跟从前一样有钱、健康、安逸。可我却成了伦敦头号可怜虫。我已经三天没合眼了，今天早上我手抖得厉害，连领巾都没法系了。穿成这么个吓人样，谁能体会我心里的恐慌。不过反正没人搭理我，穿成这样又何妨。伦敦城里的住家没人让我进门，你是唯一接待了我的。”他顿了顿，“我不该跟你提这个。”

拉塞尔斯耸了耸肩膀。“我想不通的是，”他说道，“这么荒唐的方案，你怎就认为可行？”

“一点儿都不荒唐！我对我的……我的客户可都是精挑细选。玛丽亚·布尔沃思已经退出社交圈隐居了。而盖特康姆和谭托尼都是酿酒的！还是诺丁汉郡酿酒的！谁能想到他们会跟斯特兰奇碰面？”

“那格雷小姐又是怎么回事？阿拉贝拉·斯特兰奇有天在贝德福德广场维斯特比夫人家碰上她了。”

德罗莱特叹了口气。“格雷小姐才十八岁，跟她的监护人一起生活在惠特比。根据她父亲的遗嘱，她三十六岁之前无论做什么，都必须先参考监护人的意见。监护人一家讨厌伦敦，一辈子都不打算离开惠特比。不幸的是，两个月前他们受了寒，一下全都病死了。这臭丫头立马搬来了首都。”德罗莱特停下，神情紧张地舔舔嘴唇，“诺瑞尔是不是特别生气？”

“我就没见有人这么气过。”拉塞尔斯淡淡地答道。

德罗莱特又往椅子里缩了缩。“他们准备怎么办？”

“我不知道。你的事迹一被揭发，我就想我这阵子最好不要再去汉诺威广场了。我听萨默海斯将军说斯特兰奇打算叫你出来单挑……”

（德罗莱特吓得惊叫出声。）“……不过阿拉贝拉不赞成决斗，于是这事儿就搁下了。”

“诺瑞尔没理由生我的气！”德罗莱特突然大声道，“他能有今天全靠我！魔法研究是不错，可要没有我带着他到处见人，人家知道他是谁。当初他离了我不行，现在他也不能没有我。”

“你这么以为？”

德罗莱特一双黑眼睛睁得比以往都要大。他竖起一根指头往嘴里放，仿佛打算啃指甲放松一下，结果发现手套还没摘呢，只好赶紧抽回手去。“今天晚上我会再来一趟，”他问道，“到时候你还在吗？”

“哦，可能吧！我半许下布莱星顿夫人去参加她的沙龙聚会，可我估计我去不了了。我们《魔法之友》进度慢得吓人，快赶不上出版了。诺瑞尔成天拿自相矛盾的指示折磨我们。”

“这么多公事！我可怜的拉塞尔斯！这样对你真的不好！那老头子真是个催命监工！”

德罗莱特走后，拉塞尔斯摇铃铛唤来了仆人。“艾默生，我再过一个钟头就走。让华莱士把衣服准备好……哦，对了，艾默生！德罗莱特先生刚刚明说了今晚要回这里来。等他真来了，说什么也不许让他进门。”

在以上这番对话进行的同时，诺瑞尔先生、斯特兰奇先生和约翰·齐尔德迈斯齐聚汉诺威广场诺瑞尔宅的书房，正研究德罗莱特的诈骗行径。诺瑞尔先生两眼盯着炉火，坐着不讲话。而齐尔德迈斯在给斯特兰奇讲述他是如何发现了德罗莱特的另一位受害者——特威克纳姆一位姓帕尔格雷夫的老先生。这位老先生给了德罗莱特两百几尼，目的是为了再活八十年，并重新年轻一回。

“恐怕，”齐尔德迈斯接着说道，“咱们无法确定究竟有多少人给过德罗莱特钱，以为能委托你施黑魔法。谭托尼先生跟格雷小姐都得到德罗莱特的承诺，说不久以后就要设立魔法师等级制度，而他们一定可以评上某一级。这等级制度是怎么回事儿，我就不强装明白了。”

斯特兰奇叹了口气。“究竟该怎么说服人家咱们跟这事儿没关系，我不知道。咱们得做点儿什么，可究竟做点儿什么呢，我承认我一点儿主意都没有。”

突然，诺瑞尔先生发了话：“在过去的两天里，我已经非常仔细地考虑过这件事了——说实话，除了这件事，我都没考虑别的——我的意见是：咱们必须恢复五龙法庭[1]！”

一时没人出声。随后斯特兰奇问道：“不好意思，先生，您是说五龙法庭吗？”

诺瑞尔先生点了点头。“在我看来，这恶棍明显要在五龙法庭受审。他犯的罪包括‘伪魔法’及‘险恶意图’。所幸这部中世纪的古法从未被推翻过。”

“中世纪的古法，”齐尔德迈斯爆出短短一声笑，“要求十二位魔

1　五龙法庭并非大众所猜测的那样因其法官暴戾而得名。这名字来源于乌衣王约翰·乌斯克格拉斯位于纽卡斯尔朝廷上的一间议事厅，审判最初都是在那里举行的。据说这间议事厅墙壁有十二面，雕刻了美妙的花样做装饰，有人类的工艺，也有仙灵的手笔。最为奇丽的，当属上面雕着的五条龙。

五龙法庭上定的罪包括：“险恶意图”——使用本身带有邪恶目的的魔法；“伪魔法”——在无能力或无意愿施法的前提下假意施法或假意承诺施法；将带有法力的戒指、帽子、鞋子、外套、腰带、锹铲、豆子、乐器等等卖给公认无法控制以上强效魔法物品的人；冒充魔法师或谎称受魔法师委托；将魔法传授给不适宜人群，如酗酒者、疯癫者、儿童及具有不良嗜好、取向的人；此外还包括许多由专业魔法师及其他基督徒所犯下的魔法罪。针对约翰·乌斯克格拉斯个人的罪行也由五龙法庭审理。只有一大类魔法罪行不归五龙法庭处理，即仙灵所犯之罪。仙灵罪由另一座疯花法庭审理。

十二至十四世纪的英格兰，魔法师和仙灵的群体日渐壮大，法术实践不停。众所周知，魔法极难管制，而且毫无疑问，并非所有法术都是善意而为。约翰·乌斯克格拉斯似乎花费了极大时力，只为创立一部法律来规范魔法并管理魔法师。当魔法实践已在英格兰广为开展，南英格兰国王自是乐得将北方邻国的智慧拿来借用。当时的英格兰国土一分为二，司法制度各不相同，而管治魔法的法律却如出一辙。南英格兰和五龙法庭相对应的机构叫作“伦敦小龙法庭”，位于黑衣修士区附近。

法师在五龙法庭上进行庭审。全国加起来有没有十二位魔法师，您很清楚。全国只有两位。”

“咱们可以把剩下的都找来。”诺瑞尔先生道。

斯特兰奇和齐尔德迈斯惊异地看着他。

一句话推翻了自己过去七年的坚持，诺瑞尔先生至少还知道表现出一丝尴尬，但他话没停：“咱们有波蒂斯海德勋爵，还有约克没签协议的那黑头发小矮个。这就算两位了。我猜，”他看了看齐尔德迈斯，“只要你肯花心思，总还能再找到一些的。”

齐尔德迈斯开了口，仿佛是要把过去帮诺瑞尔先生找到的魔法师全说给他听——他们再也当不成魔法师了，就因为诺瑞尔先生抢了他们的书、害他们失了业、逼他们签了害人的协定，或是以别的什么方式毁了他们。

“诺瑞尔先生，请您原谅，”斯特兰奇插话进来，“刚刚说咱们得做点儿什么，我的意思是在报上登个启事之类的。为了惩治一个人，就把已经名存实亡了两百多年的一部分法律恢复，我很怀疑利物浦伯爵和朝中大臣们可会允许咱们这么干。就算他们肯帮忙、真答应了，我想咱们也要先假设那十二位魔法师指的是十二位实践派魔法师。波蒂斯海德勋爵和约翰·斯刚德斯都是理论魔法师。何况德罗莱特很快就会被指控为欺诈、造假、盗窃等等——我也说不清还有什么罪名。我实在看不出五龙法庭比普通法法庭好在哪里。”

“普通法法庭的法官裁决完全不可靠！他们根本不懂魔法。这个人罪行滔天，他们肯定看不出来。我要说的是他对英格兰魔法犯的罪、他对我犯的罪。五龙法庭以其严苛闻名。为保险起见，我看最好对他施以绞刑。”

“绞刑！”

“哦，是的。不看他被绞死我誓不罢休！我以为咱们就是为这谈的。”说罢，诺瑞尔先生飞快地眨了眨他那双小眼睛。

“诺瑞尔先生，”斯特兰奇道，“您气愤，我也气愤。这个人毫无原则、奸诈狡猾，一切都为我所不齿。可我不想送人去死。我在半岛待过，先生，我已经看够了死亡。”

“可两天前你还想问他敢不敢出来决斗呢！”

斯特兰奇怒目相向。“这完全是两码事！”

“不管怎么说，”诺瑞尔先生接着道，“我看德罗莱特的罪过不一定有你大！”

“我？”斯特兰奇吓了一跳，叫起来，“什么意思？我干什么了？”

“呵，我什么意思你清楚得很！你中了什么邪非要跑到王道上去？单枪匹马，毫无准备！如此胆大妄为，你难道以为我会同意吗！你那天夜里的行为给英格兰魔法的名誉带来的损害不输那个罪人。你带来的损害甚至更大！没人对克里斯托弗·德罗莱特有过好印象，他成了罪人，谁也不会奇怪。可谁都知道你是我徒弟！你是这片土地上的魔法师二号！你干了什么，人家会以为是我批准的。人家会以为这也算是我复兴英格兰魔法大计的一部分。”

斯特兰奇盯住他师父说：“求上天宽恕，诺瑞尔先生，假如我的所作所为让您觉得难办。我向您保证，这绝非我所愿。不过解决起来倒也不难。假如你我分道扬镳，先生，那么咱们各自都可以独立行事。世人评价你我之时，不必再拿另一方做参照。”

诺瑞尔先生听了十分震惊。他看了一眼斯特兰奇，又把目光移开，低声咕哝道他不是那个意思，希望斯特兰奇先生理解他确实没那个意思。他清了清嗓子，说道：“我希望斯特兰奇先生能原谅我心绪烦躁。我希望斯特兰奇先生能以英格兰魔法为重，容忍我的不安。斯特兰奇先生清楚，为了英格兰魔法的发展，与我统一言行有多重要。对英格兰魔法来说，现在就遭受逆风冲击，为时过早。*假如斯特兰奇先生和我现在就开始在魔法政策这等大事上起纷争，我恐怕英格兰魔法将无法存活。”

一片寂静。

斯特兰奇站起来，僵着身子，极其正式地给诺瑞尔先生鞠了个躬。

随后的几分钟有些尴尬。诺瑞尔先生看上去像打算说点儿什么，可又不知说什么才好。

正巧，波蒂斯海德勋爵的新书《关于英格兰魔法的伟大复兴及其他》刚从印刷厂送来，放在旁边一张小桌上，伸手就能拿到。诺瑞尔先生一把抓过来。“这本小书写得太棒了！勋爵他对咱们的魔法事业是多么尽心尽力啊！之前的危机令咱们不敢再相信任何人——而我看勋爵他总还靠得住！”

他把书递给斯特兰奇。

斯特兰奇若有所思地翻了几页，说道：“咱们让他写什么，他倒是一字不落地都写到了。整整两大章节的内容都在批判乌衣王，而关于仙灵几乎只字未提。我记得原稿交上来的时候还有很长一段关于乌衣王法术的内容呢。”

“是的，确实。”诺瑞尔先生道，“在你修改之前，他的文章一无是处；不仅一无是处，简直是危险！而你花了那么长时间引导他，工夫都没白费！我对这本书特别满意。”

等卢卡斯托着盘子把茶点端进屋里的时候，两位魔法师看上去已经恢复了常态（只是斯特兰奇好像比平时话要少一点），似乎已经重归于好了。

临别之前，斯特兰奇问他能不能把波蒂斯海德勋爵的书借走。

* 语出《新约·马太福音》第14章第24节：“船在海中，由于逆风，被波浪冲击。”

“当然可以！”诺瑞尔先生大声道，“你自己留着看！我这儿还有好几本呢。”

斯特兰奇和齐尔德迈斯提的反对意见还是没打消诺瑞尔先生恢复五龙法庭的念头。他越琢磨，就越感觉国内一天不确立正规魔法法庭，他就一天不得安宁。他觉得其他机构无论给德罗莱特判什么刑，他都不会满意。于是当天晚些时候，他就派齐尔德迈斯到利物浦伯爵府上，求伯爵腾出几分钟时间前来面谈。伯爵回复说他第二天就去见诺瑞尔先生。

到了约定的时间，诺瑞尔先生见首相一来，便向他详述了自己的计划。听他讲完，伯爵皱起了眉头。

“可魔法法律在我国早已废止，”伯爵道，“咱们没有受过这方面训练的律师，谁肯接这案子呢？谁又能判呢？”

“啊，”诺瑞尔先生当场掏出一厚摞稿纸，“伯爵您能提到这么关键的问题，我很欣慰。我起草了个文件，描述了五龙法庭的运作细则。可惜我们对它的了解仍有太多空白，不过我已经提出了弥补的方案，以民事律师公会的宗教法庭作为模板。大人您会发现，咱们眼下要做的工作很多啊。”

利物浦伯爵瞥了那摞稿纸一眼。“目前已经做得太多了，诺瑞尔先生。”他声音里毫无热情。

“啊，可这很有必要，我告诉您！真的很有必要！不然的话，咱们靠什么规范魔法？咱们拿什么抗击邪恶的魔法师及其仆从？”

“哪儿来的邪恶魔法师？魔法师只有您和斯特兰奇两位。”

“唔，这倒也是，不过……”

“您是觉得自己这会儿特别邪恶吗，诺瑞尔先生？我国政府非得马上新建一套法律体系来抵制您邪恶的意图吗？”

“不，我……”

“或者说难道斯特兰奇先生已经表示出谋杀、伤人或是偷窃的意愿？”

“没有，不过……”

“那么现在咱们要说的只剩下这位德罗莱特先生——据我所知，他根本不是什么魔法师。”

“可他犯的罪是严格意义上的魔法罪。根据我国法律，他就应当在五龙法庭受审——把他送到那里，天经地义。以下是他的罪名，”诺瑞尔先生又拿出一张单子放在首相面前，“您看看！‘伪魔法’‘险恶意图’‘误人子弟’。一般法庭处理不了这些罪行。”

“这倒不假。可我之前也提到了，没人能审这案子。”

“大人您只消看一眼我备注里第 42 页，我打算从民事律师公会里招募法官、律师及代诉人，然后我把魔法法律原理讲给他们听——用不了一个礼拜就能完成。届时，我可以派我的大司务约翰·齐尔德迈斯到场，无论审多长时间，他都可以一直陪同。他这人见多识广，若庭审哪里有问题，他马上就能指出来。”

“什么！法官和律师都由原告和原告的手下人去培训！绝对不行！这是法不能容的！”

诺瑞尔先生眨眨眼睛。“可不这样的话，若其他魔法师挑战我的权威、与我意见相左，我还怎么防范？”

“诺瑞尔先生，法庭——任何法庭——的职责都不是将一个人的意志凌驾于他人之上！在魔法领域也好，在其他方面也罢。假如有别的魔法师和您意见向左，那您得去和他们论战，争出个孰对孰错。您得去证明您观点的优越性，就如同我在政界一样。您得去论证、发表、实践您的法术，此外您还得学学我的活法儿——每天面对无尽的批评、异议和谴责。先生，这才是英格兰人的活法儿。”

“可是……”

“抱歉，诺瑞尔先生，您再说什么我也不听了。咱们到此为止吧。

大不列颠政府感谢您。您为国家做的贡献不可估量。谁都能看出我们有多器重您，但您这要求我们满足不了。”

德罗莱特的骗局很快尽人皆知，正如斯特兰奇所料，在大家眼中，他们两位魔法师也摆脱不了干系。德罗莱特毕竟是他们其中一位推心置腹的好友。这一切成了讽刺漫画家的绝佳题材，几幅触目惊心的作品见了报。其中一幅乔治·克鲁克山*的作品上，诺瑞尔先生正对一群仰慕者大肆宣讲英格兰魔法如何高尚，而在幕后，斯特兰奇正口授一份价目表，让仆人用粉笔往黑板上抄：“用魔法杀掉一般熟人——二十几尼。杀掉亲密好友——四十几尼。杀掉家中亲戚——一百几尼。杀掉配偶——四百几尼。”另一幅罗兰森的讽刺画上，一位穿戴时髦的夫人正拿绳牵条毛茸茸的小狗在街上溜达。碰上个熟人，人家夸她的狗：“啊，福克斯太太，多乖巧的小狗啊！”“是呀！”福克斯太太答道，“这其实是福克斯先生。我付了斯特兰奇和诺瑞尔先生五十几尼，让他们使我丈夫对我言听计从，这就是成果。”

报上这些讽刺画和恶毒的言论对英格兰魔法的发展无疑产生了很大危害。眼下人们有可能对魔法另眼相看了——不再视它为国家最强有力的防卫，而是妒与恶的帮凶。

德罗莱特的那些受害者后来怎么样了呢？他们对这件事怎么看？帕尔格雷夫先生——那位病恹恹、惹人厌，还打算长生不死的老家伙——打算告德罗莱特欺诈，结果还没来得及起诉，第二天突然一命呜呼了。当他的子女和继承人（无一例外都恨他）发现他最后的日子过得沮丧、痛苦、失望，反倒高兴得很。无论是格雷小姐还是布尔沃思太太，德罗莱特其实都不用怕。格雷小姐的亲戚朋友是不会让她卷入一场这么低级的案子的；而布尔沃思太太授意德罗莱特去办的事情本身都太狠毒，她

---

* 乔治·克鲁克山（1792—1878），英国讽刺漫画家、插图作家。

自己也难逃谴责，无力再攻击德罗莱特。剩下两位诺丁汉郡的酿酒商盖特康姆和谭托尼先生——人家是讲求实际的生意人，盖特康姆先生只关心怎么把钱追回来，于是派执达吏来伦敦催款。可惜连这点小事德罗莱特都满足不了盖特康姆先生，那笔钱他早都已经花光了。

德罗莱特这回彻底走上了绝路——刚躲过了绞刑架，真正的报应便在他已然愁云密布的生命中显形，张开黑翼盘旋着从天而降，扑过来将他击垮。他一辈子没富裕过；其实正相反，他的生活基本靠赊账或是管朋友借钱。偶尔自己从赌场赢几个钱，更多时候是怂恿傻小子去赌，等赌输了（从来就没赢过），就过去挽起人家胳膊，一边不停嘴地说好话，一边把人家领到自己相熟的放债人那里。“说真心话，我没法带你去找别人，”他一脸关切地说道，“别家的利息都高得吓人。而布萨德先生可不是这种人，他是位善良的老先生，自己既然有资本替人寻欢，便不忍心再看他人无从享乐。我真觉得他是把小额放债当慈善来做的，并不为了投资赚钱！”哄年轻人借债，领他们走进歪门邪道，最终将他们逼上绝路，德罗莱特所扮演的这关键的小角色能从放债人那里得到些好处：一般说来，若是普通人家的男孩子，德罗莱特能分得头一年债务利息的百分之四；若是子爵或从男爵家的男孩子，就分百分之六；而伯爵、公爵家的子弟，分成则高达百分之十。

他的丑闻逐渐传开。赊过他账的裁缝、帽匠和手套商都着了急，一个个吵着要他还账。他满以为还能拖个四五年再还的债突然都找上门来，成了急茬儿。满脸横肉的大汉手执大棒，将他家的门敲得山响。好些人都劝他赶紧远走他乡，可他怎么也不肯相信过去的朋友就这样背信弃义。他以为诺瑞尔先生会心软；他以为拉塞尔斯——他亲爱的、亲爱的拉塞尔斯——会帮他一把。他给他们分别去了措辞恭顺的信，提出借四百几尼急用。诺瑞尔先生根本没搭理，而拉塞尔斯回信说他早就立了规矩，绝不借钱给任何人。德罗莱特因拖欠债务在礼拜二上午被捕，隔周的礼拜五就在王座监狱蹲了大牢。

事情过去一周左右，十一月底的一天晚上，斯特兰奇和阿拉贝拉在他们苏活广场住所的客厅里坐着。阿拉贝拉正在写信，斯特兰奇则心不在焉地揪着头发，盯着正前方出神儿。突然，他站起身来，出了屋。

过了一个钟头，他又回来了，手里拿着十几页写满了字的稿纸。

阿拉贝拉抬起头来。“我还以为给《英格兰魔法之友》的文章你早就写完了。”她说道。

“这不是给《英格兰魔法之友》写的文章。这是给波蒂斯海德勋爵那本书写的书评。”

阿拉贝拉皱了皱眉。“这书是你帮人家一起写的，你怎能再写书评？”

“我觉得可以。在某些条件下。”

“是嘛！在什么样的条件下呢？”

“假如我说这本书写得极差，简直是在恶意蒙骗英国大众。”

阿拉贝拉瞪着他，最后只说了句：“乔纳森！”

“怎么了，这本书写得*就是*极差！”

他把那摞稿纸递给阿拉贝拉，阿拉贝拉读了起来。壁炉上的座钟敲九点了，杰里米端进茶点来。她读完，叹了口气。“你打算怎么办？”

“不知道。发表了吧，我想。”

“那可怜的波蒂斯海德勋爵怎么办？假如他在自己的书里写了什么不对的东西，别人当然可以指出来。可你很清楚，他写的东西都是你让他写的。他会觉得你们这么对他太过分了。”

“嗯，一定会的！这件事自始至终都糟糕透了。”斯特兰奇一副事不关己的派头。他呷了口茶，吃了片吐司。“不过这不是重点。难道出于对勋爵的体谅，我就不能直言心中的信仰了吗？我可不这么认为。你呢？”

“可出这个头的非得是你吗？”阿拉贝拉看上去很难过，“可怜的波蒂斯海德勋爵，他会觉得拿大主意的是你。”

斯特兰奇皱了皱眉。“当然必须是我。除了我还有谁？好啦，我向你保证，等一有机会，我一定给他好好赔个不是。”

听他这么说，阿拉贝拉也只好作罢。

与此同时，斯特兰奇也考虑了一下把书评投往哪里。最终他选择了苏格兰《爱丁堡评论》的主编杰弗里先生。也许大家还记得，《爱丁堡评论》这本刊物比较激进，支持政改、天主教徒及犹太人的解放等等一切诺瑞尔先生看不惯的事物。于是近几年，杰弗里先生眼看着关于英格兰魔法复兴的文章和评论在竞争对手的刊物上频频出现，可怜他自己一篇都捞不到。收到斯特兰奇的书评，他自是大喜过望。他完全不担心书评内容多令人咋舌、多具有颠覆性——这才是他最喜欢的。他立刻给斯特兰奇回了信，向他保证一定尽快发表。几天后，他又给斯特兰奇寄来一块肉馅羊肚（一种苏格兰土产布丁）作为馈赠。

第三十八章

选自《爱丁堡评论》

一八一五年一月

艺讯（八）：评《关于英格兰魔法的伟大复兴及其他》（附：威灵顿公爵大人特聘常任魔法师乔纳森·斯特兰奇所撰《半岛战争后期所用魔法之综述》），约翰·沃特伯里（波蒂斯海德勋爵）著，伦敦：约翰·莫雷出版社，1814。

作为诺瑞尔先生所器重的助手和亲信，作为斯特兰奇先生的好友，波蒂斯海德勋爵当之无愧是为近期魔法事件撰史的不二人选，因为在不少事件中，他本人也是人们关注的焦点。诺瑞尔先生和斯特兰奇先生的每一样成就在报纸及评论刊物上都已得到广泛讨论，但假如能看到事实真相的全部，波蒂斯海德勋爵这本书的读者对他二人成就的理解就会更上一层楼。

对诺瑞尔先生比较虔诚的崇拜者会告诉我们，诺瑞尔先生一八〇七年春天来到伦敦时，羽翼丰满，已然是“英格兰最伟大的魔法师”“当代第一大奇才”。然而，从波蒂斯海德的记述中我们可以清晰地看到，他和斯特兰奇都经历了初期摸索阶段，信心与技艺才逐渐提高。波蒂斯海德除了谈及二人的成就，并未忽略他们所遇到的挫折。第五章就写到他二人和王家骑兵卫队之间长期的争执，过程极富悲喜剧色彩。争执自一八一〇年始，当时一位将军异想天开，打算把骑兵的马都换成独角兽，让士兵能将法国人的心脏刺穿。可惜，这妙法一直没付诸实施——独角兽的数目远不够骑兵人手一匹；实际上诺瑞尔先生和斯特兰奇先生到现在一匹都没找到。

勋爵作品后半部分究竟有没有价值就更值得讨论。此时他已不再对事实进行叙述，转而为什么才是、什么不是体面的英格兰魔法下定义——换句话说，也就是规定什么是“白魔法”、什么是“黑魔法”。这部分内容没什么新鲜的。读者您只要看一眼近期的魔法评论员文章的话，就会发现大家的看法奇迹般地整齐划一：所有人都在照搬同样的史料，所有人都在使用同一套论据得出结论。

也许到了该问问这一切是为什么的时候了。我们对任何领域知识的理解，都会因合理异议及辩论而取得发展。法学、神学、历史、自然科学之下都有不同门派，可为什么在魔法领域内我们只能听见唯一一种陈词滥调？我们不禁发问，既然所有人似乎都对那唯一的真相深信不疑，何来辩论的必要？这令人厌倦的统一论调在近期关于英格兰魔法史的著述中尤为明显，每重复一遍，就显得愈加离奇。

八年前，该书作者发表的一部《写给孩子看的乌衣王的历史》，可谓同类题材作品里的精品。该作品为读者把约翰·乌斯克格拉斯魔法的奇诡、绮丽描绘得活灵活现。现在的他怎又佯装以为真正的英格兰魔法始于十六世纪的马丁·佩尔了呢？在《关于英格兰魔法的伟大复兴及其他》第六章里，他声称佩尔曾有意识地清除英格兰魔法中比较黑暗的成分。提出这样大胆的论断，他甚至没打算给出证据支持——也好，因为这样的证据根本不存在。

根据波蒂斯海德书中见解，由佩尔树立的魔法传统经希克曼、兰切斯特、古博、贝拉西斯及（我辈称之为白银时代魔法师的）其他魔法师逐渐完善，如今已在诺瑞尔先生和斯特兰奇先生这里发扬光大并臻至境。这种见解必是斯特兰奇先生和诺瑞尔先生想方设法捏造的。可它根本说不通。马丁·佩尔和其他白银时代魔法师从没打算为英格兰魔法打基础。他们记录的每条咒语、笔下的字字句句，都是为了重现他们前辈（我辈称之为黄金时代魔法师）的丰功伟绩：托马斯·高布列斯、拉尔夫·德·斯托克塞、温切斯特的凯瑟琳以及前辈中的前辈约翰·乌斯克格拉斯。马丁·佩尔是这几位的忠实信徒。他从未停止怨恨自己晚生了两百年。

英格兰魔法复兴最离奇的特点之一，是人们对约翰·乌斯克格拉斯的态度。如今，他的名字似乎只有在对他口诛笔伐的时候才被提起。这就如同戴维先生、法拉第先生等一切自然科学巨匠被迫在讲课之前先将艾萨克·牛顿贬低、咒骂一番。就如同我们德高望重的外科医师在发表医学领域新的研究成果之时，总要把威廉·哈维的歪门邪道写进前言。*

波蒂斯海德勋爵在书中用很长一个章节去证明约翰·乌斯克格拉斯并不像人们普遍认为的那样是英格兰魔法的缔造者，因为在他之前，英伦三岛也曾有过魔法师。这点我并不否认。我必须极力否认的是：在约翰·乌斯克格拉斯之前我国有过任何魔法传统。

让我们具体来看波蒂斯海德勋爵大书特书的那些早期魔法师。他们都是谁呢？亚利马太的约瑟是其中一位，他从圣地而来，种下一棵魔法树，保护英格兰国土不受侵害——可我从未听说他在此久留并来得及将自己的法技传授给本地居民。梅林是另外一位，可既然他母亲家是威尔士人，而父亲来自炼狱，若照波蒂斯海德、诺瑞尔和斯特兰奇所追求的那种体面的英格兰魔法来规范，他根本算不得什么魔法师。况且梅林带出什么徒弟或信众了吗？我们一个都叫不上来。不过，人们的普遍观点

---

* 汉弗莱·戴维（1778—1829），英国化学家、发明家，电化学的开拓者之一；迈克尔·法拉第（1791—1861），英国物理学家、化学家；艾萨克·牛顿（1643—1727），英国科学家、数学家、物理学家；威廉·哈维（1578—1657），英国医生，实验生理学的创始人之一。

总算正确了一回：在约翰·乌斯克格拉斯离开仙境、创建北英格兰王国之前，魔法在英伦三岛早已绝迹。

波蒂斯海德本人在这一点上似乎也心存疑虑，他担心论据无法令读者信服，于是又力图证明约翰·乌斯克格拉斯的魔法本质不正。而他所举的实例究竟能否支持这一结论，从文中根本看不出。让我们来审审其中一个实例。约翰·乌斯克格拉斯的都城纽卡斯尔由四座魔法森林环绕，这说法尽人皆知。这四座魔法森林分别被称作“大汤姆”“阿斯摩太的堡垒”“小埃及”和“瑟罗的祝福”。它们四处挪移，偶有传闻说它们曾将前来此地蓄意谋害城内居民的人活活吞掉。吃人的森林在我们眼中自然是诡异而恐怖的，而约翰·乌斯克格拉斯那个时代的人是不是也这么以为，我们手上没有证据证明。那个时代是凶残暴力的时代，约翰·乌斯克格拉斯是黑暗世纪的君王，他所做的一切都是那个时代的君王应当做的事情：保卫自己的城池与臣民。

乌斯克格拉斯的行为是否道德，往往很难判定，因为他的动机十分模糊。在所有黄金时代魔法师中，他是最神秘的一位。谁也不知道一一三八年的时候他为何让月亮从空中消失并游遍英格兰的河流湖泊。我们不知道一二〇二年的时候他为何与冬天起了争执，将其赶出他的王国，于是其后四年间，北英格兰一直享受着夏日。我们也不知道这个国家的男人、女人和小孩为何都在一三四五年五至六月间连续三十个夜晚梦见他们齐聚一片暗红色的平原，头顶淡金色的天，共建一座高大的黑塔。他们夜夜劳作，早上从自己床上起来的时候，已经精疲力竭。到了第三十个夜晚，当黑塔及其防御工事全部完工，这个梦才不再来干扰人们的睡眠。所有这些故事——尤其是最后一个——都能让我们感受到有什么大事即将发生，而大事可能会是什么，我们不知道。据一些学者推测，高塔位于乌斯克格拉斯从路西法手中赁下的那部分地狱，乌斯克格拉斯是要兴建一座要塞，好向地狱里的敌人宣战。然而马丁·佩尔不这么看。他认为修建高塔这工程和三年后在英格兰暴发的黑死病之间有关联。在约翰·乌斯克格拉斯统治的北英格兰王国，那场瘟疫带来的危害比毗邻的南方省份要轻得多。佩尔认为这是由于乌斯克格拉斯事先建造了某种防御机制。

可照《关于英格兰魔法的伟大复兴及其他》一书的意思，对这种事情，我们甚至无权思考、发问。照诺瑞尔先生和波蒂斯海德勋爵的意思，对某些事物若只是一知半解，当代魔法师就不得染指。但是，我要说，正是因为一知半解，我们才必须研究它们。

英格兰魔法是我等魔法师赖以生存的一座奇屋，约翰·乌斯克格拉斯为它打好了基础。若置其基石于不顾，我们只有灭亡。研究这些基石、摸清其性质，我们才知道它托得起什么、托不起什么。不然，裂缝就会出现，透进天晓得哪里来的风；条条走廊会引我们走向从未打算去的地方。

总而言之，波蒂斯海德这部作品虽包含不少相当有价值的内容，却也将当代英格兰魔法核心之处那极为荒谬的矛盾体现得淋漓尽致：我辈魔法界的领军人物一直强调要将约翰·乌斯克格拉斯的印记从英格兰魔法中抹个一干二净，而这又怎么可能呢？我们所施的一切法术，都是约翰·乌斯克格拉斯魔法的传承。

第三十九章

两位魔法师

一八一五年二月

《爱丁堡评论》迄今刊载的一切富有争议性的文章里，数这篇争议最大。时至一月底，全国上下无论男女，只要受过教育，就没有一位还未读过它且未对它有想法的。这篇文章虽未署名，作者是谁大家心里却都清楚——斯特兰奇。哦，一开始当然有人还会犹豫，指出斯特兰奇在文中跟诺瑞尔一样挨了批，甚至被批得更狠。可这些人的朋友都说他们傻。乔纳森·斯特兰奇在人们眼中不正是那种变化无常、自相矛盾、真会发文章骂自己的人吗？这篇文章的作者不也宣称自己是位魔法师吗？那他还可能是谁？谁说话还能有这么大权威？

诺瑞尔先生初到伦敦之时，他对事情的看法令人耳目一新，听来十分离奇。可从那以后，人们逐渐习惯了他的言论。当他说魔法如同世界几大洋一般会服英格兰人的管，人们只当他是时代精神的写照。魔法也需规划界限，若碰上当代绅士淑女难以领会的内容——如约翰·乌斯克格拉斯三百年的统治，如我族与仙灵之间那奇异坎坷的交往史——就手删掉即可。如今，斯特兰奇让人们改变了对这种诺瑞尔式魔法观的看法。突然间，英格兰魔法的狂放恣肆——英格兰人人小时候都有耳闻——似乎都成了真；时至今日，在被人遗忘的古道上，在天幕背后，在雨水一方，约翰·乌斯克格拉斯也许仍率领着一众人与仙灵，策马而行。

大多数人都以为两位魔法师一定已经解除了合作关系。伦敦城里有传闻说斯特兰奇去了汉诺威广场，却被诺瑞尔宅的仆人挡在门外。另有一种传闻与之相反，意思是说斯特兰奇没有去汉诺威广场，而诺瑞尔先生没日没夜地坐在书房里等着他的徒弟，每隔五分钟就央仆人往窗外看，看斯特兰奇有没有来。

二月初的一个礼拜天晚上，斯特兰奇终于登了诺瑞尔先生的门。这点属实，因为有两位正往汉诺威广场圣乔治教堂走的先生看见他站在诺瑞尔宅大门口，随后大门开了，斯特兰奇和仆人说了几句，立刻被请进门去，就仿佛做主人的已经等了很久。这两位先生继续赶路，一进教堂立马把所见所闻讲给邻座的朋友们听。五分钟后，堂内进来一位体型瘦削、圣人模样的年轻人。他佯装做祷告，悄声说他刚跟诺瑞尔先生邻居家的一个人谈过，这人从二楼窗口探出身去，似乎听见斯特兰奇先生对他师父大骂个没完没了。两分钟后，整个教堂都在传，说两位魔法师彼此威胁，要将对方逐出魔法界。礼拜开始了，在座会众有好几位都憧憬地盯着窗户看，仿佛在怨教会的房子为何都把透光口建得那么高。在管风琴的伴奏下，赞美诗唱起来了，有人就说听见滚滚雷声压过了音乐——明显是魔法干扰。可别人说他们这纯属臆造。

两位魔法师本人若是听说了这一切，准吓得够呛。他二人这会儿正站在诺瑞尔先生的书房里，相对无言，眼神里赔着小心。斯特兰奇已有几日没见过他师父了，这厢见了，惊讶地发现他整个人都变了模样。他一脸病容，身量也缩了水，看上去老了十岁。

“先生，咱们要不先坐下？”斯特兰奇说着便往椅子那边走。他人这么突然一动，诺瑞尔先生打了个激灵，好像以为斯特兰奇要过来打他。不过下一秒钟他便恢复了正常，至少肯坐下了。

斯特兰奇也不比诺瑞尔先生更自在多少。之前的几天里，他一次又一次地问自己究竟该不该发那篇书评，而一次又一次得出的答案都是肯定的。他认为正确的态度应当是堂堂正正以道德占上风，再略表一丝歉意作为软化剂。可如今真坐回到诺瑞尔先生的书房里，他觉得很难直面他师父的目光。他把自己的目光集中在一系列不相干的物件上——马丁·佩尔博士的一尊小瓷像、房门把手、自己的大拇指盖、诺瑞尔先生左脚穿的鞋。

而诺瑞尔先生的双眼一刻都不曾从他脸上离开。

沉默片刻，他二人同时发了话。

“您一向对我那么好……”斯特兰奇道。

“你以为我生气了……”诺瑞尔先生道。

两人都住了口。随后斯特兰奇示意，请诺瑞尔先生说下去。

“你以为我生气了，”诺瑞尔先生道，“可我没有。你以为我不知道你为什么这么做，可我知道。你以为你穷尽心思写了那么一篇东西，英格兰是个人就都懂你的意思。他们懂什么？他们什么都不懂。而我——你还没落笔——你的意思我就都懂了。”他顿了顿，脸上拼命活动，就好像在纠结是否将内心深处的话说出口，“你写的那篇东西，是写给我看的。只给我一个人看的。”

一听这怪话，斯特兰奇张口要反对，可想了想发现其实也没错。他没了声音。

诺瑞尔先生继续说下去：“你真以为我从来都没有同感吗……没有你体会到的那种向往？‘我们所施的一切法术，都是约翰·乌斯克格拉斯魔法的传承。’当然是他的，不然还能是谁的？我告诉你，我也年轻过，那时候我为了找到他、一头拜倒在他脚下，什么都豁得出去，什么都肯忍受。我还试着把他召唤来——哈，真是年轻，真是糊涂透顶——把君王当个下人似的招来讲话。此举没成功，我看倒不失为这辈子最幸运的事情！之后我又试着用古法推选咒去寻他，结果咒语压根儿都没起效。年轻时我把一切法力都浪费在他身上。整整十年，我都没心思理会别的事情。”

“先生，您从来都没提过这些。”

诺瑞尔先生叹了口气。“我就是不想让你再走我的老路。”他双手一抬，表示无可奈何。

“可听您的意思，诺瑞尔先生，这都是很久以前的事情了，那会儿您还年轻，也没什么经验。现在的您作为魔法师已不可同日而语，而且不客气地讲，我自己作为您的助手，能力也不一般。或许咱们可以再试试看？”

“那么强大的魔法师，假如他不打算让你找到，你是根本找不到他的。”诺瑞尔先生不为所动，“怎么试都没用。英格兰命运如何，人家会关心吗？我告诉你，不会的。他早就把咱们抛弃了。”

“抛弃？”斯特兰奇皱起眉头，“这词够重的，不过我猜谁若是年复一年地受挫折，自然会这么以为。可是，在约翰·乌斯克格拉斯按说已经离开英格兰之后，还有人见过他，这样的事迹并不少，像纽卡斯尔手套匠人的孩子[1]、约克郡的农夫[2]，还有那巴斯克水手[3]……”

1　十七世纪末的时候，在王城纽卡斯尔有一位手套匠人。这位匠人有个女儿，人小胆大。有一天，这孩子不见了，谁都以为她是在家中哪个犄角旮旯里玩儿呢。她父母和她几个哥哥到处找她，邻居也帮着找，哪儿都没找到。傍晚时分，他们一抬头，发现这孩子正沿着泥泞的石子路走下山坡。一时间有人觉得在那冬日昏暗的街道上，有人和她同行；可等她走上前来，却是孑然一身。她这一趟平安无事，所见所闻经大人整理后如下：

这孩子离开家进城转悠，很快便走上一条从来没见过的街道。这条街宽阔、平整，带着她一路上坡——这么高的地方她从未来过——将她领到一座石砌大宅的院子门口。她进了房子，参观了不少屋子，可到处都静悄悄、空荡荡，满是尘土蛛网。在房子的一侧有一组套房，墙壁、地板上的影子接连不断，就仿佛窗外挡着枝繁叶茂的夏树，然而窗外并没有树（何况这会儿是冬天）。有间屋里除了一座高大的镜子以外什么都没有。屋子跟镜子似乎闹过矛盾，屋里其实空无一物，可镜面映出的屋里却全是小鸟。手套匠的女儿也听见四周都是鸟鸣。房子里有一道幽暗的长走廊，传来水声汩汩，仿佛尽头就是黑水汪洋一片。有几间屋窗外就是纽卡斯尔景色，而从别的屋看出去，有的完全是另外一座城市，有的只能看见高起的荒原和凛凛蓝天。

她发现这房子里有好几座盘旋而上的楼梯。楼梯底端庞大，越往上走，就迅速变得越来越窄，扭的弯也越来越逼仄。到了顶端，只剩石头上凿出来的一点儿小缝隙，只有小孩（转下页）

诺瑞尔先生气得嘤然作声。“都是道听途说，都是迷信！就算所言属实——这我当然决不允许——他们又怎能确定所见之人一定就是约翰·乌斯克格拉斯呢，这点我始终想不通。他的肖像根本不存在。你提到的两个人——手套匠的孩子和巴斯克水手——实际上都没有认出乌斯克格拉斯。他们只看见个黑衣人，然后别人告诉他们那就是约翰·乌斯

1　（接上页）子才能发现且钻得过去。走完最后几级小台阶，她来到一扇简陋的小木门前。

她觉得没什么可怕的，就把门推开了；往门里边一看，她哭叫起来。她看见成千上万的鸟儿遮住了天，分不清白天还是黑夜，只有黑色翅膀挥舞出一片混乱。一阵风像是从遥远的地方向她吹来，她感觉自己置身于一片浩瀚的空间，仿佛已经登了天，发现天上飞满了渡鸦。手套匠的女儿一下子感到怕极了，这时却听得有人叫她的名字。突然间，所有的鸟都不见了，她发现自己站在一间小屋里，光秃秃的石头墙、光秃秃的石板地，一件家具也没有，地上坐了个男人冲她招手，又唤了一声她的名字，叫她不要害怕。这男人一头黑发又长又乱，身上一袭黑衣破烂不堪、式样少见。他从头到脚没一处有王者风范，唯一能说明他魔法师身份的是他身旁一只盛了水的大银盘。手套匠的女儿在他身旁待了几个钟头，直至暮色降临，由他领下楼，走出这幢房子，进城回了家。

2　见第三十三章注释3。

3　关于约翰·乌斯克格拉斯回归的所有传说里最诡异的要数一位巴斯克水手讲的故事。这位水手是西班牙无敌舰队的幸存者，他所在那条船在英格兰最北端海岸线附近遇暴风雨被毁，他和两个同伴逃上了岸。他们不敢靠近村庄，可时值严冬，地上霜结得老厚；他们怕被冻死。夜幕降临，他们在一座土都冻瓷实了的秃山上发现一座石头砌的空屋高高矗立在山头。屋里差不多一片漆黑，围墙高处有些开口，能透进星光。他们倒在土地上睡着了。

这位巴斯克水手梦见有位国王盯着他看。

他醒了。在他上方，一道道朦胧的灰色光芒穿透了冬夜的黑暗。他觉得能在屋子最远处的暗影里看见一座高起的石台。随着光线越来越亮，他看出石台上有个东西：一把椅子或是宝座。有个人正坐在上面——这人苍白脸、乌黑长发，身上裹件黑袍。水手吓坏了，把同伴叫起来，让他们看这番奇景。宝座上的人似乎在盯着他们看，可他浑身上下连根手指头都一动不动；然而他们一刻也不曾怀疑他有可能不是活人。他们跌跌撞撞冲向大门，穿过霜冻的田野逃跑了。

很快，巴斯克水手就没了同伴：一位因为天冷、心寒，不出一个礼拜就死了；另一位打定主意要回比斯开湾，于是一路向南，最后不知什么下场。而巴斯克水手则留在了坎布里亚，被几个种地的带回了家。他在人家的农庄里做男仆，娶了邻家农庄一位年轻姑娘为妻。高山顶上那座石屋的故事，他整整讲了一辈子。他在这里结识的新朋友、新邻居告诉他，坐在黑宝座上的那位就是乌衣王。巴斯克水手后来再没找到那座石屋，他的朋友、儿女也没人能够找到它。

一辈子无论何时，只要走到黑暗的所在，他就会说：“向您致敬，陛下，我将您迎至心房。”——考虑到那苍白脸、一头乌黑长发的国王也许正坐在暗影里等他。广大的北英格兰土地上，成千上万种黑暗、成千上万个国王许会现身的地方——“向您致敬，陛下，我将您迎至心房。”

克格拉斯。说实话，他究竟回没回来、什么时候回来的、被什么人看见了，这些都无关紧要。到现在都无可争议的事实是，当他抛弃王位、扬鞭而去的时候，把大部分英格兰魔法也一起带走了。从那天起，英格兰魔法就开始走下坡路。单凭这一点不就足以使我们与之为敌吗？沃特希普的那本《瑶林凋残》[4]，我想你是熟悉的吧？”

“不熟悉，我没听说过这本书。”斯特兰奇狠狠给了诺瑞尔先生一眼，意思是说没读过这本书的原因并不新鲜，“不过，先生，我多希望您早点儿把这些告诉我啊。”

“好多想法瞒着你不讲，兴许是我的不对。”诺瑞尔先生将手指绞在一起，“现在看来，确实是我的不对。只是我很久以前就认定：为了大不列颠的利益，我在这些事情上最好三缄其口；这是旧习难改啊。可是斯特兰奇先生，咱们眼下的任务——既是你的，也是我的——你一定都看出来了吧？魔法的复兴，不能由着那位国王的兴致，他早已不再关心英格兰的前途命运了。咱们必须破除英格兰魔法师对他的迷信，必须让他们忘了约翰·乌斯克格拉斯——他当年抛弃咱们有多绝情，咱们就把他忘得有多彻底。”

斯特兰奇皱起眉，摇摇头。“不行。您说了这么多，我还是觉得约翰·乌斯克格拉斯是英格兰魔法的重中之重，忘了他，就是自取灭亡。也许最后我被证明是错的。这太有可能了。可这件事对英格兰魔法来说至关重要，我自己必须先要搞懂它。请您不要觉得我是忘恩负义，先

4　《瑶林凋残》（1444），彼得·沃特希普著。该书是一位与约翰·乌斯克格拉斯同时代的魔法师对乌斯克格拉斯离开英格兰之后英格兰魔法如何走向没落的极其详尽的描述。一四三四年（乌斯克格拉斯离去的那一年），沃特希普二十五岁，还是诺里奇一位刚入行的年轻魔法师。《瑶林凋残》对一些在乌斯克格拉斯及其仙族尚在英格兰时还灵验，在他们走了以后则没有任何效果的咒语进行了准确的记录。我们对黄金时代英格兰魔法的了解有多少都来自沃特希普，想来实在惊人。《瑶林凋残》一书似乎充满了愤怒，但比起他后来的两部作品——《被敌人无理监禁在纽瓦克城堡期间对本人行为的辩护》（1459/1460）和《伪王之罪》（疑似完稿于一四六一年，一六九七年于彭赞斯出版）——则是小巫见大巫。

生，但我认为咱们的合作关系可以到此为止了。在我看来，咱们之间差异太大……”

“哦！”诺瑞尔先生叫起来，“我知道咱俩性情差异大……”他打了个免谈的手势，“可这有什么关系？咱俩都是魔法师。我天生如此，至死不渝，你亦如是。无论你我，关心的无非都是这些。你今天离开我这里，自立门户，到时候你有话跟谁探讨——像咱们现在似的？一个人都没有。到时候你就是光杆司令。”他几乎是带着乞求的语气悄声说道，“别这样做。”

斯特兰奇呆呆地望着他师父，一脸不解。他完全没料到会是这种结果。看了斯特兰奇写的书评，诺瑞尔先生非但没有火冒三丈，反而一下子又掏心窝子又低眉顺眼。若在此刻重回诺瑞尔先生门下，斯特兰奇觉得合情合理。而他之后所说的话，一方面出于傲气，一方面是他知道再过一两个钟头自己一定反悔。他说：“对不起，诺瑞尔先生，自打从伊比利亚半岛回来，我感觉再继续做您的徒弟已经不合适了。我觉得我一直是在做戏。写什么东西都交给您过目，好让您看怎么合适就随便怎么改——这我再也做不到了。这是在逼我作违心之论。”

“所有，所有的事情，咱们都公之于众。”诺瑞尔先生叹了口气。他身子往前凑了凑，话里添了些劲头：“让我给你做指导。向我保证，在打定主意之前，什么都不发表，什么都不说，什么都不做。相信我，到最后你就知道自己说了该说的——一句不多、一句不少，为了将来的欣慰，等个十年、二十年甚至五十年都是值得的。沉默与无为不合你的脾气——这我知道。我保证会尽己所能做出补偿。你是不会吃亏的。假如过去你因任何事嫌我负了你，我以后再不会这样。我会让每个人都知道你对我有多重要。咱们以后不再是师徒关系，而是平起平坐的合作关系！这一向我从你那里学到的，还不跟你从我这里学去的一样多嘛！将来工作上的肥差都归你！书……”他微微咽了口唾沫，“那些我本该借你却一直没让你看见的书，你都读了吧！咱们回约克郡，咱俩一起——假如你愿意，今晚咱们就动身！——我把藏书室的钥匙给你，你想读什么就读。我……”诺瑞尔先生用手抚了抚眉毛，仿佛被自己的话吓着了，“我不会让你收回那篇书评的。让它长期有效。让它长期有效。等到时候，你、我，咱们一起把你在里面提出的问题统统解决掉。”

长时间的沉默。诺瑞尔先生热切地看着另一位魔法师的脸。他答应让斯特兰奇去何妨寺的藏书室看看，献这个殷勤并不是没有效果。有那么一会儿，斯特兰奇与他师父分道扬镳的决心明显动摇了，不过他最后还是说：“我很荣幸，先生。您并不是轻易让步的人，这我知道。可我想我必须走自己的路了。我想咱们是非分不可了。”

诺瑞尔先生合上了双眼。

这时，书房的门开了，卢卡斯和另一位男仆端着茶盘进了屋。

“来吧，先生。”斯特兰奇道。

他碰碰他师父的胳膊，让他清醒了些许。英格兰仅存的两名魔法师最后一次共进了茶点。

斯特兰奇八点半的时候离开了汉诺威广场。在诺瑞尔宅一楼窗户边延宕的几个人看见他走了。而那些鄙视这种行为不肯自己来围观的人，已将自家女仆、男仆安插到广场各处。拉塞尔斯做没做这种安排，我们不知道。不过斯特兰奇刚拐进牛津大街十分钟，拉塞尔斯先生便敲响了诺瑞尔先生的门。

诺瑞尔先生还待在书房里，还坐在斯特兰奇走的时候他坐的那把椅子上。他双眼定定地望着面前的地毯。

“他已经走了？”拉塞尔斯问。

诺瑞尔先生没回答。

拉塞尔斯坐下了。“咱们开的条件，他听了什么态度？”

还是没答话。

“诺瑞尔先生，您把咱们说好的都告诉他了吧？您有没有告诉他，假如他不公开收回那篇文章，咱们只好公布咱们手上关于他在西班牙使用黑魔法的信息？您有没有告诉他，您无论如何也不会再收他为徒了？”

“没有，”诺瑞尔先生道，“这些我都没说。”

“可是……”

诺瑞尔先生深深叹了口气。“我跟他说什么已经不重要了。他已经走了。”

拉塞尔斯沉默片刻，看着眼前这位魔法师，面有愠色。诺瑞尔先生仍深陷沉思，根本没注意到。

最后，拉塞尔斯耸了耸肩膀。“您一开始就说对了，先生，”他说，“英格兰只能有一位魔法师。”

“此话怎讲？”

“我的意思是说，什么东西只要有两个，就让人特别不舒服。一个人爱干什么就干什么。六个人相处得也不错。可只要是两个人，就一定会去争个高低胜负。两个人在一起，就老得互相盯着。全天下人的目光就落在两个人身上，不知跟从谁才好。您叹气了，诺瑞尔先生。您知道我说得没错。从此以后，不管做什么安排，咱们必须把斯特兰奇考虑进去——他会怎么说、他会怎么做、怎么对抗他。您常告诉我说他是位杰出的魔法师。他为您服务的时候，他优秀，对咱们有很大好处。可现在不一样了。他的才能早晚是要拿来对抗您的。咱们现在就开始防着他都不早。我说这话一点儿不夸张。他在魔法方面天赋极佳，可手上资料却少得可怜，到最后他一定会以为只要是魔法师就可以为所欲为——管他入室抢劫、偷盗还是诈骗。”拉塞尔斯将身子往前探了探，“我的意思并不是说他现在已经沦落到偷您东西这个程度了，可一旦哪天他有迫切需要，由于缺乏管教，他会觉得不守信用、侵犯他人财产都是正当手段。”他顿了顿，“您在何妨寺有防贼的措施吧？藏匿咒之类的？”

“藏匿咒根本防不住斯特兰奇！”诺瑞尔先生气愤地表示，“反倒此地无银三百两！等于直接把他领到我最珍贵的书籍那里！不行，不行，你说得没错，”他叹了口气，“目前要做的不止这些。我得好好想想。”

斯特兰奇走后两个钟头，诺瑞尔先生和拉塞尔斯坐诺瑞尔先生的马车一起离开了汉诺威广场。他们带了三个仆人做陪同，一切迹象都表明他们即将远行。

转过天来，斯特兰奇改不了变化无常、自相矛盾的秉性，开始后悔自己跟诺瑞尔先生断了关系。诺瑞尔先生说将来没人跟他探讨魔法，这预言常在他脑中浮现。他把和诺瑞尔先生的对话在脑中回放了一遍又一遍。他几乎可以肯定诺瑞尔先生对约翰·乌斯克格拉斯的看法都是错误的。听了诺瑞尔先生的一番话，他又对约翰·乌斯克格拉斯产生了不少新的构想。现如今这些构想再没人可告诉，他遭了罪。

实在找不到更合适的听众，他就跑到哈里大街冲沃特·坡爵士吐苦水。

“从昨天夜里到现在，我想出五十样事情当初应该同他讲。现在我想我只能把它们写进论文或是评论文章——出版的话，最早也得等到四月——然后他就会指示拉塞尔斯或波蒂斯海德写一篇文章批驳我——得到六月或七月才能见报。为了听听他怎么说，我得等上五六个月！这么个辩论法儿也真够累的，尤其是想到若在昨天，我直接走去汉诺威广场问问他怎么想就得了。而且那些书我注定看也看不到、闻也闻不着了，那些书多重要啊！魔法师没有书还怎么当魔法师？谁来把这问题给我讲讲。这就好像一个政客不靠行贿、不靠提携就想往上爬一样。”

话说得这么不讲究，沃特爵士听了并没动气，反倒善意地包容了斯特兰奇的烦躁。在哈罗公学念书的时候，他被押着学过魔法史（这科目他恨之入骨），于是他回忆又回忆，看还记不记得什么有用的东西。他发现能记住的没多少了——能有多少呢，他尴尬地想道，非常小的那种葡萄酒杯也就装半杯吧。

他思索片刻，终于贡献了以下意见："据我所知，乌衣王一本书没读，也已经把英格兰魔法里可学的东西都学到了——英格兰那时候根本没有书——兴许你也可以这么试试？"

斯特兰奇冷冷地给了他一眼。"可据我所知，乌衣王是奥伯龙仙王的养子，先不说别的细枝末节，人家仙王给了他绝佳的魔法教育，还分了那么大一个国家由他统治。我想我倒是可以培养自己在人迹罕至的树丛、遍生苔藓的湿地上游荡的习惯，只等某位仙王把我收养了去，可我估计他们会嫌我个儿太高了。"

沃特爵士笑起来。"现在没有诺瑞尔先生每天霸着你了，你打算干点儿什么呢？要不要我跟外交部的罗布森说一声，给你派点儿任务？上礼拜他刚发过牢骚，说他不得不等诺瑞尔先生把海军部和财政部的事情都忙完才能顾得上他。"

"快跟他说。不过告诉他，他还得再等上两三个月。我们马上要回什罗普郡了。阿拉贝拉和我都很想回老家待上一阵，现在我们也用不着管诺瑞尔先生那边方便不方便了，再没什么阻碍了。"

"哦，"沃特爵士道，"你们这就走吗？"

"两天后。"

"这么快？"

"你别跟吓坏了似的！真是的，坡，我真不知道你这么喜欢有我在！"

"那倒没有。我是关心坡夫人。你们走了，她该不高兴了。她会思念她的朋友的。”

“哦！哦，是啊！”斯特兰奇略感尴尬，“当然啦。”

当天上午晚些时候，阿拉贝拉登门向坡夫人道别。五年来，坡夫人的美貌不见一丝变化，她忧人的状态也未有一丝改观。她和过去一样沉默寡言，苦乐酸甜她尝着没有不同，受了善待冷遇她也不为所动。她每天只往哈里大街宅内威尼斯客厅的窗边一坐，完全看不出有打算干点儿什么的意愿。阿拉贝拉是唯一还来看看她的人。

“您要是不走就好了。”听了阿拉贝拉要走的消息，坡夫人道，“什罗普郡是个什么样的地方？”

“呃，让我判断的话，我恐怕要偏心眼儿了。我觉得大部分人都会说那里很漂亮，青山绿林，玲珑的乡间小路。当然啦，那里极致的美咱们一定得等到春天才能体会到。不过即便是在冬天，景致也令人叹为观止。什罗普郡极富浪漫色彩，有着光荣的历史。山顶上立着废弃的古堡和石围栏，不知什么人建的。因为紧邻威尔士，这地方一直被争来争去——几乎座座山谷都有古战场的遗迹。”

“战场！”坡夫人道，“那地方我太熟悉了。往窗外一瞥，目光所及之处除碎骨、锈甲之外无他！那景致可太凄寒了。希望您看了不会觉得压抑。”

“碎骨、锈甲？”阿拉贝拉重复道，“不，哪儿的话，夫人您误会我的意思了。打仗都是好久以前的事了。现在什么痕迹都没有了——让人压抑的东西肯定是没有的。”

“可是，您要知道，”坡夫人自顾自讲下去，没理会她说什么，“无论从前还是现在，无论在哪里，仗总是要打的。我还记得小时候在课堂里学过，伦敦曾为一场尤为惨烈的战争做了战场，百姓惨死，城市被烧光。我们日日夜夜都被暴力与苦难的阴影包围着，有没有实物遗迹残留，在我看来是无关紧要的。”

屋里某些东西发生了变化。就好像一对冰冷、灰黑的翅膀呼扇着飞过她们头顶，就好像有人在几面镜子背后穿行，给屋里蒙上了阴影。光线产生的这种奇异效果，阿拉贝拉在和坡夫人同坐时经常遇到。她不知还能因为什么，只好怪屋里镜子太多。

坡夫人浑身发抖，把披肩往身上紧紧裹了裹。阿拉贝拉凑过身去，握住了她的手。“好啦！把注意力集中在快活点儿的事情上。”

坡夫人面无表情，呆呆地望着她。怎么才能快活，对她来说就跟怎么才能飞一样陌生。

于是，为了分散她的注意力，不让她净想恐怖的事情，阿拉贝拉开了讲。她说起刚开张的铺子、新时兴的打扮，说起在弗莱迪大街一家店铺的橱窗里看见的一块非常漂亮的象牙白丝质滚边料子，又说起在别的什么地方看见一种松石绿的绣缀珠片，配那象牙白滚边一准儿好看。提到珠片，她说起自己的裁缝对这玩意儿怎么看，接着提到那裁缝家里养了一棵罕见的植物，种在盆里，摆在窗外一座小铁艺阳台上，结果一年时间就蹿得老高，把楼上烛台匠家里的窗户挡了个严严实实。说完这个，话题就扩展到其他高大得吓人的植物——杰克和他的仙豆茎，从豆茎说到豆茎顶上的巨人，接着又说到整个巨人族和巨人捕手，罢了又谈到拿破仑·波拿巴和威灵顿公爵，谈到威灵顿公爵方方面面都好，只有一样——公爵夫人过得很不快乐。

“好在您和我对这感觉根本没概念，”她把话收了尾，有点儿上气不接下气，“见自己丈夫去关注别的女人，心里时时不得安宁的那种感觉。”

“大概是吧。”坡夫人答道，听上去不是太确定。

阿拉贝拉不高兴了。坡夫人行为怪异，她都尽量包容。只有一样——坡夫人长期对丈夫不冷不热的态度——让阿拉贝拉觉得难以原谅。阿拉贝拉来哈里大街串门来得这么频繁，就没有一次感觉不到沃特爵士对坡夫人有多忠心耿耿。只要他觉得有什么能令她开心或是减轻她的痛苦，哪怕效果甚微，也是说办就办。而他得到的回报是那样微不足道，阿拉贝拉每每看见，都会痛上心头。这并不是说坡夫人对他表现出了厌恶，只是她有时候根本注意不到他的存在。

“咳，您是身在福中不知福啊，”阿拉贝拉道，“这可是世上最大的福气。”

“什么福气？”

“您丈夫对您的爱。”

坡夫人一脸惊讶。“是的，他确实是爱我的。”她发了话，“至少他对我说他是爱我的。可这对我来说又有什么用处呢？我冷的时候，它给不了我温暖——我总觉得冷，这您知道的。有了它，那漫长而枯燥的舞会也不会提前结束一分钟，在那又长又黑、亦真亦幻的走廊里进行的仪仗表演也不会到此为止。它并没让我少受一点儿罪。您丈夫的爱让您得到过任何解脱吗？”

“您说斯特兰奇先生？”阿拉贝拉微笑起来，“没有，从来没有过。倒是我净帮他解脱了！我的意思是说，”她匆忙补充道，因为坡夫人明显没听懂，“他经常和一些求他办事的人见面，不是托他施法术，就是家里哪个侄孙打算跟他学魔法，再或是以为自己找到了一双魔法鞋、一把魔法叉等等无稽之谈。这些人没有恶意，大多数实际上都毕恭毕敬的。可斯特兰奇先生不是那种特别有耐性的人，所以我只好介入，在他还没把不该说的话说出口之前把他拦住。”

时候不早，阿拉贝拉估摸着该告辞了，她向坡夫人道起别来。未来也许好几个月都见不到，她于是格外着急，想找点儿什么高兴的说。“我亲爱的坡夫人，”她说，“等咱们再相会的时候，我希望您比现在好得多，也许又能开始社交了。我最大的愿望就是将来有一天，你我能在戏院或是舞场相遇……”

“舞场！”坡夫人吓得惊叫，“你说这话到底怎么想的？老天保佑，可千万别让咱俩在舞场里碰面！”

“嘘！嘘！我没打算惹您不高兴。我忘了您有多讨厌跳舞。好了，别哭！要是心里不痛快，就别再想这回事了。”

她尽力安慰自己这位朋友。她拥抱她，吻她的脸颊、头发，抚摸她的手，还把薰衣草花露拿给她。一切都是徒劳。坡夫人全情投入，爆发似的一连哭了好几分钟。阿拉贝拉搞不懂到底因为什么。不过话说回来，能有什么可懂的呢？一点小事就吓得够呛，即便没来由也高兴不起来，这些正是令坡夫人头疼的地方。阿拉贝拉摇响铃铛，唤女仆进来。

女仆来了，坡夫人这才努了把力，控制住感情。“您是不知道您刚才都说了些什么！”她叫道，“上帝保佑，您千万别像我似的真知道了。我得警告您——我知道没什么希望，可我要试试！听我说，我亲亲爱爱的斯特兰奇太太。听我说，您就当将来实现永恒救赎全靠它了！”

阿拉贝拉于是表现得能多专注就有多专注。

然而，说了半天，还是白说。这回跟以往坡夫人声称有要事相告的情况并无两样。她脸色苍白，深吸几口气——接着便讲了个奇怪的故事，关于一位爱上个牛奶女工的德比郡铅矿矿场主。矿场主对那牛奶女工哪儿都满意——只是这女工照镜子的时候，倒影总迟来几分钟；太阳一落山，她的眼睛就变色；她站着不动，却见她的影子手舞足蹈个不停。

等坡夫人上了楼，阿拉贝拉独自坐了一会儿。“我真傻！”她想，“我明明知道只要一提跳舞就会令她痛不欲生！我怎么这么不小心？她到底打算告诉我什么？她自己本身知不知道？可怜人！没了健康，没了理智，财富和容貌又算什么呢！”

她正以这副口吻对自己进行品德上的训导，只听得身后微微一声响动，她转身去看，随即立马站起身来，伸开双臂，飞快地冲门边迎了过去。

“是您啊！见到您我太高兴了！来，快和我握握手。咱们这一别要好久才能再聚呢。”

当晚，她对斯特兰奇说：“得知你开始关注约翰·乌斯克格拉斯和他的仙族臣民，至少有一个人是很高兴的。”

“哦？这个人是谁？”

“白毛先生。”

“谁？”

“这位先生在沃特爵士和坡夫人家住着。我之前跟你说过的。”

“哦，对了！我想起来了。”说完，斯特兰奇思索了片刻。“阿拉贝拉，”他突然叫起来，“你不会是想告诉我你到现在还不知道人家叫什么吧？”他笑起来了。

阿拉贝拉一脸不高兴。“这不是我的错，”她说，“他从来没提过他叫什么，我也一直没想起来问他。不过，看你没怎么把他当回事，我倒也欣慰。之前我以为你是一定会吃醋的。”

“我怎么不记得我吃过醋。”

“怪了！我怎么记得那么清楚呢。”

“不好意思，阿拉贝拉，这人你好几年前就认识了，到现在还不知道人家叫什么，我很难吃这样的人的醋。说来这人对我的东西还算认可，是吗？”

“是的，他经常告诉我，不着手研究仙灵，就什么都学不到。他说研究仙灵和仙灵法术才是魔法的正道。”

“真的？他在这方面立场好像还挺坚定！那快请你告诉我，他对这些懂多少；他也是位魔法师吗？”

“我觉得不是。他曾说这方面的书他到现在一本都没读过。”

“哦，他也是那种人，对吧？”斯特兰奇一脸不屑，“这方面的东西一点儿没研究过，理论先提了一箩筐。那种人我见得多了。好吧，既然不是魔法师，那他是干什么的，这你总能告诉我吧？”

“我想我能。”阿拉贝拉得意起来，一如人有了绝妙发现时的神态。

斯特兰奇满怀期待地坐等。

“不行，”阿拉贝拉道，“我不告诉你。你听了一定又要笑我了。”

“很可能。”

“好吧，那就，”阿拉贝拉沉吟片刻，“我觉得他是位王子。要不就是位国王。总之一定有王族血统。”

“这你都怎么看出来的？”

“他和我说了好多关于他自己王国的事情，还有他的城堡、庄园——虽然他提的这些地方名字都很古怪，我一个都没听说过。我想他一定是德国或者瑞士某位被波拿巴拉下王位的王子。”

“如此？”斯特兰奇有点儿烦了，“那好，既然波拿巴倒台了，这位也该回老家去了吧？”

听了这番不明不白的解释和凭空猜测，斯特兰奇觉得并不解渴，事后还一直在琢磨阿拉贝拉这位朋友。第二天（他俩离开伦敦前的最后一天），他溜达到沃特爵士位于白厅的办公室，意图明确——专门去打听这个人是谁。

等到了地方，却只见沃特爵士的私人秘书一人忙碌着。

“噢，摩尔考克，上午好！沃特爵士不在？”

“他刚去了法夫府[5]，斯特兰奇先生。您有什么需要我做的吗？”

5　利物浦伯爵的伦敦居所，临泰晤士河，房子古雅、老旧，一路大下去，没什么格局。

“没有，我没……好吧，就算有吧。有件事我一直想问沃特爵士，可每次都忘。您认不认识有一位在他们家住的男士？”

“谁家，先生？”

“沃特爵士家。”

摩尔考克皱起眉头。“在沃特爵士家住的男士？我想不出您指的是谁。他叫什么名字？”

“我就想问这个。我从没见过这个人，可斯特兰奇太太每次从爵士家告辞的时候似乎总能碰见他。她认识这个人好几年了，可到现在还不知人家姓甚名谁。保密保成这样，足见他是个怪人。斯特兰奇太太总叫他银鼻子先生、雪白脸先生还是什么，总之也是这一类怪名。”

听了这话，摩尔考克先生显得更加迷惑了。“实在很抱歉，先生。我觉得我不可能见过他。”

第四十章

“放心吧，根本没这么个地方。”

一八一五年六月

拿破仑·波拿巴皇帝被流放到厄尔巴岛上，可平静的小岛生活究竟适不适合自己，这位皇帝陛下还不是太确定——他毕竟已经当惯了这世界很大一部分的统治者。于是，在离开法国之前，他对好几个人都说过：春天紫罗兰再开之时，即是他重归之日。他实现了这个诺言。

一回到法国土地上，他便集中兵力北上巴黎，继续追赶自己的终极命运——向全世界全人类宣战。他自然急着重新当上皇帝，可谁也不知道他打算当哪里的皇帝。他一直都在极力模仿亚历山大大帝，于是人们推测他会东征。他之前侵略过一次埃及，也取得过一定胜利。不过他也可能西征：有传闻说在瑟堡一支舰队已整装待发，只等开往美洲，带他去征服另一片新世界。

不管他最终往哪里走，大家一致认为他肯定先从比利时下手。于是威灵顿公爵赶赴布鲁塞尔，恭候这位欧洲最大的敌人。

英国的报纸满是风言风语：波拿巴集中了兵力；他以惊人的速度向比利时逼近；他到达了比利时；他所向披靡！谁知到了第二天，他其实还待在巴黎的宫殿里，根本没动窝。

五月底，乔纳森·斯特兰奇跟随威灵顿及英国陆军赴往布鲁塞尔。之前的三个月里，他一直安安静静待在什罗普郡，整日思考魔法，于是刚到布鲁塞尔的时候难免会感觉有些莫名其妙。四处溜达了一两个小时后，他发现这并不是自己的问题，要怪只能怪布鲁塞尔。他知道一座城市在战时会变成什么样子，而这里并非如此。街上会有成群结队的士兵走来走去，有装运物资的小推车，有一张张焦虑的脸。可在这里，他却只看到高档商店和乘着漂亮马车到处闲逛的太太小姐。确实，一批批的军官随处可见，可当中就没一位像是有务兵家事的打算（有位军官正使出浑身解数，全神贯注地帮一个小女孩修理玩具阳伞）。拿破仑·波拿巴马上就要打过来了，这里的欢声笑语似乎多得有点儿不合适了。

有人喊他名字。他回头发现是曼宁厄姆上校——他认识。曼宁厄姆上校当即邀他同去夏洛特·格雷维尔夫人家。（这是一位住在布鲁塞尔的英国夫人。）斯特兰奇回嘴说自己没有邀请函，再说无论如何他现在得去找威灵顿公爵。可曼宁厄姆声称没有邀请函不会有什么要紧——他去了一定受欢迎——再说威灵顿公爵有可能在任何地方，其中当然也包括夏洛特·格雷维尔夫人家的客厅。

十分钟后，斯特兰奇发现自己置身于一间华美的厅堂，到处都是人，有不少他都认识。这里有军官、窈窕淑女、时髦绅士，还有英国政客以及貌似英国贵族各个阶层的代表。所有人都在大声讨论战事，还拿战事开玩笑。这情形斯特兰奇闻所未闻：战争竟也成了时髦人的娱乐。在西班牙和葡萄牙，士兵一贯视自己为牺牲品、受害者和被遗忘的人群。英国报章一向拼命渲染，让战况听起来越惨越好。可一来布鲁塞尔，在公爵大人手下当军官就成了世界上最崇高的事——第二崇高的就是当公爵大人的魔法师。

“威灵顿当真想让这么些人都待在这儿？”斯特兰奇十分惊奇，低声问曼宁厄姆，“万一法国人打过来怎么办？我要是不来就好了，肯定会有人问我跟诺瑞尔闹分歧的事情，我现在真是不想讨论这个。”

“净说傻话！”曼宁厄姆低声回嘴道，“这里没人关心那些！不管怎么样，反正公爵已经来了！”

人群里乱了一阵，随后公爵出现了。“啊，梅林，”他发现了斯特兰奇，大叫起来，“见到你真高兴！快来握握手！你一定认识里士满公爵吧。不认识？那就让我来介绍介绍！”

假如之前这里就算热闹，公爵大人一到，大家情绪涨得更高！一双双眼睛都跟着他，看他在跟谁说话，（更重要的是）看他在跟谁打情骂俏。见他这副样子，谁也想不到他来布鲁塞尔除了享受以外还会有什么别的目的。可只要斯特兰奇一打算溜，公爵就用眼神盯住他，那眼神仿佛在说：“不行，你必须留下。我还用得着你！”终于，他一边微笑着，一边低头在斯特兰奇耳边悄悄说道：“好了，我想那儿就行。来！客厅对面那一头有间温室。那里能避开人群。”

于是，他二人在棕榈树等奇花异草之间落了座。

“给你提个醒，”公爵道，“这里不是西班牙。在西班牙，男女老少人人都将法国人视为眼中钉。可在这里，情况大不一样。这里每条街上、陆军很多支部内都可能有波拿巴的亲信。这座城里到处都是特务。所以咱们的任务——你的，也是我的——是要表现得好像波拿巴战败已经是板上钉钉的事儿了！笑一笑，梅林！喝点茶，安安神。”

斯特兰奇试着若无其事地笑了笑，可笑容很快就变成了紧锁的眉头，为了不让公爵大人发现他自己这张脸有多不争气，他问公爵对这次陆军的整体情况感觉如何。

“哦，这回是矮子里面拔将军了！我从来没指挥过这么杂的一支军队——英国人、比利时人、荷兰人、德国人全都混在一起，就好像要拿五六种材料砌一面墙。每种材料单看都是极好的，可我总怀疑以后拼在一起能不能立得住。普鲁士军队已经答应与我方联合。布吕歇尔这老家伙也棒得很，就爱打个仗。”（这位是普鲁士元帅。）“只可惜他精神不大正常。他觉得自己有孕在身。”

“啊哈！”

“怀的还是头小象。”

“啊哈！”

“我们这就得把你的工作安排了！你的书都带了吗？银盘子呢？有没有合适的地方？我有很强的预感波拿巴会在西边现身，从里尔那个方向。假如我是他的话，我肯定会这么办的。此外，我手上还有咱们在里尔的盟友写来的信，都说他的出现无非是早一时晚一时的事。你的任务来了：监视西部边境线，看可有他迫近的迹象。一见着法国部队的影子，立刻通报给我。”

之后接连两个礼拜，斯特兰奇都在召幻影观望威灵顿公爵认为法国人有可能出现的地方。公爵给他提供了两样帮助：一大张地图和一位名唤威廉·哈德利-布莱特的年轻军官。

哈德利-布莱特是那种命运女神格外眷顾的幸运儿。对他来说，一切都来得容易。他是一位有钱寡妇的宝贝独子。他想在军队任职，朋友就把他安插在一个上流人家孩子多的团部里。他想来点儿刺激的，想走南闯北冒冒险，威灵顿公爵就挑他做了自己的副官。当他刚刚发现自己对英格兰魔法的热情已经超过了当兵，公爵就派他去协助伟大而神秘的乔纳森·斯特兰奇。而他这样顺利若是遭了嫉恨，恨他的人准不是一般的尖酸刻薄；他这人喜兴、好性情，谁对他也恨不起来。

斯特兰奇和哈德利-布莱特日复一日监视着比利时西边几座要塞；他们细细查看毫无特点的村路；他们盯着广阔空寂的田野，抬眼便是更为广阔的、水墨画般的云海。可法国人却一直没有出现。

六月中旬的一天，天气闷热湿黏，他俩坐在桌前，继续这似乎永无尽头的任务。下午三点钟光景，几只用过的咖啡杯侍从忘了收走，一只苍蝇绕着杯子嗡嗡打转。窗户开着，从外边飘进马匹汗臭、酸腐牛奶和桃子的混合味道。哈德利-布莱特正伏在一把餐椅上，充分展示着当兵的必备技能之一——不分时间、场合，说睡就睡。

斯特兰奇瞥了一眼地图，随便挑了块地界。银盘里的水面上出现了一处寂静的岔路口，路旁有片农庄、两三栋房子。他盯着看了一会儿，什么事都没发生。他闭上双眼，正要睡过去，水面突然出现了几个兵，正将一门大炮拖到榆树下就位。这几个兵模样郑重，神情专注。他一脚把哈德利-布莱特踹醒。“这是什么人？”他问道。

哈德利-布莱特冲水盆眨了眨眼。

十字路口上的士兵身穿绿色军衣，红领子，红袖口。人数突然间就多了起来。

“拿骚人，”哈德利-布莱特认出这是威灵顿手下的德国部队，“奥兰治亲王的兵，不用担心。你看的这是哪儿？”

“城南二十里外的一个十字路口，地名叫作四臂村。”

“哦，没必要在那儿浪费时间！”哈德利-布莱特说着，伸了个懒腰，“这路口就在通往沙勒罗瓦的路上，普军在另一头候着呢——至少别人是这么告诉我的。我在想，他们到底应不应当出现在这里呢？”他动手翻起了记录联军部队各自方位的文件，“不对，我觉得不……”

“这又是什么人？”斯特兰奇突然发了问，指向一个突然出现在路口对面高坡上的士兵。这士兵身穿蓝制服，滑膛枪已经上了膛。

迟疑只有短短一瞬。“法国人。”哈德利-布莱特道。

“那他应不应当出现在这里呢？”斯特兰奇问。

又有个法国人跟了过来，随后又多了五十个，五十个变成了一百个——三百个——上千了！这山坡就好像奶酪生蛆似的生出一堆法国人。转眼工夫，这堆法国人齐齐向岔路口上的拿骚人开了火。交战时间不长，拿骚人便开了炮；而法国人似乎没有炮，于是翻过山坡撤退了。

“哈，”斯特兰奇欢呼道，“他们败了！他们逃跑了！”

“是啊，可他们最初是打哪儿来的呢？”哈德利-布莱特恨恨道，“您能看到山坡后面去吗？”

斯特兰奇用手点点水，在水面上做了个搓捻的手势。岔路口消失了，取而代之的是法军部队，一览无余——即便不是整个法军，也是其中相当有分量的一支了。

哈德利-布莱特一屁股坐下，活像一尊被人剪了线的木偶。斯特兰奇操着西班牙语骂了起来（他很自然就把这门语言和打仗联系起来）。英普联军完全走岔了。威灵顿的部队都在西面，准备抵死保卫的都是波拿巴根本没打算进攻的地方。布吕歇尔元帅及其麾下普鲁士陆军都在东面，离得太远。法国人突然从南面冒了出来。就目前形势看，这些拿骚人（人数大约有三四千）是挡在法国人和布鲁塞尔之间唯一的兵力。

“斯特兰奇先生，快想办法，我求求您！”哈德利-布莱特大叫起来。

斯特兰奇深吸口气，大张双臂，就好像要把自己学过的所有法术都拿出来。

“快，斯特兰奇先生！快点！”

“我可以挪动整座城！”斯特兰奇道，“我可以把布鲁塞尔挪走！我可以把它挪到法国人找不到的地方。”

“挪到哪儿去？”哈德利-布莱特叫道，抓住斯特兰奇的双手摁了下去，“咱们外围都是部队。都是咱们自己人！您要是挪动布鲁塞尔，就很可能把咱们的部队压在楼房、路石底下。公爵肯定不干，损失一个兵他都不干。”

斯特兰奇又想了想。“有了！”他大声道。

一阵清风扑面而来，感觉不坏——随之而来的是一股清新的海洋芬芳。哈德利-布莱特往窗外看去。越过屋宇、教堂、宫殿和公园，远处出现了刚刚还不曾有的连绵的山脊，黑黑一片，就仿佛生满了苍松。空气比先前清新了许多——就像从没被人呼吸过一样。

“咱们这是在哪儿？”哈德利-布莱特问。

“美国。”斯特兰奇道，紧接着补了一句，算是解释，“从地图上看起来，这地方总是空荡荡的。”

“老天！挪到这里还不如不挪呢！您忘了咱们刚刚跟他们签过和平公约吗？一座欧洲城市突然出现在他们国土上，再没什么能比这更惹他们不痛快了！”

“哦，估计是吧！不过你也不用着急，听我的。咱们离华盛顿、新奥尔良这些打过仗的城市还远得很，我估计隔了得有几百里地。至少……我的意思是说其实我也不知道咱们具体在哪里。你觉得这有什么关系吗？”[1]

1　布鲁塞尔城中的居民和驻军部队得知如今身处远乡，自是十分好奇。不巧，他们眼下正忙着为即将来临的大战做准备（而对其中有钱且荒唐的阶层来说，忙是为了准备参加里士满公爵夫人当晚举行的舞会），几乎谁也没闲工夫跑去探探这异乡究竟什么模样，这里的居民又是什么人。于是，过了很久人们都不清楚，在那个六月里的午后，斯特兰奇究竟把布鲁塞尔挪到了什么地方。

一八三〇年，一个名唤皮尔森·丹比的买卖人兼捕手路过平原乡。他认识的一位拉科塔族族长来找他，这位族长名唤“恐水者”。“恐水者”问丹比能不能替他找点黑色的闪电球来，说他打算跟仇敌干一仗，急需这样的球。他说他手上曾有过大约五十个，一直都省着用，现在也都用光了。丹比没听明白。他问“恐水者”指的是不是弹药。“恐水者”说不是。跟弹药类似，但是要大上许多。他把丹比带回自己的营帐，给他看了一门由苏格兰福尔柯克的卡龙公司生产的黄铜 5.5 寸口径榴弹炮。丹比大吃一惊，问“恐水者”这东西是打哪儿来的。“恐水者”告诉他，在附近的山里住着一支名唤“半成品人”的部落。这些人是在某年夏天突然就被创造出来的，可他们的造物主只赋予了他们人类生存技能中的一项：打仗。其余的技能他们一概不会；他们不知如何猎水牛和羚羊，不知如何驯马，也不知如何为自己建房造屋。他们彼此之间甚至无法沟通，因为他们那疯了似的造物主一下子给了他们四五种语言，种种不同。而这门炮是他们的，他们拿来跟“恐水者”做交易，为了换回些食物。

丹比十分好奇，于是跑去寻访这个“半成品人”部落。初看这些人与他族无异，可随后丹比发现其中的长者居然奇迹般地带些欧洲人的面相，有几位可以讲英语。他们有些习俗和拉科塔族其他部落一致，而有些似乎来源于欧洲军事实务。他们的语言和拉科塔语类似，不过其中含有很多英语、荷兰语以及德语词汇。

一位叫作罗伯特·希斯的人（或称“碎嘴唠叨的小个子”）告诉丹比，他们是在一八一五年六月十五日当天下午擅自离开了各自所在的兵团，因为第二天将有大战，而他们之前都有强烈的预感，觉得假如不走的话就一定会战死沙场。他问丹比可知道如今的法国国王究竟是威灵顿公爵还是拿破仑·波拿巴。丹比说不上来。“也好，先生，”希斯处之泰然，“甭管他俩谁当了王，我看对你我这样的人来说，日子该怎么过还是怎么过。”

哈德利–布莱特冲出门去，打算向威灵顿公爵汇报，说形势与预期正相反：法国人此时已经进了比利时，而公爵您却不在了。

公爵大人（这会儿似乎正跟几位英国政客和比利时伯爵夫人一起吃茶）听到消息的时候，一如既往地沉着冷静、不动声色。可半个小时后他就在斯特兰奇所在的旅馆里露了面，还带来了军需长德兰西上校。他低头盯着银盘里的景象，一脸严肃。“拿破仑把我涮了，老天！”他叫道，“德兰西，你赶快把军令写好。咱们得把部队兵力都聚集到四臂村。”

可怜的德兰西上校大惊失色。“隔着一座大西洋，咱们怎么把命令发到那边去呢？”

“哦，”公爵大人道，“这问题由斯特兰奇先生解决。”正说着，窗外什么东西引起了他的注意。四个人骑着马从窗外经过，器宇轩昂，不可一世。他们肤色如红木，长发似渡鸦羽翼一般乌黑亮泽，兽皮衣上缝着箭猪翎子。他们每人身上都扛着装了皮套子的来复枪、一把令人生畏的长矛（像他们脑袋上一样插满羽毛）和一弯弓。“哦还有，德兰西！你能不能找人问问这几位明天愿不愿意打仗？他们看上去有这个本事。”

过了大约一个钟头，布鲁塞尔二十里地之外（或者说，离曾经的布鲁塞尔二十里地之外）的阿特镇上，一位糕点师傅把一整盘小蛋糕从炉子里往外端。等蛋糕凉了，他便用粉红色的糖霜在每个小蛋糕上挤了一个字母——他一辈子从来没干过这种事。他妻子（一个英国字都不认识）将蛋糕在木托盘上码放好，交给了糕点师傅的副手。副手端着蛋糕送到了镇上英普联军的司令部，司令部里，亨利·克林顿爵士正给手下军官们派任务。副手把蛋糕端给亨利爵士，亨利爵士拿起一块正要往嘴里送，第95来复枪团的诺考特少校惊叫起来。他们面前的小蛋糕上，粉红色的糖霜拼出来一条威灵顿的指示，让亨利爵士带着步兵第2师尽快前往四臂村。亨利爵士一脸惊奇地抬起头来，糕点师傅的副手带着一脸笑意望着他。

与此同时，率领第 3 师的上将——来自汉诺威的查尔斯·奥尔腾爵士——正在布鲁塞尔西南二十五里的一座城堡里忙碌。他偶然往窗外一看，发现院子上方飘来小小一朵举止奇异的乌云。雨洒下来，落在院子正中，墙却一点儿也没沾湿。查尔斯爵士觉得奇怪，便跑到门外去一探究竟。只见院子里的灰土地上，雨水写出了以下一条短函：

> 第 3 师立赴四臂村。
>
> 威灵顿
>
> 一八一五年六月十五日于布鲁塞尔

威灵顿部队里一些荷兰、比利时的将军本已发现法国人在四臂村，此时正率领荷兰第 2 师向那里挺进。于是，当一大群啼鸟突然落在路边的树上唱起下面这首歌时，将军们（分别是雷贝克少将和佩尔庞谢中将）听了，还没等搞清命令，就已经被扰得心烦意乱：

> 公爵的意思我们细说
> 四臂村里法国人出没
> 公爵的部队统统集合
> 十字路口乃集结之所

“行啦，行啦！我们知道了！”佩尔庞谢中将一边喊一边挥手轰鸟，“滚，该×的！”谁知鸟儿飞得更近了，有几只干脆落到他的肩膀和坐骑身上。鸟儿继续唱着，极尽好事者之相：

此地一搏美名扬
公爵令下：莫恐慌！
部队方案皆妥当
速与战友奔前方！

这些鸟儿当天上午一直跟着部队，叽叽喳喳、一刻不停地唱这首令人烦躁的歌。雷贝克少将英文造诣深，他设法抓住一只鸟，试着教它一首新歌，打算让它飞回去对着斯特兰奇唱：

公爵的魔法师该挨踢了
从布鲁塞尔踢到马斯特里赫特
谁让他对老实人使坏
从马斯特里赫特再踢回来[2]

当晚六点，斯特兰奇将布鲁塞尔重新移回了欧洲大陆。之前被隔绝在城内的部队各团迅速穿过那慕尔城门，沿通向四臂村的主路南下。这件事办妥，斯特兰奇才腾出工夫来为自己做战前准备。他将东西归置到一起，包括他的银盘、五六本魔法书、一对手枪、一件衣兜特别深的春夏轻便外套、一打熟透的煮鸡蛋、三瓶白兰地、几块纸包猪肉馅饼以及一把很大的绸伞。

第二天一早，他把这些必需品有的扛在身上有的驮在马上，跟公爵和公爵的随员一起骑往四臂村的十字路口。这会儿那里已经聚集起好几千英普联军，可法国人还没冒头。偶尔能听见几声滑膛枪响，可频率也并不比英格兰树林里有人打猎时更高。

2　雷贝克少将还创作了这首顺口溜的荷兰语版本，由他的兵一路唱到四臂村，并教会了英军战友。后来这顺口溜演变成儿童跳绳时唱的歌谣，在英格兰、荷兰两地皆有流传。

斯特兰奇正往四下里看，一只画眉落在他肩头，叽喳起来：

公爵的意思我们细说
四臂村里法国人出没……

“什么？”斯特兰奇恨恨道，“你怎么还在这儿？几个小时之前你就该消失的！”他比画了个奥姆斯柯克的手势，解除了咒语，小鸟飞走了。可令他错愕的是，整整一群鸟都在这一刻飞走了。他慌忙四处张望，看有没有人发现他这一招玩砸了；可大家似乎都在为战事忙碌，他于是断定没人发现。

他找到自己中意的位置——正对着四臂村农庄的一道沟里，右边紧挨着十字路口，左边是第92常规步兵团和高地团。他从兜里掏出煮鸡蛋来，看那些高地团战士谁想吃就给谁。（和平年代里，若想跟谁认识认识，一般来说都要经过这样或那样的介绍；而在战时，一点儿吃食就能奏效。）高地战士回赠他甜甜的奶茶，很快他们就跟老相识似的聊起天来了。

当天天气极其炎热。路两侧是大麦田，艳阳之下，麦田闪耀着超乎自然的光辉。三里外，普军已和法军开战，隐隐听见大炮的轰鸣声和人的呼喊声，就如同未来之灵。快到正午时分，便能听见远方战鼓擂响，气势汹汹的战歌也唱起来了。成千上万双脚奔跑踩踏，大地也随之震颤。密实、黑沉的法军步兵纵队穿过麦田，向他们冲了过来。

公爵并没有给斯特兰奇任何具体任务，于是一开打，他就准备着把在西班牙战场上使用过的法术再施一遍。他放烈焰天使去威吓法国人，变出龙来往他们身上喷火。这些幻影比在西班牙变出来的任何一种都大、都鲜亮。他从沟里爬出去了好几回，就为欣赏效果——即便高地人警告他随时有可能中弹。

他兢兢业业地施法术，忙了三四个钟头，突然有情况发生了。战场上，一队法国猎骑兵突然袭击，眼看就要把公爵和他手下随员包围了。公爵他们被迫调头，仓皇奔回联军战线。离他们最近的部队正好就是第92常规步兵团。

“第92团，”公爵喊道，“趴下！”

高地兵立刻趴下去了。斯特兰奇从地沟里抬起头来，只见公爵骑着哥本哈根[3]，擦着他们头皮飞了过去。公爵安然无恙，遭遇险情非但没被吓慌，看上去反倒更精神了。他环顾四周，看看大家都在干什么，目光落在斯特兰奇身上。

“斯特兰奇先生，你在干什么？要是我想看沃克斯豪尔乐园变戏法的，我会说的！[4]这些东西法国人在西班牙的时候已经见了不少了——他们现在都见怪不怪了。可我率领的比利时人、荷兰人和德国人是没见过这些的。我刚看见那边树林里你变出来的一条龙把布伦瑞克军一个连吓得够呛，从马上摔下来四个。这么着不行，斯特兰奇先生！这么着肯定不行！”说完他便飞奔而去。

斯特兰奇呆呆望着他的背影。他有心刻薄几句公爵是怎样忘恩负义的，说给高地朋友们听；可高地团的战士们这会儿似乎腾不出工夫——大炮正冲他们这里轰，马刀正往他们身上砍。他只好拾起地图，爬出了地沟，走向十字路口。威灵顿公爵的军务秘书长菲茨罗伊·萨莫塞特爵士正在那里一脸焦虑地环顾四周。

“大人，”斯特兰奇道，“我得问您点儿事。战况如何？”

萨莫塞特叹了口气。“到最后一定会好的。当然会的。可有一半兵

3　哥本哈根（1808—1836）是威灵顿公爵有名的栗色马。

4　一八一〇年，沃克斯豪尔乐园的经营者乔治·巴拉特和乔纳森·巴拉特两位先生斥巨资邀请斯特兰奇和诺瑞尔每晚在园内进行魔法表演。巴拉特兄弟希望看到的恰是这一类法术——神奇野兽的幻影、《圣经》及历史人物的幻象，等等。毫无疑问，诺瑞尔先生回绝了他们的请求。

力现在还没到。咱们手上根本没什么骑兵了。我知道当时您很快就把命令派发到各个师了，可有些队伍确实离得太远了。假如法国人抢在咱们前头获得增援，那……”他耸了耸肩膀。

“假如法国方面的增援真过来了，会从哪边来呢？南边，我猜？”

“南边和东南。”

斯特兰奇没有再回战场。他直奔英军战线后方的四臂村农庄而去。这片农庄几乎已经废弃，房门都大敞着，窗帘飞出窗外，被急着逃命的人扔下的一把镰刀和一把锄头躺在灰土里。在一间黑洞洞、弥漫着奶味的牛奶棚里，他发现了一只大猫和几只刚出生的小猫。只要炮声一响（响得很频繁），大猫就发抖。他给猫盛了点儿水，轻轻对它念叨了几句。随后，他往凉森森的石板地上一坐，把地图在面前铺开。

他开始挪动战场南面和东面的大路、小径、村庄。他首先将两个村子的位置调换了一下，接着就把所有东西走向的路都变成南北走向。等十分钟一过，他再把位置都复原。他还把附近所有树林都掉了个儿，换了朝向；随后把溪水也改了流向。连续几个小时，他一直在更改地貌。这是个精细活儿，且十分乏味——就跟过去同诺瑞尔先生一起做的所有事情一样无聊。六点半钟，他站起身来，伸展伸展蜷僵了的四肢。“其实，”他对猫咪说道，“这些究竟有没有用，我心里一点儿数都没有。”[5]

5　在道路、版图、房屋及其他有形空间内制造混乱的公认法技是在该空间内建起一座迷宫。不过斯特兰奇直到一八一七年二月才学会这门技术。

即便如此，斯特兰奇的所作所为对这场战役很可能起到了决定性的作用。斯特兰奇并不知情，法军上将戴尔隆伯爵当时正率领两万官兵赶赴战场。结果，他们把这至关重要的几个小时征途全耽误在每隔几分钟便莫名其妙地改换一次的山水间。假如他的部队成功抵达了四臂村，法国人很可能就打赢了，滑铁卢之战根本不会发生。斯特兰奇因当天早些时候受了公爵的怠慢，自尊心受了伤害，并未将自己的所作所为向任何人透露。后来他才把这一切告诉了约翰·斯刚德斯以及托马斯·莱维。于是，在一八二〇年约翰·斯刚德斯所著《乔纳森·斯特兰奇传》一书出版之前，戴尔隆伯爵未能赶到战场的原因对于研究四臂村之战的历史学者来说一直是个谜。

田野上方黑烟滚滚。只要打仗就不会缺席的客人——那阴森可怖的乌鸦和渡鸦——翩然而至，数量成百上千。斯特兰奇发现他的高地朋友们已陷入深深的绝望。他们攻占下路边一栋房子，在此过程中，士兵人数损失了一半，总共三十六名军官死了二十五个，其中包括他们的上校——很多士兵之前都把他当作父亲一样看待。不止一位须发斑白的老兵坐在那里，双手抱头，潸然泪下。

法国人显然已经撤回弗拉讷镇——他们当天的出发地。斯特兰奇问了好几个人这是不是意味着联军取得了胜利，可对这一点谁也拿不出确凿证据。

当晚，他在往布鲁塞尔方向北上三里处的热纳普村留宿。第二天吃早饭的时候，哈德利-布莱特上尉带来了消息：公爵的盟军——普鲁士陆军在昨天的战斗中遭受重创。

“他们战败了吗？”斯特兰奇问。

“没有，不过他们已经撤退了，所以公爵说咱们也得跟着撤。公爵大人他选了块地方作战，普军到时候跟咱们在那里会合。那地方叫作滑铁卢。”

“滑铁卢？这地名真荒唐！”斯特兰奇道。

“挺怪的，不是吗？我在地图上都找不到它。”

“哦，”斯特兰奇道，“在西班牙的时候这种事常有！肯定是告诉你的人把名字搞错了。放心吧，根本没有滑铁卢这么个地方！”

正午刚过不久，他二人上马，准备跟着陆军大部队出村。这时，从威灵顿处传来封口信：法军枪骑兵一个营正向他们逼近，斯特兰奇先生能想个办法折腾他们一下吗？斯特兰奇急欲洗脱沃克斯豪尔乐园戏法的恶名，于是向哈德利-布莱特征求建议：“骑兵最讨厌什么？”

哈德利-布莱特想了想。“泥巴。”他说。

“泥巴？真的？好吧，我想你说得没错。好吧，没什么法术在技术上比天气魔法更基础、更成熟的了！”

天色暗了下来。空中出现一片墨黑的乌云，跟整座比利时一般大，饱满、沉重，最下端参差不齐的边缘简直快要擦上树顶。电光一闪，世界一瞬间变得灰黄；震耳欲聋的雷声炸响，随后雨水湍急如注，大地咝咝一片沸腾。

不出几分钟，路边田野已是一片泥淖。法军枪骑兵再也无法随心所欲地进行他们热衷的活动——敏捷熟练地飞驰。威灵顿的后卫部队得以安全撤离。

一个钟头过后，斯特兰奇跟哈德利-布莱特惊奇地发现确实有个地方叫作滑铁卢，他俩已然进了这块地界。雨中，公爵骑在马上，凝视着脏污不堪的士兵、马匹和推车，心情大好。“泥巴变得妙，梅林！”他兴高采烈地喊道，“又黏又滑。法国人肯定不喜欢。拜托再多来点儿雨！你看见这条路下坡的地方有棵树了吗？”

“大人，是那棵榆树吗？”

“就是那棵。明天打起来的时候，你就站在那儿。我到时候就靠你了。我自己偶尔也会过去，但不会太经常。我的兵会把指示传达给你。”

当晚，联军各师沿着滑铁卢南面一座矮岭就位，头顶雷声大作，雨水湍急。每隔不久就会有浑身泥水的士兵走到榆树下来请愿，求斯特兰奇把雨停了，可斯特兰奇只是摇摇头，说：“公爵让我停，我才能停。”

而在半岛打过仗的老兵都赞许道，雨水一直是英格兰人战时良伴。他们告诉战友：“有什么能比雨水更令咱们惬意、熟悉呢？而对于外国人来说，一下雨他们就转向。在富恩特斯、萨拉曼卡和维多利亚，大战前夜都下过雨。”（这些是威灵顿在半岛战争期间取得的几场重大胜利。）

斯特兰奇躲在伞下，琢磨即将来临的这场战斗。自打半岛战争结束，他就一直在研究黄金时代魔法师曾在战时使用过的法术。这方面的信息鲜有人知；相传——仅仅是相传——约翰·乌斯克格拉斯曾在自己打仗前使用过一种咒语，预见了事态发展的结果。临入夜，斯特兰奇突然有了灵感：“乌斯克格拉斯做了些什么不得而知，可佩尔的‘未来征兆之臆测’总是现成的。佩尔这条咒语很可能就是乌斯克格拉斯那条的简化版本，我可以试试。”

咒语起效前不久，他突然对四周一切声响都有了知觉：雨水打在金属和皮子上，顺着帆布往下流；马儿来回踱步，喷鼻息；英格兰人唱歌，苏格兰人吹风笛；两名威尔士士兵在争论《圣经》某段内容该如何解释；来自苏格兰的约翰·金凯德上尉正招待几位美国土著，教他们怎么喝茶。（他大概以为，只要把喝茶学会了，不列颠人的其他习俗特质也就自然跟进了。）

随后是一片寂静。士兵、战马渐渐消失，起初是一点儿一点儿变没，而后越来越快——成百上千地从眼前匿迹。原先密密麻麻的部队之间出现大片空地。在东边不远处，整整一个团都消失了，空出个洞来，面积同汉诺威广场一般大。前一秒钟处处生机，话语、动态无处不在，转眼间什么都没了，只剩下雨水、暮色和滚滚麦浪。斯特兰奇抹抹嘴，他犯了恶心。“哈，”他心想，“看我敢再乱用君王的法术——这就是教训！诺瑞尔说得对。有些法术不是给一般魔法师用的。约翰·乌斯克格拉斯大概懂得如何利用这可怕的预兆。我不懂。我要不要跟谁说说？告诉公爵？他可不会念我的好。”

有人正低头看着他，跟他说话——是骑炮兵团的一个上尉。斯特兰奇看见他嘴在动，说的什么一个字也听不见。他打了个响指，解除了魔咒。这名上尉是来请他一起喝酒抽雪茄去的。斯特兰奇打了个寒噤，婉拒了。

他在榆树下独坐了一整夜。过去他从没觉得自己因为是个魔法师就和其他人有什么不同，可现在他窥见了不该见的东西。他感到分外毛骨悚然，仿佛这世界眼看着就老了，生命里那些最美好的东西——欢笑、情爱、纯真，全都不可挽回地流逝了。

第二天上午大约十一点半钟，法国人的大炮开火了，联军炮兵予以反击。作战双方之间，夏天原本清透的空气里弥漫开乌黑、苦涩的硝烟，如同幔帐飘浮。

法国人攻打的目标主要是乌古蒙堡，该城堡是联军在山谷里的一处前哨，周边树林及建筑由第3常规步兵近卫军、冷溪近卫军、拿骚军和汉诺威军共同守卫。斯特兰奇在银盘里召起一个又一个幻影，观察城堡外围树林间的厮杀血战。他有心把树木移走，好让联军战士瞄得更准，然而这类近距离搏击是魔法最难处理的情况。他提醒自己，打仗的时候出手太快、太莽撞有可能比完全不动手带来的危害更大。他等待着。

炮火愈加猛烈。英军老兵对战友们说，他们从没见过炮子儿飞得这么快、这么密的。战士们眼见自己的战友被斩作两截、炸成碎片，或是被炮弹轰没了脑袋。炮声的混响令空气都起了震荡。“予以猛击。”公爵冷静地指示，并命前排官兵撤到坡峰后面趴下。炮击一停，联军官兵抬起头来，只见法国步兵正穿过硝烟弥漫的山谷向他们逼近：一万六千人肩并肩排成一道道庞大的纵队，齐声高喊，一同踏步向前。

不止一名士兵心想，法国人是不是终于也找来自己的魔法师了。这些法国步兵看上去比正常人个头高得多；等他们走近了，就能看到他们眼中灼灼燃烧着非凡的怒火。其实，这些都是拿破仑·波拿巴的魔力，只有他最懂得如何打扮手下官兵，好让敌人望而生畏；也只有他最懂得如何排兵布阵，谁见了都会以为他们坚不可摧。

斯特兰奇这会儿很清楚该做什么。浓稠结块的泥浆明显已经阻碍了敌军的前进。为把他们拦得更死，他开始给麦秸施法术，让它们去缠法国人的脚。麦秸韧得像金属丝一样；法国兵一路磕磕绊绊，纷纷跌倒在地。运气好的话，他们会陷在泥浆里爬不起来，被自己的战友——或是刚刚从后方跟上来的骑兵——踩踏在脚下。这活儿特别累人，而斯特兰奇费了半天力，这法术对法军的破坏性并不比一个老练的滑膛枪手或是来复枪手更强。

一位副官以不可思议的速度飞奔上前，把一张羊皮字条往斯特兰奇手里一塞，喊了声："公爵有令！"一眨眼的工夫，人已经不见了。

法军炮弹点着了乌古蒙堡。灭火。

威灵顿

斯特兰奇另将乌古蒙堡的景象召唤出来。那里官兵的情形比前一次查看的时候要惨得多。每间屋子里都躺着双方的伤员。草垛、边房连带城堡本身都已经烧起来了，处处是呛人的黑烟。马儿尖声嘶鸣，受伤的士兵拼命往外爬——可哪里还有活路。城堡外面也正打得如火如荼。斯特兰奇发现礼拜堂的墙壁上画着五六个圣人像。人物约有七八尺高，身体比例十分不协调——看来画家是一位热心的外行。几位圣人都留着棕黄的长胡须，大眼睛里充满忧郁。

"就靠它们了！"他喃喃道。他一指挥，几位圣人便从墙上走了下来，像提线木偶似的一路抽搐抖动，倒也自有一种轻盈、优雅的风致。它们悄悄穿过成排的伤员，溜到一个院子里的水井边，打上来一桶桶的水提着去灭火。一切进行得很顺利，可其中两位（大概是圣彼得和圣杰罗姆）突然着火，烧了个干净——浑身除了颜料和魔法再没别的成分，几位圣人是相当易燃的。斯特兰奇正琢磨怎么补救，法国人一颗炮弹炸开，弹片击中他银盘沿儿。盘子打着转向右飞出去五十码。等他把盘子捡回来，把盘子侧肚一大块磕瘪了的地方敲平了，再把盘子重新摆好，那几位画出来的圣人已全部葬身火海。伤兵、战马都在燃烧。墙上一幅画都不剩了。斯特兰奇沮丧得几乎掉泪，嘴上直骂那无名画家太懒惰。

还有什么办法？自己还会什么？他努力思索。很久以前，约翰·乌斯克格拉斯偶尔会用渡鸦变出一位勇士护驾——鸟儿聚作一群，汇成个怒发根根直立、形体时时变化的黑巨人，做什么都轻而易举。乌斯克格拉斯有时也会拿泥土变仆从。

斯特兰奇召出幻影，往乌古蒙堡的水井看去。他将井里的水抽上来，形成一柱喷泉；趁水柱还未落地流散，将它塑成个粗糙的人形。随后，他指挥着水人奔向火焰，纵身压过去。马厩里一间畜舍的火于是被顺利扑灭了，救下来三条人命。斯特兰奇于是争取变更多的水人出来，可水这东西不容易保持一定的形状，他才忙了一个钟头就已经晕头转向，双手抖得无法控制。

四点到五点之间发生了一件事，完全在意料之外。斯特兰奇抬起头来，发现亮闪闪一大批法国骑兵正向他们逼近。队伍组成横向五百骑、纵向十二骑的方阵，齐头并进——炮声太响，以至于谁也没听见他们的动静；他们好像悄无声息地就来了。“说真的，”斯特兰奇心想，“他们总不至于不知道威灵顿的步兵是攻不破的。他们是要被砍得七零八落的。”在他身后，步兵团正在排列方阵。有人叫斯特兰奇到方阵里来避避。这主意不错，于是他去了。

在方阵相对来说较好的掩护下，斯特兰奇观望着法国骑兵渐渐逼近。胸甲骑兵的胸甲闪闪发亮，头盔上顶着羽冠；枪骑兵手中兵器上挂的三角旗红白相间。他们简直不属于这平淡乏味的年代。他们身上闪耀着古时荣光——斯特兰奇决定自己也重现个古时荣光让他们瞧瞧。约翰·乌斯克格拉斯仆从的形象——那渡鸦组成的巨人、泥土变的仆人——灼上他的心房。法国骑兵脚下的泥突然涌了起来，开始咕嘟冒泡。泥浆化作一只巨手，从地面伸出，将战士、战马齐齐拽倒。倒下的

士兵被战友踩踏，没倒下的则消受了联军步兵的枪林弹雨。斯特兰奇在一旁观看，丝毫不为所动。

待法国人被镇压下去了，他又回到自己的银盘边。

“您就是这里的魔法师？”有人说话。

斯特兰奇猛转过身，惊异地发现一个穿便服的小矮个子正冲他微笑。这人长得圆滚滚，看上去挺温和。“天哪，你是什么人？”他逼问道。

“我姓平克，”这人解释道，“我为伯明翰的维尔贝克优质纽扣公司做跑街。公爵托我给您带个信儿。”

斯特兰奇浑身是泥，一辈子从没这么疲惫过。这话他一时没听懂。“公爵的副官们都哪儿去了？”

“他说他们都牺牲了。”

“什么？哈德利-布莱特死了？那坎宁上校呢？”

“啊呀，”平克先生微笑道，“具体的我也说不好。我昨天从安特卫普来观战，刚巧碰到了公爵，于是我就借机自我介绍，顺带着也提了提维尔贝克优质纽扣质量有多好。公爵特地请我帮他跑一趟，通知您普鲁士军正向这边赶来，已到达巴黎森林；不过，公爵大人说，他们在那边可是见了鬼……”（平克先生听自己说出这么有军人味儿的词，又笑又眨眼。）“……可是见了鬼——路又窄，到处又都是泥，能不能请您给他们变条大路，从树林直通战场？”

“当然可以。”斯特兰奇道，边说边把脸上的泥往下抹。

“我这就去告诉公爵大人。”他顿了顿，又怅然问道，“您觉得公爵他会买点儿扣子吗？”

“我看没什么不会的。他和大部分男人一样喜欢扣子。”

“那么，您要知道，我们就可以把‘威灵顿公爵特约纽扣供应商’这句话写进所有的广告里了。”平克先生开心地笑起来，“那我先走了！”

“好的，好的，您快走吧。”斯特兰奇为普军造了条路。后来他总觉得这位来自维尔贝克优质纽扣公司的平克先生是自己梦中臆想。[6]

情况似乎总在不断重复。法国骑兵一次次向他们冲来，斯特兰奇只好在步兵方阵里躲着。极具杀伤力的骑兵一次次撞上方阵边缘，像海浪似的翻腾回转。斯特兰奇一遍遍从泥土里变出巨手将他们拽倒。只要骑兵一退下去，大炮便连续开火；斯特兰奇回到自己的银盘边，造出水人到已陷入绝境的乌古蒙堡去扑火、救人。就这样一次次、一遍遍，周而复始，简直无法想象这场仗有打完的那一天。他甚至觉得亘古通今一直就是这个状态。

“枪弹和炮弹迟早有用光的时候，”他心想，“到时候我们怎么办？拿马刀、刺刀互相砍？假如我们都死了，死光了，他们会说谁赢了呢？”

烟尘散去，眼前的景象似乎都凝固住了，就如同在一座虚幻的戏院里表演活人静态画面：在一片叫作拉艾圣的农场上，法国人正踩着他们自己的死人堆往上爬，翻过围墙，同守卫在那里的德军拼杀。

有一次法军冲过来时，斯特兰奇还没来得及进方阵。他正前方突然出现了一名块头极大的胸甲骑兵，胯下的马也同样高大。他最先想到的是人家可会认得自己。（他听说法军人人都恨英国魔法师——是那种鲜明强烈、拉丁人才有的恨。）随后才反应过来自己的手枪落在步兵方阵里面了。

胸甲骑兵举起了马刀。斯特兰奇想都没想就低声念起了斯托克塞的“唤魂咒”。一只蜜蜂似的东西从骑兵的胸口飞了出来，落在斯特兰奇的手心儿里。它并不是什么蜜蜂，而是一团泛着珍珠色泽的蓝光。又

6　事实上，平克先生只是当天在公爵央求下做了回非正式副官的几位平民之一。除了他，还有位年轻的瑞士富绅以及另外一位给商铺做跑街的，这后一位是从伦敦来的。

一团光从战马胸中飞出，马尖声嘶鸣，仰起身来靠后腿直立。骑兵看呆了，一脸迷惑。

斯特兰奇抬起另外一只手，准备灭了这骑兵和坐骑。可他突然又不动了。

“一个魔法师凭法术杀得了人吗？”威灵顿公爵问。

他答道：“我想杀是杀得掉的，可作为一名绅士，他绝下不了手。”

正犹豫着，英军骑兵一名军官——苏格兰灰骑兵——不知从何处飞身出现，一刀劈开了胸甲骑兵的脑袋，从下巴挑过上牙。胸甲骑兵像棵树似的歪倒在地。苏格兰灰骑兵绝尘而去。

后来发生了什么，斯特兰奇再也记不得。他印象中自己失魂落魄地四处游荡，不知过了多久。

一阵欢呼声让他回了神。他抬头发现威灵顿骑着哥本哈根，手拿帽子挥舞——这是在指示联军向法军发起进攻。可惜公爵周身烟雾缭绕，这胜利的一刻只有近旁的官兵才享受得到。

斯特兰奇见状，口中念念有词。只见滚滚浓烟间突现一道缝隙，一线落日余晖照在威灵顿身上。山脊上所有的士兵齐齐向他看去，欢呼声愈发响亮。

“瞧，”斯特兰奇心说，“英格兰魔法用在这儿才恰当。”

他跟着部队官兵和撤退的法国人奔至战场。遍地死伤之间，还能看见他变出来的泥土巨手左一个右一个地躺着。这些巨手都维持着愤怒、恐惧的模样，就好像大地也曾陷入绝望。他走到那些曾给联军官兵带来重创的法国大炮旁边，施了最后一个法术。他从土地上变出更多的手，这些手抓住大炮，送它们入了土。

在战场另一端的美丽同盟酒馆里，他找到了威灵顿公爵和普鲁士元帅布吕歇尔亲王。公爵冲他点点头，说：“跟我一起吃晚饭吧。”

布吕歇尔亲王亲热地同他握手，冲他说了一大堆德国话（斯特兰奇一句也没听懂）。这位老先生随后指了指想象中藏着一头小象的肚子，做了个哭笑不得的表情，好像在说：“我能有什么办法？”

斯特兰奇一出房门，差点儿跟哈德利–布莱特上尉撞了个满怀。“他们告诉我你已经死了！”他大叫起来。

“我以为你肯定也死了。”哈德利–布莱特答道。

二人一时语塞，彼此都觉得略尴尬。作战双方伤亡人数越来越多，尸体排开一眼望不到边。在这种时候还活着，说不出哪里总显得有点儿不够绅士。

“还有谁活下来了，您知道吗？”哈德利–布莱特问。

斯特兰奇摇摇头说：“不知道。”

他们各自离去了。

当晚，滑铁卢的威灵顿司令部里，四五十人的酒席已经备好。可到了开饭时间，却只有三个人出现：公爵本人、阿拉瓦将军（公爵的西班牙专员）和斯特兰奇。房门只要一开，公爵就回头，看看可是自己哪位朋友安然无恙地回来了；然而没有人回来。

很多客人的位子都安排好了，可他们此时不是已经牺牲就是垂死在床：坎宁上校、戈登中校、皮克顿少将、德兰西上校。夜色越来越深，名单越拉越长。

公爵、阿拉瓦将军和斯特兰奇先生三人落座，相对无言。

第四十一章

望穿堂

一八一五年九月底至十二月

好运气无论如何也不肯眷顾斯刚德斯先生。他当初搬到约克，就是为了融入当地魔法师的圈子，与众多魔法师好好交流。可他刚到没多久，诺瑞尔先生就逼得那里的魔法师们丢了资格，独剩他一个。他手头一点积蓄花得飞快，到了一八一五年秋天，他只好出门找事做。

“千万别以为，”他叹了口气，对亨尼福特先生道，“别以为我能挣多少。有什么事我够资格呢？”

亨尼福特先生听不得这话。“给斯特兰奇先生写封信！”他建议，“人家可能正缺个秘书。”

对斯刚德斯先生来说，为乔纳森·斯特兰奇工作比什么都强。可由于天生谦卑，他开不了这个口。毛遂自荐到这个地步，会招人家讨厌。斯特兰奇先生也许会因为不知如何答复而觉得难堪。这么干甚至如同在说，他约翰·斯刚德斯已经和斯特兰奇先生平起平坐了！

亨尼福特先生和太太向他保证，斯特兰奇先生要是不同意，马上就会直说的——所以问一问又有何妨呢。可话说到这地步，他们再怎么劝，斯刚德斯也不肯听了。

他们之后的建议倒是让他高兴了些。“怎么不找找城里可有想学魔法的小小子呢？”亨尼福特太太问道。她的外孙子——两个胖小子，一个五岁一个七岁——正当入学年龄，所以她一直在琢磨这方面的事情。

就这样，斯刚德斯先生当上了教魔法的先生。他不光教小小子，也教年轻小姐。小姐太太们受的教育一般只限于法语、德语、音乐这几门，而他发现如今真有女孩子盼着学魔法理论。很快，这些女孩子的哥哥们也要求听课，其中不少已然把自己想象成魔法师了。对于那些爱看书、好钻研，却又不想进教会或去读法律的小伙子来说，魔法这个学科是很有吸引力的，尤其是斯特兰奇在欧洲战场上取得了胜利之后。毕竟，神职人员最后一次在战场上留下美名也是好几百年前的事了，而律师则从来没有过。

一八一五年初秋，一名学生的父亲托斯刚德斯帮忙跑个腿。这位先生姓帕尔默。帕尔默先生听说该郡北部有栋房子要卖，他虽不打算买房，但听朋友讲那里的藏书室值得一逛。帕尔默先生自己一时走不开，家中仆人在别的方面他倒是信得过，可做学问的事他们毕竟不走脑子。于是，他央斯刚德斯先生代他跑一趟，看看那里有多少书、什么品相、值不值得购买。

望穿堂是村中要宅，此外只有几间石屋和几座农舍。这片村子孤零零坐落于一片人迹罕至的所在，四周皆是空寂的棕色荒野。高大的树木为它遮风挡雨，却也使它变得阴暗、沉郁。村里随处可见坍塌的石墙、残破的石仓。这里安静极了，就仿佛来到了世界尽头。

河上有座古老、破旧的驮马桥，桥下的河水深而湍急，明黄色的树叶在颜色极深、几乎全黑的水面上飞快地漂流，拼出各式花样。在斯刚德斯先生眼中，这些花样有点儿像魔法文字。“不过，”他心想，“像魔法文字的东西多了去了。”

房子本身长而低矮，一路铺开，没什么格局。盖房用的是和村里其他建筑一样的深色石头。花园、内院和外院都已经荒废，填满了厚厚积起的秋叶。很难想象谁会买这样一栋房子。作为农舍太大，作为绅士居所又太过偏僻幽暗。神职人员倒可以住，可这里又没有教堂。开客栈也行，只是村里那条驮马道如今已经废弃，只剩下一座桥了。

斯刚德斯先生敲门，无人应答。他发现大门敞着条缝。直接进去会显得很没礼貌，可敲了四五分钟依然无果，他也只好这么办了。

房子和人一样，假如独处太久，就容易变得孤僻怪异。这栋房子在建筑里面就如同某位老先生：身披旧浴袍，脚穿破拖鞋，上床、起床不分时候，无时无刻不在跟只有自己才看得见的朋友聊天。斯刚德斯四处转悠，打算找找这里谁负责。他发现有间屋里除了层层摞着的瓷奶酪模子以外没搁别的东西。另外一间屋里则堆满了怪模怪样的红衣服——他从来没见过这样的衣服——看上去既像劳工罩衫又像牧师长袍。这里的厨房几乎没有一样厨房常见的东西，倒是有个鳄鱼头骨罩在玻璃阁子里。鳄鱼嘴巴咧出个大大的笑，看上去得意洋洋，虽说斯刚德斯看不出它有什么可得意的。有间屋要经过一系列崎岖复杂的楼梯和台阶才能走到，屋里的挂画似乎都是一个人挑的，而这个人喜欢打架喜欢得有点儿过分：挂画主题有男人打架、男孩打架，有斗鸡、斗牛、斗狗、斗人马兽，甚至还有一幅描绘的是两只甲虫扭作一团，令人啧啧称奇。另一间屋子中央有张桌，桌上摆了一座娃娃屋，除此以外再没别的陈设。娃娃屋完全是这栋宅子的翻版——只不过娃娃屋里有几位打扮得很漂亮的娃娃，它们的生活看上去平静且合乎情理：烤供娃娃吃的小蛋糕、小面包，弹小钢琴供客人娱乐，拿小扑克斗牌，教小娃娃读书，吃斯刚德斯先生拇指盖大小的烤火鸡。娃娃屋里的一切，和现实中飘着回声的惨淡，形成了奇异的对照。

他似乎把每间屋都转遍了，可还没发现藏书室在哪里，且一个人都没找见。他走到一扇被楼梯挡去一半的小门前，门里是一间小屋——不比壁橱大多少。只见有个人穿件脏兮兮的白上衣，双脚支在桌上，正一边喝着白兰地，一边盯着天花板出神。催了半天，这人才答应带他去藏书室。

斯刚德斯先生检阅的头十本书没什么价值——无非是上世纪的布道讲义、道德劝导，或是活人谁也不会再关心的旧人传记。后五十本也如出一辙。他刚觉着马上可以交差了，就撞上几本地质学、哲学和医学方面相当有趣且罕见的作品。他逐渐乐观起来。

他连着忙活了两三个钟头，中途似乎听见有辆马车停到了宅子外边，不过他也没在意。忙到这会儿，他突然感觉饿极了。他不知道这里有没有给他安排伙食，而去酒栈的话，最近的一家离这里也挺远。他离开藏书室，去找小屋里那不负责的人问问怎么办。宅内房间走廊错综复杂，如迷宫一般，很快他就迷了路。他四处乱窜，推开每间房门查看，越走越觉得饿，越想越生那人的气。

他进了一间老式客厅，客厅四壁安着深色橡木墙围，一座壁炉足有小凯旋门那么大。在他正对面，一位清丽的年轻姑娘坐在宽宽的窗槛椅上，正透过窗子凝望远方的树木和荒芜的高山。他刚来得及发现这姑娘左手缺个小指头，这姑娘整个人就不见了——或许还是说她“变了”更准确。在她原先的位置上坐着一个岁数比她大得多、身材也壮得多的女人，岁数和斯刚德斯先生相仿，身穿紫罗兰丝绸长裙衣，围着印度披肩，膝上卧着一只小狗。这位夫人坐在那里，神态同那年轻姑娘完全一致；她望着窗外，表情同样怅然若失。

所有这些细节只消一秒钟就能看个明白，可两位女士在斯刚德斯先生脑中的印象却是异常鲜亮——简直有些神奇了——就好像人神志不清时眼前的幻影。一股奇异的电流贯穿他全身，压倒了他的理智。他晕了过去。

待他恢复意识，他发现自己躺在地板上，两位女士俯身看着他，焦急、慌张得大呼小叫。虽然尚未清醒，他马上认出这两位女士都不是他最先看见的那位缺了根手指的美丽少妇。其中一位是他后来看见的抱小狗的女士，另一位身材瘦削、淡金头发，岁数也不小了，模样体型都乏善可陈——这位女士其实一直都在屋里，只不过坐在门背后，他没发现。

两位女士不让他起来，胳膊腿也不准乱动，连说话都不许。她们板着脸警告他要是说话就有可能再晕过去。她们拿来靠垫给他枕在脑后，为他盖上毯子保暖（他说他本来也不冷，可她们根本不听）。她们还给他涂薰衣草露，让他闻嗅盐。她们觉得有股穿堂风从某扇门底下吹进来，于是把门缝也给堵上了。斯刚德斯先生疑心这两位女士闲了一上午没什么事儿干，突然进来个陌生男士晕倒在地，她们反而高兴得很。

由着她们护理了一刻钟，他终于获准起身坐到椅子上，凭自己的力量喝几口清茶。

“都是我的错，”抱着小狗的女士说道，“费洛斯告诉我这位先生从约克过来看看藏书。我早该去找您认识认识。冷不丁撞见我们俩，准把您吓得够呛！”

这位夫人姓莱诺克斯，另一位姓布雷克，是她的女伴。她们平时住在巴斯，今天来这一趟是为了让莱诺克斯夫人在房子易主之前再看它一眼。

“有点儿犯傻，不是吗？”莱诺克斯夫人对斯刚德斯先生道，“房子一年一年这么空着，我其实早该把它卖了。可我小时候曾在这里住过几个夏天，过得特别愉快。”

“您脸色还是不好，先生，”布雷克夫人说道，“您今天吃过东西吗？”

斯刚德斯只好承认自己已经饿得不行了。

“费洛斯难道没请示把饭给您端过去？”莱诺克斯夫人惊奇地问。

费洛斯大概就是小屋里那位不负责任的仆人了。斯刚德斯先生不想直说——其实无论他怎么调动，那个费洛斯连话都懒得对他讲。

幸亏莱诺克斯夫人和布雷克夫人来时随身带了充足的饭菜，费洛斯这会儿正在后面准备。半个钟头以后，两位夫人和斯刚德斯先生在一间安着橡木墙围的房间里落座用餐，窗外是秋日树林的苍凉景致。唯一小小的不便，是两位夫人以为斯刚德斯先生身体尚虚弱，劝他只吃清淡的、易于消化的东西，而实际上他饿得不行，就想吃煎牛排配热布丁。

两位夫人很高兴有人陪伴，打听了不少他的事情。一听他是位魔法师，她们来了兴致；她们从来没遇见过干这一行的。

“那您在我的藏书室里发现什么魔法书了吗？”莱诺克斯夫人问他。

“没有，夫人，”斯刚德斯说道，“不过魔法书——有价值的魔法书——是相当罕见的。我要是真找到了才奇怪呢。”

“我这么一想，”莱诺克斯夫人思索道，“好像还真有几本。可几年前我就把它们都卖给一位住在约克附近的先生了。这话也就咱们几个说说——我觉得他为几本没人要的书付了我那么多钱，实在有点儿傻。不过兴许以后就看出人家是明智的了。”

斯刚德斯心里清楚，那位“住在约克附近的先生”付给莱诺克斯夫人的钱很可能还不到书真正价值的四分之一。现在把这些话说出来也没什么好处，于是他只是礼貌地笑笑，想法只有自己知道。

他向二位夫人讲起自己的学生——无论男女，都有多聪明、多好学。

“您这么夸奖学生、鼓励学生，”布雷克夫人善意地夸道，“他们跟您学，肯定比跟别的老师学成绩要好。”

“哦，这我可说不好。”斯刚德斯先生道。

“我以前真不知道，”莱诺克斯夫人若有所思道，“魔法研究在各地已是这样流行了。我还以为这事儿只是针对伦敦那俩人而言的。那俩人叫什么来着？我猜，斯刚德斯先生，您下一步就该开魔法师学校了吧？您肯定是要把精力花在这方面吧？”

“开学校！”斯刚德斯先生道，“哦，这可得要，唉，我也说不好——得要一大笔钱，还得有块地方。”

“兴许招生方面还会有些困难？”莱诺克斯夫人问。

“不会，绝对没有！我瞬间就能想到四个男孩子。”

“假如您想打广告的话……”

“哦，这种事我绝对不干的！”斯刚德斯先生一脸震惊，“魔法是天底下最崇高的事业——唔，也许是第二高的，比不了教会。咱可不能让它染上铜臭。不行，我录取学生只能通过私人推荐。”

“那现在只缺个人给您提供钱和场所。这再简单不过了。不过我猜您的朋友亨尼福特先生——您提到他的时候是那样饱含敬意——兴许打算借您笔钱。我猜人家没准想独领这份荣誉。”

“哦，不会的！亨尼福特先生有三个女儿——天下顶顶好的女孩子。老大出了阁，老二订了亲，最小的现在还拿不定主意。不会，亨尼福特先生得先考虑自己家用，他手头也紧得很。”

“既然如此，我就没什么顾虑了，我就可以把我的想法告诉您了！这钱为什么不能由我来出呢？”

斯刚德斯先生听了大为惊讶，愣了好几秒钟都不知该如何作答。“您真是大好人，夫人！”他这才结结巴巴发了话。

莱诺克斯夫人微微一笑。“不，先生。我不是好人。假如魔法真像您说的那样流行——这我当然也得再去多方了解——我想利润一定低不了。”

“可我在经营方面经验少得可怜，”斯刚德斯先生道，“我担心我会犯错，把您的钱也搭进去。不行。您是一片好心，我也真心实意感谢您，可我只能拒绝。”

“好吧，假如您讨厌借钱这个概念——我知道没人喜欢——倒也好办，以后这座学校归我——只归我。我出钱运营，风险也由我承担。校长您来当，咱们二人的名字并排印在章程上。说到底，这房子不用来办魔法师学校还能干什么好？用作住宅的话，毛病太多；可用来办学校，好处是大大的。这地方与世隔绝，周围也没什么猎可打。年轻人在这儿没什么机会赌钱、打猎。他们的娱乐有限，于是只好专心读书。”

“赌钱的男孩子我是不会收的！”斯刚德斯先生惊道。

莱诺克斯夫人又笑起来了。“我看您从没让您的朋友感受过任何不安——除了会担心像您这么老实的人早晚会被这残酷的世界欺骗。”

午饭后，斯刚德斯先生尽职尽责地回了藏书室。午后近傍晚时分，他向两位夫人道了别。分手的时候，气氛特别友好，莱诺克斯夫人保证她很快就会邀斯刚德斯先生去巴斯一游。

回去的路上，他郑重提醒自己不要对这些关于未来成就、未来幸福的美好计划有什么依赖，可他就是控制不住——脑海里总是浮现理想中的图景：自己给年轻人上课；学生取得显著进步；乔纳森·斯特兰奇来校访问；学生欣喜地发现自己的老师与当代最有名望的魔法师是至交；斯特兰奇对他说：“真棒，斯刚德斯。我再满意不过了。干得好！”

到家的时候已过午夜，他下了多大狠心才忍住没立刻跑到亨尼福特先生家把一切都告他们。第二天一大早他就进了人家的门，他们欣喜若狂的反应简直难以形容。他们的欢乐是他不敢容许自己体会的。亨尼福特太太身上仍能看出不少小女孩的活泼，她拉起丈夫的手，围着早餐桌跳起了舞，觉得只有用这种方式才足以抒发她此时的心情。随后，她又拉起斯刚德斯先生的手，围着餐桌和他跳了起来。待两位魔法师都嚷嚷不肯再跳，她就一个人接着跳。斯刚德斯先生唯一的遗憾（微不足道的一点点）是亨尼福特先生夫妇俩并没像他期待中那样觉得这件事离奇；他们对他评价太高，觉得贵妇办学只为他一人受益也没什么了不起。

“她碰见您，是她的运气！”亨尼福特先生表示，“管理一座魔法师学校，还有谁更合适？没有！”

“而且说到底，”亨尼福特太太分析道，“她那些钱不往这儿花还能往哪儿花？可怜的女人，也没个孩子！”

亨尼福特先生认定斯刚德斯先生的财运已是板上钉钉。他那乐观的性格不允许他有任何保守估计。当然，他活了半辈子，生意场上的谨慎也不是一点儿不懂。他说他们得跟人打听打听这位莱诺克斯夫人，看她是什么来头，是不是真那么有钱。

他们给亨尼福特先生一位住在巴斯的朋友去了封信。幸运的是，莱诺克斯夫人是当地闻名的贵妇——即便是在巴斯这样一座深受富人权贵青睐的城市。她出身富贵，后又嫁入豪门。丈夫早死，且死得并不冤枉，她独身一人，任自己活泼的性格、灵活的头脑无拘无束地发展。她投资明智，房产土地经营得用心，财产日益雄厚。她的脾气是出了名的大胆、决绝，她的善行和友情也是众所周知的。她的房产遍及全国各地，而她大部分时间里只和布雷克夫人一起住在巴斯。

与此同时，莱诺克斯夫人也在打听斯刚德斯先生这方面的信息。她对调查结果一定满意，因为她很快便邀他来一趟巴斯。在那里，办学各方面细节很快就都敲定了。

此后的几个月主要用于修缮、装潢望穿堂。屋顶漏雨，两座烟囱都是堵的，而厨房竟然还塌了一部分。斯刚德斯先生惊愕地发现每样都要花那么多钱。他计算了一下，假如只通一个烟囱、不添新家具而用旧的农家箱椅和木头凳子凑合、仆人只雇三个，他可以省出六十镑。他向莱诺克斯夫人做了汇报，回复瞬间就到了：莱诺克斯夫人说他钱花得还不够。将来他的学生都是大宅门里出来的，烧得旺旺的炉火及种种舒适便利对他们来说是天经地义。她建议他雇九个仆人，再添一位管家和一位法国厨子。房子一定要彻底重新装修，再买一窖上好的法国葡萄酒。她还指出，刀叉必须都是银的，瓷器餐具一定要从韦奇伍德订。

十二月初的时候，斯刚德斯收到乔纳森·斯特兰奇一封贺信，说来年春天一定上学校看看。然而，就算人人祝愿、人人奉献，斯刚德斯先生还是无法彻底摆脱一种感觉：这学校最终还是开不起来；总会有什么事发生，让它开不起来。这想法总在他脑中盘旋，他怎么克制都不管用。

十二月中旬的一天上午，他来到望穿堂，发现一个人正悠然自得地坐在门口的台阶上。他虽然不记得自己曾经见过这个人，却一眼认出他是谁：他就是噩运的化身，他就是斯刚德斯希望与梦想的破灭。这人身上的黑外套式样过时，破旧寒酸的程度跟斯刚德斯先生自己那件相仿，靴子上还沾着泥。他一头乌黑长发乱蓬蓬的，看着就像一出三流话剧里噩运的代言人。

“斯刚德斯先生，您可不能这么干！”他操着约克郡口音道。

“抱歉，您什么意思？”斯刚德斯道。

“学校，先生。您还是把开学校这事儿忘了吧。”

“什么？”斯刚德斯先生叫起来，壮起胆子强装自己不知道人家说的都是必然发生的实情。

“好了，先生，”黑发男人继续道，“您认得我，您也知道我这个人说事情什么样，它就会是什么样——你我内心多不情愿也没用。”

“可您确实误会了，”斯刚德斯道，“我不认得您。至少我觉得我从来都没见过您。”

“我是约翰·齐尔德迈斯，在诺瑞尔先生手下做事。咱们上一次见面是九年前，在约克大教堂门外。过去您只教那么几个学生，斯刚德斯先生，我权当没看见；我可以装聋作哑，于是诺瑞尔先生那边根本不知道您在干什么。可一所培养成年人的常规魔法师院校则另当别论。您野心太大了，先生。他知道了，斯刚德斯先生。他知道这件事了，他的意思是希望您赶紧收手。”

“可诺瑞尔先生和我有什么关系，他什么意思和我又有什么关系？

我可没签当年那份协议。您应当知道，我不是一个人在这儿办学校的，我现在也有靠山了。”

“这没错，”齐尔德迈斯微微觉得有点儿好笑，“莱诺克斯夫人相当有钱，而且这女人很会做生意。可她也跟诺瑞尔先生似的和内阁大臣人人有交情吗？她有诺瑞尔先生影响力大吗？别忘了当年的魔法师学术协会，斯刚德斯先生！别忘了他是怎么毁了人家的！”

齐尔德迈斯等候片刻，见谈话不太可能继续，就大步往马厩方向走去了。

五分钟后，他骑着一匹棕黑大马回来了。斯刚德斯先生还跟先前一样站在那里，双手抱臂，对脚下路石怒目相向。

齐尔德迈斯低头看着他。“事情到了这地步，我很遗憾，先生。可毕竟一切都还在，不是吗？这房子适合办学教魔法，也就适合教别的。光看我外表您可能看不出来，其实我是个好人，高官权贵里面相熟的不少。您另办个学校教别的，等以后我听说哪位老爷太太给家里小公子找学校，我就让他们往你这里送。”

“我不想办别的学校！”斯刚德斯要起了性子。

齐尔德迈斯歪嘴一笑，骑着马离开了。

斯刚德斯先生去了巴斯，将目前的困境汇报给他的女东家。莱诺克斯夫人听了以后怒不可遏——这人她从来没见过，就敢对她指手画脚，教她该干什么不该干什么。她给诺瑞尔先生去了封怒信，没收到回音。然而，她的钱庄主、律师以及其他产业的合伙人却纷纷收到了莫名其妙的来信。写信的都是一些他们认识的大人物，都在信里旁敲侧击、含沙射影地抨击斯刚德斯的新学校。莱诺克斯夫人的一位钱庄主——一个好跟人争辩、顽固不化的老家伙——竟自（在下议院大堂里）公开表示疑议，问约克郡的一所魔法师学校跟他能有什么关系。此举甚不明智，在场好几位先生太太——诺瑞尔先生的朋友——全都从他那家钱庄撤了股。

几天后的一个晚上，在亨尼福特太太的客厅里，斯刚德斯先生双手抱头，唉声叹气。“就好像有个恶魔一样的坏运气打定主意要折磨我，先把好东西摆出来给我看，只为再把它们一股脑儿从我眼前夺走。”

亨尼福特太太同情他，嘴里啧啧有声。她拍拍他的肩膀，把诺瑞尔先生狠狠数落了一通。在过去的九年里，她一直都是这样安慰自己丈夫和斯刚德斯先生的：她说仔细想来，诺瑞尔先生这人稀奇得很，满脑袋古怪念头，她是无论如何也理解不了的。

“为什么不给斯特兰奇先生写封信呢？”亨尼福特先生突然说，“他一定知道该怎么办！”

斯刚德斯先生抬起头来。“噢！我知道斯特兰奇先生和诺瑞尔先生已经分道扬镳了，可即便如此，我也不想让他们为我的事起争执。”

“净说傻话！”亨尼福特先生大声道，“最近几期《当代魔法师》你还没读吗？这不正是斯特兰奇最想看到的嘛！——挑诺式魔法的一些基本原则来公开抨击，以此推翻他整个理论体系。相信我，他会感激你提供这个机会的。你知道吗，斯刚德斯，我越想越觉得这办法好！”

斯刚德斯也这样以为。“让我先问问莱诺克斯夫人，假如她觉得可以，我一定按您说的办！”

莱诺克斯夫人对近期魔法事件知之甚少。乔纳森·斯特兰奇她只知其名，并听说他似乎和威灵顿公爵模模糊糊有点儿什么关系。不过，她立马就让斯刚德斯先生放心，假如斯特兰奇先生讨厌诺瑞尔先生，那她就会大力支持斯特兰奇先生。于是，在十二月二十日那天，斯刚德斯先生给斯特兰奇写了封信，把吉尔伯特·诺瑞尔对望穿堂魔法师学校所做的一切都告诉了他。

可惜，斯特兰奇非但没有速来替斯刚德斯先生撑腰，他连封信都没回。

第四十二章

斯特兰奇打算写本书

一八一五年六至十二月

听说斯特兰奇一回国就直奔什罗普郡，诺瑞尔先生得有多高兴，我们很容易想见。

“最棒的是，”诺瑞尔先生对拉塞尔斯说，“在乡下他就不太可能再发表关于乌衣王魔法的文章毒害人了。”

“确实不大可能，先生，”拉塞尔斯道，“我深深怀疑他哪儿还有时间写文章。”

诺瑞尔先生一时没明白他这话什么意思。

“噢，先生，您是还没听说吗？”拉塞尔斯继续道，“斯特兰奇正写书呢。他给朋友写的信里简直不谈别的。他是两个礼拜前突然动笔的，现在，据他自己说，进度相当快。不过咱也知道斯特兰奇下笔一向轻率。他决心把关于英格兰魔法的一切都写进这本书里。他对沃特爵士说，他觉得要是两卷本能塞下才怪了，怎么也得三卷才够。书名就叫作《英格兰魔法的历史与实践》，莫雷那边已经答应他一完稿就出版。”

再没有比这更坏的消息了。诺瑞尔先生自己一直都想写本书，题目打算叫《魔法师教育规谏》。自打收斯特兰奇为徒，他就开始准备了。三楼那放满了书的小屋里，他做的笔记已经填满了两书架。可这部作品被他一形容，就好像还是未来遥远的目标。他对下笔作论恐惧得没道理，来伦敦被人追着夸了八年，这毛病还没痊愈。他大宗的私人笔记、回忆录和日记（除了有几次被斯特兰奇和齐尔德迈斯瞧见）别人一页都没瞻仰过。诺瑞尔先生无法相信自己已经做好发表的准备：他不确定自己的见解就是真相；他不确定自己思考的时间足够长；他不确定题材就一定适合大众欣赏。

拉塞尔斯先生一走，诺瑞尔先生就喊人拿银盘盛了清水端到他三楼的小房间里。

在什罗普郡，斯特兰奇正忙着写书。他并没抬头，脸上却突然绽出一丝苦笑，伸出根手指对着空气摇了摇，就好像在冲一个谁都看不见的人说：不行。屋里所有的镜子都背过脸冲墙。诺瑞尔先生趴在银盘上看了好几个钟头，临睡前还是一无所获。

十二月初的一个晚上，史蒂芬·布莱克在厨房走廊尽头自己的小屋里擦银器。他一低头，发现围裙带子自己解开了——并不是打的结松了（史蒂芬一辈子都没打过马虎结），而是围裙带子在像蛇一样四处游动，胆大、决绝，就仿佛自己很有准儿似的。接着，他的套袖和手套分别从他的胳膊和手上滑落，自己把自己整整齐齐叠好放上了桌。他之前挂在椅背上的外套也自己飞起来，将他紧紧裹住，帮他穿上身。最后，他所在的这间管家小屋也整个儿消失不见了。

眨眼工夫，他已经站在一间安着深色木墙围的小屋里了。屋里大部分空间都被一张桌子占去。桌上铺着鲜红的亚麻桌布，滚了又宽又华丽的金银边儿。金碟银盘摆了满满一桌，里面的食物堆成小山。宝石镶嵌的酒壶盛满了葡萄酒。金烛台上的蜡烛光辉耀眼，两只金香炉上则焚着香枝。桌边唯一的家具是两把披了金色盖布的刻花木椅，再配上绣花靠垫，看上去华贵非凡。其中一把椅子上，坐着白毛先生。

“晚上好，史蒂芬！”

“晚上好，先生。”

“你今晚看上去脸色不好啊，史蒂芬。我希望你别是病了吧。”

“我只是有些喘不过气来，先生。我觉得这样瞬间跨国越洋实在让人晕头转向。”

“哦，可咱们还在伦敦呢，史蒂芬。这儿是库珀巷的耶路撒冷咖啡馆。你难道不认识？”

“哦，我还真认识，先生。沃特爵士没结婚的时候常和他那些有钱的朋友们来这儿吃晚饭。只是过去哪有现在这么富丽堂皇。看这一桌席，我简直一道菜都认不出。”

“哦，这是因为菜都是照我四五百年前在这地方吃的那顿饭点的，和当时一模一样！这是烧烤飞龙腿、蜜渍蜂鸟派、烤火蜥蜴浇石榴酱。这是清炖鸡蛇冠，以藏红花、彩虹面调味，最后点上金星装盘！快坐下吃吧！你头晕的话，吃东西疗效最佳。你想吃点儿什么？”

“菜都太好了，先生，我倒是觉得那几块家常猪排看着就很不错。”

“啊，史蒂芬，你那高贵的直觉又一次帮你选中了精品！这几块猪排模样确实家常，可煎它们用的大油是从威尔士黑猪身上驱走的邪灵榨出来的。那些中了邪的黑猪每天夜里在威尔士的山坡上溜达，把那个倒霉国家里的居民吓得够呛！猪的阴气与凶残带给肉排一种绝妙的滋味，尝起来自是与众不同！配猪排吃的酱汁还是拿生长在人马果园里的樱桃做成的！”

白毛先生端起镶了宝石的镀金酒壶，为史蒂芬斟了一杯宝石红的葡萄酒。“这酒是来自地狱的陈酿——别一听这个就不想喝了！我猜你听说过坦塔罗斯吧，那个把自己年幼的儿子做成馅饼烤着吃了的坏国王？他后来被打入水牢，站在齐下巴深的水里，却一口都不能喝；脑袋顶上是结满葡萄的藤蔓，却一口不能吃。这酒就是那些葡萄酿的。既然种葡萄的目的只是为了折磨坦塔罗斯，你就知道这葡萄滋味一定美妙，香气一定浓郁——酿出来的酒也是如此。菜里的石榴也是珀耳塞福涅自家果园里种的。”

史蒂芬尝了口酒，吃了块肉排。“都太好吃了，先生。您之前举行那场宴席是为了什么呢？”

“哦，当时是我和朋友们一起为十字军东征饯行。兰切斯特的威廉[1]来了，汤姆·邓代尔[2]也来了，许多贵族、骑士纷纷到场，有基督徒也有仙族。过去这儿可不是什么咖啡馆，而是一家酒栈。我们坐在屋里，能看到窗外是一片宽阔的院场，雕花镏金柱围了一圈。仆人、侍童和护卫忙前忙后，打点好一切，我们好对邪恶的敌人实施疯狂的报复！院场另一端是我们的马厩，里面除了英格兰最俊美的良驹，还养着三匹独角兽，将来会由一位仙子——我的表亲——带到圣地，把我们的敌人刺穿捅透。席上还有几位才华横溢的魔法师与我们同坐。他们跟如今自封魔法师的那些吓人的家伙可是大不一样。这几位人长得漂亮，才艺也漂亮！天上鸟儿俯首聆听他们的指挥；雨水、河流皆是他们的随从；风从四方来，只为听他们的命令。他们伸手便可倾城，再挥手，城市复兴！他们跟那可怕的老头子太不一样了——那老头子就知道坐在灰尘遍地的屋子里翻故纸堆、自言自语！”白毛先生嚼了块炖鸡蛇冠，若有所思道，“而另一个正在写书。”

“我也听说了，先生。您最近去看过他吗？”

白毛先生皱了皱眉。“我去看他？你刚才没听我说吗？这俩魔法师在我眼中，是全英格兰最蠢、最可恶的人。没有，他离开伦敦后，我总共看了他不超过两三回。他写字的时候，用旧刻刀把笔尖削得特别方。刀那么丑、那么旧，换了我肯定不好意思用；咱们看一眼就浑身发抖的

1　兰切斯特的威廉是约翰·乌斯克格拉斯的总管，也是最受宠的仆从，因此也就成了英格兰最重要的人物之一。

2　托马斯·邓代尔，约翰·乌斯克格拉斯的头一位人类仆从。另见第四十五章注释 2 。

腌臜龌龊，这些魔法师竟然安之若素！他有时候写得忘乎所以，顾不上磨笔尖，墨水溅了一纸，溅得咖啡里都是，他也毫不在意！”

史蒂芬觉得奇怪——这位先生自己住的房子一半都是废墟，四周净是古时打仗留下的森森白骨——别人家里乱一点，他怎就这么敏感。“那他这本书是写什么的，先生？”他问，“您觉得题材怎么样？”

“奇怪得很！他在书里把我这一族出现在这个国家的几次重大事件写了个遍。他讲到我们是怎样为不列颠的利益及其人民更高的荣誉而介入国事的。他反复申明自己的看法，即当代魔法师必须立即召唤我们、请求我们协助，说没什么比这更有用了。史蒂芬，你明白他是什么意思吗？我不明白。我那会儿想把英格兰国王带到我府上好生相待，就是他破坏了我的计划。他当时的举动就好像专为让我难堪！”

“可是我想，先生，”史蒂芬柔声道，“那也许是因为他不太清楚您是谁或是干什么的。”

“呵，谁知道这些英格兰人清楚什么？他们脑子都太怪了！他们在想什么你根本不可能知道！等你当上他们的国王，史蒂芬，我恐怕你也有这样的体会！”

“我真是哪儿的国王都不想当，先生。”

“等你当上国王以后就不这么想了。你是因为一想到要离开丧冀、离开你的朋友就觉得沮丧。这方面你放宽心！若我也把你的高升看成是将你我隔绝，我也会受不了的。我看你没必要因为当了国王就永远住在英格兰。有品味的人，你最多指望他在那么无聊的地方耗一个礼拜。一个礼拜足够了！”

“那我的工作怎么办，先生？我以为一国之君当日理万机，别说我本来就不愿当国王，真当了的话，我也不想……”

“我亲爱的史蒂芬，”白毛先生叫道，喜悦里带着温情，却又有些笑他的意味，“你的大总管都是干什么的！治理国家那些枯燥的工作都交给他们去办，你就跟我待在丧冀享受咱们日常的娱乐，只需偶尔回这里收收税、收收战败国的贡飨，把钱往钱庄里一放。哦，我觉得有时候还是慎重些，待久一点，等他们把你的肖像画好，这样老百姓会更崇拜你。你可以偶尔开恩，准许一国佳丽排队等候吻你的手并爱上你。所有这些工作圆满完成了，你就可以回到坡夫人和我身边，毫无心理负担！”白毛先生顿了顿，突然一反常态，陷入了深深的思索。“不过我得承认，”他半天才开口道，“我对美丽的坡夫人已经不像从前那样爱得忘乎所以。另有位夫人更讨我欢心。她模样也就一般好看，可她性格活泼、言谈令人愉快，贴补容貌上的缺陷可谓绰绰有余。这位夫人有一点是坡夫人远远比不过的。你我都清楚，史蒂芬，坡夫人来我家无论多频繁，受魔法师协议所限，她来了就必得回去。而这位夫人来的话，没必要签任何愚蠢的协议。只要把她抢到手，我就能让她永远留在我身边！”

史蒂芬叹了口气。一想到有位可怜的女士将被永远囚禁在丧冀，他心里难过极了！可若以为自己有什么办法救她，才是犯傻；他也许能借机增加坡夫人得救的希望。“先生，”他毕恭毕敬地说，“既然如此，也许您会考虑将坡夫人身上的咒语解除？我知道她的丈夫和朋友们看到她回来一定会高兴的。”

“哦，可我永远会把坡夫人看作是娱乐活动最好的陪衬。美女最是良伴，而坡夫人的美，我怀疑全英格兰无人能匹敌。在仙境能和她媲美的都不多。不行，你的提议完全不可行。先说眼前这回事。为把那位夫人从她家中挖走再带到丧冀去，咱们必须先制订一套方案。我知道，史蒂芬，假如我告诉你我认为把那位夫人从英格兰带走和把你推上王位这宏伟的目标一样关键，你一定会更加积极地帮助我。此举会给咱们敌人当头一棒！此举会让他们彻底绝望！此举会令他们产生矛盾和纷争！哦，是的！这对咱们来说什么都好，对他们来说样样糟糕！咱们若少干一分，宏图大业就全部落空！”

史蒂芬没听明白多少。先生指的是温莎堡里哪位公主吗？众所周知，当朝国王就是在他最宠爱的小女儿去世时变疯的。也许白毛先生以为再丢一位公主能要了他的命，或是再把国王家里谁逼疯。

“目前，我亲爱的史蒂芬，”白毛先生道，“咱们面对的问题是：如何把夫人带走且不让任何人发现——尤其是那两个魔法师！”他思忖片刻，“有了！给我找块腐橡木来！”

“先生？”

“要跟你的腰一般粗，高度差不多到我的锁骨。”

“我特别想马上就给您找来，先生。可我不知道腐橡木是什么东西。”

“泡在腐土沼泽里上百年的古木。”

“那，先生，恐怕在伦敦是不大好找了。这里可没有腐土沼泽。”

“没错，没错。”白毛先生往椅子背上一靠，抬眼望着天花板，心里琢磨这棘手的问题该怎么办。

“先生，这事用其他木头能办成吗？”史蒂芬问，“天恩堂街有家木材商，我猜他们……”

“不行，不行，”白毛先生道，“要办就得……”

瞬间，史蒂芬体会到一种极为奇特的感觉：他被什么东西一把揪出了座位，靠双腿站在地上。与此同时，咖啡馆消失了，四周换上一片漆黑冰冷的虚无。虽然什么都看不见，史蒂芬却能感觉到自己置身于一片开阔的所在。凄风在耳边吼，密雨像是从四面八方一齐打在他身上。

“……好好办。”白毛先生把刚才的话说完，语气一丝没变，“这里某处就有块上好的腐橡木。至少我认为我记得……”他的声音刚还在史蒂芬右耳边，这会儿已渐渐走远。“史蒂芬，”他大喊，“你带没带铁锹，或者平铲、犁头？”

“什么，先生？您说哪个，先生？没有，先生。这些东西我一样没带。说实话，我之前不太清楚咱们要换地儿。”史蒂芬觉出自己的脚连带脚踝都浸在冷水里。他试着往旁边迈，瞬间脚下一歪，十分吓人。他一下子就陷了进去，水直没到小腿肚。他高声大叫起来。

“嗯？”白毛先生问道。

“我……我，先生。我不愿放肆打扰您，先生。可地面好像要把我吞进去了。”

“这里是沼泽。”白毛先生体贴地纠正道。

“这东西着实吓人。”史蒂芬竭力模仿白毛先生镇定、淡漠的口气。他深知白毛先生无论什么情况下都以尊严体面为重，于是担心自己的恐惧万一让他听出来，他很有可能心生厌烦，一走了之，把自己撇在这里被沼泽吞进去。他试着动一动，可脚底板踩不到任何硬实的东西；他挥胳膊蹬腿，差点儿摔倒，结果腿脚在泥水里陷得更深了。他又高喊起来，脚下沼泽冒出一连串令人极其不快的咂咂吸吮声。

“啊，老天啊！我冒昧说一句，先生，我正一点点儿往下陷呢。啊！”他身子开始往边上歪，“您一向好心，表达了对我的情意，先生，您还说比起别人来更喜欢由我陪伴。假如对您来说不算太麻烦的话，我能不能拜托您把我从这可怕的沼泽里救出来呢？”

白毛先生没费力答话，史蒂芬发觉自己已被魔法从沼泽中拔出来放在了地上。他吓得浑身发虚，想躺下歇会儿却不敢挪动。脚下地面似乎挺硬实，可湿乎乎的很不舒服，而且他不知道刚才那片沼泽是在哪个方向。

“我很乐意帮您的忙，先生，”他冲一片黑暗大喊，“可我现在不敢挪地方，怕再掉到沼泽里去！”

“哦，没关系的！”白毛先生道，“说实话，咱们现在除了等着也没别的事情可做。腐橡木在黎明时分最容易找到。”

“可离天亮还有至少九个钟头呢！”史蒂芬恐惧地叫起来。

“确实！咱们坐下等着吧。”

“先生，坐在这儿？这地方太可怕了，又黑又冷又吓人！”

“哦，没错！确实很倒胃口！”白毛先生附和道，声音淡定得令人起急。他随后便不再说话，史蒂芬只好认为他是在开展他那疯狂的计划——等待黎明的到来。

冰冷的风吹在史蒂芬身上；潮气渗入他身体每块地方；黑暗压迫着他的胸膛；时间过得刻骨铭心地漫长。他不指望能睡着，可夜里有一刻他稍稍感觉不那么受罪了。他并没完全睡过去，可他肯定是做梦了。

在梦中，他去厨房食柜帮别人拿一块喷香油亮的猪肉馅饼。待把馅饼切开，却发现膛里的猪肉少到几乎看不到，绝大部分竟自挤下了一座伯明翰城。馅饼皮之下，锻造厂、铁匠铺浓烟滚滚，发动机轰鸣声声。城里一位看上去很和气的居民恰好从史蒂芬切开的那道口子里走出来，一看见史蒂芬，他便说……

正在这时，史蒂芬的梦被一阵嘹亮却又悲恸的声音打断了——这是一首缓慢、伤感的歌，歌词语言不明。史蒂芬没完全清醒也能听出是白毛先生在唱。

当人类开口歌唱，除了同类，再无其他生灵关心——这也许可以立作一条普遍定律。就算歌声美妙无比，这条定律依然成立。别人听了你的歌，也许会为你的唱功而痴狂，而世间其他生灵大多无动于衷。猫狗兴许抬眼看看；你的马儿——假如这畜生特别灵慧——兴许歇歇嘴，暂时不再吃草，至多也就是如此了。可如果唱歌的是位仙灵，世间万物都会聆听。史蒂芬感觉天上的云彩不再飘动，山岭在沉睡中动动身子、低声细语，冰冷的雾气叆叇舞蹈。他头一次意识到这世界并非哑口无言，而是在静候有人用它们能懂的语言对它们说话。在仙子的歌声中，大地听出了它曾经用来自称的名姓。

史蒂芬又开始做梦了。这回，他梦见山岭挪步、天空落泪。树木迎上前来同他讲话，把自己的秘密告诉他，并指点他应当把它们看作朋友还是敌人。卵石和枯皱的落叶下埋藏了重大的启示。他梦到这世间的一切——石头、河流、树叶、火焰——都有其存在的目的，它们坚苦卓绝，一心要将目的实现；但他同时发现，它们偶尔也有可能顺应我们的劝导而改换原本的目标。

他醒的时候，黎明已经来临——至少看着像是黎明。天光里像洇了水，幽暗且令人神伤。他二人周围涌起高大、灰郁的群山，山间可见一大片黑色沼泽。史蒂芬从未见过这般风景，这一切就像特意安排好的，专为将观者瞬间打入绝望的谷底。

“先生，我猜这儿是您统治的王国之一？”史蒂芬问。

“我的王国？”白毛先生惊讶道，“哦，不是！这儿是苏格兰！”

说罢，白毛先生突然消失了——片刻后重又出现，工具抱了一满怀：一把斧头、一把烤肉用的扦子，还有三样史蒂芬从没见过的东西。其中一个有点儿像锄头，另一个像铲子，最后一个模样特别怪——既像铲子又像镰刀。他把这些东西全递给史蒂芬，史蒂芬一脸迷惑地细看：“先生，都是新东西吗？这么亮闪闪的。”

“啊，我这般魔法大业自然不能使用普通金属工具。这些工具是拿流沙和星光的化合物铸造的。快，史蒂芬，咱们得在地面上找一块没积露水的地方，从那里往下挖就准能挖着腐橡木！”

遍生峡谷的青草和沼泽里多彩的微小植物上都挂满了露珠。史蒂芬的衣服、双手、头发、皮肤也覆了一层毛绒绒、灰扑扑的光晕。白毛先生那一向卓尔不凡的头发，平日里的绚烂再添百万水珠的光华，看上去仿佛顶着一轮宝石镶嵌的光环。

白毛先生在峡谷间缓缓穿行，眼睛只盯着地。史蒂芬跟在后面。

“啊，”先生叫起来，“就是这儿啦！”

白毛先生怎么知道就是这儿的，史蒂芬可说不好。

他们在一大片沼泽地中央站住脚。此地与峡谷别处无异，附近也并没有什么比较打眼的树木或岩石做标记。可白毛先生自信满满、大步流星，直走到一片浅浅的凹陷处。只见凹陷中央有道宽而长的地皮，上面一滴露水都没有。

“就在这儿挖，史蒂芬！”

令人惊讶的是，白毛先生似乎对切腐土这门技术十分在行。他自己是不动手的，但他很认真地教史蒂芬怎样先用一种工具将最上层的浮草和苔藓清掉，怎样用另一种工具将腐土切割开，然后再怎样用第三种工具将土块拿出来。

史蒂芬没怎么干过重体力活，很快就气喘吁吁、浑身酸痛。所幸没切多久，就碰上块比腐土硬许多的东西。

“啊，”白毛先生叫起来，十分得意，“这就是腐橡木了！太棒了！快，史蒂芬，绕着它切！”

这活儿说着容易干起来难。史蒂芬虽已将周边的腐土切掉不少，足以让腐橡木重见天日，可究竟哪块是腐土哪块是橡木还很难分辨——两者都是乌黑一团，湿乎乎的，正往外渗着水。他接着挖了会儿，怀疑这玩意儿根本不是白毛先生所谓的一块木头，而是整整一棵树。

“先生，您就不能施法术将它拔出来吗？”他问。

“哦，不行！绝对不行！我将来指望这块木头帮我很多忙，咱们也就有义务让它从沼泽往世间渡的过程越轻松越好！快，拿上这把斧头，史蒂芬，给我砍一块下来，要跟我锁骨一般高。随后咱们就用扦子跟平铲把它撬出来！”

他们花了三个钟头才把事情搞定。史蒂芬依白毛先生所要的大小砍下一块木头，可若想把它完好无损地从沼泽里弄出来，绝非个人能力所及。于是白毛先生也只好跟着进了泥泞的臭水坑，二人竭尽全力又拉又拽。

待终于大功告成，史蒂芬往地上一趴，已是精疲力竭。白毛先生仍站着，满心欢喜地端详他的木头。

“好啊，”他说道，“这比我想象中容易得多嘛。”

史蒂芬突然发现自己又回到了耶路撒冷咖啡馆顶楼的小屋里。他看看自己，又看看白毛先生，两人的好衣服全都成了破布，从头到脚糊满了沼泽里的泥巴。

这会儿他总算能好好看看那块腐橡木究竟是什么样子了。它黑得像人的罪恶，表面极其细滑，往外渗着黑水。

“甭管拿它干什么，咱们先得等这玩意儿干透才行。”他说。

“哦，用不着！”白毛先生一脸灿烂的笑容，“把我那件事办成，它现在这模样就行！”

第四十三章

海德先生的奇遇

一八一五年十二月

十二月头一个礼拜的一天早上，杰里米敲响了艾许费尔宅内斯特兰奇书房的门，说海德先生请求斯特兰奇先生匀出几分钟与他一谈。

斯特兰奇不太乐意被打扰。自打回到乡下，他已经快跟诺瑞尔一样喜欢安静和独处了。“哦，行吧！”他低声恨恨道。

他只稍微耽误了一会儿——又写了一个小节，在瓦伦丁·格雷特雷克斯的一本传记里查了三四个典故，给纸面吸干了墨，改了几处拼写错误后又吸了一遍——就立即奔客厅去了。

一位先生正在炉火边独坐，若有所思地盯着火苗。这位先生五十上下，看上去精力充沛、生性活跃。他的衣服和靴子质地粗实，典型的乡绅装扮。他身旁的桌子上摆着一小杯葡萄酒和一小碟饼干。明显是杰里米觉得人家独坐了这么久，怎么也得吃点儿喝点儿了。

海德先生和乔纳森·斯特兰奇做了一辈子邻居，可由于身家、格调上的显著差别，他二人的关系一直停留在泛泛之交的级别。自打斯特兰奇当上魔法师，他们这才是头一次碰面。

两人握了握手。

“我猜，先生，”海德先生先发了话，“您会奇怪我能为了什么事在这种天气还跑到您这里来。”

“天气？”

“是啊，先生。糟透了。”

斯特兰奇往窗外看去。艾许费尔周边的高山已被雪捂了个严实。树枝、树杈全都扛上了积雪，连空气似乎都因霜和雾变白了。

“是啊。我没发现。我自打上礼拜天就再没出过门。”

“您家仆人告诉我说您研究工作特别忙。请您原谅我上门打扰，可现在有件事耽误不得，必须马上告诉您。”

“哦，您来就来，没必要解释。您的……”斯特兰奇停下来，努力回忆海德先生有没有妻子儿女、兄弟姐妹或是什么朋友，才发现自己在这方面一无所知，“……农庄怎么样，”他把话说全了，“我记得是在阿斯顿。”

“我那儿还是离克兰伯里更近一些。”

“克兰伯里。是的。”

“我那边一切都好，斯特兰奇先生，只是三天前遇上个事特别……令我不安。这几天我心里一直在盘算着要不要跑来告诉您。我问了朋友，问了我家那口子，他们都说我应当告诉您我看见了什么。三天前，我过到威尔士那边的边境上，同大卫·伊万思谈点事情——我猜您知道这个人吧，先生？”

“只是见过，从来没说过话。我想福特可能认识他。”（福特是负责处理斯特兰奇地产方面一切事宜的代理人。）

“是这样，先生，我跟大卫·伊万思谈完事情大约两点钟，我就想赶紧回家了。当时各处积雪都特别厚，从这里到水畔圣母村的路况很差。我猜您是不知道，先生，大卫·伊万思的家住在山坡高处，往西能看好远。我们俩一出大门就看见大片蓄了雪的乌云往这边迎过来了。大卫的母亲伊万思太太强我留下，要我第二天再走。可我跟伊万思商量了一下，都觉得只要我立刻动身，尽可能挑直达的路走就不会有事——也就是说，我要先骑到奥法堤[1]，趁暴风雪追上我之前回到英格兰境内。”

“奥法堤？”斯特兰奇皱起眉头，“骑上去可够陡的——在夏天都够呛——何况万一出点儿什么事，那边也太荒凉。要是我的话可不冒这个险。不过我敢说您对这里山地的路数摸得比我清楚。”

“也许您更明智，先生。我往堤上骑的时候起了大风，刮得极猛，把积雪全都吹到空中。雪结在马的皮毛上，抓在我的大衣上；我低头一看，我连人带马已经跟山坡、天空白成一笼统——跟全天下白成一笼统。雪在风里飞得奇形怪状，于是我感觉自己被打着旋儿的鬼魂还有那阿拉伯王后故事里的恶灵和邪天使包围了。我那匹可怜的马——平时胆子也不小——仿佛看见了各种让它害怕的东西。您一定也觉出来了，我当时打心眼儿里后悔自己没接受伊万思太太的好意。正悔着，我听见钟声响起。”

“钟？”斯特兰奇道。

“是的，先生。”

“那地方能有什么钟？”

“是啊，根本没有，先生，在那么个荒凉所在。说实话，当时风在吼、马在叫，居然还能听见别的声音，我已经觉得很神奇了。”

斯特兰奇以为海德先生是专程来听他分析那奇怪的钟声的，于是讲起了钟在魔法上的作用：它曾怎样一度被用来防止仙灵或其他一些恶灵近身的，邪恶的仙灵又如何有可能被教堂的钟声吓跑的。然而与此同时，很多人都知道仙子们是喜欢钟的，仙灵法术往往有钟声相伴；仙子们现身时，也常有钟声响起。“这奇异的矛盾，我不知当做何解释。”他说，“理论派魔法师为此已经困惑了好几百年了。”

海德先生一脸毕恭毕敬，全神贯注地听他讲话。斯特兰奇一讲完，

1　一座由石头和泥土垒成的巨型堤坝，将威尔士和英格兰分隔开。这座堤坝是八世纪麦西亚国王奥法在位时兴建的。这位国王因以往的经验教训，再也信不过他们的威尔士邻邦了。

他便说：“可钟声只是开端，先生。”

“哦，”斯特兰奇听了有些不悦，“那好吧，您往下讲。”

“我骑到山坡高处，已经能看见依山头延伸开去的奥法堤了。堤上有几棵歪脖树、几堵坍塌的碎石墙。我向南看去，发现有位女士正沿堤朝这边飞速走来……”

“一位女士！”

“我看得一清二楚。她头发散着，被风扬起来，缠着脑袋乱飞。”海德先生举起双手表演这位女士的头发怎样在漫天大雪中飞舞，“我记得我叫她来着，我也见她回头往我这边看，可她并没站住，步子一点儿也没放慢。随后她又别过头去，继续在雪魂灵的陪伴下沿堤前行。她身上只穿了件黑裙衣，没有披肩或者罩衣。我一看，心里直替她害怕。我觉得她之前一定是遇上了什么可怕的意外，于是我催我那可怜的畜生能跑多快跑多快，拼命往山上赶。路上我始终没让那女士离开我的视线，可风总是把雪吹进眼里，等我上了堤，她已经无影无踪了。于是我沿堤来回寻找，嗓子都喊哑了——我当时以为她一定是摔到石头堆或是雪堆后面，要不就是被兔子洞给绊倒了，再不然就是被最初把她害成这样的人给掳走了。”

“害她？”

“是啊，先生，我猜准是有谁想害她才把她扔在奥法堤上的。这种可怕的事情近些年能听到的。”

“您认得这位女士？”

“是的，先生。”

“她是谁？”

“斯特兰奇太太。”

片刻的沉默。

“这不可能呀，”斯特兰奇一头雾水，“海德先生，若斯特兰奇太

太有任何意外发生，我想肯定会有人通知我的。我也不是除了看书就两耳不闻窗外事了。很抱歉，海德先生，您肯定是看错了。那可怜女人是谁也不可能是斯特兰奇太太。”

海德先生摇了摇头。“先生，假如我在什鲁斯伯里或者拉德洛碰见了您，我不一定能马上认出您来。可斯特兰奇太太的父亲在我那片教区当了四十七年的助理牧师，斯特兰奇太太小时候——当年还是伍德霍普小姐——在克兰伯里教堂院子里学走路的时候我就认识她。就算她不回头看我，我也能认出她来。光看她个头身材、走路姿势——只要是她，我就能认出来。”

“这女人消失了以后您又怎么办的？”

“我直接骑来了您这里——可您家仆人不让我进。”

“杰里米？就是您刚才碰见那个？”

“是的。他告诉我说斯特兰奇太太在家安然无恙。说实话我当时根本不信，于是我就绕着您家房子把所有窗户挨个儿查了一遍，发现她就在咱们这间屋里的沙发上坐着。”海德先生指指那张沙发，“她当时穿的是一件浅蓝色的裙衣——根本不是黑的。”

“这没什么奇怪的。斯特兰奇太太从来不穿黑。我不喜欢年纪轻轻的妇人穿这个颜色。”

海德先生摇头、皱眉。“我真希望您能相信我看到的一切，先生，可看来我是说服不了您了。”

“我也希望能把这事给您解释清楚，可我解释不了。”

他二人握手告别。海德先生一脸严肃地对斯特兰奇道：“我从未对她有过恶意，斯特兰奇先生。假如她一切平安，我比谁都欣慰。”

斯特兰奇微微一鞠躬。“我们是打算让她平安下去的。”

海德先生出去后，门就关上了。

斯特兰奇等了等，便去找杰里米。“你怎么没告诉我人家之前来过？”

杰里米不屑一顾地哼了一声。“他那一通胡言乱语，先生，我觉得没必要再去打扰您了。说什么穿着黑裙子的女士走在暴风雪里！”

“我希望你没冲人家太厉害。”

“我，先生？没有，绝对没有。”

“他可能是喝多了。是的，我猜就是这样。我估计他跟大卫·伊万思谈妥了事情，于是庆贺了一番。”

杰里米皱起眉头。“我觉得不会，先生。大卫·伊万思是循道宗的传教士。”

“哦，好吧，也是。我猜你是对的。他说的那些确实也不太像酒后的幻觉，倒更像读完一本拉德克利夫夫人的小说再吸几口鸦片之后琢磨出来的东西。”

斯特兰奇发觉自己被海德先生这一趟搅得很慌。一想到阿拉贝拉——即便是假想中的她——在雪地里迷路、在山头徘徊，他心里就很不踏实。他没法儿不想到自己的母亲：为了逃避婚后的不幸，就爱在这些大山里独行，碰上一场暴风雨，受了凉，撒手人寰。

晚上吃饭的时候，他对阿拉贝拉说：“今天我见了约翰·海德。他说他上个礼拜二见你冒着暴风雪在奥法堤上走。”

“不是吧！”

“是的。”

“可怜人，一定把他吓得够呛！”

“我看是这样。”

“等亨利来了，我一定要去看看海德先生和太太。”

“你这是决心等亨利来了以后把什罗普郡每户人家都看一遍，”斯特兰奇道，“希望你到时候可别失望。”

“失望！你什么意思？”

“我是说天气坏得很。”

“那咱们就让哈里斯把马车跑得慢一点、小心一点。其实不说人家也知道。燕八哥是匹稳重的马，有点儿冰雪吓不着它，它没那么容易害怕。何况，你知道的，这些人亨利必须见——要是他不去，人家一准儿难过极了。珍妮和阿尔温——我爸过去那两位老仆人，成天念叨的无非是亨利要来。上回相见已是五年前了，她们哪儿还熬得过下个五年啊，可怜人。”

“行啊！行啊！我只不过说了一句天气坏，仅此而已。”

他想说的可不止这些。斯特兰奇能感觉到阿拉贝拉对亨利这次回来抱了特别大的希望。结婚以后，她跟她哥哥难得一见。而亨利来苏活广场不像她盼的那样勤，就算来了，待的时间也不够她盼的那样长。而这回圣诞团聚是要把曾经的兄妹情谊全补回来的。他二人又能在童年熟悉的环境里共处，何况亨利还答应说能待将近一个月。

亨利回来了。一开始，阿拉贝拉的美梦就好像都能成真似的。当晚席间言谈甚欢。亨利在北安普顿的大希瑟顿村任教区长，关于那边的见闻，他有一肚子话要讲。[2]

大希瑟顿是个大地方，村民富庶，颇有几户绅士家庭居住。亨利在当地社交圈内为人敬重，对此他颇为得意。他把当地的朋友和朋友家的聚餐、舞会大肆描述了一番后，总结道：“我可不想让你们觉得我们就不做公益善事了。我们那边的住户是非常积极的。要做的事情很多，需要帮助的群众也不少。前天我刚去探望过一家又穷又病的农户，结果人家沃金斯小姐早就在那里了，又捐钱又帮忙出主意。沃金斯小姐是

2　斯特兰奇和阿拉贝拉刚结婚的时候，亨利是在格洛斯特郡的惠别镇做教区长。他在那边曾有意迎娶镇上一位姓帕布林格的年轻姑娘。而斯特兰奇不喜欢这姑娘和她几位女伴，觉得不合适。当时大希瑟顿教区圣职正无人领俸，于是斯特兰奇求有任命权的沃特·坡爵士把亨利派了过去。亨利很高兴。大希瑟顿比惠别镇地方大得多，很快他就把那位不合适的年轻姑娘忘掉了。

位很有同情心的女孩子。”说到这儿，他停下来，像是在等别人说点儿什么。

斯特兰奇一脸茫然，随后突然间仿佛想起了什么。“咳，亨利，真抱歉。你一定觉得我俩太粗心大意了。你在十分钟里提了沃金斯小姐五次，贝儿和我竟谁也没问问这位小姐的情况。我们俩今天晚上都有点儿迟钝——都是威尔士的冷空气闹的，真是‘冻’脑子——现在我明白你的意思了，我可得好好拷问拷问你，包你满意。这位小姐是金发还是黑发？面色健康还是白皙？喜欢钢琴还是竖琴？最爱读什么书？”

亨利觉得斯特兰奇故意在逗他，于是皱起眉头，关于那位小姐一句话也不肯多讲了。

阿拉贝拉瞪了自己丈夫一眼，换上温柔些的口吻探问，很快亨利就全招了：沃金斯小姐最近才搬到大希瑟顿居住；她大名叫索芙罗妮亚；她同她监护人一家——斯沃恩弗斯特夫妇（她跟这家人是远亲）——生活在一起；她喜欢读书（至于喜欢读什么，亨利说不确切）；她最喜欢黄颜色；她尤其讨厌吃菠萝。

“她长得怎么样？漂不漂亮？”斯特兰奇问。

这问题亨利听了有点儿尴尬。

“没人说沃金斯小姐是一等一的美女，没有。不过等跟她熟识了，你知道的——这点就显得极为可贵。不论男女，有人初看姿色平平，多了解了解，模样就算得上漂亮。见多识广、举止得体、性格温柔——空有稍纵即逝的美貌，倒不如这些品格更能使未来的丈夫幸福。”

斯特兰奇和阿拉贝拉听他如此一番演讲，都略有些惊讶。一时无人说话。随后斯特兰奇问道：“身家如何？”

亨利一脸不动声色的得意。“一年一万镑。”他答道。

“我亲爱的亨利！”斯特兰奇叫起来。

后来夫妻俩单独在一起的时候，斯特兰奇对阿拉贝拉说：“我看咱们不得不夸亨利精明。他这是占据先机啊，我估计这姑娘的追求者不会太多——她要么是脸上要么是身材上总有点儿什么能让她幸免。”

“可我不觉得只是为了钱，”阿拉贝拉总是护着她哥哥的，“总也有几分喜欢。否则亨利根本不会考虑的。”

“嗯，我猜是这样的。”斯特兰奇道，“亨利这小伙子不错。再说，我从不干涉的，这你知道。”

“你笑什么，”阿拉贝拉道，“你才没资格笑。我那会儿不也跟亨利一样精明。直到要跟你结婚了，我才相信居然也有人肯嫁给你这样鼻子长、脾气坏的人。”

“确实，”斯特兰奇若有所思道，“我把这事儿给忘了。看来你们全家都这毛病。”

第二天，阿拉贝拉和亨利乘马车去看珍妮和阿尔温，斯特兰奇则留在书房里。头几天的愉悦并没坚持多久，阿拉贝拉很快便发觉自己跟哥哥的相通之处已经没那么多了。亨利在乡下小村子里过了七年，而她住在伦敦：这几年发生的重大事件，她几乎都亲历。她的朋友里，内阁大臣不止一位；她和当朝首相认识，还跟威灵顿公爵跳过好几次舞；她同王室几位公爵会过面，向几位公主行过礼；只要是去卡尔顿宫，她知道摄政王总会同她聊几句并对她笑脸相迎。至于同英格兰魔法伟大复兴的相关人士个个都有交情——这都是理所当然的事情。

她那么爱听她哥哥带来的新闻，可她哥哥对她讲的东西几乎完全不感兴趣。她给他讲伦敦的生活，他除了礼貌地回一句“啊，真的？”就再没别的反应。她有一次提起威灵顿公爵对她说了句什么、她又是怎样回答的，亨利扭过头来，挑起根眉毛看着她，脸上笑得淡漠——这眼神、这笑容，意思很明显：“你说的我不信。”他的举动让她受了伤害。她不觉得自己是在显摆——遇到这些人、这些事已是她在伦敦每日生活的常态。她心中一痛，突然意识到：虽说他的来信一向给她带来欢乐，自己的回信在他眼中一定显得特别做作，一定让他厌烦了。

与此同时，可怜的亨利心头也有自己的不满。他小时候特别倾慕艾许费尔大宅。它的规模、地理位置及其户主在克兰镇一地的威望，无一例外地令他神往。他一直盼着乔纳森·斯特兰奇把它继承下来那一天，到时候他就能扮演“户主好友”这一重要角色前来参观访问。一切期盼如今都成了真，他却发现自己其实并不喜欢待在这里。艾许费尔比他在这些年里见过的很多房子都差。这房子的山墙几乎跟窗户一边多，每间屋都很低矮且形状不规则。这房子历代住户想往哪儿开窗户就往哪儿开，根本不考虑房子的整体外观。而窗户本身又被外墙爬上来的蔷薇枝、常春藤挡了光，无一幸免。这房子样式已经老了——拿斯特兰奇的话讲，小说里的女人会专门跑到这种房子里受迫害。

近来在大希瑟顿，有几栋房子都被修葺一新；村里还为那些怀有乡村情结的绅士、淑女建起了高雅的新别墅。一是因为只要跟自己教区有关的事情，亨利根本憋不住不讲；二是因为他自己这就打算成家，心思全跑到了家居装修上面——他忍不住总要给斯特兰奇提这方面的意见。马厩小院的位置尤其令他不满意，他对斯特兰奇说：“要是去南面的花园和果园，非得步行从那里穿过。把它拆了，换个地方重建，对你来说多简单。”

斯特兰奇没有直接回答，却突然对他太太发了话：“亲爱的，我猜你还喜欢这房子？过去一直忘了问你，我特别抱歉。假如不喜欢，你直说，咱们立马就搬到别处去！”

阿拉贝拉笑起来，说她对这房子挺满意。“不好意思，亨利，我对这里的一切都满意，包括那马厩小院。”

亨利还不罢休。“好吧，那咱们就把房子周围密密麻麻长起来的树都砍了——这些树挡得每间屋都那么暗。就砍个树这么简单，效果却很明显——这你一定不会反对吧？这些树长得太随心所欲了——果实、种子掉在哪儿就在哪儿长了，我猜。”

“什么？”斯特兰奇问。亨利后来再说话的时候，他的眼睛早溜回到书上了。

“树。”亨利道。

“哪儿的树？”

“那儿的树。”亨利指向窗外整整一片古老而壮观的橡树、白蜡和山毛榉。

“做邻居，这些树可是模范。它们从不多管闲事，从不打扰我。我觉得我最好还人家这份情。”

“可它们挡着光呢！”

“你也挡着光了，亨利，可我到现在也没冲你抡过斧子。”

事实上，亨利虽然总给艾许费尔周围的场地和宅子的方位挑毛病，真令他不满的却并不是这些。宅内让他心里不痛快的，其实是那无处不在的魔法氛围。斯特兰奇刚开始干这行的时候，亨利没觉得有什么问题。当时，关于诺瑞尔先生非凡成就的传闻才刚刚在全国流行起来。那时候，魔法只像是历史学科一个很冷门的分支，是供家里有钱、无所事事的绅士们自娱自乐的；亨利如今仍然坚持这么看待它。让亨利为之骄傲的，是斯特兰奇的有钱、有地、家里有根底，绝不是他的魔法法技。每当有人称赞他跟当代第二伟大的魔法师有这么近的关系，他总是显得很惊奇。

斯特兰奇跟亨利心目中有钱的英国绅士形象相去甚远。绅士们在英格兰乡间惯常的消遣，斯特兰奇早已洗手不干。他对农田、狩猎全无兴趣。他们的邻居都去打猎了——亨利能听见林间雪地里枪声回荡、犬吠声声——可斯特兰奇连枪都不碰。阿拉贝拉好说歹说，才劝动他出门溜达了半个钟头。书房里，曾属于斯特兰奇父亲和祖父的书——每位绅士书架上都会摆放的英文、希腊文和拉丁文著作——全都撤下了架，一摞一摞堆在地板上，好给斯特兰奇自己的书和笔记腾地方。[3]关于魔法实践应用的期刊，如《英格兰魔法之友》《当代魔法师》，则散落在宅间各处。书房里有张桌上放着一个大银盘，里面有时会盛满了水。斯特兰奇经常在旁边一坐就是半个钟头，盯着盘里的水细看，用手点点水面，做些奇怪的手势，把水里看到的东西记录下来。另外一张桌上的书堆里，铺开放着一张英格兰地图，斯特兰奇在上面标出道道古时仙路；这些路延伸到英格兰边界之外，不知去向何方。

还有其他一些事情，亨利半懂不懂，却恨得更厉害。比如说，他知道艾许费尔宅内的房间是有点儿怪模怪样的，可他并没看出来这是因为斯特兰奇家里镜子反射的是半个钟头以前的光，甚至有可能是一百年以前的景象。每天早晨刚醒、晚间临睡的时候，他总能听见远方有钟声作响——声音悲凉，就如同隔着一片汪洋，听见淹没其下的城市钟声回荡。他并没特别留意，过去了也就忘了，可那股悲凉一天到晚如影随形，总在他心上。

为了排解种种失望与不满，他总把大希瑟顿那边怎么办事儿拿来跟什罗普郡这边比较（什罗普郡总是挨批），并直接开口质疑斯特兰奇这么用功有没有必要——“简直就跟没房子没地、钱还没赚到手一样。”这些话他一般都是对阿拉贝拉说，可斯特兰奇往往也在近旁。于是没过多久，阿拉贝拉就发现自己成了他俩之间的和事佬，这差事可没人愿意跟她抢。

“假如我想听亨利的意见，”斯特兰奇道，“我会主动提的。我倒想问问，我在哪儿建马厩、我每天干什么，跟他有什么关系？”

“确实挺让人心烦，亲爱的，”阿拉贝拉附和道，“也难怪你会发脾气，可只要想一想……”

3　斯特兰奇手上的书自然都只是关于魔法的书，而非魔法之书。后者全在诺瑞尔先生手里霸着呢。参见第一章注释 5 。

“我发脾气？明明是他总来跟我吵！”

“小点儿声！小点儿声！他该听见了。你这一向被折磨得不轻，谁见了都得夸你跟个圣人似的宽宏大量。可你要知道，我觉得他是一片好心，只不过不太善于表达自己。他纵有千般不是，他一走，咱们还是会很想念他的。”

听见这最后一句，斯特兰奇看上去可没她想象中那般心服口服，于是她又补了一句：“对亨利好一点，就算为了我？”

“当然！当然！我就是耐性的化身，这你知道的！过去有句谚语——现在没什么人提了——说的是牧师种小麦，魔法师种黑麦，全都种在同一片田里。意思是说牧师和魔法师永远合不来。[4]我刚刚才意识到这一点。我觉得我跟伦敦那边的神职人员关系都挺不错：西敏寺的院长和摄政王的牧师都特别好相处。可亨利却让我讨厌。”

圣诞节当天，雪下得很大。不知是因为这几天不愉快还是别的什么

4　这句谚语的涵义也许并非这么简单。早在十二世纪，人们就认识到牧师和魔法师在某种意义上是竞争关系。这两种人都认为宇宙间存在着多种多样的超自然生物，受超自然力量所制约。双方都认为通过咒语或祷告可以对这些生物进行劝导，借其力量扶助或阻碍人类。在很多方面，这两种宇宙观是极为相似的，只是牧师和魔法师各自推导出的结论大相径庭。

魔法师关心的主要是这些超自然生物的利用价值；他们想搞清楚究竟在什么情况下或是通过什么手段能使天使、恶魔和仙灵协助他们的魔法实践。只要能达到这个目的，他们并不关心第一类生物有多圣洁、第二类有多邪恶，而第三类的道德有多值得推敲。而牧师除了这些，几乎不再关心别的。

在中世纪的英格兰，人们为统一这两种宇宙观所做的尝试均以失败告终。魔法师若不小心谨慎，教廷分分钟就能指出一大堆各式各样的异端邪说当由魔法师负责。前文提到的“麦洛德邪说”就是一例。

惠特比的亚历山大（1230？—1302）曾教导我们说：宇宙就像一块挂毯，我们一次只能看见一个片段；死后即能看全，片段之间如何关联也就一目了然。亚历山大后来被迫收回了这个理论，牧师修士们于是时时警惕着“惠特比邪说”的出现。为了避免被指控为异端，就连最朴实的乡下魔法师都被逼得学会耍奸猾政客的手腕。

这并不是说所有魔法师都在极力避免将宗教和魔法混为一谈。很多流传至今的“咒语”都是在劝告某些圣人先贤助魔法师一臂之力。令人惊讶的是，这种混淆往往源于魔法师的仙仆。大部分仙灵一进入英格兰就被迫受了洗，于是他们很快就开始把基督教的圣人圣徒引用在自己的法术里面。

缘故，阿拉贝拉早上一睁眼就特别难受，头疼欲裂，躺在床上起都起不来。斯特兰奇和亨利只好俩人一起待了一整天。亨利先是就大希瑟顿谈个没完，晚间他俩一起玩埃卡泰弃牌戏——这游戏他二人都十分喜欢。乐在其中的感觉兴许比先前更自然了一点，可第二轮刚打到一半，斯特兰奇翻开一张黑桃 9，突然对这张牌的魔法意义产生了好几种新想法。他扔下玩了一半的牌，撇下亨利，自己拿着黑桃 9 回书房研究去了。亨利就这样被丢下不管了。

第二天凌晨光景，斯特兰奇醒了——或者说还在半梦半醒之间。屋里一片淡淡的银色光辉，很可能是窗外雪地上的月光映了进来。他觉着他看见阿拉贝拉背对着他，穿戴整齐地坐在床脚。他对她说了句什么——至少记得自己是说了句什么。

随后他又睡着了。

七点钟左右，他彻底醒了，想着赶紧上书房，趁亨利还没起来先做一两个钟头的功课。他速速起床，跑去更衣室，摇铃催杰里米·约翰斯来给他刮脸。

八点钟，阿拉贝拉的女仆詹妮特·休斯敲了敲卧房的门。没人答话，詹妮特以为女主人还在闹头疼，于是又走了。

十点钟，斯特兰奇和亨利一起用早饭。亨利准备出门打一天猎，正苦苦哀求斯特兰奇陪他一起去。

“不行，不行。我还有事儿呢，不过别因为我耽误了你。你对这里的田野、树林跟我一样熟悉。你拿上我的枪；狗也能从别人那儿借到，我敢肯定。”

杰里米·约翰斯进了屋，说海德先生又来了，正在门厅里等着，找斯特兰奇有急事相商。

“哦，这家伙又想干吗？”斯特兰奇恨恨道。

海德先生匆匆忙忙进了屋，急得脸都发青。

亨利突然叫了起来："这人以为他在干吗？既不站在屋里又不站在屋外！"艾许费尔令亨利不痛快的一件事就是这里用人的礼仪举止远达不到他心目中这种背景的大宅门所要求的高度。杰里米·约翰斯这会儿正要出屋，刚走到门口，半个身子还掩在门背后，就和另一个仆人低声谈起来，像是在说什么急事。

斯特兰奇往门口看了一眼，叹口气道："亨利，这真的无所谓。海德先生，我……"

这片刻的耽搁，似乎令海德先生更加急不可耐。他直接嚷道："我一个小时前又在威尔士那边的山上看见斯特兰奇太太了！"

亨利吓了一跳，看着斯特兰奇。

斯特兰奇冷冷地看了一眼海德先生。"没事儿，亨利。什么事儿都没有。"

海德先生一听这话，打了个激灵。他性子里有那么点儿顽强固执，于是忍住没理睬。"我是在伊德里斯城堡看见她的，和上次一样，斯特兰奇太太离我越来越远，我看不见她的脸。我试图跟在她后面并追上她，但是和上次一样，到后来就看不到她了。我知道您认为上次无非是幻觉——风雪交加令我心生异象——可今天晴朗无风，我确定我看见了斯特兰奇太太——跟现在看着您一样清楚明白。"

"上次？"亨利一脸不解。

斯特兰奇有点儿不耐烦了，他开始感谢海德先生好心跑来告诉他们这个（他一时找不到合适的词来形容这是什么）。"可我知道斯特兰奇太太正安安稳稳地待在我家里，我猜您不会奇怪，假如我……"

杰里米突然又进了屋。他速速走到斯特兰奇身边，俯下身子在耳边说了几句。

"嘿，大点儿声，说你呢！告诉我们出什么事了！"亨利道。

杰里米忧心忡忡地看着斯特兰奇，斯特兰奇什么都没说。他用手捂住了嘴，目光游移不定，就好像突然有了什么之前从未想到过且不算太美好的想法。

杰里米道：“斯特兰奇太太不在家里，先生。我们不知道她上哪儿去了。”

亨利问海德先生在山上究竟看见了什么，不等人家答完一个问题，就接着问下一个。杰里米·约翰斯皱着眉头看着他俩。与此同时，斯特兰奇坐在那里一言不发，双眼直勾勾地盯着前方。突然间，他站起身来，飞快地出了屋。

“斯特兰奇先生，”海德先生喊道，“您上哪儿去？”

“斯特兰奇！”亨利也叫道。

可没有他的话，就没人拿主意，什么事也做不成。他们只好追了出去。斯特兰奇爬楼上了二楼书房。进了书房，他直奔桌上那只银盘而去。

“拿水来。”他对杰里米·约翰斯道。

杰里米·约翰斯端来一罐水，盛满了一盘。

斯特兰奇念了一个词儿，整间书房顿时一片昏暗，影影绰绰。与此同时，盘子里的水也暗了下来，变得不那么透明了。

光线一暗，亨利害怕了。

“斯特兰奇，”他叫起来，“咱们还在这儿干吗？天都暗了，我妹妹还在外面。咱们片刻都不能多待！”他转向杰里米·约翰斯，当他是在场唯一能劝动斯特兰奇的人，“快让他停下！咱们得马上出去找！”

“小点儿声，亨利。”斯特兰奇道。

他用手指在水面上画了两道。两条亮闪闪的光芒出现了，将水面平分四块。随后星星出现了，更多道光芒浮现，如脉络，如蛛网。他对着这番景象看了一会儿，又把下半部两块水面各自再分四块。水面上的光影形状和之前不一样了，它们挪移、闪耀，有时像文字，有时像地图上的路径，有时又像天上密布的星群。

“这都是在干吗？”海德先生直发疑。

“在找她。”斯特兰奇道，“至少这是目前该做的事。”

他点了点其中四分之一块水面，其他三块瞬间就消失了。那四分之一块水面上的光影逐渐变大，直到占满全盘。斯特兰奇将其再分四块，研究了研究，又点点其中一块。他将这道工序重复几遍，水面上的图景逐渐密集起来，越来越像一幅地图了。然而，随着地图越来越细致，斯特兰奇脸上的表情越来越疑惑，似乎越来越不相信盘中显示的信息。

过了几分钟，亨利再也受不了了。“看在上帝的分上，现在不是变戏法的时候！阿拉贝拉丢了！斯特兰奇，我求求你！先别整这些没用的，咱们快出去找找吧！”

斯特兰奇没有回答，他一脸怒意，手往水面一拍。瞬间，光线、星星全都消失了。他深吸一口气，从头再来。这回他显得更有准儿了，很快便发现一处他感觉能用得上的图景。然而，不仅没得出什么有用的结论，他反倒坐了下来，盯着水面，一脸沮丧和困惑。

“怎么样？”海德先生紧张地问，“斯特兰奇先生，您发现您太太了吗？”

“我根本看不懂咒语传达给我的信息！它说她不在英格兰，不在威尔士，不在苏格兰，也没去法国。我怎么修改也没用。你说得没错，亨利。我是在浪费时间。杰里米，把我的靴子跟大衣拿来！”

水面上突然浮现出一幅图景，渐渐清晰：在一座古老、幽暗的厅堂里，一群俊男美女正聚在一起跳舞。然而很难想象这跟阿拉贝拉有任何关系，斯特兰奇重又拍打了一下水面。这景象消失了。

大门外，处处是厚厚的积雪。一切都冻住了，沉寂无声。他们首先搜的是艾许费尔宅子周边的空地，结果这里连只鹪鹩或是知更鸟都看不到，斯特兰奇、亨利、海德先生和一帮用人只好又去大路上搜。

三个女仆回了宅子，上阁楼去找。这阁楼自打斯特兰奇小时候就没人再进过。她们拿着斧头、榔头，砸开一座座锁了五十年的箱子。她们寻遍了壁橱和抽屉——有些连婴儿都放不下，更别说藏个成年女人了。

有些用人跑到克兰镇上去找那边的住家，有些则带着马骑往克兰屯、普尔斯洛、克兰伯里和惠考特。没过多久，当地家家户户便全都听说斯特兰奇太太失踪了，无一不派人跟着一起搜救。家家户户的女眷都把炉火生得旺旺的，做好各种准备工作——万一斯特兰奇太太被接到哪一家，好能马上享受到足够的温暖、食物与安慰——她一个人能消受多少，就有多少。

搜了一个钟头左右，第12轻龙骑兵团的约翰·艾尔顿上尉来了。他曾在伊比利亚半岛和滑铁卢与威灵顿和斯特兰奇并肩战斗；他家的地和斯特兰奇家紧邻；他俩岁数也一般大，打小就是邻居。可由于艾尔顿上尉为人过于内向、矜持，他俩一年里说的话超不过二十个词。危难当前，他出现了，带来几张地图，外加一句轻柔却又庄重的承诺：保证尽己所能协助斯特兰奇和亨利。

没过多久，他们便发现海德先生并不是唯一见到阿拉贝拉的人。两个农场上的劳工——马丁·奥克利和欧文·波布里奇——也曾见过她。杰里米·约翰斯从这两个劳工的朋友处得到消息，就手找了匹马，直奔克兰河畔的皑皑田野——奥克利和波布里奇正在那里参与搜救。杰里米半是护送、半是赶着他俩回了克兰镇，带到艾尔顿上尉、海德先生、亨利·伍德霍普和斯特兰奇面前。

他们发现奥克利和波布里奇的描述与海德先生所见有些奇怪的出入。海德先生是在伊德里斯城堡附近雪茫茫的荒山上看见阿拉贝拉的。当时她正往北走。他看见她的时候刚好九点整，而且同之前那次一样，他又听见了钟声。

而奥克利和波布里奇是在伊德里斯城堡以东大约五里的地方看见她

正匆匆穿过那里一片黑乎乎的冬日树林。可他们也声称那会儿是九点整。

艾尔顿上尉皱起了眉头，让奥克利跟波布里奇解释解释他们是怎么知道那会儿正好九点钟的——他俩又不像海德先生有怀表。奥克利答说他俩觉得当时一定是九点钟，因为俩人都听见敲钟了。奥克利认为钟是克兰镇上圣乔治堂的，而波布里奇却说不是——他说他听见钟声齐鸣，而圣乔治堂里只有一口钟。他说那钟声听起来很悲伤——他觉得像是丧钟——可再问他这话什么意思，他就答不上来了。

在其他细节上，他二人的描述和海德先生的完全一致。谁也没再提什么黑裙衣，三人都说她穿了一身白裙衣；三人都说她疾步如飞。谁也没看见她脸正面。

艾尔顿上尉派人四五个一组到那片冬日树林里搜寻，派妇女去找灯笼和厚衣服，让能骑马的把伊德里斯城堡周边高大、空旷的山岭搜个遍。他将总指挥的任务交给海德先生——不交给他他是不罢休的。奥克利和波布里奇讲完后只过了十分钟，人就走得一个不剩。趁着天还亮，他们不停地搜，然而天也亮不了多久了。还有五天就是冬至：下午三点钟天色已暗；等到了四点，干脆漆黑一片。

搜救队伍回到斯特兰奇宅内，艾尔顿上尉打算总结目前的成果，并制订下一步的计划。附近几家的小姐太太也来了。之前她们在家中等候斯特兰奇太太的下落，等了个寂寞难耐、焦虑不堪。她们跑到艾许费尔来，一方面是因为这里也许用得着她们，主要还是因为她们希望彼此做伴安安心。

最后进来的是斯特兰奇和杰里米·约翰斯。他们靴子都没脱，浑身是泥，是从马厩直接回的屋。斯特兰奇面如死灰，双眼深陷，模样和动作都好像还在梦里面。若不是杰里米·约翰斯一把将他推到椅子上，他兴许都不知道坐下。

艾尔顿上尉把地图往桌上一铺，问每支队伍都搜过哪里、发现了什么——答案是什么也没发现。

在场每一位男女心里都清楚：地图上的线条和地名看起来整齐规范，描述的却是现实中冰封的河流湖泊、静谧的树林、冻硬的深沟和高高的荒山。人人意识到，每年这个季节，牛羊野兽都要死上多少。

“我记得我昨天夜里醒过……”突然，一个人哑着嗓子发了话。大家都回头看。

斯特兰奇还坐在杰里米安排他坐的那张椅子上。他双臂在身子两侧耷拉着，双眼直勾勾地盯着地板。“我记得我昨天夜里醒过，不记得具体几点钟。阿拉贝拉在床脚坐着，衣服都穿得好好的。”

“您之前可没说。”海德先生道。

“我之前没想起来。我以为是在做梦呢。”

“我不明白。”艾尔顿上尉道，“你的意思是说斯特兰奇太太有可能是半夜离开家的？”

这问题问得相当有道理。斯特兰奇似乎在努力寻找答案，然而无果。

“可是，”海德先生道，“她早上还在不在，您肯定知道的呀？”

“她早上还在。她那会儿当然还在。谁能荒唐到以为……”斯特兰奇顿了顿，“我的意思是说，早上起床的时候我琢磨我的书来着，而且当时屋里很黑。”

在场不少人心想，当丈夫当成这样，乔纳森·斯特兰奇若不是彻底心不在焉，至少也是对自己太太忽视到了令人称奇的程度。有些人因此疑惑地看着他，把有可能导致一位明明很忠诚的太太突然冒雪离家出走的理由在心里过了一遍：说了什么狠话？脾气暴躁？魔法师搞研究时变出来什么可怕的景象——鬼魂、恶魔还是什么恐怖的东西？突然发现自己丈夫在哪里藏着个情妇，还养了五六个私生子？

突然间，从门厅那边传来一声大喊。后来谁也说不清究竟是谁喊的这一嗓子。站得离门最近的几位邻居都跑去看出了什么事。这些人随后的高呼又把屋里剩下的人全都引过去了。

门厅里一开始很暗，不过蜡烛很快就递了过来，大家看见有个人在楼梯口站着。

是阿拉贝拉。

亨利冲上前去一把抱住了她；海德先生和艾尔顿上尉的太太都说，见到她安然无恙地回来，他们特别高兴；大家纷纷表示惊讶，向还肯听他们说话的人表示，自己完全没有意识到阿拉贝拉已经在那里了。几位夫人和女仆围上前去问寒问暖。她伤着没有？她这是上哪儿去了？她是不是走丢了？可有什么事让她难过了？

随后——生活中偶有这样的状况——好几个人同时发觉有什么不对劲：斯特兰奇一言未发，一步没往前挪——而与此同时，她也没对他说话，也并不靠近他。

魔法师站着不动，静静地盯着自己的太太。突然间他叫起来："老天，阿拉贝拉！你身上穿的这是什么？"

即便烛光跳跃不定，大家也都看得清清楚楚：她身上穿的是一件黑裙衣。

第四十四章

阿拉贝拉

一八一五年十二月

“您一定都冻透了！”艾尔顿太太握起阿拉贝拉的一只手，说道，“哦，我的天哪！您简直冰得跟坟墓一样！”

另一位夫人跑去客厅拿阿拉贝拉的一条披肩。她拿来的这条披肩是蓝色的印度羊绒，由金线、粉线钩着细细的边儿。可当艾尔顿太太把它往阿拉贝拉身上一裹，披肩的俏丽全被她身上那件黑裙衣给抹杀了。

阿拉贝拉双手抱臂，看着大家，一脸沉静和漠然。大家热心提问，她却一样都懒得回答。发现大家全聚在这儿，她似乎既不惊奇也不尴尬。

“你到底上哪儿去了？”斯特兰奇问她。

“散步去了。”她回答，声音和平时一个样。

“散步！阿拉贝拉，你是不是疯得可以？在三尺厚的雪地里散步？你上哪儿散的步？”

“在黑暗的树林里，”她说道，“走在我那轻眠的兄弟姐妹之间。穿过高高的荒原，走在我早死的哥哥姐姐那气味清甜的魂灵之间。走在灰白的天空下，听我那未出世的弟弟妹妹声声低语，穿行在他们的梦里面。”

斯特兰奇呆呆地望着她。“你说什么？”

用这么“温柔”的口吻催她答话，也难怪她不再开口。在场不止一位女客发觉，也许都是因为她丈夫太凶，她才这么寡言少语，才把问题答得这么莫名其妙。

艾尔顿太太搂过阿拉贝拉，轻轻把她往楼梯方向带。“斯特兰奇太太累了。”她的口气不容人分辩，“来，亲爱的，咱俩一起上楼去……”

“哦，不行！”斯特兰奇发了话，“先别走！我想知道这裙子是哪儿来的。请您原谅，艾尔顿太太，可我坚持……”

他冲她们走去，却在半路突然站住了。他低头盯着地板，一脸不解。随后他小心翼翼地绕开了地板上的什么东西。“杰里米，这摊水是打哪儿冒出来的？就在斯特兰奇太太刚站过的地方。”

杰里米·约翰斯举着烛台来到楼梯口。地上有一大摊水。他跟斯特兰奇抬头细看天花板和四壁，其余的男仆也对此发生了兴趣，在场的男客也纷纷看过来。

男士们的注意力一转移，艾尔顿太太和其余女眷便悄悄把阿拉贝拉领走了。

艾许费尔宅的门厅和整栋房子一样是老式的。门厅四壁安着漆成乳白色的榆木墙围，脚下石板墁地，扫得干干净净。有个男仆说这水一定是从石板底下渗出来的，于是跑去拿了根铁棍，在石板地上戳了一通，看看可有哪块松动。结果一块石板都没动。水能从哪里渗进来，也找不到任何痕迹。另外一个人说兴许是艾尔顿上尉的两条狗撒尿了。于是两条狗被抓来仔细检查了一番，人家身上一点儿都不潮。

最后他们只好去查那摊水本身。

“水是黑的，里面还有些极小的、不知什么东西的渣滓。”斯特兰奇指出。

“看着像苔藓。”杰里米·约翰斯道。

他们就这样持续发问并感叹了一段时间，直到彻底无望解决方才作罢。之后没多久，男客们便告辞了，把自己的夫人也都带走了。

清晨五点钟，詹妮特·休斯上楼走进她女主人的卧房，见她躺在床上，睡前连那件黑裙子都没脱。詹妮特问她还难不难受。阿拉贝拉答说她手疼。詹妮特于是帮女主人宽了衣，随后便去向斯特兰奇汇报。

第二天，阿拉贝拉说她从脑袋顶儿沿身体右侧一路疼到脚上（至少大家猜她是这个意思；她实际说的是“从我的冠顶疼到根尖儿”），吓得斯特兰奇叫人把彻奇斯特雷顿镇上的牛顿大夫给请了来。牛顿大夫骑着马，下午才赶到克兰镇，可除了疼痛以外没发现有别的毛病，于是又高高兴兴地回去了，对斯特兰奇说他隔个一两天再来。

第三天，她死了。

第三卷

约翰·乌斯克格拉斯

汉诺威广场的诺瑞尔先生认为，什么东西只要是属于约翰·乌斯克格拉斯的，就必须从当代魔法中清除掉；就如同我们会将旧外套里的蠹虫、灰尘统统掸掉。可他想没想过手里还会剩下些什么呢？除掉约翰·乌斯克格拉斯，你我手中将什么都不剩，只有一捧空气了。

——乔纳森·斯特兰奇：《英格兰魔法的历史与实践》前言，伦敦：约翰·莫雷出版社，1816。

第四十五章

《英格兰魔法的历史与实践》前言

乔纳森·斯特兰奇

一一一〇年岁末，一支奇异的军队出现在英格兰北部。人们最初听说他们是在纽卡斯尔西北二三十里处一个叫作盘罗的地方附近。谁也不知道他们是从哪里来的——大家都以为他们是过境入侵的苏格兰人或丹麦人，甚至有可能是法国人。

十二月初，这支军队已经攻下了纽卡斯尔和达勒姆，此后一路西行，抵达阿伦戴尔——诺森布里亚山坡高处一座小小的石砌楼，在镇外的荒野边安营扎寨过了一宿。阿伦戴尔镇上居民都是养羊的，没有当兵的。镇子四周没有防御用的围墙，离他们最近的士兵也在三十五里开外，正为保卫卡莱尔城堡做着准备。于是，镇上百姓觉得他们应当立即与这支奇异的军队交好。为了达到这个目的，一些年轻漂亮的姑娘出发了——她们是一群勇敢的友第德*，决心尽己所能拯救自己和当地百姓。谁知一走到那支军队的营地，姑娘们全都害怕起来，止步不前了。

他们的营地是一片荒凉、宁谧的所在。天下着鹅毛大雪，这些奇异的士兵裹着黑斗篷，躺在雪地里。年轻姑娘们一开始以为他们都死了——大群的渡鸦和其他黑鸟落满了营地，有的甚至落在雪地里躺着的

---

* 友第德（Judith）是《圣经》次经《友第德记》中的女英雄。文章讲述亚述大军侵入巴勒斯坦时，所向无敌，捣毁各地的神庙，直抵犹太的伯夙利亚城。这时城中一位年轻貌美的寡妇友第德主动带领女奴出城，用美色诱惑亚述军主帅，夜里将其主帅何乐弗尼的头割下逃回城中。犹太军队乘势进攻，敌方因主帅死亡，无人指挥，大败而逃。

士兵身上，眼前景象加深了她们这个印象——然而这些士兵并没死；他们偶尔动一动，起身照看马匹，或是将啄上脸颊的鸟儿赶开。

见远方来了年轻姑娘，一位士兵站起身来。姑娘中的一个壮起胆子走向他，吻上他的嘴唇。

这位士兵的皮肤非常苍白（亮如皎皎月华），完美无瑕。他的头发又长又直，如一瀑棕黑水帘。他面部的骨架精致非凡，硬朗得不一般，神情格外庄严。他一双长长的蓝眼睛，眼梢微吊；一对细眉黑如笔道，奇的是眉梢也如笔锋向上一挑。那位姑娘见了他这模样毫不担心，她深知丹麦人、苏格兰人和法国人个个天生都是奇异的好相貌。

他十分喜爱这个吻，并允许她再吻一次。随后他回吻作为报答。另一位士兵从地上站起身来，张开嘴，唱起一首如泣如诉的哀歌。第一位士兵——姑娘亲吻的那位——哄她跟他跳舞，用他那修长的白手指头把她推来推去，直到她能配合着他跳。

跳了一阵，姑娘跳得浑身发热，停下来把斗篷脱掉。她的伙伴们发现一滴滴鲜血如同一颗颗汗珠结在她胳膊、面庞和双腿上，随后滴落到雪地里。她们见这情况吓坏了，四散奔逃。

这支奇异的军队始终没有攻进阿伦戴尔。他们当夜便往卡莱尔赶去了。第二天，镇上的人小心翼翼地走进这支军队驻扎的田野。在那里，他们发现了姑娘的尸体，浑身透白，流干了血；而她周身的积雪已经染成了鲜红。

通过这些迹象，他们才认出了Daoine Sidhe——也就是“仙军”。

战争连连打响，英格兰节节败退。圣诞前后，仙军抵达约克。此前他们已攻下纽卡斯尔、达勒姆、卡莱尔和兰卡斯特。除了将阿伦戴尔那位姑娘放了血之外，这些仙子几乎没有表现出他们这一族众所周知的无情。他们攻下的所有城镇和要塞，只有兰卡斯特被烧了个干净。在约克城北的瑟斯克，一头猪冲到一名仙子所骑的战马脚下，惊得马儿后仰，摔断了背。此举触怒了这位仙子，他和同伴一路追杀，抓到这头猪以后，把猪眼睛给挖了出来。不过总体来说，仙军每新到一地，当地无论是野生动物还是家养畜生都会欢欣鼓舞，就仿佛把仙子当成了同盟，一起反抗共同的大敌：人类。

圣诞当日，亨利国王召集了他手下的贵族、主教、僧院长和全国各路有力人士齐聚西敏寺，共商此事。那个时候，仙灵在英格兰并非不为人知。许多地方很早以前就有仙族落户居住，这些聚居地有些靠法术隐匿起来，有些只有靠人类邻居自觉躲避。亨利国王的参谋一致认为仙族生性邪恶，他们淫荡、虚伪，擅于偷盗；他们诱骗青年男女、蛊惑路人、偷孩子、偷牛、偷粮食；他们懒惰得惊人：几千年前就掌握了石工、木工和雕刻工艺，却不肯费力建房子，大部分仍心甘情愿去住那些他们自封为城堡而其实是“墣落”的东西——一种极其古老的坟丘。他们整日饮酒、跳舞，任凭大麦和豆子烂在田里，任凭畜生冻得发抖，死在寒冷的山坡上。亨利国王的参谋一致认为，要不是因为法术超群、寿命无限，他们这一族没吃没喝肯定早已死绝。然而，就是这样一族散漫成性、毫无远见的生灵，居然侵略了一座固若金汤的基督教王国，而且战无不胜——马蹄所及之处，每逢要塞必收入囊中。这一切充分说明侵略者目标极为明确、意志极为坚定，可从来没听说哪位仙子有这个本领。

谁也不知该做何解释。

次年一月，仙军离开约克一路南下，行至特伦特河停下。于是，就在特伦特河畔的纽瓦克，亨利国王的军队与仙军在战场上相遇了。

开战前，一股仙风吹遍亨利国王的队列，一阵美妙的风笛声传至耳畔，大批战马因而挣脱了缰绳，飞奔向仙子那一方——不少倒霉的骑兵也被带了过去。随后，每个人都听见自己所爱的人在说话——母亲、父亲、儿女、情人——纷纷呼唤他们回家。空中落下一群渡鸦，啄上英格兰人的脸，黑翼翻飞，迷了他们的眼。英格兰兵士要抵挡的不仅仅是仙军的战术与凶残，还有他们自己内心对这般灵异法术的恐惧。无怪乎这场仗立见分晓，亨利国王一败涂地。当大地重归宁静，当亨利国王翻身已无可能，方圆几里地鸟儿齐鸣，声如欢庆。

亨利国王和他的参谋只等对方的首领或是君主上前。仙军队伍向两侧分开，有个身影走了出来。

这人看上去还不满十五岁。和其他的仙军兵士一样，他也穿着黑色粗羊毛制成的破衣烂衫。和他们一样，他那一头黑发也又长又直。和他们一样，他既不说英语也不说法语——当时在英格兰通用的两种语言——却只讲仙境里一种方言。[1]他面孔苍白、英俊，神情凝重，然而在场谁都看得一清二楚：他是个人，并不是仙灵。

拿诺曼人和英格兰人中贵族和骑士的标准来看，当天最初见到他的时候，他几乎尚未开化。他从没见过勺子、椅子，也没见过铁壶、银币和蜡烛。那个时期没有一个仙族部落或王国拿得出这样的好东西。当亨利国王与这名男孩子相会、准备分割英格兰的时候，亨利坐在木椅子上，举着银杯喝葡萄酒；而那男孩子则坐在地上，拿石杯喝羊奶。编年史学家奥德里克·维塔利斯在三十年后的一部作品里描写道：重要议程一项项进行，一个仙军战士突然探过身来，热心地帮那男孩子从脏头发里往外捏虱子，亨利国王朝廷众臣见了大惊失色。

仙军里有一位年轻的诺曼骑士，名唤邓代尔的托马斯。[2]他虽在仙境受俘多年，自己的母语（法语）倒还够用，于是替亨利国王和那名男孩做了翻译。

1　如今英格兰已经没人懂这种语言了，现存只有少数借入词，在描述各式鲜为人知的魔法技术时才会用到。马丁·佩尔曾在《言语魔法论》中提到这种语言和古凯尔特人的语言是有关联的。

2　也称托马斯·德·邓代尔或托马斯·德·唐维尔。当时亨利朝廷上好几位贵族似乎都认出托马斯是一位强大的诺曼权贵的小儿子，这孩子是在十四年前的圣诞日当天失踪的。可依眼下情形，不好判断亨利的朝廷是否乐意再要他了。

亨利国王问那男孩叫什么名字。

那男孩答说他没有名字。[3]

亨利国王问他为何要对英格兰宣战。

那男孩说他是一个诺曼贵族家庭唯一还活着的人。亨利国王的父亲威廉一世曾将英格兰北部大片土地赐予他们家族。这部分土地后来被恶敌于贝尔·德·柯唐坦霸占，家里人也都被他逼死了。男孩说很多年前他父亲就曾求威廉二世（亨利国王的哥哥，也是前朝国王）还他个公道，却始终没能得到。不久后他父亲便遇害了。男孩说他自己还是个婴儿时就被于贝尔手下人扔在了森林里，是仙军战士发现了他，并把他带回仙境同他们一起生活。如今，他又回来了。

他的想法完全是年轻人才会有的：他相信自己的主张绝对正确，而别人的主张就一定错误。他已经打定了主意：特威德河与特伦特河之间那一段英格兰的土地是诺曼国王们理应做出的赔偿，谁让他们当年没有为他家报灭门之仇。而亨利国王因此——仅因此——才被容许保留住他王国南面的一半。

男孩说他在仙境已然是位国王了。他提到他宗主的名号。谁也没听懂。[4]

从那天起，他在这片土地上连续统治了三百余年。

他十四岁的时候就已经创制了我们沿用至今的魔法体系——或者不如说，假如我们懂得如何使用的话，我们是会沿用的；他懂的东西，我们大部分都已经遗忘。他完美地融合了仙灵的法力与人类的调控力——将它们的威力与自己那令人胆寒的意志力嫁接。谁也不知如何解释为什

3　他小时候住在仙境里，仙子用自己语言里的一个词称呼他。如今有人说这个词的意思是“燕八哥”。他回到英格兰的时候，早已不再用这个名字了。后来他开始用自己父亲的名字——约翰·德·乌斯克格拉斯——来称呼自己。但在他统治北英格兰初期，人们只知道他朋友或敌人给他的几个称号：“国王”“乌衣王”“黑国王”和“北方之王”。

4　这位仙军大君主的名字格外冗长晦涩。习惯上都称他为奥伯龙王。

么一名被盗走的人类孩童摇身一变就成为有史以来最伟大的魔法师了。无论在他之前之后，都曾有我们人类的孩子在仙境临界处被押作俘虏，可没有一个孩子能像他一样转危为安、逢凶化吉。和他的成就相比，我们所做的一切努力都显得微不足道、无关紧要。

汉诺威广场的诺瑞尔先生认为，什么东西只要是属于约翰·乌斯克格拉斯的，就必须从当代魔法中清除掉；就如同我们会将旧外套里的蠹虫、灰尘统统掸掉。可他想没想过手里还会剩下些什么呢？除掉约翰·乌斯克格拉斯，你我手中将什么都不剩，只有一捧空气了。

——选自乔纳森·斯特兰奇：《英格兰魔法的历史与实践》，第一卷，约翰·莫雷出版社，1816。

第四十六章

“天空对我发了话……”

一八一六年一月

这天天很阴，寒风将片片雪花吹上了诺瑞尔先生书房的窗玻璃。齐尔德迈斯正坐在书房里写业务信函。刚刚上午十点钟，蜡烛就已经点上了。屋里仅有的响动是炉里煤块灼烧的噼啪和齐尔德迈斯笔落纸上的窸窣。

致内政大臣锡德茅斯子爵

一八一六年一月八日于汉诺威广场

尊敬的子爵大人：

诺瑞尔先生希望我通知您：防止萨福克郡河水泛滥的咒语现已完工。账单将于今日发至财政部的温先生……

不知何方钟声敲响，戚戚哀哀，悠远非常。齐尔德迈斯没怎么在意，然而在钟声的影响下，房间四下里似乎越来越暗，越来越寂然。

……魔法可将河水控制在日常流经范围内。然而，萨福克郡治安长官派来评测当前桥梁及河流附近其他建筑耐受度的年轻工程师李维斯先生提出一些疑议……

一片荒寂之景出现在他眼前，他看得格外清楚，就像是自己熟悉的地方或是一幅每天都看、连看了多年的油画。这是一片开阔的景致：褐色的田野空空荡荡，废墟之上便是苍凉的灰天……

……他怀疑斯陶尔和奥威尔两条河上的桥梁能否经受得住大雨时节必然出现的较猛烈的水流冲击。李维斯先生建议立即将萨福克郡所有的桥梁、水碾和渡口彻底检查一遍，先从斯陶尔和奥威尔两条河开始。据我所知，李维斯先生已写信向您通报此事……

这片景致已不仅仅存在于他脑海中。他感觉自己身临其境，站在一条坑洼不平的古道上。这条古道围绕着一座黑山蜿蜒而上，直通天边。天边聚集起一大群黑鸟……

……诺瑞尔先生谢绝给法术制定一个时限。他个人认为河流存在多久，法术就能保留多久。不过，他建议二十年内对咒语做一次复查，望大人您批准。下周二，诺瑞尔先生将把同样的法术在诺福克郡安排就绪……

黑鸟就如同灰色天空上黑色的字迹，他感觉自己一时间似乎看懂了内容。古道上的石子变成符号，预示着旅者前方的经历。

齐尔德迈斯打了个激灵，恢复了常态。他手上一震，笔甩了出去，墨水洒得信纸上到处都是。

他莫名其妙地往四下里看了看。自己不像是在做梦。屋里熟悉的老物件都还在：一排排书架、镜子、墨水瓶、捅火棍、马丁·佩尔的瓷像。可他不太敢相信自己对周围的感知了。他不再确定书籍、镜子、瓷人确实是在那里的。就仿佛他眼前的一切只是表面躯壳，用指甲一划就能破开，露出底下寒冷、荒寂的景致。

褐色的田野有些地方遭过涝；冰冷的灰水泊一路连成串。水泊的分布是有意义的，它们是雨水在田野上书写的字迹，是雨水的法力所为——就好像灰云上翻飞的黑鸟是天空下的一道咒语，棕灰干草晃动也是因为风儿的魔力。一切都有了含义。

齐尔德迈斯从桌边一跃而起，晃了晃脑袋。他飞快地绕着屋子走了一圈，摇铃铛传唤仆人。然而，就等仆人这么会儿工夫，魔法又起效了。卢卡斯进屋的时候，他已经说不清自己究竟是站在诺瑞尔先生的书房里还是那条古道上了……

他使劲摇了摇脑袋，眨了眨眼。“主人上哪儿去了？”他说，“有情况。”

卢卡斯略关切地望着他。“齐尔德迈斯先生？您这是哪儿不舒服吧，先生？”

“先别管我。诺瑞尔先生在哪儿？”

“他去海军部了，先生。我还以为您知道呢。一个钟头前马车来给接走的。我猜他这就快回来了。”

“不，”齐尔德迈斯道，“这不可能。他不可能不在。你确定他没在楼上作法？”

“我确定，先生。我亲眼看见主人坐着马车走的。要不我让马修去请大夫吧，齐尔德迈斯先生，您看上去病得不轻。”

齐尔德迈斯刚要张口反对，就在这时……

……天空看了看他。他觉得大地耸了耸肩膀，因为大地感觉到他站在它的脊梁上。

天空对他发了话。

他从未听过这种语言。他甚至不确定这里面是否有任何字词。也许一切是靠鸟儿组成的黑字传达给他的。他是那样渺小而无告，且无处可逃。他被困在天地之间，就仿佛被一双手拢在里面。它们只要愿意，就能捏得他粉身碎骨。

天空又对他发了话。

“我听不懂。”他说。

他眨了眨眼，发现卢卡斯正俯身看着他。他呼吸变得急促起来。他一伸手，手从身旁什么东西上扫过。他扭头一看，惊讶地发现竟然是条椅子腿。他这是躺在地上呢。“怎么？……”他问道。

“您还在书房里，先生。”卢卡斯道，“我觉得您是晕倒了。”

“扶我起来。我得赶紧找诺瑞尔谈。”

“可我都跟您说了，先生……”

“不对，”齐尔德迈斯道，“你说得不对。他一定还在这里。一定还在。扶我上楼。”

卢卡斯把他扶出书房，刚走到楼梯口，他差点儿又瘫倒了。于是卢卡斯叫来了另一位男仆马修，俩人一起半推半拽地将齐尔德迈斯运送到三楼的小书房，平时诺瑞尔先生就是在这里完成他最不可告人的法术的。

卢卡斯打开房门，屋里生着一炉火，水笔、刻刀、笔架、铅笔都整齐地摆在托盘上。墨水缸是满的，扣了银盖子。书和笔记簿有些整齐地码放着，有些已经收起来了。所有物件都抹得一尘不染，擦得锃光瓦亮，摆得有序有节。诺瑞尔先生上午显然没来过。

齐尔德迈斯将仆人一把推开，站着环视四周，脸上带着些许不解。

“您瞧，先生，”卢卡斯道，“我不就这么告诉您的嘛，主人还在海军部哪。”

“好吧。”齐尔德迈斯道。

可他想不通。那诡异的法术若不是诺瑞尔所为，还能是谁？“斯特兰奇来过吗？”他问。

“没有，绝对没有！”卢卡斯怒道，“我想我很清楚自己的职责是什么，我绝不可能放他进来。您看着还是不对劲，先生。让我叫人请大夫来吧。”

“不用，不用。我感觉好点儿了，我已经好多了。来，扶我坐下。”齐尔德迈斯歪倒在椅子上，长出一口气，“你们俩还在这儿愣着干吗？”他一挥手把他们赶跑了，“马修，你没事儿可干吗？卢卡斯，给我端杯水来！”

他仍然恍惚、眩晕，不过胃里翻江倒海的感觉已经减轻了。那片景色里的一草一木他还记得一清二楚，一切牢牢固定在他脑海里。那种荒寂的、彼岸他乡的滋味，他还尝得到。不过这会儿他已经不担心自己会迷失在那里了。他已经能够思考了。

卢卡斯拿托盘端了一只酒杯和满满一瓶水回来了。他倒了杯水，齐尔德迈斯一饮而尽。

齐尔德迈斯会用一条咒语，专门用来检测魔法的存在。这法术不能揭示魔法是什么样的魔法，也无法指明谁在施法；它只能显示有没有魔法在生发。至少它应该有这个功效。这法术齐尔德迈斯过去只用过一次，什么都没测出来。于是他也不知道咒语究竟起没起效。

“再倒一杯。”他吩咐卢卡斯。

卢卡斯又倒了一杯。

这杯水齐尔德迈斯并没有喝，而是冲着它低声念叨了几个词。随后他迎着光把杯子举起来，透过它仔细端详；他慢慢改变方向，直到把屋里每个角落都透过杯子看了一遍。

什么动静都没有。

“我连自己找的是什么都不清楚。”他低声道，随后对卢卡斯说，“来，帮我一把。”

他们一起回了楼下的书房。齐尔德迈斯又举起玻璃杯，念了咒语，透过杯子察看。

还是没动静。

他走到窗边。有那么一瞬间，他觉着他看到杯底上有珍珠大小的一粒白光。

“在广场上。”他说道。

“什么在广场上？”卢卡斯问。

齐尔德迈斯没答话，而是往窗外看去。雪盖住了汉诺威广场泥泞的石头路。在白雪的映衬下，围起广场中心园地的栏杆黑得格外分明。雪还在下，同时又刮起了刺骨寒风。即便如此，广场上还有些人在走动。几乎谁都知道诺瑞尔先生住在汉诺威广场，人们来这里是打算看一眼真人。这会儿正有一位先生和两位小姐（无疑都是魔法狂热分子）站在房前，颇兴奋地盯着房子看。不远处有位黑头发的年轻人，正闲闲地靠着围栏站着。他身旁有个卖墨水的，衣衫褴褛，背上驮着一小桶墨水。右侧有另外一位女士，正背对着房子，慢慢地往汉诺威大街方向走去。可齐尔德迈斯有种感觉，他觉得这女人是突然出现在这些看客中间的。这位女士身穿一件貂皮滚边的墨绿长外套，时髦而华贵；她怀里还揣着一只大貂皮暖手笼。

那个卖墨水的齐尔德迈斯很熟——他经常从他那儿买墨水。而其他人他觉得都很陌生。“你能认出谁吗？”他问。

“那个黑头发的，”卢卡斯指了指靠在围栏上的年轻人，“他叫弗雷德里克·马斯顿。他来过好几次了，求诺瑞尔先生收他为徒。可诺瑞尔先生总不肯见他。”

“对了，我记得你跟我提过他的。”齐尔德迈斯又仔细观察了片刻，说道，“虽然看上去不大可能，但这几个人里肯定有谁在施某种法术。我得下楼去瞧瞧。来，没你我可去不了。”

广场上，魔法的力量比之前都强。忧伤的钟声在齐尔德迈斯脑海里奏响；隔着雪帘，两个世界闪烁轮换，就好像在放幻灯片——前一秒还是汉诺威广场，后一秒就成了荒寂的田野，黑色的字迹飘在天上。

齐尔德迈斯举起酒杯，准备念咒。然而咒语此时已无必要，杯子绽出柔和的白光，已然是这个阴沉冬日里最明亮的地方。这光芒比任何街灯都要清透、纯净，它在齐尔德迈斯和卢卡斯的脸上打出了奇异的阴影。

天空又对他发了话。他感觉这次是在向他提问。而自己的答案关乎重大。要是能听懂问的是什么，要是能找到合适的词组织好答案，便能道破天机——它将彻底改变英格兰魔法的面貌，而斯特兰奇和诺瑞尔到现在还未猜测到。

他努力了好久，试图听明白。这语言或咒语的意思熟悉得几乎就在嘴边了。有一瞬他觉得自己已经领会了。毕竟，活了这么多年，世间万物每天都在对他说着同样的话——只不过他从来没注意到……

卢卡斯在说话。齐尔德迈斯一定又要晕倒了，因为他发现卢卡斯正兜着他的胳肢窝，把他往上托。酒杯在石子路上摔得粉碎，白光在积雪上四散开来。

“……真是怪了。”卢卡斯道，“这就对啦，齐尔德迈斯先生，您好歹起来啦。我可从来没见您这模样过，先生，您确定您不想回屋去吗？好啦，诺瑞尔先生回来啦。他一定知道该怎么办。”

齐尔德迈斯往右边看去。诺瑞尔先生的马车正从乔治大街往广场这边拐来。

卖墨水的也发现了马车。他立刻奔向那位先生和两位小姐，毕恭毕敬地鞠了一躬，冲那先生说了几句。先生小姐齐齐回头向马车看去。随后，那位先生从兜里掏出枚镚子给了卖墨水的，卖墨水的又鞠了一躬便退下了。

那位穿着入时的女士也转了身，冲房子方向往回走，明显是打算瞧一眼英格兰头号魔法师的模样。

马车在房门口停下了。跟班的男仆从轿厢顶上下来，打开车门。诺瑞尔先生走了下来。他围脖一层一层捂得太严实，本来抽抽缩缩的小个子，这会儿居然显得挺肥壮。他刚一下车，马斯顿先生便冲他大喊一声，然后说了点儿什么。诺瑞尔先生不耐烦地摇了摇头，挥手让马斯顿先生走开。

那位衣着入时的女士从齐尔德迈斯和卢卡斯面前走过。她面孔苍白，神情凝重。齐尔德迈斯突然想到，假若有人爱动这方面的心思，他们也许会觉得她长得端庄大方。一把她模样看清楚，他突然感觉自己认识她。“卢卡斯，”他悄声问，“这女人是谁？”

“对不起，先生。我想我从来没见过她。”

在马车踏板旁，马斯顿先生越发死缠烂打，诺瑞尔先生火气越来越大。诺瑞尔先生往四周看了看，见卢卡斯和齐尔德迈斯就在近旁，于是招手叫他们过去。

就在这时，那位衣着入时的女士向诺瑞尔先生所在的位置迈了一步，一时间就好像也打算同他讲话——可讲话并不是她的目的。她从暖手笼里掏出一把小手枪，面不改色、从容不迫地对准了他的心脏。

诺瑞尔先生和马斯顿先生看着她，都愣了。

好几件事情同时发生了：卢卡斯松开了齐尔德迈斯，跑去护他的主人；齐尔德迈斯像块石头似的扑通倒地；马斯顿先生拦腰抱住了那位女士；诺瑞尔先生的车夫戴维从轿厢顶上跳下来，扭住她拿着枪的那只胳膊。

齐尔德迈斯躺在地上，枕着一地积雪和碎玻璃碴子，见那女人甩甩肩膀便挣脱了马斯顿先生——简直轻松得出奇。她把他往地上一推，他都没能再站起来——可见力气之大。她那还戴着手套的小手往戴维胸前一沾，戴维就向后飞出去好几码远。诺瑞尔先生的跟班——为他开车门的那位男仆——打算一拳将她击倒，可一拳挥过去对她毫无影响。她伸手去摸他的脸——看上去像是极轻柔地一碰——他便颓然倒地。对卢卡斯，她只拿手枪把儿去砸。

眼前发生的一切，齐尔德迈斯很难理解。他连扶带拽地把自己立了起来，踉踉跄跄往前走了五六码，说不清自己走的究竟是汉诺威广场的石子路，还是那仙境的古道。

诺瑞尔先生极度恐慌地盯着那位女士，吓得喊也喊不出、跑也跑不掉。齐尔德迈斯冲那位女士举起双手，做了个安抚的手势。“夫人……”他开口道。

她连睬都不睬。

飞舞的雪花令人目眩，他蒙了，怎么努力也留不住汉诺威广场的光景，那片神秘的异乡要把他带走了；诺瑞尔先生会被杀掉，而他一点办法也没有。

随后发生了一件怪事。

发生了一件怪事。汉诺威广场消失了。诺瑞尔先生、卢卡斯以及在场所有人都消失了。

独剩那女士一个。

她面朝着他，站在古道之上，头顶是一群骚动的黑鸟在空中翻飞。她举起手枪，背对仙境，面冲英格兰，将枪口对准了诺瑞尔先生的心脏。

“夫人！”齐尔德迈斯又一次说道。

她看着他，眼里的怒火静静燃烧。他无论说什么也阻止不了她了，这个世界里找不到理由，彼岸异乡也不会有。他只想到一件事可做，于是动了手：他握住了手枪的枪管。

一声枪响，震耳欲聋。

齐尔德迈斯猜测，是这枪声的力量将他逼回了英格兰。

他突然发现自己倚着马车踏板半坐半卧在汉诺威广场上。他想知道诺瑞尔身在何方、有没有死。他觉得应当爬起来去看看，却发觉自己其实也不太在乎，于是待在原地没动。

直到来了个大夫，他才明白：那位女士确实开枪打了个人，而那个人就是自己。

事发之后以及第二天大部分时间，齐尔德迈斯的世界一片混乱，只有疼痛和鸦片酊催生的迷梦。他有时觉得自己站在古道上，头顶会讲话的天空；这回他身边多了个卢卡斯，嘴里念叨着什么女傧相和运煤斗。天上悬着一道钢丝绳，绳子上有好多人在走。上面有斯特兰奇，也有诺瑞尔。他俩手上还举着一摞一摞的书。出版商约翰·莫雷也在，还有闻秋乐和很多别的人。有时候，疼痛从齐尔德迈斯的肩膀里溜出来满屋跑，最后躲了起来。每逢这时，他就觉得它化作了一只小兽。谁也不知道它在这里。他认为他应当告诉别人，好让别人把它赶出去。有一回，他瞥见了它的模样：一身皮毛焰火色，比狐狸还鲜亮……

出事后第二天傍晚，他在床上躺着，心里对于自己是谁、自己在哪儿、究竟发生了什么已经清楚多了。七点钟左右，卢卡斯进了屋，搬来餐桌边的一把椅子放在床头。不一会儿，诺瑞尔先生走进来，在这把椅子上坐下了。

诺瑞尔先生有好一会儿什么都没干，只是带着一脸焦虑盯着被罩看。后来他低声问了句什么。

齐尔德迈斯没听见他问什么，他按常理判断诺瑞尔先生一定是在询问他的身体情况，于是准备答说他觉得再过一两天就会好起来。

诺瑞尔先生没让他说下去，自己又高声问了一遍："你当时为什么要用'贝拉西斯之靶'[1]？"

"什么？"齐尔德迈斯问。

"卢卡斯说你施法术来着，"诺瑞尔先生道，"我让他给我描述了一下。我自然认得出'贝拉西斯之靶'。"他脸上的神色严厉起来，且像是起了疑心，"你用它干什么？而且更重要的是——你是打哪儿学来的？要是老被人这么蒙着骗着，我还怎么工作？雇个仆人就背着我学咒语，收个徒弟就一门心思打算让我白干，我觉得我还能做点儿事就已经很了不起了！"

齐尔德迈斯很含蓄地怒视了他一眼。"这咒语是你自己教我的。"

"我？"诺瑞尔先生叫起来，声音比平时高了几个调。

"是你在来伦敦之前，还守着何妨寺藏书室的时候；我那会儿还替你全国上下地跑，帮你把有用的书都买断。你当时教给我这法术，是为了万一碰见个自称实践派魔法师的人。你就担心再冒出来个魔法师，担心人家能……"

"好了，好了，"诺瑞尔先生不耐烦地说，"我想起来了。可这也解释不了你昨天上午在广场上为何要用这法术。"

1　这条探测魔法用的咒语在雅克·贝拉西斯的《原术》中有所记载。

“那是因为当时魔法无处不在。”

“卢卡斯没发现什么异常。”

“周围有没有魔法存在，卢卡斯管不着。这归我管。我从来没遇见过这等怪事。我总觉得自己是在另外一个地方。有一阵我感觉大难临头。地方具体在哪儿，我不太清楚。那地方有些奇异之处——我过会儿再给你讲——但绝对不是英格兰。我认为是仙境。什么样的魔法能带来这般效果？它又是从何而来的呢？难道说那女人是位魔法师？”

“什么女人？”

“开枪打我的那个女人。”

诺瑞尔先生气得嘤然作声。“看来子弹对你的影响比我想象中要大，”他鄙夷道，“假如她是个大法师，能那么轻易就被你制服——你真信？广场上没有魔法师，即便有也绝不会是那个女人。”

“为什么这么说？她是谁？”

诺瑞尔先生沉默片刻后说道：“沃特·坡爵士的夫人。当年我让她起死回生的。”

齐尔德迈斯也沉默片刻。“好吧，这我可没想到！”他开口道，“我能想到好几个人有充分的理由拿枪对准你的心脏，可我无论如何也想不通这女人怎会与他们同党。”

“他们说她疯了，”诺瑞尔先生道，“她是从受命看押她的人手底下逃出来，又跑到这儿杀我的——这已经足够证明她的疯狂了，我猜你也会这么想。”诺瑞尔先生一对小灰眼珠子移向别处，“毕竟，谁都知道我是她的大恩人。”

齐尔德迈斯根本没在听他讲话。“她那把枪是哪儿找来的？沃特爵士考虑事情一向很周到，很难想象他会把火器丢在她拿得到的地方。”

“那是把决斗用的手枪——沃特爵士有一对，她用的是其中一把。这枪一直锁在爵士自己书房的写字台里，装枪的盒子也上着锁。爵士说他对天发誓他太太在出事之前绝对不可能知道那里有枪。至于她从哪儿搞到的钥匙——居然两把都搞到了——大家都觉得是个谜。”

“我可不觉得是个谜。做妻子的，就算是精神不正常的妻子，想要什么就总有办法从她男人那里搞到。”

“可钥匙并不在沃特爵士手上。这才是奇怪的地方。那对手枪是他家宅内唯一的火器，爵士经常出门在外，于是自然要为自己爱人和家中财物的安全考虑。钥匙于是归男管家保管——那高个子黑人——我猜你知道我说的是谁。沃特爵士搞不懂他怎能犯这样的错误。爵士说他平时只当他这管家是全天下最可靠、最值得信赖的人。当然啦，自己家的用人究竟在想些什么，谁又能说得清呢。”诺瑞尔先生说得高兴，忘了自己对面正坐着个用人，“不过这人不太可能跟我有什么恩怨。到现在我跟他说过的话不超过三个字。当然啦，”他回到之前的话题上，“我是可以告坡夫人蓄意谋杀的。昨天我已经打定主意了。可好几个人都来劝我一定要替沃特爵士考虑考虑。利物浦伯爵、拉塞尔斯先生都这么说，我觉得他们说得也对。沃特爵士一向视英格兰魔法为友，我可不能让他后悔结交了我这么个朋友。沃特爵士已向我郑重宣誓：他会把夫人送到乡下某处，这样一来她谁也见不到且谁也别想再见到她了。”

诺瑞尔先生说到这里，并没费心问齐尔德迈斯有什么要求。虽然躺在床上受痛失血的是齐尔德迈斯，而他自己受的伤基本只有轻微的头疼和手指上一处小小的破口，诺瑞尔先生却觉得明显自己才是更受罪的那一方。

“那究竟是什么魔法？”齐尔德迈斯问。

“当然是我的魔法！”诺瑞尔先生怒道，“不然还能是谁的？是我当初让她起死回生的法术。你感觉到的、‘贝拉西斯之靶’检测出来的——都是它。当时我初出茅庐，估计有些细节不太规范，也许导致了意想不到的后果……”

“意想不到的后果？”齐尔德迈斯叫起来，声音粗哑。他突然猛烈地咳嗽起来，待呼吸平复，他接着说道：“我那会儿随时都有被带到另一个国度的危险，那里万物皆有魔力。天空对我说话！世间万物都在对我说话！怎么会这样？”

诺瑞尔先生挑起根眉毛。“我不知道。可能是你喝多了吧。”

“你什么时候听说我执行公务的时候喝过酒？”齐尔德迈斯冷冰冰地质问他。

诺瑞尔先生耸了耸肩膀，像是为自己辩护。“你干过什么我不知道。反正我觉得，你自打进了我家门，想干什么都是自己说了算。”

“可若是想一想古英格兰的魔法，那种意象也算不得太离奇。”齐尔德迈斯又把话题兜回来，“你曾经不也告诉过我，黄金时代魔法师把树木、山丘、河流等等都看作活物，以为它们也有思想、回忆和自己的意愿。黄金时代魔法师认为世间万物素常施展着某种法术。”

“有一些黄金时代魔法师是这样以为的，是的。他们这信仰都是手下仙仆灌输的，仙仆将自己非凡的法力归功于能够与树木河流等等对话并与之交友结盟的能力。可咱们没必要相信他们的信仰就是真理。我自己的魔法就不靠这些无稽之谈。”

“天空对我发了话，”齐尔德迈斯道，“假如我所见属实，那……”他住了口。

“那就怎么了？”

由于身子虚弱，齐尔德迈斯这是把心里话说了出来。他本打算说，假如自己所见属实，斯特兰奇跟诺瑞尔所做的一切不过都是小孩子的游戏，魔法比他俩想象中的要奇异且恐怖得多。斯特兰奇和诺瑞尔不过是在小客厅里玩纸飞机，而真正的魔法展开巨大的翅膀，在高不可及的无尽苍穹里飞升、盘旋、俯冲。

随后他反应过来，这种念头诺瑞尔先生听了高兴不了，于是什么都没说。

奇异的是，虽然没说，诺瑞尔先生似乎也猜到了他在想什么。

“哦！”他突然激动起来，“好啊！你也到那边去了，是不是？那我劝你赶紧去找斯特兰奇、莫雷那一伙叛徒！我看你是觉得他们的想法更符合你目前的心态吧！我想他们一定特别欢迎你加入。然后你就能把我所有的秘密都告诉他们！我猜他们报酬给得一定不会少。我就这样毁了，然后……”

“诺瑞尔先生，您镇定一下。我并没有另找东家的意思。我伺候完您就不会再干这一行了。”

又是片刻的沉默，兴许给了诺瑞尔先生一点时间觉悟，他想到跟一个昨天才救了自己一命的人吵架毕竟不太合适；再发话时，听上去没那么不讲理了：“我猜还没人告诉你吧，斯特兰奇的太太死了。”

“什么？”

“死了。沃特爵士告诉我的。都知道她是冒雪出去散步来着。实在是没脑子。两天后就死了。”

齐尔德迈斯浑身发冷。那荒凉的地方突然逼近了，就藏在英格兰这一层躯壳之下。他依稀看见自己又踏上那条古道……

……阿拉贝拉·斯特兰奇也在路上，就在他前面。她背冲着他，在出言有法的苍穹之下，独自走向冰冷、灰黑的远方。

“我听说，”诺瑞尔先生说了下去，完全没注意齐尔德迈斯突然脸色发白、呼吸困难，“斯特兰奇太太一死，坡夫人特别难过。她这反应完全不合情理。俩人过去似乎是好朋友。这我刚刚才知道；不然的话，我兴许就……”他没说下去，脸上洋溢着各种不为人知的情感，“不过现在都无所谓了，这俩人一个疯了一个死了。听沃特爵士那意思，坡夫人似乎认为我从某种意义上讲应当对斯特兰奇太太的死负责。”他顿了顿，随后为了防止真有人这么怀疑，又补了一句，“当然这纯属胡说八道。”

话音刚落，诺瑞尔先生为齐尔德迈斯请来的两位名医进了屋。他们见诺瑞尔先生也在屋里，感到十分惊讶——又惊又喜。他们满脸笑意，又是屈膝又是哈腰，一切说明他们觉得诺瑞尔先生看望手下用人真是他这位伟人屈尊俯就的好例子。他们对诺瑞尔先生说，他们很少见到哪家主人对手下人的健康这么关注，也很少见到哪家用人和主人关系这么紧密——且并非只因工作关系，更多则是出于尊敬与爱戴。

诺瑞尔先生再与众不同也像大部分人一样经受不住奉承话的考验，他以为自己也许真的是在做什么格外高尚的事情。他伸过手去，打算以一种既友好又不失身份的方式拍拍齐尔德迈斯的手，却撞上齐尔德迈斯冷冰冰的目光，于是改了主意，咳嗽一声离开了屋子。

齐尔德迈斯目送他离开。

闻秋乐说过：是巫师，都扯谎；这一位，比谁都扯！

第四十七章

“一个黑小伙，一个蓝小伙——总得意味着点儿什么。”

一八一六年一月底

沃特·坡爵士的马车在约克郡一条荒寂无人的路上行驶。史蒂芬·布莱克骑匹白马跟在一旁。

路两侧瘀青色的荒原直连上灰黑色的天，天眼看就要下雪。奇形怪状的灰石头遍野皆是，令这里的景致看上去更加凄凉、蛮荒。偶尔一线斜阳穿过云层，片刻将泛着白沫的溪流点亮，照得那积满水的坑洼灼灼发光，就仿佛一枚银角子落在地上。

他们行至一处岔路口。车夫勒住马，阴着脸盯住一块他认为本该有指路标的地方。

“这儿没有路石，”史蒂芬道，“看不出这几条路分别是往哪儿走的。”

“你们总以为这些路一定会走到哪儿去，”车夫道，“我已经开始怀疑了。”他说罢从兜里掏出个鼻烟壶，捏出一大撮烟末，深深地嗅了嗅。

坐在车夫旁边轿厢顶上的那位男仆（目前是三位跟班儿里最冷最受罪的那一个）骂约克郡的人、约克郡的路——把整个约克郡骂了个全。

“咱们应当继续往北或者东北走，我觉得，”史蒂芬道，“不过我在这片荒野上有点儿转向。你能看出来哪边是北吗？”

这话是问车夫的，车夫说他现在看哪个方向都像北。

车顶上的男仆短短一声苦笑。

见这帮随从全无用处，史蒂芬只好拿出专门对付这种情况的老办法：他自己当上这次出远门的总指挥。他叫车夫选一条路走，自己走另一条。“我要是走对了，就回来追你，或者派人给你送个信儿。假如你走对了，就把该送的人送到，不用管我了。”

史蒂芬骑马上路，疑惑地看着眼前时不时出现的一条条小径。他碰见另一位独行者，向人家问了问路，可那人也跟他一样是头回来这片荒野，从没听说过史蒂芬问的那个地方。

他后来走到夹在两面墙之间弯弯曲曲的一条窄巷。墙是依本地土法拿干石头垒的，不抹灰浆。他进了这条窄巷。巷子两侧过了围墙各有一排光秃秃的树。天上落下了第一片雪花。他通过一座窄窄的驮马桥骑进一个村子，村里只有死气沉沉的石屋和坍塌的石墙。四周安静极了。村里没多少房子，掰着手指头都能数得过来，他很快便发现了自己要找的那一栋。这房子长而低矮，附带一片石砖墁地的前庭。他把这里低矮的屋顶、老式平开窗还有那长满青苔的石砖打量了一番，脸上显得极为不满。“喂！”他喊了一声，“有人吗？”

雪下得越来越急了。两个男仆从房子侧面某个地方跑了过来。他们打扮得干净整齐，态度却慌张莽撞，史蒂芬见了直皱眉，心想这俩人真该归他调教。

这俩男仆见院子里来了一位骑着白马的黑人，都看呆了。其中一个胆子大些，冲他屈屈膝盖，算是鞠了半个躬。

“这儿就是望穿堂吗？”史蒂芬问。

“是的，先生。”胆大的那个男仆答道。

“我替沃特·坡爵士来这儿办事。去把你们主人叫来。”

男仆跑去叫了。不一会儿，大门开了，出来一个身材瘦削的黑发男人。

“您是疯人院的负责人吗？”史蒂芬问道，“您就是约翰·斯刚德斯？”

“是的，没错！”斯刚德斯先生叫道，“欢迎！欢迎！”

史蒂芬下了马，把缰绳往用人手里一扔。“这鬼地方忒难找了！我们在破荒地里兜了一个钟头。您能派个人过去把坡夫人的马车带这儿来吗？他们在两里外的岔路口处就上了左边那条路。”

“没问题。马上就去。”斯刚德斯先生让他放心，“让你们折腾半天，十分抱歉。这地方您也瞧见了，僻静得很。可这不正合了沃特爵士的意。坡夫人她还好？”

“夫人她跑这一趟，已经累坏了。”

“接待工作一切就绪。不过……”斯刚德斯先生领史蒂芬往宅子里走，“我知道这里跟夫人她常待的地方不能比……”

穿过短短一条石廊，他们进了一间屋子。刚见过屋外凄凉幽暗的景致，屋内的反差令人愉悦：一切都是那样舒适、讨喜。房间里挂着油画，摆着漂亮的家具，地毯柔软，灯光喜庆。夫人累了有脚凳歇脚，冷了有屏风挡风；想读点儿什么的话，也不缺消遣读物。

“还不够好？”斯刚德斯先生一脸焦虑，“我看您的表情就知道不够好。”

史蒂芬张口打算告诉斯刚德斯先生——在自己眼中，这里的东西都变了模样。他能看见坡夫人进屋以后所能看到的一切：椅子、油画、灯火都会变得影影绰绰。虚影之下更坚实、牢靠的则是丧冀那荒凉、灰黑的厅堂和楼道。

可说这些又有什么用呢。话一出口就全都变成胡言乱语：比如说有种啤酒是由怒火加复仇之心酿造的；再比如说月亮一圆，有些女孩子的泪水就化作蛋白石和珍珠；而月亮一弯，她们的脚印里就蓄满了血。他最后只好说：“不不不。已经足够了。夫人她什么都不缺了。”

很多人听了，会觉得这反应有点儿冷淡——尤其是像斯刚德斯先生这么努力的人——可斯刚德斯先生并不在意。“您家夫人就是当年诺瑞尔先生给复生了的那位？”他问。

“是的。”史蒂芬道。

“只此一举，奠定了英格兰魔法整条复兴之路的地基！”

“是的。”史蒂芬道。

“那她还想杀他！这事儿怎么看都奇怪！真是太奇怪了！”

史蒂芬什么都没说。在他看来，一个看管疯人院的琢磨这些事情不太合适；就算琢磨也琢磨不到点子上。

为了不让斯刚德斯先生总想着坡夫人和她的罪名，史蒂芬说：“沃特爵士点名挑了您这里。我不知道他听了谁的推荐。您干这一行挺长时间了吧？”

斯刚德斯笑起来。“不长，一点儿都不长。其实才俩礼拜。坡夫人是我头一位病人。”

“原来如此！”

“我猜沃特爵士觉得我缺乏经验反倒是好事！干这一行的人惯于独断专横地让病人干这干那并对他们强加约束——沃特爵士可不想让自家夫人受这种待遇。不过，您瞧，这种习惯我是没有的，所以也用不着改。您家夫人在这儿只会被尊敬、被善待。此外，除了想到些防患于未然的小举措——比如说不能让她见着枪或者刀——在这里我们就拿她当客人一样，会尽力让她高高兴兴的。”

史蒂芬颔首应许了这些方案。“您是怎么到这儿来的？”他问。

“到这房子来？”

“不，我是说看管疯人院这营生。”

“哦！很偶然的机会。去年九月，我有幸遇上一位姓莱诺克斯的夫人，她后来就成了我的出资人。这房子是她的。她找房客找了好多年没遇上合适的，见了我觉得投缘，想帮我一把；于是她打算在这片地方搞点什么经营，让我负责管理。我们最初想开个魔法师学校，可……”

“魔法师！”史蒂芬惊叹道，“您跟这些人有什么关系？”

“我就是个魔法师。我都当了一辈子了。”

“原来如此！”

史蒂芬看上去受了极大的冒犯，搞得斯刚德斯先生第一个反应是去向他道歉——可就为了自己是魔法师，他也不知能道出什么歉来。他说了下去：“可诺瑞尔先生不赞成我们建校这个方案，他派齐尔德迈斯来警告我。先生，您认得齐尔德迈斯吗？”

“只是见过，”史蒂芬道，“没说过话。”

“一开始莱诺克斯夫人和我决心跟他对着干——我是说诺瑞尔先生，不是齐尔德迈斯。我给斯特兰奇先生去了封信，可信寄到的当天上午斯特兰奇先生的夫人就失踪了，而且——我猜您也听说了——没过几天那可怜的夫人就去世了。”

史蒂芬一时间好像要说点儿什么，随后却只晃了晃脑袋。斯刚德斯先生继续道：“没了斯特兰奇先生帮忙，我知道我们必得放弃办学了。我特意去了一趟巴斯向莱诺克斯夫人汇报情况。她一片好心，说以后很快就会再有别的方案。不过我得承认自己离开她家的时候心情糟透了。还没走几步，就看见一幅异象。路当中有个人穿着破旧的黑衣裳，红肿的双眼里不见一丝理智与希望。他抡起双臂推开袭击他的幽灵，大喊大叫，求它们放过他。可怜的人啊！对身体有病的人来说，睡眠也许是暂时的解脱。可直觉告诉我，这个人的心魔即使在梦里都不会把他放过。我往他手里塞了几个小钱，便继续赶路了。我不记得我在路上特意想到过他，可回来一进这宅子，就发生了件怪事。我眼前出现了我得称之为幻影的东西。我看见那个疯子发着狂站在大厅里——就跟我在巴斯见着他的时候一模一样。我突然意识到了什么。我发现这栋房子寂静、偏远，对心灵受过伤害的人而言也许是个好地方。我于是写信给莱诺克斯夫人，她赞成我这新方案。您说您不知谁向沃特爵士推荐了我们。是齐尔德迈斯。齐尔德迈斯先生说过，他能帮就一定会帮我的忙。”

史蒂芬说：“先生，假如您能对您的身份以及学校的事避而不谈——至少一开始先别谈——就再好不过了。无论此间还是彼界，再没什么比受魔法师奴役更令夫人她痛苦的了。”

“奴役！”斯刚德斯先生惊叹道，“这词太蹊跷了！我真心希望没人会觉得我是在奴役他们！尤其希望您家夫人别这么想！”

史蒂芬将他细细端详片刻。“我敢说您这魔法师当得肯定跟诺瑞尔先生特别不一样。”他说道。

“我希望真能如此。”斯刚德斯先生一本正经地说。

一个钟头后，只听得院子里微微一阵喧闹，史蒂芬和斯刚德斯先生便出门迎接坡夫人了。马和马车无论如何挤不上那座驮马桥，于是此次行程最后的五十码路，坡夫人只得徒步完成。她带着些许惶恐走进望穿堂的前院，环顾四周凄寂的雪景；在史蒂芬看来，不知得有多狠的心肠，才肯眼睁睁看她这么年轻漂亮、惨遭折磨，而不愿尽己所能去保护她。他在心里咒骂着诺瑞尔先生。

她身上似乎有什么东西吓着了斯刚德斯先生。他低头看看她左手，可她手上戴着手套。他很快恢复了常态，把她迎进了望穿堂。

在会客室里，史蒂芬给他们端上茶点。

“我听说夫人您因斯特兰奇太太过世受了很大打击，”斯刚德斯先生道，“不知能否向您表达我的哀悼？”

坡夫人别过头去，不让人见她流泪。“哀悼应当冲她表达，而不是冲我。”她说道，“我先生问我想不想让他给斯特兰奇先生写信借张斯特兰奇太太的画像，复制了留给我，好让我心里好受点。可这又有什么用？我怎么可能忘了她的长相——毕竟我俩每天夜里都一起参加舞会和仪仗队，而且我猜以后一辈子都会这样。史蒂芬知道，史蒂芬都明白的。”

“啊，对了，”斯刚德斯道，“夫人您害怕跳舞和音乐，这我知道的。您放心，咱们这里一样都不许。不讨喜的事情，对您幸福快乐没有帮助的事情，咱们一样都不干。”他讲起他计划了哪些书他们可以一起读，讲起开春以后可以去哪里散步——就看坡夫人是否乐意。

史蒂芬忙着安排吃喝，听他们谈的东西再寻常不过——除了有那么一两回，他发现斯刚德斯先生的目光从坡夫人身上扫到自己身上又扫回去，眼神尖利而具有穿透性。他感到莫名其妙，同时心里也很不舒服。

马车、车夫、随身女佣和男仆是要留下来跟坡夫人一起住在望穿堂的。而史蒂芬还要回哈里大街去。第二天一早坡夫人吃早饭的时候，史蒂芬进去道别。

他冲她鞠了一躬，她冲他一笑，带着几分戚哀，却也有几分真想笑。“这么告别真是滑稽，咱俩都知道再过几个小时又能再见了。别担心我，史蒂芬。我在这儿一定比在家舒服，我觉得一定会的。”

史蒂芬走去马厩，他的马已经站在院里等他了。正戴手套，他听见身后有个声音：“不好意思！”

斯刚德斯先生来了，还是那样小心翼翼、谦逊多礼。“能不能问您个事？您和您家夫人周身缠绕的是什么法术？”他伸出手，就好像要拿手指头去抹史蒂芬的脸，“您嘴上有朵红白相间的玫瑰花。夫人嘴上也有一朵。这是怎么回事？”

史蒂芬伸手摸摸自己的嘴，嘴上什么都没有。然而一瞬间他突然冒出个疯狂的念头，打算把一切都告诉斯刚德斯先生——自己和两位夫人遭了怎样的妖术蛊惑。他把斯刚德斯先生看作是能理解他的人，一位技艺超群的魔法师——比斯特兰奇和诺瑞尔都强得多——有办法阻止那白毛先生作祟。然而，这些念头都是转瞬即逝的浮想。转眼间，史蒂芬对英格兰人——尤其是英格兰魔法师的那种天生的不信任，又都回来了。

“我不懂您是什么意思。”他匆匆说罢便上马离开了，再没多留一句话。

当天的路况是他在冬日里碰见过最恶劣的。地上的泥被冻得沟沟坎坎，其硬如铁。田野和道路上都结了厚厚一层白霜，冰冷的雾气为四周又添几分昏暗。

他骑的马是白毛先生无数的馈赠之一。这匹马浑身乳白，一根杂毛也没有。不仅如此，它跑得快、身体壮，对史蒂芬也算尽了马对人类所能尽的情义。他给它取名“翡冷翠”；他疑心就算是摄政王或是威灵顿公爵都不一定有他这么好的马。他这么个黑仆拥有一匹举国无双的良驹，可无论他走到哪里，谁见了也不会说他不配——这也算是他遭巫蛊后离奇经历的特点之一。

在望穿堂以南大约二十里的地方，他骑到一片小村庄里。路拐了个急弯，拐过去以后右边是一栋讲究的大宅和花园，左边是一排坍塌的马厩。史蒂芬骑到这座宅院的入口处，一辆马车突然从院子里的弯路拐出来，差一点就撞上他了。车夫看看四周是什么吓着了他的马，害得他拉紧缰绳把马勒住。发现只是个黑人，他便一扬手里的鞭子抽了过去，没抽着史蒂芬，却撩到翡冷翠右眼上面一点点。翡冷翠又疼又惊，翻身后仰，蹄子在结冰的路面上打了滑。

一时间天旋地转。等史蒂芬再回过神来的时候，他发现自己已经在地上了。翡冷翠摔倒了，他被甩离了马背，可左脚还别在脚镫子上，左腿扭成个吓人的角度——他觉得肯定已经断了。他把左脚挣脱出来，在地上坐了片刻——脑袋已经吓蒙了，胃里直泛恶心。脸上感觉有什么湿乎乎的东西正一道一道往下流，双手也在摔下来的时候磨破了皮肉。他试着往起站，发现还能站起来，于是松了口气：左腿估计摔青了，但并没有断。

翡冷翠躺在地上喘粗气，怒目圆睁，眼珠滴溜溜地转。他奇怪这畜生怎么不自己翻起身来或者至少是踢腾一番。它只是整个身架子止不住地颤抖，此外一动不动。它四腿僵直，伸张着的角度很别扭。他这才想到：它动不了了；它后背摔折了。

他看了看那栋大宅，不知可会有人出来帮他一把。窗边一个女人露个头又不见了。史蒂芬有个浮光掠影的印象，觉得她服饰高雅，神情冷漠高傲。她发现她自己的手下人和财物并未受损，便放心地走开了，史蒂芬再没见着她。

他跪在翡冷翠身边，抚摸它的头和肩膀。随后他从鞍袋里掏出一把手枪、一只装药筒、一根推弹杆和一颗子弹。他往枪里装好火药，压入底火，站起身来，将击锤完全扳开。

然而他下不了手。它是多好的一个朋友；他不忍心杀掉它。绝望之中，他正欲放弃，只听得身后小道上一阵吱嘎作响，拐弯处来了一辆二轮马车，由一匹步履蹒跚、模样温和的高头大马拉着。这是辆邮车，邮差自己正在车里坐着——大块头，水桶腰，脸盘圆而肥厚，身上穿件出土文物似的外套。他一看见史蒂芬，就把马勒住了。“欸，小伙子，干啥呢？”

史蒂芬拿枪指了指翡冷翠。

邮差从车上爬下来，走到史蒂芬面前。“这畜生真俊。”他话音亲切，拍拍史蒂芬的肩膀，喷了他一身白菜味儿的同情，“不过，小伙子啊，你现在也救不了它了。”

他看看史蒂芬的脸，又看看史蒂芬的枪。他伸手轻轻抬起枪筒，将它对准翡冷翠颤抖的头部。看史蒂芬还不开枪，他说道：“要不要我替你，小伙子？”

史蒂芬点点头。

邮差接过枪。史蒂芬别过头去。枪响了——声音恐怖——随后立刻是一阵狂野的啼叫、一阵羽翼的扑腾，这是附近的鸟儿全在一瞬间飞上了半空。史蒂芬回头看去，见翡冷翠身子抽搐了一下就再也不动了。

"谢谢您。"他对邮差道。

他听见邮差走远，以为人家离开了。可没多会儿邮差又回来了，拿胳膊肘拱了拱史蒂芬，递给他一个黑瓶子。

史蒂芬咽了一口——是最糙的那种杜松子酒。他咳嗽起来。

虽说史蒂芬的衣服、鞋子加起来够买两套这种马拉邮车都不止，邮差仍兴高采烈地自以为高他一等——白人遇见黑人时的惯常反应。他琢磨了琢磨，对史蒂芬说他们首先应当找人把马的尸首处理掉。"这畜生值不少钱——甭管活的时候还是死了以后。你家主人要是听说有什么外人把马跟钱都卷了走，肯定高兴不了。"

"它不是我主人的马。"史蒂芬道，"是我自己的。"

"欸，"邮差道，"快看！"

一只渡鸦落在翡冷翠乳白色的侧腹上。

"不！"史蒂芬大喊一声，上前要把鸟儿轰走。

邮差拦住了他。"别呀，小伙子！别！这是福气。我还没见过比这还好的兆头呢！"

"福气！"史蒂芬道，"您什么意思？"

"这不是过去国王的标志吗？白地儿飞黑鸦。老约翰的旗帜！"[1]

邮差说他知道附近有个地方，只要史蒂芬给钱，那里人就能帮他安排处理掉翡冷翠的尸体。史蒂芬于是爬上车厢，邮差驾车将他带到一片农场上。

农夫从来没见过黑人，见自家院子里来了这样一位怪客，大为震惊。他无论如何也不肯相信史蒂芬讲的是英语，就算亲耳听见了也不

1　约翰·乌斯克格拉斯的纹章是一只正在飞翔的渡鸦（学名是"渡鸦展翅"），描绘的是黑色的渡鸦飞在白色的原野上。

信。邮差很理解这农夫的困惑，于是站在史蒂芬身旁，史蒂芬每说一句话，他就重复一遍，以便农夫领会。然而这也没用。农夫谁也不理，只顾目瞪口呆地盯着史蒂芬，并对史蒂芬评头品足起来，说给身旁同样看得入神的一个伙计听。农夫说他想知道史蒂芬摸了东西以后手上的黑会不会掉色，此外还做了其他一些更为无礼、更令人讨厌的推测。史蒂芬仔细教他如何处理翡冷翠的尸体，都等于白说。直到这农夫的老婆从附近的集市回来了，事情才有了转机。他老婆跟他完全不是一种人。在她看来，只要穿戴讲究、坐骑（死的也算）值钱的，都是绅士——人家爱长什么颜色长什么颜色。她告诉史蒂芬有个卖猫食的从农庄上收死马，剔掉肉，把骨头和蹄子卖了熬胶。她告诉他卖猫食的一般给什么价，并说钱到了手只要能分给她三分之一，她一定把事情都安排好。史蒂芬应了她。

史蒂芬和邮差一起从农家院场里出来，回到了小路上。

“谢谢您，”史蒂芬道，“要是没您帮忙，这事情可就难办多了。给您添麻烦了，我一定要给您补偿的。只是我恐怕还得再麻烦您：我现在没法回家了。要是您能把我捎到离这里最近的驿站，我将不胜感激。”

“不成！”邮差道，“把你那小钱袋儿收回去，小伙子。我把你拉到唐卡斯特，一文不要你的。”

说实话，史蒂芬还是更想到驿站去；可邮差好不容易找到个旅伴，满心喜欢——这时候只有跟他同行才显得体贴，不至于辜负人家的好意。

邮车一点点向唐卡斯特前进，沿着乡间小道走到客栈和村庄的时候，由于来路不寻常，总令人家意想不到。他们往这家送一座床架，往那家送一只水果蛋糕，同时也接收了无数奇形怪状的包裹。有一回他们走到林间一座极小的茅屋旁，这小屋孤零零地立在一道高高的枯篱笆后面。屋里出来个老态龙钟的女佣，把一只骨架子似的旧黑漆鸟笼交到他们手上——鸟笼里还站着一只小小的金丝雀。邮差告诉史蒂芬这玩意儿是一位老夫人的，老夫人去世了，东西就要送到她在塞尔比南边住的侄孙女那里去。

刚把金丝雀藏到车厢后部不一会儿工夫，那地方就不可思议地传来一阵阵雷鸣般的呼噜声，把史蒂芬吓了一跳。那么小一只鸟儿不太可能闹出这么大动静，史蒂芬于是猜测这邮车里一定还有别人——到目前为止还未有幸谋面。

邮差从篮子里掏出挺大一块猪肉馅饼和一大方干酪。他拿大刀切下一块馅饼，像是要递给史蒂芬，可突然又犹豫了。“黑小伙跟咱吃的一样吗？”他问道，仿佛怀疑人家有可能只吃草或是非洲紫罗兰。

“吃的一样。”史蒂芬道。

邮差给了史蒂芬一块馅饼外加一些干酪。

“谢谢您。您车上带的那位就不想吃点儿什么吗？”

“有可能。等他醒了再说吧。我是在里彭让他上车的。他身上一个子儿没有，我只当他是个唠嗑的伴儿。刚上车的时候他挺能聊，走到巴勒布里奇那会儿他就睡着了，到现在除了睡啥也没干。”

“真够烦人的。”

“我倒不在乎。现在有你陪我说话了。”

“这人一定是累坏了，”史蒂芬若有所思道，“把马毙了那一枪没吵醒他，去找那傻乎乎的农夫的时候他也没醒，后来送床架子、鸟笼子——白天里那么多事儿，他都睡过去了。他这是要去哪儿？”

“他？哪儿也不去。他四处游荡，说是遭伦敦什么名人迫害，在哪儿都待不长——不然的话，伦敦那人的手下就该追上他了。”

“真的？”

“他是蓝的。”邮差说。

“蓝的？”史蒂芬糊涂了。

邮差点了点头。

“什么意思？冻青了，还是挨了揍？”

“哪儿的话，小伙子。你有多黑，他就有多蓝。嗳，我车上坐了一个黑小伙和一个蓝小伙！假如碰见黑小伙是个好兆头——绝对没错，就跟碰上黑猫似的——同样地方再添个蓝小伙，总得意味着点儿什么。可究竟是什么呢？”

“可能确实有点儿什么意味，”史蒂芬提示道，“不过不是对您。兴许是对他来说，或者对我。”

“不会，不可能，”邮差抗议道，“明明是我撞见的。”

史蒂芬想到那来历不明的人肤色奇异，便问：“他是不是得了什么病？”

“有可能。”邮差道，不肯下定论。

东西吃完，邮差开始打盹儿，不一会儿便睡熟了，缰绳还握在手里。邮车稳稳当当地走在路上，全凭马儿指挥——这畜生意识相当好，判断力也强。

这一日行程，把史蒂芬折磨得够呛。怜坡夫人被迫离家，怜自己的马命丧枪下，他的心情已然十分沮丧，自是乐得少听几句邮差啰嗦。

走着走着，他听见有人低声念叨，知是那蓝人醒了。一开始辨不出他在说些什么，后来就听了个真切：“远在异乡，无名奴隶将称王。”

他听了浑身发抖，这话强烈地迫使他想起白毛先生要推他做英格兰国王的承诺。

天渐渐黑了。史蒂芬勒住马，跳下车厢，把车上挂的三盏旧灯笼点亮。正要爬回车厢顶上去，一个破衣烂衫、蓬头垢面的人忽地从车厢背后钻了出来，跳到结了冰的地上，往他面前一站。

这邋里邋遢的人借灯笼的光打量着史蒂芬。“咱们到了吗？”他哑着嗓子问。

“咱们到哪儿了？”史蒂芬问。

这人想了想，决定换种问法。“咱们这是在哪儿？”他问。

“哪儿也不是。在一个叫作阿勒斯凯夫的地方和一个叫作索普威洛比的地方之间，我猜。”

虽说这是他自己要问的，可告诉他了，他却不像太有兴趣听。他身上脏兮兮的衬衫一路敞到腰间，史蒂芬发现邮差对他的描述实在太误导人。这人的蓝法跟史蒂芬的黑法不是一回事。他像只隼，瘦骨嶙峋，模样怎么看都不上等；皮肤若是在正常状态下应当同一般英格兰人无异，可上面布满了蓝色的线条和花式笔道，还有蓝点和圆圈。

“你认不认识约翰·齐尔德迈斯——那巫师的手下人？”他问。

史蒂芬吓了一跳——同一个问题一天之内被陌生人问两回，任谁也得吓一跳。“只是见过。没说过话。”

这人咧嘴笑笑，眨眨眼睛。“他找了我八年，到现在还没找到我。我这次是要去他主人约克郡的宅子瞧瞧。那宅子建在一片大庄园里。我是打算偷点儿什么走的。我在他伦敦家中吃过他几块馅饼。”

发现身边来了个供认不讳的贼，史蒂芬心里虽有点儿不舒服，但一听他要盗的是那魔法师的东西，不禁产生了些志同道合的意思。毕竟，若不是因为诺瑞尔先生，坡夫人和他也不会被巫蛊缠上。他伸手从兜里掏出两克朗。“给！”他说道。

“这是干吗？”对方疑心地问（钱倒是都拿走了）。

“觉得你可怜。”

“为啥？”

“假如我听说的没错，你连个家都没有。”

这人又咧嘴笑了起来，挠了挠脏乎乎的腮帮子。“假如我听说的没错，你连名字都没有！”

“什么？”

“我可有名字。我叫闻秋乐。”他一把抓住史蒂芬的手，“你怎么不躲？”

“我不躲。”

“你躲了，刚才就躲了。”

史蒂芬犹豫了一下。“你身上净是印子，皮肤颜色都变了。我觉得这些印子可能说明你身上有什么病。”

“我这一身皮可不是这个意思。”闻秋乐道。

“‘意思’？”史蒂芬道，“这词儿用在这儿真怪。不过也没错——人的皮肤有可能意味着很多事情。我这一身皮意味着任何人都可以在公共场合对我大打出手且不用担心后果，意味着我的朋友们并不都愿意在街上被人看见同我在一起。无论我读过多少书，懂几国语言，有这一身皮，我只是个稀罕玩意儿——跟会说话的猪、会算数的马没什么不同。”

闻秋乐咧咧嘴。“我这一身皮的意思倒跟你的正相反。它的意思是说你将来会被推至万人之上，做个无名国王；你的王国在等你出现，你的敌人终会毁灭；而且这一刻即将到来。无名奴隶，头戴银冠；远在异乡，无名奴隶将称王……”

闻秋乐紧紧攥着史蒂芬的手，把整段预言背诵完毕。“好了，”背完后，他说道，“这些话我已经对两位魔法师讲过了，现在也告诉你了。我这头一样任务就算完成了。”

“可我又不是魔法师。”史蒂芬道。

“我没说你是。”闻秋乐道。说罢，也没打声招呼就松开史蒂芬的胳膊，把身上的破袄紧紧裹了裹，一步踏入灯笼光晕之外的黑暗，走掉不见了。

几天后，白毛先生说他突然特别想看猎狼——他声称已经好几百年没看过了。

此时在瑞典南部正好有一场，于是他带着史蒂芬瞬间转移到了那里。史蒂芬发现自己站在雪林间一棵老橡树巨大的树枝上。站在这里，他能很清楚地看见一小片空地，空地上插着高高一根木桩，木桩顶端安着一架古旧的木车轮，车轮顶上紧紧地捆着一头羊羔——正痛苦地咩咩叫。

一族狼悄声不响地从树丛里摸出来，皮毛结了霜雪，目光如饥似渴地盯着那头羊。狼群一冒头，便听得林子里犬吠声四起，只见人骑着马飞速逼近。一群猎犬拥入那片空地；领头的两只猎犬飞身扑向一匹狼，三头兽扭作一团，龇牙低吼，撕咬扑腾，只看得见躯干、腿脚和牙齿。猎手骑马上前，开枪将那匹狼打死。其余的狼四散逃入黑暗的树林，猎人、猎犬一路追击。

猎杀在一处渐渐消停，白毛先生便带着史蒂芬靠法术从空中飞往兴许会更热闹些的地方。他们就这样从树顶飞到树顶，从山坡飞上露头岩。有一回，他们飞到一座教堂钟楼的顶端，下面整整一个村都是木头房子。房子窗户和门洞的形状古雅有趣，像是童话里才有的东西；房顶薄薄撒着的一层干雪，在阳光下闪闪发亮。

他们在林间一处僻静的角落等猎人们出现，这时一匹独狼从他们所在的树下走过。这匹狼算得上是同类里模样最英武的，生得一双漂亮的黑眼睛，毛色如湿漉漉的青石板。它抬头往树上看去，对白毛先生发了话；话音听上去就仿佛石头上水声潺潺，仿佛枯枝间风儿哀叹，仿佛落叶在火里噼啪燔燃。

白毛先生操同一种语言作了答，随后冷冷一笑，挥手赶走了它。

狼走掉之前，最后看了白毛先生一眼，满眼都是谴责。

“它求我救他一命。”白毛先生解释道。

“噢，先生，您就不能救救它吗？我真不愿看这么高贵的动物死去！”

“菩萨心肠的史蒂芬啊！”白毛先生听上去十分喜欢，可他并没去救那匹狼。

看了半天猎狼，史蒂芬没得到丁点儿快乐。猎人诚然勇敢无畏，猎犬也是忠义卖力，可翡冷翠才死了不久，史蒂芬实在无法把任何生灵的死亡当作享受，何况还是狼这样强壮、英武的野兽。一想起翡冷翠，他意识到还没把邮车上遇见蓝皮人以及那段预言告诉白毛先生。于是他就说了。

“是吗？好吧，真是意想不到！”白毛先生道。

“先生，这预言您之前听过吗？”

“听过，当然听过！我熟得很。我这一族人都耳熟能详。这预言说的是……”白毛先生说的这个词儿史蒂芬没听懂，[2]“说他的英文名字，你们就熟悉多了——约翰·乌斯克格拉斯，乌衣王。不过我想不通的是，这预言在英格兰怎么还有人知道。我以为英格兰人早不再关心这些事情了。”

“无名奴隶！这是说我吧，先生，是吗？这段预言似乎讲出了我是怎样当的国王！”

“啊，你当然是要做国王了！这话是我说的，而在这种事情上我从来没说错过。不过，史蒂芬，虽说我对你一片深情，可这预言确实跟你毫无关系。其中大部分内容都和英格兰魔法复兴有关。你刚才背诵的那一段并不是什么预言，那是乌衣王在回忆自己如何征服了三座王国——英格兰一座，仙境一座，地狱一座。所谓无名奴隶，是在说他自己。他在仙境的时候曾经是个无名的奴隶——还是个人类孩童的时候，他被一个特别邪恶的仙子从英格兰偷走，藏到一座墣落里。”

2　说的大概是最初仙人给乌衣王取的名字，乔纳森·斯特兰奇认为该词的意思是“燕八哥”。

史蒂芬莫名感到失落，虽然他说不清为什么。毕竟哪儿的国王他都不想当。他不是英格兰人，也不是非洲人。他不属于任何地方。闻秋乐的话令他一时间有了归属感，以为自己参与了某种既定的进程，对未来似乎也有了打算。然而这一切不过是梦幻泡影。

第四十八章

版　画

一八一六年二月底至三月

“你变了。见着你可把我吓得不轻。”

“我变了吗？你这么说我可没想到。我兴许是瘦了一点，其他方面有什么变化我可不知道。”

“不，是你的表情，你的神态，你的……某个地方。”

斯特兰奇微微一笑，或者不如说是脸上哪里拧了一拧。沃特爵士只当他是在微笑。爵士已经不大记得以前他笑起来是什么样子了。

“都是这些黑衣裳，”斯特兰奇道，“我现在就像是葬礼残留下来的一块余孽，无处可逃，只好在城里晃来晃去；人家见了我就仓惶不安，想到自己也终有一死。”

他二人这是在科芬园的贝德福德咖啡馆，沃特爵士选了这里，是因为过去他们曾在这里过得特别愉快；他想着再来兴许能让斯特兰奇的情绪好一点儿。然而，在这样一个夜晚，就连贝德福德咖啡馆也欠喜庆：屋外，寒冷的黑风把人吹得四处飘摇，黑雨直迷人眼。咖啡馆内各个房间坐满了浑身潮湿、郁郁不乐的男士，像是把一股阴郁的雾气养在了屋里。为了赶走它，店伙把煤一铲一铲往炉里添，把加香热酒一杯一杯往客人肚里灌。

沃特爵士进门时见斯特兰奇正在一个小本子上奋笔疾书。他冲那本子歪歪头，说道：“看来你还没放弃魔法？”

斯特兰奇笑了。

沃特爵士认为他这一笑表示还未放弃——爵士很欣慰；他觉得男人最好有份正经事情做；当创伤无药可治，一份有用、稳定的职业往往能够奏效。他只是不太喜欢这声笑——他从来没听斯特兰奇发出过这般干硬、苦涩的感叹。“你之前不是说过……”他开口道。

“哦，我什么不说！各种稀奇古怪的想法都往我脑子里钻。悲伤一旦过分，人就会结结实实发一阵疯，跟任何事情过分了的后果一样。说实话，有一段时间我都不是我了。说实话，那会儿我已经有点儿忘乎所以了。不过，你也看出来了，那些都已经过去了。”

可说实话——沃特爵士一点儿也没看出来。

说斯特兰奇变了，其实并不太确切。从某种意义上来讲，他还跟从前一样：笑得一样多（虽然笑容已经不是曾经的笑容了），讲话的口吻也还是带着些许嘲弄、夸夸其谈的意思（听着就好像不关心自己说的是什么）。他的容貌和声音仍是朋友们记忆中的模样——除了一点：他仿佛只是躲在后面表演，毫无真情实感。他从一脸嘲讽的笑容背后望着大家，谁也不知道他在想什么。他比以前更像一名魔法师了。这变化奇异得很，谁也不知该做何解释——在某些方面，他更像诺瑞尔了。

他左手无名指上戴着一枚丧戒，里面装着细细一缕棕发。沃特爵士发现他时不时就摸摸它，拧拧它。

他二人点了一桌好菜：一只甲鱼、三四块牛排配乳鹅脂调制的肉卤、鳗鱼、带壳牡蛎和一小份甜菜沙拉。

“回来真好，”斯特兰奇道，“既然回来了，我想怎么折腾就怎么折腾。诺瑞尔一言堂的局面维持太久了。”

“只要听见有人提你那本书，他就痛不欲生，无时无刻不在问别人可知道里面写了点儿什么。”

“哦，书只是个开始！何况还得个把月才能写好呢。我们马上要出个新刊物。莫雷希望越早发行越好。等一印出来，毫无疑问会鹤立鸡群。刊名就叫《仙仆》[1]，旨在宣传我的魔法观。”

“和诺瑞尔的大不一样，对吗？”

“那是当然！我主张理性对待魔法这个课题，破除诺瑞尔强加其上的限制和束缚。我相信，若经这般重新审视，值得探究的新方法、新途径很快就会出现。毕竟，你想想看，我们所谓英格兰魔法复兴都复兴了什么？诺瑞尔跟我到底干出了点儿什么？靠云、雨、烟雾等等编造幻象——再简单不过的把戏！让没有生命的物件活过来、开口说话——哼，说实话，这倒是复杂得很。将暴风雨、坏天气送到敌人头上——天气魔法有多容易，我已经没法再强调了。还差什么没说到？召幻影——哈，假如我俩能有一位讲究点儿技术水平，也算成绩斐然，可惜我俩谁也不行。现在好了！拿这令人抱歉的成绩跟黄金时代魔法师的法技比比。他们能劝动枫树、橡树帮他们一同抗敌；他们能把花儿变作自己的仆从、娇妻；他们能把自己变成老鼠、狐狸、树木、河流等等；在他们手上，蜘蛛网能造船，玫瑰枝能建房……”

“是，是！”沃特爵士打断了他，“我知道你现在迫不及待要把各种各样的魔法都尝试一遍。虽然我不太愿意说这话，但我觉得诺瑞尔也许是对的。并不是所有这些法术都适合你我当今的生活。变形术什么的放在过去都相当妙，写小说的话是个添彩的段子，你别不信。不过，斯特兰奇，你不会真打算开练吧？堂堂一名绅士可不能改换形象。堂堂一名绅士绝不屑于以非本人形象示众的。你自己肯定不想变成个白案厨子或是点路灯的……”

斯特兰奇笑起来。

“还有呢，”沃特爵士道，“想想假如变成了狗或猪，岂不更

1　刊物名为拉丁文 *Famulus*，意为“仆人”，尤指魔法师的仆从。

惨？”[2]

“你这是专挑下贱东西打比方。”

“是吗？那狮子好了！你愿意变成狮子吗？”

“有可能。没准儿。够呛。不过这可不是问题的关键！说变形术需要特别小心对待，我同意，可这并不是说变形术就没有一点儿有用之处。问问威灵顿公爵想不想把他的情报官都变成狐狸或者老鼠——好溜进法国人的营帐去。我保证公爵大人他可不像你似的有这么多顾虑。”

“我觉得你不可能说服科洪·格兰特去当条狐狸。”[3]

“哦，只要还能穿制服，他才不怕当狐狸呢！不说这些，黄金时代魔法师才是我们关注的对象。我们要在约翰·乌斯克格拉斯的经历和法术上再多下功夫。等我们……”

“这事你还真就不能做。想都别想。”

“你说这话什么意思？”

“我说正经的，斯特兰奇。我总体上对黄金时代魔法师没有意见，我甚至觉得你说的大部分都没错。英格兰人以古代魔法史——以高布列斯、斯托克塞和佩尔等人为傲。他们可不愿在报上看到诺瑞尔对这些人的成就不屑一顾。而你现在很可能走向另一个极端，净谈别的君王，政

2　沃特爵士表达了一种普遍的担忧。变形术一向遭人质疑。黄金时代魔法师一般是在游访仙境或英格兰之外某些地区时才使用这种法术。他们深知变形术极易遭各种形式的滥用。例如一二三二年在伦敦，一位贵族的妻子塞西莉·德·沃布鲁克发现有只铅灰色的猫咪正用爪子挠她卧室的门。她把它抱进门，给它取了个名字叫洛夫戴爵士。这只猫咪从她手里吃食，在她床上睡觉。更令人称奇的是，无论她去哪儿，它都跟着——甚至跟到了教堂里，在她裙边蜷成一团，愉快地呜呜叫。有一天，塞西莉带着洛夫戴爵士走在街上，被一位魔法师看在眼里。这位魔法师名叫沃特·德·切佩，他一见这情景，顿时起了疑。他走上前去对塞西莉说道：“夫人，跟着您的这只猫——我恐怕它根本不是猫。”他又另找来两位魔法师，三人一起冲洛夫戴爵士念了咒。猫咪现出了原形——是个名唤乔瑟林·德·斯尼顿的三流魔法师。没过多久，乔瑟林就在伦敦小龙法庭受审，法庭判决将其右手砍掉。

3　一八一二年陆军中校科洪·格兰特是如何因对自己的鲜红制服不离不弃而遭法军拘捕，前文已经描述过了。

府方面听了肯定紧张。尤其目前我们随时都有可能被约翰分子推翻。”

“约翰分子？约翰分子是什么人？”

“什么？老天爷，斯特兰奇！你从来都不看报的吗？”

斯特兰奇面有愠色。“我把大部分时间都花在搞研究上了——所有时间，其实是。另外，你也知道，过去这一个月里我无心政治是有特殊原因的。”

“可咱说的不是过去一个月里的事。约翰分子在北方诸郡活动已经有四年了。”

“好吧，他们是什么人？”

“他们是一些手工劳动者，趁夜深人静之时溜进工厂作坊毁坏财物。他们把工厂主家的房子烧光，组织流毒甚广的集会，煽动民众暴乱造反，还在市场上趁火打劫。”[4]

“哦，砸机器的。好了，好了，现在我明白了。都是你非用那么个怪名字，误导了我。可这些砸机器的跟乌衣王又有什么关系呢？”

“这些人当中有不少都是——或者说自称是——他的信徒。他们每搞一次破坏，总要在墙上涂渡鸦展翅的图样。领头人声称手上有约翰·乌斯克格拉斯的委托书，还说他本人不久就会回到纽卡斯尔复辟。”

“这些政府都信了？”斯特兰奇惊异道。

“当然不信！我们可没那么蠢。我们担心的比这可实在多了——简而言之就是怕闹革命。北部地区——从诺丁汉到纽卡斯尔——处处飘着约翰·乌斯克格拉斯的旗帜。我们当然也派了卧底和情报人员向我们汇

4 近几年北英格兰民间怨声载道——且有充分的理由。人们贫困，找不到活儿干，加剧了抗法战争所导致的民不聊生的局面。战争好不容易结束了，幸福生活又遭到了新的威胁——令人叹为观止的新机器降低了生产的成本，害他们丢掉了工作。不难想象，在这种情况下一定会有人起来带头砸机器，好给自己留条活路。

报那些人的思潮和动向。哦，我并不是说他们个个都信约翰·乌斯克格拉斯要回归，大部分人和你我一样清醒。可他们知道这个名字在一般老百姓心中的分量。汉普郡的议员劳利·费舍尔–德雷克发表提案，要从法律上禁止悬挂渡鸦展翅旗。可我们不能禁止人民挂自己的旗帜——他们合法君主的旗帜。”[5]沃特爵士叹了口气，拿叉子戳起一块牛排放到自己盘子里。“在别的国家，”他说道，“君王在危急时刻归来都是传说。只有在英格兰，这是宪法的规定。”

斯特兰奇不耐烦地冲这位议员挥挥叉子。“你说的这些都是政治，和我毫不相干。我没打算当众为约翰·乌斯克格拉斯复辟叫好。我只希望审视——冷静、理性地审视他作为一名魔法师取得的成就。连应该复兴什么都搞不清楚，又怎能复兴得了英格兰魔法呢？”

“那就研究黄金时代魔法师吧——避开约翰·乌斯克格拉斯——诺瑞尔让人将他抛到脑后，你就让他在那里待着吧。”

斯特兰奇摇了摇头。“诺瑞尔把你们都带坏了，让你们对约翰·乌斯克格拉斯产生了反感。你们全都受了他的蛊惑。”

他二人闷头吃了一会儿，斯特兰奇道：“我跟你提过温莎堡有他一幅画像吗？”

“谁的？”

“乌斯克格拉斯。这画挂在某间迎宾厅的墙上，出自某位意大利画家之手。画的是爱德华三世和约翰·乌斯克格拉斯—— 一位武王和一位魔法王并肩而坐。从约翰·乌斯克格拉斯离开英格兰到现在已近四百年，可英格兰人仍拿不准对他该爱还是该恨。”

“咳！”沃特爵士叹道，“对他什么态度，北方人心里清楚得很。

5　没有什么比这更能恰当地说明位于伦敦的英国政府和北半边王国之间奇特的关系。政府代表的是英格兰国王，而英格兰国王只是南半边的国王。从法律上看，他只是在约翰·乌斯克格拉斯决定回归之前维持北半边王国法治的代管人。

要是能行，他们明天就把西敏寺推翻，换他执掌政权。”[6]

大约一个礼拜后，《仙仆》创刊号面世了。由于其中一篇文章引起了极大的轰动，该刊不到两天便告售罄。同时，斯特兰奇的《英格兰魔法的历史与实践》首卷发行在即，出版商莫雷先生喜不自胜，满心期待大赚一笔。那篇激动人心的文章描述了魔法师如何召唤死人并从他们口中获取有用的信息，这骇人（却又极其吸引人）的话题引发了太大轰动，据说有几位年轻小姐刚一听屋里有这期《仙仆》就晕倒在地。[7]谁

6　毫无疑问，历史上各个时代都有人跳出来自称是约翰·乌斯克格拉斯，妄图收回北英格兰的政权。其中最广为人知的是一位名叫杰克·法老的年轻人，他于一四八七年在达勒姆大教堂加冕。他身后的支持者除了一大批北方贵族之外，还有几位留在王城纽卡斯尔居住的仙子。法老生得一表人才，颇具王者风范。他会一些简单的法术，而支持他的仙子会迅速施展些有难度的——只要他在场，就说是他完成的。他本是一对走街卖艺的巫师所生，小时候在游艺会上被赫克瑟姆伯爵看到，伯爵一看见他就觉得他像极了传说中的约翰·乌斯克格拉斯。赫克瑟姆花了七先令把法老从他父母手中买了下来。法老从此再也没见过他们。赫克瑟姆将他藏到英格兰北部一处不为人知的所在，把他当个未来君主一样培养。一四八六年，伯爵带法老出山，昭示天下，法老于是登上王位，开始了对北英格兰的短暂统治。法老的主要问题在于，有太多人知道他的底细。法老和赫克瑟姆很快闹翻了。一四九〇年，在法老的指使下，赫克瑟姆遭到暗杀。赫克瑟姆的四个儿子投奔南英格兰的亨利七世，与其合力抗击法老。在一四九三年的沃克索普战役中，法老战败，后被囚禁于伦敦塔内，于一四九九年遭到处决。

另有两位取得了一定成功的冒名顶替者分别是皮尔斯·布莱克摩尔和戴维·桑绍绪尔。历史上最后一位冒充乌斯克格拉斯的仅以“夏日之王”名世，其真实身份始终未得查明。他最初是在一五三六年五月亨利八世解散僧院后不久出现在桑德兰一地的。有人认为他也许是北方几座大僧院——如芳汀寺、睿佛寺或是何妨寺里的一位僧人。夏日之王与法老、布莱克摩尔不一样的地方在于，他身后并无北方贵族做靠山，他也并未争取。他争取的是人民大众的信任。在某种程度上，他的政治生涯与其说是魔法造就的，不如说是神秘主义的。他医治病人，教信徒崇拜自然和野兽——他这种信条似乎更像是十二世纪魔法师托马斯·高布列斯的教导，而绝非约翰·乌斯克格拉斯所能提出的。他那支破衣烂衫的队伍并未打算攻占纽卡斯尔，实际上他们什么也不打算占。一五三六年，他们只是在英格兰北部游荡了一个夏天，每到一地便游说群众，争取支持。当年九月，亨利八世派兵镇压他们。而他们手无寸铁，大部分跑回家去，只留下一小部分人为自己的国王而战，最终在庞蒂弗拉克特一地惨遭屠杀。夏日之王本人也许在死者之中，也许只是消失不见了。

7　向阴间的魔法师征求意见在我们看来极为耸人听闻，其实这种法术的发展历程可谓光明正大。马丁·佩尔声称自己师从温切斯特的凯瑟琳（而凯瑟琳本人则是约翰·乌斯克格拉斯的弟子）学习魔法。而马丁·佩尔出生的时候，温切斯特的凯瑟琳已经死了两百年了。据说，约翰·乌斯克格拉斯本人曾与梅林、隐多珥女巫、摩西与亚伦、亚利马太人约瑟等多位德高望重的古代魔法师交谈。

也无法想象这样一份出版物能讨诺瑞尔先生的喜欢，于是不喜欢诺瑞尔先生的人都乐得掏钱买一本。

在汉诺威广场诺瑞尔宅，拉塞尔斯先生体恤诺瑞尔先生的需要为他朗读道：“……当魔法师本人在技术、知识上有所欠缺——这里所谓魔法师包括一切当代魔法师，怜我国之大材在此方面比前人逊色不少——对他们来说，最好的办法莫过于召唤某些生前是魔法师或者至少在这方面有些禀赋的人的亡灵。因为，假如我们不知路在何方，依我之见，最好还是去请那些略有见识且乐意迁就我们的人帮忙。”

“他这是让我前功尽弃！”诺瑞尔先生盛怒之下大叫起来，“他这是打定主意要毁了我！”

“确实很让人心烦，”拉塞尔斯气定神闲地评论道，“他老婆死的时候，他都已经对沃特爵士起誓说再也不干这一行了。”

“哎！人死绝了，半个伦敦被大水冲走了，斯特兰奇也停不了手——他管不住自己的。他现在已经走火入魔，绝不可能半途而废。他将来要做的法术是邪术——可我不知怎样才阻止得了他！”

“请您镇静一下，诺瑞尔先生，”拉塞尔斯道，“我相信您很快就知道该怎么办了。”

“他的书什么时候出？”

“莫雷打出来的广告上说第一卷八月上市。”

“第一卷！”

“哦，是啊！您还不知道哪？这本书到时候分三卷：第一卷将英格兰魔法全史展现在读者面前；第二卷为读者详细分析英格兰魔法的性质；第三卷则会指出未来魔法实践的基本原则。”

诺瑞尔先生哀叹出声，低下头去，双手捂住了脸。

“当然，”拉塞尔斯若有所思道，“文字方面毫无疑问是不怀好意了，而相比之下更令我不安的是书里的版画插图……”

“版画插图？”诺瑞尔先生惊恐地叫起来，“书里都有什么样的版画插图？”

“哦，”拉塞尔斯道，“斯特兰奇找到个移民还是什么人，据说跟意大利、法国和西班牙的头号大师们都学过技术；他花大价钱雇这人为书制版印插图。”

“可插图上都画了些什么？什么主题？”

“对啊，都画了些什么呢？”拉塞尔斯说着伸了个懒腰，“我是一点儿也不知道。”说罢，他重新拿起《仙仆》，一语不发，自顾自读起来了。

诺瑞尔先生陷入深思，啃着指甲坐了片刻。不多时他便按铃传唤齐尔德迈斯。

斯皮塔佛德位于伦敦东城郊，因出产极为优质的丝绸而声名远扬。无论现在还是将来，全英格兰哪里生产的丝绸也赶不上斯皮塔佛德丝绸的质量好。做这行发了财的丝绸商人、织染巧匠曾纷纷建了大房子在此地落户。然而如今，虽说从织匠阁楼抬出来的丝绸比起从前丝毫不差，斯皮塔佛德这地方却已经衰败得多了。这里的房屋逐渐变得脏污、破旧。富商都搬去了伊斯灵顿、克拉肯威尔；倘若真富得流油，就直奔西边的马里波恩教区。如今在斯皮塔佛德居住的无非是穷人贱民；遍地小孩、扒手等等祸害，搅得此地百姓不得安宁。

有一天，天气格外阴沉。灰色的雨落在肮脏的街道上，在泥里化作一个个水坑。一驾马车沿着斯皮塔佛德的长老街驶来，在一栋高而单薄的房子前停下了。车夫和车上的随从皆是一身重孝。随从跳下轿厢，撑起一把黑伞举着，一手打开车门，候乔纳森·斯特兰奇下车。

斯特兰奇在路边人行道上驻足片刻，整了整黑手套，远近打量着长老街。街上除了两条杂种狗兢兢业业地刨着垃圾堆，不见一个人影。可他仍旧左看右看，目光最终定在街对面一个门洞上。

门洞属于最平淡无奇的一种——不外乎是商家仓库入口这一类。走上三级磨损了的石阶，便是一扇建得令人肃然起敬的巨型黑门，顶上一座大三角门楣往外翘着。门板快被破破烂烂的戏单和告示糊满了，告示上敬告读者：某某日在某某客栈，某某姓先生（已破产）的所有财产将公开拍卖云云。

“乔治，”斯特兰奇对为他撑伞的随从道，“你会不会画画？”

“先生，您说什么？”

“你学过绘画吗？懂不懂这方面的基本原则——什么前景、遮边、透视之类的？”

“先生，您问我吗？不懂，先生。”

“遗憾。我读书的时候学过这些。我能给你画幅风景或人物，技术过硬，却趣味全无，跟所有业余的好学生画出来的一模一样。你女主人生前没这福分——她没像我似的有家里给花大钱请画画先生，可我觉得她比我有天分。她水彩画里的大人小孩能把大宅门才请得起的教画先生给吓着。先生会觉得人形太僵硬，色彩太扎眼。可斯特兰奇太太有这么个本事——人物的容貌、身姿传达的信息，她都能抓住；再寻常不过的场景，她也能发现其中的韵味和妙趣。她的作品里有那么点儿东西，特别有活力，特别俏皮，而且……”斯特兰奇说不下去了，沉默片刻方才道，“我刚才说什么来着？哦，对。绘画让我们养成认真观察事物的习惯，令我们一辈子受益。就拿那个门洞来说……”

随从往门洞看去。

“……今天又冷又阴，还下着雨。天光不足，于是地上没有影子。想来门洞里面一定是阴沉昏暗的，咱们不会指望在那里还能看见影子——我是说那从左打到右的重重一道影子，把门洞左侧完全挡黑了。另外，就算今天太阳出来亮堂堂，影子也应当冲反方向斜着——我想我不会错。不对，那影子怎么看怎么不对劲，自然界是见不到的。”

随从眼巴巴地望着车夫，似要求助。而车夫打定主意不凑这个热闹，别过头去，定定望着远方。“是啊，先生。”随从道。

斯特兰奇继续盯着那门洞看，一脸若有所思的好奇。看了一会儿，他冲那边喊：“齐尔德迈斯，是你吗？”

一时间什么动静都没有。接着，那片令斯特兰奇意见很大的黑影动了起来，从门洞移开，就好像一张湿单子从床上往下揭。过程中，那黑影起了变化，它缩小、变形，化作一个男人：约翰·齐尔德迈斯。

齐尔德迈斯带着他那一脸苦笑。“啊，先生，我躲您是躲不了太久的。”

斯特兰奇嗔怪道：“我等了你少说也有一个礼拜了。你上哪儿去了？”

“我主人昨天才叫我来的。”

“你主人他怎么样？”

“哦，病着呢，先生，病得不轻。伤风、头疼、胳膊腿打战——都是有人让他闹心时的典型症状。让他闹心，谁也比不过您。”

“这话我爱听。”

“顺便提一句，先生，我这一向打算通知您的：我在汉诺威广场还有笔钱要给您，是财政部和海军部一八一四年第四季度付给您的佣金。”

斯特兰奇惊奇地睁大了眼睛。“诺瑞尔当真还留着我的份儿？我还以为这笔钱再也回不来了呢。”

齐尔德迈斯微微一笑。“这笔钱诺瑞尔先生全不知道的。我今晚把钱送过去如何？”

“当然可以。今晚我不在，把钱交给杰里米就行。齐尔德迈斯，你给我讲讲，我好奇：你这么隐身化影的，诺瑞尔知不知道？”

“哦，我这儿学点儿，那儿学点儿。为诺瑞尔先生工作了二十六年，若是什么也没学会，那我这人也太愚钝了。”

“当然。不过我问的不是这些。诺瑞尔知不知道？”

“他不知道，先生。他有疑心，不过他不打算知道。一辈子坐拥书山、足不出户的魔法师必得找个人替他四处闯荡。靠一银盘子水不是什么都能看见的，这您明白。”

“嗯。好吧，那就来吧，伙计！他派你来看什么，就看吧！”

这栋房子看上去像被人遗弃了很久，已有废弃之貌。窗户、墙面粉刷脏污得很，窗板都关着。随从过去敲门，斯特兰奇和齐尔德迈斯在人行道上等候。斯特兰奇有伞，而齐尔德迈斯对打在身上的雨毫不在意。

敲了一会儿门，什么动静都没有。之后不知是什么引得随从低下头去，跟人说起话来——谁也看不见究竟是什么人。而不管什么人，至少斯特兰奇的随从是没把人家放在眼里的：他皱着眉头，两手扶胯往那儿一站，拿腔拿调地训斥人家——种种姿态都透着极度的不耐烦。

又过了一会儿，门开了；开门的是一个特别矮小、特别脏、特别惊恐的打杂小丫头。乔纳森·斯特兰奇、齐尔德迈斯和随从陆续进了门，进门的时候，每人都低头扫了她一眼；被这么多个头高大、道貌岸然的人打量一番，可怜那小丫头都吓呆了。

斯特兰奇没费心让她去通报他的名姓——想说动这打杂的小丫头去办这事情实在不大可能。他直接蹿上楼梯，让齐尔德迈斯跟在身后，进了楼上一间屋子。屋里一片微光，是不知多少蜡烛燃在一片雾气里——这房子里似乎另有一种天气在生发。微光下，他们见到了版画匠米内瓦先生和他的助手福卡尔屈耶先生。

米内瓦先生个头并不高，身材非常瘦小。他蓄着的一头长发，细滑深暗，闪亮柔软，仿佛一绞棕色丝线。每当他俯身看画，发梢便擦过肩膀，挡在他脸上——无时无刻不是如此。他一双眼睛也生得不凡——大而柔顺，瞳孔棕黄，说明了他的法国南方血统。福卡尔屈耶先生的长相同他主人那一表人才形成了鲜明的对比。福卡尔屈耶先生一张刮骨脸，双眼深陷，剃个秃瓢，满脑袋青梆梆的发楂。可虽说生得一副死相、近乎枯槁，人家性情可是极为谦恭多礼的。

他二人都是从法国流亡来这里的，可对于斯皮塔佛德的居民来说，难民和流民的区别仅有一线之隔。尽人皆知米内瓦和福卡尔屈耶二位先生是法国来的奸细。他二人平白无故被扣上这顶帽子，因此遭了不少罪：斯皮塔佛德一带成群的小小子、小丫头只要一放假，最开心的事就是埋伏着，等这俩法国人来了冲上去揍人家一顿，并将人家推进脏土里打滚——脏土这玩意儿在斯皮塔佛德产量格外高。平日里，街坊四邻为了缓解情绪，对两位法国人横眉冷对、连嘘带哄，人家想要什么、需要什么，偏不卖给人家。斯特兰奇一直以来都在帮米内瓦先生，在他和房东之间进行调解，劝房东更客观地看待米内瓦先生的人格和处境，并派杰里米·约翰斯喝遍附近的酒馆，跟本地居民搭上话，让他们都知道这两个法国人是英格兰两位魔法师其中一位的门生——“还有，”斯特兰奇伸出一根手指，指点着杰里米，“他们要是回嘴说两位魔法师里诺瑞尔更伟大，你就让他们说好了——不过，你得告诉他们：我的脾气更坏；若是朋友受了气，我的反应更大。”米内瓦和福卡尔屈耶二位先生为此念着斯特兰奇的好，可处境凄苦至此，他们发现白兰地才是良伴，一天到晚，饮用极有规律。

他二人住在位于长老街的这栋房子里，大门不出二门不迈。窗户不分昼夜永远上着板子，将斯皮塔佛德对他们的恶意挡在外边。他们在烛光下生活、工作，早已和时钟断绝了任何关系。见到斯特兰奇和齐尔德迈斯的时候，他俩以为当时仍是深夜，故而十分惊异。家里用着一个仆人——那矮小的、时时大睁着双眼的小孤女——她根本听不懂他俩说话，对他俩特别害怕；而他俩也不知她姓甚名谁。他俩虽然看起来浑浑噩噩、高高在上，对这小丫头倒也不错，让出了一小间屋给她单住，里面还有张床，铺了羽绒褥子和亚麻床单。于是在她眼里，这阴暗的房子就是真正的天堂。要她干的活儿主要是替他俩跑腿儿买来吃食、白兰地和鸦片。东西买回来以后，他俩就和她分，白兰地和鸦片自己留下，把大部分吃食都留给她。除此以外，她还打水、烧水，供他俩洗澡、修面——这两位对外表都在意得很，可对房子有多脏、有多乱却完全不上心。这倒不失为一件好事，因为小丫头对家务活的了解，跟她对古希伯来语的熟悉程度差不多。

屋里台面上，一幅幅的厚纸、墨迹斑斑的破布无处不在。白镴盘子里扔着年代久远的奶酪皮，锅里则盛着一支支墨水笔和一块块木炭。一捆上了年纪的芹菜跟木炭相依为伴厮混了太久，害得自己晚节不保。版画、素描都直接往木墙围子和又黑又脏的墙纸上一钉，一处空地不留。其中有张斯特兰奇的肖像尤其妙。

房后有片脏乎乎的小院子，院子里种着一棵苹果树。这树本是乡下生长，无奈伦敦城的灰雾蔓延至此，渐渐吞噬了四周悦目的绿意。曾有不知哪位本房的住客一时起了劳动的兴致，把树上所有的苹果全摘了，码在房子所有的窗户沿儿上。果子放到现在已经好几年了——它们先枯朽，后胀尸，最终坐化成魂。这地方有种非常鲜明具体的气味——墨水、纸张、煤、白兰地、鸦片、烂苹果、蜡烛、咖啡，各种味道混为一体，还要掺进两位日夜囚在狭小空间内干活且无论怎么劝也不肯开窗的男人散发出的独特体香。

事实上，米内瓦和福卡尔屈耶两位先生常常忘记世上还有斯皮塔佛德或者法国这样的地方。他们活在斯特兰奇书籍插图的小天地里，一投入就是好多天。而这些插图本身又是极为奇异的。

画面上巨大的走廊看上去只像是影子所造，墙壁上黑洞洞的缺口表示另有走廊从此延伸出去，看上去似乎表现的是一座迷宫的内部或是类似的景象。有些画描绘的是宽大的台阶一路伸进幽黑的深渠；有些则描

绘的是广袤、黑暗的荒原，一条孤路蜿蜒其间。观者的视角似乎是从高空俯瞰。极目远望，路的尽头有团影子——至多就是擦在淡白路面上的几道子——离得太远，说不好是男人、女人还是小孩，究竟是不是人都不一定，可无论如何，这么个东西出现在这样一片荒无人烟的地界上，是令人极度不安的。

还有一幅作品，画的像是一座孤桥跨越在一片极为广阔且雾气蒙蒙的虚无之上——这虚无兴许就是苍穹。虽说这座桥同那些走廊、水渠一样是由巨大的石料建造的，桥两端各有些极其窄小的阶梯紧贴着庞大的桥墩子盘旋而下。这些阶梯看上去弱不禁风，比桥本身造得粗糙多了，可它们数量大，穿过云层，蜿蜒至不知何处了。

斯特兰奇俯身看画，提问、评论、提建议，专注程度不亚于米内瓦本人。斯特兰奇同两位版画匠对话时用的是法语，令他意想不到的是，齐尔德迈斯居然字字都懂，甚至用米内瓦的母语冲人家提了一两个问题。可惜，齐尔德迈斯的法语掺了太重的约克郡乡音，米内瓦先生没能听懂，还问斯特兰奇齐尔德迈斯是不是荷兰人。

“当然啦，”斯特兰奇对齐尔德迈斯道，“他们把画面处理得太罗马式了——太像帕拉第奥和皮拉内西*的作品了，不过他们也是无奈——他们就是被这么教出来的。人怎样被教出来，一辈子都难改，你知道的。作为一名魔法师，我就很难彻底回归自我——至少很难回归到只有自我——我身上有太多诺瑞尔的影子了。”

“这就是您在王道上所见的景象？”齐尔德迈斯问。

“是的。”

“这座桥下是什么国家？”

---

* 安德烈亚·帕拉第奥（1508—1580），意大利建筑师，深受古罗马建筑师维特鲁威的影响，吸收盛期文艺复兴的建筑成就，开创了独特的古典主义风格。乔瓦尼·巴蒂斯塔·皮拉内西（1720—1778），意大利雕刻家和建筑师，以蚀刻和雕刻现代罗马及古代遗迹而闻名。

斯特兰奇带着嘲弄的神情看看齐尔德迈斯。“我不知道啊，魔法师，您觉得呢？”

齐尔德迈斯耸了耸肩膀。“我猜大概是仙境。”

“大概吧。不过我现在越来越觉得，咱们所谓的仙境很可能是由很多国家组成的。说仙境，就跟说‘别处’一样，所传达的信息都差不多。”

“您说的这些地方离咱们多远？”

“不远。我从科芬园启程，不出一个半小时，已经把所有地方见了个遍。”

“去那里的法术难不难？”

“不，并不特别难。”

“那您能不能给我讲讲？”

“我特别乐意。你得用某种启示类的咒语——我用的是唐卡斯特书上的。另外还需要溶解类的，好把镜子表面软化掉。我读过的书上溶解类的咒语无穷无尽，不过在我看来，没一条有任何效果。于是我只好自己编——你想要的话，我可以写给你。最后，我们必须将这两种咒语嵌到一个总的寻路咒里面。这点很重要，不然，我可不知道你怎么才能走出来。”斯特兰奇说到这里停了停，看看齐尔德迈斯，“你都听明白了？”

“明白得很，先生。”

“那就好。”说到这儿，斯特兰奇停顿片刻，接着道，“齐尔德迈斯，这会儿你是不是该离开诺瑞尔先生到我门下来了呢？什么仆人不仆人的，咱们不论这些。你就来当我的徒弟和助手。”

齐尔德迈斯笑起来。“哈哈！谢谢您，先生。谢谢您！可我跟诺瑞尔先生尘缘未尽，至少目前还未尽。而且，我觉得我肯定是个特别坏的学生——坏起来甚至比您还厉害。”

斯特兰奇微笑着思索片刻。“这话答得妙，”他开口道，“但恐怕还不够妙。我不相信你肯一心一意地站在诺瑞尔那边。全英格兰只有一名魔法师！关于魔法只有一家之言！你肯定不会答应的吧？你这人的逆反心理就算保守估计也不会比我弱，干吗不过来跟我一起唱唱反调？”

“可到时候我就只好一切都听您的了，先生，是不是？我不知道您和诺瑞尔之间最终会怎样。我拿牌问算过，可牌面信息似乎一会儿这样一会儿那样。未来究竟如何太过复杂，牌说不清楚，我也不知怎样问牌才合适。告诉您我打算怎么办吧，我这就对您立个誓：假如您输了、诺瑞尔先生赢了，那我真就离开他，与您同心同道、尽全力与他对抗，跟他理论，让他心烦意乱——这样的话，英格兰还会有两名魔法师，关于魔法还会有另一方争鸣。不过，假如输的是他、赢的是您，我就依样跟您对着干了。您看这办法够不够妙呢？”

斯特兰奇微微一笑。“行，够妙的了。回去替我给诺瑞尔先生带个好，希望他听了我告诉你的一切还满意。假如他还打算知道点儿什么，你明天下午四点钟左右来我家，我会在。”

“谢谢您，先生。您是相当开诚布公的。”

“我为什么不这样呢？喜欢什么都藏着掖着的是诺瑞尔，不是我。我今天跟你说的，没一样不是在我的书里写着的。再有一个月左右，全国上下男女老少人人都能读到它，人人都会对它有所品评。我真无法想象诺瑞尔能有什么办法阻止这一切发生。”

第四十九章

狂野与疯癫

一八一六年三月

去见了版画师之后没几天，斯特兰奇邀请沃特爵士和波蒂斯海德勋爵到家里来用晚膳。两位先生以前和斯特兰奇一起吃过不少次饭，可这回是他俩在斯特兰奇太太去世之后头一次登门拜访。他们发现苏活广场这栋宅子变了样，令人黯然神伤。斯特兰奇的生活习惯似乎已经退化到过去当单身汉的时候：一摞摞稿纸铺开来，桌子椅子很快便被遮盖得不见了踪影。要出的书里未完成的章节遍布宅内各个角落，他甚至养成了在会客室的壁纸上做笔记的习惯。

沃特爵士正要动手将一摞书从一把椅子上挪走。

“别，别！”斯特兰奇大叫道，“不许挪动！它们这么码放是有特定顺序的。”

“可我往哪儿坐呢？”沃特爵士摸不着头脑。

斯特兰奇气得嘤然作声，就好像人家提了什么特别过分的要求。不过他终于还是把书挪开了，挪书的过程中也只开了一次小差：打开其中一本读了起来。待把一个段落通读过两遍并将阅读笔记在壁纸上写好，他才回头招呼客人。

“真高兴又在这儿与您相会了，勋爵大人。”他对波蒂斯海德道，“我见人就打听诺瑞尔——热心程度，我想并不输给他向别人打听我。我盼着您多讲点儿给我听呢。”

“该告诉你的我不早都告诉你了嘛。”沃特爵士恨恨道。

“是，是。你告诉我诺瑞尔去了哪儿、跟谁交谈、大臣们都怎么对待他的。可我要问勋爵大人的是魔法方面的事；你懂的那些魔法还不够……”

“……填满一平方寸的壁纸？”沃特爵士主动提示道。

“差不多。来吧，大人，给我讲讲，近来诺瑞尔先生都在忙些什么。”

“他嘛，”波蒂斯海德勋爵道，“受利物浦伯爵之托，为了看住拿破仑·波拿巴不再外逃，正设计些法术呢。除此以外，他还在研究《明国暗国谈》，觉得有了些新发现。”

“这什么意思？”斯特兰奇惊慌地大叫起来，“《两国谈》看出新东西来了？”[1]

“他是在克罗姆福德版的第 72 页上发现的，说是唤死咒的一种新应用。我听得不是太明白。[2]诺瑞尔先生似乎认为可以将该咒语的基本原理稍做调整，用于治疗人类和兽类的疾病——将病症当个妖怪似的从身体里召唤出来。”

“哦，那些！”斯特兰奇如释重负，“是的，是的！您的意思我都懂了。去年六月的时候，是我想到二者有关联。这么说，他现在才走到那儿，是吗？哦，那太棒了！”

“他在你之后一个徒弟都没收，这事儿令很多人惊讶。”波蒂斯海德勋爵道，“而且我知道他收到过不少申请函。可他一个都没招收。说实话我觉得他根本没见过这些年轻人，也没回人家的信。他的要求太严

1　关于伟大的佩尔博士若有什么新的研究成果，魔法学者通常会格外兴奋。佩尔博士在英格兰魔法史上的地位独一无二。他是在斯特兰奇和诺瑞尔之前唯一将自己的法技著书供人阅读的一名重要的实践派魔法师。他的著作自然被认为是业内首屈一指的。

2　几百年来，这段话的内容一直被认为是奇闻怪谈而没有任何实用价值，因为如今人们已经不再相信死亡是个人，能够以佩尔建议的方式审讯“他”了。

苛，没人到得了你这个高度啊，先生。”

斯特兰奇微微一笑。“好吧，您说的这些倒都在我意料之中。天下除了他还有第二个魔法师，他都难以忍受，再多冒出一个来，很可能置他于死地。很快我就比他有优势了。这场给英格兰魔法定性之争，双方绝非势均力敌。诺瑞尔派的法师只有他一人，而斯特兰奇派的则会有数十名——反正我教得了多少就有多少。我正考虑把杰里米·约翰斯调教得能与齐尔德迈斯相抗衡。他可以全国到处跑，把那些被诺瑞尔和齐尔德迈斯逼得学不成魔法的人都找到，然后我们就劝他们重拾旧业。我已经同一些年轻人聊过了，其中两三位很有潜力。查德考特勋爵的二儿子亨利·珀尔伏瓦读过大量的四流魔法专著、五流法师传记，说话于是有点儿无趣。但这也不能怪人家，孩子怪可怜的。除了他，还有一位威廉·哈德利-布莱特——滑铁卢大战时威灵顿的副官之一。另有个怪小子名唤汤姆·莱维，目前在诺里奇以教人跳舞为业。”

“教跳舞的？”沃特爵士皱起了眉头，“这种人真是咱们要劝学的对象吗？魔法难道不是专供绅士阶层选择的吗？”

“我觉得没什么不妥。何况我最欣赏莱维。能把魔法当作一种乐趣的，多少年我才碰见他这么一位；而且他是三个人里唯一学了魔法真能操练出来的。是他让那边的窗户框长出了枝叶。我猜你早就在想它怎么成了这般怪模样。”

“说实话，”沃特爵士道，“屋里怪模样的东西太多，你不说我都没发现。”

“当然，人家莱维并不是要让窗户框总保持这样，”斯特兰奇道，“可他施了法就不知该怎么复原了——我也不知道。我想我得让杰里米去找个木匠来修修。”

“你找着这么多符合要求的小伙子，我很欣慰，”沃特爵士道，“这对英格兰魔法来说，是个好兆头。”

“我手上还有好几份小姐的申请呢。”斯特兰奇道。

“小姐！”波蒂斯海德勋爵惊呼道。

“是啊！女人怎么就不能学魔法了。这又是诺瑞尔的谬论。”

“哼，真是接二连三、没完没了啊！”

“什么接二连三、没完没了？”

“诺瑞尔的谬论。”

“你说这话什么意思？”

“没什么意思！没什么意思！别多心。不过我可没听你说自己真收了什么女弟子。”

斯特兰奇叹了口气。“纯是因为不方便，没别的。魔法师徒需要花很长时间在一起阅读、讨论。要是阿拉贝拉还在，没准儿我早已经有女弟子了。可现在还得指望有人在场陪同等等各种啰嗦，我现在可没这份闲心。我自己的研究是第一位的。”

“斯特兰奇先生，那你可有什么新法术打算给我们亮一亮？”波蒂斯海德勋爵兴冲冲地问。

“啊，很高兴您问起它！我这一向在创新方面费了不少心思。英格兰魔法复兴之路若还要延续——或者说这条路若不再只向吉尔伯特·诺瑞尔一人所指的方向延续——我就必须学点儿新东西。然而新法术并不易得。我可以踏上王道，去寻访那些魔法乃是正道而非旁门的国度。”

“老天爷！”沃特爵士惊道，“怎么又提这些！你是不是真疯了？我记得咱们说好的，王道太危险，无论如何不能去……”

“是，是！你的意见我耳熟能详。这方面你训了我够久的了。可你老不听我把话说完！我只是把可行方案提一提。我是不会上王道的。我向我的……我向阿拉贝拉保证过，我不会的。”[3]

3　我们大部分人天生乐于跟亲戚朋友对我们的约束做斗争，可假如我们不幸失去一位自己所爱的人——变化得有多大！曾经的约束一下子成了神圣的嘱托。

说到这儿，斯特兰奇顿了顿，叹了口气，脸色阴沉下来。显然他是心有旁“物”——或者说旁人。

沃特爵士轻声评论道：“我一向特别尊重斯特兰奇太太的意见。你照她的话做比什么都强。斯特兰奇，我是通情达理的——你当然愿意搞出些新东西——是个做学问的都愿意——可看书难道不才是学习魔法唯一稳妥的办法吗？”

“可我什么书都没有！”斯特兰奇大叫起来，“老天！政府只要通过一条法律，命令诺瑞尔让我参观他的藏书室，我保证跟没出阁的老姑姑似的低眉顺眼，大门不出二门不迈！可既然政府不帮我这个忙，我也没别的办法，只好自己会什么就靠什么长知识。”

“那你打算怎么办？”波蒂斯海德勋爵问。

“召唤个仙子出来。”斯特兰奇干脆地答道，“我已经试过几次了。”

“诺瑞尔先生不是给了条定理，说召唤仙子危机四伏吗？”沃特爵士道。

“没什么东西诺瑞尔先生不认为是危机四伏的。”斯特兰奇带着嫌恶的口吻道。

“确实。”沃特爵士满意了。不管怎么说，召唤仙子是英格兰魔法根深蒂固的传统之一。黄金时代魔法师无人不尝试，白银时代魔法师无人不想尝试。

“可是，先生，你肯定这办法可行？”波蒂斯海德勋爵问，“大部分业界权威都认为仙灵再未踏上过英格兰的土地。”

“大部分人确实这么以为，没错。”斯特兰奇赞同道，“不过，我几乎敢肯定，一八一四年十一月的一天，我身边就有那么一位。就在我跟诺瑞尔决裂前一两个月。”

“真的！”波蒂斯海德勋爵惊道。

“你之前从来都没提到过。”沃特爵士道。

“之前我实在是没法提，”斯特兰奇道，“也多亏我只字不提，我才能在诺瑞尔门下为徒。稍提个话影儿，诺瑞尔就能气得面孔青紫、一头倒地。”

“斯特兰奇先生，他长什么样？”波蒂斯海德勋爵问道。

“那个仙子吗？我不知道。我没看见他。我听见了。他在奏乐。当时还有一个人在场，我觉得他既能听见也能看见那个仙子。来，想想跟这一族打交道的好处！无论现世还是过往的法师，谁也教不了我那么多东西。仙灵能提供我们魔法师想要的一切。魔法是他们的原生态！至于坏处嘛，还是老生常谈那一条——我基本不知道怎样才能跟他们打上交道。为了让那仙子再回来，我咒语下了几十种，书上看来的，从别人那里听来的，我全都试过了。可一切都是徒劳。我实在搞不懂，诺瑞尔为何要费那么大精力去禁止一样谁也干不了的事情。大人，敢问您可否也知道些召唤仙子的咒语呢？”

“不少，”波蒂斯海德勋爵道，“不过我敢肯定你早都已经把它们试遍了，斯特兰奇先生。我们都盯着你哪，先生，等你把一切业已失传的法术都复原。”

“哦！”斯特兰奇叹道，“我有时候觉得法术一样也没失传，其实全都在何妨寺的藏书室里藏着呢。”

“你说当时还有个人在场，而且他既看见也听见了那仙灵？”沃特爵士问。

“是的。”

“我猜……这人不是诺瑞尔？”

“不是。”

“那好吧。这人说了些什么？”

“这人当时……有些糊涂。他以为自己见着了天使——由于平时生活方式和思维习惯，见着天使在他看来可不像咱们觉得那样稀奇。不好意思，谨慎起见，关于当时的情形我不能再多说了。”

“是，是！没问题！不过你这位同伴看见仙灵了——他为什么能看见？”

“哦，我知道为什么。他身上有些特别之处，让他把仙子看了个分明。”

“好吧，这特别之处你能不能想个办法用一用呢？”

斯特兰奇想了想。“我不知道该怎么用。这玩意儿纯靠碰，就好像有人眼珠是蓝的，有人就是棕的。”他停顿片刻，默默思忖，“不过也许并非如此。兴许你说得对。细想来，这看法也并不是什么旁门左道。想想黄金时代魔法师！论狂野，论疯癫，他们当中有些人跟仙灵也差不了多少！想想拉尔夫·斯托克塞和他的仙仆科尔·汤姆·布鲁！斯托克塞年轻的时候，别人根本分不清他俩谁是谁。兴许我这个魔法师当得太驯良，太‘家里蹲’了。可是要怎样才能疯得起来呢？我每天都在街上看见疯子，却从来没想到去琢磨琢磨他们是怎么变疯的。也许我应当去空寂的旷野、荒芜的海岸游荡，那些地方向来受疯子们青睐——至少小说、剧本里都是这么写的。也许英格兰的荒野能让我疯起来。”

斯特兰奇站起身来，走到客厅窗边，仿佛打算从那里遍览英格兰的荒野——而窗外只是蒙蒙密雨下的苏活广场，景色再寻常不过。“我觉得有可能真被你说着了，坡。”

“我？”沃特爵士大叫起来，有些慌神——他不知道自己的话会把斯特兰奇往哪里带，“我可没让你这么干！”

“可是，斯特兰奇先生，”脾气温和的波蒂斯海德勋爵分析道，“你不会真打算这么干的。有你这般学识的人情愿当个……当个流浪汉。唉，先生，这想法着实令人咋舌。”

斯特兰奇抱起双臂，又看了一眼窗外的苏活广场，说道：“好吧，今天我就不去了。”说罢脸上泛起他那种自嘲的微笑，模样简直又有了过去的影子。“我得等等，”他说道，“等雨停了再说。”[4]

4 就连坐拥三座王国、执掌全英格兰魔法的约翰·乌斯克格拉斯都无法彻底摆脱踏上神秘征途的意愿。一二四一年的时候，他以一种只为魔法师所知的神秘方式离开了纽卡斯尔的宅邸。他告诉一个用人，不出一天，大家就会发现他回来了，睡在火炉前的一条长凳上。

第二天，家中用人和王室成员到火炉前的长凳上去找他，可他不在那里。他们每天早上也找、晚上也找，可他始终没有出现。

兰切斯特伯爵威廉出面替他主持国事，很多决定都先放下了——“等国王回来再说”。然而，随着时间推移，很多人都疑心他还有没有回来的那一天。结果，在国王离家后的一年零一天，大家在火炉前发现了他——正睡在长凳上。

他似乎并未意识到发生过什么特殊情况，也没跟任何人说自己去了哪儿。没人敢问他离开这么久究竟是他本意还是因为出了什么可怕的事故。兰切斯特的威廉召见了那用人，让他把国王说的话逐字逐句再重复一遍。难不成他当初说的本来就是要走一年零一天？

也许吧，那用人说，国王说话一向悄无声息的。很可能是他当初没听真切。

第五十章

《英格兰魔法的历史与实践》

一八一六年四月至九月底

当斯特兰奇的朋友们确定他不会舍弃舒适的居所和高额的收入跑去做个游荡在风雨中的吉卜赛人时，都很欣慰；可面对他的新举措，心里特别踏实的仍然不多。他们有充分的理由担心他变得毫无顾忌，时刻准备着把各式各样的法术都肆意玩个遍。他对阿拉贝拉起的誓目前还能拦着他不让他上王道，可沃特爵士把丑话说尽，也无法阻止他张口闭口念的想的都是约翰·乌斯克格拉斯和他的仙子臣民。

四月底，斯特兰奇新收的三位徒弟亨利·珀尔伏瓦阁下、威廉·哈德利-布莱特和舞蹈教头汤姆·莱维都已经在苏活广场周边租了房子住下。他们每日里都到斯特兰奇家中学习魔法。指导他们的间歇，斯特兰奇就忙自己的书稿并替陆军和东印度公司施法办事。除这两家以外，他还收到了利物浦自治委和布里斯托海运商会递交的申请。

斯特兰奇居然还能收到官方机构或者说任何人的委任，诺瑞尔先生知道后气得跑去找当朝首相利物浦伯爵提意见。

利物浦伯爵并不向着他。“部队将领想怎么干就怎么干，诺瑞尔先生。政府不干预军事，这您也清楚。[1]他们那边委任斯特兰奇先生做魔法师也有年头了，凭什么就因为您跟斯特兰奇先生闹翻了就不再用他了

1　这话完全不能相信。在半岛战争期间，威灵顿公爵最大的意见便是政府无时无刻不在干预。

呢。至于东印度公司嘛，我听说人家先请的是您，结果您不答应。”

诺瑞尔先生飞快地眨了眨他那对小眼睛。“我为政府——为大人您的服务占去我太多时间。若为一家私人企业所耽搁，我良心不安啊。”

“这您相信我，诺瑞尔先生，我们感恩戴德。可东印度公司的成败对于整个国家的财富起着多关键的作用，我不必再和您讲了吧。他们用得着魔法师的地方多了去了：舰队在风雨里听天由命，大片领地亟待治理，部队整日遭受印度王公和土匪的袭击。斯特兰奇先生负责管制好望角一带及印度洋内的天气，此外他还对如何在敌对势力较强的地区有效使用魔法加以指导。东印度公司的理事认为斯特兰奇先生在伊比利亚半岛的斗争经验是会帮大忙的。大不列颠缺魔法师缺得厉害，这又是个证明。诺瑞尔先生，就算您再鞠躬尽瘁，也难做到无处不在、无所不能——我们谁也没这么要求您。我听说斯特兰奇先生那边已经收了徒弟。要是听说您也有这个打算，我一准儿高兴极了。”

虽得到利物浦伯爵的赞许，亨利·珀尔伏瓦、威廉·哈德利-布莱特和汤姆·莱维这三位入门魔法师所受的教育，其进展并不比斯特兰奇自己那六年顺利。唯一的区别在于：斯特兰奇那会儿要想办法对付诺瑞尔的闪烁其词，而这些年轻人的学习时常因斯特兰奇情绪低落、坐立不安而中断。

六月初，《英格兰魔法的历史与实践》首卷结稿。斯特兰奇把它发给了莫雷先生。不出旁人所料，第二天他就对亨利·珀尔伏瓦、威廉·哈德利-布莱特和汤姆·莱维说他打算出国，教学任务暂且搁一搁。

“我觉得这计划妙极了！”沃特爵士一听说便道，“换换环境，换换圈子。要是我也会劝你这么干。走，快走！”

“你不觉得现在走太早？”斯特兰奇忧心忡忡地问，“我走了，不就等于把伦敦让给诺瑞尔处置了吗？”

“你以为我们就那么健忘？好吧，我们一定竭尽全力不在几个月之内就把你忘掉。何况你的书马上就发行了，它能随时提醒我们：没了你我们将如何寸步难行。”

“这话不假。书还在。四十六章的内容诺瑞尔去驳的话总得个把月，他还没驳完我早就回来了。”

“你打算去哪儿？”

“意大利吧，我想。南欧国家一向令我着迷。还在西班牙的时候，我经常为那边的乡野风光所打动——或者说若不是铺天盖地的士兵、炮火，我想那里的风光一定会是十分动人的。”

“我想你会偶尔来封信？给旅途感受留个纪念？”

“哦，那我可饶不了你们。出门在外，遇上一丁点儿麻烦也有权写信抱怨给朋友听，好排解胸中不快。你就等着我不遗巨细的长篇大论吧。”

斯特兰奇的情绪突然低沉下来了，这种情况近来常有。他那轻松、顽皮的态度一下子蒸发不见，坐在那里冲一只煤斗皱眉头。“不知你能不能……”他总算发了话，“我的意思是，我想请你……”他为自己的吞吞吐吐气得嘤然作声，“你能不能替我给坡夫人带个话？我感激不尽。阿拉贝拉过去同夫人她很要好，我知道假如我不打声招呼就离开英格兰，她不会愿意的。”

“当然可以。我该怎么说呢？”

“唔，就说我衷心祝愿她身体好起来。你觉得怎么说好就怎么说。说什么并不重要，只是你一定要告诉她，这话是阿拉贝拉的丈夫托你带到的。我希望夫人她能明白，她朋友的丈夫并没忘了她。”

“我十分乐意效劳，”沃特爵士道，“谢谢你。”

斯特兰奇还以为沃特爵士会请他把话直接说给坡夫人听，可爵士并没这么做。坡夫人究竟是否还住在哈里大街宅内都没人知道。有种说法在伦敦城里传开了，说是沃特爵士早把她送到乡下去了。

想出国的可不止斯特兰奇一人。突然间，出国成了件特别时髦的事。因抗击波拿巴的战火，英国人在自己的岛国上关了太久——这么久以来，他们急于赏新景、观奇人的渴望只能靠游览苏格兰高地、英格兰湖区或是德比郡峰区来满足。如今一停战，他们便可到欧洲大陆观赏别具一格的山峰海滨，过去只在书本或是版画复制品上见过的艺术名品，如今也可以亲眼瞧瞧真迹。有些人迈出国门，图的是在欧洲大陆生活兴许比在国内便宜。有些人是去躲债或是干了丑事过去避避风头。而有些人则和斯特兰奇一样心理，为的是寻找自己在国内再也找不回来的平和心境。

乔纳森·斯特兰奇致约翰·斯刚德斯：

> 我猜我大概比拜伦勋爵晚着一个月的行程。[2]无论在什么地方停留，那地方开客栈的、驾马车的、官员、百姓、酒馆跑堂的以及各路小姐太太在和这位勋爵大人萍水相逢之后脑子似乎都还没恢复正常。即使我的旅伴小心起见，提醒他们我就是那人见人怕的英国魔法师，比起英国大诗人来我明显还是不够格。无论走到哪儿，人人都夸我——不骗你，我自己都没听说过——夸我是个安静、本分的英国人，不吵不闹、不讨人嫌……
>
> 一八一六年六月十二日
>
> 于布鲁塞尔

这一年的夏天很不寻常。或者不如说这一年根本没有夏天。冬天延

2　由于债台高筑、被指控虐妻且相传对其亲姊妹有不伦之举，拜伦勋爵被迫于一八一六年四月离开了英国。

期不走，一耗就耗到了八月。太阳几乎没怎么露面。厚积的灰云遮天蔽日；寒风吹透了城镇，冻枯了庄稼；一场场暴雨、冰雹洒落欧洲各地，间有电闪雷鸣，为其增添声势。从某种意义上来说，这个夏天还不如冬天：黑夜本可以将苦难临时遮掩，而夏日天光之长，夺走了黑暗所能给人们带来的慰藉。

伦敦空了半座城。议会散席，议员们都跑到自己的乡下别墅去了——即使盯着雨发呆，也还是那边更适宜些。伦敦城里，出版商约翰·莫雷先生坐在自己阿伯马尔大街的宅子里。这要是在以往，莫雷先生家里可是整个伦敦最热闹的地方——诗人、杂文家、评论家以及全国各路文学大家济济一堂。可如今这些文学大家全都去了乡下。雨在窗户上噼啪，风在烟囱里呜咽，莫雷先生往壁炉里多添了几铲煤，坐到写字台旁读今天刚到的信。他把信一封一封拿起来，凑近自己的左眼（右眼如今已经快瞎了，毫不顶用）。

巧了，今天的信里有两封都是从瑞士日内瓦寄来的。一封来自拜伦勋爵状告乔纳森·斯特兰奇，另一封来自斯特兰奇控诉拜伦。这两位先生曾在莫雷先生府上见过几次，可到现在他俩都没熟起来。几个礼拜前，斯特兰奇在日内瓦拜访了拜伦，这场会面并不愉快。

斯特兰奇（他此时受心情影响，正把婚姻以及被阿拉贝拉带走的一切看得很重）见了拜伦家中安排，心里很不舒服。“我在勋爵他湖畔那幢漂亮的小别墅里见到了他本人。不止他一个，还有一位姓雪莱的诗人、这位诗人的夫人以及一位年轻小姐——其实还只是个孩子——自称克莱尔蒙特夫人。该夫人同这两个男人之间究竟什么关系，我搞不清楚。要是你知道，也不必告诉我。在场还有个怪人，年纪轻轻，自打碰面起就一直在说胡话——这人姓波利多里*。”

---

* 约翰·威廉·波利多里（1795—1821），英国作家兼外科医生，曾当过拜伦的私人医生。他于一八一九年发表的《吸血鬼》是史上第一部吸血鬼短篇小说，他也被誉为吸血鬼小说的开山鼻祖。

与此同时，拜伦勋爵对斯特兰奇的着装表示出极大的反感。“他还穿的半身孝。他老婆圣诞节那会儿就死了，不是吗？还是说他觉着穿黑能显得自己更神秘、更有魔法师的范儿？”

他二人从一见面彼此就看不入眼，随后便顺理成章地就时政争吵起来。斯特兰奇信中写道：“也不知怎么搞的，我们立马就谈起了滑铁卢之战——我是威灵顿公爵的魔法师，而他们全都讨厌威灵顿而崇拜波拿巴，于是这话题招得所有人都不痛快。克莱尔蒙特夫人有着十八岁孩子的不知好歹，问我作为政府傀儡，害那样一位伟人垮了台，难道就不觉得惭愧吗。不觉得，我答道。”

拜伦信中写道：“他可是威灵顿公爵的大党羽。看在你的分上，亲爱的莫雷，我只盼他的书比他本人有意思些。”

斯特兰奇在结尾写道：“人们对魔法的见解是如此匪夷所思。他们想要我给讲讲吸血鬼。”

见自家两位作者合不来，莫雷先生觉得遗憾。不过他想到这也许是无法避免的——因为这二位吵起嘴来都是有名的：斯特兰奇跟诺瑞尔吵，而拜伦几乎跟谁都吵。[3]

读完信，莫雷先生打算到楼下书铺里遛遛。乔纳森·斯特兰奇的书刚刚印好一大批，他急于看看销量如何。楼下书铺由一位夏科尔顿先生掌管，夏科尔顿先生长得和您想象中书商应有的样子完全一致。他是做不了别的生意的——经营女帽、女红用品，穿装打扮是要比顾客讲究的，所以他肯定不行——可卖书，他却是最佳人选。夏科尔顿先生看

3　他二人之间看似缺乏体谅，斯特兰奇某些地方一定给拜伦留下了很深的印象。拜伦于当年九、十月份开始创作的诗歌《曼弗雷德》就是关于一名魔法师的。曼弗雷德这个人物跟乔纳森·斯特兰奇肯定不会太相像（起码跟拜伦所深恶痛绝的那位体面的斯特兰奇不一样）。他更像拜伦自己——同样沉迷自我、厌恨自我、高高在上地对周围人充满不屑，同样有着对无端悲剧的暗示以及种种神秘莫测的追求。然而，曼弗雷德这个魔法师平时的消遣就是召来风、土、水、火各种精灵来同他交谈。这么安排，就仿佛拜伦对自己遇见的魔法师不甚满意，于是编了一个更讨自己喜欢的。

不出具体多大年纪，身材瘦削，从头到脚蒙着层灰，墨水点子细巧调匀地溅了一身。他有种学者的派头，略带些思想者的超然。他鼻上架着眼镜，耳后别根羽毛笔，头顶一副快散架的假发。

“夏科尔顿，斯特兰奇先生的书咱们今天卖掉多少？”莫雷先生问。

“六七十本，我估摸着。”

“好极了！”莫雷先生道。

夏科尔顿皱起眉头，把鼻梁上的眼镜往高里推了推。“是啊，您会觉得好极了，是不是？”

“你这话什么意思？”

夏科尔顿先生把墨水笔从耳后取下来。“有好多人又跑回店里一趟，两趟各买一本。”

“那更好了！照这速度，眼看就要赶超拜伦勋爵的《海盗》了！照这速度，咱们下周末之前就得加印第二批了！”说到这儿，莫雷先生发现夏科尔顿先生的眉头并未松动，于是补了一句，“好啦，多买一本有何不妥，我猜他们是买了送朋友的。”

夏科尔顿先生摇了摇头，一头松散的假发随之婆娑。“真是怪了。我可从来没听说有这种事。”

书铺的门开了，一个年轻人走了进来。此人身材矮小，体形单薄，五官端正——说实话，若不是举止太令人遗憾，人还是相当英俊的。这年轻人属于那种想法太热闹的，以至于脑子关都关不住、泄洪似的泼洒到人间，把周遭路人吓得不轻。他自说自话，脸上的表情变化无穷。片刻之间，他已表现出惊讶、羞恼、决然和愤怒——这种种情绪大概是他与脑中假想的对象激烈讨论的结果。

商铺——尤其是伦敦的商铺——常有疯子进来捣乱，莫雷先生和夏科尔顿先生立刻警觉起来。等听见这年轻人说什么，他俩的疑虑丝毫没有减轻——只见他一双亮蓝眼睛带着凶光盯住夏科尔顿先生，高声嚷道："这就是你们所谓的待客周到！这就是所谓的教养！"说罢，他转身对莫雷先生说了以下这番话："您听我的，先生！千万别在这儿买书。这儿的人都是骗子和贼！"

"骗子和贼？"莫雷先生道，"不会，您误会了，先生。我敢肯定我们能让您相信这是场误会。"

"啊！"年轻人大喝一声，给了莫雷先生一眼，目光犀利，表示他已发觉莫雷先生并非自己最初以为的那样也是个顾客。

"我是这儿的业主，"莫雷先生赶忙解释，"我们不干强盗营生。您告诉我出了什么事，我一定尽我所能帮您解决。我肯定一切都只是场误会。"

莫雷先生递了客气话，那年轻人的火气可是一点儿都没压下去。他大叫道："您敢不敢否认，先生，您店里雇了个魔法师，是个卑鄙的大骗子——姓什么斯特兰奇？"

莫雷先生正要说斯特兰奇是他负责出版的作家之一，可那年轻人根本等不得听。"您敢不敢否认，先生，斯特兰奇给书下了咒，把它们全变没了，于是人们必得重新买？买了还得再买！"他冲夏科尔顿先生晃晃手指头，一副狡黠的神情，"您是不是打算说您不记得我了？"

"不是，先生，我没这个打算。您我记得很清楚。您是头一批来购买《英格兰魔法的历史与实践》的顾客，一个礼拜过后您回来又买了一本。"

那年轻人双眼睁得老大。"我没法不跑回来再买一本！"他怒气冲冲地嚷道，"头一本不见了。"

"不见了？"莫雷先生迷惑不解地问，"您要是把书给丢了，这位……先生，我表示遗憾。可我不太明白，丢书怎能怪卖书的呢？"

"先生，我姓格林。并且我没把书弄丢。它自己不见了的，不见了两回。”格林先生深深叹了口气，就好像迫不得已要面对傻瓜和弱智的蠢蛋。“我把头一本书买回家，”他讲道，“把它放到桌上，底下垫的是我放剃刀等修容用品的箱子。”格林先生比画着把书往箱子上放的姿势，“我往书上放了张报纸，报纸上搁了一架铜烛台和一个鸡蛋。”

“鸡蛋？”莫雷先生问。

“硬心儿煮蛋！然后我转个身的工夫——不出十分钟！报纸就贴着箱子放了，书已经没了！可鸡蛋和烛台始终没动地儿。于是一个礼拜后我又回来买了第二本——您家店伙说得没错。我把书拿回家，跟《顾氏实用外科医学词典》一起摞在壁炉台上。不过后来我泡茶的时候一不小心碰歪了两本书，书掉进了装待洗衣物的篮子。礼拜一那天，杰克·布特——也就是我的仆人——把脏床单塞进篮子里。礼拜二，洗衣妇来收要洗的东西，把床单一掀，篮子底上只躺着《顾氏词典》——《英格兰魔法的历史与实践》不见了！”

格林先生这番话虽暴露了自己家庭内务上些许异于常人之处，却似乎也为解释清楚这件事带来了希望。

“会不会是您记错了放书的地方？”夏科尔顿先生提示道。

“没准儿是洗衣妇把书连床单一块儿拿走了？”莫雷先生提醒他。

“不可能，不可能！”格林先生矢口否认。

“会不会是别人把书借走，或是挪动了地方？”夏科尔顿先生问。

格林先生听了这话十分诧异。“谁呢？”他问。

“我……我可不知道。格林太太？您的仆人？”

“没有格林太太！我自己一个人过！除了我以外，家里只有杰克·布特，杰克他还不识字！”

“那兴许是您的朋友？”

格林先生似乎马上要否认自己有任何朋友。

莫雷先生叹了口气。“夏科尔顿，去再拿一本书送给格林先生，然后把第二次买书的钱退给人家。”随后他转向格林先生道，“我很高兴见您这么喜欢这本书，还肯回来再买一本。”

“喜欢?! ”格林先生嚷嚷起来，表情比之前更诧异了，“喜不喜欢我哪儿知道！这书我还没来得及翻开呢。”

他走了以后，莫雷先生在铺子里多待了一会儿，拿脏衣服篮子和硬心儿煮蛋开了几句玩笑。可夏科尔顿先生（平日里和大家一样爱听个笑话）就是不肯乐。他看上去若有所思，焦虑不安，念叨了好几回——坚持说事有蹊跷。

半个钟头后，莫雷先生坐在楼上自己屋里凝望着书柜，一抬头，发现夏科尔顿先生来了。

“他又回来了。”夏科尔顿先生道。

“什么？”

“那个格林。他又把书丢了。他把书放在右口袋里，走到大普特尼街的时候发现书已经不见了。当然我跟他说了伦敦到处都是贼，可您不能不承认……”

“是，是！先别管那个！”莫雷先生截住他的话，“我自己那本也不见了！看！我把它放这儿来着，夹在迪斯雷利*的《一纸荒唐言》和奥斯汀小姐的《爱玛》之间。你能看到空出来的那块地方。夏科尔顿，到底出什么事了？”

“魔法。”夏科尔顿先生斩钉截铁地说，“我一直琢磨这回事来着，并且我觉得那个格林说得没错，是有什么咒语正在书和我们身上起作用。”

“咒语！”莫雷先生睁大了双眼，“是啊，我看一定是了。我以前还从来没亲身感受过魔法呢，我可不着急再来一遍。这感觉真是诡异极

* 艾萨克·迪斯雷利（1766—1848），英国作家、学者，英国首相本杰明·迪斯雷利的父亲。

了，令人特别不舒服。要是一切都违背常理，人怎知该做什么不该做什么呢？”

“是啊，”夏科尔顿先生道，“要是我，我就先上别的书铺去问问，看看他们那边的书是不是也消失了。起码咱们能知道这事是普遍存在还是专针对咱一家。”

这提议听上去不错，于是莫雷先生和夏科尔顿先生把铺子托付给店伙照料，俩人戴上帽子，走到门外的风雨里。离他们最近的是皮卡迪利大街上的爱德华兹-斯奇特灵记书店，他俩要进门的时候，不得不给一个身穿蓝色制服的男仆让道。这男仆正扛着一大摞书往外走。

莫雷先生还没来得及发觉人和制服其实都很眼熟，男仆就已经走远了。

进了铺子，只见爱德华兹先生正跟约翰·齐尔德迈斯谈得专心。见莫雷和夏科尔顿二位进门，爱德华兹先生转过身来，面有羞愧之色。而齐尔德迈斯仍是老样子。“啊，莫雷先生，”他说道，“见到您真高兴！您过来省得我冒雨跑一趟了。”

“出什么事了？”莫雷先生问，“你来干吗？”

“干吗？诺瑞尔先生要买点儿书，如此而已。”

“哈！你主子要是打算靠把书买光来抵制斯特兰奇先生的作品，他会失望的。诺瑞尔先生是有钱，可他到最后也一定会把家底儿用光。他买得有多快，我就能多快再印更多出来。”

“不会的，”齐尔德迈斯道，“您没那个能耐。”

莫雷先生冲爱德华兹先生发了话：“罗伯特，罗伯特，你就让他们这么骑在你头上？”

可怜的爱德华兹先生看上去特别愁苦。“对不起啊，莫雷先生，可书都不见了，害得我只好给三十多个人退了款，眼看是要赔进去不少了。不过现在诺瑞尔先生提出要把斯特兰奇先生这本书在我这里的库存全买下来，开的价格也公道，于是我就……”

“公道？”夏科尔顿先生忍无可忍，嚷嚷起来，“公道？哪里公道了，我倒要听听！您觉得一开始是谁把书都变没的呢？”

“就是啊！”莫雷先生附和道，随后问齐尔德迈斯，“你不会是要否认这些皆是诺瑞尔所为吧？”

“不，不，恰恰相反。诺瑞尔先生正抢着担这个责任呢。他列了一长串这样做的道理，只要有人肯听，他是乐意给人家讲一讲的。”

“都是些什么道理？”莫雷先生冷冰冰地问。

“哦，还是老生常谈，我估计。”齐尔德迈斯的脸上头回显现些许畏闪，“他正起草一封公开信，信上都会跟您几位说清楚的。”

“你们觉得这样就能把我打发了，是吗？写封信致歉？”

“致歉？我估计您在信上找不到多少歉意。”

“我要去跟我律师谈的，”莫雷先生道，“今天下午就去。”

“您当然要去的。我们也不该指望您留情。虽然事已至此，诺瑞尔先生绝没有让您蒙受经济损失的意思。您出版斯特兰奇先生这本书统共花了多少钱，什么时候只要给我个数，我受委托是可以马上给您开一张汇票付清全款的。”

莫雷先生没有想到这么一出，于是陷入了两难境地——他想甩齐尔德迈斯一句难听的，同时又意识到自己损失一大笔钱是诺瑞尔害的，理应由他掏腰包。

夏科尔顿先生悄悄捅了捅莫雷先生的胳膊，提醒他千万不要贸然行事。

“那我利润那部分怎么算呢？”莫雷先生问，打算先争取一些时间。

“哦，您的意思是把这部分也考虑进去，对吗？这才合理嘛，我觉得。容我向诺瑞尔先生请示一下。”说罢，齐尔德迈斯鞠了个躬，走出了书铺。

莫雷先生和夏科尔顿先生也没必要再待下去。二人一回到大街上，莫雷先生就冲夏科尔顿先生说："快到泰晤士街跑一趟……"（那里是莫雷先生存货的仓库）"……看看斯特兰奇先生的书还有没有剩。别让杰克逊三言两语就把你打发了，让他带你亲自去看。告诉他我让他把书清点一遍，整点之前必须把总数报给我。"

莫雷先生回到阿伯马尔大街，发现三个年轻人正在他铺子里晃悠。这三个年轻人一看见他，立马把手上的书一合，把他围在中间，一齐发了话。莫雷先生自然以为他们跑来是跟格林先生一个目的。见仨人里有俩都大高个子，仨人全都大嗓门且全在气头上，莫雷先生害怕起来，招呼店伙跑去求救。店伙却待在原地不动，只是带着一脸前所未有的专注静观事态发展。

打这些年轻人嘴里传出几句相当粗暴的呵斥，像什么"亡命之徒""卑鄙小人"之类的，莫雷先生听见后心情并没好到哪儿去。不过很快他就反应过来，这几个人骂的并不是他，而是诺瑞尔。

"不好意思，先生们，"他说道，"如果方便的话，劳驾能不能先告诉我您几位姓甚名谁？"

几个年轻人一听这话都很奇怪。他们没想到自己竟如此默默无闻。三人报上名姓，原来是斯特兰奇门下三位等候师父归来的弟子：亨利·珀尔伏瓦、威廉·哈德利–布莱特和汤姆·莱维。

威廉·哈德利–布莱特和亨利·珀尔伏瓦二人高大英俊，汤姆·莱维则矮小、细瘦，发色和眉目皆为棕黑。前文提到过，哈德利–布莱特和珀尔伏瓦都是大宅门出来的地道英国绅士，而汤姆之前是教人跳舞的，祖上都是希伯来人。所幸哈德利–布莱特和珀尔伏瓦对他们在地位、血统上的差异并不太在乎。他们知道汤姆是三人之中最有天赋的，于是在魔法学问方面一向都听从他的意见。除了对汤姆直呼其名（汤姆可是称他俩为珀尔伏瓦先生、哈德利–布莱特先生的）、忘记带书的时候都指着汤姆去拿以外，他俩是很乐意同他平起平坐的。

“这坏蛋、这恶魔打算毁掉斯特兰奇先生的著作，我们决不能袖手旁观！”亨利·珀尔伏瓦断言道，“给我们点儿任务吧，莫雷先生！我们只要求这么多！”

“假如这任务包括拿快刀捅了诺瑞尔先生，那就更好了。”威廉·哈德利–布莱特补充道。

“诸位谁能去追追斯特兰奇，把他带回来？”莫雷先生问。

“哦，当然可以！哈德利–布莱特是最佳人选！”亨利·珀尔伏瓦宣称，“您要知道，他在滑铁卢的时候可是公爵的副官。没什么比策马狂奔更合他的意了。”

“您知道斯特兰奇先生去了哪儿吗？”汤姆·莱维问。

“两个礼拜前还在日内瓦，”莫雷先生道，“我今天早上收到他从那里寄来的信。他有可能还在那里，也有可能已经在往意大利走的路上了。”

店门一开，进来了夏科尔顿先生。夏科尔顿先生的假发挂了雨滴，就仿佛往上缝了无数玻璃珠子。“都还好，”他急急向莫雷先生禀报，“书还都捆得好好的在那里。”

“你亲眼所见？”

“是的，没错。想把一万本书都变没，我猜魔法也不少用呢。”

“我要是像您这么乐观就好了，”汤姆·莱维道，“不好意思，莫雷先生，据我了解，诺瑞尔先生这个人有了目标便孜孜以求，不完成任务是不会罢休的。我觉得咱们来不及等斯特兰奇先生回来再说了。”

夏科尔顿先生一听居然有人如此胸有成竹地谈论魔法方面的事情，面露惊讶之色。

莫雷先生于是匆忙向他介绍了斯特兰奇的三位弟子。“您觉得我们还能撑多久？”他问汤姆。

“一天？最多两天？反正铁定是等不及追上斯特兰奇先生再带他回来了。莫雷先生，我觉得您最好还是把这件事交给我们，然后我们马上用一两条咒语试试看能不能抵御诺瑞尔的法术。”

“有这样的咒语吗？”莫雷先生忧心忡忡地看了看这几位魔法新手。

“哦，数以百计！”亨利·珀尔伏瓦道。

“诸位可会哪条？”莫雷先生问。

“我们不过是略知一二，”威廉·哈德利-布莱特道，“我们仨大概可以攒出一条相当过得去的。等斯特兰奇先生从欧洲回来，发现他的书都被我们救了下来，那该有多棒！到时候总可以让他开开眼了，我想。”

“能不能用佩尔那招‘无形什么和什么来着’？”亨利·珀尔伏瓦问。

“我明白你指的是哪招。”威廉·哈德利-布莱特道。

“这是佩尔博士一条特别高明的法术，”亨利·珀尔伏瓦讲给莫雷先生听，“能将对方的咒语反转，施加在对方身上。诺瑞尔先生自己的书到时候就会一片空白或者消失不见！毕竟这下场也是他罪有应得。”

“等斯特兰奇先生一回来，发现英格兰首屈一指的魔法书库被咱们给毁了，我可不敢保证他跟您似的这么高兴。”汤姆道，“何况，若要使用佩尔的‘无形反射与防御’，咱们还得造个‘魅力风’。”

“造个什么？”莫雷先生问。

“‘魅力风’，”威廉·哈德利-布莱特道，“佩尔博士的作品里到处都是这种做法术用的器械。可以说这东西造出来以后既像喇叭又像烤面包的叉子……”

“……此外顶端还有四个金属球不停地旋转。”亨利·珀尔伏瓦补充道。

“原来如此。”莫雷先生道。

“现造个魅力风是来不及的，”汤姆口气不容商量，“我主张咱们还是试试德·切佩的‘先发制人’。[4]这法术操作起来快得很，使用得当的话，能将诺瑞尔的魔法抵挡些时日——足够撑到咱们把信寄到斯特兰奇先生手上。”

话音刚落，店门开了，进来一个邋里邋遢、戴着皮围裙的伙计。他发现一屋子人都盯着自己，显得有点儿难为情。他身子一颠，微微鞠了个躬，把一张纸往夏科尔顿先生手里一递，便逃也似的速速离开了。

“夏科尔顿，什么事？”莫雷先生问。

“泰晤士街那边来的信儿。他们翻开书检查了里面。书里一片空白——一个字没留下，一页纸没放过。我很抱歉，莫雷先生，可惜《英格兰魔法的历史与实践》已经不在了。”

威廉·哈德利-布莱特两手揣进裤袋里，低低吹了声口哨。

时间一分一秒地过去，事态也逐渐明朗起来：斯特兰奇的书在市面上一本都见不到了。威廉·哈德利-布莱特和亨利·珀尔伏瓦举双手赞成把诺瑞尔先生叫出来决斗，可有人劝他们说诺瑞尔先生上了年纪，平日里缺乏锻炼，谁也没见他拿过刀剑手枪——两个正值壮年的小伙子（其中一个还是当兵的）赌人家出来决斗，就算搬出天大的理由，也谈不上合理，算不得光荣。哈德利-布莱特、珀尔伏瓦二人虚心接受了意

4　沃特·德·切佩是十三世纪初伦敦的一名魔法师。他的“先发制人”一技能够保护个人、城镇或器物免遭咒语侵害。这法术极有可能脱胎于某种仙灵法术，据说效力非常之强。诚然，这咒语唯一的缺陷就在于它效力实在太强。有时候被施咒的器物会变得百毒不侵，无论是人是仙、有没有魔力，都动它不得。由此可以想见，假如斯特兰奇的弟子将这个法术成功运用在斯特兰奇的书上，这本书很可能谁也拿不起、翻不开了。

一二八〇年，布里斯托的百姓请求镇上的魔法师给整座镇子下德·切佩的“先发制人”咒，以预防敌人魔咒的侵害。不幸的是，法术太成功，于是城里的每个人、每只牲口、港口的每条船都化作了活雕像，一动不能动；水在堤岸之间不再流淌，就连炉里的火苗都定了格。布里斯托就这样坚持了整整一个月，直到约翰·乌斯克格拉斯从纽卡斯尔的住处赶来才把一切恢复了原样。

见，只是珀尔伏瓦一双眼睛还忍不住满屋子溜，看有谁跟诺瑞尔先生一般老弱。他的目光饶有意味地停在夏科尔顿先生身上。

斯特兰奇的其他一些好友貌似都是同情莫雷先生的，也表露出一些因诺瑞尔先生所作所为而产生的愤慨。波蒂斯海德勋爵来了一趟，把他寄给诺瑞尔先生的绝交信以及寄给拉塞尔斯辞去《英格兰魔法之友》编辑一职并退订该刊物的辞呈复述了一遍。

“从今以后，先生们，”勋爵对斯特兰奇的弟子道，“我想我会全心全意和你们站在同一条战线上。”

斯特兰奇的弟子们让勋爵放心，这么干绝对错不了，以后也绝不会后悔。

七点钟上，齐尔德迈斯来了。走进一屋子人中间，他仍镇定得如同进了教堂。“好啦，莫雷先生，您损失了多少？”他问道，随后掏出记事簿，从莫雷先生的写字台上拣了根羽毛笔，在墨水瓶里蘸了一蘸。

“把你的小本子收起来吧，齐尔德迈斯先生。”莫雷先生道，“我不要你的钱。”

“真的吗？先生，您可当心别让在场这些位先生左右了您。有几位尚年轻，且无事业家累……”齐尔德迈斯冷冷扫了一眼斯特兰奇的三位弟子以及站在屋内几位穿制服的军官，“其余的人都有钱，百十来镑对他们来说根本算不得什么。”齐尔德迈斯看了看波蒂斯海德勋爵，“可您呢，莫雷先生，您是生意人，生意好坏才是您最先应当考虑的吧。”

“哈！”莫雷先生抱起双臂，得意洋洋地拿自己那只还能用的眼睛瞅着齐尔德迈斯，“你当我急缺钱用吗？可你瞧，我并没有。一晚上我光听斯特兰奇先生的朋友们提出要借钱赞助我了。我想我就算另起炉灶，钱都够了！不过我希望你给诺瑞尔先生带个话。听好：他早晚是要赔偿的——怎么赔我们说了算，不能听他的。我们打算让他为这本书的新版掏钱，还要他负担他对手这本书的广告费用。没什么再比这更让他受罪了，我觉得。”

“哦，那是！要是真有那一天的话。”齐尔德迈斯冷冷地幽了一默。他转身往大门外走，中途停住脚，盯了片刻地毯，仿佛在跟自己做斗争。“我告诉你们，”他说，“虽然看似如此，但这本书并没绝迹。我拿牌算了一算，问说可有几本幸存。似乎还有两本。斯特兰奇有一本，另一本在诺瑞尔手中。”

事后的一个月间，整个伦敦谈的无非都是诺瑞尔先生令人震惊的所作所为，究竟该怪斯特兰奇那本书写得缺德还是怪诺瑞尔先生行为令人不齿，伦敦人的意见是有分歧的。那些曾经买了书的人发现书没了都怒不可遏。诺瑞尔先生派仆人挨家拜访，赠送一几尼（书的售价）和一封解释他为什么要把书变没的信，这一举反而火上浇油。很多人都觉得自己受了奇耻大辱，有些人当即传唤家中律师，启动诉讼程序，准备跟诺瑞尔先生打官司了。[5]

九月份，大臣们陆续从乡居回到伦敦。诺瑞尔先生的惊人之举自然成了大家头次会面时的主要话题之一。

“最初请诺瑞尔先生施法术为咱们办事的时候，”有人说，“咱们

5　这封信里有两种暗示被认为尤其得罪人：其一，买书的人脑子不够灵光，读不懂斯特兰奇的书；其二，买书的人缺乏道德判断力，无法分辨斯特兰奇在书中描述的法术是好是坏。

诺瑞尔的支持者们充分预料到将斯特兰奇的作品毁掉是会引发争议的，他们也准备好迎接大规模的批判。然而，这封信给他们的事业所带来的危害却完全是始料未及的。诺瑞尔先生本应在发信之前先让拉塞尔斯先生过目。拉塞尔斯若看过信的话，语言表达方面一定会有翻天覆地的改进，想来收信人读了也不至于那样生气。

可惜，他们之间闹了个误会。诺瑞尔先生问齐尔德迈斯拉塞尔斯是否修改完了，齐尔德迈斯以为他指的是《英格兰魔法之友》要发的一篇文章，于是就说已经改完了。结果这封信还没改就发了出去。拉塞尔斯知道后大发雷霆，指责齐尔德迈斯有意怂恿诺瑞尔先生自毁前程。齐尔德迈斯强烈抗议，说绝没有这回事。

此后，拉塞尔斯和齐尔德迈斯之间的关系（从来没好过）迅速恶化；很快，拉塞尔斯就开始暗示诺瑞尔先生齐尔德迈斯有支持斯特兰奇一党的倾向且在暗中策划背叛自己的主人。

谁也没让他擅自将法术用进民宅、改动人家的财物。从某种意义上讲，没把他一直提议要建的那个魔法法庭建起来，还挺遗憾的。那法庭叫什么来着？”

“五龙法庭。”沃特·坡爵士道。

“我估计他一定已经犯下什么魔法方面的罪过了吧？”

“哦，那是当然了！不过究竟是什么罪过我可一点儿概念也没有。约翰·齐尔德迈斯大概清楚，不过我很怀疑他肯不肯告诉咱们。”

“这无所谓。咱们一般的法庭已经在审理几起诉讼了，都是告他盗窃。”

“盗窃！”另一位大臣吃了一惊，“一个为国家做过那么大贡献的人居然被扣上这么低级的罪名，我觉得太不可思议了！”

“有什么不可思议的？”对方问道，“他这都是自找的。”

“问题是，”沃特爵士道，“只要一允许他为自己辩护，他马上就会拿英格兰魔法的某些特性来说事。一谈到这些，除了斯特兰奇以外没人有能耐跟他理论。我觉得咱们得沉住气，一定要等斯特兰奇回来再说。”

“那又牵扯到另外一个问题，”一位大臣提出，“英格兰只有两位魔法师。咱们听谁的？谁能判断他们俩谁对谁错？”

大臣们面面相觑，都显得十分困惑。

只有当朝首相利物浦伯爵处之泰然。“咱们就像判断任何人一样判断他们，”他声称，“凭着他们的果子喽。”[6]

一时没人说话，大臣们纷纷想到如今诺瑞尔先生结的可不是什么好果子：傲慢、偷窃、恶毒。

大家一致同意由内政大臣找拉塞尔斯先生密谈，让拉塞尔斯先生将

6 “所以凭着他们的果子，就可以认出他们来。”——《马太福音》第 7 章第 16 节

首相及全体大臣对诺瑞尔先生所作所为的极度不满转达给诺瑞尔先生。

此外似乎也没什么好讨论的了，可大臣们不由着性子扯几句闲话是放不下这个话题的。波蒂斯海德勋爵是如何断了同诺瑞尔先生的关系，他们都已经听说了。不过沃特爵士还告诉他们，齐尔德迈斯——那个到目前为止似乎仍如影随形地跟着他主人的齐尔德迈斯——已经渐渐偏离诺瑞尔先生的需要，像个自由人似的对斯特兰奇的一众朋友讲话，向他们保证那本书并未绝迹。沃特爵士深深叹了口气。“我忍不住总想，从某种意义上讲，这才是最可怕的讯号。诺瑞尔一向看人不准，如今他朋友里的好人都离他而去——斯特兰奇走了，约翰·莫雷走了，现在波蒂斯海德也走了。假如齐尔德迈斯再跟他闹翻了，他身边就只剩下亨利·拉塞尔斯了。”

事发当晚，朋友们都坐下给斯特兰奇写了一封义愤填膺的信。信寄到意大利要两个礼拜，而斯特兰奇满处转悠，说不定还得再等两个礼拜才能递到他手上。最初，斯特兰奇的朋友们料定他见了信准会在盛怒之下立刻动身返英并随时准备在法庭和报章上迎战诺瑞尔。然而九月里得到的一些消息让大家发现也许真得再等一阵子了。

往意大利走的途中，斯特兰奇的心情大体看来还是不错的。他那会儿的信里还都在兴高采烈地闲扯。然而一到意大利，他的情绪就发生了变化。阿拉贝拉死后，这是他头一回无所事事，头一回心无旁骛地体会丧偶的滋味。他无论看见什么都不痛快，连续几个礼拜似乎只有靠不停换地方才能获得些许安慰。[7]九月初，他行至热那亚。这地方倒是略

7 “……关于皮亚琴察我无话可说，”斯特兰奇在给亨利·伍德霍普的信上如是说，“因为我在那里停留的时间不足以让我好好欣赏它。我是晚上到的。吃过晚饭，我打算四处走走，溜达半个钟头。一进中心广场，我瞬间就被人行道上立着的一只高肚瓮震住了：这只瓮在石子路上投下长长一道黑影，瓮颈里伸出两三缕常春藤或是其他某种蔓生植物，已非新死。我说不出为什么，但这般景象在我眼中是那样彻骨的凄凉，令我无法忍受；画面仿佛有所寓意，象征了失落、死亡与痛苦。我转身回了客栈，立刻上床睡觉，第二天一早便动身去了都灵。”

比之前走过的意大利城镇讨他喜欢，于是他几乎待足了一个礼拜。这期间，他下榻的旅馆住进了一家子英国人。虽然之前冲沃特爵士表明过态度，说他到了国外会避免同英国人打交道，他还是同这家人逐渐熟络了起来。很快，他寄回国的信里便写满了对格雷斯蒂尔一家的称赞，赞扬他们举止得体、思维通达、为人厚道。一礼拜将尽，斯特兰奇动身前往博洛尼亚。去了以后，他觉得那里毫无乐趣，于是很快便回到热那亚与格雷斯蒂尔一家重聚并一起待到月底，计划届时共赴威尼斯。

斯特兰奇的朋友们听说他遇见了合意的旅伴，自然都非常欣慰。然而最能吊起他们胃口的，还是斯特兰奇在信中数次提及的那家人的女儿。这姑娘年纪轻轻、尚未出阁，有她在身边，斯特兰奇似乎格外喜欢。这使得他几位朋友同时产生了一种有意思的想法：他若再婚怎样？他情绪低落，家里有个年轻漂亮的太太比什么药都有效；最要紧的是，有个太太能帮他分分神，省得他一心扑在魔法这么个幽深莫测、令人不安的东西上。

诺瑞尔先生的肉中刺绝非斯特兰奇这一根。一位姓奈特的先生在位于科芬园的亨利耶塔大街开了一家魔法师学校。奈特先生并非实践派魔法师，也没说自己是。他打出广告，称其将为青年人提供“魔法理论及英格兰魔法史方面的全面指导，遵从国内首席魔法师诺瑞尔先生教育其高徒乔纳森·斯特兰奇时所依据的基本原则”。拉塞尔斯先生给奈特先生去了封信，言辞愤愤，称奈特先生的学校是不可能遵从上述原则的，因为知其为何物的只有诺瑞尔先生和斯特兰奇先生两个人。拉塞尔斯威胁奈特先生，学校若不立即解散，他必将视其为诈骗罪行而公之于众。

奈特先生回信写得十分客气，恳请对方允许自己持不同意见。他说此言差矣，诺瑞尔先生的教育方法其实流传甚广。他请拉塞尔斯先生参见《英格兰魔法之友》一八一〇年秋季号的第47页，波蒂斯海德勋爵在文中声称，为培训魔法师提供理论基础，诺瑞尔先生只赞同弗朗西斯·萨顿-格罗夫提出的方案。奈特先生（自称是诺瑞尔先生忠实的追随者）于是买回一本萨顿-格罗夫所著的《盎格鲁魔法技艺综述》进行研究。他借机在信中提出不知诺瑞尔先生可会赏光来校担任客座教授并举办讲座云云。他本只打算指导四个年轻人，结果申请书纷至沓来、应接不暇，只好另租了校舍，另聘了教师，方才够接纳所有学生。在巴斯、切斯特及纽卡斯尔也有一些学校正在计划之中。

比学校更令人担忧的是商人。伦敦有几家商铺已开始贩售魔法药剂、魔法镜子以及制造商称专门用于幻影观测的银盆。诺瑞尔先生使出浑身解数叫停这类买卖，并在《英格兰魔法之友》上予以长篇累牍的抨击。国内其他魔法类刊物的编辑——只要还说得上话的，他都劝人家刊登文章说明世上从来没有魔法镜子这回事，法师利用镜子施法（这类法术本来也不很多，且几乎没有哪一种是诺瑞尔先生看得上的）也都是拿普通的镜子完成的。即便如此，这些魔法物件还是一上架就被抢购一空，有的店家已经在考虑是否应当舍弃其他业务，拿铺子专营魔法装备了。

第五十一章

格雷斯蒂尔一家

一八一六年十至十一月

乔纳森·斯特兰奇致沃特·坡爵士：

我们在梅斯特雷叫了两艘贡多拉，离开了“坚土”。[*]原计划是格雷斯蒂尔小姐跟她姑姑上一艘，我跟格雷斯蒂尔大夫上另一艘。不知是我跟船夫解释的时候意大利语没说清楚，还是因为要分配格雷斯蒂尔小姐行李的大箱小箱而重新做了安排，反正最后的情形完全不是我们设计的那样。第一艘贡多拉缓缓驶出礁湖，里面坐了格雷斯蒂尔一家子，可我还在岸上站着。格雷斯蒂尔大夫探出脑袋来大声喊着冲我道歉——他这人一向这么厚道——然后就被他妹妹又拽了回去；我觉得她妹妹是有点儿怕水。这件小事微不足道，可不知为何我心里很不踏实。之后好一会儿，我被极不正常的恐惧与臆想蒙住了。我看着自己这艘贡多拉。我知道不少人都说过这玩意儿模样丧气——既像船又像棺材。可我突然有了不一样的看法，我觉得它们特别像我小时候那种油了黑漆、挂了黑帘的魔术箱子——变戏法儿卖艺的往里面装乡下人的手绢、铜板和项链挂坠的那种箱子。有时候这些东西就回不来了，变戏法儿的总会特别抱

* 梅斯特雷位于陆上，与水城威尼斯一水之隔，现为威尼斯自治市的一部分。

歉——“毕竟，先生，仙子们可是非常轻佻、顽劣的啊。”我小时候接触过的保姆跟伙房丫头人人都有个姑妈，那些姑妈又都认识个妇人，那妇人堂姐妹的儿子被装进这样一只箱子后，谁都没再见过他。站在梅斯特雷的码头上，我有了个可怕的念头：等格雷斯蒂尔一家到了威尼斯，一打开我坐的那艘贡多拉，里面空空如也。这念头把我抓得牢牢的，有好几分钟我都想不起任何别的事情，眼里居然真噙着泪花——我想这可以说明我已经变得多么神经质了。一个男人开始担心自己将会消失不见，真是荒唐。时近傍晚，我们两艘贡多拉如同夜色一般漆黑，亦如夜色一般令人惆怅。然而天却是你能想象得出的最冷、最淡的蓝。当时没风，有也是微不足道，水面只是天空的镜像。我们头顶着无尽凝滞的寒光，脚下亦是无尽凝滞的寒光。然而无论天光还是湖光，皆没能把前方那座城市照亮。它看上去只是一大堆影影绰绰的塔楼和影影绰绰的尖屋顶，搭建于波光之上，透着星点灯火。我们驶进威尼斯城，水面上的垃圾渣滓越来越多——碎木片、稻草、橘子皮、白菜梗。我一低头，瞬间看见鬼影似的一只手——只是一瞬间——可我真的觉得脏水下面有个女人正在寻找重见天日的机会。当然，那东西不过是只白手套，可它带给我的惊吓在尚有余威之时真是相当厉害。不过，你也别担心我。我过得相当充实：《历史与实践》第二卷正在写，不写的时候我一般都跟格雷斯蒂尔一家人在一起。这家人是你也会喜欢的那种——喜兴，有主见，而且见多识广。我承认我现在有点儿沉不住气了，因为到现在我还没听说第一卷反响如何。我颇自信它会取得巨大成功——我知道诺读了以后会嫉妒得发疯，一头栽倒在地，口吐白沫——可我总禁不住盼着谁能给我写封信证明确实如此。

一八一六年十月十六日

于威尼斯百合圣母堂广场

乔纳森·斯特兰奇致约翰·莫雷：

……八个人分别道出诺瑞尔的所作所为。哦，我可以发怒的。我敢说我可以豁出我这杆笔、豁出我自己心血去长篇累牍地抨击他——可一切都为了什么呢？我并不甘愿再受这卑鄙小人的治。我还是按原计划开春再回伦敦，到时候咱们再重新出一版。到时候咱们请律师。他有他的靠山，我也有我的熟人。让他在公堂上说说（要是他有这个胆量）为什么他觉得英格兰人都变成了小孩子——父辈祖先都懂的事情我们就不懂。他若再敢拿魔法对付我，咱们就拿魔法予以反击，到时候咱们总算能看出谁才是当代最伟大的魔法师。并且，莫雷先生，我劝您把印数大幅度提高——诺瑞尔这次的法术算是他最臭名昭著的一回了，我敢肯定谁都想看看究竟是什么样的书把他逼到这个份儿上。顺便提一句，您将新版付印的时候，咱们得做勘误——有几处错得简直离谱。第六章和第四十二章尤为不堪……

一八一六年十月二十七日
于威尼斯百合圣母堂广场

沃特·坡爵士致乔纳森·斯特兰奇：

……圣保罗大教堂陵园那里有个卖书的名唤提图斯·沃金斯，他印了一本不知所云的书贩卖，声称是斯特兰奇那本失传的《英格兰魔法的历史与实践》。波蒂斯海德说里面有些段落抄的是阿布沙龙，[1] 有些纯属胡说八道。波蒂斯海德还在猜究竟哪部分会令你觉得更受侮辱——阿布沙龙那部分还是胡说八道那部分。波蒂斯海德

1 《求知谱》，格里高利·阿布沙龙（1507—1599）著。

勋爵是个好人，无论走到哪里都帮着戳穿这个骗局，可一大批人早都信以为真，这个沃金斯肯定已经大赚一笔了。听说你那么喜欢格雷斯蒂尔小姐，我真高兴……

一八一六年十月一日

于伦敦哈里大街

乔纳森·斯特兰奇致约翰·莫雷：

我亲爱的莫雷：

我想你听了这消息是会高兴的：《历史与实践》被毁这件事总算带来些好处——我跟拜伦勋爵和好了。将英格兰魔法观一分为二的大论战，勋爵大人他不懂，说实话更不关心。可他对书本奉若神明。他告诉我说他无时无刻不在防备着莫雷先生您那杆太过小心的笔修改他创作的诗句，怕您把他那些过于惊世骇俗的字眼改得稍稍体面一点儿。当他听说整整一本书都被其作者的敌人用法术变没了，他的愤怒是难以用语言形容的。他给我写了封长信，信上用无比生动的语言把诺瑞尔骂了个狗血喷头。悲剧发生后我收到的所有来信中，他这封最得我心。勋爵骂起人来，英格兰国土之上无人能敌。大约一个礼拜前他来到威尼斯，我们在花神咖啡馆见了面。我承认我当时有点儿焦虑，怕他再把那个不知天高地厚的年轻人——克莱尔蒙特夫人给带来，幸好最后没见她人影。显然他遣散令已经下了有些时日了。当我俩发现彼此都爱打台球，这份新修来的友谊算是无法动摇了；我边打边思考魔法问题，他边打边酝酿新诗句……

一八一六年十一月十六日

于威尼斯百合圣母堂广场

阳光冷而清澈，仿佛餐刀敲击精致酒杯的音色。这般天光之下，至美圣母大教堂的外墙白如贝壳寒骨——倒影落在石头路上，靛青如海水。

教堂大门打开，一小拨人出门走入广场。这些先生太太都是来威尼斯观光的游客，刚看过教堂的内饰、神坛及一些奇趣之物；这会儿既然出来了，大家都想说个痛快。此地寂静，唯有浪花舐岸，现在也充满了响亮的笑语欢声。至美圣母广场令这些人大喜过望。在他们眼中，这里房屋的外墙宏伟壮观——再怎么夸都不过分。建筑、桥梁和教堂均已破败得凄凉，却更令他们陶醉。他们都是英格兰人。在他们看来，他国的衰落乃是再自然不过的现象。他们这个民族对自身禀赋天生便有着极为灵敏的品鉴（评价他人才干时则怀有极大保留），若是听说威尼斯人自己都不知道自己的城市有什么好——是英格兰人来了才告诉他们这里是赏心悦目的——他们也丝毫不会感到奇怪。

一位夫人兴奋劲儿过去了，开口对另一位小姐谈起了天气。

“亲爱的，你看，这事儿怪不怪。我们在教堂里面的时候，你跟斯特兰奇先生在看画。我从门里探出头来，当时就觉得有雨，特别担心你们俩淋着。”

“没有，姑姑。您看，石头都干得很，上面一滴雨都不见。”

“那么，亲爱的，这风没让你觉得难受吧。吹在耳朵上跟小刀似的。假如你觉得不舒服，咱们只要叫斯特兰奇先生跟你爸爸走快一点儿就行了。”

“谢谢姑姑，我现在舒服得很。这微风我喜欢，大海的味道我也喜欢——闻着醒脑，耳清目明——什么都透彻了。不过，兴许姑姑您不太喜欢。”

“哦，没有，亲爱的。我对这些向来不在意。我这人皮实得很。我担心的只是你。”

“我知道您担心我，姑姑。”年轻小姐说道。小姐心里也许清楚，阳光、微风令威尼斯锦上添花——令海水这样蓝，大理石亮得这样虚幻，也给她带来同样的——几乎是同样的美感。什么也比不过飞快掠过她脸颊的光影，使格雷斯蒂尔小姐通透的肤色更引人注目。什么也比不过扬起她白纱裙衣的微风，令裙衣更衬她的身姿。

“啊，”她姑姑说道，“你爸爸正让斯特兰奇先生看什么新鲜玩意儿呢。弗洛拉，亲爱的，你不想去看看吗？”

“我已经看够了。您去吧，姑姑。”

于是她姑姑快步奔广场另一头去了，格雷斯蒂尔小姐则慢慢溜达到教堂旁边的一座小白石桥上，她烦躁地把手里的白阳伞往铺路的白石头缝里杵，喃喃自语：“我已经看够了。哦，我已经看得够够的了！”把这莫名其妙的感叹重复来重复去，她的情绪却未见好了多少——事实上她更加郁郁不乐，叹气叹得愈发频繁。

“你今天话特别少。”斯特兰奇突然发了话。她吓了一跳。她没发现他就在近旁。

“是吗？我怎么不觉得。”说罢，她扭头看景，片刻无话。斯特兰奇仰身倚在桥栏上，抱起双臂，格外专注地盯着她。

“话少，”他重复了一遍，“而且还有点儿悲伤，我觉得。所以呢，你瞧，我必须跟你谈谈。”

一听这话，她没忍住笑了出来。“必须吗？”她问。单这一笑一谈，就令她心痛。她于是叹了口气，又把目光移开了。

“当然。因为每当我郁闷的时候，你都给我讲开心的事情，让我的心情不再低落。于是我现在必得这样对你。友谊是什么？这就是友谊。”

“开诚布公、以诚相待，斯特兰奇先生，这两条才是友谊最坚实的基础，在我看来。”

“哦！你这是说我故意藏着掖着了。看你的表情我就知道。你也许是对的，不过我……其实……不，我看你确实说对了。我觉得我从事的这一行并不太支持……”

格雷斯蒂尔小姐打断了他的话：“我没有瞧不起您职业的意思。一点儿也没有。无论什么行业，都有各自需谨慎的地方。这方面，我倒是很能理解。”

“那我就不懂你的意思了。”

“全没有关系，咱们得过去找我爸和我姑姑了。”

“不行，等等，格雷斯蒂尔小姐，这么着可不行。我犯了错误，若没有你，谁还能纠正我？告诉我，你觉得我骗了谁了。”

格雷斯蒂尔小姐沉吟片刻，方才吞吞吐吐道：“或许是昨天晚上您那位朋友？”

“昨天晚上我的朋友！此话怎讲？”

格雷斯蒂尔小姐一脸不愉快。“贡多拉上坐的那位年轻小姐，她那么急着要找您说话——整整半个小时，只要看见别人谁要找您，她都那么不乐意。”

“啊！”斯特兰奇微微一笑，摇了摇头，“不是，你那是误会了。她不是我的朋友，她是拜伦勋爵的朋友。”

“哦！……”格雷斯蒂尔小姐面色微红，“那姑娘看着真有点儿神经质。”

“勋爵的一些做法，让她不太高兴。”斯特兰奇耸了耸肩膀，“谁又能高兴得了？她打算看看我可有办法让勋爵回心转意。我苦口婆心地劝她，说无论过去还是现在，英格兰所有的魔法加一块儿都不够用。”

“我让您生气了。”

“一点儿也没有。那么现在，我看咱俩离你说的友谊所必需的相互理解又近了一步。肯不肯同我握握手？”

“非常乐意。”她答道。

“弗洛拉，斯特兰奇先生，”格雷斯蒂尔大夫边喊边大步朝他们走来，“怎么回事？”

格雷斯蒂尔小姐有点儿不知所措。对她来说，父亲和姑姑对斯特兰奇先生的首肯是至关重要的。她可不想让他们看出自己怀疑斯特兰奇先生有什么过错。她假装没听见父亲的问话，转而兴致勃勃地谈起自己特别想去圣乔治信众会会堂看的油画。“离这儿真的不远。咱们现在就走。我希望您也一块儿去，好不好？”她问斯特兰奇。

斯特兰奇冲她无可奈何地一笑。“我还要干活呢。”

“写书？”格雷斯蒂尔大夫问。

“今天不写。我正琢磨如何发掘以前的法术，好召唤仙子做我的助手。我已经试过数不清多少次，试过数不清多少种办法了。当然了，到目前为止还没有任何成果。不过这正是当代魔法师的困境！当初英格兰是个三流巫师都手到擒来的咒语，到了现在就变得高深莫测，简直谁也别想再效仿。马丁·佩尔当年有二十八位仙仆，我若是有一位就要庆幸了。”

“仙子！”格雷斯蒂尔姑姑惊叫道，“无论怎说都是些特别奸猾的东西！斯特兰奇先生，您当真肯找来这么个麻烦，自讨苦吃？”

“我亲爱的姑姑，”格雷斯蒂尔小姐道，“人家斯特兰奇先生知道自己在干什么。”

可格雷斯蒂尔姑姑还是担心。为了证明自己的观点，她提到德比郡的一条河，这条河流经她和格雷斯蒂尔大夫自小长大的村庄。河水很久以前被仙灵下了咒，壮美湍涛化作涓涓细流。虽说已是几百年前的事了，当地人仍记恨在心。他们仍把本可以建成的作坊、工厂挂在嘴上——假如河水够大、能满足需求的话。[3]

3　格雷斯蒂尔姑姑大约说的是德文特河。很久以前，当约翰·乌斯克格拉斯还是个被囚禁在仙境的孩子，仙境的一位国王就预言说他一旦长大成人，所有仙灵古国都将陷落。这位（转下页）

斯特兰奇礼貌地听着，待姑姑说完，便说道："哦，那是当然！仙子天生就是一肚子坏水儿，极难驾驭。假如我召唤成了，我一定要小心来的这位仙子——或者说这些仙子——曾与何人为伍。"他看了格雷斯蒂尔小姐一眼，"不过，仙子法力强、见识广，他们的扶助可不是我等魔法师随随便便就能舍弃得了的——除非你是吉尔伯特·诺瑞尔。世间随便一位仙子，他脑中、手上、心间的魔法哪怕是史上最宏伟的魔法书库都盛不下。"[4]

"有那么多魔法？"格雷斯蒂尔姑姑道，"嗳，那真不得了。"

格雷斯蒂尔大夫和姑姑祝斯特兰奇魔法研究得顺利，格雷斯蒂尔小姐则提醒他别忘了说好这几天要陪她去看一台钢琴，听说是天使广场附近有个收古玩的正在出租。随后，格雷斯蒂尔一家便继续当日的娱乐，而斯特兰奇则回了自己位于百合圣母堂广场的住所。

如今走访意大利的英籍绅士，大多要作诗、撰文或画上几笔，记述沿途经历。打算把房子租给他们的意大利人早有先见之明，提供的房间都符合上述要求。比如斯特兰奇的房东就腾出顶楼一间黑洞洞的小屋专供租客使用。这间屋里有张年代久远的桌子，四条腿雕成四头狮鹫；还有一把船长椅，一座教堂里那种彩绘木橱，以及两三尺高的一尊木头人像立在根柱子上——雕像微笑着，手上拿个红而圆的东西——也许是只苹果，也许是颗石榴，或者也许就是枚红球。很难想象这样一位男士来自何方：若是从教堂搬来的圣像，表情似乎太喜兴了一点；若是用作咖啡馆的招牌，又不够滑稽。

3　（接上页）国王派下人去英格兰取回一把铁打的刀好杀了他。这把刀是一位铁匠在德文特河畔铸造出来的，红热的时候用德文特河的水冷却过。结果，刺杀约翰·乌斯克格拉斯的行动没有成功，国王被这小魔法师灭了九族。当约翰·乌斯克格拉斯踏上英格兰国土、建立起自己的国度，他麾下的仙族便去寻那铁匠。他们杀了铁匠全家，毁了他们的住所，并给德文特河也下了咒，算是对其参与铸造凶器的惩罚。

4　斯特兰奇此时表达的看法实在是乐观得没谱，充满了不切实际的向往。仙族里面没本事的、蠢笨不灵的，在英格兰魔法方面的文献中比比皆是。

斯特兰奇发现柜橱里很潮，净是霉点子，于是弃之不用，把书本稿纸往地板上堆得一摞一摞的。那尊木头雕像，他倒把它当个朋友似的，研究过程中，时不时冲它发话，例如："你怎么看？""用唐卡斯特还是贝拉西斯，你说呢？"[5]或是"怎么样？你看到他了吗？我没看见。"有一次，他带着极度的不耐烦："哦！你给我闭嘴，行不行？"

他拿出一张纸，往上草书咒语一道。嘴唇开合，与一般魔法师诵读有魔力的字句时无异。念完了，他往屋里四下环视，就仿佛以为屋里还有个别人。可无论打算看见谁，他都没看见。他叹了口气，把手上咒语揉成个球，往那尊小木雕像身上一掷。随后他又拿出一张纸——做了些笔记——查了本书——从地上把刚才那团纸捡了回来——将它抹平整——对着研究了半个小时，与此同时手一直在揪头发——又把它揉成一团，扔出窗外。

不知哪里有口钟在敲，声音悲伤、孤寂，令人想起荒芜凄寂的所在、黑沉的天空和虚无。斯特兰奇一定也受了这般感染，心神涣散起来，停了手上的营生，往窗外看去，像是要确认一下威尼斯城并未突然化作空寂清幽的废墟。然而窗外的景致是一如既往的嘈杂热闹。碧水映金光，广场上人头攒动：来百合圣母堂参拜的威尼斯太太小姐；奥地利士兵挽着臂四处闲逛，什么都看；店家一个劲儿把货物向他们推销；小

---

5 相传雅克·贝拉西斯曾经创制了一条相当有效的召唤仙灵的咒语。可惜贝拉西斯的杰作《原术》仅存的孤本在何妨寺的藏书室里收着呢，斯特兰奇从没见过。关于这条咒语，他只从后世历史作品中读到一些含糊其辞的描述。于是我们必得假定斯特兰奇正在搞二次创作，对目标成果只有一点点浮光掠影的概念。

反之，一条被普遍认为是唐卡斯特大师所创的咒语却是广为流传，在不少发行量较大的作品里均有提及。唐卡斯特大师姓甚名谁无人知晓。人们是从白银时代魔法史中若干次提到十三世纪的魔法师"从唐卡斯特处"学得咒语和法术才推断有他这个人的。不仅如此，那些被认为是唐卡斯特大师发明的魔法究竟是不是他一人所为，尚无从判定。这疑点使得魔法史学家猜测会有另一位魔法师——比前一位更为隐秘，即"伪唐卡斯特大师"。假如就像已经得到充分证明的一样——唐卡斯特大师真就是约翰·乌斯克格拉斯，那么我们可以顺理成章地推断召唤咒是由那位伪大师创造的。约翰·乌斯克格拉斯实在不太可能需要法术去召唤仙灵，他自己的朝廷上已经到处都是了。

孩子打闹、讨钱；猫咪忙着它们不可告人的勾当。

斯特兰奇回过头来继续研究。他脱了外套，卷起袖管，出屋拿了把刀和一只小白脸盆回来。他在自己胳膊上用刀放了点儿血，把小盆放在桌上，看里头的血可够了。然而失血的反应比他预想的要强烈：他一阵头晕目眩，撞了桌子一下，小盆掉在了地上。他用意大利语咒骂了一句（这语言骂人特别合适），然后四处寻摸东西把血擦干净。

当时桌上正好放着一团白布，是刚结婚那几年阿拉贝拉给他缝的一件睡衣。斯特兰奇不明就里，伸手去够。差一点就抓住的时候，史蒂芬·布莱克从一片阴影中走上前来，递给他一块破布，递过去后还跟着微微一欠身，对于调教得好的用人来说，这就是第二天性。斯特兰奇接了破布去抹地上的血（有点儿越抹越脏的意思），像是根本没发现史蒂芬也在屋里。史蒂芬捡起那件睡衣，把上面的皱褶抖落开，仔细叠了，平平整整放在屋角一把小凳上。

斯特兰奇一屁股坐回自己的椅子上，胳膊上刚割破的那块撞上了桌子角。他又骂了一声，双手捂住了脸。

“他到底打算干什么？”史蒂芬·布莱克压低声音问。

“哦，他这是努力想把我给召唤来呢！”白毛先生大声表明，“他打算把各种各样关于魔法的问题拿来问我！不过咱也用不着悄声细语的，我亲爱的史蒂芬。他既看不见也听不见你。他们真是荒唐，这些英格兰的魔法师！他们无论干什么都绕这么大圈子。告诉你说，史蒂芬，看这家伙施法术就如同看一个人反穿外套、蒙着眼罩、头上扣个水桶还打算坐下吃饭！你什么时候见我玩过这些毫无意义的花样？我什么时候给我自己放过血，什么时候在纸上划拉过字？我要是想干什么，直接对天发话——或者对石头、阳光、海洋——无论什么，客客气气请它们来帮忙。千万年前我便与这些强大的精灵结盟，于是它们接了我的令就巴不得赶去完成。”

“原来如此，”史蒂芬道，“不过，这魔法师就算冥顽不灵，也还是成功了。不管怎么说，您已经在这儿了，先生，不是吗？”

“是啊，大概是吧，”白毛先生话音里带着烦躁，“可这也掩饰不了他召我来的法术又笨又粗糙！何况他又能落着什么好？落不着！我就是不让他瞧见我，他也不懂得如何拿法术来治我这招。史蒂芬，快！快去翻翻那本书！屋里一丝风都没有，要是书动起来，他死活都摸不着头脑。哈！快看他眼睛直勾勾的那个样儿！他隐约觉出咱俩在这里，可就是看不见。哈哈！看他都气成什么样儿了！快去狠狠掐他脖子一下！他准以为是蚊子呢！”

第五十二章

卡纳雷吉欧的老夫人

一八一六年十一月底

当初启程离开英格兰之前，格雷斯蒂尔大夫收到他住在苏格兰的朋友的一封信，信上说，假如格雷斯蒂尔大夫一家最远能玩到威尼斯的话，拜托格雷斯蒂尔大夫去看望一位住在那里的老夫人。苏格兰的朋友说，他能过去看她的话，也算是行善了，因为这位老夫人曾经家财万贯，现在却是一贫如洗。格雷斯蒂尔大夫想起来之前听别人提过一回这位老夫人，说她血统不太寻常——好像是半苏格兰、半西班牙，或者也许是半爱尔兰、半希伯来。

格雷斯蒂尔大夫一直打算去看看她，可一路上换旅馆、赁马车、行程计划删删改改，等到了威尼斯，他发现那封信怎么也找不到了，信上的内容自己也记不太清了，就连这位老夫人的名字也无从记起——他手上只有一张小字条，上面写了她有可能居住的大概方位。

格雷斯蒂尔姑姑说，目前情况这么难办，他们最好先给那位老夫人送个信儿，通知她他们打算过去拜访。她又补了一句，虽然，说真的，他们连人家叫什么名字都不知道——人家准以为他们这些人不懂事，粗心大意。格雷斯蒂尔大夫看上去挺不自在，他吸着鼻子，坐不安稳，折腾半天仍然没有更好的法子可想。于是，他们速速写了封短函，交给女房东，好让她马上给那位老夫人送去。

接下来，这项任务在执行过程中的头一桩怪事便出现了：女房东把地址研究了一番，皱了皱眉——她后来的举动格雷斯蒂尔大夫没能参透——她把信寄给了住在朱代卡岛上的小舅子。

过了几天，女房东这位小舅子——一位个头不高、仪态大方的威尼斯律师——拜访了格雷斯蒂尔大夫。他说他已经按格雷斯蒂尔大夫的要求将信寄过去了，不过他希望格雷斯蒂尔大夫了解的是，那位老夫人所在的区域叫作卡纳雷吉欧，她住的地方是犹太人聚居区。信是寄到那里一位德高望重的希伯来绅士手中的。到现在还没有回音。这位小个子威尼斯律师问格雷斯蒂尔大夫现在打算怎么办。他乐意尽己所能提供帮助。

时近傍晚，格雷斯蒂尔小姐、格雷斯蒂尔姑姑、格雷斯蒂尔大夫和这位律师（唤作托塞提先生）乘着贡多拉在威尼斯市间缓缓穿行，沿途路过圣马可区——他们看到那里的男男女女正在为夜生活种种娱乐做准备；后又路过百合圣母堂前的平台——格雷斯蒂尔小姐回头凝望一扇点着蜡烛的小窗，也许正是乔纳森·斯特兰奇那一方光亮；路过里亚尔托的时候，格雷斯蒂尔姑姑又咂嘴又叹气，说真盼那里的孩子们能少几个打赤脚的。

行至犹太人居住的“新区”，他们下了贡多拉。威尼斯的建筑无一不奇特古旧，犹太人居住区的房子更是有增无已——就仿佛这些买卖人做的便是“奇特”和“古旧”这两门生意，房子干脆也拿这两样存货建造。威尼斯的街道无一不凄清，这边街道的凄清自是与众不同——就好像犹太人的悲苦与非犹太人的是两样配方熬出来的味道。这地界的房子模样倒是相当朴素，托塞提先生敲响的那扇门黑而简陋，放在英格兰满有给教友派信徒集会做场地的资格。

开门的是一位男仆模样的人，领他们进了宅子，步入一间黑暗的小厅。厅堂内壁上着木墙围，木头一副干透了、上了年纪的模样，除了海水再也闻不出别的什么味道。

厅内有一扇门，开了一道缝。格雷斯蒂尔大夫从他站的那个位置看去，能瞥见古老陈旧的书籍，由薄薄的皮子装订；还有银烛台，伸出比一般英国烛台还要多的枝杈；此外便是一摞摞抛光木材打的箱子，看上去神秘莫测——格雷斯蒂尔大夫猜这一切都与那位希伯来先生的信仰有关。墙上挂了个娃娃或者木偶似的东西，个头、胸围都与常人无异，手脚粗大，身上却是妇人打扮；这东西的脑袋耷拉下来，扎在胸脯里，因而看不见长相。

男仆走进门去同主人讲话。格雷斯蒂尔大夫悄悄对他妹妹说那男仆看着倒体面。体面归体面，格雷斯蒂尔姑姑道，只可惜他没穿外套。姑姑说她经常注意到男用人总爱穿件衬衫就出来见人，而这样的仆人往往家中只有一位单身男主人，不肯下手整治这坏毛病。姑姑说她也不知道为什么，还说她估计那位希伯来先生已经没了老婆。

“哦，”格雷斯蒂尔大夫发了话，他正从那半开的门往里偷瞄，“咱们打扰人家吃饭了。”

那位德高望重的希伯来绅士穿了件灰扑扑的黑长衣，蓄着一大把灰白相杂、打着卷的胡子，脑袋顶上扣着一顶黑色无檐帽。他坐在一张长桌边，桌上铺的亚麻桌布洁白无瑕。他把桌布掀起很大一块塞进自己黑袍的脖领口，当作餐巾来用。

见格雷斯蒂尔大夫居然从门缝往里偷窥，格雷斯蒂尔姑姑大为震惊，直拿手里的伞捅他，不让他这么干。可人家格雷斯蒂尔大夫来一趟意大利为的就是尽己所能有什么看什么，他不明白为什么这些在家里待着的希伯来先生就看不得。

屋里那位希伯来老先生似乎并不打算放下饭食专为接待一家子从未谋面的英国人；他像是正在教那男仆如何答复他们。

男仆出来同托塞提先生讲话，罢了托塞提先生冲格雷斯蒂尔姑姑深深鞠了一躬，告诉她他们想找的那位老夫人姓德尔加多，住在这栋房子最顶层。见希伯来绅士家中仆人无一情愿带路并前去通报，托塞提先生有点儿不高兴——不过，他说他们几位是无畏的冒险家，准能自己一路摸到楼梯顶。

格雷斯蒂尔大夫和托塞提先生各拿了根蜡烛。楼梯回旋，尽头是一片黑暗。他们一路经过很多扇门，有的虽然颇豪华，却一副怪里怪气、没长开的模样——原来，为了挤下这许多住户，犹太居住区的房子都是大着胆子往高里建，敢塞多少层就塞多少层——为了两全其美，每层的屋顶都极低。一开始，他们听见这些门背后有人说话，有回还听见个男人操一口他们不懂的语言唱着一首悲伤的歌。随后，他们便路过些敞开着的门，门里只有漆黑一片。楼道尽头的一扇门却是关着的。他们敲了敲，没人应。他们大声报出自己是来拜访德尔加多夫人的，仍然无人应答。随后格雷斯蒂尔姑姑说了一句——说大老远来一趟，若这样就回去了，岂不是很傻——他们于是推门进了屋。

所谓屋子，跟小阁楼也差不了许多。屋里有年迈与赤贫所能带来的一切脏污破烂的迹象。屋里的东西无一不残破、碎裂、粗糙；有颜色的物件褪色、发暗，能变灰的也都想方设法变了灰。屋内有扇小窗开着，透进夜晚的空气和天上的月光——那一轮洁白的银盘及其皎皎玉手居然也肯屈尊光临这间肮脏的小屋，倒令人颇为惊讶。

然而，令格雷斯蒂尔大夫大惊失色、手猛扯领巾、脸红一阵白一阵、大口大口往回抽气的，并不是这些。如果说有什么东西比任何别的东西更招格塞斯蒂尔大夫讨厌，那就是猫。这间屋里到处都是猫。

猫咪之间，一个身形极瘦的人坐在一把灰扑扑的木头椅子上。托塞提先生说，幸亏格雷斯蒂尔一家子都是无畏的冒险家，胆小的人见了德尔加多夫人这模样准都吓得够呛。她坐在那里虽说是挺直了腰板——甚至可以说是蓄势待发，伺机而动——浑身上下却净是耄耋之年留下的痕迹与损伤，已经没了人样，更像是别的纲目下的生物。她两条胳膊搭在

大腿上，生了大量褐色的斑点，就仿佛两尾鱼。她的皮肤是那种年纪极大的人才有的白且几乎透明，如蛛网一般薄而布满纹路，青筋在皮下虬结。

他们进门，她并没起身，也没有任何注意到他们的反应。不过兴许她是听不见的——虽说屋子里悄声无息，五十只猫凑一块儿悄无声息却是别具一格，就好像五十种宁谧堆叠在一起。

格雷斯蒂尔一家子跟托塞提先生都是很现实的人，他们于是在这间恐怖的小屋里坐了下来。格雷斯蒂尔姑姑一脸善意的微笑，一心热切的关怀，希望人人舒适、自在，于是开口对老夫人发了话。

"我希望您，我敬爱的德尔加多夫人，原谅我们这厢打扰，我跟我侄女盼着有幸拜访拜访您。"姑姑说到这里顿了顿，怕挡了老夫人回话，可老夫人一句没答，"您这里空气多好啊，夫人。我的一位好朋友，怀尔史密斯小姐，住在巴斯王后广场一间宅子顶层的小房间——跟您这里差不很多，德尔加多夫人——她说一到夏天，谁哪怕拿城里最好的房子跟她换，她都不肯，因为她在那里能享受到别人享受不到的小风，达官贵人闷在豪华寓所里喘不过气儿，她在屋里却凉快得透心儿。她屋里收拾得那样清爽、利落，啥时候拿东西都凑手。唯一美中不足的是住在后房三层的姑娘老把滚烫的烧水壶放在楼梯上——这东西，德尔加多夫人您也知道——若不注意一脚踹上去得有多讨厌。夫人，您这边上下楼的可有什么特别不方便的吗？"

回答她的是一片寂静，或者不如说一时间只听得见五十只猫的喘息。

格雷斯蒂尔大夫拿手绢蘸了蘸眉毛上的汗，身子在衣服里活动了一下。"我们来啦，夫人，"他说道，"是受阿伯丁郡约翰·麦基恩先生的特别嘱托。麦基恩先生希望您还能记起他来。他希望您还硬朗，并衷心祝您身体健康。"

格雷斯蒂尔大夫的声音比平常高了一个调，因为他开始怀疑这老夫人是不是聋了。声音一高，没带来别的功效，反倒惊动了屋里的猫，其中一些在屋里昂首阔步地转悠开了，彼此挨挨擦擦，磨出火星儿来，闪在暮色幽光下。一只黑猫不知从什么地方跳落到格雷斯蒂尔大夫所坐的椅子背上，像走钢丝似的走了一遭。

格雷斯蒂尔大夫镇定了片刻才说："夫人，您看我们可否将您的身体和生活状况回去通报给麦基恩先生呢？"

老夫人还是不发话。

轮到格雷斯蒂尔小姐了。"夫人，我很高兴，"她说道，"见您有这么多好友相伴。他们一定给您带来了极大的快慰。您脚边这只蜜荷色的小东西——瞧她模样多贵气！洗脸法儿多淑女！您平时怎么叫她？"

老夫人还是只字不答。

见这情况，格雷斯蒂尔大夫使个眼色，那位小个子的威尼斯律师就又把先前说过的话重复了个大概——这回是拿意大利语说的。效果唯一的不同，是这回老夫人连瞧都不再瞧他们了，而把双眼紧紧盯住一只大灰猫。这灰猫又把目光放在一只白猫身上，而白猫自己则定定望着月亮。

"告诉她我给她带了钱来，"格雷斯蒂尔大夫对律师道，"告诉她这是我替约翰·麦基恩捎给她的礼物。让她不必谢我……"格雷斯蒂尔大夫一个劲儿挥手，仿佛仁义善行的名誉跟蚊子类似，他以为挥挥手就免得它往自己身上落。

"托塞提先生，"格雷斯蒂尔姑姑道，"您这是不舒服吧？您脸色苍白啊，先生。您要不要喝杯水？我肯定德尔加多夫人能给您找杯水来的。"

"不了，格雷斯蒂尔太太，我没有生病。我这是……"托塞提先生满处找他想用的词，"害怕。"他低声说。

“害怕？”格雷斯蒂尔大夫也低声道，“怎么回事？怕什么？”

“啊，大夫，这是个可怕的地方！”律师低声作答，双眼带着一丝惊恐四处游移，先是往一只正在舔爪子、预备洗脸的猫咪所待的地方看去，随后目光又回到老夫人身上，像是打算看老夫人也照猫样来那么一回。

格雷斯蒂尔小姐则低声说，她们光顾着冲德尔加多夫人表示关心，一下子来了这么多人，来得又这么突然。显然在他们之前多少年都没人来看过她了。她思维一时混乱跑偏，又有什么可奇怪的呢？对她来说，这是太过残酷的考验！

“哦，弗洛拉！”她姑姑也低声道，“光想想就够呛！一年一年这么过下来，不跟任何人交往！”

挤这么小一间屋里一块儿低声细语，在格雷斯蒂尔大夫看来实在荒唐——毕竟老夫人离他们谁也不超过三尺远。由于不知再干点儿别的什么好，他对身旁几位逐渐不耐烦起来，于是他妹妹和女儿都觉得目前还是走为上策。

格雷斯蒂尔姑姑一定要同老夫人道个漫长而亲热的别，说等她感觉好些了他们会再来——希望别让他们等太久。

往门外走的过程中，他们回头瞧了瞧。就在那一刻，窗台上又多了一只猫，嘴里叼个硬邦邦、毛扎扎的东西——像极了一只死鸟。老夫人发出小小一声欢叫，从椅子上飞身跃起，那劲头简直令人不可思议。欢叫声怪异至极，全然不像人类语音。这回轮到托塞提先生吓得大叫，一把将门关死——老夫人后来无论干了什么，全挡在了门背后。[1]

1　托塞提先生后来向格雷斯蒂尔一家人吐露了实情，他说他觉得自己知道这位住在卡纳雷吉欧的老夫人是谁了。关于她的故事他过去在城中常有耳闻，可若非亲眼所见，他只当它是个吓小孩、蒙傻子的传说而已。

据说，这位夫人的父亲是犹太人，母亲身上则混了全欧洲一半的血统。孩提时代，她便掌握了好几门语言，会话极为流利。什么东西她只要想学，就一定出类拔萃。她是把学习（转下页）

1 （接上页）当乐子的。十六岁的时候，她会说的不止法语、意大利语、德语——但凡大家闺秀便能达到的一般成就——而是这世上文明（及未开化）地区的一切语言。她会说苏格兰高地方言（听上去像唱歌一样）。她会说巴斯克语——这语言外人听了脑中留不下一丝痕迹；无论你多常听、听多长，听过之后一个音节都想不起来。她甚至还学会了一个陌生国度的语言，这国家托塞提先生听说有人还相信它存在，可普天之下无人说得清它究竟在哪里。（这个国家的名字叫作威尔士。）

她周游列国，见遍了国王和王后、大公和大公夫人、王子和主教、伯爵和伯爵夫人，每见一位大人物，她都拿他们幼年习得的母语同他们讲话，每位大人物都赞她是奇才。

最后，她来到了威尼斯。

可惜这位夫人始终没学会在任何事情上对自己的行为有所节制。她对任何事物的胃口都跟学习一样大，而她后来的丈夫在这点上与她不分伯仲。夫妇二人来到狂欢节便乐不思蜀，万贯家财在赌场上输光，健康身体在淫乐中消亡。某日清晨，当威尼斯条条运河在曙光中泛起白银和玫瑰色的波光，她的丈夫倒在摩里亚运河大道湿漉漉的石头上一命呜呼，任谁也无力回天。兴许她自己本也打算一死了之——毕竟已是身无分文且无家可归，可那里的犹太人想起她好歹算个犹太女人（虽然她自己从来没承认过），于是理应救济；或许他们只是对她遭遇的苦难感同身受（犹太人在威尼斯没少吃苦头）。无论何故，他们在犹太人聚居区给了她一席之地。后来发生的事情有多种说法，但人们公认的一点是：她生活在犹太人中，却不与之为伍。她离群索居，说不清究竟是哪一方的过错。时间过去好久，她没再跟活人讲过一句话，癫狂如大风一般将她吹了个透，吹走了她所有的语言。她忘记了意大利语，忘记了英语，忘记了拉丁语，忘记了巴斯克语，忘记了威尔士语，忘记了这世上一切人言，独剩了猫语——这门语言据说她讲得出奇流利。

第五十三章

一只死了的小灰耗子

一八一六年十一月底

第二天晚上，威尼斯特有的阴郁与壮丽在房间里交会，效果富于浪漫，赏心悦目，格雷斯蒂尔一家和斯特兰奇就这么一起坐下吃晚饭。地上铺的大理石已有磨损，爬了裂纹，尽染威尼斯冬日的色彩。格雷斯蒂尔姑姑脑袋上整洁利落的小白帽，被她身后森森然一扇巨大黑沉的门映衬得格外显焕。这扇门顶着黯淡的雕花，看上去只好像一尊阴影缭绕的墓碑。灰泥墙上，影影绰绰的油彩绘成影影绰绰的壁画，一切只为了弘扬古时候威尼斯某个人家，可惜这家末代子嗣也早就溺水而亡了。现如今的房主一贫如洗，房屋已多年未修葺。外面在下雨，奇的是宅内居然也在下；屋里不知哪块地方传来令人不悦的声响，似有大量液体滴滴答答肆无忌惮地往地板、家具上淌。而格雷斯蒂尔一家是不会被这点小事坏了心情或是倒了胃口而扔下一桌好菜不吃的。他们点起明亮的烛光，驱散丧气的阴影；他们的欢声笑语盖过了滴答的水声。总的来说，他们是把英国人的喜兴带到了他们所坐的地方。

“可我不明白的是，”斯特兰奇道，“那老妇人平时由谁照顾呢？”

格雷斯蒂尔大夫说：“一位犹太绅士——看上去是位很有善心的老人——为她提供了住所，吃的由用人拿盘子盛了给她放在楼梯脚下。”

“至于怎么把吃的端到她手上，”格雷斯蒂尔小姐叹道，“谁也说不准。托塞提先生说是她的猫给她端上去的。”

“真是胡说八道！”格雷斯蒂尔大夫大声道，“谁听说猫干过什么有意义的事情！”

“除非是高傲地盯着你看，”斯特兰奇道，“这对人的道德情操不无裨益，我猜。让你浑身不舒服，逼着你审慎反省一下自身的缺陷。”

自打一坐下，格雷斯蒂尔一家人的奇遇便成了饭桌上的话题。“弗洛拉，亲爱的，”格雷斯蒂尔姑姑道，“人家斯特兰奇先生准要疑心咱们说不了别的了。”

“哦，别为我操心，”斯特兰奇道，“这事儿怪得很，而您瞧，我们搞魔法的就喜欢搜罗怪事奇闻。”

“斯特兰奇先生，您能用魔法治治她吗？”格雷斯蒂尔小姐问他。

“治疯病？治不了。虽说治不了，但并不是因为缺练。曾经有人请我去拜访一位患了疯病的老先生，看看有没有办法可想。我觉得我当时用的法术比任何一次都要猛，可走的时候，那位老先生的病情是什么样还什么样。”

“可治疗疯病的方子兴许是有的，不是吗？”格雷斯蒂尔小姐兴冲冲地问，“我敢说黄金时代魔法师手上可能就有一种。”格雷斯蒂尔小姐已着手培养自己在魔法史方面的兴趣，这些日子她话里话外不乏“黄金时代魔法师”“白银时代魔法师”这样的词。

“有可能，”斯特兰奇道，“不过即便如此，方子本身也已经失传了几百年了。”

“就算已经失传了一千年，我相信您也不必当它是个障碍。公认业已失传却被您复活了的法术，我们也听您说过几十种了。”

“确实。不过我只是对如何入手大体上有些概念。黄金时代魔法师治疗疯病我一例都没听说过。他们对疯子的态度跟咱们大相径庭。他们觉得疯子是先知、预言家；疯子东拉西扯，他们都全神贯注地聆听。”

“太奇怪了！为什么呢？”

“诺瑞尔先生认为跟仙子对疯子的同情有关——以外还因为一条：正常人看不见仙子的时候，疯子却能察觉到他们的存在。”斯特兰奇顿了顿，“你说那老妇人疯得可以？”他问。

“哦，是的！我是这么觉得。”

饭后在客厅里，格雷斯蒂尔大夫坐在椅子上睡了个瓷实。格雷斯蒂尔姑姑也在自己座位上点头打瞌睡，偶尔醒过来，替自己犯困赔个不是，紧接着便又睡过去了。于是格雷斯蒂尔小姐得机会跟斯特兰奇独处，享受一整晚的窃窃私语。她有一肚子的话对他讲。他荐她读波蒂斯海德勋爵的《写给孩子看的乌衣王的历史》，她近来一直在看，这会儿正想就这本书发问。可他看上去心不在焉，好几回她都有种怪别扭的感觉——疑心他根本没在听她说什么。

第二天，格雷斯蒂尔一家去参观了军械库，其建筑之肃穆、宏伟，令人叹为观止。完后一家人又在古玩铺里闲逛掉一两个钟头（铺主差不多跟他们卖的玩意儿一样怪趣，颇具古风），接着又去圣斯德望堂附近的点心铺吃了雪糕。这一天的玩乐本都邀了斯特兰奇，可当天一大清早格雷斯蒂尔姑姑就收到他一封短信，先是问好、道谢，后说他相当意外地发现了一个新思路，不敢就此撂下：“……做学问的人，夫人您从令兄身上就能看出来，是天下最自私的一群，专心于自己的研究，以为一切就都有了借口……”次日格雷斯蒂尔一家游访圣母慈善画院，仍不见他人。隔天他依旧没有出现，他们乘贡多拉去了托尔切洛——孤零零一座笼罩着灰雾、遍生芦苇的岛屿。也就是在这里，威尼斯最初有了城市的模样，曾经繁盛，后遭废弃，最终灰飞烟灭，而一切都过去了那么久，那么久。

虽说斯特兰奇躲在百合圣母堂附近的寓所里闭门造法，但由于他的名字被多次提起，格雷斯蒂尔大夫免遭惦念之苦。一家人若是在里亚尔托附近漫步，格雷斯蒂尔大夫撞见那桥，提起夏洛克*、莎士比亚及至当代戏剧的发展状况，他准有幸耳闻斯特兰奇在这些方面的见解——因为这些格雷斯蒂尔小姐全都知道，全能说个头头是道，就仿佛是她自己的心得。若是在小古玩铺里，大家被一幅画了头怪趣跳舞熊的油画所吸引，格雷斯蒂尔小姐便得了机会，告诉她父亲斯特兰奇先生的一个熟人有个罩在玻璃匣子里的棕熊标本。若一家人吃的是羊肉，格雷斯蒂尔小姐准能想起斯特兰奇先生告诉过她有一回他在莱姆里吉斯吃过这东西。

第三天傍晚，格雷斯蒂尔大夫给斯特兰奇发了封信，提议一起喝个咖啡，再来杯本地烈酒。当晚六点刚一过，他俩便在花神咖啡馆碰了头。

“见到您我真高兴，”格雷斯蒂尔大夫说，“您脸色可不好。您这一向还顾得上吃东西、睡觉、锻炼身体？”

“我记得我今天吃过东西，”斯特兰奇道，“不过真想不起来吃的是什么了。”

二人聊了会儿无关紧要的琐事，斯特兰奇的心思却不在这里。有好几回，对格雷斯蒂尔大夫的问话他几乎是胡乱敷衍。末了，他把自己杯里最后一点格拉巴酒吞下肚，掏出怀表，对格雷斯蒂尔大夫说：“但愿您别怪我这么急着走。我还约了人。那么，就祝您晚安了。”

格雷斯蒂尔大夫听了略感惊讶，不禁琢磨起他这约的会是什么人。无论在哪里，人都有可能失态，而在格雷斯蒂尔大夫看来，只要到了威尼斯，人失态得就会愈加厉害、愈加频繁。天下再没哪一座城市肯像威尼斯这般千方百计地为你提供各种犯坏的机会，而眼下这段时间，格雷斯蒂尔大夫恰恰要特别操心斯特兰奇的为人是不是真的无可指摘。于是，他竭力摆出一副漫不经心的态度，问斯特兰奇约的可是拜伦勋爵。

“不是，才不是他。实话告诉您吧，”斯特兰奇眯起点儿眼睛，变

* 莎士比亚名剧《威尼斯商人》中的角色，是一位以放高利贷致富的犹太人。

得神秘起来，“我觉得我可能已经找到帮手了。”

“您的仙子？”

“不，是个人。我对未来的合作充满信心，但我这会儿其实也拿不准那个人听了我的提议会有什么样的反应。目前这情形，您一定能理解我是不愿意让人家等的。”

“别，确实别！”格雷斯蒂尔大夫大声道，“快走！快走！”

斯特兰奇走远了，变成大广场上无数黑影中的一个，阴黑着脸，面无表情，在威尼斯染了月色的路面上匆匆而过。月亮本身也住在宏伟的云阁之间，看着就仿佛天上还有一座城沐浴在清辉之下，壮丽不输威尼斯，殿堂街道分崩离析，沦为废墟——就仿佛某位精灵一时兴起变它在天上，只为了嘲笑地上那一座衰落得太不着急。

与此同时，格雷斯蒂尔姑姑跟小姐趁家里大夫不在，又去了犹太人聚居区那间可怕的顶楼小屋。这一趟她们没有声张，担心格雷斯蒂尔大夫——甚至是斯特兰奇先生——不许她们去，或者非要陪她们一起去。她们这回可不想有任何男性陪同。

“他们准想把这事挂在嘴上，”格雷斯蒂尔姑姑说，“他们准会揣测她如何沦落至此。可那又有什么用？怎能帮得了她？”

格雷斯蒂尔小姐带了些蜡烛和一把烛台。她点了根蜡烛，俩人好能看清手上动作。接着，从篮子里，她们端出一碟精致的开胃菜——烩小牛肉的香气充满这污浊闭塞、令人绝望的房间，此外还有一些新出炉的白面包、几个苹果和一条厚披肩。格雷斯蒂尔姑姑将那碟烩小牛肉放在德尔加多夫人面前，却发现德尔加多夫人的手指头、手指甲跟爪子似的又弯又僵硬，她无论怎么哄劝，这双手也握不拢刀叉柄。

“好吧，亲爱的，”格雷斯蒂尔姑姑只好说，“她看上去很想吃，而且我敢肯定这东西吃了对她有好处。不过我觉得咱们还是先走，让她一个人爱怎么吃就怎么吃吧。”

她二人下楼回到大街上。刚一出街门，姑姑便大叫起来："噢，弗洛拉，刚才你看见了吗？她晚饭早都已经备下了。有只小瓷碟子——还挺漂亮的——跟我那套玫瑰蕾配勿忘我的茶具特别像——她往里面搁了只耗子——一只死了的小灰耗子！"

格雷斯蒂尔小姐看上去若有所思。"我觉得，苦菜头按这边的做法煮熟了再淋点儿酱汁，看着就有点儿像耗子。"

"噢，亲爱的，"姑姑说，"你知道肯定不是那么回事儿的……"

她们穿过犹太人聚居的"旧区"，往卡纳雷吉欧的运河边走。路上格雷斯蒂尔小姐突然一转身，躲进一片黑影里不见了。

"弗洛拉，怎么回事？"姑姑大叫起来，"你看见什么啦？别在这儿停留，宝贝儿。这边房子跟房子之间太黑了。亲爱的！弗洛拉！"

格雷斯蒂尔小姐重又回到亮处，同之前消失一样迅速。"没事儿，姑姑，"她说道，"别慌。我只是觉得有人在喊我名字，然后我就过去看看。我觉得是个认识的人在叫我。不过那边一个人都没有。"

走到运河大道，贡多拉已经在等她们了。撑船的扶着她们上了船，然后一桨又一桨，慢悠悠地离了岸。格雷斯蒂尔姑姑在船中央的篷子底下舒舒服服地坐好。雨点啪嗒啪嗒打上了帆布顶。"咱们一到家，兴许就能见着斯特兰奇先生跟你爸爸。"她说。

"兴许吧。"格雷斯蒂尔小姐道。

"也没准儿他又跟拜伦勋爵打台球去了，"姑姑说，"他俩能成为朋友，真是奇怪。这两位先生看着太不一样了。"

"嗯，确实！不过斯特兰奇先生告诉过我，说他在瑞士见着勋爵的时候，觉得他比现在令人难以忍受得多。那会儿勋爵跟其他一些诗坛人士在一起，注意力全在那帮人身上，显然不打算再与任何别人交往。斯特兰奇先生说他连最基本的礼貌都没有。"

"是嘛，那真是太不好了。不过倒也不奇怪。你见着他会不会有点儿害怕，宝贝儿？我是说要是见着拜伦勋爵的话。我觉得我没准儿会的——会有一点点怕的。”

“不会的，我不会怕的。”

“哈，宝贝儿，那是因为你比谁都更清醒、稳重。说实话，我真不知道这世上能有什么令你害怕。”

“哦！我不觉得这是因为我有什么非凡的胆量。至于是不是因为我有什么过人的优点——我说不好。特别坏的事情，我倒是从来没有去做的欲望。我不怕拜伦勋爵，只是因为他永远不可能摆布我，或是左右我哪怕一丁点儿想法和行为。我对他是免疫的。可这并不是说世上就没有任何一个人——我没说我一定见过这个人——是会偶尔令我不太敢面对的：怕见他伤感、失落，或者心里有事，再或者——最最可怕的，您知道——怕他沉溺于内心的怒火或创伤，于是根本不知道或者根本不在乎我的目光可在他身上。”

犹太人聚居区那间顶楼的小屋里，格雷斯蒂尔小姐带去的蜡烛扑闪了一下便熄灭了。月光洒在噩梦般的寓所里，卡纳雷吉欧的这位老夫人大口吞吃起格雷斯蒂尔家太太小姐带给她的烩小牛肉。

最后一口刚要往下咽，一个英国人的声音突然发了话：“真可惜，我那几位朋友没给咱们引见引见就走了，这种情况向来令人为难，是不是，夫人——当屋里就剩俩人还非得认识认识的时候？我姓斯特兰奇。您呢，夫人，虽然您自己也不知道，您姓德尔加多。很高兴见到您。”

斯特兰奇靠窗台站着，双手抱臂，目不转睛地盯住她。

而她对他的关注，就如同对过去几日来看她的格雷斯蒂尔姑姑、小姐等人一样荒疏。她对他的态度，就如同猫咪对一切它不感兴趣的对象一样不屑一顾。

“请允许我先向您保证，”斯特兰奇道，“我跟那些烦人的访客是不一样的，那些人来看您并没有实际目的，也没有真心话对您讲。而我有个提议，德尔加多夫人。在这个时候相遇，夫人，是你我二人绝好的运气。您最想要的东西，我能给您，而作为回报，我想要的，您也得给我。”

德尔加多夫人没有任何举动表示她听到了这番话。她的注意力集中到盛着死耗子的那只小碟上，苍老的嘴巴张开来，欲将耗子吞掉。

“拜托，夫人！”斯特兰奇叫起来，“我必须请您先把晚饭放一放，专心听听我在说什么。”他探身过去，把小碟子拿走了。这下，德尔加多夫人似乎才头一回意识到他的存在。她微弱地喵呜了一声表达不满，双眼怨恨地盯着他。

“我请您教教我如何变疯。这办法多简单，我以前怎么没想到呢。”

德尔加多夫人嗓子眼里发出呜呜低吼。

“哦，您怀疑我这办法是否明智？您大概没错。盼自己发疯是很轻率的举动。我的导师、我的内人以及我的朋友们若是听说了，准都会生我的气。”他说到这里顿了顿，嘲弄似的神情从他脸上消失了，轻快的口气再也听不见了，“可我的导师我已经摆脱了，我的内人已经去世了，我的朋友跟我之间隔着欧洲大部分疆土外加二十里冰冷的海水。自从入了行，这是我头一回不必跟任何人商量。好了，如何开始呢？您得给我点儿什么——作为您疯癫的象征和载体。”他扫了一眼整个屋内，“可惜，您貌似一无所有，除了您身上这件裙衣……”他低头瞧了瞧手里的小碟子，“……还有这只耗子。我想我还是选耗子吧。”

斯特兰奇念起一道咒语。屋里银光绽开，似一朵白焰，又似烟花灿烂。这团光在德尔加多夫人和斯特兰奇之间飘浮了片刻，斯特兰奇随后伸手比画了一下，就仿佛打算把光往她身上扔；光团飞向了她，有那么一瞬间，她沐浴在银辉之下。突然间，德尔加多夫人消失了，原地出现了一个神情凝重、闷闷不乐的小姑娘，身着老式裙衣。接着，小姑娘也不见了，换上一位美丽的少妇，面露骄横之色。很快，少妇又被一位稍年长些的女士取而代之，这位女士的气度不可一世，即将到来的癫狂在眼睛里显露微光。德尔加多夫人曾经的模样在她座位上瞬间闪过，随后一个都不见了。

凳子上只剩下一团皱巴巴的绸子，一只小灰猫从中迈步出来，轻捷地跳下凳子，又一跃而起上了窗台，消失在夜色中了。

“好吧，咒语起作用了。”斯特兰奇道。他捏着尾巴将那烂了一半的死耗子提了起来，瞬间好几只猫都对他发生了兴趣，喵呜、呼噜地轻叫，为了引起他的注意，还把身子往他腿上蹭。

他皱眉咧嘴，一脸苦相。“我真想知道，约翰·乌斯克格拉斯当年为了打造英格兰魔法，被逼无奈都吃了哪些苦头。”

他不知自己可会意识到有任何不同。待咒语念罢，会不会还要去猜测自己究竟是否已经疯了？会不会干站着，紧着搜刮疯狂的念头，看可有哪一条更顺理成章？他最后看了一眼周遭世界，张开嘴，小心翼翼地将耗子垂了进去……

感觉就如同一头扎进瀑布或是两千把小号在耳畔齐鸣。一切曾经想到的、学到的，一切过往的自己，被交织纷乱的情与感如大水决堤般统统冲了走。这个世界回炉重造，新天地一片烈焰之色，令人不堪其华。新的恐惧、新的欲与恨充斥其间。庞大的精灵将他围住，其中几位邪恶的嘴巴里生满牙齿和灼灼巨眼。有个东西好似一只伤残得可怕的蜘蛛，在他身旁后脚着地仰立起来，一肚子坏水。他嘴里含着点儿什么，有股难以形容的味道。他想也想不了，知也知不道，天晓得哪里来的临危不惧使他一口把那东西吐了出去。有人尖叫起来……

他发现自己躺在地上，抬眼只看见黑暗里房梁和月光搅成一片混沌。视野里出现了影影绰绰一张脸，正往他自己的脸上细看，令他毛骨悚然。这东西呼吸温热潮湿，味道难闻。他不记得自己什么时候躺下了，当然他其实什么都不太记得了。他含混地琢磨着自己究竟是在伦敦还是在什罗普郡。他浑身有种格外奇异的感觉，就仿佛好几只猫同时在自己身上溜达。过了一会儿，他抬起头来，才发现这确是实情。

他翻身坐起，猫都跳下去跑了。一轮满月的光芒从窗户的破洞里照进来。他将回忆一段一段地拾起，逐渐拼凑起这一晚的经历。他想起自己把老妇人变了身的那条咒语，想起自己打算靠变疯目睹仙灵的计划。起初他觉得这些都发生了——哦，得有一个月左右！可眼下他还在这间屋子里，看了怀表才发现指针几乎一步都没往前挪。

他好歹是把那只耗子保住了。幸亏之前他一只胳膊垂下来挡在上面，耗子才免遭猫口之灾。他将耗子塞进兜里，速速出了屋。他一刻也不想多待；这屋子本来就是个梦魇般的所在——现在对他来说更是恐怖难言。

在楼梯上遇见的几个人，都对他视若不见。来之前他给这栋房子里的住户下过咒，让他们以为天天都能见着他，这里他经常来，再没有比在这里看见他更正常的事了；可假如有人问起他是谁，他们谁也说不大清楚。

他走路回了百合圣母堂边自己的寓所。那老妇人的癫狂似乎还染在他身上。一路上，他经过的行人都奇异地改换了模样；他们神情凶横、目光愚钝，连步伐都显得笨重、难看。“好吧，至少一件事是明摆着的，”他心想，“那老妇人真是疯得不轻。要是也这个状态，我大概是招不来仙子的。”

第二天，他起个大早，吃罢饭便马上动手，依照种种广为流传的魔法原理，将死耗子的皮肉内脏化为粉末，一副骨头则完好无损地保存下来。随后，他把粉末溶作酊剂。这么办的好处有两点：第一点（好处绝非一点点），咽几滴酊剂总比把一只死耗子放嘴里好受得多；第二点，他认为这样兴许可以控制好疯癫的度再往自己身上用。

到了五点钟，他调出一种深褐色的液体，气味基本只能闻出当溶剂用的白兰地。他把液体倒进个小瓶子，往一杯白兰地里仔细数着滴了十四滴，一并喝了下去。

几分钟后，他往窗外的百合圣母堂广场看去。行人来来往往，人人脑后开个洞，里面是空心的；人脸只是薄薄一张挂在头前的面具。每个空心的脑洞里都点着一根蜡烛。这一切在他看来极为寻常，于是奇怪自己竟从未留意过。他心想，要是下楼去把有些人的蜡烛吹灭了会怎么样。想到这儿，他笑了起来。他越笑越厉害，站都站不稳了。他的笑声在楼里一波又一波地荡漾。脑中一丁点儿残存的理智警告他不能让房东一家发现他在干吗，于是他上了床，把笑声捂在枕头底；想法实在太滑稽，双腿不住地踢呀踢。

第二天一早，他从床上醒来，身上还是衣服鞋子全副武装。除了有种一夜没脱衣服通常会产生的头发蒙、身上发腻的感觉，他觉得自己大体已经恢复正常了。他洗完澡、刮完脸，换了身衣服，便出门找地方吃喝。在恩惠街和天使广场交会处有家小咖啡馆他挺喜欢。一切似乎都还正常，直到堂倌走上前来，将一杯咖啡放到他桌上。斯特兰奇抬起头来，发现堂倌眼中一闪，似有烛光如豆。他发现自己已经想不起来人脑子里究竟有没有蜡烛了。他知道有和没有这两种看法差之千里：一种说明心智正常，另一种说明失常；可他无论如何也想不起来究竟哪种算正常、那种算失常了。

这令他内心惶惶。

"酊剂唯一的缺陷在于，"他心想，"若想判断何时失效实在很难。我之前没想到这一点。再试的话，我看我得先等个一两天。"

然而，到了正午时分，他的急躁就已经占了上风。他感觉自己好多了。他更倾向于认为人的脑袋里是没有蜡烛的。“反正，”他心想，“有没有都无所谓，跟我手头的研究毫不相干。”他往一杯圣酒里滴了九滴酊剂，喝了下去。

瞬间，他深信房间所有的柜橱里都塞满了菠萝。他肯定自己的床和桌子底下也有菠萝。这念头把他吓得浑身忽冷忽热，只好坐到了地上。城里一切房屋宫殿都塞满了菠萝，街上行人的衣服底下也都掖着菠萝。他闻见到处都是菠萝味儿——又甜又酸涩。

过了些时候，有人敲他的门。他诧异地发现天色已晚，屋里已经相当暗了。敲门声又响起来了。门外是他的房东。房东开口讲话，可斯特兰奇一句也听不懂。这是因为房东嘴里含着个菠萝。他是怎么把那玩意儿整个塞进嘴里的，斯特兰奇无法想象。他讲话的时候，嘴里尖钉似的绿叶子缓缓探出来，后又被吞回去。斯特兰奇心想要不要去找把刀或者钩子，好把菠萝给掏出来，免得房东呛着。而与此同时，他又不是太在乎。“毕竟，”他心想，有点儿不耐烦，“这是他自找的。是他自己把那玩意儿塞嘴里去的。”

第二天，在恩惠街街角的那家咖啡馆里，有个堂倌正切菠萝。斯特兰奇捧杯咖啡瑟缩着，看了一眼便浑身发抖。

他发现其实想使自己变疯比人们以为的容易——容易得多，可与一切法术无异，这条路亦是障碍重重，挫折不断。就算他真把仙子召来了（似乎不太可能），精神状态也不适合与其交谈。读过的每一本相关的书都力劝魔法师在与仙灵交涉时多加小心。恰是这样必须全神贯注的时候，他反倒神志不清了。

“假如我只能满嘴菠萝、蜡烛地胡言乱语，我还怎么让他领教我法艺的高超？”他想。

他一整天都在屋里走来走去，偶尔停下来往小纸条上草草记上几笔。夜幕降临的时候，他写好一条召唤仙子的咒语放在桌上。接着，他往一杯水里滴了四滴酊剂，喝了进去。

这回，药剂带来的效果与之前大不相同。他并未被某种离奇的想法或恐惧困扰。事实上，他感觉在很多方面自己已经比很长一段时间以来痛快多了：他感觉自己比从前冷静、淡定，不再一脑门子官司了。他发觉自己对魔法不那么上心了。脑中有几扇门砰然关上，他溜达到另外几间已多年未进的厅堂。服了酊剂十分钟左右，他变回了二十一二岁的自己；随后，他又变成一个完全不同的人——他一直以来虽有能力却因种种变故无法成为的人。

他服下药剂后头一个愿望是去赌场。从十月初来了威尼斯待到现在居然一家都没去过，他觉得实在荒唐。可一看怀表，他发现才八点钟。“现在去实在太早了。”他这议论也不知对谁说的。他很想说话，于是四下里张望，看可有什么倾吐的对象。没有更好的选择，他只好用屋角那尊小木头人凑合。“若想看见什么值得看的，还得再等上三四个钟头呢。”他对木头人说。

为了打发时间，他心想不如去找格雷斯蒂尔小姐。“可我估计她姑姑跟她爸爸都在。”他气得嘤然作声，“没劲！没劲！没劲！为何漂亮姑娘总有那么一群亲戚跟着？”他照了照镜子，“老天！这领巾怎么跟庄稼汉打的似的。”

随后的半个小时全花在翻来覆去打领巾上，直到满意为止。接着，他又发现指甲的长度超出了自己所能接受的限度，也不十分干净。他跑去找剪子剪指甲。

剪子搁在桌上，旁边还放着其他东西。“看看这儿都有什么？”他问，“稿子！写了魔法咒语的稿子！”他觉得特别逗。“你瞧，这事儿多怪，”他对小木头人说，“写稿子这家伙我居然认得！他叫乔纳森·斯特兰奇——想来，这些书都是他的。”他又读了几段。“哈！你绝对猜不到他现在干的事儿有多蠢！念咒语召唤仙子！哈！哈！他告诉他自己说这是为了招个仙仆，以此推动英格兰魔法事业的发展。其实他只不过是为了震一震吉尔伯特·诺瑞尔！他千里迢迢跑到天下最奢靡的城市，在乎的却只是伦敦某个老头子的所思所想！真是荒唐！”

他厌恶地把稿纸放下，拿起了剪子。一转身，脑袋差点儿撞上什么东西。“怎么?！……”他叫起来。

屋顶垂下一条黑色的绸带，底端吊着几根细小的骨头、一管深色的液体——可能是血——以及一张写了字的纸，所有东西都绑在一起。绸带这长短——人若在屋里走来走去，大概迟早总会撞上。斯特兰奇摇了摇头，不敢相信有谁会这么蠢。他往桌边一靠，动手剪起指甲来。

几分钟过去了。“你知道吗，他原来有个老婆。”他对小木头人说起来。他把手伸到烛光下检查指甲。“阿拉贝拉·伍德霍普。天底下最最可爱的姑娘。可惜已经死了。死喽，死喽，死喽。”他从桌上拿起指甲锉，给指甲抛光，“现在想想，我那会儿是不是有点儿爱上她了呢？我想一定是的。她叫我名字的同时还伴着微笑，那模样真是娇俏极了，每次她一这么叫我，我就肝儿颤。”他笑起来，“你看，这事儿多荒唐，我连自己叫什么名儿都想不起来了。劳伦斯？亚瑟？还是弗兰克？要是阿拉贝拉在这里就好了。她会知道的，而且她也会告诉我的！她可不是那种专跟你开玩笑、玩笑早已不好笑了还继续玩下去的女人。老天做证，我真希望她也在啊。我这里疼得慌。”他拍了拍自己的心脏，“这里面有什么又硬又烫。”他敲了敲自己的脑门，“可只要跟阿拉贝拉聊上半个钟头，什么就都好了，我敢肯定。也许我应当召唤这家伙的仙子，托他把她带过来。仙子能召来死人的，不是吗？”他把咒语从桌上拿起来，又读了一遍，“这有什么大不了的呢。全天下再没这么容易的事了。”

他想都没想就大声念了一遍咒语里的词儿。罢了想起磨指甲才是要紧事，于是继续忙活去了。

彩绘木橱边的阴影里有个穿叶绿色外套的人——头发好似大蓟绒毛——脸上带着微笑，像是被什么逗乐了，笑容透着他自恃甚高。

斯特兰奇仍一门心思地弄他的指甲。

白毛先生飞速走到斯特兰奇身旁，伸手要揪他的头发。可还没得手，斯特兰奇便直直看向他，问道："鼻烟这玩意儿，您身上大概一撮儿都没有吧——有吗？"

白毛先生呆住了，一动不动。

"这可恨的外套我每个兜都翻遍了，"斯特兰奇道，压根儿没察觉对方有多惊讶，"哪儿都找不见鼻烟壶。我简直不知道自己在想什么，出来的时候居然没带。我平时吸的是肯德尔棕标的，要是您有的话。"

他边说边又开始掏兜，忘记屋顶垂下来那一簇有血有骨头的小花束，一走动，头便碰在了上面。花束往后悠起，又悠上前来，不偏不倚正击中他的印堂。

第五十四章

一只小匣子，色如心伤

一八一六年十二月一至二日

空气里有什么噼啪一响，隐隐一股小风随之而来，换上一阵清爽，就好像房间哪里的陈腐气被突然赶了出去。

斯特兰奇眼睛眨了两三下。

一恢复神志，他立马想到自己这复杂繁琐的方法奏效了；边上多出个人来——无疑是位仙子——正站在自己面前。他随后便琢磨起自己究竟都干了些什么。他掏出怀表看了看，从喝下酊剂到现在快一个小时了。

“请您原谅，”他说道，“我知道这问题很怪——我可曾问您要过什么东西吗？”

“鼻烟。”白毛先生答道。

“鼻烟？”

“你管我要一撮鼻烟。”

“什么时候？”

“你说什么？”

“我什么时候管您要鼻烟来着？”

“刚刚的事。”

“啊！啊。好啊。那您不用麻烦了。我现在不需要了。”

白毛先生冲他鞠了一躬。

斯特兰奇觉出自己的困惑挂了相。他想起书里读来的严正警告：

切莫让这狡诈一族发现他们比你懂得多。于是他摆出一副嘲弄的神情，掩饰了困惑。随即他又想起人们普遍认为，若在仙灵面前表现得高人一等，惹他们不痛快，才是更危险的。于是他又在嘲弄的神情上罩了个微笑。最后，他看上去又跟最初一样茫然了。

他没发现，其实那位先生也很不自在，程度至少不输给他。

“我将您召唤至此，”他说，“是因为长久以来，我一直希望在魔法方面得到您这一族的协助和指导。”这短短几句声明，他之前演练过好几遍，这会儿听上去既有信心又有威严，他十分喜欢。可惜，这效果瞬间毁于一旦，因为他着急忙慌地补了一句：“这话我之前说过了吗？”

那位先生一言不发。

“鄙人名叫乔纳森·斯特兰奇。您兴许听说过我？我的事业目前发展到一个极有意思的阶段。若说接下来几个月间我的行动将决定英格兰魔法的全部未来，我看也不为过。答应协助我吧，您将和科尔·汤姆·布鲁、韦切利大师一样声名远扬！”[1]

“啧！”那位先生直作恶，“下三滥的玩意儿！”

“真的吗？”斯特兰奇道，“我倒不知情。”他越发坚定。“您之前对英格兰国王的……”他顿了顿，为了找个合适的词，“……好意关照，令我注意到您。那样的法力！那样的创意！如今英格兰魔法缺的是气魄！缺的是热情、活力！我实在无法跟您形容我有多厌倦拿乏味的咒语一遍遍去解决同样乏味的问题。您的法术，我只看一眼便觉得耳目一新。您是能震一震我的。我期待被震慑！”

那位先生挑起一根极漂亮的仙人眉，看样子对这个提议绝没有反抗的意思。

1　科尔·汤姆·布鲁毫无疑问是拉尔夫·斯托克塞最负盛名的仆从；韦切利大师曾为马丁·佩尔效力。

斯特兰奇兴奋地继续说下去："哦，我不如现在就告诉您吧，在伦敦有个老头儿姓诺瑞尔——也算是个魔法师吧——他若是听说您与我结盟，准会当即气得发疯。他准会千方百计阻挠咱们，不过我敢说，咱们二人对付他绝对是绰绰有余。"

那位先生似乎已经不再听了。他环视这间屋子，目光从一个物件移到另一个物件上。

"屋里可有什么东西令您不舒服吗？"斯特兰奇问，"若是这样，还劳您告诉我。我敢说您的魔法灵性远比我细敏。不过，就算对我来说，也有那么几样东西会干扰我施法的能力——我相信所有魔法师皆是如此。盐瓶、花楸树、一小块圣饼——这些东西必会使我惶恐不安。我并不是说有它们在我就施不了法，只是我在编纂咒语的时候总要把它们考虑进去。要是这间屋里有什么东西您不喜欢，您只要言语一声，我马上把它搬走。"

那位先生盯着他看了一会儿，就好像完全不知道他在说什么。随后他突然大声发了话："我的魔法灵性，是啊！你可真聪明！恰如你以为，我的魔法灵性是极高的！他们刚刚禀报我，说你近来到手了一件法力极强的物件！破法戒指？洞穿瓮？还是什么这类的东西？祝贺你！快把这物件给我看看，我马上就把它的历史和正确用法讲给你听！"

"其实没有的，"斯特兰奇惊讶道，"我没有这种东西。"

那位先生皱起眉头。他先是死劲儿盯住桌子底下半掩着的一只尿壶，后又盯上一枚丧戒——戒指镶了幅画在象牙上的微型天使像，目光最终落到一个彩绘陶罐上，这罐子以前盛过糖渍桃子和李子。"兴许这东西你是偶然得来？"他问道，"这类物件法力会是很强的，即便魔法师本人也察觉不到它们就在近旁。"

"我真不这么以为，"斯特兰奇道，"比如那罐子，我是从热那亚一个糖果店里买来的。一模一样的罐子，店里还有好几十个呢。我无法解释为何只那一罐有魔力，别的就没有。”

“没，确实没办法，”那位先生附和道，“并且这屋里似乎真找不出什么来了，除了些寻常物件。我的意思是，”他赶快补了一句，“除了我意料中有您这般禀赋的魔法师家里应有的物件。”

片刻的沉默。

“我的请求，您还未答复。”斯特兰奇道，“您多了解了解我才能做决定。这也是理所应当的。等过个一两天，我会赏自己个面子恳请您再来作陪，到时候我们再深谈。”

“与您这一谈，别有滋味。”那位先生道。

“我希望只是个开端。”斯特兰奇客气地答道，并鞠了一躬。

那位先生也鞠躬回礼。

随后斯特兰奇解了他身上的召唤咒，那位先生瞬间便消失了。

斯特兰奇欣喜若狂。他觉得他应当坐下来，秉持学术精神，把看到的一切审慎地做个记录，可实在忍不住又跳、又笑、又鼓掌。他甚至来了几段土风舞；那浮雕木头人的腿脚若不是固定在木头柱子上的，他准把它当作舞伴，抱着它满屋飞旋了。

待手舞足蹈的劲儿一过去，他真恨不得马上给诺瑞尔去封信。事实上他都已经坐下动笔了，预备在信中好好耀武扬威、冷嘲热讽一番（“您听到这消息毫无疑问是会很高兴的……”），可后来他还是回心转意。“这么干只可能激得他把我的房子给变没或者别的什么的。哈！等我回到英格兰，他得有多气愤。我一回国就要把这事发表了。我等不及新一期的《仙仆》了，等的话，拖得太久。莫雷肯定怨声载道，可我管不了那么多了。往《泰晤士报》上发最好。奇怪他说那些关于魔法戒指、尿壶的胡话都是什么意思。我猜他是想知道我是如何把他成功召唤过来的吧。”

总之，看他现在这得意劲儿，说是把约翰·乌斯克格拉斯本人召唤出来并礼貌地对谈了半个钟头也不为过。唯一令他不安的，是事后点点滴滴地回忆起这次发疯的形式："我觉得我变成拉塞尔斯或者德罗莱特了！太可怕了！"

第二天上午，史蒂芬·布莱克替沃特爵士出门办事。他先去伦巴第大街拜访一位钱庄主；又到小不列颠街跟一位肖像画师谈事；随后赶去桎梏巷找个妇女，把坡夫人做裙衣的要求交代给她。接下来的约会是要去一位律师的事务所。绵软的雪花纷纷扬扬从天而降，周遭皆是伦敦城里寻常的市声：马儿跺地、喷鼻息，马车吱嘎作响，小贩沿街叫卖，街门砰砰关闭，行人脚步噗噗踩在雪地上。

他站在弗利特街和教冠巷的交会处，刚掏出怀表（白毛先生的馈赠），周遭的声响霎时止住，仿佛一刀下去给削没了。那一刻，他觉得自己肯定是被震聋了，可还未来得及感到恐慌，他往四周一看，就发现怪事不止这一桩。整条街突然间空空荡荡。没了人，不见了猫狗，马匹和鸟儿也消失了。街上空无一物。

还有雪花！这才是奇中之奇。轻柔洁白的大雪花在空中浮着不动，一片片大如金镑。

"魔法！"他想道，心里直作恶。

他沿着教冠巷走了一小会儿，往街边店铺的窗户里看去。铺子里面还上着灯；柜台上的货物，或散着摆放，或摞成小堆——有绸缎、烟草、乐谱子；炉里还生着火，可火苗凝住不动。他把目光收回来，才发现自己已经在雪织起来的立体花边里钻出了个通道。这是他有生以来所见过的最为奇特的异象。

于无处之中，一个饱含愤怒的声音喊叫起来："我以为我对他免疫！他这是用了什么鬼把戏？"白毛先生突然在紧挨着史蒂芬的地方现了身，满面怒火，双目炯炯。

由于惊吓过大，史蒂芬一时间以为自己准会晕倒在地。可他深知白毛先生多么看重沉着冷静，于是尽可能将惊恐藏起来，倒抽一口气，问道："对谁免疫，先生？"

"还能有谁，那魔法师呗，史蒂芬！那魔法师！我以为他准是到手了什么强力物件，才能发现我在近旁。可我在他屋里什么都没找见，他自己也发誓说根本没有这类东西。为了保险起见，我刚花了一个钟头走遍这星球，检视了每一枚魔法戒指、每一只魔法杯子和磨盘，可哪一样都没丢，都还待在我印象里它们待的地方。"

解释得这样不完全，史蒂芬也推断出那位魔法师一定已将白毛先生召唤过去并与之对谈了。"可是，先生，"他说道，"过去有段时间，您确实是希望协助魔法师，与之作法并收获他们对您的感恩的。您当时来救坡夫人，不正是这个缘故吗？兴许您会发现，结果比预想的要好呢。"

"哦，兴许吧！不过我真不这么觉得。我告诉你，史蒂芬，除了被他随叫随到这点麻烦以外，后半个钟头真是我千百年没经历过的枯燥。我从没听过有谁那么能说的！我从没见过有谁那么自以为是的。自说自话、无暇顾及他人意见，这样的人我特别讨厌。"

"哦，确实，先生！真是特别气人。并且我猜，既然您要忙着对付这位魔法师，推我做英格兰国王这事咱们可以先放一放了吧？"

白毛先生拿自己的语言特别激烈地说了句什么——估计是在赌咒。"我看你说得没错——这比所有事情加一块儿都更让我生气！"他思索片刻，"可话说回来，情况也许并没咱们担心的那么糟。英格兰这些魔法师大都蠢得可以，他们想要的总是那一套：没钱的想要拔不光的萝卜、舀不尽的粥；有钱的想要更多的钱，或要称霸全天下；年岁小的则想要讨公主、女王的芳心。他只要张口，想要哪一样我都给他。那东西将来准带给他无尽的烦恼。我曾经屡试不爽。他于是就会心烦意乱，你我就可以继续开展将你推上王位的计划！哦，史蒂芬，我多么庆幸我来找了你啊！你的话在我听来永远比任何人都英明！”说到这儿，白毛先生的怒气瞬间蒸发不见，化作满心欢喜。太阳居然也从云背后露了面，那奇异的浮雪围着他们一闪一闪（虽然史蒂芬说不好这究竟是不是白毛先生所为）。

他刚要指出自己根本没那个意思，白毛先生霎时就不见了。行人、车马、猫狗瞬间全都回来了，史蒂芬直直撞到一位穿紫色皮罩衣的胖妇人身上。

斯特兰奇从床上起来，心情极佳。他连睡了八个小时一醒没醒。几个礼拜以来，这是他头一回没半夜爬起来研究法术。他决定放一天假，算是犒赏自己成功召唤出仙子。十点钟一过，他便在格雷斯蒂尔一家下榻的寓所现了身，格雷斯蒂尔一家人正在吃早饭。他应邀入座，吃了些热面包，喝了点儿咖啡，对格雷斯蒂尔小姐和姑姑说他任由她们使唤。

格雷斯蒂尔姑姑很乐意把对她那份好意匀给自己的侄女。格雷斯蒂尔小姐跟斯特兰奇一起阅读关于魔法的书，度过了后半个上午。书有他借给她的，也有在他推荐下她自己买的，包括波蒂斯海德的《写给孩子看的乌衣王的历史》、希克曼的《马丁·佩尔传》以及海瑟-格雷的《牛首怪之详解》。这几本书是斯特兰奇刚入行时读过的，他觉得好笑，因为书中言论如今看来是那样简单，几乎算是天真了。天下最惬意的差事，莫过于把这些书读给格雷斯蒂尔小姐听，回答她的问题，聆听她的见解——迫切、有悟性，虽则在他看来有点儿过于认真了。

一点钟的时候，吃了些冷荤作淡饭，格雷斯蒂尔姑姑说大家坐着不动已经够久了，提议出去走走。“我敢说，斯特兰奇先生，呼吸呼吸新鲜空气，您是会喜欢的。搞学问的大都不注意锻炼身体。”

“我们这帮人真是糟糕，夫人。”斯特兰奇乐呵呵地赞同道。

当天天气很好。他们在一条条小街窄巷之间漫无目的地穿行，开心地发现了一个又一个引人入胜的物件：一个小狗浮雕，嘴里叼了根骨头；一座圣坛，供奉的圣人他们谁也不认得；一排窗户，窗帘子初看以为是最精致的网眼纱堆叠起的厚帷幔，细看才知只是蜘蛛网而已——铺天盖地、牵牵绊绊，布满了窗内房间的各个角落。他们没有向导帮他们做解说，周围也无人可问，于是他们自己编造起这些东西的来历，权当自娱自乐。

暮色将临之际，他们来到一处冷飕飕、光秃秃的小广场，广场中心有个水井。这地方荒凉空寂得令人奇怪。地面铺的是年代久远的砖石。墙上挖出来的窗子少得出人意料，就好像这排房子集体被广场干的什么勾当给冒犯了，毅然决然背过身去，往别处看。广场上有家极小的铺子，貌似别的不卖，只卖颜色种类无穷无尽的土耳其软糖。铺子没开，格雷斯蒂尔小姐和姑姑透过窗户往里看去，发表心中的疑问——不知何时会开门，以及以后还能不能再找到这里来。

斯特兰奇四处溜达着，心里没装什么特别的想法。空气冷得很——冷得令人痛快——头顶的夜空里出现了第一颗星。他突然发觉身背后有种奇异的刮擦声响，于是扭头看看是什么在出声。

这小广场最暗的角落里立着个东西——那模样的东西，他从来没见过。那东西是黑色的——黑得仿佛是拿周遭的暗影做出来的。头或顶部的形状像一把老式轿椅——在巴斯偶尔能见到这种东西，载着老贵夫人在城里逛。顶上开了窗户，黑色的窗帘从这头拉到那头。窗户以下的部分缩成一只黑色大鸟的身子和腿脚。那东西戴了顶黑色高帽，手持一根细瘦的黑色手杖。那东西没有眼睛，可斯特兰奇能觉出来它正瞅着自己呢。那东西正拿手杖的尖儿在铺路石上来来回回地刮，那抽搐般的动作很是可怕。

他觉得他应当感到害怕。他觉得也许他应当施点儿什么法术保护自已免受其害。消散咒、驱赶咒、防御咒从他脑中飘过，可不知为何他一道也抓不住。虽然那东西透着那样的邪恶和狠毒，他却坚信至少目前它对他或者任何人都没什么危险。那东西更像是一个未来邪灵的预警。

他刚开始琢磨格雷斯蒂尔一家见了这突然出现在他们身边的恐怖之景都是什么反应，脑海里便有什么动了一动；那东西不见了。取而代之的是格雷斯蒂尔大夫粗壮的身形——格雷斯蒂尔大夫一身黑衣，握着把手杖。

“啊？”格雷斯蒂尔大夫冲他喊。

“我……我请您包涵！”斯特兰奇喊回去，“您刚刚说话了？我在想……想别的事儿来着。”

“我问您今晚打不打算跟我们一起吃饭？”

斯特兰奇愣愣地看着他。

“出什么事了？您不舒服吗？”格雷斯蒂尔大夫问。他看着斯特兰奇，目光甚是尖锐，就好像他发现这位魔法师的神情或举止上有令他不满意的地方。

“向您保证，我一点儿事没有。”斯特兰奇道，“并且我很乐意一道吃晚饭。没什么比这更讨我喜欢了。只是我已经答应了拜伦勋爵四点钟跟他一起打台球。”

“我们得叫艘贡多拉再回去了，”格雷斯蒂尔大夫道，“别听鲁伊莎嘴硬，我看她实际已经累得很了。”（他指的是格雷斯蒂尔姑姑。）“您跟勋爵在哪儿见？我们让船夫给您送到哪儿去？”

“谢谢您，”斯特兰奇道，“我还是走路回去吧。令妹所言极是，我缺的是新鲜空气和日常锻炼。”

听说斯特兰奇不跟他们一起回去，格雷斯蒂尔小姐略感失望。夫人小姐同魔法师道了个拖沓冗长的别，还彼此提醒了好几回，说不出几个钟头便又能再见了，直拖到格雷斯蒂尔大夫对他们仨都丧失了耐性。

格雷斯蒂尔一家往运河方向走去了。斯特兰奇在后面远远地跟着。之前他高高兴兴地让格雷斯蒂尔大夫放心，实际上却被吓得不轻。他努力劝自己相信那鬼影儿不过是光线引起的错觉，可怎么劝都没用。他只好对自己说，那玩意儿还是更像老夫人的疯病又来了。

“真是太烦人了！酊剂似乎已经彻底失效了！好吧，上帝保佑，保佑我不必再喝那玩意儿了。假如那仙子不肯辅佐我，我干脆试试别的法子再召一个来。”

他出了巷子，走进运河边更清明一些的天光里。他看到格雷斯蒂尔一家叫来了贡多拉，有个人—— 一位绅士——正扶格雷斯蒂尔小姐上船。他起初以为是个陌生人，再看时发现这人有一头亮闪闪的白发。他快步迎了过去。

贡多拉离了岸。“多美的姑娘啊！”这位先生说道，双眼闪动着光彩，“舞也跳得特别招人喜欢吧，我猜？”

“跳舞？”斯特兰奇道，“我不知道。在热那亚的时候，我俩本要参加一场舞会的，可是她闹牙疼，我们就没去。见到您，我可真没想到。我没再召唤您，不料您也肯过来。”

“啊，我可是一直在考虑你那共同施法的提议！我现在觉得那是个绝妙的计划！”

“听您这么说我很高兴，”斯特兰奇强忍住笑容，“不过您先告诉我，我召您召了好几个礼拜，您为何早不过来呢？”

“啊，这很好解释！”这位先生表示，随后便长篇大论地讲起他一位表哥。他这位表哥又坏又嫉妒他各方面的才华品德，对英格兰所有的魔法师都恨之入骨；是他千方百计歪曲了斯特兰奇的法术，于是直到昨晚这位先生才得知自己被传唤。故事讲得极其复杂繁琐，斯特兰奇一个字都不信，不过他觉得还是装作相信比较稳妥，于是鞠了一躬，算是默许了。

“并且为了表示我对你感恩戴德，”这位先生把话收了尾，“你想要什么，我都给你找来。”

“什么都行？”斯特兰奇把话重复了一遍，目光凌厉，“您这提议——假如我没理解错的话——原则上是种具有约束力的协定。只要我明说要什么，您可就无法回绝了？”

“我也不打算回绝！”

“那么我可以要求大富大贵、称霸天下，或者这一类的东西？”

“完全正确！”这位先生显得兴高采烈。他举起双手，这就要施法。

“可是，这些我都不想要。我缺的主要是信息。上一位跟您打过交道的英格兰魔法师是谁？”

片刻的沉默。

“哦，那些你不会爱听的！”这位先生表示，“我保证你会觉得无聊透顶。来吧！总有点儿什么东西你爱得胜过一切。自己的王国？美丽的伴侣？波琳·鲍格才公主特别讨人喜欢，一眨眼工夫我就能把她带到这儿来！”

斯特兰奇要开口说话，却又一时语塞。“波琳·鲍格才，您说？我在巴黎见过她一幅画像。”[2]说罢，他又想起话头，接着道，“不过目前我对那些没什么兴趣。给我讲讲魔法。我怎样才能把自己变成一头熊，或者一只狐狸？流经无恩国的三条魔法河流分别都叫什么名字？[3]拉尔夫·斯托克塞认为这三条河左右着英格兰发生的事件，真是这样吗？《鸟之语》里面提过一类咒语是靠调配颜色来完成的，您能给我讲讲这

2　这位夫人是拿破仑·波拿巴几个妹妹里面最美丽且最富激情的一位，热衷于谈恋爱以及不穿衣服摆姿势请人为她塑像。

3　“无恩”是偶尔用来描述约翰·乌斯克格拉斯第三个王国的名号。人们认为这个国家位于地狱的远方。

是怎么回事吗？唐卡斯特方阵上的石头代表了什么？”

这位先生双手高扬，假做震惊状。“这么多问题！”他笑了；本打算笑个轻松、快活，可笑出来的声音听上去有点勉强。

“那就挑其中一个回答。您想答哪个就答哪个。”

这位先生只是客气地微笑着。

斯特兰奇盯着他，一脸藏不住的烦气。看来他奉送的不包括知识，只限于物品。“要是我想送自己礼物，我就去店里买了！”他心想，“要是我想见见波琳·鲍格才，我就直接去找她做自我介绍了。这些哪儿还用得着魔法！我究竟该怎么……”他突然有了主意。他发了话：“把您上一次跟英格兰魔法师打交道时取得的收获带给我！”

“什么？”这位先生大吃一惊，“不，你不会想要那玩意儿的。那玩意儿没价值，毫无价值！再考虑考虑！”

听了斯特兰奇的要求，这位先生明显慌乱起来——虽说斯特兰奇想不通他为何这般反应。“兴许，”他心想，“之前那位魔法师给了他什么宝贵的东西，他特别不愿出让。没关系。等我见识到那东西是什么、把能学到的学到，我就把那东西还给他。这么办应当能让他看出我的好意了。”

他礼貌地笑了笑。“有约束力的协定，我记得您说过吧？无论什么东西，今晚我就要！”

晚上八点钟，他在格雷斯蒂尔家幽暗的餐厅里同他们一起吃晚饭。

格雷斯蒂尔小姐问他拜伦勋爵怎么样了。

“哦！”斯特兰奇道，“他不打算再回英格兰了。他在哪儿都能写诗。可我这门营生不行，英格兰的魔法，英格兰造——而英格兰本身也是魔法造就的。两者相互依存，你没法把它们分开的。”

“您的意思是说，”格雷斯蒂尔小姐眉头微皱，“英格兰人的心智，英格兰的历史，等等这些都是魔法造就的。您这一定是在打比方。”

“不，我是说实在的。举个例子来说，这座城市是以寻常方式建成的……”

“哦！”格雷斯蒂尔大夫笑着插嘴，“这话听着多像魔法师说的啊！一说什么东西是寻常办法造的，他话音里都带着点儿不屑！”

“我可不觉得我有不尊重谁的意思。我向您保证，对寻常办法造的东西，我是怀有无限崇敬的。没有，其实我只想说英格兰的国土边界——其版图形状本身是由魔法决定的。”

格雷斯蒂尔大夫不以为然。“我可不敢这么说。您给我举个例子。”

“没问题。约克郡海边曾经有座挺好的镇子，那里的居民质疑他们的国王约翰·乌斯克格拉斯为何非得收他们的税。那么伟大的魔法师，他们理论道，难道还不是想要多少金子就能凭空变出来的吗？若只是想一想的话，不会有多大关系，可那帮蠢货得寸进尺。他们拒不交税，并与国王的敌人勾结谋反。在打算跟魔法师闹翻之前，最好先想想清楚；若对方是君王，则更不可轻举妄动。而如果对方既是魔法师又是君王，嗬，下场足有百倍的凶险！先是从北方刮来一阵风，吹遍了镇上大街小巷。动物一着风，就衰老、死亡——镇上的猪、鸡鸭、牛羊，就连猫狗都没了命。风吹到镇上，房子就在遭殃的住户眼皮底下化作了废墟。工具损坏，瓶罐破碎，木料弯折、断裂，砖石化作尘埃。教堂里的石像仿佛历久经年，一座座风化磨损，据说最后每尊石像、每一张脸看上去都在狂嗥。海水被风撩起来，化作凶神恶煞的奇异形体。居民相当明智，纷纷跑出了镇子。待跑上高处回头再看，恰好来得及看到镇上余下的东西慢慢被冰冷灰黑的海浪没了顶。”

格雷斯蒂尔大夫微微一笑。“甭管谁当政——辉格、托利、皇帝还是魔法师——百姓不上税，谁都不乐意。这些故事您都打算写进下本儿书里吗？”

“哦，那是一定的。我可不像那种惜字如金的作家，把要说的话儿盎司儿盎司地数着往外倒。我对写作的态度是十分开明的。谁乐意付给莫雷先生一个几尼，就会发现我仓库的大门敞开，里面的学识全都卖。我的读者可以四处观看、随意挑选。”

格雷斯蒂尔小姐听完故事，严肃认真地思考了片刻。“确实是有挑衅在先，”她说道，“可他那么做仍然属于专制苛政。”

黑暗里传来一阵脚步声，离他们越发近了。

“什么事，弗兰克？”格雷斯蒂尔大夫问。

弗兰克是格雷斯蒂尔大夫的用人，从暗处走上前来。

“我们收到一封信和一只小匣子，先生。都是给斯特兰奇先生的。”弗兰克看上去心里有事。

“好了，别站这儿张着大嘴傻看。斯特兰奇先生在这儿呢，就在你胳膊肘旁边。快把信跟匣子交给人家。”

弗兰克的表情和神态都充分表示他在和深深的疑虑做斗争。他那气鼓鼓的模样说明他觉得自己已然十分费解了。他做了最后一次努力，想让他的主人领会他的烦恼。“我们是在屋里紧挨着大门的地方发现这封信和小匣子的，先生，可大门上着锁、插着门栓呢！”

“那肯定是有人开过锁、拔过门栓了，弗兰克。别故弄玄虚的。”格雷斯蒂尔大夫道。

于是弗兰克将信和匣子交给了斯特兰奇，后又晃晃悠悠消失在黑暗里，一路低声自言自语，并问沿路的桌子椅子这家人是不是把他当成榆木疙瘩了。

格雷斯蒂尔姑姑凑过身去，恭请斯特兰奇先生不必拘礼——在场都是朋友，信是可以现在就读的。她说这话是好心，却有些多余，因为斯特兰奇已然拆了信在读了。

“哦，姑姑，”格雷斯蒂尔小姐叫道，拿起弗兰克放在桌上的那只小匣子，“快看，多美啊！”

这只匣子尺寸小、造型长方，看上去是由银子和陶瓷制作而成的。匣子呈一种美丽的蓝色调；其实不完全是蓝，更像是丁香紫；说丁香紫也不准确，因为里面还带着淡淡一丝灰晕；更确切地讲，是心伤的颜色。所幸格雷斯蒂尔小姐跟她姑姑都没怎么伤过心，于是没能认出来。

“确实很漂亮。”姑姑道，“斯特兰奇先生，是意大利产的吗？”

“嗯？”斯特兰奇抬眼一看，“我不知道。”

“里面可有什么东西吗？”姑姑问。

“嗯，我猜是有的。”格雷斯蒂尔小姐说着，已经动手要打开了。

“弗洛拉！”格雷斯蒂尔大夫大喝一声，使劲冲他闺女摇了摇头。他想到这匣子可能是斯特兰奇打算送给弗洛拉的礼物。想到有这个可能，格雷斯蒂尔大夫并不高兴，但他觉得自己无权品评斯特兰奇这类男士的某些行为——见多识广的上层时髦人士，大约都以为自己满有这么干的资格。

斯特兰奇还把鼻子深埋在信纸背后，周围的一切他既没看到也没听见。他把小匣子拿起来打开了。

“斯特兰奇先生，里面有什么东西吗？”格雷斯蒂尔姑姑问。

斯特兰奇飞快地又把盖子合上了。“没有，夫人，里面什么也没有。”他把匣子揣进口袋里，随后马上叫弗兰克，让他给端杯水来。

饭后没多久他便告辞离开了，直奔恩惠街街角那家咖啡馆而去。匣子里盛的东西他望了一眼后心惊胆战，急切地想去人多的地方再看。

堂倌给他端上白兰地，他呷了一口，把匣子打开了。

一开始，他以为那仙子送来的是一只用蜡或者类似材料制作的仿真断肢——又小又白的一根手指头，造型逼真。这手指头是那样苍白，那样毫无血色，看上去已然带了青晕，只在指甲边缘的缝隙里还有点儿粉红的意思。他心里奇怪，哪儿会有人肯花这工夫做这么恐怖的东西。

可摸过之后，他才发现这东西根本不是蜡的。手指头冰凉冰凉的，皮肤的反应却跟他自己的一模一样，皮下的肌肉既能看见也能摸得出来。毫无疑问，这是根真人的手指头。从长短粗细判断，他估计若非小孩，便是个手生得很小巧的女人的小拇指。

"可那魔法师给我手指头干什么？"他心想，"没准儿这是那魔法师自己的手指头？不过我觉得不可能，除非那魔法师是个小孩或者妇女。"他突然想到以前听人说过一些关于手指头的事，可一时想不起具体说了什么。奇怪的是，虽然记不起话的内容，但他觉得他还记得话是谁说的。是德罗莱特。"……这倒能说明我那会儿为什么没注意听了。可德罗莱特怎么会说起魔法了呢？这方面他本就不懂，更不在乎。"

他又喝了些白兰地。"我以为找个仙子为我解惑，一切迷雾就都扫清了。到头来，我又撞上迷雾一团！"

他陷入沉思，细细回想从前听过的关于伟大的英格兰魔法师和他们的仙仆的故事：马丁·佩尔和韦切利大师，法罗索特大师及其他仙灵，托马斯·高布列斯和礼拜二来的迪克，麦洛德和科尔曼·格雷，以及其中最负盛名的拉尔夫·斯托克塞和科尔·汤姆·布鲁。

与斯托克塞初遇之时，科尔·汤姆·布鲁还是个不服管教的野小子——天下最后一位与英格兰魔法师结盟的仙子。斯托克塞尾随他去了仙境，一直跟到他的城堡[4]里，隐去身形，取得了不少有意义的成果。[5]

---

4 "墣落"，古仙灵语，意为仙子的住所。该词通常被转译为城堡或大宅，而实际上指的是古坟包或者空山坡的内部。

5 斯托克塞将科尔·汤姆·布鲁召唤至自己位于埃克塞特的家中。这位仙子不肯辅佐他。第三次拒绝的时候，斯托克塞就隐身尾随科尔·汤姆·布鲁出了镇子。科尔·汤姆·布鲁沿一条仙路很快便走到了英格兰之外的一块地方：只见一座棕色的矮坡临着一塘死水。科尔·汤姆·布鲁一声令下，山坡侧面便开了一道门，他走了进去。斯托克塞紧随其后。

在山的空心里，斯托克塞见到一座魔法厅堂，堂内的人都在跳舞。他等有个人靠（转下页）

斯特兰奇不至于天真到以为这些讲给孩子和魔法史学者听的故事就是史实的精确描述。“可故事里总会有些实情，”他想，“也许斯托克塞真的设法打入了科尔·汤姆·布鲁的城堡，证明自己不是好惹的。我为什么就不能学个样呢？毕竟那仙子对我的技艺和成就一无所知。我若去访访他，杀他个措手不及，他就会相信我有多神通广大了。”

他回想起在温莎那雾蒙蒙、雪飘飘的一天，他跟国王二人被那位先生的仙术所惑，差点儿误打误撞进了仙境。他想起那片树林和星星点点的光亮，似有一座古屋藏在林间。走王道的话，一定还能再寻回去，可是——先不提对阿拉贝拉的承诺——他自己也不想再用已经用过的法术召唤那位先生了。他希望这回的手段新颖、触目惊心。等再见到那位先生的时候，他希望自己是满怀自信、兴致勃勃的——卓有成效的新法术一向能令他有这股劲头。

“仙境并不遥远，”他想，“去那里的办法成千上万。我总能找到一个的吧？”

---

5 （接上页）近，便冲她滚了个魔法苹果过去。她把苹果捡了起来。这苹果必是天下最好最美的果子，女仙子吃完，一心只想再要个一模一样的。她四下张望，谁也找不见。“这苹果是谁给我的？”她问。“是东风。”斯托克塞低声道。第二天晚上，斯托克塞又跟着科尔·汤姆·布鲁进了山。他观看跳舞的人，又给那女仙子滚了个苹果过去。听她问是谁给的苹果，他就回答说是东风给的。第三天晚上，他把苹果扣在手里。女仙子离开了其他舞者，四处张望。“东风！东风！”她低声呼唤，“我的苹果呢？”“告诉我科尔·汤姆·布鲁睡在哪里，”斯托克塞低声道，“我就把苹果给你。”于是她告诉了他：地底深处，墣落的最北边。

这之后连续几晚，斯托克塞依次扮作西风、北风和南风，用苹果引诱土丘里的居民告诉他关于科尔·汤姆·布鲁的信息。从一个牧羊人口中，他得知科尔·汤姆·布鲁睡觉的时候由哪些动物看守——一头狂躁的母猪和一头更为狂躁的公羊。从科尔·汤姆·布鲁的保姆那里，他听说科尔·汤姆·布鲁睡觉的时候手里捏着一块极为特别且重要的鹅卵石。一个在后厨帮忙的男孩子告诉他科尔·汤姆·布鲁每天早上一睁眼都要说的三个词。

靠这办法，斯托克塞获得的信息足够他对付科尔·汤姆·布鲁了。可还没等用上这些信息，科尔·汤姆·布鲁便来找他，说自己重新考虑过了：他觉得他终究还是愿意辅佐斯托克塞的。

实际情况是这样的：科尔·汤姆·布鲁发现东、西、南、北四风神都在打听他的事情。他完全不知道自己哪里冒犯了这些重要人士，可他着实吓得不轻。与一位强大且有学问的英格兰魔法师结盟——这主意突然变得诱人多了。

他知道有条咒语可以在魔法师指明的任意两种事物之间造一条通途。这条咒语很古老了——离仙术也只有一步之遥。变出的路完全可以穿越不同世界的边境。斯特兰奇从未试过这条咒语，不知这条路会是什么样子，也不知自己怎样才能沿着它走。可他仍然觉得自己有能力完成。他低声念咒，打了几个手势，把自己和那位先生作为两个端点，道路将在他二人之间连线。

空气里有什么动了一动，魔法起效时偶尔会发生这种现象。这感觉就仿佛一扇无形的门开了又关，将他送到对面。或者说，就好像城里所有的楼房集体转了个身，一切事物都面朝另一个方向。看来，这法术已经完全起效了——变化肯定已经发生了——可他看不出效果。他思索着接下来该怎么办。

“很可能只是感知上的问题——我知道怎么纠正。”他顿了顿，“麻烦得很。我真不想再用那办法了，不过，多用一次倒也不会有什么大碍。”

他伸手从外衣大襟里掏出了疯癫酊剂。堂倌端给他一杯水，他小心翼翼地往里滴了一小滴，喝了下去。

他四下里看了看，头一回发觉脚边有道闪闪发光的线。光线穿过咖啡馆的方砖地，直通到门外去，很像他过去常在银盆里的水面上画出来的分割线。他发现若是直视它，它就消失不见；若把它放在余光里，就看得一清二楚。

他跟堂倌结了账，出门走到大街上。“嘿，”他说，“这真是不得了啊。”

第五十五章

后者之宝，此生珍爱，落敌人魔爪

一八一六年十二月二日夜至三日凌晨

一直威胁着威尼斯城的命运，似乎在一瞬间突然降临了；可她并未被大水淹没，却遭了树灾。黑暗而鬼魅的树木长满了街巷和广场，堵了运河。围墙挡不住它们。它们的枝桠刺穿了石头和玻璃，树根深深扎进路石底下。雕像和立柱都披上了常春藤的护甲。突然间——至少斯特兰奇感觉是突然间——四周变得宁谧、幽暗多了。槲寄生须叶蔓延，盖住了灯火，枝条织起密实的天篷，透不进月光。

然而，威尼斯的居民却似乎没注意到一丝变化。斯特兰奇经常读到寻常男女对周遭正在生发的魔法是有可能怡然而不觉的，可他从未亲眼见识过。点心铺里学徒脑袋上顶着一托盘面包，斯特兰奇眼看着他干净利落地绕过了所有他根本看不到的树木，左躲右闪地避开了一切有可能捅了他眼珠的枝杈。一男一女穿了上舞厅或是赌场的衣服——斗篷、面具齐全，正沿着圣摩西卵石道往前走，胳膊挽着胳膊，脑袋凑在一处低声私语。一棵大树挡了他们的道，他们相当自然地分开，各走树的一边，绕过树去又接着手拉手了。

斯特兰奇跟着那条闪闪发光的线沿一条小巷走到了码头。城市到了尽头，树木依旧继续，光线一直伸进林子里面去。

他不太想往海水里面蹚。威尼斯可没有那种坡度平缓、渐渐入水的海滩；码头便是这座石城的尽头，亦是亚得里亚海的开端。斯特兰奇不知脚下这片海水深浅，但他觉得应该够把人淹死。他无计可施，唯有指望那领他进树林的光线同时也能防止他溺水。

然而与此同时，他想到冒这样的险，自己要比诺瑞尔合适得多——虚荣心得到了满足。“无论别人怎么劝，他也不可能下海蹚水的。他讨厌把身上弄湿。谁说的来着——魔法师得有耶稣会士的手腕、军人的勇气和盗贼的机智？这我估计本不是什么好话，可里面是有几分道理的。”

他走下了码头。

一瞬间，海水变得更加虚无缥缈、如梦似幻，而树林则愈加实在分明。没过多会儿，海水就只剩暗林间若有若无的一层银光微闪，为夜林的气息多掺一味盐咸而已了。

“我这是，”斯特兰奇心想，“近三百年来英格兰头一位进入仙境的魔法师了。”[1]想到这儿，他极为自得，颇希望身旁有人目睹，为他的所作所为而震惊。他意识到自己对文献与静默已是多么厌倦，他多么向往那个年代——当魔法师，意味着要跑到国人从未见识过的地界去。自滑铁卢之后，他这是头一回真正做出点儿事情来。随后他意识到，与其私自庆幸，不如观察观察四周围，看可有什么值得学习的。他专心研究起周围景致来。

这片树林说不上是英格兰的树林，却也极其类似。树木有些过于古老、伟岸，外形上有些过于奇诡。斯特兰奇深刻地感觉到这些树都有十全的性格，有自己的爱、恨、欲念。它们看上去就仿佛已经习惯与人间男女享受同等待遇，并要求在与之相关的事务上有发言权。

“这一切，”他心想，“正如我能预想的一般，可我应当把它当作警告，时时提醒自己，这里和我生活的地方是多么不同的两个世界。在

1 斯特兰奇之前最后一位主动闯进仙境的是马丁·佩尔博士。仙境他去过多次，最末一次大约是在十六世纪五十年代。

这里，我遇见的人一定会向我提问。他们会跟我要花招。”他开始设想那些人会问他什么样的问题，并预备好各式巧妙的回答。他一点儿都不怕，就算是火龙现了身他也不在乎。从前天到现在，他已经迈出这么大一步；他感觉只要自己肯下手，就没有什么事情是完不成的。

走了二十分钟左右，闪光线把他带到了那座房子前面。他一眼就认出它来；那天在温莎堡，这房子的形象曾极为鲜明、清晰地展现在他眼前。认虽认得出，两者却又不完全一样。在温莎堡的时候，这房子亮堂堂的，引人向往。而今，他却发觉这里的气氛过于贫瘠荒凉。房上窗户很多，开口却都非常小，没有几扇里面有光。房子比预想中要高大许多——远非凡人住地所能及。“俄国沙皇没准儿有这么大的房子，”他心想，“也没准儿是罗马教皇。我说不好。我从来也没去过那些地方。”

房子四周围着高墙。闪光线似乎在墙根处就到了头。他找不见墙上有任何缺口。他低声念起奥姆斯柯克的“启示咒”，紧接着又念了“泰尔马什之盾”——这是一条保证安全通过被施了魔咒的场所的咒语。他运气不减，瞬间，一扇破陋的小门便出现了。他走了进去，眼前是一片宽阔的灰色院场。院内白骨遍地，在星空下闪着寒光。有些骨架上还套着锈迹斑斑的铠甲；当初夺命的兵器还绞在肋骨里面，或是穿过眼窟窿戳向外边。

斯特兰奇见过巴达霍斯和滑铁卢的战场，几根陈年尸骨是不会令他大惊小怪的。尽管如此，这景象也算耐人寻味，他觉得自己确实已经身临仙境了。

房子残破不堪，他却深深疑心这其实是魔法的功效。他又使了一遍奥姆斯柯克的“启示”。房子微微一晃，瞬间变了模样，他才看出这房子只有一部分是石头。之前看似围墙、扶壁和塔楼的地方，现出一座巨大的土丘——其实已经算是座小山坡了。

“这是个墣落[2]啊！”想到这儿，他极为兴奋。

穿过一道低矮的门廊，便进了一间宽敞的屋子，里面满是跳舞的人。舞者的衣着是他所能想象到的绝顶华美，可这屋子本身的修缮状况却是极度恶劣。恶劣到居然有一面墙都塌了，只剩瓦砾一堆。家具陈设少而破旧，蜡烛用的也是最次的那种；为舞蹈伴奏的，只有一个弹弦子的和一个吹笛子的。

似乎一个正眼瞧他的人都没有，于是他走到墙边上的人群里，驻足观看舞蹈。这里娱乐活动的很多方面他觉得并不陌生，比起威尼斯的conversazione[3]来可要熟悉多了。来宾的作风更像是英格兰人才有的，而他们跳的舞——从纽卡斯尔到彭赞斯的男男女女，一年之中每个礼拜都要快活这么一回。

他突然想起来，曾几何时他是喜欢跳舞的，阿拉贝拉也喜欢。在西班牙打完仗回来之后，他几乎就没再跟她跳过舞——没跟任何人跳过舞了。在伦敦的时候，无论去哪儿——无论是舞厅还是政府机关——总有太多人等着跟他说关于魔法的事情。他不知阿拉贝拉可曾同别人跳过舞。他不知自己可曾问过她。“可就算我真想着问她了，”他叹了口气，“我显然也没听她答了什么——这些事情我现在一点儿都想不起来了。”

“老天啊，先生！您怎么跑这儿来啦？”

斯特兰奇扭头看是谁在说话。若有什么事是他没做好心理准备的，就是在这里头一个碰见的居然是沃特·坡爵士的男管家。这人叫什么名儿他记不住了，虽然他听沃特爵士喊过几百遍了。西蒙？塞缪尔？

这人一把抓住斯特兰奇的胳膊摇晃，他看上去特别焦虑、慌张。“看在老天的分上，先生，您来这儿干吗？您难道不知道他恨您吗？”

2　见第五十四章注释4。

3　特指意大利本地聚会。

斯特兰奇正欲反唇相讥，却犹豫了。谁恨他？诺瑞尔吗？

集体舞错综复杂，这人瞬间又被带走了。斯特兰奇抬眼去寻，在屋子另一端看到了他。这人怒目瞪着斯特兰奇，就好像气他为什么还不离开。

“真是怪了，”斯特兰奇心想，“不过当然了，他们是会这样做的。他们是会做一些令你意想不到的事的。兴许那根本不是坡的男管家。兴许那只是一个模样像他的仙子。或者根本就是魔法变出来的幻影。”他四下张望，寻找自己想找的那位仙子。

“史蒂芬！史蒂芬！”

“我在这儿呢，先生！”史蒂芬一回头，发现白毛先生就在自己身边。

“那魔法师来了！他就在这儿！他想干吗？”

“我不知道啊，先生。”

“啊，他来这儿是要灭了我的！我知道他是为了这来的。”

史蒂芬大吃一惊。长久以来，他一直以为这位先生刀枪不入，可看他现在的状态却是极为焦灼而恐惧的。

“可他为何要这么做呢，先生？”史蒂芬带着安抚的语气问他，“我看，他更可能是来救……接他夫人回家的。兴许咱们该解除斯特兰奇太太身上的魔咒，让她跟她丈夫回家去？还有坡夫人。让斯特兰奇太太和坡夫人都跟那魔法师回英格兰去吧，先生。我敢肯定这样一来，他生您的气就消了。我敢肯定我能劝动他的。”

“什么？你在说什么啊？斯特兰奇太太？不，不，史蒂芬！你可想错了！真想错了！咱们敬爱的斯特兰奇太太，他连提都没提过一回。而你我二人，史蒂芬，咱们懂得怎样珍惜这种女人的陪伴。他可不懂。他已经彻底把她忘了。他现在有新欢了——一个美得勾魂儿的年轻姑娘，我希望她可爱的身影有天也能为咱们的舞会增光添彩！再没有比英格兰人更朝三暮四的了！哦，相信我！他来这儿是要灭了我的！从他问我要坡夫人的手指头，我就知道他比我能猜到的精明了太多太多。快给我出出主意，史蒂芬。你跟英格兰人一起生活了那么多年。我应当怎样做？我该怎样自卫？我怎样才能惩治这般恶行？”

虽因法术蒙蛊而反应钝滞、迟重，史蒂芬仍努力想了个清楚。他确信，他面临着一场巨大的危机。这位先生从未如此公然地向他求助。按说他应是有能力利用上目前形势的吧，可怎样下手呢？何况根据以往的经验，他知道这位先生的情绪没一种能维持得久；天下最反复无常的就是他了。多不起眼的一个词儿，都有可能把他的恐惧化作熊熊怒火、深仇大恨——史蒂芬假如这个时候说错话，不仅救不出自己和他人，更有可能激得这位先生把他们全灭了口。他往屋中四处端详，看有什么办法可想。

“史蒂芬，我该怎么办？”这位先生呻呼道，“我该怎么办？”

有个人引起了史蒂芬的注意。一座黑拱顶之下，站着一个熟悉的身影：一位经常戴黑纱的女仙子；黑纱从脑袋顶垂下来，一直蒙到手指尖儿。她从来也不跟大家一起跳舞；她在舞者和看客之间穿行，又像在走又像在飘。史蒂芬从未见她跟任何人说过话，她一经过，身后总会留下淡淡一股墓园、泥土和停尸房的味道。只要一见着她，他总会畏惧得发颤。可究竟她的恶是本性不善，还是外力使然，抑或是两者兼备，他并不知晓。

“这世上有这么些人，”他发了话，“生命对他们来说无非是种累赘。他们与周遭世界之间隔着一袭黑幕。他们的孤独是绝然的。他们就好像夜间的暗影，与喜悦、情爱以及一切人类温存的情感隔绝开来，彼此之间都无法相互抚慰。日日夜夜除了黑暗、痛楚与孤独之外，再无他物。您知道我说的是谁，先生。我……我并不是要埋怨谁……”白毛先生凝视着他，目光炽烈，“不过我相信咱们是能够把那位魔法师的怒意从您身上移开的，只要您肯放了……”

“啊！”这位先生感叹道，双眼睁大，似有觉悟。他举起手来，示意史蒂芬住口。

史蒂芬意识到自己一定是过分了。“原谅我。”他低声道。

“原谅？”这位先生语气里透着惊讶，“哪儿的话，没什么需要原谅！几百年之久，我这是头回听见有谁肯这样直率地同我讲话。我为此向你表示敬意！黑暗，是的！黑暗、痛楚和孤独！”他转身离开，往人群里走去了。

斯特兰奇乐在其中，兴味无限。舞会上诡异的反常之处，他毫不以为怪。一切在他看来都是理所应当。这间大厅看着寒伧，实际上仍有幻象的成分。他那双魔法师的眼睛察觉到，这屋里至少有部分空间是埋在地底下的。

不远处有个女仙子正目不转睛地盯着他看。她身着一袭裙衣，色如冬日夕照；手上一把精巧的扇子闪闪发亮；扇子上缀了些什么，许是水晶珠子——却更像是树叶上凝的霜、枝杈上脆弱的冰挂。

这时，一支舞要开始了。似乎没人去邀这位女仙子，斯特兰奇心血来潮，冲她微笑、鞠躬，并说道：“这里没什么人认得我，所以没人替咱们介绍。不管怎样吧，夫人，若您肯同我跳一曲，我将深感荣幸。”

她并未答话，也未报以微笑，但她接了他递过去的手，容他牵自己去跳舞。他们在队伍中找好位置站定，一时相对无言。

“你说没人认得你，这话不对，”她突然发了话，“我就认得你。有两位命中注定会使魔法重归英格兰的魔法师，你就是其中一位。”随后，就像背诵预言或是什么家喻户晓的常识似的，她说道，“其中一位，就唤他作‘惧惮’。另外一位，就唤他作‘傲慢’……看来，你显

然不是‘惧惮’，那么我猜你一定是‘傲慢’。”

这么说可不太礼貌。

“那确实是我命中注定。”斯特兰奇附和道，“多好的命啊！”

“哦，你这么以为的，是吗？”她瞥了他一眼，说道，“那你怎么还没实现它呢？”

斯特兰奇微微一笑。“那又是什么让您，夫人，以为我还没实现它呢？”

“因为你正站在这儿啊。”

“我不明白。”

“别人把预言传达给你的时候，你难道没听吗？”

“预言，夫人？”

“是啊，预言来自……”她句末说了个人名，用的却是自己的语言，斯特兰奇没听出来。[4]

“抱歉，您说的是？”

“预言来自国王。”

斯特兰奇回想起闻秋乐从冬天的枯树篱笆底下钻出来，衣服上星星点点地挂着暗黄的干草和种子的空荚壳；他想起闻秋乐在那冬日的小径上念了些什么。可念的究竟是什么，他一无所知。那会儿他还没有当魔法师的概念，根本没留心听。“我想从前是有过某种预言的，夫人，”他说道，“可说实话，年头久了，我已经记不得了。这预言说我们一定会怎么样呢？——我和另外那位魔法师？”

“失败。”

斯特兰奇惊得直眨眼。“我……我不认为……失败？不，夫人，不会。现在再失败已经不可能了。我俩已然是自马丁·佩尔之后最有成就

4　她说的大概就是约翰·乌斯克格拉斯的仙灵语名。

的魔法师了。”

她什么都没说。

再失败已经不可能了吗？斯特兰奇心说。他想到诺瑞尔先生在汉诺威广场宅间，想到他在何妨寺里，想到他被当朝大臣集体恭维，被摄政王殷勤关照。这兴许有点儿讽刺意味——为诺瑞尔的成就感到欣慰的居然是他，可此时再没什么比这些成就显得更确凿、更牢不可破。这女仙子误会了。

接下来的几分钟里，他俩只顾按舞蹈要求往下跳。一回到队伍里的原位站好，她说道："魔法师，你敢来这里，胆子够大的。"

"何出此言？我有什么要怕的吗，夫人？"

她笑起来。"你知道英格兰有多少魔法师的尸骨都留在这璞落里，躺在这片星空下了吗？"

"我毫不知情。"

"四十七位。"

斯特兰奇觉得有点儿不那么自在了。

"这还没算上彼得·珀齐斯呢。他可不是什么魔法师，他只是个庸工[5]。"

"确实。"

"我是什么意思，你别不懂装懂。"她厉声道，"你明摆着根本不懂。"

斯特兰奇又一次因迷惑而不知如何作答。这女仙子似乎一心找不痛快。可是，他想，这又有什么奇怪的呢？在巴斯，在伦敦，在一切欧洲城市里，小姐太太们故意训斥男士，其实只为吸引他们的注意。说不定她亦是如此。他决定把她刻薄的举止当作卖弄风情对待，看这样可会使

5　中世纪英格兰一个棘手的问题就是庸工数量过大。庸工这叫法（现已废止）规范地说只用于称呼未出师或不合格的工匠，但在这里特指魔法师。

她的态度有所好转。于是他轻快地笑了一声，说道："在这璞落内发生过的事，看来您知道得不少啊，夫人。"这个词一说出来——那样古老而富有传奇色彩，他微微有些激动。

她耸了耸肩膀。"我来这儿做客有四千年之久了。"[6]

"我很想就此与您一谈，看您何时有空。"

"不如说看你何时再有空吧！到时候你拿什么问题来问我，我都不回绝。"

"您真体贴。"

"哪儿的话。那么就定在一百年之后，从今晚开始算？"

"我……我没听清您说什么。"

可她似乎感觉自己说得够多了，后来除了对舞会、舞者评论几句寻常话，他怎么问她也不肯再答。

舞跳完了，他们各自离去。这要算斯特兰奇经历过的最奇异、最令他不安的对话了。她为何会以为魔法尚未在英格兰复兴？那一百年后再见的荒唐言又是怎么回事？为了宽慰自己，他心说一个女人家平生大部分时间都耗在暗林深处空荡荡的大宅子里，实在不太可能对外面世界的新闻有多大了解。

他回到墙边上的看客中间。接下来的一支舞跳着跳着，把一位模样特别可爱的女人送到他近旁。他发现这女人姣美的面容与她那仿佛深深扎了根的忧郁神情形成了鲜明的对比。她抬起手去拉舞伴的手，他注意到她的小拇指没有了。

"怪了！"他心想，手摸了摸外套口袋，那只银镶瓷的小匣子正在

6　业界一些权威发现，长生不老的仙灵喜欢把较长一段时间统称为"四千年"。这位女仙子只是说她最初知道有这座璞落的时候已不可考，远在人们非把时间按年、世纪、千禧计算之前。很多仙子被问及年龄之时都会说他们已经四千岁了，其实是说他们自己也不知道自己多少岁，他们出现在人类文明社会之前——甚至有可能先于人类本身。

口袋里躺着呢。“也许……”魔法师给了仙子一根手指头，取自仙子自家人之手——他实在想不出什么样的起因经过才能导出这么个结果。这说不通啊。“也没准儿这两件事之间毫无关联。”他心想。

可这女人的手多小多白，他敢肯定都能与兜里的手指头配个严丝合缝。他满心好奇，打定主意要走上前去同她讲话，问问她手指头是怎么没了的。

一曲终了。这女人正同另外一位背对着他的夫人讲话。

“打扰您一下……”他发了话。

话音刚落，那位夫人转过身来。是阿拉贝拉。

她身穿一件白色裙衣，外披淡蓝色网眼罩袍；袍子上镶了钻，如同霜雪一般闪闪发亮。这身衣服比她生活在英格兰时拥有的任何一件都要漂亮得多。她头发上插了些花枝，枝上生着星星点点的小花朵；喉咙处系了一条黑色的天鹅绒丝带。

她盯着他，神色古怪——惊讶里掺了戒备，欣喜中不乏怀疑。“乔纳森，快看，我亲爱的！”她对她的同伴说，“乔纳森来了！”

“阿拉贝拉……”他发了话。他不知道自己打算说点儿什么。他向她伸出双手，可她没接。她略微往后缩了缩，不像是有意而为之。她拉起那位陌生女人的手，就好像如今只有那女人才能带给她安慰与扶持。

那陌生女人应阿拉贝拉相求，看了看斯特兰奇。“他跟大多数男人一个样。”她冷冰冰地评论道。说罢，她就好像以为会谈已经结束了似的——“来啊。”她说，打算把阿拉贝拉牵走。

“哦，先等等！”阿拉贝拉轻声道，“我想他一定是来帮咱们的！你不觉得有这个可能吗？”

“兴许吧。”陌生女人话音里充满怀疑，她又盯着斯特兰奇看了看，“不会。我觉得不会。我认为他来这里的目的跟咱们毫不相干。”

“我知道你以前警告过我，叫我不要空怀没用的盼望，”阿拉贝拉道，“并且我一直以来也努力照办。可他现在真来了啊！我就知道他不会那么快就把我忘了的。”

“把你忘了！”斯特兰奇叫起来，“不可能，哪儿的话！阿拉贝拉，我……”

“那你究竟是不是来帮我们的呢？”陌生女人突然直接对斯特兰奇发了问。

“什么？”斯特兰奇道，“不，我……你们要知道，我这刚刚才得知……我的意思是说，我还不是太清楚……”

陌生女人不耐烦地轻哼了一声。“是或不是？我觉得这问题够浅显了。”

“不是。”斯特兰奇道，“阿拉贝拉，快跟我说句话，我求求你。告诉我究竟是什么……”

“这不？听见了吧？”陌生女人对阿拉贝拉道，“咱们这就去找块小角落一起安安静静地待一会儿。我似乎看见门边上有张板凳没人坐。”

可阿拉贝拉一时还不肯走。她眼睛不离斯特兰奇，仍是那样一副古怪的神情，就好像在看一幅他的画像，而不是有血有肉的真人。她说：“我知道你不太相信男人办事，可是……”

“我根本不信他们，”陌生女人打断她的话，“一年又一年的时间浪费在空等这样或那样的人来帮忙——什么感受我心里清楚。一次又一次失望下去，还不如压根儿不抱任何希望！”

斯特兰奇失去了耐性。“原谅我插句嘴，夫人。”他对那陌生女人道，“不过自从见了您，我就发觉您一直在插别人的嘴！恐怕我一定要同我太太单独谈几句！要是您肯行行好往后退一两步……”

可阿拉贝拉和那陌生女人都已经不再理他了。她们往他右侧不远处看去。白毛先生出现在他的右肩旁。

史蒂芬推开跳舞的人群往这边赶。刚才同白毛先生的一番对话实在令他不放心。似乎什么事已经定下来了，可他越琢磨，就越发意识到自己根本不知道这决定究竟是什么。“毕竟还不晚，”他低声念叨着一路挤过来，“不算太晚。”一部分自己——冷酷、漠然、蒙在“蛊”里的那一部分自己——奇怪这话什么意思。自救还不晚？把坡夫人和斯特兰奇太太救出来还不晚？救那魔法师还不晚？

舞者的队伍从来没显得这么长，这么像篱笆似的挡住他的去路。他似乎看见屋子另一端有人一头银丝正熠熠发光。“先生，”他大喊，“等等！我得再跟您谈谈！”

屋里的光一变。音乐、舞蹈、来宾谈笑一扫而空。史蒂芬往四周看看，满以为自己会站在另一片大陆上的另一座城里。可他仍然站在丧冀的大厅里。厅内空空荡荡，舞者、乐师全都不见了。只剩下三个人：史蒂芬自己，远一点的地方，站着魔法师跟白毛先生。

魔法师喊着他太太的名字。他快步往一扇黑乎乎的门边赶去，像是要冲出屋去房子里找她。

“等等！”白毛先生大喊。魔法师一回头，史蒂芬发现他盛怒之下面色发青，嘴唇活动着，似有咒语喷薄欲出。

白毛先生举起双手。大厅里飞鸟成群。一眨眼，它们出现；一眨眼，它们不见。

鸟儿的翅膀扑打在史蒂芬身上，撞得他呼吸困难。待他缓和一阵终于能抬起头来，他发现白毛先生又一次举起了双手。

大厅里树叶飞旋。冬日枯叶棕黄，在无处而来的风中打转。一眨眼，它们出现；一眨眼，它们不见。

魔法师眼神狂野，目瞪口呆。面对这汹涌而来的魔法，他似乎不知所措。“他这是蒙了。”史蒂芬心想。

白毛先生第三次举起了双手。大厅里雨帘密布——下的不是水，而是血。一眨眼，它们出现；一眨眼，它们不见。

法术终止了。终止的一瞬间，魔法师消失了，而白毛先生就像昏厥一般倒在了地上。

“先生，魔法师哪儿去了？”史蒂芬叫道，冲上前去跪在他身边，“发生了什么？”

“我把他送回阿尔蒂纳姆的海上家园[7]去了。”他低声道，声音沙哑。他努力要笑，看上去却力所不及。“我做到了，史蒂芬！你说的我都做到了！我的力气都耗光了。我旧日盟友的能量也都用到了头。可我扭转了乾坤！哦，我给了他多么大的打击！黑暗、痛楚与孤独！他再也伤不着咱们了！”他打算笑个耀武扬威，却笑出一阵咳嗽、干呕。待平复下来，他抓起史蒂芬的手。“别为我担心，史蒂芬。我有点儿累，仅此而已。你这人极富远见和洞见。从今以后，你我不再是朋友：咱们是亲兄弟！你帮我击败了我的敌人，我作为回报就会帮你找到真名。我要把你扶上王位！”他渐渐失了声。

“告诉我您都做了些什么！”史蒂芬低声道。

可这位先生合了眼。

舞厅里，史蒂芬跪在原地，抓着这位先生的手。脂油蜡烛一根根灭了；暗影渐渐向他们聚拢。

7　白毛先生指的是威尼斯——阿尔蒂纳姆是意大利东海岸线上一座城市，威尼斯的第一批居民便是从那里来的。

第五十六章

黑　塔

一八一六年十二月三至四日

格雷斯蒂尔大夫正在睡梦中。梦里有人呼唤他，管他要什么东西。不管这些人是谁，他急着满足人家的要求，于是东跑西颠地找他们；人没找到，却听见他们仍在呼唤他的名字。最后他睁了眼。

“谁？”他问。

“是我，先生。弗兰克，先生。”

“什么事？”

“斯特兰奇先生来了。他想跟您说句话，先生。”

“出什么事了吗？”

“他没说，先生。不过，我看肯定出事了。”

“他在哪儿呢，弗兰克？”

“他不肯进门，先生。怎么劝都没用。他在大门外头呢，先生。”

格雷斯蒂尔大夫把两条腿放下床，猛抽口气。“冷啊，弗兰克！”他说道。

“是的，先生。”弗兰克帮格雷斯蒂尔大夫穿上睡衣，套上拖鞋。他二人啪嗒啪嗒穿过一间间黑幽幽的屋子，走过一片片黑幽幽的大理石地板。走到玄关处，有盏灯还点着。弗兰克拉开对开的大铁门，提灯走了出去。格雷斯蒂尔大夫跟在他后面。

石台阶一路延伸到黑暗里。只有海水的气味、浪花拍打在石头上的声响，以及黑暗里时不时的闪烁和晃动，提示着观者台阶下面即是运河。周围有几栋房子的窗口和阳台还点着灯。再往远看去，就只有黑暗与静寂。

“这里一个人都没有！”格雷斯蒂尔大夫叫道，“斯特兰奇先生在哪儿？”

作为回答，弗兰克往前方右侧指去。桥洞底下，一朵灯光突然绽放。格雷斯蒂尔大夫借着灯光看见那里候着一艘贡多拉。船夫几篙子将船往他们这边靠。船越来越近，格雷斯蒂尔大夫看出来船上有个乘客。尽管弗兰克都告诉他了，格雷斯蒂尔大夫还是费了些工夫才认出他来。“斯特兰奇！”他喊道，“老天啊！出了什么事？我都没认出您来！我……我……我的好朋友。”格雷斯蒂尔大夫舌头不好使了，不知说点儿什么才合适。在过去的几个礼拜里，他的想法渐渐确立，以为自己和斯特兰奇之间的关系很快就会变得不一般了。“快进屋来！弗兰克，快！给斯特兰奇先生端杯酒来！”

“不！”斯特兰奇叫道，嗓音沙哑而陌生。他用意大利语跟贡多拉船夫急切地说了几句。他的意大利语比格雷斯蒂尔大夫流利得多，说了些什么格雷斯蒂尔大夫没听懂，不过很快也就明白了——船夫开始把船往远处撑了。

“我不能进去！”斯特兰奇喊道，“别让我进！”

“好吧，那告诉我发生了什么。”

“我被诅咒了！”

“诅咒了？不！别这么说。”

“我非这么说不可。我从一开始就错了，错到现在！我刚刚让船夫把我拉远一点。我离您家太近的话不安全。格雷斯蒂尔大夫，您一定得把您女儿送走！”

“弗洛拉！为什么？”

“咱们附近有人打算害她！”

“老天啊！”

斯特兰奇睁大双眼。“有人打算把她一生打入无尽的苦海！被一个狂野的精灵奴役，受其摆布！那古老的监牢一半是砖石与泥土，另一半是冰冷的巫蛊。恶毒，恶毒！可话说回来，也许并不那么恶毒——他这么做还不是天性使然？他又怎能控制得住？”

格雷斯蒂尔大夫跟弗兰克一句没听懂。

“您这是病了，先生，”格雷斯蒂尔大夫道，“您这是发着烧呢。快进屋来。弗兰克能给您调点儿什么喝了舒爽舒爽，把这些害人的念头都赶走。快进来，斯特兰奇先生。”他往台阶旁边略微退了退，好让斯特兰奇过来，可斯特兰奇没理会。

“我以为……”斯特兰奇刚开口又立马住了嘴。他停顿了好久，就仿佛把自己要说什么给忘了，随后才重新拾起话头。“我以为，”他又开了口，“诺瑞尔他只不过是对我撒了谎。可我错了。大错特错。他对所有人都撒了谎。他把我们都骗了。”说完，他又对船夫吩咐几句，贡多拉离了岸，驶向一片黑暗。

“等等！等等！”格雷斯蒂尔大夫大喊，可船已然离去。他呆呆地望穿黑暗，盼斯特兰奇再露面，可他没再出现。

“我要不要跟过去，先生？”弗兰克问。

“咱们也不知道他去了哪儿。”

“我敢说他是往家走了，先生。我可以走路跟过去。”

“过去跟他说什么呢，弗兰克？咱们的话，他现在根本听不进去。不了，咱们进屋吧。还有弗洛拉要操心呢。”

可一进了屋，格雷斯蒂尔大夫就手足无措地站着，全然不知接下来该做些什么。他一下子显出他这个年龄应有的老态了。弗兰克轻轻搀起他的胳膊，领他走下一道幽暗的石梯，进了厨房。

这么一间厨房要供给楼上那么些大理石的大房间，地方实在太小。白天，这里潮湿而阴暗。窗户只有一扇，开在墙面高处，刚好高于屋外的水面，窗外罩着一只粗重的铁格栅。也就是说，这间厨房的大部分空间都在运河水位之下。可由于刚跟斯特兰奇见了一面，这里便显得温暖且熟稔。弗兰克多点上几支蜡烛，把火捅旺，后又灌上壶，给他俩煮些茶喝。

格雷斯蒂尔大夫坐在朴素舒适的厨房椅上，两眼盯着炉火，陷入了沉思。“他一说有人打算害弗洛拉……”他发了话。

弗兰克点点头，就好像知道后面要说的是什么。

“……我不禁想到他指的正是他自己，弗兰克，”格雷斯蒂尔大夫道，“他怕自己会干出什么事来伤了弗洛拉，于是跑来给我个警告。”

“就是这么回事，先生！”弗兰克赞同道，“他是来提醒咱们的。这就能看出来他本质上是个好人。”

“他是个好人，”格雷斯蒂尔大夫情真意切地说道，“可一定是出了什么事。都是这魔法闹的，弗兰克。一定是的。这是门怪营生，我总忍不住盼望他要干了别的就好了——军人、牧师、律师都行！弗兰克，咱们跟弗洛拉怎么说？她肯定不愿意走的——这毫无疑问！她肯定不愿意离开他。尤其是……他生着病的时候。我怎么跟她说？我得跟她一起走，可到时候谁留在威尼斯照应斯特兰奇先生呢？”

“我跟您留下帮魔法师的忙，先生。让弗洛拉小姐跟她姑姑一起走。”

“对啊，弗兰克！就这样！咱们就这么办！”

“不过，我得说，先生，”弗兰克补了句，“弗洛拉小姐根本不需要别人照顾。她跟别的小姐太太们可不一样。”弗兰克跟格雷斯蒂尔一家生活的年头久了，已经染上这家人的习惯：都以为格雷斯蒂尔小姐能力超群、聪颖过人。

格雷斯蒂尔大夫和弗兰克觉着他们已经把眼下能做的都做到了，于是就都回去睡了。

然而，深更半夜制订计划，跟光天化日之下将其执行完全是两码事。正如格雷斯蒂尔大夫所料，弗洛拉极力反对离开威尼斯，离开乔纳森·斯特兰奇。她想不通。为什么一定要她走？

因为，格雷斯蒂尔大夫说，他生病了。

那更有理由留下来了，她说，到时候得有人看护他。

格雷斯蒂尔大夫暗示她斯特兰奇的病是有传染性的，可他无论出于本能还是意愿，都算是个实诚人。撒谎，他没什么经验，也干不来。弗洛拉根本不信他的。

行程为何发生变化，格雷斯蒂尔姑姑不比她侄女明白多少。格雷斯蒂尔大夫实在敌不过她二人联合反抗，只好向自己妹妹说了实话，把夜里发生的事告诉了她。可惜他这人没有渲染气氛的才能，经他一说，斯特兰奇言语里那股特别的寒意无影无踪。格雷斯蒂尔姑姑听了，只觉得斯特兰奇当时前言不搭后语。她自然认为他是喝多了。这种行为虽害人不浅，在绅士中间却并不少见；似乎没必要为此全家就都搬到别的城市去。

“毕竟，兰斯洛特，”她说，“我知道你酒量就很差的。咱们有一次跟西克史密斯先生一起吃饭，你非跟每只鸡都道一遍晚安不可。你跑进院子把鸡一只只从鸡舍里揪出来，鸡跑得到处都是，其中一半都让狐狸给吃了。我就没见安托奈特跟你生过那么大的气。”（安托奈特是格雷斯蒂尔大夫已故的妻子。）

这是很早以前的事了，且相当损人形象。格雷斯蒂尔大夫越听越恼。“看在老天的分上，鲁伊莎！我是个大夫！人喝醉了什么样，我还是能看出来的！”

于是弗兰克被请来助阵。斯特兰奇说了些什么，他记得清楚多了。

他描绘出弗洛拉永遭囚禁的图景，光这些就把她姑姑吓得够呛。没过多久，格雷斯蒂尔姑姑就跟他们一样巴不得赶紧送弗洛拉离开威尼斯。然而，在一件事上她不肯让步——这件事格雷斯蒂尔大夫跟弗兰克谁都没想到：她坚持让他们告诉弗洛拉实情。

得知斯特兰奇失去了理智，弗洛拉·格雷斯蒂尔痛苦不已。她最初以为家里人一定是搞错了，待她终于被劝动，相信他们说的也许是真的，她仍坚持认为自己没必要离开威尼斯；她坚信他绝不会伤害她。不过这会儿她也能看出她爸爸和姑姑不这么想，自己一日不走，他们一日难安。她极勉强地答应了。

姑侄二人离开后不久，格雷斯蒂尔大夫坐在寓所里一间冷冰冰的大理石屋子里，喝杯白兰地安神，打算鼓起勇气去找斯特兰奇。正坐着，弗兰克进了屋，说有座黑塔什么什么的。

“什么？”格雷斯蒂尔大夫问。他这会儿可没心情揣摩弗兰克闹玄虚。

“您来窗户边上，我指给您看，先生。”

格雷斯蒂尔大夫起身走到窗边。

威尼斯城中心矗立着什么东西，说是一座大得没边的黑塔最为恰当。塔基看来得占好几亩地。这座塔高耸入云，望不见顶。远观颜色全黑，表面光滑；可有时候就变得几乎透明，仿佛是由黑烟所化，能瞥见楼房在它背后——甚至有可能是在它里面。

如此诡异的东西，格雷斯蒂尔大夫从未见识过。“弗兰克，这玩意儿会是从哪里冒出来的呢？那块地方原来的房子上哪儿去啦？”

格雷斯蒂尔大夫这样或那样的疑问还未等到答案，敲门声大作，听上去官派十足。弗兰克跑去应门。不一会儿他回来了，带进来一小队人，格雷斯蒂尔大夫谁也没见过。其中有两位牧师；还有三四名具有军人风范的小伙子，都穿了颜色鲜丽的制服，制服上绣着大量金丝带、金穗子。年轻人中模样最精神的一位迈步上前。他的制服比所有人都更华美，脸上留着长长的黄胡须。他解释说自己是文策尔·冯·奥腾菲尔德上校，威尼斯市奥地利总督的秘书。同来的几位他也做了介绍；军官都跟他一样是奥地利人，而牧师都是威尼斯人。光这一点足以令格雷斯蒂尔大夫颇感惊讶；威尼斯人恨奥地利人，几乎不可能见到二者相伴为伍。

“您就是大夫先生？”冯·奥腾菲尔德上校问，“伟大的灰林顿手下的Hexenmeister[1]的朋友？”

格雷斯蒂尔大夫说是。

“啊，大夫先生！我们今天就是您脚下的乞丐！”冯·奥腾菲尔德摆出一副幽怨的表情，脸上耷拉下来的几根长胡子更是增强了表情的效果。

格雷斯蒂尔大夫说自己听到这话非常惊讶。

“我们今天来。我们请您……”冯·奥腾菲尔德皱起眉头，搓响手指头，“Vermittlung. Wir bitten um Ihre Vermittlung. Wie kann man das sagen?”几个人讨论了一下这个词该怎么翻译。其中一位意大利牧师建议应当用“调解”。

“是的，是的，”冯·奥腾菲尔德积极赞同道，“我们请您在我们和伟大的灰林顿的 Hexenmeister 之间做调解。大夫先生，我们非常尊敬伟大的灰林顿的 Hexenmeister。可现在，伟大的灰林顿的 Hexenmeister 闯了祸。多大的祸害啊！威尼斯人都害怕了。很多人非要离家逃难！”

“啊！”格雷斯蒂尔大夫会意似的叹道。他思索片刻，终于明白了。“哦，您以为斯特兰奇先生跟这座黑塔有牵连。”

“不是！”冯·奥腾菲尔德大声否认，“这不是一座塔。这是黑

1 德语，意为“魔法师”。

夜！多大的祸害啊！”

“您说什么？”格雷斯蒂尔大夫看看弗兰克，向他求助。弗兰克耸了耸肩膀。

其中一位牧师的英语稍微强一点，他说今天早上太阳升起来以后，阳光遍及城中各处，独剩一片地方——斯特兰奇所在的百合圣母堂教区。那里仍旧笼罩在黑夜之下。

“为什么伟大的灰林顿的Hexenmeister做这？”冯·奥腾菲尔德问，“我们不知道。我们求您去，大夫先生。拜托您，让他把太阳送回百合圣母堂，行吗？毕恭毕敬地，让他别在威尼斯再施法术了，行吗？”

“我当然会去的，”格雷斯蒂尔大夫道，“眼下这情况实在令人苦恼。虽说我比较肯定斯特兰奇先生并非有意为之——最后肯定都是一场误会——我乐意尽己所能帮诸位的忙。”

“啊！”英语好的那位牧师关切地说，伸手一挡，好像担心格雷斯蒂尔大夫这就要冲到百合圣母堂去，“拜托，您会带您的仆人一起去的吧？您不会自己去的吧？”

雪下得正急。威尼斯种种悲情色彩全都化作各种浓度的灰与黑。圣马可广场成了白纸上一幅染了灰晕的蚀刻风景。广场上人迹寥寥。格雷斯蒂尔大夫和弗兰克一起跌跌撞撞走在雪地里。格雷斯蒂尔大夫提着一盏灯，弗兰克撑着一把黑伞罩在格雷斯蒂尔大夫的脑袋顶上。

广场前方，夜之黑柱拔地而起；他二人从中庭的拱门下通过，又穿过一片静谧的房屋。黑暗从一座小桥半路开始。世间难见这般诡异的景象：只见雪花斜飞，蓦然被吸入黑暗，就像是什么活物张开贪婪的嘴巴将它们吞了个干净。

他二人最后看了眼这宁静的雪白世界，便一脚踏入了黑暗。

街巷空无一人。这片教区里的居民都逃到城中别处住的亲戚朋友家去了。然而，威尼斯的猫——同任何城市里的猫一样逆反乖张——蜂拥而至，齐聚百合圣母堂，舞蹈、捕猎、嬉戏，无尽的黑夜对它们来说就像是什么盛大的节日。黑暗里，猫咪从格雷斯蒂尔大夫和弗兰克身边挨挨擦擦地经过；格雷斯蒂尔大夫好几回瞥见门洞里一双双荧荧亮的眼睛正盯着他。

他们走到斯特兰奇下榻的寓所时，四下里一片静寂。他们敲门、喊人，却没人出来。他们发现门没锁，就把门推开了。屋里黑黢黢的。他们找到楼梯，走上顶楼斯特兰奇做法术的房间。

有了如此这般经历，他们满以为会见着什么奇景，比如发现斯特兰奇正与恶魔对谈，或是被恐怖的幽灵纠缠。出现在眼前的情景却是那样寻常，反令他俩手足无措。屋里还跟从前无数次来的时候看见的一样，照明不惜蜡烛，铁炉子暖意宜人。斯特兰奇正在桌旁，俯身看他的银盘子，纯白色的光芒打在他脸上。他没抬头。角落里的钟轻声滴答。书籍、稿纸、文具像往常一样散落各处，积得厚厚的。斯特兰奇把手指尖在水面上一划，轻弹两下，罢了回身往一本书上写了两笔。

“斯特兰奇。”格雷斯蒂尔大夫道。

斯特兰奇抬眼望去。他看着不像昨天夜里那样抓狂似的了，可眼里还是一样的困扰。他盯着格雷斯蒂尔大夫看了挺长时间，没流露出任何相认的迹象。“格雷斯蒂尔，”他终于开了口，低声嘀咕，“你来这儿干吗？”

“我来看看你怎么样了。我有些担心你。”

斯特兰奇听了并未作答。他转回身去，在银盘子上方打了几个手势。然而很快，他似乎就对自己的所作所为感到不满。他拿来只杯子，往里到了点儿水，随后掏出个小瓶子，把瓶中液体小心翼翼地往杯子里滴了两滴。

格雷斯蒂尔大夫把他的举动看在眼里。瓶子上没贴标签，瓶中液体则色如琥珀。这玩意儿是什么都有可能。

斯特兰奇觉出格雷斯蒂尔大夫的目光落在他身上。“我猜你要劝我别喝这玩意儿。哈，你就省了这份心吧！”他将水一口吞尽，“你要是知道我为什么这么干，就不会说那样的话了。”

“不，不，”格雷斯蒂尔大夫拿出最宽慰人心的口气——平时专用在最难对付的病人身上，“我向你保证绝不会说那种话。我只想问问你可是哪里难受或者生了病，昨天夜里我是这么觉得的。兴许我能提个建议……”他住了口。他闻见了什么。这味道相当冲——干燥、陈腐，还掺了股动物身上的腥臭；怪的是他居然想起这味道来了。他瞬间闻到那位老妇人屋里的味儿：那位疯了的老妇人和她一屋子的猫。

“我爱人还活着。”斯特兰奇道，嗓音沙哑、滞重，“哈！瞧！你还不知道吧！”

格雷斯蒂尔大夫浑身发冷。假如斯特兰奇还能说出什么让他比先前更恐慌，大概就是这句了。

“他们告诉我说她死了！”斯特兰奇接着说，“他们告诉我说她已经下了葬！我简直不敢相信我那么好骗！她被下了咒！有人把她从我这儿拐了走！就因为这，我才需要这东西！”他拿起那一小瓶琥珀色的液体，在格雷斯蒂尔大夫面前晃了晃。

格雷斯蒂尔大夫和弗兰克往后撤了一两步。弗兰克在格雷斯蒂尔大夫耳畔嘀咕了几句：“正常，先生。一切正常。我不会让他伤着您的。他这人我有准儿。不要怕。”

“我没法儿再回那栋房子里去了，”斯特兰奇道，“他把我赶了出去，不让我再进。树木挡住我的去路。我用过破法咒，咒语不起作用。咒语不起作用……”

“你从昨天夜里到现在一直在作法吗？”格雷斯蒂尔大夫问。

“什么？是啊！”

“真遗憾。你应当休息。我猜，昨晚发生了什么，你大多不记得了……”

“哈！”斯特兰奇叹道，声音里带着极为苦涩的嘲讽，“小到蛛丝马迹，我都不会忘！”

“是吧？是吧？”格雷斯蒂尔大夫仍然用那抚慰的语气道，“是这样，你当时的模样我一看就慌了，这点我瞒不过你。你当时一反常态。我敢肯定那是因为劳累过度。说不定，要是我……”

“原谅我，格雷斯蒂尔大夫，不过我刚才也说了，我爱人被下了咒；她现在被关押在地底下。我倒是想跟您多聊聊，可我手头上要办的事太过紧要！”

“好，好，好。你镇静一下。我们一来，让你有负担了。我们这就走，明天再来。不过走之前我得告诉你：今天上午奥地利总督派了个代表团到我那里。总督方面敬请你暂时停止魔法活动……”

“不作法！”斯特兰奇笑起来——笑声冰冷、生硬、毫无谐趣，“你们现在叫我停？简直不可能！上天安排我做了个魔法师，不为这，还能为了什么？”他回到自己的银盘边，把手悬在水面上比画各种符号。

“那么至少把人家这片教区从反常的黑夜里解脱出去吧。至少把这件事完成行不行，看在我的面儿上？冲咱们朋友一场？为了弗洛拉？”

斯特兰奇比画到一半停了手。“你在说什么？什么反常的黑夜？黑夜有什么反常的？”

“老天啊，斯特兰奇！现在都快中午了！”

斯特兰奇一时间什么都没说。他看了看漆黑的窗子、昏暗的屋子，目光最后回到格雷斯蒂尔大夫身上。“我根本不知道，”他骇然失色，低声道，“相信我！这不是我干的！”

“那是谁干的？”

斯特兰奇没有回答。他愣愣地往屋里看，目光空洞。

格雷斯蒂尔大夫担心再问他关于黑暗的事，只会惹他心烦，于是干脆问：“你能让日光再回来吗？”

“我……我不知道。”

格雷斯蒂尔大夫对斯特兰奇说他们明天再来，借机又一次奉劝他睡眠才是良药。

斯特兰奇根本没在听。等格雷斯蒂尔大夫和弗兰克要出门了，他却一把抓住格雷斯蒂尔大夫的胳膊，低声问道：“我能问你个事儿吗？”

格雷斯蒂尔大夫点点头。

“你就不怕它灭了吗？”

“什么要灭了？”格雷斯蒂尔大夫问。

“蜡烛。”斯特兰奇指指格雷斯蒂尔大夫的脑门，“你脑袋里面那根蜡烛。”

出来以后，黑暗显得前所未有的诡异。格雷斯蒂尔大夫和弗兰克一言不发地走过夜幕下的街道。待走到圣马可广场西端，终于回到天光里，他二人都如释重负地长出了一口气。

格雷斯蒂尔大夫说：“我决定不把他丧失理智这回事向总督汇报。天知道那些奥地利人会干什么。他们没准儿会派兵抓他——甚至更糟！我就说他目前尚无法驱除夜幕，他并非有意毁坏这座城市——因为我颇为肯定他不是有意的——并说我相信很快就能劝动他把一切复原的。”

第二天太阳升起，黑暗仍然笼罩着百合圣母堂教区。八点半钟，弗兰克上街买牛奶和鱼。在圣洛伦佐运河的运奶船上卖牛奶的农家女一双黑眼睛，面容俏丽；她喜欢弗兰克，脸上总有微笑给他看，嘴上总有话对他讲。这天早上，她把他要的一罐子牛奶递上去，问道：“Hai sentito che lo stregone inglese è pazzo?”（你可听说那英格兰魔法师发疯了？）

在大运河边的渔市上，一位渔夫卖给弗兰克三条胭脂鱼，卖完差点儿忘了收钱，因为他只顾跟旁边摊位的人争论——那位英格兰魔法师发疯，到底因为他是魔法师，还是因为他是英格兰人。回家的路上，两位苍白面孔的修女正在一座教堂前擦洗大理石台阶，她们向弗兰克道早安，并说她们打算为那可怜的、发了疯的英格兰魔法师祈祷求福。随后，当他就快走到街门口了，一只白猫从一艘贡多拉的座位底下迈步出来，蹿上码头，给了他一眼。他等着它也讲几句乔纳森·斯特兰奇的消息，可它并没有。

“苍天在上，这都怎么回事？”格雷斯蒂尔大夫从床上坐起来，“你觉得是不是斯特兰奇先生出门跟谁说过了？”

弗兰克不知道。他又出门探问了一番。斯特兰奇到目前为止似乎还没离开过百合圣母堂那间寓所的顶楼一步；不过拜伦勋爵（全城唯一把永夜的出现当乐子的人）曾在昨天傍晚五点钟左右去看过他，见他仍在施法术，满嘴胡话，大谈蜡烛、菠萝、长达几百年的舞会以及遍布威尼斯大街小巷的黑暗森林。拜伦回家把这一切告诉了自己的情人、房东和贴身男仆；这几位都属于善交际、特别爱跟能说的朋友扎堆消磨晚间时光的人，于是一夜过去，知情者多得出奇。

“拜伦勋爵，可不是！”格雷斯蒂尔大夫叫起来，“我把他忘了个一干二净！我得跑去提醒他说话小心些。”

“我觉得现在去有点儿晚了，先生。”弗兰克道。

格雷斯蒂尔大夫也只好承认这话不假。可即便如此，他仍想找人谈谈。谁能比斯特兰奇这位朋友更合适？于是当晚，他仔细打扮了一番，坐进自家的贡多拉，前往阿尔布里奇伯爵夫人宅邸。这位夫人是一位聪慧的希腊女士，韶华已逝，出过几本雕塑方面的书；不过她最大的喜好就是举办conversazioni，各路时髦人物、饱学之士有机会齐聚一堂。斯特兰奇参加过一两回，而格雷斯蒂尔大夫在此之前从未在这帮人身上费过神。

他被领进主楼层的一个大房间。房间内装潢十分奢华，大理石墁地，雕塑曼妙，四壁顶棚皆有彩绘。房间一端，太太小姐们围着伯爵夫人坐成个半圆。男士们则站在房间另一端。自打一进房门，格雷斯蒂尔大夫便感到这些来宾的目光全聚在他身上。不止一位对他指指点点，提醒邻座注意。毫无疑问，他们是在谈论斯特兰奇和那片黑暗。

一位身材矮小、模样英俊的男士凭窗而立。他一头乌浓的鬈发，一对饱满而柔和的红唇。这样一张嘴生在女人脸上都会引人侧目；生在男人脸上，简直就是非同寻常。他身材小巧、衣着讲究、眉目乌浓，模样有点儿克里斯托弗·德罗莱特的影子——要等德罗莱特变得聪明绝顶了再说。格雷斯蒂尔大夫直接走上前去对他说：“拜伦勋爵？”

这位男士转过身来看谁在说话。见是个无趣、肥胖的中年英国人在招呼自己，他看上去不太高兴。可他也不能否认自己的身份。“什么事？”

“鄙人姓格雷斯蒂尔，是斯特兰奇先生的朋友。”

“啊，”勋爵道，“有个漂亮闺女的大夫！”

听自己女儿被全欧洲最声名狼藉的花花公子这么一描述，不太高兴的就是格雷斯蒂尔大夫了。可他也不能否认弗洛拉确实漂亮。他暂把这顾虑放到一边，说道：“我去探望过斯特兰奇。我最担心的事都成了现实。他脑子已经颠三倒四了。”

“哦，确实！”拜伦道，“几个小时前我又去找过他一次，让他说什么他都不肯，嘴上只有他死去的老婆，还说她并非真死，只是被下了咒。如今他往黑暗里一藏，搞起了黑魔法！他有些地方倒是相当可敬呢，你同不同意？”

“可敬？”格雷斯蒂尔大夫厉色道，“不如说是可怜吧！可您觉得那片黑暗是他变出来的吗？他相当直白地告诉我不是他干的。”

“那当然是他干的了！”拜伦断言道，“营造一片无光的世界，配衬自己黯淡的精神！谁没偶尔动过遮光蔽日的念头？不同之处在于：当了魔法师，你就真能这么干了。”

格雷斯蒂尔大夫想了想。“兴许您是对的，”他勉强承认，“兴许他造出黑暗之后就把这事儿给忘了。我觉得他并不总能想起来自己说过什么、干过什么。我发现我早些时候跟他说过的话，他都没什么印象了。”

“啊。是啊。真是的，”勋爵道，像是觉得这种事儿没什么可奇怪的，他自己也乐得尽快把跟这位大夫说过的话忘掉，“你知道他这一向都在给他大舅子写信吗？”

“不，我不知道这回事。”

“他写信教那人如何来威尼斯看他死了的妹妹。”

“您觉得他会来吗？”格雷斯蒂尔大夫问。

“这我哪儿知道！”听拜伦勋爵的语气，他似乎在怪格雷斯蒂尔大夫放肆——竟以为当代最伟大的诗人会对这样的事情感兴趣。二人一时无话，罢了他用正常些的语气补了一句：“说实话，我觉得他不会来的。斯特兰奇把信给我看过了。信上净是些前言不搭后语的胡话，逻辑除了疯子——或者说除了魔法师——没人能懂。”

“这事儿太惨了，”格雷斯蒂尔大夫道，“实在太惨了！前天我们还跟他一起散步来着。当时他的心情多愉快啊！一夜之间，多正常的一个人就彻底疯了，我想不通。我在想会不会有什么身体上的原因。会不会因为哪里感染了？”

“瞎说！”拜伦道，“他发疯的原因完全是超自然的，原因都藏在一个人目前的状态与其欲达到的状态相隔的鸿沟里，藏在灵与肉之间。请原谅，格雷斯蒂尔大夫，这些事情我是经历过的。说起这些来，我才是权威。”

“可是……”格雷斯蒂尔大夫皱起眉头，住口整理思绪，“可是，他有极度挫败感的那个时期似乎已经过去了。他那会儿研究进展挺顺利的。”

“那我只能告诉你这些了。在他莫名其妙地执着于自己的亡妻之前，占住他心思的是另外一个人：约翰·乌斯克格拉斯。这你一定早就看出来了吧？目前我对英格兰魔法师知之甚少。他们在我眼中无非是一帮沉闷无聊、浑身是灰的老家伙——唯有约翰·乌斯克格拉斯是个例外。他完全是另外一回事！他是驯服了世外人[2]的魔法师！他是唯一击败了死神的魔法师！连路西法都只好与他平起平坐！如今，斯特兰奇只要拿自己与这位伟人相比——他时不时必要来这么一次——他就能看清自己的真面目：一个闷头苦干、脱不了凡俗的庸才！他一切成就——在那座荒芜小岛[3]上被捧上了天——放到人家面前，顿时化作尘土一抔！这种对比能给人带来多大的绝望，您怎么想象都不为过。他身陷凡尘，却心骛世外。[*]”拜伦勋爵停顿片刻，似乎正在把这最后一句往脑子里记，以备将来写诗的时候用进去，“九月份在瑞士大山里的时候，我自己也曾受过类似这种忧郁症的感染。我四处游荡，每隔五分钟就听见雪崩的回响——就仿佛上帝一心只想将我毁灭！我满心悔恨，胸怀无尽不朽的向往。有好几回我都恨不得一枪轰了自己的脑袋——若不是想起我丈母娘知道了会有多高兴，我早就已经动手了。”

拜伦勋爵爱哪天动手就哪天动手，格雷斯蒂尔大夫才不关心。可斯特兰奇另当别论。“您觉得他可能毁了自己？”他焦虑地问。

“哦，那没错！”

“那该怎么办呢？”

2　这是对仙灵一族颇具诗意的称呼。

3　拜伦勋爵这里指的是大不列颠。

*　见拜伦诗剧《曼弗雷德》第二幕第四场。

“怎么办？”勋爵大人重复了一遍，略显迷惑，“你何必非要办点儿什么呢？”话说到这儿，勋爵大人觉得他们已经聊了太久别人，于是把话头引到自己身上，“总而言之，我很高兴你我二人碰了面，格雷斯蒂尔大夫。我从英格兰来的时候带了个医师，可我被迫在日内瓦把他打发走了。我现在担心我的牙松动了。你看！”[4]拜伦把嘴巴张大，向格雷斯蒂尔大夫展示自己的牙齿。

格雷斯蒂尔大夫捏住一颗又大又白的牙齿轻轻拽了拽。“在我看来，还都挺好、挺坚固的。”他说。

“哦，你这么以为的？可好不了多久了，我恐怕。我老了。我在枯萎。我能感受得到。”拜伦叹了口气。随后，他突然想起件高兴点儿的事，又补了一句：“你知道吗，斯特兰奇这场遭遇来得真是时候。我恰好正在写一首关于魔法师的诗，诗中的魔法师与主宰他命运的无上神灵进行较量。当然了，为我这位魔法师做原型，斯特兰奇还差得远——他不具备真正的英雄本色；为此，我只好加入我自身的一些特点。”

一位可爱的意大利姑娘从他们身旁走过。拜伦把脑袋一歪——角度极不自然，双眼半闭，调整五官，编排出一副因慢性消化不良而生命垂危的模样。格雷斯蒂尔大夫只好猜他是在用他那拜伦式的侧影、拜伦式的神情招待那位年轻姑娘吧。

4 见一八一六年十月二十八日拜伦致奥古斯姐·李的信。

第五十七章

黑　函[1]

一八一六年十二月

乔纳森·斯特兰奇致亨利·伍德霍普牧师：

我亲爱的亨利：

你一定要做好准备，迎接这惊人的好消息。我见着阿拉贝拉了。我见着她了，还跟她说话来着。这是不是棒极了？这是不是所有消息里最好的消息？你一定不信。你一定不会明白。放心吧，这不是做梦。这不是酒后言、失心疯，也不是吸了鸦片后的魔怔。想一想：只要你肯相信去年圣诞节在克兰的时候我们都在幻术下半明半昧，那么一切就都可信了，一切就都有可能了。说起来挺讽刺的，不是吗——当魔法将我紧紧包围，所有人里反倒只有我看不出来？为我自己辩护的话，我可以说那魔法的性质不同寻常，来自一片我无法预见的区间。可令我惭愧的是，有人比我反应要快。约翰·海德觉出事情不对头，跑来提醒我，可我没听他的话。就连

1　斯特兰奇在威尼斯后期的书信（特别是他写给亨利·伍德霍普的信）于一八一七年一月在伦敦出版发行，其后被人统称为“黑函”。将这批信件公之于众究竟合不合法，律师与魔法学者无疑会继续争下去。斯特兰奇这一方肯定没授过权，而亨利·伍德霍普一直声称他也没有。亨利·伍德霍普还说出版了的信件已经被改头换面、添枝加叶了，估计是亨利·拉塞尔斯和吉尔伯特·诺瑞尔的手笔。约翰·斯刚德斯在他所著的《乔纳森·斯特兰奇传》中发表了他和伍德霍普声称是原件的书信。本章引用的正是这个版本。

你，亨利，都相当直白地说我在书上花了太多心思，忽略了我的职责，忽视了我的爱人。你的建议我怀恨在心，有好几回都对你恶言相向。我现在感到后悔了，虚心请求你的原谅。你怎么怨我都可以。无论你认为我有多大罪过，都赶不上我给自己定罪的一半。不过，我说这一切的意义在于：我需要你来威尼斯这边一趟。阿拉贝拉所在的地方离这里并不太远，可她无法脱身，我也过不去——至少［**后面几行字都画掉了**］。我在威尼斯的朋友都是好心肠，可他们总拿问题来缠我。我没带仆人，这边又出了点儿事，搞得我很难在不被人发现的情况下进城走动。关于这一点我就不再多说了。我亲爱的好亨利啊，求你别作难，马上到威尼斯来。阿拉贝拉平平安安、毫发无伤地回到我们身边就是对你的犒赏。上天让我成为当代最伟大的魔法师若不是为了这，还能为了什么？

你的妹夫　斯

一八一六年十二月三日

于威尼斯百合圣母堂

乔纳森·斯特兰奇致亨利·伍德霍普牧师：

我亲爱的亨利：

自上封信发出之后，我良心上一直有些不安。你知道我从来没对你撒过谎，可我得承认，我提供给你的信息仍不足以使你对阿拉贝拉目前的情况有准确的把握。她没有死，而是……［**后面画掉十二行字，字迹辨认不清**］……活在地底下，活在一座被他们称之为墣落的山丘里。她还活着，却并不在世——也不是死了——她是遭了巫蛊。他们自古以来便有这习惯：将基督教的男女拐走当奴仆使唤，或者——像目前这种情况——逼着人家参加他们枯燥无味的消遣——他们的舞会、他们的筵席、他们用来庆祝尘土与虚无的那些冗长且没有意义的典礼。我往自己头上堆得高高的罪名里，最狠的一条莫过于我负了她——而保护她本是我首要的任务。

一八一六年十二月六日

于威尼斯百合圣母堂

乔纳森·斯特兰奇致亨利·伍德霍普牧师：

我亲爱的亨利：

我很痛心地告诉你，上封信里提到的那种不安的感觉，我现已找到更确凿的解释。[2]为了捣毁她那座黑牢的铁窗，我把自己所能想到的办法都试过了，却是一场空忙。我所知的法术没有一条能给那种古老的魔法带来丝毫损伤。因为据我所知，英格兰魔法从未有过这种咒语的传统。历史上鲜有魔法师从仙境解救人质的传说。我现在一例都想不起来。马丁·佩尔在他的一本书里什么地方描述过，说仙子有可能对其人类宾客感到厌倦，一句招呼不打便将他们赶出墣落；那些可怜的人质发觉自己回乡之时，已在他们离家百年之后。也许将来就会发生这样的事。待阿拉贝拉重归英格兰，你我早都与世长辞。一想到这里，我就感觉自己的血都冻住了似的。我现在情绪黯然，这点瞒不过你。我跟时间闹了分歧。现在无论几点都是午夜。我本来有一只钟、一块表，可我把它们都砸了。我忍受不了它们对我的嘲弄。我不睡觉。我吃不下饭。我喝酒——还喝点儿别的。我时不时就会变得有点儿野。我浑身发抖、哈哈大笑、呜

2　上封信现已无处可寻。斯特兰奇很有可能根本没寄。据拜伦勋爵说（见一八一六年十二月三十一日他写给约翰·莫雷的信），斯特兰奇经常给他的朋友们写长篇累牍的信，写完就销毁。斯特兰奇向拜伦吐露过实情，他说他很快就糊涂了，记不清哪些寄了哪些没寄。

呜哭泣，会持续一段时间——我说不好多长时间；也许一个钟头，也许一整天。不说那些了。发疯才是关键。我认为自己是英格兰头一位领会了这点的魔法师。诺瑞尔是正确的——他说我们不必非请仙子来帮忙。他说疯子和仙子有很多相似之处，可当时的我没理解这意味着什么，他也不懂。亨利，你想象不到我这边有多迫切地需要你。你为什么不来？你生病了吗？我寄给你的信没收到任何答复，不过这也许意味着你已经在来威尼斯的路上了，这封信你有可能再也收不到了。

一八一六年十二月十五日

于威尼斯百合圣母堂

“黑暗、痛楚与孤独！”白毛先生兴高采烈地大叫道，“这就是我对他的折磨，他未来一百年里必须这么受着！噢，看他那愁眉苦脸的模样！我赢了！我赢了！”他鼓起掌来，双目熠熠放光。

百合圣母堂教区内斯特兰奇的房间里点着三根蜡烛：一根立在写字台上，一根立在彩绘小橱上，一根插在门边的壁挂烛台上。旁人见了此情此景，会以为这三根蜡烛是天地间唯一的光源。从斯特兰奇的窗户往外看，除了夜色与寂静，什么也分辨不出。斯特兰奇胡子未刮，红着眼圈，蓬着头发，正在作法。

史蒂芬盯着他，目光里混着怜悯和恐惧。

“可他并不像我希望的那样孤独，”白毛先生评论道，听语气似乎不太满意，“有人跟他在一块儿呢。”

确实。屋里有个深发棕眼的矮小男人，一身行头价格不菲，他倚着那尊彩绘小橱，一脸浓厚的兴趣，正津津乐道地观摩斯特兰奇作法。他时不时掏出个小本子，在上面走笔如飞。

“这位是拜伦勋爵。”史蒂芬道。

“他是什么人？”

“他这人可是坏透了，先生。他是个诗人。他跟他太太打架，还勾引自己的妹妹。”

“真的吗？我把他杀了得了。”

“噢，别这么干，先生！话没有错，他罪恶滔天，且差不多是被赶出了英格兰，但即便如此……”

“嗬，他对别人犯的罪我才不在乎！我在乎的是他对我犯的罪！他不该出现在这里。啊，史蒂芬，史蒂芬，别一副受罪似的模样！你何必关心一个邪恶的英格兰人是死是活？告诉你我会怎么做：出于对你深切的爱，我现在并不要他的命。让他再活个，呃，再活个五年！可等那寿限一到，他必要一命呜呼！”[3]

“谢谢您，先生，”史蒂芬感激地说道，“您真是宽宏大量。”

突然间，斯特兰奇抬起头来，大叫一声：“我知道你在那儿呢！你想躲着我的话就躲吧，可为时已晚！我知道你就在那儿呢！”

“你跟谁说话呢？”拜伦问他。

斯特兰奇皱起眉头。“我被盯上了。有人暗中监视我！”

“当真？你知道是谁吗？”

“一个仙子和一个男管家！”

“男管家，你说？”勋爵大人笑起来，“好吧，妖魔鬼怪的，有人喜欢有人不喜欢，可说起男管家，谁也不会有好话！”

“什么？”斯特兰奇道。

白毛先生着急忙慌地满屋子寻摸。“史蒂芬，你看见我那只小匣子放哪儿了吗？”

“小匣子，先生？”

---

3 五年后，拜伦在希腊死于风寒。

“是啊，是啊！你知道我什么意思！装着亲爱的坡夫人的手指头的那只小匣子！”

“我没瞧见啊，先生。不过那小匣子已经没什么用了，不是吗，既然您已经把那魔法师打败了？”

“哦，在这儿哪！”白毛先生叫起来，“瞧，你把手搁桌上，刚巧挡住了我的视线。”

史蒂芬把手移开。等了片刻，他说：“您还没把它拿走，先生。”

对此，白毛先生并没答话，转而继续大骂魔法师，为自己的胜利欢欣鼓舞。

“匣子不再是他的了！”史蒂芬想，心里一阵激动，“匣子他拿不走了！匣子现在归那魔法师了！也许那魔法师能想个办法用它救出坡夫人！”史蒂芬观望着，等着看那魔法师会采取什么行动。然而半个钟头过去了，他只得承认眼前迹象算不上乐观。斯特兰奇迈着大步满屋走，自顾自地低声念诵咒语，看上去头脑已经彻底不正常了；拜伦勋爵问他在做什么，斯特兰奇给出的答案信马由缰，令人费解（倒是特别对拜伦的胃口）。至于那只小匣子，斯特兰奇一眼都没瞧过。在史蒂芬看来，他早把它忘了个干净。

第五十八章

亨利·伍德霍普来访

一八一六年十二月

“您来找我就对了，伍德霍普先生。我仔细研读了斯特兰奇先生从威尼斯寄来的信件，正如您所描述的那样，总体感觉是骇人的，除此以外，字里行间亦有不少外行人看不出的细节。我想我可以毫不自夸地讲：目前，我是英格兰唯一能参透信件内容的人。”

时近黄昏，还有三天就是圣诞节了。汉诺威广场宅间的书房还未点蜡上灯。正是一天里最奇异的时分：天空明亮、色彩纷呈，而街面上却阴沉晦暗、黯淡无光。桌上摆着一瓶花，可在这渐渐褪去的天光里，只好像是黑花插在黑瓶里。

诺瑞尔坐在窗边，手上拿着斯特兰奇的信。拉塞尔斯坐在火炉边，漠然地打量着亨利·伍德霍普。

“我承认，自打收到他头封信，我心里就一直不舒服。”亨利·伍德霍普对诺瑞尔先生说，“我不知该去找谁帮忙。说实话，我对魔法无甚兴趣。这方面为大众所津津乐道的争议，我一向也没关注。可人人都说您是英格兰最伟大的魔法师——还曾是斯特兰奇先生的导师。先生您若能给我些建议，我必会十分感激。”

诺瑞尔先生点点头。“您不要怪斯特兰奇先生，”他说，“魔法术业险象环生。人入此行，比在其他任何行业内都更易受虚荣之害。相比之下，从政与司法的风险不值一提。您要知道，伍德霍普先生，我为了把他留在身边、领他走上正途，曾做过很大努力。可他的才能——虽为人钦佩——恰恰是害他失去理智的原因。从信的内容来看，他在歧途渐行渐远——已远超我所料了。”

“歧途？这么说，您不相信关于我妹妹还活着的那套怪话？”

“一个字都不信，先生，一个字都不。那都是他自己郁闷的想象。”

“啊！”亨利·伍德霍普默坐片刻，仿佛在称量自己心中的失望与解脱各占几斤几两。他说：“斯特兰奇先生莫名其妙地抱怨时间停止了，又是怎么回事？先生您对此可有什么解释？”

拉塞尔斯道：“我们从意大利的联系人处得知，几个礼拜以来，斯特兰奇先生一直被永久的黑暗所包围。究竟是他有意为之，还是法术上的失误，我们并不清楚。也可能是他得罪了某种强大的势力而遭了报应。能够肯定的是，斯特兰奇先生的一些行为对万物自然法则产生了一定干扰。”

“是这样啊。”亨利·伍德霍普道。

拉塞尔斯颇严肃地盯着他。“这种事情是诺瑞尔先生一生奋力抵制的。”

“啊，”亨利说着，转向诺瑞尔先生，“先生，可我该怎么办呢？我是不是应当依他所求去他那里一趟呢？”

诺瑞尔先生不以为然。“我看，最关键的问题是，咱们还要多久才能把他弄回英格兰来，回来以后他的朋友才好照顾他，尽快把折磨他的妄想症斩草除根。”

“先生，能不能请您写封信给他？”

“啊，不行。对他而言，恐怕我这点小小的影响力早在几年前就用光了。都是在西班牙打的那场仗惹的祸。去半岛之前，他还安安分分地在我这儿学我能教给他的东西，可后来……”诺瑞尔先生叹了口气，

“不行，我们得靠您了，伍德霍普先生。您一定得让他回来，另外，我怀疑您若一去，只可能令他在威尼斯待的时间更长——以为总算有个人肯听他那些胡编乱造了，所以我强烈建议您不去为妙。”

“好吧，先生，说实话，听您这么一讲，我特别高兴。我一定会按您说的做的。麻烦您把信还给我，我就不在您这儿打扰下去了。”

“伍德霍普先生，”拉塞尔斯发了话，“求您，别这么急呀！咱们可还没谈完呢。您的问题，诺瑞尔先生已经实事求是、毫无保留地全给答了。这份好意您现在得还上。”

亨利·伍德霍普皱起眉头，一副迷惑不解的样子。“诺瑞尔先生化解了我心头重重忧虑。假如他有任何用得着我的地方，那么，当然了，我乐意帮忙。可我不是特别明白……”

“也许是我没有说清楚，”拉塞尔斯道，“我的意思是，诺瑞尔先生当然需要您的协助，还不都是为了救斯特兰奇先生。斯特兰奇先生去意大利这一趟，还有什么您能再跟我们讲讲？沦落到如今这般境地之前，他什么样子？他的心情很好吗？”

“不好！”亨利怒冲冲地否认，就好像听出问题底下藏着侮辱，“我妹妹的死对他影响特别大！至少起初是这样的。起初他似乎特别不快乐。不过一到热那亚，情况就完全不一样了。”他顿了顿，“他如今倒是只字不提了，可之前他的信从头到尾都在赞美一位年轻小姐——是同行的旅伴之一。我不禁怀疑他可是打算再婚了。”

“二婚！”拉塞尔斯惊叫起来，“令妹去世才多久？我的天！多令人震惊啊！多让您伤心啊。”

亨利郁郁不乐地点点头。

一时无人说话，随后拉塞尔斯道：“他从前没流露过这种爱跟其他女性交往的迹象吧，我想？我是说斯特兰奇太太还活着的时候。要是有的话，她得多痛苦啊。”

“没有！没有，当然没有！”亨利叫起来。

“要是冒犯了您，还请您包涵。我绝没有对令妹不敬的意思——令妹是位极有魅力的女性。可是您要知道，这种事儿并不少见，尤其是在某种特定类型的人中间。”拉塞尔斯伸手去够桌上斯特兰奇写给亨利·伍德霍普的信。他用手指头拨来拨去，找到了想要的那一封。“这封信上，”他一边过目，一边说，“斯特兰奇先生写道：‘杰里米告诉我说，我托你的事情你并没有办。不过没关系了。杰里米去办了，结果正如我所料。’”拉塞尔斯把信放下，冲伍德霍普先生亲热地一笑，“斯特兰奇先生托您什么事情您没办？这个杰里米是谁，结果又是如何？”

“斯特兰奇先生……斯特兰奇先生让我把我妹妹的棺材挖出来。”亨利的目光垂了下去，“这，我自然不肯。于是斯特兰奇就写信给他仆人，一个叫杰里米·约翰斯的人。那家伙傲得很！”

“这个约翰斯就去挖了尸首？”

“是的。他在克兰有个朋友是挖坟的。他们俩一起干的。我不知道该怎么形容我得到消息时的感受。”

“是啊，确实。那他们都见着什么了？”

“除了我妹妹的尸首还能见着什么？可他们偏说没见到。他们偏要给你编个荒唐故事。”

“他们怎么说的？”

“下人嚼舌根的话，我不学二遍。”

“当然，您不会的。不过诺瑞尔先生希望您暂时将这崇高的原则抛开，开诚布公地讲话——就像他刚刚对您说话的时候一样。”

亨利咬了咬嘴唇。“他们说棺材里面盛的是一段黑木头。”

“没有尸首？”拉塞尔斯问。

“没有尸首。”亨利道。

拉塞尔斯看了看诺瑞尔先生。诺瑞尔先生低头看自己摊在膝上的双手。

“可我妹妹的死又招谁惹谁了呢？”亨利皱着眉头问。他转向诺瑞尔先生。“我以为您之前的意思是说，我妹妹的死没有任何异于寻常的地方。我记得您说当时没有魔法在起作用来着？”

“啊，恰恰相反！”拉塞尔斯表示，“当时肯定是有魔法在起作用的。这一点毫无疑问！关键问题是当时谁在施法。”

“您说什么？”亨利问。

“当然，这问题对我来说太深了！”拉塞尔斯道，“这种事情是只有诺瑞尔先生才对付得了的。”

亨利一头雾水地看看他，又看看诺瑞尔先生。

“现在斯特兰奇身边有什么人？”拉塞尔斯问，“他手下有仆人吧，我猜？”

“没有。他自己没有仆人。现在伺候他的，我想应该是他房东的仆人。他在威尼斯的朋友是一家子英国人。似乎是些怪人，旅行起来特别上瘾，男的女的都一样。”

“姓什么？”

“格雷司通还是格雷菲尔德。我记不清楚了。”

“那么这家姓格雷司通还是格雷菲尔德的是哪儿来的？”

“我不知道。我觉得斯特兰奇根本没告诉过我。那家的男人过去是个船医，好像，他老婆——已经死了——是个法国人。”

拉塞尔斯点点头。这会儿屋子太暗，亨利已经看不清两位先生的脸了。

“您脸色不好，看上去很疲倦，伍德霍普先生，”拉塞尔斯评论道，“也许伦敦这边的空气您觉得不适应？”

“我睡不踏实。自从信一封封地寄来，我梦里就净是些恐怖的东西。”

拉塞尔斯点点头。“有些时候，心知肚明的东西，我们是不肯讲出来的——即便是悄声细语，即便是对我们自己讲。您对斯特兰奇先生很有好感，是不是？”

亨利·伍德霍普听了这话显得有点儿迷惑，这也是情有可原的，因为他完全不知道拉塞尔斯什么意思。他只说了如下几句：“感谢您的建议，诺瑞尔先生。我一定按您说的办。那么现在，敢问我能不能把信拿回来了？”

“啊！哈，至于这个嘛，”拉塞尔斯道，“诺瑞尔先生想问问这些信他能不能借一段时间，他觉得从信里还能看出不少东西来。”亨利·伍德霍普一副意欲反抗的模样，拉塞尔斯于是带着训斥的口气追加了一句：“他这都是为斯特兰奇先生着想，都是为了斯特兰奇先生好。”

于是亨利·伍德霍普将信件留在了诺瑞尔先生和拉塞尔斯手中。

他走后，拉塞尔斯说道：“咱们接下来一定得派人去威尼斯。”

“是的，一定！”诺瑞尔先生附和道，“我特别想知道事情的真相。”

“啊，是啊，哈，”拉塞尔斯短促地笑了一声，很不以为然地，“真相……”

诺瑞尔先生一双小眼睛冲着拉塞尔斯飞快地眨，可拉塞尔斯并没解释自己什么意思。“我不知道咱们能派谁去，”诺瑞尔先生接着说，“意大利远得很。据我所知，路上要花近两个礼拜。齐尔德迈斯我一个礼拜都离不开。”

“嗯，”拉塞尔斯道，“我考虑的并不一定是齐尔德迈斯。再说，不能派他去的理由就有好几条呢。您自己不也时常怀疑他向着斯特兰奇嘛。让他俩在国外凑到一块儿，独据一方，密谋造反——在我看来极不明智。不，我知道咱们能派谁去。”

第二天，拉塞尔斯的仆人出门走访伦敦各处。他们去的一些地方名声极差，如圣贾尔斯区、七面钟岔路口以及藏红花山街一带的贫民窟和棚户；另一些则是黄金广场、圣詹姆士区、梅费尔区这类名门望族出入的富丽场所。他们纠集了一伙乌合之众，成员组成也离奇：有裁缝、手套匠、帽匠、鞋匠、放债的（这一类人为数甚多）、执达吏以及债务人拘留所的看守；他们把这些人统统带回了拉塞尔斯位于布鲁顿大街的宅子。待所有人集合到厨房里（户主可不愿意在客厅接待他们这样的人），拉塞尔斯下来给每个人发了一笔钱，说是受人委托相赠。他带着一丝冷冰冰的笑意告诉他们，这算是做善事。毕竟到圣诞节了，不在这个时候做善事，更待何时呢。

三天后，圣斯德望庆日当天，威灵顿公爵突然在伦敦现了身。在过去的一年多里，公爵一直都居住在巴黎，任占领时期联合陆军统帅。事实上，若说威灵顿公爵就是法国当前的统治者都不为过。目前他面对的新问题是，联军该继续守在法国还是各回各家（法国人当然希望是后者）。为讨论这关键问题，公爵跟外交大臣卡斯尔雷子爵二人关在小屋里研究了一整天，当晚，他到格罗夫纳广场的一间宅子同大臣们一起吃晚饭。

还未开吃，众人谈笑渐渐停了下来（政客济济一堂，难得出现这种情况）。大臣们似乎都在等谁说点儿什么。当朝首相利物浦伯爵稍显紧张地清了清嗓子，说道：“我们估计您还没听说吧，意大利那边有消息说斯特兰奇疯了。”

公爵正把勺子往嘴边送，手在半途停顿片刻，眼睛把在座各位扫了个遍，又接着喝他的汤了。

“听了这消息您似乎没觉得不舒服啊。”利物浦伯爵道。

公爵拿餐巾点点嘴唇。“没有，”他说，“我没觉得。”

“您能给我们讲讲为什么吗？”沃特·坡爵士问。

“斯特兰奇先生这个人不按常理出牌，”公爵道，“在旁人看来，也许他就跟疯了一样。我敢说他们不习惯跟魔法师相处。”

威灵顿给出的理由在大臣们听来，说服力似乎不如他希望的那样强。他们给他举了几个例子，说明斯特兰奇疯了：他坚信自己的妻子没有死；他奇异地认为人的脑子里点着蜡烛；除此以外还有更离奇的情况——再往威尼斯运菠萝已经不可能了。

“从大陆往威尼斯城运水果的船员说，菠萝就像炮轰似的从船上飞了出去。”个头矮小、形容枯槁的锡德茅斯子爵说道，“当然，他们各种水果都运——苹果、梨子等等。运送那些的时候，从没受过干扰。可横飞的菠萝已经伤了好几次人了。魔法师为何偏对这一种水果恨得这么厉害，谁也不知道。”

公爵听了不以为然。“你们说的这些什么也证明不了。我向你们保证，他在半岛的时候干的事比这离奇多了。不过他若真是疯了，也是有意而为之的。先生们，你们听我一句，别操这份心了。”

片刻的沉默，大臣们都在琢磨这话什么意思。

“您的意思是说，他有可能是*故意*变疯的？”在座一位大臣问，话音里带着难以置信的语气。

“不太可能是别的原因。”公爵道。

“但他为了什么呀？”另一位大臣问。

“那我可一点儿都不知道。在半岛的时候，我们都学会不去过问了。早晚真相大白：他那些令人无法理解、惊世骇俗的举动其实都是他法术的一部分。让他继续努力，无论他干出什么来都不要惊奇。这么着，各位老爷，才是对付魔法师的正道。”

“啊，不过您还没听全呢，”海军大臣抢着发言，“还有更恶劣的呢。据说，他现在被永恒的黑暗包围了，万物自然法则被打乱了，威尼斯城一整片教区都坠入了无尽的黑夜！”

锡德茅斯子爵大声说：“就算是大人您——就算您这么向着他，也得承认，永恒黑夜的笼罩不是什么好兆头。无论这人为国家立了多少功，咱也没法把这景象想象成什么好兆头。”

利物浦伯爵叹了口气。“出了这种事，我自是非常遗憾。过去跟斯特兰奇说话的时候，他总还像个正常人的样子。我还盼着他能帮咱们分析分析诺瑞尔的举动。可现在看来，咱们得先找个人分析分析斯特兰奇了。”

“咱们可以找诺瑞尔。”锡德茅斯子爵道。

“我看咱们从他那边可得不着什么公允的评判。”沃特·坡爵士道。

“那咱们该怎么办呢？”海军大臣问。

“咱们写封信给那边的奥地利人，”公爵带着他一贯的决绝说道，“写信提醒他们，摄政王及大不列颠政府会一直热切关注斯特兰奇先生的安康；提醒他们，在刚刚过去的战争里，整个欧洲多亏了斯特兰奇先生的勇气与法艺；提醒他们，我方若得知斯特兰奇先生受到任何伤害，会表示强烈不满的。”

“啊，”利物浦伯爵道，“在这点上我和大人您的看法可就不一样了！在我看来，假如斯特兰奇真受了什么伤害，不会是奥地利人所为。是他自作自受的可能性要大得多。”

一月中旬，一位名唤提图斯·沃金斯的书商发行了一本题为《黑函》的集子，声称收录的是斯特兰奇写给亨利·伍德霍普的信。有传言说该书发行的一切费用都是诺瑞尔先生掏的腰包。亨利·伍德霍普发誓说自己从未批准将信件公开发行。他还说有几封信的内容已经被篡改了。谈及诺瑞尔与坡夫人之间往来的段落被删掉了，而有些内容是后加进去的——大部分增补的内容似乎都在暗示斯特兰奇用法术谋杀了自己的老婆。

大约与此同时，拜伦勋爵一位名唤斯克罗普·戴维斯*的朋友引发了一场轰动，因为他宣称自己打算替拜伦勋爵出头，控告诺瑞尔先生通过魔法手段窃取拜伦勋爵的私人信函。斯克罗普到林肯律师学院找了位律师，做出宣誓证词如下：近日，他收到拜伦勋爵的几封来信，勋爵在信中提到了笼罩着威尼斯白荷［原文如此］圣母堂教区的永夜之柱，也提到了乔纳森·斯特兰奇的疯癫。斯克罗普·戴维斯将信件放在他位于圣詹姆士区杰明街寓所内的梳妆台上。一天傍晚——他印象中是一月七日——他穿衣戴帽，准备出发去同乐会。刚拿起梳子来，他正好瞧见信纸像微风中的枯叶一般四处扑腾翻飞。可当时并没有风造成这样的动静，他一开始很纳闷。他把信捡起来，发现信上笔迹的举止也可疑。钢笔道正一根根挣脱字体的束缚，如同狂风中的晾衣绳一般猛烈地摆动。他突然想到这些信件一定是受了魔咒的控制。他这人以赌为业，如同一切事业有成的赌徒，他反应快、头脑冷静。他迅速将信件夹进了一本《圣经》，插在《马可福音》那几页里。事后他对朋友们讲，魔法理论他一无所知，但在他看来，若想破除某种恶意的魔咒，圣典是最有可能起作用的。他是对的；信件在他手上保住了，一字未改。后来，伦敦各大绅士同乐会多了个深受大家喜爱的笑料：说这件事从头到尾最令人称奇的地方不在于诺瑞尔先生居然打算抢信，却在于斯克罗普·戴维斯这样一个臭名昭著的醉鬼、纨绔子弟居然还有本《圣经》。

* 拜伦勋爵在剑桥读书时的好友。

第五十九章

“夜之狼”鲁克罗库塔

一八一七年一月

一月中旬的一天上午，格雷斯蒂尔大夫走出大街门，驻足整理手套。一抬头，正巧看见一个身材矮小的男人在街对面的门廊里避风。

在威尼斯，每座门廊都别具一格——停留其间的人，有时也是如此。这个人颇为瘦小，虽明显已是十分落魄，身上纨绔子弟的气息仍然很浓郁。他的穿戴破旧得厉害，显得寒酸，可他为了弥补，已把能擦亮的都擦亮，把擦不亮的也都刷扫过一遍。为了涂白自己一双发黄的旧手套，他往上打了太多的白垩粉，背后的门板上都留下他一个个的小手印子。初看之下，花花公子的标准配置他身上都有——一条长表链、表链上一串印章挂件以及一副长柄眼镜；可若再细看几分，就会发现他戴的根本不是表链，而是一条俗丽的金缎带，在他精心安排下，它穿过扣眼垂下来。他表链上的印章挂件也根本不是那么回事，只是一串锡制的桃心、十字、圣母护符——意大利小贩给一两法郎就卖的玩意儿。最好瞧的要数他的带柄眼镜——带柄眼镜是一切纨绔子弟的爱物。他们用它嘲弄似的盯着那些穿戴不如他们时髦的人看。这古怪的小矮子估计是觉得没戴这件东西就跟没穿衣服似的，于是在本该挂眼镜的地方挂了一只厨房用的大勺子。

格雷斯蒂尔大夫仔细把这些怪现象记在心里，准备当笑料说给朋友听。接着他便想起自己在这个城市唯一的朋友就是斯特兰奇，而斯特兰奇已经不再关心这样的事情了。

突然间，那小矮子出了门廊，走到格雷斯蒂尔大夫面前来。他把头一歪，讲起了英国话：“您是格雷菲尔德大夫吗？”

被他这么一叫，格雷斯蒂尔大夫大吃一惊，并没立即作答。

“您是格雷菲尔德大夫吗？魔法师的朋友？”

“是的，”格雷斯蒂尔大夫道，声音里带着疑问，“不过我姓格雷斯蒂尔，先生，不是格雷菲尔德。”

“给您赔一千遍不是，我亲爱的格雷斯蒂尔大夫！有个蠢蛋通知我的时候把您的姓都搞错了！我真是羞愧难当。我向您保证，这世上我得罪谁也不会去得罪您的！我对医疗事业怀有无限的崇敬！您站在这儿，带着一身为人敷药号脉的医道尊严，心里会问：‘这怪家伙是谁，敢这么当街招呼我，就好像把我当个寻常百姓？’请允许我介绍一下自己！我从伦敦来——从斯特兰奇先生的朋友那里来。他们听说斯特兰奇先生的精神错乱到那个地步，一阵阵发急，自作主张把我派过来看看他怎么样了！”

“哼！”格雷斯蒂尔大夫道，“说实话我还嫌他们不够急呢。我十二月初的时候就给他们写过信——那是六个礼拜前了，先生！六个礼拜前了！”

“哦，真是的！太吓人了，不是吗？他们简直是天下最懒惰的家伙！他们满脑子只想自己方便！可您还守在威尼斯——您是魔法师的一位真朋友啊！”他顿了顿，“这话没错，对不对？”他换了种很不一样的口气问，“他除了您就没别的朋友了？”

“哦，还有拜伦勋爵……”格雷斯蒂尔大夫提起话头。

“拜伦！”小矮个大呼一声，“真的吗？我的天！自己疯了，还交了拜伦勋爵这样的朋友！”听他这语气，就好像分不出哪个更可怕，“哦，我亲爱的格雷斯蒂尔大夫，我有一箩筐的问题想问您呢！有没有什么地方可去，咱们好私聊？”

格雷斯蒂尔大夫寓所的街门就在他们身后，可他对这小矮子的厌恶与时俱增。他虽然急着想帮斯特兰奇和斯特兰奇朋友们的忙，却不愿意把这矮子请进家门。于是他叨咕了几句，说什么家中仆人这会儿进城办事去了，再走几条街有家小咖啡厅，不如一起去那里。

小矮子微笑着，一脸的客随主便。

他们往咖啡厅走去，路边就是运河。小矮子在格雷斯蒂尔大夫的右手，离河水最近。他讲着话，格雷斯蒂尔大夫四处张望。格雷斯蒂尔大夫的目光碰巧落在运河上，发现一朵浪花毫无征兆地出现了——只有一朵。这现象本身就已经很奇异了，后来发生的事情更是令人意想不到。这朵浪冲他们扑来，漾过了运河的石头沿。在此过程中，浪的形状也变了样；浪花化作手指头，往小矮子的脚边伸来，就好像要把他拖进河里。水一沾着他，他骂了一声便跳开了，却并未发觉有任何异常。于是格雷斯蒂尔大夫什么也没说。

咖啡厅内，是躲避一月里寒湿气的好地方。屋里暖烘烘的，烟气朦胧——也许嫌暗了点儿，可暗也暗得舒服。刷成棕褐色的四壁顶棚因年代久远、烟草熏蒸，颜色已经发黑；可酒瓶子晶莹，白镴酒杯发亮，釉面极光的陶器和镶了金框的镜子闪耀着华彩，又把一切变得喜兴热闹起来。一只浑身潮乎乎、懒洋洋的西班牙小猎狗在炉子前面的方砖地上趴着。格雷斯蒂尔大夫的手杖不小心蹭着了它的耳朵，这畜生晃晃脑袋，打了个喷嚏。

“我必须先警告你，”格雷斯蒂尔大夫等堂倌送上咖啡、白兰地之后才说，“城里关于斯特兰奇先生的传言什么样的都有。有人说他召来了女巫，用火给自己变了一个仆人。你当然不会相信这一派胡言，但做好思想准备也没有害处。你会发现他变了，变得很惨。强说他没变，就是犯傻。可他心底里没变。他一切高贵的品质和优点都还跟从前一样。

在这一点上，我确信无疑。”

“如此？不过您先告诉我，他真把自己的鞋吃了吗？他真把好几个人都变成玻璃的，然后冲人家扔石头吗？”

“吃自己的鞋？”格雷斯蒂尔大夫惊诧道，“你听谁说的？”

“哦！好几个人呢——肯德尔-布莱尔太太、蒲柏勋爵、加拉哈德·丹内西爵士、安德希尔斯小姐……”小矮子不假思索地大声唱出一长串名号，都是目前正居住在威尼斯及周边城镇的英格兰、爱尔兰和苏格兰的先生女士们。

格雷斯蒂尔大夫大吃一惊。斯特兰奇的朋友为什么偏要去问这些人而不来找他？“你没听我刚说过的吗？这些恰恰就是我说的那种愚蠢的胡说八道！”

小矮子一团和气地笑起来。“耐心！耐心，我亲爱的格雷斯蒂尔大夫！我的脑子可没您那么快。您研究解剖学、化学，把脑筋磨得灵光，我这一向游手好闲，脑子早转不动了。”他又喋喋不休了半天，说什么他从未专心研究过任何一门正经学问，老师对他都已经绝望了，还说自己的天分都不在这个方向上。

可格雷斯蒂尔大夫已经不再费神去听了。他动起了心思。他突然想到，之前这小矮子急着非要做自我介绍，可不知为何到现在都没再提。格雷斯蒂尔大夫正欲问他姓甚名谁，这小矮子扔出一个问题，一下把他脑子清空了。

“您有个女儿，对不对？”

“你说什么？”

这小矮子明显是以为格雷斯蒂尔大夫耳朵聋了，提高声音又把问题重复了一遍。

“是的，我是有，不过……”格雷斯蒂尔大夫道。

“他们说您把她送出了城？”

“他们！他们是谁？我女儿招谁惹谁了？”

“哦！只不过是他们说魔法师刚一变疯她就走了。似乎能看出您怕她受什么伤害！”

“我猜你这是从肯德尔-布莱尔太太那帮人嘴里听来的吧，”格雷斯蒂尔大夫道，“那帮人什么都不是，纯是些傻瓜。”

“哦，我看也是！不过您究竟有没有送您女儿出城呢？”

格雷斯蒂尔大夫没答话。

小矮子先把脑袋歪向一边，后又歪向另一边。他微微一笑，神情就仿佛刚知道了个秘密，正准备讲出去震一震天下的。“您肯定知道的吧，”他说，“斯特兰奇谋杀了自己的太太？”

“什么？”格雷斯蒂尔大夫沉默片刻，随后爆发出个似笑非笑的声音，“我不信。”

“哦，您可一定得信！”小矮子往前凑了凑身子，兴奋得双目熠熠发光，“这事儿谁都知道！那位女士的亲哥哥——体面人——神职人员——伍德霍普先生，那位女士去世的时候他也在场，都是他亲眼所见。”

“他看见什么了？”

“各种可疑的迹象。那位女士是中了魔。她被魔法控制得死死的，从早到晚干了什么一概不知。谁也说不清是怎么回事。都是她丈夫搞的鬼。他自然打算靠法术逃避惩罚，而诺瑞尔先生对那可怜的女士充满了同情，真的是充满了同情，一定不会让他得逞。诺瑞尔先生誓要将斯特兰奇绳之以法。”

格雷斯蒂尔大夫摇了摇头。“你无论说什么都无法让我相信这样的诽谤。斯特兰奇是个正人君子！”

“哦，确实！只可惜，头脑比他还清醒的人，都曾因染指魔法毁了一生。魔法这玩意儿，你若玩不转，就会灭除你身上所有的好，放大所有的恶。他公然反抗他的师父——世上最有耐心、最明智、高贵、优秀……”

形容词拉了长长一串，这小矮子似乎已经不记得原本打算说什么了；根据格雷斯蒂尔大夫对他敏锐的观察，他已经走神了。

格雷斯蒂尔大夫不屑一顾地哼了一声。“这事儿也怪，”他慢悠悠地说道，“你说你是斯特兰奇先生的朋友派来的，可你一直都没告诉我这些朋友是谁。到处去宣传人家是谋杀犯的，肯定不是一般的朋友。”

小矮子没搭茬。

“是不是沃特·坡爵士，我猜？”

“不，”听小矮子的语气，他仿佛是在考虑什么，“不是沃特爵士。”

“那就是斯特兰奇先生的几位徒弟？我想不起来他们叫什么了。”

“从来没人想得起。那几位是天下最不容易被记住的人了。”

“是他们吗？”

“不是。”

“诺瑞尔先生？”

小矮子不说话了。

“你姓什么？”格雷斯蒂尔大夫问道。

小矮子把脑袋冲这边歪歪又冲那边歪歪。见无论如何也躲不开这么直接的问题，他只好答道：“德罗莱特。”

“哦，呵呵！会告状的来啦！是啊，真是，诋毁一个正直的人，诋毁威灵顿公爵亲任的魔法师，你的话真是分量十足啊！克里斯托弗·德罗莱特，全国闻名的骗子、小偷、恶棍！”

德罗莱特涨红了脸，恶狠狠地冲格雷斯蒂尔大夫眨眼。“您说这话还不是便宜自己！”他咬牙切齿道，“斯特兰奇是个有钱人，您打算把闺女嫁过去！我亲爱的格雷斯蒂尔大夫，您这样体面在哪里？体面在哪里？”

格雷斯蒂尔大夫吼了一声，声音里夹杂着烦躁与怒气。他站了起来。“我一定把在威尼托区的英国住家都走个遍，警告他们不要同你讲话！我这就去。我才不祝你晨安！我才不跟你道别！”说着，他往桌上甩下几枚硬币就走了。

最后这段对话动静大、带着怒意。堂倌和顾客都好奇地朝一人独坐的德罗莱特看去。他又坐了一会儿，等似乎没什么希望再在街上碰见格雷斯蒂尔大夫了，他也离开了咖啡厅。他沿街行走，运河里的水极为奇异地荡漾起来。浪花涌起，一路跟着他，偶尔冲他脚边悄悄突进、冲锋，漫过了运河沿。然而，这一切他都没有发觉。

格雷斯蒂尔大夫说到做到。他走访了城中所有的英国家庭，警告他们不要跟德罗莱特说话。德罗莱特不怕。他把目标转移到仆人、堂倌和贡多拉船夫上。根据以往经验，他知道这个阶层一般要比他们伺候的主人消息灵通得多；假如消息不灵通，怕什么！他可以亲自把消息传达给他们，算是拨乱反正。要不了多久，一大批人就会知道斯特兰奇谋害了自己的老婆；就会知道他在圣马可大教堂企图用暴力胁迫格雷斯蒂尔小姐嫁给他，幸亏来了一支奥地利部队从中干预；就会知道他曾与拜伦勋爵约定，等将来有了妻子、情人，二人将共享。德罗莱特想到什么就拿去编排斯特兰奇，可他的创造力并不强，为他提供情报的人只要带来只言片语或是心里有了半成未成的想法，他都乐得拿来利用。

一个贡多拉船夫介绍他认识了一家布店的老板娘，玛丽安娜·塞加蒂——拜伦的情人。借通事之口，德罗莱特恭维话冲她说了一箩筐，并把伦敦贵妇见不得人的秘密讲给她听。那些贵夫人，他向她保证，可远不如她漂亮。她告诉他，据拜伦勋爵说，斯特兰奇大门不出，在自己房间里边喝葡萄酒和白兰地，边作法施咒。所有这些都不算太有趣，但她把她对拜伦勋爵诗里那位魔法师的一点点了解也告诉了德罗莱特：那魔法师如何与邪灵厮混，如何与众神及全人类对抗。德罗莱特兢兢业业地用这些虚构搭建起自己的谎言。

然而，整个威尼斯德罗莱特最想收作心腹的就是弗兰克。格雷斯蒂尔大夫侮辱了他，他一直咽不下这口气，很快便下定决心——最好的报复就是教唆格雷斯蒂尔大夫的男仆跟格雷斯蒂尔大夫对着干。于是，他给弗兰克去了封信，请他去圣保罗区的一家小酒铺。令他意外的是，弗兰克竟然答应了。

当天，弗兰克如约而至。德罗莱特点了一壶粗酿红酒，为他俩各斟满一盅。

"弗兰克？"他用一种柔和而幽怨的声音提起了话头，"前几天我刚跟你家主人聊过——我猜你是知道的。他似乎是个很难对付的老头儿——一点儿都不体谅人。弗兰克，但愿你在他那儿过得还好？我提这个只是因为我有个特别好的朋友——姓拉塞尔斯——他前些日子刚刚说起在伦敦想雇到好用人太难了，假如有人能帮他找个好男仆，他觉得多少钱他都肯掏。"

"哦！"弗兰克道。

"弗兰克，你觉得你会喜欢在伦敦生活吗？"

弗兰克蘸着洒出来的红酒在桌上画圆圈，看样子是在考虑。"也许会吧。"他说。

"是这样，"德罗莱特急切地说下去，"假如你肯帮我一两个小忙，我就会告诉我朋友你有多中用，我敢肯定他会当即拍板说你就是他想找的人。"

"帮什么样的忙？"弗兰克问。

"哦！咳，头一样再简单不过了！实际上我跟你一说，你就巴不得马上去做了——就算没有回报也无所谓。你瞧，弗兰克，我担心有些特别可怕的事不久就会发生在你家主人和他女儿身上。那魔法师对他二人有无尽的恶意。我试着劝过你家主人，可他太固执，就是不肯听我的话。我一想到这些，连觉都睡不着。我恨自己那么蠢，没能把事情解释得再清楚些。他们是相信你的，弗兰克。你可以稍微暗示几句——别对着你家主人，去找他妹妹和他的女儿——暗示斯特兰奇是坏人，让她们多加小心。”说完，德罗莱特又讲述了阿拉贝拉·斯特兰奇如何被他谋害以及他和拜伦共妻换妾的勾当。

弗兰克小心翼翼地点了点头。

“咱们要提防那魔法师，”德罗莱特道，“别人都被他的谎言诡计给骗了——尤其是你家主人。所以说，你我二人齐心合力、集思广益至关重要，好将他的诡计公之于众。好啦，告诉我，弗兰克，你可发现什么事或是那魔法师无意间留下过什么话柄——总之可有任何引起你怀疑的迹象。”

“啊，既然您问起来，”弗兰克挠挠脑袋，说道，“是有个事儿。”

“真的？”

“这事儿我跟谁都没说呢。我主人我都没告诉。”

“妙极了！”德罗莱特微笑道。

“只是我讲不太清楚。还是指给您看比较容易。”

“哦，当然可以！咱们去哪儿呢？”

“出门就行。您从这里就能看见。”

于是弗兰克和德罗莱特走出门。德罗莱特四下里看去。四周是能想象到的最寻常的威尼斯街景。他们面前就是一条运河，河对面是一座棕黄色的教堂。一个女仆正坐在敞开的大门口给鸽子拔毛；脏污的羽毛散落一地，在她面前围成一道又发灰又发白的半圆。目光所及之处，无不是楼房、雕塑、盆栽、晾晒衣物，层层叠叠、杂乱无章。而极目远望，就可以看到那平地而起的一柱黑暗，表面光滑而清透。

“啊，也许不一定非从这里看，”弗兰克承认，“楼房都给挡住了。您往前走几步，就能看个一清二楚了。”

德罗莱特往前走了几步。“这儿吗？”他问，一边仍四处张望。

“是的，就那儿。”弗兰克说，说罢一脚把他踹进了运河。

一声巨响，水花四溅。

弗兰克又延宕了一会儿，把他对德罗莱特道德上的一些看法大声喊出来，称其是满口胡言、阴险狡诈的恶棍，杂种狗，险恶、懦弱的无赖，毒蛇，猪。这些话骂出来自然能让弗兰克痛快些，对德罗莱特可是没什么大用——这会儿他已沉入水下，一个字也没听着。

水拍在他身上就好像拳打脚踢一般，激得他浑身刺痛，撞得他呼吸困难。他坠入昏浊的深渊。他不会游泳，心想自己一定是要淹死了。可在水里还没过几秒钟，他感觉自己又被一股大浪拽了出来，飞速托着前行。时不时地，浪偶然会将他推上水面，他才得机会换口气。他时时刻刻处于极度的恐惧中，却无力自救。有一回，激流将他高高托起，一瞬间他看见了阳光下的码头（地点他没有认出来）；他看到起着泡沫的白水冲击着石头，浸润着人与房屋；他看到人们惊惧的面孔。他知道他还没有像自己所担心的那样被冲进海里，可即便如此，他也没发觉这浪花有任何非自然的地方。浪有时候带着他猛往一个方向冲；有的时候则是一片混乱惶惑，他以为必是大限已到。突然间，水似乎受够了他，动作戛然而止，他被扔上个石头台阶似的地方。他隐隐约约感觉到空气的寒冷，朦朦胧胧看出周围有房子。

他大口大口地吸着气，吸得浑身颤抖、苦不堪言。待呼吸渐渐不那么困难了，他呕出一腔又一腔冷咸的海水来。之后过了很久，他就只闭着眼躺着，就好像一个人依偎在恋人的胸口上。他脑中空无所想。假如心头尚有一丝欲念，就是让自己在这儿永远地躺下去。过了许久，他回过神来，先是意识到石头上一定特别脏，后又发觉冷得可怕。他开始奇怪周围怎么这么安静，怎么没人过来帮他一把。

他坐起身来，睁开了眼睛。

周围一片黑暗。难道自己进了隧道，或是地窖？不会是入了土吧！可无论哪里都一样恐怖，因为他完全不知自己是怎么到这儿来的，也不知该如何离开。他随后感觉到一丝清冷的微风吹上脸颊；抬起头来，他看见冬日里散发着寒光的星星。黑夜！

“不，不，不！”他乞求道。他靠着码头的石阶往后缩，抽抽搭搭哭起来。

四周的房屋漆黑一片，毫无动静。唯一在动、在亮的东西就是星星。它们组成的星群在德罗莱特眼中就好像闪闪发光的巨大字符——是一种看不懂的字母。在他看来，准是那魔法师把星星组合成字、拼出咒语来害他。无论往哪个方向张望，能看到的只有黑夜、星星与沉寂。没有一座房子上着灯，假如德罗莱特听说的属实，这里的房子都已空无一人。当然，除非那魔法师还在里面。

他带着极大的不情愿才从地上站起来，四下里看了看。近旁有一座小桥，桥对面有一条小巷，小巷的尽头消失在黑压压一片房子的高墙之间。他可以往那边走，或者也可以沿着运河边的辅路走。星光给辅路洒了一层霜，看上去是个极为诡异、凶险的所在。他选择了黑暗中的小巷。

他过了桥，穿行在那片房子之间。没走几步，小巷展开成一片开阔的广场。广场边缘另有几条巷子延伸出去。他往哪儿走呢？他想到势必要经过的那些幽黑的暗影，那些寂静的门廊。要是他再也走不出去了怎么办！他怕得头晕，直犯恶心。

广场上有一座教堂。就算是在星光下，外墙也显得狰狞恐怖。石柱累累，雕像支棱。天使个个张开双翼，将号角举在嘴边；影影绰绰的一个人形在石檐下伸出双臂；黑洞洞的拱顶上，一张张有眼无珠的面孔俯视着德罗莱特。

“我怎么知道魔法师就不在这里？”他心想。他开始挨个儿检视那些幽黑的石像，看可会有一尊是乔纳森·斯特兰奇。一旦开始，就很难再停下来；在他想象中，若把目光移开片刻，没准儿哪尊石像就会动起来。刚差不多说服自己可以放心地离开教堂了，他的目光落在个东西上——只是门廊幽深的黑暗里一丁点儿不寻常的迹象。他定睛细看。那儿有个东西——或者人——躺在台阶上。是个男人。他四肢叉开着趴在石阶上，仿佛是晕倒了，面朝下，一只胳膊扬起来抱着脑袋。

德罗莱特等候了片刻——哦，感觉上就跟过不完似的！——看可会有什么动静。

什么动静也没有。

随后他瞬间想到：那魔法师死了！也许他发着发着疯就自杀了！喜悦与轻松冲昏了他的头脑，他兴奋得大笑出声——在一片静寂里，这笑声不同凡响。幽暗的门廊里那个黑影一动没动。他又靠近了些，凑到这人上方俯身观看。喘气的声响都没有。他心想要是手头有根棍子去戳戳就好了。

这人毫无征兆地翻了个身。

德罗莱特吓得弱弱一声惊叫。

一阵沉默之后，斯特兰奇低声道：“我认得你！”

德罗莱特努力要笑。他一向利用笑声来安抚自己的猎物。笑能令人舒心，不是吗？大家凑一块儿都是朋友？然而，从他嘴里出来的声音只是一种古怪的嘶鸣。

斯特兰奇站起身来，冲德罗莱特走了几步。德罗莱特直往后退。借着星光，德罗莱特更清晰地看到了魔法师的模样，他逐渐能够辨认出他

曾经相识的眉眼五官。斯特兰奇打着赤脚，外套和衬衫都敞着怀，脸明显有些日子没刮过了。

“我认得你。”斯特兰奇又低声说了一遍，“你是……你是……”他双手在空中比画，就好像在画什么魔法符号，“你是一只鲁克罗库塔！”

“鲁……？”德罗莱特跟着重复道。

“你是夜之狼！你吃的是世间男女！你的生父是鬣狗，生母是母狮！你的身体像头狮子；你的蹄子是一分为二的。你无法回头看背后。你只有一颗长牙，没有牙床。可你能变作人形，仿人声说话，把人类骗上钩！”

“不是，不是！”德罗莱特乞求道。他还想说点儿什么；他想说他根本不是那样的东西，想说斯特兰奇大错特错，可他嘴里发干，舌头吓得不中用，已经吐不出词儿来了。

“那么现在，”斯特兰奇静静地说道，“我就把你打回原形！”他举起双手。“急急如律令！”他喊道。

德罗莱特一头栽倒在地，声声尖叫不已；斯特兰奇则爆发出阵阵大笑——那样诡异、疯狂的笑声——笑得他深深弯下腰去，在广场上打着趔趄。

最终，一个人的恐惧和另一个的狂喜都渐渐消停了；德罗莱特意识到自己尚未变作那如噩梦一般的恐怖生物；斯特兰奇则渐渐平静下来，甚至有些严肃了。

“鲁克罗库塔，”他低声道，“起立。”

德罗莱特一边哼唧着，一边站起身来。

“鲁克罗库塔，你为什么要到这里来？不，等等！我知道的。”斯特兰奇打了个响指，“是我把你带到这里来的。鲁克罗库塔，告诉我：你为什么要监视我？我做过什么事是非得藏着掖着的？你怎么不来这儿问我？我会把一切都告诉你的！”

“是他们逼我来的。拉塞尔斯和诺瑞尔。拉塞尔斯把我欠的债还清了，我才出了王座监狱[1]。我一直都是你的朋友。”说这话的时候，德罗莱特略迟疑了一下；就算对方真是个疯子，也不大可能会相信他的。

斯特兰奇抬起头，像是在蔑视着德罗莱特，可在黑暗里，德罗莱特看不清他的表情。“我这一向确实是疯了，鲁克罗库塔！”他咬牙切齿道，“这他们告诉你了吗？好吧，这是实情。我疯到现在，以后还会再疯。不过，自打你来到这座城市，我就一直避免……我就一直避免使用某些法术，等见着你的时候，我才能恢复正常的心智。我曾经的心智。这样的话，我才能认出你来，才能想起我打算跟你说什么。我在这片黑暗里学到了很多东西，鲁克罗库塔，其中一样就是：我一个人的力量是不够的。我把你带到这里来，是为了让你帮我。”

“是吗？我很荣幸！让我做什么我都肯！谢谢您！谢谢您！”他嘴上这样说，心里却不知斯特兰奇会把他扣留多久；一想到这儿，他的心就化成了一摊水。

“那个……那个……”斯特兰奇似乎很难把握自己的思绪，双手在空中抓来抓去的，“坡的那个老婆叫什么来着？”

“坡夫人？”

“是的，但我的意思是……她还有什么名号？”

“艾玛·温特唐？”

“是的，就是它。艾玛·温特唐。她目前身在何处？”

“他们把她送到约克郡一间疯人院里去了。这本是个天大的秘密，可我查到了实情。我在王座监狱有个相识，他儿子的心上人是做裙衣的裁缝，这件事她全知道，因为她负责坡夫人在约克郡穿的衣裳——约克

1　即一八一四年十一月德罗莱特因负债而被关押进的监狱。

郡那边可是冷得很。他们把她带到一个叫作望什么什么的地方——我是说坡夫人，不是那个裁缝。望什么来着。等等！我能想起来！这地方我知道的，我发誓！约克郡的望穿堂！”

“望穿堂？这名字我知道。”

“是啊，是啊，您知道的。这宅子的承租人是您的一个朋友。他过去在纽卡斯尔还是约克，总之是个北方城市当过魔法师——只可惜我想不起他叫什么了。诺瑞尔先生似乎干过什么害了他一次——也可能是两次。于是，坡夫人疯了以后，齐尔德迈斯就把他看管的疯人院荐给了沃特·坡爵士，算是一点点补偿。”

一阵沉默。德罗莱特不知斯特兰奇究竟听懂了多少。随后，斯特兰奇说道：“艾玛·温特唐没有疯。她在外人眼中是疯了。可那都是诺瑞尔的过错。他召来个仙子让她起死回生；作为报答，他准许那仙子以各种方式控制她。那个仙子还曾威胁过英格兰国王的人身自由，并用法术又蛊惑了至少两位英格兰百姓，其中一位是我的爱人！”他顿了顿，“你的第一个任务，鲁克罗库塔，是把我刚刚对你说过的话转达给约翰·齐尔德迈斯，并把这东西交给他。”

斯特兰奇从外套口袋里掏出个东西，递给了德罗莱特。这玩意儿看上去是个类似鼻烟壶的小匣子，只是比一般鼻烟壶略瘦长些。德罗莱特接过来放进了自己的口袋里。

斯特兰奇长叹了口气。为了讲话有条理所做的努力似乎已令他精疲力竭。“你的第二个任务是……你的第二个任务是给英格兰所有的魔法师捎个信儿。你听明白了吗？”

“哦，明白了！可是……”

“可是什么？”

“可是只有一位啊。”

“你说什么？”

“魔法师只有一位啊，先生。既然您在这里，英格兰就只剩一位魔法师了。”

斯特兰奇像是思索了片刻。“我的徒弟，”他说道，“我的徒弟们都是魔法师。曾经想要拜诺瑞尔为师的男男女女都是魔法师。齐尔德迈斯也是。斯刚德斯也是。还有亨尼福特。订阅魔法刊物的读者们都是。过去魔法师学术协会的会员们都是。在英格兰，魔法师无处不在。成百上千！诺瑞尔拒绝了他们。诺瑞尔否认了他们。诺瑞尔堵住了他们的嘴。可他们照样是魔法师。把这些告诉他们。”他以手抚额，喘了会儿粗气，“树对石语；石对水言。一切并没我们想象的那么困难。让他们读读写在天边的字迹。让他们问问垂落的雨帘！约翰·乌斯克格拉斯昔日的盟友还都在。我派出信使，去提醒石头、天空和雨水别忘了它们古老的诺言。让他们……”斯特兰奇又找不到合适的词儿表达自己的意思了。他用手在空中比画着。“我解释不出，”他说，“鲁克罗库塔，你能明白吗？”

“能。哦，能！”德罗莱特答道，虽然他根本不知道斯特兰奇在说些什么。

“好。那你把我刚交给你的口信重复一遍。再给我讲一遍。”

德罗莱特讲了起来。多年来搜集、复述自己认识人的恶意流言，他记人记事的本领是好的。第一条他重复得完整无缺，重复第二条的时候，他就开始编造曲解，说了几句什么魔法师们站在雨里、观看石头。

“我演示给你看，”斯特兰奇道，“这样你就明白了。鲁克罗库塔，假如你完成了这三个任务，你我尽释前嫌。我不会伤害你。把这三条口信送到，你就可以回去接着在夜里捕猎，接着吞吃世间男女。”

“谢谢您！谢谢您！”德罗莱特感激地喘息着，不一会儿便意识到一件可怕的事情，整个人吓住了，“三条！可是，先生，您只告诉我了两条啊！”

“三条口信，鲁克罗库塔，”斯特兰奇疲惫地说道，“你一定要送出三条口信。”

“是啊，可您还没告诉我第三条是什么哪！”

斯特兰奇没答话。他转过身去，喃喃自语。

尽管怕得不行，德罗莱特仍特别想抓住那魔法师晃一晃。假如觉得这么干有用的话，他也许真动手了。怨天尤人的泪水滑下了他的脸庞。这回斯特兰奇会因为第三个任务完不成而杀掉他的，可完不成又不是他的过错。

“鲁克罗库塔，”斯特兰奇突然走回来，说道，“给我拿点儿水喝！”

德罗莱特四下张望。广场中心有口井。他走过去，发现有只恶心的旧铁杯子由一截锈迹斑斑的铁链子拴在石头上。他推开井盖，摇上桶水来，把杯子舀进水里去。他真不想碰这杯子。说来也怪，当天他遇上那么多事情，他最恨的却是这只铁杯子。他生平就爱美丽的物件，可现在却被恐怖的东西包围。都是他们魔法师的错。他有多恨这帮人！

“先生？法师大人？”他喊道，“您得来这边喝了。”作为解释，他指了指铁链子。

斯特兰奇走上前来，却没有接那递上来的杯子。他从口袋里掏出一只小瓶子，递给了德罗莱特。“往水里滴六滴。”他说。

德罗莱特拔出了塞子。他手抖得太厉害，直担心自己会把这瓶东西全洒到地上。斯特兰奇似乎根本没在意；德罗莱特晃晃瓶子，往水里洒了几滴。

斯特兰奇拿过杯子，一饮而尽。杯子从他手上滑落。德罗莱特发现——他也不知自己是如何发现的——斯特兰奇变了。星空之下，他黑色的身影渐渐瘫软下去，脑袋也耷拉了。德罗莱特心想他是不是喝醉了。可无论什么东西——就那么几滴，怎会让人醉呢？何况他身上也没有烈酒的气味；他闻着就像一个几礼拜没洗衣服洗澡的男人而已；此外，倒是还有种味道——前一分钟还没传过来呢——一种人上了年纪且跟五十多只猫在一起的味道。

德罗莱特产生了一种极怪的感觉。他曾有过这般感受，那是魔法即将生发之时。看不见的门在他周围一扇扇地敞开；风从遥远的地方吹到他身上，带来树林、荒野与沼泽的气息。各种景象不请自来，飞入他的脑海。周遭的房屋不再是空巢。他能直接看进屋里去，就好像房子被拆除了围墙。每间黑屋里都住着——不能说是人——一种生灵，一种远古的精灵。有的屋里住了火焰；有的屋里住了石头；有的屋是一幕雨帘；有的屋是一群飞鸟；还有间屋装了一座山坡；另一间则住着一个思想阴暗、炽烈的小家伙；各种各样，不一而足。

“这都是些什么东西？”他十分骇然，低声自问。他发觉自己的头发根根直立，就好像身体里过了电。接着，一种全新的、异样的感觉抓住了他：这感觉和往下坠落颇为相似，可他仍站在原地。往下坠落的就好像是他的心一样。

他觉得自己站在英格兰的一座山坡上。雨正在下；雨水在风中盘旋打转，好似灰色的鬼魂。雨打在他身上，他也变得像雨水一样细瘦。雨水冲走了思想，冲走了记忆，冲走了所有的是非善恶。一切都像石头上的泥巴似的被冲刷了个干净。雨把自己的思想与记忆灌了他一腔。道道银针插满山坡，像精细的网纱，像手臂上的脉络。忘了自己是个人——或者说曾经是个人，他变成道道雨水，随之渗入了泥土。

他觉得自己躺在泥土之下，躺在英格兰国土之下。多少岁月过去了；雨水与寒意在他体内渗透；石头在他体内挪移。在那片寂静与黑暗里，他生长得巨大无比。他变成了土地；他变成了英格兰。一颗星星低头看他，同他说话。一块石头向他提问，他用石头的语言回答了它。河流在他身旁盘转；山坡在他手下萌发。他张开嘴，呼出一片春意盎然……

他觉得自己被搡进了冬日暗林里的一片树丛。树木无边无际，黑柱之间由细细一道白色的冬日天光相隔。他低头看去。新生的小树苗把他穿了个透；它们钻出他的身体，戳破他的手脚。他的眼皮再也合不上了，因为嫩枝从里面冒了出来。虫豸由他耳朵蠢蠢出入；蜘蛛借他嘴巴筑巢织网。他发觉自己已经在这片树林里蜷曲了多年。他对这片林子知根知底，这片林子对他也是心知肚明。哪是树木哪是人，再也说不清。

四周一片静寂。雪花飘落。他尖叫起来……

黑暗。

像从幽暗的水底站起身来似的，德罗莱特醒了。是谁把他放了——斯特兰奇，那片树林，还是英格兰本身？他不知道。可他能体会到这东西将他重新打入他自己脑海里时的那种不屑。远古的精灵一个个离开了他的身体。他的思想和感触渐渐退化到人类所能及的程度。他头晕目眩，想起之前遭受的一切就觉得天旋地转。他仔细检查自己的双手，揉了揉身上曾钻出树来的地方。一切还都健全；哦，但是疼啊！他抽噎着往四下里看去，寻找斯特兰奇。

魔法师在不远处的墙根底下蹲坐着，喃喃自语地念咒。他拍了墙一下；砖石鼓胀、变形，化作一只渡鸦；渡鸦张开翅膀，一鸣惊人，直飞入夜空。他又拍了墙一下：又一只渡鸦出墙飞走了。一只又一只，接连不断，渡鸦越来越多，天上的星星都被那黑色的翅膀挡得透不出光亮。

斯特兰奇伸手又要去拍打……

“法师大人，”德罗莱特气喘吁吁地说，“您还没告诉我第三条口信是什么哪。”

斯特兰奇往四周看看。突然，他抓住德罗莱特的外套，将他揪到自己面前。德罗莱特能觉出斯特兰奇口中的臭气吹上他的脸，而且他这回终于看清了斯特兰奇的面目。那一双炽烈、狂野的眼睛里映着星光，却不见了人性与理智。

“去告诉诺瑞尔我这就去找他！”斯特兰奇咬牙切齿道，“现在就去，快去！”

德罗莱特不消吩咐二遍。他在夜色下飞奔逃离。渡鸦似乎紧随其后。他看不到，却能听到翅膀扑打的声音，也能感觉到翅膀扇起的气流。桥过了一半，他一头撞进刺眼的光芒里。瞬间，他被人声鸟鸣包围了。男男女女走着、说着、忙着他们每日里的营生。这边没有可怕的魔法——只是个平凡的世界——多么好、多么美的平凡世界。

德罗莱特的衣裳仍浸透了海水，天气又是那样苦寒。所在的城区他并不认得。没人主动过来帮他的忙，他漫无目的地游荡了好久，走得精疲力竭。后来，他碰巧走过一片认识的广场，才得以寻回他租了个单间住的小客栈。进屋的时候，他已浑身无力、瑟瑟发抖。他脱了衣服，拼命冲洗身上的盐。洗完，他就倒在了自己那张小床上。

之后的两天里，他躺在床上发高烧。他梦见了无法形容的东西，梦里净是黑暗和魔法，还有大地漫长而冰冷的岁月。睡梦里，他也无时无刻不充满了恐惧，就怕醒来以后发现自己被埋在了地底下或是被冬日里的枯枝穿了心。

到了第三天中午，他恢复的程度足够起床去港口了。他在港口找到一艘回朴次茅斯的英国船。他把拉塞尔斯为他准备好的信件和公文交给船长过目。信上许诺，船只要把人送回英格兰，就会收到一大笔好处费，签发人是全欧洲最知名的两位钱庄主。

第五天，他坐上了回国的船。

一层冷而薄的雾气笼罩着伦敦城，似乎是有意模仿史蒂芬凉薄的生活状态。近来，他感觉压在自己身上的巫蛊比以往任何时候都更沉重。喜悦、温情与平静如今在他眼中都变得那样陌生。唯有那最悲苦的情感能够穿透他心头叆叇的幻术，比如愤怒、怨恨与沮丧。他与他的英国朋友之间的分歧加深了，疏离加剧了。白毛先生也许是个恶魔，可当他控诉起英格兰人的骄傲与自以为是，史蒂芬很难否认他话这么说是有道理的。就连丧冀那个可怕的地方有时候都像个宜人的避难所，帮他避开英格兰人的傲慢与歹毒；至少在那里，史蒂芬不必为自己是谁而道歉；在那里，他一向享受着贵客的待遇。

这个冬日，史蒂芬正待在哈里大街沃特·坡爵士家马车房的马厩里。沃特爵士新买了一对品相极佳的灵缇，家里的男仆们可高兴了，每天为了来看狗总要消磨掉好长时间——他们边看边聊，懂与不懂的都要扯几句它们上了猎场会有多棒。史蒂芬知道自己应当制止这种行为，可实际上他才懒得去管。家里的男仆罗伯特今天请他去看狗的时候，史蒂芬非但没有说他，反而穿上外套、戴上帽子跟他一道去了。这会儿，罗伯特跟养马的伙计们在那儿围着狗兴奋，而他觉得自己就像隔了层脏污的厚玻璃板在看一样。

突然，所有人都挺直身子列队走出了马厩。史蒂芬浑身一激灵。以往的经验告诉他，这类反常的举动无一例外都是在宣告白毛先生驾到。

他来了，一头银发，一双蓝眸闪闪，一袭绿衣鲜亮，令昏暗窄仄的马厩蓬荜生辉；他大声地说笑个不停——史蒂芬是不是像他一样相见欢，他从未有过片刻的怀疑。他跟那些仆人一样喜欢那对猎犬，还招呼史蒂芬过来一起欣赏。他用自己的语言同它们讲话，狗儿快活地上蹿下跳，对他似乎比对之前见过的所有人都要着迷。

白毛先生道：“我想起一四一三年有一回我南下访问新登基的南

英格兰国王。这位国王英武而谦和。他把我介绍给朝廷上的权贵，向他们讲述了我无数的辉煌成就、我广大的国土疆域、我的侠骨柔肠，等等等等。可惜，这么富有教育意义、催人奋进的宣讲，朝廷上有位贵族不打算专心听，只顾站在那儿跟他的下属窃窃谈笑。受到这般待遇，我当时——你能想象得到的——我当时气坏了，决心教教他们什么叫礼貌！第二天，这帮坏家伙到哈特菲尔德森林附近猎兔子。我杀了他们个措手不及，我庆幸自己能想到把人都变成兔子，而把兔子都变成人。猎犬先是把它们的主人撕咬个粉碎；后来那些兔子——化作人形之后——终于可以狠狠报复一下那些追着自己骚扰的猎犬了。”说到这儿，白毛先生停下来等史蒂芬夸他这招厉害。可还没等史蒂芬出声，他先大呼起来：“啊，你感觉到了吗？”

“先生，感觉到什么？”史蒂芬问。

“所有的门都震了一震！”

史蒂芬看了看马厩的门。

“不是，不是这些门！”白毛先生道，“我指的是从英格兰通往天下各处的门！有人正试图开启它们。有人找天空谈过，可那人不是我！有人向石头与河流发号施令，可那人不是我！那人是谁？谁？快跟我来！”

白毛先生一把抓起史蒂芬的胳膊，他二人平地飞升一般上了天，就好像突然站到高山或是高塔的顶端。哈里大街的马车房消失了，史蒂芬眼前换上一幕新景——随后便一幕又一幕地变换起来。一会儿是桅杆密如丛林的港口——随后港口就好像从他脚底下飞走，瞬间换上一片冬日里灰色的海洋，海面上的航船迎风满帆前进——接着又出现了一座城市，放眼望去遍是建筑物的尖顶与精美的桥梁。奇怪的是，他并未察觉任何动态；就仿佛他二人原地不动，而整个世界正朝他们飞来。这会儿脚下出现了白雪皑皑的山峰，微小的人影正艰难地往山顶上爬——接下来是乌峰环绕的一池如镜的湖水——后又变为平原上的一片国土，小镇、河流遍布其上，就像小孩子的玩具。

他们前方有个东西，起初看上去像是一道黑线，将天幕一分为二。待他们走近，黑线成了平地而起的黑柱，高处不见顶。

史蒂芬和白毛先生来到威尼斯高空一块地方歇脚（他们歇在什么东西上，史蒂芬决心不去猜想）。夕阳西沉，脚下的街道和房屋一片晦暗，天与海却是一片光芒：玫红、乳蓝、玉黄、珍珠白，几种色彩和谐调匀。整座城市就好像飘浮在一片明亮的虚无之上。

大体来看，这座黑柱表面光滑得像块玻璃玉，可就在比屋顶稍高一点的地方，暗影扭转飞旋，自柱体喷薄而出，在空中渐渐飘远。这都是些什么东西，史蒂芬无法可想。

“先生，是烟吗？这座塔着火了？”史蒂芬问。

白毛先生没有回答。他们走近了些，史蒂芬才看出那并不是烟雾。一大群黑色的东西正从塔里往外飞。是渡鸦。成千上万的渡鸦。它们这是从威尼斯起航，飞往史蒂芬和白毛先生来的方向。

有一群盘旋着朝他们飞来。空气里突然起了骚动，千双翅膀齐振，嗡嗡隆隆，声响巨大。尘土、细砂泛布叆叇，飞入史蒂芬的双目鼻喉。他深深弯下腰去，拱手扣住鼻子，好挡住这股恶臭。

鸟群飞走了，他惊魂未定地问：“先生，这都是些什么啊？”

“那魔法师造出来的生物，”白毛先生道，“他派它们回英格兰，给天空、大地、高山、河流带去指示。他这是在纠集乌衣王过去的盟友。不久它们就会听命于英格兰的魔法师，而不是我！”他大吼一声，吼出了愤怒与绝望，“我已经惩罚过他了，惩罚他的手段我还从来没在我敌人身上用过！可他仍跟我对着干！他怎就不认命呢？他怎就不死心呢？”

“我可从没听说过他是个缺乏勇气的人，先生，”史蒂芬道，“毕竟他在半岛留下了不少英勇事迹。”

“勇气？你在说什么呀？这根本不是勇气！这是恶意，纯粹的恶意！咱们这一向都大意了，史蒂芬！咱们让英格兰的魔法师乘虚而入，占了便宜。咱们一定要想个办法击败他们！咱们要加倍努力，争取把你推上王位！”

第六十章

暴风雨与谎言

一八一七年二月

格雷斯蒂尔姑姑在帕多瓦租了套房子，窗外能看见果子市。住这里，上哪儿都特别方便，且租金一个季度只要八十塞齐尼（约合三十八几尼）。格雷斯蒂尔姑姑以为得了便宜，十分满意。然而有些时候，由于下手太快、决心太大，犹豫与怀疑事后再来也已经晚了。这正是目前的情况：和弗洛拉住了不足一个礼拜，姑姑就开始挑这房子的毛病，并开始反思当初应不应该就这么租下了。这房子虽说古老、漂亮，可那哥特式的窗口小得很，且好几扇外边都挡着石露台；换句话说，屋里特别容易暗。若在从前，这根本不成问题，可眼下弗洛拉需要精神支柱，而（姑姑心想）幽暗与阴影——不管效果多么别致有趣——对她来说实际并不算好事。这房子不仅黑，后院里还左一位右一位地站着几尊石头女人像，石像经年历久，如今已披了常春藤织起的面纱与斗篷。毫不夸张地讲，这些石头女人面临着彻底被藤蔓吞没的危险；目光只要一落在石像上，格雷斯蒂尔姑姑就想起乔纳森·斯特兰奇那可怜的太太——才那么年轻就死了，死得又那么莫名其妙，她不幸的命运似乎已经把她先生给逼疯了。姑姑只盼弗洛拉不会有这样阴郁的想法。

可既然价钱谈妥了，房子也租下了，格雷斯蒂尔姑姑干脆动手，尽可能地把屋里布置得明亮、喜庆。她一辈子没浪费过蜡烛、灯油，可为了努力让弗洛拉情绪变好，她不再计较日常开销。楼梯上有块地方特别黑，其中一级台阶走向实在奇特，以至于出人意表，为了防止有人滚下去摔断脖子，姑姑坚持要在那台阶上方的架子上放一盏灯。灯日夜点着，也日夜招博妮法齐娅不痛快。博妮法齐娅是随房附赠的一位意大利女佣，已经上了岁数，比格雷斯蒂尔姑姑还锱铢必较。

博妮法齐娅当起用人来是极好的，只是太爱数落人，且特别喜欢长篇大论地阐释为何刚派给她的指示是错的或是根本无法实行。她有个打下手的叫作米尼凯洛，是个迟钝的、受气包似的男孩子。你无论吩咐他干什么，他都满腹牢骚似的低声咕哝几句方言，根本别想听懂。博妮法齐娅对米尼凯洛的态度是那样一种亲近的瞧不起，格雷斯蒂尔姑姑于是猜他俩一定是亲戚，不过关于这一点她目前还没取得任何确凿的证据。

于是，就这样布置着屋子，每日里斗着博妮法齐娅，同时伴随着换个新城市小住带来的各种讨喜或不讨喜的新发现，格雷斯蒂尔姑姑的日子满当当，净是些有意思的事；然而，她目前最主要也最神圣的职责是想办法哄弗洛拉开心。弗洛拉已经养成了沉默与独处的习惯。姑姑同她讲话，她就高高兴兴地答；而她自己先挑话头的次数实在是少之又少。在威尼斯的时候，他们一切娱乐活动基本都要靠弗洛拉调动；可现在，姑姑提议上哪儿去探访，她不过是跟着去而已。她自己喜欢干的事都是不需要伴儿的。她独自散步、看书，在小客厅或在每天大约一点钟照进小院子的淡淡一线阳光里独坐。她不如从前坦率，也不像过去似的那么相信别人、什么都肯对人家讲；看这情形，就好像有人——也不非得是乔纳森·斯特兰奇——让她失望了，她决心以后更独立一点。

二月的头一个礼拜，帕多瓦迎来了一场暴风雨。当天正午时分，这团风雷从东面（也就是威尼斯和亚得里亚海的方向）来，来得极为突然。经常出入城中咖啡馆的老头子们说，暴风雨来之前很短时间内都没有预兆。可别人听了都不太在意；毕竟正值冬日，暴风雨必是意料中事。

起先，一阵大风吹透了城镇。这风可不把门窗放在眼里。没人知道缝隙在哪儿，风似乎都知道，于是屋里屋外刮得一样猛烈。格雷斯蒂尔姑姑正和弗洛拉一起坐在二楼的小客厅里。窗上玻璃开始震动，姑姑正在写信，信纸从她手下逃脱，满屋乱飞。窗外，天色渐渐变暗，直暗到如夜色般漆黑一片；雨帘从天而降，一袭袭令人睁不开眼。

博妮法齐娅和米尼凯洛进了客厅，借口说是来问问格雷斯蒂尔姑姑针对这天气可有什么指示，其实，博妮法齐娅是想跟格雷斯蒂尔姑姑一起惊叹风雨来得有多猛烈（她俩这二人对唱演得还真不错，虽说是鸡同鸭讲）。米尼凯洛大概是因为博妮法齐娅来了才跟着来的；他闷闷不乐地看着窗外的暴风雨，似乎疑心这一切都是安排好了专为给他找活儿干的。

格雷斯蒂尔姑姑、博妮法齐娅和米尼凯洛都站在窗边，他们见识了头一道闪电是如何将他们熟悉的景致统统变作哥特风格的画面，看了令人不安；电光之下，处处是苍白、怪异的强光与错位的投影。紧接着，雷声当头劈开，整间屋子都震了一震。博妮法齐娅低声向圣母及几位圣人求告。格雷斯蒂尔姑姑是一样的惊慌，为求安慰，本也乐得仿效，可身为一名英国圣公会教徒，她只喊得出“天哪！”“好家伙！”以及“老天保佑！”——没一样有太大帮助。

“弗洛拉，亲爱的，”她叫道，声音已经有些抖了，“希望没把你吓着。这暴风雨太可怕了。”

弗洛拉走到窗前，拉起姑姑的手，对她说风雨一定很快就会过去的。又一道闪电照亮了这座城市。弗洛拉松开姑姑的手，拔下窗户扣栓，急切地跨到窗外的露台上。

“弗洛拉！”姑姑大喊。

她双手撑着露台边沿，身子探进咆哮着的黑暗；雨水淋透她的裙衣，暴风扯乱她的秀发，她都当没发生一样。

“亲爱的！弗洛拉！弗洛拉！躲开雨！”

弗洛拉转过身来冲她姑姑说了句什么，可他们谁都没听清。

米尼凯洛追着她上了露台，用他粗大、平扁的双手指引着她，就像羊倌用栅栏圈羊似的，好歹把她赶回了屋里，那小心谨慎劲儿真令人意想不到（虽说天生的郁闷气质他一刻也未甩掉）。

“您没瞧见吗？”弗洛拉大叫起来，“那边有个人！那边，就在那角落里！您能看出是谁吗？我想……”她突然住了嘴，无论想到了什么，她都没有说。

“好了，亲爱的，希望你是看错了。这会儿谁站在大街上，我都心疼。盼他们能尽快找个地方躲躲。哦，弗洛拉，看把你淋成什么样了！”

博妮法齐娅拿来了毛巾，随后便立刻同格雷斯蒂尔姑姑一起动手，打算把弗洛拉的裙衣擦干；弗洛拉在她俩之间被推得打转，她俩推的方向有时正相反。与此同时，她二人齐齐对米尼凯洛派发紧急号令：格雷斯蒂尔姑姑一口磕磕巴巴的意大利语，语气却十分坚定；博妮法齐娅则飞快地讲着威尼托地区的方言。她们的号令就如同她们推着弗洛拉打转，很有可能是彼此矛盾的——因为米尼凯洛什么也没办，只是一脸不怀好意地看着她们俩。

弗洛拉的目光越过面前两个女人低下去的头，直望到街面上。又是一道闪电。她身子僵住了，仿佛被闪电击中；转眼之间，她扭摆挣脱了姑姑和女佣紧紧抓着她的手，跑出了屋。

没人顾得上琢磨她这是去了哪儿。此后的半个钟头，上演了一场轰轰烈烈的家务战：米尼凯洛同风雨搏斗，设法合上窗板；博妮法齐娅同黑暗搏斗，磕磕绊绊地去寻蜡烛；而格雷斯蒂尔姑姑这才发现，自己刚刚一直用来表达“窗板”这个意思的意大利语词指的其实是“羊皮纸”。他们仨挨个儿发了脾气。而就算城里所有的钟齐齐敲响，格雷斯蒂尔姑姑也没觉出情况有多大好转。敲钟是因为人们相信钟（作为神佑之物）可以驱散（那显然是恶魔创造的）暴风和雷电。

最终，房子是安全了——或者说差不多如此了。格雷斯蒂尔姑姑把剩下的活儿交给博妮法齐娅和米尼凯洛，拿了根蜡烛回客厅去找她的侄女——姑姑忘了之前曾见她离开了客厅的。弗洛拉不在那里，不过格雷斯蒂尔姑姑发现那屋的窗板米尼凯洛还是没给关上。

她上楼去弗洛拉的卧室查看：还是没弗洛拉的影儿。小餐厅里没有，姑姑自己的卧室里没有，她们饭后偶尔去的另一间稍微小些的客厅里也没有。接下来又查看了厨房、门厅和园丁的小屋，哪儿都没有弗洛拉。

姑姑当真开始害怕了。有个恶狠狠的小声音悄声在她耳畔低语，说乔纳森·斯特兰奇的太太后来无论遭了什么神秘的噩运，起初也是在相当糟糕的天气里突然间就没了影儿。

“可她那是下雪，不是下雨。”她对自己说。她一边满处找弗洛拉，一边不断地重复：“下雪，不是下雨。下雪，不是下雨。”随后她想起来：“没准儿她一直都在客厅里待着呢。屋里那么暗，她又是那么一声不吭的，我很可能只是没察觉到而已。”

她回了客厅。又一道闪电，屋子的面目变得不再寻常。墙壁成了煞白一片；家具和其他摆设都成了灰色，就好像统统变成了石头。格雷斯蒂尔姑姑发现屋里还真有个人，吓得浑身一激灵——是个女人，却不是弗洛拉——这女人身穿深色的老式裙衣，站在那里，手里的烛台上插着根蜡烛，正看着她——这女人的脸完全藏在暗影里，眉眼五官根本看不见。

格雷斯蒂尔姑姑浑身发冷。

雷声炸响，紧接着就是一片漆黑，只剩烛光两点。可不知为何，那陌生女人手里的蜡烛似乎什么都没照亮。更奇怪的是，这间屋就好像莫名其妙地变宽敞了；那手拿蜡烛的女人离格雷斯蒂尔姑姑出奇地远。

姑姑大叫一声："谁？"

没人答话。

"对了，"她心想，"她是意大利人。我得拿意大利语再问她一遍。没准儿她是被暴风雨搞得晕头转向，误撞进别人家里了。"可无论怎么努力，她这会儿一个意大利语词都想不起来了。

又是电光一闪。那女人还站在刚才的地方，面朝格雷斯蒂尔姑姑。"这是乔纳森·斯特兰奇太太的鬼！"她心想。她往前迈了一步，那陌生女人也如此效仿。突然间，她恍然大悟，如释重负——这两种感觉在她心上比例相当；"是个镜子啊！真傻！真傻！叫自个儿的影子给吓着了！"她是那样开心，简直要笑出声来，可突然又不动了；害怕并不是什么傻事，一点儿都不傻；那个角落里根本没摆过镜子。

后一道闪电让她看清了这面镜子。镜子很丑，摆在这间屋里显得太大；她知道自己从来没见过这东西。

她快步走出屋去。她感觉若躲开不看那充满邪气的镜子，自己的头脑还能再清楚些。她上楼上到一半，听见些响动。声音似乎是从弗洛拉的卧室传来的，于是她打开门往里看去。

弗洛拉就在屋里。她已经把他们备在屋里的蜡烛点起来了，这会儿正从脑袋顶往上脱裙衣，裙衣已经湿透了。她的衬裙和长袜也好不到哪里去。往床边的地板上随便一扔的鞋，已被雨水泡透，毁得没了样子。

弗洛拉看着她姑姑，脸上集合了愧疚、尴尬、叛逆以及另外一些很难定义的神情。"没什么！没什么！"她大声道。

这句大概是用来回答她以为姑姑一定会问她的话的。可姑姑问的无非是："哦，亲爱的，你上哪儿了？这么个天气干吗非得出去？"

"我……我出去买点儿绣线。"

准是因为格雷斯蒂尔姑姑一副目瞪口呆的样子，弗洛拉才又含糊地补了一句："我没想到这场雨会下这么久。"

“好吧，亲爱的，我得说我觉得你这么干实在有点儿傻，不过这回你一定也吓得够呛！你是因为害怕才哭的吗？”

“哭？没有，没有！您看走眼了，姑姑。我没哭。都是雨水，雨水而已。”

“可是你这不……”姑姑没有说下去。她本想说，你这不正哭着嘛，可弗洛拉摇了摇头，背过身去。不知为何，她把她的披肩打成了包袱。姑姑不禁想，若没打成包袱，那披肩还能帮她挡挡雨，她也不至于淋成这样。弗洛拉从包袱里拿出只小药瓶，琥珀色的液体盛了个半满。她打开抽屉，将药瓶放了进去。

“弗洛拉，出了件怪事。我不知怎样跟你说才好，有面镜子在……”

“是的，我知道，”弗洛拉立刻答道，“那是我的镜子。”

“你的镜子！”姑姑更莫名其妙了。二人一时无话。“你在哪儿买的？”姑姑问。她一时只能想到这么多可说的了。

“我记不确切了。肯定是刚刚才送过来的。”

“可有谁会在暴风雨的当口送货呢！就算真有人傻到这个地步，也会先敲门的——而不是这么偷偷摸摸地作怪。”

面对这么有理有据的论证，弗洛拉没有作答。

话题就此撂下，格雷斯蒂尔姑姑并不觉得遗憾。风雨、惊吓、突然冒出来的镜子，已经让她受够了。家里为何多了面镜子这问题既然已经有了答案，至于镜子是怎么跑到那儿去的，她也就暂时先抛下不管。幸好还有些更为舒心的话题可以救急：弗洛拉的裙衣怎么办，鞋子怎么办，弗洛拉会不会着凉，以及弗洛拉必须赶快把身子擦干，换上睡袍，下楼坐到客厅的火炉边上吃点儿热的。

待她二人又回到客厅里，格雷斯蒂尔姑姑说：“瞧，暴风雨都快过去了。看样子又回海边去了。真怪！我记得那是雨来的方向啊。我看你那些绣线也跟别的东西一块儿让雨给糟蹋了吧？”

“什么绣线？”弗洛拉道。说完，她想了起来：“哦！我根本没走到铺子那么远。就像您说的似的，这么干太傻了。”

“好吧，咱们待会儿就可以出去，你需要什么咱都能买回来。市场上做买卖的可怜人，我真替他们难过。摊子上的东西准都已经毁了。博妮法齐娅正给你熬麦片粥哪，亲爱的。我这儿琢磨，有没有告诉她让她用新牛奶呢。”

“我不记得了，姑姑。”

“我还是去一趟，去提个醒。”

“我去吧，姑姑。”弗洛拉要站起来。

可她姑姑哪里肯听。弗洛拉只许在火炉边坐着不动地儿，双脚歇在脚凳上。

天渐渐亮起来了。在去厨房之前，格雷斯蒂尔姑姑检视了一番镜子。那面镜子极大、极华丽；其实就是威尼斯礁湖区的穆拉诺岛上生产的那种镜子。“说实话，我挺奇怪你竟会喜欢这面镜子，弗洛拉。上面这么多涡卷、螺纹、玻璃花——你一向偏爱样式简单的东西啊。”

弗洛拉叹了口气，说自从来了意大利，自己就被调教出一种对华美、复杂玩意儿的嗜好。

“贵不贵？”姑姑问，“看上去得花不少钱呢。”

“不贵。一点儿都不贵。”

“哦，那敢情好，是不是？”

姑姑下楼去厨房了。她心情恢复了不少，自信这似乎持续了一上午的惊吓与恐慌终于到了落幕的时候。她这么想可是大错特错了。

厨房里，跟博妮法齐娅和米尼凯洛站在一起的是两个她从没见过的男人。博妮法齐娅似乎还没开始给弗洛拉熬粥，她连麦片、牛奶都还没从柜橱里拿出来。

博妮法齐娅一见格雷斯蒂尔姑姑，就抓住她的胳膊，泄洪一般迫切地冲她讲起了方言。她是在说暴风雨——这点可以明确——说这场暴风雨作孽；此后再说什么姑姑就听不太懂了。令她着实意外的是，帮她搞懂的人居然是米尼凯洛。他操一口相当过得去的冒牌英语说道："因国的魔法司造了它。因国的魔法司造了tempesta*。"

"你说什么？"

在博妮法齐娅和另外两个男人不停的插嘴帮衬下，米尼凯洛告诉她在暴风雨的过程中，有好几个人抬头发现乌云之间有道裂缝。往裂缝里看去，景象着实令他们惊惧；裂缝露出的并不是他们以为的晴朗碧空，却是漆黑的夜幕和满天的星斗。这暴风雨根本不是自然现象；这暴风雨是为了掩盖斯特兰奇那黑柱靠近而被生生造出来的。

消息迅速传遍了全城，引起市民强烈的不安。黑柱从前只在威尼斯一个地方吓人——至少对于帕多瓦这边的人来说，吓人的东西出现在威尼斯那个地方是自然而然的。现在看来，斯特兰奇待在威尼斯明显是有意为之，而非受巫蛊所困。永恒的黑夜也许突然就会造访意大利的——甚至是全天下的任何一座城市。这已经够糟糕了，而对于格雷斯蒂尔姑姑来说，事情还要糟糕得多；除了对斯特兰奇的畏惧，她现在又多了个不悦的发现：弗洛拉说了谎。她心里斗争着：侄女说谎，是中了魔咒呢，还是因为太喜欢斯特兰奇而放松了原则。她不知道哪种原因更有可能。她不知道哪种原因更可怕。

她给她在威尼斯的哥哥去了封信，求他赶紧过来。在他来之前，她决心什么都不再提。后半天里，她一直仔细观察着弗洛拉。而弗洛拉与平时无异，只是偶尔在面对姑姑的时候脸上似有愧歉之色——愧歉得没甚来由。

---

* 意大利语，意为"暴风雨"。

第二天午后一点钟——离姑姑的信送到格雷斯蒂尔大夫手上还得有几个钟头呢——格雷斯蒂尔大夫带着弗兰克从威尼斯到了帕多瓦。他们告诉姑姑说，在威尼斯，人人都知道斯特兰奇离开了百合圣母堂教区，上了坚土。城里不少地方都有人看到那黑夜之柱在海面上移动。柱子表面扑闪不定，黑暗扭着弯、打着旋地一探一缩，看上去就像是一柱黑色的火焰。斯特兰奇是怎样从水面上过来的——乘船还是纯靠魔法渡海——没人知道。他用来掩盖自己行动的暴风雨是走到斯特拉才变出来的，离帕多瓦还有八里地。

“我告诉你，鲁伊莎，”格雷斯蒂尔大夫道，“现在说破大天去，我都不肯跟他的处境对调。他一靠近，是个人就跑。从梅斯特雷走到斯特拉，他肯定一个活人也没见着——只剩下死寂的街道、弃耕的田野。从今往后，这个世界对他来说就是无人之境了。”

几分钟前，格雷斯蒂尔姑姑想起斯特兰奇来还没什么特别的同情，可她哥哥描绘出的情景是那样骇人，她眼里一下子涌起了泪水。“那他现在在哪儿呢？”她口气柔和下来。

“他已经回自己百合圣母堂那边的住处去了，”格雷斯蒂尔大夫道，“一切都还跟从前一样。我们一听说他来过帕多瓦，就猜到他是为了干吗了。于是我们也尽快赶来。弗洛拉怎么样？”

弗洛拉在客厅里。她在那儿等着她爸爸呢——终于要谈谈了，她看上去甚至有点儿如释重负的样子。格雷斯蒂尔大夫头一个问题还没问出口，她突然道出了一腔忏悔。这是一颗郁积过重的心在释放。她泪流成河，坦白自己见了斯特兰奇。她见他站在楼下那条街上，知道是在等她，于是她跑出家门去见他。

“我将来什么都告诉你们，我保证，”她说，“可现在还不行。我没有做坏事。我的意思是说……”她脸红了，“……除了没对姑姑说实话——为此我难过极了。可有些秘密不是我的，我不能往外说。”

“可干吗非得保密呢，弗洛拉？”她爸爸问她，“一保密，不就等于告诉你这里面有事儿吗？意图正当的人没有秘密。他们干什么都是开诚布公的。”

“是的，我想……哦，可魔法师们另当别论！斯特兰奇先生是有敌人的——不止伦敦那可怕的老头子一个！您一定不能训我做了错事。我为做好事费尽心血，而且我相信我也已经做成了！您知道吗，他之前用的一种魔法等于是在毁他自己——昨天我说服了他，他已经弃之不用了！他向我许诺他绝对不会再用了。”

“可是，弗洛拉，”格雷斯蒂尔大夫忧伤地说，“你这么说才更让我着急。你让他对你许诺——你把自己当成谁了，能有这个权利？这你得解释解释。你不会连这都不明白吧？亲爱的，你跟他私定终身了吗？”

“不是的，爸爸！”又一阵眼泪夺眶而出。她姑姑又抚又抱哄了好一会儿，她才算勉强镇定下来。待又能正常说话了，她说：“我们没有私定终身。我确曾喜欢过他，可那都是过去的事了。您一定不能在这方面怀疑我！我让他对我许诺，是因为朋友一场。也是为了他的爱人。他觉得他所做的一切都是为了她，可那魔法对他健康与理智的破坏性那么大，我知道她不会愿意的——无论为了什么，无论情况有多危急！她现在再也无法为他指引方向了——于是要靠我替她把话说到。”

格雷斯蒂尔大夫不出声了。“弗洛拉，”他过了一两分钟才说，“你忘了，亲爱的，我在威尼斯的时候经常见到他。他目前的状态根本守不住诺言。到时候他连自己许过什么诺都忘了。”

“哦，他不会忘的！我想了个法子让他忘不了！”

又一阵眼泪淌下，可见她并不真像自己宣称的那样已经不再爱他了。可听她说了这些，她爸爸和姑姑的心里总算踏实点儿了。他们相信，她对乔纳森·斯特兰奇的感情早晚会寿终正寝的。就像格雷斯蒂尔姑姑当晚说的那样，弗洛拉可不是那种对无望的爱情空幻想好多年的女孩子；她这人太理智了。

一家子既然又团聚了，格雷斯蒂尔大夫和姑姑急于继续旅行观光。姑姑想去罗马看古建筑和手工艺品——听说是令人叹为观止的。可弗洛拉对艺术品的遗迹再也没有兴趣了。她说她还是哪儿都不去最高兴。她大部分时间连大门都不出，除非真是迫不得已。他们提议外出散个步或是去一座留有文艺复兴时期祭坛壁画的教堂里去看看，她都拒不作陪。她会嫌外边下雨、路面太湿——话倒是没错；那年冬天帕多瓦雨水特别多，可以前她从没把下雨当回事过。

她姑姑和爸爸都是有耐心的，只是格雷斯蒂尔大夫自己觉得有点儿勉为其难。他来一趟意大利不是为了在一间还没自己威尔特郡的舒服宅子一半大的公寓里干坐着的。私底下，他直发牢骚，说看书、绣花（目前弗洛拉最喜爱的两样娱乐）在威尔特郡不一样可以干，还便宜不少呢。姑姑训了他几句，让他闭嘴。假如弗洛拉打算用这种方式悼念乔纳森·斯特兰奇，那他们必须由着她。

弗洛拉还真提过一次要出去玩，可那番经历极为奇异。格雷斯蒂尔大夫在帕多瓦待了大约一个礼拜的时候，她说她特别想到海面上去。

她这意思是要出海旅行吗，他们问。一家人坐船去罗马或者那不勒斯也没什么不可以呀。

可她不是要出海旅行。她不想离开帕多瓦。不，她是打算乘坐小艇或别的什么船，只在海上待一两个钟头，也许更短。但她希望立刻动身。于是第二天，他们就跑到一个小渔村去了。

无论当前发展还是未来潜力，无论建筑特色还是历史渊源，这村子都乏善可陈——事实上，除了离帕多瓦比较近以外，这地方再没有什么值得参观的理由。格雷斯蒂尔大夫先到小酒铺打听，后又上当地神父家咨询，直到他听说有两个比较可靠的小伙子愿意带他们到水面上去。格雷斯蒂尔大夫要给钱，他们没意见，不过他们觉得有必要先说明白——那边可没什么好看的；天气好的时候，都没什么好看的。而这会儿天气并不好，下着雨——雨的大小足以令他们在水面上受罪，却不足以驱散四周灰色的浓雾。

“亲爱的，你肯定这就是你想要的？”姑姑问她，“这地方阴森森的，船上鱼腥味儿特别大。”

“我非常肯定，姑姑。”弗洛拉说着，爬上船，在一端坐定。她姑姑和她爸爸也跟着上来了。迷惑不解的渔夫扬帆出海，直到往哪个方向看都只有泱泱灰水荡漾，蒙蒙灰雾像堵墙似的围拢着水面。两个渔夫满怀期待地看着格雷斯蒂尔大夫，格雷斯蒂尔大夫只好一脸疑问地看着弗洛拉。

弗洛拉谁也没理睬。她坐在那里，身子靠在船边上，一副沉思的模样。她的右胳膊伸到了船外边的水面上。

“又来了！”格雷斯蒂尔大夫大叫一声。

“什么又来了？”姑姑烦气地问了他一句。

“猫和那种霉味儿！闻着像个老太太住的屋——咱们去卡纳雷吉欧看望的那个老太太。这船上有猫吗？”

这问题问得怪。无论坐在个位置上，都能将渔船每一个角落尽收眼底；船上没有猫。

“有什么事儿吗，亲爱的？”姑姑问，弗洛拉的姿势说不上哪里让她觉着有点儿别扭，“你不舒服吗？”

“没有，姑姑，”弗洛拉直起身子坐好，整了整手里的雨伞，“我很好。您二位不反对的话，咱们现在就可以回去了。”

一瞬间，姑姑看见有个小瓶子漂在浪尖上，瓶口没有塞子。转眼瓶子就沉入了水底，再也看不见了。

这次奇异的旅行之后接连几个礼拜，弗洛拉都没再表示过出门的意愿。她姑姑有时会试着劝她到窗边的椅子上坐一会儿，好能看看大街上的情景。意大利人的街道总有喜剧上演。可弗洛拉偏偏特别喜欢昏暗角落里的一把椅子，顶上就是那面诡异的镜子；她还养成一种奇怪的习惯，总要把镜中屋子的映像跟实际情况做对比。比方说，她会突然对铺在椅子上的一条披肩产生兴趣，再参考一下镜子里的倒影，说："这披肩在镜子里看着不一样了呢。"

"是吗？"她姑姑会问，一脸茫然。

"是的。披肩在镜子里看上去是棕色的，可它实际上是蓝色的。您难道不这么觉得？"

"好啦，亲爱的，我肯定你说得没错。不过我是看不出什么区别的。"

"不，"弗洛拉会叹口气，"您是对的。"

第六十一章

树对石语；石对水言

一八一七年一至二月

诺瑞尔先生把斯特兰奇写的书毁掉以后，英格兰大众对他评价很低，而对斯特兰奇却是一力抬举。无论是公开讲还是私下聊，这两位魔法师总要被拿来比较。斯特兰奇英勇、磊落、干劲十足，而诺瑞尔先生这个人从头到尾就只会藏着掖着。大家都还没忘，当斯特兰奇远赴半岛为国尽忠之时，诺瑞尔是如何买光了罗克斯伯勒公爵藏书室里的魔法书——就为了不让别人读到。可到了一月中旬，报纸上处处是关于斯特兰奇疯病的报导、关于黑塔的描述，以及对究竟是何种魔法将他扣押在当地的推测。斯特兰奇离开威尼斯去往帕多瓦的当天，一位姓李斯特的英国人正好就在意大利的滨海城区梅斯特雷。李斯特先生目睹了那黑暗之柱是如何过的海，他写了篇记叙文章寄回英格兰；三个礼拜后，这篇文章同时出现在好几家伦敦报纸上，文章里描述了黑柱是如何在海面上静悄悄地滑行的。短短几个月内，斯特兰奇在他同胞眼中成了恐怖的代表：一个被诅咒了的生灵——已经算不得人了。

斯特兰奇突然跌下神坛，对诺瑞尔先生却也没什么好处。政府不再发来委派他的任务，更糟糕的是，其他地方的委任也都撤销了。一月初的时候，圣保罗大教堂的教长问诺瑞尔先生能不能帮着找找一位已故的少妇葬在了哪里。少妇的哥哥打算给他们家里所有人立块新碑，于是他妹妹的棺材就必须挪地儿。而教长及教士会所有成员尴尬地发现，这女人下葬的地方记录的时候写错了，他们现在根本不知道她葬在哪里了。诺瑞尔先生拍胸脯说这事儿再容易不过了。只要教长把那位少妇的名姓及一两处细节告诉他，他就可以施法找她。可是，教长那边一直没把信息提供给他，反而寄来一封措辞拗口的信。教长在信上婉转复杂地道了无数个歉，说他近来才意识到神职人员委托魔法师做事有多么不妥。

拉塞尔斯和诺瑞尔一致认为当前形势不容乐观。

“不搞些新法术出来的话，英格兰魔法的复兴可就难以持续发展了，”拉塞尔斯说，“危机当前，咱们第一要务就是将您的字号与成就频繁地在公众面前宣传。”

拉塞尔斯给报纸撰稿，在一切魔法刊物上谴责斯特兰奇。他还借机对诺瑞尔先生在过去十年里施过的法术加以综述，并提出改进的建议。他让诺瑞尔先生跟他一起南下布莱顿，去查看一下诺瑞尔先生当年和乔纳森·斯特兰奇一起用魔法在不列颠沿海地区建造的围墙。在过去两年里，这份差事占用了诺瑞尔先生大部分时间，也花掉了政府一大笔钱。

于是，二月里的一天——天格外冷，风格外大——在布莱顿，他二人一起站着，端详面前大片毫无特征的灰水洋。

“这玩意儿是看不见的。”拉塞尔斯道。

“看不见，是的！”诺瑞尔先生积极地应和道，“不过看不见并不代表作用小！这玩意儿能保护峭壁不遭侵蚀、民居不遭暴雨、牲畜不被风吹跑，要是有敌军企图登陆，还能把他们的船都掀翻。”

“可您就不能隔一段距离安置个烽火台什么的让人知道这里有堵魔法墙吗？比如神秘莫测地悬浮于水面之上的熊熊火焰、海水汇积而成的擎天巨柱之类的东西？”

“哦，”诺瑞尔先生道，“当然能！你说的那些魔法幻影我都能变出来。并不是什么难事。不过你要知道，那些东西纯属装饰。靠它们，魔法效力无论如何也不会多一分一毫。它们是没有任何实际功能的。”

“它们的功能，”拉塞尔斯厉色道，“在于无时无刻不在提醒着围观群众：这些都是伟大的诺瑞尔先生的所作所为。它们能让全英国人都知道：您才是国家的保卫者，您随时保持警惕，照看他们每日营生。这比在期刊上发十篇、二十篇文章都管用。”

“真的吗？”诺瑞尔先生道。他保证将来一定记在心上：施法的时候激发大众浮想联翩也是必要的。

二人当晚在古船客栈下榻，第二天上午便返回了伦敦。诺瑞尔先生历来厌恶远行。就算他的马车展现了工匠们最精湛的技艺——铁弹簧、厚垫椅一应俱全，他还是能体察到路上每一处坑洼。差不多半小时一过，他就开始头疼、背疼、胃里泛恶心。可是这天上午，他全没心思照顾自己的后背和肠胃。从古船客栈出发的那一刻起，他就一直处于一种莫名其妙的慌乱之中，脑海里攻进突如其来的想法和半明半昧的恐惧。

透过马车的玻璃窗，他看到成群的大黑鸟——究竟是渡鸦还是乌鸦他也看不出；身为魔法师，他心里清楚，这些鸟一定代表了什么。在冬日淡白的天际，它们飞旋、滑翔，张开双翅如同只只黑色的手掌；它们这样飞着，每只都成了约翰·乌斯克格拉斯旗帜的活化身——每只都是“正在飞翔的渡鸦”。诺瑞尔先生问拉塞尔斯觉不觉得这里的鸟比平时多一些。拉塞尔斯说他不知道。鸟儿之后再上心头的，是一畦畦冰冷的大水洼——密密麻麻地泼洒在每一片田野上。马车沿路前行，水洼在冬日空茫的天幕下化作一面面银镜。英格兰大地眼看就要磨穿了。他觉得自己只要穿过这些镜子做的门，就能走到曾与英格兰接壤的座座异邦。更危险的是，他想到别人也能这么干。他不安地发现，眼前萨塞克斯的风光就好像那首古老的叙事诗里描绘的英格兰一样：

山河至浅薄，
宛如天上水墨迹；

吾王行迹至，

山河撼若风吹雨。[1]

诺瑞尔先生这辈子头一回意识到，英格兰国土上的魔法也许太多了一点。

一回到汉诺威广场宅内，诺瑞尔先生和拉塞尔斯立马进了书房。屋里，齐尔德迈斯坐在桌边，面前堆着摞信件，他正在读其中一封。抬头见诺瑞尔先生进了屋，他说："太好了！您回来了！快看看这个。"

"怎么了？说了什么？"

"信是一个姓特拉奎尔的人写来的。诺丁汉郡有个小伙子用魔法救了一个孩子的命，这个特拉奎尔是目击者。"

"说真的，齐尔德迈斯先生！"拉塞尔斯叹了口气道，"我还当你懂道理，不会拿这种胡说八道去烦你家主人呢。"他目光扫过那一摞启开了的信件；其中有一封扣了块巨大的蜡印，能看出是什么人家的纹章。他盯了它好一会儿，才想到这纹章是相当熟悉的，于是将那封信一把抓了起来。"诺瑞尔先生，"他叫起来，"利物浦伯爵召见！"

"总算来信儿了！"诺瑞尔先生叹道，"信上怎么说？"

拉塞尔斯先读了会儿信。"只说请咱们去法夫府一趟，有要事相商，刻不容缓！"他脑子飞快地转了起来，"很可能是关于约翰分子的事。他终于觉悟了，我很欣慰。至于你嘛，"他说着说着就说到齐尔德迈斯身上，"你是不是疯得可以？还是你自己想要什么花招？闲扯些假招子，把当朝首相来的信扔在桌子上不管！"

"利物浦伯爵的事情可以等，"齐尔德迈斯对诺瑞尔先生道，"相信我，我说的那封信的内容您一定要过目！"

1　见第三章注释 1。

拉塞尔斯极不耐烦地哼了一声。

诺瑞尔先生看看这位，看看那位，完全蒙了。多少年来，他对这两位已是习惯性地依赖，他俩一吵架（近来愈加频繁），他就彻底慌神。若不是齐尔德迈斯当机立断，一把抓住他的胳膊，将他整个人拖进了书房外间一个打着木墙围的小厅，他兴许一站就是半天，做不出决断来了。齐尔德迈斯砰的一声把门撞上，后背靠在门上。

“听我说。那法术是在诺丁汉郡一户大宅内发生的。家中大人都在客厅里聊天，用人们也都正忙着，有个小姑娘就跑到了花园里。她爬上一座高墙，墙后就是厨房菜园。她沿着墙顶子走，可顶子上都是冰，她一跟头滑落，砸穿一座温室的顶棚掉了进去。碎玻璃扎穿了她身上好几处皮肉。孩子的尖声哭叫被用人听见了。可住得最近的大夫也在十里地以外。来人里面有个名唤约瑟夫·亚伯尼的小伙子最后用魔法救了孩子的命。他用马丁·佩尔的‘修复与修正’[2]把她身上的碎玻璃都抽了出来，把断了的骨头也都接上了。他还用一种法术止住了血，据他讲用的是‘德禄之掌’[3]。”

“荒唐！”诺瑞尔先生控诉道，“‘德禄之掌’已经失传几百年了，佩尔的‘修复与修正’手法极其复杂。那年轻人得花多少年修习才能……”

“是的，我知道——结果他说他根本没学过。他连法术叫什么都不知道，更谈不上操作手法了。可据特拉奎尔说，这小伙子法术施展得自然流畅，不带任何犹豫。特拉奎尔和在场所有人都冲他说话，问他到底在干什么——见亚伯尼在自己女儿身上动法术，小姑娘的父亲特别紧张——可是，他们觉得亚伯尼根本没听见他们在说什么。事后，这小伙

2 “修复与修正”这道咒语可以将近期灾祸带来的后果反转。

3 “德禄之掌”是一种古老的仙术，能让各类事物骤停，如雨、火、风、流水或者血液。该咒语想必是得名于最初将其教给一位英格兰魔法师的仙子。

子如梦初醒一般，嘴上只会说：‘树对石语；石对水言。’他似乎以为自己做了些什么都是树木和天空教的。”

“故弄玄虚的胡说八道！”

“也许吧。不过我不这么看。从初来伦敦到现在，总有人误以为自己会施法术，于是写来信件，我读了也有上百封了。这封信不一样。这封信说的是实情。我敢押赌注。除此以外，还有一些人来信称自己使用了法术——法术还都起效了。可我没明白的是……”

话没说完，齐尔德迈斯背靠的那扇门猛烈地摇晃起来，哐啷哐啷作响。有人一拳砸上门来，推得齐尔德迈斯双脚离地，扑向了诺瑞尔先生。门开了，门外是卢卡斯，背后还跟着车夫戴维。

“哦！”卢卡斯有点儿惊讶，“您多包涵，先生。我不知道您也在这儿。拉塞尔斯先生说这门被卡死了，我跟戴维来看看能不能给打开。您的车备好了，先生，带您去利物浦伯爵那里。”

“来呀，诺瑞尔先生！”拉塞尔斯从书房里面喊，“利物浦伯爵等着哪！”

诺瑞尔先生忧心忡忡地看了一眼齐尔德迈斯，走出门去。

去往法夫府的路上，诺瑞尔先生并不舒服：拉塞尔斯对齐尔德迈斯有一肚子的怨言，一股脑儿都给发泄了出来。

“诺瑞尔先生，恕我直言，”他说道，“这您怨不得别人。脑子好使的仆人，咱们容他一定自由，看似是明智之举——可到头来总会后悔。那混账一向轻慢惯了，现在都不把顶撞您、侮辱您朋友当回事儿了。家父拿鞭子抽过的用人罪过都比他小——小得多，我不骗您。我真想，哦，我真想……”拉塞尔斯身子抽搐着，不知该怎么坐着才好，最后猛地往垫子上一靠。过了会儿，他听上去才镇静了些。“我建议您考虑考虑，先生，他对您来说是不是真有您想象的那么必要。我想知道，他赞同斯特兰奇的想法有多少。是啊，这才是关键问题，对不对？”他透过车玻璃，往外边一片黯淡的灰房子看去，“咱们到了。诺瑞尔先生，我求您记住我的话。不管伯爵那边需要的法术实践起来有多难，别在这上面浪费时间。长篇大论地解释一通，也没法儿让法术变简单。”

诺瑞尔先生和拉塞尔斯在利物浦伯爵的书房里见着了他。伯爵正在写字桌边站着，他每日都要在这张桌边处理大量公务。内政大臣锡德茅斯子爵也在场。他二人一脸凝重，定定地望着诺瑞尔先生。

利物浦伯爵说：“我收到了各郡治安长官的来信——林肯、约克、萨莫塞特、康沃尔、沃里克还有坎布里亚……”（一想到魔法的需求量和潜在收入，拉塞尔斯实在控制不住，心满意足地叹了口气。）“……都在抱怨近来各自郡内所发生的魔法现象。”

诺瑞尔先生飞快地眨了眨他那一双小眼睛。“麻烦您再说一遍。”

拉塞尔斯赶紧说：“那些地方有什么魔法，诺瑞尔先生根本不知道。”

利物浦伯爵冷冷地看了他一眼，好像在说自己根本不信。桌上有一摞报纸，伯爵随便捡了一份出来。“四天前，在斯坦福德镇，”他讲道，“一位教友会的姑娘正跟自己的同伴说着悄悄话。她们忽听见一阵响动，发现各自的弟弟正躲在门后偷听。她们气急了，把男孩子一路追到了花园里。她俩手拉手，唱出一段魔咒。男孩子的耳朵就都从脑袋上弹开飞走了。直到他们郑重宣誓不再这么干了，他们的耳朵才被从一片光秃秃的玫瑰丛里哄了出来——之前耳朵都在那里栖息着呢——最后终于肯回到他们的脑袋上去了。”

诺瑞尔先生从未有过这般困惑。“得知这些不懂规矩的女孩子一直在研修魔法，我自然很不高兴。女性群体居然染指魔法，这本身可以说就是我极力反对的。但我不太明白的是……”

“诺瑞尔先生，”利物浦伯爵道，“这些女孩子才十三岁。她们的父母坚称跟魔法有关的东西她们一个字儿都没见过。斯坦福德镇没有魔法师，也没有任何形式的魔法读物。”

诺瑞尔先生张口欲言，却不知该说些什么才好，于是住了口。

拉塞尔斯道：“这事儿怪得很。那些女孩子怎么说？”

“女孩子告诉她们父母说，她们一低头，发现小径上的灰卵石拼出了一条咒语。她们说那些石头告诉她们该怎么办了。后来有人去查看过那条小径，路面确实有些灰色的卵石，可那些卵石并没组成什么符号，也没拼出任何神秘的文字。只是一些普普通通的灰卵石而已。”

“您说除了斯坦福德以外，别的地方也有魔法现象发生？”诺瑞尔先生问。

“地方有很多，现象也不少——其中大部分都发生在北方，但绝不仅限于北方；而且基本都发生在过去的两个礼拜里。约克郡有十七条仙人路都开通了。当然，那些仙人路自乌衣王时代就有了。可其后几百年来，它们已经哪儿都走不到了，于是当地居民就任野草封了路。如今，它们突然又都清通了。野草都不见了，当地居民说他们能看见道路尽头一些奇异的所在——谁都没见过那样的地方。”

“有没有人……”诺瑞尔先生顿了顿，舔了舔嘴唇，“有没有人沿路往下走？”

“目前还没有，”利物浦伯爵说，“不过估计也是早晚的事。”

锡德茅斯子爵半天没插上话，已经忍不住了。“这才是最糟糕的！”他激动地说，“魔法把西班牙改了模样就算了，可是，诺瑞尔先生，这儿是英格兰！突然间跟一堆咱们完全不了解的地方接壤——谁都没听说过那些地方！事情发展到这一步，我实在无法表达此时的心情。这算不得叛国——你的所作所为，我连该用什么词儿定义都不知道！”

“可那不是我干的！”诺瑞尔先生已经急了眼，“我为什么要那么干呢？我恨仙人路！这话我都说过好几回了。”他转身对利物浦伯爵道：“我求大人您仔细回忆回忆。我做过任何事情让您觉得我承认仙灵仙术了吗？我难道不是一有机会就公开谴责和抵制它们吗？”

听诺瑞尔先生这么一说，首相的态度才终于有了点儿缓和的意思。他略一颔首，问道：“可如果不是你干的，还会是谁呢？”

这问题一出来，诺瑞尔先生灵魂深处格外脆弱的一块地方似乎受到了打击。他站在那儿愣着，嘴巴张开又合上了，完全不知如何作答。

拉塞尔斯倒是相当把持得住。魔法究竟是谁的，他不知道也不在乎。可什么样的答案对他和诺瑞尔先生最有利，他却是一清二楚。“坦率地讲，我奇怪大人您居然还问，”他冷静地答，“既然魔法性质那样恶劣，不就等于把施法的人供出来了嘛——是斯特兰奇干的。”

“斯特兰奇！”利物浦伯爵连眨好几下眼睛，“可斯特兰奇身在威尼斯啊！”

“诺瑞尔先生认为斯特兰奇目前已经无法控制自己的欲念。”拉塞尔斯道，“他使用过各种各样的邪术；他结交的生灵是大不列颠的敌人、基督教的敌人，乃至全人类的敌人！他闯下大祸，或许是因为他试身手试出了错，或许就是他有意而为之。我觉得我理当提醒大人您，诺瑞尔先生曾多次奉劝政府当心斯特兰奇目前的研究会对国家造成极大的危害。我们给您发过多封急件，却一直未收到回音。多亏我们诺瑞尔先生保持本色，始终如一：坚定、坚决，随时保持警惕。”拉塞尔斯说着，目光落在诺瑞尔先生身上。诺瑞尔先生这会儿的状态，正好把什么叫惊慌、什么叫破灭、什么叫无能为力体现了个淋漓尽致。

利物浦伯爵转身问诺瑞尔先生：“先生，您也这么以为吗？”

诺瑞尔先生仍在沉思，嘴上来回念叨：“都是我。都是我。”他虽在喃喃自语，音量却足以令屋里所有的人都听到。

拉塞尔斯睁大了双眼，不过他瞬间就把持住了自己。“您现在有这种感觉是自然而然的，先生，”他赶忙说，“待过些日子您就发现绝不是这么回事。您将魔法传授给斯特兰奇先生的时候，也不可能想到会有

齐尔德迈斯耸了耸肩膀。

“斯特兰奇现在能干出什么来，我不知道。”诺瑞尔先生说，“不过我想到的不是飞。我想的是王道。”

“我以为王道是通往仙境的。”拉塞尔斯说。

“是的，能到仙境。不过不止仙境。走王道的话，哪里都能去。上天堂，下地狱，还能通往上下议院……路是魔法修建的。英格兰的每一面镜子、每一畦水洼、每一片阴影都是王道的入口。我不可能给每个入口上锁。没人做得到。那工作量可太大了！斯特兰奇若是走王道回来，我不知道该怎样阻挡他。”

“可是……”拉塞尔斯要发话。

“我挡不住他！”诺瑞尔先生大叫起来，双手攥在一起又拧又绞。“别找我！不过……”他下死劲儿让自己镇定住，“……我是可以做好准备去见他的。当代最伟大的魔法师。好啊，不久咱们就看出来了，不是吗？”

“他回来的话，”拉塞尔斯问，“首先会去哪儿呢？”

“何妨寺。”齐尔德迈斯道，“还能去哪儿？”

诺瑞尔先生跟拉塞尔斯都想答话，可就在这时，卢卡斯端着银托盘进了屋，盘里盛着一封信。他将信交给了拉塞尔斯。拉塞尔斯扯开封蜡，速速读了起来。

“德罗莱特回来了。”他说，“你们在这儿等我。我要不了一天就能回来。”

第六十二章

忽闻咆哮声，我破林中静

一八一七年二月初

二月初的一个黎明：林间一处交叉路口上。树木之间的空隙雾蒙蒙的看不分明；树的黑影好像已经渗到空隙里面去了。两条路没一条有大用，皆是凹凸不平、年久失修；其中一条比乡间小道强不到哪儿去。此地偏远，地图上都不标的。这地方连名字都没有。

德罗莱特等在路口边。他身旁既没站着马匹，也不见拉着车的马夫，无法解释他是怎么来到这里的。可他显然已经站了些时候了；他外套的袖子上白白的全是霜。身后一声微弱的啪嗒令他猛地转过身去。可那边什么都没有：还是那连绵不断的谧林。

“不，不，”他喃喃自语，“什么都不是。掉了片枯叶子——仅此而已。”又是喀嚓一声脆响，像是冰冻裂了木头或石头。恐惧蒙上了他的双眼，他只好定睛再看。“只是一片枯叶而已。”他喃喃道。

一种新的声音传来了。一时间他完全慌了，判断不出声音是从哪儿来的；后来他才听出个所以然：马蹄声。他沿路往前细看。雾气里模模糊糊有个污渍似的灰点子，是一个人骑着马向他逼近。

“他终于来了。他来了。”德罗莱特喃喃自语，快步迎上去。“你上哪儿去啦？”他嚷道，“我已经等了好几个钟头了。”

“那又怎样？”这是拉塞尔斯的声音，“你也没别的事可做。”

“哦，你错了！你大错特错。你必须尽快带我去伦敦！”

“到时候再说。”拉塞尔斯自雾气里现了身，收缰绳勒住马。他高档的衣帽上缀了滴滴露珠，如同扑了一层银粉。

德罗莱特打量他片刻，才阴沉着脸发了话，暴露出曾经的一些性格：“你穿得多讲究啊！可说实话，你要知道，你这么炫富可不太明智。你就不怕劫道的吗？这是片穷山恶水，我猜附近就有各种亡命刁民。”

“也许你是对的。不过你瞧，我带着手枪呢；他们能有多亡命，我不比他们差。”

德罗莱特突然想到点儿什么。“另一匹马呢？”他问。

“你说什么？”

“另一匹马呀！我好骑着回伦敦的马呀！哦，拉塞尔斯，你个榆木脑瓜！没有马我怎么回伦敦啊？”

拉塞尔斯笑了。“我还以为你情愿不回伦敦呢。你欠的债能还清——我还清的——可在伦敦，恨你的人、得机会就要害你的人仍然到处都是。”

德罗莱特愣愣地瞪着他，就好像一个字儿都没懂。他大叫起来，声音尖利而激动：“可我手上有那魔法师的指示！他让我给各种各样的人带口信！我必须这就开始，一个小时都不能耽误！”

拉塞尔斯皱起了眉头。“你喝多了吗，还是在做梦？诺瑞尔没派你干过任何事情。假如他有用得着你的地方，他会通过我，让我找你的，何况……”

“不是诺瑞尔。是斯特兰奇！”

拉塞尔斯在马上极镇定地坐着。马儿不安地来回踱步，可拉塞尔斯自是岿然不动。接着，他换上一种温和些，却也更为险恶些的声音说道：“你究竟在说什么啊，斯特兰奇？你竟敢在我面前提斯特兰奇？我建议你以后张嘴之前先好好想想。我已经相当不满意了。当时给你交代得够明白了，我觉得。要你在斯特兰奇离开威尼斯之前一直待在那里。可现在你回来了，而他还在那边。”

“我也没办法呀！我那会儿必须得回来！你不明白。我见到他，他告诉我……”

拉塞尔斯把手一抬。“我不想在这么敞亮的地方谈这些。咱们再往树林子里面走走。”

“树林子里面！”德罗莱特脸上仅存的一丝血色都褪掉了，“哦，不！绝不！我不去！别逼我！”

“你这是什么意思？”拉塞尔斯环顾四周，有点儿不那么泰然自若了，“斯特兰奇派了这些树监视咱们吗？”

“不，不。不是这么回事。我不知如何解释。它们都等着我呢。它们都认得我。我不往那边去！”德罗莱特想不出用什么词来形容他所经历的一切。他伸着胳膊举了一会儿，像是以为自己能让拉塞尔斯看到那蜿蜒在自己脚边的河流、那刺穿自己身体的树木，还有那曾经化作自己五脏六腑的石头。

拉塞尔斯举起手里的马鞭。“真不知你在说些什么。”他把马往德罗莱特那边赶，甩开了鞭子。可怜德罗莱特生来不具备跟人动手的勇气，他就这样被轰着赶着，哼哼唧唧地进了树林。一根石楠枝挂住了他的袖口，他惊声尖叫起来。

“喂，你小点儿声，”拉塞尔斯道，“让人家听见还以为正杀人呢。”

他们直走到一片林间空地上。拉塞尔斯翻身下马，将马儿拴到一棵树上。他从马鞍上的枪套里取出两把手枪，往左右大衣兜里一揣。随后他转身冲德罗莱特发了话：“也就是说，你当真见着斯特兰奇了？好。再好不过了。我以为你肯定没那个胆量面对他呢。”

“我以为他会把我变成什么可怕的东西。”

拉塞尔斯带着些许厌恶打量着德罗莱特，把他一脸的愁容和一身污渍斑斑的衣服尽收眼底。“你确定他真没这么干？”

“你说什么？”德罗莱特道。

“你怎么不直接把他杀了呢？当场，就在那片黑暗里动手？当时就你一个人吧，我估计？没人会发现的。”

“哦，是啊。真容易啊，不是吗？他个头高、脑子灵、动作快、心肠狠。我哪样儿都不具备。”

“要是我的话就动手了。”拉塞尔斯道。

“你会吗？好吧，那欢迎你自己去威尼斯试试。”

“他现在在什么地方？”

“在那片黑暗里——在威尼斯——不过他这就回英格兰。”

“他这么说的？”

“是的。我告诉过你的——我有他托我转达的口信：一条给齐尔德迈斯，一条给诺瑞尔，还有一条给英格兰所有的魔法师。”

“都要转达什么？”

“我要告诉齐尔德迈斯：坡夫人的起死回生不是像诺瑞尔所说的那样完成的——他有个仙子帮忙，那仙子后来干了些什么事——不好的事——然后我得把一只小匣子交给齐尔德迈斯。这是第一条口信。接下来我要去告诉诺瑞尔：斯特兰奇回来了。这是第三条口信。”

拉塞尔斯想了想。“那只小匣子里面装的是什么？”

“我不知道。”

“怎么会不知道？难道有什么东西把它封死了吗？魔法？”

德罗莱特紧闭双眼，拼命摇头。“这我也不知道。”

拉塞尔斯大笑出声。“你不会是打算告诉我，匣子在你手里捏了好几个礼拜，你还没打开看过吧？就凭你？别逗了，过去你来我家的时候，我一分钟都不敢让你单独待着，否则我的信就都被人看了；我的个人私事第二天一早也就众所周知了。”

德罗莱特的目光低垂下去，扫着地面。他的身子似乎在衣服里越缩越小。他的痛苦往无可再添里又添了几分。你会以为他这是因旧罪重提而感到羞耻，实际上并不是这样。“我害怕。”他悄声吐露道。

拉塞尔斯气得嘤然作声。“匣子在哪儿？”他大声问，“给我！”

德罗莱特伸手从大衣兜里掏出个脏手绢子包着的东西。手绢子费尽机巧地打了多少个复杂的结，只为防止匣子自动打开。德罗莱特把这东西交给了拉塞尔斯。

拉塞尔斯只好动手去解那些结，皱眉撇嘴，苦相连连，表现出深深的嫌恶。解开手绢子，他便把匣子打开了。

片刻的沉默。

“你这个傻瓜！”拉塞尔斯道，啪的一声将匣子扣上，揣进了自己兜里。

“哦，可我还得……”德罗莱特伸手欲夺，自知徒劳。

“你说他交给你三条口信。还差一条呢？”

“我觉得你肯定听不懂的。”

“什么？你都懂了，我反倒不懂？看来你在意大利这段时间变聪明了不少啊。”

“我不是那个意思。”

“那你是什么意思，快说。跟你讲这么半天，我已经开始烦了。”

“斯特兰奇说什么树对石头说话，石头对水说话。他说魔法师能从树林、石阵这类地方习得魔法。他还说约翰·乌斯克格拉斯的旧日同盟至今仍屹立不倒。”

“约翰·乌斯克格拉斯，约翰·乌斯克格拉斯！这名字我真听烦了！可如今他们仍然念叨个不了。就连诺瑞尔也这个毛病。我真想不通；他四百年前不就已经失势了嘛。”

德罗莱特又伸出手来。“把我的匣子还我。我还得……”

“你有什么鬼毛病，你还没明白吗？口信你送不到了——除了给诺瑞尔那条，那条我亲自去送。”

德罗莱特爆发出一阵痛苦的长嚎。“求求你，求求你！别让我失信于他！你不明白的。他会杀了我，甚至更糟！”

拉塞尔斯两手一摊，四下里看了看，就好像要请树林子做证，听听这话有多么可笑。“你真心以为我会容你毁了诺瑞尔？换句话说就等于毁了我？”

“不是我的错！不是我的错！我哪儿敢逆着他！”

“你这虫豸！夹在斯特兰奇和诺瑞尔这样两个人之间，你能怎么办？你就等着被碾死吧。”

德罗莱特嘤然作声，像是吓得哼唧。他盯着拉塞尔斯，眼神古怪而迷乱。他似乎要说点儿什么。随后却一转身，以不可思议的速度往树林里逃去。

拉塞尔斯根本没费力去追。他直接举起枪来，瞄准，开火。

子弹击中了德罗莱特的大腿，瞬间，灰白的树林间绽开一朵红彤彤、湿漉漉的血肉之花。德罗莱特尖叫倒地，摔进一丛石楠里。他拼命想爬出去，可腿已经废了，石楠枝又扯住了他的衣服；他挣脱不了。他回头发现拉塞尔斯追了过来；恐惧与苦痛已令他面目全非。

拉塞尔斯开了第二枪。

德罗莱特左半边脑袋开了花，仿佛磕开个鸡蛋或是掰碎个橙子。他抽搐了几下子就不动了。

虽然周围无人目击，虽然能感到血在自己耳内、胸前、浑身各处奔流撞击，但拉塞尔斯决不允许自己表现出丝毫的不安：他觉得这才是正人君子的品行。

他有个贴身男仆，这人就爱在《新门刑历》和《罪犯纪实》* 上找谋杀案和绞刑的记录来读，乐此不疲。拉塞尔斯偶尔也拿来翻翻解闷。这类纪事文章有个突出特点：凶犯无论在行凶过程中有多果敢，事后很快就会受情感所迫，做出不理智的反常举动，必会因此功亏一篑。拉塞尔斯怀疑这里得有多大水分，不过为了安全起见，他还是自我检视了一番，看看内心可有悔恨或畏惧的迹象。他一样也没找到。实际上，他唯一的想法是这世上又少了一样丑东西。“说真的，”他自言自语道，“要是早个三四年就知道会有今天，他准会求我动手了。”

一阵窸窸窣窣的声音传来。拉塞尔斯惊奇地发现一根小小的幼芽钻出了德罗莱特的右眼（左眼已经被他一枪轰掉了）。常春藤的须蔓盘上了他的脖颈、胸口。冬青新枝刺穿了他的手掌；桦树幼苗钻透了他的脚面；山楂荆条弹起，冲破了他的肚腹。他看上去就好像是被林间树木钉死的。然而，树木并未就此罢休；它们继续生长着。金棕、鲜红的树茎扭作一团，遮了他残缺不全的脸；他四肢与躯干里的能量都被植物和其他生物吸了走，于是渐渐腐朽。没过多长时间，克里斯托弗·德罗莱特就已所剩无几。树木、石头和土地将他收入各自体内，然而就算是以树木、石头和土地的形象再现，这个人曾经的模样还是能辨认出一点点。

“那枝石楠是他的胳膊，我猜，”拉塞尔斯默想着，“那块石头……兴许是他的心脏？真是够小也够硬的。”他笑了起来。“斯特兰奇的法术就是这么荒唐可笑，”他发了话，并没特意对谁说，“早晚反过来把自己害了。”他翻身上马，往主路那个方向骑回去了。

---

* 《新门刑历》原是伦敦新门监狱印发的一部刊登死刑消息的月报。十八世纪中期，月报上刊载的案件被收入合集，作为提高公民道德水平的文献发表，于是案件细节往往是修改过的；一七七四年出版的五卷合订本为标准版本，曾是寻常百姓家中最常见的书籍之一。《罪犯纪实》也是类似的出版物。

第六十三章

前者之心，埋积雪下，
匿密林深处，仍痛如针扎

一八一七年二月中旬

拉塞尔斯离开汉诺威广场二十八个钟头有余，诺瑞尔先生已经急得半疯了。当初他答应等他回来，可现在他担心真到了何妨寺的时候，斯特兰奇早把藏书室据为己有了。

当天夜里，汉诺威广场诺瑞尔宅里任何人不得上床睡觉。第二天一早，每个人都困倦不已、情绪糟糕。

“您何必等他呢？”齐尔德迈斯问，“斯特兰奇真来了，您以为他能顶多大用？”

“我特别依仗拉塞尔斯先生的辅佐。这你是知道的。我现在只剩他一位参谋了。”

“还有我呢。”齐尔德迈斯道。

诺瑞尔先生一双小眼飞快地眨了眨。可你只是个下人——离他二人只有半句之遥。诺瑞尔先生什么都没说。

不说，齐尔德迈斯似乎也明白了。他气得嘤然作声，转身走了。

傍晚六点钟，书房的门被猛地推开，拉塞尔斯走了进来。他这副样子可是前所未见：头发乱七八糟，领巾上落着灰土、染着汗渍，大衣和靴子上溅得都是泥。

“咱们是对的，诺瑞尔先生！”他大声说道，“斯特兰奇回来了！”

“什么时候？”诺瑞尔先生脸刷的一下白了。

“我不知道。他可没那么善解人意，为咱们提供一切具体细节，不过咱们这就得尽快往何妨寺赶！”

“咱们这就可以走。一切都准备好了。这么说你真见着德罗莱特了？他也来了？”诺瑞尔先生歪歪身子，看能否在拉塞尔斯身后发现德罗莱特的身影。

“没有，我没见着他。我等他来着，可他一直没有出现。不过，先生，您别怕！”（诺瑞尔先生这时正要插嘴。）“他寄了封信来。咱们需要的情报都在上面呢。”

“信！我能看看吗？”

“当然能啦！不过路上有的是时间。咱们现在就得走了。您不必为我再多等。我需要的东西很少，即使没有，我也很容易对付。”（这可有点儿出人意料。拉塞尔斯的需求从没少过。他的需求一向又多又复杂。）“得了，得了，诺瑞尔先生。您振作一下。斯特兰奇可要回来了！”说罢他又大步流星地出了屋。诺瑞尔先生后来听卢卡斯说他都没要点儿水洗洗，也没要任何东西喝。他直接上了马车，一屁股坐在角落里候着。

八点钟，他们上路回了约克郡。诺瑞尔先生和拉塞尔斯坐在车里面，卢卡斯和戴维坐在轿厢顶，齐尔德迈斯则骑在马背上。到了伊斯灵顿路关收费站，卢卡斯把钱付给了守门人。空气里闻着像要下雪了。

诺瑞尔先生漫不经心地往一家店铺灯火通明的橱窗里看去。这家店铺挺高档，内部陈设清爽简洁，备有高雅的新式座椅供客人歇脚；事实上，这家铺子格调之高，连卖的是什么都不太容易看出来。有把椅子上随便扔着一堆颜色鲜丽的东西，究竟是披肩、衣料还是些毫不相干的玩意儿，诺瑞尔先生说不好。铺子里有三个女人。一位是顾客——漂亮、时髦，上身穿着一件轻骑兵制服似的短夹克，皮毛滚边、盘花扣一应俱全。她脑袋上扣着一顶罗宋皮毛小帽；她不时地用手摸一摸帽子后面，好像生怕它掉下来似的。店主的打扮则低调、有分寸，只穿了一件样式普通的深色裙衣。除她二人以外，店里还有位小个子的店员，那店员饱含敬意地守在一旁，碰巧有谁看她一眼，她就神色慌张、颠颠儿地给人家微一屈膝。顾客和店主并没在谈生意；她俩有说有笑、有声有色地聊着天。这般情景离诺瑞尔先生平日兴趣所在相去甚远，此刻却直入他的心间，连他自己都不知道怎么回事。他脑海里，斯特兰奇太太和坡夫人的身影一闪而过。随后，什么东西飞到他与这幅欢快的图景之间——像一块固化了的黑暗。他觉得那是一只渡鸦。

路费付清。戴维一抖缰绳，马车往拱门路前进。

下雪了。风卷着雨雪从四面八方猛攻上来，吹得车厢来回地晃；风从每一处缝隙漏洞钻进车里，把人的肩膀、鼻子和脚掌冻得生疼。诺瑞尔先生本来就不舒服，拉塞尔斯却也没提供什么帮助：他此时的情绪十分怪异。他兴奋，甚至可以说是兴高采烈，而诺瑞尔先生猜不出他为什么要这样。外边风声大作，他就大笑，仿佛怀疑那风打算吓唬他，而他要证明自己不怕。

发现诺瑞尔先生在观察自己，他说："我一直在想呢。这算得了什么呢！您与我，先生，咱们很快就能制住斯特兰奇，破了他的招数。那些大臣简直是一帮老娘儿们！让我恶心！为个疯子就吓成那样！想到这儿我就要笑。不用说，利物浦跟锡德茅斯这俩人最最可恶！他们怕波拿巴怕了多少年，连头都不敢往大门外探；现在斯特兰奇只是变疯了，就把他们吓得一阵阵发慌。"

"哦，你这么说可错了！"诺瑞尔先生大声说，"真的错了！斯特兰奇带来的威胁是巨大的——波拿巴相比之下根本算不得什么——对了，你还没告诉我德罗莱特都说了些什么呢。能把他的信给我看看最好了。我让戴维停在哈德利的天使酒栈，然后……"

“可我没带着。我把它落在布鲁顿大街家里了。”

“哦，可是……”

拉塞尔斯笑了。“诺瑞尔先生，您别这么操心啦！我不是告诉过您这都不碍事的吗？信我句句记得。”

“信上说了什么？”

“斯特兰奇疯了，被关进了永恒的黑夜——这些咱们早都知道——还有……”

“怎么个疯法？”

拉塞尔斯略微停顿了一下。

“基本上就是说胡话。不过他没疯的时候也这样，不是吗？”拉塞尔斯笑起来。发现诺瑞尔先生神色不对，他放正经了些。“他胡说些什么树啊，石头啊，约翰·乌斯克格拉斯啊，还有，”（他四处张望，寻找启发，）“隐形的马车。还有，哦，对了！这您听了准觉得好笑！他偷人家威尼斯小姑娘的手指头。一口气全偷走，装进小匣子里存着！”

“手指头！”诺瑞尔先生惊慌道。这东西似乎跟自己有什么不太好的联系。他想了想，想不出有什么意义。“德罗莱特有没有形容一下那片黑暗？他可说过什么对咱们了解那片黑暗有帮助的话？”

“没有。他见着了斯特兰奇。斯特兰奇派他给您转达个口信。他说他要回来了。这封信主要内容就这么多。”

二人渐渐无话。诺瑞尔先生不想睡却也止不住打盹；梦里有好几回，他都听见拉塞尔斯坐在黑暗里喃喃自语。

午夜时分，他们在旺斯福德的黑考克车马客栈换马。拉塞尔斯和诺瑞尔先生在公用休息厅等着。这是一间朴实而宽敞的大屋，墙上打着木墙围子，地板用沙子去过光；屋里有两处大壁炉。

门开了，齐尔德迈斯走了进来。他直冲拉塞尔斯走过去，对他说了下面这些话：“卢卡斯说德罗莱特来了封信，上面说了他在威尼斯的见闻。”

拉塞尔斯把头扭过来一点，却并不直视齐尔德迈斯。

“我能看看吗？”齐尔德迈斯问。

“我落在布鲁顿大街了。”拉塞尔斯道。

齐尔德迈斯看上去有点儿惊讶。“那好吧，”他说，“卢卡斯可以回去拿。咱们从这儿给他雇匹马。到何妨寺之前他就能追上咱们。”

拉塞尔斯微微一笑。“我说落在布鲁顿大街了，是吧？可你猜怎么着，我又觉得它不在家里。我想我把它落在一间客栈里了——我在查塔姆等德罗莱特的那间客栈。他们肯定早已经把它丢掉了。”

齐尔德迈斯怒目瞪了他一会儿，随后大步走出了屋。

茶房过来通知说，两间卧室已分别备好了热水、毛巾和其他日用品，诺瑞尔先生和拉塞尔斯可以过去休息休息。“走廊里可是又黑又没有灯，先生们，”他兴致勃勃地说道，“所以我给您二位一人点了根蜡烛。”

诺瑞尔先生接过他那一根蜡烛，沿着走廊（果然是极暗的）往卧室走去。突然间，齐尔德迈斯闪了出来，一把抓住他的胳膊。“你究竟怎么想的？”他咬牙切齿道，“没见着那封信就离开伦敦了？”

“他说信上写了什么他都记着呢。”诺瑞尔先生直找借口。

“哦，你还真信他，是吗？”

诺瑞尔先生没答话。他走进为他准备好的卧室。正洗手、洗脸的工夫，他从镜子里瞥见自己身后的床。这是一张老式床，十分笨重，而且对于这间屋来说实在太大了——客栈旅馆常见的毛病。四根红木雕花柱撑起一块黑幽幽的高顶，床的四角各插了一捆黑色的鸵鸟毛，所有这些装饰合力营造出一种葬礼上才有的丧气。就好像有人把他请进屋来，将给他挖好的坟指给他看。他突然有了一种特别奇怪的感觉——就像在收费站附近看见那三个女人时的感觉——似乎有什么事情即将尘埃落定，

而自己该走哪条路也都已经注定了。年轻的时候，他选择了一条道路，而这条路的方向却和他预想的不太一样；如今他踏上了归途，而家已经变成个狰狞恐怖的所在。在这半明半昧之间，站在一张黑色的床前，他想起自己童年时为何总是惧怕黑暗：因为黑暗属于约翰·乌斯克格拉斯。

莫相忘，
莫相忘。
濯濯荒野间，
点点繁星闪，
吾王麾下万物相为伴，
吾将不复还。

他快步离开这间卧室，回公用休息厅去寻找暖意与光明。

六点钟刚过，天空泛起灰色，迎来了一个根本没有曙光的黎明。白雪自灰天落下，又落入灰白的凡间。戴维身上的积雪太厚，别人见了还以为谁想买一尊戴维的蜡像，这会儿正拿石膏扣模子呢。

当天，他们一匹又一匹地更换驿马，在风雪中艰难前行。他们在一家又一家客栈短暂停留，避避风雪，喝些店家端来的热饮料。戴维和齐尔德迈斯作为车夫和骑手，无疑是此行最辛苦的人，可路上的停歇对他们来说是没有半点好处的；他们一般都在马厩里为了马匹同店家打嘴仗。在格兰瑟姆的时候，齐尔德迈斯跟那里开店的急了，因为那人提出要租给他们一匹瞎马。齐尔德迈斯死活不肯，可那开店的死活非说这是他最好的一匹马了。他们没得选，干脆租下来了事。戴维后来说这畜生棒极了，吃苦耐劳，乖乖地听他的指挥，因为除此之外，它没有别的办法知道该上哪儿去、该干什么。而戴维自己一直坚持到塔克斯福德的纽卡斯尔纹章客栈，他们只好在那里分别。驾车一走就是一百三十多里，齐尔德迈斯说戴维已经累得连话都说不出来了。齐尔德迈斯雇来个驭马倌，他们继续赶路。

离日落还有一个钟头左右的时候，雪停了，天空放晴。长长的、青黑色的影子覆盖了濯濯原野。出了唐卡斯特又走了五里地，他们经过一家名唤“红房子”（得名于外墙刷的颜色）的客栈——冬日斜照之下，红彤彤的仿佛一栋火屋。车继续往前走了一段，突然停住了。

“停下干什么？”诺瑞尔先生从车厢里面喊。

卢卡斯从轿厢顶上俯下身子答了几句什么，可风把他的话吹跑了，诺瑞尔先生一个字也没听见。

齐尔德迈斯离开主路，骑过一片田野。田野上到处都是渡鸦。他一经过，它们便大声聒噪着飞起来。田野另一端有一道古老的树篱笆，当中有个开口，开口两侧各有一棵高高的冬青树。开口进去就是另外一条路或者小道，两边也都围着树篱。齐尔德迈斯在开口处勒住了马，先看看这边，又看看那边。他迟疑了。接着，他抖了抖缰绳，马儿快步走到两排树篱之间，上了那条小道，从视野中消失了。

“他上了仙人路！”诺瑞尔先生着了慌，大叫起来。

“哦，”拉塞尔斯道，“那就是仙人路吗？”

“绝对是！”诺瑞尔先生道，“还是比较出名的一条。据说能从唐卡斯特直达纽卡斯尔，途经两座仙灵堡垒。”

他们等候着。

过了大约二十分钟，卢卡斯从轿厢上爬下来。“先生，咱们还得在这儿等多久？”他问。

诺瑞尔先生摇了摇头。“马丁·佩尔之后三百年，英格兰再无一人越界闯入仙境。他很有可能再也出不来了。也许……”

就在这时，齐尔德迈斯又出现了；他策马飞奔，穿过田野回来了。

“看来，真是这样，”他对诺瑞尔先生说，“通往仙境的路又通了。”

“你都看见什么了？”诺瑞尔先生问。

“那条路没走多远就是一片山楂树林。林子的入口处有个女人雕像，双手向外伸着。一只手拿个石眼，另一只拿个石心。至于林子嘛……”齐尔德迈斯打了个手势，意思也许是所见所闻难以描述，也许是自己面对这一切无能为力，“每棵树上都挂着死尸。有些像是昨天新死，有些只剩下不知何年何月的枯骨，外披锈迹斑斑的铠甲。我走到一座高塔前，建塔的砖石切割得十分粗糙。墙面上只开着几扇极小的窗子，其中一扇透出光来，有个人影正往外看。塔底下是一片空地，一条小溪穿流其间。有个年轻人站在那里。他面色苍白，双眼无神，一副病恹恹的样子。他身上穿的是英军制服。他自称是挖眼剜心城堡的大护卫，誓死保护这座城堡的女主人——如有人前来伤害或侮辱她，他就会跟人家决斗。我问他我看见的这些尸体都是他杀过的人吗。他说其中有些是他杀的，杀掉后就把尸体挂到了荆棘枝上——前几任大护卫都是这么干的。我问他女主人打算怎么犒赏他。他说他不知道。他从来没见过她，也没跟她说过话。她待在挖眼剜心城堡里不出来，而他则住在溪水与树林之间。他问我想不想跟他比试比试。我提醒他说我既不打算侮辱也不打算伤害他那位女主人。我告诉他我是个用人，必须回我主人那里去，他这会儿正等着我呢。然后我就掉转马头骑回来了。”

“你说什么？”拉塞尔斯叫起来，“一个男人提出跟你比试比试，你就跑了。你这人是不是一点儿荣誉感都没有？不知羞耻？病恹恹的脸、无神的眼、窗户边上的陌生人！”他哼了一声，嘲笑道，“无非是在给自己的软弱找理由！”

齐尔德迈斯浑身一激灵，就像被什么东西击中了，正待回他一句厉害的，诺瑞尔先生把话插了进来：“正相反！齐尔德迈斯尽早脱身，做得好。这种地方魔力之强，你第一眼永远看不出来。有些仙子见着打架、死人就高兴。我不知道为什么。他们总是不辞千辛万苦，专为找这样的乐子消遣。”

“拉塞尔斯先生，”齐尔德迈斯道，“假如那地方对您来说有这么大的吸引力，那就请您快去吧！别因为我们把您给耽误了。”

拉塞尔斯若有所思地望着那片田野和树篱之间的缺口。可是他没有动。

“您也许是不喜欢那些渡鸦吧？”齐尔德迈斯问话的口气有种不动声色的嘲讽。

“没人喜欢那玩意儿！”诺瑞尔先生大喝道，“它们为什么出现在那儿？它们意味着什么？”

齐尔德迈斯耸了耸肩膀。“有些人认为它们本是封住斯特兰奇的一部分黑暗。斯特兰奇不知何故将其化作飞鸟派回了英格兰。还有人认为它们预示着约翰·乌斯克格拉斯的回归。”

“约翰·乌斯克格拉斯。当然啦。”拉塞尔斯道，“他是俗人最先想到的，也是他们最后一招。无论发生什么事，一定都是因为约翰·乌斯克格拉斯！诺瑞尔先生，我觉得咱们是时候在《魔法之友》上再登篇文章痛斥他一下了。咱们怎么说？说他是异教徒？说他有悖英格兰国格？说他是个恶魔？我记得我有张单子不知放哪儿去了，上面列了一串曾经谴责过他的圣人和主教。这样的文章我很快就能写好。”

诺瑞尔先生显得很不自在，神色慌张地看着那塔克斯福德雇来的驭马倌。

“假如我是您，拉塞尔斯先生，”齐尔德迈斯轻声道，“我讲话的时候会更谨慎小心。您现在可是在北方了，在约翰·乌斯克格拉斯自己的地盘上。我们的城镇和寺院都是他建造的，我们的法律也是他写成。

我们想着他，念着他，时常将他挂在嘴上。若在夏天，您就会看见每座篱笆根底下都生着一种蛋壳青的小花，开得漫山遍野，像一片无垠的花毯。我们管这种花叫‘约翰的小硬币’。当气候反常——冬天暖或者夏天多雨，我们乡下人就说约翰·乌斯克格拉斯又谈恋爱了，顾不上干正经的了。[1]若是对什么事情很有把握，我们就说它像约翰·乌斯克格拉斯口袋里的鹅卵石一样稳妥。”

拉塞尔斯笑起来。“齐尔德迈斯先生，我绝没有看不起你们乡间怪谈的意思。光把历史传统挂在嘴上说说也就罢了，可总提什么先王复辟——你们这先王曾把路西法看作是自己同盟、领主中的一位——难道不该另当别论吗？没人真打算这么干的，不是吗——我的意思是，除了那些约翰分子或者疯子？”

“我本人就是北英格兰人，拉塞尔斯先生。”齐尔德迈斯道，“再没什么比我们的国王回归故里更让我高兴的事儿了。这是我一辈子的心愿。”

他们到达何妨寺时已近午夜。并不见斯特兰奇的影子。拉塞尔斯上床睡觉了，而诺瑞尔先生则在宅内四处走动，检查好久以前施加的法咒效力可还正常。

第二天早上吃早饭的时候，拉塞尔斯说：“我在想，历史上有没有过魔法决斗呢——俩魔法师打起来之类的事情。”

诺瑞尔先生叹了口气。“不好说。拉尔夫·斯托克塞似乎用魔法对付过两三位魔法师——其中有一位极其强大的苏格兰魔法师，名唤阿索

1　人们常常提到，北英格兰人虽是始终不渝地忠于约翰·乌斯克格拉斯，他们对待他的态度却不一定永远带着南方人对他的那份敬意。事实上，乌斯克格拉斯的子民就爱听那些描写他彻底失了势的故事和歌谣，譬如“约翰·乌斯克格拉斯和阿尔斯沃特湖畔烧炭人”的传说或“妖婆和女巫”的传说。后者有各种不同的版本（其中一些甚为粗俗）；这故事讲述了乌斯克格拉斯是如何为了康沃尔一个普普通通的女巫险些丢了魂、失了地、破了功。

德尔大法师[2]。温切斯特的凯瑟琳有一回迫不得已用法术把一个青年魔法师发送到格拉纳达去了。她一心向学，可那年轻人不断向她逼婚，搅得她心烦意乱。格拉纳达是那个时候她所能想到的最远的地方。后来还有个奇怪的传说，关于坎布里亚一个烧木炭的[3]……"

"决斗到最后，可有哪位魔法师死了吗？"

"什么？"诺瑞尔先生呆呆望着他，一脸恐惧，"没有！我的意思是说，我不知道。我想大概是没有的。"

拉塞尔斯微微一笑。"不过这样的魔法一定是存在的喽？假如您用点儿心思，能达到目的的咒语我敢说您是能想出五六条的。就像寻常用枪用剑的决斗一样。事后也不会有人起诉。不仅如此，胜者的好友及家中仆人无论以何种方式将此事隐瞒过去，都是无罪的。"

诺瑞尔先生沉默了，过了一会儿才说："到不了那个地步。"

拉塞尔斯大笑起来。"我亲爱的诺瑞尔先生，还能到什么地步？"

说来也怪，拉塞尔斯此前一直都没来过何妨寺。早些年，每当德罗莱特要上这里来，拉塞尔斯总能做到有约在先。在他看来，到约克郡的乡下房子里住一段就等于下炼狱了。他心目中最理想的何妨寺也就跟它的主人一样——灰扑扑、老古板，喜欢闷声不响地一待就是好长时间；而他最怕看到的，是漆黑恐怖的荒野上风吹雨打着的一座农舍。来了他才发现，何妨寺跟他想象中的都不一样。这里一点儿都不哥特。宅子式样摩登、高雅、舒适，宅间仆人也绝非他想象中没教养的庄稼汉。其实

2　同约翰·乌斯克格拉斯一样，阿索德尔大法师也统治着一方岛屿或国土。阿索德尔似乎曾是苏格兰西部群岛中的一座。不过这座岛屿后来若不是沉没了，就是像有些人猜测的那样隐形了。一些苏格兰历史学者喜欢把阿索德尔看作是苏格兰魔法胜过英格兰魔法的证明；他们认为，约翰·乌斯克格拉斯的王国已经覆灭并落入南英格兰人之手，而阿索德尔却一直保持独立。不过，既然阿索德尔岛看不见且走不到，想证明或推翻他们这命题都不太容易。

3　在"约翰·乌斯克格拉斯和阿尔斯沃特湖畔烧炭人"这个传说中，乌斯克格拉斯跟一个穷苦的烧炭人斗法，结果输掉了。这跟一些古老的故事颇具相似之处，说的都是一位强大的统治者遭贱民捉弄。因此，很多学者认为这传说并无史实依据。

他们就是在汉诺威广场伺候诺瑞尔先生的原班人马，都是在伦敦训练出来的；拉塞尔斯有什么偏好，他们一清二楚。

可是，魔法师的房子总有些不同寻常的地方。何妨寺初看是那样宽敞、大雅，可实际上却像是根据一纸极为糊涂的设计方案建造而成的——从房子这头走到另一头，想不迷路几乎是不可能的。当天上午早饭过后不久，卢卡斯便来禀报拉塞尔斯，请他无论如何别独自去藏书室，一定要由诺瑞尔先生或齐尔德迈斯作陪。这规矩，卢卡斯说，是住在这里必先遵守的。

这样的限制——还是个用人传达给他的，拉塞尔斯自然无意屈从。他到房子东侧检视了一番，那边照例安排着起居室、餐厅、小客厅——就是没有藏书室。他于是认定藏书室一定就在他还没去过的西侧。他往那一侧走了没多远，瞬间就又回到他刚刚离开的那间屋了。他觉得一定是自己走错了方向，于是从头来过。这回，他走到了一间洗涤室里，只见那里有个又瘦又小、脏兮兮的女仆抽抽搭搭吸着鼻子；她先把鼻涕拭在手背上，接着又用同一只手去刷锅。不管他选哪条路走，瞬间不是回到起居室就是回到那间洗涤室。那个小女仆他已经看腻了，人家见着他似乎也算不上欣喜若狂。这无谓的征途浪费了他整整一上午，可他除了怪约克郡的房子建得岂有此理以外，根本没想到会有别的原因。

接下来的三天里，诺瑞尔先生都尽可能地待在藏书室里不出来。只要见着拉塞尔斯，他准能听说齐尔德迈斯又添了什么新毛病；而与此同时，齐尔德迈斯不停地催他用法术寻找德罗莱特的信，搞得他心烦意乱。最后，他觉得还是谁都不见比较好。

不光不见，他曾有个发现也并未向他二人透露，而这个发现一直令他寝食难安。自与斯特兰奇分道扬镳之日起，他时不常就要召起幻影，打算追查斯特兰奇的动向。可他一次都没成功过。大约四个礼拜前的一天夜里，他睡不着觉，于是起来召幻影。影像并不是很清晰，可他确实看见一个魔法师在黑暗里作法。他得意于自己终于攻破了斯特兰奇的防守；可后来他才发现，他所看到的影像其实是书房里的自己。他又试了一回。他换别的咒语，用各种方式称呼斯特兰奇，无一有效。他无奈只得承认，英格兰魔法已经辨不出他跟斯特兰奇之间有什么区别了。

利物浦伯爵以及大臣们的信件纷至沓来，愤愤不平地向他通报多起无人可解的魔法事件。诺瑞尔先生回信打包票，说只要一击败斯特兰奇，他立马着手处理这些问题。

回到何妨寺的第三天晚上，诺瑞尔先生、拉塞尔斯和齐尔德迈斯一起坐在客厅里。拉塞尔斯在吃橙子。他手里有把水果刀，刀柄镶着贝母，刀刃上有锯齿。他正用它割着橙子皮。齐尔德迈斯在往一张小桌上码纸牌。他解牌已经解了两个钟头了，诺瑞尔先生居然一点儿意见没提——这足能看出诺瑞尔先生被当前形势分去多少心思。而拉塞尔斯则快被那些纸牌逼疯了。看齐尔德迈斯在那儿一遍遍地码牌、翻牌，他坚信至少有一遍算的是自己。这他还真猜中了。

“我有多讨厌这么干耗着！”他冷不丁发了话，“你们觉得斯特兰奇还在等什么呢？他是不是一定会来咱们都不知道呢。”

“他一定会来。”齐尔德迈斯道。

“你又是怎么知道的？”拉塞尔斯问，“难道是你指使的？”齐尔德迈斯没答话。他从纸牌上读出些东西来，一时分不了神。他的双眼在牌面上飞快地来回扫，突然腾地站起身来。“拉塞尔斯先生，您那里有条给我的口信！”

“我？”拉塞尔斯惊讶地问。

“是的，先生。”

“你什么意思？”

“我是说，最近有人托您将一条口信转达给我。牌上是这么说的。您肯给我的话，我感激不尽。”

拉塞尔斯不以为然地哼了一声。“我不当传话筒——尤其不替你当！”

齐尔德迈斯没理他这句。“这口信是谁留的？”他问。

拉塞尔斯什么都没说，继续拿刀切橙子。

“那好吧。”齐尔德迈斯坐了下去，重新开始摆牌。

诺瑞尔先生在边上忧心忡忡地看着他俩。他的手颤颤巍巍地摸向铃铛绳，可他转念一想，还是自己跑去找用人了。卢卡斯正在餐厅里摆台。诺瑞尔先生把发生了什么讲给他听。“有什么法子把他俩给分开吗？”他问，“分开待一会儿也许就都冷静些。没有寄给拉塞尔斯先生的信吗？没有需要齐尔德迈斯处理的事吗？你能不能编出点儿什么出来？晚饭准备得怎么样了？能现在就开饭吗？”

卢卡斯摇了摇头。“没有信。齐尔德迈斯先生愿意干吗就干吗——他一向如此。晚饭您定的是九点半。这您是知道的。”

“要是斯特兰奇先生在这儿就好了，”诺瑞尔先生一副惨相，“他知道该对那俩人说什么。他知道该怎么做。”

卢卡斯碰了碰他主人的胳膊，像是要他清醒清醒。“诺瑞尔先生，咱不是正要阻止斯特兰奇先生来这儿吗——先生，您还记得吧？”

诺瑞尔先生看着他，略显烦躁。“记得，记得！我知道！但那也一样。”

诺瑞尔先生和卢卡斯一起回了客厅。齐尔德迈斯正把最后一张牌往上翻。拉塞尔斯则一副毅然决然的表情盯着张报纸看。

“牌上怎么说的？”诺瑞尔先生问齐尔德迈斯。

问题是诺瑞尔先生问的，可齐尔德迈斯却把答案说给拉塞尔斯听：“牌上说你是个骗子，是个贼。牌上说口信不止一条。有人给了你点儿什么——是个物件——十分宝贵。这物件本是要给我的，可你把它扣下了。”

一时无人说话。

拉塞尔斯冷冷地发了话："诺瑞尔先生，您打算看我被这么侮辱多久？"

"我问你最后一遍，拉塞尔斯先生，"齐尔德迈斯道，"你能不能把我的东西还我？"

"你竟敢冲堂堂君子这么说话？"拉塞尔斯问。

"偷我东西也是堂堂君子干的事吗？"齐尔德迈斯反问。

拉塞尔斯脸色变得煞白。"道歉！"他咬牙切齿道，"向我道歉，不然我非教教你什么叫礼貌不可，你个婊子养的，你个人渣——约克郡所有臭水沟里的渣滓！"

齐尔德迈斯耸了耸肩膀。"婊子养的也比做贼强。"

拉塞尔斯一声怒吼，一把抓住齐尔德迈斯，猛地将他推到墙上。劲儿使得极大，齐尔德迈斯双脚都离了地。他抓住齐尔德迈斯摇晃着，墙上的油画都在框里咯啷咯啷响。

奇怪的是，齐尔德迈斯似乎毫无还手之力。他的胳膊像是被拉塞尔斯的身子压得死死的，他拼命挣脱，却仍然动弹不得。一切瞬间就结束了。齐尔德迈斯冲拉塞尔斯略一点头，仿佛是认了输。

可拉塞尔斯并不放松，反倒越逼越紧，将他死死扣在墙上。接着，他伸手捡起那把贝母手柄、锯齿刃的小刀，在齐尔德迈斯的脸上用刀刃慢慢地割了一道，从眼睛一直割到嘴边。

卢卡斯大叫一声，可齐尔德迈斯什么都没说。他勉强撤出左手，举了起来，紧紧攥成个拳头。他俩就这样僵持了片刻——像是幅活人静态画——随后，齐尔德迈斯把手放了下来。

拉塞尔斯笑开了花。他放开齐尔德迈斯，转向诺瑞尔先生，沉着冷静地对他说了如下一番话："你们给这个人找什么借口我都不会听的。我已经受了辱。要是他层次高一点，入得了我的法眼，我准叫他出去单挑了。他心里清楚。地位低反倒可以自我保护了。假如我还在这里多待一秒钟，假如我还继续做您的朋友和顾问，那他立马就得卷铺盖走人！过了今夜，别再让我听见您提他，您的仆人如果再提——也立马轰走。我想，先生，我已经说得够明白了吧？”

卢卡斯趁这个当儿偷偷递给齐尔德迈斯一块手巾。

“那好吧，先生，”齐尔德迈斯边抹脸上的血边问诺瑞尔先生，“我们俩谁走？”

长时间的沉默。随后，诺瑞尔先生用一种异于平日的嘶哑声音道：“你走。”

“再见，诺瑞尔先生。”齐尔德迈斯冲他鞠了一躬，“您选了不该选的，先生——一如既往！”他把牌收起来离开了。

他爬到阁楼上自己徒立四壁的小睡房，点起桌上的蜡烛。墙上挂着一面裂了缝、看上去很便宜的玻璃镜子。他对着镜子照了照自己的脸。口子割得难看得很。他的领巾和衬衫的右肩膀全浸透了血。他将伤口尽可能洗干净，罢了又洗了洗手，把手擦干。

他小心翼翼地从外衣兜里掏出件东西。是只匣子，色如心伤，大小跟个鼻烟壶似的，只是略长一些。他低声自言自语：“人怎样被教出来，一辈子都难改。”[4]

他把匣子打开了。有那么一两秒钟，他似乎陷入了深思；他挠挠头，紧接着骂了一句——血差点儿滴进去。他啪的一声合上盖子，把匣子塞回了兜里。

卷铺盖花不了多长时间。屋里有只红木箱子，箱子里装着一对手

4　一八一六年初春，斯特兰奇在斯皮塔佛德的版画匠那里对齐尔德迈斯说过：“人怎样被教出来，一辈子都难改，你知道的……”

在成为诺瑞尔先生的用人兼顾问之前，齐尔德迈斯曾干过不少行当。他最初是个天分极高的小扒手。他的母亲黑乔安过去管控着一伙蓬头垢面、破衣烂衫的小贼，上个世纪七十年代末在东约克郡城镇活动。

枪、一个小钱袋、一把剃刀、一把梳子、一根牙刷、一小块肥皂、几件衣服（都跟他身上穿的那件一样古旧）；此外还有一小包书，包括《圣经》、波蒂斯海德勋爵的《写给孩子看的乌衣王的历史》以及帕里斯·奥姆斯柯克的《三十六彼界启示录》。多年来，诺瑞尔先生开给他的薪水一向不薄，这些钱他拿去干了什么，谁也不知道。戴维和卢卡斯二人私下里常说——反正他没拿去花就是了。

齐尔德迈斯把所有东西装进一只破旧的手提袋。桌上有盘苹果，他也拿块布包了，塞进袋子里。随后他就下楼去了，一边还拿手巾捂着脸。走到马厩小院的时候，他才想起自己的笔、墨、记事簿还都在客厅里。他解牌之前把它们放到边桌上了。“唉，现在回去拿太迟了，”他心想，“我只好再另买吧。”

马厩里聚了一拨人在等他：戴维、卢卡斯、马夫以及几位设法从家中溜了出来的男仆。“你们都在这儿干什么？”他吃了一惊，问他们，“扎堆开祝祷会吗？”

这些人你看我，我看你。

“我们帮您给酒贩子备好了鞍。”戴维说。酒贩子是齐尔德迈斯的马，一匹个头高大、卖相欠佳的公马。

“谢谢你，戴维。”

“先生，您怎就任他那么干？”卢卡斯问，“您怎就任他拿刀划您的脸？”

“别这么紧张兮兮的，伙计。没什么大不了。”

“我拿绷带来了。让我帮您把脸包一包吧。”

“卢卡斯，我今天晚上还得用脑子呢，满头绷带的我还怎么想事儿。”

“可不把伤口合上的话，那儿就会留道可怕的疤。”

“让它留吧。不会有人埋怨我不如从前漂亮的。再给我块铺衬[5]止血就行了。这块都已经透了。好了，伙计们，等斯特兰奇一来……”他叹了口气，“我不知该交代你们点儿什么。我没什么建议可提。不过你们要是得机会能帮他们一把，就帮吧。”

“您说什么？”有个男仆问，“帮诺瑞尔先生和拉塞尔斯先生？”

“不是！你个榆木脑袋！帮诺瑞尔先生和斯特兰奇先生。卢卡斯，你去替我跟露西、汉娜和黛朵说再见，替我祝她们好——想嫁就能嫁到老实听话的好男人。”（这是齐尔德迈斯最喜欢的三位女仆。）

戴维咧嘴一笑。“先生，这愿望您不打算自个儿帮她们实现吗？”他问。

齐尔德迈斯笑起来——脸上的伤口疼得他一激灵。“我嘛，兴许帮帮汉娜吧。”他说道，“再见了，伙计们。”

他同他们一一握手；走到戴维面前时，戴维这么个高大威猛的男人，竟跟学堂里的小姑娘似的动起感情来，非得跟他拥抱而且居然掉了眼泪，令他吃了一吓。卢卡斯拿给他诺瑞尔先生一瓶最好的波尔多红葡萄酒，算是临别馈赠。

齐尔德迈斯将酒贩子牵出了马厩。月亮升起来了，沿弯路穿过内园进入外园并不难。正过桥的时候，他突然意识到周围有魔法在生发。这感觉就仿佛一千把小号同时在他耳边吹响，就仿佛黑暗中突然射出一片令人目眩的光芒。瞬间天翻地覆，可他一时看不出哪里有变化。他回头看去。

园林和宅子顶上是一方夜幕，像是被随便扔在了它不该出现的位置。星宿格局被打乱了，当中出现了新的星星——齐尔德迈斯从来没见过的星星，大概属于斯特兰奇永恒的夜空。

5　约克郡方言，指布。

他最后看了一眼何妨寺，策马飞奔而去。

所有的钟表同时敲响，这件事本身就够稀奇了。十五年来，卢卡斯为了让何妨寺里的钟表到了准点一起报时想尽办法，直到今天方才如愿。然而这些钟表敲的究竟是几点，这可说不好。它们敲啊敲啊，早都敲过了十二下，报出一个奇异新纪元的时间。

“这噪音哪儿来的？”拉塞尔斯问。

诺瑞尔先生站起身来，双手相互摩擦着——一有这举动，就说明他极为紧张，压力极大。“斯特兰奇来了。”他飞快地说道。他念了个词儿，钟不响了。

门一下子开了。诺瑞尔先生和拉塞尔斯先生惊惶地回头看去，满以为能看见斯特兰奇站在那里。结果只是卢卡斯带着另外两个仆人。

“诺瑞尔先生，”卢卡斯发了话，“我觉得……”

“是的，是的！我知道了！快去厨房楼梯脚下的储藏室，窗户底下的柜橱里能找着铅链子、铅锁、铅钥匙。把它们都拿这儿来！快！”

“我再去拿两把枪来。”拉塞尔斯大声道。

“枪起不了什么好作用。”诺瑞尔先生说。

“哦，两杆枪能把多少事办好，您一试吓一跳！”

不出五分钟，他们就都回来了。卢卡斯抱着链子锁头，一脸不情愿，满心不高兴；拉塞尔斯也把枪拿过来了；此外还多了四五位男仆。

“您觉得他现在在哪儿呢？”

“在藏书室里呢。还能在哪儿？”诺瑞尔先生道，“跟我来。”

他们离开客厅，进入餐厅，又从餐厅步入短短一条走廊。走廊里有一只镶花面儿的餐具柜、一尊带着幼驹的半人马大理石像以及一幅油画，画的是莎乐美手持银盘托着圣约翰的头颅。面前有两扇门。右侧那扇拉塞尔斯看着眼生，似乎从没见过。诺瑞尔先生带他们进了那扇门，转眼发现——大家又都回到了客厅里。

“等等。”诺瑞尔先生一头雾水，他回头瞧了瞧，“我肯定是……不对。等等。有了！跟我来！”

他们又一次从餐厅来到那条走廊上。这回他们进了左侧那扇门。结果还是直接回了客厅。

诺瑞尔先生绝望地大叫一声。“他把我的迷阵破了，又摆了一道来挡我！”

“从某种意义上讲，”拉塞尔斯评论道，“我真希望您没把他教得那么好。”

“哦，我从来没教过他这些——而且你放心，他也不可能从别人那儿学！他若不是魔鬼教的，就是今晚到我家里以后自己新学的。我这敌人多有才啊！你把他锁在门外，他反倒先学会怎么撬锁，罢了又学会怎么再上一道更牢的把你锁在外面！”

卢卡斯和男仆们多点了几根蜡烛，似乎以为光亮能帮他们去伪存真，看穿斯特兰奇的幻术。不久，三个房间里灯火通明。蜡扦、烛台摆满了所有台面，却搞得他们更找不着北了。他们从餐厅走到客厅，又从客厅进了走廊——“就跟自己打的洞被堵上了的狐狸似的。”拉塞尔斯道。可无论怎么努力，他们始终走不出这三间屋。

时间一分一秒地过去，过了多久无从得知。所有钟表都指向午夜十二点。每一扇窗外都是永恒的夜色和陌生的星斗。

诺瑞尔先生不走了。他闭上眼睛，铁青的脸像个拳头似的紧绷着。他一动不动地站着，浑身只有嘴唇在微微颤抖。随后，他把眼睛睁开了一下，说了句“跟我走”，又把眼睛闭上才开始往前走。似乎有栋陌生的房子嵌进了自己房子里面，他感觉像是在跟从它的安排。他往左或往右转弯，走出一条新的路线——他从未走过的路线。

过了大约三四分钟，他睁开了双眼。眼前就是他一直在找的那条走廊——铺着石板——另一端便是藏书室高大而幽暗的门影。

“好了，咱们这就去看看他在干什么！”他大喊，“卢卡斯，把铅锁铅链准备好。抵御魔法，没什么材料比铅更有效。咱们把他的手捆起来，他就能收敛一点。拉塞尔斯先生，咱们若是给某位大臣去封信的话，你觉得最快什么时候能到？”令他略感奇怪的是，居然没人回答他。于是他回过头去。

他已经是一个人站在这儿了。

不远处，他能听见拉塞尔斯在讲话；那冷冰冰、慢悠悠的话音一定是他，错不了。他又听见某个男仆答话，接着是卢卡斯。然而渐渐地，话音越来越小。仆人们在屋子之间匆忙穿梭的声音消失了。此地一片静寂。

第六十四章

两个坡夫人

一八一七年二月中旬

“嘿！”拉塞尔斯道，“这可真出人意料！”

他跟用人们一起聚在餐厅的北墙根下——诺瑞尔先生刚刚就是穿过这堵墙走了，走得沉着冷静、气定神闲。

拉塞尔斯伸手摸了摸；墙面坚实得很。他使劲摁了摁；墙也没动。

“您觉得先生他是故意这么干的吗？”其中一个仆人问。

“是不是故意这么干的，我觉得已经不重要了，”卢卡斯说，“他这会儿已经去找斯特兰奇先生了。”

“大约等于去见鬼了！”拉塞尔斯补了一句。

“会发生什么事呢？”另一个仆人问。

没人答话。在场每个人脑海里都闪过一幅幅斗法的场面：诺瑞尔先生往斯特兰奇身上扔神秘的大炮弹；斯特兰奇召来妖精小鬼把诺瑞尔先生掳了走。他们聆听可有打斗的声响。一点儿动静都没有。

从隔壁房间里传来一声喊叫。有个仆人打开了客厅房门，发现早餐室就在客厅对面。穿过早餐室就是诺瑞尔先生的起居室，再往前走就是他的更衣间。房间排布又恢复了往日的次序；迷阵已经解除了。

一发现这，大家如释重负。用人们立马抛下拉塞尔斯，下楼回厨房去了，那里才是他们这个阶层天经地义的避难所、安心居。而拉塞尔斯也天经地义地在诺瑞尔先生的起居室里独坐。他想了想，打算就坐在这里等诺瑞尔先生回来。而假如诺瑞尔先生回不来了，就把斯特兰奇等来，然后一枪打死他。“毕竟，”他心想，“面对铅弹，魔法师还能有什么办法？从开枪到爆了他的心脏，这过程根本来不及施法。”

可这样的想法只给他带来了片刻的安宁。房子太安静，黑夜太魔幻。仆人们聚在一处有说有笑；两个魔法师在另一处，天知道在干些什么；而他自己则孤零零地待在另外一个地方。屋角立着一只老落地钟，是从诺瑞尔先生小时候在约克的旧居搬过来唯一留到现在的东西。这钟也跟其他钟表一样，在斯特兰奇到来之时指向了午夜十二点。只是它可没那么情愿；见情况反常，它喋喋不休地反抗。表针滴答全无规律，就跟喝多了一样——或者烧糊涂了——时不时发出一种特别像人往回抽气的声音；只要一发出这种声音，拉塞尔斯就以为斯特兰奇进屋来了，正打算说点儿什么。

他站起身来，跟着用人下厨房了。

何妨寺的厨房极像是一座大教堂的地穴，处处呈现出古典式样的角度，笼罩着古典风格的幽暗。屋子中央摆了一大堆脂油蜡烛，周围聚集着何妨寺里每一位拉塞尔斯见过的以及更多他没见过的用人。他往台阶顶端的柱子边上一靠。

卢卡斯抬头看了他一眼，说：“我们正讨论该怎么办呢，先生。我们半个钟头之内就要动身了。我们全待在这儿对诺瑞尔先生没有好处，对我们自己也许有坏处。我们是这个意思，先生。不过您要是还有什么意见，我洗耳恭听。”

“我的意见！”拉塞尔斯抗声道。他一脸的惊异并不完全都是装出来的。“这可是我头一回被个用人要求贡献点儿意见。谢了，我看我就不要你们匀给我的这份……”他思忖片刻，终于从自己会的词儿里挑出一个最具侮辱性的，“……这份民主了吧。”

“随您便，先生。”卢卡斯温和地答说。

“英格兰现在肯定已经到白天了。”一位女仆说，满怀期待地往墙高处的窗子看去。

“这儿就是英格兰，傻丫头！”拉塞尔斯大声说。

“不，先生，您多包涵，”卢卡斯道，“这儿不是英格兰。英格兰是个正常的地方。戴维，把马备好需要多久？”

“哦！”拉塞尔斯叫起来，“我不得不说，你们还真是胆大包天啊，当着我的面儿就敢商量偷抢！怎么着？你们以为我就不会告你们的状吗？恰恰相反，我要把你们都送上绞刑架！”

有几个用人紧张地瞅了瞅拉塞尔斯手上的枪。而卢卡斯根本没理他。

用人们很快便商定：附近有亲戚朋友的，就去亲戚朋友家。其余的都带上马，分别送到诺瑞尔先生属地上的几个农庄。

“所以，您瞧，先生，”卢卡斯对拉塞尔斯道，“没人偷东西。没人当贼。诺瑞尔先生的财产都还留在诺瑞尔先生的土地上——并且我们会好好照料他的马匹的，就如同还在他马厩里养着一样。若是把任何活物丢在永恒的黑夜里不管，那可就太恶毒、太残酷了。”

过了一阵儿，用人们就都离开了何妨寺（这一阵儿究竟有多久，实在不好说——他们的怀表也都跟家里的钟表似的，齐齐指向午夜十二点）。他们胳膊挎着篮子、行李袋，背上扛着大包，空出手来牵着马笼头。除了马以外，还有两头驴和一头山羊。这头山羊一直也养在马厩里，就因为马儿喜欢跟它做伴。拉塞尔斯跟在后面，与他们隔了挺远一段距离；他可不想让别人以为他也是这破衣烂衫、短撅撅的队伍中的一员，可他也不想自己一个人留在宅子里。

离河还有十码远，他们走出了黑暗，迎来了黎明。空气里各种味道扑鼻而来，能闻见寒霜、冻土还有附近的河流。庄园的色彩与形状似乎都简化了，就好像整个英格兰在一夜之间回炉重造。可怜的用人们原以为自己除了黑夜、星斗再也见不到别的东西了，如今眼前的景象实在大快人心。

他们的表又都开始走了。大家相互参考，算出现在是差一刻八点。

然而，昨夜的恐怖并未完全结束。河上本来只有一座桥，现在却有两座。

拉塞尔斯急匆匆地走上前来。“那是什么？”他指着新出现的那座桥问。

一位岁数很大的老用人——胡子好像一小朵白云粘在下巴尖儿上——说那是一座仙人桥，他小时候见过的。桥是很久以前建的了，那会儿约翰·乌斯克格拉斯还是约克郡的统治者呢。后来这座桥年久失修，诺瑞尔先生舅舅还活着的时候就拆掉了。

“可它就在那儿呢，又回来了。”卢卡斯打了个激灵。

“桥对面是哪儿？”拉塞尔斯问。

老用人说它一度直达北阿勒屯，途经各种稀奇古怪的地方。

“这条路会不会跟咱们在红房子附近看见的那条相接呢？”拉塞尔斯问。

老用人摇了摇头。他不知道。

卢卡斯等不及了。他想离开这里。

“仙人路跟基督徒走的路不一样，”他说，“一般说来，你以为它是往哪里走的，它偏不带你到那里去。可这又有什么关系呢？咱们的人一步也不打算往那邪行的东西上迈。”

“谢了，”拉塞尔斯道，“不过这事儿我看我得自己拿主意。”他略一踯躅，大步走上了仙人桥。

好几个用人都喊他回来。

“哦，让他去吧！”卢卡斯大声说，使劲攥了攥提篮的把手，篮子里是他的猫，“他乐意，就让他下地狱去吧！我敢说他比谁都够格。”

他瞥了拉塞尔斯最后一眼，甩出一腔厌恶，接着便跟大家一起往外庄园走去了。

他们身后，一根黑柱拔地而起，直入约克郡茫茫灰天，看不见顶端。

二十里地以外，齐尔德迈斯正走在通往望穿堂的驮马桥上。他从村里一路骑至堂前，翻身下马。

“嘿！嘿！”他拿鞭子咣咣地抽着大门。他又嚷嚷了几嗓子，还恶狠狠地往门板上踹了几脚。

出来两个用人。光听这又嚷嚷又砸门的动静，他们已经吓坏了，等举起蜡烛才发现嚷嚷、砸门的人跟个亡命徒似的目露凶光、脸上划了道口子、衬衫血迹斑斑，他们受的惊吓可是一点儿也没消解。

“别光站着傻看！”他对他们说，“快去叫你们主人出来！他认得我！”

又等了十分钟，斯刚德斯先生才披着件睡袍走了出来。齐尔德迈斯等得不耐烦，已经迈进了门里面。他发现斯刚德斯先生闭着眼，由仆人牵着他的手一路从门廊走过来。谁见了都会以为他已经瞎了。仆人把他带到齐尔德迈斯跟前。他睁开了眼睛。

“老天啊，齐尔德迈斯先生！”他叫起来，“您的脸是怎么回事？”

“有人把它当橙子切了。您呢，先生？您是怎么回事？您生病了吗？”

“没有，没病。”斯刚德斯先生面露尴尬之色，“都是因为住地附近总有强烈的魔法。我之前从未意识到这会让人变得多虚弱——对易受魔法影响的人来说，我的意思是。用人们就根本没觉出什么，万幸。”

他整个人有一种奇异的不实感，看上去就像是画在空气里的。窗户缝里吹来微微一丝小风就把他的头发撩起来，头发扭着弯儿、打着卷儿，仿佛没有重量。

“我猜您就是为了这来的，”他接着说，“不过您去告诉诺瑞尔先生，我除了把我目睹的事件记录下来，别的什么都没干。我承认我做了些笔记，可这他真没法挑理。”

“什么魔法？”齐尔德迈斯问，“您这是什么意思？还有，您不用再担心诺瑞尔先生会怎么样了。他现在自顾不暇，根本不知道我在这儿。斯刚德斯先生，您这一向都做了些什么呢？”

“就是观察、记录——魔法师的正途。”斯刚德斯先生兴冲冲地往前凑了凑，“并且，关于坡夫人的病，我有了些意想不到的发现。”

“哦？”

“在我看来，坡夫人不是疯了。都是魔法在作怪！”斯刚德斯先生收了声，等齐尔德迈斯表示惊讶。见齐尔德迈斯只是点了点头，他面露些许失望之色。

“坡夫人有样东西在我这里，”齐尔德迈斯道，“她丢了好久的一样东西。我求您行行好，带我去见她一面。”

“哦，可是……”

“我对她没有恶意，斯刚德斯先生。而且我觉得我这么做对她也许是有好处的。我对‘鸟与书’发誓。对‘鸟与书’发誓。”[1]

“我没法儿带您去见她。”斯刚德斯先生道。他举起手来，预防齐尔德迈斯抗议。“我的意思不是说我不想带您去。我是说我没那个能

1　这是北英格兰一句古老的宣誓语。约翰·乌斯克格拉斯的纹章描绘的是白地里飞翔的渡鸦（“银白地，渡鸦飞升”）；而他手下大宰相威廉·兰切斯特的纹章除了这个图案以外，还多了一本翻开的书（书页上方“银白地，渡鸦飞升”）。

十三世纪的大部分岁月里，约翰·乌斯克格拉斯专心治学，研习魔法，将治理国家的任务丢给了兰切斯特。在各大法庭内，在各种重要的法律文件上，都能看到兰切斯特的纹章。于是人们渐渐习惯对着他纹章图案上的两个组成部分“鸟与书”起誓了。

力。查尔斯带咱们去。”他指指边上站着的用人。

这实在是怪得很，不过齐尔德迈斯没心情跟他掰扯。斯刚德斯先生紧紧抓住查尔斯的胳膊，闭上了双眼。

望穿堂那由石头和橡木建起的门廊后方，另一座房子的幻影拔地而起。齐尔德迈斯看到高高的走廊伸向不可思议的远方。这景象就如同把两张透明画片同时插进了幻灯，画面重叠在了一起。同时在两栋房子里走的感觉，很快便惹得他跟晕船似的想吐。困惑蒙了他的心智，若是独行，他很快就会迷失方向。他不知自己在走路还是在往下掉，抬腿走上一级台阶还是登上了高不可攀的阶梯。有时候，他似乎是在面积足有一亩的青石板路上匆匆掠过，可其实他根本没有动。他头晕目眩，直犯恶心。

“停下！停下！”他大叫一声，闭着眼睛颓然倒地。

“您被折磨得够呛。”斯刚德斯先生说，“反应比我还大。您把眼睛闭上，抓好我的胳膊。查尔斯可以领着咱俩。”

他们继续前行，双眼紧闭。查尔斯领着他们先往右拐，后又上了一道楼梯。爬到楼梯顶上，只听斯刚德斯先生跟什么人嘀嘀咕咕说了会儿话。查尔斯拽着齐尔德迈斯往前走。齐尔德迈斯感觉自己进了一间屋。屋里散发着清洁的衣物和干玫瑰的味道。

“你想让我见的就是这个人吗？”一个女人的声音说。这声音不知哪里有些奇怪，像是同时从两个地方传来的，如有回音缭绕：“可这个人我认识啊！他是那魔法师的仆人！他是……”

“是夫人您开枪打过的人。”齐尔德迈斯说着，睁开了眼睛。

他看见的不是一个女人，而是两个——或者说得再确切点儿，他看见的是同一个女人的两重身影。两个身影以同样的姿势坐着抬头看他。两个身影叠在一处，于是他看她的时候跟在走廊里穿行的时候一样有种晕眩的感觉。

坡夫人其中一个身影是坐在约克郡这间宅子里的；她身穿牙白家常裙衣，冷静漠然地打量着他。她另一重身影则要浅淡些——显得更虚幻缥缈。这个身影坐在一栋幽暗阴郁、如迷宫一般的房子里，身穿血红晚礼服，乌棕头发里别着珠宝或是星星；这个身影也打量着他，却是带着愤怒与怨恨的。

斯刚德斯先生把齐尔德迈斯拽到右手边。“就站这儿！”他兴奋地说，“先闭上一只眼！看见了吗？仔细看！她嘴那个地方现在是一朵红白相间的玫瑰。”

“咱俩对魔法的反应不大一样，”齐尔德迈斯道，“我见到的景象自是非常奇怪，可您说的我倒没发现。”

“你敢来这儿，胆子够大的呀，”坡夫人的两重身影一齐对齐尔德迈斯发了话，“也不想想你是谁，你代表的又是谁。”

“我来这儿不是替诺瑞尔先生跑腿的。跟您说实话，我代表了谁连我自己都不甚清楚。我想大概是乔纳森·斯特兰奇吧。据我所知，他给我送来一条口信——我觉得信上内容是关于夫人您的。可送信的人遭到阻碍，没能见到我，这封信也就丢了。夫人，您知不知道斯特兰奇先生打算把您的什么事情告诉我呢？”

“我知道。”两个身影同时说。

“能告诉我吗？”

“我只要一提这事，”两个身影一齐道，“说出来的无非是些疯话。”

齐尔德迈斯耸了耸肩膀。“二十年来我一直与魔法师为伍，疯话我已经听惯了。说吧。”

于是她（或者说她俩）开始讲。斯刚德斯先生迅速从睡袍兜里掏出个小本子，动笔开始记。然而，在齐尔德迈斯眼中，坡夫人的两个身影不再像一个人似的说话。坐在望穿堂里的坡夫人讲了个住在卡莱尔附近的孩子的故事，[2]而那身穿血红礼服的坡夫人讲的似乎完全是另外一回事。她神情炽烈；为了加强言语的力量，她边说边慷慨激昂地打着手势——可她究竟说了些什么，齐尔德迈斯不得而知；她的话音完全湮没在那坎布里亚孩子的无稽怪谈里了。

“好啦！您瞧！”斯刚德斯先生做好了记录，感叹道，“就是这些——古怪的故事和传说，别人听了都会以为她疯了。我把她给我讲过的所有故事做了总结，已经初步发现和古老的仙灵传说有一些关联。我敢肯定，咱们只要去找，就一定能发现什么地方提过一伙与鸣禽密切相关的仙子。他们也许并不是牧鸟的——您一定也这么觉得，牧鸟的听上去有点儿太像个稳定营生，不像这族没长性的家伙干的事情了——不过，他们也可能是在寻求某一种跟鸣禽有关的法术。当着个容易大惊小怪的孩子，他们中的一位大概觉得把自己说成是牧鸟人比较合适。”

“也许吧，”齐尔德迈斯不是太感兴趣，“不过她打算告诉咱们的可不是这故事。并且我也想起来玫瑰在魔法方面的含义。玫瑰代表沉默。这就是为什么您能看到一朵红白相间的玫瑰——这是种消声咒。”

“消声咒！”斯刚德斯先生大为惊讶，“是啊！是啊！我明白了！我读过这方面的东西。可咱们怎样破了它呢？”

齐尔德迈斯从大衣口袋里掏出只小匣子，色如心伤。“夫人，”他说，“把您的左手伸给我。”

她把她的玉手放到齐尔德迈斯那布满纹路的棕黑手掌上。齐尔德迈

2　某个秋日的早晨，坎布里亚的一个小孩跑到她奶奶家的园子里。她在一处人迹罕至的角落里发现了一座房子，大小高矮都跟个蜂巢差不多。这房子是蜘蛛网建成的，蛛网挂了冰霜，已经变得又白又硬。网纱屋里有个小人，一会儿显得岁数极大，一会儿又变得比这孩子大不了几岁。这小人告诉坎布里亚的小孩，她是个牧鸟人，多少年来都是她在负责照管坎布里亚这一带的画眉、红翼和槲鸫。坎布里亚的小孩跟这牧鸟人一起玩了整整一冬，身材上的差距毫不影响友情的进展。其实牧鸟人一般都会把自己变得跟小孩一样大，或者把她俩都变得跟鸟儿、甲虫、雪花一样小，问题就迎刃而解了。牧鸟人还把坎布里亚的小孩介绍给很多古怪有趣的人认识，其中有些人的住所比牧鸟人的还要离奇而讨喜。

斯打开匣子，取出那根手指，将它拼到空了的地方。

什么都没发生。

“咱们得把斯特兰奇先生找来，”斯刚德斯先生说，“或者诺瑞尔先生。他俩也许能把它接上。”

“不，”齐尔德迈斯道，“没那个必要。现在还不必。您和我都是魔法师啊，斯刚德斯先生。英格兰如今处处是魔法。咱俩加起来已经研究了多少年魔法了？咱们一定知道些对症的法术。您觉得佩尔的‘修复与修正’怎么样？”

“方法我知道，”斯刚德斯先生说，“可我从来没当过实践派魔法师啊。”

“要是您不动手试试的话，就永远也当不上。施法吧，斯刚德斯先生。”

于是斯刚德斯先生施了法。[3]

手指飘起来飞到手掌上，拼了个天衣无缝、完美无缺。与此同时，他们也不再觉得周围到处是阴沉沉的、绵绵无尽的走廊了；齐尔德迈斯眼前两个女人的身影渐渐融会，合二为一。

坡夫人慢慢站起身来。她双眼飞快地左看右看，就好像在重新认识这个世界。屋里所有人都发现她变了。她脸上拼命活动着，富有激情；双目炯炯，散发出愤怒的火光；她高举双臂，紧握拳头，像是打算往谁的脑袋上砸。

“我中了魔咒！”她放声大喊，“我被拿去做交易，成了一个恶人事业的垫脚石！”

3　就像马丁·佩尔绝大多数法术一样，“修复与修正”需要特制专用的工具或者钥匙。在目前这种情况下，他们需要的钥匙是一种小十字架似的东西，由薄金属片一横一竖拼成。十字架的四臂分别代表过去状态、未来状态、完整（或曰健全）状态和残缺（或曰疾病）状态。斯刚德斯先生事后发表在《当代魔法师》上的报告提到，他当时用的是一把勺子和坡夫人梳妆箱里的一根锥子，坡夫人的女仆用缎带将它们绑在了一起。

“老天啊！”斯刚德斯先生叫起来，“我亲爱的坡夫人……”

“镇静一下，斯刚德斯先生！”齐尔德迈斯说，“咱们没工夫扯那些没用的。让她说！”

“我的心已经死了，身也活不了多久了！”她落了泪，直拿拳头击打胸口，“且不止是我！其他人现在还在遭罪！——斯特兰奇太太，还有我丈夫的仆人史蒂芬·布莱克！”

她讲起自己一场场熬过的寒冷而鬼魅的舞会，自己被逼着一遍遍参加的枯燥的列队游行，还有那令她和史蒂芬·布莱克都说不出自己困境的奇异的约束。

斯刚德斯先生和用人们每多知道一点，心中就多一分恐惧。齐尔德迈斯坐着聆听，一脸不为所动。

“咱们必须给各大报纸的编辑去信！”坡夫人大叫道，“我这回一定要当众揭发！”

“揭发谁？”斯刚德斯先生问。

“当然是那俩魔法师了！斯特兰奇和诺瑞尔！”

“斯特兰奇先生？”斯刚德斯先生支吾着，“不对，不对，您误会了！我亲爱的坡夫人，您花几分钟好好想想自己在说什么。对诺瑞尔先生，我无话可说——他对您犯下了滔天大罪！可斯特兰奇先生并未伤害过您——至少没有故意伤害过。与其说他害人，不如说他是被人害了！”

“噢，”坡夫人叫道，“正相反！我觉得他比另外那个糟糕得多。因为疏忽大意，因为那冷酷而男性化的魔法，他背叛了最优秀的女人、最贤惠的妻子！”

齐尔德迈斯站了起来。

“您这是要上哪儿去？”斯刚德斯先生问。

“去找斯特兰奇和诺瑞尔。”齐尔德迈斯道。

“为什么？”坡夫人突然向他开了火，“去给他们通风报信，好让他们有所准备，对付一个复仇的女人？哦，你们这些男人真能相互包庇！”

“不，我是要去帮他们救出斯特兰奇太太和史蒂芬·布莱克。”

拉塞尔斯继续前行。小道延伸进一片树林，入口处有尊女子雕像，两手分别举着一只挖出来的眼睛和一颗剜出来的心脏——跟齐尔德迈斯描述的一模一样。尸体挂在荆棘枝上，腐烂程度不一。地面积着雪，四周静悄悄的。

不多会儿，他来到塔前。他想象中这座塔会是个彼界才有的奇丽所在；“可说实在的，”他心想，“这也太一般了，跟苏格兰边区那些城堡差不多。”

塔的高处开着孤零零一个窗户，里面亮亮的是烛光，还有个人影在往外看。拉塞尔斯还发现了些事情——齐尔德迈斯当时若不是没看见就是懒得汇报：林间的树上缠满了蛇一样的生物，样子看上去沉重、松垮。其中一条正把一具新鲜、肉头的尸体整个儿往下吞。

树林与溪水之间，站着那苍白面庞的年轻人。他双眼空茫，眉毛上落了薄薄一层露水。他身上穿的制服是第11轻龙骑兵团的，拉塞尔斯觉得。

拉塞尔斯冲他说了如下这番话：“前些天，我的一位同胞来这儿找过你。他还跟你说话来着。你提出跟他决斗。结果他逃跑了。他是个黑发黑眼、不招人待见的家伙，浑身恶习，出身低贱。”

就算这年轻人根据这番描述想起了齐尔德迈斯，他也没表现出来。他用一种死沉沉的声音说道：“我是挖眼剜心城堡的大护卫。我发起挑战，向……”

“行啦，行啦！”拉塞尔斯不耐烦地喊叫起来，“我不在乎那一套。我来这儿就是为了跟你斗一斗的。那家伙的软弱玷污了英格兰的荣光，我要把这污点洗刷掉。”

窗边的身影急切地探出身子来看。

苍白的年轻人什么都没说。

拉塞尔斯怒喝一声：“好啊！你乐意的话，就当我对这里的女人有各种企图吧。我一点儿都不在乎！咱们用枪？”

苍白的年轻人耸了耸肩膀。

没有助手为他们服务，拉塞尔斯就告诉那年轻人，他俩之间得隔开二十步远，并亲自量出了这段距离。

他们各自站好位置，正准备开枪，拉塞尔斯突然想起了什么。“等等！”他叫起来，“你叫什么名字？”

那年轻人目光呆滞地望着他。“我不记得了。”他说。

他俩同时开了枪。拉塞尔斯印象中，那年轻人在最后一刻是故意往别的地方瞄的。拉塞尔斯才不管这些：他若是个胆小鬼，下场就更惨呗。他自己那一枪精准得令人满意，子弹穿透了那年轻人的胸膛。他看着对方倒地丧命，心中强烈的兴趣与满足感和他刚刚杀掉德罗莱特的时候一个样。

他将那年轻人的尸体挂到近旁的一棵荆棘上。随后，他便冲树上那些腐化中的尸体和蛇一样的生物开枪取乐。这愉快的活动没进行多久，他就听见林间小道上传来马蹄声声。从相反的方向——从仙境而非英格兰，一个黑影骑着匹黑马正向他逼近。

拉塞尔斯转过身来。“我是挖眼剜心城堡的大护卫。”他发了话……

第六十五章

灰烬、珍珠、被罩和一个吻

一八一七年二月中旬

卢卡斯和其他用人一起离开何妨寺的时候，史蒂芬正在哈里大街宅子顶楼自己的卧室里更衣。

伦敦这座城市摊上的奇人怪事比哪里都多，如今奇中之奇无疑是史蒂芬的卧室。这间屋里的东西无一不贵重、罕见、巧夺天工。假如内阁成员——英格兰银行的头头们——有机会将史蒂芬卧室里的东西搞到手，那他们从此就可以高枕无忧了：大不列颠欠下的债全能还清，余下的零头还够再建一个伦敦城。多亏了白毛先生，史蒂芬手上有不知哪些王国的御宝，甚至有科普特教皇穿过的绣袍。窗台上的花盆里没有花，只有珍珠红玉镶嵌的十字架、刻花首饰和一些早已入土的军事修会会众的勋章。小柜橱里装着一片西斯廷教堂天顶的墙皮和一根巴斯克圣人的大腿骨。门背后的木钉上挂的是圣克里斯托弗的帽子，地板上大部分空间都被米开朗基罗亲手雕的洛伦佐·德·美第奇的大理石像占据了（雕像此前一直是立在这位伟人位于佛罗伦萨的坟墓顶上的）。

一面小镜子支在洛伦佐·德·美第奇的膝盖上，史蒂芬正对镜刮脸。这时，白毛先生出现在他肩旁。

“那魔法师回到英格兰了！”他大叫起来，“昨天晚上我在王道上看见他了——周身裹着永夜，像披了件神秘的斗篷！他想要什么？打算干吗？噢，我这是要完蛋啊，史蒂芬！我能感觉得到！他是要狠狠加害于我的！”

史蒂芬感到一丝寒意。这位先生情绪焦虑、恐慌的时候，往往是最危险的。

“咱们得把他杀掉！”先生说。

“杀了他？哦，不，先生！”

“为什么不呢？咱们就能永远摆脱掉他了！我可以用魔法捆住他的胳膊、蒙住他的眼睛、粘住他的舌头，然后你就一刀捅了他的心脏！”

史蒂芬脑子飞快地转。“不过，他回来可能跟您全无关系，先生。”他提示道，“您想想，他在英格兰就有多少仇敌——我是说人类的仇敌。他回来可能是为了跟某一位继续吵下去。”

白毛先生一副不太相信的模样。任何推理过程，只要不涉及自己，他理解起来都很困难。“我觉得那种情况不太可能。”他说。

“哦，可能的！”史蒂芬感觉话题越来越稳妥了，“报纸、杂志上都登了他的事，说得可怕极了。有传言说他谋杀了自己的太太。好多人都信了。若不是如今这情况，他现在很可能都已经被抓起来了。而且大家都知道，另外那位魔法师一手编造了这一切谎言和含糊其辞。斯特兰奇极有可能是回来找他师父报仇的。”

白毛先生愣愣地盯了史蒂芬一两秒钟。随后他大笑起来，几秒钟之前情绪有多差，现在情绪就有多好。“咱们没什么可怕的了，史蒂芬！”他兴高采烈地叫起来，“两个魔法师闹翻了，彼此相恨！可离开了对方，自己又什么都不是。一想到这儿，我有多欣慰啊！有你辅佐，我有多幸福啊！可巧了，今天我正打算给你个绝妙的礼物——这玩意儿你都已经盼了好久了！”

“真的吗，先生？”史蒂芬叹了口气，“那可是大快人心啊。”

“不过咱们还是应当杀个人，”白毛先生突然又回到之前的话题上，“我今天上午给气得够呛，有人就该为此丧命。你觉得杀掉那个老的魔法师怎么样？——哦，等等！杀了老的，就等于帮了小的——我可不想便宜了他！坡夫人那个丈夫如何？他个头太高、脾气太傲，还把你当用人使唤！”

“可我就是个用人，先生。”

“也是英格兰的国王！是的，这方案妙极了！咱们这就一起去找英格兰国王。到了那儿，你就可以置他于死地，取而代之！我给你的宝珠、王冠和权杖都在这儿吗？”

“可是大不列颠法律不允许……”史蒂芬提起话头。

“大不列颠法律！废话！胡扯！我还以为你早都明白了，大不列颠的法律无非是一纸空文，是人类妄想与幻梦的证明。若是根据我族奉为戒律的古法，一般都是谁杀掉国王谁继位的。”

“可是，先生，您还记得您碰见那位老先生的时候有多喜欢他吧？”

“呵，这倒是实话。不过要事当前，我甘愿抛开个人好恶。问题是咱们有太多敌人了，史蒂芬！英格兰有太多的坏蛋！我知道了！我得向我的盟友请教，求他们指出谁才是咱们最大的敌人。咱们一定要小心谨慎。咱们一定要深谋远虑。咱们一定要把问题问准确了。[1]我得求北风和黎明立刻把咱们带到英格兰对我威胁最大的人面前。你听见了，史蒂芬，我这里说的是我自己的命，可我已经把你的命运和我的紧紧联系在了一起，你我二人已不分彼此。对我有威胁的人，对你也是一样！快，拿上你的宝珠、王冠和权杖，跟你被奴役的过去永别吧！也许你再也见不到它了！”

“可是……”史蒂芬正欲开口。

太晚了。白毛先生已伸出他又长又白的双手，挥舞了那么一下。

---

1 “敢问世间谁最美”放在童话里问问当然可以，可现实中没有任何法术、仙子或者人类肯回答这类不准确的问题。

史蒂芬满以为他们会被带到其中一位魔法师的面前——也可能两位都在。然而，他和白毛先生却发现自己置身于一片白雪皑皑、广袤空寂的荒原。雪还在下。一面地势高起，渐渐与那阴云密布的灰天相接；另一面可见雾气笼罩下白色的远山。在这样一片荒凉寂寞的所在，只有一棵树——一棵歪脖山楂树——在不远处立着。史蒂芬心想，这儿看着真像望穿堂外的郊野。

“嘿，真是怪了！”白毛先生道，“我一个人也没见着。你呢？”

“没有，先生。一个人都没有。”史蒂芬如释重负地答道，“咱们回伦敦吧。”

“我想不通……哦，等等！这儿有人！”

约半里地开外，似乎有一条路或者小径之类的东西。路上有匹马拉着小车，正缓缓往这边走来。走到山楂树旁边，车停了，车上下来个人。这人步履沉重地穿过荒原，冲他二人走来。

“妙极了！”白毛先生叫道，“咱们马上就知道这最邪恶、最强大的敌人是谁了！戴上你的王冠，史蒂芬！让他当着咱们的威力与威严颤抖吧！好极了！举起你的权杖！对了，对了！把你的宝珠亮出来！你看着多精神哪！多有王者风范！来，史蒂芬，趁他还得走一会儿才能到……”白毛先生凝望着远处白皑皑的荒原上举步维艰的小小身影，“……我告诉你件事。今天几号？”

“二月十五号，先生。圣安多尼庆日。”

“哈，真是个无聊的圣人！等将来，英格兰的百姓会在二月十五号的时候庆祝点儿更有意义的事情，而不是纪念一个只会帮人遮雨、替人寻顶针的僧侣。”[2]

“真的会吗，先生？庆祝什么呢？”

2　指的是帕多瓦的圣安多尼。这位圣人的神迹包括使正听他布道的会众或者他善待的女佣免遭雨淋。他还能帮人把丢了的东西找回来。

“史蒂芬·布莱克的命名！”

“先生，您说什么？”

“我告诉过你，史蒂芬，我会找到你的真名姓的！”

“什么！先生，我妈妈当真给我取过名字了？”

“是啊，当真！一切正如我所料！——倒也没什么稀奇，这种事情我错不了。她用她自己的语言给你取了个名字。这名字是她小时候常听自己族人提到的。她给你取了名，却没把你的名字告诉任何人。她甚至都不曾用它轻唤过幼小的你。她还没来得及，死神就悄悄追上她，她毫无戒备就被带了走。”

史蒂芬的脑海里浮现出一幅图景——船上那幽暗且散发着霉味的货舱里，他的妈妈因分娩之苦已精疲力竭，周围站着一圈陌生人；他自己还是个小小的初生儿。她究竟会不会说船上其他人的语言，他已无从知晓。她感觉得有多孤立啊！若能在当时伸出手去摸摸她、安慰她一下，他宁愿付出任何代价，可他离开她后都已经过了这么多年了。对英格兰人，他感觉自己的心肠又硬了一分。几分钟前，他还千方百计地劝白毛先生不要杀斯特兰奇，他何必去关心一个英格兰人的命运？他何必去关心这冷酷无情的民族会有什么下场？

叹了口气，他暂时撇开了这些想法；他发现白毛先生还在说话。

“……这件事是极有教育意义的，充分体现了我本人最负盛名的美德；具体来说就是舍己为人、友谊第一、追求高远、感知敏锐、足智多谋、英勇无畏。”

“先生，您说什么？”

“我搜寻你名姓的经历，史蒂芬，我正要跟你提呢！你听着，你的妈妈死在一艘名唤‘盘罗’[3]号的船的货舱里，这艘船当时正从牙买加往

3 “盘罗”是诺森布里亚一地地名。在那里，约翰·乌斯克格拉斯和他的仙军头回现身英格兰。

利物浦走。后来呢，”他换上一种就事论事的口气，又补了一句，“那些英格兰水手就把她扒光，扔到海里去了。”

“唉！”史蒂芬轻叹一声。

“于是呢，你大概也想象得到，我寻你名姓的任务就变得格外艰难。一过三四十年，跟你妈妈有关的东西只剩四件：她分娩时的尖叫——渗入了船上的木地板；她的骨头——浑身只剩下骨头，皮肉和能嚼动的地方都被鱼吃掉了……”

“啊！”史蒂芬又惊叫起来。

“……她那件玫瑰红的棉布裙衣——后来落到个水手手里；还有一个吻——那艘船的船长两天前偷偷亲了她一下。接下来，”白毛先生道（显然十分得意），“你就会知道，是怎样的机智与谋略带我走遍天下，追踪她这四件东西的脚步，直到把它们一件件寻了回来，参出你辉煌的名姓。‘盘罗’号开到了利物浦，坡夫人那恶丈夫的坏爷爷带着他的仆人下了船——仆人怀里抱着还是婴儿的你。‘盘罗’号接下来的目的地是苏格兰的利斯，航行途中遇到暴风雨沉了船。各式各样的船柱以及船身的残骸被冲上了岩滩，其中包括吸收了你妈妈尖叫的那些木板。木板被个穷鬼捡去造房子的顶棚和四壁。找这房子对我来说轻而易举。它建在一座风极大的海角上，脚下便是汹涌澎湃的大海。房子里挤着穷鬼一家，四世同堂，生活贫困潦倒。你要知道，史蒂芬，那些木头自有一种顽固傲慢的天性；它们不会那么情愿地把什么都告诉你——就算你是它们的朋友。比起直接对付木头，对付它们烧成的灰则往往容易得多。于是我就把那穷鬼的房子烧了个精光，将余烬盛进瓶子里继续赶路了。”

“烧了，先生！但愿没人受伤！”

“受伤嘛，倒是有几个。青壮年的都从大火里及时逃了出去，不过家里上岁数的、体弱多病的、女人小孩什么的就都烧死了。”

"噢！"

"接着，我就去追踪你妈妈的骨头。我记得我刚才说过，她被扔进海里，海水流动不息，鱼儿干扰不休，尸首只剩下骨头，骨头化作粉尘，粉尘很快又经岩面上一层牡蛎转化为一把极美的珍珠。珍珠收获后便被卖到巴黎一家珠宝行里，穿成一根五股式的珍珠项链，完美无瑕。珠宝商将其卖给一位美丽的法国女伯爵。七年后，那女伯爵被砍了头，生前的珠宝、衣裙、个人财物都被一位革命党人据为己有。这恶棍直到近些年都在卢瓦尔河谷一个小镇当镇长。每到夜深人静之时，他等家中仆佣全都睡下，一个人躲在自己的卧室里，穿起女伯爵的裙衣，戴上女伯爵的首饰——绫罗珠宝全副武装，在一面大镜子前耀武扬威地走来走去。我找见他的那天夜里，他就这副模样——可以说是相当滑稽。我当场就把他勒死了——用的就是那串珍珠项链。"

"噢！"史蒂芬道。

"我把项链摘走，任那一脸苦相的尸首倒在地上，随后继续赶路。接下来，我把注意力集中在你妈妈那件俏皮的玫瑰裙上。当初得了这条裙子的水手把它跟自己的东西放在一起，就这样过了一两年，他刚巧走到美洲东海岸一个又冷又穷困的小村庄，名唤'笛手冢'。他在那儿碰见个又高又瘦的女人，为了给人家留个好印象，他就把这条裙子当礼物送给了她。裙子那女人穿了不合适（你的妈妈，史蒂芬，体型浑圆可人，富有女性特点），可颜色她喜欢。于是她把裙子裁成几片，拼凑些便宜料子，缝了一面被罩。她后来的经历没什么可讲的——她嫁了好几次人，丈夫没一个能活过她。我找着她的时候，她已经老朽枯干。我趁她睡觉的时候把被罩从她身上揭走了。"

"您没把她杀了吧，先生，没有吧？"史蒂芬焦急地问。

"没有，史蒂芬。我何必杀她呢？那里一夜苦寒，窗外积雪四尺，北风狂号。她可能冻死了。我不知道。好了，咱们终于说到那个吻和偷偷吻你妈妈的那个船长了。”

“您是把他杀了吗，先生？”

“没有，史蒂芬——虽说我绝对是想这样惩罚他一下的，谁让他侮辱了你敬爱的妈妈呢，可这人二十九年前就在瓦莱塔被绞死了。幸亏他生前亲吻过一大堆小姑娘，你妈妈那个吻的气节与力量也过渡到她们身上。于是，我必得把她们都找到，从她们身上把你妈妈那个吻的残余都提取出来。”

“您是怎么做到的，先生？”史蒂芬问，然而这答案他恐怕已经心知肚明了。

“噢，只要人一死，就容易得很了！”

“死了那么多人，就为了找我的名字。”史蒂芬哀叹道。

“我情愿再多杀一倍——不，一百倍——不，十万倍还要多！——我对你的感情就是这么深，史蒂芬。利用蓄有她尖叫的灰烬、她骨头所化的珍珠、她裙衣裁制的被罩和她那个吻里具有魔力的精华，我参出了你的名姓——我作为你最好的朋友、最高贵的恩人，现在就把它……哦，咱们的敌人来了！等咱们杀了他以后，我就把你的名姓赐予你。小心啊，史蒂芬！待会儿很可能是一场魔法搏斗。我猜我必得化作他形——鸡蛇兽、剥了皮的脑袋加血淋淋的骨头、火焰雨，等等等等。你最好还是往后站站！”

陌生人走近了。这人身材跟班伯里的干酪一样单薄，* 长得好似只隼，面相极不体面。他身上的衬衫和外套褴褛不堪，靴子也穿坏了，上面全是窟窿。

“啊，”白毛先生略一迟疑后说道，“实在是太意外了！史蒂芬，这个人你以前见过吗？”

---

* 班伯里地区生产的干酪只有一英寸薄。该比喻似出自莎士比亚名剧《温莎的风流娘儿们》第一幕中巴道夫对斯兰德的咒骂。

“是的，先生。我恐怕确实见过。我过去跟您提起过他。他身上有些奇异的损伤；是他把预言告诉了我。他名叫闻秋乐。”

“您好啊，国王陛下！”闻秋乐对史蒂芬道，“我当时不是告诉您时机快到了嘛！现在时机已到！雨水为您串起门帘，您自其间过！顽石为您砌起宝座，您自其上卧！”他带着一种神秘莫测的满足感从头到脚地打量着史蒂芬，就仿佛史蒂芬身上的王冠、宝珠和权杖都是他的功劳。

史蒂芬对白毛先生道：“您央求的那几位圣贤也许搞错了，先生。它们也许带咱们找错了人。”

“只能是这个原因了，”白毛先生附和道，“这流浪汉对任何人都构不成威胁，对我就更没有了。不过既然北风和黎明已经费心帮咱们找到了他，咱们不把他杀掉可就是对它们的大不敬了。”

奇怪的是，闻秋乐听到这提议毫不为所动。他大笑起来。“你若有这个能耐，不妨试试，你个仙子！你会发现我难杀得很！”

“真的吗？”白毛先生道，“可我必须要说，在我看来没什么比杀你更容易的了！你要知道，我特别善于消灭各种各样的东西！屠龙、水淹敌军、唤起地震和风暴吞噬一座座城池，我什么没干过！你是个凡人。你势单力孤——凡人皆是如此。而我身边都是古老的好友与同盟。你个流氓，你拿什么跟我们斗？”

闻秋乐把脏乎乎的下巴冲白毛先生一扬，显得极不以为然。“我有本儿书！”他说。

这话来得奇怪。史蒂芬不禁想到，闻秋乐手上若真有本书，还是把书卖了买件好点儿的外套比较明智。

白毛先生扭过头去，突然专注地凝望起远方连绵一线的白山来。“啊！”他怒吼一声，激动得就好像自己被什么击中了一般，“啊！他们把她从我这儿拐跑了！贼！贼！英格兰的贼！”

“谁，先生？”

“坡夫人！有人破了魔咒！”

“那是英格兰人的魔法，仙子！”闻秋乐叫道，“英格兰人的魔法又回来了！”

“你现在看出他们有多傲慢了吧，史蒂芬！”白毛先生喊道，随后飞快地转过身来，给了闻秋乐一眼，眼里的怒火呼之欲出，“你现在看出咱们的敌人有多凶险了吧！史蒂芬，给我找根绳子来！”

“绳子，先生？我敢说走出几里地去都找不到的。咱们何不……”

“没有绳子喽，仙子！”闻秋乐嘲笑他。

他们头顶上空有了一些变化。道道雨雪不知怎的绞在了一起，蛇行一般从空中飞向史蒂芬。转眼间，一截粗壮的绳子落到了他的手上。

“看哪！”白毛先生欢欣鼓舞地大叫起来，“史蒂芬，你看！这儿有一棵树！这么一大片荒原里只有这么一棵树，正符合咱的需要！不过英格兰一向是我的朋友，一向对我特别有帮助。快把绳子搭在树枝上，咱们一起把这流氓给吊死！”

史蒂芬犹豫了，一时不知如何阻止下一幕惨剧。他手里的绳子似乎等得不耐烦了，跳出了他的手心，自己把自己齐齐分为两段。其中一条贴地蛇行至闻秋乐站的地方，紧紧将他捆了个动弹不得。另一条飞快地把自己系成个完美的套索，干脆利落地挂上了枝头。

白毛先生喜不自胜，一看要把人吊死，他的精神头又来了。“跳不跳舞，流氓？”他问闻秋乐，“我这就教你点儿新舞步！”

一切犹如噩梦里的光景。事情发生得迅速且毫无间隙，史蒂芬既找不到合适的时机插手，也找不到合适的话插嘴。至于闻秋乐本人，在被处决的过程中，其行为一直都很怪异。他似乎一直没搞清别人要对他做什么。他一个字没说，只是烦躁地嚷嚷了几声，就好像受了多大的委屈，并因此发了脾气。

白毛先生抓起闻秋乐，扔在了套索底下，整个过程看似不费吹灰之力。套索自动搭在了他的脖子上，随后猛地一提，他双脚便离了地；与此同时，另一条绳子从他身上松了绑，把自己理顺了躺在地上。

闻秋乐双脚在空中无谓地踢蹬；他的身子直打挺，在空中不停旋转。他自诩难杀得很，脖子却相当容易断——在这空寂的荒原上，那咯嚓一声听得分外清晰。他又抽搐了一两下，随后便断了气。

史蒂芬忘了自己曾下定决心仇视所有的英格兰人，双手捂住脸哭了起来。

白毛先生绕着圈儿又唱又跳，跟个小孩遇到什么特别高兴的事情一样；唱完了跳完了，他聊闲话儿似的说道："嘿，这可真没劲！他一点儿都没挣扎。我好奇他是什么人。"

"我和您说了，先生，"史蒂芬边说边擦眼睛，"是他把预言告诉了我。他身上有种奇怪的损伤，就像写了字一样。"

白毛先生扒了闻秋乐的外套、衬衫和领巾。"是啊，这不是嘛！"他声音里隐约有些惊讶。他用指甲刮了刮闻秋乐右肩上的一个小圆圈，看看能不能刮掉。发现刮不掉，他便没了兴致。

"来吧！"他说，"咱们这就去给坡夫人下一道咒。"

"下咒，先生！"史蒂芬道，"咱们为什么要这么干？"

"噢！让她活不过一两个月。这办法——先不说别的——相当有传统了。摆脱了魔法控制还有机会活长久的人，真是少之又少——假如是从我这里逃的，我绝不给这个机会！坡夫人离咱们不算远，并且咱们一定要让那些魔法师知道：反对咱们，惩罚是躲不掉的！来吧，史蒂芬！"

第六十六章

乔纳森·斯特兰奇与诺瑞尔先生

一八一七年二月中旬

诺瑞尔先生扭头往身后的走廊看去。这条走廊曾经是从藏书室通往宅内其他地方的。假如他自信沿它走下去能找到拉塞尔斯和用人们，他早已经上路了。可他更相信斯特兰奇的魔法是会直接将他带回原地的。

藏书室里传出个声音，把他吓了一跳。他等了等，却没见人出来。过了一会儿他才发觉自己知道这是什么声音。他从前听过千百遍了——这是斯特兰奇看到书里某些段落因生气而抗议的声音。这声音是那样熟悉——在诺瑞尔先生心中，这声音和他生命里最快乐的一段时光联系得是那样紧密——诺瑞尔先生因此有了勇气，推门进了藏书室。

最先映入眼帘的是无数的蜡烛。屋里灯火通明。斯特兰奇懒得找蜡扦；他直接把蜡烛粘在桌面或是书架上。他甚至还把蜡烛粘在了一摞摞的书上。藏书室眼看就有失火的危险。到处都是书——有些铺散在桌上，有些乱扔在地上，不少都面朝下扣在地板上，这样斯特兰奇就不会忘了之前读到哪个地方。

斯特兰奇正站在屋子的另一头。他比诺瑞尔先生记忆中的样子瘦多了。他胡子刮得不怎么讲究，头发也东结一团、西刺一尖的。诺瑞尔先生走上前去，他也没抬头看。

“一一二四年，诺里奇七人；”他照着手里一本书念，“一一五一年圣诞，约克郡的艾思加斯四人；一二〇一年，埃克塞特二十三人；一二四三年，德比郡的哈瑟塞吉一人——均中了巫蛊被诱拐到仙境。这个问题他一直没有解决。”

诺瑞尔先生本以为随时都有被魔法闪电劈死的危险，听他声音如此镇定，不禁回头看可有别人也在屋里。“你说什么？”他问。

“约翰·乌斯克格拉斯，”斯特兰奇道，还是没费工夫转身，“他无法阻止仙子把人间男女拐骗走。他都干不成的事情，我为何自以为有这个本事呢？”他又往下读了一段。“您设的迷阵，我喜欢。”他闲闲地聊起来，“您用的是希克曼吗？”

“什么？不。是德·切佩。”

“德·切佩！真的？”斯特兰奇终于直直看向他的师父，“我一直以为他是个无足轻重的学者，以为他脑里的想法没任何独到之处呢。”

“他向来不讨那种爱炫技的人的喜欢，”诺瑞尔先生神情紧张，不知斯特兰奇这文明讲礼的态度还能坚持多久，“他对迷阵、魔法途径、靠走几步路拐几道弯就可能会生效的咒语之类的东西很感兴趣。贝拉西斯在《原术》中对他的法术有一段很长的描述……”他顿了顿，“……你从来没读到过。唯一一本《原术》在这里。就在窗户边上第三个架子上。”他伸手一指，发现那个架子已经被腾空了。“也可能在地上，”他提示道，“在那一摞里。”

“我过会儿就看。”斯特兰奇让他放心。

“你建的迷阵也相当值得称道。”诺瑞尔先生说，“为了走出去，我花了大半夜工夫。”

“哦，我还跟过去碰到这类情况时一样，”斯特兰奇毫不在意地讲，“仿照您的办法，再做些改进。这情况有多久了？”

“你说什么？”

“我在黑暗里待了多久了？”

“自打十二月初开始。”

“那现在是几月？”

“二月。”

“三个月！”斯特兰奇惊道，“三个月！我还以为过了多少年了！”

诺瑞尔先生曾多次想象他二人这场对话会是什么样子。每一次，他脑海中的斯特兰奇都是怒火中烧、一心复仇，而他自己则为了洗脱罪名提出一个又一个强有力的证据。如今终于相见，斯特兰奇却这样漫不经心的，他彻底乱了阵脚。他那狭小枯干的灵魂里一直有些隐隐的痛，此刻也苏醒了，长出利爪撕扯着他。他的双手抖了起来。

“我一直是你的敌人！”他突然放声大叫，“我毁了你写的书——只给我自己留了一本！我毁了你的名誉，设下阴谋陷害你！拉塞尔斯和德罗莱特见谁都说你杀了自己的妻子，是我哄他俩相信的！”

“是啊。”斯特兰奇道。

“这可都是严重的罪过！你怎么不生气呢？”

斯特兰奇似乎也承认这问题问得很有道理。他思忖片刻。“我想这是因为我从最后一次见您到现在已经发生了很多次变化。我变成过树木、河流、山坡和石头。我同繁星、土地和大风谈过话。一旦做过承载英格兰所有魔法的渠道，谁也无法保持本色了。您的意思是，我本来是会生气的？”

诺瑞尔先生点点头。

斯特兰奇脸上又现出他过去那种嘲弄人似的微笑。“那您放心吧！我敢说我会再生一遍气的。早晚会的。”

“你干出那些事来，就是为了跟我作对？”诺瑞尔先生问。

“跟您作对？”斯特兰奇十分惊奇，“不！我那都是为了把我爱人救出来！”

二人一时无话。在此过程中，诺瑞尔先生感觉无法与斯特兰奇对视。“你想从我这儿得到什么？”他问，声音低沉。

“无非是我一直都想得到的——您的帮助。”

“破了那巫蛊？”

“是的。”

诺瑞尔先生想了想。“遭巫蛊满一百年的当天往往是最有希望的，”他说，“有几种仪式及操作办法……”

“谢了，”斯特兰奇说道，曾经那嘲讽的态度愈发明显，“不过我觉得我希望办法起效得再稍微快一点。”

“施蛊者一死，这类约束与巫术都会失效，但是……”

“啊，是的！没错！”斯特兰奇急切地插话进来，“施蛊者的死！我在威尼斯的时候常常想到这一点。英格兰所有的法术都在我囊中，我有那么多办法可以把他杀掉。从极高的地方把他扔下去。召来道道闪电把他烧焦。托起群山把他压死在底下。若被囚禁的是我，我绝对是要试试看的。可失去自由的不是我——是阿拉贝拉——我万一试了以后不成功——我万一被害死了——那她的命运可就永远改变不了了。于是我就继续思考。我就想到，这世上有这么一个人——千秋万代、凡间彼界也只有这么一个人——他知道怎样打败我的敌人，他会告诉我该怎样做。我意识到，是时候同他谈一谈了。”

诺瑞尔先生神色从未这样慌张过。“噢，可我得告诉你，我再也不自认为高你一等了。我的阅读量比你丰富很多，这是实话——能帮得了你的，我也一定会帮——可我不能保证我就一定比你强。”

斯特兰奇皱起眉头。“什么？您在说什么啊？我指的不是您！我指的是约翰·乌斯克格拉斯。我想请您帮我一起把约翰·乌斯克格拉斯召唤出来。”

诺瑞尔先生感到气短。连空气都像是起了震荡，似有低音奏响。他的意识清晰到几乎痛苦的程度：黑暗将他们包裹，新星在头顶升起，钟表停了以后一片沉寂。这是个重大的黑暗时刻，永无完结，直压到他身上，把他压得喘不过气来。在这一刻，不费吹灰之力便会相信约翰·乌斯克格拉斯就在近旁——只隔一道咒语；屋子另一头角落里幽深的阴影是他长袍的皱褶，扑闪的烛火升起的黑烟是他头盔上渡鸦的护罩。

而斯特兰奇看上去并未被这非凡的恐惧所压迫。他往前探了探身，脸上带着一种迫切的、半笑未笑的神情。“来吧，诺瑞尔先生，”他低声道，“给利物浦伯爵干活多无聊啊。您一定这么觉得吧？往峭壁沙滩上施保护咒这种事情让别的魔法师去干好了。能干这些的人很快就会大批涌现的！咱俩还是去干点儿不一般的事情吧！”

二人又是一时无话。

“您害怕了。”斯特兰奇不满地撤回了身子。

“害怕！”诺瑞尔爆发了，“我当然害怕！不害怕就是疯了——彻底疯了！可我反对的不是这个。这么干不管用的。无论你想达到什么目的，这么干都不管用的。就算咱们真把他召唤来了——你我合力，还是很有可能做到的——他也不会以你想象中的方式帮助你的。君王可不会成全无谓的猎奇——这位君王尤其不会。”

“您管这叫无谓的猎奇？……”斯特兰奇正要说下去。

“不，不！”诺瑞尔慌忙打断了他，“不是我。我只是向你表明他会怎么以为。丢了两个女人，他在乎什么？你这是把约翰·乌斯克格拉斯想成普通人了——我的意思是，把他想成你我一样的凡人。他在仙境长大，在仙境受的教育。墣落里的规矩对他来说是天经地义的——而大部分墣落里都有被扣押的凡人——他自己便是一个。他不会明白的。”

“那我就解释给他听。诺瑞尔先生，我为了救出我的爱人，已经改换了英格兰的模样。我已经改变了这个世界。召唤个人出来，我是不会畏首畏尾的；他能有多可怕，就由他去吧。来吧，先生！在这儿争来争去没什么意义。先把他请来再说。咱们从哪里入手呢？”

诺瑞尔先生叹了口气。“这跟召唤任何人都不一样。但凡是牵扯到约翰·乌斯克格拉斯的法术，都有其特定的困难。”

“比如？”

“比如，比如首先咱们就不知道该怎么称呼他。召唤类的咒语要求施法者对姓名特别仔细。咱们用来称呼约翰·乌斯克格拉斯的名号没有一个真真正正是他自己的名号。根据史书记载，他还未来得及受洗起名，便被诱拐到仙境——于是他成了墣落里无名的孩子。‘无名奴隶’就是他曾经用来自称的名号之一。当然，仙灵也按他们自己的习惯给他取了个名字，不过这名字他一回到英格兰就弃而不用了。至于他那些称号——‘乌衣王’‘黑国王’‘北方之王’——都是别人称呼他用的，不是他用来称呼自己的。”

“是，是！”斯特兰奇不耐烦地大声宣告，“这些我都知道！难道约翰·乌斯克格拉斯不是他的真名姓吗？”

“噢，绝不可能！这是一个诺曼贵族青年的名字，我记得这人在一〇九七年的夏天就死了。国王——咱们的约翰·乌斯克格拉斯——声称这个人是自己的父亲；但二人究竟有没有血缘关系，众说纷纭。我认为他名号芜杂并非偶然。国王深知自己总会吸引其他魔法师的目光，为了避免那些人骚扰，他改名换姓，有意让他们把咒语搞混。”

“那我该怎么办？”斯特兰奇打了个响指，“给我点儿建议！”

诺瑞尔先生眨了眨他那双小眼睛。他并不习惯把脑子动得这么快。“如果用一道普通的英格兰召唤咒——我强烈建议咱们这么干，因为这类法术再好不过了——咱们就能利用咒语的几个要素帮咱们做出目标认定。咱们需要一个特使、一条通途和一份手信。[1]如果咱们使用的工具

1　传统的英格兰召唤咒一般都会包括以下三要素：特使将目标找到，通途将他带到召唤者面前，而手信（或曰馈赠）保证他一定如约而至。

是认识且了解国王的，那咱们称呼他称呼得对不对就无关紧要了。咱们的工具能找到他、把他带过来并保证他一定会到——完全不用咱们管！你明白了吗？”

尽管心中充满恐惧，他一想到即将同斯特兰奇先生一起施法术——还是新法术！——整个人都生龙活虎起来。

“不，”斯特兰奇道，“我完全不明白。”

“这栋房子建在国王的土地之上，一砖一石都来自国王的僧院。附近有条河——离这间屋不足二百码；这条河过去经常带着载了国王的御用游船在水上漂荡。我厨房的菜园里有一棵梨子树和一棵苹果树——都是某个夏天傍晚国王坐在住持的园子里随口吐的果核的嫡系。就请古时僧院的砖石为咱们做特使，让那条河做通途，用来年树上结的苹果和梨子做手信。咱们只简单称他为‘国王’即可——石头、河流和果树只认得他这一个国王！”

“好，”斯特兰奇道，“那您觉得用哪条咒语合适呢？贝拉西斯里面有吗？”

“有的，三条。”

“值得一试？”

“不，不怎么值得一试。”诺瑞尔先生打开抽屉，取出一张纸来，“这是我知道的里面最好的了。召唤类的咒语我不太常用——用就用这条。”他把纸递给了斯特兰奇。

纸上密密麻麻写满了诺瑞尔先生那一丝不苟的蝇头小字。最顶上写着：“斯特兰奇先生的召唤咒”。

“这是你过去召唤玛丽亚·阿布沙龙用的那条，”[2]诺瑞尔解释道，“我做了些修改。我把你从奥姆斯柯克那里一字不差地抄过来的那

2 一八〇九年七月，在影宅，斯刚德斯先生、亨尼福特先生以及亨利·伍德霍普当时都在场。

条‘撷英拔萃’给删掉了。你是知道的，我对‘撷英拔萃’类的东西一向没什么好印象，这一条尤显得没意义。我添了一条‘维护和传送的缩影化身’，又添了一条‘锦上添花的祈愿’——不过，在目前的情况下，我怀疑这两条对咱俩能有多大帮助。”[3]

“我这条咒语现在也算是您的了。”斯特兰奇评论道。他的声音里没有丝毫怨恨或是竞争的意思。

“不，不，”诺瑞尔道，“原材料都是你的，我只不过是修齐了边角。”

“好！那咱们这就算准备好了，是吗？”

“还有一件事。”

“什么事？”

“为了保证斯特兰奇太太的安全，必须采取一些防范措施。”诺瑞尔先生解释道。

斯特兰奇瞥了诺瑞尔先生一眼，像是在怪他这会儿才想起阿拉贝拉的安危实在是晚了点儿。不过诺瑞尔先生已冲到书架前，一头扎进一本大厚书里忙着翻看，根本没有注意到。

“查斯顿的《新籍》写到过这条咒语。啊，没错！就在这儿呢！咱们要变出一条魔法路，再开一道门，这样斯特兰奇太太才能从仙境安全

3　“撷英拔萃”“缩影化身”以及“锦上添花”都是描述咒语某些组成部分的词。

十三四世纪的时候，英格兰土地上的仙灵乐于在法术中添加些训导词，任意挑一批基督教圣徒进行劝诫。仙灵无法理解基督教教义，却对圣徒特别着迷。他们认为圣徒是一种强大的魔法存在——若得之庇佑，于己有利。这些添进法术里的训导词被称为“撷英拔萃”（字面意思为采集和择选花朵），仙灵把它们教给自己侍奉的人类主人。当新教一统英格兰，圣徒失宠，“撷英拔萃”逐渐沦为魔法词以及零碎咒语毫无意义的堆砌——都是魔法师拼凑起来试试看的，盼其中一些会生效。

“缩影化身”是将某种咒语以高度凝炼的形式注入另外一条咒语，以增强或扩大后者的效果。这里所谓“维护和传送的缩影化身”是为了保护魔法师不受召唤对象的伤害。“锦上添花”（该词来自北英格兰方言，原意为“使增光”或“闪闪发亮”）指的是用少量的言语或魔咒点缀。“锦上添花的祈愿”能够促使召唤对象助魔法师一臂之力。

稳妥地走出来。不然的话，她会困在那里永不能出。咱们也许要花好几百年才找得着她。”

“哦，这个啊！”斯特兰奇道，“我都已经办妥了。我还派了个看门的守在那里，她一出来就会有人接应。一切都准备就绪。”

他捡起一块小得不能再小的蜡烛头，把它插在一根蜡扦上点着了。[4]接着，他口中念念有词，称僧院砖石为寻找国王的特使，称附近河流为国王来时通途，称诺瑞尔先生园中果树来年的收获为赠与国王的手信。他把烛火熄灭的那一刻定为国王现身之时。

烛火扑闪跳跃了一阵，熄灭了……

……就在那一刻……

……就在那一刻，屋里飞满了渡鸦。黑色的羽翼占据了每一寸空间，好像一只只大手挥舞指点；布满了斯特兰奇的视野，好像纷繁跳跃的黑色火焰。鸟儿的翅膀与脚爪从四面八方袭到斯特兰奇身上。乌啼鸦鸣震耳欲聋。渡鸦在四壁、窗户，甚至斯特兰奇的身上狂轰滥炸。斯特兰奇双手护住脑袋，倒在了地上。翅膀掀起的纷乱与喧嚣又持续了一小会儿。

随后一眨眼的工夫，渡鸦全消失了，屋里一片寂静。

所有的蜡烛都熄灭了。斯特兰奇翻过身来，仰面朝天，可有好一会儿他什么都干不了，只能在黑暗里目空一切地发呆。“诺瑞尔先生？”他最终开口叫道。

没人回答。

在伸手不见五指的黑暗里，他勉强站起身来。他成功地摸到了一张

4　一条有效的召唤咒必须具备的最后一个要素是时间上的控制。魔法师一定要通过某种方式让召唤的对象知道自己何时应当现身，否则的话（就如同斯特兰奇曾经发现的），被召唤的对象什么时候出现都有可能，只要出现过他就会觉得自己已经尽了义务。蜡烛头使用起来非常方便：魔法师命令召唤对象等火一灭就现身。

书桌——继续摸，他的手碰到了一根打翻的蜡烛。他从兜里掏出自己的火绒匣，把蜡烛点上了。

把蜡烛举过头顶，他发现屋里末日一般混沌凌乱。架子上一本书不剩，桌子、梯凳人仰马翻，几把结实的好椅子都成了劈柴。厚厚一层渡鸦羽毛铺天盖地，就好像刚下过一场黑雪。

诺瑞尔背靠张桌子，半仰半坐在地板上。他眼睛是睁着的，眼神却是一片空茫。斯特兰奇拿蜡烛从他眼前晃过。“诺瑞尔先生？”他又叫了一遍。

诺瑞尔先生茫然低声道：“我觉得可以假设咱们已经引起他注意了。”

“我觉得您说得没错，先生。您知道这是怎么一回事吗？”

诺瑞尔先生仍压着声音说道：“书都变成了渡鸦。我当时目光正好落在休·彭逖费克斯的《心之泉》上，我看见它起变化了。他经常这么干的，你要知道——利用黑鸟作乱。书上的记载我打小读到现在，谁承想有生之年居然亲眼见着了，斯特兰奇先生！有生之年居然亲眼见着了！这法术在仙灵语里有个名号，仙灵语是他童年时使用的语言，然而这名号已经失传。”[5]他突然抓住了斯特兰奇的手，“书可还安全？”

斯特兰奇从地上捡起一本，把上面渡鸦的羽毛抖落掉，瞅了一眼书名：《七门四十二钥》，皮尔斯·罗西诺尔著。他翻开书，随便挑了一段读出来：“……*君所见，异乡如棋盘：废石间果园，枯荆伴黍田，荒漠隔草甸。法师之神赫耳墨斯至高无上，派遣守卫至异乡；道道门、座座桥，此地公羊看守，彼地毒蛇放哨*……您听这些对吗？”他疑惑地问。

诺瑞尔先生点了点头。他从兜里掏出手绢，一点一点把脸上的血

5　纷飞作乱的黑鸟与大风在纽卡斯尔手套匠人的孩子的传说里也提到过（见第三十九章注释1）。

沾去。

两位魔法师坐在地板上的书和羽毛之间。有那么一小会儿，二人无话。世界变得只有烛光的范围那样小。

斯特兰奇终于发了话：“他得离咱们多近才能施这样的法术？”

“约翰·乌斯克格拉斯？据我所知，他隔着千山万水也能做到——就算在地狱深处也能做到。”

“可还是值得找一找的，不是吗？”

“是吗？”

“嗯，比如说，假如发现他就在近旁，咱们可以……”他思索片刻，“咱们就可以往他那里走。”

“那好吧。”诺瑞尔叹了口气，无论声音还是神色都显得不太乐观。

搜寻类咒语需要的头一样——实际上也是唯一一样工具就是一个盛满水的银盘。在何妨寺，诺瑞尔先生的银盘是放在这间屋角落里的一张小桌上的。渡鸦横冲直撞，桌子已经塌了，盘子也不知哪里去了。他俩寻摸了一会儿，终于在壁炉里发现了它。盘子倒扣在炉膛里，藏在一堆乱糟糟的渡鸦羽毛和湿乎乎的零散书页底下。

“得有水才行，”诺瑞尔先生道，“我过去总是让卢卡斯从河里打水。搜寻类的法术用流速快的水最好——何妨寺边的河就算在夏天也是急流。我去打水来。”

然而诺瑞尔先生可不太习惯自食其力，过了好一会儿他才终于出了门。他站在草坪上，仰望一空前所未见的星斗。他不觉得自己站在约克郡内的一柱黑暗中；他感觉更像天地陷落，只剩他与斯特兰奇二人独守一座孤岛或是海角。这念头对他来说并不像我们想象中的那样痛苦。这片天地他一向不怎么喜欢，即使失落不见，他也处之泰然。

他跪在河畔冻硬了的草丛里拿盘子舀水。陌生星斗的光芒从深深的水底直照到他身上。他又站起身来（由于从未消耗过这么大体力，他有点儿头晕）——瞬间感觉到魔法在生发，这感觉势不可挡，比之前任何一次都要强。假如有人让他描述一下究竟发生了什么，他也许会说整个约克郡从里到外翻了个个儿。他一时间已想不起自己的房子在哪个方位。他转身要走，结果一个趔趄撞到了斯特兰奇身上——斯特兰奇不知何故正在他身后站着呢。“我以为你在藏书室里等着哪！”诺瑞尔先生惊道。

斯特兰奇瞪着他。“我是在藏书室里等着呢！我刚还在看古博的《阿波罗的守门人》，一眨眼的工夫我就上这儿来了！”

“你没跟着我？”诺瑞尔问。

“没有，当然没有！怎么回事？另外——您到底干吗去了，拖这么久？”

“我找不着我的大衣了。”诺瑞尔先生低声下气地说，“我不知道卢卡斯把它放哪儿了。”

斯特兰奇挑起根眉毛，叹了口气方才说道：“我估计您也跟我一个感受吧？就在我被一把揪起送到这儿来之前，我有种体会，就好像风、水、火焰交融到一起——是不是？”

“是的。”诺瑞尔说。

“还有种淡淡的气味，闻着就像野草和山坡？”

“是的。”诺瑞尔说。

“仙术？”

“噢，”诺瑞尔先生说，“毫无疑问！这是把你扣在无尽黑暗里的法术的一部分。”他往四周看看，“它有多大？”

“什么？”

“这片黑暗。”

“唔，我自己很难说准，因为这东西是随着我移动的。不过有人告诉过我，说它占地面积相当于我在威尼斯住的那片教区。就说有半亩地吧？”

“半亩地！站这儿别动！”诺瑞尔先生把一银盘水放到冻土地上，往桥的方向走去，不一会儿就只看得见他头顶灰色的假发了——星光下，那顶假发像极了一只小石头乌龟，摇摇摆摆地走远了。

又是一阵天翻地覆，两位魔法师瞬间一起站在了何妨河的桥上。

“究竟怎么……”斯特兰奇发了话。

“瞧见没？”诺瑞尔先生阴郁地说，“这法术不准咱俩分开太远。它把我也控制住了。我敢说这仙子法术的不严谨颇令人遗憾。他一定是没用心。我敢说他称你为‘英格兰魔法师’——或者别的什么笼统的叫法。他的法术本是针对你一个人的，结果现在只要是个英格兰魔法师撞上来，就都被套在里面了！”

“啊！”斯特兰奇道。他没再说下去。似乎没什么可说的了。

诺瑞尔先生转身往家走。“就算没别的意义，斯特兰奇先生，”他说，“这也算是个极好的教训，告诉我们咒语里用的称谓一定要极精确才行！”

斯特兰奇在他身后双眼望天。

回到藏书室，他们将盛了水的银盘放到两人之间的一张桌子上。

这事儿听上去奇怪，不过当诺瑞尔先生发现自己跟斯特兰奇一起困在了无尽的黑暗里，他的精神反而高涨起来。他兴致勃勃地提醒斯特兰奇，说他们到现在还不知如何称呼约翰·乌斯克格拉斯，并说这必然会给搜寻工作带来极大的障碍——用不用魔法都一样。

斯特兰奇双手托着脑袋，闷闷不乐地看着他。“干脆就用‘约翰·乌斯克格拉斯’试一试。”他说。

于是诺瑞尔先生施法了，说他们要找的人就是约翰·乌斯克格拉斯。他用几条闪闪发光的线将水面平分为四个区间，分别命名为“天

堂”“地狱”“人间”和“仙境”。瞬间，一个淡蓝色的光点便闪现在代表人间的那个区间里。

“瞧！”斯特兰奇兴高采烈地跳了起来，“您瞧，先生！不是什么事儿都像您想的那么难。”

诺瑞尔点了点水面，分割线消失了。他重新划分了四个区间，这次分别命名为“英格兰”“苏格兰”“爱尔兰”和“其他地区”。光点出现在英格兰。他点了点英格兰那个区间，继续划分水面并查看结果。一遍又一遍，他逐渐将法术细化，光点持久不灭。

他发出一声微弱的惊呼。

“怎么了？”斯特兰奇问。

诺瑞尔先生惊叹道：“我想咱们也许没白费力气！这上面说他在这儿。就在约克郡。”

第六十七章

山楂树

一八一七年二月

齐尔德迈斯行在一片空寂的荒野上。荒野中孤零零地立着一棵歪脖山楂树，树上吊着一个人。这人的衬衣和外套都被扒下来了，生前必是深藏不露的东西，死后一览无余：他的皮肤有种奇异的损伤。他的前胸、后背和两臂满是精细复杂的蓝色印记；印记太过密集，他一个白人看上去更像是蓝的了。

齐尔德迈斯骑着马往树那边去，心想会不会是杀人犯为了取乐在身上瞎画来着。过去当水手的时候，他听说有的国家会在处决犯人之前，先把他们供认的罪行用各种可怕的方式写在他们身上。那些蓝印子远看很像是写在皮肤上的，然而凑近了他才发现印记都在皮下。

他下了马，把那死人转过来面朝自己。死人面色发紫、肿胀不堪，双眼则鼓胀、充血。他仔细认了认，发现扭曲的五官之下藏着一张自己熟悉的脸。“闻秋乐。”他说。

他掏出小刀割了绳子，将尸体放了下来。接着，他把闻秋乐的裤子和靴子都脱了，看遍他全身：一具双足动物的尸体躺在冬日濯濯荒原上。

奇异的印记覆盖了每一寸皮肤——只空出了他的脸、手、私处和脚底板。他看上去就好像一个戴了白手套和白面具的蓝人。齐尔德迈斯越看越觉得那些印记有什么意义。“这是王字，”他终于发了话，“这是罗伯特·范岱穆的那本书。”

正在这时，钢针似的冰花席卷而来，天开始下雪了。风越刮越大。

齐尔德迈斯想到二十里之外的斯特兰奇和诺瑞尔，便笑了起来。谁读了何妨寺的书又有什么要紧呢？最宝贵的书在这儿躺着呢——光溜溜地死在了风雪里。

“看来，”他说，“一切都落到我肩上了，是不是？‘咱们这个时代人所能承担的最高荣誉，同时也是最重的负担。’”

然而目前，负担似乎比荣誉更明显。书这副模样，实在太不方便携带。他不知道闻秋乐究竟死了多久，或者说再过多久他就会烂。怎么办呢？他可以赌一把，将尸体扔到马背上驮着。可随身带着这么一具新鲜的吊死鬼，路上碰到谁都不好解释。他可以先把尸体藏起来，再跑去找一辆小马车。这得要多长时间？再说，万一有人在此期间发现并搬走了尸体怎么办？约克就有花钱收购尸体的大夫，绝不问尸体来路。

“我可以施个藏匿咒。”他心想。

藏匿咒确实能使人类肉眼看不到尸体，可还有狗、狐狸和乌鸦呢。齐尔德迈斯会的法术可骗不过它们。这本书已经被吃过一回了，他可不想让它再有被吃二回的危险。

其实办法显而易见，那就是抄出一份来。可他的笔、墨、记事簿还在客厅桌上——全落在了何妨寺的黑暗里。那怎么办呢？他可以用小棍儿在冻硬了的土地上划拉出一份——可写在地上比写在尸体上好不到哪儿去。这地方要是再有几棵树就好了，他也许能揭些树皮再烧些木头，用灰往树皮上抄写。然而这里只有这么一棵歪脖山楂树。

他看了看自己的小刀。也许他应当把这本书往自己身上抄？这样一来有若干好处：第一，谁说文字所在的位置本身就没有意义呢？比如离脑袋越近的文字就越重要？任何事情都是有可能的。第二，把书抄在身上的话，又安全又隐秘。他就不必担心有谁会把它偷走了。至于要不要给斯特兰奇或者诺瑞尔看，他还没有决定。

然而，闻秋乐身上的字又密又复杂。就算他能用刀把这细小的一点一圈一撇一捺原样学下来——他不太有自信——刀还要扎得足够深，好让字迹永远留存。

他脱掉了最外边的大衣和日常穿的上衣。他松开了衬衫的袖口，把袖子卷了起来。他准备先试一试，于是就把闻秋乐胳膊内侧的一个符号刻到自己胳膊同样的位置上。结果并不乐观。伤口出血太厉害，很难看清下一刀怎么刻，而且他已经快疼晕了。

“为这事掉点儿血我不怕，可这么多字刻下来，必会要了我的命。还有，他后背上的字我该怎么抄呢？我就把他驮在马上好了，有人过来盘问——我就冲他们开枪，若真有必要的话。这是个办法。不是什么特别好的办法，但也是个办法。”他又把上衣和大衣都穿上了。

酒贩子已经溜达到一边去了，离开他一段距离，这会儿正啃地上的枯草——风一刮，草就都露出来了。齐尔德迈斯走到它边上，从行李袋里掏出一截粗绳子和装着手枪的匣子。他往枪里各塞了一枚子弹并装好了火药。

他回身去看那尸体可还安然无恙地躺在那里。有个人—— 一个男人——正在旁边弯着腰看呢。他把手枪往大衣口袋里一揣，往那边跑去，边跑边冲那男人喊叫。

那男人脚蹬黑靴，身穿黑色旅行外套。他半蹲半跪在雪地里，紧挨着闻秋乐。一瞬间，齐尔德迈斯还以为是斯特兰奇——可那男人没他那么高，身材也略瘦小些。他一袭黑衣明显价格不菲，样式也入时。可他一头顺直的黑发却留得比任何时髦绅士都长，他因此看上去有点儿像循道宗的传教士或是浪漫派的诗人。“我认得他，”齐尔德迈斯心想，“他是个魔法师。我跟他熟得很。我怎么就想不起他叫什么呢？”

他大喊道：“那尸体是我的，先生！放那儿别动！”

男人抬起头。“你的，约翰·齐尔德迈斯？”他声音里有一丝淡淡的嘲讽，“我还以为是我的呢。”

奇怪的是，这人虽然穿戴讲究、不动声色气派大，说起话来却非常糙——连齐尔德迈斯听了都这么觉得。他是北方口音——这点毫无疑问——可齐尔德迈斯听不出具体地方。有可能是诺森布里亚那边的，但又捎着点儿其他地方的音色——北海边上那些寒冷的乡郡。此外还有更意想不到的——他的法国腔不止一点点。

“那么，是您误会了。”齐尔德迈斯举起了枪，“必要的话，我会冲您开枪的，先生。但我真不希望这样。别再管那尸体，接着赶您的路吧。”

这男人什么都没说。他多看了齐尔德迈斯一会儿，随后就好像看烦了，又转身去检视那尸体了。

齐尔德迈斯看看周围可有马或者马车——至少能说明这男人是怎么来的。什么都没有。广袤的荒原上只有两个人、一匹马、一具尸体和一棵山楂树。

“一定有辆马车在什么地方，”他心想，“这人衣服鞋子上一个泥点子都没有，看着就像仆人刚给打扮好一样。他的仆人在哪儿呢？”

想到这儿，他有点儿不知如何是好了。制伏这样一个苍白瘦弱、长相颇有诗意的人，齐尔德迈斯不觉得有什么困难。若对付的是一个车夫外加两三位彪壮男仆，就完全是另一码事了。

“先生，这片地界都是您的吗？”他问。

“是的。”

“您的马呢？您的车呢？您的仆人呢？”

“我没有马，约翰·齐尔德迈斯。我也没有车。这儿只有我一位仆人。”

“哪儿？”

这男人连头都不抬，举起胳膊，伸出根又细又白的手指一指。

齐尔德迈斯迷惑地往身后看去。身后没人。只有风吹着覆着雪的草丛。他是什么意思？他指的是风还是雪？他以前听说过中世纪的魔法师会称风雪或其他自然力为自己的仆佣。紧接着，他终于恍然大悟。“什么？不，先生，您误会了！我不是您的仆人！”

“不到三天前你还夸口呢。”这男人说。

只有一人曾经自称为齐尔德迈斯的主人。难道这位是以某种方式幻化后的诺瑞尔？诺瑞尔的某个侧面？历史上的魔法师有时会根据自己性格的不同侧面化身为不同形象。齐尔德迈斯努力思考吉尔伯特·诺瑞尔的性格里究竟哪部分有可能突然化作一位苍白英俊、口音独特且有权威气派的男人。他想到近来怪事连连，可哪件也不比这件稀奇。“先生，”他喊道，“我警告过您了！别动那尸体！”

男人弯腰凑近闻秋乐的尸体。他从嘴里抠出个东西——一颗小小的光珠，颜色淡淡的，带点儿玫瑰银。他把光珠放进闻秋乐的嘴巴里。尸体抖了一抖。这动作既不像人生病时战栗，也不像好了以后哆嗦；这动作就好像光秃秃的白桦树在春风轻拂下微微一颤。

“离尸体远点儿，先生！”齐尔德迈斯大喊，“我不说第二遍！”

男人连头都懒得抬。他用指尖划过尸体表面，就像在上面写字一样。

齐尔德迈斯把右手的枪往男人的左肩膀瞄过去，故意瞄偏了点儿，只为把他吓跑。这一枪发得漂亮；药池里升起一团烟雾，泛上一阵火药味；枪膛里喷出火星和更多的烟雾。

然而，铅弹却不肯飞。它如梦境一般在空中飘浮着，打转、膨胀、变换形状。突然间，它伸出一对翅膀，变成一只田凫飞走了。与此同时，齐尔德迈斯的心也瞬间静了、定了，宛如一颗顽石。

男人在闻秋乐身上动了动手指，所有的图案和符号就像写在水上一般流动、旋转。他继续指挥了一会儿，心满意足，停了手，站起身来。

“你错了，”他对齐尔德迈斯说，“他没死。”他走上前来，往齐尔德迈斯正对面一站。他毫不拘礼，就像父母帮孩子抹脸上脏东西似的，舔了舔自己的手指头，往齐尔德迈斯的左右眼皮、嘴唇和胸口上涂抹某种符号。接着，他敲了一下齐尔德迈斯的左手，枪掉在了地上。他在齐尔德迈斯的掌心又画了另外一种符号。他转身似乎要走，却回头看了一眼，明显又想起了什么——最后，他用手对着齐尔德迈斯脸上的伤口比画了一下。

风吹雪花，雪花盘旋、打转。酒贩子嘶叫一声，好像被什么搅得心神不宁。一时间，雪和影子似乎组成了一个身披大衣脚蹬靴的黑瘦人形。下一秒钟，这幻影便消失了。

齐尔德迈斯眨了眨眼睛。“我这是想到哪儿去了？”他烦躁地问自己，“我干吗自己跟自己说话？这可不是胡思乱想的时候！”空气里弥漫着火药味儿。自己的枪有一把躺在雪里，捡起来的时候还是热的，就好像刚刚才开过火。真是怪了，可他还没来得及好好惊奇一番，一个声音引得他抬起头来。

闻秋乐正从地上往起爬。他动作笨拙，时不时猛抽一下，像是个刚生出来的东西，还不知道四肢都是干什么用的。他站了一会儿，身体打晃，扯得脑袋跟着来回动。接着，他张嘴冲齐尔德迈斯尖叫。然而，他嘴里叫出来的根本不是正经声音，而是去了骨、剃了肉、空剩一层皮的声音。

这毫无疑问是齐尔德迈斯见过的最奇异的景象：一个赤裸裸的蓝人儿，双眼充血，在一片白雪皑皑的荒原上无声地尖叫。这景象太过离奇，他恍惚了好一会儿，不知所措。他想过是否该用吉尔·德·马斯顿那道名为“复静重安”的咒语；考虑一番之后，他有了更好的办法。他把卢卡斯送他的红酒给闻秋乐看了看。闻秋乐镇静下来，两眼死死盯住酒瓶子。

一刻钟后，他俩并肩坐在山楂树下的一块草丛上，喝着红酒，啃着苹果，算是吃早饭。闻秋乐已经穿好了衬衫和裤子，身上还裹着酒贩子的一条毯子。绞而未死，他恢复的速度快得惊人。他的眼睛仍然充血，但看着已经不像之前那么吓人了。他话音沙哑，随时有可能被一阵疯狂的咳嗽打断，但说的是什么已经能听明白了。

“有人打算把你绞死，”齐尔德迈斯对他说，“我不知道是谁，也不知道为了什么。幸亏我及时发现了你，切了绳子把你放下来了。”他说着说着，隐隐觉得有个疑问在干扰自己的思路。脑海里，他看到闻秋乐在地上挺尸，还有一只苍白、瘦长的手正指着他。那是谁的手？记忆从他脑海里溜掉了。“告诉我，”他接着说道，“人是怎么变成书的？我知道这本书是罗伯特·范岱穆给你爸爸的，他让你爸爸把书交给住在德比郡山里面的一个人。”

“那是英格兰最后一个能读懂王字的人。”闻秋乐哑着嗓子说。

“可你爸爸根本没把书交到人家手上。他在谢菲尔德跟人拼酒的时候把书给吃了。”

闻秋乐对着酒瓶子又喝了一口，拿手背抹了抹嘴。“四年后有了我，我那小身子上写满了王字。十七岁的时候，我去德比郡山里找那个人——他的生命撑到了我找着他的那一天。那一夜真是难忘！满天星光的夏夜里，王之书和识王字的最后一名读者相聚一堂，举杯共饮！我们坐在布莱屯的山顶上，俯瞰英格兰的土地。他为我解读了英格兰的命运。”

“就是你念给斯特兰奇和诺瑞尔听的那个预言？”

闻秋乐正咳得厉害，只点了点头。待又能正常讲话了，他又补了一句：“还有那无名的奴隶。”

“谁？”齐尔德迈斯皱着眉头问，“那是什么人？”

“一个男人。”闻秋乐答道，“我使命的一部分就是要把他的故事讲完。他起初是个奴隶。不久就会登上王位。刚一生下来，他就没了真名姓。”

听了这番描述，齐尔德迈斯仔细琢磨了片刻。“你指的是约翰·乌斯克格拉斯？”他问。

闻秋乐气得一声吼。“我指的要是约翰·乌斯克格拉斯，我就直接说了！不，不。他根本不是个魔法师。他就是个普通人。”他想了想。“不过是黑皮肤。”他又补了一句。

“从来没听说过这么一位。”齐尔德迈斯。

闻秋乐看着他，觉得他好笑。“你当然没听说过了。你这辈子都活在那梅费尔魔法师的口袋里。他知道什么，你才知道什么。”

“所以呢，”齐尔德迈斯心里一痛，“这也算不得小看我吧，你说呢？诺瑞尔是个聪明人——斯特兰奇也是。他们有缺陷，人孰能无过？瑕不掩瑜，他们的成果依旧斐然。你不要搞错了；我是约翰·乌斯克格拉斯的人。或者说一定会是他的人——等他来了的时候。不过你必须得承认：英格兰魔法的复兴是那俩人的成果，不是他的。”

“那俩人的成果！”闻秋乐嘲笑起他来，“那俩人的？你还没明白吗？那俩人本身就是约翰·乌斯克格拉斯玩的法术。他们自始至终都只是个法术而已。而约翰·乌斯克格拉斯现在正玩着他们呢！”

第六十八章

“是的。”

一八一七年二月

银盘里的水面上，那个光点闪了闪，消失了。

“什么！”斯特兰奇叫起来，“怎么回事？诺瑞尔先生，快！”

诺瑞尔点了点水面，重画光线，低声念念有词。然而盘里的水依然平静幽暗。“他走了。”他说。

斯特兰奇闭上了双眼。

“真是怪得很。”诺瑞尔先生带着惊叹的口气接着道，“你觉得他来约克郡干吗了？”

“噢，”斯特兰奇叫道，“我猜他来这儿是专门为了逼疯我的！”他怨天尤人地怒号一声，问道：“他怎么不理我？我下了这么大功夫，他怎么连看我都懒得看，连句话都懒得跟我讲？”

“他是位古老的魔法师，又是位古老的君王，”诺瑞尔先生简单撇下一句，“哪个都不是容易撼动的啊。”

“没有哪个魔法师不盼着震撼一下自己的师父。我必是已经令您刮目相看了，我想让他也对我另眼相待。”

“把斯特兰奇太太从巫蛊里救出来才是你真正的目的。”诺瑞尔提醒他。

“是，是，没错。”斯特兰奇答应着，有些烦躁，“那是当然。只不过……”他没再想下去。

二人一时无话。诺瑞尔先生一副若有所思的样子；他想了想，说道：“你刚刚说魔法师都想震撼自己的师父，这倒提醒了我，一一五六年发生过一件事……”

斯特兰奇叹了口气。

“……那一年，约翰·乌斯克格拉斯得了个怪病——他时常如此。病好以后，他在自己纽卡斯尔的宅邸举办了一场庆典。各地国王、女王纷纷带来价值连城、美艳绝伦的贺礼——有黄金、红玉、象牙、珍稀的香料。魔法师们则纷纷带来魔法宝物——道破天机的云雾、歌声袅袅的树木、开通密门的钥匙等等—— 一个赛着一个。乌衣王一一谢过他们，脸却一直阴沉着。最后一个到的是魔法师托马斯·高布列斯。他两手空空，什么礼物都没带。他抬起头来，说道：‘陛下，我给你带来了树，带来了山。我给你带来了风，带来了雨。’见他如此轻慢，周围的国王女王、达官显贵全都大吃一惊。在他们看来，高布列斯压根儿什么都没干。然而，乌衣王脸上绽开了微笑——自从病了以后，他还一次都没笑过。”

斯特兰奇仔细想了想。“好吧，”他说，“恐怕我跟那些国王女王们是一个看法。我想不出这故事有什么意义。您是从哪儿听来的？”

“贝拉西斯的《原术》里写到的。这本书我年轻时可是怀着一腔热情潜心研读来着，这段故事我觉得特别引人深思。我认为，高布列斯一定是设法让山坡树木等等以某种神秘的方式向约翰·乌斯克格拉斯致敬——就好像都弯腰对他鞠躬似的。贝拉西斯没搞明白的东西，我搞明白了，我自是十分得意，可后来就没再去想它——这类法术对我来说没什么用处。多年后，我在兰切斯特的《鸟之语》里发现了一条咒语。这咒语是兰切斯特从一本现已失传的古书里找到的，他说他不知道这法术有何用途，可我觉得它正是高布列斯当年用的那一条——或者是非常类似的一条。假如你真心想同约翰·乌斯克格拉斯对话，不如咱们试试这办法，不如咱们请英格兰去迎接他，向他致敬。”

“那又能怎么样呢？”斯特兰奇问。

“能怎么样？不能怎么样！至少产生不了什么直接后果。不过这样一来，约翰·乌斯克格拉斯就能想起自己和英格兰之间的纽带；也算表达了咱们对他的敬意——这种行为才更符合一位君主对其子民的期待嘛。”

斯特兰奇耸了耸肩膀。“好吧，”他说，“我也提不出更好的办法了。您的《鸟之语》在哪儿呢？”

他将屋子环顾了一番。书从渡鸦变回原形落下来之后，还都躺在原位。“咱这儿一共有多少本书？”他问。

“四五千本吧。”诺瑞尔答道。

两位魔法师一人举根蜡烛，搜找起来。

白毛先生大步流星地走在通往望穿村的巷子里。史蒂芬跌跌撞撞地跟在他后面，赶赴下一场死亡。

在他眼中，英格兰这片土地如今只剩下恐惧与痛苦。树木的形状都好像凝固的尖叫。枝头垂下一簇枯叶在风中摇晃——正是闻秋乐吊在那棵山楂树上。一只被狐狸开膛破肚的兔子躺在路边——正是即将被白毛先生杀掉的坡夫人。

人死了一个又一个，恐怖的事情一桩连着一桩；然而史蒂芬无力阻止任何一样。

望穿堂里，坡夫人坐在起居室的写字台旁怒气冲冲地写信。信纸铺了一桌，每张都写满了字。

斯刚德斯先生敲门进了屋。“打扰您了！”他说，“我能问问您是在给沃特爵士写信吗？”

她摇摇头。“这些是写给利物浦伯爵及《泰晤士报》编辑的！”

“真的？”斯刚德斯先生道，“其实呢，我也刚写完一封信——是写给沃特爵士的——不过我敢肯定，夫人您若肯亲手写个一两行，告诉他您受的巫蛊业已破除，您一切都好，他准比看见什么都高兴。”

“可这些您的信上可以说。很抱歉，斯刚德斯先生，现在我亲爱的斯特兰奇太太和可怜的史蒂芬还在那邪灵的掌控下，我实在没心思理会别的事情！信写完您一定马上就给发出去！写好这几封，我还要再写给坎特伯雷大主教和摄政王！”

“您不觉得也许沃特爵士才是上访的合适人选吗？毕竟……”

“不，绝对不是这样的！”她大叫起来，一腔怒火，“我自己能做好的事情，我绝不会想到求人帮忙。我可不想在短短一个小时内，从巫蛊下的无助又落到另外一种无助的境地！何况，诺瑞尔先生犯的罪有多丑恶，沃特爵士不可能有我说的一半清楚！”

就在这时，又有个人进了屋。斯刚德斯先生的男仆查尔斯前来通报，说村子里发生了一件特别奇怪的事。一个身量很高的黑人——当初把坡夫人带到望穿堂的那位——出现在村子里，脑袋上戴了个银头环，身边还跟着位发如大蓟绒毛、外衣翠如青草的先生。

“史蒂芬！那是史蒂芬和施法蛊住我们的人！”坡夫人大叫起来，“快呀，斯刚德斯先生！您有多大本领都用上！我们就指着您打败他了！您要像救我一样把史蒂芬也救出来！”

“打败一个仙子！”斯刚德斯先生恐惧地惊呼，“唉，可是不行呀！我办不到呀！比我厉害得多的魔法师才……”

“荒谬！”她大叫道，双眼已泪光闪闪，“齐尔德迈斯跟您说什么来着。这么多年学到的东西已经武装了您！您现在只需要动手试试！”

“可我不知道……”他一脸无助，正要说下去。

他知道什么、不知道什么都没用了。她说完就跑出了屋——而他自认为有保护她的义务，于是也只好追了出去。

何妨寺里，两位魔法师找到了《鸟之语》——书正躺在桌上，摊开到印有仙术的那一页。可惜，如何称呼约翰·乌斯克格拉斯这个问题仍没有解决。诺瑞尔蹲坐在银盘子边上施着搜寻咒。他俩已经把能想到的称呼、名号挨个试遍了，结果搜寻咒一个也没认出来。银盘里的水依然幽暗，毫无动静。

“用仙灵给他起的那个名字怎么样？”斯特兰奇问。

“那名字失传了。”诺瑞尔答道。

“咱们试过‘北方之王’了吗？”

“试过了。”

“哦。”斯特兰奇又思索片刻才说，“您之前提过那个奇怪的称呼是什么来着？您说他曾经用它自称？无名的什么什么？”

“‘无名的奴隶’？”

“就是它。试试这个。”

诺瑞尔看上去特别没有信心，但他还是用“无名的奴隶”试了试。瞬间，一个淡蓝色的光点出现了。他继续排查，发现这位无名的奴隶在约克郡——几乎就在约翰·乌斯克格拉斯之前出现过的地方。

“瞧，”斯特兰奇兴高采烈地大呼，“咱们顾虑那么多都没用。他还在这里呢。”

“可我觉得这俩不是一个人。”诺瑞尔先生打断了他的话，“看着总有点儿不一样。”

“诺瑞尔先生，求您别再胡思乱想了！除了他还能是谁？无名的奴隶全约克郡总共能有几个？”

这问题问得实在很有道理，诺瑞尔先生于是不再作难了。

"现在轮到这法术本身了。"斯特兰奇道。他拿起书，将咒语念了出来。他呼唤英格兰的树、英格兰的山；他呼唤阳光、水流、鸟儿、土地和石头。他把它们一个个全都招呼到，并请求它们听从无名奴隶的派遣。

史蒂芬和白毛先生走到了通往望穿堂的那座驮马桥边。

村子里一片寂静；所见之处人迹寥寥。一座门廊里有个穿着花衣裳、围着毛披肩的小姑娘，她正举着木桶往干酪槽里滴牛奶。一个捆了绑腿、头戴宽檐帽的男人正沿着房屋旁的小道走来；身边有条狗跟着小跑。他们拐弯走到房前，小姑娘和那男人微笑着打招呼，狗儿也汪汪地表达自己的喜悦。像这样平淡、家常的景象一向讨史蒂芬喜欢，可因为此时的心情，他看到这些只感到一阵寒意；假如那男人突然伸手去打那小姑娘——或去把她勒死——他见了都不会觉得奇怪。

白毛先生已经走到驮马桥上了。史蒂芬跟了过去，随后……

……随后，天翻地覆。太阳从云后露了面；光芒刺穿了冬林，小小的光斑成百上千。天地化作一幅拼图、一座迷宫。就像那种迷信的说法，说什么不许踩到石板之间的缝隙——或是像那叫作"唐卡斯特方阵"的奇术，要在一块棋盘似的平板上施展：突然间，一切都有了含义。史蒂芬一步都不敢迈。真迈了的话——比如万一踩到了这片暗影、踩上了那块光斑，也许就山河改转，沧海桑田。

"等等！"他的思绪已经狂乱，"我还没准备好！我还没来得及想想。我不知道该怎样做！"

然而已经来不及了。他抬头往上看。

枯枝映远天，根根如墨迹，他虽不愿，却也能读。他发现，那是树木在向他提问。

"是的。"他答道。

它们的阅历与智慧便都为他所有。

树木后方，是一座白雪皑皑的高脊，如同一道白线划过天际。山脊的阴影映在雪地上一片青蓝，体现了一切坚硬与严寒。山脊拥立史蒂芬为它朝思暮想的君王。只等史蒂芬一声令下，它便会倾塌，将敌人压垮。它向史蒂芬提问。

“是的。”他答道。

它的桀骜与力量便都由他支配。

驮马桥下的黑水河也淙淙地向他提问。

“是的。”他答。

大地问他……

“是的。”他答。

白嘴鸦、喜鹊、红翼鸫和苍头雀纷纷问他……

“是的。”他答。

石头问他……

“是的。”史蒂芬答，“是的。是的。是的。”

这一刻，整个英格兰都握在他黑色的掌心里，所有英格兰人的命运都任他摆布。受过的凌辱，这一刻可以报复；自己可怜的母亲受过的伤害，这一刻可以千倍奉还。整个英格兰都可以在顷刻之间化作荒原。他能让房屋倒塌，往住户脑袋上砸。他能命山坡下陷、山谷闭合。他能召唤人马，能扑灭星火，能偷偷把月亮从空中摘下。这一刻。这一刻。这一刻。

这一刻，在惨淡的冬日天光下，坡夫人和斯刚德斯先生从望穿堂一路跑来。坡夫人盯着白毛先生，眼里燃着仇恨的火光。可怜的斯刚德斯先生则是一头雾水，万分恐慌。

白毛先生转身冲史蒂芬说了句什么。史蒂芬听不见——山坡、树木的声音太响。可他还是答了一句：“是的。”

白毛先生兴高采烈地大笑起来。他举起双手，准备往坡夫人身上施法。

史蒂芬闭上了双眼。他对驮马桥的砖石说了一个字。

*是，石头说。*桥像一匹怒马抬起前腿往后仰，把白毛先生甩进了小河里。

史蒂芬对小河说了一个字。

*是，小河说。*水流如铁掌一般抓牢了白毛先生，即刻将他冲走了。

史蒂芬意识到坡夫人在冲他说话并打算抓住他的胳膊；他发现斯刚德斯先生的脸苍白而惊恐，嘴上还在说着什么；可他没时间搭理他们。谁知这片天地还肯遵从他多久？他从桥上一跳而下，沿着河岸跑了起来。

他经过的树木似乎都在向他致敬；它们说到古老的盟友，向他提起过去的时光。阳光称他为王，并告诉他自己在这里见到他有多高兴。他没工夫告诉它们其实他并不是它们想象中的那个人。

他来到一处所在，河两岸的土地高高涌起——正是荒原里一处深谷，是开采磨石的地方。粗切成圆形的巨石遍及河谷各处，每块都有半人高。

白毛先生被困在河里，河水在他周身沸腾翻滚。史蒂芬跪在一块扁石上，俯身探过水面。“对不起，”他说，“您无非是一片好心，我知道。”

白毛先生的头发在黑水里一绺绺地散开，好似条条银蛇。他面目狰狞，愤怒与憎恨已令他丧失了人形：他的双眼渐渐分开，脸长出了毛，双唇后翻，露出了獠牙。

史蒂芬心里有个声音说道：“杀了我，你就永远不知道自己的名字了！”

“我是个无名的奴隶。”史蒂芬道，“我生来便是——时至今日，我也别无他求。”

他对磨石说了一个字。磨石飞到半空，将自己猛砸到白毛先生身上。他又对河水里的巨砾与岩石发了话；它们也如此效仿。白毛先生的岁数不知有多大，极难对付。按说他的骨头、皮肉早已碾碎了，可史蒂芬仍感到他的残余还在靠魔法拼命往一起凑。于是，史蒂芬对河谷周边嶙峋的山肩发了话，求它们帮忙。土地塌陷，岩石崩裂；泥土往磨石与岩块上堆积，直到形成一座小山坡，高度与河谷口平齐。

多少年来，史蒂芬心头一直有块脏污的灰玻璃把他与这个世界隔开；白毛先生命里最后一星火光熄灭的瞬间，这块玻璃粉碎不见。史蒂芬原地站了一会儿，呼吸困难。

然而，他的盟友和仆从渐渐信不过他了。山与树的心里有个疑问。它们逐渐意识到他并不是它们以为的那个人——只是徒有虚名，借来了这份荣光。

他感觉它们纷纷退下。最后一位离开他的时候，他倒在地上，浑身空虚，丧失了意识。

在帕多瓦，格雷斯蒂尔一家人吃过早饭，在二楼的小起居室里一起待着。这天上午，他们仨的心情都不是太好。他们之前吵过一架。格雷斯蒂尔大夫近来养成在室内抽烟斗的习惯——弗洛拉和格雷斯蒂尔姑姑一致强烈反对。格雷斯蒂尔姑姑同他讲道理，劝他把这毛病改了，可格雷斯蒂尔大夫油盐不进。抽烟斗是他格外喜欢的一种消遣，而且他觉得，既然一家人哪儿都不再去了，她们也当容他任性个一两回，算是补偿。格雷斯蒂尔姑姑说他应该去外边抽，格雷斯蒂尔大夫回嘴说外边下雨他去不了。下雨抽烟多难啊——雨会把烟草打湿的。

于是他抽着烟斗，姑姑咳嗽；而弗洛拉这个人又爱埋怨自己，她时不时就瞧他俩一眼，满脸的不高兴。这情形持续了约有半个钟头，格雷斯蒂尔大夫无意中一抬头，惊叫起来：“我的脑袋黑了！全黑了！”

“哈，你既然抽烟斗，变成这样还有什么好奇怪的！”他妹妹答话。

“爸爸，”弗洛拉放下手里的活儿，紧张地问道，“您什么意思？”

格雷斯蒂尔大夫呆呆地盯着镜子——就是那天黑夜突然来临，斯特兰奇到了帕多瓦之后神秘地出现在这里的那面镜子。弗洛拉走过去站在他椅子背后，好能看见他看见了什么。她的一声惊叹把她姑姑也招了过来。

镜子里格雷斯蒂尔大夫脑袋的位置是一块黑斑，这块黑斑在动，外形也在不停地变。斑点越来越大，看着渐渐像个人影，正沿一条极宽阔的走廊逃命似的向他们奔过来。人影渐渐近了，他们都看出来是个女人。这女人跑的时候好几次回头往后看，就好像害怕身后的什么东西。

“她跑成这样，是被什么吓的啊？”格雷斯蒂尔姑姑问道，“兰斯洛特，你看得见吗？是有人在追她吗？噢，可怜的女士！兰斯洛特，你有没有办法可想？”

格雷斯蒂尔大夫走到镜子前，把手放到镜面上摁了一摁，镜面硬而光滑，和一般镜子并无两样。他犹疑片刻，像是在跟自己斗争着——不知该不该采取一种更为暴力的手段。

“小心，爸爸！”弗洛拉吓得叫起来，“您千万别把它打碎了！”

镜子里的女人越来越近了。有那么一瞬，她似乎就在镜子后面，她裙衣上细巧的绣花和珠串，他们都看得见。接着，她像上楼梯似的登上了镜框。镜子表面变软了，仿佛密实的积云或是浓雾。弗洛拉赶忙推了把椅子顶上墙，好方便这位女士下来。三双手举起来一起去接她，把她从无论什么恐惧中拽了出来。

她看着大概有三十出头。身上的裙衣是一袭秋色，只是人跑得上气不接下气，有点儿颠三倒四了。她神色仓皇地望着这陌生的房间、这几张陌生的脸以及一切不熟悉的事物。“这是仙境吗？”她问。

“不是的，夫人。”弗洛拉答道。

“这是英格兰吗？”

“不是的，夫人。”泪水淌下弗洛拉的面庞，她把手放在胸前，让自己镇定下来，“这是帕多瓦。意大利的帕多瓦。我叫弗洛拉·格雷斯蒂尔。这名字您一定没听说过，不过我是依您丈夫所愿在此等候您的。我答应过他，保证会在这儿接您的。”

“乔纳森在这儿吗？”

“不在，夫人。”

“您是阿拉贝拉·斯特兰奇。”格雷斯蒂尔大夫惊讶道。

“是的。”她说。

“噢，我亲爱的！”格雷斯蒂尔姑姑惊叹道。她一只手猛地捂住了嘴，另一只捂住了胸口。“噢，我亲爱的！”说罢，两只手便翩翩飞在阿拉贝拉的脸和肩膀周围。“噢，我亲爱的！”她感叹了第三回，泪水夺眶而出，把阿拉贝拉搂在了怀里。

史蒂芬醒来了。他正躺在一道窄窄的河谷冻硬了的地面上。阳光已经消失了。天灰而寒冷。河谷里挤下一堵由磨石、岩砾和泥土堆起的高墙——像一座诡异的坟冢。这堵墙拦截了小河，可仍有一小股水流渗了过去，在地面上淌开了。史蒂芬的王冠、权杖和宝珠躺在不远处的一摊脏水里。他疲惫地站起身来。

他听见远处有人喊：“史蒂芬！史蒂芬！”他觉得那是坡夫人。

“受奴役时的名号，我已弃之不用。”他说，“那名字已经没了。”他将王冠、权杖和宝珠一一拾起，迈开了脚步。

他不知道自己要去哪里。他杀了白毛先生，还曾任由白毛先生杀了闻秋乐。他再也回不了家了——那地方首先得真是他的家才行。一个黑人害过两条人命，英格兰的法官和陪审团会怎么说？史蒂芬跟英格兰断了关系，英格兰也不再要他。他继续前行。

走了一会儿，他发现风景已不像之前那样具有英格兰特色。四周的树木都是些巨大、古老的生灵，枝椏的粗细是人腰肢的两倍，虬曲成奇异而梦幻的形状。虽说时值严冬，荆棘枝光秃秃的，这里仍有几朵玫瑰盛放，白的雪白，红的血红。

英格兰已在他身后。他并不遗憾。他没有回头。他继续向前。

他来到一座绵长的矮山坡前。山间有个开口，与其说像道门，不如说像张嘴。可那开口看上去并不凶险。有个身影站在那里等他，正好在那开口里面。“这地方我认得，”他心想，“这是丧冀！不过这怎么可能呢？”

不光房子变成了山坡，一切事物似乎都已洗心革面。林子突然有了清新、清纯的意味。树木对行人不再虎视眈眈。枝叶间闪现出宁静的冬日天光，是种极冷的蓝。处处闪耀着纯净的星光——是晨间启明还是夜间星宿，他已回忆不起。他环顾四周，看可还有那陈年尸骨和生锈的铠甲——白毛先生嗜血天性的森森铁证。他惊奇地发现这些东西到处都是——被他踩在脚底、填塞在树根下的空洞里，同石楠、刺莓枝纠缠在一起。不过它们腐坏的程度远比他记忆中的严重；苔藓遮盖、锈迹侵蚀，渐渐化作飞灰。要不了多久，它们就会踪影全无。

开口里面那个身影看着眼熟；这个人也常在丧冀举行的舞会和仪仗队中露面。然而他也有了些变化：五官更具仙气了，眼睛更亮了，眉毛也更丰盈了。他一头细密的鬈发，像小羊羔的卷毛，也像春日新生的蕨草；他的脸上扑了粉似的生出淡淡一层绒毛。他看着似乎老了几岁，却显得愈发纯真。“欢迎！”他喊道。

“这里真是丧冀吗？”那个曾经叫作史蒂芬·布莱克的人问。

“是的，爷爷。”

“可我不明白。丧冀是栋大房子。这却是……”那个曾经叫作史蒂芬·布莱克的人顿了顿，“我没有词儿可以形容这是个什么。”

“这是一座墣落，爷爷！这是山坡底下的世界。丧冀在变！老国王死了。新国王正在来的路上！他一来，这世界便忘掉了忧伤。老国王的罪孽如同晨雾一般消散！这世界呈现出新国王的品性。他的美德溢满树林，遍及山地！”

“新国王？”那个曾经叫作史蒂芬·布莱克的人低头看看自己的双手。他一只手握着权杖，另一只托着宝珠。

仙子冲他微微一笑，似乎不知他何必为此惊奇。“您给这里带来的改变远远超过您在英格兰时所做的任何贡献。”

他们进了山间开口，来到一座大厅里。新国王坐在了古老的王座上。一群人走过来围在他身边。有些面孔他认识，有些则不太熟悉，不过他疑心这是因为自己从来没见过他们的真面目。他沉默了许久。

“这栋房子杂乱而肮脏。”他终于对他们发了话，“这里的居民虚度光阴，只会享受无谓的娱乐，庆贺过往的凶残——这些事情本该忘却，何谈纪念。我多少次体会到这一点，我多少次为其抱憾。所有这些枉误，我早晚会矫正过来。”[1]

咒语生效那一刻，一阵狂风吹透了何妨寺。黑暗里一扇扇门砰然关闭；黑色的窗帘在黑屋的窗外飘摇；黑色的稿纸飞离了黑色的桌子，在风里翩翩起舞。马厩顶上的小塔楼里钟声大作，声音仓皇——那口钟其实早已搬离了曾经的寺院，搬走了就没人再记得它了。

1　仙境中曾是人类出身的国王和王子多得出奇。约翰·乌斯克格拉斯、史蒂芬·布莱克和亚历山德罗·西蒙内利只是其中三例。仙灵总体来说是懒得无可救药的。他们虽然一个个都热衷于加官进爵、冠名授勋、聚富敛财，却对治理国家的重任恨之入骨。

藏书室里，幻影出现在镜子和钟面上。风吹开窗帘，幻影也上了窗。影像密集紧凑，一幅跟着一幅，变换的速度太快，令人很难消化。诺瑞尔先生见到些看似熟悉的景象：一枝冬青碎在自己汉诺威广场宅间的书房里；一只渡鸦飞在圣保罗大教堂前，瞬间成了“渡鸦展翅”纹章的活化身；旺斯福德那间客栈里巨大的黑床。可其余的景象他绝对是头一回见：一棵山楂树；一个被钉死在灌木丛中的人；窄谷里立着一堵粗糙的石墙；浪尖上漂着一只没塞口的瓶子。

接着，幻影纷纷消失，只剩下一幅。这幅幻影占满了藏书室的一整面高窗；至于它究竟是什么的幻影，诺瑞尔先生茫然不得而知。它看上去就像一块浑圆的黑色巨石，闪亮、光滑得不可思议。这块石头嵌在粗石打造的细环里，固定在一处看似黑色山坡的地方。诺瑞尔先生觉得这地方是个山坡，是因为它和那种石楠烧成一片焦炭的荒野有几分相似——只不过这片山野黑得不像余烬，却像是浸了水的缎子、打了油的皮子。突然，石头动了——它移了移位或是打了个转。这动作快得几乎令人难以捕捉，可诺瑞尔先生却有了种不祥的预感——他觉得这东西眨了眨眼。

风渐渐平息了。马厩顶楼的钟也不响了。

诺瑞尔先生如释重负地长出了一口气，觉得一切终于结束了。斯特兰奇抱臂而立，陷入沉思，两眼盯着地板。

“你怎么想？”诺瑞尔先生问，“最后那东西最是可怕。我一时觉得那是只眼睛。”

“那就是只眼睛。”斯特兰奇道。

“可那会是谁的眼睛呢？我猜是些什么妖魔鬼怪！太让人心里不踏实了！”

“确实狰狞可怕，”斯特兰奇附和道，“不过它的可怕法儿跟您想的可不太一样。那是一只渡鸦的眼睛。”

“渡鸦的眼睛！可它占了整整一面窗户！”

“是啊。若不是那渡鸦庞大无比，就是……”

“就是什么？”诺瑞尔先生的声音发了颤。

斯特兰奇笑了笑，笑声短促而毫无快意。“就是咱俩小得出奇！挺愉快吧，不是吗，当我们看到别人眼中的自己？我说我想让约翰·乌斯克格拉斯看看我，我觉得——至少是在那一刻——他做到了。或者说他的一位副官替他做到了。那一刻，你我二人比渡鸦的一只眼睛还小，估计也是一样的微不足道。说到约翰·乌斯克格拉斯，我猜咱们现在还不清楚他在哪里吧。”

诺瑞尔先生在银盘边坐下，开始施法。捺着性子折腾了大约五分钟，他说：“斯特兰奇先生，这里根本没有约翰·乌斯克格拉斯的踪影——完全没有。不过我搜到了坡夫人和斯特兰奇太太。坡夫人在约克郡，斯特兰奇太太在意大利。仙境里已不见她俩的虚影。她俩已彻底摆脱了巫蛊！”

一时哑然无声。斯特兰奇迅速背过身去。

“这事儿不是一般奇怪，”诺瑞尔先生带着惊叹的口气说了下去，“咱们起初打算干什么，都已经干成了，可咱们究竟怎么干成的，我就不强装自己明白了。我只能猜是约翰·乌斯克格拉斯一眼看出了疏漏，伸手就给改了！可惜，他的好意还没到把咱俩从黑暗里放出去的程度。这问题仍未解决。”

诺瑞尔先生顿了顿。看来这就是他的命了！——充满担忧、恐惧、孤寂的一生！他耐心地坐了一会儿，只等自己被这一种或几种情绪吞噬，无奈却发现自己哪种都没感觉到。事实上，如今令他难以想象的，居然是自己离开这座藏书室，跑到伦敦去待了那么多年，对军官政客唯命是从。他真奇怪自己是怎样熬过来的。

“没认出那是只渡鸦眼，我倒是很欣慰，”他高兴地说，“不然我准吓得够呛！”

“确实，先生。”斯特兰奇哑着嗓子说道，“您真是运气！我觉得我的毛病也给治好了——我再也不盼别人看我了！从今以后，我希望约翰·乌斯克格拉斯想忽略我多久就忽略我多久。”

“哦，绝对的！”诺瑞尔先生赞同道，“你要知道，斯特兰奇先生，你真得改改你那一厢情愿的毛病。这对魔法师来说是个危险！”接着他便讲起一段冗长且并不怎样有趣的故事，说的是十四世纪兰开夏郡的一名魔法师总爱漫无目的地空许愿，结果给他生活的那个村子带去无尽的麻烦，比如一不小心把牛变成了云朵、把锅变成了航船，害得全村人讲不出话，一张嘴都是颜色——以及其他种种法术失控的迹象。

斯特兰奇一开始几乎没怎么搭理，偶尔应一句也是信口胡诌，毫无逻辑。然而听着听着，他渐渐专心起来，讲话的态度也正常了。

诺瑞尔先生天赋不少，洞察男女内心活动却非其中之一。斯特兰奇一句没提自己爱人获救，诺瑞尔先生就以为这事对他造成的影响不会太大。

第六十九章

斯特兰奇派与诺瑞尔派

一八一七年二月至同年春

齐尔德迈斯骑着马，闻秋乐在一旁徒步行走。白雪皑皑的荒原在他们四周铺展开，其上土坡小丘高高矮矮，放眼看去就好像一张广阔无边的羽毛垫。闻秋乐兴许刚刚产生这样的灵感，因为他正不厌其烦地描述着晚上打算睡的那张又软又舒服的床是什么样，以及准备在睡前享用的那顿特别丰盛的晚餐都有些啥。这些享受，毫无疑问，他都指着齐尔德迈斯掏腰包呢，齐尔德迈斯若因此叨唠个一两句也不会显得多么奇怪——然而齐尔德迈斯什么都没说，他全部心思都被一个问题占住了——他不知是否该让斯特兰奇和诺瑞尔见到闻秋乐。当然，若要检验检验闻秋乐，英格兰无人更有资格；可从另一方面考虑，齐尔德迈斯说不准那两位魔法师见了这样一个既是人又是书的东西会有什么反应。齐尔德迈斯挠了挠腮帮子，那里有一道已经完全长好了的疤痕——若有若无，只是他棕黑面庞上一丝细细的银线。

闻秋乐已经住了嘴，站在了路中间。毯子从他身上掉了下去，他正拼命把外套袖子往上撸。

“怎么了？”齐尔德迈斯问，“出什么事了？”

“我变样儿了！”闻秋乐道，“快看！”他脱掉外套，敞开了衬衫，“字跟原来不一样了！我胳膊上！我胸口上！哪儿哪儿都是！和我之前说的不一样了！”他顾不得天寒地冻，开始脱衣服。待又脱得光溜溜了，他跟个青皮鬼似的欢蹦乱跳、手舞足蹈，庆祝自己的变化。

齐尔德迈斯翻身下马，心情惶恐且绝望。他把约翰·乌斯克格拉斯的书救了下来，使其免于死亡与毁灭。终于好像万无一失了——这本书还是得了逞，自己改换了模样。

“咱们得尽快找家客栈！”他大声宣布，“咱们得买纸和墨水！咱们一定要把之前你身上的字都原样抄录下来。你一定要挖空心思，仔细回忆！”

闻秋乐瞪着他，像是认定他已失去理智。“为啥呢？”他问。

“因为那是约翰·乌斯克格拉斯的法术！约翰·乌斯克格拉斯的思想！是流传下来唯一的记录。咱们一定要尽全力，能保留一点就保留一点！”

闻秋乐仍不明白。“为啥呢？”他又问了一遍，“约翰·乌斯克格拉斯可不觉得那玩意儿值得保留。”

“可你为什么突然就开始变化了呢？怎么都说不通啊！”

“怎么都说得通，”闻秋乐道，“我曾是本预言书；可我预告的事情都已经发生了。于是变了模样也好——不然我就成历史书了！干巴巴掉渣儿的历史书！”

“那你现在又是什么？”

闻秋乐耸了耸肩膀。“兴许是本收据簿！兴许是本小说！兴许是本启示录！”他的心思被这些带歪了十万八千里，他兀自嘎嘎笑着，又欢蹦乱跳了一阵。

“我希望你过去是什么，现在还是什么——一本魔法书。可你刚刚说什么来着？闻秋乐，难不成你是要告诉我你自己也不认得身上这些字？”

“我是本书。”闻秋乐跑跳到一半停住脚，说道，“我就是那本书。书的任务是盛字儿——也就是我的任务。看懂字儿是什么意思，那是读者的任务。”

“可唯一的读者已经死了！”

闻秋乐耸了耸肩膀，表示事不关己。

“你一定知道点儿什么！”齐尔德迈斯大喝道，快要被他气疯了。他一把抓住闻秋乐的胳膊。“这是什么意思？这符号——像个圆圈长了对犄角，中间还画了一道。这符号出现过好多次，它是什么意思？”

闻秋乐又把胳膊挣脱开了。“它指的是上礼拜二，”他说，“指的是三头猪——其中一头戴了顶草帽！指的是莎莉跑到月影下跳舞，结果丢了个玫瑰红的小钱包！”他咧着嘴乐，伸出根手指头冲齐尔德迈斯摇啊摇，“我知道你想干吗！你不就想当下一个读者嘛！”

“也许吧，”齐尔德迈斯道，“虽然我无论如何也想不出该怎么学。但我也想不到有谁比我更有资格。不管怎样，我是不会让你再溜出我的视线了。从今往后，闻秋乐，你我二人形影不离。”

闻秋乐的心情瞬间变了味儿。他闷闷不乐地把衣服又都穿上了。

春回英格兰。鸟儿跟着犁头飞。石头被阳光晒暖。风雨变得轻柔，带着泥土的芬芳和万物生长的清香。层林尽染淡淡一层颜色，太过微妙、柔和，简直不能称其为某种颜色，更像是某种颜色的概念——就仿佛林间树木正做着青葱的梦，或是萌生了苍翠的念头。

春回英格兰，斯特兰奇和诺瑞尔却没有回来。黑暗之柱笼罩着何妨寺，诺瑞尔再也没有出来。究竟是斯特兰奇干掉了诺瑞尔，还是诺瑞尔杀死了斯特兰奇，人们都在琢磨哪种情况更有可能，俩人各有多该死，到底要不要派人过去一探究竟。

然而，不等有人解开这些有趣的问题，黑暗之柱就消失了——把何妨寺也带走了。房屋、庄园、桥以及一段河水全都消失了。曾经通往何妨寺的路如今不是折个弯兜回去，就是通向平淡无奇的田边地埂或是没人打算游览的小树丛。汉诺威广场的诺瑞尔宅以及斯特兰奇的两处房产——他在苏活广场的住处和在克兰的家[1]——也都落得这般奇异的下场。伦敦城里还能在苏活广场找到那栋房子的，只有杰里米·约翰斯的猫儿“云雀”。事实上，云雀似乎根本没发现房子有任何变化，还是想去就去，钻进30号和32号宅子之间。目睹它这么干的人都称之为天下奇观。[2]

斯特兰奇和诺瑞尔先生消失了，利物浦伯爵和其他大臣公开表示惋惜，悼念的话说了不少。然而私底下，他们为终于甩掉这样一桩怪事而感到高兴。斯特兰奇和诺瑞尔到头来哪个都不如从前看着那么正派体面。二人曾浸淫的法术就算不是黑魔法，也一定比中规中矩、讨人欢喜的魔法多着一层凶光杀气。大臣们转而将注意力集中在突然涌现出的一大批新魔法师身上。

这批魔法师不仅没施过什么法术，多数也都没受过什么教育；可看架势一个个都不会比斯特兰奇和诺瑞尔的脾气小。管理这批人的办法亟待出台。诺瑞尔先生恢复五龙法庭的提案（曾显得那样无关紧要）如今却被认为是极对症的良药。[3]

三月的第二个礼拜，《约克纪事报》上登出一段文字——写给约克

1　这件事过去多少年，克兰地区的居民还会说，若是在冬天的月圆之夜站到某棵树旁，稍微踮起点儿脚尖，伸长脖子，从另外一棵树的枝杈缝隙间往远处看，还是有可能看到艾许费尔大宅的。月光雪影之下，那房子极具灵异之相，显得失魂落魄、分外孤寂。可后来又过了一段时间，那里的树木长得不一样了，也就没人再见过艾许费尔大宅。

2　这种现象其实没什么可奇怪的，正如《当代魔法师》（一八一二年秋季号）中一段文字所说：“佩尔的住所在哪里？斯托克塞的住所在哪里？为何谁也没见过？佩尔住在沃里克，具体哪条街我们都知道。斯托克塞住在埃克塞特，正对着当地的大教堂。乌衣王位于纽卡斯尔的城堡在哪里？见过它的人都说那是全天下最美、最华丽的住所——可当代又有谁亲眼见过？没有。有被拆除的记载吗？没有。它只是消失了而已。所有这些住宅还都在某处存在着，可魔法师一旦远行或离世，它们就消失不见。魔法师可以自由出入——除了他以外，谁也别想再找到它们。”

3　不少新魔法师都请求利物浦伯爵和大臣批准他们去寻找斯特兰奇和诺瑞尔先生。有几位先生想得十分周到，随申请附上所需器材清单，既有魔法的也有普通的，希望政府帮忙提供。其中有位姓毕奇的先生来自普利茅斯，他申请要把恩尼斯基伦龙骑兵团搬来。

魔法师学术协会前会员，也写给任何一位想成为该协会会员的人——约他们在下个礼拜三（该协会曾经举行例会的日子）前往古星酒栈。

这篇奇异的启事一登出来，很多约协的前会员都受了冒犯，数目至少已令作者满意。启事登在报纸上，兜里只剩一个子儿的人都能读到。不仅如此，该作者（未透露名姓）这么一写，就仿佛自己有邀人加入约协的权利——而他明显无权这样做，无论他是什么来头。

当这引人神往的一晚来临，前约协会员来到了古星酒栈，发现已有五十多位魔法师（或者说想成为魔法师的人）齐聚酒栈里的长厅。舒服的座位都被占了，前约协会员（其中包括斯刚德斯先生、亨尼福特先生和福克斯卡斯尔博士）只好到离壁炉比较远的一块高起来的小讲坛上就座。这样一来有个好处：他们可以把那些新魔法师看个清楚。

然而这景象可不是专为取悦他们安排的。眼前三教九流、五行八作，什么人都有。（“就是没个正经绅士。”福克斯卡斯尔博士评论道。）有两个是种地的，还有几位是店老板。有个面色苍白、发色浅淡的小伙子，言行举止似乎很容易激动；他正跟旁边人说，他敢肯定往报上登这份启事的人就是乔纳森·斯特兰奇本人，而斯特兰奇本人无疑随时会出现在这里并教大家怎么施魔法。人群里还有个教士——这倒是靠谱多了——看上去五六十岁，穿一身黑，一张脸刮得干干净净，模样郑重审慎。他身边带着条狗，还跟了个年轻姑娘。狗和他一样毛发灰白、体面持重。那姑娘容貌鲜焕夺目，着一袭红天鹅绒裙衣——这显得有点儿不那么体面了。她一头乌发，神情炽烈。

“泰勒先生，”福克斯卡斯尔博士对他手下跟班儿的说，“能不能劳烦你过去一趟，提示那位先生我们开会一般是不带家属的。”

泰勒先生快步走去了。

前约协会员们从自己所坐的地方观察到，那位脸刮得光溜溜的教士模样温和，态度却冷硬得很。他回了泰勒先生一句特别刺耳的什么话。

泰勒先生带回如下答复："赖德如斯先生请约协各位多包涵，不过他并不是魔法师。他对魔法有很大兴趣，却没有什么技能。他女儿才是魔法师。他有一个儿子仨女儿，他说他们都是魔法师。另外几个不肯来开会。他说他们无意与其他魔法师为伍，更愿在家独自研究，不受干扰。"

一时无人发话，前约协会员左思右想也没搞明白他是什么意思。

"兴许他那条狗也是个魔法师吧。"福克斯卡斯尔博士说完，前会员们都笑了起来。

大家很快就看出来，新来的这批人分属两个不同阵营。赖德如斯小姐——那位穿红天鹅绒裙衣的姑娘——头一个发言。她声量不高，话说得很急。她不习惯当众演讲，在场的魔法师不是每位都能听清楚她在说什么，然而她的姿态却是十分激昂。她那一番话着重表达的意思就是乔纳森·斯特兰奇比谁都强！吉尔伯特·诺瑞尔则一无是处！很快，斯特兰奇就会沉冤昭雪，诺瑞尔则会遭千夫所指！魔法将挣脱吉尔伯特·诺瑞尔强加其上的枷锁！她这番言论，外加她多次提及斯特兰奇业已失落的著作《英格兰魔法的历史与实践》，引得另几位魔法师愤起反驳，大意是说斯特兰奇的书里净是邪术，斯特兰奇本人则是个凶犯。他无疑已经害死了自己的老婆，[4]诺瑞尔很可能也已经被他干掉了。

争论越来越激烈，却突然被两个男人的到来打断。这俩人没一个跟体面沾边，皆是一头乱蓬蓬的长发，身披出土文物般的大衣。然而，虽说其中一位像个不折不扣的流浪汉，另一位的打扮则齐整得多，有种公事公办的派头——甚至可以说是种他一人说了算的派头。

那个流浪汉似的家伙对约协会员一眼都懒得看；他直接往地上一坐，要酒要热水。另一位则大步走到屋子中央，歪嘴一笑，把在场所有

4　杀妻的诽谤直到一八一七年六月初阿拉贝拉·斯特兰奇本人重归英格兰才被彻底推翻。

人看在眼里。他往赖德如斯小姐那个方向鞠了一躬，对所有的魔法师说了以下一番话：

“先生们，女士们！诸位当中有些也许还记得我。十年前，诺瑞尔先生在约克大教堂施法的那一天，我也和你们在一起。我名叫约翰·齐尔德迈斯。到上个月为止，我一直是吉尔伯特·诺瑞尔手下的用人。这位，”他指了指地板上坐着的那个人，“是闻秋乐，曾在伦敦街头变过戏法儿。”

齐尔德迈斯没能往下说。所有人一齐发了话。前约协会员都十分沮丧——怪自己不在家里炉火旁舒舒服服地待着，非跑这儿来听个用人说教。前会员们在那里泄愤，大部分新法师的反应则大不相同。他们不是斯特兰奇派就是诺瑞尔派；他们当中却没人见过自己心目中的英雄，如今能跟一位真认识他们的英雄且跟他们的英雄说过话的人坐得这么近，他们的兴奋劲儿被调动到前所未有的顶点。

面对人群骚动，齐尔德迈斯一点儿也不慌。他只等聒噪渐渐平息、说话能听得见了，方才发话：“我是来通知大家，当年同吉尔伯特·诺瑞尔签署的协议今已无效。无效了，作废了，先生们。你们又当上魔法师了，假如你们还愿意当的话。”

有个新来的魔法师大喊一声，问斯特兰奇来不来。另外一个想知道诺瑞尔来不来。

“不，先生们，”齐尔德迈斯道，“他们不来。你们只能凑合听我的啦。我觉得斯特兰奇和诺瑞尔不会在英格兰露面了。至少咱们这一代是见不着了。”

“为什么？”斯刚德斯先生问，“他们上哪儿去了？”

齐尔德迈斯微微一笑。“去了魔法师曾经去的地方。天幕背后，雨水一方。”

一个诺瑞尔派评论说乔纳森·斯特兰奇主动离开英格兰倒是明智，

否则等待他的必是绞刑架。

那个发色浅淡、容易激动的小伙子刻毒地反咬一口，说所有诺瑞尔派分子很快就会倒大霉了。诺派魔法的头一条原则不就是一切从书中来吗？既然所有的书都跟何妨寺一起消失了，他们打算怎么办呢？[5]

“你们不需要何妨寺的藏书室，先生们，”齐尔德迈斯道，“汉诺威广场的书房也用不着。我给你们带来了更好的东西。一本诺瑞尔先生觊觎已久却从未谋面的书。一本斯特兰奇闻所未闻的书。我给你们带来了约翰·乌斯克格拉斯之书。”

叫声更响，骚动更加剧烈。一片喧嚣之中，赖德如斯小姐似乎在发表演说，替约翰·乌斯克格拉斯辩护。她坚称其为国王陛下，就好像他随时会重归纽卡斯尔，继续统治北英格兰。

“等等！”福克斯卡斯尔博士大喝一声。他那洪亮而郑重的嗓音先是镇住了离他最近的人，逐渐也折服了余下所有人。“我没见这家伙手上有书！书呢？这是个骗术，先生们！他想要的是你们的钱，我敢肯定。好了，先生，”（这句是冲齐尔德迈斯说的，）“你怎么说？把你的书拿出来——如果真有那么一本的话！”

“正相反，先生，”齐尔德迈斯道，脸上带着他那咧到耳根、往一边歪倒的阴笑，“你们的东西，我什么都不要。闻秋乐，站起来！”

在帕多瓦的寓所里，格雷斯蒂尔一家和家中用人们心中的头等大事就是尽可能让斯特兰奇太太过得舒服自在；为达到这个目的，每人都有自己的办法。格雷斯蒂尔大夫的劝慰大多是富于哲理的。他努力回忆历史上可有哪些人物——尤其是女性——曾经战胜了逆境，往往多亏了友

---

5 当代魔法师几乎无人不称自己是斯特兰奇派或诺瑞尔派，唯一比较知名的例外就是约翰·齐尔德迈斯本人。只要问他，他就会说自己从某种程度上讲两者都是。这就仿佛是说自己即是辉格又是托利，没人知道他究竟什么意思。

人的帮助。米尼凯洛和弗兰克这两位男仆则奔跑着为她开门——基本不在乎她想不想往门里走。女仆博妮法齐娅宁愿把在仙境一年小住当成是一种重感冒，从早到晚把强身健体的补品往她那里端。格雷斯蒂尔姑姑则派人搜遍全城，买来最好的葡萄酒、最难觅的佳肴；她还买下最最柔软的羽绒靠垫和枕头，像是希望阿拉贝拉枕上它们就会忘掉经历过的一切。他们给予她各式各样的关怀，而令阿拉贝拉感觉最受用的，还是由弗洛拉做伴，由弗洛拉陪她聊天。

一天上午，她俩正坐在一起做针线。阿拉贝拉不耐烦地把手里的活计一扔，起身走到窗边。“我心上老有种焦躁不安的情绪。”她说。

“这是意料中事，”弗洛拉温柔地对她说，“耐心些。到时候您的心情就会跟从前一样了。”

“会吗？”阿拉贝拉叹了口气，“说实话，我真的已经想不起来我从前是什么样了。”

“那我来告诉您吧。您过去总是特别喜兴——虽然常被撇下一个人待着。您几乎从没发过脾气——虽然常被气得够呛。您每一句话都说得特别巧妙，特别富有创造力——虽然从没因此受过夸奖，往往只会遭到直截了当的反抗。”

阿拉贝拉笑了起来。“老天！我过去真是个天才啊！不过，”她脸上有种哭笑不得的神情，“你这描述我可信不过，毕竟你从来没见过我。”

“斯特兰奇先生告诉我的。那些话都是他说的。”

“哦！”阿拉贝拉说，把脸背了过去。

弗洛拉双目低垂，轻轻说道：“等他回来，他会为您的复原做出无人能及的努力。您会快乐起来的。”她抬头看了她一眼。

阿拉贝拉一时没有答话。随后她说：“我不敢说我们一定还能再相见。”

弗洛拉又拿起了针线。过了一小会儿，她说道："真怪，他居然还是回到他从前的师父那里去了。"

"怪吗？在我看来没什么特别值得惊奇的。我没想到他俩居然闹了那么长时间。我以为他俩吵过以后最多到下个月月底就会重归于好的。"

"您这么说可太让我惊奇了！"弗洛拉道，"斯特兰奇先生跟我们在一块儿的时候，对诺瑞尔先生可是一句好话没有——而诺瑞尔先生在魔法期刊上对斯特兰奇先生的编排简直不堪入目。"

"哦，我猜会是这样的！"阿拉贝拉丝毫不为所动，"不过那都是他俩瞎胡闹！他俩都固执得像老妖精一样。我没什么理由去喜欢诺瑞尔先生——我根本不喜欢。不过我知道他这一点：他首先要做一名魔法师，干别的都在其次——乔纳森亦是如此。他二人真正在乎的，只有书和魔法。对魔法这门学问的了解，谁也比不了他们——所以，你瞧，他俩乐意凑在一起，也是理所当然的。"

几个礼拜过去，阿拉贝拉变得爱笑了。什么事只要跟她这些新朋友有关，她渐渐也都发生了兴趣。她每日里和人聚餐、帮人跑腿儿、为了友谊做出愉快的奉献——她乐得用这些家常小事平心上的痛、疗情绪的伤。她那缺席的丈夫，她很少想起，除了有时会感激他将她托付给格雷斯蒂尔一家这份体恤。

此时正有位年纪轻轻的爱尔兰上尉住在帕多瓦，不少人都觉得他对弗洛拉很有好感——虽然弗洛拉说他根本没有。他曾在滑铁卢率领一个骑兵连顶着极猛烈的炮火往前冲；可什么事只要一牵扯到弗洛拉，他的勇气就消失得无影无踪。他一见着她就脸红；她只要一进屋，他就彻底慌神。一般来说，他感觉还是从斯特兰奇太太那里征求情报比较容易些——比如弗洛拉什么时候会去河谷草地广场（市中心一座美丽的花园）散步，什么时候会再去巴克斯特一家（几位共同的朋友）拜访；而阿拉贝拉总是乐意帮忙。

然而，遭囚禁的那段日子产生的影响并不都那么容易摆脱。她已经习惯了整夜整夜地跳舞，睡眠对她来说并不易得。她在夜里偶尔还能听见一支笛子吹出的仙乐和一把小提琴的悲歌，逼着她跳舞——虽然这种事情她死也不想再做了。

“快跟我说说话，”这种时候她就会对弗洛拉和格雷斯蒂尔姑姑说，“快跟我说说话，我觉得我能斗过它。”

于是她们俩或者其中一位就会起来陪她同坐，把自己所能想到的一切对她说。而有些时候，阿拉贝拉会突然觉得特别想动——无论怎么动都行——愿望强得压不下，她后来就养成了在她和弗洛拉共用的卧室里走来走去的习惯；还有好几次，格雷斯蒂尔大夫和弗兰克都因体谅她而牺牲了自己的睡眠，陪她在帕多瓦夜幕下的街道散步。

四月里这样的一个夜晚，他们正在大教堂附近溜达；阿拉贝拉和格雷斯蒂尔大夫正聊着回英格兰的事，他们已经安排好下个月启程。阿拉贝拉想到即将再次面对英格兰的朋友，有点儿畏怯，格雷斯蒂尔大夫正劝她放宽心。突然，弗兰克一声惊叹，手往天上指。

天上星斗正挪移变换；他们头顶的一方天空出现了新星象。不远处有一座看起来年代久远的石拱门。这倒也没什么不寻常的；帕多瓦这座城里到处都是引人入胜的走廊、拱门和拱廊。然而这座拱门却和其他的都不一样。帕多瓦的建筑都是由中世纪的砖块搭建的，于是很多街道都呈现出一种赏心悦目的玫瑰金。而这座拱门是由北方幽暗粗笨的大石头建起来的，左右手各立着一尊约翰·乌斯克格拉斯的雕像。那雕像头戴渡鸦双翅帽盔，遮住半张脸。拱门里有个高高的人影在那儿站着。

阿拉贝拉迟疑了一下。“您不会走远吧？”她问格雷斯蒂尔大夫。

“我跟弗兰克就在这儿等。”格雷斯蒂尔大夫对她说，“我们不动地儿。您需要的话只要叫我们一声。”

她独自去了。门洞里那个人正看书呢。他抬头见她走过来，脸上依然是一副想不起自己身在何处、想不起自己跟书本以外的世界有何关系的神情——她所熟悉和珍爱的神情。

“你这回没带场暴风雨一起来啊。”她说。

“哦，你都听说了，是吗？”斯特兰奇略有些不自然地笑了一声，“那回也许有点儿太过了。格调真不算太高。我觉得我在威尼斯的时候跟拜伦勋爵一起混得太久了，染了点儿他的风格。”

他俩往前走了走，头顶分分秒秒都会出现新的星宿。

“你气色挺好，阿拉贝拉，”他说，“我担心……我都担心什么来着？哦，成千上万种担心！我担心你再也不和我说话了。不过你已经在我眼前了。见到你我可太高兴了。”

“现在你那成千上万种担心可以消停了，”她说，“至少在我看来是这样。你找到什么赶走这片黑暗的办法了吗？”

“没有，目前还没有。不过，说实话，我们近来一直忙得很——我们对水中仙女有了一些新构想——实在没工夫严肃对待那个问题。古博的《阿波罗的守门人》中倒是有一两个办法看着挺靠谱。我们很乐观。”

“那就好。想到你在受罪，我就难过。”

“别难过，我求求你。先不说别的，我并没受罪。也许最开始有一点，现在都已经好了。我跟诺瑞尔并不是英格兰头两位在巫蛊之下受折磨的魔法师。十二世纪的时候，罗伯特·狄默克跟一个仙子发生了冲突，结果说不了话了，只能唱歌——我相信那感觉不会像听上去这么愉快。十四世纪一位魔法师有只脚变成了银的——那滋味一定相当不好受。况且谁说得准，兴许这片黑暗对我们还有好处呢。我们打算走出英格兰，出去后就有可能碰到各种诡计多端的人物。一个英格兰魔法师令人肃然起敬。两个英格兰魔法师，我猜效果就会翻倍——如果这两位英格兰魔法师周身还笼罩着无法洞穿的黑暗——啊，好啦！只要不是什么神仙，我估计谁见了都会心惊胆战！”

“你们打算去哪儿？”

“哦，可去的地方很多。这世界只是万千世界中的一个，并且做魔法师的不能——怎么说呢？——不能只顾着自己那一亩三分地。”

“可诺瑞尔先生想不想去呢？”她疑惑地问，“他从来都不喜欢出远门——朴次茅斯那么近都不想去。”

“啊，这就能体现出我俩那种特殊行进方式的好处了！他不想出门的话，就可以一直待在宅子里。世界——所有的世界——会向我们走来。”他顿了顿，看了看四周围，“我最好别再往前走了。诺瑞尔就在附近不远。因这巫蛊带来的种种影响，我跟他最好不要分得太开。阿拉贝拉，”他多了几分平日鲜有的严肃，“一想到你困在地底下，我的心就疼得难以忍受。只要能把你安全救出来，我是什么都肯干的——无论什么都肯。”

她握住他的双手，眼里闪着泪光。“你已经把我救出来了。”她轻声道。二人相视许久，此刻，一切又回到了从前——彼此就好像从未分开；可她并没主动要求与他共赴黑暗，他也没问她愿不愿。

“总有一天，”他说，“我能找到合适的咒语，驱除掉这片黑暗。到时候，我就来找你。”

“好的。到时候。我会等到那一天。”

他点点头，似乎要走，却又迟疑了。“贝儿，”他说，“别穿黑衣服。别当自己是个寡妇。高兴起来。那才是我想你的时候希望看到的样子。”

“我保证做到。那我想你的时候，该把你想成什么样子呢？”

他思索片刻，笑了起来。“你就想象我的鼻子正扎在本儿书里！”

一吻之后，他转身离去，消失在那片黑暗中。

致　谢

首先，我要感谢我万分想念的大好人贾尔斯·戈登。他曾是我的经纪人，这令我骄傲到如今。

还要特别感谢约翰尼·盖勒，感谢你在贾尔斯走后料理了一切。

杰夫·赖曼、艾莉森·佩斯（亦是万分想念）、丁齐·敏特尔和她的写作小组，尤其是朱利安·霍尔，感谢你们在我刚开始写这本书的时候给我鼓励。

我的母亲詹妮特、父亲斯图尔特、帕特里克和特丽萨·尼尔森·海顿夫妇、爱伦·达特洛、特里·温德灵以及对待同行慷慨大方得回回令我惊讶的尼尔·盖曼，感谢你们在我写这本书的过程中给我支持。

斯图尔特·克拉克、萨曼莎·伊万思、帕特里克·马塞尔、乔治娅·格里利，感谢你们在外语方面为我提供的帮助。感谢尼古拉斯·布莱克帮我解决拿破仑时期陆海军历史方面的难题（若还有错误的话，不用说——自然是我自己负全责）。感谢安东尼娅·蒂尔给这本书提出极有见地的意见和建议。伊丽莎白·朗福德（《威灵顿》作者）、克里斯托弗·希伯特和本·温勒伯（《伦敦大百科》编著者），感谢你们的作品不断给我带来启示。

感谢乔纳森·怀特兰，有你乐呵呵地为我花时间解决专业问题，苹果电脑才运行得了，书也才写得出来。

最后，我特别要感谢柯林。是你料理了一切，好让我踏实地写。你从无一句怨言。若没有你，这本书大概永无面世的机会。

图书在版编目（CIP）数据

英伦魔法师 / (英) 苏珊娜·克拉克 (Susanna Clarke) 著 ; 韩慕照译. -- 长沙 : 湖南文艺出版社, 2021.12

（幻想家）

书名原文: Jonathan Strange & Mr Norrell

ISBN 978-7-5726-0089-0

Ⅰ. ①英… Ⅱ. ①苏… ②韩… Ⅲ. ①长篇小说－英国－现代 Ⅳ. ①I561.45

中国版本图书馆CIP数据核字(2021)第033776号

英伦魔法师

YINGLUN MOFASHI

著　　者：〔英〕苏珊娜·克拉克
译　　者：韩慕照
出 版 人：曾赛丰
责任编辑：吴　健
封面设计：Mitaliaume
内文排版：钟灿霞　钟小科
出版发行：湖南文艺出版社
（长沙市雨花区东二环一段508号　邮编：410014）
印　　刷：长沙超峰印刷有限公司
开　　本：880 mm×1230 mm　1/32
印　　张：29.25
字　　数：738千字
版　　次：2021年12月第1版
印　　次：2021年12月第1次印刷
书　　号：ISBN 978-7-5726-0089-0
定　　价：128.00元

JONATHAN STRANGE & MR NORRELL

by Susanna Clarke

This edition arranged with BLOOMSBURY PUBLISHING PLC.

through Big Apple Agency, Inc., Labuan, Malaysia.

著作权合同图字：18–2013–38